D1677753

PETER BERLING
DIE KETZERIN

Peter Berling

Die Ketzerin

Sonderausgabe für GALERIA Kaufhof GmbH
November 2009

Vollständige Taschenbuchausgabe
der im Gustav Lübbe Verlag erschienenen Hardcoverausgabe

© 2000 by Peter Berling, Rom,
und Verlagsgruppe Lübbe GmbH & Co. KG,
Bergisch Gladbach

Umschlaggestaltung: Christin Wilhelm
Umschlagmotive: © shutterstock/Sergey Kamshylin; © shutterstock/Maugli;
© shutterstock/Vladimir Caplinskij

Satz: Kremerdruck GmbH, Lindlar
Druck und Einband: CPI – Ebner & Spiegel, Ulm

Printed in Germany
ISBN 978-3-404-77352-7

MAX UND ASTA BERLING
gewidmet

NEC SPE NEC METU

INHALTSVERZEICHNIS

DRAMATIS PERSONAE 11

KAPITEL I
DAS TURNIER VON FONTENAY
Hieb und Stich   15
Die Prophezeiung   34
Erster Bericht des Roald of Wendower   47

KAPITEL II
KLIPPEN IM MEER
Abschied von Ferouche   53
Die falsche Braut   68
Der kleine König   85
Im Namen des Imperiums   99
Memorandum menstrualis   114

KAPITEL III
AM GOLDENEN HORN
Kabale und Triebe   119
Streng vertraulich   145
Unerwartete Gäste   147

KAPITEL IV
IM LABYRINTH DES MINOTAUROS
Der Sprung ins Wasser   167
Die Rote und das Tier   182
Der Kult des Stierhorns   204
Ein Spiel und seine Regeln   219

KAPITEL V
EINE JUGEND IN OKZITANIEN
Die Feuerprobe   247
Ein offenes Wort   271
Loba die Wölfin   275
Die Sorge des Legaten   287
Die Ketzerkonferenz von Pamiers   289
Die ›Endura‹ der großen Esclarmunde   305
Dos y dos   325
Das Lamm Gottes   334

KAPITEL VI
DER KREUZZUG GEGEN DEN GRAL
Die Ritter und der Schwan   347
Hatz auf die Wildsau   365
Brief aus dem Feldlager   383
Der ›Parsifal‹ von Carcassonne   387

KAPITEL VII
DAS SCHLOSS VON L'HERSMORT
Die Gefangene des Minaretts   407
Blutige Nasen   412
Chronistin wider Willen   428
Der Burgvogt von Saissac   440
Flammentod und Ritterschlag   460
›Viva la muerte!‹   481

KAPITEL VIII
›FAIDITE‹
Das Unkind des Grauen Kardinals   503
Die drei Gascoun   516
Der Betrug der Freundin   529
Im Mahlstrom des Kinderkreuzzuges   531
Noun touca! Diablou Langeirouso   547
Das Zerren am Strick   553
Zwischen Schafott und Autodafé   570

KAPITEL IX
DAS LETZTE AUFGEBOT
Im Wald der Werkmeisterin   583
Der Leprakarren des Bischofs   603
Der seltsame Prior   614
Armageddon   624

KAPITEL X
DIE SCHWARZE MADONNA
Et in Arcadia ... Ego   647
Das Geheimnis des Ringes   655

ANHANG
Mappa Mundi   675
Die Sprachfülle Okzitaniens   679
Dank für Mitarbeit und Quellen   680
Biographische Angaben zu den Personen   682
Allgemeiner Index   696

DRAMATIS PERSONAE

Laurence de Belgrave, auch ›Laure-Rouge‹ genannt
Lionel de Belgrave, normannischer Baron, Schloßherr auf Ferouche, ihr Vater
Livia di Septimsoliis-Frangipane, die Mater superior, Äbtissin zu Rom, alias Lady d'Abreyville, ihre Mutter
Esclarmunde de Foix, okzitanische Adelige, ›Hüterin des Gral‹, ihre Patin
Gavin Montbard de Béthune, zukünftiger Tempelritter, ihr Jugendfreund
Chevalier du Mont-Sion alias Jean du Chesne alias John Turnbull alias Stephan of Turnham alias Waldemar Graf von Limburg alias Valdemarius Prior von Saint-Felix, ein Abenteurer

Okzitanien

Pedro II, König von Aragon
Raimond VI, Graf von Toulouse
Ramon-Roger II Trencavel, Vizegraf von Carcassonne, der ›Parsifal‹ der Gralslegende
Aimery de Montréal, Stadtherr von Montréal
Xacbert de Barbeira, Ritter aus dem Roussillon
Peire-Roger de Cab d'Aret, Herr von Las Tours
Roxalba de Cab d'Aret, seine Schwester, Herrin auf Roquefixade, genannt ›Loba die Wölfin‹
Titus, ihr Sohn, der spätere ›Vitus von Viterbo‹

ALAZAIS D'ESTROMBÈZE, katalanische Adelige,
   katharische Perfecta, Herrin von Laroque d'Olmès
RAOUL, ihr Sohn, der spätere ›Crean de Bourivan‹
SICARD DE PAYRA, okzitanischer Adeliger,
   Schloßherr auf L'Hersmort
BELKASSEM, sein Leibmohr
MAURUS (EN-MAURI), katharischer Perfectus
DOS Y DOS, Patron von ›Quatre Camins‹
RAMON-DRUT, der Infant von Foix, ein Bastard

Frankreich

LOUIS VIII, Kronprinz von Frankreich
BIANCA VON KASTILIEN, seine Frau
CLAIRE DE SAINT-CLAIR, ihre Hofdame,
   spätere Großmeisterin der ›Prieuré de Sion‹
SIMON DE MONTFORT, Graf von Leicester,
   militärischer Anführer des ›Kreuzzuges
   gegen den Gral‹
ALIX DE MONTMORENCY, aus burgundischem
   Hochadel, seine Frau
BOUCHARD DE MARLY, burgundischer Adeliger,
   ihr Cousin und Konnetabel
ALAIN DU ROUCY, Ritter, Heerführer im Kreuzzug
FLORENT DE VILLE, Ritter, sein Waffengefährte
CHARLES D'HARDOUIN, im Gefolge des Montfort
ADRIEN, BARON D'ARPAJON, Großgrundbesitzer
   aus der Ile de France
RAMBAUD DE ROBRICOURT, Großgrundbesitzer aus
   der Champagne
RENÉ DE CHATILLON, französischer Adeliger aus
   dem Orléanais
PIERRE DES VAUX-DE-CERNAY, Zisterzienserabt
   und Chronist im Gefolge des Montfort

Patrimonium Petri

INNOZENZ III, Papst
RAINER DI CAPOCCIO, Stadtherr von Viterbo,
    Generaldiakon der Zisterzienser,
    ›der Graue Kardinal‹
ROALD OF WENDOWER, Zisterzienser,
    Agent der ›Geheimen Dienste‹ der Kurie
GUIDO DELLA PORTA, Agent der Kurie, Halbbruder
    von Laurence, der spätere Bischof von Assisi
ARNAUD DE L'AMAURY, Erzabt der Zisterzienser,
    päpstlicher Legat während des ›Kreuzzuges gegen
    den Gral‹, Oheim des Simon de Montfort
PETER VON CASTELNAU, Zisterzienser, Missionar
    und päpstlicher Legat vor dem Kreuzzug
ETIENNE DE LA MISERICORDE, ›Dominikaner‹ aus
    dem Kloster von Fanjeaux
MAÎTRE THÉDISE, Advocatus und päpstlicher Legat
    nach dem Kreuzzug
FOULQUES, Bischof von Toulouse,
    ein ehemaliger Troubadour, später Inquisitor
REINHALD DE SENLIS, Bischof von Tull
MARIE D'OIGNIES, Begine und Mystikerin,
    Leiterin eines Lepra-Hospitals
JACQUES DE VITRY, ihr Beichtvater und Biograph,
    der spätere Bischof von Akkon

Königreich von Sizilien,
    Lateinisches Kaiserreich von Konstantinopel

FRIEDRICH II, König von Sizilien,
    später auch König von Deutschland und
    Kaiser des Römischen Reiches,
    genannt ›der Staufer‹
DON ORLANDO, Benediktiner, sein Magister

ALEXIOS, kretischer Freibeuter
    im Dienste der Montferrat
SANCIE DE LA ROCHE, Cousine des Montferrat,
    Verlobte des René de Chatillon
ANADYOMENE, Hausdame im Stadtpalais
    der Montferrat zu Konstantinopel
LYDDA, ihre Tochter, Zofe
MICHAEL MARQUIS DE MONTFERRAT,
    Despotikos von Kreta
IRENE DI STURLA, die Aulika Pro-epistata,
    Oberhofmeisterin seines Palastes auf Kreta
JAGO FALIERI, Venezianer, sein Nauarchos,
    Admiral der Flotte des Despotikos
ISAAK VON MYRON, Archimandrit von Herakleion,
    Beichtvater des Despotikos
ANGELOS, sein stummer Diener,
    genannt ›der Chorknabe‹,
    Vorkoster und Henker
MALTE MALPIERO, Venezianer,
    Kapitän der Serenissima

KAPITEL I
DAS TURNIER VON FONTENAY

HIEB UND STICH

om Atlantik schoben sich die Gewitterwolken, der Nordwesten war bereits dunkel gefärbt. Die ersten Windböen ließen die Fähnlein am Ende des Feldes und die Girlanden über der Damentribüne stoßweise aufflattern. Hin und wieder erklang mühsam gezügeltes Kichern und Gelächter. Die beiden Ritter hatten ihre Turnierlanzen bereits an sich genommen, der Herold verkündete die Namen der Kontrahenten.

»Der edle Gavin Montbard de Béthune!« Er wies zur Linken, wo ein von der Statur her noch recht jugendlich wirkender Kämpe, das Visier bereits geschlossen, gemächlich dem Kopfende der Kampfbahn zustrebte, ohne sich um die Ansage zu kümmern.

»Der edle Charles d'Hardouin!« rief der Herold den anderen aus. Der schien eher von trauriger Gestalt, als er sich ungelenk, wenn auch nicht ohne Eitelkeit in Richtung der Damen verbeugte, zweimal, dreimal, bevor er eilfertig zum entgegengesetzten Ende des Platzes trabte.

Beide Reiter wendeten nahezu gleichzeitig und legten ihre Lanzen ein. Das Hornsignal ertönte. Von der Tribüne drangen vereinzelte Anfeuerungsrufe verweht zu den Rittern herüber, die jetzt ihren Gäulen die Sporen gaben. Schwerfällig setzten die sich mit der rasselnden Last in Bewegung und fielen aus Gewohnheit bald in schnellen Trab. Wie an unsichtbaren Tauen gezogen, rumpelten sie aufeinander zu. D'Hardouin nahm den Schild hoch und duckte seinen Helm dahinter, während seine Lanze ordentlich über den Schädel seines Pferdes hinweg auf den Brustkuraß des Gegners zielte. Da ließ der junge Gavin die Zügel schießen, zog seinen Schild zur Seite und verschränkte die Lanze hinter dem Hals seines Tieres. Der Stoß von d'Hardouin ging ins Leere. Es warf ihn fast vornüber, so daß er seine Lanze fallen lassen mußte, um sich gerade noch mit beiden Händen an der Mähne festzuhalten. Der Junge war dem vermuteten gegnerischen Angriff geschickt ausgewichen, wodurch er seinerseits darauf verzichtete, den Gegner im Nachschlag aus dem Sattel zu wischen. So flogen sie aneinander vorbei. Der Herold blies zweimal: unentschieden.

Dem Herrn d'Hardouin wurde die Lanze von den Knechten nachgetragen. Wieder begaben sich beide Kämpfer an den jeweiligen Ausgangspunkt. Dabei mußten sie den Stand des Kampfrichters passieren, der den festen Sitz der hölzernen Krönlein an der Spitze der Stangen kontrollierte. Da beide bislang auf keinen Widerstand gestoßen waren, hatten sich die aufgesetzten stumpfen Enden auch nicht gelockert. Sie wechselten kein Wort. Gavin lüftete auch diesmal nicht sein Visier, während Herr d'Hardouin sich mißgelaunt frische Luft zufächelte. Er hatte trotz des Remis eindeutig die schlechtere Figur gemacht. Also sann er auf Revanche, während er an der Stirnseite der Bahn auf seinen Platz zuritt. Wenn dieses ungehobelte Bürschlein die klassischen Regeln eines Tjostes mißachtete – oder wahrscheinlich gar nicht kannte –, würde er es ihm mit gleicher Münze heimzahlen. Bei der Wende wechselte er blitzschnell die Stange in die Linke, seine starke Hand. Zur Tarnung seines Manövers ließ er den Schild am gleichen Arm. Diesmal ritt er schnell los, denn er baute auf Überraschung, die dem Gegner keine Zeit ließe, sich auf die ungewöhnliche Konfrontation einzustellen.

Der Junge kam ihm sorglos entgegengepprescht, allerdings im gestreckten Galopp, die Lanze wieder völlig unorthodox schräg über den Pferdehals geführt, wie es nur Linkshänder vermögen. Jetzt würde es nur auf den besseren Stoß ankommen und den festeren Sitz im Sattel, frohlockte d'Hardouin. Da sah er mit Entsetzen, daß Gavin seine Stange gar nicht eingelegt hatte, sondern locker in der Hand hielt, sie hoch vor sich aufrichtete und genau in dem Moment in die Rechte gleiten ließ, als d'Hardouin an der Flanke völlig ungeschützt auf ihn zukam. Die Lanze fiel ihn von oben an wie der Habicht das Huhn. Sie fuhr ihm über die Brust in die Armbeuge, bevor seine eigene Lanze auch nur den Schild des anderen hatte touchieren können. Der Schmerz war schon im Ansatz so ekelhaft, daß sich d'Hardouin freiwillig vom Pferd warf, um weiterer Pein zu entgehen. Dabei stürzte er mit dem Oberarm auf den eigenen Schild, was ihm zusätzlich blaue Flecken einbrachte. Das Schlimmste aber war das schallende Gelächter, das ihm jetzt von der Damentribüne entgegenbrandete. Ausgerechnet direkt davor war er zu Fall gekommen! Er selbst hatte die Innenbahn gewählt.

Als sich d'Hardouin mit Hilfe der Knechte aufgerichtet hatte und zu seinem Zelt humpelte, war sein jugendlicher Gegner schon entschwunden. So entging ihm, daß Gavin spornstreichs und ohne abzusteigen in das Zelt des Herrn Lionel de Belgrave geritten war. Es lag abseits von den anderen, denn sein Besitzer war keineswegs angereist, um am *bohurt* teilzunehmen, sondern um seine Tochter Laurence unter die Haube zu bringen.

Beim Einritt in das Zelt mußte der Ritter sein Haupt beugen, um nicht anzustoßen. Kaum war die Plane hinter ihm wieder zugeschlagen, riß er sich den Helm vom Kopf: Langes kupferrotes Haar flutete über die stählernen Ailletten auf seine schmächtigen Schultern. Der Ritter war ein Mädchen!

Laurence sprang ab. Ihr schmales Gesicht glühte vor Stolz über den, wenn auch trickreich, bestandenen Tjost. Schuldbewußt näherte sie sich dem Jungen, der trotzig mit ihr zugewandtem Rücken am Zeltmast stand. Er umschlang ihn mit beiden Armen. Laurence schritt um ihn herum. Seine Hände waren an den Handgelenken so verknotet, daß er die Fesselung allein unmöglich lösen konnte.

»Ihr habt es nicht glauben wollen, Gavin«, sagte sie mit rauher, Verzeihung heischender Stimme, als sie sein finsteres Gesicht sah. »Ein Ritter muß eine Wette auch mit Anstand verlieren können. Es gibt eben Knoten –«

»Weiberkram!« grollte Gavin. Er mochte ein Jahr jünger sein als Laurence, ein stämmiger, muskulöser Typ. »Wer sich mit Euch Netzweberinnen einläßt –«

»– hat nur verloren, wenn er beim Schlingen des Stricks voller Hochmut die Augen verdreht, statt hinzuschauen!« Sie löste den Knoten mit zwei schnellen Griffen, und das Tau fiel zu Boden. Gavin umarmte jedoch weiterhin den Baum und preßte ihn zornig an sich.

»Mit scharfem Schnitt«, keuchte er, »zerhaut ein wahrer Ritter solch Gespinst von Frauenhand.«

»Das war die Wette nicht«, hielt ihm Laurence entgegen. Sie löste das Schwertgehänge von ihrer Hüfte und hielt es dem Verärgerten spöttisch hin.

Gavin riß es ihr aus der Hand. »Die Wette war auch nicht, daß Ihr an meiner Stelle in die Schranken reitet.«

»Ich hab' Euch keine Schande bereitet, Gavin«, Laurence schnallte erst die Armkacheln, dann die Diechlinge von ihren Beinen ab. »Der jüngste Teilnehmer dieses Turniers hat den erfahrenen Kämpen Charles d'Hardouin hinter die Kruppe seines Gauls gesetzt. Alle haben herzlich gelacht.«

»Ich finde das gar nicht zum Lachen, Laurence«, entgegnete der Junge. »Wie ich Euch kenne, habt Ihr mir keine Ehre eingelegt, sondern mit Euren üblen Wikingertricks einen schmählichen Sieg davongetragen.« Gavin brachte das jetzt derart ernsthaft, fast väterlich besorgt vor, daß Laurence ihre lange, gerade Normannennase schuldbewußt senkte, schon damit er nicht in ihren grauen Augen den Schalk erblickte. Nur mühsam konnte sie ihre aufsteigende Heiterkeit unterdrücken. »Ihr wißt genau, welchem Orden anzugehören mein einziges Ziel – «

»Die Ehre der Templer wurde nicht angetastet, Gavin Montbard de Béthune. Darauf habt Ihr mein Wort als Gralsritter.« Laurence glaubte, ihm damit völlige Genugtuung geleistet zu haben.

Das erschien Gavin erst recht lächerlich. »Ihr glaubt immer noch, daß ein Mädchen es mit Kühnheit, Unverfrorenheit, dreister Täuschung und hemmungsloser Abenteuersucht zu solchen Würden bringen kann?« schnaubte er. »König Artus würde Euch der Tafelrunde verweisen, bevor Ihr auch nur – «

»Das werden wir ja sehen!« Laurence sprühte Feuer, Funken glommen in ihren Augen, sie warf ihre rote Mähne ärgerlich nach hinten. »Gegen Eure arroganten Templeisen besteh' ich allemal! Wollt Ihr gegen mich antreten, gleich auf der Stelle?!«

Sie wußte, er wußte, sie meinten es beide nicht so. Diese Art von Streit hatte sie ihre ganze Kindheit hindurch begleitet, in der Gavin, ein Vollwaise, immer wieder aufgetaucht war. Sie waren weitläufig verwandt und schätzten einander sehr. Jetzt aber war ihr Disput nicht mehr das spielerische Necken der früheren Jahre. Beide begannen ihre eigenen Wege zu gehen, so versponnen die jeweiligen Erfolgsaussichten dem anderen auch erscheinen mußten.

»Auf diesem Turnier Ruhm zu ernten«, grollte der angehende Ritter des Templerordens, »das habt Ihr mir gründlich versaut. Einen weiteren Tjost wird man dem unbekannten Rüpel nicht zugestehen. Ich danke Euch, werte *Damna*.«

»Es wird ohnehin nicht zu einem weiteren Stechen kommen –« Tröstend legte Laurence den Arm um den Gefährten und wies hinauf zum Zeltdach, gegen das jetzt die ersten Tropfen klopften.

»Auch noch Herrin über das Wetter!?« höhnte Gavin, riß sich los und stürmte aus dem Zelt.

Einer Brandfackel gleich leuchtete die feuerrote Haarpracht des jungen Weibes vom Söller gegen den sich nachtschwarz verfärbenden Himmel. Laurence de Belgrave sah mit Wohlbehagen dem herannahenden Sturm entgegen. Unter ihr lag die Turnierwiese mit dem großen weißen Segel aus Zeltbahnen, das die Ehrentribüne vor mißlichen Sonnenstrahlen hatte schützen sollen. Jetzt griffen die ersten Böen dem offenen Pavillon unter den flatternden Rock, zausten an den Girlanden und ließen die Fähnlein knattern. Mit spitzen Schreien spritzten die geladenen Damen wie aufgescheuchte Hühner aus dem unsicher gewordenen Kokon, dessen Tuch sich wand und blähte und an den Seilen zerrte. Mit gerafften Roben, gestützt von ihren Zofen, sprangen, staksten und stolperten sie gackernd in Richtung Burgtor. Die Herren Ritter rannten ihrerseits wie die Hasen, um die Pferde und ihr kostbares Rüstzeug in Sicherheit zu bringen. Sie brüllten ihre Knappen an, was aber vom tosenden Wind verschluckt wurde.

Der Turm, auf dem Laurence dem Unwetter zu trotzen gedachte, gehörte zum Vorwerk der Burg von Fontenay, eine zinnenlose *barbicane*. Sie hatte sich hierher begeben, nicht um des besseren Blicks auf den Festplatz willen, dessen Schranken von hier aus gut einzusehen waren, sondern weil sie hoffte, daß die smaragdgrünen Augen des jungen Chatillon sie hier oben erspähen würden. Laurence hatte sich den anmutigen René zu ihrem Ritter erwählt. Als der knappe Blick aus seinen Zauberaugen unter samtenen dunklen Wimpern ihr wie ein Blitz in den züchtigen Busenansatz gefahren war, hatte es Laurence den Atem abgeschnürt. Und mit zum Halse klopfendem Herzen hatte sie ihm da ihr Tüchlein zugeworfen.

Laurence war stolze fünfzehn. Sie lebte allein mit ihrem Vater Lionel und hatte bislang nur den König Richard Löwenherz geliebt. Der aber war vor fünf Jahren so furchtbar traurig zu Tode gekommen, daß sie eigentlich nur noch den Ausweg sah, ins Kloster zu gehen. Lediglich die Tatsache, daß ihre leibliche Mutter einem solchen im fernen Rom als Äbtissin vorstand, hatte sie davon abgehalten. Laurence hatte Schwierigkeiten mit der energischen Dame, die nur selten zu Besuch kam und sich wenig um sie kümmerte. Eine solche Rabenmutter wollte sie nicht werden. Daß die Äbtissin begierig das spontane Begehren ihres Töchterchens aufgegriffen hatte, aus Trauer um Richard den Schleier zu nehmen, hatte prompt den Trotz des jungen Mädchens ausgelöst. Vehement verleugnete Laurence von Stund' an den toten Löwenherz. Gleichzeitig schmähte sie das trübe Schicksal aller Nonnen: Ihrer Meinung nach suchten diese hinter den Mauern eines Konvents nur aus Feigheit Zuflucht, aus Feigheit, dem wahren Leben die Stirn zu bieten. Laurence aber wollte ihren Mann stehen, so werden wie ihr Vater oder – insgeheim – so wie der Löwenherz: ein Ritter eben, ohne Furcht und Tadel.

Die ersten Tropfen fielen. Die Windstöße zerrten immer heftiger am linnenweißen Segel des Tribünendachs. An einer Seite hatte es sich bereits losgerissen. Vor dem blauschwarzen Dunkel, das den gesamten Himmel erobert hatte, stieg es, wild um sich schlagend, über die Masten des Zeltes hinauf, blähte sich, um dann wie angestochen in sich zusammenzufallen. Laurence brachte es ein Bild ihrer Kindheit in den Sinn, als sie mit ihrem Vater auf einer Fahrt über den Ärmelkanal in einen Sturm geraten war. Dabei sah sie nicht Lionel das Ruder führen. Sie selbst steuerte aufrecht und mit bannergleich wehendem Haar den stampfenden Kahn durch die Wogen und bot jedem Brecher kühn die Stirn. So hätte dieser gräßliche Chatillon sie erleben sollen! Er hatte nicht einmal hingeschaut, als sie das Pferdegesicht des Charles d'Hardouin hinter den Sattel setzte. Weswegen sollte er auch? Warum konnte eine Frau sich nicht offen im Tjost messen, wo es mehr auf Geschick denn auf rohe Kraft ankam? Reiten konnte sie sicher besser als die meisten, die hier den Sattel drückten und ihre Gäule nur mit den Sporen anzutreiben wußten.

René war natürlich eine Ausnahme. Er machte auch zu Pferd eine blendende Figur und war nicht nur der ungekürte Held des Turniers, sondern leider auch der Favorit aller Damen auf der Tribüne. Der Schuft! Nicht einmal jetzt sah er zu ihr auf, als er in langen Sprüngen dem Burgtor zustrebte. Dabei hatte er seinen seidenbestickten Umhang wie ein Weib zum Schutz über den Kopf geschlagen und war nur darauf bedacht, den Pfützen auszuweichen und sich die Haare nicht naß zu machen. Laurence schüttelte verächtlich ihre Mähne. Wenn da nur nicht diese verdammten grünschimmernden Augensterne gewesen wären, deren verführerisches Gleißen sich in ihr Hirn gebrannt hatte! Zum Teufel und dreimal gepupst! Das ließ sie sich nicht bieten. Der Kerl hatte ihr Tüchlein eingesteckt, und auf den Knien sollte er es ihr zurückerstatten!

Inzwischen prasselte der Regen auf Laurence ein. Auf der von Pferdehufen aufgewühlten Wiese, die sich zusehends in Morast verwandelte, hielten nur noch zwei in Kutten gehüllte Gestalten aus. Sie versuchten einen Planwagen aus dem Schlamm zu ziehen. Die Zugpferde waren von den Stallburschen längst ausgespannt und weggeführt worden. Die sich da stemmend und schiebend mühten, waren keine Ritter, sondern Mönche im härenen Habit von Wanderpredigern.

Der ältere hatte sich der ritterlichen Gesellschaft als päpstlicher Legat vorgestellt. Daß er mit dem Blick eines traurigen Hirtenhundes die noblen Herren zum Kreuzzugsgelübde auffordern wollte, hatte Laurence amüsiert. Selbst das junge Fräulein de Belgrave aus dem Yvelines hatte mittlerweile begriffen, daß diejenigen, denen an solch frommen Unternehmen lag, längst dorthin gezogen waren, wo zwar keine rechte Ehre, dafür aber reiche Pfründe und fette Beute winkten: ins ferne Konstantinopel. Das war allerdings eine christliche Stadt, soweit Laurence bekannt war, und so wollte auch keiner der verbliebenen adeligen Burschen, die sich hier dies Stelldichein gaben, so recht auf das Angebot eingehen, nicht einmal bei ›Vergebung aller Sünden‹. Der wahre Grund lag jedoch nicht in frommen Skrupeln. Das byzantinische Fell, hieß es, sei schon verteilt, zerstückelt gleich einem Flickenrock, wie ihn das fahrende Volk trug.

Laurence wußte wenig von dem berüchtigten Kreuzzug gegen Byzanz, obgleich ihr alle märchenhaften Schilderungen dieser prächtigen Stadt am Bosporus, kühner Vorposten des christlichen Abendlandes gegen einen fremden, rätselhaften Orient, im Kopf herumgingen. Als mutiger Ritter dorthin zu ziehen – das wäre ein lohnendes Ziel! Laurence träumte im Regen. Sie achtete nicht auf die Nässe, die ihr Kleid an der Haut kleben ließ und dabei ihre ranke Gestalt und ihre straffen, runden Brüste verräterisch zur gefälligen, ja provozierenden Geltung brachte. Sie sah sich in eine schimmernde Rüstung gehüllt und mit offenem Visier dem großen Abenteuer entgegenreiten. Der jüngere Ordensbruder, wohl noch ein Novize, hatte sich den fast gleichaltrigen René vorgeknöpft. Laurence hatte seinen Namen vergessen, sein wölfisches Gesicht gefiel ihr nicht. Als wolle er unter den Augen seines Vorgesetzten sein Gesellenstück abliefern, hatte er René mit großem Geschick bearbeitet. Laurence wußte nicht, ob sie die haarspalterische Eloquenz des windigen Predigers bewundern oder sich ärgern sollte, daß er René derart mit Beschlag belegte. Und das war auch der Grund, weshalb sie sich halb schmollend, halb lockend auf den Turm zurückgezogen hatte: Eine andere wäre stolz auf ihren Ritter gewesen, als René endlich sein Knie beugte und das Kreuz nahm. Laurence war wütend gewesen. Vor *ihr* hätte der schöne René knien sollen, um minniglich Huld zu erbitten, die sie ihm sicher gewährt hätte.

Dann aber war das Gewitter dazwischengekommen. Sie stand im Regen, und der Chatillon hatte sie vergessen. Tränen des Zorns wären ihr in die Augen geschossen, wenn es sich noch gelohnt hätte. Statt dessen rannen Regentropfen aus klatschnassem, strähnigem Haar über ihr Gesicht. Selbst die beiden Mönche hatten ihre Bemühungen um den feststeckenden Karren aufgegeben und stapften als letzte über die Wiese, ohne zu der Gestalt auf dem Söller aufzuschauen.

Ein kräftiger Männerarm legte sich um Laurence' Schultern. »Du wirst dir den Tod holen, Füchslein«, brummte mit rauher Zärtlichkeit Lionel de Belgrave, »und der Klopfer hockt längst im warmen Loch.«

Er führte seine vor Zorn und Kälte bebende Tochter behutsam zum Einstieg in die gewendelte Treppe. Laurence nahm dankbar den festen Griff in Kauf, gegen den sie sich sonst gewehrt hätte. Sie wußte genau, weswegen ihr Vater sie auf dieses Turnier mitgenommen hatte: weniger, um sie in die höfische Gesellschaft einzuführen, als vielmehr, um sie baldmöglichst an den Mann zu bringen.

Der dämmerige Saal im Innern der bescheidenen, fast kargen Burg wurde nur an seiner Stirnseite durch das flackernde Kaminfeuer erhellt, das die Diener in aller Hast mitten im Sommer angefacht hatten. Die hohen, schmalen Fenster waren mit Decken und Tüchern gegen die stürmischen Regenschauer verhängt. Lionel de Belgrave schob seine Tochter in die Nähe des Feuers, das wohltuende Hitze ausstrahlte. Nur widerwillig begab sie sich in dessen Lichtkreis. Sicher sah sie aus wie eine nasse Katze. Keiner der edlen Herren, die hier mit langgestreckten Beinen ihre von den Stiefeln befreiten Füße erwärmten, würde so um ihre Hand anhalten. Das geschah ihrem Alten grad recht!

Laurence kauerte sich abseits. Sie schlug den Blick nieder, als sie ihren René unter den herumlümmelnden Burschen entdeckte, die blöde Witze rissen. Und wie sie stanken! Laurence warf ihr von der Nässe kastaniendunkles Haar nach vorn, daß es ihr Gesicht wie hinter einem Vorhang verbarg. Während sie die arg verfilzten Strähnen mit den Fingern kämmte, konnte sie durch die Ritzen ihr treulos' Lieb im Auge behalten. Die anderen Söhne von Geblüt, die ihre schlanke Gestalt zwischen frech hingeworfenen Scherzworten mit gierigen Blicken verschlangen, ließen Laurence kalt, reizten sie höchstens zum Gähnen. Vater Lionel hatte sie ihr mit Namen vorgestellt: Der verschlagene Finsterling in der Mitte war ein Schwestersohn des Grafen von Montfort, dem Lionel de Belgrave als Lehnsmann diente. Daneben hockte mit seinem Pferdegesicht samt hervorstehenden Zähnen der junge Charles d'Hardouin, dessen

Oheim zu den erfolgreichen Eroberern von Konstantinopel gehörte – ›ein schändliches Unternehmen‹, für das die beiden verdreckten Mönche, die jetzt eintraten, weiteren Nachschub an Wehrwilligen zu rekrutieren suchten. ›Eine Schande für das gesamte christliche Abendland!‹ hatte ihr Vater die Eroberung und Plünderung der reichen Stadt am Goldenen Horn genannt. Er sei stolz darauf, hatte Lionel hinzugefügt, daß sein Graf, der Herr Simon von Montfort, als einziger diesem Kreuzzug brüsk den Rücken gekehrt hätte. ›Nicht die Rettung des Heiligen Landes war ihr Ziel, sondern billige Beute am Bosporus.‹

Diese harsche Kritik ihres geliebten Vaters hatte Laurence schon immer verwirrt, denn sie hielt die Teilnahme an jedem Kreuzzug für eine durchaus erstrebenswerte und ehrenvolle Aufgabe, der sich ein christlicher Ritter mit Eifer und Wonne unterziehen sollte. Ihre Zweifel an der Sichtweise ihres Vaters wurden jetzt noch bestärkt, als der päpstliche Legat, diesmal im eifernden Tonfall des geübten Missionars, erneut begann, ›des Heiligen Vaters Herzensangelegenheit‹ vorzubringen.

»Hundert Jahre! Hundert Jahre!« rief er mit bellender Stimme, während er sich den Weg zum Kaminfeuer bahnte. Sein Adlatus stieg hinter ihm her über die gestreckten Beine der jungen Adeligen. Die dort kauernde Laurence beachtete er nicht. »Hundert Jahre hat es Byzanz, die große Hure Babylon, verstanden, die Mühen, die Entsagungen, die Blutopfer unserer Züge ins Heilige Land um ihren verdienten Erfolg zu bringen, indem es die christlichen Streiter im Zeichen des Kreuzes blockierte, mißhandelte, erpreßte.« Er holte Atem und beobachtete die Wirkung seiner Rede auf die Burschen. Diese zogen zögerlich ihre nackten Beine ein, vermieden es jedoch, dem Prediger ins Auge zu sehen.

Nur der grimme Montfort ließ sich zu einem Einwand herbei. Eingeleitet von einem Furz, was sogleich die Lacher auf seine Seite brachte, rief er laut genug: »Was läßt sich die Kirche auch mit Kebsen ein?«

Der Herr Legat schluckte die häßliche Kröte. Tapfer fuhr er fort: »Und hinter dem Rücken der Schwertkämpfer Gottes«, auch ein weiterer Lippenfurz, diesmal von d'Hardouin, sollte ihn nicht wanken machen,« »mit wem verbündeten sich diese schismatischen Griechen?« Als geschulter Missionar ließ er die Pause nach der suggestiven Frage auf der Zunge zergehen wie eine honiggetränkte Oblate. »Mit den heidnischen Türken, den muslimischen Erzfeinden Jesu Christi, unseres Heilands!«

»Amen«, sagte der Montfort. »Was ist bitte ›schißmanzig‹?!« Er blickte sich, Aufklärung heischend, unter seinen Kumpanen um. »Daß die Byzantiner Knoblauch fressen und aus dem Maul stinken, wissen wir. Oder ist es ein giftigeres Übel, das aufs Gedärm schlägt – gar den Specht tropfen läßt wie beim Umgang mit willigen Weibern wie dieser Babylon?«

Nicht die aufbrausende, ungezügelte Heiterkeit, untermischt mit vulgären Lauten aller Art, ließ den Legaten verstummen, sondern die Einsicht, hier vergeblich gegen massierte Dummheit anzurennen. Am liebsten hätte er jetzt einfach die Hosen heruntergelassen und den blöden Burschen sein nacktes Gesäß gewiesen. Wer weiß, was dann passiert wäre! Er warf einen hilflosen Blick zu seinem Adlatus, der nur darauf gewartet zu haben schien. Wie der Pfeil von der Sehne schnellte der Novize los und sprang vor die Rüpel.

»*Favete nunc linguis!*« Er schnaufte vor Erregung und wäre Laurence fast auf die Füße getreten. Die Anwesenheit eines jungen Weibes so ganz in seiner Nähe, in seinem Rücken, verwirrte ihn, doch sie erwies sich auch als sein Strohhalm.

»Zügelt Eure Zunge in Gegenwart einer Dame!« fauchte er den verdatterten d'Hardouin an. »Dann will ich Euch verraten, was es mit dem ›Schisma‹ auf sich hat.« Seine rüde Art bewirkte zumindest, daß Schweigen eintrat. »Als vor 150 Jahren Ostrom«, hob der Novize an, »den Gipfel weltlicher Macht erklomm, wollte es auch der Patriarch von Konstantinopel seinem Kaiser gleichtun und dünkte sich dem Heiligen Vater auf dem Thron des Fischers ebenbürtig. Aus seinem frevelhaften Trotz entstand die ›griechischorthodoxe‹ Kirche –«

»Das ist ›die große Hure Babylon‹«, fiel ihm der Legat geifernd in die Rede. »Sie mußte vernichtet werden. Nur über ihre Leiche wird der Weg frei nach Jerusalem! Doch warm noch ist der Schoß, aus dem des Schismas Unheil kroch. Noch können dem byzantinischen Drachen neue Köpfe wachsen, und deshalb suchen wir Streiter des Herrn, die dem neuen, dem ›Lateinischen Kaiser von Konstantinopel‹ bei seiner schweren Aufgabe zur Hand gehen!« Der Legat suchte den Blickkontakt mit den Adeligen in der ersten Reihe. Nur René lächelte ihm zu. Er trug ja bereits voller Stolz das ihm angeheftete Stoffkreuz auf der Brust seines Wamses.

»Wieso ›lateinischer‹ Kaiser?« Auch der d'Hardouin glaubte, sich jetzt dumm stellen zu dürfen, doch der Novize nahm den Einwand dankbar auf.

»Um den Gegensatz und die Errungenschaft deutlich zu machen: Die Einnahme Konstantinopels bedeutete auch und vor allem den Triumph der alleinseligmachenden *Ecclesia catholica romana*, und zwar nicht nur dort, am Bosporus, sondern insbesondere in der *terra sancta*, wo diese verräterischen Griechen – «

»Und warum zieht jetzt keiner weiter, um das Heilige Jerusalem zu befreien?« Der Montfort hatte dem Legaten diesen Einwand entgegengezischt und gab die Antwort gleich selbst: »Weil sie auf das Grab des Herrn scheißen.«

Der Vertreter des Papstes wich erschrocken zurück, wobei er Laurence auf den Fuß trat.

»Blöder Bock!« fluchte diese vernehmlich. Das Pferdegebiß des d'Hardouin öffnete sich zum schallenden Lacher. Aber auch René hatte feixend zu ihr hinübergeschaut.

»Sie suhlen sich im Pfuhl der alten Vettel Babylon, verteilen ihr Hurengewand, streiten sich um jeden Fetzen, als sei's die Reliquie einer Heiligen«, höhnte der Montfort, ohne sich sonderlich zu erregen, »und denken gar nicht daran, überzusetzen nach Asia Minor, um unter Entbehrungen und Blutopfern – wie unsere Vorfahren – Jerusalem zu gewinnen, das himmlische Ziel.« Der finstere Montfort gewann in den Augen Laurence' an Sympathie, aber nur kurz. »*Da* wäre ich dabei. Aber so?«

Der Montfort wartete nicht lange genug, um dem empörten Legaten die Gelegenheit zu einer Antwort zu geben. Mit einem »Drauf geschissen!« brachte er seine Meinung bündig zum Abschluß.

Dadurch fühlte sich René de Chatillon gefordert. Er schnellte hoch wie eine Feder. »Das nehmt Ihr zurück!« forderte der schöne

Knabe aufgebracht. Laurence war stolz auf ihn und gleichzeitig besorgt.

»Wie denn?« wieherte Charles d'Hardouin. »Wie denn?«

»Das lass' ich nicht auf mir sitzen. Nicht von einem Montfort!«

»Zieht's Euch nicht an, wenn's Euch nicht paßt, Chatillon.«

»Der edle Herr René hat das Kreuz genommen – «, mischte sich schnell wieder der Novize ein. Wäre er nicht von so schlaffer Fettleibigkeit gewesen, so hätte er unangenehm an einen Schakal erinnert, allein schon durch seine Bewegungen, fahrig wechselnd zwischen Gier und lauernder Vorsicht. » – sichtbares Symbol eines gottgewollten Kreuzzuges, gesegnet von unserem Heiligen Vater, dem Pontifex maximus.«

Laurence empfand seine geduckte Nähe als ekelig. Wäre er ihr auf die Füße gestiegen, so hätte sie ihm einen Tritt gegeben. Andererseits vertrat ausgerechnet dieser Novize die gerechte Sache ihres Ritters, die sie auch zu der ihren gemacht hätte.

»Das Kreuz des Leidens Jesu Christi, Zeichen seines Opfers und unseres bescheidenen Dienstes an seiner Sache – «

»Haha!« prustete Charles d'Hardouin los. »Unser hübscher René kennt doch nur den Minnedienst, er hält sich gar für einen geschätzten Troubadour und begabten Verseschmied!«

»Wenn der Herr das Schwert handhabt wie seine Laute«, hämte der Montfort, »dann mag es schon sein, daß die Heiden Reißaus nehmen!«

Das schöne Gesicht des Chatillon war schneeweiß geworden, Laurence hielt den Atem an. Da ihr Ritter schon stand, bedurfte es nur noch des Griffs zur Waffe. Renés Hand zuckte. Er war sich nur nicht sicher, welchen der beiden Rüpel er vor seine Klinge fordern sollte. »Das sollt Ihr mir bezahlen!« stieß er mutig hervor.

Der d'Hardouin räkelte sich lässig aus seinem Sitz. Er stützte sich mit der Hand auf des Montfort Schulter ab, diesen somit niederhaltend. »Wieviel darf's denn sein?« fragte er spöttelnd und griff nach einem Schürhaken. René riß sein Schwert aus der Scheide und stieß die beiden Mönche zur Seite; denn der stämmige Legat war zwischen die Streithähne getreten. Sein Adlatus verdrückte sich sofort. Laurence verspürte Lust, ihm ein Bein zu stellen.

In diesem Moment entstand Unruhe im hinteren Teil des Saales. René ließ sein Schwert sinken, während Charles d'Hardouin grinsend sein Pferdegebiß entblößte. Mit seinem Eisen peitschte er die Luft, als nähme er die seinem Gegner zugedachte Behandlung vorweg.

»Was geht hier vor, Roald of Wendower?« ertönte eine Frauenstimme im Tonfall des okzitanischen Südens. Der Novize zuckte erschrocken zusammen, und verblüfft war auch Laurence. So konnte nur Esclarmunde, Gräfin von Foix, auftreten – ihre Patentante. Eine teure Freundin ihrer Mutter und, wie man munkelte, eine gewaltige Ketzerin vor dem Herrn. Laurence wandte den Blick ab von ihrem Ritter und verbarg sich nicht länger hinter ihrem nassen Haar.

René schob mit einem überlegenen Lächeln sein Schwert in die Scheide und sah der Gräfin herausfordernd entgegen. »Der Mönch meinte, hochverehrte fremde Dame, die Ehre eines Chatillon verteidigen zu müssen. Eines Geschlechts, das zu seinem Ruhm die Geschichte des Heiligen Landes und seines Königreiches schrieb.«

Reden kann mein Ritter, dachte Laurence und bewunderte ihn nun wieder sehr. »Und was den rechten Glauben gar betrifft«, fuhr ihr kühner René fort, »können wir Chatillons den heiligen Bernhard vorweisen. Eine solche Vergangenheit verpflichtet. Deshalb nahm ich das Kreuz und bin stolz darauf.«

Dem d'Hardouin hatte der Auftritt die Sprache verschlagen. Ehe er mit seinem Gefuchtel Unheil anrichten konnte, zog ihn sein Gefährte am Ärmel auf seinen Stuhl zurück. Laurence erhob sich, um ihre Patin zu begrüßen. Den beiden sich schon wieder lümmelnden Rittern bedeutete sie mit herrischer Handbewegung, ihre Plätze für den überraschenden Besuch zu räumen.

Esclarmunde de Foix hatte eine straffe, fast noch jugendlich zu nennende Figur. Ihr Silberhaar machte es einem schwer, ihr Alter zu schätzen. Obwohl die Folgen eines Reitunfalls sie behinderten, wirkte sie keineswegs gebrechlich. Die Gräfin stützte sich beim Vorwärtsschreiten auf zwei Herren. Der eine war Gavin, dem Laurence nicht ansah, ob er ihr verziehen hatte, der andere ihr Vater Lionel, der aus seiner Laune keinen Hehl machte.

»Hier, werte N'Esclarmunde«, begann der Belgrave mit gepreßter Stimme. Laurence, die ihn kannte, hörte seinen Ärger oder zumindest Unmut über den unerwarteten Besuch heraus, »seht Ihr die Blüte Frankreichs versammelt, vielmehr jene Sprößlinge, die es noch nicht ins Land der Griechen gezogen hat –«

Hier unterbrach ihn schroff der junge Montfort: »Es steht Euch als unserem Lehnsmann nicht an, Lionel de Belgrave«, stieß er finster hervor, »darüber zu befinden, wo ich mich aufhalte oder nicht. Komm, Karlemann, wir gehen.« Die beiden drängten sich seitlich durch die Menge, vermieden so den Zusammenstoß mit den Neuankömmlingen und verließen den Raum.

»So bleibt uns doch«, ließ sich Esclarmunde vernehmen, während sie auf einem der frei gewordenen Sitze Platz nahm und René huldvoll zu sich winkte, »die köstliche Knospe aus dem Hause derer von Chatillon, zu dessen ruhmreichen Vorfahren tatsächlich Bernhard von Clairvaux zählt. Was aber das so viel gerühmte *Wirken* des ›Doktor Honigsüß‹ anbelangt, so mag über dessen Früchte die Christenheit dereinst entscheiden, wenn sie endgültig aus dem Heiligen Land ins Meer gejagt worden ist. Die Plünderung und Schändung von Byzanz ist nur ein weiterer Hüpfer der purpurnen Kröte in diese Richtung. Sei's drum.«

Jetzt war es jedoch nicht der verwirrte René, der empört protestierte, sondern der ältere Zisterziensermönch, der im Rang eines päpstlichen Legaten stand: »Euch kommt noch viel weniger zu, Madame, die Kirche, ihre Heiligen und unseren Herrn Papst zu schmähen, schon gar nicht auf dem Boden des katholischen Frankreich. Ihr seid eine Ketzerin, und Ihr werdet noch von mir hören.« Damit stürmte er mit hochrotem Kopf aus dem Saal, ohne sich um seinen Adlatus zu kümmern. Der machte seinerseits keine Anstalten, seinem Meister zu folgen, sondern drückte sich in die Ecke, gebeugt und für alle sichtbar ins Gebet vertieft.

Esclarmunde de Foix sah sich triumphierend um. »Der kleine Regenguß ist vorüber«, verkündete sie launig. »Nichts hindert die Herren Ritter daran, ihr Hauen und Stechen auf der grünen Wiese wieder aufzunehmen. Die Tüchlein der Damen warten schon auf ihre Helden.«

Die meisten folgten dieser unmißverständlichen Aufforderung, denn es setzte ein Geschiebe und Getrappel ein. Laurence umarmte artig ihre berühmte Patin, was das Interesse der noch im Raum Verbliebenen auf sich zog. Als Roald of Wendower merkte, daß keiner ihn beachtete, trat er schnell hinter einen Vorhang. Da sie den Novizen nicht mehr sahen, dachten alle, er sei ebenfalls gegangen.

»Wie viele Jahresringe sind hinzugekommen?« Die Gräfin hielt Laurence an beiden Armen vor sich, und ihr Blick glitt wohlgefällig über die schlanke Gestalt des Mädchens. »Eine stattliche Tochter ist Euch da ins Haus gewachsen«, wandte sie sich an Lionel, der seinen Stolz nur mühsam verbarg.

»Manchmal scheint es mir in der Tat, Laurence' wahres Bestreben ziele darauf, mir den männlichen Erben zu ersetzen.«

Esclarmunde äußerte bestimmt: »Nicht jedes junge Weib eignet sich für das Joch der Ehe. Und dessen bedarf es auch wahrlich nicht.«

Laurence fiel ein, daß die energische Dame schon lange Witwe war und an diesem Stand auch nie etwas geändert hatte, obgleich es der hochvermögenden Werber viele gegeben hatte.

»Wie Ihr meint, verehrte Base«, preßte der Belgrave heraus, dem das Auftreten der Dame und vor allem das Herausstreichen gut einvernehmlicher Beziehungen zwischen ihm und dem bekanntermaßen häretischen Hause von Foix nicht paßte. Wer würde schon um die Hand eines wilden Mädchens anhalten, dessen katholische Erziehung angesichts einer solchen Patin leicht anzuzweifeln war? Ihre Bekanntschaft verdankte er natürlich Livia, deren Treue zum Glaubensbekenntnis der römischen Kirche ihm noch nie geheuer war – trotz ihres Ranges einer Äbtissin in unmittelbarer Nähe des Heiligen Stuhls. Wo nistet der Teufel am liebsten? Im Schatten der Kathedrale!

Esclarmunde hatte sich dem Chatillon zugewandt, der sich von der Einladung, den Raum zu verlassen, nicht betroffen fühlte. Die verschämt verliebten Blicke von Laurence waren der Gräfin von Foix nicht entgangen. »Verlangt Ihr nicht doch danach, Eure Fertigkeit mit Lanze und Schwert wenigstens im Turnier unter Beweis zu stellen, Edler von Chatillon? Oder was hält Euch hier noch?«

ging sie den jungen Ritter an. »Ich wünsche mein Patenkind unter vier Augen zu sprechen«, fügte sie hinzu, ihr Drängen keineswegs bemäntelnd.

Da raffte Laurence sich auf. »René muß sich nicht mit diesen Rüpeln da draußen schlagen. Jedenfalls nicht für mich.« Sie vermied es dabei, ihm in die Augen zu sehen, sondern richtete den funkelnden Blick auf ihre Patin.

Ihr Ritter trat jedoch vor die große Esclarmunde und sprach, bemüht, seiner Stimme Festigkeit zu verleihen: »Es steht mir nicht an, mich den Wünschen einer Dame zu widersetzen, ebensowenig wie ein Chatillon sich dem Verlangen der Kirche entzieht, für sie mit dem Schwert in der Hand einzutreten. Auch will ich gern mit eingelegter Lanze für die Ehre meiner Damna streiten, wenn Ihr«, er wandte sich keck an Laurence, »holde Laurence, wieder Euren Platz auf dem Söller einnehmt.«

»Kommt nicht in Frage!« beschied ihn barsch die Gräfin, worauf er die verblüffte Laurence an sich zog und sie auf den Mund küßte, in den Mund. Erschrocken fühlte das Mädchen die Schlange, die ihr blitzschnell zwischen die halb geöffneten Lippen fuhr. René grinste ihr schelmisch in die aufgerissenen Augen, verneigte sich tief vor ihr und allen Anwesenden und sprang mit hurtigen Schritten aus dem Raum.

»Ich hoffe nicht«, Esclarmunde räusperte sich in die eingetretene Stille hinein, »daß ich jetzt den ersehnten Freier Eurer Tochter vergrault habe, lieber Lionel. Laßt Euch trösten: Dieser Bursche ist als verlustig gegangener Schwiegersohn zu verschmerzen – und nicht wert, daß du dein Herz an ihn hängst.«

Letzteres war an Laurence gerichtet, die wie begossen dastand. Die heftige Röte ihres Gesichts wetteiferte mit der Farbe ihrer Haare, die langsam trockneten.

»Er hat es nicht einmal für nötig gehalten, bei mir um die Hand meiner Tochter anzuhalten«, mußte Lionel brummig zugeben.

Laurence schlug die Augen nieder und beschwor den Geschmack des Kusses herauf. Nie wollte sie diesen Stich der Lust vergessen. Ihr war, als brannten ihr die Lippen in smaragdgrünen Flammen. In ihrer Verlegenheit und auch, um ihn wieder versöhnlich zu stimmen, grinste sie Gavin zu. Das hatte zur Folge, daß sich aller Blicke auf den stämmigen Knaben richteten. Nichts aber war Gavin peinlicher, als in solchen Zusammenhang mit seiner Jugendfreundin Laurence gebracht zu werden. Dieses freche Geschöpf zum Ehegespons?

»Ich werde Templer!« rief er abwehrend, und Laurence mußte herzhaft lachen.

»In den Orden würde ich auch sofort eintreten!« verkündete sie boshaft, als sei er selbst dort nicht vor ihr sicher.

Esclarmunde legte ihre schmalgliedrige Hand auf den Arm des Jungen. »Gavin Montbard de Béthune gilt mir wie ein eigener Sohn, und wenn ihm der Sinn nach dem harten Dienst in der weißen *Clamys* der Kriegermönche steht, dann soll er seinen Willen haben.«

»Ein entbehrungsreiches Leben erwartet ihn unter dem Tatzenkreuz«, pflichtete Lionel grimmig bei, »das keine Familienbande duldet.«

»Gavin ist Waise«, stellte die Gräfin klar. »Und bis zu seiner Volljährigkeit –«

»Ich werde früher aufgenommen«, unterbrach sie der Knabe selbstsicher.

Er hat den gleichen harten Schädel wie ich, dachte Laurence und schenkte dem Ernsthaften erneut ein aufmunterndes Lächeln, das Gavin endlich erwiderte. Esclarmunde fuhr ungerührt fort:

»– bis zu seiner Schwertleite steht er in meinen Diensten.«

Da blitzte der Schalk in den Augen des kräftigen Knaben auf, und Laurence wußte, daß sie sich wieder verstanden. ›Laß die Alten nur reden‹, hieß die geheime Botschaft, ›wir machen das schon!‹ Lionel hingegen empfand das Auftreten der Gräfin von Foix als völlig unpassend. »Eine sehr geeignete Vorbereitung des jungen Mannes für die Aufnahme in den allerchristlichsten Orden der Templer«, höhnte er vernehmlich.

»Wie darf ich das auffassen, Lionel de Belgrave?« entgegnete Esclarmunde scharf.

»Weil ihr im Süden allesamt arge Ketzer seid, meine Liebe«, bestätigte ihr der Belgrave, wobei er nicht offenließ, auf welcher Seite er stand. Bei Esclarmunde kam er damit schlecht an:

»Auf dem Stuhle Petri sitzt der Antichrist, der auf Okzitaniens Verderben sinnt, und dem König in Paris ist dies nur allzu recht. Ich werde Mittel und Wege finden, eine solch unheilige Allianz zu unterbinden. Mein Plan ist es –«

Hier unterbrach Lionel sie schroff: »Ich will nichts davon wissen! Als Ritter Frankreichs begänge ich Hochverrat und würde meinen Kopf verlieren.« Er hatte sich schnell in Rage geredet. Seine Tochter grinste verstohlen Gavin zu, doch der blickte stur geradeaus, als ginge ihn das Ganze nichts an. »Und daß Ihr den Euch anvertrauten Knaben, ein Kind noch, in die Sache hineinzieht, finde ich unverantwortlich. Meine Tochter wird dem schlechten Einfluß einer solchen Patin nicht länger ausgesetzt sein! Komm, Laurence.«

Er war erregt aufgesprungen. Laurence zögerte.

»Ich bin kein Kind mehr«, sagte Gavin ärgerlich, »und Ihr seid nicht mein Vormund.«

»Verführerin!« polterte Lionel. »Ihr mit Euren katharischen Ideen«, er griff nach der Hand seiner Tochter, »verderbt die Seelen unschuldiger Kinder!«

»Beruhigt Euch, Vater!« forderte Laurence ihn auf. Sie vermied es, ihn, wie zwischen ihnen üblich, Lionel zu nennen, damit seine Autorität nicht noch mehr Schaden nahm. »Ich werde Euch gehorsam folgen.« Dabei hatte sie gerade den Entschluß gefaßt, daß sie den Teufel tun würde. »Wenn ich schon erwachsen genug bin, daß Ihr mir, ohne mich zu fragen, einen Gemahl sucht, dann steht es mir auch zu, mich verführen zu lassen, von wem ich will.« Sie dachte natürlich an den Chatillon, das sollte ruhig jeder heraushören, ihr Herr Vater allemal. »Von Männern versteh' ich genug – und Euer Streit über lateinische Orthodoxie, den rechten Glauben der Katzerer und die Irrlehre vom Antipapst kümmert weder Schweif noch Schleppe! Mich jedenfalls nicht! So! Und jetzt können wir gehen!«

Belgrave hatte es die Sprache verschlagen, doch er gab Esclarmunde die Schuld an seiner Tochter Aufsässigkeit. »Ihr habt Laurence heute zum letzten Mal gesehen!« Lionel erhob sich. »Ich kündige Euch die Patenschaft auf!«

Seinem Griff konnte sich Laurence diesmal nicht entziehen, auch waren Widerworte jetzt kaum ratsam. Er schubste seine Tochter rüde vor sich her und ließ ihr keine Zeit für einen Abschied. In der Tür wandte er sich noch einmal um. »Es hat mich nicht gefreut, meine Dame, werte Herren.«

Kaum war der erboste Vater aus dem Saal gestampft, lachte Esclarmunde schallend auf, und Gavin stimmte in ihre Heiterkeit ein. Selbst der Novize in seinem Versteck hinter dem Vorhang griente still vor sich hin. Was für ein Weib, diese Rote!

»Schafft mir den Chatillon herbei – und auch den Roald of Wendower«, befahl die Gräfin ihrem Begleiter. »Alsdann laßt uns aufbrechen. Ich will die Nacht nicht ohne Not in Feindesland verbringen.«

Der Lauscher in der Mönchskutte war vor Schreck erstarrt, als er seinen Namen hörte. Jetzt würden sie ihn überall suchen. Doch herauszutreten aus seinem Versteck traute sich Roald of Wendower erst recht nicht. Die Gräfin würde ihn furchtbar verprügeln lassen, wenn dem unerwünschten Zeugen nicht gar Schlimmeres drohte. Also harrte der Novize zitternd hinter dem Vorhang aus. Seine Qualen sollten bald ihre Belohnung erfahren. Roald of Wendower glaubte seinen Ohren nicht mehr trauen zu können – bei dem, was er in der Folge noch zu hören bekam.

DIE PROPHEZEIUNG

Diener hatten ein Strohlager auf dem Steinboden des Rittersaales hergerichtet und für alle Teilnehmer des verregneten Turniers, die nicht bereits am Abend die Burg von Fontenay verlassen hatten, Teppiche und Decken zusammengetragen. Beim kargen Nachtmahl in der Schloßküche, bei dem man gehörig dem gut abgehangenen Schinken vom Wildschwein zusprach und noch mehr trank, hatte der Chatillon die Toaste der Ritter auf sich gezogen, war es ihm doch gelungen, sowohl den kräftigen Montfort als auch Charles d'Hardouin hinter Sattel und Kruppe ihrer Pferde zu setzen. Beide waren davongeritten, auch die zwei Mönche waren abgereist, so daß René de Chatillon sich unbehelligt von seinen Kumpanen feiern lassen konnte. Becher um Becher widmete er seine Siege artig seiner Damna und blitzte Laurence dabei mit seinen Smaragden an. Doch mehr kam nicht von ihm, kein Wort an den Vater, der sich alsbald betrank und von seiner Tochter frühzeitig zum Nachtlager gebracht werden mußte. Selbst mit schwerem Kopf sorgte Vater Lionel noch dafür, daß Laurence in einer geschützten Ecke an der Wand zu liegen kam, während sein massiger Körper wie ein treuer Bernhardiner jeglichen Zugang blockierte. Er war sofort schnarchend eingeschlafen. Laurence lag noch lange wach und stellte sich erst schlafend, als die Diener den letzten Zechern heimleuchteten.

Kaum war das Dunkel wieder über den Raum gefallen, ihre Augen hatten sich an das Nachtlicht gewöhnt, ihr Ohr an die sägenden Geräusche der Schläfer, sah sie schattenhaft eine fremde Hand hinter dem Kopf ihres Vaters auftauchen. Dann glitten schon suchende Finger über ihr Gesicht und fanden schließlich ihre Lippen. Laurence rang mit sich, ob sie diese dem drängenden Tier geöffnet darbieten sollte, da hatte die Schlange sich schon blitzschnell ihren Weg gesucht, und Laurence biß erschrocken zu. Das Reptil sprang zurück und legte sich stocksteif quer über ihren Mund, um ihn an einem Aufschrei zu hindern. Laurence' Kopf lag in der Beuge eines Armes gebettet. Sie wagte ihn nicht zu rühren. Mit der anderen Hand suchte sie die fremden Finger, umschloß sie fest und führte sie nun aus eigenem Willen ihrem Munde zu. Diesmal ließ sich die vielfingrige Meduse Zeit. Zärtlich kraulten die fremden Kuppen die Mulde ihrer Hand, glitten fordernd zwischen ihren Gelenken auf und ab. Laurence krallte ihre Nägel in den harten Venushügel und zerrte das an seiner Oberseite pelzig behaarte Biest an sich, fuhr mit ihrer Zunge blitzschnell über die salzige Haut und gewährte dem nun hervorschnellenden Mittelfinger bebend Einlaß zwischen ihren scharfen Zähnen. Ihre Lippen umschlossen weich den nackten Eindringling, den ihre Zunge immer hitziger umspielte, während der freche Kerl kreisend und stoßend die nasse Höhle erkundete. Laurence zog ihn in sich hinein bis zum Heft. Sie saugte sich an ihm fest, im erregenden Gleichklang mit seinen qualvollen Windungen, und hätte so gerne geschrien, hätte so gerne Kehle, Zunge, Lippen eingetauscht gegen all das, was in den Tiefen ihres Schoßes sehnend und aufbegehrend rumorte. Sie preßte die Schenkel zusammen und stieß das Untier zurück. Sie bohrte ihr heißes Gesicht in den Teppich, bemüht, ihren Kopf nicht heftig zu bewegen oder sich durch Keuchen zu verraten. Sie hätte heulen können vor Wut, vor Glück, vor Entsagung und wilder, entschlossener Hoffnung. Die Tränen kamen ihr vor Selbstmitleid, ein Schluchzen unterdrückte sie rechtzeitig. Laurence rollte sich hinter ihren schnarchenden Vater und beschloß, in Morpheus' Armen Vergessen zu suchen.

Sie war noch keineswegs eingeschlafen, als der smaragdgrüne Salamander tastend durch ihr rotes Haar streifte. Ihre Hand schlich ihm entgegen, wollte ihn überraschen. Da hatte er sie schon gefunden, glitt prüfend über ihre ausgestreckten Glieder, bis er den Finger gefunden hatte, den er suchte. Zitternd spürte Laurence, wie diesem ein Ringlein übergestreift, dessen fester Sitz überprüft und er dann schroff allein gelassen wurde. Sie wagte weder Ringfinger noch Hand zu rühren. Liebend gern wäre sie mit dem verräterischen Schmuckstück eingeschlafen, doch durfte es keinesfalls am Morgen von Lionel entdeckt werden.

Sie suchte noch nach einem Ort, den ihr Vater nicht einsehen konnte, als es neben ihr im Holzpaneel kratzte. Ihr erster Gedanke war: Ratten! Der zweite ließ Laurence die Luft anhalten: Sollte dieser Draufgänger René –? Sie wagte kaum zu atmen, während sie ihren Kopf ganz langsam zur Wand drehte. Zwischen den Brettern entstand mit leisem Knacken ein Schlitz. Sehen konnte Laurence ihn nicht, aber sie fühlte den zunehmend kalten Luftzug, und dann vernahm sie wie gehaucht die Stimme Gavins. Er mußte ganz dicht bei ihr sein, sie glaubte seinen warmen Odem im Ohr zu spüren.

»N'Esclarmunde«, wisperte der Freund, »wünscht Euch zu sehen.«

Laurence witterte sofort Feuer und Abenteuer, doch dämpfte mit seinem Schnarchen ihr Vater den aufkommenden Tatendrang.

»Was, wenn Lionel mich vermißt?« flüsterte sie besorgt zum Spalt. Sie vernahm ein Gemurmel und bemerkte eine zweite männliche Stimme. Sollte der tollkühne Chatillon das Begehr der Esclarmunde nur erfunden, Gavin nur vorgeschoben haben, um sie zu entführen? Ihr zuverlässiger Freund befreite sie von solchen beglückenden Gedanken.

»Roald of Wendower schätzt sich geehrt, derweil Euren Platz einnehmen zu dürfen.«

Der Schuft! Ausgerechnet diesen geifernden Novizen mußte Gavin sich einfallen lassen. Mit heruntergezogenen Hosen würde der sich in die warme Kuhle pressen, die ihr Leib dort hinterließ. Wichtig war allerdings nur, daß sie ihn wieder los wurde, wenn sie an ihren Schlafplatz zurückkehrte. Laurence schob sich auf dem Bauch durch das Heu auf den Spalt zu. Sie spürte die kühle Mauer, an der sie sich vorsichtig aufrichtete, während der junge Mönch an ihren Füßen vorbeikroch. Hatte der widerliche Lurch etwa ihren Spann geküßt? Etwas Feuchtkaltes war darübergewischt. Leise, fast weinerlich beschwerte sich dieser Wendower bei Gavin:

»Wohin enteilt meine feuerrote Flamme, die mich versengt?« stöhnte er flüsternd, aber Laurence hatte es wohl gehört. »*Statua aena*, die Göttin, die Ihr mir versprochen?«

»Sie muß nur schnell noch brunzen, Bruder«, zischte Gavin mit unterdrücktem Kichern. Das Schlitzohr trat dem Novizen zwar nicht in den Hintern, aber sein Fuß schob ihn mit Nachdruck durch den schmalen Schlitz.

»Und rührt Euch nicht!« ermahnte er ihn noch. »Wenn Herr Lionel entdeckt –« Er ließ die Drohung im Raum stehen, nahm Laurence in der Dunkelheit bei der Hand und zog sie mit sich fort.

Sie verließen die Burg durch eine offenbar schon lange nicht mehr benutzte Ausfallpforte. Draußen hatte Gavin seinen Gaul an einen Baum gebunden. Sie saßen zusammen auf. Laurence mußte sich fest an den Freund klammern, denn im Dunkeln konnte das Tier jederzeit stolpern oder scheuen.

»Mußte es dieser gräßliche Prediger sein?« warf sie ihm scherzhaft vor, während sie querfeldein über die vom Regen aufgeweichte Turnierwiese ritten.

»Wer sonst legt sich schon in ein leeres Bett neben einen racheschnaubenden Drachen von Vater?« gab Gavin über die Schulter zu bedenken. »Wir fanden ihn zitternd hinter dem Vorhang, an einem nassen Tüchlein saugend, das Euch, Laurence, wohl entfallen sein muß. Er küßte es voller Inbrunst und sagte, er wolle für Euch sterben –«

»Und jetzt stirbt der Arme tausend Tode neben Lionel.« Laurence' Mitleid dauerte nur einen hellen Lacher lang, dann kam der Stich, daß es ihr Tüchlein sein mußte, von ihrem René achtlos im Dreck verloren! Doch sie fragte beherrscht: »Und warum will mich N'Esclarmund mitten in der Nacht sprechen?«

»Weil nur in dieser Nacht ein berühmtes Orakel, ganz hier in der Nähe – mehr darf ich Euch nicht sagen: Es geht um Eure Zukunft.«

Esclarmunde erwartete ihr Patenkind am Rand der Turnierwiese, dahinter erstreckte sich der Wald von Fontenay. Sie reiste wie immer mit ihrer Sänfte, in die sie Laurence ohne viel Federlesens einsteigen hieß. Gavin trabte neben den Trägern einher. Vorweg liefen zwei Diener mit Fackeln, und hinten ritt eine kleine Eskorte aus einem halben Dutzend Bewaffneter. Laurence fand dies alles ungemein aufregend, trotz ihrer Furcht vor Entdeckung. »Wenn nun mein Vater –?«

»Papa-la-pappa!« wehrte die alte Dame ungehalten ab. »Lionel wird durchschnarchen bis morgen früh. Sein Wein ging durch die kundige Hand meines Mundschenks.« Sie lachte kurz auf. »Das Mönchlein müßte ihm schon kräftig zu Leibe rücken.«

Laurence beschloß, sich erwachsen zu zeigen. »Der gräßliche Novize könnte ihn im Delirium der Sinne mit mir verwechseln.«

Die Vorstellung erheiterte die strenge Dame. »Der Stolz verrät die Schwänin, auch wenn die Schalen noch im Gefieder kleben, Laurence. Du weißt um deine Anziehungskraft auf Männer wie auf Frauen.«

Diese Äußerung traf Laurence wie ein Schlag in die Magengrube. »Warum sagt Ihr mir das?« Esclarmundes Gesicht war für sie im Dunkeln der Sänfte nicht zu erkennen. Als das Licht einer der vorauseilenden Fackeln durch das offene Fenster fiel, glaubte Laurence ein überlegenes Lächeln ausmachen zu können.

»Ich will, daß du dich beizeiten selbst erkennst.«

Laurence wurde es unbehaglich, aber ihre Neugier obsiegte. »Woher plötzlich dieses Interesse an mir dummer Gans?«
»Rothaarige wie du mögen den Part der Gans wohl spielen, doch meist steckt dahinter ein schlaues Füchslein. Ich will wissen, ob wir auf dich zählen können.«
»Wer *wir*?« Laurence dachte an ihre Mutter und war mißtrauisch.
»Das wirst du erfahren, wenn es an der Zeit ist.«
Damit war das Gespräch beendet. Laurence schaute hinaus in den dunklen Wald, dessen vorbeiziehende Stämme im Schein der Fackeln unheimliche Schatten warfen, zu gewaltigen Riesen aufwuchsen, deren Arme nach ihr zu greifen schienen, während hinter den niedrigen Sträuchern Gnome hockten, die beim Auftauchen der Sänfte entsetzt das Weite suchten. Sie hörte das Gurren der Wildtauben und den Schrei des Käuzchens, das Flüstern der Blätter und hastiges Rascheln im Unterholz. Der volle Mond brach durch die Wolken und tauchte Bäume und Zweige in ein silbriges Licht.

Jetzt erst wagte es Laurence, ihren Gefühlen freien Lauf zu lassen – die Stimmung des nächtlichen Waldes überwältigte die ihr angeborene Skepsis. Alles, was bisher geschehen war, stürmte auf sie ein. Sie hatte ein Geheimnis, und auch der prüfende, durchdringende Blick der gestrengen Esclarmunde konnte es ihr nicht entreißen. Niemand sollte es wagen, sie von ihrem geliebten Prinzen zu trennen – von Gavin so herzlos gegen einen schleimigen Frosch vertauscht –, um sie in den Märchenwald der großen Zauberin Esclarmunde zu entführen. Laurence stieß einen wohligen Seufzer aus. *Quel nèy!*

Der kleine Zug mit der Sänfte trat hinaus auf eine Lichtung, an deren Ende sich, von Efeu überwuchert, ein graues Gemäuer erhob. Im Näherkommen erkannte Laurence einen geborstenen Torbogen und vermutete gleich dahinter eine Kapelle, wenn auch kein christliches Kreuz darauf hinwies.

Esclarmunde befahl die Sänfte abzusetzen. »Du wartest hier«, wies sie ihr Mündel an und ließ sich von dem abgesprungenen Gavin heraushelfen. Die Fackelträger leuchteten ihr die Steinstufen hinauf. Das Rankenwerk wirkte wie ein natürlicher Vorhang, hinter dem die rüstige Dame verschwand.

Gavin nahm, sein Schwert in der Hand, breitbeinig davor Aufstellung wie der Wächter eines Heiligtums und hielt so Laurence davon ab, ihrer Patin trotz des Verbots zu folgen. Die Frage, ob geheimnisvolle Mächte ihr verläßliches Mitwirken begehrten, beschäftigte sie doch sehr. Sie sah sich klein und leicht wie ein Elf in der Schale einer Waage hocken, deren Zünglein von Esclarmunde mit verbundenen Augen am Ring hochgehalten wurde. In der anderen Schale schien etwas aufgehäuft und mit einem Tuch bedeckt, das sicher viel schwerer war als sie, und doch senkte sich ihre Seite langsam, aber stetig nach unten.

Laurence wurde aus ihrem Grübeln gerissen. Gavin rief nach ihr. Sie sprang aus der Sänfte, die ausgetretenen Stufen hinauf, und wie ein Knappe schlug er galant das Efeu zur Seite, als sei's der Vorhang zum Auftritt der Königin. Laurence betrat ein Kirchlein ohne Dach, das Gewölbe eingestürzt. Der Mond stand über der verwitterten Mauerkrone. Doch das war es nicht, was Laurence fesselte. Vor ihr öffnete sich der Boden zu einem Loch, lang und breit wie ein Grab. Unter dem Schutt der herabgefallenen Ziegel führten Stufen in die Tiefe. Von dort glomm ein Lichtschein, und sie hörte ihre Patin: »– noch jung wie ein Kälbchen, das Salz törichter Liebe, unbedachter Aventuren lecken mag, keineswegs nach dem *lapis ex coelis* trachtet –«

Laurence lauschte erregt und ärgerte sich. Sie war kein dummes Kalb, das sich willenlos zur Schlachtbank führen ließ, wer immer auch der Metzger sein wollte.

»Wenn sie erst einmal Blut geleckt hat«, sagte die andere Stimme, und Laurence war sich nicht sicher, ob sie einer alten Frau oder einem Greis gehörte, »ihre ersten eigenen Wunden, dann wird sie sich besser hüten, und das ist die erste Voraussetzung für eine Hüterin, wie Ihr sie Euch ersehnt –«

Laurence hatte ein Steinchen von dem Geröll auf der Treppe losgetreten, die Stimmen verstummten, und sie beeilte sich, den Abstieg zu beenden. Dabei geriet sie ins Schlittern und stolperte in die in den Fels gehauene Krypta. Nur vier Öllämpchen in den Ecken erleuchteten die Gruft. Vor ihr saß auf einer steinernen Thronbank Esclarmunde, ein weiteres Lebewesen vermochte Laurence in dem

Raum nicht zu entdecken. In der Blickrichtung ihrer Patin öffnete sich die Felswand zu einer hochgelegenen Nische, und darin stand eine schwarze Frauengestalt. Sie war aus dunklem Holz geschnitzt oder mit Pech bestrichen und wirkte weniger plump als vielmehr deftig, erdverbunden: breite Hüften, ein fülliger Busen, der sich nicht züchtig verbarg, sondern sich der Betrachterin ohne falsche Scham darbot. Die wulstigen Lippen schienen leicht geöffnet, die langen Wimpern über den großen, runden Augäpfeln hingegen verheißungsvoll gesenkt. Die Statue war nicht nach dem Vorbild des Lebens geschaffen, denn solch dunkle Haut, rotglänzende Lippen und mächtige Brüste hatte Laurence noch nie gesehen. An vielen Stellen war die Farbe abgeblättert. War diese Figur eine vergessene heidnische Göttin, oder sahen so ›Götzen‹ aus?

»Wen soll die Dame darstellen?« fragte Laurence. Sie war sich ihrer Keckheit bewußt, wollte sich aber den Schneid nicht abkaufen lassen.

Esclarmunde ging weder auf den Ton ein, noch sah sie zu Laurence hin. Ihr Blick blieb unbeirrt auf die Statue geheftet. »Daß du Maria nicht erkennst, zeigt nur, wie wenig du über sie weißt.« Sie sagte es ohne Vorwurf. »Setz dich zu mir und sprich nur, wenn du dazu aufgefordert wirst. Nicht allein deine Antworten, sondern auch dein Verhalten geben Auskunft über dich, Laurence.«

»Wem?« platzte diese heraus. »Wem soll ich hier Rede stehen? Mitten in der Nacht, in einer Druidengrotte, angesichts –«

»Gar nicht so falsch«, lobte die Patin. »Mir, dir, *uns*.« Sie senkte die Stimme. »Und nun faß dich in Geduld und beherzige, was ich dir sagte.«

Damit fiel die alte Dame in ein Schweigen, das keine Störung mehr duldete. Laurence zuckte die Achseln und tat es ihr gleich. Betete N'Esclarmunda? Wer war die Hüterin, die sie sich ersehnte? Doch nicht etwa sie selbst? Das wollte sie gleich klarstellen, daß ihr, Laurence de Belgrave, nichts daran lag, eine Hirtin abzugeben, für welche Herde auch immer. Sie wollte –

»Welche Tugenden zeichnen den Ritter aus?« ertönte die brüchige Stimme, die sie schon vernommen hatte, aus der Nische. Laurence konnte den Sprecher nicht entdecken – oder wer sich da

DIE PROPHEZEIUNG

über sie lustig machte. Sie besann sich der Mahnung, die ihr Esclarmunde erteilt hatte.

»Das Eintreten für die Schwachen, der Wahrheit zu dienen, edel –« Sie brach wütend ab. »Gralsritter will ich werden, und sonst gar nichts!« beschied sie die stumm und drall über ihr thronende Schwarze. Eigentlich war ihr Ausbruch an die Adresse der Patin gerichtet, die keine Miene verzog.

Auch die Stimme der unsichtbaren Priesterin verriet keine Gemütsregung. »Sei dir bewußt, Laurence, daß ein Gralsritter – so er denn in den erlauchten Kreis aufgenommen – sein Leben einzig der Suche nach dem Gral weiht, unter Verzicht auf alles, was diesem Ziel nicht dienlich ist, ohne Nachsicht sich selbst gegenüber, ohne Milde von anderen zu erfahren und ohne auch nur die Aussicht darauf, den Gral je zu Gesicht zu bekommen. Der Weg zu ihm ist die Suche. Das völlige Aufgehen in der Suche ist das Ziel.«

Das gefiel Laurence, wenn sie es sich auch nicht so erschöpfend vorgestellt hatte. Vielleicht war das hier die erste Prüfung, die sie bestehen mußte?

»Dazu bin ich bereit«, erklärte sie mit fester Stimme. In Wahrheit hatte die Erklärung sie verwirrt. Sie warf einen unsicheren Blick zu Esclarmunde, die neben ihr saß und doch so weit entfernt schien wie der Mond.

»Dort, wo du Siege erwartest, wirst du bittere Niederlagen hinnehmen. Aus schwerstem Verlust wirst du Gewinn ziehen.«

Das leuchtete Laurence ein, und sie verkündete eifrig: »Keine Niederlage soll mich erdrücken, kein Sieg mich übermütig sehen.«

Die Stimme schwieg. Esclarmunde räusperte sich. »Es würde nicht einmal eine verlorene Schlacht für dich bedeuten, wenn du die Jagd nach der Gralsritterschaft aufgeben und die Rolle einer Gralshüterin in Betracht ziehen würdest?«

»Niemals!« empörte sich Laurence und sprang auf. »Mit oder ohne Euren Konsens. Auch Ihr, werte und hochverehrte Patin, bringt mich nicht davon ab.«

»Gralsritter kannst du nur sein«, nahm die Priesterin der Schwarzen Madonna den Faden wieder auf, »wenn es dir gelingt, sein Ideal zu verkörpern und seine Geistigkeit deinen dir vom Demiurgen gegebenen Leib vergessen läßt.« Die Stimme erregte sich in dem Maße, wie ihre Worte bedeutungsvoller wurden. Laurence konnte hören, wie schwer der Alten der Atem ging, doch unerbittlich fuhr sie fort: »Wenn du dich *nicht* zu dieser spirituellen Höhe aufschwingst, in der der Gral weset, wenn du nur ein in der Materie dieser Welt verhafteter Ritter bleibst, dann wird dein Frausein gräßlich auf dich zurückschlagen, denn die Ritter dieser Welt dulden kein Weib in ihren Rängen, sie werden dich ohne Erbarmen schlimmer noch traktieren als jede Vogelfreie. Rechtlos wirst du ihnen ausgeliefert sein, und haßerfüllt und geifernd werden sie dich verwüsten, zerbrechen. Du wirst den Hieb, der dir den Tod bringt, als Gnade erbetteln –«

Laurence hatte sich unter dem Ansturm der grausamen Bilder geduckt, die Hände vors Gesicht geschlagen. So verharrte sie völlig erstarrt. Solche Konsequenzen hatte sie sich nie ausgemalt, wie auch!

Die Junge tat Esclarmunde leid, aber sie zeigte es nicht. »Du mußt diesen Weg nicht gehen, Laurence«, brach sie das Schweigen. »Ich habe dir einen anderen aufgezeigt.«

Laurence rang nach Worten, die ihr einen würdigen Abgang ermöglichen konnten. Sie fand keine, aber erpressen ließ sie sich nicht. Sie würde ihre Zukunft selbst in die Hände nehmen. »Ich will hier weg!« rief sie wütend. Das beeindruckte niemanden. Sie fühlte sich nicht Manns genug, den Raum mit dieser schwarzen Teufelin einfach den Rücken zuzukehren.

»Du kannst deinem Leben nicht entfliehen, Laurence«, sprach die Stimme jetzt fast begütigend, »es sei denn, du wirfst es weg. Das jedoch wirst du nie übers Herz bringen, dazu liebst du es zu sehr, wie sehr es dich auch beuteln wird.« Weit entfernt klangen jetzt die Worte der Priesterin. Sie wurden immer leiser, wie vom Mondwind verweht. »Du wirst schon längst alt und grau sein, da werden dir zwei Kinder gegeben werden, die das Schicksal der Welt in den Händen halten. Ihnen wirst du mit Freuden Hüterin sein. Das ist dein Schicksal.«

Danach schwieg die Stimme. Laurence wagte lange nicht, den Kopf zu heben und Esclarmunde in die Augen zu blicken. Die zog die Brauen hoch. Sie schien mit dem Ergebnis der Sitzung nicht zufrieden.

»Wir werden sehen«, sagte sie und ließ erneut offen, wer mit *wir* gemeint war, »ob du beizeiten erkennst, welchen Weg du *nicht* einschlagen darfst.«

»Ich werde Euch beweisen, Frau Patin, daß ich in der Lage bin, meinen Mann zu stehen – als Ritter. Als Ritter des Gral.«

Esclarmunde erhob sich wortlos und schritt an Laurence vorbei die Stufen hoch. Benommen folgte ihr die Junge.

Als Vater und Tochter in der Früh erwachten, waren René und alle anderen längst fortgeritten. Der Novize war zuvor in stummer Wut durch den Spalt gesaust, als Gavin ihn endlich aus seiner Lage erlöste. Bei Anbruch des sommerlichen Morgens hatte Laurence sich schweigend erhoben, und nun ritten sie durch den noch taufeuchten Wald, ohne daß sie bislang mit Lionel ein Wort gewechselt hätte.

Es war ein guter Tagesritt bis zum heimischen Ferouche. Dort war sie, fast immer allein mit ihrem Vater, aufgewachsen und angeblich auch geboren worden. Ihre hochehrwürdige Frau Mutter, die hohe Dame Livia di Septimsoliis-Frangipane, erschien auf der Burg im Yvelines, einer lieblichen Landschaft im Südwesten von Paris, seltener als die Störche. Die kamen wenigstens einmal im Jahr. Ihren Vater mochte Laurence nicht danach fragen, es wäre ihm sicher unangenehm, über das Vorleben der Frau zu sprechen, die er zu ihrer Mutter gemacht hatte – oder sie ihn zum Vater dieser aufmüpfigen Tochter, als die er sie wohl sah. Lionel konnte einem leid tun. Sicher litt er unter der Trennung mehr als die Äbtissin, die im glanzvollen Rom einem Nonnenkonvent namens ›L'Immacolata del Bosco‹ vorstand. Wie man an der Dame sah, ließ sich das Klosterleben recht abwechslungsreich gestalten.

Zweimal war Laurence mit ihrem Vater nach England gereist und hatte in Leicester den Stammsitz der Belgraves besucht, wo es von rothaarigen Normannenbengeln nur so wimmelte, allesamt ihre Cousins, furchtbare Kerle. Aber von ihnen hatte sie Reiten und Bogenschießen und sich zu prügeln gelernt. Lionel wollte aus seiner ungebärdigen Tochter eine begehrenswerte junge Dame machen, sie in einer glänzenden Partie unter die Haube bringen. Leider vergaß er dabei völlig, daß der klangvolle Name eines alten Adelsgeschlechts von Raufbolden die fehlende Mitgift keineswegs wettmachte. Das hatte das Turnier von Fontenay schlagend bewiesen. Laurence war sicher kein häßliches Entlein, doch keiner der Herren hatte auch nur einen Finger gekrümmt, um sie heimzuführen. Gut, der Chatillon hatte zu guter Letzt angebissen, wie der Ring in ihrer Reisetasche zeigte, doch hatte dessen weitverzweigte Familie einen Ruf wie Donnerhall und keinerlei nennenswerten Besitz. Ein ›abenturé‹, hatte Esclarmunde gesagt, und ein leichtfertiger Weiberheld dazu. Selbst wenn sie ihn einen treulosen Tunichtgut oder einen wüsten Strolch genannt hätte – sie, Laurence, wußte es besser. Sie hatte sich nun einmal in diesen René verliebt. Und er liebte sie. Keinesfalls war sie gewillt, ihn von der Angel zu lassen. Sie mußte die Sache nur selbst in die Hand nehmen.

Auch nach der sogenannten Ketzerei der Esclarmunde de Foix hätte sie ihren Vater gern befragt. Aber dann hätte der womöglich gespürt, daß seine geliebte Tochter sich mehr für diese Glaubenswelt ›Irregeleiteter‹ interessierte, als sie vielleicht sollte, für Auffassungen, die sicher nicht mit den geläufigen Dogmen der Ecclesia catholica in Einklang zu bringen waren. Besser keine schlafenden Hunde wecken, pflegte er selbst immer zu sagen, und so ließ sie es bleiben.

Vielleicht sollte sie bei nächster Gelegenheit mit Gavin darüber reden. Der spielte bei ihren Überlegungen, wie sie ihre Zukunft gestalten wollte, ohnehin eine bedeutsame Rolle. Der Freund hatte ihr in die Hand versprechen müssen, daß er sie nicht auf Ferouche alt und grau werden lassen würde. Gavin hatte Laurence sein Wort gegeben, sie zu entführen, noch bevor er selbst zu den Templern ging. Darauf verließ sie sich.

»Seid nicht so bekümmert, Lionel.« Laurence hatte beschlossen, wieder mit ihrem Vater zu reden. »Ihr seht drein, als habe es Euch die Gerste verhagelt. Dabei war es nur ein verregnetes Turnier in der tiefsten Provinz, wie an den Teilnehmern unschwer zu ersehen war, denn ich bin immer noch zu haben.«

Da mußte ihr Vater lachen. »Vielleicht sollte ich mir wünschen, mein Füchslein noch lange zu behalten. So seid auch nicht traurig, liebe Tochter, daß Ihr Euer schönes Köpfchen nicht auf Anhieb habt durchsetzen können.«

Es war das erste Mal, daß Lionel das vertrauliche Du, mit dem man Kinder ansprach, durch die zwischen Erwachsenen übliche Anrede ersetzte. Das erfüllte Laurence mit Stolz; gleichzeitig tat es ihr weh, weil sie wußte, daß sie ihrem Vater bald größeres Leid zufügen würde. Doch jetzt wollte sie ihn aufheitern.

»Ihr hättet mich sicher gern dem Charles d'Hardouin anvertraut, weil ich dann wenigstens einen braven Gaul erworben hätte«, scherzte sie.

Lionel stieg darauf ein: »Den hättet Ihr schnell zuschanden geritten. Dagegen wäre der Sohn unseres Grafen –«

»Den hätte ich noch vor der Hochzeitsnacht umgebracht oder mich selbst entleibt«, beschied ihn Laurence. »Ich bin ein verwöhntes Mädchen«, rief sie lachend. »Wer hat schon einen solch wunderbaren Mann für sich ganz allein als Vater wie ich den trefflichen Herrn Lionel de Belgrave!«

»Ach, mein Füchslein«, seufzte der so Gelobte und mußte doch lächeln.

Laurence gab ihrem Pferd die Sporen, und sie fielen in eine schnellere Gangart. Um die Wette galoppierten sie bald schon über Hecken und Gatter, glücklich in wilder Jagd verbunden, wie es so unbeschwert nur Vater und Tochter können.

ERSTER BERICHT
DES ROALD OF WENDOWER

an den Herrn der Geheimen Dienste,
Rainer di Capoccio, Generaldiakon der Zisterzienser

Im Herzen Frankreichs, im August A.D. 1205

Exzellenz,
    gestattet dem Euch Unbekannten, dem kleinsten Rädchen in der Mühle Gottes, untertänigst Bericht zu geben an Stelle des von Euch entsandten Legaten, meines verehrten, unvergleichlichen Lehrmeisters, denn nur mir war es beschieden, Euch als Ohrenzeuge zu dienen.
    In stets wacher Verfolgung der Ketzerei in Okzitanien und dem Languedoc und unter dem unauffälligen Mantel von Missionaren für den gerade erfolgreich beendeten Kreuzzug gegen die schismatischen Griechen predigten wir auf dem Turnier von Fontenay, wohin sich die Erzketzerin Esclarmunde, die Gräfin von Foix, überraschend begeben hatte. Was suchte diese Schlange in der Höhle der Löwen, der treuen Verfechter des rechten Glaubens? Das eher unter Durchschnitt besetzte Teilnehmerfeld schien auf den ersten Blick unverdächtig, zweitgeborene Söhne aus den Häusern derer von Chatillon, d'Hardouin, Montfort (um nur einige zu nennen), darunter auch ein Lehnsmann der letzteren, ein gewisser Lionel de Belgrave, in Begleitung seiner Tochter Laurence, für die er dort wohl einen Ehegespons zu finden hoffte. Er selbst harmlos, doch die zugegebenermaßen höchst attraktive Tochter stellte sich alsbald als lohnendes Objekt unserer Aufmerksamkeit und unfreiwilliger Angelpunkt von Umtrieben heraus, dessen Umfeld im Auge zu behalten lohnt. Mit dem von Euch, Exzellenz, geschulten Gespür heftete ich mich aber an die Fersen der Erzketzerin von Foix, denn es stellte sich heraus, daß ausgerechnet Esclarmunde die Patin dieser Tochter ist.
    Ich gehe sicher nicht fehl in der Annahme, daß in Konstantinopel ein Kleriker namens Guido della Porta für Euch tätig ist. Es

steht mir nicht an, seine Loyalität in Zweifel zu ziehen, doch ist er in familiäre Verwicklungen verstrickt, die ich Euch offenlegen muß. Seine Mutter Livia di Septimsoliis, ehrwürdige mater superior *des Klosters ›L'Immacolata del Bosco‹ auf dem Monte Sacro zu Rom, ist nämlich mit einer ominösen Lady d'Abreyville identisch, die in morganatischer Ehe dem Lionel de Belgrave die Tochter Laurence gebar. Diese Konnektion will sich besagte Esclarmunde, selbsternannte ›Hüterin des Gral‹, wie Ihr wißt, nun zunutze machen, als Teil von offensichtlich gegen Rom und Frankreich gerichteten feindseligen Maßnahmen – hat sie doch in diesem Jahr bereits aus eigener Schatulle den Ausbau des zu ihrer Grafschaft gehörenden Montségur angeordnet, als Trutzburg der katharischen Häresie. Jener Guido della Porta, dessen Ergebenheit Euch und der Kirche gegenüber sicherlich kein Mißtrauen verdient, soll nun mit Hilfe seiner Halbschwester Laurence zum Schlüssel einer gewaltigen Verschwörung gegen den Papst und die Krone Frankreichs umgedreht werden. Gott sei es gelobt, hat der Vater sofort ein solches Ansinnen zurückgewiesen und der Erzketzerin den weiteren Umgang mit seiner Tochter untersagt. Die alte Schlange würde dennoch ihre Ziele weiterverfolgen, dessen war ich gewiß, gemäß der von Euch, Exzellenz, zu unserer Leitschnur erhobenen Maxime steten Argwohns:* cui malo? *Er wurde – mit Hilfe der Madonna – reich belohnt.*

Esclarmunde traf sich anschließend mit einem gewissen Jean du Chesne, der sich in seinem ketzerischem Languedoc frech und eitel Chevalier du Mont-Sion *nennt, in England John Turnbull oder auch Stephan of Turnham (als solcher verhandelte er im Auftrage des Löwenherz in Jerusalem mit Saladin). Ein mir noch – verzeiht dem Novizen die Ignoranz – undurchsichtiges Subjekt, doch mit Sicherheit ein höchst gefährliches und äußerst umtriebiges Chamäleon. Die Reise nach Konstantinopel wird er als Gesandter des neuen Lateinischen Kaisers antreten, dessen Protektion er sich bereits erschlichen hat. Schriftlich oder mündlich wird er den Plan der Ketzer zu überbringen versuchen, den ich noch nicht kenne, dessen bedrohliche Ausmaße ich mir nach Sachlage jedoch durchaus vorstellen kann und Euch, mit Verlaub, auch nicht vorenthalten will.*

Die Zange, die geschmiedet werden soll, um uns zu zerquetschen, beginnt auf dem äußersten Flügel in Aragon, feudal verbunden mit dem gesamten Süden dieses Landes bis hin zum staufischen Sizilien. Besondere Gefahr droht aus den französischen Seealpen, der einzigen Landverbindung zwischen dem Heiligen Stuhl im Kirchenstaat und den katholischen Kapetingern auf dem Thron Frankreichs. Denn immerhin ist Euer Protegé Guido auch und vor allem ein Bastard des Markgrafen Wilhelm von Montferrat, den Euer Vorgänger seinerzeit zum Bruch des Verlöbnisses mit jener (bereits schwangeren) Livia di Septimsoliis anstiftete und als Prinzgemahl nach Jerusalem schickte, damit er dort die einzige Erbin des Thrones ehelichte. Da dieser Umstand Guido um die Würde eines Markgrafen brachte und ihn als schlichten Monsignore della Porta das Licht dieser ungerechten Welt erblicken ließ, scheint es mir denkbar, daß dieser Guido sein wahres Glück (in den Dienst der Kirche und insbesondere in den Euren aufgenommen zu sein) nicht erkennt und nur darauf sinnt: corriger la fortune. Denn wie Ihr sicherlich besser wißt als ich, beherrscht die deutsche Markgrafschaft Montferrat gleichermaßen die Alpenübergänge zur Provence, ebenfalls Reichsgebiet, aber auch Wiege der Grafen von Toulouse, notorische Beschützer der Katharer, geradezu Hehler der gesamten okzitanischen Ketzerei. Es könnte auch sein, daß jener Chevalier du Mont-Sion als Secretarius in die Dienste des Guido tritt, denn es ist ja wohl abzusehen, daß Ihr ihn über kurz oder lang mit der Pfründe eines Bischofs bedenken werdet. Das will ich Euch, bei Gott, nicht ausreden, aber dann hat der Teufel auch hier seinen Fuß in der Kirchentür.

Die andere Beiße der Zange zieht sich vom staufischen Schwaben über Chur, Aglei, Venedig bis nach Byzanz, wahlweise zum griechischen Herrscherhaus im Exil oder zum machtlüsternen Bonifaz von Montferrat (dem Bruder des Obengenannten), dem jetzt ganz Mazedonien zugefallen ist und der sich bereits ›König von Thessaloniki‹ nennen darf. Welche Möglichkeiten bieten sich da, und welche Belohnung winkt für einen strategisch denkenden Agenten der Geheimen Dienste?

Ihr seht, wie sich der eiserne Würgegriff schließt und auch kei-

nen ausläßt. Gewiß werdet Ihr, dank Eurer hohen Warte, Eurer grandiosen Übersicht und Eurer immensen Geistes Leuchte, mir kleinem Licht entgegenhalten, daß, solange der kleine König von Sizilien und zukünftige Kaiser Friedrich treu wie ein Löwe zur Kirche steht, dies alles nur herumwieselnde Feldmäuse sind, die sich für Elefanten halten. Doch sage ich Euch, auch auf die Gefahr hin, Euer Wohlwollen zu verscherzen: diese Laurence hat den Teufel im schneeweißen Leib, und sie hat rotes Haar.

Unmittelbar nach der Abfuhr, die der brave Belgrave ihr erteilte, empfing die Gräfin de Foix einen entfernten Verwandten der Familie der Montferrats, einen gewissen René de Chatillon, unter vier Augen. Was sie zu besprechen hatten, entzog sich leider meinen Ohren, denn das weitere Geschehen entfernte sich von meinem Lauschplatz. Jedenfalls ist besagte Laurence an beschriebener Konspiration völlig unschuldig! Ich hoffe, Ihr riecht es auch: Da braut sich etwas zusammen. Ich erwarte von Euch die Order, den Kurier, diesen ›Chevalier‹, abzufangen und peinlichst zu verhören. Bis dahin werde ich mir erlauben, mich an seine Fersen zu heften und Euch von allem, was mir beachtenswert erscheint, weiter Bericht zu geben.

Heute noch ein unbeschriebenes Blatt, brenne ich vor Ehrgeiz, bald mehr als eine Seite des Buches mit den sieben Siegeln zu füllen.

Voller Stolz und Genugtuung, Euch dienen zu dürfen.

Ergebenst
Roald of Wendower

P.S.: Der ›Chevalier‹ wird begleitet sein von seinem Knappen, einem Knaben aus dem ehrbaren Geschlecht der Montbard de Béthune. Vielleicht sind die Templer als das Öl am Scharnier vorgesehen, war doch ein Montbard Gründungsmitglied und Großmeister des Ordens – und, nicht zu vergessen, ein Onkel unseres Bernhard von Clairvaux.

Randbemerkung des Empfängers
an seinen Secretarius Thaddäus

Dieser Wendower soll nicht so ausschweifen und keine Information einzig zu dem Behufe einem Pergament anvertrauen, um mit seinem ›Wissen‹ zu prahlen. Zieht ihm für jedes überflüssige Wort eine Dublone ab – oder laßt ihm eine entsprechende Anzahl Peitschenhiebe verabreichen. So lernt er schneller. Die gesamte vermutete ›conspiratio‹ läßt sich in drei knappe Sätze fassen:
   Primum: Esclarmunde, verwitwete Gräfin von Foix, sieht sich in der freien Ausübung ihrer katharischen Umtriebe bedroht.
   Deinde: Den ›Befreiungsschlag‹ gegen diese Gefahr mutet sie ausgerechnet einem in Konstantinopel für uns tätigen Monsignore zu, Guido della Porta.
   Tertium: Die hochkarätige Gesandtschaft, die sie zu ihm schickt, besteht aus der verkrachten Existenz des Jean du Chesne alias John Turnbull alias Chevalier du Mont-Sion sowie einem Waisenknaben (aus gutem Hause), Gavin Montbard de Béthune, der Templer werden will – und eben jener Laurence de Belgrave, Bastardtochter eines armen Landedelmanns normannischen Geblüts und einer Äbtissin, der der Heilige Stuhl – bis zu einem gewissen Grade – verpflichtet ist.

Legendo mecum ridete. *Lacht mit mir, Thaddäus.*
LS

KAPITEL II
KLIPPEN IM MEER

ABSCHIED VON FEROUCHE

Mit der Weinlese, Walnüssen im Moos und farbigem Laub ging der Herbst ins Land, und Laurence sah ihre Jugend auf Ferouche verblühen, denn von ihrem René kam kein Zeichen, kein Gruß. Sie drehte mißmutig an dem Ring, dem Unterpfand ihrer Liebe, den sie nur außerhalb der Burg tragen konnte, um ihr Sehnen nicht zu verraten. Oft war sie nahe daran, den glitzernden Reif in den Obstgarten zu schleudern, der ihren einzigen Auslauf darstellte, und den fernen Geliebten aus ihrem Gedächtnis zu streichen in Anbetracht erwiesener Treulosigkeit. Doch dann ließ sie wieder ihr Herz sprechen und sah seine ranke Gestalt von vielen Pfeilen durchbohrt in der Schlacht zu Boden stürzen oder unter der Last schwerer Eisenketten in der Gefangenschaft schmachten. Solche Bilder verpflichteten, sich seiner würdig zu erweisen und klaglos durchzuhalten.

Der erste Schnee fiel noch weich und wohlig, doch mit dem Fortschreiten der Wochen und dann der Monde verhärtete er, und Eis bedeckte das Land. Laurence zog sich ihr Schuhwerk aus und stampfte barfuß durch die weiße, schorfige Kruste, bis ihre Füße blutig zerschnitten waren. Da hatte der Himmel endlich ein Einsehen. Ein harter Schneeball zerplatzte in ihrem Gesicht. Aus einem verfallenen Turm der Außenmauer sprang Gavin in den Garten. Er brachte ihr zwar keine Nachricht von dem Chatillon, jedoch die Aufforderung ihrer Patin Esclarmunde, sich für eine Reise nach Konstantinopel in Begleitung eines Chevaliers du Mont-Sion bereitzuhalten.

Das war das ersehnte Signal. Laurence war sofort Feuer und Flamme. Konstantinopel! Die sagenhafte Metropole am Bosporus! Weilte dort nicht auch ihr Bruder Guido? *Monsignore* Guido! Laurence fand es höchst aufregend, sich ihr – halb – eigen Fleisch und Blut in einer Priestersoutane vorzustellen. Sie war neugierig, ob er ihr gefallen würde.

Gavin, der ihr wesentlich gereifter erschien, als es seinem Alter entsprach, mußte schwören, sie rechtzeitig zu benachrichtigen. Im Gegenzug verpflichtete er Laurence, sich täglich hier am Turm einzufinden – den ›Schwur eines Weibes‹ wollte er nicht gelten lassen. Also trennte sich Laurence schweren Herzens von dem Ringlein, das sie von René als Unterpfand empfangen.

»Ihr dürft ihn mir erst zurückerstatten, Herr Ordensritter, wenn wir das Ziel erreicht haben!«

Gavin besah ihn, biß drauf wie ein mißtrauischer Krämer und steckte ihn dann – statt an die Hand – in seine Tasche.

»Verliert ihn nicht, es ist –«

Gavin unterbrach beleidigt ihre Mahnung. »Ich bin doch keiner, der –« sein Grinsen gewann schnell wieder die Oberhand »– nachlässig verliert, was ihm von Damen zugesteckt wird!«

Gavin trug bereits ein Kettenhemd und darüber eine weiße Tunika. »Um gegen den Schnee nicht gesehen zu werden«, beschied er knapp Laurence. Sie aber wußte, daß es ein Vorgriff auf die weiße Clamys der Templer war und er nur mit schwer gezügelter Ungeduld auf den Tag wartete, an dem das rote Tatzenkreuz des Ordens seine Brust schmücken würde. So ernsthaft wie der stille Knabe sich gab, betrachtete er wahrscheinlich Laurence' Entführung und die anstehende Reise ans Goldene Horn als vorbereitende Übung, als kriegerische Bewährung.

Zumindest bewirkte das Erscheinen des geharnischten Engels, daß Laurence sofort mit der Pflege ihrer geschundenen Füße begann. Außerdem hortete sie von nun an wie ein Eichhorn, was sie sich an Nüssen und gedörrten Früchten vom Munde absparen konnte oder aus der Burgküche zu stibitzen vermochte. Das war nicht ganz leicht unter den wachsamen Augen der alten Köchin, die ihr zwar wohlgesonnen war wie eine Mutter, sich aber wundern mußte über das neu erwachte Interesse ihres Füchsleins für sonst stets verschmähte Nahrung wie Stockfisch oder Kräutertee. Laurence entdeckte plötzlich eine nie geahnte Vorliebe für gut abgehangenen Räucherschinken und steinharten Ziegenkäse. Sie wickelte den Reiseproviant in ihre Leibhemden und Wollstrümpfe, warme Unterhosen und sonstige Tücher und versteckte alles vorsorglich als Fluchtgepäck in dem verfallenen Turm.

Hatte sie sich bisher oft launisch gegeben und sich gehenlassen in ihrem Liebeskummer, begann sie nun gute Laune auszustrahlen und die Nähe ihres Vaters zu suchen. Bald ritten sie wieder täglich gemeinsam aus, was sie Lionel lange verweigert hatte. Er hatte sich Sorgen um sein Kind gemacht und war heilfroh, daß es jetzt wieder wie früher mit ihm nach dem gemeinsamen Nachtessen am Kamin saß und sich lebhaft für seine Arbeiten und Pläne interessierte oder sich zu einem Brettspiel bewegen ließ. Der Belgrave war alles andere als ein Kriegsmann – nur seine Lehnspflicht gegenüber dem Grafen Simon von Montfort zwang ihn des öfteren in den Sattel, wenn etwa die Bauern gegen zu hohe Abgaben rebellierten, eine aufsässige Burg belagert werden mußte oder ein Konvent sich beim Abführen des Zehnten nachlässig zeigte.

Lionel konnte schreiben, kannte sich in den verschiedensten Schriften aus, und Laurence dankte es ihm, daß er ihr diese Fähigkeiten unnachgiebig anerzogen hatte. Beide beherrschten sie die *langue d'oc* wie die *langue d'œil*, aber auch die Sprachen der Antike, was ihnen das gemeinsame Lesen der oft frechen *canzò* der *trovère*, aber auch der Bibel und der heidnischen Philosophen erlaubte. Laurence glänzte in Algebra und wußte auf allerlei Instrumenten zu musizieren. Mit ihrer rauchigen, dunklen Stimme hatte sie in früheren Jahren nicht selten den Vater erfreut, wenn dieser müde oder niedergeschlagen war. Den Grund hierfür konnte sie leicht erraten, auch wenn Lionel nie darüber sprach: Es war die Abwesenheit von Livia, ihrer Mutter. Sie fehlte ihm mehr als ihr, weil die Lady d'Abreyville für Laurence immer eine Fremde geblieben war, während Lionel sich wohl erhofft hatte, daß die Abenteurerin bei ihm den geschützten Hafen gefunden hätte.

Laurence dagegen war froh, daß die energische Frau vorerst nicht ins Haus stand. Ihr genügte der Schmerz, den sie selbst ihrem lieben Vater anzutun sich vorbereitete. Um dem zu entgehen, beschäftigte sie sich mit ihrem Bruder, der im fernen Konstantinopel für die römische Kirche tätig war. Zu Gesicht bekommen hatte sie ihn nie, entstammte er doch einer ihr unklaren früheren Geschichte ihrer Frau Mutter und hatte etwas damit zu tun, daß Livia Äbtissin geworden war. Ein Belgrave war dieser Guido jedenfalls nicht! Und nachdem der eine Priesterlaufbahn eingeschlagen hatte, war sie, Laurence, dann nicht um so mehr aufgerufen, das ritterliche Erbe innerhalb dieser seltsamen Familie hochzuhalten, den Ruhm des Namens zu mehren und ihn zu wahren in allen Ehren? Daran kamen ihr keine Zweifel, eher schon bei der Frage, ob es der Chatillon wert war, den guten Lionel in Schrecken, Angst und Kummer zu stürzen. Doch genau zu diesem Zeitpunkt traf Gavin wieder im Obstgarten ein, als die ersten Knospen schon zur Blüte ansetzten. Er verlachte das Mädchen ob des Proviantdepots und der Wäschekammer im Turm: Darüber hätten sich wilde Tiere hergemacht, Igel hätten dort ihren Winterschlaf gehalten und inzwischen Hasen ihr Nest gebaut.

Laurence hätte vor Wut beinahe losgeheult. »Seid Ihr gekommen, Gavin Montbard de Béthune, um mich zu verspotten, oder bringt Ihr mir den Bescheid des edlen Chevaliers, daß wir nunmehr unsere Reise antreten?«

Gavin setzte sich auf ein Mauerstück, das aus dem Turm herausgebrochen war, und sah das rothaarige Geschöpf, das in etwa so alt war wie er, prüfend an. »Ihr nennt es eine Reise, junge Dame, es wird aber ein hartes und entbehrungsreiches Unternehmen sein, auf das Ihr Euch da einlassen wollt. Ich weiß nicht – «

Hier unterbrach ihn Laurence schroff. »Wollt Ihr mir etwa unterstellen, ich sei solchen Anforderungen nicht gewachsen, nur weil ich kein Mann bin?« Ihre Augen funkelten gefährlich.

»Noch ist der Chevalier verhindert«, lenkte der Junge schnell ein, »und der Beginn unserer Fahrt verzögert sich einstweilen. So bleibt reichlich Zeit, werte Laurence, Euch über Euren Entschluß klarzuwerden.«

»Mein Entschluß steht fest. Richtet dem Chevalier aus, daß er mit mir rechnen muß.«

Gavin erhob sich, ein feines Lächeln spielte über die strengen Züge des Jungen mit dem kurzgeschorenen Haar, das seinen Schädel so kantig erscheinen ließ. »Auch Geduld gehört zu den soldatischen Tugenden, Laurence. Mit ihr habe auch ich zu kämpfen«, räumte er ein und legte ihr kameradschaftlich eine Hand auf die Schulter. »Zusammen werden wir es schon schaffen«, sagte er. »Macht Euch keine Sorgen um Verpflegung oder Kleidung. Auch ein Pferd sollt Ihr nicht stellen, das wäre zu auffällig. Wichtiger ist, daß Euer Verschwinden so lange wie möglich unbemerkt bleibt.«

»Ihr werdet mich bereit finden«, entgegnete Laurence, auf seinen militärischen Ton eingehend. »Doch je früher Ihr mich benachrichtigt, desto besser kann ich alle Spuren verwischen. Verlaßt Euch auf mich.«

Der junge Ritter stieg wieder in die Mauerlücke. Dort drehte er sich noch einmal um. »Ihr habt mein volles Vertrauen, Laurence.« Als hätte er damit schon zuviel von sich preisgegeben, wandte sich Gavin abrupt ab und verschwand im Turm.

Die Kirschbäume im Obstgarten standen in voller Blüte, als Laurence den Jungen erneut dort erspähte.

»Morgen früh«, beschied Gavin sie knapp, »bevor die Sonne aufgeht.«

»Ich werde zur Stelle sein«, antwortete Laurence, und das Herz schlug ihr plötzlich bis zum Hals.

Was sie aufregte, war weniger der bevorstehende Aufbruch ins Ungewisse: Plötzlich stand die Stunde des Betrugs an Lionel wie eine steinerne Wand vor ihr, denn als blanker Betrug erschien ihr auf einmal der Abschied von ihrem treusorgenden, vertrauensvollen Vater. Scham überkam sie und ein nicht gekannter Schmerz. Laurence liebte den einsamen Mann. Doch sie mußte sich jetzt zusammenreißen und ihm genau dieses Gefühl verhelen. Wichtiger war ihr nicht René, sondern der Schritt in die Freiheit, von der sie nicht wußte, was sie ihr bringen würde. Aber dieses Verlangen nach Ungewißheit, nach Gefahr und nach einer Weite, wie sie nur das Meer ihr geben konnte, war stärker als alle Anhänglichkeit. So zwang sich Laurence, ihren Vater heute nach dem gemeinsamen Abendmahl – sie hatte schon vorher Unwohlsein vorgetäuscht – flüchtiger zu umarmen als sonst üblich. Danach begab sie sich eilends in ihre

Kemenate, legte ihr Nachtgewand an und kroch fröstelnd unter die Decke.

Daran hatte sie auch gut getan, denn kurz darauf klopfte Lionel in Begleitung der alten Köchin an die Tür, um besorgt zu fragen, ob es ihr bessergehe. Laurence konnte schlecht das Gegenteil behaupten, so saß ihr Vater noch lange an ihrem Bett, und sie schlürften gemeinsam den stark gewürzten Glühwein, den die gute Seele zubereitet hatte. Laurence nippte nur daran und sorgte dafür, daß Lionel dem Getränk kräftig zusprach, während er aufgekratzt von den Plänen plauderte, die ihm für den Sommer in den Sinn kamen. Auch verriet er ihr, daß ihre Mutter Livia, *my good* Lady d'Abreyville, sich zum baldigen Besuch angesagt habe, dann könnten sie gemeinsam –

Mit Entsetzen bemerkte Laurence, daß ihr Vater eingenickt war. Sie rüttelte ihn wach, was ihr Gelegenheit gab, sein faltiges Gesicht mit Küssen zu bedecken. Lionel entschuldigte sich verwirrt und stakste tapsigen Schrittes zur Tür.

»Es freut mich für Euch«, rief sie ihm als Gutenachtgruß hinterher, »daß Frau Livia kommt!«

Das meinte sie auch so, aber Lionel de Belgrave stutzte.

»Wieso«, fragte er mit Argwohn in der Stimme, »bedeutet Euch der Besuch der Mutter keine fröhliche Botschaft?«

»Aber sicher«, beeilte sich Laurence zu bestätigen. »Nur bin ich als Euch liebende Tochter stets bereit, mein Glück dem Euren unterzuordnen. Ich wünsche schöne Träume, mein Herr Vater.«

Das beglückte den Belgrave. »Ach, mein Füchslein«, seufzte er und schloß die Tür hinter sich.

Laurence lag dann noch lange wach, ihr Herzschlag beruhigte sich wieder, und sie überdachte kühl die weiteren Schritte. Natürlich hatte sie trotz aller gegenteiligen Ratschläge Gavins ein Bündel Kleidungsstücke vorbereitet und auch eine Notration von honigglasierten Walnüssen gehamstert, die sie, in Pergament eingeschlagen, unter dem Bett verwahrte. Die Seiten fehlten nun der Schöpfungsgeschichte im Alten Testament. Selbst einen ledernen Trinkbeutel hatte sie sich besorgt, den füllte sie jetzt mit den Resten des Glühweins, der auch kalt schmecken würde. Als die ersten Vögel in der Dunkelheit zu zwitschern begannen, erhob sie sich und täuschte mit der Bettdecke eine darunter liegende Gestalt vor. Dann schnürte sie das Bündel, zu dem sie auch die von ihr vorgesehene Reisekleidung samt Schuhwerk, Hut und Stiefel packte, und warf alles zusammen aus dem Fenster in den Garten.

Im Nachtgewand schlich sie sich aus dem Zimmer. So konnte sie, falls sie jemanden antraf, immer noch behaupten, sie sei unterwegs zu dem stillen Ort. Unangefochten gelangte sie durch die Wirtschaftsräume in den Garten. Sie fand sofort ihr Bündel und beschloß, sich erst nach Erreichen des Turmes anzukleiden. Dort lag noch alles in nächtlichem Frieden, was ihr nur recht war, als sie ihren nackten Körper kurz dem Licht des verblassenden Mondes preisgab. Mit Wohlgefallen strich sich Laurence über den Leib. Ihr Bauch war leicht gewölbt und nicht zu hart, darunter wußte sie ihr dunkles Vlies, Wächter des Geheimnisses, das Laurence noch keinem Mann offenbart hatte. Sie war versucht, rasch Hand an den Hügel zu legen, was ihr nie Scham bereitet hatte, doch diesmal unterließ sie es mit einem mannhaften Seufzer der Entsagung und griff sich beherzt unter beide Brüste, ließ sie sich aufrichten in den Muscheln ihrer Hände und befriedigt zurückgleiten in den gewohnten Anblick, den der stillen Betrachterin der eigene Körper bot. Doch kaum war sie in das Reisehemd geschlüpft, räusperte sich Gavin vernehmlich direkt über ihr.

»Solche Anblicke, die selbst die Göttin des Morgensterns dort oben vor Neid vergehen lassen«, seine Stimme tönte ziemlich belegt, er krächzte regelrecht, »solltet Ihr Euren Reisegefährten tunlichst nicht zumuten.«

Laurence hatte sich schnell gefaßt. »So freut Euch dessen, werter Herr, daß es Euch einmal vergönnt war.« Sie hatte es geflüstert, während sie sich mühte, in ihre Stiefel zu steigen. Gavin sprang herab und half ihr.

»Danke«, sagte Laurence und küßte den Verdutzten auf den Mund. »Auch das muß ein zukünftiger Templer sein Leben lang missen.« Gavin bemühte sich um Haltung, und Laurence fügte hinzu: »Falls Ihr mit Euch über Euren Entschluß im reinen seid, lieber Gavin.«

»Das will ich meinen«, gab er zurück, »schon um in dieser Welt den leichtfertigen Frauen zu entgehen, besonders den rothaarigen.« Ritterlich nahm Gavin sie bei der Hand und geleitete seine Schutzbefohlene sicher über das Steingeröll der Turmruine. Er trug ihr Bündel samt dem Nachtgewand zu den wartenden Pferden, wo er alles in den Satteltaschen verstaute. Sie saßen auf.

Der Morgen graute, als sie sich rasch durch die taufrischen Wiesen von Ferouche entfernten. Laurence schaute nur einmal kurz zurück, als sie in den Wald eintauchten. Da lag die Stätte ihrer Kindheit. Aus dem Kamin stieg Rauch in einer dünnen Säule auf. Die Köchin heizte den Backofen an. Bald würde sie das erste Mal an die Tür zu Laurence' Kemenate klopfen.

Sie waren ohne Halt und unbehelligt bis Montbard im Burgundischen geritten. Nachts hatten sie in Heuschobern genächtigt. Laurence genoß die ruhige Selbstverständlichkeit, mit der Gavin ihr seinen ritterlichen Schutz angedeihen ließ, ohne von ihr als Frau den Gegenwert in erotischer Zuwendung einzufordern oder sie mit sonstigen Tändeleien zu behelligen. Zum ersten Mal fühlte sie sich frei.

Obwohl Gavin keine Eltern mehr hatte und auch keineswegs der Erblinie entstammte, wurde der junge Graf auf der trutzigen Stammburg mit größtem Respekt empfangen. Sein erklärter Wunsch, dem Templerorden beizutreten, also auch keine Ansprüche an weltlichen Besitz zu stellen, trägt sicher dazu bei, dachte sich Laurence, deren auffällige Erscheinung die zahlreichen Familienmitglieder, vor allem die weiblichen, zu erregten Tuscheleien veranlaßte.

Damit keiner in ihr die lockere Gespielin eines zur Keuschheit verpflichteten zukünftigen Templers vermuten sollte, schützten sie ein angebliches Verlöbnis mit dem Chevalier du Mont-Sion vor, zu dem Gavin die junge Braut geleite. Das fanden alle aufregend, zumal noch keiner von ihnen je von einem solchen Geschlecht gehört hatte. Überdies wetteiferten Laurence und Gavin darin, aus dem armen Jean du Chesne einen legendären Helden der Kreuzzüge zu formen, einen Bastard des Löwenherz, gezeugt mit der Lieblingstochter Saladins, den geheimnisvollen dreizehnten Ritter aus der Tafelrunde, schwarzen Träger des Siegels Salomons, lang erwarteten

Retter des Heiligen Grabes und letzten Hüter des Gral. Wenn auch niemand diese Märchenfülle für bare Münze nahm, blieb doch einiges hängen. Vor allem waren sich die jungen Damen nicht einig, ob sie der Rothaarigen ihr Glück neiden oder sie als bedauernswertes Opfer eines Blaubarts von zwerghaftem Wuchs, aber ungemeiner Lendenkraft ansehen sollten. Dahin mutierte der ominöse Chevalier im Lauf der hochdramatischen Schilderung, deren Versatzstücke sich Gavin und Laurence zuwarfen wie Bälle. Mittlerweile hatten sich die Burschen auf ihre Pferde geschwungen, um dem aufregenden Gast das Geleit bis nach Chalon zu geben. Dort seien Flößer zu finden, mit denen die Reisenden bis Lyon, am Zusammenfluß der Saône mit der Rhône, gelangen könnten.

Laurence sog jeden Fuß blühenden Flußufers mit ihr unbekannten Wasservögeln begierig in sich auf, wollte von jeder Burg des Weges Namen und Besitzer wissen und fand daneben noch Zeit, den Flößern bei ihrer geschickten Handhabung der langen Stangen zuzusehen. Gavin erwies sich als erstaunlich wissensreicher Kenner der Gegend. Um nicht ganz als dummes kleines Mädchen vom Lande dazustehen, sah sich Laurence veranlaßt, mit stürmischen Überfahrten nach England, den hohen weißen Klippen von Dover und der gewaltigen Kathedrale von Winchester dagegenzuhalten. Während sie sich so gegenseitig mit Bildern und Geschichten übertrumpften, glitten sie den Fluß hinab. Sie schliefen unter freiem Himmel auf dem letzten der hintereinander gehängten Flöße. Die Männer, denen sie dieses Fährrecht abgekauft hatten, versorgten sie auch mit Nahrung. So genossen sie ein sorgloses Reisen, zumal die Fahrt bis nach Lyon gehen sollte. Doch eines Morgens – sie hatten Mâcon schon hinter sich – wurden sie unerwartet mit der Tatsache konfrontiert, daß die Mannschaft über Nacht ausgewechselt worden war.

»Kein Grund zur Aufregung«, beruhigte Gavin seine Schutzbefohlene. »Auch die Neuen machen mir den Eindruck, ihr Handwerk zu verstehen.«

»Aber sie schauen so finster«, argwöhnte Laurence. »Sagtet Ihr nicht, daß jetzt bald die Stromschnellen kommen?«

Da lachte Gavin. »Die Katarakte sind nur ein paar Hüpfer. Ihr werdet sehen, wie Forellen gleiten die schweren Stämme zwischen den aufragenden Felsen hindurch, geschickt gesteuert von den finsteren Männern –«

Laurence erwiderte verschämt sein Lachen, nicht noch einmal würde sie sich als die Ängstliche vorführen lassen. Sie tranken in der Abenddämmerung von dem prächtigen Roten der Gegend, von dem die aufmerksamen Flößer ihnen einen Krug aus der letzten Taverne besorgt hatten. Langsam sank die milde Nacht herab, während sie gemeinsam den Anblick der vorüberziehenden Lichter und der Feuer am Rand des Flusses genossen, wo die Schiffer lagerten, die während der Dunkelheit das Wasser mieden.

Ihre Flößer dagegen fuhren Tag und Nacht, sonst lohne das Geschäft nicht, hatten sie Gavin erklärt. In der Tat trieben die Stämme unaufhörlich weiter, auch wenn der schwimmende Holzwurm gelegentlich das Ufer streifte und einer von ihnen schnell mal an Land sprang, um die Krüge aufzufüllen.

Die Männer an der Floßspitze, denen das Steuern oblag, hatten längst Fackeln angezündet. Schwermütig drang ihr monotoner Gesang bis zu den jugendlichen Fährgästen auf dem letzten Floß. Noch bevor sie den Krug geleert hatten, rollten Gavin und Laurence ihre Decken aus und legten sich nieder. Die Stimmung zwischen ihnen war trotz der Schwere des Weins von solcher Leichtigkeit, daß Laurence spürte, wie in ihr ein starkes Sehnen nach dem Freund an ihrer Seite aufstieg. Was sie selbst betraf, sie hätte sich Gavin hingeben können, doch bedachte sie rechtzeitig das Verlangen des Jungen nach Keuschheit, der selbstauferlegten Bewährung, ohne die keine Aufnahme in den elitären Orden möglich war. Gavin, nicht sie, hätte sich hinterher Vorwürfe gemacht. So unterließ sie jede zärtliche Berührung, mit der sie sich sonst zur Nacht verabschiedeten. Laurence rollte sich zur Seite und stellte sich schlafend, bis die tiefen Atemzüge des Gefährten ihr verrieten, daß er sich bereits in seinen Tempel geträumt hatte. Irgendwann mußte auch sie entschlummert sein –

Der Schlag hätte sie fast von Bord gefegt, weitere folgten und warfen sie über den holprigen Boden wie Fässer. Laurence fand sich in den Armen von Gavin wieder. Es war stockfinstere Nacht, und Wasser spritzte von allen Seiten, drang in Schwällen auf sie ein, während die Stämme unter ihnen ächzten, splitterten, barsten.

»Haltet Euch fest!« brüllte Gavin und versuchte selbst Halt zu finden. »Steht nicht auf. Wir müssen –« Der Rest wurde vom Rauschen und Krachen verschluckt.

Laurence begriff instinktiv, daß es jetzt nur darauf ankam, nicht zwischen Felsen und Stämmen zerschmettert, erschlagen, zermalmt zu werden. Angst vor dem Ertrinken hatte sie nicht. Sie konnte schwimmen, und auch bei Nacht bereitete ihr das kein Problem.

Mit beiden Händen umklammerte Gavin den nächsten Stamm, und sie hielt sich an ihm fest. Die Stöße nahmen an Heftigkeit ab, auch wenn einige Hölzer in der Dunkelheit wie Finger Ertrinkender aus den aufgeregten Wellen hochfuhren und bedrohlich durcheinander stakten, bevor sie sich wieder in die quirlenden Fluten fallen ließen und in die Schwärze der Nacht auf dem Fluß entschwanden. Die drei Stämme, auf denen sie lagen, waren wie durch ein Wunder beieinander geblieben, doch all ihr Hab und Gut – auch die Pferde – waren verschwunden, von den übrigen Flößen keine Spur.

Sie trieben ans Ufer und blieben im Gestrüpp hängen. Mühsam zogen sie sich die Böschung hinauf, bis ihre Füße nicht mehr ins Wasser ragten. Dann legten sie ihre Arme um sich, denn in der Nässe wurde es nun unangenehm kalt. Doch sie waren zu ermattet, um die Kleider abzustreifen oder durch sonst irgendeine Bewegung ihre Lage erträglicher zu machen. Sie konnten nur noch japsen.

»Sehr geschickte finstere Männer.« Laurence mußte ihren Spott noch loswerden, bevor Müdigkeit sie beide übermannte.

Als die wärmenden Sonnenstrahlen sie weckten, blinzelte Gavin als erster ins Licht. Über ihm auf der Uferböschung hielt grinsend der Chevalier, hoch zu Roß – auch ihre eigenen Pferde führte er mit sich, nicht einmal die Satteltaschen fehlten.

»Wie spät?« fragte der Gestrandete töricht, denn die Sonne stand hoch im Zenit.

Laurence fuhr schläfrig hoch. »*Mierde*«, war ihr erstes Wort, und der Chevalier entgegnete:

»Auch die, meine Dame, führt der Fluß so mit sich, den Ihr Euch zum Bade erwähltet.«

Lyon, die reiche Tuchhändlerstadt, zu betreten erübrigte sich, denn der Chevalier hatte für seine Reisegefährten bereits bestens vorgesorgt. Der Herr ›Gesandte‹ glich so gar nicht der schillernden Figur, zu der sie ihn hochstilisiert hatten. Wohl aus dem eroberten Land der Hellenen hatte sich Jean du Chesne eine steife Filzkappe mit einer dicken Bommel mitgebracht. Nur war die geflochtene Schnur viel zu lang, so daß ihm der flauschige Ball stets auf der Nase herumtanzte. Dazu trug er Kniehosen aus purpurfarbenem Damast und darüber einen kostbar gewirkten und pelzverbrämten Umhang, der dem Patriarchen von Konstantinopel trefflich gestanden hätte. Statt eines Pferdes hielt sich der Chevalier allerdings zwei Esel, von denen er einen als Lasttier benötigte: Das Tier war voll bepackt mit verschnürten Stoffballen und einem Weidenkorb.

»Lacht nur, junges Blut«, rügte er Gavin, seinen ›Knappen‹ – und Laurence gleich mit. »Die Erfahrung lehrt, daß auffällige Kleidung die beste Tarnung abgibt.«

Leicht beschämt bedachte Laurence die mögliche Wahrheit dieser Belehrung und fragte sich, ob sich solch kluge Erkenntnis auch auf ihre roten Haare anwenden ließ. Sie kam zu dem Schluß, daß von natürlichen Vorzügen oder Gebrechen dergleichen Vorteile nicht zu erhoffen waren. Nur die Narrenkappe gibt verläßliche Tarnung. Das behielt sie aber für sich und erwiderte bloß: »Deswegen habe ich mich auch mit Männerkleidung versehen, so daß ich jetzt Euren Diener spielen kann und Gavin die Zofe.«

Das hatte ihr treuer Weggefährte nun wahrlich nicht verdient, doch der rächte sich kalt. »Wenn Ihr die ledernen Hosen aus Eurem honigverklebten, weingetränkten Bündel meint, liebwerte Laurence, die habe ich in Montbard gelassen. Hier ist nur noch Euer Nachtgewand aus feinstem Musselin.«

Er hielt das intime Stück hoch wie eine Trophäe. Laurence unterdrückte einen wütenden Aufschrei, denn der Chevalier hatte sich zu seinem Esel begeben und zerrte aus dem Korb und den Bündeln samtene Beinkleider und seidenbestickte Wämser.

»Auch ich hatte mir bereits gedacht«, gab er dabei fröhlich zum besten, »daß unsere junge Dame aus naheliegenden Gründen nicht als solche erkennbar sein sollte.«

Das letzte, was er der verblüfften Laurence in die Hand drückte, mit der unmißverständlichen Aufforderung, darunter gefälligst ihre Haarpracht zu verbergen, war eine dreizipflige Mütze mit kleinen Schellen an den Enden: eine Narrenkappe! Laurence fügte sich in ihr Los. Sie hatte es nicht besser verdient, doch ihre Augen begannen verräterisch zu glitzern.

Gavin legte einen Arm um ihre Schultern. »Es ist nur für die Dauer der Kahnfahrt den Fluß hinab bis Marseille. Denn wenn jemand nach Euch sucht, wird er dort nach Eurem Feuerschopf forschen.«

Dem pflichtete der Chevalier sofort bei. »Sind wir erst auf dem freien Meer, mögt Ihr rumlaufen, wie es Euch gefällt.«

»Splitternackt«, fauchte Laurence ihn an. »Das verspreche ich Euch!« Doch gegenüber Gavin zügelte sie ihre Wut. »Wer sollte schon in dieser übel beleumdeten Hafenstadt nach mir Ausschau halten? Lionel de Belgrave sicher nicht.«

»Ihr vergeßt, Laurence«, mischte sich sanft der Chevalier ein, »daß Ihr Euch nicht mehr auf einer aus Liebeskummer unternommenen Reise befindet, sondern von nun an eine politische Mission bestreitet. Wie Ihr ja gerade am eigenen Leib erfahren habt, gibt es Mächte, denen nichts daran liegt, daß meine Wenigkeit und Ihr diese Reise zum erfolgreichen Abschluß bringen.«

»Wie? Ihr meint, das Floß –?« Gavin schien ungläubig – oder derartige Intrigen waren seinem gradlinigen Charakter fremd.

»Die Flößer«, bestätigte der Chevalier den Argwohn, der Laurence schon beschlichen hatte, als auf einmal die Mannschaft ausgetauscht worden war.

»Finster«, murmelte sie, nicht einmal stolz auf ihre späte Einsicht. Sie hätte sich gleich beim Aufkommen des ersten Verdachts energisch der weiteren Floßfahrt widersetzen sollen, die leicht hätte das Leben kosten können.

»An der Floßlände, wo ich Euch eigentlich erwartete, legten in den frühen Morgenstunden Flößer an, die sich einen Dreck um die von ihnen herangeschafften Hölzer kümmerten. Sie ließen die Stämme einfach im Wasser liegen, als sei die Bezahlung nicht ihre Sorge. Als ich dann noch sah, wie sie von Personen in Empfang genommen wurden, von denen man weiß, daß sie im Sold der Geheimen Dienste stehen –«

»Also Rom.« Laurence' Vermutungen bestätigten sich.

»Das kann ich nicht glauben«, sträubte sich Gavin.

Der Chevalier legte einen Arm um seine Schultern. »Es handelt sich hier nicht um eine Glaubensfrage, sondern um die real ausgeübte weltliche Macht der Kirche. In diesen Fragen gelten die Worte der Bibel nicht –«

»– oder sie werden anders ausgelegt.« Laurence sah die Möglichkeit, endlich etwas über den Unterschied zwischen rechtem Glauben und der großen Ketzerei in Erfahrung zu bringen. »Wie kommt es, daß die Ecclesia romana catholica die Ketzer so grimmig verfolgt?« Laurence wollte es nun endlich wissen, auch wenn Gavin unter einem solchen Verhör über das Verhalten seiner Kirche leiden sollte.

»Das liegt schon im Namen begründet, den jene sich selber geben: ›oi Katharoi‹, daher ›Katzerer‹, ›Ketzer‹, heißt im Griechischen ›die Reinen‹ und bezichtigt die Amtskirche Roms somit der Unreinheit, des Prunks und häßlicher Weltlichkeit.«

»Gott zu ehren kann doch nicht unrecht sein? Und wo denn, wenn nicht hier auf Erden?« Gavin war nicht bereit, seiner Freundin Laurence die Fragestellung allein zu überlassen, denn ihre Sympathien – er kannte das schon – gehörten immer der Gegenseite. Gegen den Stachel zu löcken war Laurence höchster Genuß.

Der Chevalier lächelte fein. »Als zukünftiger Templer, Gavin, werdet Ihr auf Prachtentfaltung zur höheren Glorie Gottes verzichten müssen. Der Orden hebt sich da wohltuend von seinem obersten Herrn, dem Papst, ab.« Und zu Laurence gewandt fuhr er fort: »Doch der Zwist liegt tiefer. Die Katharer bezweifeln, daß jener Gott, den die Katholiken anbeten und übrigens auch die Juden, tatsächlich die wahre, allumfassende, omnipotente Gottheit ist – sein kann. Sie unterscheiden zwischen dem Schöpfergott, dem Demiurgen, der diese Welt beherrscht, das Böse ebenso eingeschlossen wie die Fleischlichkeit und deren Vergänglichkeit, und einer anderen lichten Welt, wohin ihre Seele gelangt, wenn sie das irdische Jammertal verlassen hat. Das ist das Reich des Parakleten, des Trösters, der ihnen zum wahren Leben in Göttlichkeit verhilft, wenn sie die Tür des irdischen Todes aufgestoßen haben und ihre befreite Seele wieder eins sein kann mit dem einzigen Gott.«

»Das ist doch wunderschön«, seufzte Laurence. »Aber warum muß man dafür sterben?«

»Das heißt also«, fuhr Gavin dazwischen, »daß wir hier das Los von Verdammten –«

»Ganz recht«, unterbrach ihn der Chevalier, »als Katholik könnt Ihr dies Leben genießen, sündigen, beichten und büßen – als Katharer ist Euer Trachten darauf ausgerichtet, es so schnell wie möglich hinter Euch zu bringen. Den Begriff ›Sünde‹ kennen die Katharer nicht, Beichte und Buße empfinden sie als lächerlich. Sie erkennen weder den Papst an noch die Jungfrau Maria –«

»Und den Herrn Jesus«, fragte Gavin erschüttert, »auch nicht?«

»Doch«, erwiderte der Chevalier. »In ihm sehen sie den Parakleten, um den die Kirche die Menschheit betrogen, indem sie seine Botschaft geraubt, verbogen und gefälscht hat. Sein Reich war nicht von dieser Welt.«

»Jetzt versteh' ich, warum die Priester Roms die Ketzer fürchten«, bemerkte Laurence trocken, während Gavin sich furchtbar quälte.

»Als Templer kann ich mit dem Schwert in der Hand dazu beitragen, daß der falsche Gott der Finsternis verjagt wird von dieser Erde und –«

»So einfach ist das nicht. Der Demiurg ist nicht nur der Schöpfer, sondern ebenso der Zerstörer, sowohl der Verführer wie der Herr unserer dunklen Triebe. Aber auch der Lichtbringer. Solange es uns Menschen nicht gelingt, alle Gegensätze in uns zu vereinen, werden wir nicht erlöst werden.«

»Kann man als Mensch denn so leben?« entfuhr es der tief beeindruckten Laurence.

Der Chevalier grinste. »Wie an Eurem eigenen Beispiel zu sehen ist ... Doch jetzt kein Wort mehr über häretische Dinge, auch auf einem Schiff haben die Wände Ohren.«

So fuhren sie auf einem breiten Kahn, der auch über ein Segel verfügte, die Rhône hinab. Mit an Bord waren Kaufleute aus Venedig und Pisa, Florentiner und Katalanen. Sie alle hatten gute Geschäfte gemacht mit Glas und Gewürzen, feinen Lederwaren und kunstvoll geschmiedetem Gerät, während die Lyoner selbst daran noch verdienten, daß sie ihre Kunden zurück zur Küste beförderten. Den Chevalier hielten alle für einen äußerst gut betuchten Handelsherrn aus der *terra sancta*, wenn nicht gar aus maurischen Landen, der sich als Grieche verkleidet hatte. Seine beiden Diener waren sehr beliebt ob ihrer stummen Freundlichkeit, mit der sie den Mitreisenden ständig frisch aufgebrühten süßen Tee mit Minze servierten. Klar, da sah man's doch, das waren Morisken, die den Mund nicht aufmachen sollten, weil ihre Sprache sie sonst verraten hätte.

Sie glitten den Strom hinab durch die Wildnis des Deltas mit seinen Salzlagunen und Herden wilder Pferde bis zur stark versandeten Mündung, wo man die Ruder zu Hilfe nehmen mußte. Mit Erreichen des offenen Meeres wachten die verschlafenen Bootsleute auf, denn nun galt es, dicht an der Küste entlang ostwärts zu halten. Der flache Kahn besaß keinen seetüchtigen Kiel, und ständig, bei jeder größeren Welle, liefen sie Gefahr zu kentern. Das war nun also das berühmte *mare nostrum* der Römer. Laurence war enttäuscht von der seichten Brandung, in der sie rudernd entlangkrebsten.

DIE FALSCHE BRAUT

So erreichten sie Marseille und legten im Hafenbecken an. Hier trieben die Lyoner ihre Fahrgäste rüde von Bord, denn sie mochten den Marsiglianern keine unnötigen Liegegebühren in den Rachen werfen. Laurence, der Narr, von den Kaufleuten reich mit Bakschisch beschenkt, kam aus dem Staunen nicht heraus. Alle Völker der Erde schienen sich hier ihr Stelldichein zu geben. Der pluderhosige Chevalier fiel ebensowenig auf wie sein *bouffon* und sein *escudé*. Tiefschwarze Männer mit eingeöltem Oberkörper schleppten Ballen und Kisten. Verschleierte Frauen, deren Augen hinter gestickten Gittern verborgen waren, vergruben ihre hennagefärbten Hände prüfend in die Gewürze und zu Puder gemahlenen Mineralien, die in offenen Säcken feilgeboten wurden. Mandeläugige kleine Männer unter spitzen Hüten hielten Laurence lächelnd Flakons mit stark duftenden Essenzen unter die Nase. Kraushaarige Burschen von olivbrauner Hautfarbe zerrten bunte Kleider aus den vor ihnen aufgetürmten Haufen und wedelten ihr werbend, fordernd damit vor dem Gesicht herum, als wüßten sie genau, daß es sich bei dem Narren um eine Frau handelte, die nichts als ein Nachthemd besaß. Laurence wollte gleich zugreifen, doch der Chevalier hielt sie zurück.

»Laßt uns von hier verschwinden, wo jeder zweite ein Spitzel ist und jeder dritte ein gedungener Meuchelmörder sein kann.«

Sie nahmen ihre Reittiere am Halfter und folgten ihm, der gekonnt im Damensitz auf seinem Braunen hockte und ihn mit der Gerte antrieb. Jean du Chesne lotste sie mit sicherer Ortskenntnis aus dem Gewimmel der Lastenträger, dem Geschrei der Händler, die ihre Waren anpriesen, und dem Gekeife der Kunden, die um den Preis feilschten, von den offenen Hafenkais hinein in das sich anschließende Labyrinth der dunklen, überdachten Gassen der Altstadt. Hier herrschte weniger lärmende Geschäftigkeit, fast eine andächtige Stille, von der jedoch etwas Bedrohliches ausging. In offenen Höhlen hockten stichelnd Schneider, werkten Ledermacher und hämmerten Schmiede. Doch dort saßen auch Männer, die jeden Ankömmling mit mißtrauischen, oft feindseligen Blicken musterten, und über die Schulter flogen knappe leise Worte ins Dunkle, die nach nichts Gutem klangen.

Gavin schloß dicht auf zu Laurence, die froh war, den tapferen Jungen an ihrer Seite zu wissen. Der Chevalier trabte unbekümmert, sein Reittier peitschend, den Packesel hinter sich her zerrend, durch die Pfützen der schlecht gepflasterten engen Gassen.

»Jeden Moment kann uns der Weg verstellt werden«, flüsterte Gavin grinsend. »Sich hier gegen Räuber zu wehren ist zwecklos.«

»Ich kann ihnen nur meine Unschuld bieten«, versuchte Laurence zu scherzen.

»Das ist ein einmaliger Vorgang«, tröstete er sie, ohne zu ihr hinüber zu schauen. »Ich möchte in diesen Tagen hier nicht in der Haut einer Hur' mit roten Haaren stecken«, fügte er trocken hinzu.

»Habt Ihr mich deswegen zum Narren gemacht?« spottete Laurence, doch weitere Worte blieben ihr im Hals stecken.

Vor ihnen auf der Straße waren plötzlich von rechts und links schweigend Männer aus den Häusern getreten, und wie eine Mauer versperrten sie den Weg. Gavin fiel sofort dem Gaul von Laurence in die Zügel und brachte ihn zum Stehen. Der Chevalier sprang ab und ging furchtlos auf die Männer zu. Da verneigten sich alle ehrfürchtig, und der Älteste umarmte ihn. Sie lachten auch Laurence und Gavin zu, nahmen ihnen die Halfter der Pferde aus der Hand und geleiteten sie in einen weiträumigen Innenhof. Auf offenem Feuer brodelte eine Fischsuppe im eisernen Kessel. Laurence zog den Duft begehrlich durch die Nüstern, doch der Älteste – sie nannten ihn Alexios – verkündete:

»Noch vor dem Essen ziehen sich unsere Freunde um. Wir wollen neugierigen Blicken von der Straße das Bild eines glücklichen Brautpaares vorgaukeln, das sich stärkt, bevor es sich zur Hochzeitsreise einschifft.«

Laurence, die sich schon als Braut sah, wollte protestieren, aber der Chevalier zog sie rasch beiseite. »Dies sind alles Leute des Fürsten Montferrat, dem ich in Hellas diene.«

»Der Name klingt mir seltsam vertraut«, Laurence ließ sich nicht beirren. »An meiner Mutter Leid erinnert mich der Klang.«

»Das erkläre ich Euch gern später. Nehmt jetzt als gegeben, daß die Montferrats ein mächtiges Geschlecht im Abendland sind und sogar Könige in Mazedonien. Nun folgt bitte den Anordnungen.«

Sie wurde in einen ebenerdigen Raum geführt, der den Frauen vorbehalten war. Das für Laurence vorbereitete Gewand traf zwar nicht ihren Geschmack, aber sie war froh, nach der langen Schiffsreise die Kleidung wechseln zu können. Größten Wert legten die sie bedienenden Weiber jedoch darauf, ihre rote Haarpracht einzudämmen. Sie flochten ihr drei lange Zöpfe und wickelten diese stramm um ihren Schädel, steckten sie fest und verbargen das Gebilde unter einem straffen Kopftuch, über das sie noch eine Haube stülpten, wie fromme Schwestern sie tragen oder fürsorgliche Beschließerinnen. Laurence fand die Tracht wenig angemessen, doch die Dienerinnen waren ganz entzückt von ihrem Werk.

Zögernd trat sie hinaus auf den Hof und fand sich einem rothaarigen Wesen gegenüber, das mit Schmuck behängt und in eine kostbare Robe gehüllt war. Dazu trug es perlenbesetzte Stiefelchen und ein Diadem im feuerroten Haar, das ihm lang über die Schultern fiel. Nur das Gesicht des Mädchens hielt mit der herrscherlichen Pracht einer Prinzessin nicht mit, es war von bäuerlicher Derbheit und Gutmütigkeit. Allerdings war es auch mutwillig – oder wohl aus Ungeschick – verunziert durch einen vulgär zinnobergeschminkten Mund und verderbte Augenschatten, die von überreichlich gebrauchtem Schwarz der Holzkohle herrührten. Das Mädchen gab sich nicht hochnäsig, sondern wirkte eher verschüchtert.

»Ich bin die Jusipha«, lispelte es und betrachtete Laurence mit einem Blick, der sie auf der Stelle entkleidete. »Ihr sollt meine Zofe sein«, sagte sie gedehnt, ohne ihren lüsternen Blick abzuwenden.

»Zu Euren Diensten, Herrin«, erwiderte Laurence und unterdrückte ihre aufsteigende Heiterkeit. »Nennt mich Magdalena.«

Ihre Aufmerksamkeit wurde auf den Chevalier und Gavin gelenkt, die jetzt hinzutraten. Beide trugen nun Rüstung unter den Mänteln und hatten ihr Schwert gegürtet. Unter dem Arm hielt jeder einen Helm mit Schwanengefieder als Zier.

»Wer ist denn nun der glückliche Bräutigam?« entfuhr es der vorlauten Laurence.

»Die Zofe nimmt bei dem Gesinde Platz«, entgegnete Gavin mit strafendem Blick. Als er sah, daß Laurence immer noch nicht den Ernst der Situation erfaßt hatte, änderte er seine Anordnung. »Sie steht während des gesamten Mahls hinter der Braut, um ihr zu dienen.«

Laurence hätte ihm ins Gesicht springen können, aber Gavin hatte schon Jusipha galant seinen Arm geboten und führte sie zur Tafel. Da der Chevalier von Alexios in Beschlag gelegt wurde, folgte sie rasch den beiden Männern, denn der dummen Pute wollte sie nicht von der Fischsuppe vorlegen müssen, während sie selbst nur den Geruch davon in der Nase haben sollte. Niemand kümmerte sich um sie, und so schritt sie forsch auf die Tür zu, hinter der die beiden Herren verschwunden waren. Diese war nur angelehnt. In den Stein gehauene Stufen führten hinunter in den Keller.

Laurence tastete sich behutsam an der Wand entlang in die Tiefe, im flackernden Licht der Fackeln, die in Mauerringen steckten. Unten waren lebhafte Stimmen und scheppernde Geräusche zu hören. Laurence preßte sich an den kühlen Stein und sah in das riesige Gewölbe. Ein Waffenlager! Schwerter körbeweise, Spieße gebündelt, Pfeile und Bögen desgleichen. Aber auch Lederwaren zuhauf, Sättel und Zaumzeug, Brustharnische, Koller und mit Eisenbügeln bestückte Helmkappen. In ständigem Kommen und Gehen wurden die Kisten und Bündel von Helfern fortgeschleppt. Sie verschwanden in einen dunklen Gang, aus dem andere bereits mit leeren Händen zurückhasteten. An dessen Eingang standen kontrollierend der Chevalier und der Älteste. Der hakte jeden Korb ab, jedes Schock Pfeile und die zu Ballen geschnürten Rüstungsteile. Als er dem Chevalier die Pergamentrolle zur Unterschrift hinhielt, wußte Laurence, daß es an der Zeit war, sich zurückzuziehen. Doch als sie sich umwandte, stand stirnrunzelnd Gavin hinter ihr und winkte sie stumm zu sich. Beide schlichen hastig die Treppe wieder hoch, bevor er das Maul aufmachte.

»Seit dem vermaledeiten Turnier von Fontenay ist nichts mehr so, Laurence, wie es den Anschein hat.« Gavin hatte das sehr ernsthaft vorgebracht, und das reizte Laurence zum Lachen.

»Auch Eure Hochzeitsreise, lieber Gavin, dient nur einem heimlichen Waffentransport der Montferrats zur Camouflage, von denen sich einer vielleicht zum Kaiser von Romania hochputschen will. Mir soll's recht sein.«

Sie waren inzwischen wieder in den Hof getreten. »So recht kann das weder dir noch mir sein.« Gavin verfiel in seiner echten Besorgnis wieder in das vertraute Du ihrer Kindheit. »Zieht doch der süße Duft von Waffen wieder ganz anderes Geschmeiß an als die schwarzen Stubenfliegen, die dir bislang auf der Spur waren.«

»Du meinst, statt finsterer Flößer –« Gavin hatte ihr schnell die Hand auf den Mund gelegt.

Die Nacht war hereingebrochen, und außer dem großen Herdfeuer in der Mitte brannten jetzt ringsherum Talglichter und setzten vor allem die lange Hochzeitstafel in ein festliches Licht. »Bislang habe ich keinen Mönch gesehen«, wiegelte Laurence ab. »Ich fühle mich hier keineswegs bedroht. Ich mag mich an dem Fest ergötzen – und vor allem an der warmen Suppe.«

Gavin schien es den Appetit verschlagen zu haben. »Die Waffen werden durch einen unterirdischen Gang direkt zum Schiff gebracht. Sobald alles geladen ist, hat das Fest hier ein Ende.«

»Geht nur zu Eurer liebreizenden Braut«, forderte Laurence ihn scherzend auf. »Sie freut sich sicher schon auf die Hochzeitsnacht mit einem so schmucken Burschen.«

Gavin verzog sein Gesicht, als hätte sie ihm unverdünnten Essig zu trinken gegeben. »Euer Platz ist an unserer Seite«, mahnte er. »Wenn Ihr das Schlimmste nicht zu verhindern wißt, vergreif' ich mich eher noch an der Zofe.«

»Mutet Euch nicht zuviel zu, Gavin. Tragt nur Sorge, daß auch für mich noch ein Napf von der köstlichen Fischsuppe abfällt, sonst lass' ich Euch heute nacht allein mit der Dame Eures Herzens.«

Sie folgte ihm aber dennoch, als er jetzt widerwillig zur Festtafel hinüberschlurfte. Dort wurde sofort ein Hoch auf den Bräutigam ausgebracht und dann noch eins. Ein Trinkspruch schloß sich an den nächsten, und Laurence mußte die Becher der Zecher nachfüllen. Jusipha, die Braut, hatte die Krone schon reichlich voll und bestand darauf, daß auch das Gesinde – damit war Laurence gemeint – immer wieder auf ihr Wohl anstieß.

Gerade als endlich der Suppenkessel vom Feuer genommen wurde und die Diener mit dem Austeilen beginnen wollten, kam der Befehl zum sofortigen Aufbruch. Eine geschlossene Sänfte wurde aus einem Stall herbeigetragen, die darin nächtigenden Hühner wurden ohne viel Federlesens verscheucht, und Braut und Zofe mußten hinter den Vorhängen Platz nehmen. Kaum hatte sich Laurence auf das einzige Ei fallen lassen, setzte sich der dunkle Kasten ruckartig in Bewegung, wodurch die betrunkene Jusipha ihr zu Füßen fiel. Von draußen hörte Laurence die Stimme des Chevaliers: »Schnell zum Hafen!« Die Träger beschleunigten ihre Schritte, doch das hinderte Jusipha nicht, ihr verschmiertes Gesicht zwischen die Schenkel von Laurence zu schieben; schon fühlte diese die Haare der anderen an ihrer Haut.

»Was machst du da?« fragte Laurence verwirrt, denn jetzt war es ihr, als hätte sie die Zunge des Mädchens in der Furche ihres Gärtchens verspürt. Der Kopf Jusiphas erhob sich und tauchte unter dem Rock der Zofe empor. In ihrer Stimme klang vorwurfsvolles Erstaunen. »Nachdem die beiden Herrn Ritter mich weder von vorn noch von hinten bedrängten, dachte ich, daß ich wohl für Euer Wohlbefinden zu sorgen hätte. Dafür werd' ich schließlich bezahlt«, setzte sie treuherzig hinzu.

»Ah«, entfuhr es Laurence. »Ihr seid eine Liebesdienerin?«

»Sagt ruhig Hur' zu mir und laßt mich wissen, wie Ihr's gern hättet.«

Laurence schlug erschrocken die Schenkel zusammen, doch ihre Verwirrung stieg. Einerseits gehörte Hurerei, so war sie erzogen, zu den Todsünden, andererseits aber konnte ja keiner sehen, was sie dort im Dunkel der Sänfte trieben. Oder doch? Sah Gott wirklich alles? Die grobe Sinnlichkeit im Gesicht der Jusipha schien ihr verachtenswert, aber da war diese rauhe Zunge, dieses nackte, nasse Tier. Und jetzt fühlte sich alles so heiß und feucht an im Rosenhag ihres Schoßes, juckte und pulste ihr eigenes Fleisch so weich und schwach, so wild und stark. Große Hure Babylon, das ist dein teuflisch' Werk! Laurence war nahe daran, die Augen zu schließen und sich dem Unbekannten hinzugeben. Schweiß stand ihr auf der Stirn. Da kam ihr rettend in den Sinn, daß sie eine Belgrave war, eine, die nahm, und nicht eine, die sich nehmen ließ. So drückte sie sanft, aber bestimmt den Kopf der Jusipha zurück und beendete die unwürdige Situation. »Nicht hier, nicht jetzt«, sagte sie mit belegter Stimme und zog ihren Rock über die Knie.

»Haltet mich bitte nicht für ungeschickt, Herrin«, entschuldigte sich die zurückgewiesene Jusipha. »Wann immer Ihr es wünscht, will ich Euch alles Glück dieser Erde und alle himmlischen Freuden dazu bescheren.«

»Wie die *huri* im Paradies«, Laurence konnte jetzt wieder lachen, und ihr lag daran, die Kleine wieder aufzurichten. »Was vermögen Männer schon, was wir nicht selbst vermögen.«

»Besser«, bestätigte ihr lachend die Hur'. »Viel besser!«

Damit waren sie wohl am Schiff angekommen, denn ihr Gehäuse

wurde schräg über Bord gehievt, so daß sich die beiden Mädchen in den Armen lagen. Als der Segler die Anker lichtete und aus dem nächtlichen Hafen glitt, durften sie die Sänfte verlassen.

Altas undas que venez suz la mar
que fay lo vent çay e lay demenar,
de mun amic sabez novas comtar,
qui lay passet? No lo vei retornar!
Et oy Deu, d'amor!
Ad hora.m dona joi et ad hora dolor!

Jusipha hatte eine schöne Stimme, dunkel und weich, die in unerwartetem Gegensatz zur schrillen Aufmachung der Braut stand.

Sie fuhren unter der Flagge des Kaisers von Konstantinopel. Laurence verbrachte ihre Zeit damit, sich mit Gavin im Gebrauch von Pfeil und Bogen zu üben, wobei ihr das knöchellange Gewand, das sie immer noch als Zofe tragen mußte, recht lästig war. Aber ihre Herren gestatteten ihr nicht einmal jetzt, sich von der gräßlichen Haube zu befreien und endlich mal wieder frische Seeluft durch ihr darunter eingepferchtes Haar streichen zu lassen. Sie sah darin reine Schikane und ließ dies den Chevalier spüren, indem sie ihn in jedem Brettspiel erbarmungslos schlug und auch noch verhöhnte, wenn er jedesmal zum Beutel greifen mußte. Von ihrem Vater Lionel hatte sie so viele Tricks gelernt, wie man den Gegner selbst in aussichtslosen Situationen noch verunsichern oder ablenken konnte, daß auch ein halbwegs begabter Spieler gegen sie keinerlei Chancen hatte. Die klagenden Töne Jusiphas, die aus dem Zelt drangen, hatten wenig mit der Sehnsucht nach dem Liebsten zu tun: ihr war speiübel. Doch sang sie tapfer dagegen an.

Oy, aura dulza, qui vens dever lai
un mun amic dorm e sejorn'e jai,
del dolz aleyn un beure m'aporta-y!
La bocha obre, per gran desir qu'en ai.
Et oy Deu, d'amor!
Ad hora.m dona joi et ad hora dolor!

DIE FALSCHE BRAUT

Laurence' Dienst bei der Braut fiel bald ganz aus, denn Jusipha litt furchtbar unter der Seekrankheit und lag meist den ganzen Tag stöhnend auf ihrem Lager. Hin und wieder wankte sie, von dem guten Gavin gestützt, zur hinteren Reling, um Neptun ein weiteres Opfer darzubringen. Damit entfiel auch die christliche Gewissensfrage beziehungsweise die Befriedigung der ungestillten Neugier, ob Frauen in der Lage sind, sich die Wonnen zu verschaffen, die sie in ihren Träumen den Männern andichten. Gavin blieb die wandelnde Tugend. Der Chevalier machte Laurence zwar artig den Hof und hätte sie auch sicher nicht von der Bettkante gewiesen, doch zwischen ihnen stand nicht nur der beträchtliche Altersunterschied, sondern auch seine Rolle als Kommandeur des zwielichtigen Unternehmens. Diese wurde Laurence auch dann nicht weniger geheuer, als er ihr schließlich kundtat, warum sie immer noch die Zofe zu spielen hatte:

»Was glaubt Ihr denn, warum ich der vermeintlichen Braut die Haare rot färben ließ?« Der Ton des Chevaliers war ungewöhnlich scharf. »Solange ich die namenlose Zofe nicht in Sicherheit weiß, hält die Hur' für eine gewisse Laurence die Knochen hin – oder was auch immer. Verstanden?«

Laurence hielt sich ohnehin lieber an den alten Alexios, der ihr mit Respekt, aber ohne jede Unterwürfigkeit begegnete. Sie hatte ihn gleich nach der Abfahrt bei seltsamen Exerzitien beobachtet, bei denen er ohne sichtbaren Gegner aus dem Stand in die Stellung des knienden Bogenschützen gesprungen war. Seine Hände schossen vor, mal flach wie ein Säbel, mal zur Faust geballt, und hieben und stachen auf nicht vorhandene, aber zahlenmäßig überlegene Feinde ein. Dann schnellte der Alte mit erstaunlicher Gelenkigkeit hoch, ließ blitzschnell das in Kinnhöhe gereckte Bein kreisen, dann wieder das gebeugte Knie vorprellen, federte in die Lüfte wie ein Tänzer und rollte sich zusammen wie eine Kugel.

»Wozu soll das gut sein?« hatte Laurence schnippisch gefragt, doch der Alte hatte ihr die Antwort erteilt, die sie seitdem beschäftigte:

»Das Gute scheint nur schwächer als das Böse. Wenn es seine Energien bündelt und seine überlegene Geistesmacht auf die Durchsetzung seines Willens in einem bestimmten Augenblick konzentriert, ist es unwiderstehlich – wie eine schöne Frau.«

Das hatte Laurence bewogen, sich von nun an täglich unter Anleitung ihres geduldigen Lehrmeisters diesen anstrengenden Exerzitien zu unterwerfen. Bald schon erkannte sie, daß sie mit Beherrschung ihres Körpers auch Stärkeren überlegen war – Männern.

Vom Chevalier forderte Laurence schließlich auch eine Erklärung, um welche Mission es sich eigentlich handele, für die er sie vereinnahmt hatte – ohne sie zu fragen und ohne sich um ihren Liebeskummer zu scheren. Schmerz über den entschwundenen Geliebten empfand sie allerdings sowieso nicht mehr, höchstens noch prickelnde Neugier auf die Umstände, in denen sie ihn wiederfinden sollte. Laurence hatte ihre Gedanken an René schließlich nicht völlig verschwendet. Gelohnt hatte sich schon mal, daß er den Anstoß zu ihrem Sprung ins Ungewisse abgegeben hatte: Die Sehnsucht nach dem Geliebten hatte das Abenteuer gebracht. Laurence war zu allem bereit.

»*Alors, la mission, mon cher chevalier?*« Sie unterstrich ihre Frage mit einem bedrohlichen Ausfall, wobei sie ihre gekrümmte Hand nur knapp vor seiner Kinnspitze innehalten ließ, so wie sie es gelernt hatte.

Der Chevalier hatte nicht mit der Wimper gezuckt. »Ihr wißt, von wem sie ausgeht«, begann er, »die Gräfin von Foix spielt dabei eine untergeordnete Rolle. Es geht um das Schicksal eines einzigartigen Landes und seiner Kultur: Okzitanien. Macht Euch seine Lage bitte bewußt, oder besser die seiner Neider. Das ehrgeizige Frankenreich der Capets ist vom Mittelmeer abgeschnitten. Die Provence gehört zum Feudalbereich des deutsch-römischen Imperiums, das Languedoc und Toulouse sind unabhängig und erfreuen sich des Schutzes des Königs von Aragon jenseits der Pyrenäen. Die maßlose Freiheit Okzitaniens hat zur Blüte einer Glaubenswelt geführt, die sich der Ecclesia catholica nicht unterwirft, sondern zu ihrer eigenen Form gefunden hat: die Lehre der Katharer. Also ist dem Land ein zweiter Feind entstanden, bitterer noch als der erste, weil von dumpfen Gefühlen geleitet, Aufwallungen von Glaubenseifer, haßerfüllten Rachegedanken ob der Abtrünnigkeit: die Kirche des römischen Papstes.«

»Mit scheint, Rom haßt Ketzer und Schismatiker mehr noch als die Heiden«, sinnierte Laurence.

»Die Kirche verzeiht Unglauben und Nichtwissen, aber keinen Verrat.«

»Und was soll die Mission? Was *kann* sie bezwecken?« Laurence richtete sich auf.

Der Chevalier konnte nicht umhin, ihren ranken Leib zu bewundern. Diese Tochter eines Normannen und einer Römerin vereinte die Vorzüge beider Rassen. Sie verfügte über die langen Beine des Nordens und den schlanken mediterranen Torso im schönsten Einklang. Sicherlich hielten sie gewisse Männer für zu groß, zumal Laurence stets eine aufrechte, fast kerzengerade Haltung einnahm. Er erinnerte sich nicht, sie je anders denn als junge Dame mit erhobenem Haupt erlebt zu haben.

»Wenn nicht verhindert wird«, der Chevalier kam auf ihre Frage zurück, »daß diese beiden feindlichen Elemente, also Rom und Paris, sich zu einer Allianz vereinen, dann wird die Krone Frankreichs das reiche, fette, wohlduftende Okzitanien durchstechen, aufspießen, schmoren im eigenen Ketzersaft, rösten über den Flammen der Autodafés – und das mit der Segenswürze der Kirche. Ein Zugriff auf die Provence hingegen würde dieser frommen, vor häßlichen Bratflecken schützenden Küchenschürze entbehren und zudem gewaltigen Ärger mit dem deutschen Kaiser bringen.«

»Und was schwebt Euch als Abführmittel vor?«

Der Chevalier betrachtete verzückt diesen breiten Mund, dessen Lippen voll und keineswegs weich erschienen. Zusammen mit den großen Augen gab er dem Mädchen oft etwas kindhaft Erstauntes. Doch davon sollte man sich nicht irreführen lassen. Der Geist hinter der hohen Stirn war wach, wich keiner Belastung aus, ja der Chevalier hatte sogar das Gefühl, daß Laurence ständig die Konfrontation suchte. Sie schien von einem starken Drang getrieben, sich zu bewähren: wie ein Mann oder, besser noch, eben weil sie eine Frau war.

»Frankreich als Handelsmacht im Mittelmeer«, sprach der Chevalier weiter, »kann keine der traditionellen Seerepubliken erfreuen, von Barcelona bis Pisa und Neapel, nicht einmal Venedig und schon gar nicht Genua. Sie alle müßten um ihre Monopole fürchten. Also sind sie unsere natürlichen Verbündeten – von Aragon über die Lombardische Liga bis hin nach Griechenland.«

»Und das zu bewerkstelligen traut sich Jean du Chesne alias Chevalier du Mont-Sion so ohne weiteres zu?« Der schöne Mund blieb formvollendet, auch wenn er höhnte. Die grauen Augen verrieten viel eher den sprühenden Spott.

»*Letzterer*«, erwiderte der Angesprochene, »und auch nicht ohne weiteres – und nur mit Eurer Hilfe.«

Laurence ließ nacheinander ihre schlanken Beine in die Höhe fahren, während ihr Körper sich wie eine Gerte bog. Sie stieß mit den nackten Füßen nach dem unsichtbaren Gegner, einmal, zweimal, dreimal zog sie das Knie an und ließ den Unterschenkel vorzucken, warf sich hinten über, wirbelte durch die Luft und kam hinter dem Chevalier zum sicheren Stand.

»Ich mag es wenig, unterschätzt zu werden«, sagte sie heftig atmend, »doch meine Fähigkeiten falsch bewertet zu sehen, bereitet mir noch mehr Pein.« Sie trocknete sich mit einem groben Tuch den Schweiß von der Haut, die durch die Sonne olivfarben getönt war.

Laurence war die einzige Rothaarige, die er bislang kennengelernt hatte, die nicht in irgendeiner Weise an ein rosiges Schweinchen erinnerte; ja er konnte nicht einmal Sommersprossen an ihr entdecken. Ihr Haar hatte diesen seltenen kupfernen Schein, und ihre im Winter marmorweiße Haut empfing die Strahlen des Sommergestirns, ohne sich im mindesten zu röten. So verwandelte sich Laurence in den Augen des Chevaliers in die Bronzestatue einer Diana.

»Ich werde tun, was in meiner Macht steht«, versprach die Göttin.

Er ahnte nicht, in welche Verwirrung er Laurence gestürzt hatte. Sie wußte nur, daß es mit ihrem Bruder, Halbbruder, Guido zu tun hatte, den sie noch nie gesehen hatte und der anscheinend eine

Schlüsselrolle in dieser ›Mission‹ spielte, spielen sollte? Und sie selbst? War sie etwa ein Türschloß? Das Bild mißfiel ihr so sehr, wie es sie erregte. Laurence sah sich gern als jemand, der mit entschlossener Hand Türen öffnete, aber kaum als Klinke, von anderen niedergedrückt! Sie war natürlich bereit, für das Gelingen der so wichtigen ›Mission‹ auch Opfer zu bringen. ›Verzicht‹ fiel ihr ein und ›Leiden‹, aber keinesfalls unter Aufgabe ihrer *Würde*! Sie beschloß, auf der Hut zu sein und sich nicht auf den ›Anstand‹ der Männer zu verlassen – den Chevalier eingeschlossen.

Nach etlichen Tagen unbeschwerter Fahrt bog der Segler um die südliche Spitze der Insel Korsika. Die Abkürzung durch das Tyrrhenische Meer wurde gern genommen, weil dort die Piraten der Berberküste seltener und weniger dreist auftraten. Die Nähe der italienischen Seehäfen verlieh einen gewissen Schutz. Doch sie hatten das Nordkap von Sardinien noch nicht umsegelt, da versperrten ihnen zwei Nußschalen mit kurzem Mastbaum in kaum vertrauenerweckender Absicht die Passage. Und als sie sich umwandten, schossen hinter ihnen sogar drei dieser wendigen Segler aus versteckten Felsbuchten hervor.

»Sind das maurische Sklavenhändler?« wollte Laurence aufgeregt wissen, während die Besatzung zu den Waffen griff und die unter Tuch verborgenen Ballisten an die Reling rollte.

»Leider nicht«, klärte sie Alexios auf. »Das sieht nach Korsen aus, die auf Rechnung der Genuesen alles kapern, was nach Venedig, der *Serenissima*, riecht – für sie vielmehr gen Himmel stinkt, wie unser ›Lateinischer‹ Kaiser von Venedigs Gnaden.«

»Und was gedenkt Ihr zu unternehmen?« schaltete sich jetzt der Chevalier, bereits in voller Rüstung, ein. Gavin trug ihm den Schild hinterher und ein Bündel Wurfspieße.

Alexios wiegte sein Haupt. »Wenn sie uns entern, können wir uns ihrer nicht erwehren.«

»Ihr wollt Ihnen unsere kostbare Fracht ausliefern?« empörte sich der Chevalier.

»Wir lassen uns nötigen, den nächsten korsischen Hafen anzulaufen, im Schlepptau«, beschied ihn der Älteste ungerührt. »Danach obliegt es Eurem diplomatischen Geschick, dem dortigen Statthalter der *Superba* klarzumachen, daß unser Herr, der Fürst von Montferrat und König von Thessalonien, keineswegs auf der Seite der Venezianer steht, sondern im Begriff ist, Kreta aus deren Machtbereich zu lösen, und wir dort dringend erwartet werden. Das müßte eigentlich der Spionagedienst Genuas auch schon in Erfahrung gebracht haben, und so könnten sie uns ungeschoren laufen lassen.«

»Oder auch nicht«, fügte Gavin hinzu. Er fand den Disput unmännlich und zog demonstrativ sein Schwert.

»Laßt das Eisen stecken«, beschwor ihn der Alte, »oder wollt Ihr den Heldentod sterben, bevor Ihr überhaupt berechtigt seid, ein Schwert zu führen?«

Mittlerweile hatte sich der Ring geschlossen, die wendigen Boote hielten angesichts der Ballisten allerdings Abstand.

»Da legt ein Parlamentär ab!« rief Gavin. »Sie wollen mit uns verhandeln.«

Tatsächlich näherte sich mit gemächlichem Ruderschlag ein Kahn mit einigen verwegen aussehenden Gesellen. Sie schwenkten eine weiße Fahne und kamen bis auf Rufweite heran.

»Folgt uns freiwillig in den Hafen von Sartena!« rief ihr Anführer.

»Das ist das schlimmste ihrer Piratennester«, flüsterte Alexios.

Der Chevalier gab die Antwort: »Gebt uns freies Geleit!«

»Für Leib und Leben, wenn Ihr uns das Hochzeitspaar als Geiseln stellt.«

»Und unsere Ladung?« fragte Alexios argwöhnisch nach, weil die Burschen die ganze Angelegenheit mit größter Lässigkeit betrieben.

»Wenn Euer Kahn es aushält, wollen wir ihm noch zwanzig wohlgerüstete Ritter zuladen, mitsamt Knappen, die allesamt darauf brennen, sich für den Montferrat zu schlagen.«

Alexios mußte schlucken. Der Chevalier fand als erster seine Sprache wieder: »Und wozu besteht Ihr dann auf Geiseln?« rief er hinunter zu dem Ruderboot, das inzwischen längsseits gegangen war.

Das brachte die wilden Burschen erst recht zum Lachen. »Weil wir ihnen ein Fest ausgerichtet haben, Ihr alle seid geladen – so verlangt es die korsische Gastfreundschaft.«

»Ich lasse die Braut holen«, drängte sich Gavin vor. Er schob Laurence beiseite, doch da trat schon Jusipha aus ihrem Zelt. Sie hatte anscheinend ihr Unwohlsein überwunden und sich sorgfältig hergerichtet. Gavin bot ihr seinen Arm und half ihr, die Strickleiter hinabzusteigen. Viele starke Arme gaben ihr Halt. Gavin sprang nach ihr in das Boot, das sofort ablegte und im Begriff war, mit kräftigen Ruderschlägen zu der Flottille zurückzukehren.

Das war das letzte, was sie von dem tapferen Gavin und seiner Braut sahen, denn aus heiterem Himmel schlugen neben dem Boot schwere Katapultgeschosse ins Wasser, daß es hoch aufspritzte. Das Boot kenterte.

»Pisaner!« schrie eine Stimme, und Laurence sah zwei gewaltige Kriegsschiffe mit geblähten Segeln um das Kap rauschen, die Steinkugeln schleudernden *Trebuchets* in voller Aktion.

»Nichts wie weg von den Korsen!« brüllte Alexios seinen Mannen zu. »Sonst erwischt es uns auch noch.«

Die korsische Flottille stob auseinander. Laurence konnte in der aufgewühlten See nicht ausmachen, ob die Schiffbrüchigen aus dem Boot sich hatten retten können. »Wir können Gavin nicht seinem Schicksal überlassen«, jammerte sie.

»Das ist eben dem Schicksal eigen, daß man sich darein schicken muß«, erwiderte Alexios stoisch und machte keine Anstalten, länger am Unglücksort zu verweilen. Er hätte es auch nicht vermocht, denn der eine Pisaner hatte sich zwischen das Schiff des Montferrat und die flüchtenden Korsen gesetzt, während das andere ihm jeden Fluchtversuch ins offene Meer abschnitt. Dort wären sie allerdings erst recht verloren gewesen, denn die Triremen der Pisaner waren schon aufgrund ihrer Segelfläche und der schnittigen Kiele doppelt so schnell wie sie.

»Man signalisiert uns zu folgen«, informierte Alexios den Chevalier und wies nach vorn. Dort hatte der Pisaner ein Tau ins Wasser geworfen, dessen Ende, an einer Schweinsblase befestigt, auf der Meeresoberfläche trieb.

»Die Herrschaften verlangen, daß wir unsere Segel reffen.« Der Chevalier zeigte, daß auch er sich auf die Signale verstand, die vom vorderen Schiff mit Hilfe eines Spiegels gesendet wurden.

»Wir sollen uns sogar selbst den Strick um den Hals legen«, murrte Alexios, gab aber dennoch Anweisung, das Tauende aus den Wellen zu fischen und am Bug festzumachen.

»Mitgefangen, mitgehangen«, scherzte Laurence, die alles genau beobachtete.

»Habt Dank, edle Retter«, ließ der Chevalier frech zurück signalisieren. Darauf folgte jedoch keine Antwort mehr, nur ein Ruck, der durch das Schiff ging. Das Tau hatte sich gestrafft, und das pisanische Kampfschiff nahm, die Prise im Schlepp, Fahrt gen Süden auf.

»Dem Kurs nach zu schließen, werden wir nach Sizilien gebracht«, schloß der Chevalier. »Pisa gilt als reichstreu, daher auch der Angriff auf die genuesischen Korsaren.«

»Und zu welcher Partei wird der Montferrat gerechnet?« hakte Laurence spöttisch nach.

Alexios sah sie mißbilligend an. »Das werden wir spätestens bei dem Empfang zu spüren bekommen, den man uns bereiten wird. Auf herzliche Gastfreundschaft sollten wir uns besser nicht einstellen.«

Der Chevalier blickte zurück, das andere Schiff war verschwunden. Vor ihnen furchte der Pisaner seine Bahn und zog seine Beute wie ein in den Wellen tanzendes Beiboot hinter sich her. Ein deprimierendes Gefühl der Ohnmacht hatte von der Besatzung ihres Seglers Besitz ergriffen. Auch Laurence spürte, wie ihr der Mut zu sinken begann.

»Ihr liebt es, junge Dame, zur See zu fahren?« Alexios tat es sichtbar leid, Laurence vorhin so barsch abgefertigt zu haben. Sie schaute in sein offenes Gesicht, das von Stürmen auf dem Meer gegerbt war. Oder hatte er viel Schweres in seinem Leben erlitten? Sie fühlte plötzlich eine unbestimmte, leicht traurige Zärtlichkeit für den alten Mann.

»Es ist die Freiheit«, versuchte sie ihm zu erklären, »den Kurs selbst zu bestimmen, ihn höchstens mit Wind und Wetter auszumachen. Dagegen«, ereiferte sie sich, »kann man das Ruder halten mit starker Hand, die Segel setzen –«

Alexios lächelte. »Der kluge Seemann stemmt sich nicht gegen die Gewalten der Natur, er nutzt die Brise, er folgt den Wellen. Das will gelernt und mit den Jahren erfahren sein, denn ungern verzeiht Neptun dem Stümper.«

Laurence fühlte sich gemaßregelt. »Aber wie ein Hündchen«, begehrte sie auf, »an der Leine gezogen werden? Erscheint Euch das nicht schlimmer, als Schiffbruch im Sturm zu erleiden?«

»Vielleicht habt Ihr recht, man müßte sich wehren.« Er schaute sie nachdenklich an. »Ich bin ein alter Mann und des Kämpfens müde. Ihr seid nicht nur jung und schön, sondern auch von einer Stärke beseelt, der ich selten begegnet bin.«

Laurence spürte die feste Hand auf ihrer Schulter und den wehmütigen Unterton in seiner Stimme.

»Ihr könntet ein Schiff führen.« Er wandte sich abrupt ab und starrte sinnend auf die Gischt der Bugwelle. Laurence brachte die Zähne nicht auseinander, dabei wollte sie ihm wenigstens ein Danke zuflüstern. Sie war überwältigt von dem, was sie da gerade gehört hatte – doch es bereitete ihr eher Furcht als Freude.

Verwirrt, irr an sich selbst, begab sie sich in das Zelt, das ihr jetzt wieder allein gehörte. Gavin mochte sich gerettet haben, aber Jusipha konnte sicher nicht schwimmen. Vor ihrem geistigen Auge sah sie die kleine Hur' im Wasser versinken: Das rotgefärbte Haar umwehte ihr gutmütiges Bauerngesicht, auf dem die Schminke verlief, als ob sie weinte. Laurence beschloß, das Meer zu hassen, dieses endlose, tiefe Blau, das sich wellte, wogte und sich streckte, das seine Färbung änderte, wie es ihm beliebte, das seine Geheimnisse in der Tiefe barg und an jeder Stelle seiner unendlichen Oberfläche Zerstörung anzurichten vermochte. Doch sie haßte nicht das Meer, sondern das Gefühl der völligen Ohnmacht, das es verbreitete. Rücklings lag sie auf dem harten Lager, hatte ihr Kleid hochgestreift und tastete nach der Wölbung ihres Gärtchens.

DER KLEINE KÖNIG

Nach drei Tagen und Nächten kam morgens die Felsküste Siziliens in Sicht.

»Sie laufen die Bucht von Castellammare an«, hörte Laurence den Chevalier verkünden. Die Stimmen der Männer an Bord klangen jetzt wieder tatendurstig. Man hatte ihnen erlaubt, das Tau zu lösen und selbst das Anlegemanöver durchzuführen.

Laurence trat hinaus auf das Heck und genoß die aufgehende Sonne und den Geruch des Meeres. Die Häuser des Ortes mit seiner trutzigen Burg wurden sichtbar. Der von Felsen geschützte Naturhafen öffnete sich dem griechischen Frachtschiff, auf dem man nun die Segel einholte und zu den Rudern griff. Der Pisaner ließ draußen vor der Außenmole den Anker fallen und gewährte seinem Fang mit kühler Berechnung den Vortritt. Damit wird aus dem Hündchen an der Leine eine Maus in der Falle, dachte Laurence, und die dicke schwarze Katze sitzt wartend davor.

Dem war jedoch nicht ganz so, wie sich zeigen sollte. Erstmals bemühte sich der pisanische Kapitän an Bord des von ihm aufgebrachten Schiffes und verlangte rundweg die Hälfte der Fracht als seinen Anteil. Gleichzeitig traf jedoch der deutsche Hafenkommandant ein, um die Gäste aus Griechenland zu begrüßen. Da war plötzlich aus dem Munde des Pisaners nur noch von dem ›geretteten‹ Schiff des Montferrat die Rede, als ihm aufging, daß dieser Name hier wohlbekannt war und in höchster Gunst stand. Der Chevalier nutzte sogleich die veränderte Situation, um sich bei dem Pisaner für den Bärendienst zu bedanken und ihm ein besonders kunstfertig geschmiedetes Stilett aus Toledo zum Geschenk zu machen.

»In meiner Heimatstadt Pisa wärt Ihr, Chevalier, ebenso willkommen gewesen«, geschmeidig paßte der Kapitän sich der veränderten Lage an. »Aber ich wußte ja, daß Euer Ziel das Land der Griechen war, und so war ich Euch gern behilflich, die dort dringend erwartete Ladung sicher zu eskortieren.«

Dann ging er mit dem staufischen Hafenkommandanten wieder von Bord, wobei sie den Chevalier aufforderten, mit ihnen zu kommen. Auch die Mannschaft des Montferrat drängte zum Landgang.

»In Pisa hätte der Kerl unsere Fracht nicht anlangen dürfen, die Hand wäre ihm abgehackt worden«, klärte Alexios Laurence auf, die verloren an Deck stand. »Deswegen hat er es hier versucht. Aber ich wette, daß wir noch längst nicht – und gewiß nicht ungeschoren – unsere Weiterreise antreten werden.« Er grinste anzüglich, als er Laurence' verständnislosen Gesichtsausdruck bemerkte. »Selbst staufische Beamte bekommen nach kurzer Zeit im Dienst auf dieser Insel ein einnehmendes Wesen.«

»Dann sollten wir uns unverzüglich an der Schönheit des Ortes erfreuen, bevor uns jemand auch dieses Vergnügen vergällt.«

Laurence schritt die mit rundgewaschenen Kieseln befestigten Kehren der schmalen Stiege aufwärts, die zum Kastell führen mußten, das hoch über den geduckten, an den Fels gekrallten Hütten thronte. Hin und wieder schaute sie zurück, nach unten, zum Hafen, den sie immer besser einsehen konnte. Zwischen den Fischerbooten lag als einziges fremdes Schiff das des Montferrat, und außen, vor der halbkreisförmigen Mole aus Steinblöcken, lauerte der Pisaner, die Einfahrt bewachend. Laurence spürte bis hier oben die bedrohliche Spannung, die sich für sie bereits eingeschlichen hatte, als der Chevalier abgeführt worden war. Von dem alles beherrschenden Kastell über sich auf der Anhöhe erwartete sie sich eine Klärung der Situation. Geheuer erschien sie ihr keineswegs.

Eine bleierne Schläfrigkeit war über Ort und Hafen gefallen wie ein unsichtbares Netz. Zwischen den ausgestorben wirkenden Höfen hinter hohen Mauern entdeckte sie eine noch steilere Treppe, unter Torbogen versteckt, die den Anstieg abzukürzen versprach. Doch dann stand sie unversehens vor der hochragenden Wehr des Kastells. Laurence war nicht gewillt, den Rückzug anzutreten. Sie befand sich jetzt bereits höher als die Dächer der letzten Häuser, also kletterte sie über die Felsbrocken, die den Fuß des Gemäuers säumten, zog sich an den Ginsterbüschen hoch, wenn sie im Geröll ausrutschte. Wie beneidete sie die Eidechsen, die flink über den Stein glitten, während sie oft auf allen vieren kriechen mußte und von den Dornen zerkratzt wurde! Ihre Hartnäckigkeit wurde belohnt.

Es war eine weiße Taube, die plötzlich ihr zu Füßen lag, das

Gefieder gerötet von frischem Blut. So dämlich konnte doch nicht einmal eine Taube sein, sich an der Mauer den Schädel einzurennen! Laurence hielt noch Ausschau nach einem geeigneten Grab, als sie, hinter einer Felsnase verborgen, eine verrostete Eisentür entdeckte. Schon auf sanften Schulterdruck gab sie quietschend nach. Laurence hielt inne und lauschte. Sie stand in einer Art Brunnenschacht. Über sich konnte sie den blauen Himmel sehen, aber auch die noch intakte Wendeltreppe, die sich hinaufwand zu einer Öffnung ins Ungewisse. Laurence empfand zwar eine gewisse Beklommenheit, aber die wurde aufgewogen durch ihre sofort erwachte Lust am Abenteuer. Sie stieg also, vorsichtig jede Stufe prüfend, nach oben, bemüht, kein Geräusch zu verursachen. Am Ende öffnete sich ein schmaler Durchlaß, die ehemalige Brunnenpforte, deren Zugvorrichtung samt eiserner Winde in die Tiefe gestürzt war. Laurence sah sie unter sich im spiegelglatten Wasser liegen. Ein verwilderter Garten eröffnete sich, der immer noch von einstiger Pracht zeugte, von orientalischer Kunstfertigkeit: ein längst versiegter Springbrunnen unter einer von Efeu überwucherten Kuppel, die marmornen Wasserrinnen versandet, zugewachsen. Gewaltige Dattelpalmen spendeten gleichmütig Schatten. Ein Stein prallte unter ihr im Sockel des Turmes auf. Laurence hatte sich solche Mühe gegeben, nicht durch unnötigen Lärm ihre Anwesenheit zu verraten. Sie schaute sich forschend um, ihr Blick ging langsam nach oben. Auf der Mauerkrone saß ein Knabe und warf einen zweiten Stein.

»Bist du Ariadne, gekommen, mich zu befreien?« fragte eine helle, recht herrische Stimme.

»Ach, lieber Theseus, ich habe mein Wollknäuel vergessen«, erwiderte sie schlagfertig. »So hält das Labyrinth des Lebens für uns beide den Hungertod bereit –« Das brachte den Knaben auf der Mauer nicht aus der Fassung. Er war jünger als sie. Laurence schätzte ihn auf elf, höchstens zwölf Jahre. »Ich kann dir ein Täubchen braten, mit Mandeln bestreut und Honig –« Praktisch veranlagt, dachte sie an die Weiße, die noch immer vor der Eisentür lag. Theseus streckte herrisch seine Hand aus. Laurence bemerkte erst jetzt, daß er einen Lederhandschuh trug. Ein Falke schwebte heran, kreiste zweimal über ihm, bevor er niederstieß und flatternd auf dem Handschuh absaß. In seinen Fängen hielt er eine frisch geschlagene Taube. Der Knabe entwand ihm den blutenden Körper und warf ihn achtlos über die Schulter.

»Warum?« entfuhr es Laurence, und es ärgerte sie. »Hat das edle Tier seine Beute nicht als Lohn verdient?« fügte sie schnell hinzu.

»Ich kann Tauben nicht leiden«, der Knabe schüttelte unwillig das Haupt. »Deswegen müssen wir alle drei«, er streichelte den Falken über das Köpfchen und streifte ihm die Kappe über, »in königlicher Würde doch des Hungers sterben.«

»Es sei denn, es fliegen uns gebratene Tauben in den Mund«, versuchte Laurence einzulenken.

»Nicht einmal gebraten!« beschied sie der jugendliche Falkner.

»Gut«, sagte Laurence. »Wenn du schon über mein Leben so herrscherlich verfügst, dann wirst du mir auch Zutritt ins Innere dieser Burg verschaffen können. Ich suche nämlich –«

»Ich bin der König!« schnitt ihr der stolze Knabe jede weitere Rede ab und schwang sich geschmeidig von der Mauerkrone, sichtbar darauf bedacht, den Falken nicht zu verstören. »Wenn du eine Insel willst –?«

»Geschenkt?« hakte Laurence irritiert nach, denn der König hatte ihr jetzt den Rücken zugewandt und pißte gegen die Mauer.

»Als Lehen natürlich!« rief er ihr unwirsch über die Schulter zu. »Und nur wenn du ein Schiff besorgen kannst, das uns dorthin bringt.«

Laurence hielt mit ihrer Gegenleistung hinterm Berg, was ihm Zeit gab, den Falken auf dem Ast eines wilden Feigenbaums abzusetzen und dann seine Hose wieder zu schließen.

»Ich hätte ein schönes Schiff, es liegt unten im Hafen –«

Wieder unterbrach er sie rüde: »Dann wird es ausgeraubt.«

Diesmal ließ sich Laurence aber nicht aus dem Konzept bringen, zudem diese Einschätzung ihre schlimmsten Befürchtungen bestätigte. »Also ist der Chevalier auch schon Euer Gefangener auf der Burg?«

»Meiner nicht!« wurde sie knapp beschieden. »Ich bin selbst hier eingekerkert bei Wasser und Brot, umgeben von tückischen Wächtern, die mir ans Leben wollen – mir, ihrem König!« Diesmal zeigte der seltsame Knabe eine Regung, er schien ehrlich empört.

»Und warum fliehst du nicht einfach?« erkundigte sich Laurence besorgt, aber immer noch ungläubig.

Der Knabe schaute ihr zum erstenmal in die Augen. Seine eigenen waren von einem wäßrigen Blau, ohne jegliche Weichheit im Blick. Das dunkelblonde Haar wies einen kräftigen Stich ins rötlich Kupferfarbene auf, und wie ein unsichtbarer Lorbeer kränzten die gekräuselten Locken die hohe Stirn, verliehen ihr etwas Cäsarenhaftes. Von Statur wirkte er eher schmächtig, und er war weißhäutig – als würde er tatsächlich die meiste Zeit fern vom Licht der Sonne verbringen müssen.

»Ein Herrscher kann nicht *einfach* fliehen«, sagte er nachdenklich. »Das wäre nicht nur würdelos, sondern würde auch den Feinden in die Hände spielen.«

Laurence hatte dem prüfenden Blick standgehalten, schon um sein Vertrauen zu gewinnen. »Aber er kann ins Exil gehen«, schlug sie vor.

Der Gedanke schien ihn tatsächlich zu beschäftigen. »Wenn du mitkommst –?«

Jetzt war er plötzlich ein einsames Kind, und Laurence empfand Mitleid. Sie versuchte ihn davon abzubringen, über ihre Frage weiter nachzudenken.

»Wie stellst du dir ein Leben mit mir auf einer einsamen Insel vor?« Sie lachte leicht verkrampft, steckte den Knaben aber damit nicht an.

»Du bist mir zu rothaarig!« wies er sie schroff zurück. »Wie heißt du überhaupt, und woher hat dich dein Weg zu mir geführt, wo mir doch sonst jeder Besuch verwehrt wird?«

»Ich bin Laurence, einzige Tochter des Barons Lionel de Belgrave«, gab sie Auskunft. »Und wie nennst du dich?«

Jetzt war das Erstaunen auf seiner Seite. »Das weißt du nicht? Entweder verstellst du dich, oder du bist wahrhaftig Ariadne, meine Retterin!«

»Warum sollte ich lügen?« empörte sich Laurence. »Ich bin auch nicht von Naxos, sondern es hat uns auf dieses Eiland verschlagen. Wir waren auf dem Weg nach –«

»Dieses *Eiland* ist mein Königreich Sizilien!« fuhr der junge Bursche jetzt zornig in ihr Lamento. »Ich bin Federico, sein gekrönter Herrscher!«

Ein Irrer, dachte Laurence und schlug demütig die Augen nieder, um ihn nicht noch weiter zu reizen, denn solche Menschen konnten gefährlich werden, wenn sie völlig aus der Fassung geraten. Auf der Burg ihres Vaters gab es einen Pferdeknecht, der ansonsten gutmütig und stumm sein Handwerk versah. Manchmal aber begann er völlig unvermittelt zu zittern und zu stammeln: ›Die Saratz! Die Saratz!‹ Dann jagte er die Pferde auf die Koppel, griff nach seiner Sense und rannte in den Wald, schlug und hackte das Unterholz kurz und klein, bis er mit Schaum vor dem Mund stöhnend Zuflucht in einem Erdloch suchte. Dort versteckte er sich dann oft tagelang.

Laurence wurde aus ihren Erinnerungen geweckt. Ein beleibter Benediktiner war jetzt erschienen, der mehrere Bücher vor sich hertrug und freundlich verkündete: »Majestät, es ist Zeit für Eure Studien.«

Ein Kranz weißer Löckchen umrandete den kahlen Schädel, die Tonsur war längst zur Vollglatze gediehen, dennoch strahlte er eine unbekümmerte Autorität aus.

»Des Hauptgestirns ungezügeltes Brennen«, fügte er sanft hinzu, »ist Eurem Kopf, Sitz des Geistes, jedoch wenig zuträglich –«

»Um die Befindlichkeit meines gesalbten Hauptes macht Euch nur keine Sorgen, Don Orlà. Ich gedenke im strahlenden Licht der Sonne auszuharren!«

Es rührte Laurence, wie Federico jetzt den Schüler herauskehrte, darauf bedacht, im poetischen Ausdruck zu glänzen.

»Ihr, Don Orlando, mögt Euch in den Schatten setzen«, bot er leutselig an, um dann doch in den Ton eines aufmüpfigen Kindes zu verfallen. »Doch in meine Gefängniszelle geh' ich nicht!« Der Knabe war es offensichtlich gewohnt, seinen Willen durchzusetzen, was schon die mitgebrachten Bücher des Lehrmeisters bewiesen.

»Das ist übrigens Laurence de Belgrave!« fiel ihm noch ein. »Sie ist gekommen, uns zu huldigen.«

Laurence schenkte dem rundlichen Magister ein gequältes Lächeln, als er sich ohne weitere Widerrede ächzend unter dem Feigenbaum auf einem Stein niederließ.

»In Wahrheit ist sie entsandt, mich aus den Fesseln dieser Burg zu befreien«, fügte der königliche Knabe hinzu, doch sein weißhaariger Lehrer warnte flüsternd: »Wir bekommen Besuch!«

Er stand auf und überließ seinen steinernen Sitz dem jungen König, der dort mit Selbstverständlichkeit Platz nahm und mit dem Falken zu spielen begann.

Das deutlich vernehmbare Knirschen von Schritten im Kiesbett kündigte den Besucher an. Zwischen den Sträuchern des zur Burg hin ansteigenden Gartens erschien jetzt der schmierige Hafenkommandant, den Laurence schon kannte. Er quittierte ihre unerwartete Präsenz mit einem kurzen Anflug ärgerlichen Erstaunens und hielt in seinem forschen Voranschreiten inne, im gebotenen Abstand des Respekts. Da niemand ihn begrüßte oder zum Näherkommen aufforderte, räusperte er sich nach einiger Zeit des Wartens:

»Als Euer ergebener Diener, Majestät«, begann er seine wohlgesetzte Rede, »sehe ich es als meine Pflicht als staufischer Beamter, Euch darauf hinzuweisen, daß im Hafen von Castellammare ein griechisches Frachtschiff, angeblich im Besitz der Markgrafen von Montferrat, eingetroffen ist, auf seinem Weg nach Konstantinopel. Da dacht' ich mir –«

Der Hafenkommandant verfiel allzu schnell von seiner Geschwätzigkeit in eine gewisse Vertraulichkeit. Federico schnitt ihm das Wort ab:

»Wir werden das mit unserem Kastellan, Gentile di Manupello, beraten!«

»Der ist heute morgen nach Palermo weggeritten«, wagte der Vortragende einzuwerfen, »und wird erst in einigen Tagen zurück erwartet –«

Da klang Triumph heraus, glaubte Laurence zu spüren. Sie hörte aufmerksam zu.

»Um Euch, Majestät, nicht in Euren Entscheidungen zu drängen«, fuhr der Hafenkommandant schleimig fort, »habe ich mir erlaubt, den Griechen erst mal an die Kette zu legen.«

»Wieso?« entfuhr es Laurence, doch Federico wedelte ihr mit der freien Hand beschwichtigend zu, die andere war sowieso mit dem Falken beschäftigt, von dem er seinen Blick auch nicht nahm.

»Ihr meint also, meine Diener könnten sich erlauben«, nicht einmal jetzt schaute er den Mann kurz an, »mir fremde Schiffe anzudienen, auf daß ich Sizilien baldmöglichst verlasse?«

Federicos Stimme war immer leiser geworden und von einer beängstigenden Ruhe. Jeden Moment erwartete Laurence einen Ausbruch furchtbaren Zorns. Federico spielte aber noch mit seinem Opfer, das die heraufziehende Gefahr überhaupt nicht begriff und jetzt gar beschwörend weiterplauderte.

»Es droht Euch Gefahr von imperialen Mächten«, vertraute er seinem König an, vor einer Denunzierung nicht zurückschreckend. »Was glaubt Ihr, warum der Manupello vom Kastell entfernt worden ist? In meinen Augen ist eine schnelle –«

Hier wurde Federico scharf:

»Hütet Euer Augenlicht – und entfernt Euch jetzt, auf der Stelle!«

Der Kommandant hatte beobachtet, daß Federico den Falken vom Ast des Feigenbaums auf seinen Lederhandschuh gelockt hatte und ihm jetzt die Kappe abnahm. Er sah seine Sehkraft von scharfen Schnabelhieben und Krallen bedroht, also machte er kehrt und warf sich fast in die Büsche. Wie man dem dumpfen Geräusch entnehmen konnte, war er erst mal auf die Schnauze gefallen, bevor das Prasseln im Kies anzeigte, daß er davonrannte. Laurence konnte ein Lachen nicht zurückhalten, doch der gestrenge Blick des jugendlichen Herrschers ließ sie verstummen.

»Der Kerl ist dumm genug, den Verräter abzugeben.« Federico war verstimmt. »Auch ist er kein staufischer Parteigänger, sondern ein elender Welf'! Versucht Uns den Mund wäßrig zu machen mit einem griechischen Schiff!«

»– das unter Androhung von Gewalt hierher gebracht wurde!« fügte Laurence hinzu. »Den Pisaner, ein voll bemanntes Kriegsschiff, hat er Euch verschwiegen. Der liegt draußen und verspricht nichts Gutes.«

»Ich hab' ihn gesehen«, sagte Federico, »und gebe Euch recht, meine Freundin.«

»Für mich hat der oberste Wächter des Hafens die Wahrheit gesprochen«, sagte der gelehrte Benediktiner nachdenklich. »Es braut sich ein Komplott zusammen. Es fragt sich nur, warum man es Euch so unverhohlen wissen läßt.«

»Das ist das besonders Fatale an törichten Menschen«, antwortete sein Schüler. »Sie lassen sich nicht berechnen. Sie laufen vor einem Falken davon, als würde ein solch edles Geschöpf sich an ihnen vergreifen, doch sind sie durchaus in der Lage, dreist Hand an ihren König zu legen!« Federico bemäntelte bei aller Empörung seine tiefe Abscheu nicht.

»Nach diesem mißlungenen Versuch werden weitere nicht auf sich warten lassen«, faßte der Magister zusammen. »Ihr solltet, Majestät, Euren Widerwillen gegen die festen Mauern dieser Burg überwinden und Euch mit mir auf Euer Zimmer zurückziehen.«

»Und die wenigen Getreuen, auf die wir zählen können, sollen davor diese Nacht mit ihren Leibern Wache halten.« Der Schüler war jetzt ganz folgsam. »Unsere Freundin werden wir bitten, sich nun zum Hafen hinabzubegeben, die Ohren offenzuhalten und uns morgen wieder mit ihrem Besuch zu erfreuen.« Federico verneigte sich leicht vor der jungen Dame, die damit entlassen war.

Laurence stieg wieder in den verfallenen Brunnenschacht und ließ rasch die Mauern des Kastells hinter sich. Sie hoffte inständig, Jean du Chesne auf dem Schiff anzutreffen. Bei ihrer Rückkehr teilte ihr der alte Alexios mit, der Chevalier sei bislang nicht zurückgekehrt und werde wohl als Gast des Kastellans die Nacht auf der Burg verbringen. Laurence wußte, daß dem nicht so war, aber sie schwieg. Wie sehr sie jetzt Gavin vermißte! Sie warf einen prüfenden Blick auf die schwere Eisenkette, die das Schiff festhielt. Der Älteste bemerkte es und zuckte schicksalsergeben die Achseln.

Laurence begab sich zu Bett. Da sie aber noch lange wach lag, dachte sie über den jungen König nach, der Hunger zu leiden schien, aber seinen Falken verwöhnte – der selbst ein Gefangener war, doch dabei wie ein Herrscher wirkte. Als wahrer König bedurfte der merkwürdige Knabe Federico keines goldenen Thrones, keiner Krone auf dem Haupt: Von einem nackten Stein aus hielt er hof. Ihm gehörte ganz Sizilien und noch vieles mehr. Er konnte

Inseln vergeben und ersehnte nichts mehr als ein Schiff mit Getreuen, auf die er sich verlassen konnte. Welch verwirrende Welt tat sich da vor ihr auf! Laurence war eingeschlafen, traumlos.

Am nächsten Morgen weckten sie die Sonnenstrahlen. Beschämt sprang Laurence auf und machte sich sogleich auf den Weg zum Kastell hinauf. Diesmal nahm sie die gut gepflasterte Straße, die sich zum Tor hinaufwand. Die Wachen versperrten ihr barsch den Zugang, kaum, daß sie nach dem König verlangt hatte. Als die jungen Soldaten Anstalten machten, die Bittstellerin zu verjagen, berief sich Laurence auf den Chevalier du Mont-Sion, der zu Gast sei beim Kastellan Gentile. Der Nachname war ihr entfallen. Den Chevalier schien hier keiner zu kennen. Immerhin bewirkte ihre Frage, daß sie sich im Schatten des Torbogens niederlassen durfte und niemand sie weiter behelligte. Ein Page wurde losgeschickt, sich nach dem Gesuchten zu erkundigen. Er verschwand mit mäßigem Eifer im überwölbten Torweg, der so angelegt war, daß auch Reiter zu Pferd ihn hochtraben konnten, ohne abzusteigen.

Laurence wandte den Wächtern ihren Rücken zu und schaute sinnend über die Dächer hinunter aufs Meer. Die Hafenbucht war von ihrem steinernen Sitz aus nicht einzusehen, wohl aber kam ihr der Pisaner ins Blickfeld, der alles Tuch gesetzt hatte und gemächlich davonsegelte. Er verschwand bald hinter der weit ins Meer hinausragenden Felsnase am äußersten Rande der kleinen Bucht. Laurence schöpfte aus dieser überraschenden Wende sogleich Hoffnung, die ja nur ein Ende der bisherigen Bedrohung bedeuten konnte, anstatt sich über den plötzlichen Sinneswandel des Pisaners zu wundern. Sie übte sich also in Geduld und wartete darauf, beim König vorgelassen zu werden.

Der Chevalier hatte schlecht geschlafen auf der steinernen Pritsche, schon weil ihm von der harten Liege der Rücken schmerzte – mit seinen fünfunddreißig Lenzen war er eben längst nicht mehr der Jüngste. Zudem hatten die ›Gespräche‹ des gestrigen Abends kaum zu seinem Wohlbefinden beigetragen. Die beiden Herren, der Hafenkommandant und der pisanische *capitan*, hatten ihn keines-

wegs auf die Burg hinaufbegleitet, sondern zur Erledigung einiger
Formalitäten in die schäbigen ›Uffizien‹ der Hafenbehörde gebeten.
Unter dem Vorwand, ungestört sprechen zu können, wurde das
Gespräch in den hinteren Teil des flachen Gebäudes verlegt, dessen
Fenster vergittert waren und nur einen Ausblick in den Innenhof
erlaubten – ein baumloses Geviert, dessen einziger, ziemlich trister
Schmuck aus einem Galgen bestand. Dort wurde er erst mal einige
Stunden allein gelassen, wenn man von den Wachen vor der Tür sei-
ner Gefängniszelle absah. Selbst der Wunsch nach einem Schluck
Wasser wurde ihm abgeschlagen. Als seine beiden Kerkermeister
dann endlich bei ihm erschienen, entschuldigten sie sich über-
freundlich und gaben ihm reichlich zu trinken. Die Unterredung
hingegen hatte sofort den Ton eines Verhörs angenommen, bei dem
mit Drohungen nicht gespart wurde. Sie hatten ihm ein wohl in der
Zwischenzeit angefertigtes ›Dokument‹ vorgelegt, das er nur zu
unterschreiben bräuchte, um sofort freizukommen. Es enthielt
nichts weniger als das Eingeständnis, daß die Waffen, die das Schiff
des Montferrat geladen hatte, zur Unterstützung von Aufständi-
schen gegen die monarchische Gewalt gedacht waren. Nur einer
luziden Eingebung verdankte der Chevalier die Erkenntnis, daß
diese schwammige Formulierung nicht nur zu den Intentionen des
Montferrat im fernen Hellas passen konnte, sondern genauso gut –
oder genauso schlecht – auf die Situation im Königreich Sizilien
übertragbar war, wo die Sarazenen schon seit Normannenzeiten
gegen die Krone rebellierten. Mit seiner Unterschrift hätte er sich,
Schiff und Mannschaft dem geltenden Recht des Landes ausgeliefert, auf dessen Boden er sich befand. Daß der bestellte Vertreter des
Souveräns, der gelangweilt vor ihm stand und den Blick sinnend auf
den Galgen gerichtet hielt, dem Gesetz Geltung verschaffen würde,
daran war kein Zweifel zu hegen. Der Pisaner würde keinen Finger
rühren. Wozu auch? Die Hälfte der Beute fiel ihm zu. Der Chevalier
hatte sich also entschieden geweigert. Er war dann auch nicht etwa
gefoltert worden, sondern wurde wieder allein gelassen. Bei Anbruch der Dunkelheit wurde ihm ein kärgliches Mahl vorgesetzt,
mit der unmißverständlichen Aufforderung, sich jeden Lautes zu
enthalten. Die gutmütige Geste, mit der sein Wächter diesen Wunsch

begleitet hatte, war die Demonstration eines raschen Schnitts durch die Gurgel gewesen. Geschmackvollerweise benutzte er dazu das Messer des Chevaliers, das sie ihm schon bei seiner Festsetzung abgenommen hatten. Kein Wunder, daß der Chevalier schlecht geschlafen hatte.

Laurence war das Warten vor dem Tor des Kastells schon reichlich leid, als einer der Torwächter ihren Rücken mit kleinen Steinen bewarf.

»Verzeiht, edles Fräulein!« entschuldigte er sich, aber die Rothaarige war offenbar zu stolz, eine Regung zu zeigen. »Wir dürfen unseren Posten nicht verlassen«, rief er ihr leise zu. »Der Herr Kastellan Gentile wird während seiner Abwesenheit durch den Magister Don Orlando vertreten. Der hat sich jedoch in den Ort hinabbegeben.«

Laurence war mitnichten gewillt, sich von Torwächtern auf den Arm nehmen zu lassen. Sie wandte lediglich hoheitsvoll ihren Kopf dem bemühten Sprecher zu, um ihn besser zu verstehen.

»Der König würde Euch gern empfangen, aber wir sind angewiesen, niemandem den Zutritt zu gestatten. Wir haften mit unserem Kopf dafür, daß niemand Hand an unseren jungen Herrn legen kann.« Die ausführliche Begründung hatte den braven Mann ziemlich angestrengt, wohl auch weil er sie im Falle einer jungen Dame nicht recht einsah. »Dafür stehen wir auch ein mit Leib und Leben!« setzte er stolz hinzu.

»Sein Wunsch, mich zu sehen, kommt dagegen wohl nicht an!« stellte Laurence ärgerlich fest und erhob sich. »Richtet Eurem Herrscher meine Grüße aus. Ich kann nicht länger warten und will es auch nicht.« Sie wandte sich zum Gehen.

Da trat ein anderer Wächter mutig einen Schritt vor und versperrte ihr mit seiner Hellebarde den Weg.

»Wir sparen uns jeden Fleischbrocken vom Munde ab«, rief er zornig, »um unseren König damit zu erfreuen, und ein junges Weib will nicht einmal die Zeit aufbringen, sich zu gedulden, bis es vorgelassen wird!«

Dieser Ausbruch eines Treuebekenntnisses überzeugte Laurence mehr als die auf ihre Brust gerichtete Stichwaffe – auch wenn ihr dabei das Bild vor den Augen erschien, wie Federico die Fleischbrocken an seinen Falken verfütterte. Die wahre Bestimmung ihrer Opfergaben wollte sie den braven Burschen jedoch ersparen.

»Eure Königsliebe beschämt mich zutiefst«, sagte sie und setzte sich wieder, nun selbst eine Gefangene dieses Kastells, über dem ein böser Zauber zu liegen schien. Sie wandte dem spitzen Stahl Gleichmut heuchelnd ihren Rücken zu und starrte auf das weite blaue Meer.

Unten, in dem steinernen Gebäude der Hafenbehörde, erhielt der Chevalier unerwarteten Besuch. Dieser kündigte sich an, indem man ihm erst einmal die Hände mit Stricken auf den Rücken band. Dann wurde Alexios, ebenfalls in Fesseln, in den Raum gestoßen, in dem der Häftling die Nacht verbracht hatte. Der Hafenkommandant trat unmittelbar danach ein. Die Wachen verließen die Zelle diesmal nicht, sondern standen mit gezückten Schwertern bereit. Der Ankläger hielt sich weder mit langen Vorreden noch mit der Wahrheit auf.

»Uns liegt ein Eingeständnis Eurer Schuld vor«, wandte er sich fast einschmeichelnd an den Ältesten, der stoisch an ihm vorbei aus dem Fenster schaute. Der Galgen draußen konnte ihm nicht entgangen sein. »Der versuchte Schmuggel von Waffen für die sarazenischen Rebellen –«

»Nun ist die Katze aus dem Sack!« stellte der Chevalier befriedigt fest.

»– dessen Ihr und alle Mannen des Montferrat überführt seid, zieht unweigerlich die Todesstrafe nach sich«, ungerührt leierte der Hafenkommandant mit immer noch freundlicher Stimme seine bekannten Anschuldigungen herunter. Dann hielt er kurz inne, um sich der Wirkung seiner Worte zu vergewissern.

Als nächstes wird er sich auch noch zu unserem Richter aufwerfen, lautete des Chevaliers unschwer zu erstellende Prognose. Er wäre eine Wette darauf eingegangen, nur fehlte ihm der Kontrahent. Also tat er es dem Ältesten gleich und betrachtete, allerdings leicht amüsiert, den Galgen. Er hatte sich aber geirrt.

»Es gibt allerdings einen Ausweg«, der selbsternannte Justitiar ließ sich von dem gezeigten Desinteresse der Angeklagten nicht beirren, flocht aber ein: »Der andere führt unweigerlich durch diese Tür in den Hof, wo schon der Henker wartet.«

In der Tat machte sich eine muskulöse Gestalt, das Gesicht hinter einer schwarzen Kapuze mit Sehschlitzen verborgen, am Galgen zu schaffen. Sie warf gekonnt einen Strick über den Querbalken.

»Der Ausweg ist die einzige Möglichkeit für Euch«, der Kommandant nahm den Faden wieder auf, »Euren Hals zu retten.«

»Nur zu!« forderte ihn der Älteste auf, ohne ihm auch nur einen Blick zu schenken.

Der Richter wurde zum Konspiranten. Er senkte seine Stimme, wie es Verschwörer zu tun pflegen: »Ihr müßt nur einen Burschen, der oben im Kastell haust, hinunterlocken auf Euer Schiff.«

»Das kann doch kaum die ganze Wahrheit sein!« spottete der Chevalier. »Warum bemüht Ihr Euch nicht selber, wo das Schiff schon in Eurer Gewalt ist?«

Der in seinen Augen wenig talentierte Verschwörer ging zwar auf den Einwand ein, hielt sich aber ausschließlich an den Ältesten.

»Der Knabe, den wir befreien wollen, wird auf der Burg gefangengehalten. Das erschwert Eure Aufgabe nur wenig, erleichtert sie hingegen, weil so sein innigster Wunsch in Erfüllung geht, von dort und dieser Insel zu entfliehen.«

»Das, was Ihr eine Kleinigkeit nennt«, scherzte der Chevalier, »ist also ein bewaffneter Überfall auf das Kastell, von dessen ungewissem Ausgang mal abgesehen –«

»Mit Euch rede ich nicht!« unterbrach ihn der Kommandant, ungeduldig und verärgert ob der Widerrede, doch der Älteste zeigte sich nicht weniger renitent.

»In jedem Fall wird die Besatzung Zeit haben, Euren kleinen Liebling zu töten, bevor wir –«

»Er ist nicht mein –« Der so Vorgeführte spuckte jetzt vor Wut, »falls Ihr mir das unterstellen wolltet!« Die Figur straffte sich, wurde wieder zum herrischen Offizier. »Die Wachen werden es nicht wagen, ihre Hand gegen ihn zu erheben!« raunzte er selbstgefällig. »Außerdem könnt Ihr die Rothaarige einsetzen, die schon um seine Gunst buhlt. Ihr wird er folgen aus dem Kastell bis aufs Schiff!«

»Wollt Ihr nicht endlich mal sagen, um wen es sich bei diesem außerordentlichen Knaben eigentlich handelt?« fuhr der Chevalier den Hafenkommandanten an, ihn überrumpelnd.

»Es ist Friedrich, der junge Staufer!« gab der Beamte preis, seiner Gewohnheit folgend, Befehlen zu gehorchen.

»Ist das nicht Euer König?« fragte der Älteste erschüttert nach.

»Es soll ihm ja kein Leid geschehen«, schob der so ins Kreuzfeuer genommene Untertan kleinlaut nach. »Friedrich soll nur aus Sizilien verschwinden. Die Deutschen –«

»Welche Deutschen?« hakte der Chevalier ein.

»Laßt das nicht Eure Sorge sein!« Der Hafenkommandant hielt sich jetzt fast flehentlich an den Ältesten. »Ihr müßt ihn nur dazu bringen, seinen Fuß auf die Planken Eures Schiffes zu setzen, das zu seiner Flucht bereitliegt, und Ihr seid ein freier Mann. Alle beide! Alle!« Seine Beschwörung grenzte ans Hysterische. »Den Rest besorgen schon die Pisaner!«

»Nein«, sagte der Älteste.

»Ihr seid verrückt!« zeterte der Hafenkommandant. »Ein Wahnsinniger! Um seinen Hals liegt schon der Strick, und er sagt –«

»Nein!« wiederholte der Älteste und richtete seinen Blick fest auf den Galgen im Hof. Der Henker hatte inzwischen die Schlaufe geknotet und prüfte ihr ordentliches Gleiten.

IM NAMEN DES IMPERIUMS

Oben, vor dem Kastell, kam Don Orlando den steinigen Weg zum Tor hochgekeucht. Laurence sprang auf.

»Auf Euch, Maestro, habe ich gewartet!« Sie gab sich Mühe, den Vorwurf nicht vollständig zu unterdrücken. »Sie wollen mich nicht zum König lassen!«

»Ihre Pflicht!« schnaufte der von der Anstrengung gerötete Magister. »Folgt mir!«

Das genügte den Torwachen, und Laurence beeilte sich, mit dem

Voranhastenden Schritt zu halten. Sie bogen aus der überwölbten Auffahrt in einen immer noch ansteigenden Hohlweg, der sich zwischen den inneren Zinnen der Mauer und dem eigentlichen Kastell hinzog, das nur über eine Zugbrücke mit anschließendem Fallgitter erreichbar war. Laurence sah sich kurz als angreifenden Ritter hoch zu Roß: Spätestens hier wäre ihr Sturmritt zu Ende gewesen, von Pfeilen und Wurfspießen elendiglich durchbohrt, übler noch als der heilige Sebastian, denn von allen Seiten, von vorn und hinten wäre sie aufgespießt worden. Selbst an diesem so schwer zugänglichen Tor standen wieder Wachen. Sie verlangten, die Besucherin nach Waffen abzutasten. Laurence ließ es mit sich geschehen, sie war sogar neugierig darauf, wie sie die Hände der Männer empfinden würde. Im Gegensatz zu ihr, die sich ihrer körperlichen Reize durchaus bewußt war, schien der junge Bursche, den sie vorschickten, arg befangen. Weder griff er ihr ans Mieder, noch streifte er die Innenseite ihrer Schenkel hoch, beides Stellen, an denen sie leicht eine Klinge mit etwas Baumharz hätte befestigen können, von der Arschfalte ganz zu schweigen. Beglückt strahlte er Laurence an, als er nicht fündig wurde.

Don Orlando hatte das Ergebnis nicht abgewartet, sondern war hinter einer Tür verschwunden. Eine steile Treppe wand sich in die Tiefe, durchquerte mehrere muffige Kellerräume, in denen sich die Weinfässer stapelten und altmodische Ölamphoren in Sandbetten steckten. Hier holte sie den doch nicht so behenden Magister wieder ein.

»Habt Ihr etwas über den Verbleib des Chevaliers in Erfahrung bringen können?« bestürmte sie ihn. Don Orlando winkte jedoch unwirsch ab, als sei ihre Frage zu diesem Zeitpunkt – oder gar zur Person! – nicht angebracht, statt dessen nestelte er einen Schlüsselbund heraus, und knarrend öffnete sich die schwere, eisenbeschlagene Tür.

Sie standen im oberen Teil des verwilderten Gartens. Laurence erkannte ihn sofort. Sie lief los, daß der Kies des Weges aufspritzte, warf sich mit Genuß zwischen die blühenden Oleanderbüsche, daß die Zweige ihr ins Gesicht peitschten. Da war das eingefallene Brunnentor, doch die anschließende Mauerkrone war leer. Kein Federico! Sie hielt enttäuscht inne, ihre Augen suchten die Umgebung ab, vielleicht hatte er sich versteckt. Sie lauschte. Den Kiesweg hinab kamen Schritte. Sie vernahm die Stimme Don Orlandos.

»– wegen Hochverrats!«

Und Federico sagte: »Wenn er es beweisen kann –«

»Das *corpus delicti* liegt im Hafen an der Kette. Der Augenschein schließt jeden Zweifel aus. Zeugen haben den Vorwurf bestätigt: illegaler Waffentransport zugunsten –«

Hier hielt Laurence nicht länger an sich. Sie war aber klug genug, sich nicht von ihren Gefühlen fortreißen zu lassen. »Das ist eine Frage der Auslegung!« unterbrach sie den Magister kühl, und Federico, der jetzt – diesmal ohne Falken – an der Seite seines Lehrers aus den Sträuchern trat, schaute sie erstaunt an. Laurence las darin eine Aufforderung fortzufahren:

»Es gibt kein belastendes Dokument, nicht den geringsten Hinweis, daß diese Waffen für Rebellen in Eurem Königreich bestimmt waren.« Laurence war richtig stolz auf ihr Plädoyer. »Eine solche Vermutung ist schon deswegen nicht schlüssig, weil wir von den Pisanern auf unserer Fahrt nach Griechenland gekapert wurden. Man zwang uns, diesen Hafen anzulaufen. Das kann ich bezeugen!« Sie hatte sich nun doch in Rage geredet und des jungen Königs Antlitz verfinsterte sich.

»Zeugen sprechen nur, wenn sie gefragt werden. Ich ließ mich gerade von meinem verehrten Lehrmeister darüber unterrichten, was dort unten vor sich geht. Ich wünsche nicht, daß der einzige Mensch, dem ich voll vertraue, in seinen Ausführungen unterbrochen wird.«

Laurence setzte sich geknickt auf den Stein. Die beiden Männer, der Knabe mit der unsichtbaren Krone und der ergraute Mönch, blieben in Hörweite stehen.

»Fahrt fort«, ermunterte ihn Federico.

»Ich folgte also dem Hinweis der Besatzung, daß ihr Kapitän ohne Angabe von Gründen verhaftet und in die Hafenkommandatur verschleppt worden sei. Als ich dort eintraf, wurde ich von unserem Kommandanten geradezu mit Erleichterung willkommen geheißen und sofort –«

»Das hätte Euch schon stutzig machen sollen!« warf Federico gutgelaunt ein.

»Ich wurde in den Hof komplimentiert, wobei er mich erst auf dem Gang dorthin aufklärte, daß ich einem Delinquenten letzten Beistand der Kirche leisten solle. Ich wies das spontan zurück, weil dafür der Priester zuständig sei, doch drang er so inständig in mich, appellierte an mein christliches Gewissen –«

»Ausgerechnet der falsche Diener!« lachte Federico. »Dieser treulose Hund!«

»Genau als solcher wollte er wohl nicht dastehen, sondern als gewissenhafter Beamter des Königreiches.« Don Orlando ließ sich von der Heiterkeit seines jungen Herrn nicht anstecken. Er fand sie auch nicht angebracht, sondern bemühte sich, Fassung zu bewahren und seinen ihn quälenden Bericht zu einem Ende zu bringen. Laurence saß wie versteinert vor Angst. Sie erlebte die Schilderung Schritt für Schritt mit. »Nachher würde er mir gern Einsicht in die Akten geben, Anklage und schriftliche Ausfertigung des Urteils –«

»Nachher«, bestimmte Friedrich mit Nachdruck. Ihm war jetzt das Lachen vergangen.

»Mir blieben keine weiteren Ausflüchte, denn mittlerweile waren wir durch eine Tür in das von Mauern umgebene Geviert gelangt, in dessen Mitte ein Galgen stand. Der Verurteilte war bereits dem Henker übergeben worden. Es war ein alter Mann, der sich in Würde aufrecht hielt und sich mit seinem Schicksal abgefunden hatte. Ich bot ihm die Tröstung der heiligen Sakramente an, doch er wies mich zurück. Er sei Grieche und ich kein Priester seiner rechtgläubigen Kirche – genausowenig wie sich kein deutscher Hurensohn von ungetreuem Hafenbüttel einbilden könne, im Namen des Königs Recht zu sprechen. Weiter kam der Kapitän des Montferrat nicht, denn der derart Geschmähte stieß dem alten Mann den Knauf seines Schwertes ins Maul, daß ich die Zähne brechen hörte. Auch wenn sich die kreischende Stimme des Kommandanten bei all den Beleidigungen überschlug, blieb er in seiner Rache kalt. Er habe es nicht eilig, höhnte der Herr des Hafens sein Opfer, eine Stunde wolle er ihm geben, in der sein Henker ihm den Hals durch langsames Ziehen im Wechsel mit schnellem Senken so lang dehnen würde, bis bei aller würgenden Liebe es ihm nicht mehr gelingen sollte, den Boden mit gestreckten Zehenspitzen zu berühren. Dies sei die Zeit, in der er auf den König warten könne, der sicher zur Rettung eines Hellenen unverzüglich herbeigesprungen käme. Ich hielt dem Unglücklichen also das Kruzifix vor, als er vom Henker in Empfang genommen wurde, und begab mich – nach einem Gläschen in der *osteria* – nunmehr zu Euch, Majestät, denn es eilt ja nicht –«

»Ihr seid übler noch als sein Mörder!« Laurence konnte nicht mehr an sich halten. Sie schrie den Priester an, fast wäre sie ihm ins Gesicht gesprungen, doch sie hielt sich an Federico. Er allein konnte, mußte helfen. »Um Mariae willen! Verhindert das Verbrechen, Federico!« schluchzte sie, von plötzlichen Weinkrämpfen geschüttelt.

»Ich kann Euch nur warnen, Majestät, vor jeglichem Eingreifen –« Don Orlando war nicht gewillt, dem törichten Weibsbild Einfluß auf den König zu gewähren. »Ihr werdet Euch doch wohl nicht in Gefahr –«

Den Rest hörte Laurence schon nicht mehr, denn mit dem Wutschrei »Feiges Männerpack! Widerlich –« war sie verschwunden. Die beiden Männer hörten noch ihre hastigen Schritte auf der Steintreppe, das Quietschen und Schlagen der Eisentür, dann hatte Laurence die Mauern des Kastells hinter sich gelassen und rannte, wie von Furien gehetzt, über das Steinkopfpflaster der abschüssigen Straße hinunter zum Hafen. Betroffenes Schweigen machte sich im Garten breit, selbst Federico sparte sich eine seiner frivolen Bemerkungen.

»Und was geschah mit dem Chevalier, von dem unsere feurige Freundin sprach?« Federico brach leicht verärgert seine eigene, ihm peinliche Sprachlosigkeit. »Habt Ihr ihn nicht gesehen?«

Der Mönch spürte, daß hier Widerstand den König nur reizen würde. »Das Gesicht des Mannes, den Ihr wohl meint, Majestät, sah ich hinter dem Gitter einer Kerkerzelle. Man hatte ihn mit seinen Handgelenken daran gefesselt, um ihn zu zwingen, der kommenden Hinrichtung zuzuschauen. Sprechen konnte ich ihn nicht –«

»*Ich* wünsche ihn zu sprechen!« sagte da der junge König. »Und ich wünsche auch, daß meine liebe Freundin ihre Reise mit dem griechischen Schiff fortsetzt – so sehr ich ihre erfrischende Gesellschaft vermissen könnte!« Federico notierte belustigt, wie sich sein Lehrmeister wand, um ein wirksames Argument verlegen. Sein fetter Wanst schien ihm als Blei in den Arsch gerutscht zu sein. Der königliche Knabe beschloß, dem Ringen ein Ende zu bereiten. »Ihr werdet mich zum Hafen begleiten, um sicherzugehen, daß der Name des Königs nicht weiter besudelt wird von schlechten Dienern. Das wird mir den Abschied von Laurence de Belgrave leichter machen!«

Don Orlando erkannte die Vergeblichkeit seiner Mühen und setzte sich, wenn auch widerwillig, in Bewegung, räusperte sich aber dann und wandte sich doch an den König. »Wenn Ihr vorhabt, den unzuverlässigen Hafenkommandanten aufzusuchen, solltet Ihr Euch besser mit Eurer Leibwache umgeben.«

»Genau den Eindruck will ich vermeiden: die Ausübung von Macht durch Gewalt! Will der König Rechenschaft einfordern für das, was in seinem Namen geschieht, muß sein Erscheinen allein die Wirkung tun!«

»Ihr betretet Feindesland!« sorgte sich der Magister um seinen Schutzbefohlenen, doch er bewirkte nur das Gegenteil.

»Das wollen wir doch mal sehen, ob der Diener es wagt, die Hand gegen seinen Herren zu erheben.«

Don Orlando sah ein, daß er nichts ausrichten würde. »Ich bete um Gottes Schutz«, sagte er ergeben und setzte seinen Weg fort.

Federico ließ seinem Lehrmeister den Vortritt beim Einstieg in den Brunnenschacht.

Laurence war bei ihrem ungestümen Hetzen und Springen mehrfach auf den glatten Steinen hingeschlagen. Ihre Knie bluteten, als sie in die Hafenkommandatur stürmte. Die Wachen vor dem Eingang hatten ihr keinen Widerstand entgegengestellt, im ersten Raum befand sich kein Mensch, was ihr angst machte, dennoch riß sie die Tür zum nächsten auf und machte ihrem Zorn Luft, als sie vor der dritten Tür einen Wächter stehen sah.

»Wo ist dieser –«, schrie sie ihn an, doch der rasende Lauf – ihr Herz pochte wild – ließ sie nach Luft ringen. Es würgte sie, als sei der Strick des Henkers um ihren Hals gelegt. Sie war bereit, sich mit bloßen Fäusten auf den Kerl zu stürzen, der sich ihr entgegenzustellen wagte. Statt dessen trat der Wächter zuvorkommend zur Seite und öffnete ihr mit geradezu einladender Geste. Laurence taumelte an ihm vorbei in den Raum – und hinter ihr schloß sich die Tür. Das Verriegeln war deutlich zu hören.

Erst jetzt sah sie den Chevalier. Er wandte ihr seinen Rücken zu und hing mehr, als daß er stand, mit erhobenen Armen vor dem Fenster. Seine Handgelenke waren oben an das Gitter gekettet. Laurence sah den Galgen im Hof, bevor sie zu ihrem Reisegefährten getreten war.

»Ihr habt uns gerade noch gefehlt!« war seine sarkastische Begrüßung, ohne den Kopf nach ihr zu wenden. »Was in drei Teufels Namen hat Euch hierher geführt?«

Laurence schluckte die Antwort runter, die letzten Tränen waren ihr ins Auge geschossen, als sie sich die Knie aufgeschlagen hatte – außerdem half hier Flennen so wenig, wie sich jetzt wegen der blöden Frage mit dem Chevalier anzulegen. Mit zusammengebissenen Zähnen starrte sie durch das Gitter in den Hof. Der Henker wippte den Verurteilten, er zog ihn langsam hoch, bis ihm die Zunge aus dem strangulierten Hals trat und er blau im Gesicht anlief. Dann ließ er den Strick so plötzlich fahren, daß der alte Mann, dem natürlich die Beine den Dienst versagten, wie ein Sack zu Boden fiel.

»Ekelhaft!« stöhnte Laurence, unfähig, den Blick von dem entwürdigenden Schauspiel zu wenden.

»Kommt der König?« fragte der Chevalier skeptisch. »Ich hörte, daß Ihr seine Bekanntschaft gemacht habt?«

»Ich suchte nach Euch auf dem Kastell, Jean du Chesne!« fauchte Laurence. »Und ich kann nur hoffen, daß Friedrich hier rechtzeitig eintrifft!« Sie gab sich einen Ruck. »Bis dahin müssen wir uns etwas einfallen lassen, das die endgültige Pein durch Henkers Hand weiter aufschiebt!« Laurence' Hirn arbeitete fieberhaft. »Ich könnte ja behaupten, der reitende Bote mit der Gnade –«

»Um Himmels willen! Wenn der Hafenkommandant erfährt, daß jemand – und sei's der König selbst – etwas zur Rettung des Alten unternehmen will, dann ist dessen gestrecktes Leben keinen Besanten mehr wert, denn den will er baumeln sehen!«

»Aber wir können ihn doch nicht einfach – «

»Womit wollt Ihr denn – «

Laurence sah ein, daß ihr die Hände *de facto* ebenso gebunden waren wie dem Chevalier, der sich bereits in sein Los gefügt hatte. Dem Alten konnte nur noch ein Wunder helfen – oder der König!

Federico kannte sich bestens aus in den schmalen Pfaden zwischen den Häusern, und so gelangten sie ziemlich rasch und nahezu ungesehen zum Hafen. Das düstere Gemäuer der Hafenbehörde lag leicht erhöht zur Linken, wo es die Einfahrt überwachte, denn die künstliche Mole schwang sich zur Rechten durch die Bucht und endete grad gegenüber dem Leuchtfeuer. Dahinter dehnten sich der Golf und das offene Meer. Am Kai im Vordergrund lag immer noch der Grieche, für alle sichtbar an einer schweren Eisenkette. Es war kaum eine Menschenseele zu sehen, als sich die beiden so ungleichen Männer auf das Gebäude zu bewegten.

»Soll ich nicht doch einige von den Leuten des Montferrat herbeirufen?« wagte der Mönch ernstlich besorgt vorzubringen. Die Menschenleere des Hafens erschien ihm unnatürlich, etwas Bedrohliches ging von der Stille aus.

»Ein Märtyrer, der im Angesicht des Todes verzagt?« wies Friedrich den Mönch leise zurecht. »Ihr habt gehört, was des Königs Wunsch ist.«

Sie betraten den ebenerdigen Bau und fanden den obersten Hafenbeamten allein hinter seinem Arbeitstisch. Er sprang sofort eilfertig auf und verneigte sich unterwürfig, gleichzeitig traten seine Wachen in den Raum und nahmen mit ausdruckslosen Gesichtern hinter ihm Aufstellung. Auch an der offenen Tür, durch die sie geschritten waren, standen jetzt plötzlich Bewaffnete. Der König blieb stehen.

»Ihr habt Beihilfe geleistet, ein vorbeifahrendes Schiff des Marquis de Montferrat mit Beschlag zu belegen, und das in meinem Namen?«

Der Kommandant lächelte schief. »Die Pisaner, des Reiches treue

Bundesgenossen, haben den Griechen dabei ertappt, wie er heimlich bei den Grotten von San Vito Waffen anlanden wollte –«

»Habt Ihr Beweise?« Don Orlando gewann an der Seite des königlichen Knaben zusehends seine schulmeisterliche Überlegenheit zurück.

»Das Protokoll der Vernehmung des Schuldigen steht Euch zur Einsicht zur Verfügung.« Der Beamte reichte dem Magister die Pergamentrolle. »Ihr solltet es Eurem Herrn König vorlesen, bevor Ihr mich –«

»Ich kann selber lesen!« bellte Friedrich und zog das Schriftstück an sich.

»Um so besser!« erlaubte sich der Hafenkommandant anzumerken. »Dann werde ich mich mit Eurer Erlaubnis zurückziehen, um Euch bei der Lektüre nicht zu stören.«

Ohne die Antwort abzuwarten, verließ er rückwärts und eifrig buckelnd den Raum. Seine Soldaten blieben aber unbeweglich vor beiden Türen stehen. Friedrich ignorierte sie und vertiefte sich in die Rolle.

Danach ging alles ganz schnell. Laurence flimmerte es schon vor den Augen. Sie zwang sich, ihren Blick nicht von dem Galgen abzuwenden, als könne sie damit den Henker beschwören. Sie hatte anfangs noch versucht, sich dem Alten bemerkbar zu machen, durch verstohlenes Winken – zu rufen traute sie sich nicht. Der Alte hatte aber nicht einmal zu ihr herübergeschaut. Es tat ihr weh, ihm keine Zuversicht signalisieren zu können, ihm nicht zeigen zu können, daß sie mit ihm litt und darum betete, er möge die Tortur durchstehen. Laurence hatte tatsächlich gebetet, allerdings ohne die Hände zu falten, denn sie umklammerte seit ihrer Ankunft in diesem Warteraum des Todes das eiserne Gitter. Erst hatte es sie noch geschmerzt, dann war ihr das Blut langsam aus den Fingern gewichen. Sie spürte ihre verkrampften Fäuste nicht mehr, sie waren wie abgestorben.

Der Henker hatte dann zu ihnen herübergeblinzelt. Zu ihr? Oder hatte er den Chevalier im Visier? Jedenfalls hatte er behäbig genickt. Diesmal zog er den Alten höher als sonst, seine Füße verloren den Kontakt mit dem Boden, er strampelte nur kurz, sein Kopf sank schlaff zur Seite, und die Beine pendelten im Wind. Laurence preßte in verzweifelter Anstrengung das Gitter, bis ihre Knöchel weiß hervortraten, hörte neben sich noch das Stöhnen des Chevaliers: »Scheiße!« Das war das Amen.

Sie schlug mit der Stirn gegen die kantigen Eisenstäbe und verlor das Bewußtsein. Sie spürte nicht mehr, wie ihr die Wächter die Finger einzeln vom Gitter lösten und sie durch einen Hinterausgang ins Freie trugen. Sie legten das Mädchen zwischen den Klippen nieder, kippten ihm einen Eimer Wasser ins Gesicht und entfernten sich eilends. Laurence erwachte von dem Schmerz der Beule auf ihrer Stirn. Sie erhob sich schwankend. Vor ihr klatschte die Brandung des tiefblauen Meeres gegen die Felsen, hinter ihr erhob sich düster das Gebäude der Hafenbehörde mit seinen Mauern. Dahinter befand sich der Galgen, und da hing jetzt der gute Alte. Laurence fühlte, wie sie der Normannentrotz der Belgraves überkam. Sie tapste unsicheren Schritts auf das Portal zu, aber völlig sicher in ihrer Sturheit. Ihr rotes Haar wehte wie eine Kriegsflagge, als sie die Wächter beiseite schob und gerade noch hörte, wie der Kommandant auftrumpfte:

»– erwiesene Beihilfe!«

»Das ist eine Lüge!« rief Laurence aufgebracht, doch der Beschuldigte schenkte auch ihr nur ein überlegenes Grinsen.

»Dann steht das Wort des pisanischen Capitans gegen das Eure, junge Dame. Und was meine Pflicht als gewissenhafter Beamter zur Amtshilfe im Namen des Königreiches von Sizilien anbelangt, vertrete ich seinen Gouverneur während seiner Abwesenheit – mit allen Rechten, auch dem der richterlichen Gewalt.«

»Mörder!« entgegnete Laurence und sah dabei hinüber zu Friedrich. »Er hat ihn –« Sie schenkte sich den Rest, denn der König hatte ihr mit einer knappen Geste zu verstehen gegeben, daß er bereits informiert war und es für unnötig hielt, den bedauerlichen Umstand des weiteren zu erörtern.

Der Magister hatte sich bis dahin still im Hintergrund gehalten, doch jetzt trat er vor. »Der edle Gentile di Manupello hat bei seiner Abreise alle Vollmachten auf mich übertragen.« Don Orlando war erregt, doch das berührte seinen Kontrahenten nicht im geringsten.

»Für das Kastell vielleicht«, erwiderte der kühl. »Sicher nicht für den Hafen und das Meer samt allem, was darin schwimmt, kreucht und fleucht!«

»Ihr habt in Vertretung des Gouverneurs bereits einen Fremden, der die Gastfreundschaft Siziliens erwarten durfte, vom Leben zum Tode befördert. Dafür werdet Ihr bei dessen Rückkehr zur Rechenschaft gezogen.«

Der Kommandant verneigte sich zum Zeichen seiner Ergebenheit vor Federico, und der Magister fuhr zornig fort:

»Ihr haltet aus gleichem unbewiesenem Anlaß den Chevalier du Mont-Sion in Eurem Gewahrsam?«

Ein gleichgültiges Lächeln glitt über die Züge des Mannes – oder war es schlecht versteckte Genugtuung? Laurence traute ihm nicht über den Weg.

»Wenn Ihr, junge Dame, den Chevalier gleich mit auf Euer Schiff nehmen wollt? Bitte, er ist ein freier Mann!«

»Aber das Schiff liegt an der Kette!«

Der Kommandant erteilte die entsprechenden Order an seine Leute. Einige gingen den Chevalier holen, andere eilten zum Kai, um die Kette zu lösen.

»Ihr seht, Majestät«, sagte der Mann dann schmeichelnd, »Eure Wünsche sind mir Befehl!«

Federico war gegen soviel Willfährigkeit, soviel Glattheit machtlos. Er wandte sich wortlos zum Gehen.

Der Sieger verbeugte sich tief. »Gestattet mir, Majestät, aus Anlaß der Ehre Eures hohen Besuches in diesem Haus die Flagge des Königreiches zu hissen.«

Dem König war zwar keineswegs daran gelegen. Er fühlte sich verhöhnt, aber noch mehr war es ihm zuwider, mit dem Mann noch ein Wort zu wechseln. Manupello soll ihn auf der Stelle rädern, dann aufhängen lassen – an den Beinen, dachte er voller Ingrimm. Sie hatten den Raum noch nicht verlassen, schon salutierten die Wachen, triumphierend rief der Herr des Hafens und der Meere: »Ich wünsche gute Reise!« hinter ihnen her, da wurde der Chevalier hereingeführt. Er kannte den König nicht, wohl aber den Magister, den er als Priester seines Amtes hatte walten sehen. Als erstes umarmte er

Laurence, obgleich ihr friedliches Beieinander mit seinem Peiniger ihn verstörte. Der Kommandant trieb sein Spiel so weit, daß er den Chevalier verabschiedete, als sei er sein bester Freund, der – leider – nur einen Tag sein lieber Gast war. So hielt auch der Chevalier sich mit Fragen zurück, bis sie alle in sicherer Entfernung von diesem Ort des Schreckens waren, der Laurence mächtiger in die Glieder gefahren war, als sie jetzt zugeben wollte.

»Ist der Pisaner weg?« verlangte der Chevalier dann aufgeregt als erstes von Laurence zu wissen, die mit ihm hinter den voranschreitenden Herren, dem jungen König und seinem Lehrmeister, herging.

Sie nickte. »Der ist heute morgen davongesegelt!«

Dennoch ließen beide ihre Blicke prüfend über Hafen und Golf schweifen. So sahen sie, wie gerade die Fahne des Königreiches am Mast vor der Kommandatur gehißt wurde, doch als sie genau hinschauten, flatterte der schwarze Adler des Deutschen Reiches auf goldfarbenem Tuch. Wie um die Abziehenden zu verspotten, wurde das Banner dreimal gedippt.

»Dem jungen Stauferkönig, der hier im Kastell Zuflucht gefunden haben soll«, vertraute Jean du Chesne hinter vorgehaltener Hand seiner Weggefährtin an, »drohte größte Gefahr, wenn nicht für sein Leben, so doch für seines Leibes Verwahrung!« Daß der Chevalier in eigener Person gerade dem Tode von der Schippe gesprungen war, schien ihn selbst nicht sonderlich zu beeindrucken. »Die mit der Welfenpartei des Reiches verbündeten Pisaner wollten sich seiner bemächtigen!«

»Federico, der König, geht da vor uns, um mir zum Abschied das Geleit zu geben!« Laurence zeigte auf den Knaben, der so zügig an der Seite Don Orlandos dem Schiff zustrebte, daß sein beleibter Lehrer kaum Schritt halten konnte.

»Das ist der Enkel Barbarossas?« vergewisserte sich der Chevalier ungläubig.

Laurence bereitete es ein diebisches Vergnügen, den Chevalier nun doch verblüfft zu haben.

»Genau diese Situation wollten die Pisaner herbeiführen, um sich – «

Die Worte blieben ihm im Halse stecken. Um die Spitze des Kaps von San Vito, das die Bucht begrenzt, hatte sich der Pisaner geschoben. Er stand in vollen Segeln und rauschte auf den Hafen zu. Gleichzeitig sah Laurence, daß hinter den Felsbrocken der Mole sich Bewaffnete erhoben. Es wimmelte wie von Ameisen aus der Ferne betrachtet, eilig strebten sie von der Flanke her zur Kaimauer, wo der Grieche lag.

»Flieht, Majestät!« schrie der Chevalier dem König zu, der fast schon bei dem Schiff angekommen war. »Wir decken Euren Rückzug!«

Laurence war sofort losgelaufen und holte Federico am Fallreep ein. »Begebt Euch bitte an Bord!« rief sie atemlos. »Unsere Leute werden ihr Leben für Euch –«

Der junge König hatte sich mit herrischer Gebärde zu ihr umgewandt. »Das, meine liebe Freundin, will ich nicht. Und ich werde auch nicht fliehen!«

»Es ist meine Schuld, daß Ihr hier seid. Laßt mich dafür büßen!« bestürmte sie ihn und versuchte seine Hand zu greifen, doch er entzog sie ihr mit einer brüsken Geste.

»Es war eine Falle, und Ihr, Laurence, wart unwissentlich der Köder. Das hindert aber nicht, daß ein König für sich selber einstehen muß!«

Ohne sich nach ihr umzuwenden, schritt er auf die heranstürmenden Pisaner zu, riß sich das Hemd auf und bot ihnen seine nackte Brust. »Ich bin der König!«

Da verharrten die vordersten und ließen ratlos ihre Spieße sinken.

»Ergebt Euch!« rief ihr Hauptmann und drängte sich vor.

»Tötet mich!« forderte Federico die Soldaten auf, die unmittelbar vor ihm standen und jetzt verlegen zu Boden blickten.

Der Hauptmann trat unsicher noch einen Schritt näher, wie von einer unsichtbaren Macht geschoben, bis er dem König in die zornentflammten Augen sehen mußte.

»Euer Schwert, Hauptmann!« fuhr Federico den verdutzten Mann an, der so verwirrt war, daß er es tatsächlich dem König in die ausgestreckten Hände legte und unaufgefordert vor ihm niederkniete.

Was er sich dabei dachte, blieb Laurence unklar. Es war alles so unwirklich wie im Traum, denn mit langsamer Bewegung richtete Federico die Spitze des Schwertes auf seine eigene Brust, genau in Herzhöhe.

»Wenn Ihr Euch des gesalbten Königs bemächtigen wollt«, sprach er mit tiefer Trauer in der Stimme, so wollte es Laurence vorkommen, »dann übergebe ich Euch seinen Leichnam. Sein heiliges Blut aber wird über Euch kommen und über Eure Kinder und Kindeskinder.«

Das war zuviel für die einfachen Soldaten, zumal sie über das Hafenbecken hin zur Mole schielten. Dort hatte mittlerweile ihr herangekommenes Kampfschiff zwar die Segel fallen lassen, gleichzeitig mit dem Anker, um die versprochene Verstärkung anzulanden. Doch dann sah auch Laurence, daß die Pisaner plötzlich keinerlei Anstalten mehr machten, von Bord zu gehen. Ihr Blick glitt hinauf zur Zitadelle. Ein Zug schwer gepanzerter Ritter donnerte rasselnd die Gasse hinunter zum Hafen. Gentile di Manupello, der Kastellan und Gouverneur, war zurückgekommen!

Die Pisaner auf dem Kai begriffen, daß ihnen der Rückzug zur Mole abgeschnitten werden konnte. Ihre eigenen Leute auf dem Kriegsschiff winkten schon aufgeregt, man setzte bereits die Segel. In seinem verwirrten Gemüt bewahrte der Hauptmann Würde:

»Ich bete zu Gott, daß Ihr eines Tages auch unsere Krone tragen werdet und die des Kaisers!« Er verneigte sich vor dem jungen König und ließ seine Soldaten den geordneten Rückzug antreten, doch nach wenigen Schritten im Gleichtritt begannen sie zu rennen wie die Hasen.

»Wäre ich sein oberster Heerführer, hätte er seinen Kopf verloren«, war Federicos einziger Nachruf für den Davoneilenden, und der Knabe setzte – er sah Laurence' verständnisloses Gesicht – erklärend hinzu: »Kein Soldat darf sein Schwert vergessen!«

»Seid froh, daß er es Euch überhaupt überlassen hat«, rügte sie seine Einstellung, »denn das hätte er auch nicht tun sollen!«

»Er stand dem König gegenüber!« Für Federico war der Fall damit erledigt. Er schickte seinen Lehrer dem heranpreschenden Manupello entgegen. »Sagt ihm, er solle warten!« befahl er. »Ich will mich, und zwar endlich einmal ungestört, von meiner Freundin verabschieden.«

Der Chevalier war schon an Bord gestiefelt und stand oben an der Reling. Laurence sah den Pisaner ein zweites Mal auf dem Meer entschwinden. Sie schaute ihm lange nach.

»Nun, Laurence de Belgrave«, mahnte Federico ihre ungeteilte Aufmerksamkeit an, »habt Ihr noch einen Wunsch, den ich Euch erfüllen kann?«

Sie lachte ihn an. »Die Insel!« erinnerte sie ihn keck. »Eine schwimmende Insel im Meer mit einer stattlichen Burg, auf der Ihr mich besuchen kommt. Und den Grafentitel dazu!«

Das fand der junge König so erheiternd, daß er in ihr Lachen einfiel – eines der wenigen Male, daß sie ihn in der ausgelassenen Fröhlichkeit eines Knaben von elf, höchstens zwölf Jahren, erlebte. Laurence zog überraschend mit beiden Händen seinen Lockenkopf so dicht zu sich heran, daß ihr rotes Haar wie die wehenden Vorhänge eines Baldachins ihre beiden Gesichter vor den Blicken aller verbargen. Sie küßte ihn auf die Lippen, und Federico erwiderte den Kuß.

Dann ließ sie ihn lachend fahren und sprang behenden Schrittes das Fallreep hoch und entschwand zwischen den Matrosen, die es sofort einholten, kaum daß Laurence an Bord war. Sie drehte sich nicht noch einmal nach dem königlichen Knaben um. Auch Federico winkte ihr nicht etwa nach, sondern war längst auf den wartenden Magister zugeschritten, der beim Gouverneur stand. Gentile de Manupello war abgesessen und kniete ergeben vor seinem König.

»Der Hafenkommandant wird in den Stand eines Grafen von Castellammare erhoben«, bestimmte Federico. »Danach laßt ihn blenden!«

Laurence segelte mit ihrem Begleiter auf dem Schiff des Montferrat ohne weitere Vorkommnisse über das Ionische Meer, nachdem sie den Leichnam des alten Alexios mit allen Ehren dem Meer übergeben hatten. Laurence haderte noch lange mit sich, im Wechsel zwischen Zorn und Scham, ob sie wirklich alles getan hatte, um ihrem Lehrmeister dieses unwürdige Schicksal zu ersparen. Wütend drosch sie mit gekrümmten Fingern auf die Taurollen ein, prügelte mit den Handkanten gegen den Mastbaum, bis der Chevalier sie zur Seite nahm.

»Alexios hat gewußt, auf was er sich einließ«, redete er der Verletzten gütig zu. »Er tat es für die Freiheit seines Volkes!« Er lenkte ihren Blick auf die angetretene Mannschaft. »Das ist das Gesetz des Krieges, erst recht des geheimen Kampfes gegen die Unterdrücker!«

Laurence weinte sich an seiner Schulter aus. Sie vergaß sogar zu fragen, wer denn die Unterdrücker der Kreter waren. Sie beschloß, sich den Gleichmut des Alexios zum Vorbild zu nehmen und nicht mehr an das Geschehene zu denken. Es war nicht zu ändern!

Sie erreichten den Hafen im Norden der Insel Kreta, wo sie, und vor allem die Fracht, schon sehnlichst erwartet wurden. Die Kreter bedauerten sehr, daß ihr neuer Herr, der Prinz Michael aus dem Hause Montferrat, grad am anderen Ende der Insel weile und so den hohen Besuch nicht *in personam* begrüßen könne. Laurence zu Ehren gaben sie ein rauschendes Fest nach dem anderen, ihre Kühnheit wurde ebenso gerühmt wie ihr rotes Haar. Dann hatte der Chevalier eine Passage auf einem Schnellsegler der Serenissima gefunden, der sie beide mitnahm bis nach Konstantinopel.

MEMORANDUM MENSTRUALIS

an das Sekretariat Seiner Heiligkeit Papst Innozenz III
Zu Händen des Kardinals Savelli

Philosphiae Magistris
Orlandus O.B., Doctor utriusque

Castellammare, im September A.D. 1205

Exzellenz,
nach meiner erneuten Berufung zum Lehrer und Erzieher Eures Patensohnes Friedrich, der mittlerweile an diesem Ort gefangen oder versteckt oder, schlimmer noch, gehalten wird wie ein wildes

Tier, fand ich mich bei meiner Rückkehr mit einer teils erstaunlichen, ja bewundernswerten, teils beklagenswerten Entwicklung des jungen Königs konfrontiert – je nachdem, ob ich sie als Lehrer oder als Erzieher zu beurteilen habe. Doch sind in erster Linie die katastrophalen Lebensverhältnisse, in denen der Knabe aufwächst, zu beklagen, aber auch verantwortlich zu machen. Ich nehme mir die Freiheit des Philosophen heraus, die Zustände und ihre Verursacher beim Namen zu nennen.

Die dank der Jugend des königlichen Waisen überaus mächtige ›deutsche‹ Partei fühlt sich weniger dem Reichsgedanken, also einem imperialen Denken, verpflichtet als den Interessen der gerade herrschenden Sippschaft. Die Staufer befinden sich in Wartestellung, sie warten nur darauf, die unterbrochene Kette der Nachfolge wieder aufzunehmen, dazu brauchen sie Friedrich. Die Welfen würden gern ihre eigene Dynastie etablieren, dazu müßten sie Friedrich aus der Welt schaffen. Nichtsdestotrotz haben die hier in Sizilien eingesetzten Reichsvikare immer noch nicht verwunden, daß ihnen Constanze beim plötzlichen Tode des Kaisers Heinrich den vierjährigen Knaben vor der Nase wegschnappte und ihn ohne Rückfragen in Palermo zum König der Insel krönen ließ. Entführen können sie ihn schlecht, zumal inzwischen der Welfe Otto nach der deutschen Krone nun den Kaiserthron anstrebt, der Knabe also in Deutschland zur Zeit auch gar nicht willkommen wäre. Die andere Partei sind die Normannen, von vielen auch – und Euch sicher nicht unbekannt – ›die Partei des Papstes‹ genannt.

Wird Friedrich erst einmal volljährig, und das geschieht in Bälde, verspricht er schon aufgrund seiner für alle sichtbaren Charakteranlagen ein durchaus strenges Regiment. Er ist jetzt schon – mit elf Jahren! – von seinem ›gesalbten Königtum‹ geradezu besessen und duldet keinerlei Bevormundung noch Einschränkung, geschweige denn Privilegien anderer. So wundert es nicht, daß auch die normannische Partei Friedrichs Heranwachsen scheelen Blickes verfolgt. Andererseits ist ›Federico‹ der einzige Sohn der unvergessenen Königstochter Constanze, und das läßt wiederum die Herzen vieler Patrioten höher schlagen. Diese

›Sicherheitsverwahrung‹, ihre unsichtbaren Fesseln, dazu dieses ewige Gezerre, Drohen und Locken, das beide Seiten aus unterschiedlichen Motiven betreiben, wirken wie unsichtbare Mühlsteine, die sein Gemüt zermahlen. Nach außen hin wächst Euer Mündel in größter Freiheit auf, völlig sich selbst überlassen, nach meinem Vermuten sogar wissentlich der Verwahrlosung preisgegeben. Auch das Kastell des Manupello gibt sich nur den Anschein einer uneinnehmbaren Trutzburg, in Wirklichkeit hat es mehr Löcher als die Ratten brauchen, um ungehindert dort ein- und auszugehen. Und von den Wächtern kann jeder so gut ein braver Hüter des jungen Königs sein wie sein gedungener Meuchelmörder!

Friedrich, außergewöhnlich aufgeweckt, abgeklärt, ja abgehärtet auf der einen Seite, empfindsam bis mißtrauisch auf der anderen, spürt diese Unsicherheit seiner Existenz. Da er noch nicht die Macht hat, durchzugreifen, aufzuräumen, dem Gesetz Geltung zu verschaffen und dem Land Frieden zu geben, nutzt er selbst die Lücken im Netz, in den Netzen, die seine Feinde über ihn werfen, um durchzuschlüpfen. Er streift ohne Leibschutz durch die Gassen, redet mit den einfachen Leuten, nimmt auch gerne deren Einladungen zum Essen an, denn im Kastell ist Schmalhans Küchenmeister. Das Betreten des Hafens habe ich ihm aus gegebenem Anlaß nunmehr strikt untersagt, weil er dort ungeschützt dem Zugriff derer ausgesetzt ist, die ihm übelwollen. Mit viel Glück – und mit nur geringen Verlusten – haben wir gerade ein infames Komplott, angezettelt von den Pisanern, überlebt.

Eine undurchsichtige Rolle spielte darin Laurence, die Tochter eines gewissen Lionel de Belgrave aus dem französischen Yvelines, ein Lehnsmann des Euch bekannten Simon de Montfort, des aus England vertriebenen Grafen von Leicester, der sich schon beim letzten Kreuzzug, dem gegen das schismatische Byzanz, in meinen Augen rühmlich hervortat, als er sich von Venedig nicht erpressen ließ, eine christliche Stadt auszuplündern. Diese Laurence, eine kaum volljährige rothaarige Hexe, reist in Begleitung des uns schon seit langem häretischer Umtriebe verdächtigen, ominösen ›Chevalier du Mont-Sion‹, der jetzt in die Dienste des Fürsten Montferrat getreten ist. Dieses teuflische Paar machte mit *einem Schiff voll versteckter Waffen auf seinem Weg von Marseille nach Konstantinopel ausgerechnet hier in Castellammare Station. Die Gefährlichkeit des Weibes falsch einschätzend, verhafteten die mit den Pisanern unter einer Decke steckenden, verlotterten Behörden nur den Chevalier, den Kapitän hängten sie auf, statt ihn peinlich zu verhören. So konnte sich diese Laurence zielbewußt Zugang zu meinem, unserem Schutzbefohlenen verschaffen. Da sie mit ihren Reizen nicht geizte, gelang es der Buhlin schnell, Friedrichs Vertrauen zu erschleichen. Nur meinen dringenden Vorhaltungen ist es zu verdanken, daß es zu keiner fleischlichen Vereinigung kam, denn dem Argument der niederen Herkunft, normannischer Kleinadel, verschloß sich unser junger König nicht. Dennoch setzte sie ihm so zu, daß Friedrich seinen klaren Verstand einbüßte und mir zum Trotz ihren Verlockungen folgte. Allerdings übt der Hafen, wohl gerade wegen des seit eh und je bestehenden Verbots, immer eine besondere Anziehung auf ihn aus. Es ist die dunkle Seite seiner noch nicht ausgelebten Triebe, seines Jähzorns und seiner Tücke, seiner kühlen Grausamkeit, die ihn im Grenzbereich zwischen dem naßkalten und dem trockenharten Element, itzo: dem Wasser des Meeres und der felsigen Erde, die Tiefen oder Untiefen seiner Seele ausloten lassen, ihn verführen, seinen Forschungsdrang, seinen unstillbaren Wissensdurst, den Höhenflug seines erstaunlichen Geistes ungehemmt auszuleben. Temptator spiritus erscheint mir mit Verlaub der auf ihn zutreffende Ausdruck.*

Mit Gottes und Christi Hilfe wird jedoch die göttliche Seite letztlich den Sieg davontragen: seine Hinwendung zu den Menschen in Not, seine Großzügigkeit gegenüber seinen Feinden und sein kühner Mut.

Dank seines an Wunder grenzenden, für schlichte Menschenseelen wie die meine unglaublich festen Auftretens als ›gesalbter König‹ befreite Friedrich den Chevalier aus dem Kerker, das Schiff des Montferrat von der Kette und wies auch den geschickt eingefädelten Handstreich der Pisaner zurück, denen er allein, unbewaffnet, nur mit der Macht seiner Erscheinung gegenübertrat. So wendete der königliche Knabe alles zum Besten, und die

Sendboten Satans vermochten nichts auszurichten. Es ist jedoch der Kirche anzuraten, den weiteren Weg dieser Laurence de Belgrave mit höchster Aufmerksamkeit zu verfolgen, bevor diese streunende Hündin unter Menschen schwächeren Charakters dann wirklich Unheil anzurichten vermag.
Gelobt sei Jesus Christus.

KAPITEL III
AM GOLDENEN HORN

KABALE UND TRIEBE

efft die Segel!« Der venezianische Schnellsegler kam in Sichtweite der Mauern Konstantinopels. Bugartig erhob sich vor ihnen das Vorwerk von Studion.
Für die mit Festungsanlagen bereits vertraute Laurence wirkten die Stadtmauern weniger durch ihre Höhe oder Wucht so gewaltig als vielmehr durch ihre schiere Länge. So weit das Auge reichte, erstreckten sie sich vor ihr wie ein endloses, gleichmäßiges Band von Zinnen und eckigen Türmen die Ufer des Marmara-Meers entlang und verloren sich im Dunst des Bosporus. Jemand hatte sie darauf hingewiesen, daß dahinter Chrysokeras beginne, das legendäre Goldene Horn. Ihr prüfender Blick war schon von der doppelten, gestuften Wallanlage gefesselt worden, die linker Hand landeinwärts strebte, über Hügel und Flußsenken hinweg. Ein vorgelagerter breiter Wassergraben ließ sie noch pompöser erscheinen – und auch dieser mächtige Gürtel fand kein sichtbares Ende.

»Allein vierzehn Tore entfallen auf den Westabschnitt des einst uneinnehmbaren Bollwerks«, ließ sie mit einem Lächeln der Chevalier wissen. Er stand neben ihr auf dem erhöhten Heck und war von ihrer Wißbegierde amüsiert. »Aber das alles hilft nichts, wenn man als Kaiser nicht über ein diszipliniertes Heer gebietet, das stark genug ist, jede Meile dieser Mauern wirkungsvoll zu verteidigen. Größe allein reicht nicht – im Gegenteil.«

Laurence hörte nicht mehr, was er noch über die militärischen Nachteile eines Dreiecks zu sagen wußte. Dieses hier war für sie angefüllt mit Wunderwerken: Kirchen, überbordend von kostbaren Schätzen wie die Hagia Sophia; Kaiserpaläste an jeder Ecke; riesige Arenen wie das berühmte Hippodrom; unterirdische Zisternen aus Tausenden von Säulen, die im dunklen Wasser standen, hoch wie

Kathedralen und einzig dazu bestimmt, all die prächtigen Bäder und Thermen zu speisen. Der Chevalier hatte ihr den Luxus dieser Stadt geschildert, und sie sollte jetzt alles mit eigenen Augen sehen, anfassen, fühlen dürfen. Siedend heiß fiel Laurence ein, daß sie binnen kurzem vor René treten würde – und sie trug seinen Ring nicht mehr. Verdammt! Den hatte sie Gavin zur Aufbewahrung anvertraut, und der war damit ins Wasser gefallen, ertrunken. Den traurigen Umstand konnte sie natürlich René nicht erklären. Gleichviel! Er würde sich damit zufrieden geben müssen, daß sie seinetwegen die Mühen und Gefahren dieser Reise auf sich genommen hatte: Sie war von Räubern überfallen worden, hatte einem König das Leben gerettet. Das sollte ihm als Liebesbeweis wohl reichen! Hingegen hatte sich Laurence nicht die geringsten Vorstellungen gemacht, wie sie den Herrn von Chatillon eigentlich suchen und finden sollte, und jetzt, angesichts dieser schieren Gigantomanie, verließ sie der Mut oder –

»Die große Hure Babylon«, der Chevalier trug nicht dazu bei, ihr Hoffnung zu machen, »hat nicht ein, nicht zwei, sondern sieben geschützte Häfen, jeder ein heißfeuchtes Schlupfloch für lichtscheues Gesindel, jeder ein Saugnapf für den Abschaum aus aller Welt, der sich in den Spelunken prügelt, perfide betrügt und sich schamlos bereichert.«

»Wie schön«, gab Laurence bissig zurück, »wie tröstlich für eine Unschuld vom Lande.«

»So seid Ihr hier zwar angekommen –« Den Rest ließ der Schelm unausgesprochen. Laurence hatte sich schon beim ersten Anblick der Stadt das Kopftuch und die Kappe darunter abgerissen und beides ins Meer geworfen. Dann hatte sie behende die zum Kranz geflochtenen Zöpfe gelöst. Ihr feuerrotes Haar umflutete sie wieder. »Eure unauffällige Erscheinung«, fuhr er fort, »wird Euch alles bescheren, was Ihr Euch wünscht, nur keine Einsamkeit.«

»Wenn ich mich Eures Schandmauls entledigen könnte, Jean du Chesne, wär' das für mich schon ein guter Anfang.« Laurence mußte lachen.

Mit Interesse beobachtete sie, wie die Seeleute der Serenissima jetzt geschickt, nur noch mit dem Vorsegel und von Rudern unterstützt, ihren Segler in die Hafeneinfahrt einfädelten, die sich, vorher für die Fremden nicht erkennbar, nun zwischen den versetzten Mauern auftat.

»Kontoskalion«, bemerkte neben ihr der Chevalier zufrieden. »Die gepflegtesten Freudenhäuser am Hafen in gleicher Reichweite wie die meist verkommenen Stadtpaläste bedeutender Familien. So auch das fürstliche Palais der Montferrats, wo wir absteigen werden.«

Lastenträger stürmten an Bord, kaum daß der Segler vor dem Arsenal der Venezianer Anker geworfen hatte. Der Chevalier hatte seine Garderobe bereits bei der Zwischenlandung auf Kreta vervollständigt; Laurence besaß nichts außer der schlichten Tracht, in die sie als Zofe geschlüpft war. Doch sie hatte sich fest vorgenommen, sich erst in dieser Stadt der Städte neu einkleiden zu lassen, galten doch die Schneider von Byzanz als Schöpfer der erlesensten Roben zwischen Orient und Okzident. Und vorher wollte sie René auch nicht unter die Augen treten.

Der Palast der Fürsten Montferrat war ein derart massives Steinbauwerk, daß es von Verfall nicht bedroht war. Dafür häufte sich der Unrat im lichtlosen Hof und bedeckte die breite Treppe bis hinauf ins Obergeschoß. Ratten sprangen den Ankömmlingen sogar in der Empfangshalle quiekend entgegen. Die Dienerschaft ließ sich mit mäßigem Eifer schließlich dazu herbei, die Gäste auf ihre Zimmer zu geleiten. Von den hohen Fenstern aus konnte man über eine Schatten spendende Loggia weit über die Stadt sehen und sowohl das Hippodrom als auch die Kuppel der Hagia Sophia erkennen. Bis zur Akropolis reichte der Blick, und dahinter lag die Einfahrt zum Goldenen Horn im rötlichen Dunst der Morgensonne.

Der Chevalier schien sichtlich zufrieden, daß die Verbindungstür zwischen ihren Gemächern sich nicht schließen ließ. Nicht so Laurence. Sie bestand darauf, den Hafen im Auge zu behalten, was nur von den gegenüberliegenden Räumlichkeiten aus möglich war. Genaugenommen sah sie dort vor allem in den Hinterhof, aber dafür lag zwischen ihren beiden Schlafzimmern nun der Flur. Ihr Schlafgemach war riesig. In der Mitte des Raumes war eine Marmorwanne eingelassen, die früher dem gesamten kaiserlichen Hofstaat Badefreuden geboten haben mußte. Jetzt lagen tote Kakerlaken darin, aber die Wasserzufuhr ließ sich öffnen, nachdem zwei Diener sie mit Hämmern bearbeitet hatten. Die fürstliche Lagerstatt unter einem verschlissenen Baldachin schien lange nicht mehr benutzt worden zu sein. Als die stämmige Hausdame – sie hieß Anadyomene, ›die Schaumgeborene‹ – die Spinnweben entfernte, entflohen zwei Geckos dem Bettkasten, und aus dem Himmel fiel ein Skorpion.

Laurence hielt es nicht länger im Palast. Sie wollte sich aufmachen, allein, wie sie es gewohnt war, um den nächsten Bazar aufzusuchen, wurde jedoch bereits auf der Treppe von der dicken Anadyomene eingeholt, die dem tugendgefährdeten, törichten Ding ihre Begleitung aufzwang und keinen Widerspruch duldete. So zogen die beiden zusammen los.

Laurence häufte Ballen und Schachteln, körbeweise Amphoren mit stark duftenden Essenzen, ätherischen Ölen und sich schnell verflüchtigendem Rosenwasser auf die klaglos schwitzende Dicke. Die Schneider brauchten die samtenen Mieder für das schlanke Mädchen nur etwas enger zu nähen. Den richtigen Fall der schweren Damaststoffe sicherten sie durch hastig gestichelte Falten. Und allmählich besänftigten Gürtel, Taschen, Nastücher, Beutel mit aromatischen Kräutern und Tuniken aus durchsichtigem Musselin die Kaufwut der jungen Dame.

In dem saalartigen Domizil, das sich Laurence als Bleibe erwählt hatte, war inzwischen alles so weit hergerichtet worden, daß jetzt Blütenblätter im lauen Badewasser schwammen. Die Schaumgeborene ließ es sich nicht nehmen, Laurence mit weichgeklopftem Linnen behutsam abzureiben, nachdem alle Flakons und Tiegel einmal durchprobiert waren, ihr das mit Henna gewaschene Haar andächtig zu kämmen und sie dann, in vorgewärmte Tücher gehüllt, zu ihrem Lager zu geleiten.

Die Teppiche und Felle waren von allem Ungeziefer gereinigt worden, wie dessen erschlagene und zertretene Reste bewiesen. Ein junges Mädchen fegte sie ohne Hast oder gar Verlegenheit auf dem schachbrettartigen Marmorboden zusammen. Ein seidenes Laken bedeckte gnädig die Walstatt, auch die Daunenkissen waren frisch bezogen.

Mit gekonnten Griffen knetete Anadyomene Laurence' Schultern und Nacken. Dann massierte sie ihr noch hingebungsvoll die Beine vom Knie abwärts bis zu den Fußsohlen. Wohlig gab sich Laurence dem sanften Druck und festen Streichen hin und fiel alsbald in tiefen Schlummer.

Es war schon spät am Nachmittag, als sie hochfuhr, weil der Chevalier an ihre Tür pochte: Er wolle sich vergewissern, ob er auf ihre Begleitung zählen dürfe. Laurence durchfuhr der lähmende Gedanke, daß sie eigentlich mit der Suche nach dem treulosen Geliebten beginnen müßte – leichter würde es sein, eine Nadel in einem Heuhaufen zu finden –, doch sie sagte zu. Wie lange hatte sie auf ein noch so winziges Zeichen des Chatillon gewartet und nächtelang keinen Schlaf finden können? Nun mußte der Herr sich noch etwas gedulden. Eine Nadel in ihrem Herzen, das war der schöne René gewesen, aber nun stach sie nicht mehr.

Am Fußende ihres breiten Lagers hockte eine blutjunge Magd. Es war dieselbe, die zuvor den marmornen Boden gefegt und dann feucht aufgewischt hatte, um die häßlichen Flecken und Blutspritzer zu entfernen, die das Massaker an Hunderten von geflügelten oder tausendfüßigen Kleinlebewesen hinterlassen hatte.

Laurence lächelte ihr zu. »Wie bist du hereingekommen?«

Die Magd wies mit dem Daumen hinter sich auf die Vertäfelung.

Laurence war sofort hellwach.

»Eine Geheimtür?«

»Geheimer Eimer«, entgegnete die Kleine mundfaul, doch damit kam sie bei Laurence nicht durch.

»Wohin gelangst du dort?« hakte sie nach.

»Ins Heu.«

»Also unten in die Pferdeställe«, vermutete Laurence. »Das mußt du mir zeigen. Wie heißt du?«

»Lydda«, antwortete das Mädchen und erhob sich mit aufreizender Langsamkeit wie eine sich räkelnde Katze. »Ich soll Euch wohl beim Ankleiden zur Hand gehen.« Sie zeigte deutlich, daß ihr an diesem Dienst wenig gelegen war.

Laurence war erst geneigt aufzuspringen, das faule Ding rauszuwerfen und sich allein anzuziehen, wie sie es gewohnt war. Sie änderte jedoch ihren Entschluß und blieb, malerisch auf ihre Kissen gestützt, liegen. Immer schneller scheuchte sie das Mädchen zwischen dem Bett und den Körben und Ballen, die sie im Bazar erworben hatte, hin und her. Laurence ließ Lydda alles vor sich ausbreiten, mit gestreckten Armen hochhalten, wenden und dann wieder ordentlich zusammenlegen und wegtragen. Sie spielte die zögerliche Herrin, war mal kapriziös, mal launisch und steigerte sich schließlich in pure Hysterie. Dabei hetzte sie das Mädchen mit falscher Freundlichkeit umher: »Liebste Lydda, gefällt es dir?« Nichts konnte das arme Ding ihr recht machen. Laurence zerknüllte, was Lydda gerade sorgfältig gefaltet hatte, oder warf es auf den Boden, bis dem Mädchen die Tränen kamen.

Da sprang Laurence auf, umarmte die Heulende, küßte sie auf den Mund und ließ sich von Lydda, der die Hände zitterten, rasch und zügig ankleiden. Laurence wählte mit Bedacht die schlichteste Kleidung, die einzige, die sie sich auf dem Basar nach Maß hatte anfertigen lassen: ein paar weitgeschnittene, weich fallende Hosen aus Gazellenleder, dunkelgrün eingefärbt. Dazu ein schwarzes Wams aus gleichem Material, das ihr wie angegossen saß. Das Beinkleid war in derartiger Windeseile und mit so meisterlichem Können angefertigt worden, daß Laurence darüber die Zeit des Wartens vergessen hatte. Und das wollte bei ihrer herrischen Art schon etwas heißen. Es hatte an Zauberei gegrenzt, und der Magie zollte Laurence größten Respekt.

Sie schenkte dem Mädchen das schönste Kleid und einen Gürtel dazu und schob es aus dem Zimmer. »Richte dem Chevalier aus, daß ich jetzt bereit bin.«

Lydda zeigte sich bockig. »Ihr wolltet doch den geheimen Weg kennenlernen?«

Laurence wurde ungeduldig. »Nimm du ihn, und warte dann unten bei den Pferden auf mich.«

»Runter geht's anders als rauf«, versuchte Lydda ihrer Herrin klarzumachen, »und viel schneller.« Sie schob am Fußende des breiten Bettes einen Teppich beiseite und drehte an einem der Pfosten, die den Baldachin trugen. Da klappte der hölzerne Fußboden nach unten und legte den Einstieg frei. Lydda sprang in den Schacht wie ein Hase in seine Furche und zog den Kopf ein. »Vergeßt nicht, den Teppich wieder ordentlich darüber zu breiten«, befahl sie ihrer Herrin genüßlich und zog den Deckel hinter sich zu.

Laurence wartete auf irgendein Geräusch, doch es war keines zu vernehmen. Sie drehte am Bettpfosten, der Deckel öffnete sich, der Hohlraum darunter war leer. Erst als Laurence sich bückte, entdeckte sie, trichterförmig erweitert, das Ende einer kupfernen Röhre, breit genug, einen Menschen aufzunehmen: eine Rutsche. Wahrscheinlich gedacht für den schnellen Abgang von Liebhabern. Mit ihrer Stiefelspitze schob sie den Teppich wieder an seinen Platz.

Sie war jetzt in der richtigen Stimmung, René zu treffen und ihn zur Rede zu stellen. Selbst den Teufel würde sie in die Schranken weisen, sollte er ihr über den Weg laufen! Mit einer kostbaren Spange und einigen mit falschen Saphiren bestückten Nadeln steckte sie sich ihr rotes Haar hoch und stampfte herrisch mit ihren Stiefelchen auf den Marmorestrich auf. Jean du Chesne sollte sie nicht warten lassen. Doch da steckte der schon grinsend den Kopf zur Tür herein, und sie verließen gemeinsam das Stadtpalais der Montferrats. Der Chevalier hatte eine Kutsche besorgt, aber Laurence bestand darauf, hoch zu Roß durch die Straßen der Stadt zu reiten. Konstantinopel sollte gleich erkennen: da kommt sie, die Rote. Die grausame Eroberin!

Also schritten sie über den Innenhof zu den Ställen, um selber die Pferde auszuwählen. Laurence stellte mit Befriedigung fest, daß ihr Zimmer direkt darüber lag, wenn man von dem niedrigen Zwischengeschoß absah, das wohl die Dienerschaft beherbergte. Sie ließ ihren Blick prüfend über die von mächtigen Säulen unterteilte Räumlichkeit gleiten. In halber Höhe waren hölzerne Decken eingezogen, auf denen Strohballen und das Futterheu lagerten. So fiel auch die Leiter nicht auf, die an der Wand lehnte. Laurence hatte die unscheinbare Tür sofort entdeckt: Das mußte der Einstieg in jenen seltsamen Aufzug sein, der Besucher ungesehen nach oben in das Schlafzimmer mit der Badewanne beförderte und von dem ihr Lydda so konfus berichtet hatte. Die Öffnung der hinabführenden Rutsche befand sich, sicher auch versteckt, dort oben im Heu.

»Euer Interesse an dem geeigneten Reitpferd«, rügte belustigt der Chevalier, »scheint so schnell verflogen wie Euer minnigliches Sinnen nach Eurem Ritter René?«

Laurence fühlte sich ertappt. »Den werden wir jetzt ausfindig machen«, bestimmte sie, »und wenn wir die ganze Stadt auf den Kopf –«

»*Wir*«, unterbrach sie der Chevalier, »werden den Teufel tun.«

Laurence war ob des Tones verunsichert und griff sich wahllos einen Falben.

»Unser erstes Ziel ist der Palast des lateinischen Patriarchen.« Er hatte sich einen feurigen Rappen gewählt, um den ihn Laurence sofort beneidete.

»Den will ich«, begehrte sie auf wie ein verzogenes Kind, und der Chevalier grinste.

»Wenn Ihr Euch im Damensitz führen laßt, tret' ich Euch den Schwarzen ab, der Euch gut stehen würde«, lockte er.

Laurence ließ ihren Falben fahren und schwang sich in den Sattel des Rappens, seine hilfreich dargebotene Hand übersehend.

»Damensitz!« mahnte der Chevalier.

»So soll mich der Chatillon nicht zu Gesicht bekommen«, maulte Laurence, doch sie warf folgsam ihre langen Beine auf die Flanke des Tieres.

Der Chevalier hielt die Zügel kurz, als er die launische Dame aus dem Tor geleitete. »Vor die Suche nach dem edlen Herrn René hat die Schicksalsmacht, der wir dienen, den Besuch bei Eurem geistlichen Bruder Guido gesetzt«, erläuterte er, »und das wird schon seinen Sinn haben.«

Darüber dachte Laurence nach, während sie die bewundernden Blicke der Leute genoß, die auf der Straße zu ihr aufschauten. Sie hatte dem Chevalier eigentlich widersprechen wollen, doch ihre Neugier auf den unbekannten Bruder überwog. Wie mochte jemand beschaffen sein, der zur einen Hälfte aus dem gleichen Fleisch und Blut bestand wie sie? Mit Erstaunen stellte Laurence fest, daß sie der Gedanke an die bevorstehende Begegnung erregte – und gleichzeitig das immer wieder sehnsüchtig beschworene Bild Renés verblaßte. Sie zogen am Hippodrom vorbei, das arg verwahrlost war, und gelangten zum einst wohl prächtigen Palast des Patriarchen. Das Dach war abgedeckt, seiner Kupferplatten beraubt. Die leeren Fensterhöhlen wiesen schwarze Brandspuren auf.

»Um Euch dort Gehör zu verschaffen«, lästerte sie, »bedürft Ihr meiner als Klinke nicht. Ein Tritt genügt.«

»Fallt bitte nicht mit der Tür ins Haus«, ermahnte sie ärgerlich der Chevalier, während er beobachtete, wie sich Bewaffnete vor dem Torbogen erhoben, die dort im Schatten herumgelungert hatten. »Laurence de Belgrave wünscht den Herrn Prälaten della Porta zu sprechen«, wies er den vordersten Wächter an, einen stiernackigen Hünen.

Der Riese drehte sich nur um und pfiff grell auf zwei Fingern. »Da will eine den dicken Guido höchstpersönlich«, fügte er schmatzend hinzu, sie frechen Blickes taxierend, »und rothaarig bis unter den Ba – Aah!«

Der Rest war ein verquollener Schmerzenslaut. Laurence hatte ihm ihre Reitgerte blitzschnell übers Gesicht und lose Maul gezogen. Ein dürres Männlein in abgewetzter Mönchskutte spritzte herbei und winkte den Stiernackigen zu sich, sein Haupt zum Rapport zu beugen. Er hörte sich das Gestammel aus aufgeplatzten Lippen kaum an, da schlug er dem Hünen schon mit dem Handrücken hart unter die Nase, daß dieser laut aufschrie.

»Der *coordinator maximus*«, das Mönchlein verneigte sich knapp vor dem Chevalier, Laurence ignorierte er, »empfängt nur auf Empfehlung.«

»Wenn es denn einer weiteren bedarf!« Laurence sprach gedehnt, mit ihrer Gerte spielerisch wippend. »Richtet ihm einen Gruß von Mutter Livia aus – und sputet Euch!« Schon hatte sie das eine Bein über den Hals des Rappens geschwungen, den sie, jetzt wieder rittlings Schenkeldruck gebend, steigen ließ. Die Wächter sprangen erschrocken zurück, nur der kleine Mönch zeigte keine Furcht, sondern lächelte.

»Ah, Ihr seid's. Wollt Ihr mir bitte folgen? Euer Herr Bruder wird über die Maßen erfreut sein.«

Laurence sprang ab, der Chevalier übergab die Zügel dem Geprügelten und folgte ihr.

Das Innere des Patriarchensitzes glich dem Warenlager einer Hehlerbande, die sich auf Kirchenraub spezialisiert hatte. In den Gängen, in den Sälen stapelten sich Märtyrer in gläsernen Särgen, verstaubte Ikonen und Votivtafeln, drängten sich Heiligenfiguren in verschlissenen Gewändern. Selbst die Balustraden und die breiten Treppenabsätze waren verstellt mit zertrümmerten Altären, Beichtstühlen, vollgestopft mit Monstranzen, Kandelabern und Kelchen, aus denen die Steine herausgebrochen waren.

»Alles, was wir den Plünderern entreißen konnten –«, entschuldigte sich der kleine Mönch und quetschte sich durch die Enge. »Die dazugehörigen Gotteshäuser sind der Feuersbrunst zum Opfer gefallen – oder sinnloser Zerstörungswut.«

Der Chevalier lächelte süffisant. »Irgendwie muß ja die Kirche des Papstes zu dem ihr zustehenden Zehnten an der Beute kommen, den die von ihr aufgehetzten Plünderer ihr vorenthalten hatten«, klärte er seine Begleiterin auf, laut genug, daß es der Vorauseilende hören konnte. »Und schließlich darf man schismatisches Kirchengut ja nicht mit sakralen Kultgegenständen der Ecclesia romana gleichsetzen, denen per se und *papae dictu* ein höherer Wert innewohnt.«

Ihr Führer wandte sich grienend um. »Sie wurden entweiht«, wies er den Spötter zurecht. »Wir müssen vom reinen Materialwert ausgehen. Doch das sollt Ihr mit dem Herrn Prälaten ausmachen, falls Ihr am Erwerb des einen oder anderen Stückes interessiert seid –«

Der Mönch ließ die beiden Gäste durch eine bewachte Tür treten. Dahinter befand sich nicht etwa die Person, die Laurence voller Unruhe erwartete, sondern ein Kontor von schreibenden Mönchen, die goldene Opfergaben von handlichen Formaten murmelnd wogen, prüften, schätzten, bevor sie die Zahlen in ihre Folianten eintrugen, um dann die tränenden Herzen, Kreuzlein, aber auch elfenbeinerne Miniaturen von der Madonna und ihrem Kinde in Säcke abzufüllen. Dort hieß der Mönch sie warten.

Während der Chevalier sachkundig die aufgehäuften Kostbarkeiten betrachtete, die dort zugunsten des Klerus eingesackt wurden – er bezweifelte, daß sie je in die päpstlichen Schatzkammern gelangen würden –, weilte Laurence mit ihren Gedanken merkwürdigerweise bei Lionel, dessen Tochter sie war, während dieser Guido dem voreiligen Samen eines Montferrat entsprungen war, den Rom alsbald zu höheren Zuchtehren abberufen hatte. Eigentlich sollte ihr die arme Livia leid tun, doch sie brachte dieses Gefühl für ihre Mutter nicht auf.

Der Chevalier ließ sich derweil noch einmal seine Strategie durch den Kopf gehen. Als erstes war nicht die politische Einstellung oder gar moralische Haltung des Monsignore auszuloten – das waren veränderbare Größen –, sondern seine Abhängigkeiten. Inwieweit war Guido ein Mann des Montferrat, als dessen Parteigänger er ja bisher gut gefahren war? Betrachtete er seinen Herrn noch immer als Hoffnungsträger für höhere Weihen – oder als sinkendes Schiff? Oder war er insgeheim immer ein treuer Diener der Kirche geblieben, loyal dem Papsttum ergeben, das bislang nicht schlecht für ihn gesorgt hatte – wie man ja sehen konnte? Der Herr Coordinator maximus galt als dem schönen Geschlecht zugetan, aber würde er darüber – selbst wenn es ihm in der Gestalt von Laurence begegnete – seinen Sinn für die Realität verlieren? Blieb also noch die Käuflichkeit durch Reichtümer – oder Titel. Doch standen ihm da nicht ohnehin schon alle Säcke offen?

Der Mönch winkte ihnen von der Tür am Ende des Saales zu. Laurence ließ dem Chevalier den Vortritt. Der Prälat saß hinter einem gewaltigen eichenen Refektoriumstisch, vertieft in das Studium zahlloser Pergamente. Diesen Eindruck wollte er jedenfalls erwecken, aber beim Klang von Laurence' silberhellem Lachen, das sie nicht zurückhalten konnte, blickte er mit kurzsichtigen Augen hoch.

»Meine Schwester!« Guido sprang so heftig auf, daß der hochlehnige Stuhl fast umgestürzt wäre. Mit einer für seine Korpulenz beachtlichen Behendigkeit stürmte er um den Tisch herum und auf sie zu. Schon glaubte sich Laurence von seiner Umarmung umschlungen. Sollte sie ihn küssen? Auf dreißig schätzte sie ihn, sein sinnlicher Mund, seine schelmisch blitzenden Augen waren ihr nicht unsympathisch. Laurence wollte eben die Arme ausbreiten, um den Anstürmenden zu empfangen, da ließ er sich vor ihr auf die Knie fallen und umschlang ihre Beine. »Laurence, innig geliebte Schwester«, stammelte er und machte Anstalten, sein fettig gelocktes Haupt an ihren Schoß zu pressen.

»Liebster Bruder«, hauchte sie und ging ebenfalls in die Knie, die einzige Möglichkeit, sich den Schuft vom Leibe zu halten. Sie warf ihren Kopf über seine Schultern und brachte so ihre Lippen gleichfalls aus der Kampfzone. »Wie froh wäre unsere liebe Frau Mutter«, flüsterte sie und preßte ihn so fest an sich, daß ihm kein Spiel mehr blieb, »wenn sie uns endlich so traut vereint sehen könnte!« Die letzten Worte fügte sie mit einem kleinen Schluchzer hinzu. Das Spiel gefiel ihr ungemein, sie ließ noch einige Schluchzer folgen, die ihren Körper erschütterten und sich Guido als ein um Erbarmen heischendes Zittern mitteilten.

Diesen Effekt hatte der schlitzohrige Bruder nun keineswegs gewollt. »Livia? Eine feuchte Oblate schert diese Mutter das Unglück ihrer Brut!« Federnd sprang er auf und zog Laurence mit starker Hand zu sich hoch – einen Bauch hat er doch, vermerkte die Schwester, sein unter der Priesterrobe erregtes Glied hatte sie kaum gestreift.

Mit ausgestreckten Armen, als könne sie ihn so besser betrachten, hielt sie ihn auf Distanz. »Sprecht nicht schlecht von der Frau, der wir dieses Glück verdanken.« Laurence wunderte sich selbst, mit welcher Leichtigkeit ihr soviel Verlogenheit von den Lippen perlte.

»Fortuna könnt' ich preisen«, entgegnete Guido schroff, »wäre Euer Fleisch *nicht* von meinem Blut.« Er riß sich abrupt von ihr los und wandte sich heftig an ihren Begleiter: »Oder gilt die Vereinigung mit der Halbschwester vor Gott nur als halber Inzest, Chevalier?«

»Als besonders korrekt im Sinne des priesterlichen Keuschheitsgebots wird es Euer Heiliger Vater gewiß nicht ansehen«, spöttelte der Angesprochene. »Ihr solltet Euch besser in die Obhut des Herrn der Finsternis begeben. Dort schaut man nicht so genau hin.«

»Ihr Ketzer habt leicht reden«, schnaubte der Prälat und begab sich wieder zu seinem Stuhl hinter dem Tisch. »Was ist Euer Begehr?« fragte er dann unwirsch von seinem erhöhten Sitz herab.

»Mein Begehr seid Ihr, Guido«, ließ Laurence sich keck vernehmen. »Doch da Geschwisterliebe zu den Todsünden zählt –«
»Na ja«, unterbrach sie der Prälat, »zu den läßlichen. Bei Reinheit der Gedanken und sofern die Betreffenden fest im katholischen Glauben stehen, wäre Dispens sicher vorstellbar.«
»Auch kann man ja hinterher beichten, bereuen, Buße tun.« Der Chevalier verbarg seinen Hohn keineswegs, doch Laurence wehrte sich vehement:
»Ich bin Jungfrau und will mich lieber als Braut Christi sehen denn als entehrt und meine Seele in den Klauen des Bösen.«
»Bei allen verdammten Heiligen!« Der Prälat sah das begehrte Fellchen davonschwimmen. »Davon kann doch keine Rede sein.« Er nickte seiner Schwester begütigend zu und schlug das Kreuzzeichen, um ihr den Mut zur Sünde wiederzugeben. »Wir sollten das im Gebet unter vier Augen erörtern, Laurence«, offerierte er ölig, »im seelsorgerischen Gespräch.«
»Von Herzen gern, lieber Bruder«, antwortete sie erleichtert, »und bei nächster Gelegenheit. So können wir jetzt zur Sache kommen.«
Der Prälat stutzte: Hatte er dieses rothaarige Biest unterschätzt? Laurence ließ ihn nicht lange im unklaren.
»Die Menschen im Süden Frankreichs, die Ihr Ketzer zu nennen beliebt, fürchten um ihr Leben, ihre Freiheit –«
»Eine Freiheit zur häretischen Abweichung gibt es nicht«, unterbrach sie, nicht einmal unfreundlich, der Mann der Kirche. »Ihr Leben hängt am rechten Glaubensbekenntnis, nur wird der Faden immer dünner. Wenn ihn erst einmal die Glut des Scheiterhaufens versengt, bleibt nur noch die Rettung der Seele.«
»Das ist sicher tröstlich«, mischte sich der Chevalier ein, »doch die als Rauch ins Paradies aufgestiegene körperliche Hülle kann nicht mehr zum Geldbeutel greifen. Ihr habt sicher vom sogenannten Schatz der Ketzer gehört?«
»Wenn es ihn gibt, werden wir ihn in der Asche schon finden.«
»Dessen solltet Ihr Euch nicht so sicher sein«, widersprach der Chevalier.
»Und welche Sicherheiten wollt Ihr mir geben – so Ihr denn für

die Ketzer in ihrer Gesamtheit sprechen könnt?« Nur am Vibrieren seiner Stimme war zu erkennen, daß das Interesse des Prälaten stieg.

»Esclarmunde, die Gräfin von Foix, bürgt mit ihrem Vermögen – eine Freundin Eurer Frau Mutter.«

»Haltet mir die Mater superior vom Monte Sacro aus dem Spiel«, fauchte Guido gereizt. »Gold will ich auf dem Tisch sehen.« Er besann sich. »Das nur als Grundsatz für den Fall der Fälle. Was erwartet Ihr von mir, einem kleinen Prälaten?«

»Stellt Euer Licht nicht unter den Scheffel«, schmeichelte der Chevalier. »Wärt Ihr nicht ein ausgewiesener Vertrauter gewisser kirchlicher Kreise, könnte man Euch für einen Parteigänger der Deutschen halten. Ihr dient dem Bonifaz von Montferrat –«

»Ich stelle ihm gelegentlich meinen Rat zur Verfügung.« Guido schmunzelte bei dem Gedanken an die Ergiebigkeit bisheriger Handreichungen. »Eine gewisse Sentimentalität. Ihr kennt die zarten familiären Bande.«

Wahrscheinlich rächt sich der Bastard, schoß es Laurence durch den Kopf, ganz furchtbar an der Sippe des Markgrafen. Er läßt sie bluten dafür, daß sie ihn nicht als ihr Blut anerkannt, ihn ohne den stolzen Namen und die Nobilität der Geburt gelassen haben.

»Euer Bonifaz, Wohltäter im wahrsten Sinne des Wortes«, fuhr der Chevalier ungerührt fort, »hat nicht umsonst die griechische Kaiserinmutter, die Witwe des ermordeten Herrschers, geehelicht. Nun blickt er voller Hoffnung auf den lateinischen Thron von Konstantinopel.«

»Da kann er lange schielen. Venedigs mächtiger Doge ist zwar auf einem Auge blind, aber mit dem anderen hält er den Status quo fest im Blick, und der gefällt der Serenissima ausnehmend gut. Eine Verlagerung der Gewichte zugunsten des Deutschen Reiches würde den Venezianern kaum schmecken – und die haben das Sagen hier, denn Frankreich ist weit.«

»Für die Katharer des Languedoc und Okzitaniens ist jedoch Paris bedrohlich nah und rückt immer näher.« Der Chevalier spann seinen Faden unbeirrt weiter. »So ist außer den Spaniern der deutsche Nachbar der natürliche Bundesgenosse.«

»Das läßt sich auf die griechische Situation nicht übertragen«, wandte der Prälat ein. »Die meisten Feudalherren hier sind Franzosen, der Kaiser an der Spitze –«

»Mit Ausnahme des Montferrat!«

»Der dem Römischen Reich der Deutschen als Markgraf diente. Hier konnte er Herzog werden, Fürst, sogar König von Thessalien.«

»Bei Euch hat es selbst ein Strauchritter wie de la Roche zum Großherrn von Athen gebracht.«

Guido schien nun doch beeindruckt von der Beharrlichkeit des Chevaliers, dessen Hintergedanken sich ihm noch nicht erschlossen hatten. Da er den Besucher nicht mit einer brüsken Verweigerung vor den Kopf stoßen wollte, versuchte er abzulenken. »Seine Nichte weilt gerade in der Stadt, ein gar bezaubernd hübsches Geschöpf –« Er hielt inne, weil er sich nicht sicher war, wie Laurence reagieren würde.

»Ich sehe«, schalt sie ihn lächelnd, »Ihr haltet Eure Augen offen.«

»Für die Reize der holden Weiblichkeit allemal, aber es ist um mich geschehen, wenn ich an eine Rothaarige gerate, wie Ihr es seid.«

»Aha«, schmollte sie, »da ich Euch nicht einmalig erscheine, geht doch hin zu diesem Weib, das Euch so betört, daß Ihr redet wie ein Tor.«

Guido glaubte Eifersucht bei Laurence zu verspüren und beschloß, sie kirre zu machen. »Das Stadtpalais der Roches befindet sich unweit von der Bruchbude der Montferrats, wo Ihr wohl abgestiegen seid.«

»Dann könnt Ihr Euch den Weg zu mir ja sparen und mit besagter Dame Eure Seelsorge betreiben.« Laurence war wütend ob der Plumpheit der Männer.

»Sancie de la Roche ist leider schon versprochen«, wehrte Guido mit hörbarem Bedauern ab. Endlich schien Laurence einen wunden Punkt Guidos getroffen zu haben. »Sie fiel auf die schönen Augen eines französischen Abenteurers herein. Das Aufgebot ist schon verkündet – ein gewisser René de Chatillon.«

Laurence wurde es kurz schwarz vor den Augen. »Ich muß pinkeln«, verkündete sie klagend. »Wo ist denn hier ein Ort der Notdurft?«

Ihr Bruder beschrieb ihr den Weg, und Laurence stürzte aus dem Raum. Doch sie fand den Weg nicht und hockte sich in den nächstbesten Beichtstuhl, um ihr Wasser zu lassen, denn die Nachricht war ihr – weiß Gott – auf die Blase geschlagen. Sie dachte nicht lange nach, sondern schlich sich aus dem Patriarchenpalast, ohne noch einmal das Amtszimmer ihres Bruders zu betreten. Wortlos riß sie dem verunstalteten Riesen am Tor die Zügel des Rappens aus der Hand, schwang sich auf das Tier und ritt zurück zum Hafen.

Die beiden Herren saßen sich eine Zeitlang schweigend gegenüber. »Anscheinend ein größeres Geschäft?« feixte der Prälat.

Der Chevalier schreckte aus seinen Träumereien auf. »Wir können es zum Abschluß bringen«, bot er dann an. »Ihr heiratet Sancie de la Roche, die Gräfin von Foix versetzt Euch in die feudale Lage, aus der heraus Ihr jeden sonstigen Bewerber – wie den Chatillon – glanzvoll auszustechen vermögt –«

»Ich erhalte also zur Braut eine stattliche Mitgift?« Guidos Augen vermochten ein Glänzen nur schlecht zu verbergen. »Und was müßte ich –«

»Ihr sorgt dafür, daß der Herr Bonifaz sein mazedonisches Herrschaftsgebiet dem Westreich unterstellt. Kein unbilliges Verlangen an einen Markgrafen, der zum Reichsfürsten aufsteigt.«

»Das kann doch nicht alles sein?«

»König Bonifaz von Mazedonien erhebt Anspruch auf den Thron von Konstantinopel. Frankreich wird in seine Schranken verwiesen. Das deutsche Imperium – mit seinen Verbündeten – umfaßt in einer einzigen riesigen Klammer von den Pyränen bis zur Ägäis das gesamte abendländische Mittelmeer.« Der Chevalier geriet ins Schwärmen. »Vereint werden wir das Heilige Grab befreien und den Papst in Rom damit mehr erfreuen als mit diesen armseligen Scheiterhaufen für geständige, aber keineswegs reuige Ketzer.«

»Das klingt gewaltig«, seufzte der Prälat. »Und doch so bestechend einfach. Laßt mich darüber schlafen.«

»Gerne«, sagte der Chevalier und erhob sich. »Süße Träume.«

Er war schon in der Tür, als Guido hinter ihm her rief: »Wo mag denn mein Schwesterlein abgeblieben sein? Sie wird doch nicht in das Scheißloch gefallen sein?«

»In ein schwarzes Loch gewiß«, beschied ihn der Chevalier vieldeutig. »Macht Euch um sie keine Sorgen. Laurence hat ihr eigenes Köpfchen und geht ihren Weg.«

»Oh, diese Rothaarigen«, seufzte der *coordinator mundi* und wies den kleinen Mönch an, die Besucher hinauszubegleiten.

Laurence ritt mit gemischten Gefühlen hinunter zum Hafen von Kontoskalion. Dort sollte gleich in der Nähe der Stadtburg der Fürsten von Montferrat auch das Palais de la Roche liegen. Das würde sie schon finden, fragen wollte sie jedenfalls niemanden. Wen auch von den Gestalten, die hier herumlungerten? Der Dunst von Armut und Gewalt kroch stinkend aus jeder Mauerritze, aus schmalen Durchlässen zwischen zerfallenen Häusern, in die sich kein Sonnenstrahl verirrte, und wo Kinder nackt zwischen den Abfällen auf dem Boden krochen, in dem die Exkremente als trübe Rinnsale versickerten. Ab und an ließ ein spitzer Angstschrei oder plötzlich einsetzendes Wutgebrüll aus versoffener Männerkehle die Fliegenschwärme auffahren. Dann wieder zerrte ein Jaulen am Trommelfell der Reiterin – Hunde, die um Eingeweide balgten, oder Angst? Todespein?

Obwohl die mißtönenden Laute sie ebenso wie plötzlich einsetzende Stille schmerzten, hielt Laurence Augen und Ohren offen. Währenddessen entwickelte sie die verschiedensten Möglichkeiten ihres Auftritts und verwarf sie wieder – so auch die Idee, sich in das Gebäude einzuschleichen wie ein Dieb. Dazu hätte sie es erst auskundschaften müssen, und dabei könnte man sie bereits aus einem der Fenster entdecken und ihrer spotten.

Unter niedrigen Türstürzen ohne Tür lehnten Frauen jeden Alters, jeder Provenienz. Weißhäutige Tscherkessinnen zeigten ihr Bein, viel Bein; Braunhäutige, Sanftäugige mit einem schwarzen Fleck auf der Stirn hockten in den Torwegen mit angewinkelten Schenkeln, die Tiefe des Schoßes als Lockmittel; Weiber aus dem Schwarzmeerraum, deren riesiger, wogender Busen in Laurence

Zweifel am Sinngehalt der Natur weckte; die Frauen vom Balkan mit ihren strammen Pferdeärschen erschienen ihr da schon einleuchtender. Weiße Augäpfel strahlten Sehnsucht aus, rosa Zungen fuhren lustvoll über purpurgrelle Lippen in kalkweißen Gesichtern. Sie gurrten und lockten, schmatzten und stöhnten –

Die stolze Reiterin bahnte sich ihren Weg. Wie sollte sie überhaupt dem treulosen Geliebten gegenübertreten? Beiläufig, zufällig auf der Durchreise, so als wäre nichts geschehen? Vorwurfsvoll, nicht klagend, sondern ihr Recht einfordernd – damit er sie höhnisch abwies, gar in Gegenwart der Nebenbuhlerin? Das kam auch nicht in Frage – den Triumph wollte sie René nicht gönnen und diesem elenden Weibsstück schon gerade nicht!

Der Rappe scheute. Ein lockiger Knabe hatte versucht, ihm mit einer Hand in die Zügel zu fallen. Mit der anderen hielt er sein steifes Glied umfaßt, er trug ein kurzes Röckchen, nichts darunter, und seine Augen blitzten der Reiterin aufmunternd zu. Doch schon hatte ihn ein behaarter Männerarm gegriffen und zur Seite gerissen. Laurence schaute nicht zurück, wo der Hintern des gebeugten Knaben jetzt in die Luft ragte – sie dachte zornig an René. Schön wär's gewesen, sie könnte ihm stolz den Ring vor die Füße werfen, unnahbar und zu keiner Versöhnung bereit. Dann läge jetzt jede weitere Handlung, reuiger Fußfall, verzweifeltes Schuldbekenntnis, die Drohung, sich das Leben zu nehmen, allein bei ihm, und sie könnte sich erweichen lassen – bis zum großmütigen, schließlich zärtlichen Verzeihen. Sie wäre die unangefochtene Herrin der Situation. Dieser erhebende Gedanke ließ Laurence wie eine Traumtänzerin hoch zu Roß durch die Armutsquartiere der Altstadt schweben, so leicht wie der von den offenen Feuern sich emporkringelnde Rauch.

Ohne es zu merken, war sie bereits vor dem Ziel ihrer Wünsche, Hoffnungen und verdrängten Ängste angelangt. Das Palais bestand aus einem gemauerten, wuchtigen Rundturm, an den sich ein langgestreckter Holzbau anlehnte, der, auf Pfeilern vor Hochwasser geschützt, hinabreichte bis zum Hafen, wo er sich zu einer Art Lagerhaus erweiterte. Wahrhaftig nichts Prächtiges. Laurence lenkte ihren Rappen hinab zum Kai. Abgewrackte Fischkutter, verrostete, vom Salzwasser zerfressene Anker, zerfetzte Netze und verrottete

Taue säumten ihren Weg, auf dem sich quiekend Ratten jagten und eiligst vor den Hufen des Pferdes in Sicherheit brachten.

Emsiges Treiben herrschte in der Hitze, das an die Mauern schlagende Wasser stank; muskulöse Männer mit vor Schweiß glänzenden nackten Oberkörpern entluden Schiffe, was Laurence gewiß nicht sonderlich interessiert hätte, wäre ihre Aufmerksamkeit nicht durch einen besonderen Umstand erregt worden: Sie schleppten die Säcke über eine flach ansteigende Bohlenrampe geradewegs in das Lagerhaus der Sippe derer de la Roche. Ein Aufseher ließ sich nirgendwo blicken, auch versperrten keine Wächter den Weg. Da stand ihr Plan fest: Mit größter Selbstverständlichkeit, ohne nach links oder rechts zu schauen, ritt sie die Rampe hoch.

Auch in den stickigen Lagerhallen schenkte sie keinem der Lastenträger einen Blick und ließ ihren Rappen zügig voranschreiten. Vielleicht sollte sie diese Sancie einfach aus ihrem Liebesnest aufschrecken, mit Gewalt oder List entführen, der frechen Diebin mit kühnem Raub die geziemende Lektion erteilen? Die Buhle mit eigener Hand züchtigen und sie dann – nein!

Besser gleich, auf der Stelle an den nächstbesten Sklavenhändler verkaufen! Aus den Augen, aus dem Sinn! Es war nicht so sehr der Gedanke an Rache, der Laurence beflügelte, sondern der Sinn für Recht und Gerechtigkeit. Die stolze Amazone sah sich als flammende Rächerin aller, deren Verlöbnis gebrochen, deren reine, treue Minne mit Füßen getreten. Sie würde die Schlage zur Rechenschaft ziehen, das stand fest! Leiden sollte die Falsche und büßen für all den Harm, die Zweifel und vor allem diese ärgerliche Ungewißheit. Sancie war ein Störenfried!

Am anderen Ende angekommen, stellte Laurence mit Kennerblick fest, daß die verbindende Brücke vom Haupthaus her eingezogen werden konnte. Sie hätte ohnehin absteigen müssen, denn vor ihr erhob sich ein schweres Tor, eisenbeschlagen und verschlossen. Sollte ihr mutiges Eindringen hier ein unrühmliches Ende finden? Laurence hatte sich schon ausgemalt, wie sie hoch zu Roß dem verdutzten René von oben herab die Leviten lesen würde. Nun war sie drauf und dran, vor Zorn mit den Fäusten die massive Pforte zu bearbeiten, da entdeckte sie einen haardünnen Spalt in

Augenhöhe und fuhr ihm mit dem Fingernagel nach, bis er nach unten abknickte. Eine Tür in der Tür!

Also mußte es auch einen Riegel geben, oder nicht? Die bronzenen Klopfer, Hände, die eine Kugel hielten, boten sich an. Sie drehte das Gelenk der Linken nach oben, bis es metallisch knackte, doch nichts rührte sich. Laurence ließ nicht locker, sie versuchte es bei der Rechten, wieder knackte es trocken, ohne daß der schmale Durchlaß auch nur um eine Winzigkeit verrückte. Entmutigt lehnte sie sich gegen die Eichenwand – und wäre fast in das Innere gestürzt. Eine Klappe hatte sich in Wadenhöhe geöffnet. Da paßte allerdings kein Pferd durch, also schlang sie die Zügel um die bronzene Hand.

Sie mußte sich beim Einstieg bücken und stand gleich darauf in einem großen Bankettsaal. Nur wenig Licht fiel von oben ein, wo wagenradgroße Kronleuchter aus der Balkenkonstruktion der vergoldeten Kassettendecke herabhingen. Doch es genügte, um sie etwas von der herrschaftlichen Pracht ahnen zu lassen, die sich in diesem Saal entfalten würde, wenn die Tische gedeckt waren, die Fackeln entzündet und das festliche Gewoge der geladenen Hochzeitsgäste … Der Gedanke fuhr ihr heiß wie ein Stich ins Herz, so daß sie sich unwillkürlich an die Brust griff.

Sie lauschte in die Stille. Kein Mensch schien sich im Palais zu befinden. Gab es hier keine Diener? Die Stille wirkte um so beklemmender, als Laurence ihr eigenes Herzpochen zu hören glaubte.

Lautlos ließ sie den geheimen Einlaß wieder einrasten und schlich, behutsam Fuß vor Fuß setzend, durch den leeren Saal. Nur der Boden knarzte etliche Male, was sie jedesmal erschreckte. An der gegenüberliegenden Stirnseite befanden sich mehrere Türen, eine zweiflügelige hohe in der Mitte und zu beiden Seiten abgestuft immer kleinere bis hin zu niedrigen Klappen, durch die höchstens Hunde oder Zwerge in die Halle gelangen mochten. »In Gefahr und allergrößter Not – führt der Mittelweg zum Tod.« Das war eine der Lieblingssentenzen von Lionel, und Laurence hatte sie immer beherzigt. Doch diesmal schritt sie bewußt durch die mittlere Tür. Die Flügel schwangen geräuschlos auf, und sie fand sich am Fuß einer Treppe, die ausladend nach oben führte. Hier brannten Fackeln in den Ringen, ein Zeichen, daß sich doch Leben im Hause verbarg. Diese Treppe zog sie magisch an, obgleich Laurence schon nach den ersten Stufen erkennen konnte, daß sie kaum zu bewohnten Räumen führen konnte, sondern in die geheimnisvolle Welt des Dachstuhls mit seinem Balkengewirr von Pfosten und Fetten, Streben und Stützen. An ihnen waren die baldachinartigen Decken aufgehängt und an schweren Ketten, die in kupfernen Manschetten nach unten verschwanden, wohl auch die Kronleuchter.

Die Fortsetzung des mit Teppichen belegten Aufgangs, den Laurence betreten hatte, führte mitten durch den hölzernen Pfeilerwald, wohl gedacht für das diskrete Verschwinden der Dienerschaft unten aus dem Festsaal – oder für einen wirkungsvollen Auftritt der Herrschaft. Die eigentlichen Wohnräume mußten darunter liegen. Der Begierde, von hier oben wenigstens mit Blicken in diesen Bereich des Intimen einzudringen, vermochte Laurence nicht zu widerstehen. Übersicht zeichnet die erfolgreiche Piratin aus, paart sich mit dem Mut des kühnen Ritters. Der Gral offenbart sich nur dem, der mit Bedacht und Beharrlichkeit sucht. Einer Raubkatze gleich glitt sie über die federnden Stege, bei aller Neugier sorgsam darauf bedacht, keinerlei Geräusch zu verursachen. Daß ihr Instinkt als Freubeuterin im Gebälk eines fremden Palastes sie derart unvermittelt auf die begehrte Prise stoßen ließ, überraschte Laurence dann doch schlagartig. Sie mußte sich festhalten, so sehr zitterte sie am ganzen Körper.

Sie hatte schon durch mehrere Ritzen nach unten gespäht – in verlassene Gemächer im Dämmerlicht, auf verhängtes Mobiliar, abgestellte Kisten und unbenutzte Betten. Sie wollte sich schon mit der Ergebnislosigkeit ihrer Suche abfinden, da drang plötzlich ein Lichtschein durch die Öffnung in der Decke. Sie warf einen vorsichtigen Blick hinab und erstarrte: unter ihr lag ein Mädchen schlafend auf seinem Lager hingestreckt. Ihre Beute! Laurence erkannte sofort und siedendheiß, daß es sich um Sancie de la Roche handelte, die sich da – von einem zerknüllten Laken eher enthüllt als bedeckt – im Schlummer räkelte! Doch es wollte sich weder Haß noch sonst ein feindseliges Gefühl einstellen. Die Raubkatze starrte vom Dach auf den Körper, konnte von dem Bild nicht lassen und wagte doch kaum hinzuschauen, geschweige denn zu atmen.

Laurence sah sich an der Kette des Kronleuchters lautlos hinabgleiten, auf das Lager niederschweben, die Nacktheit sanft bedeckend. Unter dem schützenden weißen Linnen war es ihre Hand, die zärtlich den Leib des jungen Weibes ertastete, die streichelnd die fremde Haut zum Erwachen – Laurence schloß die Augen und riß sich los. Wie in Trance glitt sie zurück zur Treppe, die Stufen hinab.

Schleichend bewegte sich Laurence, bemüht, ihre Schritte zu dämpfen, in dem saalartigen Flur an der Wand entlang. Sie kam an vielen verschlossenen Türen vorbei, doch dann hielt sie inne: Hinter der einen hatte sie ein Geräusch vernommen, das wie ein unterdrückter Aufschrei klang. Sie lauschte – das machte die Person hinter der Täfelung wohl auch, denn es war nichts mehr zu hören. Langsam drückte Laurence den Türriegel herunter und blickte durch den sich öffnenden Spalt.

Das Mädchen auf dem Bett hatte sich erschrocken aufgerichtet: Laurence sah in ein vor Staunen weit aufgerissenes Augenpaar in einem bleichen Gesicht, das von dunklen Locken umringelt war. Sancies roter Mund schien die Fremde zu begrüßen, noch bevor er sich geöffnet hatte.

Sie starrten einander wortlos an. Sancie war von einer zarten, zerbrechlichen Schönheit, die Laurence sofort ergriffen hatte.

Laurence schloß die Tür hinter sich. Die wiedererwachte Raubkatze bewegte sich, angezogen von der Witterung süßen Bluts, im schummrigen Licht auf das zerwühlte Lager zu. Aus Sancies Gesicht war alle Furcht gewichen, nicht einmal mehr Erstaunen hatte darin Platz. Ihre roten Lippen begannen sich zu öffnen wie eine Blüte, und beide Frauen fühlten, daß sie keiner Worte bedurften, keiner Frage nach dem Woher oder Warum. Laurence kniete nieder auf dem weichen Pfuhl, ihre grauen Augen sogen sich fest an dem erwartungsvollen Mund der anderen. Sancie ließ das Laken fahren, das sie im ersten Erschrecken über ihre angewinkelten Beine hinaufgezerrt hatte bis über den Busenansatz. Das Hemd darunter ließ ihre Brüste ahnen, bevor sich die dunklen Knospen durch den Musselin abzeichneten. Laurence schob sanft die Knie auseinander, Sancie breitete ihre Arme aus, umschlang die Fremde, zog den feurigen Vorhang des flammenden Haares über sich und kroch hinein. Laurence' harte Lippen glitten, Salamandern gleich, über den zarten Hals, das Kinn, bis sie den weichen Mund fanden, ihrer beider Zungen sich wie Schlangen verknäulten und ihre aneinander gepreßten Leiber kurz vor Glück erstarrten, bevor sie die Lust vollends überkam und sie in wilder Umarmung auf das Lager stürzten.

Es fiel der erfahrenen Sancie zu, Laurence erst von ihren Hosen zu befreien, dann auch ihre Hemden abzustreifen, wobei beide furchtbar lachen mußten, als sie feststellten, daß Laurence nun zwar endlich nackt war, aber immer noch Stiefel trug. Sancies Gewand war unter den ungestümen Griffen der Eroberin in Fetzen gegangen. Sie keuchten beide. Sancies Körper – sie mochte höchstens drei Jahre älter sein als Laurence – schien für die Liebe geschaffen zu sein. Er stand in voller Blüte seines lilienweißen Fleisches, während die braungebrannte Laurence mit ihren kleinen, festen Brüsten eher an eine dornige Rose erinnerte, deren Knospen sich gerade erst zaghaft öffneten, so stürmisch sie sich auch gebärden mochte. Die geschickte Lehrmeisterin war das Fräulein de la Roche. Es lenkte die fordernden Lippen, die zupackenden Hände, die begehrliche Zunge über das sanft gewellte Schlachtfeld, von seinen weichen, vollen Brüsten über die Wölbung des Bauches in die Niederungen seines vor Nässe schwarzglänzenden Höllentores, während seine scharfen Nägel sich erst in den Rücken, dann in die Hinterbacken der jungen Amazone bohrten, sie die spitzen Zähne in die Innenseite der Schenkel schlug und sich im Schutz der schwarzen Locken wie ein Maulwurf in den Rosenhag der Laurence de Belgrave wühlte. Und die wußte überhaupt nicht mehr, wie ihr geschah. Einen solchen Sturm hatte sie sich nie ausgemalt, nicht in ihren wildesten Träumen, in denen sie die eingelegte Lanze ihres smaragdäugigen Ritters empfing, Stoß um Stoß. Wie weggeblasen waren die Gedanken an Rache und Strafe, die Laurence noch beschlichen hatten, als sie sich der Walstatt näherte, auf der sie die Feindin aufgespürt, die sie als strahlende Siegerin zu verlassen gedachte: die Liebste des Ungetreuen geschändet, die Selbstachtung wiederhergestellt! Jetzt war sie es, die sich stöhnend hingab, wimmernd sich dem Kreisen, Zucken, Wüten ihres Leibes auslieferte, die ohne Stimme um mehr schrie, kein Nachlassen der tausendfingrigen Bemühungen Sancies erflehte.

Und doch gab es dazwischen Momente, in denen Laurence' Kopf aus dem aufgepeitschten Meer auftauchte, nach Atem ringend, um Rettung ihres kühlen Verstandes – oder sollte sie sich treiben lassen in den Wellen der Lust? Sie ertappte sich dabei, wie sie um die Gunst der vielzüngigen Zauberin buhlte, bettelte, indem sie als freiwillige Sklavin der Liebe saugend und beißend deren weißes Fleisch marterte, als wilde Kriegerin diesen roten Mund eroberte, seine Küsse plünderte, die Brüste lustvoll peinigte und schließlich alles, was sich hinter dem schwarzen Vlies verbarg, in ihrem Rasen zu Paaren trieb, in der Höhle wie von Sinnen tobte, bis ihr selbst die Sinne versagten, ihre eigene Vulva explodierte, als habe die Magierin ein Griechisches Feuer in ihr entzündet. Jetzt zerreißt's mich, war Laurence' letzter Gedanke, bevor sie in dem Funkenwirbel der Feuersbrunst versank. Sie spürte noch, wie ein Zittern auch den zarten Körper Sancies durchlief, sie umklammerten sich wie Ertrinkende, zuckten noch ein paarmal wie Erschlagene in ihrem Blut, um dann in enger Umarmung ihre ineinander verschlungenen Glieder zu strecken und still in sich hinein zu lauschen.

Sancies Finger hatte sich auf die wunden Lippen der Fremden gelegt, wie um ihr noch für einen Augenblick den Mund zu verschließen. Bisher war kein Wort zwischen ihnen gefallen. Laurence nahm dankbar wahr, wie sich der Finger der anderen löste, tastend ihren Gesichtszügen folgte, bis er ihr über die heiße Stirn strich.

Es war Sancie, die das Schweigen aufhob. »Ich hatte dich erwartet, Laurence«, sagte sie leise. Ihre Stimme klang unerwartet rauh und dunkel.

Laurence wandte sich ihr zu und lächelte belustigt. »Das kann ich von mir nicht behaupten. Du hast mich überrascht – «

Sancie richtete sich auf und betrachtete die unter ihr Liegende, dann lachte auch sie. »Ich will dich wiedersehen und dich jedesmal überraschen – wenn *du* willst.« Sie schaute Laurence fragend aus ihren großen Augen an, und ihr roter Mund zuckte. »Laß mich deine Hur' sein. Bitte.«

Verwirrt zog Laurence sie zu sich herab, bettete den schwarzen Lockenkopf auf ihre Brust und streichelte ihn verlegen. »Sprich nicht so, Sancie«, flüsterte sie heiser. »Sonst verlangt mich wieder nach dir. Wir müssen vernünftig sein.«

Der letzte Satz löste bei der, die eben noch den Tränen nahe war, ein glucksendes Lachen aus, das sich Laurence über das Sonnengeflecht direkt mitteilte. »Da will ich dich gern als Beispiel nehmen«, japste Sancie vor Vergnügen, »will an deiner Seite übers Meer fahren, um in fernen Landen entlaufene Nichtsnutze zu suchen, in fremden Häfen in tückische Paläste eindringen – oh, welch herrliche Vernunft!«

»Immerhin fand ich einen Schatz.« Laurence stemmte das sich vor Heiterkeit schüttelnde lockige Haupt von ihrer Brust und küßte es auf den roten Mund. »Und ich will dich gern behalten, Sancie.«

»Hier können wir nicht bleiben, Liebste.« Sancie riß sich los. »Wir sollten uns an einem anderen Ort treffen.«

Das sah Laurence ein. Sie sprang auf und griff nach ihren Kleidern, während Sancie Anstalten machte, sich in frischen Musselin zu hüllen. Laurence konnte dem Verlangen nicht widerstehen, den nackten Körper der Geliebten noch einmal mit Küssen zu bedecken. Dann stieß sie die hölzernen Fensterläden auf und ließ Sonnenlicht in den Raum fluten. Unter ihnen lag der menschenleere Wirtschaftshof, in den die steinerne Rampe mündete. Er war mit steinernen Pollern eingefriedet, die mit schweren Eisenketten verbunden waren, wohl um den inneren Bereich, dessen Steinplatten wie ein riesiges Schachbrett angelegt waren, nach außen abzugrenzen. Sancie war neben sie getreten.

»Mir bereitet es keine Schwierigkeiten«, erläuterte Laurence ihren schnell gefaßten Plan, »dich ungesehen im Palast der Montferrat an einen verschwiegenen Ort bringen zu lassen, wo wir –«

»Wir treffen uns in den Ställen. Du mußt mir Nachricht zukommen lassen, wann –«, überschlug Sancie ihre Schwierigkeiten. »Ich werde mich dann schon abseilen, ohne den Verdacht unseres René zu wecken.« Sie mußten beide ob dieser Formulierung lachen.

»Siehst du die Säulenstümpfe da unten?« Sie lenkte Sancies Blick auf die Poller. »Jeder steht für einen Tag, von dem Moment an gezählt, an dem du auf dem ersten meine Zofe Lydda sitzen siehst. Sie wird einen Korb mit sich führen, und der steht auf dem jeweiligen Steinquadrat der Stunden, gerechnet von der Schattenlinie, den die Säule wirft – hast du mich verstanden?«

»Ich schon«, lachte Sancie, »aber wie steht's um deine Zofe?«

»Ich werde sie selbst einweisen«, beruhigte Laurence die Geliebte. »Nur will ich mich möglichst nicht sehen lassen, das siehst du ein?«

»Gewiß«, bestätigte ihr Sancie. »Obgleich mir gerade der erste Stein, der für den heutigen Abend, der liebste wäre.«

Energisch schob Laurence sie vom Fenster weg.

»Unvorbereitet laufen wir Gefahr, entdeckt zu werden«, flüsterte sie.

»Deswegen mußt du jetzt auch von hier verschwinden«, drängte jetzt das Fräulein de la Roche. »Der Herr kann jeden Augenblick zurückkehren.«

»Zu seiner Verlobten?« scherzte Laurence im Weggehen.

Sancie lief ihr nach in ihrem durchsichtigen Hemd, um sie noch einmal zu küssen. »Zu seiner ungetreuen Zukünftigen oder, wenn du so willst, seiner zukünftig Ungetreuen.«

Laurence hastete den Flur entlang und durch die Festhalle, bis sie vor der schweren Tür stand – doch der geheime Durchlaß ließ sich von innen nicht öffnen. Hier waren weder drehbare Bronzehände angebracht noch sonst etwas, das nach versteckten Riegeln aussah. Laurence saß in der Falle. Sie suchte die Fläche ab, tastete, preßte – nichts. Dabei war doch kaum anzunehmen, daß die Besucher den Saal anders als durch dieses Tor verlassen sollten. Aber diesmal offenbarte sich ihr der Mechanismus nicht, obwohl sich der haarfeine Umriß der Geheimtür deutlich abzeichnete. Doch dann glaubte sie zu spüren, daß die Klappe nicht völlig eingerastet war. Sie brach sich zwei Fingernägel ab bei dem vergeblichen Versuch, das schwere Holz zu sich zu ziehen. Fieberhaft dachte sie nach.

Sie hatte den Rappen draußen angebunden. Laurence lockte das Tier, sprach beschwörend auf es ein, ahmte sogar sein Wiehern nach – und die Pferdeschnauze drückte wahrhaftig die Klappe so weit auf, daß Laurence sie zu fassen bekam und aus der Halle entweichen konnte.

Sie führte den Rappen an der Leine. Gerade als sie über die Zugbrücke zurück zum Lagerhaus schreiten wollte, sah sie unten im Hof ihren Ritter stolzieren. Er war die steinerne Rampe hinabgekommen, Laurence wäre ihm also genau in die Arme gelaufen, wenn die Klappe sie nicht aufgehalten hätte.

Sie hielt dem Rappen die Nüstern zu und drängte ihn zurück in den Schatten. Sie wunderte sich über sich selbst, daß sie René von hier oben ohne sonderliches Herzklopfen betrachten konnte wie ein seltenes Insekt, einen besonders farbigen Schmetterling oder eine Libelle. Er bewirkte keinerlei Regung mehr in ihr, nur eine gewisse Neugier. Es war, als wären nicht Monate, sondern Jahre verstrichen seit jenem Abend in Fontenay. René de Chatillon war immer noch ein stattlicher Bursche, im Gesicht unverändert, das sah sie, als er jetzt sein Barett lüftete und zu den Fenstern nach oben grüßte. Sie wartete, bis er im Haus verschwunden war, bevor sie ihren Weg fortsetzte.

Im Lagerhaus angekommen, wo nicht mehr gearbeitet wurde, schwang sie sich auf ihr Pferd und ritt die hölzerne Rampe hinunter auf den Kai. Für heute reichte es ihr. Laurence freute sich auf ein Bad in der Wanne – danach auf die geschickten Hände der dicken Anadyomene. Sie sollten den Aufruhr ihres Blutes besänftigen, jede Faser ihres aus der Erfahrung der Liebe neugeborenen Körpers entspannen, um dann unmerklich den ersehnten Schlaf herbeizustreicheln.

STRENG VERTRAULICH

an S.E. Rainer di Capoccio,
Generaldiakon der Zisterzienser,
vom Unterfertigten gegeben zu Konstantinopel

Ende Oktober A.D. 1205

Werter Oheim und verehrungswürdiger Pate,
 liebend gern würde ich Euch meinen Respekt bezeugen durch die offiziöse Anrede, die Euch ob Eures verantwortungsvollen hohen Amtes zukommt, die Ihr aber nicht gern hört. Um so lieber würde

ich Euch meine Hochachtung bekunden, als familiäre Beziehungen, nicht Bindungen, mich diesmal auf eine harte Probe stellen und ich – wie schon so oft – bei Euch angeschwärzt werden könnte. Zieht meine Loyalität zur Ecclesia catholica gegebenenfalls in Zweifel, aber nie meine unverbrüchliche Ergebenheit gegenüber Eurer Person, ganz gleich, in welcher Maske Ihr auftretet.

Besagter Kurier der Esclarmunde, Jean du Chesne alias Chevalier du Mont-Sion, ist hier eingetroffen, schlecht informiert. Er wußte – zumindest bei seiner Ankunft – nicht einmal, daß unser erster Kaiser Balduin bei der unglücklichen Schlacht von Adrianopel in die Hände der Bulgaren fiel und in irgendeiner Burg auf dem Balkan eingekerkert ist. Dort wird er auch bis ans Ende seiner Tage bleiben, denn keiner ist daran interessiert, ihn auszulösen. Sein Bruder und Nachfolger Heinrich verspricht allemal den besseren Herrscher abzugeben, jedenfalls will er härter durchgreifen. Das macht allerdings den reichsdeutschen Montferrat samt burgundischem Anhang besonders empfänglich für die klug durchdachten Pläne der Gräfin von Foix. Mag die Dame auch aus berechtigter Sorge um ihre heimischen Ketzer handeln, so zeugt doch ihr Konzept keineswegs von panischer Angst, sondern von kaltem Kalkül.

Der Markgraf Montferrat sitzt tatsächlich in seinem heimatlichen Savoy wie hier in Thessalien an den Scharnieren der Machtbereiche. Erhebt ihn das Römische Imperium in den Rang eines Herzogs, gar mit Kurfürstenwürde, würde es den Deutschen leicht gelingen, die noch fehlenden Zwischenstücke von der ihnen ohnehin schon zugefallenen Provence bis zum verbündeten Aragon über die Grafen von Toulouse, Carcassonne und Foix zu schließen. Während sein fürstlicher Bruder hier im ›byzantinischen Vakuum‹, so will ich es einmal nennen, nur eine Anbindung über Ungarn betreiben muß, um verdienstvollerweise Ostrom wieder mit dem Westreich zu vereinen. Gleichzeitig würde er den Zugang zum Schwarzen Meer kontrollieren, wenn wir schon vom Heiligen Jerusalem nicht mehr sprechen wollen. Damit zöge sich ein durchgehender deutscher Riegel durch die gesamte abendländische Welt. Frankreich wäre vom Mittelmeer abgeschnitten, den Engländern ausgeliefert – was uns insofern kümmern sollte, als damit auch das Patrimonium Petri *dem unerbittlichen Biß der eisernen Zange ausgesetzt bliebe, jener unheiligen Staufer-Allianz zwischen Sizilien und der Lombardei, die sich* unio regni ad imperium *nennt.*

Ein starkes Frankreich ist und bleibt aber für die Unversehrtheit des Heiligen Stuhls die einzige Hoffnung. Ist diese Nabelschnur zerschnitten, wer soll dann noch für Roms hohe Ansprüche eintreten? Auch wenn unser visionärer Herr Papst sich als unantastbarer Herrscher über Könige und Kaiser empfindet, Herr der Situation ist er dann die längste Zeit gewesen. Will sich also Paris die reichen Länder seiner Mittelmeerküste unter den Nagel reißen, so sollten wir es nicht daran hindern, sondern den französischen König geradezu ermuntern, zumal solche Expansionsgelüste Seiner katholischen Majestät bei dieser Gelegenheit auch die katharische Häresie mit Stumpf und Stiel ausrotten würden, wie unser Heiliger Vater es sich ersehnt. Also darf das teuflische Werk der Gralshüterin Esclarmunde, dieses opus magnum *des Bösen, auf keinen Fall gelingen.*

Ich mache mich erbötig – und Ihr als mein geistiger Ziehvater solltet mir vertrauen –, die Mission des Chevaliers um den gewünschten Erfolg zu bringen. Meine Mittel und Wege werden Nichteingeweihten befremdlich, ja verdächtig oder gar höchst verräterisch erscheinen. Was immer Euch zu Ohren kommen mag, verlaßt Euch auf Euren gelehrigen Schüler und coordinator minor.

Guido della Porta
praelatus

UNERWARTETE GÄSTE

Laurence hatte sich fest vorgenommen, ihre neue Liebeserfahrung täglich auszukosten, doch täglich kam ihr etwas dazwischen. Meist war sie es selbst, die sich dabei im Weg stand, denn sie war sich unsicher, wie sie ihre neu gewonnene Rolle ausleben sollte, damit diese Bestand hatte vor dem Bild, das sie selbst hatte, pflegte, bewunderte und dann wieder zweifelnd verwarf. Als Gralsritter war sie ausgezogen, als Seefahrerin hatte sie sich Wind und Sturm um die Nase streichen lassen, selbst Piratenüberfälle, Attentate dunkler Mächte, handfeste Intrigen und befremdliche Schmuggelaffären durchstanden – und jetzt liebte sie eine Frau?

Hatte sie im kühnen Handstreich Sancie erobert? Oder war sie selbst, Laurence de Belgrave, die von Amors Pfeil Getroffene? Hatte sie sich schlimmer verletzt, als sie es sich eingestehen wollte? Oder durfte sie das Geschehene als Sieg verbuchen – eine erste erstaunliche Heldentat auf ihrem Weg als Ritter, der noch viele folgen sollten? Dann durfte sie sich durch nichts aufhalten lassen, auf der Stelle mußte sie sich vom bequemen Lotterbett unter dem Baldachin der Montferrats erheben – für die untröstliche Geliebte einen hehren, bittersüßen Abschiedskuß – und sofort weiterreiten, neuen Aventüren entgegen. Schließlich hatte sie eine Mission zu erfüllen, weniger die recht nebulösen Großmachtsträume ihrer Patin als die Verwirklichung der eigenen Sehnsüchte. Laurence war gewillt, sich endlich Klarheit zu verschaffen. Der Gral rief – die Entscheidung lag bei ihr allein.

Es war an einem jener Tage im Spätherbst, an denen die Sonne bei wolkenlosem Himmel noch einmal feurig zu gleißen beginnt und gegen Mittag geradezu hochsommerliche Hitze auf der Stadt am Bosporus lastet. Kurz entschlossen hatte Laurence gehandelt. Die Herrin des Geschehens trabte nach einem kurzen Ausritt zurück in die schattenspendenden Ställe der Montferrats. Sie hatte ihre Zofe Lydda nicht vom Hafen aus, sondern durch die verwinkelten Gassen der Altstadt in den großen Hof des Palais de la Roche dirigiert und ihr den Poller – es war der dritte – angewiesen, den sie besetzt halten sollte bis zum Einbruch der Dämmerung. Die Kleine hatte gemault ob der Härte des Granitpfostens und der Öde des Ortes. Doch Laurence ließ sich nicht darauf ein, sie hatte auch den Korb auf der schwarzen Steinplatte plaziert, die – wie mit Sancie vereinbart – die elfte Stunde *post meridiem* anzeigen sollte, so daß sie gewiß sein konnte, die Geliebte übermorgen nacht bei sich zu empfangen.

Der Gedanke hatte für Laurence etwas Erhebendes, etwas, das

über das Kribbeln eines gefährlichen, zumindest unstatthaften Abenteuers weit hinaus ging. Sie fand sich eigentlich ganz toll. Laurence verstaute den Sattel und ließ den Falben trinken. Sie war selber völlig verschwitzt, aber das hinderte sie nicht daran, jetzt der Sache mit dem Aufzug auf den Grund zu gehen. Die glatte Rutsche aus Kupfer konnte ja wohl nicht als verborgener Weg nach oben in ihr Schlafzimmer dienen.

Laurence stieg also die kurze Leiter hoch zu der unscheinbaren Tür. Sie stand in einer Art Brunnenschacht, in den das Licht von oben einfiel, wahrscheinlich durch das Dach. Genaugenommen handelte es sich um zwei senkrechte Röhren. In der einen, unmittelbar vor ihrer Nase, baumelte ein der Länge nach aufgeschnittenes Weinfaß, groß genug, einen Mann stehend aufzunehmen, in der anderen hing hoch oben, schätzungsweise in der Höhe ihres Gemachs, ein ziemlich üppig bemessener, langer Eimer aus Kupfer, soweit sie das von unten beurteilen konnte. Dieser mußte das Gegengewicht darstellen, aber wie das Ganze funktionieren sollte, war ihr keineswegs klar. Das Faß hing an einem dicken Tau, das sicher über eine Rolle mit dem Eimer verbunden war; es schwebte handbreit über dem Boden, und gleich darunter befand sich ein vergitterter Abfluß. Also war Wasser im Spiel.

Neugierig setzte Laurence ihren Fuß in das Faß, das Seil straffte sich, und zu ihrem Schrecken schlug oben ein Klöppel an den Kupfereimer. Jedenfalls klang es wie eine Glocke, wie viele Glocken. Jede Bewegung von Laurence teilte sich dem metallenen Gefäß da oben mit. Sie konnte richtig melodisch lärmen, wie sie schnell herausfand, aber ebenso schnell ließ sie es wieder bleiben, denn sie wußte nicht, wie weit die Schläge im Palais zu hören waren.

Hier unten im Schacht dröhnten sie jedenfalls wie das Kirchengeläut in den Ohren des Glöckners, laut genug, um die auf der anderen Seite der Wand auf ihrem Lager Ruhende zu wecken. Und was tat diese dann, um den Geliebten zu sich ins Bett zu hieven? Um ihn von Hand hochzuziehen, war schon die Eigenlast des Holzfasses zu schwer, selbst bei Berücksichtigung des metallenen Gegengewichts.

Laurence beschloß, die Frage keineswegs auf sich beruhen zu lassen, das widersprach schon ihrem Temperament, aber auch ihrer

Wißbegierde. Sie verließ nachdenklich den Stall – ohne nach der Mündung der Rutsche Ausschau zu halten, was sie sich eigentlich auch vorgenommen hatte.

In der Halle des Palais traf Laurence auf den Chevalier.

»Ich hoffe, Ihr habt nicht vergessen, meine Damna«, empfing er sie mit leichtem Vorwurf, »daß wir heute abend Euren Bruder, den Prälaten, zu Gast haben.«

Laurence hatte zwar mit schnellem Blick das dritte Gedeck erfaßt, aber ihr Erstaunen schlecht verborgen. Anadyomene waltete stolz ihres Amtes als Hausdame und hatte alles an silbernem Besteck, von den Vorlegezinken bis zu den Altarleuchtern, der Schatulle entnommen, in welcher der Beuteanteil der Montferrats verwahrt war.

Die Teile paßten nicht immer zusammen: der ziselierte Bratensäbel war vergoldet, der Griff der Suppenkelle eine kostbare Schnitzerei aus Elfenbein, die Löffel hingegen bestanden aus schlichtem Horn. Die Teller waren einfaches graues Steingut, die Platten dafür mit Halbedelsteinen bordert und die Schalen schließlich aus zartem weißen Porzellan. Anadyomene hütete die zerbrechlichen Kostbarkeiten aus der fernen Erde der Kithai wie ihre Augäpfel. Doch heute wollte sie Ehre einlegen ob des hohen Besuchs.

»Heute?« ließ sich Laurence gähnend vernehmen. »Ich dachte –«

»*Morgen* trifft der junge Prinz Michael ein, der Sohn des Fürsten«, rügte sie der Chevalier. »Er ist hier mit dem kaiserlichen Steuereinnehmer verabredet.«

Laurence war mit ihren Gedanken ganz woanders. Gott sei Dank nicht übermorgen, dachte sie. Der Abend des dritten Tages gehörte allein Sancie und ihr. Da sollte auch der Chevalier nicht stören. »Ich werde mich frisch machen«, verkündete sie, gute Laune zeigend – und die wollte sie sich auch nicht verderben lassen. Mit Guidos zweifellos zu erwartenden Avancen würde sie schon fertig werden.

»Der Coordinator mundi scheint unseren Vorschlägen geneigt«, plauderte der Chevalier nicht ohne Stolz. »Doch sollten wir ihn in seinen konspirativen Schritten bestärken.« Er zwinkerte ihr zu – »Kleine Aufmerksamkeiten –« und ließ den Satz unvollendet.

Diese Aufforderung war an die Adresse von Laurence gerichtet, und sie empfand es als plumpe Kuppelei. »Das müßt Ihr schon mit Eurem Charme allein erreichen, Chevalier«, sagte sie spitz. »Guido wird Eurem Angebot sicher erliegen, wenn Ihr bei seiner Ausstattung nicht geizt. Ich werde ihm schon für übermorgen Euren Gegenbesuch ankündigen.«

Laurence ließ sich auf keinen weiteren Wortwechsel ein und zog sich auf ihr Zimmer zurück. Die aufmerksame Anadyomene hatte ihr schon das Bad eingelassen.

Nach zwei Stunden unter der sengenden Sonne des frühen Nachmittags war Lydda nicht gewillt, diese Tortur noch länger hinzunehmen. Wenn sie hier schon schlecht sitzen sollte, dann doch wenigstens im Schatten. Zwei Poller weiter, in der Ecke des Hofs, würden die Strahlen sie schon nicht mehr treffen. Also verlegte Lydda kurz entschlossen ihren Platz, und um den Korb nicht allein stehen zu lassen, nahm sie ihn mit und plazierte ihn zu ihren Füßen. Die neue Herrin hatte etwas bizarre Einfälle, jedenfalls sah Lydda in einigen davon keinen rechten Sinn. Andererseits hatte ihr Laurence großzügig alles, was im Korb war, zum Geschenk gemacht. Das war schon Grund genug, ihn in nächster Reichweite zu hüten, denn in dieser Gegend wimmelte es von Langfingern und Beutelschneidern.

Kaum erwacht von der Siesta in drückender Hitze, stieß Sancie die hölzernen Fensterläden auf und sah unten im Hof die Gestalt der Zofe auf dem Eckpoller hocken. Da der Stein keinen Schatten mehr warf, zählte sie die Felder des Schachbretts nach eigenem Ermessen ab und kam freudig zu dem Ergebnis, daß ihre Liebste sie heute am frühen Abend erwarten würde. Beglückt wollte sie die Läden wieder schließen, schon weil das Licht der späten Nachmittagssonne ihre Augen schmerzte. Da sah sie ihren Verlobten die Rampe zum Hof hinabschlendern. Der Herr von Chatillon erdreistete sich, bei der Magd stehenzubleiben und sie anzusprechen. Wie gut, daß ihr noch rechtzeitig die Augen geöffnet worden waren, was den flatterhaften Charakter ihres Zukünftigen betraf. Mit einer gewöhnlichen Zofe anzubändeln! René vergewisserte sich auch keineswegs, ob er von der Fensterfront des Palastes aus beobachtet wurde. Er benahm sich, als könne er sich einfach alles leisten. Voller Ingrimm, doch beherrscht, schloß Sancie lautlos die Sonnenblenden.

Laurence lag im Bade. Sie genoß die imperialen Dimensionen der marmornen Wanne, in der sie sich räkeln und strecken konnte. Doch am liebsten hing sie, Arme und Kopf auf den wulstigen Wannenrand gebettet, im lauen Wasser, das ihren Körper wie eine Feder zu tragen schien. Wie prickelnd müßte es erst sein, dies Gefühl der Schwerelosigkeit zusammen mit Sancie auszukosten, mit der Geliebten in dem erfrischenden Naß zu toben, sich in den Wellen zu umarmen, um dann ermattet vor sich hin zu träumen, ihre beiden schlanken Körper von den durchsichtigen Fluten umspielt!

Die Sehnsucht nach Sancie erinnerte Laurence an die noch ungeklärte Frage des Aufzugs. Sie hatte bereits nach der Tür in der Holztäfelung geforscht, um die Konstruktion auch von oben in Augenschein zu nehmen, aber sie hatte keine Geheimtür entdecken können. Sie ließ sich wohl nur von der Schachtseite aus öffnen. Laurence wollte sich aber keinesfalls von der Zofe abhängig machen, indem sie mit ihr Geheimnisse teilte, also mußte sie selbst die Lösung finden und erproben.

Die Wanne wies zwei erzene Kreuzhähne auf, die beide nur zur Regulierung des Abflusses dienen konnten. Sie drehte behutsam an dem einen: Ein kräftiges Rauschen hinter der Wand war die Folge, während der Wasserspiegel schnell zu sinken begann. Sie schloß den Hahn sofort und öffnete den anderen. Diesmal ertönte erst ein Prasseln, das alsbald in ein dunkles Gluckern überging: Der Eimer füllte sich! Wahrscheinlich setzte er den Mechanismus in Bewegung, sobald der Ausgleich zwischen Eimer und Faß erreicht war, spätestens aber, wenn er randvoll gelaufen war. Vielleicht sollte sie den Vorgang doch erst einmal mit Lydda ausprobieren, um Sancie nicht zu gefährden. Laurence stellte den Hahn wieder ab und füllte die Wanne bis zum alten Wasserstand nach, während sie sich abtrocknete.

Die Sonne war längst untergegangen. Warum war die Zofe noch nicht zurückgekehrt, um ihr beim Ankleiden zur Hand zu gehen?

Laurence stampfte ärgerlich mit dem Fuß auf, dann begann sie selbst zwischen den Gewändern die Robe auszuwählen, die ihr am ehesten geeignet erschien, um Guido den Kopf in die gewünschte Richtung zu verdrehen. Er hatte seine Halbschwester bisher recht männlich gekleidet erlebt, mit Hosen und Lederwams angetan. Diesmal entschied sie sich für unterschiedlich getönte türkisfarbene Schleier, die sie als Togen tragen wollte, jede einzelne hauchdünn und durchsichtig bis auf die nackte Haut. Doch das Fließen würde das Auge des Voyeurs verwirren, ihn schwelgerischen Sinnes von Angeboten träumen lassen, die nur in seiner Einbildung existierten. Außerdem stand ihr die Farbe Türkis – diese war zwar nicht sonderlich dezent, aber das galt ja für ihr frisch mit Henna gefärbtes Haar allemal, und der Prälat liebte sicher die kräftigen Reize.

Die Tafel war gedeckt, die Fackeln längs der Treppe hinauf zum Festsaal brannten flackernd, zuckend, als hätte sich die Unruhe des Gastgebers auch auf sie übertragen. Der Chevalier du Mont-Sion war ganz in weißen Damast gehüllt bis hin zum weiten Umhang, unter Verzicht auf jede Art von Schmuck. Lediglich die silberne Fibel an der Schulter wies dem Eingeweihten das Zeichen der geheimen Bruderschaft, der er angehörte.

Unten im Hof traf, von Wachen eskortiert, die Sänfte des Coordinator Mundi ein. Die vor Aufregung rosig glühende Hausdame ließ die Kerzen anzünden und rief den Mundschenk und seine Mannen herbei, indem sie energisch in die Hände klatschte. Anadyomene hatte Küche und Dienerschaft durch Aushilfen verstärkt, denn sie wollte Ehre einlegen für das Haus Montferrat.

Guido della Porta trug seinen schlichten schwarzen Priesterhabit, allerdings hing vor seiner Brust ein massives Kreuz aus Gold. Er begann die Treppe hinaufzusteigen, auf deren erstem Absatz der Chevalier ihn erwartete. Auf den Händen trug der Prälat feierlich eine unscheinbare Schatulle, als handelte es sich, wenn schon nicht um den Reichsapfel, so doch um die allen Katholiken heilige Monstranz. Laurence, versteckt hinter einer Säule, hielt sich noch zurück: Erst einmal sollten sich die beiden so unterschiedlichen Männer begrüßen und gemeinsam den Rest der Treppe ersteigen.

Sie selbst plante ihren ersten Auftritt als Gang quer durch den Speisesaal, quasi als Belohnung.

Der weiße Ritter und der schwarze Priester trafen aufeinander und küßten sich brüderlich auf eine Art, daß man glauben konnte, sie stößen gleichzeitig jeder einen Dolch in den Rücken des anderen. Der Chevalier geleitete seinen Gast die letzten Stufen hinauf. An der Schwelle stand der erste Page und hielt auf silbernem Tablett drei Pokale bereit. Der Mundschenk kredenzte den Willkommenstrunk, und der Blick des Prälaten suchte seine Schwester. Jetzt rauschte sie herbei. Guido, aber auch der Chevalier waren überwältigt von dem Anblick, den Laurence dadurch krönte, daß sie vor dem kirchlichen Würdenträger anmutig das Knie beugte.

»Schließt die Augen«, stöhnte Guido und öffnete die Schatulle.

Ein siebenreihiges Perlengehänge. Laurence blinzelte, konstatierte auch die smaragdene Schließe, die allein schon einen Mord wert war, und erwartete das köstliche Gefühl, wenn die kühlen Perlen erst ihre Brust berühren, sich dann um ihren Hals legen würden, bis zum leisen Knacken des Verschlusses, das den endgültigen Besitz besiegelte. Doch nichts dergleichen geschah: der Prälat zeigte den Schmuck herum wie eine Trophäe und schloß dann die Schatulle wieder.

»Es sei mein Privileg, ihn Euch später umzulegen, Liebste«, flötete er genießerisch, »ein so kostbarer Augenblick, daß wir ihn mit niemandem teilen wollen.«

Funkelnden Auges sprang Laurence auf und hob den gefüllten Pokal. »Das Leben schenkt uns bestimmte Gelegenheiten nur, wenn wir sie im rechten Augenblick ergreifen. Eine Verschiebung auf später zeitigt bereits den unwiederbringlichen Verlust.« Sie verneigte sich artig vor dem Chevalier. »Auf gutes Gelingen, meine Herren, laßt Euch dies Beispiel als Warnung dienen.« Sie trank ohne Hast, bevor sie sich abrupt umdrehte und zur Tafel schritt. Sollten sie ruhig denken, sie würde jetzt beide ihrer Anwesenheit berauben.

Laurence nahm an der Stirnseite Platz und gab Anadyomene ein Zeichen, mit dem Auftragen zu beginnen. Der Chevalier und der Prälat beeilten sich, die Stühle an ihrer Seite einzunehmen. Das Entrée bestand aus frischen Meeresfrüchten, Seeigel, Schnecken,

Austern und sonstigen Muscheln aus dem Schwarzen Meer, dazu reichte man gestoßenen Pfeffer, dunklen Weinessig und einen perlenden Weißen von der Krim. Eine gelöste oder gar prickelnde Stimmung wollte sich aber nicht einstellen, es herrschte betretenes Schweigen. Keiner der beiden Herren wagte es, noch ein Wort an Laurence zu richten, die sich mit sichtlichem Genuß eine Auster nach der anderen von dem alten Fischer in Galateser-Tracht öffnen ließ. Sie bestreute jede mit einer Prise weißen Pfeffers und beträufelte sie mit einem Tropfen aus der Zitrusfrucht, bevor sie die Molluske aus ihrer Schale schlürfte, die sie dann übermütig hinter sich warf. Es bereitete ihr diebisches Vergnügen, dabei mal den einen, mal den anderen glitzernden Auges zu fixieren und ihre Lippen zu lecken, als seien es die des jeweils ins Visier genommenen Nachbarn.

Der Chevalier pulte gesenkten Hauptes lustlos in einer der Meeresschnecken, und der Prälat kämpfte mit der Tücke der stacheligen Seeigel. Endlich raffte sich Guido auf, legte ein Grinsen auf sein feistes Gesicht und fuhr sich mit den Fingern durch sein strähniges, dunkles Haar.

»Ihr habt eine Vorliebe für diese unansehnlichen Muscheln?« versuchte er Laurence aus der Reserve zu locken.

Sie sah ihn nicht einmal an, sondern wandte sich dem Chevalier zu. »Ein Sandkorn, das nach Gottes Willen zur schimmernden Perle wurde und nach seiner unergründlichen Gunst in den Schoß seiner unwürdigen Magd fällt, bedeutet mehr Glück als eine ganze Kette dieser Perlmuttkügelchen um den Hals einer dummen Kuh, die sich zum Stier führen läßt, um sich von ihm im Dienst einer höheren Sache bespringen zu lassen.«

Danach lastete über der festlichen Tafel erst recht ein Schweigen des Unmuts, das nun auch der Prälat nicht mehr brach. Laurence ließ die Vorspeisen abräumen und den Wein wechseln.

Der Zwischengang bestand aus in ihrer Tinte gesottenen *octopi* mit gerösteten Zwiebelringen. Dazu wurden Schalen mit dem Mus von Fenchel, grünem Kürbis und weißen Bohnen gereicht. Die Herren löffelten verbissen die Leckereien in sich hinein, nur Laurence machte sich den Spaß, erst die Tentakel, dann die an eine männliche Eichel gemahnenden *pulpa* genüßlich abzulutschen, bevor sie ihnen schmatzend den Garaus machte. Die schwarze Sepia lief ihr übers Kinn, und sie lachte dem Prälaten jedesmal ins Gesicht, wenn sie ihren Pokal an die Lippen führte, der jetzt mit geharztem Roten gefüllt war.

Guido versuchte beim Trinken mitzuhalten. »Ihr wollt also mein Gastgeschenk zurückweisen, Laurence de Belgrave«, brach es aus ihm heraus. »Die Perlen trug vor Euch die Kaiserin von Byzanz.«

Wieder wandte sich die Angesprochene an ihren Begleiter: »Warum sollte ich mich beschämen lassen, Schmuck aus zweiter Hand anzunehmen? Ganz abgesehen davon, daß er wohl kaum rechtmäßig erworben wurde – und wahrscheinlich furchtbares Unglück an ihm klebt. Bedenkt nur das Schicksal der armen Kaiserin.«

Dem Chevalier bereitete die Situation sichtliche Pein, seine Nase senkte sich tief ins Kürbismus. Aber er wurde der Antwort enthoben. Aufgeregt trat Lydda zu Laurence heran und flüsterte ihr ins Ohr:

»In Eurem Zimmer wartet eine junge Dame auf Euch.«

»Wie das?« entfuhr es Laurence. »Hast du nicht –«

Lydda hatte ein schlechtes Gewissen, allerdings nicht des Pollerwechsels wegen. Auf die Idee, daß sie an der Zeitverschiebung maßgeblich mitgewirkt hatte, kam sie gar nicht. Vielmehr versuchte sie ängstlich zu vertuschen, was sie zur Zeit des Eintreffens jener Dame in den Ställen zu suchen hatte.

»Sie, die Dame –«

Laurence unterbrach abrupt den zu erwartenden Redestrom, indem sie sich erhob und die Zofe beiseite nahm. Lydda fuhr sprudelnd fort: »Sie erklärte, sie habe eine Verabredung mit Euch, Herrin – Ihr würdet sie erwarten –?«

Da Laurence darauf keine Antwort gab, legte Lydda weiter Rechenschaft ab. »Die Dame bestand darauf, daß ich sie zu Euch bringe – das habe ich getan.«

»Gut, mein Kind«, sagte Laurence beherrscht. »Ich will nicht, daß dich irgend jemand über das ausfragt, was wir gerade besprochen haben. Also verschwinde jetzt und laß dich heute abend nicht mehr blicken.«

Das schien der Zofe ungeheure Freude zu bereiten. Sie küßte Laurence beide Hände und hüpfte davon, ehe noch Anadyomene, die gestrenge Hausdame, sie zu sich rufen konnte.

Derweil zog der Chevalier die Initiative an sich. Er ließ den Gang abräumen und befahl, das Hauptgericht zu servieren. »Die wehrhafte Jungfrau der Meere im Salzmantel«, verkündete er, zumindest Gaumenfreuden verheißend.

Hereingetragen wurde in einer sehr langen, tönernen Backpfanne ein Schwertfisch, völlig mit grobem Salz bedeckt. Da nur der Kopf herausragte, erinnerte das Wesen mit seinen runden blauen Augen in seiner unteren Partie an ein Robbenkind in seinem weißen Pelz, mit dem aufgerissenen Schnabel aber an ein ausgehungertes Vogeljunges.

Laurence nahm diesen Eindruck als Anlaß, sich zurückzuziehen. »Es gibt wohl noch einiges unter Männern zu besprechen«, sagte sie auffordernd zum Chevalier. »Ihr werdet mich entschuldigen.«

Sie schwebte von dannen in einer Wolke aus türkisfarbenem Tüll, der so aufregend mit ihrer Haarpracht kontrastierte. Der weiße Ritter und der schwarze Priester sahen sich an und wandten sich dann dem Schwertfisch zu, dessen Salzkruste gerade abgetragen wurde.

Sancie lagerte verführerisch hingestreckt auf dem Bett unter dem Baldachin. »Ich hoffe, Laurence de Belgrave hat sich anregend den Hof machen lassen«, die Schmollende räkelte sich aufreizend, »während sie ihre Hur' hier warten ließ.«

»Ich hatte dich nicht erwartet, Liebste.«

»Schlag nur auf deine Sklavin ein, sie hat es nicht besser verdient«, spottete Sancie. »So schnell hast du mich also vergessen.«

»Ich hatte die Zofe auf den dritten Tag gesetzt. Eine Stunde vor Mitternacht«, verteidigte sich Laurence.

»Sie saß aber mit breitem Arsch auf dem heutigen, zur achten Stund'. Ich könnte den Herrn von Chatillon als Zeugen aufbieten, denn der hat sich gleich an deinen Köder herangewanzt.«

»Ich werde diese pflichtvergessene Magd zur Rede stellen.«

»Ach was«, sagte Sancie. »Küß mich lieber, denn das hast du bisher auch versäumt.«

Sie breitete die Arme aus, und Laurence ließ sich fallen.

Der Chevalier und sein Gast saßen einander gegenüber und hielten sich an das hellrosa Fleisch des Fisches, das sie sich in Scheiben heruntersäbelten. Guido della Porta benutzte dazu ein eigenes Messer. Es war in dem güldenen Kreuz versteckt und schnellte am unteren Ende heraus, wenn man die Arme etwas verdrehte. Die Herren hatten sich kaum eine Handbreit in den festen Rücken vorgearbeitet, doch es wollte ihnen nicht recht schmecken.

»Die Beute, die Ihr anspracht, Chevalier«, murmelte der Prälat mit vollem Mund, »weist zwar keine sichtbaren Gräten auf, aber sie könnte ob ihrer Fülle Bauchgrimmen verursachen.«

Der Angesprochene betrachtete den Wohlbeleibten abschätzend. »Ladet Euch nicht mehr auf, als Ihr vertragen könnt, Monsignore.«

»Es geht nicht um meinen bescheidenen Anteil«, stellte dieser schmatzend richtig. »Dieser gewaltige Fischzug, der das gesamte Mittelmeer umfassen soll, muß dann auch sofort auf den Tisch, rasch verteilt und sogleich verzehrt werden, sonst verdirbt er, und nichts ist so unbekömmlich wie eine Fischvergiftung.«

»Im bedauerlichen Fall sogar tödlich«, bestätigte sinnend der Chevalier. »Deswegen wendet man sich ja an Euch, Coordinator mundi maximus. Die Portionen müssen vorher festgelegt und sogleich – schwups! – in kochendes Wasser oder siedendes Öl – sonst beginnt der Fisch zu stinken.«

»Euer Vertrauen ehrt mich, doch bin ich weder so blauäugig noch so verblendet, den Charakter der Tischrunde außer acht zu lassen, ihre Gier, ihr Zaudern, ihren Neid und ihren Stolz, ihre Treue und ihre stete Bereitschaft zum Verrat, von sonstigen Launen –« Der Prälat unterbrach sich, weil sein Gegenüber sich plötzlich erhob.

Die dicke Anadyomene hatte dem Chevalier durch ein Zeichen zu verstehen gegeben, daß sie ihm unter vier Augen Beunruhigendes mitzuteilen habe.

»Lydda, mein liebes Hühnlein, ist verschwunden«, flüsterte sie ihm besorgt ins Ohr, was dem Chevalier nun wirklich kein hinreichender Grund schien, ihn aus dem Gespräch zu reißen. Ungehalten wollte er an die Tafel zurückeilen, als die Glucke sich aufplusternd hinzufügte: »Ein fremder Mann ist gesehen worden, der sich heimlich Zutritt in unseren Stall verschafft hat. Vielleicht ein Räuber oder Dieb.«

Wer sollte schon die Pferde des Montferrat stehlen wollen, wunderte sich kopfschüttelnd der Chevalier, sah sich aber doch gefordert, nach dem Rechten zu schauen. Er griff nach seinem Schwertgehänge.

»Entschuldigt mich bei dem Herrn Prälaten!« rief er der Dicken zu. »Sorgt dafür, daß es unserem Gast an nichts mangelt.« Er stiefelte die Treppe hinunter.

Der Monsignore fand sich plötzlich allein an der Tafel. Das Gesinde hatte sich in die Küche zurückgezogen, wo die Hausdame sich in bewegten Klagen erging. Guido della Porta sah seine Stunde gekommen, er nahm den Krug mit dem Wein an sich, dazu den Pokal, aus dem Laurence getrunken hatte, klemmte sich die Schatulle mit dem Perlenhalsband unter den Arm, schaute sich noch einmal nach allen Seiten um und bewegte sich mit einer Behendigkeit, die man ihm kaum zugetraut hätte, auf Zehenspitzen in die Richtung, in die Laurence entschwunden war.

Laurence versuchte krampfhaft, den Zauber der ersten Begegnung mit der Geliebten wiederherzustellen, aber es wollte ihr nicht gelingen. Sancie plapperte von der Angst, die sie hatte ausstehen müssen, als die Zofe sie ins Faß gesteckt hatte und dieses sich dann, begleitet von einem Rauschen wie von einem Wasserfall, plötzlich in Bewegung gesetzt habe. Immer schneller sei sie nach oben geglitten, bis es mit einem mächtigen Schlag, gerade wie auf ihren Kopf, stehengeblieben sei. Eine unsichtbare Faust habe sie zu Boden geschleudert, nur noch ein Plätschern sei zu hören gewesen, als sie auf allen vieren benommen aus dem gräßlichen Gefährt gekrochen sei. Furchtbar habe es geschwankt, und unter sich habe sie in einen abgrundtiefen Schacht geschaut. Nie wieder wolle sie –

»Kennst du zufällig den Besitzer des Palastes?« fiel Laurence ihr ins Wort, bemüht, dem Lamento ein Ende zu bereiten. »Der steht uns morgen ins Haus.«

»Ach, der arme Michael?« entfuhr es Sancie, schon wieder im

klagenden Ton. »Ein so hübscher Kerl, der Prinz von Kreta. Und dann –«

»Und dann was?«

»Sie haben ihm als Kind die Männlichkeit – abgeschnitten.«

»Wer hat das getan?«

»Seine Stiefmutter, damit ihre eigenen Kinder –« Sancie gluckste heiter. »Wenn's nicht so traurig wäre, könnte man es fast komisch finden. Die Nacherben wurden allesamt vergiftet, alle auf einen Schlag: durch den Genuß eines unachtsam verlesenen Pilzgerichts!«

»Und jetzt ist der hodenlose Prinz wieder alleiniger Erbe?«

»Ja«, bestätigte Sancie und war schon wieder im Begriff, vor Rührung zu schluchzen. »Ist das nicht schrecklich? So schön von Gestalt, angenehm im Wesen – und findet keine Frau.«

»Du hättest ihn doch –«

»Wie denn?« klagte Sancie. »Außerdem ist Micha nicht ganz richtig im Kopf.«

»Das auch noch«, spottete Laurence, doch Sancie verbat sich die Häme.

»Sicher ist er auch der Erfinder dieser Glockeneimer, Wasserfässer und all des Teufelszeugs hier.«

Laurence lachte sie aus. »Hauptsache, du hast dann die Tür gefunden, sonst säßest du immer noch in dem feuchten Loch. So verfahre ich in der Regel mit allen Geliebten – beiderlei Geschlechts –«, fügte sie boshaft hinzu, »die mich mit ihrem Besuch überraschen.«

»Du Scheusal!« Sancie schlug mit der flachen Hand in das Badewasser, allerdings wurden davon beide naß. Sie standen neben der Wanne, da Laurence der Furchtsamen zu erklären versucht hatte, wie das Zusammenspiel von Faß, Eimer und Wasser funktionierte. »Keine drei Teufel bringen mich in das eine oder das andere zurück!« zeterte Sancie. »Eher bleib' ich die ganze Nacht hier bei dir.«

»Und dein Verlobter?«

»René hat sich für den heutigen Abend freigenommen«, verkündete Sancie, um sinnierend hinzuzufügen: »Was eigentlich nicht seine Art ist –« Wie um dunkle Gedanken zu verjagen, lachte sie laut auf. »Komm wieder ins Bett.« Sie spritzte mit plötzlichem Entschluß einen Schwall Wasser auf Laurence, die nicht rechtzeitig ausweichen konnte. Sancie warf sich übermütig auf das zerwühlte Lager.

In diesem Moment scharrte es an der Tür, und eine Stimme tönte schmeichlerisch: »Ich bin's, Euer Juwelier, Schwesterchen. Macht Euren Hals nur frei.«

»Wer?« flüsterte Sancie erschrocken.

»Mein Bruder Guido«, zischte Laurence. »Du mußt verschwinden – durch die Röhre!«

Entsetzt wehrte sich Sancie mit heftiger Gestik.

»Macht auf, Laurence, vergebt dem Reuigen! Hört auf die Stimme des Blutes!« Der Monsignore zog alle Register seiner Überredungskunst.

»Niemals!« bekräftigte Sancie, wenn auch nur gehaucht, ihren Entschluß, nicht zu weichen.

»Dann gehe *ich*.« Der Gedanke war Laurence spontan gekommen, aber er gefiel ihr zunehmend. »Wenn Guido mich nicht findet, wird er denken, er hätte sich im Zimmer geirrt.«

Die Umarmung der Geliebten fiel fahrig aus. Laurence öffnete die Klappe im Boden hinter dem Baldachin und stieg zu Sancies Entsetzen mit den Beinen voran in den Trichter der kupfernen Rutsche.

»Du kannst mich doch nicht –«, jammerte die Zurückbleibende.

Diesmal klopfte es herrischer als zuvor an der Tür. »Ich muß Euch sprechen«, drohte der Prälat. »Zwingt mich nicht –«

»Spiel die Empörte«, fauchte Laurence sie an. »Wirf ihn raus.«

Das war der letzte Ratschlag, den sie der Geliebten gab, gefolgt von der knappen Anweisung: »Breite den Teppich wieder über die Bretter.« Dann zog Laurence den Deckel zu sich herunter. »Wir sehen uns wieder.«

Nach diesen Trostworten überließ sie Sancie ihrem Schicksal.

Im Heu des dunklen Stalls wälzten sich zwei Gestalten.

»Hat deine Mutter dir nie den Hintern versohlt, daß du nicht drei Glockenschläge lang gebückt stehen bleiben kannst?« Die Stimme, die diesen Vorwurf erhob, zwischen erheitert und genervt, gehörte dem Herrn von Chatillon. Er griff sich zum wiederholten Mal die im

Dunklen aufleuchtenden Backen an den Hüftknochen und zog sie zu sich empor. Was den Herrn an der ordentlichen Ausführung *a tergo* hinderte, war weniger die Unerfahrenheit der Magd als seine heruntergelassenen Hosen, die sich um seine Fußgelenke wickelten.

»Ich würde so gern Euer edles Gesicht dabei anschauen dürfen, Herr Ritter«, bedauerte schwärmend Lydda, doch ihr Ritter beschied sie kühl:

»Um stets auf der Hut zu sein, Jungfer, muß ich sehen können, was um mich herum geschieht.«

Dem fügte sich Lydda, stöhnend und unter den Stößen des Herrn erschauernd. Sie hätte ihn so gern in den Arm genommen und geherzt, obgleich sie sich nicht beschweren wollte, denn er griff jetzt auch nach ihren Brüsten, und das hatte Lydda furchtbar gern.

»Ha!« rief der Ritter und steigerte sich. »Ha! ha!«

Da war es Lydda, als habe sie etwas wahrgenommen, weiter hinten im Stall, als sei etwas aus der Futterrutsche geplumpst. Sie kniff ohne Vorankündigung die Backen zusammen und ließ sich vornüber fallen.

»Da kommt jemand«, flüsterte sie schnaufend, und ihr war klar, daß es eigentlich nur ihre Herrin sein konnte. »Das Fräulein Laurence«, verkündete sie nicht ohne Stolz. »Versteckt Euch«, rief sie ihrem Ritter zu, der im Heu nach seinen abgestreiften Beinkleidern suchte. »Hinter der Tür dort ist ein Faß.« Sie schob ihn zum Fuß der Leiter. »Ich werde sie aufhalten.«

René hatte schon die Sprossen der Leiter ertastet.

»Rührt Euch nicht«, befahl ihm die resolute Lydda, »bis ich Euch hole.«

Sie sprang, so gut das im Dunkeln ging, Laurence entgegen, bis sie aufeinanderprallten, was ihre Herrin nicht davon abhielt, ihr erst eine Schelle zu versetzen und dann zu fragen: »Was machst du hier?«

Lydda begann zu heulen, hatte aber die richtige Antwort parat. »Ihr selbst habt mir befohlen zu verschwinden.«

Das leuchtete Laurence im Dunkeln ein.

Von der offenen Stalltür her erschallte jetzt des Chevaliers barsche Frage: »Wer da?«, und sie sahen seine blasse Silhouette gegen den blauen Nachthimmel mit dem Schwert herumfuhrwerken.

»Gut Freund«, rief Laurence und schubste Lydda vor sich her.

In diesem Moment ertönte erst ein heftiges Prasseln hinter der Wand, als ging ein Hagelschauer nieder, dann steigerte sich das Geräusch zu einem kräftigen Rauschen.

»Das klingt«, sagte der Chevalier, beruhigt, keinen Pferdedieb stellen zu müssen, »als würde jemand Euer Badewasser ablassen, Laurence.« Er war merkwürdigerweise, trotz der sich abzeichnenden Zurückweisung durch Guido, gut gelaunt und hielt sich auch nicht länger mit der Frage des Wanneninhalts auf.

»Die gute Anadyomene denkt an alles«, sagte Laurence dennoch vorsichtshalber, als sie alle drei ins Freie traten. Lydda schien zu zittern. Laurence legte beruhigend den Arm um ihre Zofe. »Ich werde ein Wort für dich einlegen«, suchte sie das verwirrte Kind zu beruhigen.

Das Rauschen in der Wand hinter ihnen hatte aufgehört. Sie schritten über den Hof, um über die Freitreppe wieder ins Palais zu gelangen. Erst da sahen sie die zweite Sänfte neben der des Prälaten stehen, genauso schmucklos und schwarz. Laurence und der Chevalier beeilten sich, jeder aus anderem Anlaß, den neu angekommenen Besucher in Augenschein zu nehmen. Nur die Zofe schien kein Bedürfnis zu verspüren, weiterhin im Festsaal präsent zu sein. Am liebsten wäre es ihr gewesen, wenn die Erde sich aufgetan hätte, um sie gnädig zu verschlucken.

Am Kopfende der noch nicht abgeräumten Tafel saß Mater Livia, eine hagere, strenge Dame, deren Haar schon die ersten Silbersträhnen aufwies. Sie betrachtete stirnrunzelnd ihre Tochter, in deren ungewöhnlichem Tüllgewand noch reichlich trockene Gräser hingen. Der gleiche strafende Blick traf auch den Chevalier, aber sie richtete das Wort an die Tochter, die wie erstarrt am Ende der Treppe stehengeblieben war, blinzelnd, als würde sie ihren Augen nicht trauen. Dann raffte Laurence sich zu einem angedeuteten Beugen des Knies auf, den Blick hingegen mochte sie nicht senken.

»Willkommen, Mutter«, sagte sie fest. »Ich hoffe, Ihr hattet eine angenehme Reise.«

Die straffe Gestalt ließ sich davon nicht beirren. »Du wirst sofort deine Sachen packen, nur das Notwendigste«, sie ließ ihren Blick noch einmal verächtlich über den Traum in Türkis gleiten, »was sich für ein junges Mädchen geziemt.« Sie wandte sich barsch an Anadyomene: »Wo befindet sich die Kammer meiner Tochter?«

Laurence kam einer Auskunft der Dicken zuvor. »Die erste links«, rief sie schnell, erreichte aber nur, daß sich die mütterliche Augenbraue hob.

»Gabt Ihr dies nicht als das Gemach des Chevaliers aus?« zitierte sie unerbittlich die bereits schwitzende Dicke herbei und den verlegen wegblickenden Chevalier gleich dazu. »So vergeltet Ihr mir also das Vertrauen in Euch, indem Ihr das Bett meiner Tochter teilt?«

»Nicht doch«, setzte Laurence zur Klärung an. »Der Herr schläft nebenan, züchtig getrennt –«

Weiter kam sie nicht, denn aus der angegebenen Richtung, genauer gesagt, aus ihrem Zimmer, ertönte das deutliche Splittern von Holz, gefolgt von wüstem Gebrüll verschiedener Männerstimmen, dazwischen konnte Laurence den schrillen Diskant ihrer Geliebten heraushören. Mit lautem Krachen flog die Tür auf, und durch den Flur stürzten im Knäuel die beteiligten Gestalten, allen voran Sancie, nackt, wie Gott sie geschaffen hatte, wenn man von dem Perlengehänge absehen wollte, das sie wie einen Schurz um die Hüften trug und das ihre Scham mehr hervorhob als verdeckte. Das Unheil, oder was auch immer, mußte sie im Bade erwischt haben, denn sie war genauso klatschnaß wie der Monsignore, nur daß dieser sich seiner Soutane nicht entledigt hatte. Sie klebte ihm an Bauch und Schenkel und ließ deutlich erkennen, daß er darunter keinen Weihwasserwedel versteckte.

»*Apage Satanas!*« Vergeblich versuchte Guido seine kirchliche Autorität einzusetzen, doch das verfing nicht: Der Gehörnte war nicht Beelzebub, sondern René de Chatillon. So stolperte der Prälat rückwärts, mit beiden Händen den Rachsüchtigen abwehrend, der auf ihn einschlug und dabei pausenlos schrie: »*Pontifex praecox!*

Dein Papst kann nicht ficken! *Pontifece Gallarum.*« Das schien ihm die höchste Beleidigung für einen Priester.

Als der Rasende jetzt noch mit dem Ruf »Dir schneid' ich die Eier ab!« nach dem juwelengeschmückten Tranchiermesser langte, nahm Monsignore alle Kraft zusammen und rammte den Verfolger dank seiner körperlichen Masse über den Haufen. Er fiel dabei selbst über den gestürzten Chatillon, und Laurence bemerkte erst jetzt, als die beiden Männer aufeinander lagen, daß auch René keine Hosen trug. Allerdings sah sie nicht viel, dessen Verlust sie nicht hätte verschmerzen können. Laurence riß sich den obersten ihrer sieben Schleier vom Leibe und verhüllte darin die schluchzende Sancie.

»Wir saßen gerade in der Wanne, als René durch die Wand kam«, versuchte sie zu erklären. »Warum hab' ich nur das Wasser abgelassen?« klagte sie sich an, anstatt ihren doppelten Treuebruch zu bereuen.

Die beiden Männer wälzten sich am Boden.

»Große Hure Babylon!« stöhnte Mater Livia angewidert, was Laurence sofort zum Widerspruch reizte:

»Bei Eurem Sohn Guido lag meine Liebste wenigstens im Schoß der Kirche. Ich vergebe ihr von Herzen.« Sie küßte Sancie auf den roten Mund, bevor sie von der Mutter beiseite gerissen wurde.

»Mir reicht's jetzt«, zeterte Mater Livia. »Mag dein Bruder seine Fleischeslust mit Gott oder dem Teufel ausmachen. Dich, meine Tochter, werde ich aus diesem Sündenpfuhl erretten.«

Sie zerrte Laurence so, wie sie war, die Freitreppe hinunter. »Wachen!« befahl sie und stieß die Widerstrebende in die bereitstehende Sänfte. Die Träger sprangen hinzu und trugen Mutter und Tochter zum nahen Hafen, wo schon ein Schiff der Serenissima im Dienst der Kurie zum Auslaufen bereitlag.

Der Chevalier war der Sänfte nachgeritten. »Ich will von Euch keine Erklärung hören«, beschied ihn Mater Livia, schon wieder gefaßt, nachdem Laurence unter Deck gesperrt worden war. »Meine Kinder sind beide Bälger des Bösen«, vertraute sie ihm an. »Die Hölle bricht aus, wenn sie aufeinander treffen.« Sie atmete schwer und schaute irren Blicks hinter sich. »Deswegen, um weiteres

Unheil zu verhüten, werde ich Laurence von ihm fernhalten, sonst müßte ich sie dem Exorzisten übergeben oder gar der Heiligen Inquisition ausliefern.«

Der Chevalier erwiderte nichts. Laurence, in den Händen dieser eifernden, geifernden Mutter, tat ihm leid.

Das Schiff verließ Konstantinopel noch in der gleichen Nacht.

KAPITEL IV
IM LABYRINTH DES MINOTAUROS

DER SPRUNG INS WASSER

ockig blieb Laurence den ganzen Tag und auch noch den nächsten in ihrer Kajüte unter dem erhöhten auskragenden Heck. Obgleich sie liebend gern den frischen Wind an Deck genossen hätte, hielt sie es für wichtig, ihrer Mutter Livia zu zeigen, daß sie nicht bereit war, ein wie auch immer geartetes Einvernehmen herzustellen. Laurence lag in ihrer Hängematte, litt unter der stickigen Luft und überdachte die Möglichkeiten, der Mater superior zu entkommen, bevor sie die italienische Küste erreichten. Das rückwärtige Fenster war zwar groß genug, um eine Flucht zuzulassen, doch der Sprung mußte geschickt ausgeführt werden, um zu vermeiden, daß sie auf dem mächtigen Ruder aufschlug, das von oben, vom Steuerbaum geführt, dort senkrecht vorbei in die Tiefe der gurgelnden Wasser führte. Diesen Gedanken verwarf Laurence aber sofort. Das einzige Ergebnis, das seine Ausführung, so verlockend sie ihr auch erschien, zeitigen würde: Sie würde entweder alsbald wieder aufgefischt werden oder schmählich ertrinken. Laurence hatte diesen Sprung durch das Fenster schon in der Nacht ihrer überhasteten Abreise aus Konstantinopel erwogen, als das Schiff noch in Sichtweite der Stadt unter deren Mauern am Bosporus entlangsegelte. Doch so wenig Laurence bei hellem Sonnenschein das blitzschnelle Eintauchen in die Fluten scheute, so unheimlich war ihr das Meer des Nachts.

Eine erfolgreiche Flucht ließe sich nur in nächster Nähe einer Küste bewerkstelligen und müßte lange Zeit unentdeckt bleiben. Laurence ging im Kopf die wahrscheinliche, einzig mögliche Fahrtroute durch, die der Segler nehmen würde. Sie rief sich den Hinweg ins Gedächtnis. Sie hatten Kreta angelaufen, einen kleinen Hafen im Nordwesten der Insel. Er lag in einer Felsenbucht und hieß Kastéllion, erinnerte sie sich. Der Chevalier und sie hatten den geheimen Waffentransport für die Montferrats dorthin begleitet. Laurence war unklar, gegen wen diese Waffen verwendet werden sollten. In Frage kam eigentlich nur die alles in der Ägäis beherrschende Serenissima, also ein Aufstand der Kreter gegen die geldgierigen Händler aus der Lagunenstadt. Die Unterdrückten und Entehrten wollten sich erheben, angeführt vom edlen Hause Montferrat! Ein Gedanke, der das Herz der Abenteuerin sofort höher schlagen ließ. Erst fiel Laurence wieder die Geschichte mit dem alten Alexios ein, der dafür sein Leben auf Sizilien lassen mußte, dann kam ihr die von dem unglücklichen Prinzen Michael in den Sinn, die ihr Sancie in Konstantinopel berichtet hatte. Der vom Schicksal Geschlagene – ein heimlicher Freiheitskämpfer? Laurence verspürte sogleich eine verwandte Seele, die sich wie sie gegen jegliche Bevormundung wehrte, ob nun gegen das rigide Monopol des Handels oder der starren Ausübung frommen Lebenswandels wie im Kloster ihrer Mutter. Freiheit!

Laurence sprang auf und räkelte sich. Das Schiff, auf dem sie fuhren, stand unter dem Kommando eines venezianischen Kapitäns. Auf sein Mitwirken bei ihrem Plan, der noch recht vage in ihrem Gehirn spukte, durfte sie eigentlich nicht rechnen. Sie wartete bis zum Abend, das bescheidene Mahl wurde ihr in der Kajüte serviert, jedesmal nach der vorangehenden Aufforderung, es zusammen mit ihrer Mutter an Deck einzunehmen. Sie lehnte jedesmal ab. Dann hörte sie, wie Livia nebenan in ihrer Kabine sich zur Ruhe begab, ohne ein Wort an die störrische Tochter zu richten, ohne Gruß zur guten Nacht. Die Alte war genauso dickköpfig wie sie selbst. Laurence verließ ihre Koje nie vor Anbruch der Nacht, und das nur, wenn sie sicher sein konnte, ihrer Kerkermeisterin nicht zu begegnen.

Der Kapitän, er hieß Malte Malpiero, hatte ihr im Schutz der Dunkelheit schon des öfteren schöne Augen gemacht, doch nie gewagt, die stolze Gefangene anzusprechen. Die Mater superior hätte es wohl auch kaum geduldet. Immerhin hatte die energische Äbtissin den Segler gemietet, und ihm war bedeutet worden, ihren Wünschen unbedingt Folge zu leisten. Dazu hatte auch die ›Verhaftung‹ von Laurence, aus dem Palast der Montferrats heraus, in Konstantinopel gehört. Doch insgeheim ärgerte den Seemann, daß die Alte mit ihrem Geld – oder dank sonstiger Macht – sich seines Schiffes bedienen konnte, um die schöne Tochter zu entführen und sie mit Gewalt in ihr Kloster zu zwingen! Malte Malpiero war ein Mann im besten Alter, der Dienst zur See hatte ihn braun gebrannt, und des Abends entledigte er sich seines Wamses, um mit freiem Oberkörper die frische Brise, vor allem aber das Auftauchen der Rothaarigen an Deck zu erwarten.

Er stand am Steuer. Laurence schritt, wie in Gedanken versunken, die Holztreppe hinauf und trat zu seiner größten Freude auf ihn zu.

»Morgen müßten wir Kreta zu Gesicht bekommen?« begann sie leichthin das Gespräch.

Malte schaute erstaunt, bevor er sich zu einer Antwort aufraffte, die nicht den Erwartungen seines Gastes entsprach. »Wir werden die Insel nicht sehen«, entschuldigte er sich. »Wir segeln nördlich von ihr die übliche Passage zwischen Kythera und Antikythera. Nur bei sehr gutem Wetter –«

»Schade«, sagte Laurence und schenkte ihm einen Blick aus ihren grauen Augen, von dessen Wirkung auf Männer wie auf Frauen sie wußte. »Zu schade!«

»Was zieht Euch nach Kreta?« folgte der Kapitän geflissentlich der Aufforderung. »Ich könnte natürlich –«

»Es liegt mir fern, Euch Schwierigkeiten –«

»Ich bitte Euch, Laurence! Was immer in meiner Macht –«

»Es soll dort einen Tempel geben, hoch über dem Meer, in einer verschwiegenen Bucht. Kastéllion heißt der Ort, den ich so gern gesehen hätte.«

»Kastéllion?« Der Kapitän versuchte, sich keine Blöße zu geben. »Ich kenne nur ein verschlafenes Fischernest dieses Namens. Aufsässiges, wenig gastfreundliches Volk. Einen Tempel habe ich dort nie – Ihr denkt womöglich an Heraklion, den Palast von Knossos, das Labyrinth des Minotauros?«

»Nein«, entgegnete Laurence mit Bestimmtheit, »das kenne ich«, log sie frech. »Es geht mir um den Tempel von Kastéllion, völlig unbekannt und verborgen über dem Hafen in den Felsen versteckt.«

»Wenn Ihr mir gestattet, Euch dorthin zu begleiten?«

Laurence schaute ihn lange und eindringlich an. »Wie wollt Ihr den Kurswechsel rechtfertigen?« Malte Malpiero war bereits ihre sichere Beute.

»Der geringfügige Umweg –« Er machte eine wegwerfende Geste, die Grandezza ausdrücken sollte, hätte er nicht »Trinkwasser!« nachgeschoben. »Letzte Möglichkeit vor unserem Eintritt ins Ionische Meer!«

»Richtig«, sagte Laurence. »Weit und breit findet sich nirgendwo ein frischer Quell, der sich mit dem Prickeln des Wassers aus dem Tempel von Kastéllion messen kann.« Sie lachte ihm vielversprechend ins Gesicht und ließ ihn an seinem Steuer zurück.

Am vierten Tag liefen sie am späten Nachmittag in die Bucht ein. Livia hatte sich mit dem kurzen Aufenthalt zur Süßwasseraufnahme abgefunden. Für Laurence ging es jetzt darum, im Hafen sogleich von den richtigen Leuten erkannt zu werden. Auf ihrer Hinfahrt war sie dort geliebt und geschätzt worden. Diesmal traf sie aber auf einem Segler der Serenissima ein, und Venezianer waren hier sicher alles andere als willkommen. Bei der Einfahrt in den Hafen sah sie das gleiche Schiff der Montferrats ankern, mit dem sie und der Chevalier damals gekommen waren. So war Laurence die erste, die von Bord an Land sprang, mitten unter die feindselig am Kai versammelten Bewohner. Malte Malpiero und ihre Mutter, die ihren kühnen Schritt besorgt verfolgt hatten, glaubten ihren Augen nicht zu trauen, als plötzlich begeisterter Jubel ausbrach, die vom Segler ausgeworfenen Taue eilfertig ergriffen wurden und das Schiff, bis dahin eher völliger Mißachtung ausgesetzt, in Windeseile an den Hafenpollern festgezurrt wurde.

»Ein Fest! Ein Fest!« Es war nicht einmal nötig gewesen, daß Laurence diesen Vorschlag äußerte. Solch Verlangen kam den Leuten von Kastéllion spontan – egal, wer da sonst noch an Bord des verhaßten Venezianers reiste. Sie wollten Laurence feiern!

Mater Livia und die Besatzung wurden von den Wogen der Begeisterung über die Rückkehr der rothaarigen Heldin fortgeschwemmt, auf den Schultern an Land getragen, wo immer mehr Bewohner des

Ortes zusammenströmten. Feuer wurden entzündet, Kessel herbeigeschleppt, und Amphoren köstlichen Weines tauchten aus den Tiefen kühler Grotten auf. Bald brutzelten die ersten Fische im siedenden Öl, Früchte wurden in Körben herangetragen, geschnitten und geputzt.

Laurence saß mit ihrer Mutter und dem Kapitän unter einem eiligst errichteten Zeltdach und tauschte mit den *archontes* des Ortes die Willkommensgrüße aus, jeder von einem neuen Trunk Malvasier aus den Schalen begleitet. Es fiel Laurence zunehmend schwerer, jeden Glückwunsch zu erwidern, doch ihrer Mutter war es schon bald zuviel. Sie ließ sich von Malte zurück an Bord geleiten. Laurence nahm die Gelegenheit wahr, schnell die *gerontes* zu befragen, ob Prinz Michael auf der Insel weile. Wie schon von ihr befürchtet, lautete die Auskunft, der junge Marquis sei nach Konstantinopel gereist, würde aber ›in Kürze‹ wieder kommen. Sie bedeutete den sofort einsichtigen Gerontes, nichts durch Hektik zu überstürzen, sondern den spontanen Festtrubel durch umfangreiche Tanzdarbietungen und mit immer neuen Musikeinlagen in die Länge zu ziehen. Die guten Leute hielten ihren unerwarteten Gast für erschöpft von der langen Reise, und da die Dämmerung schon eingesetzt hatte und an eine Weiterfahrt nicht mehr zu denken war, ließ sich Laurence in ein Haus führen, wo sie sich bis zum großen Festschmaus ausruhen wollte.

Der Kapitän, der sofort vergeblich nach dem Tempel Ausschau gehalten hatte und immer noch auf einen Wink von Laurence wartete, sie auf der Suche nach der geheimnisvollen Quelle des Heiligtums zu begleiten, hatte das Nachsehen. Die Venezianer ergaben sich dem Trunke. Der Ärger Livias, die von Deck aus ihr strenges Auge auf die Tochter zu werfen wünschte und der daher das zeitweilige Verschwinden genausowenig paßte wie die ganze überbordende Gastfreundschaft, verhallte zwar nicht ungehört, blieb aber ohne Folgen. Die Mater superior empfand das Aufsehen, das Laurence erregte, als recht unziemlich – und vor allem höchst verwunderlich. Sie befahl den schon trunkenen Malte zu sich.

»Holt mir die Übermutige sofort aus dem Haus!« verlangte sie aufgebracht, doch der Kapitän schüttelte energisch den Kopf.

»Ich riskiere nicht den Aufstand des gesamten Hafens«, entgegnete der auf seinen Beinen Wankende fest in seinem Widerspruch, »in dem wir nunmehr übernachten müssen. Sie wollen Laurence feiern. Laßt sie doch!«

Während sich Malte noch über seinen Mut wunderte, ließ Livia den Pflichtvergessenen in aller Schärfe wissen, daß er mit seinem Kopf für die Rückkehr ihrer Tochter an Bord hafte.

»Wie erklärt Ihr Euch diesen ungewöhnlichen Empfang?« fuhr sie ihn an. »Ich dachte, die Kreter hassen die Serenissima wie die Pest?«

Diese Frage, auf die er keine Antwort wußte, ernüchterte den Kapitän mit Maßen. Es erwachte vor allem sein Groll, von Laurence bislang um den, wie er meinte, ›versprochenen‹ Lohn gebracht zu sein. Er schwor der Alten, Laurence vor der Abfahrt des Schiffes wieder herbeizubringen. ›Tot oder lebendig!‹ verkniff er sich gerade noch, obgleich er sich nicht sicher war, ob diese Mutter nicht eher das Haupt der Tochter vorziehen würde, als mit leeren Händen die Weiterreise anzutreten. Ihm, Malte Malpiero, lag weitaus mehr an dem weißen Leib der Rothaarigen. In dieser Nacht mußte das Weib ihm ihre Quelle zeigen!

»Wir verlassen diese Insel noch vor Sonnenaufgang!« schränkte Livia ärgerlich die ihm verbleibende Frist ein und begab sich zur Ruhe.

Laurence lagerte aufgestützt auf einem Divan und konnte durch das offene Fenster den Hafen sehen, über dem sich jetzt schnell die Dunkelheit senkte. Das offene Meer am Horizont, am Ende der Bucht, entzog sich ihren Blicken, und damit entschwand auch die Hoffnung, die sie immer noch heimlich genährt hatte: das Eintreffen des unbekannten Retters, an das sie sich mehr und mehr wie an einen Strohhalm klammerte. Der Prinz, der herbeigeeilt käme, die Unglückliche aus den Klauen des Drachens zu befreien. Doch nun herrschte die dunkle Nacht, und nachts geschehen keine Wunder. Ganz gewiß nicht zu Wasser –

Unter ihrem Fenster hörte sie die Leute lachen und lärmen, der Widerschein der Feuer flackerte zu ihr in den hohen Raum. Sie vernahm die Flöten, die Zimbeln und die Trommeln, ihr Name wurde gerufen, immer lauter und heftiger. Laurence erhob sich und schritt die Treppen hinab. Der trunkene Malte Malpiero wollte nach ihr greifen, aber die Kreter drängten den Venezianer ab und führten ihren Ehrengast zu seinem Platz an der Tafel. Unter den Hochrufen und dem Klatschen der Wartenden ließ sich Laurence nieder. Sie war verzweifelt, trotzdem lachte sie ihre Gastgeber an. Die Speisen wurden aufgetragen.

Laurence sah nur die Zeit verrinnen, die ihr noch bis zur Flucht blieb. Sie wußte, an Bord würde sich keine solche Gelegenheit mehr bieten, bis sie dann wieder Land unter den Füßen hatten, und auf dem Boden des Patrimonium Petri stand dann das Kloster, und ihre Mutter Livia besaß dort allemal genügend Macht, um weitere Versuche zu vereiteln. Laurence stopfte heiter nach allen Seiten grinsend die unzähligen *kalamarákia gemistá, ochtapódi krasáti, garídes* und *tzatzíki* in sich hinein, die ihr ohne Unterlaß gereicht wurden, ohne sie zu schmecken. Eigentlich müßte die geschwätzige Sancie doch sofort dem in Konstantinopel eingetroffenen Cousin Micha brühwarm von Laurence berichtet haben? Sollte ihre verlassene Geliebte, die sie dazu noch herzlos in die Arme eines Wüstlings geschleudert hatte – denn das war ihr eigener Bruder Guido zweifellos –, etwa nicht in den rosigsten Tönen von der Rothaarigen geschwärmt haben?

Laurence versuchte ihre berechtigten Zweifel im schweren Kreter zu ertränken. Auf jeden freundlichen Zuruf hin hob sie ihren Becher und trank auf alles, was die guten Leut' ihr wünschten. Insgeheim begoß sie aber immer noch das winzige Pflänzlein irrwitziger Hoffnung. Sicherlich hatte Sancie, die ja sonst nichts zu tun hatte, gleich als erstes, am besten noch im Hafen, in den sie im wehenden Tüllgewand geeilt, um Laurence ein Lebewohl zuzuwinken, dem gerade eingetroffenen Micha die gräßliche Not ihrer liebsten Freundin ans ritterliche Herz gelegt, geworfen! Und der hatte gewißlich nichts Besseres zu tun gehabt, als alles andere sausen zu lassen, auf der Stelle umzukehren, um in rasender Nachtfahrt eine ihm völlig unbekannte Dame zu entführen? Warum eigentlich nicht? Laurence lachte hell auf und stieß mit jedem an, der ihr *cha-*

ris wünschte oder ihre Schönheit pries. So, wie Sancie ihr den unglücklichen Prinzen geschildert hatte, den sie hier in Kastéllion voller Ehrfurcht den *despotikos* nannten, war Michael de Montferrat gewißlich eine Erscheinung, der die Herzen zuflogen. Ließ sich nicht das gleiche von ihr, Laurence de Belgrave, sagen? Konnte nicht diese Woge der Begeisterung, die ihr entgegenschlug, gleichgestimmt auch ihren Prinzen über das Meer tragen? Laurence weigerte sich, ihre Hoffnung zu begraben, in einer Nacht der Lichter, die auf dem Wasser tanzten, in den Stunden der schwermütigen Weisen und der ausgelassenen Reigen, des vergossenen Weins und des Lachens, das sich um nichts scherte. Sie durfte sich nicht aufgeben, was auch immer kommen sollte.

Mitternacht war schon längst vorüber, als Malte Malpiero einen erneuten Anlauf unternahm, bis zu der von ihm nur noch schemenhaft wahrgenommenen Gestalt seiner Sehnsüchte vorzudringen. Schlingernd stapfte er durch die wogende Menge und hockte sich sicherheitshalber, auch wohl, weil er nicht mehr ganz fest auf seinen Beinen war, zu ihren Füßen.

»Wir beide«, lallte er, etwas zu laut für einen Verschwörer, »wir beide sollten zusammen im Schutz dieser Nacht entfliehen.« Er umklammerte ihre Beine. »Vergeßt den Quell!« flüsterte er heiser. »Kreta ist groß.«

»So groß wie Euer gutes Herz? Oder Euer Durst nach dem geheimen Quell?« spottete Laurence lachend, dabei erwog sie den Vorschlag durchaus. Sie würden nicht weit kommen. Die braven Kreter würden sie rasch wieder einfangen, den tumben Malte Malpiero als Entführer steinigen, und ihre gestrenge Frau Mutter, die alles verschlief mit dem Schlaf der Gerechten, wäre doch wieder die Siegerin. Das sagenumwobene Labyrinth des Minotauros müßte sie erreichen, kenntnisreich wie Ariadne – dort sich verstecken, wo niemand sie mehr aufspüren konnte. Und dann selbst nicht mehr herausfinden! Laurence verwarf den Gedanken gerade, als Unruhe am Hafenkai entstand. Die Leute unterbrachen Tanz und Spiel und starrten aufs Meer hinaus. Narrten ihre vom Wein berauschten Sinne die Kreter?

Laurence sah nichts in der Dunkelheit, aber sie vernahm das Gewisper um sich herum, dann vereinzelte Rufe.

»Der Despotikos!«

Jetzt glaubte auch sie, den winzigen blitzenden Stern wahrzunehmen, der immer wieder verschluckt wurde, auftauchte – ein Funkenbündel, das flackernd zu verlöschen drohte, bis es sich endgültig gegen die dunklen Wellen da draußen durchgesetzt hatte. Das Herz schlug Laurence pochend bis zum Halse, unwillig schüttelte sie den sabbernden Malte von ihren Füßen, sprang auf.

Die Leute drängten sich auf der Hafenmauer, Fackeln wurden entzündet und wild geschwenkt. Immer näher kam das feuersprühende Tier aus dem Meer, bald war die Takelage des Schiffs im flackernden Schein der seltsamen Lichtquellen zu erkennen. Brennende Töpfe erleuchteten Mast, Tuch und Taue, aber auch die Wellen beidseitig des Schiffsleibes warfen huschende Schatten auf die Felsen der Bucht. Das Schiff stand noch immer unter vollen Segeln.

»Ein Wahnsinniger!« stöhnte neben ihr der erfahrene Kapitän der Serenissima. »Heller Irrsinn – des Nachts zwischen diesen Klippen!«

»Tausendmal heller als die Sonne«, jubelte Laurence, »weisen dem Kühnen die Sterne den Weg!«

»Griechisches Feuer!« maulte Malte Malpiero zwischen Bewunderung und hörbarem Unwillen. »Zerplatzt nur einer dieser Töpfe, steht der ganze Kahn in Flammen! Kein Wasser vermag es zu löschen!«

»Ihr platzt vor Neid, Malte Malpiero«, schalt ihn Laurence, »weil Ihr Euch nie trauen werdet, die Nacht zum Tag zu machen.« Sprach's und drängelte sich nun auch vor bis zum Kai.

Der Segler des Despotikos war kein gewaltiges Schiff. Das konnte man deutlich sehen, als es jetzt in der Hafenbucht die Segel fallen ließ, wie ein Schmetterling seine Flügel zusammenlegte, und die Ruder einsetzte, um wie eine Libelle, so schien es Laurence, über dem Wasser zu schweben. Es maß in Länge und Breite viel weniger als der Venezianer, neben dem anzulegen sich der Nachtfalter jetzt anschickte, doch war es wesentlich schnittiger im Kiel, ein gleißender *scimtar*, der die Wogen teilte.

Laurence reckte sich auf die Zehenspitzen, um einen ersten Blick von dem Mann zu erhaschen, auf den sie gewartet hatte. Die Rote war nicht länger Mittelpunkt des Interesses. Die arglose Begeisterung, die über ihr zusammengeschlagen war, machte einer fast scheuen Verehrung Platz, die dem Prinzen entgegengebracht wurde. Jetzt sah sie ihn, wie er von Bord sprang, und sie erschrak. Ein Löwenkopf saß mächtig auf der schlanken Gestalt, eine gewaltige dunkelblonde, ungezähmte Mähne rahmte das Gesicht, es fast verdeckend, üppiger Bart schloß sich an, wild gelockt und zottelig. Das Tier sollte der ›Mann ohne Männlichkeit‹ sein, von dem ihr Sancie in bewegten Worten berichtet hatte? Laurence wollte es nicht glauben, doch sie schob ihre Furcht beiseite. Ihre Neugier war allemal größer als alle Bedenken.

»Seid auf der Hut«, zischte hinter ihr Malte Malpiero gehässig, als hätte er ihr Begehren, ihre Zweifel gespürt, »in wessen Hände Ihr Euch da begebt!«

Laurence wandte sich nicht einmal nach ihm um, sondern schritt vorwärts wie eine Schlafwandlerin. Es bildete sich plötzlich eine Gasse, und an deren Ende stand der Löwe, Michael de Montferrat.

Laurence fühlte, wie die Füße ihr den Dienst zu versagen drohten, sie durfte jetzt nicht stolpern. Sie verlangsamte ihre Schritte. Er mußte auf sie zukommen! Der Despotikos federte ihr mit einem einzigen Satz entgegen und fing sie auf. Er nahm sie nicht in seine Arme, sondern umfaßte ihre Handgelenke, als wolle er sie sich vom Leibe halten – und doch nie wieder loslassen. Wie ein Blitz durchfuhr die sprachlose Laurence die Erkenntnis, daß keinerlei Taktik vonnöten war, alles war plötzlich so klar. Sie sahen sich an. Unter den wirr in die Stirn hängenden Haarfransen blickten Laurence zwei dunkle Augen von abgrundtiefer Traurigkeit entgegen. Vom dichten Bartgestrüpp überwuchert, zeichneten sich die Linien weicher, voller Lippen ab. Wie die Rothaarige auf den ersten Blick dem Löwen zusetzte, konnte sie nur seinen Worten entnehmen. Er ließ sie dabei weder aus den Augen, noch lockerte er seinen Griff.

»Ich wußte, ich würde Euch noch treffen, Laurence!« sprach er für sein ungebärdiges Äußeres mit erstaunlich sanfter Stimme. »Ich will Euch nicht wieder verlieren!«

Das rührte Laurence an, die sich auf Widerstand, Abtasten und Ausreizen eingestellt hatte.

»Auch ich will bei Euch bleiben, Michael«, hörte sie sich sagen. Dann schwiegen sie beide wieder, wie um den Hieb zu verkraften, den ihnen die Göttin versetzt. Fortuna hatte ihre Augenbinde abgelegt, das zog sie in die Verantwortung für das Schicksal der zwei Menschen, die nicht wußten, wie ihnen geschah, und doch versuchen mußten, der Situation schnellstens Herr zu werden.

Der Aufruhr im Hafen, das nächtens eingelaufene fremde Schiff trieb Livia an Deck. Sie sah ihre Tochter bei einem wildfremden Mann stehen und rief empört nach Malte Malpiero, der jedoch nicht hören wollte.

Laurence hatte über die Schulter des Löwen hinweg den erregten Auftritt der Mater superior mitbekommen. »Meine Mutter!« flüsterte sie dem schon Vertrauten zu. »Wir müssen sie beschäftigen!«

Zum ersten Mal gelang es ihr, den breiten Raubtiermund zum Lachen zu verleiten. Der Despotikos wandte sich an die beiden Personen, die zwei Schritt hinter ihm standen und alles, was bisher geschehen war, aufmerksam, ja argwöhnisch beobachtet hatten. Die eine, weißbärtig, war ein wohl hochgestellter Priester, wie das kostbare Brustkreuz und der Stab erkennen ließen, die andere eine etwa fünfzigjährige, leicht rundliche Matrone.

»Ihr, verehrungswürdiger Isaak von Myron, und Ihr, werte Frau Irene Sturla«, der Despotikos sprach zu ihnen, die ganz Ohr waren, ohne sich umzudrehen, »Ihr werdet nun in meinem Namen der hochgeschätzten Mater superior Livia di Septimsoliis-Frangipane, Äbtissin zu Rom und de facto meine nicht angeheiratete Tante, die gebührende Aufwartung machen und sie daran hindern, meine liebe Cousine und mich zu stören – bis wir uns dann hinzugesellen werden!«

Die beiden deuteten ein leichtes Neigen ihrer Köpfe an und begaben sich an Bord, wo jetzt auch endlich Malte Malpiero, der Kapitän, eintraf.

Der Löwe löste den Griff seiner Pranke und legte sie über die Schulter von Laurence, doch die schüttelte ihn ab.

»Wie?« fauchte die Rothaarige ihn sogleich an. »Ihr wollt mich meiner Mutter ausliefern?«

Der Despotikos lachte schallend auf. »Jago!« rief er, und ein stattlicher Mann, der die ganze Zeit breitbeinig hinter Laurence gestanden hatte, trat vor. »Jago Falieri«, stellte er ihn vor. »Mein *strategos!*«

Der Kriegsmann betrachtete Laurence ohne Scheu ob der Präsenz seines Herren mit schamlosem Wohlgefallen, was diese als anstößig empfand.

»Ihr, Jago, werdet dafür Sorge tragen, daß dem Kahn der Serenissima an langer, dunkelgefärbter Leine ein geflochtener Korb nachfolgt, wenn er in der Frühe ausläuft.« Der Löwe verstärkte den Druck seiner Pranke auf Laurence. »So könnt Ihr nach einem kühnen Sprung ungesehen auftauchen und darauf hoffen, daß wir Euch retten!« Der Löwe lachte als einziger, doch der Strategos beging den schlimmeren Fauxpas.

»Kann die Dame überhaupt schwimmen?« hielt er sich hochfahrend an den Despotikos.

Laurence wollte aufbrausen, doch der Löwe rettete die Situation und wies mit dem Daumen auf den Frager:

»Er nämlich nicht!«

Die Geste stimmte Laurence versöhnlich. »Ein Seefahrer im Wasser ist so arm dran wie ein Fisch auf dem Trockenen!« Sie schenkte dem düpierten Strategos ein verzeihendes Lächeln. »Sorgt lieber dafür, daß im Geflecht des Korbes ein Dolch versteckt ist. Ich möchte ungern bis ins offene Meer hinausgeschleift werden, falls Ihr selbst das Boot rudert, das mich bergen soll!«

»Das besorg' ich lieber mit eigener Hand!« tröstete ihr Prinz sie. »Und nun laßt uns Tante Livia begrüßen und dann Abschied voneinander nehmen!«

Während Jago sich an die Arbeit machte, schritt Laurence sittsam am Arm des Michael de Montferrat auf das Schiff der Serenissima zu.

»Jago Falieri«, erklärte er ihr, »ist der auf mich angesetzte Aufpasser im Dienste Venedigs und steht bei mir im Sold als Admiral meiner Flotte, die zweieinhalb Schiffe und eine Prunktriere umfaßt.«

Laurence tat ihm endlich den Gefallen, über seine Scherze zu lachen. »Er ist ehrgeizig!« Laurence tat so, als hätte sie keine anderen Sorgen. Dabei hing ihr Leben, zumindest ihr Überleben in Freiheit, an der dünnen Schnur, die sie zum Korb führen sollte, und für die war jetzt ein *nauarchos*, ein leibhaftiger Admiral, verantwortlich. Und für den griffbereiten Dolch! Sie überhörte die heitere Entgegnung des Despotikos, der Jago Falieri weitaus höhere Ziele unterstellte:

»Der Graf von Knossos will mich beerben!«

»Und Ihr wollt die Venezianer von der Insel vertreiben?« Der Druck auf ihrem Arm wurde plötzlich zu dem einer Schraubzwinge.

»Das wäre Hochverrat!« Ihr Prinz lachte, als hätten sie beide gescherzt.

Sie näherten sich jetzt über das schwankende Fallreep der Gruppe von Personen, die an Deck Mater superior Livia umstanden wie Schafe im Gewitter.

» – dem Ungehorsam meiner Tochter Vorschub leisten!« hörte Laurence gerade noch die letzten, herausgebellten Worte der ergrauten Wächterin über die Herde, die bedauerlicherweise nur aus Laurence bestand. Ihr Löwe legte sich der Gestrengen schwanzwedelnd zu Füßen.

»Hier bringe ich Euch mein Bäslein zurück. Herzlich willkommene Gevatterin!« schnurrte er los und kam damit bei Livia an die Rechte.

»Wenn Ihr damit auf das schnöde Verhalten Eures Oheims – Gott hab' ihn selig! – anspielen wollt, so ist Euch als Vetter höchstens mein Sohn Monsignore Guido verwandt, keinesfalls meine nicht minder mißratene Tochter Laurence!«

Michael de Montferrat ließ sich von solch komplizierten Familienbanden nicht einschüchtern. »Wie ich sehe, verehrungswürdige Mater superior, habt Ihr bereits die Bekanntschaft des Kollegen *in servitu Christi* gemacht?«

Livia maß den weißhaarigen Würdenträger mit vernichtendem Blick. »Seit wann ist eine Äbtissin der Ecclesia romana einem – einem orthodoxen *Archimandriten* gleichgestellt?« Den beleidigenden Zusatz, ›schismatischen‹ oder ›hergelaufenen‹ oder beides, hatte sie so geschickt unterschlagen, daß er in der Luft hing wie ein schwefliger Furz.

Der Löwe fand aber Gefallen an der Streitbaren. »Dann hat Euch sicher die Bekanntschaft mit meiner *aulika pro-epistata* erfreut? Madame Irene di Sturla besitzt viele Eigenarten, die Euch vertraut vorkommen müßten, zumal ich sie seit Kindesbeinen schätzen lernen durfte.«

Die so Vorgeführte verzog nur den Mundwinkel. »Guter Benimm war nie auffällige Stärke in der Familie derer von Montferrat«, klärte Frau Irene mit ergebenem Säuseln die Mater superior auf. »Seit ich meinen kleinen Micha nicht mehr auf dem Schoß –«

»Euer Werdegang von der Amme zur Oberhofmeisterin interessiert mich nicht!« bürstete Livia die Lamentierende kalt ab. »Es beruhigt mich zu wissen«, wandte sie sich dann barsch an den Prinzen, »daß ich bei der verpatzten Ehe mit Eurem Verwandten nichts versäumt habe! Komm jetzt, Laurence!« befahl sie knapp und zog ihre Tochter an sich. »Ausreichend verabschiedet hast du dich schon!« Sie schob ihre Tochter den Venezianern zu, die mit ihrem Kapitän im Hintergrund warteten. »Begib dich jetzt gefälligst sofort zu Bett. Wir werden beim ersten Morgenlicht die Segel setzen und dieses gastliche Eiland verlassen!«

Laurence war die Anordnung ihrer Mutter nur recht, sie konnte sie nur unterstreichen. »Wie Ihr beliebt, Frau Mutter!« rief sie artig. »Ich bin müde und wünsche, bis zur Mittagsstunde nicht gestört zu werden! Gute Nacht, allerseits!«

Sie vermied es, den Despotikos dabei anzuschauen, schließlich wußte sie sich mit Michael einig. Beschwingt eilte sie zu ihrer Heckkabine und verriegelte die Tür hörbar hinter sich.

»Auch ich bin erschöpft«, gähnte der Löwe Frau Livia an. »Euer Besuch auf meiner Insel Kreta hat mich höchst geehrt und will mir ein voller Erfolg erscheinen.« Er wies auf die immer noch am Quai ausharrenden Leute, die erschöpften Tänzer, die sich immer langsamer zu den zirpenden Klängen eines Saiteninstruments drehten und lustlos die Beine schwangen. Die Feuer verloschen zu glimmender Glut, die Krüge waren geleert, die Zecher abgefüllt.

»Das Fest ist vorüber!« sagte er traurig und ging gesenkten Hauptes von Bord. In gleicher Haltung folgten ihm der Archimandrit und die Aulika.

Laurence tat den Rest der Nacht kein Auge zu. Sie wußte, daß sie den geeigneten Zeitpunkt nicht verpassen durfte. Ihre Müdigkeit bekämpfte sie, indem sie das Heckfenster offenhielt, ihre Hängematte mied und sich auf dem harten Bretterboden niederließ.

Als der Morgen graute, vernahm sie die Befehle des Kapitäns und gleich darauf das Rasseln der eingeholten Ankerkette. Per Ruderschlag setzte sich der Venezianer rückwärts von der Mole ab, und Malte Malpiero drehte das Schiff in den Wind. Laurence starrte, soweit es die einsetzende Dämmerung erlaubte, hinüber zum Wachturm, der weit ins Wasser vorgeschoben den Hafen flankierte. Unmittelbar nach dem Passieren der engen Einfahrt mußte der Segler hart backbord steuern, um der gegenüberliegenden Felswand zu entgehen. Das würde der Moment sein, in dem sie springen mußte – zum einen, weil die Aufmerksamkeit aller dem Manöver gelten würde, zum anderen, weil ihr Kopf kurz nach dem Auftauchen durch die Klippen unterhalb des Turmes verdeckt sein würde. Es schien Laurence wie eine Ewigkeit, bis das Schiff dorthin gelangte, während gleichzeitig die Helligkeit, so kam es ihr jedenfalls vor, mit jedem gleichmäßigen Ruderschlag beängstigend zunahm. Sie mußte sich beherrschen, sich nicht vorzeitig auf die Fensterbrüstung zu schwingen, um ihr Vorhaben nicht in letzter Minute zu verraten. Laurence hielt den Kopf an die Holzwand gepreßt und schielte hinüber zu den gemächlich vorbeiziehenden Klippen.

Endlich kam der Sockel des Turms in ihr Blickfeld, sie stemmte sich, die Beine voran, aus dem Rahmen, glaubte sogar die tanzende Leine zu erblicken, die sie vom Ende des Ruders bis zum Korb geleiten sollte, schätzte noch einmal kurz die Entfernung ab – und ließ sich fallen. Ob es arg geklatscht hatte, wußte Laurence nicht.

Als sie wie ein Korken hochschoß, war der dunkle Schatten des Achterschiffs schon klafterweit von ihr entfernt. Was Laurence aber viel wichtiger war: Sie hatte die Schnur zu fassen gekriegt, war erst noch von ihr mitgerissen worden, bis sie ihre Sinne soweit wieder beieinander hatte, daß sie die kräftige Leine durch ihre Hände gleiten ließ.

Der Segler der Serenissima bog in die freie Bucht, ohne daß Schreie laut geworden waren. Laurence sah den Korb auf den Wellen recht stürmisch heranhüpfen. Sie durfte jetzt nicht den Fehler begehen, die Leine loszulassen, bevor sie des Korbes habhaft war! Sie schluckte viel von dem salzigen Naß, bis sie ihn – vom bereits unsichtbaren Schiff um ein Haar noch gegen die Klippen geschleift – über den Kopf gestülpt hatte, in dem engen Gefängnis nach dem Dolch getastet und schließlich mit letzter Kraft die Nabelschnur gekappt hatte. Diese Vorsichtsmaßnahme mit der aus Weide geflochtenen Tarnkappe erwies sich bald als übertrieben. Niemand auf dem davonsegelnden Schiff der Serenissima schien sie zu vermissen. So schwamm Laurence jetzt hinter dem schützenden Geflecht, auf dem sie sich erschöpft abstützte.

Es wurde hell über den Wassern – und von der Hafenmole her näherte sich ein Ruderboot, in dem stand aufrecht, mit wehender Löwenmähne, ihr Prinz.

DIE ROTE UND DAS TIER

Weithin sichtbar erhob sich die Kathedrale mit ihren vier fein ziselierten Türmen auf einem kahlen Bergkegel über das hügelige Land. Laurence sah sie noch immer vor sich: im weichen Wechsel mal silbrig schimmernd im kalten Licht der Wintersonne, dann wieder als schwarze Silhouette gegen einen grauen Himmel, von herziehenden Wolken umflort, in Nebel gehüllt, die lediglich die Spitzen herausragen und die kunstvoll bearbeiteten Gesteinsmassen nur noch erahnen ließen. In eine Mondsichel gebettet, wenn nicht dem Erdtrabanten sogar gleich, sah sich Laurence dazu vergattert, dieses wundersame Gebilde zu umkreisen, als solle sie es erst von allen Seiten bewundern, andächtig bestaunen, bevor sie sich an der Hand ihres Prinzen ihm schließlich nähern dürfen.

»Meine schlichte Himmelshöhle!« hatte ihr Gastgeber sich schließlich entlocken lassen, sein zwiespältiges Verhältnis zu dem offenbarend, was andere schlicht ihren Palast genannt hätten. Nur schlicht war der Alptraum von einem Dutzend verschlissener Baumeister und Hunderten von weither geholten Steinmetzen weiß Gott nicht – so wenig wie das Gemüt des inspirierten Despotikos.

»Wer hat Euch dieses luftige Schloß erbaut?« entrang Laurence sich endlich aus purer Höflichkeit.

»Der letzte hieß Daedalos. Er ist davongeflogen. Ein Genie!« knurrte der Löwe.

Laurence lag auf seiner Brust, kraulte sein Haar und träumte über ihn hinweg von den Tagen, in denen er sie durch das Land geführt hatte – als diese weichen Lippen sich an den ihren festsogen, die gewaltige Zunge, die hart werden konnte wie ein Männerarm, sie nicht loslassen wollte, ihr die Mähne die Sicht versperrte auf die unzähligen eisenbeschlagenen Pforten, die ihr Gefährt passierte, die sich auftaten von unsichtbaren Händen und sich hinter ihnen wieder schlossen. Sie durchquerten köstliche Innenhöfe, die sich als riesige Volieren herausstellten, in denen artesische Fontänen ihren Strahl verspritzten, Wasserfälle sprudelnd aus dem Stein traten, um als murmelnde, in Marmor gefaßte Bächlein zu enteilen. Sie rollten durch Hohlwege und Grotten, über hochgelegene, steile Mauerkronen und prunkvolle Alleen, die wie Brücken Schluchten überspannten. Auf einem gewaltigen Divan, hoch wie ein Belagerungsturm, lagerten sie dabei, auf einem schwankenden Kissenpfuhl auf vier Rädern, über sich nur den Himmel und einen Baldachin, der sich wie ein Schirm entfaltete, sobald die ersten Tropfen fielen. Weit unter ihnen schritten die Knechte, trieben die Ochsen an, griffen auch in die Speichen, wenn es steiler bergan ging, oder legten sich in die Halteseile, wenn die Neigung gefährlich zu werden drohte. Die Räder waren dick mit Widderfellen umwickelt, so daß außer dem Ächzen der Balkenkonstruktion und den dumpfen Lauten, die sich den Tiermäulern entrangen, kaum Geräusche zu ihnen heraufdrangen. Sie waren wohl auch zu sehr mit sich selbst beschäftigt, mit dem Ertasten, Erforschen ihrer Leiber, wenngleich sich dies Offenlegen vorerst jeweils mit dem Antlitz des anderen beschied.

Wie lange diese Reise schon andauerte, wußte Laurence nicht genau. Gleich nach Antritt der Irrfahrt wurde sie von heftigem Schüttelfrost attackiert, durch Fieberschauer gepeitscht, um dann schweißgebadet aus Halluzinationen zu erwachen, bevor sie wieder in lähmendes Dämmern fiel. Ihre Mutter, der sie durch den Sprung in die kalten Fluten kaum entronnen war, erschien ihr als Meereswasser speiender Drache. Sie bekam keine Luft, mußte fortwährend würgend schlucken, was ihr an Flüssigkeit gewaltsam eingeflößt wurde. Der Hof von Sancies Palast war überflutet, die Geliebte hockte auf einem der Poller angekettet, das Wasser stieg immer höher. Sancie trug nichts als das Perlengehänge, das ihren dunklen Schoß selbst in ihrer Not eher hervorhob, als daß ihre Lage Mitleid erweckte. Sie weinte bitterlich, ihre Augen suchten verzweifelt nach Laurence, und Laurence schämte sich. In dem aufgeschnittenen Förderfaß und in der kupfernen Wasserröhre standen Guido und René, nur ihre Köpfe schauten oben heraus, sie glitten im Schacht auf und nieder, jeder des anderen Gegengewicht, und das Badewasser rauschte, und die Klöppel dröhnten ohrenbetäubend an die Wände des Bottichs. Laurence wollte sich die Ohren zuhalten, die Augen verschließen – wild warf sie ihren Kopf hin und her – und fuhr auf aus dem Alptraum.

Laurence fühlte sich wie ein Löwenjunges, so eifrig strich ihr die rauhe Zunge über die Wangen, die Stirn, bohrte sich in ihre Ohren, und die Barthaare kitzelten sie in der Nase. Laurence war klitschnaß, doch ihr schmeckte seine salzige Haut, sie forderte die Küsse und damit die räuberische Zunge heraus. Sie war es, die ihren schlanken Hals dem Biß des Raubtiers darbot, dafür wühlte sie sich in sein zerzaustes Haar, zupfte und neckte, während die Lippen an ihrer Kehle abwärts wanderten. Sie lachten und scherzten. Dabei war es ein erbittertes Ringen, Eruptionen aus einem verborgenen Krater, dessen Lavastrom sich jetzt in ihren Busen ergoß, ihre Brüste zum Brennen brachte und deren Spitzen zum Erzittern. Mit einer kühnen Drehung, die sie auf seiner behaarten Brust vorerst in Sicherheit brachte, bot Laurence dem Feuer, das sie entfacht, vorerst Einhalt. Sie spielte schnaufend die Erschöpfte.

»Wann kommen wir endlich an?« Sie wies seinem unter buschigen Brauen gerunzeltem Blick die mächtige Kathedrale, die sie in immer enger werdenden, doch niemals enden wollenden Spiralen zu umkreisen schienen.

»Wo?« fragte der Löwe, erstaunt wie ein Kind, zurück.

Laurence begriff, daß er eigentlich nie dort ankommen wollte, so wechselte sie das Thema. »Wo? Wo? Wo?« griff sie seine lakonische

Antwort scherzend auf. »Wo ist eigentlich das berüchtigte Labyrinth?«

Der Löwe erkaltete, der Despotikos richtete seine Augen forschend auf das Mädchen mit dem roten Haar. »Fürchtet Ihr Euch, Laurence?«

»Nicht im geringsten, wenn Ihr bei mir seid, mein Prinz.«

Die warmen Augen füllten sich mit Trauer. »Ihr sollt es auch nie betreten, wenn ich nicht an Eurer Seite bin«, sagte er düster. »Ich habe es Euch seit Tagen gezeigt, von seiner angenehmen Seite. Hütet Euch davor, je die andere zu erfahren!«

Das war eine unverhüllte Drohung, und solche nahm die Tochter eines Normannen nicht hin. Sie richtete sich auf, ihre Daumen dabei so in seine Mundwinkel stoßend, die übrigen Finger blitzschnell auf die Nasenlöcher und die Augenhöhlen verteilt, daß er begreifen mußte, daß auch sie ihm Schmerz zufügen konnte.

»Wir fahren also seit Tagen darin im Kreis herum, und Ihr glaubt mich zum Narren halten zu können, Michael de Montferrat?« Sie verstärkte den Druck leicht. »Ich warne Euch, wenn ich das Labyrinth ohne Euch betrete, mir zu folgen! Ich verwandle mich dann in ein wildes Tier –« Sie ließ die Daumen von den gezerrten Mundwinkeln zu den Augen gleiten, was ihr die Möglichkeit gab, ihn an den Ohren zu packen. »Habt Ihr gehört? Ungeheuer!«

Sie zog seine Lippen an den Ohren zu sich hoch, bis sie in der Höhe ihres Mundes waren, dann küßte sie ihn lang und inbrünstig, bevor sie ihn wieder frei gab. Sie wußte, daß er jetzt lachen würde, so kam sie ihm zuvor.

»Wer ist hier das Ungeheuer?« keuchte er, und sie wälzten sich balgend, küssend und beißend in den Kissen.

Laurence erinnerte sich jetzt bruchstückhaft, wie ihr Gefährte sie während ihres Fiebers aufopfernd, ja geradezu liebevoll umsorgt hatte. Tag und Nacht hatte der Löwe an ihrem Lager gewacht, ihr die Schweißperlen von der Stirn gewischt, kühlende Umschläge aufgelegt und ihr heiße Getränke eingeflößt. Ob der hohe Karren mit ihrer Lagerstatt für die Dauer ihrer Erkrankung stehengeblieben oder ohne Unterlaß weitergerollt war, wußte Laurence beim besten

Willen nicht mehr zu sagen. Als sie jetzt wieder zu Kräften kam, hatte sie Sancie und die Phantasmagorien vom Bosporus vergessen. Sie waren versunken wie in einem leuchtenden Nebel, aus dem Laurence geheilt aufgewacht war. Ihrem Beschützer und neuem Freund brachte sie ein tiefes Gefühl der Dankbarkeit entgegen – und das beglückte auch sie.

Der Blick aus den Fenstern des Palastes ging weit über die zerklüftete Landschaft. Die dunkelgrünen Einsprengsel mußten dichtbestandene Waldstücke sein, die helleren wellige Auen, aus denen die weißen Felsklippen nackt herausragten, aufgelassene Steinbrüche, die das Material zum Bau der Kathedrale geliefert hatten.

In der Ferne konnte Laurence das kobaltblaue Samtband des Meeres erkennen. Sie bewohnte einen der beiden Türme auf der Frontseite, dessen Zwilling jenseits der übergroßen Rosette, die fast die gesamte Front einnahm, der Löwe behauste. Die Aulika hielt den linken zur Seite des Chores inne, auf der gegenüberliegenden Seite war der vierte dem Grafen von Knossos vorbehalten, so Jago Falieri die Erfüllung seines Dienstes als Admiral der Flotte das Verweilen bei Hofe gestattete. Der Archimandrit von Herakleion mußte mit der Krypta im Untergeschoß vorliebnehmen, wo auch eine Art Palastkapelle unterhalten wurde, gleich neben der weiträumigen Küche. Das riesige Kirchenschiff diente als Speisesaal, nicht etwa für Gelage mit Hunderten von Gästen, nur eine einzige Tafel stand in der Mitte, die gerade Platz für ein Dutzend bot. Doch meistens war sie nur zur Hälfte besetzt mit den eben genannten Personen, die den Hofstaat des Despotikos unter sich ausmachten. Das karge Essen kam aus der Krypta mittels eines Aufzuges, der in einem der Pfeiler versteckt war. Ihn bediente ein stummer Hüne, den der Archimandrit seinen Chorknaben nannte und der auf den Namen Angelos hörte. Sprechen, wie gesagt, geschweige denn singen, konnte er angeblich von Geburt an nicht. Er bediente auch als einziger bei Tisch. Die Speisefolge war monoton. Der Prinz war Vegetarier, darauf hielt jedenfalls die Sturla: ›Weil sonst seine Säfte in ungute Aufruhr gerieten‹ – wie sie Laurence spitz wissen ließ, als diese mal nach einem kleinen Fisch oder sonstigem Meeresgetier verlangte. Es gab *pantzária*, Gurkenmus, *pastá manitária* in dicker saurer Milch, *dolmádes, revitopourés, melintzanos,* Käse frisch oder als *saganáki,* erbsengrüne *tzatzíki,* rosa *táramosaláta,* schwarze Bohnen, rote Bohnen, weiße Bohnen, mit oder ohne Zwiebeln, gedünstet, geschmort, gebacken.

Die Zusammenstellung des täglichen Menüs war Vorrecht der Aulika, und Frau Irene war gewillt, dieses mit Gift und Dolch zu verteidigen, falls die Rote es gewagt hätte, auch nur ein Suppengrün, ein Pfefferkorn oder eine Prise Salz daran zu ändern. Das gleiche galt für die Tischordnung. Am Kopf war der Platz ihres Prinzleins, ihrer zu seiner Seite, die andere Flanke blieb dem Admiral vorbehalten – auch wenn der nicht präsent war. Laurence hatte nur einmal den Frevel begangen ›aufzurutschen‹: Als sie sich weigerte, den Platz zu räumen, wurde Angelos angewiesen, die Unbotmäßige mitsamt hochlehnigem Stuhl zurückzutragen. Der unglückliche Riese tat Laurence leid, und sie ließ es geschehen. Am gleichen Abend setzte sie sich erst, als der Depotikos, wie immer als letzter, das Kirchenschiff schon betreten hatte – und zwar an das gegenüberliegende Kopfende. Der Löwe verneigte sich vor Laurence und bat sie, doch an seiner Seite Platz zu nehmen. Er bot ihr galant den Arm und führte sie bis zu dem verwaisten Stuhl. Die Aulika brachte keinen Bissen hinunter, und der Archimandrit verschluckte sich vor unterdrücktem Kichern. Er saß neben Frau Irene und wurde als letzter bedient. Obgleich er den größten Appetit an den Tag legte, bekam er oft nur noch die Reste, denn seine Nachbarin lud sich die Schüssel voll, auch wenn sie das meiste davon unverzehrt zurückgehen ließ. Schon bei nächster Gelegenheit, beim folgenden Mittagsmahl, wäre Isaak von Myron völlig leer ausgegangen, wenn Laurence sich nicht erhoben und den Angelos abgefangen hätte, als der gerade, mit dem letzten Gang vom Aufzug kommend, an die Tafel treten wollte. Sie nahm ihm das wohlgefüllte Tablett ab – ein winziges Lächeln des Riesen dankte es ihr schon im voraus – und schritt um den Tisch herum zu dem hungrigen Archimandriten. Sie selbst legte ihm von allem so reichlich vor, daß sein Schüsselchen überquoll, dann drückte sie dem Riesen die Reste in die Hand, daß der verwirrt, vielleicht auch aus Angst, die Aulika als letzte bediente.

Der Prinz wollte sich ausschütten vor Lachen, als er merkte, wie

Frau Irene litt, während er sich ebenfalls von allem weitaus mehr reichen ließ, als sie ihm üblicherweise zugestand. Nur Laurence bekam jetzt Mitleid mit der düpierten Oberhofmeisterin und verzichtete auf die sowieso nur noch dürftigen Überbleibsel zugunsten der Aulika Pro-epistata. Mit dem Löffel hätte man sie zusammenkratzen müssen, das sah auch die derart Begünstigte. Sie wollte aufspringen, um die Tafel unter wütendem Protest zu verlassen. Der Löwe hielt sie jedoch mit seiner Pranke nieder.

»Von der Tafel erhebt sich niemand«, ä␀ffte er ihre keifende Stimme nach, »solange der Herr sie nicht aufgehoben hat.«

Frau Irene brach in Tränen aus, der Archimandrit begann laut zu beten.

Laurence hatte von jedem ihrer Turmzimmer – es waren gewaltige Säle mit Kreuzgewölben als Zwischendecken – einen völlig anderen Ausblick: den aufs ferne Meer und den über die ihr von oben nicht einsehbare Anlage des Labyrinths. Zu erkennen war nur ein Gewirr von Mauern. Oft schwangen sie sich in doppelter Linienführung über Berg und Tal, dann wieder brachen sie jäh ab, um an anderer Stelle völlig unvermutet wieder aufzutauchen. Für Laurence bot sich das berüchtigte Labyrinth als die harmlose Spielerei eines großen Kindes dar, das unsichtbaren Ameisen neue Wege mit zahlreichen Hindernissen geschaffen hatte, die ihnen das geschäftige Treiben komplizieren sollten. Mittendrin erhob sich ein Rundturm, dessen Funktion sich Laurence ebenfalls nicht erschloß – es sei denn, von ihm gingen die hellen Glockentöne aus, die des Nachts völlig unvermittelt und ohne jeglichen Zeitbezug aus seiner Richtung erklangen.

Die dritte Aussicht, die sich Laurence bot und die sie nicht minder anzog, ließ ihren Blick über das Dach der Kathedrale schweifen: ein Gewirr von filigranen, anmutig geschwungenen Strebwerken und ihren am Fuße aufgesetzten Filialen, von mit Krabben dornig geschmückten und einer Kreuzblume gekrönten Wimpergen und von luftigen Dachreitern, das ihr Interesse am Betreten dieses steinernen Gartens sofort wachgerufen hatte, doch die einzige Tür, die von ihrem Turm aus dorthin führen mochte, war verschlossen.

Den vierten und letzten Blick mußte Laurence jedoch über die sich seitlich von ihr erhebende Fassade mit der Rosette gleiten lassen. Es war weniger die glatte Steinfläche, die sie anzog, sondern das merkwürdige Geschehen im Innern der doppelten Mauern und des gleichfalls hohlen Rundfensters: Ein riesiges Rad schien sich hinter der farbigen Bleiverglasung zu drehen, das steinerne Zentrum der Rosette als Achslager nutzend, während von der unsichtbaren Nabe hölzerne Speichen ausgingen, deren Enden jedoch wie auch der Radreifen im Mauerwerk verborgen blieben. Die gleichförmige Bewegung, verstärkt durch das einfallende Sonnenlicht, sorgte für ein ständig wechselndes, kaleidoskopartiges Farbenspiel. Das war Laurence schon aufgefallen, wenn sie im Innern an der Mittagstafel saßen. Sie vergaß dann oft, den Bissen zum Munde zu führen ob des atemberaubenden Spektakels – des Kampfes von Licht und Schatten, grellen Sternenblitzen, zwischen rubinrotem Erglühen und dem Versinken in Nachtblau oder Meeresgrün. Der Sinn des Wunderwerks hatte sich Laurence noch nicht erschlossen. Einzig zum Lob der Schönheit stand oder bewegte sich hier nichts im Reiche des Löwen! Fragen wollte sie ihn nicht. War es eines seiner Geheimnisse, so sollte er es ihr aus freien Stücken offenbaren – oder sie würde es schon selbst eines Tages herausbringen. Aufschluß mochte der stille Kanal bringen, der statt eines Plattenweges und einer Freitreppe gradlinig auf die Portale zutrieb, dort abrupt endete, als würde er darunter hindurch weiterfließen oder im Boden versickern.

Die kostbar geschnitzten Kirchentüren hatte Laurence allerdings auch noch nie geöffnet gesehen. Heimlich wie eine Diebin begab sie sich hinab in jenes Turmgemach, von dem aus sie das Triforium der Kathedrale betreten konnte, jenen Gang im Innern rings um das hohe Mittelschiff, der bis hin zu den Chorstallen führte. Sie öffnete und verschloß die kleine Tür behutsam hinter sich und schlich die schmale Balustrade entlang, bis sie einen brauchbaren Blick von der Seite auf die Rosette werfen konnte, ohne sich zu weit von ihr zu entfernen. Jetzt glaubte sie deutlich das Plätschern, ja Rauschen von Wasser zu hören. Ein verborgenes Schöpfrad? Um Wasser auf das Dach der Kathedrale zu fördern? In den ihr untersagten steinernen Zaubergarten des Löwen? Wie oft hatte Laurence schon vermeint, grünes Blattwerk dort oben erspäht zu haben, sich wiegende Palmwipfel. Sie hatte es immer als Blendwerk ihrer überbordenden Phantasie abgetan oder als von Wind oder Vögeln herbeigeführten Wildwuchs in irgendwelchen Fugen oder Rinnen.

»Ihr träumt vom Paradies, meine Liebste? Eines Tages werde ich es Euch zeigen.« Der Löwe hatte ihr hinter einem Pfeiler aufgelauert und lachte sie an.

Laurence sah seine violette Zunge zwischen den gelblichen Zähnen, und es verlangte sie nach seinen drängenden Küssen. Sie ließ sich auf seine starken Arme nehmen und von ihm tragen bis zum Beginn des Chorumgangs. Von dessen Eckpfeiler führte eine arg schwankende Hängebrücke hinüber auf ein ausgebreitetes dickmaschiges Netz, das drei weitere Seilzugbrücken der gleichen Art straff spannten wie ein Trampolin. Auf der über dem Altarraum schwebenden Fläche waren die schönsten Teppiche des Orients ausgebreitet, damastene Kissen und Polster in jeder Größe lagen herum. Doch darunter gähnte die Tiefe.

»Setzt mich ab, mein Prinz«, verlangte Laurence, als er Anstalten machte, seinen Weg fortzusetzen. »Ich mag auf eigenen Füßen und sehenden Auges in mein Verderben schreiten.«

Er ließ ihr den Vortritt. Laurence war schwindelfrei, dennoch ließ sie sich mit einem Schrei der Erleichterung oder in Erwartung kommender Lust mit so viel Schwung rücklings ins Netz fallen, daß es sie in den Kissen hochwippte wie einen federnden Ball. Der Löwe stürzte sich auf sie, Hals und Brüste waren längst Domäne seiner zärtlichen Bisse und wühlenden Lefzen. Die rauhe Zunge suchte sich den Weg über die Wölbung des Bauches, umspielte kurz den Nabel, bevor sie wie ein Reptil weiter abwärts glitt. Laurence genoß die Reizung ihrer Haut, die kleinen Schmerzen und das Brennen ihrer Lippen, verursacht durch den kräftigen Haarwuchs, der sich über den Körper des Löwen zog. Aber viel mehr lauschte sie ihren Gefühlen im Dunkel ihres Leibes nach, dem Pochen ihres Herzens, dem Wallen ihres Blutes und dem dumpfen Begehren in der Tiefe ihres Schoßes. Sie fuhr erst hoch, als die flinke Echse schon ihr Gärtlein genäßt und bohrend und zuckend Einlaß zur schmalen Pforte forderte.

Instinktiv klemmte Laurence die Schenkel zusammen und zerrte das Haupt des Löwen aus dem Rosenhag. Erst als er schon keuchend in ihrer Magengrube lag, kamen ihr Zweifel an der Richtigkeit ihrer überstürzten Abwehr – nicht seinetwegen, sondern ob es nicht sie selber war, der es nach dem Ansturm des ›Mannes ohne die blöde Männlichkeit‹, wie Sancie sich über ihren Cousin ausgelassen hatte, verlangte. Und Sancie, die mußte es ja wohl wissen!

»Wenn Ihr mir – und Euch – diese Befriedigung versagt, Liebste, was bleibt uns dann noch?« Der Löwe klagte nicht, aber tiefe Verbitterung klang neben aller verständlichen Trauer heraus.

Laurence hatte bisher wenig Gedanken an seine Gefühle verschwendet. Sie wollte ihn zwar nicht enttäuschen, doch von Hingabe konnte keine Rede sein, geschweige denn von einem selbstlos dargebrachten Opfer. Sie öffnete ihm zitternd ihren Schoß und streichelte sein Haupt.

»Wir sollten es uns aufsparen, mein Prinz«, Laurence versuchte ihn und sich des Ernstes ihrer Worte zu versichern, »denn, wie Ihr schon sagtet, ›was bleibt uns dann noch?‹«

Sein Aufstöhnen, ein herzzerreißendes Grollen, das sich ihren Weichteilen mitteilte und sie vibrieren ließ, brach ihren Widerstand nur scheinbar.

»Doch«, seufzte sie, gefaßt, das Spiel zu gewinnen, »wenn Ihr meint, Ihr müßtet solcherart – « Geschickt verschluckte Laurence jegliches Reizwort. »Dann laßt mich es sein, Liebster, die Euch – «

Wie Schluchzen wollte Laurence das leise Geräusch nicht vorkommen, das längst nahezu unhörbar eingesetzt hatte. Ihr Ohr hätte es auch nicht wahrgenommen, wäre da nicht ihr Bauchfell gewesen. Es schien ihr eher ein unkontrollierter Schluckauf, unterbrochen von tiefen Seufzern, die mit beängstigend langem Aussetzen des Atmens wechselten. Doch hatte er ihr Mitleid nicht verdient, denn das Löwenhaupt schob sich wieder bis zur Höhe ihres roten Haares, vermengte seine Mähne im stummen Toben der Verzweiflung mit der ihren. Nun konnten sie wenigstens zusammen weinen, lachen, sich trösten und sich küssen. Sie sprangen auf dem federnden Netz herum, fingen sich auf, stießen einander ab, fielen sich in die Arme und blieben schließlich ermattet liegen, bis der Prinz sagte:

»Heut hält mein Priester eine Abendmesse. Wir sollten ihn mit unserer Gegenwart erfreuen.«

Laurence spähte bäuchlings über den Rand des Netzes in die Tiefe des Chorraumes. »Wenn wir uns an der Hand nehmen, Micha«, sagte sie plötzlich, sie wußte hinterher auch nicht warum, »uns fest umarmen und dann springen, werden wir mit der Schwere unserer Liebe die Decke zur Krypta durchschlagen – und grad vor dem Altar des Archimandriten landen!«

»Unter Einbuße der Schönheit unserer Leiber«, spottete der Despotikos. »Jedoch im Tode vereint! Laßt uns den langen Abstieg wählen. Ich liebe es, den Chorgesang der kretischen Mönche zu erleben, das Flackern der Kerzen und die feierliche Erhabenheit meines Popen, wenn er den Heiligen Geist austeilt. Er ist meist schon vorher betrunken!«

Seit Monden ihres Beisammenseins war es das erste Mal, daß ihr Prinz sie allein ließ. Laurence hatte erwartet, der Despotikos würde sie auffordern, ihn auf seiner Reise über die Insel zu begleiten, doch dann erschien der Nachen auf dem Wasser des Kanals unter ihrem Fenster und legte lautlos vor den verschlossenen Portalen des Palastes an. Die Ruderer verharrten noch, als sich die Tür zum steinernen Dachgarten öffnete und Micha reisefertig ihr Gemach betrat.

»Euch, Laurence«, sagte er beiläufig, als gäbe es sonst nichts zwischen ihnen, das nach Klärung verlangte, »das Betreten des Labyrinths zu verbieten ist ein hoffnungsloseres Unterfangen als unsere Liebe.«

Laurence erschrak ob der Kühle seines Tons, doch gleichzeitig zog der Löwe sie an sich. Sie spürte die Wärme seines Herzens, sein Pochen durch das Fell seiner behaarten Brust.

»Tut mir wenigstens den Gefallen, Euch bei der Erfüllung Eures stärksten Triebes einer Begleitung zu versichern, die mit den Eigenheiten des Labyrinths vertraut ist, sei es die Aulika oder der Archimandrit!« Der Prinz küßte sie flüchtig und trat die Fahrt mit seinem Nauarchos Jago Falieri an.

Laurence ließ sich nicht lange davon abhalten, ihrer Neugier nachzugeben. Bei der nächsten gemeinsamen Mittagstafel, bevor noch die Aulika Pro-epistata erschienen war, verabredete sie sich mit Isaak von Myron. Sie wünsche den fernen Turm zu besichtigen, von dem des Nachts die hellen Glockenschläge herüberwehten. Der Archimandrit zeigte keinerlei Erstaunen, und sie trafen sich bald darauf in der Krypta.

Die Gewölbe unter der Kathedrale waren weitläufiger, als Laurence sich das vorgestellt hatte. Die meisten ruhten auf gedrungenen Pfeilern, ihr Mauerwerk war klobig, und die Gänge verloren sich in alle Himmelsrichtungen. Ein Rauschen erfüllte die Kammern, die sie dem Untergrund der Fassade mit der Rosette und den beiden sie flankierenden Türmen zuordnete, in einem von denen sie selber residierte. Laurence ging den Geräuschen des Wassers nach und stand bald am Fuß eines gewaltigen hölzernen Schöpfrades, das nur zu einem geringen Teil aus der Decke ragte. Der Schwall herabstürzender Wassermassen ergoß sich in frei schaukelnde hölzerne Schalen, trieb sie aufwärts, ließ sie verschwinden, während sich die nächsten schon tropfend, doch entleert herabsenkten, um sich aufs neue zu füllen und den Kreislauf in Gang zu halten. Das Balkenwerk knarrte und ächzte, das Wasser toste und spritzte. Der steinerne Garten auf dem Dach – für etwas anderes konnte das Naß kaum bestimmt sein – mußte beachtliche Mengen an Wasser verbrauchen.

Laurence stand lange sinnend vor der genialen Ingenieursleistung, bevor sie sich zur unterirdischen Palastkapelle begab. Ihr Weg führte durch die Küche, wo an flackernden Herdfeuern und rauchenden Backöfen verschwitzte, gesichtslose Gnome umherschlurften und sprangen. Laurence nahm nur ihre Schatten wahr, die Ausdünstungen der Köche, die sich mit denen der Speisen vermischten. So erreichte sie das *sanctum* des Archimandriten. Im Gegensatz zu der groben Umgebung herrschte in dieser mit Goldmosaiken ausgekleideten Grotte ein magischer Glanz wie im Innern einer Druse aus Quarz und Kristall. Funkelnde Steine bedeckten die Wände und Decken, bildeten die Kandelaber und türmten sich auf dem leuchtenden Altar zu einer einzigen schimmernden Quelle des Lichts. Oder waren es die unzähligen Wachskerzen, deren Widerschein sich im Allerheiligsten spiegelte, das ihr Leuchten einfing und zu der geheimnisvollen Glut bündelte? Der Priester empfing Laurence an dem weit geöffneten Portal.

»Ich denke, Ihr seid nicht gekommen, um noch vorher zu beten«, begrüßte er sie und kicherte in seinen weißen Bart. »So laßt uns die Reise in die Unterwelt ohne den Segen des Herrn antreten.«

Er entzündete eine Fackel und drückte sie Laurence in die Hand. So schritt er voran, entriegelte eine unscheinbare Tür im Vorhof der Kapelle. Nur wenige Stufen wendelten sich hinab, Laurence sah auf gurgelndes Wasser und einen sich gegen die Strömung stemmenden Kahn. Ein unterirdischer Kanal? Zweifellos die Fortführung dessen, der vor der Kathedrale ins Nichts verschwand, wenn man den Antrieb des Riesenrades in der Rosette so gering achten wollte. Isaak bestieg das schwankende Gefährt, reichte ihr die Hand und ließ sie auf der Bank Platz nehmen. Dann erst löste er das Tau, und mit einem Ruck wurde das Boot von den dahineilenden Fluten erfaßt. Laurence sah nicht weiter, als der Schein ihrer Fackel trug. Es waren auch nur Felszacken auszumachen, deren Formen die schnell wandernden Schatten laufend veränderten. Sie trieben durch eine steinerne Röhre.

»Mein greises Haupt«, begann ihr Gegenüber unvermutet das Gespräch in der Dunkelheit, »gehört sowieso dem gütigen Beschützer der griechischen Kirche. Das gestattet mir ein offenes Wort.« Sein Räuspern gerann zum Kichern. »Beabsichtigt Ihr, Laurence de Belgrave, den Despotikos von Kreta, Michael, Marquis de Montferrat, Euch zum Gatten zu erwählen, ungeachtet aller Schwierigkeiten beim Vollzug der Ehe?« Laurence schwieg. Sie hob die Fackel so, daß ihr Licht schonungslos auf das Antlitz des Archimandriten fiel. Er wurde unruhig. »Ihr müßt mir die Freiheit, die ich mir kraft meiner Stellung herausnehme –«

»Ich will sie Euch verzeihen«, entgegnete Laurence, »wenn Ihr mir freimütig gesteht, wer Euch dazu getrieben hat, mir diese Frage zu stellen.«

Der Weißbärtige wehrte gestikulierend ab. »Keiner! Das, bei Gott, sollt Ihr mir glauben! Es ist allein die Sorge um die Zukunft meiner Kirche.«

Jetzt war es an Laurence, ihn zweifelnd anzuschauen, denn er wirkte ehrlich und ohne Falsch auf sie. »Welche Gefahr droht der Orthodoxie von meiner Person?« fragte sie belustigt zurück.

Der Alte seufzte. »Eine Mauerbresche kann man dem Beschuß des Feindes so lange aussetzen, bis die ganze Mauer in sich zusammenfällt – *oder* die Belagerten bessern sie ständig aus, Stein für Stein, bis der Angreifer, die Vergeblichkeit seines Tuns vor Augen, von ihr abläßt.«

»Welchen Part denkt Ihr mir bei diesem Bild zu?«

»Ihr seid eine Vertreterin Westroms. Eure Verbindung mit dem Hause Montferrat würde die Partei des Papstes stärken, schon weil sie eine Ehe mit einer byzantinischen Prinzessin des rechten Glaubens vereiteln würde.«

Nur das Gluckern des Wassers unter dem dahingleitenden Kahn war zu hören.

»Wünscht Ihr, daß ich konvertiere?« stellte Laurence die Frage, wie an sich selbst gerichtet. »Dann bliebe zwar immer noch der Despotikos und sein spezielles Problem, das Ihr selbst angesprochen: Welche Frau, gleich welchen Glaubens, läßt sich überhaupt darauf ein?« Laurence entließ ihn nicht aus dem Lichtkreis der blakenden Fackel. »Denn wie ich Euren Worten entnehme, seht Ihr in der Herrschaft des Montferrat über Kreta in erster Linie eine dynastische Frage – was also die Zeugung von Nachkommen voraussetzt –.« Der Kanal, auf dem sie fuhren, öffnete sich zur einen Seite zwischen den Felsen und erlaubte einen Blick auf das unter ihnen liegende Land. »Oder rechnet der Archimandrit mit dem vorzeitigen Ableben des Despotikos und will für diesen Fall den byzantinischen Erbanspruch sicherstellen?«

Isaak von Myron schaute sein Gegenüber erschrocken an. »Ihr seid eine erstaunliche junge Frau, Laurence de Belgrave. Ich wollte Euch nicht vertreiben –«

»Doch!« entgegnete sie mit solcher Schärfe, daß er zusammenzuckte, zumal sie gerade wieder in die Dunkelheit einer Höhle eintauchten. »Ihr wolltet mir nahelegen zu verschwinden!« Sie ließ sich Zeit, sah neues Licht am Ende des Tunnels. »Und wenn ich mich bereit erklären würde, nach griechisch-orthodoxem Ritus –?«

»Kyrie eleison!« rief der Archimandrit entsetzt. »Ihr schreckt vor nichts zurück!«

»Merkt Euch das, Isaak von Myron!« hakte sie gleich nach. »Mit mir könnt Ihr rechnen, wenn Ihr ehrlich für Euer Anliegen eintretet – mit mir *müßt* Ihr rechnen, wenn Ihr ein falsches Spiel treibt!«

Danach wechselten sie kein Wort mehr, bis sie den Sockel des Turmes erreichten. Der Kanal führte durch das merkwürdige Gebäude. Eigentlich bestand es nur aus einer steinernen Hülse, von unzähligen Bögen durchbrochen und nach oben hin offen. Dort hingen metallene Röhren von Schulterbreite bis Armesdicke, und ein Gewirr von Seilen, Schlaghölzern und erzenen Hämmern umringte sie von allen Seiten.

Laurence' Wißbegierde überwand ihren Groll. »Wer bedient dieses Glockenspiel, das ich so oft in der Nacht vernommen?«

Der Archimandrit schien wenig erleichtert über den Stimmungsumschwung. »Der Wind«, suchte er spürbar nach einer glaubhaften Ausflucht, doch dann sah er die Zornesfalte. »Die Gefangenen, die zum Tode Verurteilten,« setzte er stockend hinzu, »und Angelos –«

»Ah«, entfuhr es Laurence, »ist Euer Chorknabe auch der Henker?«

Die Antwort blieb der Archimandrit schuldig.

»Und wohin führt dieser Kanal?«

»Zurück zum Palast«, antwortete der Archimandrit gequält, »doch das Geheimnis sollt Ihr nicht zu Gesicht bekommen. Es ist verboten.«

Laurence schaute ihn herausfordernd an und taxierte die Stärke des Weißhaarigen. Sie hielt die Fackel in der Hand. »Und wenn ich Euch zwinge?«

Isaak von Myron schüttelte kichernd sein Haupt. »Ihr seid es, die sich den Anordnungen fügen muß, Laurence.«

Hinter einem der Bögen trat der Hüne hervor, der nackte Oberkörper von Öl glänzend. In der Schärpe seiner Pluderhose steckte ein Dolch von den Ausmaßen eines Krummsäbels. Er lächelte Laurence besänftigend zu. Sie sah das bereit gehaltene Tuch in seinen Pranken, mit dem er sie leicht hätte erwürgen können. Laurence fügte sich und ließ sich die Augen verbinden.

Der Kahn setzte seine Fahrt fort. Ein immer stärker werdendes Rauschen kündigte einen Wasserfall an, das Boot hielt, schwankte – und sie fühlte sich in die Luft gehoben. Die Geräusche, die diesen Vorgang begleiteten, erinnerten sie an das Riesenrad in der Rosette, aber sie verschwieg ihre Kenntnisse. Mit einem Platscher setzte der Kahn, in dem sie saß, auf einer Wasserfläche auf, glitt fort von dem Rauschen und Platschen, es wurde immer leiser.

»Ihr könnt jetzt Eure Binde wieder abnehmen, Laurence«, hörte sie die um Freundlichkeit bemühte Stimme des Archimandriten.

Sie schwammen in einem offenen Kanal, fast ein See, der wohl höher lag als die Röhre, durch die sie gekommen waren. Seine Wasser führten über Brücken, die Täler zwischen den Hügeln überspannten, und folgte den weichen Windungen der Hänge. Sie glitten durch Wälder und Wiesen, bis sie plötzlich den Palast vor sich sahen. Der Kahn legte bei den verschlossenen Portalen der Kathedrale an. Laurence warf einen scheuen Blick hinauf zur Rosette, deren Farben jetzt in der Abendsonne aufleuchteten. Der Archimandrit war schon an Land gesprungen. Er bot Laurence seine helfende Hand. Sie nahm sie nicht in Anspruch, sondern begab sich grußlos zu ihrem Turm.

Als Laurence kurz darauf zum Abendmahl in der ›Gruft‹ eintraf, wie sie das hohe Schiff der Kathedrale ob seiner einladenden Atmosphäre inzwischen nannte, war sie keineswegs erstaunt, Angelos dort wieder seines Amtes als Vorleger walten zu sehen. Da sie und der Archimandrit sich etwas verspätet hatten, fanden sie die Tischordnung offensichtlich zum Leidwesen der Sturla verändert und den vorzeitig zurückgekehrten Jago betrunken vor. Er hatte den Platz seines Herrn am Kopfende der Tafel eingenommen, und die aufgebrachte Aulika ließ ihre aufgestaute Wut an Laurence aus, als diese, wie nun inzwischen gewohnt, ihren Platz zur Linken des Herrn einnehmen wollte.

»Laßt gefälligst den Stuhl des Nauarchos frei!« fauchte sie. »Ihr seht ja, wohin diese entsetzliche Anarchie führt! Ich dulde nicht –«

»Duldet nur, Schwester«, unterbrach sie der gleichzeitig eintreffende Archimandrit. »Das ist beste christliche Tradition, solange es um die Leiden anderer geht.«

Er begab sich zur gegenüberliegenden Stirnseite und verrichtete dort sein Tischgebet, während sein Chorknabe ihm stumm sein Besteck dorthin nachtrug.

Aus Gründen, mehr des Abstandes als der Symmetrie, vor allem aber um des lieben Friedens willen, nahm Laurence folgsam davon Abstand, ihr erstrittenes Recht zu behaupten, und setzte sich in die Mitte der Breitseite, so einen leeren Stuhl zwischen sich und dem trunkenen Herrn der Meere lassend und gleichzeitig vermeidend, die unleidliche Oberhofmeisterin zum Gegenüber zu haben.

»Wieso seid Ihr schon zurückgekehrt«, wandte sich Laurence an Jago, »und der Despotikos noch nicht?«

»Um Eure Treue zu prüfen, Liebste!« lachte er schallend. »Die Aulika meint, Ihr würdet es gar wild mit dem Popen treiben, da Ihr Euch so ungebührlich verspätet habt!«

»Verleumdet mich nur!« heulte die Bloßgestellte auf. »Ihr, der Ihr keine Tugend gelten laßt, meine Reputation mißachtet – und dem Trunk verfallen seid!« Das schien Frau Irene das gräßlichste aller Laster.

Laurence ließ sich von Angelos einschenken.

»Es ist offenbar, wie sehr alle hier unter dem Fehlen des Prinzen leiden«, sie hob ihren Pokal. »Laßt uns auf ihn trinken! Es würde ihn schütteln vor Lachen, wenn er diese Tafelrunde sehen könnte!«

Laurence trank allein. Dann stach die Aulika spitz in das betretene Schweigen hinein.

»Jetzt untersteht sich diese Person schon, einen Toast auf unseren Herrn auszubringen, dessen Würde ich allein –«

»*Ich* vertrete den Despotikos!« polterte ihr der Admiral dazwischen. »Deswegen lege ich auch Wert darauf, daß nicht Ihr alte Henne, sondern das rote Hühnchen an meiner Seite weilt.«

Er langte um die Ecke des Tisches herum und versuchte den Stuhl seiner weit entfernten Nachbarin an der Armlehne zu sich heranzuziehen. Laurence hielt den Becher noch in der Linken, nichts deutete auf Gegenwehr, als sie den Ellbogen auf dem angespannten Handrücken Jagos absetzte und dann ihren Arm, die geschlossenen Finger straff angewinkelt, blitzschnell wie der Stich des Skorpions in die Beuge des anderen stach. Jago wurde von seinem eigenen Zerren mitgerissen, kippte mitsamt seinem hochlehnigen Sessel zur Seite und stürzte krachend zu Boden.

Der Archimandrit kicherte, die Sturla heulte. Keiner, auch der Admiral nicht, hatte mitbekommen, wie er zu Fall gekommen war. Der herbeigesprungene Angelos richtete den Stuhl wieder auf, und der Betrunkene machte Anstalten, ihn zu erklimmen, als ihm wohl dämmerte, was geschehen war. Sein Rücken war Laurence noch zugekehrt, als er, diesmal aus Erfahrung schnell gewitzt, wie eine Schlange quer über die Tischplatte vorstieß und ihr Handgelenk umklammerte.

»Ihr sollt Euch mir nicht verweigern, Laurence de Belgrave!« keuchte er und begann sie dank seiner Kraft langsam, aber stetig über den Tisch zu ziehen.

Laurence hatte längst, Gleichmut heuchelnd, wieder zu ihrem Besteck gegriffen. Das Messer in ihrer Rechten war Opfer des Schraubstocks, wenngleich sie es nicht hergab. Die dreizinkige Gabel in ihrer Linken ließ ihr Bezwinger außer acht.

»Küßt mich!« schnaufte der in erregter Vorfreude. »Ihr werdet mich küss –!«

Laurence nagelte seinen Arm durch den Stoff des Hemdes auf die Platte. Die Zinken waren so dicht an seiner Haut vorbei ins Holz gedrungen, daß das Tuch sich spannte.

»Elende Hure!« schrie der Übertölpelte.

Laurence griff in aller Ruhe zu ihrem Pokal, hob ihn grüßend in die Runde – und schwappte seinen Inhalt dem Nauarchos ins Gesicht.

»Die Tafel ist aufgehoben!« teilte sie noch der Aulika bei dem äußerst gemessenen Abgang mit, der Laurence aus der Familiengruft wieder in die Sicherheit ihres Turmes brachte.

Eines Tages war dann der Löwe heimgekehrt. Laurence verlor kein Wort über das Vorgefallene, und die Betroffenen zogen es ebenfalls vor, sich in Schweigen zu hüllen. Ihr Prinz stellte auch keine Fragen, nicht einmal, ob sie ihn sehr vermißt habe. Micha lud sie vielmehr zu einem Ausritt ein. Es war das erste Mal, daß er ihr seine Pferde vorführte, die im Chorraum der Apsis standen, vergoldetes

Gitterwerk trennte die Ställe vom Schiff. Ihre Ausdünstungen waren Laurence schon öfters in die Nase gestiegen. Sie liebte diesen Geruch und das ruhige Schnauben der Tiere, die es klug einrichteten, während der Mahlzeiten, und zwar jedesmal, wenn die Aulika eines ihrer Lamenti losließ, genau dann vernehmlich zu furzen oder zu äpfeln.

Auf zwei Rappen ritten sie in die Hügel. Ihr Prinz erwies sich als ein vorzüglicher Reiter, was Laurence nicht vermutet hatte. Sie forderte ihn aber nicht heraus, sondern hielt sich an seiner Seite, in der Erwartung, daß er das Wort an sie richtete. Micha schwieg jedoch. Sie gelangten auf eine Anhöhe, unter der sich ein kleiner See erstreckte. Dort ruderte neben dem Nachen, den Laurence schon kannte, eine stattliche Kampftriere. Das Kriegsbanner der Montferrat, rotes Hirschgeweih auf Silbergrund, flatterte lustig im Winde, mit dem zum Stoß erhobenen Hirschfänger in der Mitte. Die Triere schob sich über den See wie ein zu fett geratener Wasserfloh. Sie war in allen drei Bankreihen voll besetzt, verfügte über einen Rammdorn am Bug und ein leichtes Katapult auf dem erhöhten Heck. Kommandiert wurde das für den kleinen See gar arg pompös wirkende Schlachtschiff von dem zierlichen Nachen aus, in dem der Nauarchos breitbeinig stand, und zwar in voller Ritterrüstung.

Laurence erkannte Jago Falieri trotz des wuchtigen Helmes mit buschiger Zier. Er schlug auf einer Kesselpauke eigenhändig den Takt für den Schlag der Ruderer, dann setzte er aus, die Riemen fuhren hoch, ein einziger Paukenschlag, und die Steinschleuder entließ ihr Geschoß. Im hohen Bogen flog es über den Nachen hinweg und klatschte spritzend ins Wasser. Wild trommelte der Nauarchos seinen Ärger über die Schützen in die Pauke.

»Mein Strategos bereitet sich auf die nächste Seeschlacht vor«, kommentierte der Despotikos das Bild mit trockenem Sarkasmus.

»Gegen wen?« fragte Laurence, ungläubig amüsiert.

»Sicher gegen eine Invasion der Insel durch die Flotte der Serenissima!« Der Despotikos hoffte, durch entwaffnende Ehrlichkeit die Frage ins Lächerliche zu ziehen. Gefehlt!

»Zur Niederschlagung des Aufstandes, an dessen Spitze ich Euch – «

Ihr Prinz wurde auf einen Schlag todernst. »Das sähen die Kreter vielleicht gern!« antwortete er ihr ungehalten. »Doch ich denke nicht daran – jetzt, wo ich Euch gefunden –«

»Ihr meint, *ich* sollte ihn anführen?«

Der Despotikos ging nur zum Schein auf das Angebot ein, ihm lag einzig daran, in ruhigere Gewässer zu gelangen. »Wenn die Venezianer Euch so erblicken, mit wehendem roten Haar, eine zornige Sturmgöttin des Krieges, dann nehmen sie gleich Reißaus – stieben davon in alle Winde!«

Laurence lachte. »So seht Ihr mich also? Mich sanftes Lämmlein?«

Jetzt lachte auch Micha. Laurence nahm die aufgelockerte Stimmung wahr und gab ihrem Rappen die Sporen. Vergnügt setzten sie mit ihren edlen Tieren über Stock und Stein. Sie zeigte ihm, welche Figur sie im Sattel machte, doch Micha hielt unangestrengt mit. Sie erreichten eine Lichtung. Dort hielt der hohe Reisewagen, der Laurence und den Prinzen am ersten Tage zum Palast getragen hatte. Daneben war ein pavillonartiges Zelt aufgeschlagen, aus dem der Archimandrit und die Aulika traten. Sie verneigten sich vor dem Despotikos.

»Ist alles vorbereitet?« fragte der knapp und sprang vom Pferd.

Ihr Schweigen schien ihm nicht zu genügen. »Damit es klar ist: Wen er erwischt, der ist als nächster dran!« Sprach's und verschwand im Zelt.

»Wer *er*?« fragte Laurence leise den Archimandriten.

»Der Minotauros, du dumme Kuh!« zischte statt seiner die Aulika.

»Kretas heiliger Stier«, gab jetzt Isaak von Myron das Mysterium preis, »holt sich sein Opfer, trifft seine Wahl unter den Maiden –«

»Hier wird ihm schon die Auslese zur Qual«, revanchierte sich Laurence.

Im Zelteingang erschien jetzt eine Gestalt, die, in Stierhaut gehüllt, das gewaltige Haupt des Tieres auf den Schultern trug, von mächtigen geschwungenen Hörnern gekrönt. Arme und Beine steckten ebenfalls in schwarzem, zottigem Fell und endeten in den Nachbildungen der Hufe. Für die Statur Michas kam Laurence die langsam vorwärts tapsende Figur zu groß und zu klobig vor, doch mochte gar einiges an ihr ausgestopft sein. Die Überdimensionierung gehörte wohl zum Spiel. Laurence blickte prüfend in die großen dunklen Augen des Tieres. Sie schauten so traurig wie die ihres Prinzen. Der Archimandrit zog jetzt eine Binde hervor und legte sie dem Stier um den Kopf, so daß die Augen nun verdeckt waren. Er rüttelte an dem Tuch und zurrte es fest. Dann sprang er zurück und rief: »Kyrie, Kyrie eleison!« Das Spiel begann.

Laurence merkte sehr schnell, daß der Stier es einzig und alleine auf sie abgesehen hatte. Die Aulika konnte herumtorkeln, wie sie wollte, der Archimandrit ihm kichernd fast vor die Hörner hupfen, der Minotauros griff stets ins Leere. Laurence hingegen mochte Finten schlagen, im Zickzack springen, immer blieb er ihr schnaubend auf den Fersen. Der Träger des Kopfes mogelte mit Sicherheit, was sein ›Blindsein‹ anbelangte. Spähte der Despotikos durch weit unterhalb der Binde befindliche Schlitze, vielleicht durch die Nasenlöcher oder im krausen Halsfell verborgene Öffnungen? Laurence wurde der Hetze und des Truges leid, oft retteten sie nur Haken im letzten Augenblick oder eine geschickte Drehung des Körpers, mit der sie sich aus der schon zugreifenden Zange herauswand. Auf diese billige Art mochte sie sich nicht fangen lassen. Der weißbärtige Hüpfer Isaak war für ihren Plan nicht brauchbar, aber Frau Irene taumelte, im wohligen Schauer, vielleicht doch in die Arme genommen zu werden, tänzelte, sich in den schweren Hüften wiegend, vor der Nase des Minotauros herum, daß der gewiß einen Teil seiner schweißtreibenden Tätigkeit darauf verwenden mußte, nicht die Falsche zu erwischen. Laurence schob sich jetzt ermattet, schleppenden Schritts genau vor die Aulika, auf den heranstürmenden Stier nicht achtend. Der Minotauros breitete schon siegesgewiß die Vorderläufe aus, da ließ sich Laurence wie ein Sack auf die Füße der Oberhofmeisterin fallen. Die stolperte prompt mit einem Juchzer dem Stiermenschen in die Arme. Beseligt hing sie an seiner lockigen Brust.

»Madame de Sturla als kretischer Stier!«

Aus dem Pavillon trat der Despotikos. Der Minotauros setzte erschöpft den Stierkopf ab, darunter kamen erst die schweißglänzenden Schultern, dann der Nacken und schließlich das Gesicht des riesigen Angelos zum Vorschein. Auf einen Wink des Despotikos führte der Diener die konsternierte Matrone ins Zelt.

»Was wird hier eigentlich gespielt?« keifte sie vorwurfsvoll über die Schulter, als würde sie zur Schlachtbank geführt.

»Blinde Kuh!« rief kichernd der Archimandrit. »Und dumme dazu!«

Als die Aulika unter dem Stierkopf steckte und von Angelos aus dem Zelt geführt wurde, hatten Laurence und ihr Prinz längst heimlich und leise wieder ihre Pferde bestiegen. Der Archimandrit, selbst der ›Chorknabe‹ mußten an der Täuschung teilnehmen. Die Liebenden neckten den Stier noch eine Zeitlang durch Zurufe von allen Seiten, indem sie ihre verständigen Tiere um ihn herumtänzeln ließen, und ritten dann, ohne lautes Hufgeräusch zu verursachen, rasch davon.

»Ihr haltet Euch schon recht gut im Sattel, meine Liebste«, sprach der Despotikos Laurence nach einiger Zeit an, »wenn ich sehe, wie Ihr die schnaubenden Ungeheuer meines Palastes zugeritten habt!«

Laurence zügelte ihren Rappen. »Beichtet mir bitte jetzt nur nicht, mein Prinz«, funkelte sie ihn an, »daß alle Boshaftigkeiten, die ich bislang klaglos über mich ergehen ließ, in Wahrheit Ausgeburten Eures Hirnes sind, Kreationen Eures Schöpfergeistes!«

»Ihr seid so schön in Eurer Wut, Liebste, ich muß – «

»Es ist besser, Ihr schweigt, Michael de Montferrat!« fauchte sie den Löwen an, selbst zur ebenbürtigen Raubkatze erwachsen.

Er senkte schuldbewußt sein zerzaustes Löwenhaupt, so daß ihr Zorn zusehends verrauchte, und bald steckte sein jungenhaftes Lachen auch sie wieder an. Doch Laurence wünschte endlich Klarheit, soweit das hier in diesem Irrgarten überhaupt möglich war, über seine Rolle in dem Waffenschmuggel, der sie das erste Mal nach Kastéllion geführt hatte.

»Was ist mit den Waffen für Kreta? Schließlich wurden sie auf Eurem Schiff auf die Insel gebracht?«

Nicht einmal diese ernste Frage vermochte ihren Prinzen um seine heitere Unbekümmertheit zu bringen.

»Über meine Flotte verfügt mein Nauarchos«, versuchte Micha ihr zu erklären. »Ich nehme nicht an, daß er die Serenissima *nicht* informiert hat. Also diente der Transport entweder dazu, die Kreter in eine Falle zu locken oder mich bloßzustellen.«

»Und das laßt Ihr zu?« empörte sich Laurence.

»Wenn ich angemessen reagieren würde, brächte ich die Verschwörer nur dazu loszuschlagen! Also stell' ich mich blind und taub und unberechenbar!«

»Und über Euch schwebt ständig dieses Schwert des Damokles?«

»Es ist wenigstens nicht unsichtbar! Jeden Morgen, den ich erwache, freu' ich mich, daß es noch nicht auf mich herabgesaust ist!«

»Das ist doch kein Leben!«

»O doch! Ein sehr bewußtes sogar. *Memento mori!*« Ihr Prinz lächelte. »Eure Präsenz, meine Liebste, wiegt in den Augen vieler schwerer noch als ein ganzes Bündel scharf geschliffener Klingen. In Euch sehen sie die größte Gefahr, weil Ihr mich verändern könntet!«

Als hätte dieses Bekenntnis, das Laurence noch lange zu schaffen machte, nun doch ein Zuviel an Einblick in sein Inneres gegeben, sprang Micha wieder zurück ins lockere Scherzen.

»Immerhin ist es mir gelungen, Jago davon abzuhalten, die Waffen in der Krypta der Kathedrale zu lagern. Jetzt hat er die Verliese damit vollgestopft und muß sich mit dem Archimandriten gut stellen, sonst landen sie schlußendlich doch noch in den Händen der Kreter!«

DER KULT DES STIERHORNS

Der Despotikos verschwand noch oft aus seinem Palast, ohne sich von Laurence zu verabschieden, dafür gab es meist herzbewegende Liebesschwüre, wenn er plötzlich wieder auftauchte. Eines Morgens stand er in ihrer Kemenate, durch jene stets verschlossene Tür in ihr Schlafgemach gelangt, die auf den sogenannten Steinernen Garten hinausführte. Das Dach der Kathedrale war von ihr immer noch unerforscht geblieben, vielleicht das letzte Rätsel.

»Ich will Euch mein Vertrauen beweisen, Liebste«, sagte Micha, schelmisch hinzufügend: »und gleichzeitig Eure rasche Auffassungsgabe gegen Eure Wißbegier auf die Waage legen. Was ich Euch heute zeige, werdet Ihr nur zweimal zu Gesicht bekommen.«

»Ich weiß«, ging Laurence auf den scherzenden Ton ein. »Das erste und das letzte Mal *zusammen*!«

»Falsch«, entgegnete ihr Prinz trocken. »Das zweite Mal solltet Ihr nicht herbeisehnen: Es würde bedeuten, daß ich mich wegen erwiesener Untreue von Euch trennen muß – auf immer!«

»Sagt ich's doch!« spöttelte Laurence. »Offensichtlich rechnet Ihr fest damit, daß ich solche Schuld nicht überlebe.«

»Das habe ich nicht gesagt und wünsche es erst recht nicht, Liebste. Aber Trennung ist immer ein zweischneidiges Schwert, immer schmerzhafter für den, der bleibt.«

»Laßt uns erst mal mit dem Zusammen*leben* anfangen, mein Prinz! Unser Ende ist in Gottes Hand.«

Laurence preßte mit plötzlichem Entschluß den Löwen in die Arme und küßte ihn wild, in Erwartung, seine fordernde Zunge zu spüren, doch nichts dergleichen geschah. Micha nahm sie bei der Hand und führte sie über schwindelerregende schmale Treppchen unter Strebebogen hindurch auf den begehbaren Dachreiter, der wie ein steinerner Taubenschlag in der Mitte des Firstes aufsaß. Von hier aus ließ sich der gesamte Steinerne Garten überschauen. Der erste, überwältigende Eindruck war das üppig sprießende Grün und vor allem das Wasser: marmorgefaßte Bächlein, sprühende Fontänen und stille Teiche zwischen riesigen Flußkieseln und grob behauenen Granitstücken. Dazu Buschwerk und Hecken, Sträucher und viele seltene Pflanzen, Farne und Moose. Keine Blumen, keine Früchte, keine einzige Blüte! Der Steinerne Garten war das exakte Abbild des Labyrinths. Jetzt entdeckte sie auch den runden Campanile, der ihr sonst vielleicht nicht aufgefallen wäre. Kein Zweifel, es handelte sich um ein plastisches Modell des Irrgartens – *en miniature*! Diese zweite Erkenntnis kam Laurence, noch bevor ihr Prinz sich dazu bequemte, es ihr bedeutungsvoll zu eröffnen. Sie ließ sich von ihm überraschen.

»Ich lege Euch mein eigentliches Reich zu Füßen, Ariadne«,

sprach er feierlich, »und ich will Euch den Gebrauch des Wollfadens erklären, damit Ihr Euch auch ohne mich in aller Zukunft nicht verirrt!«

Von Rührung ließ sich Laurence nicht übermannen, und schon gar nicht von rührseligen Mythen. »Was brauch' ich das Knäuel?« erwiderte sie schnippisch. »Ist doch ein Theseus weit und breit nicht in Sicht.«

Das gefiel dem Despotikos gar nicht. »Hütet Euch, Laurence, das Euch anvertraute Wissen je zugunsten Dritter zu verwenden!«

»Was bleibt von der armen Ariadne, wenn sie niemanden – gegen das Verbot des Herrschers – aus dem Labyrinth retten kann? Nicht einmal der Eintritt in die Unsterblichkeit – «

»Ihr lohnt mir das Vertrauen mit Eurem Gespött! Liebste, womit habe ich solches verdient?« Der wiedererstandene Despotikos zerrte sie fast von dem Aussichtsturm. »Ihr habt genug gesehen – «

Laurence riß sich los und sprang schneller als er die steile Wendeltreppe hinab. »Genug hab' ich von Euren Spielchen, Michael de Montferrat! Ihr wollt mich kirre machen mit Euren Wechselbädern aus großspurigen Verheißungen und finsteren Drohungen – als eine Prise von dem, was Ihr für Liebe haltet! Ich will nicht so enden wie die Monster Eures Hofstaats, die Ihr aufhetzt, mich zu prüfen, und die Ihr lächerlich macht, um mich zu besänftigen.«

Ihr Prinz hatte den Ausbruch lächelnd über sich ergehen lassen. »Ihr wünscht in reiner Liebe zu baden? Das Bad ist bereitet, Liebste!« Er lachte sie aus.

Das würde sie ihm heimzahlen! Entweder sie kriegte Micha in den Griff – oder ihr Verbleiben auf Kreta machte keinen Sinn mehr. Laurence beschloß, ihren Liebsten beim Wort zu nehmen. Sie hatte von oben jenen See gesehen, in dem sich – *in natura* – der Nauarchos mit seinen Schiffchen vergnügt hatte: eine flache, marmorne Wanne. Dorthin lenkte sie ihre Schritte, und eh' sich's ihr immer noch lachender Prinz versehen hatte, ließ Laurence ihre Hüllen fallen und stand mitten in der Pfütze, wie Gott sie geschaffen.

»Nun zu Euch, Micha!« forderte sie ihn ungeniert. »Entledigt Euch Eurer Hüllen! Nackt sollen wir ›in reiner Liebe baden‹!«

Er schlug die Hände vor die Augen, nicht aus Scham, wie Laurence zu spät feststellte, sondern weil sich seine Augen mit Tränen füllten. Wortlos wandte er sich um, hastete durch den Steinernen Garten, rannte zu seinem Turm und warf die Tür hinter sich zu. Laurence stand wie erstarrt. Sie hatte ihn nicht verletzen wollen, so nicht! Seine Schwäche, seine fehlende oder zerstörte Männlichkeit, hatte sie nicht bedacht. Sie mußte endlich in Erfahrung bringen, was es damit nun wirklich auf sich hatte, denn ihre Vorstellungskraft reichte nicht aus. Das schien ihr die wichtigste Voraussetzung nicht nur zu einer Versöhnung, sondern für jedes zukünftige Einvernehmen. Ohne Verständnis für den anderen konnte es wohl keine Liebe geben, und sie liebte Micha – jetzt mehr denn je! Laurence stieg aus dem Teich, raffte ihre Kleider zusammen und schritt nachdenklich zurück zu ihrem Turm.

Am Abend ging Laurence nicht zum Essen. Am nächsten Mittag erfuhr sie, daß der Despotikos bereits in der Frühe abgereist war. Sie saß mit der Sturla allein an der Tafel in der schummrigen Gruft. Das Wasserrad in der Rosette ächzte und ließ das Farbenspiel der bleiverglasten Scheiben als sich ständig verändernde Muster, Kringel und Flecken über den Steinfußboden der Kathedrale huschen. Die Pferde in der Apsis schnaubten unruhig.

Die Aulika schien wie ausgewechselt. Sie hatte während des Mahls dafür gesorgt, daß Laurence die besten Stücke bekam, und ließ jetzt, als sie noch bei Tische sich allein gegenübersaßen, einen hervorragenden Wein kredenzen.

»Ihr mögt mein Herz ruhig für eine Mördergrube halten, Laurence«, begann Frau Irene das Gespräch. »Stimmt es, daß Micha Euch einen Heiratsantrag gemacht hat?«

Eine solche Eröffnung hatte Laurence nicht erwartet. »Nicht, daß ich wüßte«, antwortete sie der Wahrheit gemäß. »Was läßt Euch darauf schließen?«

Die Aulika trank sich Mut an, Laurence hielt mit. »Daß Micha völlig außer sich war über Eure Zurückweisung. Der Arme ist Hals über Kopf –«

»Den hab' ich ihm allerdings zurechtgesetzt!« unterbrach Laurence das zu erwartende Lamento. »Was dem Despotikos wie eine

Brautwerbung vorgekommen sein mag, stellte sich mir als Forderung dar, mich freiwillig in die Sklaverei zu begeben.«

Die Aulika lachte bitter, aber sie lachte. Das hatte Laurence Zeit ihres Hierseins nicht erlebt. »Was anderes ist die Ehe für eine Frau? Ich habe die Erfahrung am eigenen Leibe nie gemacht, weil ich mich gleich mit voller Seele in die Mutterrolle geworfen habe, und zwar für ein unglückliches Kind, das nicht das meine war, mir aber so ans Herz –«

Diesmal wollte Laurence sie nicht unterbrechen, aber der Zwischenruf rutschte ihr heraus: »Micha?«

Die Frau ihr gegenüber kämpfte mit den Tränen und nickte nur.

Laurence goß ihr nach. »Ihr müßt mir berichten, was damals eigentlich geschah.«

Die Aulika schneuzte sich mit dem Handrücken, trank und begann:

»Die junge Kindsmutter, selbst ein Kind noch, Natalie de la Roche, starb am Wochenbettfieber. Ich war die Amme. Der alte Marquis de Montferrat hegte schon immer eine Vorliebe für das Land der Griechen. Er weilte zur Zeit der Niederkunft am Bosporus. Als er von dem Malheur erfuhr –« Frau Irene verschüttete von ihrem Wein, so sehr erregte sie die Erinnerung. »Ganz recht: ›Malheur‹ soll er das beklagenswerte Schicksal seiner jungen Frau geheißen haben!« Die Aulika trank mit zitternder Hand. »Er brachte gleich eine Neue mit, aus Konstantinopel, eine byzantinische Prinzessin mit ihrem gesamten Hofstaat.«

Laurence trank ihr aufmunternd zu. Sie konnte sich vorstellen, was das für eine brave Vorälplerin aus dem Montferrat bedeutete.

»Unter dem Vorwand, das Knäblein müsse beschnitten werden, wenn sie es mit ihrer Brut, sie war schon schwanger, wie ein eigenes Kind aufziehen solle, übergab sie Micha den Ärzten, die sie in ihrem Gefolge mitgeführt hatte.«

»Und was –?« Laurence wollte es genau wissen. »Sie können ihm doch nicht –« Ihr fiel Sancies gedankenloses Gerede ein. »Das hätte der Vater doch sofort gesehen und den Übeltätern dafür die Nasen, Ohren und sicher auch die Köpfe abgeschnitten, so wie sie dem Knaben –«

Die Aulika wehrte energisch ab. »Eure Vorstellungen sind nicht auf der Höhe chirurgischer Kunst. Es bedarf – Können und Wollen vorausgesetzt – nur eines winzigen Schnittes, der völlig unsichtbar den natürlichen Weg des männlichen Samens ein für allemal verbaut! Versaut!« Sie brach wieder in Tränen aus. »Wir haben von dem ›Malheur‹ erst erfahren, als der tüchtige *medicus* es auf dem Totenbett beichtete. Der wutentbrannte Marquis ließ den Sterbenden vom Bett aufs Rad flechten, ihm wurde alles abgeschnitten, als erstes die frevelnden Hände. Die Augen hackten ihm die Krähen aus, bevor er zur Hölle fuhr! Dennoch hatte der gelehrte *doctor medicinae* die infame Griechin mit keiner Silbe, nicht mit einem Sterbenswörtchen belastet, das Skalpell sei ihm ausgerutscht. Aber ich bin mir sicher, sie hatte ihn zu der Untat angestiftet! Gott hat sie gestraft!« schloß Frau Irene erschüttert ihren Bericht, und Laurence konnte sich die Aulika gut als rächende Gottheit vorstellen. Das Pilzgericht! Sie beschloß, es für heute dabei zu belassen. Irene von Sturla war betrunken.

Die folgenden Tage sahen sie sich wenig. Der Archimandrit erschien zur Mittagstafel, während der Strategos meist nur des Abends auftauchte, dann sehr gehetzt und einsilbig. Er hatte sich nie bei Laurence für sein ausfälliges Verhalten entschuldigt, und so richtete sie auch kein Wort mehr an ihn. Wenigstens unterließ er jede Art von Anbiederungsversuchen.

Laurence nutzte ihre ›Freiheit‹, schon frühmorgens, von Angelos mit Proviant versehen, auszureiten. So sehr sie sich auch mühte, auf dem Landweg den Glockenturm zu erreichen oder gar das Ende des großen Kanals, wo sich ebenfalls ein Hebewerk befinden mußte, dessen Anblick ihr damals der Archimandrit verwehrt hatte, sie kam niemals auch nur in die Nähe der Wasserläufe, als sei das Labyrinth so angelegt, daß es in allen wichtigen Funktionen nicht per Zufall erfahrbar war und keinesfalls auf dem Pferderücken zu erforschen! Laurence hätte gar zu gern die Anlage der Wege durch den Irrgarten noch einmal auf dem Dach der Kathedrale nachgeprüft, aber die Tür blieb ihr verschlossen.

Immerhin sah sie den hohlen Turm immer wieder von weitem und entdeckte bei ihren ständigen Versuchen, ihm durch Umkreisen näher zu kommen, in einem Tal einen alten Tempel mit theaterförmig im Zweidrittelbogen ansteigenden Sitzrängen aus Stein. Das gut erhaltene Heiligtum ruhte auf kräftigen Säulen und schloß den Zuschauerraum quasi als Bühnenhaus ab. Die ganze Anlage war senkrecht in den glatten Fels geschnitten und schon deshalb für sie unerreichbar.

Als bewußt errichtete ›Verbotene Zone‹ erkannte sie den Ort erst, als sie eines Tages abgesessen war und zu Fuß, dann auf allen vieren sich bis zur Kante des Steilabfalls vorgearbeitet hatte und mitten durch die steinerne Schüssel schnurgerade einen Kanal verlaufen sah. Sein Glitzern in der Sonne war nur von diesem heimlichen Punkt in der direkten Aufsicht wahrzunehmen. Vorher hatte Laurence nicht einmal bemerkt, daß der Tempel durch das Wasser von dem übrigen Rund abgeschnitten war. Sie erkannte jetzt auch die Stufen der Freitreppe, die vom Tempelvorplatz bis hinunter zur Anlegestelle führten. Ihre Entdeckung trieb Laurence in den nächsten Tagen immer wieder zu ihrem Beobachtungsplatz an der Klippe, und sie nahm seltsame Veränderungen wahr.

Zum ersten Mal bemerkte sie dort Menschen, wenn auch klein wie Ameisen. Sie schienen den Ort zu schmücken oder für eine Feier herzurichten. Laurence sah Flammen in Schalen aufleuchten, die ihr vorher nicht aufgefallen waren, und vor allem Rauch aufsteigen, als würden besonderen Qualm erzeugende Ingredienzen in ihnen verbrannt. Opferfeuer?

Den Tag darauf wurde Laurence heimlicher Zeuge, wie nun auch der Nachen des Nauarchos heranschwamm, gefolgt von der Triere mit eingeübtem exaktem Ruderschlag. Das Schiff legte an der Treppe an, die Matrosen schritten mit ihren langen Rudern geordnet an Land und bildeten die gesamten Stufen hinauf bis zum Tempeleingang beidseitig ein Spalier wie zum Empfang eines hohen Gastes. Laurence glaubte den Admiral in seiner Prunkrüstung zu erkennen und auch den Archimandriten als Hohepriester vor den Säulen des Heiligtums – oder war es ihr Prinz, der dort unten stand und das Treiben kritisch beäugte? Hatte sie nicht auch die hünenhafte Figur des Angelos im Schatten des Propylons gesehen?

»Ihr solltet Euch nicht unnötig in Gefahr begeben«, ertönte hinter ihr die hochfahrende Stimme des Jago Falieri. »Wie schnell stürzt eine törichte Jungfer in Abgründe, die sie nicht übersieht!« Er trat mit der Stiefelspitze einen Stein los, der über die Klippe sprang. Es dauerte lang, bis er unten aufschlug.

Laurence hatte sich mit Bedacht langsam umgedreht, sich aufzurichten wagte sie nicht, ein leichter Stoß hätte genügt. Doch der Strategos trat zurück und schritt ihr voran über den Pfad durch das Buschwerk bis hinauf zu dem Weg, auf dem sie ihren Rappen angebunden hatte. Er warf sich grußlos auf sein eigenes Tier und ritt schnell davon.

An diesem Abend konnte Laurence es gar nicht erwarten, der Aulika Pro-epistata wieder in der Halle gegenüberzusitzen – oder war die Oberhofmeisterin ebenfalls in die Vorbereitung der Feiern im Tempel eingebunden? Laurence war erleichtert, Irene von Sturla allein am Tisch sitzen zu sehen, doch hatte niemand die Öllämpchen des Kronleuchters noch die Kerzen im siebenarmigen Leuchter auf der Tafel entzündet. Die Gruft war in ein sehr merkwürdiges, fahles Licht getaucht. Der volle Mond schien durch die obersten Blätter der Rosette und warf zuckend seinen durch das Rad unterbrochenen Schein auf die Szenerie.

»Es ist mal wieder soweit«, murmelte die Aulika düster. »Wie zu jeder *aequinox* wird der barbarische Ritus abgehalten, und Micha ist sich nicht zu schade –«

»Am Tempel?« fragte Laurence gleich nach, noch aufgewühlt von ihrer Entdeckung.

»Der Ort ist angeblich dem gräßlichen Stier geweiht. Das Ungeheuer soll dort zu Zeiten des sagenhaften Königs Minos gehaust haben, den diese Heiden immer noch verehren, als handle es sich um einen christlichen Märtyrer, einen Heiligen unserer Kirche!«

Dieser Umstand schien Frau Irene besonders zu schaffen zu machen.

»Was geschieht nun da?« verlangte Laurence zu erfahren. »Welcher hohe Gast wird dort erwartet, von der Triere geleitet, mit Spalier und allen Ehren empfangen?«

»Schöne Ehre!« giftete die Sturla. »Kinder werden geschändet, und ihre kretischen Eltern setzen ihren ganzen Stolz darein, ihre

Söhne und Töchter zu diesem schandbaren Treiben zu schicken. Sie putzen sie heraus und buhlen um die Gunst des Nauarchos, der sie im ganzen Lande auswählt. Sie bestechen den Archimandriten, der dann im Tempel die wenigen Opfer bestimmt.«

»Opfer?« entfuhr es Laurence schauernd. »Werden sie geschächtet?«

»Getötet werden ihre unschuldigen Seelen, denn wie sich der Minotauros an ihren unschuldigen Leibern vergeht, das ist schlimmer als Schlachten!« Die Aulika bebte vor Empörung.

Laurence vermochte sich keinen Schrecken der Welt vorstellen, dessen Betrachtung sie so sehr entsetzt, abgestoßen hätte, als daß sie nicht von ihrer Neugier unweigerlich angestachelt gewesen wäre, sich der Erfahrung zu stellen. Besonders, wenn diese nicht sie selbst betraf, sondern andere.

»Kann ich mir das anschauen?« fragte sie mit schlichter Zutraulichkeit, was es in aller Regel schwermachte, Laurence einen Wunsch abzuschlagen.

»Seid Ihr des Teufels?« Frau Irene bekreuzigte sich hastig, mußte dann wohl rasch anderen Sinnes geworden sein, denn sie sprang auf. »Gut, mein Kind«, erklärte sie barsch. »Ich will Euch dieses erbärmliche Schauspiel nicht vorenthalten, auch wenn es mich den Kopf kosten kann.«

»Es muß uns ja keiner sehen«, gab ihr Laurence als schwachen Trost, war aber auch schon aufgestanden.

Ihre Speisen, heute sowieso nur kalte Gerichte, hatten sie nicht angerührt. Die Aulika schritt forschen Schrittes zu der Ecke des Kirchenschiffs, an das ihr Turm grenzte. Laurence betrat einen kargen Raum mit einem großen Kruzifix an der Wand und einem hölzernen Betschemel davor. Frau Irene beugte im Vorbeigehen ihr Knie, und Laurence tat es ihr gleich. Sie verließen den Raum durch die einzige andere Tür und standen in einem geräumigen Treppenhaus.

»Ich hasse steile, enge Stiegen«, erläuterte ihr die Bewohnerin. »Der verbleibende Raum reicht mir vollauf.«

Sie begaben sich hinab und erreichten hinter einer weiteren Tür wohl dieselbe Röhre mit dem schnellfließenden Wasser, derer sich auch der Archimandrit bedient hatte. Der bereitliegende Nachen war wesentlich komfortabler als der Kahn des Priesters. Polsterkissen bedeckten die Bänke, und ein Baldachin schloß ihn schützend ab.

»Ich benutze ihn nicht oft«, gab die Sturla freimütig zu. »Wenn, dann nur, um meinen Kummer in der freien Natur zu vergessen.«

Laurence nahm Platz und dankte es mit einer Nachfrage, die sie jetzt eigentlich wenig interessierte. »Wer außer Micha bereitet Euch Kummer? Der Nauarchos?« Laurence verschoß ihren Pfeil aufs Geratewohl.

»Ach, der –«, seufzte Frau Irene, während sie schon durch die dunkle Röhre glitten. Eine Fackel hatten sie eigens nicht entzündet.

»Jago?«

»Früher, als ich noch jünger – und er genügend getrunken hatte –« Sie tönte fast heiter in ihrer Bitternis. »Nein, Sorgen bereitet mir einzig und allein mein Micha, der holde Knabe, der fast den Verstand verlor, als diese verfluchte Griechin, seine Stiefmutter, ihn hohnlächelnd auf seine fehlende Männlichkeit hinwies. Der alte Marquis hat sie fast zu Tode geprügelt, aber es war geschehen: *le petit malheur* wuchs sich für Micha aus zu einem Alptraum, zur Verdammnis, zu einem Ungeheuer, das ihn zu verschlingen trachtete. Er schrie des Nachts an meiner Brust, raste und tobte, fiel dann wieder in tiefen Stumpfsinn, verweigerte jede Nahrung, wollte sich den Tod geben. Nächtelang saß ich an seinem Bett, konnte es doch nicht verhindern, daß er statt zum Mann zu dem Ungeheuer wurde, vor dem er floh. Genau zu dieser Zeit nahm ihn sein Onkel mit auf den Kreuzzug gegen Konstantinopel. Micha kämpfte wie ein wildes Tier, er suchte verzweifelt den Tod, und genauso erbarmungslos, schrecklich und grausam teilte er ihn aus. Der erfolgreiche Marquis belohnte ihn mit dieser Insel, und hier auf Kreta fand Micha den Kult des Stieres. Er wurde zum gottverdammten Minotauros!«

Irene von Sturla hatte das alles mit verhaltener Wut, doch ohne Tränen vorgetragen. Laurence war wie erschlagen. Anfänglich hatte sie noch wissen wollen, wie es denn nun um die Lendenzier ihres Prinzen bestellt sei, nachdem der kleine Schnitt angeblich unsichtbar. Je länger sie aber diese Frage nach der Liebesfähigkeit zurückstellte, um so unpassender kam sie ihr vor. Außerdem wußte Laurence nicht, wie sie sich ausdrücken sollte, um nicht als dummes, unerfahrenes Ding vor der Oberhofmeisterin dazustehen. So schwieg sie.

Der Nachen glitt durch die wenigen Öffnungen zwischen den Felsen, sie sahen den sternbedeckten Nachthimmel, bevor die nächste Höhle sie wieder aufnahm. Es war Laurence, als hätte sie eben schon die Töne der Glocken gehört, als sie aus der Röhre ins Freie gelangten, aber jetzt vernahm sie die erzenen Schläge ganz deutlich.

»Wir sollten den Turm vielleicht meiden?« schlug sie der Aulika vor.

Das weiße Licht des Mondes ließ deren Nicken besonders grimmig wirken. »Wir fahren auf das Dach des Tempels!« verkündete sie forsch.

Mitten in der nächsten Grotte holte sie eines der Ruder hervor und ließ es an der Felswand entlangschaben, wohl in einer Rinne, bis sie auf ein Widerlager stieß. Die Aulika stemmte sich gegen die Strömung, der Nachen wurde an die Wand gedrückt, die Wand, ein verstecktes hölzernes Tor, das auf dem Wasser schwamm, gab nach, öffnete sich langsam, nahm den Nachen auf und glitt hinter ihm wieder in ihre vorherige Stellung. Sie hatten die Felsröhre verlassen und fuhren auf einem wesentlich ruhigeren Wasser unter freiem Himmel.

»Wenn Ihr mitrudert, kommen wir schneller vorwärts.«

Wieder hallten die Glockenschläge, jetzt schon viel lauter. Laurence ergriff das andere Ruder und legte sich in die Riemen, wie sie es als Normannentochter gelernt hatte. Die Aulika lächelte.

Der Seitenkanal, mit dem man den Turm umgehen konnte, führte unweigerlich an den Ort, den Laurence gern bei Tage gesehen hätte; aber das Licht des Trabanten reichte aus, um das riesige Doppelrad zu erkennen, das, an die Felswand gelehnt, von dem Wasser der hier einmündenden Röhre angetrieben wurde. In dem Rauschen war kein Wort zu verstehen. Laurence tat, was die Aulika ihr gestikulierend bedeutete: Sie legte sich flach auf den Boden des Nachens. So konnte sie zwar noch weniger erkennen, geschweige denn die Genialität des Mechanismus erfassen, und das war auch gut so. Die Aulika steuerte nun mit beiden Rudern das Boot geschickt unter ein drittes Rad, das keine Schöpfkellen, sondern nur nackte Speichen aufwies. Sie wirkten wie ins Wasser getauchte Flügel einer Windmühle. Es drehte sich mit dem Doppelrad, allerdings viel langsamer. Laurence sah nur an der Silhouette der Aulika vorbei, wie immer wieder zwei Spinnenhände schwarz und triefend aus dem Wasser emporstiegen und gen Himmel verschwanden. Die Sturla manövrierte mit ungeheurer Geduld. Plötzlich gab es einen Ruck, und Laurence spürte, wie der Nachen emporgerissen wurde und schaukelnd zwischen den beiden Greifarmen schwebte. Er mußte an Bug wie Heck über eigens hierfür angebrachte Dornen verfügen, die Laurence aber übersehen hatte. Anders ließ sich der feste Griff in den wohl eisernen Klauen der Hebemühle nicht erklären. Höher und höher wurden sie getragen, wie gern hätte Laurence einen Blick über die Bordkante geworfen. Jetzt hatten sie den höchsten Punkt ihrer Gondelfahrt erreicht, die Spinne senkte ihre Arme, der Nachen glitt – o Schreck! – aus der Halterung und rammte in eine andere. Da hing er nun, schaukelte noch ein wenig, aber das Gestell, das sie aufgefangen hatte, stand auf festen Beinen, allerdings mitten in einem See, wie Laurence feststellte.

»Erhebt Euch bitte ganz langsam und haltet Euch dann fest!« hatte die Bootsführerin befohlen. Die Aulika Pro-epistata schlug mit dem Ruder kurz an einen Hebel, und der Nachen plumpste mit einem Platscher ins Wasser, daß es die beiden Damen recht schüttelte. Dicht neben ihnen fuhrwerkte ein weiteres Paar Greifarme mit leeren Händen aus der Höhe herab, knapp an ihnen vorbei und verschwand in der Tiefe. Ihr Nachen schwamm am Rand einer sehr hohen, steil abfallenden Mauer, mindestens so dick wie die Wälle von Konstantinopel. Der gestaute See wurde von dem fleißigen Doppelrad unweit von ihnen gespeist. Laurence staunte. Selbst bei ihrer Vorliebe für alle Geheimnisse der Ingenieurskunst und dem festen Vorsatz, sich grundsätzlich durch nichts beeindrucken zu lassen, hier war sie ergriffen – und verunsichert, was ihr bisheriges Wissen anbetraf. Sie ruderten an der Mauer entlang auf dem spiegelglatten See, der volle Mond schien so hell, daß Laurence die Befürchtung äußerte, sie könnten gesehen werden. Frau Irene schüttelte unwillig den Kopf.

»Es ist dafür gesorgt, daß kein unbefugtes Auge den See erblickt«, flüsterte sie. »Ihr habt zwar den Tempel entdeckt, aber der See darüber ist Euch dennoch verborgen geblieben!«

»Laßt mich allein rudern«, Laurence wollte wenigstens das beitragen, »so könnt Ihr Euch um das Steuer kümmern.«

Wieder und wieder ertönten die erzenen Schläge, dröhnten die Kupferröhren über dem Wasser. Die Aulika ließ ihr den Willen. Die Mauer neben ihnen stieg unmerklich, schon längst konnten sie nicht mehr über sie hinausblicken, ein immer heller werdender Lichtschein leuchtete hinter dem Steinwall auf, ähnlich dem aufsteigenden Mond. Sie bogen um eine Felsnase und sahen das glutrote, zuckende Stiergehörn. Zwischen den geschwungenen Hornspitzen hing frei die silbrig flimmernde, kaltweiße Scheibe. Das in seiner wundersamen Erscheinung über den Wassern schwebende Gebilde erschien Laurence ein Meisterwerk formvollendeter Harmonie.

»Welch erhabene Schönheit!« seufzte sie gewählt.

»Humbug!« schnaubte die Oberhofmeisterin ärgerlich. »Gift für das dumme Volk! Die Hörner sind weißgestrichene Hölzer, von nicht einsehbaren Feuerbecken magisch beleuchtet. Der Mond wird mittels eines Wasserfalls zum irritierenden Scheinen gebracht. Einer der üblen Zaubertricks des Isaak von Myron. Nichts als Schwindel!«

In Laurence regte sich Widerspruch. »Die Magie der Symbole –«, setzte sie an, doch da fuhr ihr Frau Irene gleich über den Mund.

»Macht mich nicht lachen! Der Feuerball der Sonne wird in den Händen des Popen zur wäßrigen Blase, die Erdkraft des lunaren Stiergehörns durch alberne Flammenspiele ausgelöscht!« Sie lachte tatsächlich, wenn auch verhalten. »Unser Archimandrit hat weder von Mythen noch von den elementaren Zeichen einen blassen Schimmer!«

Laurence schwieg beschämt.

Die Aulika steuerte den Nachen in eine Bucht. Sie stiegen aus. Eine Grotte tat sich vor ihnen auf, doch statt in zunehmende Finsternis einzutreten, nahm, vom Hintergrund der Höhle ausgehend, das Strahlen des schon wahrgenommenen Lichtscheins weiter zu. Zwei Glockenschläge schallten ihnen entgegen, verhallten über dem See. Sie erreichten das kopfgroße Loch in der Wand und sahen von der Flanke herab auf den Vorplatz des Tempels. Sein flaches Dach lag direkt zu ihren Füßen.

Das Rund der ansteigenden Ränge war dicht besetzt, eine erregte Menschenmenge verfolgte gebannt das Schauspiel auf der Bühne. Es war in vollem Gange, denn soeben betrat eine blumengeschmückte Jungfrau an der Hand des Archimandriten den Vorplatz. Sie mochte nicht mehr als dreizehn, vierzehn Lenze zählen, das schlichte Hemdchen aus feinstem Musselin stellte ihren Körper mehr zur Schau, als daß es ihn verhüllte. Laurence vermeinte das Zittern des Mädchens bis hinauf zu ihrem versteckten Guckloch zu spüren. Drei, vier weitere hohe Schläge peitschten über die Bühne. Der Priester hatte jedes der Handgelenke des Mädchens mit langen bunten Bändern umwunden, deren Ende jetzt von zwei der Matrosen aus dem Spalier übernommen wurden. Die Erregung der Menge wuchs, vereinzelte spitze Schreie. Der Priester trat zurück.

Ein Paukenschlag drang unter ihnen aus dem Tempel. Jeder Laut auf den Rängen erstarb. Im Propylon wuchs ein riesiger Schatten aus der Tiefe der Säulenreihen: der Minotauros!

Die übergroße Stiergestalt schob sich mit plumpen Bewegungen vorwärts. Es mußten zwei Männer sein, die sie mit Leben erfüllten. Einer schritt voran, er trug auch den gewaltigen Kopf mit den Hörnern, der andere trottete gebückt hinterher, das Hinterteil darstellend. Die schwarze Stierhaut vereinte sie zu dem Monstrum, das jetzt auf sein Opfer losging. Die Jungfer versuchte zu entkommen, aber durch die Bänder an ihren Händen wurde sie daran gehindert – im Gegenteil, sie wurde dem Stier zwar nicht zugetrieben, sondern durch ihre Fluchtversuche in die a tergo-Position manövriert.

Das Ungeheuer fiel über sie her: Die Vorderbeine ritten auf ihrem Nacken, bis der Kopf zwischen ihnen eingeklemmt war. Ob sie schrie, war nicht zu hören, denn jetzt feuerte das Volk den Minotauros an, dessen Hinterläufe sich über das gebeugte Geschöpf warfen, es bedeckten, um dann in kräftigen Stößen den Akt des Bespringens anzudeuten.

Das Volk tobte. Sein rhythmisches Klatschen veranlaßte das ›Hinterteil‹ zu furiosen Sprüngen, trieb seinen Vordermann mit dem symbolträchtigen Haupt im Kreis über den Tempelvorplatz. Darunter war aber das Mädchen, das schienen alle vergessen zu haben, die das grausame Spiel bejubelten.

Laurence war erleichtert, als der Archimandrit dem Treiben würdevoll Einhalt gebot, das verwirrte Geschöpf unter der Tierhaut hervorkroch, um dann an der Hand des Priesters durch eine seitliche Tür zu verschwinden. Doch dann, als sich der Minotauros reckte und zu seinem würdevollen Erscheinungsbild streckte, erblickte Laurence das rotglänzende Glied zwischen den Hinterläufen, wahrlich eines Stieres würdig. Da wußte sie, daß es kein Spiel war –

»Reicht es Eurer Wißbegier?« fragte kalt die Aulika, die Laurence' stummes Entsetzen genau beobachtet hatte.

Laurence folgte ihr benommen durch die Grotte bis hinunter zum Nachen. So traten sie den Rückweg an. Ihr gellten aus der Ferne noch die brünstigen Schreie des verrohten Volkes in den Ohren, die den Jammer und die Pein des Opfers übertönten. Sie wollte sich die Ohren zuhalten, denn schon wieder dröhnten die Röhrenglocken über das Wasser – zuckte der Widerschein der Lichter über den See. Laurence hatte die Ruder an sich gezogen.

»Das Volk ist der festen Meinung, ihre Töchter würden vom Despotikos besprungen! Wenn die Leute wüßten, wer in Wahrheit der Vater ihrer Bastarde ist, sie würden unseren Micha in Stücke reißen –«

»Angelos ist der Hintermann?« fragte Laurence, obgleich sie es bereits ahnte. »Aber warum gibt sich Micha dazu her, vor seinem Diener mit diesem lächerlichen Kopf herumzulaufen?«

Frau Irene betrachtete ihren Fahrgast ohne Wohlwollen. »Weil er sich nicht dareinfinden will, *kein* Stier zu sein. Sein Sehnen – ganz einfach! Der Wunsch, wenigstens ein Teil, der symbolische Teil, des Minotauros zu sein!«

›Scheißspiel!‹ dachte Laurence. Eine Griechin hatte ihren Prinzen zerstört, jetzt läßt er unschuldige kretische Töchter durch einen tumben Sklaven schänden. Doch ihr Mitleid für den armen Micha behielt die Oberhand. Sie mußte ihm helfen!

Sie erreichten den Palast auf dem breiten Kanal vor der Kathedrale. Laurence hatte der Aulika das Angebot abgeschlagen, die letzte Wegstrecke mitzurudern. Sie brauchte die Anstrengung, um das Erlebte verarbeiten zu können, aber gerade da setzte die Strömung ein, die sie bis zu den verschlossenen Portalen trieb. Eine gewisse Dankbarkeit schien Laurence dennoch angesagt.

»Kann ich Euch beim Verbringen des Nachens behilflich sein, liebe Frau Irene?« erkundigte sie sich teilnahmsvoll, kaum daß sie an Land gesprungen war.

»Das laßt nur meine Sorge sein!« bekam sie bissig zur Antwort. »Geht nur in Euren Liebesturm und habt schöne Träume!«

Das war wieder die alte Aulika Pro-epistata! Laurence verspürte nicht die geringste Lust, sich mit ihr anzulegen, und ließ sie allein. Als sie oben in ihrem Gemach angekommen war und aus dem Fenster herabschaute auf den Kanal, lag dieser still und leer im Licht des Vollmonds. Laurence warf sich auf ihr Bett. Ihr Prinz war gestorben. Sie fühlte sich leer, enttäuscht. Wie nur sollte sie Micha noch lieben? Sie hoffte auf Traurigkeit, aber nicht einmal dies sättigende Gefühl wollte sich einstellen.

EIN SPIEL UND SEINE REGELN

Laurence schlief traumlos weit über den Mittag hinaus. Sie hatte sich vorgenommen, so lange ihren Turm nicht zu verlassen, bis der Hunger sie in die Gruft treiben würde. Doch selbst wenn sie sich diese Kasteiung nicht auferlegt hätte, wäre ihr dennoch entgangen, was sich zur gleichen Zeit in Kastéllion abspielte.

Die Kurie hatte, auf inständiges Ersuchen der Mater superior Livia, die sich mit dem Verschwinden ihrer Tochter und designierten Nachfolgerin Laurence nicht abfinden wollte – geschweige denn mit deren Tod durch Ertrinken –, noch einmal den venezianischen Kapitän Malte Malpiero in Marsch gesetzt, um auf Kreta nach der Vermißten zu forschen. Im Hafen von Kastéllion stieß er auf den jungen Templer Gavin Montbard de Béthune, der dort ebenfalls Erkundigungen nach der Rothaarigen anstellte. Die Bevölkerung war verschlossen geblieben. Frauen, die der Despotikos zu sich auf sein Schloß geholt hatte, wurden aus dem Gedächtnis gestrichen. Wenn es sich gar bei solchen neugierigen Fremden um Templer oder Venezianer handelte – für Kreter die gleiche Rasse! –, war die Mauer des Schweigens unüberwindlich.

Malte Malpiero wußte immerhin im Nauarchos des Montferrat einen Vertrauensmann der Serenissima. Er nahm mit Jago Falieri heimlich Kontakt auf. Als Morgengabe lieferte er ihm Gavin zwar nicht ans Messer, aber als zu inhaftierenden Spion aus. Der Nauarchos war über den Fang erfreuter, als Malte zu hoffen gewagt hatte. Also erbat er sich die Gunst, dem Despotikos seine Aufwartung machen zu dürfen. Jago vergatterte ihn, bei Androhung schlimmerer Folgen als nur Gefängnis, kein Wort über den Templer zu verlieren. Im Gegenzug schwieg sich Malte über dessen und sein eigenes Interesse an Laurence aus. Gavin wurde unter größter Geheimhaltung und schwerster Bewachung in die Verliese des Despotikos geschafft. Eingeweiht wurde nur der stumme Angelos, dessen Aufgabe es war, den Gefangenen als Wärter zu dienen.

Am dritten Tag stand Micha vor der verschlossenen Tür, die vom Steinernen Garten übers Dach zu Laurence' Turm führte. Sie hatte das Klopfen erst für die Geräusche irgendwelcher Bauhandwerker gehalten, die immer irgendwo etwas auszubessern hatten. Doch dann spürte sie, daß die beharrlichen Schläge ihr galten. So fand sie ihren Prinzen auf einem Stein sitzend vor der eisernen Pforte, die er sonst ohne zu fragen zu öffnen pflegte.

»Laurence de Belgrave«, sagte er, bekümmert zu ihr aufschauend, »seid Ihr bereit, mit mir in den heiligen Stand der Ehe zu treten? Oder besser: wollt Ihr meine Frau – und Marquise de Montferrat werden?«

Laurence war nur kurz verdattert, sie faßte sich schnell. »Die Frage, mein Prinz, vor die Ihr mich stellt, wird durch die Wahl zwischen zwei Übeln nicht besser, sondern schlimmer –« Sie genoß es, Micha nun ihrerseits zu verwirren. »Verträgt meine Liebe zu Euch, daß ich Eure Frau – und Marquise de Montferrat werde? Oder: Erlaubt uns der Ehestand, einander dennoch zu lieben?«

Ihr Prinz reagierte gelassen. »Es ist wohl so kompliziert, wie Ihr es seht, Laurence. Ich überlasse die Entscheidung Euch –« Er erhob sich wie ein müder alter Mann, blieb dann vor ihr stehen wie ein Kind, das von der Mutter den Gutenachtkuß erbettelt.

Laurence brachte es nicht über sich, ihm die zärtliche Geste zu verweigern. Hatte der Unhold nicht Strenge verdient? Sie küßte ihn so gern. Seine Zunge wühlte in ihr, sie mußte sich zusammenreißen, um ihn abzudrängen und die sichere Tür wieder zwischen sich und alle Versuchungen zu bringen, die auf sie einstürmten.

Zurück in ihrer Kemenate, beschloß Laurence, ihrer Mutter – oder vielleicht ihrer Patin zu schreiben. Auf jeden Fall mußte sie diese Entwicklung, ihr mehrfach von Dritten angedeutet, die sie nun dennoch überrascht hatte, dem Papier anvertrauen, schon um Klarheit in ihre Gedanken zu bringen.

Laurence de Belgrave an die Mater superior
Livia di Septimsoliis-Frangipane,
Äbtissin des Klosters ›L'Immacolata del Bosco‹
auf dem Monte Sacro zu Rom

Kreta, im Oktober A.D. 1206

Verehrte Frau Mutter,
ich lebe. Daß ich Euch dies verheimlicht habe, mag in Euren Augen unverzeihlich sein, mir gab es jedenfalls die Freiheit, andere Offerten des Lebens als die einer Klostervorsteherin in Erfahrung zu bringen – meine Erfahrung!
Der Euch bekannte Michael, Marquis de Montferrat, hat um meine Hand angehalten, und ich stehe im Begriff, die Annahme dieses Antrags ernsthaft zu erwägen. Ich bin mir nur noch nicht sicher, wie das Joch einer Ehe, und somit für den Rest meines Lebens auf die Insel Kreta verbannt, sich mit meiner Ritterschaft vereinbaren läßt, doch dem Los einer Äbtissin auf dem Monte Sacro ist es allemal vorzuziehen. Ich wünsche und erwarte von Euch auch keinen Rat, sondern die Gunst, mich meine Entscheidung ungestört und allein vornehmen zu lassen.
Beigefügt ist ein privates Schreiben an Eure Freundin, meine Patin Esclarmunde, der ich mit gleicher Botschaft vertrauensvoll über diese Herzenssache berichten will. Von ihr weiß ich, daß sie

diese Entwicklung der Dinge interessieren wird. Ich mache Euch zur zuverlässigen Übermittlerin, denn mir ist durchaus erinnerlich, daß die Gräfin von Foix in Rom nicht nur Freunde hat. Ihr werdet Mittel und Wege finden, meine versiegelte Nachricht an sie weiterzuleiten.

Empfangt mit meinem vorauseilenden Dank meine geschuldeten Grüße in respektvoller Verbundenheit,

Eure Tochter Laurence

Der Abend dämmerte schon. Laurence schaute aus dem hohen Fenster ihres Turmes über das Land, wo sie weit hinter den Hügeln das Meer wußte. Sie hatte gerade den Entschluß gefaßt, das Schreiben an ihre Patin erst nach dem Abendmahl in der Gruft aufzusetzen, als jemand sich an der versteckten Bohlentür zu schaffen machte, die um drei Ecken und hinter Pfeilern verborgen auf die Empore längs des Kirchenschiffs führte – den Weg also, den sie gemeinhin benutzte, um das Rad in der Rosette zu bewundern oder um auf kürzestem Weg hinabzusteigen, wenn es an der Zeit war, sich an der gedeckten Tafel einzufinden. Schon wieder kratzte es, anders als Ratten zu lärmen pflegen.

Laurence nahm den eisernen Schürhaken vom Kamin, schlich sich vor das Holzpaneel und stieß die Tür mit einem Ruck auf. Ein unterdrückter Schmerzensschrei ertönte. Sie hatte Malte Malpiero wohl an Nase oder Stirn getroffen, denn beides hielt er sich stöhnend.

»Seid Ihr wahnsinnig?« fauchte Laurence ihn in Fortsetzung der heftigen Begrüßung an. »Wer hat Euch diesen Weg gewiesen?«

Der venezianische Kapitän war beleidigt. »Ihr könntet genausogut fragen, Laurence, warum ich ihn auf mich genommen habe.«

»Das kümmert mich noch weniger, Herr Malte, als zu erfahren, wer Euch zum Eindringen in die Privatgemächer einer Dame angestiftet hat?«

»Keiner!« empörte sich der Kapitän. »Ich bin ehrlich gekommen, um Euch die Flucht anzubieten.«

»So stellt sich Euer dreister Angriff auf die Tugend der Braut auch noch als Anstiftung zum schnöden Verrat am Despotikos dar! Schert Euch zum Teufel, Malte – oder wer immer Euch entsandt!«

Laurence hob drohend den Schürhaken, bereit zuzuschlagen, doch der wahnwitzige Kapitän fiel auf die Knie.

»Verratet mich nicht!« flehte er die Zürnende an. »Ich wollte Euch erretten aus den Fängen des Mino –«

»Sprecht den Namen nicht aus!« Das Eisen in ihrer Hand konnte ihr leicht ausrutschen. »Und nehmt zur Kenntnis, daß ich hier aus freien Stücken weile.«

»Wie konnt' ich das ahnen?« stammelte Malte geknickt. »Doch erkenne ich die Liebende, ihr zolle ich meine Achtung gern! Gewiß würde es das bangende Herz Eurer Frau Mutter mit Freude erfüllen, wenn Ihr erlaubt, daß ich ihr –«

»Halt!« flüsterte Laurence. »Wenn ich Euch vertrauen könnte?« besann sie sich herausfordernd.

»Ich bin in Eurer Schuld«, gab sich Malte zerknirscht. »Ihr könnt alles von mir verlangen.«

»Wir sehen uns bei Tisch?« fragte Laurence, mit den Gedanken schon ganz woanders.

Der Kapitän nickte erfreut, das Gewitter war an ihm vorübergezogen.

»Laßt Euch hier nicht mehr sehen!« beschied sie ihn freundlich. »Ich werde Euch einen Brief an meine Mutter zukommen lassen.«

»Ich werde ihn mit der gebotenen Diskretion – unterm Hemde auf nackter Haut – an mein Herz gepreßt nach Rom tragen, wo ich ihn persönlich –«

»Schon gut«, sagte Laurence und zog die Tür hinter sich zu.

An die edle Esclarmunde, Gräfin von Foix
Sitz zu Pamiers

Kreta, im Oktober A.D. 1206

Hochverehrte Patin,
ich habe es geschafft! Ihr habt mich mit dem Chevalier auf eine Mission geschickt, von der Ihr nicht annehmen konntet, daß wir sie in Eurem Sinne mit Erfolg bestreiten. Tatsächlich erwies sich die

Einbindung meines Herrn Bruders, die der Chevalier bemüht versuchte, als völliger Fehlschlag. Zu sehr sind diese Männer in ihrem Rollenspiel verhaftet. Ich hingegen, von dem Wunsch beseelt, mich Eurer Patenschaft würdig zu erweisen, gab nicht auf. Der Weg zur Gralsritterschaft einer Frau ist beschwerlicher, als ich mir das vorstellte, als ich auszog, das ritterliche Leben zu erlernen! Auch wenn ich starke Zweifel hege und befürchte, ›das Ziel‹ bereits aus den Augen verloren zu haben, will ich Euch doch voller Stolz mitteilen, was ich bisher erreicht habe:

Michael, Marquis de Montferrat, Despotikos auf Kreta, hat um meine Hand angehalten! Ergreife ich die seine, bin ich Marquise de Montferrat, und die Achse, die Ihr Euch so sehnlich erwünscht, ist geschmiedet. Sie wird sich von Aragon bis Griechenland quer durchs Mittelmeer erstrecken, auf kräftigen Stützen zuverlässig gelagert. Rom wird sich an diesem eisernen Riegel die verfaulten Zähne ausbeißen!

Wenn ich nichts von Euch höre, werde ich den Brautweg beschreiten, denn ich liebe Micha und bin bereit, mich an seiner Seite den Herausforderungen zu stellen, wie ich auch sicher bin, ihn als Streiter für Eure Sache zu gewinnen.

In Eile
Euch in Ehrfurcht verbunden
Laurence

Sie faltete das Schreiben, versiegelte es gleich mehrfach, steckte es dann in den Brief an ihre Mutter, den sie ebenfalls sorgfältig verschloß, und begab sich eilends hinunter.

Unmerklich wurden im Palast die Hochzeitsvorbereitungen vorangetrieben, mehr oder minder an Laurence vorbei, da sie sich immer noch nicht schlüssig war. Ihr Prinz hatte sie nie wieder gefragt, und sie schob die Entscheidung vor sich her. Es war schon lange her, daß Malte, der Kapitän der Serenissima, mit dem Brief an ihre Mutter wieder davongesegelt war. Eigentlich hätte längst eine Reaktion aus Rom eingetroffen sein können! Nicht, daß Laurence sich in ihrem

Entschluß von der Stellungnahme der Mater superior beeinflussen lassen wollte, aber bestärkt hätte sie eine Antwort schon – selbst, wenn diese ablehnend ausgefallen wäre. Ein Schweigen der großen Esclarmunde hingegen wollte Laurence von vornherein als Zustimmung nehmen. Denn auch die Gräfin von Foix ließ nichts von sich hören.

Der Hofstaat ging wohl einfach davon aus, daß der Despotikos seinen Willen durchsetzen würde, und so behandelte man ›die Braut‹ mit Nachsicht, faßte sie mit Samthandschuhen an. Meistens verstummten aber die Gespräche, wenn Laurence zu den festgesetzten Mahlzeiten die Gruft betrat. Jago sprang dann auf und rückte ihr den Stuhl zurecht, der längst seinen festen Platz an der Seite von Micha hatte – wenn der zugegen war. Die Aulika sorgte persönlich dafür, daß ihr die besten Stücke serviert wurden, und Isaak von Myron wartete so lange mit dem Tischgebet, bis Laurence erschienen war. Ihr Prinz war eigentlich der einzige, der sich von der mehr und mehr gekünstelten Atmosphäre nicht im geringsten berühren ließ, als ginge ihn das Ganze nichts an – als glaubte er nicht daran, daß die so hektisch, voller Geheimnistuerei betriebene Hochzeit je stattfinden sollte.

Laurence hatte den Eindruck, daß die zunehmende Nervosität nicht etwa von freudigen Erwartungen geschürt wurde, sondern Animositäten, Bitternis und tiefsitzende Feindseligkeit zu übertünchen trachtete. Sie machte sich Sorgen weniger um ihrer selbst willen, als um ihren Prinzen, der nicht wahrzunehmen schien, was sie deutlich spürte: Alle in der Gruft Versammelten hatten weniger das gute Gelingen des Freudenfestes im Sinn als es mit allen Mitteln zu verhindern. Oder sah sie Gespenster? Daß sie durch ihr Hinhalten wesentlich zu der lächelnden Falschheit, zu dem trügerischen Wohlwollen beitrug, machte sich Laurence nicht klar. Für sie war neben einer unbestimmten Angst vor allem die Unsicherheit ihres Herzens der Grund, ihre Entscheidung immer wieder hinauszuzögern.

Um das Tischgespräch wieder in Gang zu bringen, versuchte Micha sie mit Belanglosigkeiten aufzuheitern.

»Selbst der ruhmreiche Templerorden hat schon einen Gesandten zu den Feierlichkeiten geschickt«, gab er plaudernd preis. »Jago, wie hieß der junge Ritter noch, den Ihr – um meinen Ruf als Gastgeber vollends zu ruinieren – schmählich ins Verlies geworfen habt?«

Der Angesprochene grinste, nicht einmal verlegen. »Mompart de Bythène oder so –« Der Nauarchos hatte den Mund noch voll.

Niemandem fiel auf, daß Laurence kurz erbleichte. Gavin! Das Gute an der Nachricht war, daß ihr Ritter also noch lebte! Mit allen anderen Widrigkeiten würde sie schon fertig werden. Sie blühte richtig auf. Ihr Prinz bemerkte es mit Freuden, aber er hütete sich, diese Stimmung zu verderben, indem er jetzt auf die Antwort drängte, die ihm auf den Nägeln brannte.

»Der Nauarchos wird schon wissen, warum er diesen Templer hinter Schloß und Riegel hält –« Damit war das Thema für ihn erledigt. Er stand abrupt auf und ging, so wie es seine Art war.

Laurence saß wie auf glühenden Kohlen. Jago Falieri schied eo ipso aus, der Sturla traute sie nicht über den Weg – blieb also nur der Archimandrit, der zwar aus seiner ablehnenden Haltung gegenüber einer Eheschließung nie einen Hehl gemacht hatte, aber vielleicht gerade deswegen ihr natürlicher Bundesgenosse sein konnte. Außerdem war er derjenige, der über Angelos wachte, und der war wiederum der Wächter des Verlieses! Daß sie Gavin befreien mußte, stand ganz außer Zweifel. Und wenn der Priester sie verraten sollte, dann würde sie die Folgen eben auf sich nehmen!

»Mein Kind, Ihr seht so blaß aus«, kümmerte sich Frau Irene plötzlich um sie. »Sind es die Wonnen oder das Fürchterliche der bevorstehenden Brautnacht, die Euch zu schaffen machen?«

Laurence biß die Zähne zusammen. »Wieso?« mischte sich voller Häme der Nauarchos ein. »Fürs erste sorgt der Schwanz, fürs zweite der Kopf des Minotauros!«

Laurence erhob sich und schritt erhobenen Hauptes aus der Schlangengrube.

Laurence wartete in ihrem Turm bis zum frühen Morgen. Die Ankunft von Gavin erleichterte ihr die Entscheidung keineswegs. Sicher war er gekommen, vielleicht auch geschickt worden, um sie zu holen. Dabei hätte der Herr Tempelritter wissen müssen, daß sie,

Laurence, solchen Zwang nicht einmal als sanften Druck duldete – genausowenig, wie er sich seinem Orden abspenstig machen ließ. Auf der anderen Seite war es ein gutes Gefühl, den Freund in der Nähe zu wissen, und gute Gefühle hatte sie hier im Labyrinth lange nicht mehr verspürt!

Sollte sie aber vielleicht das Erscheinen Gavins als Fingerzeig des Schicksals nehmen, den Weg als suchender Gralsritter fortzuschreiten, weil Kreta wohl kaum das Ziel sein konnte? Hatte sie voreilig Esclarmunde die Erfüllung der geheimen Mission angekündigt? Laurence fühlte sich überforderter denn je. Sie mußte unbedingt mit Gavin sprechen, sofort!

Als der Morgen graute, verließ Laurence ihren Turm und begab sich durch das dämmerige Kirchenschiff hinunter zur Krypta des Archimandriten. Sie wußte, daß der Priester vor dem ersten Hahnenschrei bereits in seiner Kapelle betete. Sie fand ihn mit Angelos, der ihm das *psalterion* hielt. Isaak sang gerade das ›Kyrie eleison‹. Laurence kniete still nieder und wartete das Ende des *orthos* ab.

»Ihr wollt den Gefangenen befreien?« fragte der Archimandrit in aller Offenheit.

»Ihn zu sehen würde mir schon viel bedeuten«, gab sie zu, doch Isaak war damit nicht zufrieden.

»Ich habe mich mittlerweile mit Eurer Heirat abgefunden, Laurence«, erklärte er mürrisch. »Ihr seid wohl für unseren Despotikos die Richtige und damit das Beste! Also stellt jede männliche Person, an der Euch so viel liegt, eine Gefahr dar – ob nun Templer mit Keuschheitsgelübde oder ohne! Im Zweifelsfall haben alle was in der Hose!« Er sah an Laurence vorbei, um sie nicht in Verlegenheit zu bringen. Sein Blick blieb aber auf dem sich abzeichnenden Gemächte seines ›Chorknaben‹ haften. »Dieser Ordensritter muß sofort die Insel verlassen!« fügte er hastig hinzu.

»Kann ich ihn vorher noch sprechen?« Laurence ließ nicht locker. »Es ist wichtig für mich!«

Begeistert war der Archimandrit von diesen Umständen nicht. »Also gut«, willigte er ein. »Wenn Ihr ihm zuredet, die nächste Fluchtmöglichkeit, die sich ihm bietet – wofür ich sorgen will! –, zu ergreifen und schnellstens Kreta den Rücken zu kehren!«

»Das verspreche ich Euch!« rief Laurence, und Isaak winkte Angelos zu sich heran. »Er wird Euch zu den Verliesen begleiten. Fügt Euch seinen Gesten. Er weiß sich verständlich zu machen.«

Die Fahrt durch die Röhre kannte Laurence, doch diesmal schien sie sich ewig hinzuziehen. Endlich kam der Glockenturm in Sicht. Sie wußte, daß hier in der Nähe der Zugang zu den Verliesen sein mußte. Schon bei der letzten Öffnung in der Felswand hatte der Angelos die Fahrt des Kahns verzögert und in die Höhe gelauscht. Bei der nächsten stemmte er kurzentschlossen das Ruder gegen den Stein und brachte ihr Gefährt zum Stillstand. Der Hüne deutete hinauf in die Klippen über ihnen und bewegte die Finger seiner geschickten Pranken wie zwei schnell trabende Pferde, die sich ebenfalls Richtung Turm bewegten.

Angelos holte ein aufgerolltes Tau unter der Ruderbank hervor und machte Laurence durch Gesten klar, seine Finger kreuzweis zu einem Gitter verschränkend, daß direkt unter ihnen in der Steilwand sich die Verliese befänden. Aha, dachte Laurence, diesmal hängt Ariadne am berühmten Faden! Der Hüne schlug mehrere Knoten in den Strick und verzurrte das eine Ende sorgfältig um einen kräftigen Stein. Dann schlang er das andere um Laurence' Hüfte, führte es unter ihrem Gesäß hindurch, so daß sie das Seil zwischen ihren Schenkeln spürte, und drückte ihr den obersten Knoten in die Hand. Laurence kletterte über die steinerne Brüstung der Wanne und begann, wie ein Krebs rückwärts kriechend, mit dem Abstieg. Sie konnte ihrem Fährmann nicht einmal den verdienten Dank zuwinken, denn sie umklammerte mit beiden Händen das Tau, an dem sie sich von Knoten zu Knoten in die Tiefe hangelte.

Bald schon konnte sie die Stelle ihres Ausstiegs aus der Röhre in den Klippen nicht mehr ausmachen. Sie stieg durch eine enge Scharte. Dafür öffnete sich vor ihr ein steil abfallender Kessel, in dessen Wände in unregelmäßigen Abständen Löcher gebohrt waren, gerade groß genug, um ein wenig Licht und Luft einzulassen, aber viel zu klein, um einem Menschen die Flucht aus dem Innern des Berges zu gestatten. Laurence seilte sich behutsam, die

Füße jetzt gegen die Wand gestellt, langsam Knoten für Knoten ab, ihre Hände brannten.

»Gavin!« rief sie zaghaft, der Kessel verstärkte ihre Stimme mit seinem Hall, daß sie erschrak. Die Sonne glühte unbarmherzig auf die Kletterin herab, die zwischen Himmel und Talsohle pendelte wie ein Käfer im Spinnennetz.

»Gavin!« flüsterte sie nochmals in die Stille.

Da hörte sie seine Antwort aus dem Stein, aus welchem Loch, war für sie nicht auszumachen.

»Mein Füchslein auf Abwegen!« lautete seine Begrüßung nach so langer Zeit und solchen Mühen. Da regte sich sofort ihre Widerborstigkeit.

»Ich bin hier keine Gefangene!« fauchte sie mit verhaltenem Grimm.

»Ich auch nicht!« schallte es zurück. Er machte sich über sie lustig.

»Was machst du dann da drin?«

»Ich warte auf dich.«

»Scher dich zum Teufel, Gavin – oder zu deinen Templern!«

»Das bleibt sich gleich. Hauptsache, du begleitest mich!«

»Ich heirate!« schrie sie aufgebracht über soviel Sturheit.

»Das will ich noch gern miterleben!« rief Gavin, er lachte. »Ich verbringe hier in himmlischer Abgeschiedenheit meine Tage als Eremit, bis mein Templerschiff kommt und mich abholt – und dich dazu!«

»Ich werde mit meinem Prinzen die Ehe eingehen!« beschwor sie den Dickkopf wütend. »Ich liebe ihn!«

Da zuckte ihr Strick unmerklich – Laurence überlegte noch, ob sie einer Täuschung erlegen war, dann fühlte sie sich mit einem kräftigen Ruck nach oben gezogen. Sie bedachte ihr Versprechen, den stummen Anweisungen des Angelos Folge zu leisten, außerdem hatte sie ihren Willen gehabt: Sie hatte mit Gavin gesprochen, und es ging ihm gut – zu gut!

»Da kannst du in deiner Einsiedlerklause bleiben, bis du schneeweiß bist!« schrie sie ihm noch zu, bevor sie sich darauf konzentrierte, auf allen vieren rasch über die Steine zu krabbeln, bevor das zerrende Seil sie über die Felswand schleifte.

Sie war kaum die Hälfte des Weges gekrochen, da blickte sie von unten auf zwei Paar staubige Reiterstiefel. Der Despotikos war von Jago herbeigeholt worden, um seine Braut in flagranti bei ihrem treulosen Treiben zu stellen. Laurence schenkte den beiden Männern keinen Blick, sondern blieb erschöpft zwischen den Steinen liegen. Ihr Prinz dachte gar nicht daran, sich hier von seinem Nauarchos die Hörner aufsetzen zu lassen.

»Die Quälerei hat sich gelohnt, meine Liebste«, stammelte er und beugte sich zu ihr herab. »Ich habe endlich mit eigenen Ohren und unter Zeugen«, er schenkte seinem Admiral ein vernichtendes Lächeln, »gehört, was Ihr verkündet habt: Ihr willigt in die Heirat ein.« Er hob Laurence, immer noch vom Strick umgürtet, auf seine Arme. »– und Ihr liebt mich!«

Er trug sie zu den Pferden zwischen den Felsen. »Ihr könntet Euer Tier der Dame, meiner Braut, überlassen, Nauarchos!« sagte er, keinen Widerspruch duldend. »Zu Fuß seid Ihr zur Mittagstafel auch zurück!«

Die beiden frisch Verlobten achteten der glühenden Hitze nicht. Sie stieben davon über Stock und Stein.

Einige Abende später kreuzte vor der Küste Kretas erneut der Segler der Serenissima unter dem Kommando des Malte Malpiero. Als es dunkelte, steuerte er in eine verschwiegene Bucht und landete eine Gruppe Bewaffneter an. Es waren englische Armbrustschützen, und sie standen unter dem Befehl eines jungen Mönches von wenig asketischem Äußeren, dafür mit vor Eifer brennenden Augen. Der Kapitän hatte die Gruppe auf Anweisung der Geheimen Dienste der Kurie in Brindisi aufgenommen, kaum daß er dem dortigen Vertreter der Serenissima den Brief von Laurence an ihre Mutter Livia zur Weiterleitung übergeben hatte.

Die Bewaffneten waren alle als Mönche gekleidet, und dem Kapitän Malpiero war nicht aufgefallen, daß sie ihre Waffen an Bord gebracht hatten. Jetzt kamen ihm Bedenken.

»Ihr wollt doch nicht etwa die Braut –« Das Wort blieb ihm in der Kehle stecken.

Roald of Wendower maß ihn mit kalter Geringschätzung. »Daß

auch Ihr, Kapitän, dieser rothaarigen Hexe verfallen seid, erhebt sie noch lange nicht zu solcher Bedeutung, daß wir uns mit derartigem Aufwand um sie kümmern!«

»Ihr wollt Laurence umbringen!« Malte brachte seine schreckliche Befürchtung nun doch über die Lippen.

»Plärrt nicht so laut!« herrschte Roald ihn an. »Ihr habt uns nicht gesehen – und wenn wir uns nochmals begegnen sollten, Malte Malpiero, kenne ich Euch nicht!«

Kurz darauf lief der Segler in den Hafen von Kastéllion ein.

Der Nauarchos suchte den Despotikos oben auf dem Dach, im Steinernen Garten. Zwar sah der es ungern, wenn er dort gestört wurde, aber Jago hatte um ein Gespräch unter vier Augen nachgesucht. Die Sorge, daß sein Herr einer Unwürdigen die Hand reichen könnte, treibt den Treuen um, rief sich Micha immer wieder ins Bewußtsein, als Jago seinen hahnebüchenen Plan vortrug.

»Um noch ein letztes Mal auf das Spiel mit dem blinden Minotauros zurückzukommen –«, erklärte der Nauarchos mit der für ihn charakteristischen Beharrlichkeit. »Wir stecken den Templer in die Haut des Stieres, das Spiel findet –« Jago führte seinen Herrn zielstrebig durch den Garten zu einer kleinen Wiese, einer Lichtung zwischen mit Buschwerk bewachsenen Hügeln »– *hier* statt!«

Das Gelände fiel an seiner Flanke steil ab, doch trügerischer Pflanzenwuchs verdeckte die Kante des Bruchs, der gut zehn Klafter in die Tiefe ragte.

»Der Gefangene muß sich ja nicht gleich zu Tode stürzen«, beruhigte der Nauarchos vorauseilend die Bedenken Michas. »Ich will ihn gern in die Nähe des Abgrundes locken, und wenn – und vor allem *wie* – Eure Braut ihn warnen wird, mag Euch Aufschluß über ihr Verhältnis zu dem jungen Mann geben.«

»Eine durchaus wünschenswerte menschliche Regung soll ich Laurence als Untreue ankreiden?« rügte Micha den Nauarchos aufgebracht. »Und mich wollt Ihr zum Mitwisser einer solchen Untat –«

»Gewiß nicht, mein Herr! Vergeßt alles, was ich gesagt habe. Ich nehm's auf meine Kappe – und auf die sollt Ihr mich schlagen, wenn es mir nicht gelingt, die geheime Liebschaft bloßzustellen!« Micha bedachte seine Lage. »Es ist mir zuwider«, sagte er dann, »doch ich will mich dieser letzten Probe nicht entziehen! Und nun geht bitte!«

Irene von Sturla empfing Besuch aus Rom. Verwandte aus der fernen Markgrafschaft von Montferrat hatten ihr den jungen Zisterziensermönch geschickt, der so beredt von dem großen Bernhard von Clairvaux zu erzählen wußte und ihr Grüße aus der Heimat brachte. Um nicht ganz als dumme Kuh dazustehen, hatte die Aulika ihrerseits von der bevorstehenden Hochzeit geschwärmt, dem frommen Bruder in Aussicht gestellt, ihn am morgigen Mittagstisch mit dem Prinzen Micha, seiner liebreizenden Braut Laurence und dem gesamten Hofstaat bekanntzumachen. Wenn er wolle, ließe es sich gewiß auch einrichten, daß er am nachmittäglichen Spiel ›Der blinde Minotauros‹ teilnehmen könnte, bei dem ihr Prinz gern selbst den Part des Stieres übernehme. Diese Vorstellung, die sie ihm sogleich mit blumigen Worten gab, schien den jungen Mönch höchlichst zu erfreuen.

Frau Irene hatte so lange das vertrauliche Gespräch mit einem Vertreter ihrer Ecclesia catholica missen müssen, daß sie ihm bereitwillig jedes Detail beschrieb, das sie von Jago in Erfahrung gebracht hatte: den Ort mit der schönen Aussicht, die schattigen Bäume ringsum, die Mulde mit der samtenen Wiesenmatte. Den nahen Abgrund verschwieg sie ihm, weil sie besorgt war, ihr scheuer Besucher könnte es sonst mit der Angst zu tun bekommen. Junge Mönche sind ja oft mangels Lebenserfahrung recht furchtsam, bedachte Frau Irene. Sie hätte ihn ja gern über Nacht dabehalten, aber sie schickte ihn hinunter zum Archimandriten, der dem Bruder des anderen Glaubens notgedrungen ein Nachtlager richtete – gleich mit der Maßgabe, er habe es noch vor dem Orthos-Gebet wieder zu räumen.

Noch vor Ende der Nacht wollte Laurence den Archimandriten in seiner Krypta aufsuchen, denn sie hatte schlecht geträumt. Sie überwand aber ihre Selbstsucht und wartete, bis sie annehmen durfte, daß Isaak die Matutin feierte. Sie stieg leise hinunter in die Kapelle und kniete nieder, bis er die morgendliche *leitourgia* beendet hatte.

Angelos räumte den Altar auf, Isaak von Myron wandte sich seiner Besucherin zu.

»Setzt der Priester –«, begann die Kniende stockend. Eigentlich hatte Laurence mit dem Archimandriten über ihren Traum reden wollen, doch jetzt erschien ihr die Last des Alptraums, unter der sie lebte, plötzlich wichtiger. Vielleicht war hier auch der Schlüssel zu allem Ungemach verborgen? »Setzt der Priester die Schweigepflicht des Arztes höher an als das Beichtgeheimnis?« köderte sie den mürrischen Isaak, der auch gleich zuschnappte.

»Wer soll hier beichten?«

»Ich will es gern schweigend in meinem Herzen bewahren«, erstaunte ihn Laurence. »Wie ist das Geschlecht unseres Herrn beschaffen?«

Der Archimandrit schnüffelte erregt. Blasphemie stand bei Laurence zwar durchaus zu erwarten, aber der erfahrene Seelenhirte witterte die echte Not der jungen Frau.

»Es geht Euch wohl um den Penis des Despotikos?« Er zauberte ein erstauntes Lächeln hervor. »Ich wähnte Euch längst im Besitz dieser Erfahrung!« Den kleinen Spott mochte er sich nicht verkneifen. »Doch wenn solches noch vor Euch liegt – oder besser: steht, während Ihr liegt –« Isaak rührte das Bangen der Braut und öffnete, nach allen Seiten sichernd, die Tür zu seinem intimen Wissen, »kann ich Euch versichern. Es gibt nichts, was die Liebenden hindern könnte.«

Laurence schüttelte unwirsch den Kopf, tat so, als wolle sie verärgert aufspringen.

»Man sieht nichts, Ihr spürt nichts«, der Archimandrit sah ein, daß er jetzt ernsthaft gefordert war. »Vielmehr spürt Ihr ein völlig normales Glied, das Euch voll zu beglücken vermag.«

»Es geht mir nicht um mein Glück!« fuhr ihm Laurence wütend in die Rede. »Ich will wissen, ob der fatale Schnitt Micha –?«

»Absolut unsichtbar!« flüsterte der in die Ecke gedrängte Priester. »Wenn Ihr, Laurence, nichts davon gehört und wenn der Despotikos nicht Kenntnis von dem unglückseligen Vorfall in seiner Jugend hätte«, Isaak räusperte sich, »dann würdet Ihr als strahlende Brautleute die Ehe vollziehen und Euch danach noch oft lustvoll fleischlich vereinigen zur gegenseitigen größten Befriedigung – und lediglich darüber wundern, daß sich keine Kinder einstellen wollen. Das kommt durch Unfruchtbarkeit des einen oder anderen Partners häufiger vor, als Ihr denkt, und ist auch kein –«

»Das Malheur ist«, unterbrach ihn Laurence, »daß Liebende auch ein Gemüt haben, ein zuckendes, pochendes Herz, eine verzagte Seele –«

»Dagegen hilft Beten!« Der Archimandrit beschloß, das anstrengende Gespräch hier zu beenden. Er wollte sich nach einem flüchtig erteilten Kreuzzeichen abwenden, als er bemerkte, daß seine Besucherin keine Anstalten machte, sich zu erheben. »Gott segne Euch!« murmelte Isaak also noch in zusätzlicher Hinwendung.

»Mir träumte Furchtbares«, gestand sie dem Priester mit leiser Stimme. »Ich sah in die gebrochenen Augen des Minotauros. Sie sahen mich so unendlich traurig an, aber alles Leben war aus ihnen gewichen.« Laurence schüttelte ein Schluchzen, auch wenn ihr keine Tränen kommen wollten. »Heute findet schon wieder dies gräßliche Spiel statt. Ich spüre eine Gefahr auf uns zukommen, und ich weiß nicht –«

Auch der Archimandrit schien jetzt besorgt hinter seiner mürrischen Miene. »Ich kann Euch nur den Rat geben: nehmt selbst das Fell – aber hütet Euch vor dem Abgrund, der unmittelbar an den Weidegrund des Minotauros grenzt!« Er schlug das Kreuzzeichen über Laurence und war im Begriff, sie nun endgültig allein zu lassen.

»Ich denke nicht daran!« schrie Laurence aufgebracht hinter ihm her. »Ich mache da nicht mit! Und ich werde auch nicht dulden, daß sich Micha –« Sie sah, daß sie keinen Zuhörer mehr hatte, und verließ schnellen Schrittes die Kapelle.

Der Nachen lag festgemacht an der marmornen Kaimauer vor der Kathedrale. Laurence verspürte nicht übel Lust, sich von ihm durchs Labyrinth tragen zu lassen und dabei Kraft zu schöpfen für den Kampf, den sie noch zu bestehen hatte. Als sie um die Ecke bog, sah sie, daß in des hochgezogenen Stevens Muschel schon jemand hockte. Micha, ihr Prinz. Es dauerte sie, ihn so zusammengesunken, in sich verkrochen wie ein wundes Tier zu sehen, wie ein verirrtes Kind. Doch sie sollte ihn jetzt nicht streicheln, sondern ihn klipp und klar damit konfrontieren, daß sie, Laurence, nicht gewillt war, das Spiel noch einmal mitzuspielen! Nicht, nachdem sie mit eigenen Augen am nächtlichen Tempel gesehen hatte, welch grausiger heidnischer Ritus sich dahinter verbarg, daß der ›blinde Minotauros‹ kein Spiel für Kinder, sondern *mit* Kindern war! Wer anders, wenn nicht sie, Laurence, mußte Micha da herausreißen, ihn zwingen, endlich erwachsen zu werden und sein Schicksal als Mann zu meistern?

Ihr Prinz blickte auf. »Ich warte auf den Nauarchos«, sagte er entschuldigend, »doch wenn Ihr mit mir fahren wollt –?«

»Nein!« erwiderte Laurence mit ungewohnter Schärfe. Sie wollte ihm nicht die kalte Schulter zeigen, aber doch zu verstehen geben, daß er sich nicht einfach an die Liebste lehnen konnte, als sei nichts geschehen – und alles im alten Trott weitergehen konnte. Sie mußte ihn wecken.

»Nein!« wiederholte sie nochmals, als er sie ungläubig mit seinem verdammten Lächeln anstarrte. »Ich nehme an Euren kindischen, grausamen Vergnügungen nicht teil. Weder verbundenen noch offenen Auges!«

»Setzt Euch zu mir, Liebste, damit ich Euch – «

»Nein! Und nochmals nein!« schrie Laurence ihn an. »Schlagt Euch auch jede Art von Verbindung aus dem Kopf, die Ihr mit mir einzugehen gedenkt.«

Der Löwe war jetzt hellwach. Wenigstens war Laurence nicht weggelaufen, wutentbrannt von dannen gestürmt.

»Ich kann es nicht einfach absagen«, stöhnte er, sich aufrichtend. »Ich würde mein Gesicht verlieren.«

»Statt dessen verliert Ihr mich!« fauchte Laurence, die schon einen Fuß auf die Reling gesetzt hatte. »Ich bin nicht bereit – «

»Einmal noch!« bettelte der Löwe und schaute sie mit seinen dunklen Augen so flehentlich an, daß es Laurence weh im Herzen tat.

»Dieses eine Mal noch und dann nie wieder, das verspreche ich Euch!«

Laurence schüttelte ihre Mähne, sie mußte hart bleiben.

»Die Tempelfeste des Minotauros werden abgeschafft. Ich selbst werde es meinem Volk verkünden. Ich schwöre es bei meiner Liebe zu Euch, Laurence!« Micha erhob sich und kam auf sie zu. »Doch Ihr müßt mir die Liebe tun, heute nachmittag ein letztes Mal –«

»Nein!« unterbrach ihn harsch Laurence, und er blieb stehen, wandte seinen Blick von ihr ab, wankte und ließ sich wieder auf die Polsterbank fallen, verbarg seinen Kopf zwischen den Armen.

Laurence war noch uneins mit sich, ob sie ihm nicht besser durch Zärtlichkeit und gezeigtes Verständnis zur Aufgabe gebracht hätte, als sich eine starke Hand auf ihre Schulter legte. Sie fuhr herum. Es war Jago Falieri. Er mußte, wenn nicht alles, so doch das meiste mit angehört haben, denn er sagte nichts. Der verstärkte Druck führte sie sanft von dem Nachen weg, zur Seite, wo der Angelos zwei Pferde bereithielt.

Mit stummer einladender Geste brachte er Laurence dazu, in den Sattel zu steigen. Der Nauarchos verzichtete auf sein eigenes Tier und führte das ihre am Zügel. Sie hatten bereits die Hälfte der Kathedrale umschritten, als er endlich das Schweigen brach.

»Ihr habt völlig recht, Laurence«, sagte er, ohne sie anzuschauen. »Ihr könnt auch meiner Unterstützung sicher sein, wenn es darum geht, dieses alljährliche Götzenopfer nicht länger stattfinden zu lassen. Es ist eines aufgeklärten Herrschers unwürdig. Eine Schande!«

Laurence wußte, daß der Nauarchos sie weder aus Freundschaft noch aus einem Gleichklang mit einer verwandten Seele heraus am Halfter herumführte, geschweige denn, um seiner Empörung Luft zu machen. Nicht einmal Micha traute ihm über den Weg, und sie sollte Jago ganz gewiß keinerlei Vertrauen schenken. So schwieg sie.

»Der Kult um den Minotauros wird in dieser barbarischen Form abgeschafft, darauf könnt Ihr Euch verlassen. Was anderes ist es mit dem harmlosen Spiel –«

»Es ist nicht so harmlos, Jago Falieri«, unterbrach sie ihn. »Die Erinnerung an das mörderische Ritual wird wachgehalten. Alle bleiben Gefangene –«

»Eben!« Der Nauarchos zog das Gespräch wieder an sich. »Es spielt sich alles im Kopfe ab! In der Maske des Stieres glaubt der

Herr sein Ungemach vergessen machen zu können, nicht etwa gegenüber anderen, sondern vor sich selbst – «

»Was Ihr hier mit ›Ungemach‹ so fein umschreibt«, Laurence ging ihm auf den Leim, »damit spielt Ihr auf sein Gemächte an.« Laurence zügelte ihr Tier, um sich als Verteidigerin der Lendenzier ihres Micha so recht in Positur zu setzen, schließlich war sie die Braut und nicht Jago! »Ich kann Euch versichern, daß es damit seine beste Ordnung hat! Mein Prinz ist durchaus in der Lage – «

»Genau!« sagte Jago und verkniff sich ein Lächeln, denn der Archimandrit hatte sich den Inhalt der morgendlichen Beichte, wenn auch widerwillig, so doch in allen Details entlocken lassen. »Das wißt Ihr besser als ich, Laurence! Der Despotikos ist von der fixen Idee besessen, daß ein hartes Horn ihm nur aus der Stirn wachsen kann!«

»Davon will ich ihn gewiß, und zwar rasch heilen!« trumpfte Laurence auf.

»Daß Euch solches gelingen wird, will ich Euch gern abnehmen«, antwortete der Nauarchos bedächtig. »Nur *rasch* wird das nicht gehen. Dazu bedarf es des Aufbaues von Vertrauen, von Einsicht und Verständnis. Und so gesehen war Eure durchaus verständliche und im Prinzip richtige Weigerung, das törichte Haschen heute nachmittag noch einmal zu erdulden, als Maßnahme in dem notwendigen Heilungsprozeß die falsche Medizin!«

Laurence war betroffen, zeigte es aber nicht. Sie, nur sie war in der Lage, Micha zu erlösen.

»Doch ich will Euch keinen Kummer bereiten. Vielleicht bietet sich eine solche Gelegenheit ein andermal? Oder – es hat nicht sollen sein!«

Der Nauarchos verfiel ins Grübeln und ließ Laurence mit dem Problem allein – auch, als er sie noch galant bis zur Pforte ihres Turmes geleitete.

»Es soll aber sein!« griff sie seinen letzten, hingeworfenen Satz auf, der ihr die ganze Zeit im Kopf herumgegangen war. »Oder glaubt Ihr immer noch, mich loswerden zu können?«

Jago schaute sie erstaunt an. »Es steht Euch frei, der Insel den Rücken zu kehren – zusammen mit Eurem Freund, dem Templer!« Sprach's und ließ sie stehen.

Zur Mittagsstunde versammelten sich alle an der reich gedeckten Tafel im Kirchenschiff. Das Rad der Rosette schien sich heute schneller zu drehen, jedenfalls warf es unruhig aufglühende und hastig wieder erlöschende Farbtupfer auf den Mosaikboden der Kathedrale. Die kalten Platten standen schon auf dem Tisch, denn Angelos war schon vorausgeeilt zur Wiese, auf der das Spiel stattfinden sollte.

Da erblickte Laurence unter den Gästen nicht nur Malte, der neben dem Nauarchos Platz genommen hatte, sondern ebenfalls Roald of Wendower! Sie erkannte den ehemaligen Novizen sofort wieder, der auf dem Turnier von Fontenay ›ihren‹ erwählten Ritter René dazu beschwatzt hatte, das Kreuz zu nehmen und gen Konstantinopel zu entschwinden. Das wollte Laurence ihm nachträglich gar nicht mehr vorwerfen, doch es bereitete ihr ein unbehagliches Gefühl, den Eiferer ausgerechnet hier und heute wiederzusehen. Sie beschloß, so zu tun, als würde sie ihn nicht wiedererkennen, obgleich er sie aus brennenden Augen ansah, die auf ihre impertinente Art – sie erinnerte sich jetzt – eine Ansprache geradezu herausforderten. Laurence wandte sich Malte Malpiero zu, der sofort mit hochrotem Kopf flüsterte:

»Eure Frau Mutter läßt Euch grüßen und wünscht Euch alles Glück auf Erden!«

Viel mehr hatte Laurence von Livia auch nicht erwartet, obgleich sie sich sicher war, daß die Alte sich *so* nicht ausgedrückt haben konnte.

»Nun stärkt Euch, Liebste«, forderte ihr Prinz sie lächelnd auf, als er sah, daß Laurence bei den Speisen nicht zugriff. »Bald werdet Ihr dem größten Ungeheuer auf Erden gegenübertreten.«

Sie erwiderte das Lächeln unter Qualen, weil gerade diese Anspielung ihr wenig Appetit machte. Laurence nahm sich wahllos von den köstlich angerichteten Platten und randvoll gefüllten Schüsseln, doch sie brachte keinen Bissen hinunter. Nur der Archimandrit langte kräftig zu, während der Despotikos seinen Pokal hob. Es hatte den Anschein, als wolle er einen Trinkspruch ausbringen. Alle hielten inne, selbst der Archimandrit schluckte schnell den Bissen, den er schon im Munde hatte. Micha aber besann sich, wandte sich schweigend der Braut zu, schaute ihr tief in die Augen und trank.

Laurence lehnte sich, warf sich hinüber an seinen Hals und küßte ihn lange und ohne Scham. Das sich erst langsam wieder lösende Schweigen, eine heitere Stimmung wollte nicht aufkommen, glaubte die Aulika nutzen zu müssen, ihren Tischgast vorzustellen.

»Roald of Wendower«, erklärte sie voller Stolz, »ist mir von der Kirche meines Herrn Papstes zu Rom gesandt, damit ich mal wieder einem Priester der Santa Ecclesia catholica –«

»Sagt doch gleich ›vom Himmel geschickt‹«, prustete der neben dem Mönch sitzende Isaak wutschnaubend mit vollem Mund dazwischen, »damit nur ja kein schismatischer Grieche die Hochzeit vollziehe!«

Der Nauarchos langte quer über den Tisch, um den erzürnten Archimandriten am Aufspringen oder gar an Tätlichkeiten zu hindern.

»Was habt Ihr denn zu beichten, Irene von Sturla?« riß Jago das Wort an sich. »Die Zeit der feuchten Träume ist ja nun vorbei!«

Die Aulika heulte los, der Despotikos lachte schallend, zwang sie aber durch festen Griff, ebenfalls an ihrem Platz auszuharren.

»Es bleibt beim orthodoxen Ritus!« verkündete er mit lauter Stimme. »Der Herr ist mir als Gast willkommen!«

Der Archimandrit brach in ein Kichern aus.

»Ich wünsche Euch auf meiner Hochzeit nicht zu sehen, Roald of Wendower!« ließ sich da Laurence vernehmen, und alle starrten auf den Despotikos. Der hob abermals seinen Pokal und trank seiner Braut zu, bevor er ihr die Hand küßte.

Roald of Wendower erhob sich, ließ sich auch von Frau Irene nicht am Ärmel seiner Kutte zurückhalten.

»Ich denke, daß ich hier nicht länger verweilen sollte«, sprach er bedächtig, verneigte sich einzig vor dem Despotikos und verließ den Saal.

»Münz!« verlangte der ungerührt von der verheulten Frau Irene, die nicht gleich begriff. »Ihr sollt mir sieben Münzen aus Eurer Schatulle leihen, Aulika Pro-epistata!«

Die Hofdame wühlte in ihrem am Gürtel befestigten Beutel, bis sie die gewünschte Anzahl beisammen hatte.

»Wieso sieben?« fragte der Archimandrit.

Micha nahm die Münzen in beide Hände. »Weil ich es so will«, sagte er düster. »Judas hat sich schon davongemacht, aber er zählt dennoch! Es bleibt bei sieben!«

Laurence sah ihrem Prinzen zu, wie er die Hände hinter seinen Rücken brachte und sie gegenseitig mehrfach verschränkte.

»Wir werden jetzt auslosen, wem die Ehre gebührt, den Anfang zu machen!« Der Despotikos legte seine Hände, jetzt beide zur Faust geschlossen, vor sich auf die Tischplatte. »Wer die Anzahl der Münzen richtig errät, die sich insgesamt in beiden Händen befinden, der soll als erster in die Stierhaut schlüpfen!« Sein Blick wanderte auffordernd zum Ende des Tisches.

»Drei!« sagte der Archimandrit ergeben. »*Hagias triados!*«

»Ich verdopple!« verkündete als nächster aufgeregt der Kapitän Malte Malpiero. »Sechs!«

Die Augen des Prinzen wanderten zum Nauarchos. »Alles!« sagte der. »Sieben!«

Nun war die Reihe an der Aulika. »Was bleibt mir schon?« klagte die. »Eine!«

Da wandte sich der Prinz Laurence zu. »Null!« lautete ihre Schätzung. Sie hatte als einzige das leise Klirren der Münzen wahrgenommen, als sie ihm aus der Hand auf den Stuhl geglitten waren. »Null!« wiederholte sie beharrlich.

Micha öffnete langsam beide Hände: Sie waren leer.

Die Gesellschaft fuhr mit dem Nachen bis zur Wiese, wo schon zwei Zelte aufgeschlagen waren und der Angelos sie erwartete. Das eine war durch das aufgepflanzte Banner der Montferrat als das des Prinzen erkennbar. Laurence betrachtete das rote Hirschgeweih auf Silbergrund beklommen – sie wußte nicht warum –, wohl wegen der herabstoßenden Faust mit dem Hirschfänger zwischen den Hörnern.

Ohne sich über ihren Schritt Rechenschaft zu geben, machte sie Anstalten, das Zelt, das sie schon als das ihre betrachtete, zu betreten. Der Wächter verwies Laurence, ihr den Eintritt verwehrend, an das zweite. Micha lächelte sie entschuldigend an, und sie leistete der freundlichen Aufforderung des Hünen Folge. Er half ihr auch beim Anlegen der Stierhaut. Laurence hatte sich nicht vorgestellt, welches Gewicht ihr da auf den Leib geschnürt wurde, und erst recht nicht, wie sehr die stickige Last des Stierhauptes auf die Schultern drückte. Atmen mußte man durch die Nasenlöcher, und auch das ging nur recht mühsam. Die zu erwartende Binde vor den Augen erschien ihr reiner Hohn in Anbetracht der bereits hergestellten Hilflosigkeit durch das Tragen der Maske. Laurence tapste schwerfällig aus dem allgemeinen Umkleidezelt. Angelos hatte ein Einsehen mit der für sie ungewohnten Lage. Er band ihr das Tuch so locker um, daß sie erhobenen Hauptes darunter hinwegschielen konnte und wenigstens den Boden vor ihren Füßen deutlich sah.

Das Necken und Reizen des plumpen Minotauros begann. Laurence ging in Gedanken, dabei mit ausgestreckten Armen auf der Wiese umherirrend, ihre mögliche Beute durch. Malte Malpiero schrie am lautesten, aber den wollte sie nun wirklich nicht. Das Kichern des Archimandriten hatte sie zwar stets um sich, doch sie wußte genau, daß der ein flinker Hüpfer war und sie sich die Lunge aus dem Leib gerannt hätte, ohne ihn zu erwischen. Der Aulika wollte sie nicht noch weitere Schmach antun, nachdem sie die Stiertrunkene schon das letzte Mal in die Arme des ›falschen‹ Minotauros hatte stolpern lassen. Ihr Prinz schien stets in ihrer Nähe, meist dicht hinter ihrem Rücken. Sie hätte nur plötzlich sich herumdrehen müssen und ihn packen können. Laurence verstand, daß er von ihr in die Arme genommen werden wollte, aber etwas in ihr wehrte sich dagegen. Sie dachte zwar nicht mehr an ihren Traum, sie weigerte sich instinktiv: Gerade ihn wollte sie nicht in der Maske des Minotauros sehen!

Blieb also der Nauarchos, der ihr schon mehrfach recht leichtsinnig zu nahe gekommen war. Sie erinnerte sich an die Warnung des Archimandriten, sich vor dem Abgrund zu hüten, wohin Jago sie auch zu locken schien. Laurence machte jetzt Jagd auf diesen Mann, und wenn er mit der Gefahr spielte, dann wollte sie sich das zu nutze machen. Sie trieb ihn immer näher auf den Rand der Klippe zu, längst schamlos trotz Binde seine Bewegungen kontrollierend. Bald hatte sie ihn so in der Enge, daß ein unbedachter Satz vorwärts sie selbst hätte in die Tiefe stürzen lassen. Sie täuschte den Sprung vor, er versuchte seitlich zu entkommen, und sie griff ihm von hinten in die Haare.

»Jago!« kreischte erregt die Aulika. »Den Nauarchos hat's endlich erwischt!«

Laurence tat erstaunt, als sie sich als erstes, noch auf der Wiese, den Kopf mit den schweren Hörnern abgerissen hatte. Wie einer damit auch noch versuchen konnte zuzustoßen, blieb ihr nach der Tortur schleierhaft. Laurence ließ sich von dem Angelos ins Zelt führen, wo er sie von der restlichen Stierhaut befreite. Als sie aufatmend und völlig verschwitzt wieder ins Freie trat, drückte sich Jago an ihr vorbei ins Innere.

»Wenn Ihr mit Eurem Freund fliehen wollt«, zischte er Laurence zu, »müßt Ihr Euch jetzt entscheiden. Auf der Stelle!« setzte er mit Nachdruck hinzu.

Laurence maß ihn mit vernichtendem Blick. »Für was haltet Ihr mich, Jago Falieri?« Sie zwang ihn, ihr den Weg freizugeben. Laurence gesellte sich zu ihrem Prinzen und schmiegte sich wortlos an ihn.

Der Nauarchos war ein gefährliches Tier. Seinem muskulösen Körper machten Fell und Kopfmaske nichts aus. Im Gegenteil, er wirkte mit der Haut des Stieres verwachsen, und die spitzen Hörner schienen ihm aus der eigenen Stirn zu ragen. Er versetzte als erste die Aulika in Angst und Schrecken, spießte fast den kichernden Isaak auf, der sich nur noch platt auf den Boden werfen konnte, dem Malte gab er, als es keiner sah, einen Tritt in den Arsch, nur Laurence ließ er rechts oder links liegen. Sein Ziel war Micha, das spürte sie deutlich, und sie tat alles, um ihm in die Quere zu kommen. Ihr Prinz hatte die Herausforderung aber längst angenommen. Er stellte sich dem heranstürmenden Stier, um erst im letzten Moment durch geschicktes Wegtauchen ihn ins Leere greifen zu lassen. Er schlich sich hinter ihn und faßte ihm, auf der linken Seite stehend, ans rechte Horn, um ihn kirre zu machen. Es war nur noch ein Spiel zwischen diesen beiden Männern – und höchstens noch Laurence, der jede Arglist recht war, um Micha vor dem Minotauros zu bewahren. Sie hatte Jago schon zweimal ein Bein gestellt, hatte ihn von hinten gestoßen, doch das schien den Stier nur noch wilder zu machen. Er jagte seine Beute mit unverminderter Beharrlichkeit. Schließlich strauchelte Micha, und der Sieger setzte triumphierend seinen Fuß auf den Rücken des Opfers.

»Die Reihe ist an Euch, mein Herr!« rief er laut genug, daß alle es hören konnten.

Der Nauarchos entledigte sich im Zelt seines Fells und Hauptes, Angelos trug die Teile hinüber zu dem des Despotikos. Micha begab sich langsamen Schritts bereits dorthin, als Laurence ihrem Prinzen nachlief, ihm um den Hals fiel und den Liebsten zwar leise, doch höchst eindringlich beschwor:

»Tut's nicht, um unserer Liebe willen!«

Micha schüttelte sie nicht ab, aber er blieb auch nicht stehen. »Laßt mich meinen Weg gehen – und zeigt bitte keine Furcht, Laurence!«

Daß er sie jetzt so und nicht wie üblich als ›Liebste‹ ansprach, traf sie wie ein Stich ins Herz. Die Frage ›Liebt Ihr mich nicht mehr?‹ lag ihr auf der Zunge. Sie biß sich aber auf die Lippen, statt ihn zu küssen, bevor er in seinem Zelt verschwand.

Laurence lief zurück, sie wußte allerdings nicht wohin. Keine Person, an die sie lehnen konnte, um sich auszuweinen, denn ihr waren Tränen in die Augen geschossen. Dann schämte sie sich. Schließlich war sie Laurence de Belgrave, erwählte Braut des Minotauros, und schon um Michas willen mußte sie Haltung bewahren.

Aus dem Zelt des Despotikos trat der Minotauros. Alle schauten sofort genau hin, fragten sich, ob nicht wieder der Angelos hinter der Stiermaske stecke. Der Körper aber, den das Fell umhüllte, erreichte trotz all des Ausstopfens nicht die natürliche Massigkeit des Hünen, und um jeden Zweifel zu zerstreuen, zeigte sich jetzt der Chorknabe gebückt in der Zelttür, um ein letztes Mal zu prüfen, ob es seinem davonstaksenden Herrn an nichts fehlte. Es war also der Despotikos, Micha, ihr Prinz und Liebster. Laurence hätte liebend gern die Regeln des Spiels durchbrochen und sich in seine Arme geworfen, so aber hielt sie sich abseits und wartete mit unerklärlichem Bangen auf das, was der Arme in dieser schrecklichen Tierhaut nun mit sich anstellen lassen würde. Der Prinz machte aber nicht den Eindruck, als sei er besonders erpicht, auf eine bestimmte Person Jagd zu machen. Bildete Laurence es sich nur ein, oder suchte der Stier nach ihr? Sie eilte zu ihm, zeigte sich, umtänzelte ihn, streifte ihn fast bei ihren geschickten Finten, doch er griff nicht zu. Er kümmerte sich auch um keinen der anderen, hatte weder ein Auge für die verlegen um ihn scharwenzelnde Aulika noch für den naseweisen Isaak.

Einer allerdings schien sich seinerseits außergewöhnlich für den Minotauros zu interessieren, und das war der Nauarchos, der die Rolle doch eben erst abgegeben hatte. Laurence wunderte sich über die Neugier, mit der Jago den Stier umkreiste, so dicht, als wolle er ihn an den Hörnern packen, wohl in dem Wissen, daß ihm nach den ungeschriebenen Regeln des Spiels nichts geschehen konnte. Er lief rückwärts vor dem Minotauros davon, den Blick starr auf die Augen des Mannes in der Maske geheftet. Wollte er ihn etwa auf diese, sein eigenes Leben höchst gefährdende Weise zum Abgrund locken? Wenn Jago sein verrücktes Spiel in dieser Form so weitertreiben sollte, würden wahrscheinlich beide abstürzen. Jago brauchte nur noch wenige Schritte rückwärts zu tun, dann hätte er den Rand der Klippe erreicht. Der Nauarchos war nie Laurence' Freund gewesen, doch sie fühlte sich dennoch verpflichtet, diesen Narr – oder Schlafwandler zu warnen. Sie wollte gerade den Mund zum Warnschrei öffnen, da schlug Jago eine Finte und wich seitlich aus. Er ging einfach weg und ließ den Minotauros stehen, kaum drei, vier Fuß vom Abgrund entfernt. Laurence fiel gerade noch ein, daß ein unbedachter Anruf ihren Prinzen schrecken könnte, so allein und hilflos, wie er dastand.

Plötzlich stieß der Minotauros einen markerschütternden Schrei aus, der in ein weithin hörbares Röcheln überging. Er griff sich ans Herz, schüttelte wild sein Stierhaupt und brach zusammen.

Der Kapitän war merkwürdigerweise der erste, der hinzugesprungen war, sich zu dem Gestürzten niederbeugte und erregt wieder aufsprang. Er wollte Laurence etwas zurufen, doch seine eigene Hand zuckte zum Hals, umklammerte ihn, und wie vom Blitz getroffen, fiel er neben dem Stier zur Erde.

Laurence war nicht schneller als die anderen, zu lange hatte sie das Geschehen wie gelähmt betrachtet. Das erste, was sie sah, war der Bolzen einer Armbrust, der Malte in den Hals gedrungen war, die Schlagader zerfetzt hatte und wohl bis tief in die Kehle gedrungen war. Der Tod hatte ihn auf der Stelle ereilt.

Dem Minotauros steckten drei Bolzen in der Herzgegend, Blut sickerte aus dem Fell. Die Aulika wollte sich über ihn werfen, aber der herbeigestürmte Angelos riß sie zurück. Vorsichtig versuchte der Archimandrit das Tierhaupt von den Schultern des darunter befindlichen Mannes zu lösen. Für Laurence bedurfte es dessen nicht. Sie wußte, daß in den Augen unter dem Fell kein Leben mehr war. Wie unbeteiligt schaute sie auf die sich Mühenden herab. Sie hoben seinen Kopf und wollten ihm die Maske vollends abstreifen, doch erst jetzt entdeckten sie, daß auch in seinem Hals zwei der tödlichen Geschosse steckten. Die Mörder hatten ganze Arbeit geleistet. Angelos schnitt das Fell um die Pfeilenden auf. Nur so konnten sie das Stierhaupt entfernen und das blasse Gesicht Michas freilegen. Er atmete nicht mehr. Seine Augen, die sie im Traum voller Trauer gesehen hatte, schienen Laurence anzulächeln. Isaak von Myron sprach das Totengebet und verschloß ihrem Prinzen dann die gebrochenen Lider mit kundiger Hand.

Laurence hatte keine Tränen. Ihr Alptraum war wahr geworden, hatte sie eingeholt. Ihr Glück, an das sie sowieso nicht recht hatte glauben wollen, war zerstört. Michas Tod hatte sich wie Blei über sie gelegt – und war doch so unwirklich.

Aus dem Zelt des Despotikos trat Gavin in der weißen Clamys der Templer. Blutrot leuchtete das Tatzenkreuz auf seiner Brust. Er trat zu den Trauernden und Gleichgültigen, Triumphierenden und Verzweifelten.

»Kommt, Laurence«, sagte er leise. »Wir gehen!«

Sie stand auf, ohne die erkalteten Lippen noch einmal zu küssen, ohne einen Blick zurückzuwerfen, und schritt mit ihm über die Wiese.

Sie verließen Kreta unangefochten am nächsten Tag. Der Hafen von Kastéllion lag noch im tiefen Schlaf, als der Segler des Ordens sie aufnahm und mit ihnen entschwand.

KAPITEL V
EINE JUGEND IN OKZITANIEN

DIE FEUERPROBE

er letzte Brecher sprang nur noch heiser brüllend über das Deck des Schnellseglers, schäumte weiß auf, floß ermattet ab, dann verließ der Novembersturm den Löwengolf und zog mäßig tobend weiter Richtung katalanische Küste. Gavin, dem die weiße Clamys naß auf der Rüstung klebte, stakte noch unsicheren Schritts zum Mast und löste den Strick, mit dem er Laurence gesichert hatte. Sie schüttelte ihre vom Salzwasser gedunkelte Mähne, immer noch empört, daß sie nicht wie der junge Templer frei hatte den Wogen trotzen dürfen.

»Marseille könnt Ihr vergessen!« hielt sie ihm entgegen. »Wir sind bereits an den Sümpfen der Camargue vorbeigetrieben.«

»Das macht nichts. Der nächste Hafen ist der von Narbonne. Von dort aus können wir in wenigen Tagen zurück.«

»*Ihr!*« stellte Laurence richtig. »Ich gedenke, im Languedoc zu bleiben.«

»Aber Eure Frau Mutter erwartet Euch doch in –«

»Das bestärkt mich in meinem Entschluß«, fiel ihm Laurence ums andere Mal ins Wort, »meiner Patin Esclarmunde eine freudige Überraschung zu bereiten.«

Gavin hatte jetzt eingesehen, daß jedweder Einspruch an dem Dickschädel der jungen Belgrave zerschellen würde, doch seine Fürsorglichkeit war stärker. »Ihr wollt Euch allein durch die bergige Wildnis der Corbières bis nach Foix durchschlagen?«

»Diesmal lasse ich mich nicht wieder anseilen, um Euch aus einem wüsten Steinhaufen mit kleinen Löchern zu befreien!« Laurence ließ ihren Spott an dem jungen Krieger aus.

»Ich dachte«, Gavins Stirn verdunkelte sich, »wir hätten eine Vereinbarung: Kein Wort mehr über Kreta!«

»Das betraf vor allem *meinen* Seelenfrieden!« Laurence hatte nicht gedacht, daß ihm die Lage, in der er sich ihretwegen auf der Insel befunden hatte, peinlich sein könnte. »Wie konnt' ich ahnen, daß Euer Orden Euch Schwierigkeiten bereitet.«

»Zumindest so weit, daß ich Euch nicht bis nach Foix das Geleit geben kann!« Das schien ihn sehr zu betrüben. »Der Orden liebt keine Eigenmächtigkeiten.«

»Eurem Großmeister sei Dank, daß er ein solch strenges Auge auf Euch hat, mein edler Ritter und Retter«, lenkte sie dann ein. »Ich gedachte, mich weder zu Fuß noch ungeschützt auf die Reise zu begeben«, baute Laurence mit Bestimmtheit weiteren Einwänden vor, doch Gavin befand sich bereits auf dem Rückzug.

»Dann erlaubt mir wenigstens, bei unserer dortigen Komturei eine Eskorte für Euch zu erfragen. Schließlich ist die Gräfin von Foix auch meine Patin und würde mir die Ohren langziehen, wenn –«

»Seid unbesorgt, Gavin, in solch ärgerliche Situationen wie die, in der Ihr mich auf jenem Eiland gefunden, werde ich mich nicht so schnell wieder begeben.«

Gavin lachte. »Euer Bärengemüt deucht mich gegen dererlei Mißgeschick allemal der beste Schutzpanzer. Ich wünschte mir ein solch dickes Fell!«

»Galant seid Ihr nicht in Euren Vergleichen, Ritter!« Laurence gab dem Verweis eine leicht heitere Note. Gavin hatte ja recht: Sie hatte – weiß Gott! – keinen Anspruch auf Behandlung als Damna, und er stand auch nicht bei ihr im Minnedienst. Sie war schon eine rechte Zumutung – für jeden Mann.

Ab l'alen tir vas me l'aire
qu'eu sen venir de Proensa;
tot quant es de lai m'agensa.

Das arg mitgenommene Schiff – das Hauptsegel hing in Fetzen – näherte sich langsam dem Vorgebirge der reichen Stadt, hinter dem sich der sichere Hafen verbarg.

Si que, quan n'aug ben retraire,
ieu m'o escout en rizen
e-n deman per un mot cen:
tan m'es bel quan n'aug ben dire.

Laurence war froh ob der Aussicht, bald wieder festen Boden unter den Füßen zu spüren, denn noch gingen die Wellen hoch, und der Segler stampfte schaukelnd durch die Wogen.

»So nähert sich unsere zweite gemeinsame Reise übers Meer ihrem Ende, mein guter Gavin«, sagte sie versöhnlich und legte ihre Hand auf seinen Arm. »Das letzte Mal kenterte das Boot, und Ihr fielt ins Wasser.«

»Über ein Jahr ist das her«, sinnierte der junge Templer abgeklärt, doch Laurence bohrte gleich weiter:

»Wie hieß doch Eure arme, kleine Braut, die dabei ertrank?«

Gavins anfängliches Befremden wich einem überlegenen Lächeln. »Jusipha – und sie ist keineswegs ertrunken! Die Kleine tummelte sich schwimmend in den Wellen wie ein Delphin und hat mich, der ich diese Kunst damals noch nicht beherrschte, so lange über Wasser gehalten, bis wir von einem Fischer gerettet wurden – den hat sie dann geheiratet.«

Schnellsegler der Templer waren dafür berüchtigt, unter vollen Segeln in jede Hafeneinfahrt zu rauschen. Doch jetzt fiel die arrogante Geste so schlaff in sich zusammen wie das zerrupfte Tuch mit dem Tatzenkreuz, kaum daß sie um den ›Clap‹ gebogen und aus dem Wind geraten waren. Unter schmählicher Zuhilfenahme der Ruder kroch der Stolz des Ordens der Mole von Narbonne entgegen. Neugierige benachrichtigten schadenfroh den Komtur, und kurz darauf traf eine Abordnung von Ordensleuten im Hafen ein. Ihnen übergab Gavin trotz vehementen Protestes seinen Schützling.

»Ich bin kein Kind mehr!« fauchte Laurence ihren fürsorglichen Templer an, laut genug, daß es auch die anderen Ordensritter hören konnten.

Gavin blieb gelassen. »Genau deshalb bedürft Ihr ritterlichen Schutzes!« Er verneigte sich lächelnd vor der Ungebärdigen. »Ihr seid zu einer derart aufsehenerregenden Schönheit erwachsen, Laurence de Belgrave, daß sich manch gierige Hand nach Euch ausstrecken wird. Nur Rittern des Ordens könnt Ihr vertrauen!«

Laurence war bereits aufgesessen. Sie beugte sich zu Gavin herab, und diesmal flüsterte sie: »Verlass' ich mich auf ihren sprichwörtlichen Dünkel – oder auf ihr Keuschheitsgelübde?« Sie grinste ihn frech an und küßte Gavin blitzschnell ins Ohr.

Nach tagelangem Ritt zeigte sich endlich die Burg von Foix hoch oben auf einem Fels inmitten der alten Grafenstadt. An der Spitze ihrer Eskorte galoppierte Laurence die Serpentinen hinauf; die Templer ließen es sich nicht nehmen, sie bis ans Ziel zu begleiten. Selbst jetzt vermochte Laurence sie nicht abzuschütteln, und so stob die Kavalkade auf das Torhaus zu, daß die Wächter erschrocken zurücksprangen.

Schon im Hof der Zitadelle prallten sie auf ein überlegenes Ritterheer. Alle Herren, deren Namen im Languedoc einen Klang hatte, sei's als Trovère, sei's als unerschrockene Streiter, waren aufgesessen und boten ein gar prächtiges Bild. Laurence erblickte sofort die Frau, die sie suchte: ihre Patin, die berühmte Esclarmunde. Die betagte Gräfin von Foix nahm gerade auf einem Zelter das Aufgebot ihrer Ritter ab. Wenngleich im Damensitz und gehalten von zwei Pagen, flößte ihre zerbrechliche Figur Ehrfurcht ein. Selbst der Sergeant der Templer, der sein Pferd neben Laurence gezügelt hatte, vermochte ihr den Respekt nicht zu versagen. »Fürwahr eine der größten Ketzerinnen vor dem Herrn!« murmelte er, an seinen Nebenmann gewandt. »Doch dem Gral eine würdige Hüterin!«

Esclarmunde hatte unter den Templern, denen sie keinen Blick schenkte, ihr Mündel entdeckt. Sie winkte Laurence huldvoll zu sich heran und musterte sie kritisch. »Ich hoffe, du bist nicht zu müde«, sagte sie leichthin und keineswegs um den Zustand von Laurence besorgt. »Wir ziehen nämlich gerade aus gen Montréal, um einer Feuerprobe beizuwohnen, zu der uns die Kirche des römischen Papstes herausgefordert hat.«

Dann zeigte die rüstige Dame doch Mitleid mit der jungen Reiterin. »Wenn du dir das grausame Spiel ersparen willst oder zu erschöpft von der Reise bist, kannst du dich auch hier –«

»Beleidigt eine Belgrave nicht!« unterbrach Laurence schroff die Gräfin. »Ich bin es gewohnt, dem Tod ins Auge zu schauen – und davon soll mich auch kein Schlaf abhalten!« Laurence kochte innerlich vor Ärger. Ihr Gähnen vermochte sie nicht zu unterdrücken, denn die Natur forderte ihr Recht. Nach mühseliger Umgehung des templerfeindlichen Carcassonne waren sie erst gestern durch das ›Ketzernest‹ Montréal geritten, offensichtlich so verrufen ob seiner Häresie, daß selbst die über alles erhabenen Templer sich strikt weigerten, dort zu übernachten. So hatten sie sich noch bis zum Kloster von Fanjeaux geschleppt, das besonders eifrige Bettelmönche aus Spanien zu ihrem Stammsitz gemacht hatten, um von dort aus die Ketzerei im Languedoc zu bekämpfen. Nach ihrem Anführer, einem Dominikus Guzman de Calaruega, nannten sie sich Dominikaner und genossen bei der Bevölkerung keinen guten Ruf.

»Scheißgesindel!« schimpfte Laurence bei dem Gedanken an diese Bettler, die sie auf stinkendem Stroh hatten schlafen und aus vor Schmutz starrenden Näpfen fressen lassen, zu mehreren aus einem Topf! Der Ekel, den Laurence noch nachträglich empfand, war nicht so stark wie die Müdigkeit, die sie jetzt schlagartig überkam und die stärker war als ihr Wille, sich als ausdauernder Krieger zu beweisen. Gerade noch konnte der Templersergeant sie auffangen, als sie stocksteif aus dem Sattel kippte.

Die Gräfin von Foix überlegte nicht lange. Laurence in Foix zurückzulassen barg unübersehbare Risiken – sie war für das Mädchen verantwortlich. Also ließ sie eiligst eine Sänfte holen und führte die wie ein Stein Schlafende mit sich. Sie selbst wünschte, so beschwerlich es sie auch ankommen mochte, sich dem Volk zu Pferde zu zeigen.

Laurence wachte auch nicht auf, als Esclarmunde bei Erreichen des mächtigen Turmes von Pamiers den ersten Halt befahl. Sie ließ den Donjon, ihren offiziellen Witwensitz, dicht umstellen, als gelte es, einen Feind herauszuzwingen. Doch dann öffnete sich oben im Gemäuer die Tür, und ein silberhaariger Greis in der knöchellangen *alva* der Katharer stieg behende die Leiter hinab. Viele der Ritter entblößten ihre Häupter, und aus den umliegenden Gehöften eilten ebenfalls weißgekleidete, festlich geschmückte Frauen jeden Alters herbei, die den *perfectus* umringten und Anstalten machten, sich dem Zug anzuschließen. Doch Esclarmunde wies dem hohen Gast mit energischer Freundlichkeit einen Platz in der Sänfte an. Kaum hatten die kräftigen Arme der Ritter den Widerstrebenden dort hinein verfrachtet, setzte sich die berittene Schar eilends wieder in Trab.

Der Alte kauerte sich still in die gegenüberliegende Ecke des schwankenden Gehäuses. Laurence nahm ihn erst wahr – und das auch nur im Halbschlaf, in dem sich seltsame Bilder und wirre Träume mischten –, als sie durch eine Stadt ritten, deren Häuser auf hölzerne Stelzen gebaut schienen. Sie sah nur deshalb geschnitzte Fratzen an sich vorbeiziehen, die das Ende der in die Straße ragenden Tragbalken zierten, weil der weißhaarige Erzengel, der mit ihr jetzt die Sänfte teilte, den Vorhang etwas lüpfte und bedeutungsschwer dreimal »*miral peix!*« vor sich hin murmelte, wovon Laurence lediglich ›Peix‹, Fisch, verstand; aber sie sah nur kleine Teufel, die Grimassen schnitten, Drachen und anderes züngelndes Ungetier. Felsenfest überzeugt, auf dem Weg zur Hölle zu sein, zumindest aber dem Fegefeuer preisgegeben, überließ sich Laurence schleunigst wieder dem einschläfernden Geschaukel und träumte zwischen sich in Flammen wiegenden Fischlein von Esclarmunde, der großen Ketzerin, die sich die Qualen prasselnder Höllenlohe tausendfach verdient hatte, doch anzuhaben vermochten sie ihr nichts.

In der Höhe von Fanjeaux war Laurence zwar aus des tiefen Schlafes Schlund wieder emporgetaucht in die schummrige Grotte der schwankenden Sänfte, aber noch keineswegs gewillt zu erwachen. Daß ihr hochbetagter Begleiter sich ihr gegenüber als ›Gutmann‹ bezeichnete, nahm sie kommentarlos hin. Aus dem Kloster, das sie wiedererkannte, waren die schmutzigen Mönche getreten und ließen mit finsteren Blicken den Zug der Ritter an sich vorbeitraben. Ihretwegen anzuhalten verbot sich einer Gräfin von Foix. So schlossen sich die armen Brüder des Gottesstreiters Dominikus dem

Ende an, wo schon die Frauen gingen, katharische Ketzerinnen allesamt. Nach mehreren Stunden gemächlichen Rittes und hechelnder Atemnot derer, die zu Fuß hinterherlaufen mußten, erreichten alle, die Vertreter der allein seligmachenden Ecclesia catholica wie der verdammenswerten Häresie, die Mauern des befestigten Ortes Montréal, gerade auf halbem Weg zwischen dem Kloster der Mönche und der Hauptstadt Carcassonne. Hielten sich die einen, selbst mit Blasen an den verschwitzten Füßen, für den Felsen in der Brandung des Glaubens, galt den anderen der Sitz des edlen Trencavel als Hort und Zuflucht für alle Anhänger des Gral und Heilssymbol der Gleyiza d'amor, der okzitanischen Minnekirche. Soviel hatte der silberhaarige Perfectus – im Rang, vor allem aber in seiner Funktion einem katholischen Priester entsprechend – im Halbdunkel der Sänfte seiner Mitreisenden beigebracht, deren Wißbegier mittlerweile erwacht war.

»Und die Feuerprobe?« begehrte Laurence erschauernd zu erfahren. »Verbrennt Ihr Euch da nicht die Füße?«

Der Alte lächelte milde. »Wer sich ängstigt und zögert, dem versengen die glühenden Kohlen die Sohlen, man kann es sofort riechen!«

»Ihr fürchtet Euch nicht?« Laurence blieb ungläubig. »Und doch seid Ihr Fleisch vom Fleische –«

»Wer die Furcht vor dem Tode abgestreift, dem erwächst Gleichmut und Unerschrockenheit.«

Laurence versuchte im Dämmerlicht einen Blick auf die Füße des Alten zu werfen, es mußte ein Trick dabei sein.

»Zügig die Wegstrecke des Demiurgen durchschritten, das Paradies vor Augen –«, war alles, was ihr der Wundertäter an Geheimnis flüsternd preisgab, »– meine Füße weinen Tränen des Glücks!«

Hatte er ihr zugezwinkert? Laurence hob den Vorhang und spähte hinaus. Sie mußten bereits im Burghof von Montréal angelangt sein. Sie sah ein von Steinen umfaßtes längliches Geviert von doppelter Manneslänge, aus dem Rauch emporstieg und Funken aufstieben, wenn die Köhler, denen die Vorbereitung oblag, mit grünem Tannenreisig der glühenden Fußwanne Luft zufächelten.

Dahinter, an der einen Längsseite, hatten die Mönche von Fanjeaux Aufstellung genommen. Doch auf der Seite der Kirche hatten sich auch Priester nebst Gefolge und höhere Würdenträger eingefunden. Laurence kam nicht sofort in den Sinn, wo sie dem päpstlichen Legaten, der gerade seiner Sänfte entstieg, schon einmal begegnet war.

»Peter von Castelnau!« murmelte neben ihr der alte Perfectus. Es lag eine leichte Verachtung in seiner Stimme, und Laurence entsann sich wieder der Hundeaugen, die auf dem Turnier von Fontenay um Zuwendung gebettelt hatten. Damals war der gutaussehende Mann noch als schlichter Missionar aufgetreten, zusammen mit dem gräßlichen Novizen, jetzt schmückten ihn die päpstlichen Insignien. Gebannt verfolgte Laurence, wie der Legat mit väterlicher Gebärde einen spindeldürren Mönch auswählte, seinen Arm fürsorglich um ihn legte und mit lauter Stimme verkündete: »Unserem Bruder Etienne de la Misericorde gebührt das unschätzbare Verdienst, für die Ehre der Heiligen Jungfrau einzutreten!«

Da jubelten die Mönche auf und schrien »Hallelujah!« ohne Ende, während der Herr Legat den Auserwählten beiseite führte und ihm Trost zusprach.

»Dieser Etienne wirkt wahrhaftig wie das wandelnde Erbarmen!« spottete leise der silberhaarige Perfectus neben ihr.

»Wenn er sich jetzt in die Hosen macht«, ging Laurence auf die vermeintliche Häme ein, »dann wird's schön stinken!«

»Ich wünsch' es ihm nicht«, rügte sie sanft der Alte. »Diese sogenannten Gottesurteile bezeugen nichts, außer der Selbstbeherrschung der Kandidaten. Dafür Gott anzurufen ist ein Frevel! Und zeigt nur einmal mehr, wie tief die Kirche Roms gesunken ist.«

»Und warum stellen sich ›die Reinen‹ diesem unsinnigen Mutwill'?« begehrte Laurence auf. »Oder kennt Ihr Katharer keine Blasphemie?«

»Das betrifft uns, wie alles auf Erden, nicht. Doch solange wir noch hienieden wandeln, wünschen wir von diesem Papst und seinen Häschern in Ruhe gelassen zu werden. Also weisen wir ihnen den Weg des Geistes –«

»– und schlagt sie mit Eurer Überlegenheit!« Laurence ereiferte sich, doch der Alte ließ sich nicht provozieren.

»Ich gehe für einen höheren Gott durchs Feuer. Mit jedem Schritt entferne ich mich von den Dienern Roms und nähere mich dem Ziel meiner unsterblichen Seele, dem Paradies, um sie wieder mit dem göttlichen Wesen zu vereinen.«

»Ich sehe«, höhnte Laurence, »der eine tut's zum Ruhm der Unbefleckten, der andere betreibt's als Seelenreinigung. Mal sehen, wer besser –«

»Schwächer«, verbesserte sie der weißhaarige Katharer, »bestenfalls!«

Ein Ritter trat zur Sänfte, ein braungebranntes Gesicht, zwei Narben über Stirn und Wange, wie sie nur scharfe Klingen im Kampf schneiden. Sie stehen ihm gut, fand Laurence und schaute ihm erwartungsvoll in die dunklen Augen.

»Ich bin Aimery de Montréal«, verkündete eine harte Stimme, die Laurence jedoch mit wohligem Schauer durchfuhr, »Herr dieses Ortes«, er wandte sich an den Perfectus, Laurence lediglich mit knappem Blick streifend, »an dem Ihr, werter Maurus, den Mut der Gefolgschaft des Parakleten stärken werdet, indem Ihr kraft des geheimen Wissens die Schreihälse aus Rom in die Schranken weist.«

Flammis ne urar succensus
per te, Virgo,

Er wies mit verächtlicher Gebärde auf die inzwischen trotzig singenden Mönche von Fanjeaux jenseits des Kohlenbeckens. Sie hatten sich auf ein bekanntes Marienlied geeinigt.

sim defensus
in die iudicii.

Aimery von Montréal bot dem Silberhaarigen höflich den Arm und hob ihn aus der Sänfte. Das Erscheinen des Perfectus steigerte drüben den Gesang zum Gejohle; vorwitzig drängten sich die armen Brüder heran. Auf ein Zeichen Aimerys peitschten die Köhler mit dem Reisig Glut und Rauch gegen sie, daß die Mönche eilends zurücksprangen.

Aimery lachte. Erst jetzt wandte er sich an Laurence, die wütend in ihrem Gehäuse hockengeblieben war. »Wollt Ihr das Spektakel aus der Nähe miterleben, schöne Damna, so solltet Ihr Euch zu Esclarmunde gesellen. Für Sänften ist hier kein Platz!« Der Grobian machte keine Anstalten, ihr zu helfen.

In diesem Moment trat Peter von Castelnau hinzu. Laurence sprang dem Legaten vor die Füße, daß der sie mit seinen Armen auffangen mußte. Ohne die geringste Verwirrung zu zeigen, hielt er Laurence länger fest als eigentlich notwendig.

»Ihr solltet den Weg der Wahrheit nicht unnötig anheizen«, hielt er dem Burgherrn vor, auf die wedelnden Köhler weisend. »Unserem Mann ist das Feuer der Hölle nicht fremd, wohl aber Eurem Perfectus, leugnen doch die Katharer die Existenz eines solchen Ortes.«

Aimery sah in seinem Widerpart, einem geistlichen Herrn im schwarzen Habit, im Arm ein rothaariges junges Weib, plötzlich den Nebenbuhler. Er ließ sein Auge herausfordernd auf Laurence ruhen. »Es ist wahr, Monsignore, die Reinen lernen die Flammen Satans erst auf Euren Scheiterhaufen kennen. Ihr aber drückt sie ohne Not, nur Eurem fleischlichen Triebe folgend, an die Brust.«

Da riß sich Laurence empört los. »Euch steigt die Hitze in den Kopf, meine Herren!« Sie lief hinüber zu den Frauen, die sich um Esclarmunde scharen.

»Nehmt Ihr eine Wette an, Aimery?« fragte der Legat, Laurence amüsiert nachschauend. »Wessen Feuertreter obsiegt, dem gebührt auch die *probatio primae noctis*?«

Der Burgherr reagierte kalt. »Ihr seid verkommener, als es Euch als Kleriker zukommt, Peter von Castelnau! Ruft Euren Misericorde und laßt uns den faulen Zauber hinter uns bringen, bevor es mich vollends reut, Euch Gastrecht gewährt zu haben.«

Der Legat lachte höhnisch. »Die Duldung von uns Schwarzröcken gehört zu den leichteren Strafen, die Euch Ketzern auferlegt werden. Eines nicht mehr fernen Tages werdet auch Ihr brennen!« Er ließ Aimery keine Zeit zu einer Antwort. »Die beiden Probanden betreten gleichzeitig von den gegenüberliegenden Enden aus das Kohlenbett. Wer zuerst seine Strecke bewältigt hat, gilt als Sieger.«

»Es ist ihnen untersagt, einander zu berühren, wenn sich, so Gott will, ihre Wege in der Mitte kreuzen«, ergänzte der Burgherr ärgerlich. »Wer auch nur einen Schritt aus der Kohle zur Seite tut, gesteht bereits seine Niederlage ein!«

Die Mönche intonierten jetzt:

Dies irae, dies illa
solvet saeculum in favilla ...

Sie rückten wieder auf der einen Längsseite vor, allerdings zurückgehalten von einem inzwischen gespannten Seil, das mit farbigen Fähnlein geschmückt war, wie man es bei festlichen Turnieren verwandte. An den jeweiligen Kopfenden nahmen der päpstliche Legat und die Gräfin von Foix als Oberlehnsherrin ihre Plätze ein. Ihre Ritter, in der Mitte Aimery von Montréal, säumten die Bahn gegenüber der zerlumpten Meute von Fanjeaux.

Etienne de la Misericorde begab sich, ins Gebet vertieft, begleitet von zwei seiner Mitbrüder, an die von Esclarmunde präsidierte Stirnseite, ohne die Damen auch nur eines Blickes zu würdigen. Er zog seine Sandalen aus und wartete, bis gegenüber der Perfectus erschienen war. Der alte Maurus verneigte sich nach allen Seiten, auch gegen Peter von Castelnau, bevor er die Handflächen über seinem Haupt der Sonne entgegenstreckte, die gerade jetzt durch die Wolken brach.

Der Burgherr gab den Bläsern ein Zeichen, und diese stießen dreimal ins Horn. Der letzte Ton war kaum verklungen, da sprang Etienne mit geraffter Kutte auf den glühenden Pfad. Er hüpfte geradezu von einem Bein auf das andere, und es wäre zum Lachen gewesen, wenn nicht seine Mitbrüder ihn mit wildem Klatschen und schrillen Pfiffen angefeuert hätten wie einen Wettkämpfer auf Gottes heißer Aschenbahn. Der alte Maurus hingegen schritt erhobenen Hauptes über die verdeckte Glut, als sei er Jesus und ginge über Wasser. So jedenfalls kam es Laurence vor, die als einzige unter den schweigend verharrenden Frauen auch das tragikomische Vorankommen des Mönches im Auge behielt, der seinen Zickzackkurs durch Hektik wettzumachen versuchte, während der Perfectus, wie von einem unsichtbaren Tau gezogen, vorwärts glitt.

DIE FEUERPROBE

So näherten sich die beiden Kontrahenten der Mitte der Bahn, und langsam kehrte Stille ein, weil die meisten nun doch gespannt warteten, wie sich die kritische Passage gestalten und wer zuletzt die Nase vorne haben würde. Platz, um aneinander vorbei zu gelangen, war genügend, doch die unvorhersehbaren Sprünge des Mönches bedeuteten eine für alle sichtbare Gefahr, wenngleich klar war, daß Etienne, falls er einen Zusammenstoß herbeiführte, der Makel des Verlierers anhaften würde.

Jetzt waren sie nur noch wenige Schritte voneinander entfernt, und Maurus hatte die Hälfte der Bahn bereits hinter sich. Etienne schien entsetzliche Qualen zu leiden. Er begann zu taumeln und drohte zu stürzen. Da hielt Maurus in seinem sicheren Schreiten inne und beugte sich vor, um den Fallenden mit seinen Armen aufzufangen. Doch mit einem Hohnlachen ließ ihn Etienne ins Leere greifen, drehte sich wie ein tanzender Derwisch an ihm vorbei und setzte hüpfend seinen Weg fort. Die Unterbrechung seiner fließenden Bewegung kostete Maurus nicht nur den Sieg: Flammen schlugen an ihm hoch, der Geruch von verbranntem Fleisch vermengte sich mit dem aufsteigenden Qualm. Er brach zusammen und fiel mit dem Gesicht vornüber in die Glut.

Laurence hatte vor Entsetzen als erste aufgeschrien. Beherzte Ritter, allen voran Aimery, packten das brennende Bündel, zerrten es aus der Bahn, warfen ihre Mäntel über den sich lautlos Windenden und erstickten die Flammen. Alles ging unter im Gegröle der Mönche, denen am Ziel mit einem letzten Sprung ein feixender Etienne de la Misericorde in die Arme fiel. Sie trugen ihn auf ihren Schultern um die Walstatt, triumphierend vorbei an Esclarmunde und den vor Schreck erbleichten und verstummten Frauen.

Nur Laurence sprang vor. »Elender Betrüger des Mitleids!« schrie sie. »Der Teufel wird dich holen!«

Die Mönche achteten nicht auf ihre Wut, sondern setzten das erfolgreiche Schlitzohr oben am anderen Kopfende vor dem päpstlichen Legaten ab, der den Helden segnete und küßte. Dann zogen sie mit ihm wie in einer Prozession von dannen, wobei sie lauthals wieder die Marienhymne zur Feier ihres Sieges anstimmten:

Tuba, mirum spargens sonum
per sepulcra regionum
coget omnes ante thronum.

Am nächsten Morgen war Laurence früh auf den Beinen, wie sie es von Ferouche her gewohnt war. Sie hatte kaum ein Auge zugetan, denn während der Nacht hatte sich ein ums andere Mal jemand an ihrer wohlverriegelten Tür zu schaffen gemacht. Erst glaubte sie die heiser flüsternde Stimme des Peter von Castelnau erkannt zu haben, der sie eindringlich beschwor, ihr in drei Teufels Namen zu öffnen. Aber dann war noch eine andere Stimme hinzugekommen, es mußte der Burgherr gewesen sein, der dem Legaten die Zudringlichkeit verwiesen hatte. Die Männer hatten vor ihrer Tür heftig gestritten, sich dann aber zusammen entfernt.

Als Laurence dann endlich ihren Schlaf gefunden hatte, war sie von einem Geräusch erwacht und sah im Licht einer Kerze Aimery an ihrem Bett stehen. Sie verspürte nicht die geringste Lust, sich jetzt mit einem ihr völlig fremden Mann einzulassen, wenngleich sie ihn so übel nicht fand. Sie war einfach hundemüde und fühlte sich wie zerschlagen.

Aimery machte nicht die geringsten Anstalten, sich ihr als Liebender zu nähern. Er setzte sich auf die Kante ihres Lagers, und Laurence sah, daß er Tränen in den Augen hatte.

»Ihr habt doch das Ohr der großen Esclarmunde«, sagte er mit so entsetzlich trauriger Stimme, daß Laurence ihre Müdigkeit vergaß und sich aufrichtete. »Wirkt auf sie ein, daß sie etwas für unser Land unternimmt, anstatt die Kirche mit ihrer unnachgiebig stolzen Haltung zu provozieren. Gott sei Dank war die Menschlichkeit des Maurus stärker als ihr Wille, über Rom zu triumphieren«, brach es aus ihm heraus. »Doch ob nun eitle Glorie oder beschämende Niederlage, alles ist nur Wasser auf die Mühlen eines hassenden Papstes, und als neuer Müller steht schon der König in Paris bereit – zwischen diesen zwei mächtigen Mahlsteinen werden wir zermalmt!«

Laurence war jetzt so weit wach, daß sie seinem bekümmerten Vortrag folgen konnte. Nur einen Weg zur Lösung sah sie nicht, und die Gräfin von Foix würde ihn wahrscheinlich auch nicht wissen.

»Was soll sie denn unternehmen, eine alte Frau?« fragte sie und fühlte sich schlecht, einmal wegen der allgemeinen Hilflosigkeit, zum anderen ob ihrer eigenen Haltung. Sie schämte sich plötzlich, daß sie jung und stark war, aber auch nichts tat.

Aimerys gebeugte Gestalt straffte sich. Er stand auf. »Die Gräfin von Foix möge die katharischen Umtriebe in ihren Landen weniger offen begünstigen«, sagte er fest, »die Wehrbereitschaft des Languedoc hingegen für alle Feinde sichtbar und effektiv verstärken!«

Laurence dachte nach. »Ersteres kann Esclarmunde unmöglich tun«, erklärte sie im Brustton der Überzeugung. »Sie ist doch die Hüterin des Gral.« Sie wußte zwar auch zu dieser Stunde keineswegs, was es mit dem Gral auf sich hatte, doch der Burgherr enthob sie des Erklärungsbedarfs.

»Genau deshalb!« rief er, unnötig laut. »Zu seinem Schutz muß sie kämpfen – kämpfen wollen!«

»Ich dachte«, hielt Laurence gegen ihr Gefühl dem Burgherrn entgegen, »die Reinen nähmen keine Waffen in die Hand?«

Da blitzte in dem von Narben gezeichneten Gesicht Zorn auf. »Esclarmunde muß unterscheiden lernen zwischen ihren Führungspflichten als Gräfin von Foix und der Hingabe, mit der sie der reinen Lehre anhängt. Esclarmunde dient ihr am besten, wenn sie den Adel des Landes aufruft und eint. Wir sind bereit, unser Leben –«

»Für was wollt Ihr Euer Leben geben, wenn nicht, um zu leben?« entgegnete Laurence altklug, doch voller Eifer.

Der Schloßherr starrte sie an, entgeistert. »Ach, das könnt Ihr wohl nicht verstehen?«

Es war Laurence, als würde er einen schwarzen Vorhang vor ihr zuziehen. Er war selbst Katharer! Beschämt erkannte es Laurence, aber da war Aimery schon aus dem Zimmer gerannt. Den Reinen bedeutete ja das hiesige Leben nichts, weshalb sollten sie also pfleglich damit umgehen? Das tat doch nicht einmal sie selbst mit dem ihren! War es außerdem nicht so, daß der Gral die beschützte, die an ihn glaubten?

Laurence erhob sich, Schlaf würde sie keinen mehr finden. Sie wusch sich kalt und kniete dann nieder zum Gebet der Matutin.

Im Burghof traf sie auf Peter von Castelnau, der einen Disput mit dem Burgherrn beenden wollte. Seine Sänfte wurde schon reisefertig bereitgehalten, sie war von seinem waffenstarrenden Gefolge umstellt.

»Daß sich Euer Ketzerbischof Guilhabert von Castres traut, diesen Ort zu betreten, wenn auch nur des Nachts, während der Legat Seiner Heiligkeit des Papstes Innozenz III in seinen Mauern weilt, zeigt, mit welcher Dreistigkeit die Häresie hier wie anderswo ihr Schlangenhaupt erhebt.«

»Woher wollt Ihr das wissen?« entgegnete Aimery trotzig.

»Ich traf die alte weiße Kröte auf dem dunklen Flur, eine Begegnung ohne Zeugen, er erkannte mich nicht. Ich hätte ihn erdolchen können, er fragte nach dem Zimmer, in dem der Sterbende lag – ich hab' es ihm gewiesen!« fügte Peter hinzu und mußte hektisch lachen, in Erinnerung an die abstruse Situation. »Eine dicke Kröte in wallender Alva – grotesk!«

Das mußte Aimery erst mal schlucken. »Dann wißt Ihr auch, daß Maurus das *consolamentum* erhalten hat, bevor er seinen Verletzungen erlag.«

»Das konnte ich mir denken«, bürstete ihn der Legat ab. »Aber daß Ihr die Unverfrorenheit besitzt, die Leiche hinter Eurer Kapelle in geweihter Erde zu bestatten –«

»Wolltet Ihr die Gräfin von Foix daran hindern, die doch Lehnsherrin ist über Montréal mit allem, was hier fleucht und kreucht?« Aimery genoß die ohnmächtige Wut des Legaten. »Und seien es Kröten!«

»Der Kirchenbann ist Euch jetzt schon sicher, Aimery von Montréal. Aber ich sage Euch, übers Jahr oder nach zweien werden die Gebeine dieses Ketzers dort nicht mehr liegen. Sie werden verstreut sein in alle Winde, vermengt mit der Asche der von ihm Irregeleiteten.«

»Verlaßt uns jetzt!« stieß der Burgherr hervor, mit knirschenden Zähnen.

Der Legat verbeugte sich artig gegen Laurence und bestieg seine Sänfte. »Aimery!« rief er von dort, sicher unter dem Schutz seiner Bewaffneten. »Ihr solltet Euch nicht wünschen, daß die Kirche Euch verläßt. Vielmehr solltet Ihr reumütig Frieden mit ihr schließen – noch ist es nicht zu spät!« Er gab seinem Gefolge ein Zeichen, und der Zug setzte sich in Bewegung.

Laurence hatte Aimery fast erschrocken angestarrt, als der sich bückte und den erstbesten Stein aufhob. Wütend warf er ihn wieder zu Boden.

Esclarmunde erschien ihrer Patentochter um Jahre gealtert, als sie gemeinsam den Rückweg nach Foix antraten. Die Sänfte nahm sie diesmal selbst in Anspruch, so daß Laurence sich schon ausmalte, auf dem Rücken ihres Zelters vor den Augen der Ritter mit ihren Reitkunststücken zu glänzen. Doch sie mußte den gesamten Weg neben der Sänfte reiten, selbst wenn die Gräfin ermattet zu schlummern beliebte, doch meistens erweckte sie nur den Anschein.

»Ich hätte dir dieses erbärmliche Schauspiel ersparen sollen, mein Kind«, wandte sich Esclarmunde endlich an Laurence, nachdem sie eine längere Wegstrecke in bedrückendem Schweigen zurückgelegt hatten.

Laurence nahm die Gelegenheit wahr loszuwerden, was ihr schon seit ihrem Eintreffen in Foix auf den Nägeln brannte: eine Erklärung zum Scheitern ihrer Mission auf Kreta. Zerknirscht suchte sie sich zu entschuldigen, nicht dafür, daß sie diese Geschichte mit dem unglückseligen Montferrat eingefädelt und Geschick nur darin bewiesen hatte, das zarte Gespinst wieder zu zerstören, sondern für den Brief, mit dem sie ihren vermeintlichen Erfolg in die Welt posaunt hatte ... »Ich habe so viel an Sünde auf mich geladen, daß mir härtere Lektionen gebühren, als den Tod des armen Maurus ohnmächtig mit ansehen zu müssen«, schloß sie.

Esclarmunde schlug die Augen auf und betrachtete die Reiterin mit ihrem durchdringenden Blick. »Du hast den letzten, beglückenden Schritten eines Perfectus beiwohnen dürfen, der ins Paradies einging – da gibt es nichts zu bedauern. Was aber dein Scheitern auf Kreta anbelangt, so ist es dir wohl noch nicht gegeben, deine Schritte so zu lenken, daß nicht andere für deine Fehler zahlen. Der Kirche ist es gleich, wen sie trifft, wenn sie nur ihr Ziel erreicht, einen weiteren Angriff auf ihre Machtstruktur zu vereiteln.« Sie versuchte sich milder zu geben, als sie sah, wie betroffen ihr Patenkind dreinblickte. »Eines Tages wird sie fallen. Stete Tropfen höhlen auch den Stein, auf dem sie fälschlicherweise gebaut worden ist.«

Laurence mußte schlucken, als sie begriff, daß auch sie mit einem Tropfen verglichen worden war, doch dann erhob sie den aushöhlenden Tropfen zum Vorbild für ihr eigenes Bemühen. Das schien ihr weniger ein Auftrag des Aimery von Montréal als das Vermächtnis des toten Katharers zu sein.

»Warum stellt Ihr die Ecclesia catholica nicht mit ein paar Äußerlichkeiten zufrieden, die sie schon glücklich machen würden?« redete sie ernsthaft auf die alte Dame ein, die leicht indigniert wirkte, sie aber gewähren ließ. »Alles, was Rom nicht sehen muß, wird es zwar nicht gerade gern, aber nolens volens übersehen. Doch ein christliches Begräbnis für einen –«

»Nimm bitte zur Kenntnis, Laurence, daß wir Katharer auch Christen sind. Nur reiner.«

»Das reibt Ihr ihnen aber so unter die Nase, daß sie jeden Tag mehr verschnupft sind!«

»Was glaubst du denn, Kind, was die Bewegung des Katharismus ausmacht? Entstanden ist sie aus einem überlegenen geistigen Konzept – in das du eingewiesen wirst, wenn du dich als würdig erwiesen hast. Allein der Umstand, daß der Same hier in Okzitanien auf besonders fruchtbaren Boden fiel – bereitet von überliefertem Druidentum der Kelten, dem alttestamentarischen Wissen der Thora und den geheimen Lehren der Ismailiten –, erklärt seine Ausbreitung noch nicht. Auch der Großmut, mit dem wir Fürsten dieses Landes jeder geistigen Bewegung Raum gegeben haben, brachte zwar schönste Blüten der Spiritualität hervor, ist aber keineswegs der Grund, aus dem das Volk in hellen Scharen, ganze Städte mit ihren Bischöfen, zur angeblichen Ketzerkirche überläuft. Das Tier auf dem Fischerthron, das ist die Ursache! Warum wenden selbst die einfachen Leute Rom den Rücken? Doch nicht zuletzt aus Überdruß an dem Protz und weltlichen Pomp, mit dem die Kirche Petri sich zum Alleinerben der Lehre des Jesus von Nazareth aufgeworfen hat. Sie verfälscht sie, unterdrückt sie, besudelt sie –« Esclarmunde hatte sich trotz ihrer Mattigkeit erregt aufgerichtet. »Die

Worte des Meisters sind überliefert, doch wer macht sich die Mühe, danach zu leben? Oder schlimmer: Wer sich der strikten Befolgung seiner Gebote unterzieht, wird gejagt wie ein Dieb. Entsagung und Spiritualität werden verfolgt wie gemeine Missetaten. Nächstenliebe ist zum strafwürdigen Verbrechen geworden!«

»Gebt der Kirche eine Chance, sich zu verbessern«, wagte Laurence kleinlaut einzuwenden.

»Die hat sie seit über tausend Jahren! Doch sie wird immer schlechter, weil sie dem falschen Gott anhängt, dem Demiurgen, der die Menschen mit seinem Glanz blendet, damit sie sein wahres Wesen nicht erkennen. Die Kirche ist des Teufels – und das bereits seit ihrer Gründung. Sie hat mit dem Parakleten, dem Erlöser, nichts gemein!«

»Dann bekämpft sie doch mit der Schärfe des Schwertes!«

Esclarmunde winkte Laurence näher zu sich heran. »Genau das wäre falsch. Wir würden uns mit ihr gemein machen, nähmen wir eine Waffe in die Hand. Was glaubst du wohl, wer die Eisen dieser Welt schmiedet?«

Laurence sah das ein, aber es widersprach ihrem Temperament. »Rom wird Euch vernichten!«

»Der Gral existiert – weiß wahrer Gott! – länger als dieses Lügengespinst der Apostel. Er wird auch diese Unbill überstehen. Eine Zeitlang wird er sich seinen Feinden entziehen, aber er wird nie aus dem Leben der Menschheit verschwinden, denn er steht für die geheime Botschaft der Liebe, der Liebe Gottes.«

Der Gedanke verwirrte Laurence, auch wenn sie etwas von seiner Größe anwehte. Sie liebte die einfachen Schachzüge. »Dann sind also die Katharer dem Untergang geweiht – denn Ihr wollt Euch ja nicht wehren?«

»Für uns Anhänger der Gleyiza d'amor stellt sich das Ende des Erdendaseins nicht als Katastrophe dar. Wir wissen, wohin wir gehen. Leid ist es mir um die, die uns halfen und zu schützen suchten. Sie werden kämpfen, und sie werden verlieren. Freiheit, Land und Leben!«

»Unrettbar?« fragte Laurence erschauernd.

»Rettung besteht auch für sie nur in dem richtigen Schritt ... Jetzt vergönn mir etwas Ruhe, Laurence«, wechselte die alte Dame brüsk den Ton und lehnte sich erschöpft zurück in die Kissen.

Laurence hatte genug damit zu tun, das Erfahrene zu ordnen. Es war ihr, als hätte Esclarmunde eine Tür in ihr aufgestoßen. Ein Portal, so groß wie das einer geheimnisvollen Kathedrale, die sie noch nicht zu betreten wagte.

Sie hatten Fanjeaux umgangen, das auf dem Wege lag, wenngleich mehrere Ritter darauf brannten, den frechen Mönchen das Fell zu gerben, die stinkenden Kutten zu versengen und auch ihr Mäuseloch auszuräuchern. Doch Aimery, der seiner Herrin bis hierher das Geleit gegeben hatte, verstand es, sie von dem unrühmlichen Begehr abzubringen. Der Herr von Montréal hatte seit der nächtlichen Begebenheit kein Wort mehr an Laurence gerichtet, auch wich er scheu ihren Blicken aus, was sonst so gar nicht seine Art war. Doch jetzt zum Abschied drängte er sie geschickt von der Sänfte ab, als er sah, daß Esclarmunde sogleich wieder eingeschlafen war. Laurence ließ es sich gefallen.

»Ich hoffe auf Euch«, hob er an, doch sie bog sich schnell zu ihm herüber und bot ihre Lippen dar. Der Kuß war kurz und schmeckte salzig, denn Aimery war scharf geritten, um wie ein Wolfshund sein Rudel davon abzuhalten, über die Schafe im Pferch herzufallen.

»Bewahrt Euch mein Bild als Fahne Eures Stolzes«, rief sie ihm zu, als er sich mit einer heftigen Geste von ihr gelöst hatte. »Für den Fall, daß wir uns nicht mehr wiedersehen!«

Sie winkte dem Davonreitenden nach, doch Aimery drehte sich nicht mehr um.

Lancan vei la folha
jos dels aibres chazer,
cui que pes ni dolha,
a me deu bo saber.

Der stolze Zug okzitanischer Ritter trabte diesmal unter den Mauern von Mirepoix vorbei, wo ein Neffe Esclarmundes herrschte. Jedoch erschien er nicht zu ihrer Begrüßung, da er sich, wie es hieß, nach Carcassonne begeben habe, um sich dort mit dem jungen Trencavel zu besprechen, der gleichfalls ein Neffe der Gräfin von Foix und ihrem Herzen am nächsten war. Sie nannte ihn stolz ihren Perceval, ›Schneid-mitten-durch‹, und sie hatte Laurence so häufig von ihm geschwärmt, daß es in deren Nase bereits faulig-süß nach Kuppelei roch.

Laurence hörte aus all den Stimmen vor allem eines heraus: daß man sich Sorgen machte im Languedoc und Esclarmunde die drohenden Gefahren wohl sah, ihnen aber nicht energisch genug entgegentrat. Vielen erschien sie wie entrückt.

Hinter Mirepoix bog Esclarmunde überraschend nach Süden ab. Es zog sie, den Berg zu sehen, auf dem sie den Schritt ins Paradies zu vollziehen hoffte, nach Empfang des Consolamentums aus der Hand des alten Priesters Guilhabert von Castres. Sie fühlte ihr Ende nahen und sehnte sich nach dem Montségur. Seit zwei Jahren ließ sie die Festungsanlage auf seinem Gipfel ausbauen, nicht um sich dort ein imposantes Grabmal zu errichten, sondern als letzten Zufluchtsort für ihre Brüder und Schwestern, wenn die Verfolgung keinen anderen Ausweg mehr lassen würde. Dort oben in den lichten Höhen des Munsalvaetch sollten die Anhänger des Gral ihrer Erlösung gewiß sein können, wenn ihre Stunde gekommen war, denn nirgendwo als auf dem ›Pog‹ – wie die Okzitanier den Berg auch nannten – waren sie den Sternen näher, ließ sich die *endura* leichter vollziehen. Auch drängte es Esclarmunde, diesen Ort ihrem Patenkinde zu zeigen, wenn auch nur von weitem. Doch ließ sie von ihrer Absicht nichts verlauten.

Unterhalb eines Bergnestes, das Laroque d'Olmès hieß, trennte sich die Gräfin von dem Gros ihrer Ritter, die sie teils nach Foix vorausschickte, teils auf ihre Burgen in der Umgebung entließ. Die Stimmung beim Abschied war gedrückt. Foix lag jetzt nicht mehr weit entfernt, so behielt die Gräfin nur den engeren Kreis der Herren um sich, die bei Hofe dienten.

»Ich gedenke einer Freundin einen Besuch abzustatten.« Esclarmunde lenkte den Blick Laurence' hinauf zu den Häusern, die am Felshang klebten. »Alazais d'Estrombèze ist Witwe und zieht ihren Sohn allein auf.«

Wenigstens nicht schon wieder ein Heiratskandidat, dachte Laurence, die in Gedanken noch dem stattlichen Aimery de Montréal nachhing.

»Von Alazais' sanftem Wesen und ihrer warmherzigen Weiblichkeit verspreche ich mir einen wohltuenden Einfluß auf Livias Tochter, die lieber als Sohn des Lionel de Belgrave zur Welt gekommen wäre!«

Bei Esclarmunde wußte Laurence nie so recht, ob sie scherzte oder ernsthafte Vorhaltungen hinter solchen Schleiern verbarg. Jedenfalls hatte sie ihr jede Freude auf die Begegnung mit dieser Witwe schon genommen.

»Komm jetzt zu mir in die Sänfte«, befahl die Patin als nächstes. »Alazais soll nicht denken, ich hätte einen Fuchsbau ausgehoben!«

Laurence wechselte wütend, ohne anzuhalten, wie eine Katze von ihrem Zelter in das ungeliebte Gehäuse.

»Geradezu froh muß ich sein«, fauchte sie die Gräfin an, »daß die große Jägerin dabei mein Leben geschont hat!« Sie quälte sich ein Lachen ab. »Ich hätte das Füchslein an den Läufen gepackt und ihm den Schädel am nächsten Felsen eingeschlagen!«

»Ich töte keine Kreatur«, entgegnete ihr Esclarmunde, »und sei sie noch so bissig.«

Es herrschte Schweigen zwischen der Alten und der Jungen. Beide waren, mehr noch als über die andere, über sich selbst verärgert. So erreichten sie, mühsam die steil ansteigenden Serpentinen bewältigend, die burgähnliche Ansammlung steinerner Häuser. Mauern und Türme brauchte Laroque nicht, schroffe Felsnasen und steil abfallende Klippen ersetzten sie. Eine wilde Klamm sperrte den Zugang vollends.

Die Gräfin von Foix wurde von den Wächtern jedoch sofort erkannt. Es waren Frauen, und sie ließen auch sofort die Hängebrücke herab, die nur zu Fuß zu überqueren war. Esclarmunde befahl ihrem Gefolge, auf dieser Seite der Schlucht zu warten, und begab sich, nur begleitet von Laurence, auf den schwankenden Steg.

Drüben trat ihnen eine junge Frau entgegen. Laurence vergaß auf der Stelle ihre vorgefaßte Ablehnung. Eine solche Schönheit hatte sie in dieser Bergwildnis nicht erwartet. Alazais war hochgewachsen und goldblond. Die Fülle ihrer Locken umgab ihr schmales Gesicht wie ein Kranz von Sonnenstrahlen, ihre schlanke Figur war in eine fast durchsichtige Tunika aus naturfarbenen Nesseln gehüllt, die ihre Reize keineswegs verbarg, doch Alazais trug sie mit der Würde einer Priesterin. Ihre strahlenden Augen, ihre schimmernden Lippen, ihre schneeweiße Haut schienen sich nur Laurence darzubieten, auch wenn sie als erstes Esclarmunde umarmte.

Laurence spürte, wie sie der Berührung mit dieser Fee entgegenfieberte. Sie senkte verwirrt den Kopf, da sie fürchtete, ihr Erröten könne sie verraten. Doch Esclarmunde quälte sie, denn sie gab die Fremde nicht frei, sondern lag in der Freundin Armen, bis aus dem nahen Haus ein Knabe gelaufen kam. Er sah aus wie zehn, elf, konnte aber durchaus noch jünger sein, wohl der Sohn der Witwe, die Laurence jetzt auf Anfang Dreißig schätzte, nach den Fältchen im Gesicht und den feingliedrigen Händen zu urteilen.

Der Zauber war verflogen, als die Gräfin von Foix endlich geruhte, Laurence vorzustellen. Man küßte sich flüchtig die Wangen, rechts – links, ohne sich wirklich zu berühren. Der merkwürdig alterslose Knabe hieß Raoul und belegte Laurence sofort mit Beschlag. Laurence fühlte die Blicke der als Botin von den Sternen herabgestiegenen Lichtgestalt auf sich ruhen. Sie lockten nicht, sie begehrten nicht. Sie kamen aus einer anderen Welt.

»Meine Mutter ist ein Traum«, erklärte ihr der Knabe, der sie genau beobachtet hatte, mit Bedacht. »Mein Vater ein Träumer!«

»Ich dachte«, Laurence bemühte sich, ihre Neugier als Mitgefühl zu bemänteln, »dein Vater lebt nicht mehr?«

Das Erstaunen schien jetzt auf der Seite des ernsten Kindes zu sein, offenbar wunderte es sich über die Unwissenheit seiner seltsamen Befragerin. »Mein Vater ist nicht mein Vater und ist durchaus noch am Leben – soviel wir wissen.« Damit schloß es seine Traummutter gleich mit ein, die Laurence wie die Sonne selbst vorkam.

»Aha!«

»Nicht einmal seinen Namen kann ich tragen«, fügte Raoul ohne sichtbares Bedauern hinzu. »Den wechselt der Chevalier wie sein Hemd!« merkte der Knabe noch an, wenig Respekt für seinen Erzeuger zeigend.

»Der Chevalier?« entfuhr es Laurence. »Doch nicht etwa du Mont-Sion?«

»Aha!« stellte das frühreife Kind mit Strenge fest. »Du kennst also den verantwortungslosen Herumtreiber?« Es wartete noch das einverständliche Nicken der Rothaarigen ab, dann entzog es ihr seine Hand. »Du bist auch so eine!« Diesmal wirkte Raoul nun doch bekümmert. Laurence hatte ihm gefallen, aber er kehrte ihr den Rücken und steuerte zwischen seiner Mutter und Esclarmunde, ohne Rücksicht auf deren vertraute Unterhaltung, wieder auf die Stiege zu, die hinauf in das Steinhaus führte.

»Mein Gespräch ist beendet!« teilte er Alazais im Vorbeigehen mit. »Mit Eurer gütigen Erlaubnis ziehe ich mich zurück.«

Esclarmunde sah ihm mit einen verkniffenen Lächeln nach. »Der junge Herr im Hause legt uns den Abschied nahe. Ich wollte mich sowieso nicht länger aufhalten, mich treibt es in die Zuflucht der heimatlichen Mauern.«

»Ich weiß, welche Mauern Ihr noch im goldenen Licht der Abendsonne zu Gesicht bekommen wollt«, unterbrach Alazais sie einfühlsam, und ein Leuchten ging über die Züge beider Frauen. Sie waren Schwestern im Geiste, die grauhaarige Gräfin von Foix, die Hüterin des Heiligtums, und Alazais d'Estrombèze, die Priesterin, von jener ausersehen, dereinst, in nicht allzu weiter Ferne, ihre Nachfolge anzutreten. Diese Wahl erschien Laurence jetzt so einleuchtend, daß sie nicht einmal Neid oder Eifersucht verspürt hätte, wenn sie sich sicher gewesen wäre, daß sie selbst eine derartige Bürde überhaupt anstreben wollte.

Eine *parfaite* zu werden setzte als allererstes den heißen Wunsch voraus, den Gral zu erlangen, sich einzig der Suche nach ihm hinzugeben, ohne die Gewißheit, seiner jemals teilhaftig zu werden. Laurence erkannte, daß die Reife, die ›einer auf der Suche‹ erlangte, eine Grundbedingung war, die man erfüllen mußte, um überhaupt in den Kreis der Erwählten aufgenommen zu werden – ob nun als Gralsritter oder als Gralshüterin. Von dieser Reife war sie jedoch noch meilenweit entfernt, und wenn sie auch nur wenig von dem Gesagten verstanden hatte, spürte sie das hochfliegende Einvernehmen, die tief wurzelnde Bindung zwischen den so unterschiedlichen

Charakteren dieser beiden Frauen. Der Gral machte sie alterslos, würdig und schön.

»Ich gedachte«, sagte Esclarmunde, ihren Abgang einleitend, »dir Laurence eine Zeitlang hier zu lassen. Doch will ich euch, euer Familienleben«, damit bezog sie Raoul mit ein, »nicht belasten.«

Alazais wehrte lächelnd ab. »Eine andere Frau als mich wird der Herr zu ertragen lernen müssen, doch wünsche ich mir, daß Laurence von sich aus den Weg zu uns findet. Sie ist jederzeit willkommen!« Damit schlang sie endlich ihre Arme um das Mädchen, preßte sie fest an sich und küßte sie auf den Mund.

Wie betäubt gab sich Laurence der Umarmung hin. Sie verbarg ihr rotglühendes Gesicht in der blonden Haarpracht, denn sie wollte nicht, daß die Gräfin ihre Tränen sah. Esclarmunde schüttelte den Kopf und ging taktvoll einige Schritte voraus zur Hängebrücke.

Alazais löste Laurence sanft von ihrer Schulter, und dabei zeigte sich auch in ihren Augen ein verräterisches Glitzern. Sie mußten beide leise lachen und trockneten übermütig die Spuren ihrer heftigen Gemütsbewegung, jede mit dem Haar der anderen.

»Du bist die Sonne!« seufzte Laurence.

Da forderte Alazais durch einen unerwarteten Stoß ihre Verehrerin auf, der rüstig voranschreitenden Esclarmunde zu folgen. Laurence rannte los und holte die Gräfin noch vor der gegenüberliegenden Seite der Klamm ein. Es bereitete ihr diebische Freude, die schwankende Konstruktion durch geschickt vertuschtes Federn in den Kniekehlen noch mehr ins Schaukeln zu bringen. Als sie sich umdrehte, drohte ihr Alazais mit dem Finger. Die alte Gräfin mußte sich am Geländer festhalten.

Beim Abstieg über die Serpentinen durfte Laurence wieder in den Sattel des Zelters. Esclarmunde hatte die Vorhänge der Sänfte zugezogen, nicht aus Ärger über Laurence – ihr gefiel das wilde Mädchen. Außerdem: Was sollte sie bei der Tochter einer unverbesserlichen Abenteuerin wie Livia Septimsoliis schon anderes erwarten? Nein, Esclarmunde bereitete sich auf die Begegnung mit dem Montségur vor, dem Berg des Heils, um den ihr Denken und Sehnen in letzter Zeit immer häufiger und stärker kreiste, den sie als unbezwingbaren Hort, als Rettung ausersehen hatte für den Gral.

Kaum hatte der kleine Trupp den schmalen Paß über den Plantaurel hinter sich gelassen, da erhob sich zwischen allen Gipfeln leuchtend der eine, auf dem die Abendsonne länger zu verweilen schien. Sie tauchte die Burg, die in lichter Höhe emporragte, in pures Gold, ließ den mächtigen, turmlosen Quader wie eine Krone auf den steil abfallenden Klippen schimmern, und mit jedem Schritt, den sich die Reiter andächtig vorwärts bewegten, änderte sich das Schauspiel, ohne an Majestät zu verlieren. Immer intensiver glühten die Mauern, während über ihnen der Himmel vom Azur zum samtigen Nachtblau dunkelte und der Berg die schroffen Schründe darunter mit seinem schwarzen Mantel zu verhüllen begann. Das gleißende Diadem schmolz schnell zum funkelnden Stern, der noch lange in die Nacht hinausleuchtete, bis er, dem menschlichen Auge nicht mehr wahrnehmbar, im Dunkel versank. Längst hatten sie innegehalten, versunken in Gedanken, die hinaufflogen zum Firmament, an dem jetzt der Montségur als ein Stern von vielen glitzerte, die Gebete der Stille aufnahm und den Trost des Parakleten zurücksandte zu denen, die an ihn glaubten.

Tief in der Nacht des folgenden Tages erreichten sie die Burg von Foix.

EIN OFFENES WORT

Vertraulicher Bericht des päpstlichen Legaten
Peter von Castelnau an seinen Vorgesetzten,
den Generaldiakon der Zisterzienser,
Rainer di Capoccio, Herr der Geheimen Dienste

Frontfroide, A.D. 1207

Exzellenz,
Ihr habt es für nötig empfunden – ungeachtet meines Status als Legat des Papstes –, mich dem Erzabt unseres Mutterklosters Frontefroide zu unterstellen. Allerdings hat sich unser Heiliger Vater

zur Methode der Ketzermission in diesem Land sehr klar ausgedrückt, expressis verbis: »Man muß predigen und vor allem exemplarisch leben. Hierzu sind Aufrichtigkeit und Sittenreinheit vonnöten, denn nichts in euren Worten und nichts in euren Taten soll den Ketzern als Entschuldigung dienen für ihr verwerfliches Verhalten.«

Nun liegt es mir fern, seine Eminenz, unseren Erzabt Arnaud de l'Amaury, irgendwelcher Verfehlungen gegen das Gebot des Papstes zu zeihen. Und doch bleibt seinem Auftreten der Erfolg versagt, denn er tritt als das auf, was er ist: eines der mächtigen Häupter des reichen Zisterzienserordens, hoch zu Roß, mit prächtigem Gefolge, üppigem Hofstaat und zahlloser Dienerschaft. Da wundert's nicht, wenn die Leute (um die es geht!) ausrufen: »Seht nur die Abgesandten der Kirche Roms! Das sind die Priester, die uns von unserem Herrn Jesus Christus predigen wollen, der arm war und barfuß ging!«

Da ziehe ich das bescheidene Beispiel – sicher ein hartes Los! – des Domingo de Guzman vor. Dieser asketische Spanier hat klar erkannt: das Ohr der einfachen Menschen hier erreicht nur, wer den Aposteln *primae horae* nacheifert, im schlichten Habit unters Volk geht und sein Leben teilt mit den Armen. Doch machen wir uns nichts vor, Exzellenz! Diese Mission ist reine Augenwischerei. Die Lehre der Reinen ist in ihrer Einfachheit und ihrer Freiheit dem komplizierten Regelgeflecht von Schuld und Vergebung, Opfertod und Wiederauferstehung, jungfräulicher Geburt und Heiligem Geist, Vatergott und Menschensohn, mit all seinen Heiligen und seligen Märtyrern, verwirrenden Konzilen, rechthaberischen Bullen und beschämenden Ablässen, seinen erstarrten Riten, pompösen Rängen und Titeln weit überlegen – wenn man dem Volk einmal aufs Maul schaut! Oder glaubt Ihr, Unfehlbarkeit und Himmelfahrt, peinliche Befragung und Verbrennen bei lebendigem Leibe wären besonders geeignet, die Leute der fernen Ecclesia catholica geneigt zu machen? Hier kommt der Gutmann, wenn der zu Tröstende seiner bedarf, erteilt das Consolamentum dem, der darum bittet, und weist jedem den geraden Weg zum Paradies.

Ihr sollt jetzt nicht denken, Euer Mann sei den Einflüsterungen der Ketzer bereits erlegen, doch muß ich Euch die Situation so darstellen, wie sie ist – und nicht, wie wir sie gern hätten. Wenn unsere Kirche sich nicht von Grund auf erneuert, werden wir uns immer wieder Häresien in dieser oder jener Form gegenüber sehen, sie wachsen aus dem Humus vertrockneter Blätter und verfaulter Früchte desselben Baumes, von dem wir, so steht's zu hoffen, die glorreiche Spitze und die schönsten Äste bilden. Unser gestrenger Heiliger Vater hat sie als Unkraut bezeichnet, das es auszureißen und zu vernichten gilt. Das ist natürlich auch eine Lösung, eine schmerzhafte gewiß, begleitet von viel Blut und Tränen, Asche verbrannter Leiber, Mensch und Tier, Trümmern zerstörter Städte und verwüsteter Felder.

Doch kann daraus unser christlicher Glaube, einst die Botschaft der Liebe, fruchtbar auferstehen, blühen und wahrhaft gedeihen? Wer Gewalt und Haß sät, was wird er ernten?

Ich muß Euch gestehen, Exzellenz, ich bin es herzlich leid und müde, mit einem goldenen Löffelchen vor dem Topf des Lebens zu sitzen und zu löffeln, wohl wissend, daß ich niemals den Grund des Gefäßes sehen werde, denn die Kraft menschlichen Lebens ist unerschöpflich. Wie gern würde ich mich in mein trautes Kloster zurückziehen und Gott im Gebet suchen, doch wenn Ihr mir sagen könnt, wie ich als gehorsamer Sohn der Kirche dienen kann, dann will ich gern alles, Leib und Leben, darangeben, um ihres höheren Ruhmes willen. Es steht mir einfachem Mönch nicht zu, über Weise und Wege zu befinden, mit denen Rom die Geschicke der Ecclesia catholica lenkt.

Ich, Peter von Castelnau, Legat von Euren Gnaden, stehe fest in ihrem Glauben, dessen sollt Ihr gewiß sein.

Zur Lage: Die weltlichen Herren Okzitaniens, des Languedoc und des Roussillon, deren Territorien Ihr mir zur Ketzermission zugewiesen habt, fördern die Ausbreitung der katharischen Häresie durch ihre unglaubliche Toleranz. An ihrer Spitze die Grafen von Toulouse und Foix, die Vicomtes von Carcassonne und Mirepoix, unternehmen sie nichts, aber auch rein gar nichts, gegen das verstockte Verharren ihrer Untertanen in der Ablehnung des Papstes und unserer Kirche. Wir haben sie allesamt in den Kirchen-

bann getan, ihre Städte mit dem Interdikt belegt. Doch werden diese Maßnahmen keine Wirkung zeigen, denn der Entzug der heiligen Sakramente trifft sie wenig. Der weltliche Arm, der ansonsten den von uns für schuldig befundenen Sünder verurteilt und exekutiert, fand sich in ihren Landen bisher nicht. Rom muß jemanden suchen, der stark genug und bereit ist, das Schwert zu führen, das sie in die Knie zwingt. Ihr wißt, Exzellenz, ebenso gut wie meine Wenigkeit, welche Macht allein dafür in Frage kommt.

Ich werde einen letzten Versuch unternehmen, den Fürsten dieses Landes ihr Unrecht, ihre Versäumnisse und ihre Mitschuld vor Augen zu führen, und dies vor aller Welt, damit nachher niemand behaupten kann, er habe vom Ernst der Situation und von der Dringlichkeit einer Lösung – im Sinn einer durchgreifenden Reinigung – nichts gewußt. Ich habe in drei Monden zu einer Konferenz nach Pamiers geladen, nicht nur die besagten Herren, sondern auch die Priester und Bischöfe ihrer Ketzerkirche, damit später keiner sagen kann, es gebe sie nicht oder er kenne keinen. Deshalb habe ich Pamiers als Ort gewählt, denn er ist der Witwensitz jener Esclarmunde, Infantin von Foix, der schlimmsten Häretikerin von allen, dem Kopf der Schlange. Ihre Brut ist versippt mit denen von Toulouse, verschwägert mit dem Trencavel von Carcassonne, in ihrem Herrschaftsbereich liegt auch jener Montségur, die sogenannte Gralsburg der Ketzer, die Esclarmunde seit zwei Jahren zu einer uneinnehmbaren Festung ausbauen läßt. Schamlos läßt sie sich Hüterin des Gral benennen, obgleich jeder weiß, daß dieser Kelch, in dem das Blut Christi am Kreuze von Maria aufgefangen wurde, durch Joseph von Arimathia in Sicherheit gebracht, einzig und allein in unseren Händen ist, in der verschwiegenen Obhut der Kirche.

Von unserer Seite werde ich vor allem Domingo de Guzman dazu bitten, den ich für einen wortgewaltigen Streiter unserer Sache halte, denn wir müssen von Gott reden und nicht von den Rechten der Kirche. Sollte auch dieser letzte Aufruf zur Besinnung nichts fruchten, dann müssen andere Wege und Mittel greifen. Ich werde Euch berichten.

*In Erwartung Eurer Bestätigung meiner Schritte verbleibe ich
Euer bis zur Erschöpfung bemühter, zu jedem Opfer bereiter,
geringster Diener*

Peter von Castelnau

*PS: Was ich über meine Müdigkeit sagte, nehmt nicht zu ernst. Noch
hält mich die Hoffnung auf ein Wunder der gütigen Gottesmutter
mannhaft aufrecht – gesta virginis per catholicos! –, und ich ziehe
meine Runden als wachsamer Soldat im Dienst der Kirche.*

LOBA DIE WÖLFIN

Laurence war jetzt sechzehn und mehrte nach Kräften ihren Ruf, sich keinem Mann zu ergeben, und sei es auch nur für eine Nacht oder einen jener warmen Herbstnachmittage, an denen auf den Hängen von Foix die prallen Trauben geschnitten wurden und die Maiden in den steilen Hanglagen, verdeckt vom Goldgelb der Reben, den Burschen schon mal einen herzhaften Stoß erlaubten.

*La nostr' amor vai enaissi
com la branca de l'albespi
qu'esta sobre l'arbre tremblan,
la nuoit, a la ploia ez al gel,
tro l'endeman, que-l sols s'espan
per la fueilla vert e-l ramel.*

Laurence nahm an diesen Vergnügungen nicht teil. Eher mochte es geschehen, daß sie des Nachts, wenn in den Tavernen die Weinlese gefeiert wurde, plötzlich auf die Tanzbretter sprang, mit wehender roter Mähne einen wirbelnden *danso* hinlegte und so überraschend wieder verschwand, wie sie erschienen war. Keinem gelang es je, sie zu halten. Trovère kamen weit aus dem Land, ja von jenseits der Pyrenäen, aus dem Königreich Aragon oder der Provence, um Laurence ihre Minnedienste anzubieten, um ihre Huld als Damna zu gewinnen. Niemanden gewährte sie auch nur einen Kuß. Doch nichts mehrte ihren Ruhm als Unberührbare mehr als die verfehlte Brautwerbung des Aimery de Montréal.

Der stattliche junge Herr erschien mit kleinem, aber glänzendem Gefolge berühmter Degen beim Grafen von Foix, da er um die Hand von Laurence anhalten wollte. Zu seinem Pech erreichte die Ritterschar die Stadt erst am Abend, zu spät, um noch auf der Burg vorstellig zu werden, und stürzte sich in die Bacchanalen, die seit Tagen allerorts andauerten.

Chantarai, sitot d'amor
muer, quar l'am tant ses falhensa,
e pauc vey lieys qu'ieu azor.

Die Mädchen von Foix ließen sich nicht lange bitten, mit zunehmender Trunkenheit lockerten sich die Sitten.

Ai las, e que-l fau miey huelh,
quar no vezon so qu'ieu vuelh?

Ausgerechnet in der Taverne, die sich Laurence für ihre furiosen Blitzauftritte auserkoren hatten, zechten die Gäste aus Montréal, keiner mehr unbeweibt.

Nach langem Zögern hatte sich auch Aimery unter dem grölenden Zuspruch seiner Kumpane an die Brust einer drallen Maid ziehen lassen, die ihm mittlerweile auf dem Schoß saß. Da sprang aus der Luke zu ihren Köpfen Laurence unter die Zecher, die stampften, klatschten und sich im Tanze drehten.

Sitot amors mi turmenta
ni m'auci, non o planc re,
qu'almens muer per la pus genta.

Sie übersah mit einem Blick das Getümmel und schritt auf den Tisch von Aimery zu, der erschrocken seine Maid mit den wogenden Brüsten von den Schenkeln stieß.

Ai las, e que-l fau miey huelh,
quar no vezon so qu'ieu vuelh?

Doch Laurence schenkte ihm keinen Lidschlag des Wiedererkennens. Mit einem Satz war sie auf den Tisch gesprungen, zog die Dicke zu sich hoch und legte mit ihr einen *farandoul* hin, daß den Umsitzenden Hören und Sehen verging – letzteres vor allem deshalb, weil jetzt offensichtlich wurde, daß die dralle Maid von den Schenkeln bis zum Bauchnabel kein Stück Tuch verschwendet hatte.

Per joia recomençar
eya
vol la regina mostrar
qu'el es si amorosa.

Laurence ließ sie kreisen, daß der Rock nur so flog.

Laissatz nos, laissatz nos
balar entre nos, entre nos.

Als der Dicken schwindelig wurde und sie zu wanken begann, reckten sich viele Hände, fingen sie schließlich auch bereitwillig auf und betteten ihr nacktes Fleisch unter brünstigem Johlen und Gelächter zwischen sich.

Piucela ni bachalar
eya
que tuit non vengar dançar
en la dança joiosa.

In der Zwischenzeit war Laurence entwichen.

Laissatz nos, laissatz nos
balar entre nos, entre nos.

Am nächsten Morgen war sie bereits in der Frühe ausgeritten. Sie tauchte erst Tage später wieder auf der Burg auf, als Aimery – verspottet und zutiefst bekümmert ob seines Fehlgriffs – die Stadt wieder verlassen hatte. Ungerührt nahm Laurence zur Kenntnis, daß der Ritter um ihre Hand hatte anhalten wollen. Da niemand Laurence fragte, wo sie sich verborgen gehalten hatte, sprach sie auch nicht davon.

Laurence hatte sich endlich aufgerafft, ohne große Vorankündigung und vor allem ohne Begleitung nach Süden zu reiten und Alazais zu besuchen. Doch sie hatte sich in den Bergen verirrt, die Schluchten schienen alle gleich, und schließlich stand sie in einer Grotte von überwältigender Größe. Ein Bach floß mitten durch, doch es war bitterkalt, denn gegen Morgen fiel bereits früher Frost. Zu ihrem Glück fand ein häßlicher, alter Einsiedler sie schon nach der ersten Nacht. Er bot ihr an, sie wieder auf die Straße zu führen, aber sie bat ihn trotzig, bleiben zu dürfen. Unterhalb der Grotte wuchsen schmackhafte Maronen, und der zahnlose Alte kannte sich mit allen Arten von Wurzeln, Früchten und Pilzen aus und kochte in seinem Kesselchen wortlos für sie mit. Anfangs mundeten ihr die Süpplein wenig, sie schmeckten mal bitter, mal faulig, aber dann löffelte sie alles mit Heißhunger und stellte fest, daß die Gerichte ihr gut bekamen.

Ansonsten achtete Laurence sein Schweigen und dachte über sich selber nach. In ihrer Erinnerung erschien auch ihr Vater. Schmerzhaft machte sie sich bewußt, daß Lionel als Vasall des Königs von Frankreich eigentlich auch zu den Feinden zählte, die der Süden fürchten mußte. Ihr Herz schlug mittlerweile für Okzitanien, sie liebte dieses Land. Liebte sie es wirklich? In ihren Adern rollte das Blut der Belgrave, und Normannin wollte sie auch bleiben. Ihre Mutter Livia war zwar eine Römerin, doch der päpstlichen Partei wohl nicht zuzurechnen, nicht einmal im frommen Gewand einer Äbtissin. Ihr verdankte Laurence schließlich eine so außergewöhnliche Patin wie Esclarmunde. Das war keine zufällige Wahl gewesen – obwohl Laurence der Frau, die sie geboren hatte, fast alles zutraute. Esclarmunde nannte ihre Freundin nur *l'aventurière*, die Abenteurerin.

»Gib acht, Füchslein, daß du nicht auch so endest!« Die Patin hatte gut reden, sie kannte ihren Weg und schritt darauf voran, unerbittlich auch sich selbst gegenüber. Aber Liebe? Wen hatte Laurence denn schon geliebt? René? Lachhaft! Sancie? Nur kurz. Micha? Vielleicht – da war sie sich nicht sicher, aber er war tot. Hielt sie sich nicht aus allen tiefer gehenden Bindungen heraus? Sparte sich die Last der Zuneigung? Sparen? Wofür?

»Du mußt dich *für* etwas entscheiden«, sagte eines Tages der Einsiedler, als hätte er den Widerstreit der Gefühle in Laurence durchschaut. »Mehr noch: du mußt für etwas eintreten. Sonst macht dein Leben keinen Sinn.«

»Ich lebe für mich«, erwiderte Laurence trotzig. Sie hatte den Alten nicht aufgefordert, seine Meinung über sie zu äußern.

»Ich hab' dich nicht gebeten, die Suppe mit mir zu teilen und meine Ruhe mit deinen schlechten Gedanken zu stören. Jetzt mußt du dir auch anhören, was dir wenig schmecken wird: *Du bist zur Liebe nicht fähig*«, sprach der Alte zornig. »Und nun geh!«

Laurence begleitete ihre Patin Esclarmunde auf ihren vielen Reisen, die sie allesamt gen Norden führten, nach Toulouse, nach Castres, gar bis Albi, nach Carcassonne und Limoux. Seit einiger Zeit machte es den Eindruck, als wolle die Gräfin ihrem Schicksalsberg, dem Montségur, ausweichen, solange ihr noch Tage des Erdenwandels vergönnt blieben. Dabei nahm die Zerbrechlichkeit der Esclarmunde von Foix jetzt sichtbar zu, sie wirkte immer mehr wie eine Feder, die der leiseste Windhauch bald davonwehen würde. Längst konnte Esclarmunde nur noch liegend in der Sänfte durch die Lande getragen werden, doch weiterhin reiste sie umher und beschwor den Adel Okzitaniens, sich auf die drohenden Gefahren einzurichten.

Nicht überall wurde die Mahnerin wohlwollend aufgenommen, und außerhalb der Grafschaft Foix war es oft nur ihre kleine Eskorte, die sie vor Unbill schützte. Besonders die katholischen Bischöfe sahen ihr Treiben mit scheelem Blick. Eines Tages stießen sie auf einem schmalen Kammweg mit der Sänfte des Monsignore Foulques, Bischof von Toulouse, zusammen, dessen ebenfalls bewaffnete Eskorte sogar ein wenig in der Überzahl war. Natürlich wollte keine der beiden verfeindeten Parteien weichen, eine Schlägerei schien unausweichlich. Laurence sagte nichts, doch sie bekam den Trotz der Alten zu spüren, die gerade im Falle dieses Renegaten nicht klein beigeben wollte.

»Soweit soll's nicht kommen, daß eine Foix«, giftete sie, ihre Stimme nicht etwa senkend, »vor einem ehemaligen Trovère aus Marseille, einem miserablen dazu, einknickt! Eher lass' ich mich in Stücke hauen!«

Die Gefahr bestand durchaus. Laurence sprang von ihrem Pferd und schritt durch die Reihen der eigenen Männer auf die Soldaten des Bischofs zu. Sie öffneten sogar die Phalanx ihrer Pferdeleiber, als Laurence Anstalten machte, sich bei Foulques Gehör zu verschaffen. Der Bischof war ein gewichtiger Mann. Acht Träger – je zwei unter jeder Deichsel – schleppten das Gehäuse. Jetzt im Stand nutzten sie die Unterbrechung und erholten sich abwechselnd von der Strapaze. Laurence blieb in angemessener Entfernung mitten auf dem Weg stehen. Mit einem Blick hatte sie das Gelände auf beiden Seiten erfaßt. Zur Rechten stieg es noch leicht an, von dichtem Buschwerk bewachsen. Zur Linken hingegen fiel es nicht steil, aber stetig über eine Wiese ab bis zum Tal.

»Eine Dame bittet Eure Eminenz, ihr die Passage nicht zu verweigern!« rief sie zu der mit Vorhängen verschlossenen Sänfte hin. »Esclarmunde, Gräfin von Foix!«

Die wütende Antwort aus dem Innern ließ nicht auf sich warten. »Die soll den Weg freigeben – oder zum Teufel gehen! *En avant!*« befahl der Bischof. »*Avancez!*«

Sowohl die Reiter als auch die Träger setzten sich in Marsch. Laurence blieb stehen, wo sie stand. Sie trat nur, scheinbar ehrerbietig, einen halben Schritt zurück. Die Träger nahmen diese Einladung an und schwenkten zur Talseite, um an ihr vorbeizuziehen. Laurence wartete geduldig, bis genau die Mitte der Sänfte in ihrer Höhe war. Dann ließ sie sich blitzschnell fallen und kugelte unter dem Gehäuse hindurch. Noch beim Ausrollen trat sie dem hinteren Vormann vors Schienbein, dann dem zweiten an der Spitze in die Kniekehle. Beide stolperten, stürzten, rissen ihre Gefährten mit. So sehr sich die anderen Träger auch gegen das Unvermeidliche stemmten, die Sänfte wankte, polterte zu Boden und rutschte über die Böschung talwärts. Ehe die voraustrabenden Reiter des Unfalls gewahr wurden und ihre Pferde auf dem engen Pfad gewendet hatten, hatte sich Laurence längst in die Büsche geschlagen.

Die Eskorte der Gräfin, die wachsam die Vorgänge verfolgt hatte, setzte sich in Marsch und fand außer wüsten Flüchen und herrenlosen Pferden keinen Widerstand, da inzwischen alle Mannen des Bischofs mit der Bergung seiner Sänfte zu tun hatten. Sich mit ihr zu überschlagen blieb ihm erspart, aber etliche blaue Flecken hatte ihr beleibter Insasse davongetragen – was ihn erst recht der Lächerlichkeit preisgab.

Von da an war ›Laure-Rouge‹, wie man sie jetzt gern nannte, im ganzen Languedoc eine bekannte Erscheinung, und die Ritter der Gräfin, denen Laurence einen unerwarteten Triumph über die Bischöflichen geschenkt hatte, verehrten die kühne Kriegerin fortan wie einen Kriegshelden. Für die Rote gingen sie durchs Feuer.

Die zahlreichen Reisen mit der Gräfin hatten allerdings zur Folge, daß Laurence ihren sehnlichst gewünschten Besuch bei der schönen Alazais immer wieder verschieben mußte. Dieses Wiedersehen wäre für sie ungeheuer wichtig gewesen, denn die Worte des Einsiedlers klangen Laurence noch hart und grausam in den Ohren – wie ein Fluch! Die Liebe zu Alazais sollte sie davon erlösen! So nahm sie das Warten auf deren Erfüllung als Teil der Prüfung, um den bösen Zauberspruch von der mangelnden Liebesfähigkeit wieder aufzuheben.

Das Datum für die Konferenz im Turm zu Pamiers, dessen Kastellanin Esclarmunde war, rückte immer näher. Die Gräfin war gewillt, sich dieser frechen Einladung des Legaten in ihr eigenes Haus persönlich zu stellen, auch wenn sie wußte, daß es sie aufs äußerste anstrengen würde. Dort würde sich zum einen die Gelegenheit bieten, den Vertretern der Kirche Roms Mäßigung in ihren Forderungen anzuempfehlen – schließlich war der Legat Peter von Castelnau aus hiesiger nobler Familie, wenn auch auf der falschen Seite. Mit ihm hätte sie lieber unter vier Augen gesprochen, doch dafür blieb nun auch keine Zeit mehr. Vielleicht würde zum anderen der Vorschlag gegenseitiger Duldung und größerer Toleranz doch noch ein offenes Ohr finden – auch wenn sie, Esclarmunde, in diesem Punkt berechtigte Zweifel an der Einsicht ihrer Landsleute hegte. Sie hatte dies vor ihrer Abreise aus Montréal, nach der unglückseligen Feuerprobe, dem Schloßherrn Aimery darzulegen versucht. Doch der hatte sich verstockt und recht erregt gezeigt.

»Wichtiger ist es«, so damals seine harsche Entgegnung, »durch direkte Konfrontation endlich diese naive Gutgläubigkeit zu beenden, daß schon nichts geschehen werde. Nur wenn es uns gelingt, den herrisch auftrumpfenden Klerikern die christliche Maske herunterzureißen und die Fratze ihres blutgierigen Götzen am Kreuze offen herzuzeigen, können wir vielleicht darauf hoffen, die Herren des Landes aus ihrer Lethargie zu stoßen, sie zu einigen und so zur machtvollen Front gegen die Bedrohung durch Frankreich zu treiben. Geeint und gut vorbereitet kann der Süden durchaus einer solchen Aggression widerstehen, sie sogar siegreich zurückschlagen!«

Eine schier unlösbare Aufgabe für eine alte Frau, wollte es Esclarmunde vorkommen – und eigentlich war eine solche ›Lösung‹ auch nicht das, was ihr als Abschluß ihres Erdenwandels vorschwebte. Es würde auf einen erbitterten Kampf an zwei Fronten hinauslaufen. Auf keinen Fall wollte sie Laurence bei dem Treffen in Pamiers dabei haben! Das junge Ding könnte in unlösbare Konflikte gestürzt und sie, Esclarmunde, von der Konzentration auf ihre große Aufgabe abgelenkt werden.

Also drängte sie ihr Patenkind, die längst überfällige Reise zu ihrer Freundin Alazais anzutreten. Damit Laurence keinen Argwohn schöpfte, wurde sie von der Gräfin beauftragt, Alazais einen Brief zu überbringen, in dem Esclarmunde ihre Vertraute knapp informierte und bat, sich bereitzuhalten. Die Gräfin war auch dagegen, daß Alazais in Pamiers erschien. Es würde die anstehende Nachfolge nur erschweren, wenn ihr Gesicht vor der Zeit bekannt würde und der Feind sich auf die Jagd einstellen könnte, sofern er es überhaupt zu diesem Wachwechsel kommen ließe. Außerdem wollte Esclarmunde, die ihr Ende nahen fühlte, diesen für sie letzten Kampf allein bestehen.

So ritt Laurence, umringt von einer angemessenen Eskorte, endlich gen Süden der Wiederbegegnung mit Alazais entgegen. Sie war sich der Liebe der schönen Frau sicher. Dazu hätte es nicht einmal der gelegentlichen Grüße bedurft, die ihr Esclarmunde von Zeit zu Zeit ausgerichtet hatte. Laurence hatte sie nie erwidert, weil sie befürchtete, ihre Patin könnte hinter ihr geheimes Liebesverhältnis kommen, denn als solches sah Laurence in ihrer blühenden Phantasie bereits das flüchtige Aufeinandertreffen vor über einem Jahr.

Dòmna, pòs vos ai chausida,
fatz-me bèl semblant,
qu'ieu sui a tota ma vida
a vòstre comand.

Aus Gründen, die sie Esclarmunde erst recht verheimlichte, beschwor sie geradezu diese Liebe zu Alazais.

A vòstre comand serai
a tots los jorns de ma via,
e ja de vos no'm partrai
per deguna autra que sia.

Laurence träumte sich auf eine blühende Bergwiese, auf der sie neben Alazais im Grase lag und das flutende Blondhaar der Geliebten durch die Finger gleiten ließ, während sich erst ihrer beider Augensterne ineinander versenkten, dann ihre feucht glänzenden Lippen sich suchten, derweil die von ihnen gehüteten Lämmer friedlich um sie grasten.

Die ortskundigen gräflichen Reiter geleiteten Laurence die wild tosende Ariège entlang, den Weg, den sie ja schon von ihrem mißratenen Ausflug her kannte, bogen aber in Richtung Montségur ab, als die Südflanke des Plantaurel zum passierbaren Tal abfiel. Der Weg schlängelte sich durch Schluchten und Wälder. Nie hätte sie ihn allein gefunden, denn er gabelte sich nach jeder Biegung, jeder Brücke, als sei bereits dem schmalen Pfad die Aufgabe beschieden,

Nichteingeweihte am Zugang zum verzauberten Berg Munsalvaetch zu hindern.

Dann tauchte der Pog in der Ferne auf, zwischen dem Blattwerk von hohen Ulmen und ausladenden Walnußbäumen. Die geheimnisvolle Gralsburg schien leuchtend über seinem Gipfel zu schweben, entzog sich jedoch immer wieder den Blicken der Reiter, als wollte das Bild sie narren. Laurence ließ sich nicht gern zum Narren halten, und ihre seit geraumer Zeit gestiegene Neugier auf alles, was mit diesem mysteriösen Gral zusammenhing, tat das ihre. Sie hob die Hand und erklärte der Begleitmannschaft, die sofort die Tiere zügelte, in ihrer franken Art, daß sie sich in die Büsche schlagen wolle, um in Ruhe zu pissen. Dann gab sie dem Falben die Sporen und trieb ihn den Hang hinauf.

Was sie suchte, war weniger ein vor zudringlichen Blicken schützendes Strauchwerk als ein geeigneter Aussichtspunkt, von dem aus sie die so unwirklich scheinende Burg eingehend betrachten konnte. Sie fand ihn unter einer knorrigen Eiche. Mehr aus Erkenntlichkeit gegenüber der Gralsburg als aus dringendem Bedürfnis ließ sie die Hosen runter und hockte mit blankem Po über dem Waldboden, versunken in den Anblick des stattlichen Gemäuers im hellen Sonnenlicht. Sie glaubte sogar das Tor erkennen zu können.

»Hat es dir das Brunzen verschlagen?« hörte sie da über sich eine dunkle, spöttische Stimme, von der sie nicht gleich wußte, ob Mann oder Frau.

Bevor Laurence aufschaute ins Geäst, suchte sie schamhaft ihr Beinkleid hochzuzerren. Da rauschte es im Blattwerk, und wie ein fallender Kiefernzapfen hüpfte hinter ihr eine Gestalt ins Moos. Laurence fuhr herum.

»Aha«, tönte es lachend, »hennagefärbt ist auch die Mösenwolle!«

Ein dunkellockiges, kleinwüchsiges Mädchen stand vor ihr, wohl jünger als sie, aber da war sich Laurence nicht sicher bei dem braungebrannten Gesicht, aus dem sie frech zwei pechschwarze Augen anblitzten.

»Mein Fuchspelz ist rot und echt!« fauchte Laurence zurück. »Wer bist du überhaupt, daß du hier als Eichhörnchen in den Bäumen hockst?« Bei diesen Worten packte sie die andere blitzschnell an der Gurgel und rammte ihr das Knie in die Flanke.

Das Mädchen taumelte, biß aber Laurence gleichwohl so kräftig in den Arm, daß die den Schmerz durch das Leder ihres Reiterwamses spürte. Laurence ließ ihre Beute fahren, doch die Kleine gab sich keineswegs geschlagen. Sie warf sich aus dem Stand nach hinten, daß Laurence den nach ihr stechenden Beinen ausweichen mußte, überschlug sich, kam mit den Füßen kaum auf und federte dennoch kerzengerade in die Höhe. Da saß der kleine Kobold plötzlich auf einem Ast und grinste auf Laurence herab.

»Loba die Wölfin nennen mich meine Liebhaber«, gurrte sie wie eine Raubkatze. »Für dich dummes Ding bin ich Roxalba de Cab d'Aret.« Und sie zeigte nach oben zu den steilen Felsenklippen des Plantaurel hinauf. »Siehst du meine Burg dort auf der Nase? Nein, du siehst sie nicht: Das ist Roquefixade! Und du gefällst mir – hast einen guten Griff!«

Laurence lachte. »Laß uns Freundinnen sein«, schlug sie Loba vor, kein Widerwort erwartend. »Ich bin Laurence de Belgrave. Die Männer, die mich nicht kriegen, heißen mich die rote Laure!«

Da ließ sich Loba, die Erschrockene spielend, geschickt hintenüber vom Ast fallen und landete doch auf ihren Füßen, um im gleichen Fluß der Bewegung das Knie vor Laurence zu beugen. »Herrin, vergebt mir meine Kühnheit! Als treue und gehorsame Dienerin will ich Euch folgen, wohin Ihr befehlt!«

Laurence schlang ihre Arme um die vor ihr Kniende und zog sie zu sich hoch. Es bedurfte keiner weiteren Worte, ihre Lippen saugten sich ineinander fest, ihren wühlenden Zungen freien Lauf lassend, während ihre Hände fiebrig durch das Haar der anderen streiften, zärtlich über die fremde Haut glitten und sich erst spielerisch, bald erregter im Rücken verkrallten.

»Wolltest du nicht brunzen?« Loba löste sich schnaufend aus der Umarmung, kaum daß Laurence sie ermattet freigegeben hatte.

»Ich wollte die Gralsburg sehen«, informierte sie ihre neue Dienerin. »Bist du eine Reine?«

»Eher eine perfekte«, lachte Loba, »und eine leidenschaftliche Liebhaberin – Okzitaniens!«

Pferdewiehern brachte Laurence in Erinnerung, daß auf der Straße immer noch die Eskorte ihrer harrte. Und dann fiel ihr siedendheiß ein, daß sie im Begriff war, Alazais zu verraten.

»Ich soll einen Brief überbringen«, erklärte sie Loba verunsichert, »damit ich nicht auf der Konferenz von Pamiers störe.«

Von Alazais mochte sie dem fremden, wilden Mädchen nichts sagen. Das war eine Liebe auf einem anderen Stern – erhaben und unauslöschlich! Doch jetzt entrückte sie immer weiter, schwebte bereits fern am Firmament, während Laurence zwar unsicher, doch mit beiden Beinen vor einem neuen irdischen Abenteuer stand. Falls da noch Probleme waren – ihre neue Freundin, die Wölfin, hatte die Lösung schon parat.

»Ganz einfach, den Brief gebt Ihr den Soldaten aus Foix, damit sie ihn abliefern. Wir beide reiten zusammen nach Pamiers. Auch wenn unser Erscheinen Esclarmunde nicht freuen wird – jedenfalls, was mich anbelangt.«

»Ihr kennt euch?«

»Ich treib's ihr zu oft mit dem Jüngsten der Sippe, Ramon-Drut.«

Den kannte Laurence. Es war ihr niemals in den Sinn gekommen, dessen Männlichkeit in Anspruch zu nehmen, und seinen plumpen Avancen hatte Esclarmunde sofort einen Riegel vorgeschoben. Loba, schien es, hatte ihr einiges an Erfahrung voraus. Und die Kleine machte sich etwas aus Männern! Die wohlproportionierte Loba verwandelte edle Ritter wahrscheinlich in vor Brunst schnaubende Keiler. Laurence ließ mit größtem Vergnügen Männer wie Jagdhunde vergeblich hinter sich herhecheln. Wenn man sie aufeinanderhetzen könnte, wären beide Sorten in Mord und Totschlag innig verbunden und mit sich selbst beschäftigt. So gesehen stellte Loba eine brauchbare Ergänzung dar, überlegte sie kühl.

»Also gut«, beschied sie die erwartungsvoll zu ihr aufschauende Wölfin. »Wir gehen nach Pamiers!«

Loba pfiff ihr Reittier herbei, einen Esel, und so ritten sie hintereinander, Herrin und Dienerin, hinab zur Straße.

»Die werte Herrin von Roquefixade«, teilte sie ihrer Begleitmannschaft mit, »hat mich für einige Tage auf ihre Burg eingeladen.

Ich bedarf Eures Geleits nicht länger! Bringt dieses Schreiben nach Laroque d'Olmès und übergebt es dort.«

»An Alazais d'Estrombèze?« fragte Loba hellhörig nach.

»Eine Freundin meiner Patin Esclarmunde«, entgegnete Laurence, nicht zu längeren Ausführungen gewillt.

Die Reiter waren es zufrieden und machten sich gleich auf den Weg. Laurence und Loba lachten sich an, schon wegen der so unterschiedlichen Reittiere.

»Ich kenn' einen direkten Saumpfad übers Gebirge nach Pamiers – hoffentlich hält Euer feiner Zelter da mit meinem Braunen mit!«

DIE SORGE DES LEGATEN

Vertraulicher Bericht des päpstlichen Legaten
Peter von Castelnau an S.E. Rainer di Capoccio,
Generaldiakon der Zisterzienser und
Herr der Geheimen Dienste

Pamiers, im September A.D. 1207

Exzellenz,

ich danke Euch für Eure Bereitschaft, dieses gewiß riskante Treffen mit den führenden Häuptern der Ketzer und ihren mächtigen weltlichen Beschützern zu gestatten. Es könnte der Kirche von den Fürsten dieses Landes Verrat und Tücke vorgeworfen werden, wenn ruchbar würde, wie weit ihre Verhandlungen mit der Krone Frankreichs schon gediehen sind, um Okzitanien zu unterwerfen, seine Herren zu enteignen und zu vertreiben. Wir sollten also keineswegs drohend mit dem Schwert herumfuchteln, allein die Waffe des Geistes darf gezückt werden und muß uns zum Siege verhelfen, dank besserer Argumente und der Hilfe der Jungfrau. Wir hoffen immer noch, daß der Subprior Domingo de Guzman seinem Bischof rechtzeitig hierhin folgen wird.

Diego d'Azevedo ist auf dem Weg in sein spanisches Bistum

Osma bereits bei uns eingetroffen. Unser offizieller Gastgeber ist der Graf Roger-Ramon von Foix, dessen Schwester jene Esclarmunde ist, der er Pamiers als Witwensitz zugewiesen hat. Als Kastellarin ist sie die Hausherrin, und als solche lädt sie die katharischen Oberpriester hinzu. Durand de Huesca, einer der Wortführer der Waldenser, kam gestern mit großem Anhang angereist. Der oberste Ketzerbischof Guilhabert de Castres wird stündlich erwartet, denn Esclarmunde ist auch bereits erschienen, und ohne sich seiner Nähe vergewissert zu haben, unternimmt die betagte Dame keine längeren Reisen mehr. Den Grund könnt Ihr Euch denken.

Ich hoffe sehr, das gestehe ich Euch freimütig, daß wütende Eiferer wie unser Foulques von Toulouse nicht den Weg hierher finden. Habe ich doch vor, allen, die Reue zeigen oder sonstwie Bereitschaft erkennen lassen, in den Schoß der allein seligmachenden Kirche zurückzukehren, den Weg nach Rom zu ebnen, auf daß sie bei unserem Heiligen Vater höchstselbst ihre Sünden bekennen und sich seiner Gnade ausliefern. Der Knüppel wird sowieso nichts bewirken bei den Verstockten, soweit es sich um die großen Fische handelt, die sogenannten Perfecti. Es muß uns gelingen, das Umfeld auszutrocknen, in denen gläubig, von ihrem ›guten‹ Glauben überzeugt, die kleinen Fische schwimmen.

Den weltlichen Fürsten soll man folglich vor Augen halten, daß ein mutwillig oder aufsässig wiederholt ignorierter Kirchenbann auch Absetzung und Aberkennung aller feudalen Rechte und Ansprüche nach sich ziehen kann. Es wird nicht einmal nötig sein, darauf hinzuweisen, daß andere schon bereitstehen, sich ins gemachte Bett zu legen. Denn was ist Adel anderes als eine Absprache mit Gott, einzig und allein von der Kirche bezeugt, daß der eine Herr ist und der andere Diener, Tagelöhner oder gar Leibeigener? Wer befindet denn, welches Blut als blau anerkannt wird und wer sein rotes rechtlos und unfrei vergießen muß? Der Papst als einziger Stellvertreter unseres Herrn Jesus Christus!

Deswegen ist diese Ketzerei der ›Reinen‹ so gefährlich, weil sie den Nachfolger Petri auf dem Stuhl des Fischers nicht anerkennen. Schafft sich diese Auffassung Raum und Gehör, dann verliert auch die Ecclesia catholica ihre einzigartige hierarchische Macht-

stellung in der Welt, und zumindest das christliche Abendland versinkt in einem Chaos von Rechtlosigkeit, ohne Rangordnung und Respekt.

Es wird eine gefährliche Gratwanderung, denn andererseits ist alles zu vermeiden, was den okzitanischen Adel eint und vereint ihn sich zur Wehr setzen läßt gegen die ultima ratio, die ich immer noch vermeiden will, auch wenn ich als Euer treuer Diener sie Stück für Stück vorantreibe.

Herr, erfülle mich mit Deinem Geist, daß mein Tun und Lassen Deinem göttlichen Plan entspricht und ich mich als brauchbares Steinchen in Deinem Mosaik nützlich machen kann, auch wenn es mir nicht gegeben ist, es in seiner gewaltigen Großartigkeit zu überschauen.

Peter von Castelnau, am Vorabend der
Konferenz zu Pamiers, A.D. 1207

DIE KETZERKONFERENZ VON PAMIERS

Der Turm von Pamiers stach schon dadurch aus den Festungsbauten der Umgebung heraus, daß er über ein gewaltiges Sockelgeschoß verfügte, an eine geballte Faust gemahnend, während der eigentliche Donjon sich erst darüber erhob wie ein hochgereckter Finger. Die ausladende Basis war auch nicht vom Hof aus zugänglich, sondern über ein Vorwerk, das mit einer schmalen Zugbrücke abschloß. Der dahinter liegende Einlaß mündete in einen derart engen Schlauch, daß er lediglich einen einzelnen Mann zu Fuß aufnahm. Den mußten beim Durchschreiten klaustrophobische Ängste beschleichen, gefolgt von einem Wechselbad hehrer Gefühle und gräßlicher Ahnungen, wenn er dann den Kuppelsaal betrat – unverkennbar eine ehemalige Moschee, die sich dieserart nicht nur als gut geschütztes Mauseloch darstellte, sondern fühlbar auch als perfekte Falle.

Kein Wunder, daß beide Parteien an der Brücke und der fußdicken Bohlentür ausreichend Bewaffnete postiert hatten, um einander in Schach zu halten. Einmal im anheimelnden Innern, mochte man sich fühlen wie in Abrahams Schoß, denn auch wenn keine sichtbaren Fenster nach draußen gingen, zog doch durch im Mauerwerk versteckte Schlitze die verräucherte Luft ab, die Dutzende von Öllämpchen auf niedrig hängenden Kandelabern verursachten. Handgewebte Teppiche verhüllten die nackten Wände, und im Geviert eingebautes hölzernes Chorgestühl gab dem Raum Würde und Weihe. Allerdings erinnerte es die Vertreter der Kirche auch daran, daß hier einst – nach dem Koran – die Messe gelesen worden war, bevor die Ketzerei das immer noch sakral wirkende Gewölbe entweiht hatte.

Ursprünglich hatte Peter von Castelnau, der päpstliche Legat, an eine Sitzordnung gedacht, in der beide Parteien einander gegenüber Platz nehmen sollten, während er allein in der Mitte, ohne sichtbaren Widerpart – so wie er sich seine Position als Vertreter des Heiligen Stuhls dachte –, als oberster Schiedsherr fungieren wollte. Doch die mit Esclarmunde angereisten Herren des Landes hatten sich mitnichten auf die Anklagebank begeben, sondern mit breiter Selbstverständlichkeit die ansteigenden Sitzreihen vor seiner Nase besetzt. Als wäre es ihre freie Wahl, dachte der Legat empört, nach Anhörung der Kontrahenten sich für die eine oder andere Seite zu entscheiden – falls sie nicht schon gleich, wie die Grafen von Foix und Mirepoix, provokativ zwischen den katharischen Exponenten Platz genommen hatten.

Die beiden besagten Grafen flankierten ›ihren‹ Bischof, den greisen Guilhabert de Castres. Aimery de Montréal geleitete seine Schwester Donna Geralda, Kastellarin von Lavaur, eine Erzketzerin. Erschienen war ebenfalls die gesamte Familie Perelha, der die Obhut über den Montségur anvertraut war. Von allen wichtigen Adeligen fehlten eigentlich nur zwei: der Trencavel von Carcassonne, der sich bei Esclarmunde entschuldigt hatte, weil er seinem Oberlehnsherrn, König Pedro d'Aragon, jenseits der Pyrenäen die Aufwartung machen mußte, und der mächtigste Fürst des Landes, Raimond von Toulouse, unabhängiger Herrscher über ganz Okzitanien. Ihm erschien ein Auftreten in Pamiers nicht opportun, denn er hoffte noch, ein Einvernehmen mit dem Papst herstellen zu können, das ihn vom Kirchenbann löste. Außerdem war Raimond durchaus kein Anhänger der ketzerischen Lehre. Sein strafwürdiges Vergehen war lediglich seine Toleranz, achtete er doch – nur seinem Gewissen verpflichtet – die Freiheit seiner Untertanen, den Glauben selbst zu wählen. Peter von Castelnau war allerdings zu der Meinung gelangt, daß Raimonds Freizügigkeit einer verheerenden Wurstigkeit in religiösen Fragen entsprang, denn ansonsten schaute er geradezu wie ein Kleinkrämer auf die Einhaltung aller Pflichten seiner Bürger und die Nutzung aller gräflichen Vorrechte.

Von den Perfecti, die jetzt nacheinander eintraten und bescheiden Platz nahmen, kannte der Legat die wenigsten. Ihm fiel jedoch der hohe Anteil von Frauen – alten wie jungen – in der Alva auf.

Etienne de la Misericorde, der mit seinen Brüdern aus Fanjeaux herbeigeeilt war, klärte ihn über die wichtigsten Figuren auf. »Der Kräftige da, in dem grünen Mantel, das ist kein *katharos*, sondern ein spanischer Gefolgsmann des Petrus Waldus aus Lyon.«

»Ach jener«, zeigte sich Castelnau nicht ganz ahnungslos, »der unsere Heilige Schrift, die Bibel, in die *lingua franca* hat übertragen lassen.«

»Reicher Sack!« suchte der magere Mönch die Leistung zu mindern.

»Wer, der?« Der Legat beäugte den Spanier, der sich abseits von den Weißgekleideten in einen der Sitze fallen ließ.

»Durand de Huesca ist sein Name«, ließ ihn der Mönch noch wissen, doch der Legat wurde bereits von einem Neuankömmling abgelenkt. »Unser Diego d'Azevedo ist eingetroffen«, verkündete Etienne stolz, um nach einigem Suchen bekümmert festzustellen: »Aber ohne seinen Subprior Domingo!«

»Schade«, bemerkte der Legat, ohne sich anmerken zu lassen, wie sehr er das Fehlen des eifrigen Streiters bedauerte.

Die freien Plätze füllten sich, selbst in seinem Rücken hatten sich längst Herrschaften niedergelassen, die er überhaupt keiner Seite zuordnen konnte. Jedoch grüßte auch niemand diese Ankömmlinge, woraus zu schließen war, daß keiner sie kannte, nicht einmal der umtriebige Etienne.

Der Legat schickte den Mönch hinüber zur Gräfin Esclarmunde, um das Einverständnis der Hausherrin zum Beginn der Konferenz einzuholen. Etienne hatte drüben noch nicht die Stufen erklommen, da nickte sie ihm bereits zu.

Fast im gleichen Augenblick schnellte der Legat aus seinem Sitz. »Der Anlaß rechtfertigt es allemal«, hob er an, »und ich will seine Bekanntmachung auch nicht unterdrücken, damit sich ein jeder hier des Ernstes der Lage bewußt wird.« Er legte eine Pause ein, bis Stille eingetreten war. »Der Heilige Vater in Rom hat am 29. Mai dieses Jahres meinen Bannspruch gegen den Grafen von Toulouse vollinhaltlich bestätigt und an Herrn Raimond ein Schreiben gerichtet, das frei zu zitieren ich in der Lage bin – «

»Hört, hört!« tönte es despektierlich aus den Rängen der Nobilität. »Eine Dichterlesung ohne Blatt!«

Castelnau ließ diese und andere Bemerkungen wie schlechte Lüftlein an sich vorüberziehen. »*Dem edlen Grafen von Toulouse die Frage*«, zitierte er, »*welcher Wahn hat sich deines Geistes bemächtigt, du Aussätziger, daß du die Gesetze Gottes mißachtest, du Verkommener, und es mit den Feinden des wahren Glaubens hältst?*«

Auf freche Kommentare mußte der Legat nicht lange warten. »Lotharius, der Unschuldspapst, als Moses im Dornbusch! Wer hat denn dem die Gesetzestafeln in die Hand gedrückt? Rom weiß mehr als Gott, Rom ist wahrer als Jesus Christ!«

Die Mönche von Fanjeaux pfiffen schrill auf den Fingern. Peter von Castelnau gab ihnen den Wink, sich zu mäßigen; er umklammerte die Schriftrolle.

»*Zittere, Gottloser, denn du wirst gezüchtigt werden! Wie kannst du Ketzer beschützen, grausamer Tyrann? Mit deinem frevlerischen Tun beleidigst du täglich die Kirche!*«

»Die Kurie ist Tag für Tag die ärgste Beleidigung für den Glauben!« schrie einer von oben.

»Stündlich!« verschärfte ein anderer, und Castelnau beeilte sich nachzulegen. Er zog jetzt das Pergament zu Rate:

»*Du mißachtest die Sakramente, hältst Fehde am Sonntag, indem du Klöster beraubst!*«

»Sollen wir Mönche in der Woche prügeln?« gab sich der Graf von Foix erstaunt und hatte die Lacher auf seiner Seite.

Der Legat errötete, nicht vor Wut, sondern aus Scham ob seiner zu späten Erkenntnis. Er mußte sich vorsehen, dem Gegner nicht in die Hand zu spielen – die Formulierungen der päpstlichen Kanzlei waren sicher für ein anderes Publikum gedacht! Tatsächlich erwies er der Ecclesia catholica mit dem gutgemeinten Verlesen der Bulle einen schlechten Dienst. Um so eiliger trachtete der Unglückliche, das Begonnene hinter sich zu bringen:

»*Der Christenheit zur Schmach überläßt du geweihte Gotteshäuser den falschen Priestern der Katharer, verleihst du öffentliche Ämter an Juden.*«

Jetzt brach der Sturm erst richtig los. »Wer ist hier falsch? Der prassende Klerus, der sich gierig die Taschen füllt? Viel schlimmer noch als Juden! Die feisten Äbte, die unsere Bauern aussaugen, Eure Bischöfe, die auf alle Waren Zoll und Steuer pressen!«

Alle auf der weltlichen Tribüne ihm gegenüber brüllten durcheinander, schüttelten die Fäuste, aber auch seine Mönche zur Linken hielten sich nicht zurück.

»Wer lebt denn noch ärmer als wir?« keiften sie zurück. »Wir müssen betteln! Aber die Reinen liegen bei den Weibern und lassen's sich wohl sein bei Wein und Kuchen!«

Die Beschuldigten sagten kein Wort. Da sprang der mächtige Durand de Huesca auf.

»Was redet ihr vom schnöden Geld der Welt?« dröhnte er dazwischen. »Sind wir nicht zusammengekommen, um für unseren Glauben zu zeugen?«

In die eingetretene Ruhe, der ein Brodeln und Zischen folgte, warf Peter von Castelnau sein abschließendes Wort. »So spricht der Herr Papst: *Unser Legat hat dich exkommuniziert. Wir, kraft unseres Amtes höchstes Gericht auf Erden, bestätigen dieses Urteil voll und gänzlich in seiner Fülle –*«

Hier unterbrach ihn der tiefe Baß des Spaniers de Huesca: »Wiederholt Euch nicht, Peterchen, sondern kommt zu Potte!«

»*Wir befehlen dir, Buße zu tun, um unsere allergnädigste Absolution zu verdienen*«, würgte Castelnau rasch hinterher. »*Verdienst du sie nicht, wird der Herr dich zermalmen!*«

»Es steht nur zu hoffen«, rief da eine energische Mädchenstimme, »daß der Papst sich eines besseren Stils bedient und solchen Blödsinn nie hat zu Pergament bringen lassen!«

Alle schauten auf die Rothaarige, die sich da plötzlich Gehör verschafft hatte. In dem Aufruhr hatte keiner das junge Weib, in Begleitung der offenbar allseits bekannten Loba, den Saal betreten sehen. Laurence nahm nicht etwa an der Seite der konsternierten Esclarmunde Platz, sondern hockte sich unbefangen neben Peter von Castelnau.

Das war zuviel für Etienne de la Misericorde. »Mademoiselle, Ihr solltet bei der Spindel bleiben oder sonstwo bei schwatzhafter Zofen Zeitvertreib«, giftete er. »Auf einer Versammlung wie dieser habt Ihr nichts verloren!«

»Wohl aber gefunden!« Laurence parierte und hieb kräftig zurück. »Eine solche Anzahl von Waschweibern, die allesamt nicht mal ihre eigenen Unterhosen zu spülen vermögen, hab' ich noch nie auf einen Schlag gesehen!« Ohne Umschweife richtete sie streng den Blick auf die Region unter dem Strick, mit dem der Dominikaner seine mageren Lenden gegürtet hatte, und hielt sich unmißverständlich die Nase zu.

Das Wutgeheul der Mönche konnte nicht verbergen, daß sich auch bei den Rittern Unmut breitgemacht hatte. Der Legat sah eine Chance, seine Autorität wiederherzustellen, und erklärte die Diskussion bis nach dem Mittagsmahl vertagt. Bis dahin sollten beide Seiten ihre Redner bestimmen, und nur diesen würde das Wort erteilt werden. Zum Versammlungsleiter ernannte er Durand de Huesca. Bei ihm sollten die Meldungen abgegeben werden.

Diese Wahl nahm ihm der Bischof von Osma derart übel, daß er die Konferenz auf der Stelle verließ. Auch die meisten anderen Teilnehmer drängten nach draußen, und da bis jetzt letztendlich kein einziges ernstzunehmendes böses Wort gefallen war, ging der Abmarsch durch den engen Schlauch recht einvernehmlich vonstatten. Sogar etliche Scherzworte flogen im Gedränge – die meisten zu Lasten des unglücklichen Legaten.

Peter von Castelnau war auf seinem Platz sitzen geblieben, das Gesicht in den aufgestützten Händen vergraben. Laurence schaute mitleidvoll zu ihm herüber, sah sich dann um und erkannte einige Reihen über sich den Generaldiakon. Sie mußte nicht lange in ihrem Gedächtnis kramen, obgleich die einzige Begegnung mit dem hohen Würdenträger der Kurie schon Jahre zurücklag. Es war bei einem der letzten, wenn nicht dem letzten Besuch ihrer Mutter Livia auf der Burg Ferouche im Yvelines gewesen, wo Laurence bei ihrem Vater Lionel aufwuchs. Der sonntägliche Gang zur Messe war für Vater und Tochter selbstverständlich. Er unterblieb höchstens, wenn die Lady d'Abreyville zu Besuch kam, damit böse oder geschwätzige Zungen sich nicht unnötig darüber auslassen sollten, wer denn die Dame an der Seite Lionels sein könnte, denn allgemein galt der Belgrave als Witwer. Meist gingen sie also ohne Livia zur Kirche des kleinen Ortes.

Eines Sonntags hatte Livia sich festtäglich gekleidet und ihnen eröffnet, sie müsse unbedingt der Messe beiwohnen, der Generaldiakon – damals war er wohl noch nicht Kardinal – Rainer di Capoccio werde sie heute halten. Da sei es auch und gerade für sie angezeigt, nicht fernzubleiben. Den Namen hatte sich Laurence eingeprägt, ebenso den beeindruckenden Titel. Sie erinnerte sich noch, wie erstaunt sie war, einen jungen Mann vor dem Altar das Hochamt feiern zu sehen – sie hatte einen würdigen Greis erwartet.

Nach der Messe hatte sich dieser so hochrangige Priester lange mit Lionel und Livia unterhalten. Sie, Laurence, wurde solange auf die hinterste Bank des Kirchleins gesetzt. Das hatte sie alles längst vergessen gehabt, aber jetzt kam es ihr wieder klar in die Erinnerung zurück. Sie erschrak keineswegs, zwinkerte ihm sogar zu, denn ihn hier wiederzufinden erschien ihr nicht weiter verwunderlich.

»Da oben sitzt ein hohes Tier der Kurie«, vertraute sie leise ihrer Freundin Loba an, doch laut genug, daß der Legat aufhorchte. »Rainer di Capoccio«, plauderte Laurence, die froh war, daß ihre Patin auf der gegenüberliegenden Seite sie mit Nichtbeachtung strafte.

Esclarmunde war es zu lästig, sich draußen die Beine zu vertreten. Sie ließ Wein, kalten Braten und Früchte kommen und sandte auch dem Legaten etwas, damit der sich stärken konnte. Großartig war seine bisherige Darbietung nicht ausgefallen, was der Gräfin keineswegs behagte. Ihr wäre es lieber gewesen, der Legat des Papstes hätte recht vom Leder gezogen, so daß die Bedrohung spürbar im Raume gestanden hätte. Doch dazu taugte Peter von Castelnau wohl nicht. Laurence' Auftritt hatte die lächerliche Situation wenigstens unterbrochen, doch war Esclarmunde nicht gewillt, sich weitere Überraschungen von ihrem Patenkind bereiten zu lassen. Die Gräfin suchte nach einer Lösung. Das fühlte Laurence, schon als ihr und Loba nichts vom gräflichen Imbiß angeboten wurde.

Peter von Castelnau nutzte das. Er schob mit freundlicher Einladung den beiden Mädchen von seinem Teller die besten Stücke hin. »Welcher ist der Capoccio?« fragte er bei dieser Gelegenheit, bemüht, unbeteiligt zu erscheinen, doch seine Stimme zitterte vor Erregung. Als Laurence unbekümmert mit dem Finger auf den jungen Mann zeigen wollte, hielt er sie in heller Panik zurück. »Unauffällig, bitte!« stöhnte er.

Loba kannte da weniger Skrupel und betrachtete den gutaussehenden Kleriker mit unverhohlenem Interesse. Peter war alarmiert, und zwar im höchsten Maße. Daß sein oberster Vorgesetzter – wenn man vom Papst absah – Zeuge seiner Blamage geworden war, konnte er vielleicht noch verkraften, wenngleich sein Magen bereits rebellierte. Daß der ›Graue Kardinal‹, wie man hinter vorgehaltener Hand den Herrn der Geheimen Dienste nannte, eigens inkognito von Rom ins Languedoc gereist war, ohne ihn, seinen Beauftragten, davon zu unterrichten, hätte Castelnau als bedrohlich empfinden können. Allein es deuchte Peter eine grobe Mißachtung seiner Person, daß der ihm bislang von Angesicht noch Unbekannte sich bis zur Stunde nicht zu erkennen gegeben hatte.

Allerdings fand er es plötzlich der Stellung, die er noch bekleidete, unangemessen, mit zwei jungen Dingern auf den Stufen zu hocken und sich Hühnerschenkel in den Mund zu schieben oder saftige Birnen. Es schmeckte ihm auch nicht mehr. Peter sprang auf und schritt nervös zwischen den Tribünen auf und ab. Zu Durand konnte er sich nicht gesellen, das wäre entschieden zuviel der Zuwendung gewesen, wenngleich er ihn nur gewählt hatte, weil der Spanier Durchsetzungsvermögen gezeigt hatte. Esclarmunde einen Besuch abzustatten gab es auch keinen rechten Grund, und es wäre ihm sicherlich auch ungut ausgelegt worden. Von den eigenen Leuten war kein nützlicher Gesprächspartner in Sicht. Sollte er sich also einfach hinauf zu Rainer di Capoccio begeben, als sei nichts geschehen? Den Gedanken mußte er verwerfen, denn gerade sprangen Laurence und Loba die Stufen hoch und kamen ihm zuvor.

Laurence hatte dem Drängen ihrer Freundin nachgegeben. Der junge Kurienkardinal machte charmante Miene zum unpassenden Spiel. Bevor Laurence den Mund aufmachen konnte, blitzte er sie mit seinem Raubtiergebiß an und sagte mit einem Nachdruck, der keine Scherze zuließ: »Ich bin ein Hirte aus den Bergen, mein Name ist – «

»Geiler Bock oder scharfer Hund?« fuhr Loba keck dazwischen, die von dem kurzen, wortlosen Ringen nichts mitbekommen hatte. »Denn ich bin Loba die Wölfin!«

Da mußte der kirchliche Würdenträger lachen. »Als Widder stoß' ich von vorn, als Hund bespring' ich Wölfinnen a tergo!« Aber es klang wenig einladend.

Laurence war die Geschwindigkeit, mit der Loba zur Sache ging, unheimlich. Gewiß war die Kleine für Männer ein begehrtes *pez da pot*. Laurence ertappte sich dabei, daß sie Lobas Rundungen mit den Augen des Hirten betrachtete – kräftiger Steiß, breites Becken, stramme Schenkel. Für ihren Geschmack waren die Beine etwas zu kurz geraten, dafür hatte sie aber diesen aufregenden Schwung in der Hüfte, eine Taille, die mit zwei Männerhänden zu umspannen war, und dann diesen erstaunlich üppigen, festen Busen, fast zu viel für die kleine Person, die sichtlich stolz auf ihren Körper war.

Loba, die sich nicht zierte, gab dem Capoccio mit gleicher Münze zurück. »Schwarzrock oder Bock! Das verspricht ein wölfisch' Gerammel«, verkündete sie ungeniert.

Der Kardinal lächelte fein und zusehends infamer. »Wie säh' es denn aus, wenn ich den Fuchs begehr'?« Er schaute nicht etwa zu Laurence, sondern wandte sich weiterhin an Loba, wohl in der Hoffnung, ihr einen Stich versetzt zu haben. Doch weit gefehlt.

»Meiner Herrin Lust gilt mir mehr, als mit meinem Schild Stoß und Streich zu empfangen, die ihr zugedacht!«

Laurence mußte jetzt eingreifen, um nicht flott verkuppelt zu werden. »Ich hab' was gegen junge Herren der Kurie, die da meinen, mit den beringten Fingern zu schnippen, reiche aus, um nicht nur die Position, sondern auch die Bettgefährtin zu wechseln.« Auch sie sprach nur Loba an, als sei der Kardinal gar nicht vorhanden. »Das Traurige an ihrem Schwanzwedeln ist, daß es nicht Begehr anzeigt, sondern ihr Sperma verstreuen will wie Weihwasser, als einen Akt der Gnade.«

Rainer di Capoccio ließ sich seinen Unmut nicht anmerken und rettete sich ins Scherzen. »Es wird mir zu kompliziert, meine Damen! Ein Beischlaf, derartig mit Auflagen befrachtet, bringt die Lust in Gefahr, zu kurz zu kommen.« Sagte es, stand auf und ging.

»Den hast du mir vergrault«, grummelte Loba. »Du solltest deine lose Zunge lieber für die Sache Okzitaniens einsetzen. Alles, was du bis jetzt zum Disput beigetragen hast, war auch bloß seichtes Geschwätz – nur frecher!«

Laurence sah ihre erzürnte Wölfin erstaunt an. Dann lachte sie und zeigte hinüber auf den entschwundenen Capoccio, der nicht so recht wußte, wohin sich wenden, nachdem er sich von seinem Platz hatte vertreiben lassen.

Sein Legat sah seine Chance gekommen und steuerte todesmutig auf ihn zu. Der Kardinal schlug einen Haken und sprang mit langen Sätzen die Stufen des Chorgestühls hinunter und auf der anderen Seite wieder hoch, so daß er plötzlich vor Esclarmunde stand. Er mußte ihr die Aufwartung machen, ohne sein Inkognito zu lüften.

»In Rom hatte ich die Ehre, die Bekanntschaft Eurer Freundin Livia di Septimsoliis zu machen, eine fähige Mater superior. Doch wenn ich den *status spiriti et educationis* der Tochter hier erwäge, scheint es mir geraten, sie als Novizin ins Kloster zu stecken. Wozu ich mich anheischig mache –«

Esclarmunde reagierte unwirsch. »Ihr maßt Euch Kritik an und zeigt nicht so viel Benimm, Euch erst einmal vorzustellen.« Ihr gefiel weder die Art des Fremden noch seine Person. Sie fand ihn zu glatt.

Der Kardinal hielt es für zu riskant, seinen Namen nicht preiszugeben. Was seinen Kurientitel anbetraf, den konnte er immer noch auf eine Verwechslung mit einem seiner zahlreichen Verwandten in der Umgebung des Papstes schieben. »Rainer di Capoccio, Stadtherr von Viterbo und *doctor utriusque* an der Universität dortselbst.«

Doch Esclarmunde zeigte an ihm kein weitergehendes Interesse. »Für das Verhalten meines Patenkindes bin ich verantwortlich. Sollte Euch Laurence zu nahegetreten sein, nehmt bitte meine Entschuldigung an.«

Der Doktor beider Rechte verneigte sich vor der Gräfin. »Nicht der Rede wert.« Das unterstrich er mit einer wegwerfenden Handbewegung. »Wenn Ihr sie meiner Obhut anvertrauen wollt, stehe ich zu Eurer Verfügung.«

Esclarmunde fand seine Impertinenz ekelhaft. »Haltet Euch gefälligst an den Legaten«, beschied sie ihn und drehte ihm den Rücken zu. Ohne dem Capoccio weitere Beachtung zu schenken, wies sie die Damen ihres Gefolges an: »Begleitet Laurence, aber nur sie und nicht etwa auch Roxalba de Cab d'Aret, in die Frauengemächer. Diese Loba kommt mir nicht ins Haus!« fügte sie noch ärgerlich hinzu. »Schlimm genug, daß man dieses lose Weibsstück überhaupt hereingelassen hat.« Die Gräfin besann sich der Ungebärdigkeit ihres Patenkindes. »Tragt per Schlüssel Sorge, daß Laurence dort im Turm auch bleibt, bis die Konferenz zum Abschluß gekommen ist.«

So geschah es auch. Laurence hatte damit gerechnet. Das einzige, was ihr nicht paßte, war die Trennung von Loba. Die Freundin mußte ihr hoch und heilig versprechen, Pamiers nicht ohne sie zu verlassen. Dann ließ sie sich abführen.

Nach dieser Unterbrechung nahm der Disput um den rechten Glauben seinen Fortgang. Die Mönche von Fanjeaux bestanden darauf, ihn mit einem Gebet zu eröffnen.

Oremus omnipotens et misericors Deus,
universa nobis adversantia propitiatus exclude,
ut mente et corpore pariter expediti,
quae tua sunt, liberis mentibus exsequamur.

Dank der straffen Hand des Durand de Huesca verliefen Rede und Gegenrede in geregelter Weise, die sich auch mäßigend auf den Umgangston der Disputanten auswirkte. Eintönigkeit breitete sich aus, zumal auch der Herr Legat sich jetzt äußerster Zurückhaltung befleißigte. Der Kardinaldiakon saß ihm wie ein Alp im Nacken. Doch inhaltlich wurde kein einziger Fortschritt erzielt. Alles, was die Katholiken verlangten, lehnten die Katharer rundweg ab. Es war nicht die geringste Kompromißbereitschaft vorhanden.

Auf der Empore über dem Saal, zu der die Treppe hinaufführte, über die man auch zu den Frauengemächern gelangte, entstand ein Tumult. Erst war Weibergekreisch zu hören, dann erschien der rote Schopf von Laurence hinter der Balustrade, doch statt der Frauen, die mit ihrer Bewachung beauftragt waren, nahmen Gardisten des Turmes neben ihr Aufstellung. Laurence trat an die Brüstung. Es war einigermaßen still geworden im Saal, man konnte ja nicht wissen, ob es sich um einen gewaltsamen oder verräterischen Handstreich gegen eine der Parteien handelte – von dort oben würde jeder zur leichten Beute für den Bolzen einer Armbrust.

»Ihr streitet um den rechten Glauben«, rief Laure-Rouge, »doch ich will Euer Augenmerk auf das Land lenken, in dem wir alle, Katharer wie Katholiken, leben: Okzitanien!«

Esclarmunde hatte erst jetzt empört festgestellt, daß es ihre eigenen Leute waren, die Laurence rechts und links Flankenschutz gaben. Doch dann überwog der Stolz auf ihre Patentochter.

»Die Vorzüge dieses Landes muß ich Euch nicht schildern«, fuhr Laurence fort, um Mäßigung bemüht, »nicht seine Schönheit, seine einmalige Kultur, seinen Reichtum, schon gar nicht sein größtes Gut: seine Freiheit!« Sie legte eine Pause ein, um den Gedanken wirken zu lassen. »Doch das alles ist in höchster Gefahr – nicht durch Ketzerei, sondern durch Frankreich!« Damit war die Katze aus dem Sack. »In Frankreich wurde zum ersten Kreuzzug aufgerufen, Frankreich leistete den Löwenanteil bei der Rettung des Heiligen Grabes – aber es bleibt abgeschnitten von seinen Gebieten im Heiligen Land! Frankreich war zwar nicht der Initiator des Kreuzzuges gegen das schismatische Konstantinopel, doch einer seiner größten Nutznießer – aber es bleibt abgeschnitten von seinem Lateinischen Kaiserreich! Frankreichs Königshaus kann es an Würde mit allen Monarchen des Abendlandes aufnehmen, doch die Kaiserkrone bleibt ihm versagt! Statt dessen wird es von allen Seiten bedrängt und kleingehalten – *warum*? Weil ihm der Zugang zum Mittelmeer fehlt!«

Die Pause, die sie diesmal einlegte, war ein Tribut an ihre Erschöpfung. »Wegen des Hafens von Marseille«, fuhr sie fort, »wird es sich nicht mit dem mächtigen deutsch-römischen Imperium anlegen, bieten sich doch *unsere* Küsten an, diesem Mangel abzuhelfen, von Montpellier bis Narbonne, von Béziers bis Perpignan.« Laurence visierte den Kardinaldiakon an, doch der Capoccio schaute andächtig zu ihr auf, als würden an ihrer Stelle Englein musizieren. »Paris wird zugreifen, ganz gleich, ob es von der Kirche zur Hilfe gegen die Ketzer herbeigerufen wird oder ob es angeblich Aragon, den Engländern oder den Deutschen zuvorkommen muß!«

Laurence war jetzt doch etwas heftiger geworden. Sie grinste hinüber zu Loba und zwang gleichzeitig ihre Stimme zu einem heiseren, aber beherrschten Krächzen herab. »Kein Vorwand ist jedoch so gut sichtbar wie mangelnde Verteidigungsbereitschaft. Hier droht die Gefahr – hier aus unserer Mitte! Wenn Okzitanien sich selber nicht retten will, wird sich im Abendland kein Finger für uns rühren. Amen!« Damit trat sie ab, die Versammlung in peinlichem Schweigen zurücklassend.

Dann begann ein Tuscheln, und bald herrschte der gleiche Ton im Saal wie vor dem Auftritt der Laure-Rouge.

So steuerte die Konferenz von Pamiers auf den Punkt zu, an dem beide Seiten endlich aufatmend zu dem Schluß kommen konnten, den sie von vornherein anvisiert hatten: Eine friedliche Einigung war nicht zu erzielen, also würden die Waffen sprechen müssen. Das wurde zwar nicht offen erklärt, war aber zwischen den Zeilen des Schlußkommuniqués zu lesen, das Durand de Huesca am Abend anfertigen ließ.

Te, Mater alma Numinis,
oramus omnes supplices,
a fraude nos ut daemonis
Tua sub umbra protegas.

Die Mönche zogen unter Absingen provokanter Marienlieder wieder nach Fanjeaux, und die katharischen Gutmänner kehrten ebenfalls in die Wälder zurück – bis auf Guilhabert de Castres, der die angebotene Gastfreundschaft Esclarmundes dankbar annahm für die Nacht. Das gleiche tat der okzitanische Adel. Die Frauen brachte Esclarmunde in ihren eigenen Turmgemächern unter, die Männer im Haupthaus, das jeweilige Gefolge in den Ställen. Es war wie ein summendes Feldlager, zumal jetzt auch gut gegessen und gezecht wurde. Die Gräfin von Foix hatte den päpstlichen Legaten Peter von Castelnau wissen lassen, daß auch für ihn ein Zimmer bereitstehe, denn sie nehme nicht an, daß er noch in der Nacht Pamiers verlassen wolle.

Peter von Castelnau nahm die letzte sich bietende Gelegenheit wahr, bei dem gefürchteten Kurienkardinal für gut Wetter zu sorgen. Er bot ihm für die Nacht sein Zimmer an, denn für den Fremden, den keiner geladen hatte, war kein Quartier vorgesehen. Rainer di Capoccio akzeptierte das Angebot mit größter Selbstverständlichkeit, bedankte sich jedoch nicht, sondern erteilte seinem Untergebenen noch die schlichte Order: »Ich wünsche, daß mir die Rote gebracht wird.«

Der Legat war ohnehin derartig am Boden zerstört, daß er nur nickte und sich sputete, der Reichweite des Kardinals zu entkommen. An eine Erfüllung des Auftrags war gar nicht zu denken. Die Vorstellung, daß er, Peter von Castelnau, die gewünschte Rote aus den Frauengemächern des Turmes herbeischaffen könnte, hatte etwas Aberwitziges. Doch regierte nicht der Irrsinn diese Welt? Längst war die Dunkelheit hereingebrochen, und während der Legat noch im Hof herumirrte und sehnsüchtige Blicke hinaufschickte zum Donjon, wo er die bestellte Bettgefährtin wußte, stieß er auf eine kauernde Gestalt, die fröstelnd in einem Torbogen hockte.

Roxalba de Cab d'Aret wurde von den katharischen Damen geschnitten. Nachdem die große Esclarmunde unüberhörbar ihr Verdikt über die Wölfin ausgesprochen hatte, wagte es keine, sich ihrer anzunehmen.

De gran golfe de mar
e dels enois dels portz
e del perillos far
soi, merce Dieu, estortz …

Sich unter die Mägde zu mischen, deren plärrender Gesang zu ihr herüberdrang, war Loba zu stolz.

Am anderen Morgen flutschte Laurence aus ihrem Zimmer wie ein Ratz, kaum daß ihr aufgeschlossen worden war. Ihr angeblicher Harndrang war einleuchtender Grund genug, dabei hatte sie schon – sichtbarer Ausdruck ihres Mißvergnügens – in die kostbare Schale gepißt, die mit Lavendel und getrockneten Rosenblättern gefüllt war, um für angenehmen Duft zu sorgen. In den Wirren der allgemeinen Aufbruchsstimmung stahl sie sich bis in den Küchenhof, wo sich die beiden Freundinnen gleich bei der Ankunft auf der Burg von Pamiers für alle Fälle verabredet hatten. Schon von weitem sah sie Loba in dem vereinbarten Mauerbogen dösen.

»Ich hoffe, du hast hier nicht die Nacht verbracht!« Laurence fühlte sich nicht schuldig, doch in gewisser Weise verantwortlich für die Kleine.

»Schön wär's!« maulte Loba, die schon lange dort auf dem kalten Stein gewartet hatte, und schaute zu ihr auf. Da erst sah Laurence das blaue Auge. Da Lobas Gesichtszüge ebenso wie ihr Torso eher zierlich proportioniert waren, wirkte die grobe Verunstaltung um so erschreckender.

»Wer hat dich –?« entfuhr es der empörten Laurence, der als erstes die feindselige Mißachtung ihrer Patentante für ihre neue Freundin in den Sinn kam.

»Das hab' ich mir selbst eingebrockt!« Das geschwollene Auge versuchte zu blinzeln, was auch als Grinsen verstanden werden konnte. »Blauäugig wie ein Frosch, der in einen Wassertopf springt, der –«

»Wie das? Kopfüber – und der war leer?« Begierig versuchte Laurence auf den vermeintlich scherzhaften Ton einzugehen.

»Der stand auf dem Feuer«, stellte Loba richtig. »Doch den Kopf ließ ich draußen, als ich meinen müden Leib in das Bett des Legaten bettete.«

»Erzähl mir nicht –« Laurence flatterte vor Neugier, doch ihre fürsorgliche Einstellung trieb sie erst einmal zum nahen Brunnen. Nachdem sie kaltes Wasser im Eimer herbeigeschleppt hatte, zog sie – auf keine Widerworte eingehend – ihr Hemd aus und legte Loba einen Wickel, ohne dabei den Faden zu verlieren. »Peter von Castelnau als furioser Liebhaber? Der scheinheilige Schuft!«

Loba lächelte dankbar, so schien es Laurence, unter dem Wulst hervor. »Auf den milden Beischlaf des Monsignore hatte ich mich nolens volens eingestellt, obgleich mir auffiel, wie wenig Erregung er zeigte. Ich dachte, das sei die laue Art der Schwarzröcke, bis daß sich der Körper des Weibes tatsächlich in der Kiste breitet.«

»Statt dessen fiel er über dich her?«

»Nein, er verschwand.« Loba fand nun auch ihren Humor wieder und konnte die Geschichte so erzählen, wie sie aus ihrer Sicht verlaufen war. »Ich dachte schon, welch Großmut oder rare Art christlicher Nächstenliebe, als er nicht wiederkam, denn auf einen schnellen Hupf hatte ich mich schon eingerichtet. Doch dann sprang, spät in der Nacht, krachend die Tür auf: Vor meinem Bett stand Erzherr Rainer und war anscheinend furchtbar enttäuscht, mich darin zu finden. Er schüttelte mich wie einen Olivenbaum zur Nachlese und schnaubte ›fauler Betrug‹ und ›schnöder Verrat‹. Ich glaube, bereits da mußte ich den Fausthieb eingesteckt haben, denn danach waren wir beide mit anderem Stechen und Stoßen beschäftigt. Wir tobten den Rest der Nacht, gönnten uns keinen Frieden, aber auch keinen Sieg, nicht einmal eine kleine Waffenruhe. Wenn ich Durst hatte, schwappte der Stier Wasser über mein Gesicht, so daß ich das Schwellen des Auges auch nicht im geringsten verspürte.«

»Hat es ihm nicht leid getan?« Laurence hatte ja keine Erfahrung mit Männern.

»Leid getan hat ihm nur, daß du nicht an meiner Stelle mit gespreizten Beinen unter ihm lagst, daß nicht deine rote Wolle zwischen den hochgereckten Arschbacken ihm bei jedem Stoß entgegenleuchtete.« Schonungslos brachte Loba die Schilderung zum Abschluß. Zurückhaltung fand sie nun nicht mehr angemessen.

»Irgendwann am frühen Morgen sprang er auf, goß das gesamte verbliebene Wasser aus dem Krug über seinen athletischen Körper, trocknete sich mit dem Laken ab, das er mir wortlos unterm Hintern wegzog, warf sich in seine Kleider und stürmte grußlos aus dem Zimmer.«

Die Freundinnen schwiegen sich an. Laurence unternahm den Versuch, die Kompresse zu erneuern, doch Loba reichte ihr das Hemd zurück.

»Ich werde mich für eine gewisse Zeit auf Roquefixade zurückziehen.«

»Eine Wölfin leckt ihre Wunden«, schlug Laurence scherzhaft vor.

Loba blinzelte zu ihr auf. »Die Wölfin wird etwas anderes zu lecken haben – ein Kleines.«

Diese Ankündigung breitete erst recht Schweigen wie einen häßlichen alten Mantel über die Freundinnen. Zuerst hatte Laurence vehement protestieren wollen, was sie dann aber, nach genauerem Bedenken der Umstände, geflissentlich unterließ.

»Ich werde nach dir schauen«, entrang es sich Laurence. »Verlaß dich auf mich!« Sie beugte sich nieder zu der Sitzenden und küßte sie aufs Haar. Dann nahm sie verlegen ihr nasses Hemd auf und entfernte sich.

DIE ›ENDURA‹ DER GROSSEN ESCLARMUNDE

Der Winter überzog Foix mit seiner Schneedecke, noch bevor das Jahr zu Ende gegangen war. Zum zweiten Mal erlebte Laurence dieses Schneien dicker Flocken aus den sich von den Pyrenäen herabschiebenden grauen Wolken, die zwischendurch immer wieder strahlenden Sonnenschein durchließen, aber das alles bei klirrender Kälte.

Ar em al freg temps vengut
quel gels el neus e la faingna

e-l aucellet estan mut,
c'us de chantar non s'afraingna.

Sie stand auf dem Söller der Burg von Foix und sah hinüber zu den längst schneeweißen Gipfeln, von denen schon wieder dunkle Schneewolken heranzogen. Unter ihr verbargen sich die Dächer der Stadt im Sonnenlicht unter dicken weißen Hauben, nur der blaue Rauch aus den Schornsteinen kündete vom regen Leben darunter.

Ein Bild des Friedens, dachte Laurence. Genügend Augen hatten gesehen, wie sie von ihrer wachsamen Patin erst ›entfernt‹ worden und dann mit eigener Eskorte, und diesmal mit durchschlagendem Erfolg, ein zweites Mal aufgetreten war. Derartige Vorkommnisse pflegten sich herumzusprechen. Doch obgleich ihr Diskurs nichts mit religiösen Fragen zu tun hatte, hieß man Laurence seit dieser Stunde – wenn auch hinter vorgehaltener Hand – ›die Ketzerin‹. Ihr fiel Loba ein, die tapfere kleine Wölfin. Nicht ein einziges Mal hatte sie, Laurence, ihr Versprechen wahrgemacht, sie auf ihrer Burg Roquefixade zu besuchen. Sie hätte allerdings auch nie die Erlaubnis dazu von Esclarmunde erhalten. Es wäre völlig sinnlos gewesen, die Gräfin überhaupt danach zu fragen. Und einen Ausbruch auf eigene Faust? Im Sommer hätte sie sich das bei guter Vorbereitung inzwischen zugetraut. Jetzt im Winter wäre es der helle Wahnsinn. Außerdem tröstete sich Laurence immer wieder damit, daß Loba sicher genügend ›Weiße Frauen‹ kannte, um sich den unerwünschten Balg – etwas anderes konnte sich Laurence nicht vorstellen – vom Halse zu schaffen. Wahrscheinlich hüpfte Loba längst wieder wie ein Eichhörnchen auf ihrer Burg oder im tiefen Schnee herum.

Warum die sich Wölfin nannte, blieb Laurence sowieso verschlossen. Sie schaute hinüber in die Richtung, wo sie ungefähr die Freundin vermutete, denn dort erhoben sich die Tabor-Berge, die den Zugang zum Montségur bewachten. Irgendwann würde die Schneeschmelze wieder den bekannten Weg freigeben, beruhigte Laurence ihr weites Gewissen.

E son sec li ram pels plais
que flors ni foilla noi nais,

ni rossignols no i crida,
que l'am e mai me reissida ...

Der Schnee wollte nicht weichen. Die Frühjahrs-Tagundnachtgleiche stand unmittelbar bevor, als Laurence zu ungewohnt früher Stunde geweckt wurde. Die Gräfin wünsche sie zu sehen! Laurence schwante nichts Gutes, wenngleich sich Esclarmunde in letzter Zeit auffallend wenig um sie gekümmert hatte. Sie hatte sich allerdings auch kaum um das Wohlergehen ihrer Patin geschert, von der es hieß, sie »schwinde wie ein verlöschendes Licht«. Das klang Laurence jedoch in den Ohren, seitdem sie den felsigen Boden von Foix betreten hatte, und jedesmal, wenn sie mit Esclarmunde in Fragen der von einer Siebzehnjährigen beanspruchten Freizügigkeit aneinandergeraten war, hatte sich die Gräfin gar wenig gebrechlich gezeigt. Noch brannte der Docht.

Laurence wurde in die Kemenate der alten Dame geführt. Schon in den Vorzimmern herrschte derart lärmendes Gehaste, daß ihre erste Sorge sich sogleich legte: Bei soviel Aufbruchsstimmung hatte sich Esclarmunde sicher nicht zum Sterben gelegt.

In der Tat lag die große Esclarmunde zwar auf ihrem hohen Bett unter einem Baldachin, aber völlig angekleidet. Sie war vollauf damit beschäftigt, Anordnungen zu erteilen und alles zu regeln, was an Fragen an sie herangetragen wurde oder, wie sie ärgerlich mutmaßte, an ihr vorbei entschieden werden sollte.

»Ich breche auf zum Montségur«, teilte sie Laurence mit, bemüht, sich wenig einladend zu zeigen – und schon gar nicht gerührt. »Ich wollte dir Gelegenheit geben, dich von mir zu verabschieden.« Sie streckte ihrer Patentochter die Greisenhand hin.

»Ich weiß«, antwortete Laurence gefaßt, »daß es keine Trennung ist, denn Ihr werdet mich weiter auf meinem Weg begleiten.« Esclarmunde nickte wohlwollend, und so wagte sie ihre Frage vorzubringen: »Ihr entsinnt Euch der ersten Prüfung, der Ihr mich junges Ding unterzogt, damals in der Nacht von Fontenay?«

»Wenn du wissen willst, ob du den Weg gefunden hast, der zu dir führt, so sagt mir meine Erfahrung mit dir, daß du ihn so weitergehen mußt, wie er dir entspricht. Wohin er dich führt, werde ich erst wissen, wenn ich bei den Sternen bin. Geh ihn also, und überzeug dich immer wieder, daß es der deine ist. Jede Abweichung wird dir Schaden bringen, doch du wirst selbst damit fertig werden. Gott hat dich mit Liebe zu den Menschen gesegnet – auch wenn du nicht an die Liebe glaubst. Gott liebt dich!«

Diese Vorstellung bereitete Laurence eine unendliche Erleichterung. Sie hätte Esclarmunde für ihre Worte umarmen können, doch sie war so sehr mit sich selbst beschäftigt, daß sie die ausgestreckte Hand übersah. Dabei war Laurence beim Betreten des Raumes keineswegs entgangen, daß ihr Kommen ein winziges Lächeln der Befriedigung auf das verwitterte Gesicht gezaubert hatte.

»Wenn Ihr Euch bei Eis und Schnee zum Montségur begebt, dann gestattet mir, bei dieser letzten Reise an Eurer Seite zu verweilen.« Laurence ergriff schnell die Hand und hielt sie fest.

Esclarmunde hatte mit allem gerechnet, nur nicht mit diesem Verlangen der ihr Anvertrauten. »Ich fühle mich in der Verantwortung gegenüber deiner Mutter Livia, die dich bisher hier in guten Händen wußte.«

Bei soviel Gutfrauen! dachte Laurence heiter und entnahm den Worten der Gräfin nebenbei, daß die Mater superior sie also bewußt so lange in dieser Ketzerhochburg belassen hatte.

»Ich handele sicher im Sinne Eurer Freundin, meiner Frau Mutter«, erklärte sie fest, »wenn ich als ihre Tochter Euch an den Ort geleite, den zu erreichen Ihr Euch so sehr sehnt.«

Diese Antwort entrang Esclarmunde ein Lächeln, Zeichen der Anerkennung für den festen Willen der Jungen. Sie drückte Laurence die Hand, bevor sie ihr diese entzog. »Dann mach dich bereit – und zieh dich warm an. Meine Damen werden dich vor allem mit lammfellgefütterten hohen Stiefeln versorgen, denn wir werden oft nur zu Fuß vorankommen.« Mit einer herrisch knappen Handbewegung war Laurence entlassen.

Laurence hatte sich nie vorgestellt, welche gewaltigen Ausmaße der Zug noch annehmen würde, der als einfache Eskorte der engsten Vertrauten begonnen hatte. Esclarmunde hatte nur das nötigste an Frauen und Dienern zugelassen. Von allen anderen hatte sie im Hof

Abschied genommen, sie alle reich beschenkt und ihnen für ihre Treue gedankt. Die bewegenden, stummen Bilder gingen Laurence noch durch den Sinn, als die Sänfte sich jetzt langsam über die sorgsam mit Asche bestreuten Serpentinen von der Burg von Foix hinab zur Stadt bewegte. Doch unten in den Straßen standen die Leute dicht gedrängt, erst schweigend, bis jemand seinen Schmerz in die Verse des Trovère Montanhagol faßte, die alle kannten:

»*N'Esclarmunda, vostre nom signifia*
Que vos donatz clardat al mon per ver – «
Einige schluchzten, viele begannen leise mitzusprechen.
»*Et etz monda, que no fes non dever:*
Aitals etz plan com al ric nom tanhia! «

In der eingetretenen Stille hörte man nur die Hufgeräusche der Pferde und das Knirschen der Schritte im Schnee. Plötzlich schrie eine Frauenstimme das Leid aller heraus: »Esclarmunde! Verlaßt uns nicht!«

Da brachen sich die aufgestauten Ängste ihre Bahn, und es setzte ein großes Weinen und Wehklagen ein. Etliche warfen sich zu Boden, als könnte diese Geste den Fortgang der geliebten Herrin noch aufhalten. Die Sänfte wankte durch das südliche Stadttor. Die Vorhänge blieben verschlossen.

Vor den Mauern der Stadt säumten bereits Bauern und Hirten die Straße nach Tarascon. Sie waren aus ihren verschneiten Tälern herbeigeeilt, aus ihren abgelegenen Bergdörfern herabgestiegen. Die traurige Nachricht hatte sie noch in der Nacht erreicht, und sie ließen sich weder von der Kälte noch von Schneewehen und Lawinen davon abhalten, ihrer Frau Gräfin den letzten Gruß zu entbieten. Hier stießen auch weitere Herren mit ihren Damen und Knappen zum Troß, der schon beim Durchqueren der Stadt auf das Doppelte angewachsen war, weil viele Frauen sich ihm angeschlossen hatten. Nach der festen Winterkleidung, den Pelzstiefeln und Fellmützen zu schließen, hatten sie sich auf die Reise ins Gebirge vorbereitet und waren auch festen Willens, sich durch keine Widrigkeit von ihrem Vorhaben abbringen zu lassen.

Als der langgezogene Reitertrupp samt Bagage die immer enger werdende Schlucht der Ariège verließ, um sich nach Osten zu wenden, schwoll er endgültig zu einem Heerzug an, denn etliche Vasallen der Grafen von Foix hatten hier auf sein Eintreffen gewartet. Esclarmunde hatte sich bisher weder gezeigt noch sich zu den Veränderungen geäußert. Laurence bewunderte ihre Gelassenheit – oder genoß die Alte insgeheim, hinter den Vorhängen versteckt, die Woge der Verehrung, die sie durch das weiße Land trug? Da machte sich eine betagte Dame, die das Ende ihrer Tage kommen fühlte und wohl auch herbeisehnte, auf, um in der Einsamkeit der Berge ihren Frieden mit ihrem Gott zu machen und sich zum Sterben zu legen – und die Liebe und die Verzweiflung der Menschen, die sie zurückließ, einem eher düsteren und bedrohlichen Schicksal ausgeliefert, überwältigten die Reisende, die wußte, daß sie nichts mitnehmen konnte außer ihrer Alva, dem Totenhemd der Katharer. Ihr Abschied von dieser Welt wurde vereinnahmt, als wäre es eine Prozession zur Anbetung der Jungfrau Maria, eine Beschwörung des knospenden Lebens, eine Bejahung dieser Welt des Schöpfergottes!

Laurence blickte erschrocken auf, sie befanden sich genau unter Roquefixade. Dicht zusammengedrängt hoben sich die dunklen Mauern deutlich von der weißen Bergwand ab, wie von einer Faust gequetscht. Hockte dort oben jetzt die Freundin mit geblähtem Leib und starrte auf sie hinab, unter Schmerzenspein ihren Beistand erflehend, ihren versprochenen Besuch einklagend, den sie so schmählich immer wieder verschoben hatte? Laurence senkte verlegen den Blick, weniger aus Scham als in der Befürchtung, die Gräfin könnte ihn bemerkt haben und glauben, Laurence begleite sie nur deshalb auf dieser ihrer letzten Reise, um sich anschließend zu jener Loba zu gesellen – was der Wahrheit allerdings sehr nahekam, wenn Laurence ehrlich mit sich selber war.

»Wenn wir am Ende dieser römischen Heerstraße angekommen sind«, riß sie die kühle Stimme Esclarmundes aus ihren Träumen, »wird sich die Spreu vom Weizen trennen, denn der Anstieg zum Montségur ist im Winter nur mit einheimischen Trägern zu bewältigen.« Die Gräfin hatte den Vorhang kurz gelüftet, um die Aufmerksamkeit ihres Patenkindes auf sich zu ziehen. Danach schloß sie ihn schnell wieder, sie wünschte nicht gesehen zu werden. »Alle, die im Dorf am Fuß des Pog aufzutreiben waren, stehen zu *unserer* ausschließlichen Verfügung.« Ihre Anordnungen trommelten hart und schnell hinter dem Vorhang hervor. »Es werden also nur jene Auserwählten auf die Gralsburg gelangen, die ich bereits in Foix um mich geschart hatte. Alle anderen müssen unten bleiben.« Sie machte sich nicht die Mühe, einen Ton des Bedauerns aufkommen zu lassen.

»Immerhin unterziehen sich alle aus Liebe zu Euch, Esclarmunde, diesen Strapazen.« Laurence wollte zeigen, daß sie keineswegs mit dem Verfahren einverstanden war und auch etwas Dankbarkeit für angebracht hielt.

Esclarmundes Antwort ließ nicht auf sich warten. »Wenn du, liebes Kind, dich den Mühen des Aufstiegs nicht aussetzen willst, habe ich dafür volles Verständnis«, leitete sie die Ausladung ein. »Wir könnten uns in aller Ruhe am Fuße des Berges voneinander verabschieden. Und schließlich – was willst du dort oben in den unwirtlichen Mauern? Eine alte Frau sterben zu sehen ist nichts Erhebendes«, setzte sie noch trocken hinzu.

Laurence versuchte sich das Gesicht der Greisin vorzustellen, die bis in den Tod über andere verfügte. »Ich hatte Euch mein Geleit zugesagt, Esclarmunde – *que vos donatz clardat al mon per ver* –« Sie war stolz auf sich, weniger wegen des perfekten Zitats als ob der Tatsache, daß es ihr gelang, jeden Spott zu unterdrücken. »Eine Belgrave steht zu ihrem Wort! Und ein Paar starke Arme, die mich hinauf- und auch wieder hinuntertragen, tot oder lebendig, werde ich schon zu finden wissen.«

Es war schön, angesichts des Todes noch eine Kriegserklärung abgeben zu dürfen. N'Esclarmunda sollte so sterben, wie sie gelebt hatte, dafür würde die Alte schon sorgen! Eine Belgrave ließ sich nicht abhängen! Das eisige Schweigen hinter dem Vorhang zeigte, daß die Botschaft angekommen war.

Der Befehl war ausgegeben worden, nicht auf die Fußgänger zu warten, die nur mühselig vorankamen. Da überdies auf der engen Straße im Tal nur wenige nebeneinander gehen konnten, zog sich der Zug entlang den Flanken des Plantaurel immer weiter auseinander, während sich vor den Reitern immer bedrohlicher die Ausläufer des Tabor-Gebirges erhoben. Noch verstellten sie den Blick auf das endgültige Ziel, aber mit jedem neuen Berg riefen sie den Rittern schärfer ins Bewußtsein, daß bald auch sie würden absitzen müssen.

Laurence war gewillt, ihren Zelter so lange als Reittier zu nutzen, bis sie die Stelle erreicht hätten, wo der eigentliche Aufstieg auf den Montségur begann und erfahrene Kletterer ihnen zur Hand gehen sollten. Bis dahin ließ sie ihr Pferd die Gangart selbst bestimmen, um es nicht vorzeitig zu ermüden, und gab sich einem Träumen im Wachen hin, eingelullt von dem Weiß der nur gemächlich sich verändernden Umgebung. Sie passierten verschneite Tannenwälder und schneebedeckte Hänge, aus denen Felsriffe grauschwarz aufragten, scheckig gefleckt von Verwehungen und abgerissenen Wächten. Darüber ragten die längst vereisten Gipfel empor, deren höchster den Eingeweihten die Richtung wies. Irgendwo zwischen ihnen hier unten und der in schweigender Majestät aufragenden Zinne lag wohlbeschützt der Munsalvaetch, der Berg der Zuflucht, der Hort des Gral. Des Sommers konnten sie seinem Fingerzeig auf halsbrecherischen Saumpfaden in direkter Linie folgen. Jetzt im Winter bestimmten die Brücken über die reißenden Flüsse im Tal den einzigen, sich im Zickzack schlängelnden Zugang zum Pog.

Der Moment war gekommen, an dem die berittene Vorhut die Träger der unmittelbar nachfolgenden Sänfte anwies, die alte Heerstraße zu verlassen. Eine Steinbrücke, noch aus der Römerzeit, überquerte den Fluß. Hier war seit langem niemand mehr geritten, es gab nicht eine Spur im Schnee, der hoch zwischen den Mauern auf der Wölbung lag.

Die Eskorte versperrte den meisten der Nachfolgenden den Übergang. Als alle Auserwählten beieinander waren, ließ Esclarmunde die Sänfte wieder aufnehmen. Sie schob ein letztes Mal den Vorhang beiseite und zeigte ihr graues Haupt. Ihre Hand hob sich, als würde sie die Zurückgelassenen segnen. Oder sprach sie mit leiser Stimme, wie Laurence zu vernehmen glaubte, ein letztes Mal die katharische Grußformel ›*Che Diaus vos bensigna*‹? Dann fiel der Vorhang, und die Sänfte, gefolgt nur noch von den Getreuen, nahm ihren Weg ins Tabor-Gebirge auf. Die auf der Straße abgesessenen Ritter und die mittlerweile aufgerückten Bauern und Hirten erwiderten laut den Gruß, daß es aus den Bergen widerhallte, und die Frauen riefen klagend den Namen der Gräfin, bis die Sänfte um die nächste Wegbiegung zwischen den Felsen verschwand. »Che Diaus vos bensigna, N'Esclarmunda! Che Diaus vos bensigna!«

Der Weg zog sich noch lange hin, ehe der kleine Trupp, der vor drei Tagen Foix verlassen hatte, des Abends am Fuß des Montségur in dem gleichnamigen Weiler eintraf. Die Bewohner hatten alles vorbereitet. Am nächsten Morgen wurde Laurence wie alle Frauen dick mit Federkissen umwickelt und senkrecht in eine hohe Kiepe gesteckt, die dann einer der kräftigen Burschen schulterte. Sie hatten jedoch darauf bestanden, N'Esclarmunda in ihrer Sänfte hochzuschaffen, wozu mehrere Mann nötig waren – ein Verfahren, um das Laurence die alte Dame keineswegs beneidete. Denn das Gehäuse wurde in steiler Schräglage oft von Hand zu Hand gereicht, gestemmt und gestützt, so daß es der Insassin sicher schwindelig wurde, ganz abgesehen von den Stößen und Knuffen, die sie andauernd hinnehmen mußte. Ein Wunder, wenn die Alte am Ende noch alle Knochen heil beieinander haben würde, sofern sie die Spitze des mächtigen Felskegels jemals lebend erreichte.

Laurence hingegen schaute wie eine Schnürpuppe aus ihrem Korbkokon und konnte sich dem Genuß dieser für sie ungewohnten Transportmethode hingeben – abgesehen von einigen Ängsten, die sie, zur Hilflosigkeit verdammt, auszustehen hatte, wenn sie tiefe Schründe und steil abfallende Klippen überwanden.

Auf diese Weise werde im Winter alles den Berg hinaufbefördert, auch Heu und Vieh, erfuhr Laurence von den Burschen, die sich laufend mit dem Tragen abwechselten. Neben ihr hechelten die Männer aus Foix beim Steigen in der ungewohnten Höhe. Die meisten Frauen in den Körben schliefen, was Laurence sehr verwunderte. Nachdem sie den Bergwald verlassen hatten, wuchs über ihr die Burg aus dem Felsen, das Licht der Sonne brach durch den Nebel, und der Montségur leuchtete wie Gold.

Befriedigt nahm Laurence wahr, daß sich tatsächlich ein Tor genau so in der Mauer befand, wie sie es gesehen hatte, als sie die Burg vor zwei Jahren zum ersten Mal aus weiter Ferne zu Gesicht bekommen hatte. Das war auf dem Rückweg von Montréal gewesen, nach der unseligen Feuerprobe. Damals hatten sie bei Alazais und ihrem Sohn Station gemacht. Wie sehr hatte sie sich in diese Fee verliebt! Und sie nie wiedergesehen! Das mußte sie auch dringend nachholen – wenn sie erst einmal frei über sich würde verfügen können. Laurence hatte sich viel vorgenommen. Nur wurde nun auch sie vom Schlummer übermannt, als lediglich der gewaltige Geröllhang die Reisenden noch vom Ziel trennte.

Laurence erwachte erst im Hof der Feste, als der Korb unsanft zu Boden gelassen wurde. Die Burschen trieben jetzt ihren Schabernack mit der Rothaarigen. Sie stellten ihre Last unter rauhen Scherzen in einer Ecke ab, als hätten sie den lebenden Inhalt der Kiepe völlig vergessen. Laurence tat ihnen nicht den Gefallen, durch Geschrei auf ihre Lage aufmerksam zu machen, sondern sah sich ruhig um. Die Gräfin war mehr tot als lebendig aus ihrer Sänfte befreit worden. Laurence hätte, wäre sie das Opfer gewesen, die jugendlich unbedachten Träger auspeitschen lassen! Doch Esclarmunde ließ sich von ihren Frauen sofort in die Festung geleiten, ohne ein Wort über ihr Martyrium zu verlieren.

Von innen besehen bestand die nach außen soviel Glanz und Mysterium ausstrahlende Gralsburg eigentlich nur aus nackten, sehr hohen Mauern: ein längliches Triangel, dessen spitze Ecken abgestumpft und mit Steinbauten angefüllt waren, den einzig sichtbaren gemauerten Häusern in der Burg. Alle übrigen Wohnungen, Remisen und Ställe waren aus Holz. Oft zwei- oder dreigeschossig, schmiegten sie sich an diese steinerne Umfassung, zum Teil nur mit Leitern erreichbar. An der westlichen Stirnseite erhob sich der gedrungene Donjon. Noch immer in ihrer Kiepe zwischen den Kissen eingezwängt, stand Laurence genau in der gegenüberliegenden Ecke der Mauer. Hier führte eine steile Steintreppe hinauf bis zur Höhe der Zinnen, soweit sie das von hier unten aus beurteilen konnte, denn ihr Blickfeld war ärgerlicherweise immer noch sehr eingeschränkt. Immerhin sah sie das Haupttor, durch das sie gekommen waren, und ihm schräg gegenüber ein anderes Tor, dem nicht anzusehen war, wohin es führte. Jedenfalls schien es selten benutzt und wurde auch nicht bewacht. Solange sie es beobachtete, hatte niemand seinen Fuß auf die steinerne Schwelle gesetzt.

Endlich wurde nach Laurence gerufen. N'Esclarmunda, wie man sie hier oben nur – wenn auch voller Ehrfurcht – nannte, verlangte nach ihr. Jetzt erst entdeckten die Frauen die abgestellte Kiepe, beschimpften die unaufmerksamen Burschen und befreiten Laurence.

Sie kam sich vor wie eine steife, unförmige Larve, der endlich, sich genüßlich räkelnd und mit den Flügeln schlagend, ein wunderschöner Schmetterling entsteigt. Energisch schüttelte sie ihre rote Mähne, ging auf den Burschen zu, dessen Last sie gewesen war, und küßte den Verlegenen lang vor aller Augen auf den Mund.

»Das ist für das Tragen«, rief sie vernehmlich, dann holte sie blitzschnell aus und schlug ihm auf die Wange, daß es klatschte. »Und das für mein Warten!«

Erhobenen Hauptes schritt sie auf den Donjon zu. Die Frauen folgten ihr.

Laurence hatte erwartet, ihre Patin bettlägerig anzutreffen, insbesondere nach den Strapazen, die sie durch den Transport in ihrer Sänfte, einer fast ungepolsterten Holzkiste, hatte erleiden müssen. Doch die Gräfin saß aufrecht in dem Turmzimmer, dem obersten des Donjon, das man für sie hergerichtet hatte, auf einem Stuhl mit hoher Lehne. Sie war bis zur Nasenspitze in Felldecken eingewickelt, eine Wärmewanne mit glühender Holzkohle vor den Füßen, und hatte ihren Stuhl so stellen lassen, daß sie durch einen schmalen Fensterschlitz hinausschauen konnte auf ihr Land. Ansonsten gab es in dem Gemach nur ein eisernes Bett und einen Tisch.

Wenn erst die kleine Truhe ausgepackt wäre, die sie als einziges Gepäck mitgeführt hatte, sollten auf dem Tisch die Gegenstände Platz finden, die ihr die liebsten waren. Ein rund geschliffener Bergkristall befand sich darunter, den sie gern in der Hand fühlte, und ein aus Speckstein geschnittenes Döschen, in dem auf einer winzigen Stahlspitze ein seltsames Metallblättchen ruhte. Genauer gesagt, ruhte es nie, sondern schwankte zitternd hin und her, und nur dann, wenn Esclarmunde es ganz still hielt, zeigte das eine Ende des flachen, bläulichen Eisens genau nach Süden – zum Tabor hin, auf den *Pic*. Dieses Wissen beruhigte sie ungemein.

Esclarmunde war nicht das erste Mal auf dem Montségur. Sie hatte in all den Jahren seinen Ausbau überwacht, doch nie hatte sie jemandem, nicht einmal dem Baumeister, verraten, daß sie Mauern und Tore ihres Munsalvaetch nach den Sternen ausgerichtet hatte und daß ihr das Döschen dabei stets ein heimlicher Helfershelfer gewesen war. Nur einen hatte sie ins Vertrauen gezogen. Das war ein alter *ingeniere* aus dem Piemont gewesen, der ihrem Herzen einst nahestand. Der hatte ihr auf den Kopf zugesagt, daß ihr Triangel dem Sirius folge, auf den die dem Donjon gegenüberliegende Spitze zeige, die rückwärtige Mauer in ihrer Verlängerung sich nach dem Orion richte, wie es schon der Fall sei bei der großen Pyramide, die er als *secretarius* des Oberaufsehers aller Bauten des Sultans zu Kairo mitvermessen durfte, als er nach dem Kreuzzug des Löwenherz in ägyptische Gefangenschaft geraten war. Mit seiner Hilfe hatte Esclarmunde die rechtwinkligen Achsen dann beim Anlegen der Tore und der wenigen Fenster so gezogen, daß sie jeweils auf den Polarstern wiesen, was alles zusammen dem Bau seine seltsam anmutende Form gab.

Das Döschen hätte sie jetzt gern noch mal zur Hand genommen. Die Frauen sollten endlich die Truhe öffnen! Zuoberst lag die Alva, das wußte sie. Kleider würde sie nicht brauchen, außer dem pelzgefütterten Mantel, der auf ihrem Lager bereitlag für den Fall, daß sie den zugigen Ort aufsuchen wollte, der gleich vor der Tür ins Mauerwerk eingelassen war, neben der Treppe hinter einem Vorhang. Er diente eigentlich, wie alles hier oben, nicht dem Komfort, sondern im Kriegsfall der Verteidigung des Turmes mit Pech und Schwefel oder siedendem Öl.

Esclarmunde war sich bewußt, daß sie diese karge Umgebung nicht mehr lebend verlassen würde. Sie hatte es sich so gewünscht, und der Raum entsprach durchaus ihren Vorstellungen. Nur das Fenster hätte vielleicht etwas größer sein können, dann wäre nicht nur die Aussicht auf die Berge und den Himmel darüber besser gewesen, sondern es hätte auch mehr Helligkeit geherrscht.

»Mehr Licht« war das erste, was Laurence von der alten Dame vernahm. Es klang nicht einmal wie ein Befehl, eher fragend, sehr nachdenklich. »Es reicht«, fügte sie sich diesmal auch gleich in das Unvermeidliche.

Laurence unterbrach das Selbstgespräch. »Bei Sonnenaufgang«, sagte sie, »wird es hier oben sehr hell werden.«

»Die Sonne geht im Osten auf«, korrigierte Esclarmunde sie fast unwirsch. »Hier sehe ich, wie sie untergeht. Es ist sehr schön«, setzte sie versöhnlich hinzu, »und entspricht dem Stand meines Erdenwandels –«

Laurence folgte ihrem Blick durch die Schießscharte. Der nachmittägliche Himmel war grau und verhangen. »Woher wollt Ihr wissen, Esclarmunde, wann es Gott gefällt, Euch zu sich zu rufen?«

»Ich wünsche es so!« Esclarmunde war es gewohnt, ihren Willen durchzusetzen. »Nachher kommt Guilhabert de Castres, auch wenn ich des Consolamentums nicht mehr bedarf, denn er hat es mir schon in Foix erteilt.« Sie besann sich, und ein Lächeln glitt über ihre Züge. »Die Endura wird kurz sein, so wie mir die Burschen mitgespielt haben, die mich hier raufschleppten. Ich glaube, sie haben mir sämtliche Rippen gebrochen.«

»Dann würdet Ihr kaum so lebhaft von Eurem nahen Tod sprechen können, Patin!« Laurence lachte, und ihre Heiterkeit steckte die Alte an.

»Schade«, meinte sie trocken, »dann dauert es eben etwas länger, doch am Ende öffnet sich das Tor zum Paradies.« Sie sah Laurence glückstrahlend an. »Für jeden, der bereit ist. Ich bin bereit.«

Laurence schaute die alte Frau lange an. Ihr Gesichtsausdruck – auch wenn das Aufleuchten vor Freude nur von kurzer Dauer war – zeigte die ruhige Gewißheit eines Menschen, der einen Pfad betreten hatte, der ihn an sein Ziel bringen würde.

»Ihr geht, N'Esclarmunda – wenn Ihr auch mir erlaubt, Euch so zu nennen –, *et etz monda*«, zitierte sie und vergewisserte sich, damit die ihr entrückende Alte noch einmal als Zuhörerin gewonnen zu haben, »als eine Reine, doch Ihr laßt die Euch Anbefohlenen zurück wie ein abgewetztes Kleid, das lange genug getragen wurde.«

Esclarmunde reagierte amüsiert – sicher nicht aus Neugier, wahrscheinlich versprach sie sich Kurzweil von der Fortführung des Gespräches mit Laurence. »Wer im Begriff ist, die Alva überzustreifen, kann gar nicht anders, als sich all dessen zu entledigen, was er bislang trug, als Schmuck, als Last! Als *devèr*, wenn du so willst, ertrug ich den Stolz und den Starrsinn meiner Standesgenossen, ihre Torheit.« Hätte die Alte jetzt vor Verachtung ausgespuckt, Laurence hätte sie dafür umarmt. Doch die Gräfin wußte, ›was sich ziemt‹.

»Ich, eine Frau, wenn auch keine schwache, habe ihnen diese Burg gebaut. Nicht, damit hier das verängstigte Volk Zuflucht finden mag, wenn *armageddon* ausbricht, die Verheerung dieses Landes voller Greuel, mit Blut und Feuer – « Sie lehnte sich zurück und schloß die Augen, nicht um sich der Vision des Grauens zu entziehen, sondern in trauriger Gewißheit des Kommenden. »Ich wollte denen, die des Volkes Fürsten sind, ein Beispiel geben, sie aufrütteln aus ihrer Lethargie, damit sie sich zur Wehr setzen gegen den mörderischen Tod, gegen die alles zerstörende Verschwörung des Antichristen zu Rom und des Usurpatorengezüchts der Capets auf dem Throne Frankreichs.«

Hatte die Gräfin sich noch einmal aufgelehnt, letztes Aufflackern eines unbeugsamen Geistes, dachte Laurence bewegt, so fiel sie gleich darauf zurück in die Resignation. »Doch Okzitanien sehnt sich nach seinem Untergang!« Esclarmundes Körper blieb vorgebeugt, sie zeigte auf den Fensterschlitz. »Schau«, rief sie Laurence zu, ohne ihren Blick von dem Schauspiel zu wenden. »Die Sonne!«

Draußen hatten sich in der ersten Dämmerung die Wolken gelichtet und gaben die ungehinderte Sicht auf die purpurrot glühende Scheibe frei, die sich dem Horizont entgegensenkte. Laurence fühlte sich von dem Feuerball berührt.

»Und wenn ich diese Aufgabe übernähme?« Sie spann den Faden so heftig, wie ihr die Eingebung gekommen war. »Ich traue mir zu, von Hof zu Hof zu reiten und die Schläfer zu wecken, die Träumer zurück auf den Boden zu holen und die Verzagten aufzurichten. Laßt mir den Falben und Eure treue Eskorte, und ich –«

Da erschien noch einmal ein Lächeln auf dem Gesicht, das dem Leuchtfeuer entgegenzueilen schien – oder war es der milde Abglanz des Lichtes, das die Züge Esclarmundes umspielte? »Du kannst gerne haben, was ich für mich besaß.« Jetzt nahm auch ihre Stimme den leichten, neckenden Ton junger Mädchen an. »Es ist sehr wenig, weil ich über alles verfügen konnte – aber du hast ja dein rotes Haar!« Die alte Dame zwang sich zu mehr Ernst. »Du willst da etwas auf dich nehmen –«

»– dem ich gewachsen bin!« unterbrach Laurence sie vorbeugend mit flammendem Widerspruch.

Esclarmunde schüttelte fast unmerklich den Kopf, ohne sie anzuschauen. »In das du wohl hineinwachsen kannst, aber es wird sich nicht erfüllen. Du beginnst einen aussichtslosen Kampf!«

»War der Eure nicht ebenso ohne jede Hoffnung?« Laurence schwankte zwischen trotziger Auflehnung und einsichtiger Entsagung.

Einen Wimpernschlag lang dauerte das Mädchen Esclarmunde. »Du vergißt den Gral«, holte die Hüterin bedeutungsvoll aus, doch das nun mit Macht einsetzende Abendrot ließ ihr die weitere Ausführung des Gedankens plötzlich unwichtig erscheinen. Die Tabor-Berge standen in Flammen. Vom grellen Karmin bis zum sprühenden Orange fraßen die Feuerzungen die vorher noch bläulichen Gipfel, tauchten die Täler in tiefes Schwarz, während darüber der Himmel sich nachtblau verdunkelte.

»Laß mich jetzt allein. Ich will nicht mehr reden.« Esclarmunde bot Laurence ihre Wangen. Sie hatte ihre Reise angetreten.

Laurence küßte sie mit einer Ehrfurcht, deren Vorhandensein sie vorher bei sich nicht vermutet hatte, und bei dem abschließenden Kuß auf die kühle Stirn der Alten verspürte sie so etwas wie Zuneigung. Schnell verließ sie das Turmzimmer und eilte die Treppen hinunter in den Hof.

Sie hätte Esclarmunde eindringlicher nach dem Gral fragen sollen: was es denn nun mit ihm auf sich hatte und wo er zu finden sei. Wenn es einen Menschen gab auf Erden, der ihr Auskunft zu geben vermochte, dann war es N'Esclarmunda. Sie mußte sie morgen als erstes nach dem Gral fragen, oder jedenfalls, sobald sie das Gespräch wieder darauf gebracht hatte. Laurence war dieser Kernfrage immer wieder ausgewichen, weil sie davon ausging, allein schon durch eine solche Fragestellung sich auszuschließen aus dem Kreis der ›Wissenden‹, und zwar für immer! Esclarmunde würde sie nicht einladen, also müßte sie wohl doch den ersten Schritt tun und ihn nicht ihrer Patin überlassen.

Die Dämmerung war schnell der einbrechenden Nacht gewichen. Am tanzenden Licht der Fackeln, die am Haupttor auftauchten, erkannte Laurence, daß ein später Gast erwartet wurde. Sie überquerte mit gebotener Vorsicht den vereisten Hof, mit der Nacht setzte hier oben sofort der klirrende Frost ein. Als sie zum Tor trat, sah sie eine Gruppe dick vermummter Gestalten die letzten Meter des Geröllhangs aufsteigen. Keine Sänfte, niemand wurde in einer Kiepe getragen. Die flackernden Kienfackeln umkreisten die eine Person, der wohl besondere Aufmerksamkeit galt. Sie wies anscheinend jede angebotene Unterstützung zurück und stapfte sicheren Schritts auf das nun hell erleuchtete Tor zu, Laurence entgegen, die mit ihrem feuerroten Haar zwischen den Torpfosten stand. Die Gestalt war fast bis zur Unförmigkeit mit hüfthohen Fellstiefeln und einem Mantel aus Wolfsfell vermummt. Noch bevor sie die Kapuze abnehmen konnte, fiel ein Lichtschein auf das von der Kälte glühende Gesicht: Alazais!

Die Fee schüttelte sich den Schnee aus dem blonden Haar, das vorwitzig aus dem Pelz hervorgelugt hatte, und umarmte die sprachlose Laurence.

»Esclarmunde hat mich gerufen«, erklärte sie rasch und drängte Laurence sanft zurück in den Hof. »Wir sehen uns morgen«, fügte sie zu derer herber Enttäuschung hinzu. »Ich will sie nicht warten lassen.«

Das klang so bestimmt, daß Laurence sich nicht widersetzen mochte. »Ich warte auf dich, Alazais« war das einzige, was sie zu dieser überraschenden Begegnung hervorbrachte. Ein vorangesetztes ›Auch‹ hatte sie in letzter Sekunde gerade noch verschlucken können. Natürlich hatte der Besuch von Alazais bei N'Esclarmunda Vorrang, schließlich war die künftige Gralshüterin deren geistige Erbin.

»Ich freue mich, dich wiederzusehen, Laurence«, sagte Alazais nach der ersten Verwirrung endlich, »wenngleich ein anderer Anlaß mir lieber gewesen wäre.«

Mit ihren Augensternen kam die Fee ihr so nahe, daß Laurence in Erwartung des Kusses die Lider niederschlug. Alazais blies ihr nur aufmunternd ihren frischen Atem ins Gesicht. So erwiderte Laurence nur hastig den festen Druck der Umarmung, mit dem Alazais die noch unschlüssige Freundin beiseite schob, um dem Donjon entgegenzustreben.

Welch eine Frau! Voller Bewunderung sah Laurence ihr nach. Nie hätte sie gedacht, daß eine Lichtgestalt wie Alazais allein, nur von ihren Dienern umgeben, zu Fuß den Aufstieg zum Montségur wagen würde und die Strecke trotz Schnee, Kälte und zunehmend ungünstigen Sichtverhältnissen sogar aus eigener Kraft geschafft hätte. Und sie, die Jüngere, hatte sich bei hellichtem Tag tragen lassen!

Laurence fragte sich zur Küche durch und ließ sich eine warme Suppe reichen. Hier saßen die Frauen, soweit sie keinen Dienst im Turm taten, und das sonstige Gesinde, das die Gräfin aus Foix mitgebracht hatte, außerdem die Burschen, die sie in den Kiepen hochgetragen hatten. So ein Erlebnis verband, zumindest genug, um einander für eine Nacht zu wärmen. Alle hatten dem Wein schon zugesprochen, und es herrschte keineswegs eine gedämpfte Stimmung, nur weil sich über ihren heißen Köpfen oben im Donjon ihre Herrin N'Esclarmunda auf ihren Schritt ins Paradies vorbereitete.

Mit dem Eintritt von Laurence legte sich die heitere Laune zusehends. Sie wurde nicht gedrückt, doch keiner traute sich mehr, seine Stimme laut zu erheben. Laurence zog sich in eine Ecke zurück, löffelte hastig ihre Suppe, in die sie Brot brockte. Dazu kaute sie ihre von der Köchin aufgedrängten Scheiben kleiner, harter Würste. Auch einen Becher Wein lehnte sie nicht ab, aber sie wollte sich nicht in die Tischrunde einbeziehen lassen. So verlangte Laurence noch nach einem Apfel und forderte die Frauen auf, sie zu ihrer Schlafstelle zu geleiten.

Während zwei Dienerinnen ihr den Weg zu einem Heuschober leuchteten, der über eine Leiter erreichbar war, setzte hinter ihnen die unterbrochene Fröhlichkeit schlagartig wieder ein.

»Im Heu ist es allemal wärmer als droben im kalten Stein«, erklärte mütterlich die Ältere.

»Die arme Seele«, fügte die Jüngere hinzu. »Nun muß sie beim Sterben auch noch frieren, denn das Zimmer im Turm bekommt kein Schwarzrock warm, und wenn's der mit dem Bocksfuß selber wär'!«

»Sprich nicht so was!« verwies ihr die Ältere den lockeren Ton. »Die Frau Gräfin ist in Decken und Felle gehüllt, wie sie's auch im Himmel nicht besser haben kann. Que Diaus la bensigna, nuestra N'Esclarmunda!«

Laurence sah, daß auf dem Heuboden ein Lager für sie bereitet war, mit Laken und einer dicken Felldecke. Sie dankte den beiden, schlüpfte aus ihren wollenen Kleidern und kroch unter die Decke. Wie stark das Heu duftete! Sie schaute durch die offene Luke direkt in den Nachthimmel und suchte vergeblich den Orion. Als sie wenigstens den Abendstern gefunden hatte, zog sie sich die Decke bis unters Kinn, freute sich, daß sie nicht frieren mußte, und schlief sofort ein.

Als Laurence erwachte, stand die ›Sonne‹ in ihrem Schlafgemach. Diese hatte sich bereits ihrer Fellstiefel, ihres Pelzmantels und auch ihrer Kleider entledigt. Laurence rieb sich die Augen, die sich keineswegs sofort an das fahle Licht der noch herrschenden Nacht gewöhnen wollten.

»Nimm mich in deine Arme«, sagte Alazais, und Laurence schlug die Decke zurück und ließ die Fee in das warme Nest schlüpfen. Lange lagen sie so, eng umschlungen. Die Fee saugte die Nachthitze der Schläferin begierig wie ein Schmetterling den Nektar aus dem Blütenkelch. Laurence kuschelte sich an den verfrorenen Leib, glücklich, ihn langsam wieder zum Leben erwecken zu dürfen. Endlich begann Alazais mit leiser Stimme zu berichten:

»Mit unerbittlicher Strenge verfolgte sie, in ihrem Stuhl am offenen Fenster sitzend, den Gang des Orion, bis er für sie nicht mehr zu sehen war. Erst dann erlaubte sie mir, ihr wieder den Mantel anzulegen und ihre wartenden Frauen hereinzurufen. Von ihnen ließ sich die Steifgefrorene auf ihr Bett tragen und auch zudecken. Ich blieb wieder allein mit ihr«, flüsterte die weiße Meduse mit dem Feenhaupt. »Als der Morgenstern verblich, hatte ihre Endura ein Ende. N'Esclarmunda ist zu den Sternen heimgekehrt.«

»Hat sie noch etwas gesagt?« flüsterte Laurence und preßte Alazais fest an sich.

»Als ich ihr den Mantel übergelegt hatte, durchlief sie ein Zittern, und sie sagte seufzend: ›Ach, Munsalvaetch!‹« Alazais räkelte sich in den Armen von Laurence. »Im übrigen verlief alles in völligem Schweigen, wie vorher zwischen uns allen abgesprochen. Sie war eine großartige Frau!«

»Du bist auch großartig«, sagte Laurence. »Du hast mich noch nicht einmal geküßt!«

Alazais schenkte ihr statt dessen ihr Sternenlächeln und schlug mit einem Ruck die Decke zurück. »Steh auf – ich werde dir etwas zeigen.«

Die fahle Morgendämmerung im Raum erlaubte beiden, schnell in die klammen Kleider zu fahren. Alazais lachte, während Laurence bibbernd vor sich hin schimpfte, aber sie wagte es nicht, sich gegen den Befehl aufzulehnen. Sie stiegen die Leiter hinunter, und Alazais nahm sie beim Arm, denn es war spiegelglatt.

»Heute war die Nacht der Wintersonnenwende.«

»Ach ja?« sagte Laurence, unwillig, auch noch gute Laune zu heucheln.

»Du wirst den kleinen Opfergang nicht bereuen«, entgegnete Alazais heiter. »Denk an die Endura unserer N'Esclarmunda.«

Sie führte Laurence zielstrebig in das Untergeschoß des Donjon. Der Raum war leer, nur ein steinerner Altar deutete darauf hin, daß die Katharer ihn für ihre Versammlungen benutzten. Kleine Fenster, auch sie wie Schießscharten mit sich nach innen erweiternder Blende im Mauerwerk, waren paarweise auf jeder Seite eingelassen, aber sie lagen sich nicht gegenüber. Alazais war in der Tür stehengeblieben.

»Und was nun?« nörgelte Laurence.

Alazais zeigte sich bereits als würdige Nachfolgerin der großen Esclarmunde. Sie hatte ihren Arm um die Schultern von Laurence gelegt und zwang sie zu warten. »N'Esclarmunda wird uns ein Zeichen senden, daß sie im Paradies eingetroffen ist.«

»Du scherzt?« Laurence wußte aus leidvoller Erfahrung um die Schwierigkeiten des Botenverkehrs im Winter. Doch dann blieben ihr weitere bissige Bemerkungen im Halse stecken: Zur Linken wie zur Rechten begannen die Fensterhöhlen in ihren Schrägen plötzlich glühend wie das Abendrot aufzuleuchten.

»Die Sonne!« rief Laurence und betrachtete eingeschüchtert das Phänomen des Lichtkegels, der den Raum durchquerte, um exakt gegenüber ebenfalls sein Zeichen zu setzen. »Esclarmunde wollte die aufgehende Sonne nicht sehen«, berichtete sie ihrer Freundin erschüttert. »So zwingt sie ihr, selbst am hellen Morgen, die Farben des Abends auf! N'Esclarmunda muß im Himmel sein! *Aitals etz plan com al ric nom tanhia!*«

Alazais lächelte. Die Feuerzeichen wanderten aus den Nischen und erloschen so rasch, wie sie aufgeflammt waren. »Komm jetzt«, drängte sie und konnte ein Gähnen nicht mehr unterdrücken.

»Wohin?« fragte Laurence mißtrauisch.

»Zurück ins warme Heu!« rief Alazais und begann über das Eis zu laufen. »Dort bekommst du mich vor dem Mittagsläuten nicht mehr raus!«

»Gibt's hier nicht!« rief Laurence. »Ketzernest!« Sie versuchte die Davoneilende einzuholen und wäre um ein Haar ausgerutscht. Eilig stiegen sie die Leiter hinauf, die sie hinter sich hochzogen. Dann entledigten sie sich wie um die Wette ihrer Kleider und warfen sich in ihre noch warme Kuhle.

Diesmal ließ Laurence keinen Widerspruch mehr gelten, auch keine Müdigkeit.

DOS Y DOS

An Roxalba de Cab d'Aret
auf Roquefixade
von Laurence de Belgrave
zu Gast in Laroque d'Olmès
bei N'Alazais

Im Januar A.D. 1208

Loba, ich habe Dich nicht vergessen! Das mußt Du mir glauben, sonst schreib' ich nicht weiter. Meine Finger sind schon klamm, kaum daß ich sie aus den gefütterten Fäustlingen ins Freie gelassen habe. Es ist tatsächlich völlig egal, ob ich in einer dieser Steinhöhlen sitze, in denen Eiszapfen von den Wänden hängen, oder vor der Tür – nur daß da auch noch ein kalter Wind bläst.

Es entspricht nicht ganz der Wahrheit, daß ich einzig Deinetwegen die Strapazen des Aufstiegs auf den Pog auf mich genommen habe. Ich wollte auch dem Ableben dieser bemerkenswerten Frau beiwohnen, ich wollte sehen, wie eine wie sie stirbt. Ihr Eingang ins Paradies war sowieso die Voraussetzung dafür, daß ich Dich endlich wiedersehen kann. Doch als wirkten ihr Zauber, ihre Boshaftigkeit gegen Dich auch über den leiblichen Tod hinaus, versperrten plötzlich Lawinen die Straße zurück nach Foix, den einzigen Zugang nach Roquefixade.

N'Alazais, die ich in jener Nacht, es war die der Sonnenwende, auf dem Montségur getroffen hatte, war so lieb, mir Winterquartier in Laroque d'Olmès zu bieten, bis der Weg zu Dir von den feindseligen Schneemassen geräumt ist. Sie ist Witwe und hat einen Sohn namens Raoul, ein seltsam verträumtes, aber auch störrisches Kind – ich kenne den wahren Vater des Jungen, eine der merkwürdigsten Figuren, denen ich je begegnet bin. Von ihm hat der Knabe die Unstetigkeit, aber auch die Gabe, sich furchtlos auf alle Abenteuer des Geistes einzulassen, einen ausgeprägten Forscherdrang im Umgang sowohl mit der Natur als auch mit anderen Menschen. Das habe ich bisher nur bei einem anderen Altkind erlebt, Federico, *seit seinem vierten Lebensjahr König von Sizilien und sich selbst erziehende Vollwaise.*

Dieser Entwicklung ihres geliebten Sohnes versucht N'Alazais gegenzusteuern, indem sie Gutmänner als Lehrmeister hinzuzieht, aber der Geisteswind, der Raoul in die Segelohren bläst, wird stärker sein als ihre mütterliche Fürsorge. Selbst bei Eis und Schnee verläßt er heimlich nachts Laroque, um unten an der Straße nach Miralpeix in der Taverne an der Wegkreuzung herumzulungern und von den durchreisenden Fremden zu hören, was in der Welt geschieht. Das soll eine recht verrufene Spelunke sein, sie heißt Quatre Camins, von denen drei in die Hölle führen und einer, wie gesagt, nach Miralpeix. Aber wahrscheinlich kennt meine Wölfin diesen verruchten Ort längst! Ich werde nach Dir fragen, denn Raoul hat mir versprochen, mich mitzunehmen, wenn dieser Brief mal fertig ist. Dann werden wir uns dort einen zuverlässigen Boten suchen, der ihn zu Dir trägt. Doch wie töricht sind diese Überlegungen. Denn dann könnte ich ja auch selber zu Dir reisen!

Erinnerst Du Dich an den kräftigen Waldenser in Pamiers, den Spanier Durand de Huesca? Der soll damals stante pede nach Rom gereist sein und seinen Frieden mit dem Papst gemacht haben. Jetzt predigt er angeblich gegen die Ketzer. Dem Grafen Raimond von Toulouse ist eine solche Aussöhnung nicht gelungen. Jedenfalls hat unser famoser Herr Legat Peter von Castelnau schon wieder Anweisung erhalten, den Kirchenbann des Grafen zu bestätigen. Sie quälen ihn auf die perfideste Art: Der Heilige Vater verspricht ihm Lösung und Verzeihen, so er nur strengstens die Ketzer in seinem Lande verfolge. Doch der Legat vermeldet eifrig nach Rom, daß überall in Okzitanien noch Perfecti frei herumlaufen, statt auf Autodafés zu brennen. Also wird Herr Raimond als offensichtlicher Dulder, wenn nicht Förderer der katharischen Irrlehre ein ums andere Mal exkommuniziert und mit dem Verlust von Rang, Land und Gut bedroht. Und das dem stolzen Herrscher von Tolosa, zu dessen Ruhm ein Trovère noch zu Lebzeiten die Zeilen ersann:

> *Car il val tan qu'en la soa valor,*
> *Auri assatz ad un emperador.*

Der spitzfindige Herr Innozenz wäscht seine Hände in Unschuld, der arme Peter wird zum bösen Buben, den alle hassen. Dabei spielt auch eine Rolle, daß die von Castelnau zu den alteingesessenen und wohlangesehenen Familien der Grafschaft von Toulouse gehören und nur der eine Sproß aus der – sicher katharischen – Art schlägt. ›Das Schwarze Schaf mit Weihwasserwedel‹, so nannte ihn N'Alazais treffend.

Der Trencavel von Carcassonne, den sie ›Schneid-gut‹ heißen, wohl weil die ganze Familie seit Generationen als Raufbolde bekannt ist, hat den Legaten neulich verprügeln lassen und aus der Stadt geworfen. Ich würd' diesen Perceval gern kennenlernen, denn selbst meine gewesene Frau Patin, die sonst an keinem und keiner ein gutes Haar ließ, sprach nur in den höchsten Tönen von ihm, seinem Stolz, seinem Mut und davon, wie er sich für seine Leute einsetzt. Dafür verzeiht ihm das Volk sogar seine jähzornigen und nicht selten niederträchtigen Ausfälle, heißt sie escapadas und liebt ihn abgöttisch. Zudem soll der junge ›Parsifal‹ im Grunde ein edler Ritter sein und ein schmucker Bursch' noch obendrein.

Ich beneide Dich um Deine wilde Unbekümmertheit, die meine noch übertrifft! Ich kann die Schneeschmelze kaum erwarten. Damit uns beiden die Zeit bis dahin nicht zu lang wird, werde ich doch Raoul bitten, einen Weg zu suchen, um Dir im voraus diesen Gruß zukommen zu lassen. Ich werde den Boten gut entlohnen und ihm zusagen, daß die doppelte Summe ihn noch mal auf Roquefixade erwartet.

Sei umarmt von Deiner Laurence

P.S.: Wir beide werden zusammen noch fabelhafte Abenteuer bestehen, die sieben Weltmeere sollen uns untertan sein! Doch mußt Du mir versprechen, daß mein Kopf von nun an bestimmt, wie die große Reise vonstatten geht, und nicht Deiner Mösen Glut! Nur wer stets bereit ist zum Aufbruch, dem winkt die wahre Freiheit! Loba, folge mir!

Die Rote Laure

Eines Nachts war Laurence dann doch mit Raoul von Laroque d'Olmès ins Tal hinabgestiegen zu der übel beleumdeten Taverne *Quatre Camins*. Nicht nur aus Neugier, sondern mehr noch, weil der Knabe darauf bestand. Angeblich war es Raoul nicht gelungen, unter dem fahrenden Volk einen vertrauenswürdigen Boten für die Beförderung des Briefes an Loba aufzutreiben, und das Geld, das sie ihm als Entlohnung mitgegeben hatte, war auch verschwunden – in den Taschen von einem, der sich zum Botengang bereit gezeigt hatte und vorgab, nur noch nach seinem Pferd schauen zu wollen.

Laurence mußte die Sache also selbst in die Hand nehmen. Damit begann sie auch gleich, indem sie sich weigerte, sich an zusammengeknotetem Linnen aus dem Fenster abzuseilen, wie Raoul es von ihr verlangte. Laurence überzeugte sich davon, daß Alazais schlief, und verließ das Haus durch die Tür. Es war eine mondhelle Nacht, und schon wehten wieder warme Winde, die das Eis tauen ließen und Schnee in Matsch verwandelten. So bekamen sie vor allem nasse Füße, als sie die Zugbrücke behutsam heruntergelassen hatten und auf der anderen Seite der Klamm den schmalen Saumpfad hinabstiegen.

Vorsicht war dennoch geboten, denn die Schmelzwasser hatten an vielen Stellen den festgetretenen Schotter weggerissen und zerschnitten als Wildbäche den glitschigen Weg.

»Woher kennst du eigentlich die Dame Roxalba?« fragte Laurence, Halt suchend bei ihrem jungen Begleiter.

Raoul heulte wie ein Wolf in die Nacht. »Wer nicht? Loba hat für ihren Ruf gesorgt!«

Laurence preßte sich wie ein Gecko an die Felswand, nur weil es ein paar Kiesel von oben herabregnete. »Treibt die kleine Wölfin es so toll?« Laurence hoffte, er würde seiner Lästerzunge freien Lauf lassen.

»Ihre verrückten Verehrer nicht minder!« Raoul quälte die Neugierige, indem er sich den Klatsch scheibchenweise aus dem bissigen Maul ziehen ließ. »Der Trovère Peire Vidal verlor in seinem Liebesglühen den Verstand so weit, daß –«

Eine Geröllawine prasselte über ihre Köpfe hinweg ins Tal. Raoul hatte einen sechsten Sinn für derartige Überraschungen und sah anscheinend im schummrigen Licht der Nacht wie ein Luchs.

»– daß«, bettelte Laurence, kaum daß die Gefahr vorüber, »– daß er – was?!«

»Um Lobas Gefallen zu erringen, setzte er einen Wolfsschädel auf, aber die Wölfin lachte ihn aus –«

»Kann ich verstehen –«, rief ihm Laurence zu, da hatte Raoul sie schon zur Seite gerissen, vor ihnen brach ein Stück des schmalen Pfades ab und stürzte polternd in die Tiefe. Schmelzwasser hatte sich seinen Weg gesucht. Raoul sprang als erster über das Hindernis und half dann Laurence, den Graben zu überwinden.

»Um endlich von Loba erhört zu werden, schlüpfte der Trovère in einen maßgeschneiderten Wolfspelz. Solcherart verkleidet, gedachte er des Nachts unter ihrem Söller aufzuspielen –«

Sie hatten den gefährlichsten Teil der Wegstrecke jetzt hinter sich, und Raoul ließ noch einmal sein Wolfsgeheul ertönen, um Laurence damit zu erschrecken. Doch die gab ihm nur einen Knuff.

»Weiter! Was geschah?«

Raoul sah ein, daß er sie nicht länger hinhalten konnte, sie hatten ihren Abstieg nahezu beendet. »Schäfer hielten den Verliebten, als er auf allen vieren sich mühte, zur Burg von Roquefixade hinaufzukriechen, für den Würger ihrer Herden. Sie hetzten die Hunde auf ihn, die ihm gar übel mitspielten. Erst als sie den vermeintlichen Wolf jämmerlich um Hilfe schreien hörten, pfiffen sie die Hunde zurück und brachten den aus etlichen Bißwunden Blutenden hinauf zu Loba, damit sie sich seiner annähme –«

»Da hatte Peire Vidal doch sein Ziel erreicht«, verlangte Laurence den glücklichen Abschluß zu erfahren, »und lag glücklich in ihren Armen?«

»Das hatte sich der Herr vielleicht so erträumt.« Raoul verweigerte mit Vergnügen seiner Gefährtin diese Genugtuung. »Die Herrin von Roquefixade ließ sich nicht rühren, übergab ihn den alten Weibern zur Pflege und ritt mit Ramon-Drut von Foix davon!«

»Das werd' ich nie verstehen«, murrte Laurence. »Der Infant ist doch nun wirklich, auch ohne Schafsfell, so dumm wie –«

»– ein geiler Bock!« ergänzte Raoul und hielt an.

Unten im Tal an der alten Römerstraße angekommen, sahen sie auch schon das geduckte Gemäuer der Taverne an der Wegkreuzung liegen. Kein Lichtschein drang nach außen, nur der dem Schornstein entweichende Rauch, mit sprühenden Funken versetzt, zeugte vom heißen Treiben in der Räuberhöhle.

»Der Wirt nennt sich ›Zwei und zwei‹«, flüsterte Raoul ihr verschwörerisch zu, »das seien fünf, behauptet er!« Als er sah, daß er damit wenig Eindruck erzielte, legte er nach: »Er bringt jeden um, der ihm widerspricht.«

Als sie sich dem düsteren Ort näherten, hörten sie erst das Wiehern der Pferde im angebauten Stall, dann vernahmen sie auch deutlich das Gegröle der Zecher, ihr unflätiges Gelächter, das wie auf Kommando nach jeder Zote aufbrandete.

»Wenn du draußen bleiben willst?« wurde Laurence von ihrem jugendlichen Begleiter angeboten. »Noch hat dich keiner gesehen. Vielleicht solltest du wenigstens dein rotes Haar unterm Tuch –«, setzte er schnell hinzu, als er sah, daß Laurence im Schritt nicht innehielt.

»Ich muß nichts an mir verstecken!« beschied sie ihn über die Schulter und steuerte auf die eisenbeschlagene Bohlentür zu. Die öffnete sich in diesem Moment mit lautem Knall, ein Mann stolperte ins Dunkle und landete mit dem Gesicht vor ihnen in einer Pfütze. Laurence war der Stiefel nicht entgangen, der ihm den Tritt versetzt hatte. Mit raschem Sprung hatte sie ihren Fuß in die Tür ohne Außenklinke gestellt, bevor diese wieder zugezogen werden konnte.

Ihr Erscheinen verblüffte den Rauswerfer so sehr, daß er ihr, ehrerbietig oder überrumpelt, Einlaß gewähren wollte. Laurence war erstaunt, als sie Ramon-Drut erkannte, den sie als letzten in einer solchen Spelunke vermutet hätte. Hinter ihr witschte Raoul durch die Tür, und Ramon-Drut maulte: »Ach, der schon wieder!«

Der Knabe grinste dem doppelt so alten frech ins Gesicht. »Keine Angst, mein Graf, heute seht Ihr mich als Begleiter einer Dame.«

Der Infant von Foix war angetrunken, so beging er den Fehler, das letzte Wort mit spöttischem Unterton fragend zu wiederholen. »Daß ich nicht lache!« wollte er hinzufügen, doch die Floskel blieb ihm im Halse stecken, denn Raoul schnellte gebückt vorwärts und rammte ihm seinen Schädel in den Bierbauch, daß Ramon-Drut rücklings die lange Steintreppe hinunterflog, die nach unten in den

Schankraum führte. Damit hatte Laurence ihren Auftritt. Sie ließ ihren Umhang von den Schultern in Raouls Hände gleiten, riß sich das Tuch vom Kopf, damit auch jeder ihre flammende Mähne sehen konnte, und schritt wie eine Königin die Stufen hinunter, gefolgt von ihrem mutigen Knappen.

Ramon-Drut war mit dem Kopf voran an einem Pfosten gelandet, was mehrere Eimer Wasser notwendig machte, um ihn wieder auf die Beine zu bringen. Seine Saufkumpane zogen ihm vorsichtshalber seinen Dolch aus dem Gürtel und schafften ihn aus der Reichweite Raouls.

Der Patron war ein spindeldürres Männlein, immerhin erstaunlich unter all den kräftigen Raufbolden und sehnigen Beutelschneidern. Er trat wortlos zwei Zechern, deren Köpfe auf die Tischplatte gesunken waren, die Bank unterm Hintern weg und wischte mit großer Geste die Weinlache auf. »Es ist dem Haus eine Ehre, die Rote Laure als Gast willkommen zu heißen.« Das hatte er so laut und auffordernd gerufen, daß sofort Beifallsgetrampel und wildes Klatschen einsetzten. »Ich bin der *Dos y dos*«, stellte sich der schmächtige Kahlkopf vor.

Laurence überlegte, wie so einer wohl Leute umbringen mochte, nur weil sie besser rechnen konnten als er.

»Das macht fünf«, fügte er lauernd hinzu.

»Klar!« gab ihm Laurence heraus. »*Quatre Camins* und du sind zusammen *cinco*.«

»Bravo!« Sein bedrohliches Grinsen wich schmatzender Befriedigung. »Da muß erst ein Weib daherkommen!« Er knallte den beiden einen Krug Wein auf den Tisch.

»Falsch«, sagte Laurence, »*seis!*«

Dem Patron erstarrte das breite Lachen im Gesicht, an den Tischen ringsherum wurde es mucksmäuschenstill.

»Du zählst doppelt!«

Der Glatzkopf schien nachzurechnen, er kam nicht klar, aber es gefiel ihm: »*Dos y dos vale seis!*« gab er im Befehlston die neue Formel bekannt, und alle beeilten sich, mit ihrer gebrüllten Wiederholung volle Zustimmung zu signalisieren.

Da sah Laurence unter den Gästen ein bleiches Gesicht, das ihr wie ein Schlag in die Magengrube Übelkeit bereitete. Der Mann versuchte vergeblich, sein Gesicht unter der Krempe seines Hutes zu verbergen, er schien zumindest genauso erschrocken wie seine Entdeckerin. Es handelte sich zweifelsfrei um Roald of Wendower, den Geheimagenten der Kurie. Kreta kam Laurence hoch wie ein Zuviel an gepanschtem Wein, dabei hatte sie grad den ersten Schluck genommen, und der war vom besten! Roald zeigte zwar keinerlei schlechtes Gewissen – wahrscheinlich hatte er keines. Aber ausgerechnet von Laurence hier gesehen zu werden schien ihm ganz und gar nicht in seine Pläne zu passen, was immer er auch gerade ausheckte. Es war schon tollkühn genug von ihm, im Herzen des Katharerlandes ausgerechnet in die *Quatre Camins* einzukehren, wo sicher seit vielen Jahren kein katholisches Tischgebet mehr gesprochen worden war. Hätte man den Pfaffen in ihm erkannt, die Leute hier – in Sichtweite des Montségur – hätten ihn in Stücke gerissen!

Laurence beobachtete verstohlen, wie er sich lässig erhob, einige Geldstücke auf den Tisch warf und zwei finsteren Gestalten zuwinkte, ausgesprochenen Galgenvögeln, die hier allerdings nicht auffielen. Im Gegenteil, Roald hatte seine Begleitung gut gewählt. Die drei verließen unangefochten die Schankstube und stiegen ohne Hast die Treppe hinauf.

Laurence wollte Raoul gerade auffordern, den Verdächtigen unauffällig zu folgen. »Ein gefährlicher Spitzel des Papstes!« zischte sie ihm zu, ohne die drei aus den Augen zu lassen. Da drängte sich Ramon-Drut an ihren Tisch.

»Ich bin Euch Genugtuung schuldig, Laurence«, leitete er die Abbitte ein, denn darauf bestand, hinter ihm stehend und ihn schiebend, der Dos y dos.

Laurence schnitt dem Lästigen das Wort ab. »Die sollt Ihr uns sofort verschaffen!« Warum sollte sie den Wirt nicht einbeziehen? »Unter Euren wachen Augen gehen hier die übelsten Schergen Roms ihrem trüben Handwerk nach.«

Der Infant von Foix zeigte sich begriffsstutzig.

»Dort oben versuchen sie zu entfliehen!« Sie wies mit dem Finger hinauf zur Eingangstür, die gerade hörbar ins Schloß fiel.

Der aufmerksame Raoul war schon an der Treppe und schrie: »Haltet sie, die schwarzen Blutsauger!«

Jetzt erinnerten sich in der Tat mehrere Männer an die drei Gestalten, die lautlos wie Fledermäuse entwichen waren. Ein Tumult entstand, weil alle gleichzeitig die Stufen hinaufzustürmen versuchten. In dem Lärm wäre das Getrappel sich entfernender Pferde beinahe untergegangen.

Ramon-Drut, der ein guter Reiter war, kam nach kurzer Zeit zurück. »Ihr Vorsprung war zu groß, obgleich ich ihren Hufschlag in der stillen Nacht noch hören konnte.« Er lächelte Laurence verlegen zu. »Wie gern hätt' ich Euch ihre Köpfe zu Füßen gelegt.«

Laurence schüttelte ihre rote Mähne. »Ihr lernt es wohl nie, Ramon-Drut! Auch solche verfrorenen Trauben pflückt man, um sie zu quetschen, zu keltern und zu gären. Erst wenn der letzte Tropfen aus der Maische gepreßt ist, schneidet man ihnen die Köpfe ab.«

»Bravo«, sagte der Dos y dos, »da muß erst ein Weib daherkommen –«

»Meine Leute sind ihnen auf den Fersen«, erwiderte der Infant ziemlich kleinlaut. »Weit können sie nicht kommen.«

Laurence erhob sich, ohne darauf einzugehen. »Es ist meine Schuld. Ich hätte mich früher auf einen so bewährten Jäger, wie Ihr es seid, Ramon-Drut, besinnen sollen.«

Der Dos y dos weigerte sich, von ihr Geld zu nehmen, und geleitete sie bis hinauf zur Tür. »Der junge Graf kann von Glück reden, daß er sie *nicht* gestellt hat. Euren Papisten kannt' ich ja nicht, aber seine beiden Kumpane sind zwei Meuchelmörder, bei denen jeder bestens bedient wird, der die verlangte Münz' springen läßt. Die hätten einen Verfolger wie Ramon-Drut in der Nacht leicht kaltgemacht.«

Ihren Brief war Laurence wieder nicht losgeworden, obgleich sie sich nachträglich schalt, daß sie ihn nicht dem Infanten von Foix anvertraut hatte. Doch irgend etwas sträubte sich in ihr, sich dem gelegentlichen Liebhaber von Loba zu offenbaren.

Es dämmerte schon. Raoul drängte zum Aufbruch, aber Laurence zögerte noch. Sie sah in der Ferne einen Reiter ankommen, es war ein Mönch auf einem Esel, die Kapuze tief ins Gesicht gezogen.

»Ein *canis Domini*«, stellte Raoul sachkundig fest. »Willst du dem etwa deinen Brief anvertrauen?«

Laurence hörte nicht hin. »Der trägt zwar den Habit der Zisterzienser, aber mir ist's, als würde ich ihn kennen«, murmelte sie. »Nur ich kann mir nicht vorstellen, daß der so ganz allein, ohne jeglichen Schutz –«

»Was braucht der Schnüffler auch noch Eskorte!« fuhr ihr Raoul ungeduldig dazwischen. »Wer soll's denn sein?« fragte er ohne große Neugier.

Laurence winkte ab und wandte sich dem Heimweg zu. Doch nun war es Raoul, der nicht mitzog.

»Es wird sowieso gleich Tag!« Er lenkte ihren Blick zum wolkenverhangenen Himmel. »Wir schaffen es nicht mehr, unbemerkt von meiner Mutter –«

Laurence sah ihn lächelnd an. »Ich nehme die Schuld auf mich!«

Raoul grinste. »Die Vorwürfe wirst du dir in jedem Fall anhören müssen. Es sei denn –«

»Was?«

»Es sei, wir bringen den Brief selbst –«

»Nach Roquefixade?«

Raoul nickte. »Dann verraucht ihr Ärger. Sie wird sich sorgen und uns mit offenen Armen überglücklich empfangen, wenn wir heil zurück sind.«

DAS LAMM GOTTES

Die beiden Gäule, auf denen sie ritten, hatte Raoul beim Dos y dos ›entliehen‹. An der alten Römerbrücke von Castel Lavanum, wo von der Straße nach Foix der Weg abzweigt, der sich jenseits des Flüßchens zum Montségur hochschlängelt, trafen sie den Herrn Aimery de Montréal. Er saß neben seinem Pferd auf der Mauer. Aimery schien von der Jagd zu kommen, denn im Lederköcher am Sattel steckte ein Bündel Wurfspieße, wie man sie zur Sauhatz verwendet. Die unerwartete Begegnung mit dem Ritter brachte Laurence in leichte Verlegenheit: Von allen Männern, die ihren Weg gekreuzt hatten in letzter Zeit, war er der einzige, der ihr Herz berührt haben mußte; jedenfalls errötete sie wie ein junges Ding. Begehrt hatte sie ihn nicht – dann hätte sie ihn ja auch genommen.

»Seid gegrüßt, Laurence«, sagte Aimery und rutschte vom Mauersims. Auch wenn er sie dabei anlächelte, wirkte er noch trauriger als damals, als er nach der mißlichen Feuerprobe auf seiner Burg des Nachts zu ihr gekommen war. Und danach hatte sie ihn in Pamiers beschämt, in jener Taverne. Er litt, sie war grausam.

»Wohin des Weges, edler Ritter?« Laurence stieg nicht ab. »Ihr wirkt wie bestellt und von der Dame Eures Herzens versetzt?«

Er lächelte gequält. »Die Dame meines Herzens – « Er sprach den Satz nicht zu Ende, Laurence hätte es zu gern gehört. »Das Stelldichein ist – « Die Frage mußte ihn arg verwirrt haben, oder es war ihm so unangenehm, daß er den Namen der Person nicht über die Lippen brachte.

»Vor mir solltet Ihr keine Geheimnisse haben«, forderte sie ihn auf.

»Ich komme vom Montségur«, entschied sich Aimery endlich, sie ins Vertrauen zu ziehen. »Dort war ein Mönch am Tor erschienen und hatte mir die Nachricht überbracht – «

»Wie sah er aus?« unterbrach Laurence.

»Ich hab' sein Gesicht nicht gesehen, es war heute mitten in der Nacht. Der Legat Peter von Castelnau bitte mich um ein Gespräch unter vier Augen, in aller Heimlichkeit, doch es sei dringend.«

»In der Tat«, sagte Laurence, »sehr ungewöhnlich.« Sie dachte an den Mönch auf dem Esel. Es war also doch Peter von Castelnau gewesen, sie hatte sich nicht getäuscht. Doch jetzt kamen ihr auch Wendower und seine finsteren Spießgesellen in den Sinn, die ihr im *Quatre Camins* begegnet waren. Ihre Bedenken wandelten sich so schnell in Argwohn, wie der faule Fisch den Magen aufrührt. »Ihr seid hierher zum Rendezvous mit dem Legaten einbestellt?« vergewisserte sie sich in scharfem Ton.

»Der müßte bald kommen«, erwiderte Aimery. »Mir wäre es lieber, Ihr, Laurence, wäret dann nicht mehr hier.«

Sie unterbrach ihn schroff. »Verschwinden solltet *Ihr* von hier, und zwar sofort!« herrschte sie den Ritter an. »Du, Raoul, reitest, so schnell du kannst, den Weg zurück und warnst den Legaten. Schaff ihn von der Straße. Bring ihn ins nächste Haus, unter Menschen!«

Den letzten Satz hatte sie dem Knaben schon nachschreien müssen, denn Raoul hatte sofort sein Pferd herumgerissen und war die Brücke heruntergepprescht. Sie sahen noch, wie er, über den Hals seines Tieres gebeugt, auf den nahen Wald zugaloppierte.

»Geht Ihr immer so leichtsinnig mit Eures Leibes Unversehrtheit um?« fragte Laurence.

Aimery de Montréal ritt neben ihr auf der Straße nach Foix, von der aus sich der Felspfad nach Roquefixade hochwand. Sie bis hierhin zu begleiten hatte er sich nicht nehmen lassen.

»Ihr müßt reden, Laure-Rouge!« gab der Ritter scherzend heraus. »Ich bin hier zu Hause – und ich bin ein Mann!«

»Und was für einer!« spottete Laurence. »Als solcher und als katharischer Baron dazu, hättet Ihr auch stutzig werden können, wenn Euch ein Mönch des Nachts ... Ebensogut hättet Ihr Opfer eines heimtückischen Attentats werden können.«

»Mein Leben«, sagte Aimery mit wegwerfender Geste, »wer will das schon? Und wie Ihr seht, bin ich ja nicht Opfer eines Anschlags geworden – wenn ich Euer plötzliches Wiederauftauchen nicht als Gefahr ansehen sollte?«

»Ihr, Aimery de Montréal, seid als Opfer auserkoren«, beschied ihn Laurence, ohne auf den lockeren Ton einzugehen. »Und zwar als Opfer eines Mordkomplotts!«

»Wie das?«

Laurence ließ sich nicht aus der Ruhe bringen. »Genaugenommen – und wenn ich die Dinge richtig sehe – habt Ihr in dem bösen Spiel die Rolle des Mörders.«

Der Ritter zügelte abrupt sein Pferd. »Wenn Ihr meine Ehre –« Sein von Narben gezeichnetes Antlitz überzog sich mit zorniger Glut. »Ihr *wollt* nicht als Dame behandelt werden«, setzte er keuchend hinzu.

»So infam ist das Spiel«, entgegnete Laurence, »daß es in Eurem ritterlichen Geist keinen Platz findet.« Es machte keinen Sinn, ihm zu nahe zu treten – Männer waren immer gleich beleidigt! – oder ihn mit ihren präzisen Vermutungen zu belasten. »Unter bestimmten Tonsuren braut sich manchmal Teuflischeres zusammen, als ein Mann von Anstand und Ehre sich im edlen Gemüt vorzustellen vermag.«

Sie schaute den Berghang hoch: Hier begann der Weg zu dem Felsennest hinauf, den sie nehmen mußte.

Aimery tat es leid, daß er sich so aufbrausend gezeigt hatte. »Ich habe wenig Erfahrung mit Teufeln«, brachte er als Entschuldigung vor. »Und noch weniger mit Frauen, wie Ihr es seid, Laurence.« Er verneigte sich lächelnd und griff zaghaft nach ihrer Hand. »Ich mag Euch gern als die schöne Rothaarige in Erinnerung behalten, der die Minne anzutragen ich nicht gewagt habe.«

Laurence hielt seine Hand fest. »Dann, Aimery, sollt Ihr auch wissen, daß Ihr der einzige Mann seid, von dem ich mir solchen Dienst vielleicht würde gefallen lassen.«

Blitzschnell zog sie ihn zu sich herüber und küßte ihn auf den Mund. Doch sie kostete den Kuß nicht aus und überließ sich nicht seinen Armen, sondern riß sich gleich wieder los und sprengte den Felspfad hoch, ohne sich noch einmal nach dem einsamen Reiter umzusehen.

Der Aufstieg zur Burg Roquefixade war sehr viel mühseliger, als Laurence sich das vorgestellt hatte. Hier oben lag noch festgefrorener Schnee, und der Saumpfad war oft nichts anderes als ein in seiner Rinne zu Eis erstarrter Wildbach. Das Kastell hockte klobig auf der am weitesten vorspringenden Felsnase und zeigte wie eine geballte Faust dem Ankömmling offen seine Feindseligkeit und Wehrbereitschaft, wie es da dräuend über den Klippen des Plantaurel hing. Es hatte nichts von der sakralen Verklärung des nahen Montségur, den man von hier sehen konnte, seine schwebende Krone dem Himmel näher als den schroffen schwarzen Bergen.

Niemand empfing Laurence, als sie, ihren Gaul hinter sich herziehend, das spiegelglatte Buckelpflaster zum Tor hinaufstapfte. Es war unbewacht, doch im düsteren Burghof dahinter herrschte wenigstens hastiges Gerenne. Knechte hievten Eimer um Eimer aus der Zisterne und gossen das kostbare Naß in einen der Kessel, die gleich daneben über einem offenen Feuer hingen. Vermummte Frauen schleppten das erhitzte Wasser kübelweise die steile Holzstiege hoch, die zum einzigen Einlaß in das Gemäuer führte.

Auch hier nahm niemand von Laurence Notiz, und so betrat sie unangemeldet Lobas Höhle. Blakende Fackeln an den Wänden wiesen ihr den Weg, den auch die Frauen nahmen, eine weitere Steintreppe bis ins Wohngeschoß, ein niedriges Gewölbe. Hier drängten sich viele Menschen, Hirten, Bergbauern mit ihren Weibern, viele auch mit Kindern. Sie schienen andächtig auf etwas zu warten, das sich, nur durch einen Vorhang verborgen, hinter dem sich anschließenden Mauerbogen vollzog.

Schließlich war deutlich der erste Schrei eines Neugeborenen zu hören. Der Vorhang teilte sich, und ein weißbärtiger Gutmann erschien. Guilhabert de Castres, der ›Ketzerbischof‹!, durchzuckte es Laurence. Doch ihr Augenmerk war auf das Kind gerichtet, das nur in ein Tuch gewickelt war und das der Alte nun hochhob, um es der ergriffenen Menge zu zeigen.

»Ein Knabe ist uns geboren!« rief er mit brüchiger Stimme. »Seine Mutter hat ihn der Santa Gleyiza anvertraut und ihm den Namen Titus gegeben!«

Die Leute riefen: »Diaus lo bensigna!« Das Kind schrie wie am Spieß.

Ein Wolfskind, dachte Laurence, und der Vater ein Kardinal.

Der greise Perfectus benetzte die Stirn des Neugeborenen mit dem Wasser aus einer dargebotenen Schale. Ein Kreuz war es nicht, was sein zittriger Finger dem nun verstummten Schreier auf das Augenpaar und die Lippen zeichnete, eher ein Dreieck. Dann reichte er das Bündel durch den Vorhang zurück in ausgestreckte Frauenhände und schritt durch die Menge, die sich ehrerbietig vor ihm teilte. Viele griffen nach seinem weißen Umhang, versuchten seine Hände zu küssen.

»Segne auch uns, ehrwürdiger Guilhabert!« riefen einige Stimmen, und der Alte hob die Arme, wandte seine Handflächen den unsichtbaren Gestirnen zu, murmelte den verlangten Segen und bahnte sich eine Gasse durch die auf der Treppe Nachdrängenden zur Tür.

Laurence wartete, bis die meisten ihm gefolgt waren, bevor sie sich dem Vorhang näherte. Durch den offengelassenen Spalt erhaschte sie einen ersten Blick von dem Wochenlager. Die tiefroten Flecken auf dem Laken erschreckten sie zutiefst, ließen sie plötzlich bangen, Loba könnte die Geburt nicht überlebt haben. Doch dann sah sie, zwischen den Leibern der Frauen, die blutverschmierten Schenkel Lobas, die gerade mit Tüchern gereinigt wurden, und das Gesicht ihrer kleinen Wölfin, die Laurence sofort entdeckt hatte und ihr zugrinste.

»Laurence!« rief sie erfreut. »Du weißt, daß dir die Patenschaft gebührt!« Sie ließ sich das Kind reichen und schickte die Frauen hinaus.

Laurence wußte nicht, was sie sagen sollte. Das dunkelviolette Wesen an Lobas Brust fand sie so häßlich wie einen Wurf noch blinder Mäuse. Sie rettete sich mit einem Scherz. »Behaupte nicht, daß ich daran schuld bin!« Es gelang ihr wenigstens, ihren Ekel zu verbergen, indem sie das kleine Scheusal anlächelte.

»Du nicht«, entgegnete Loba, immer noch heiter, gelöst nach der Anstrengung, »aber deine roten Haare, die haben ihn so wild gemacht –«

»Mußte das sein?« entfuhr es Laurence.

»Weißt du, Füchslein –« Lobas Augen wechselten im flackernden Licht der Fackeln vom glitzernden Haselnußbraun des Eichhörnchens ins lauernde Gelb: Die Wölfin kam zum Vorschein. »Meiner innig geliebten Heimat, dem Languedoc, dessen heißes Blut in meinen Adern rollt, droht mehr als eine Invasion durch die Söldnerarmeen des Königs von Frankreich« – die Geschwächte rang um Atem –, »angerichtet als ›Kreuzzug‹ der Ecclesia romana gegen die *Gleyiza*, die verhaßte Ketzerkirche Okzitaniens. Es droht uns nicht nur der Verlust unserer Freiheit« – Loba war es inzwischen gelungen, dem begierigen Kindermund ihre volle, schwere Brust zu reichen, was sie mit wütender Genugtuung erfüllte –, »sondern unsere Vernichtung!« Erschöpft ließ sie ihr Haupt zurück ins durchgeschwitzte Kissen fallen, um sich gleich wieder aufzubäumen. »Ich sehe mein Schicksal klar voraus: Ich werde mich dem widersetzen und werde gejagt werden, als Faidite gebrandmarkt und verfemt, was mich jetzt schon mit Stolz erfüllt. Doch dieser Balg, giftig wie ein Knollenblätterpilz, Muttermilch einer Reinen« – sie lachte höhnisch auf –, »vermischt mit dem Sperma eines Kurienkardinals, der soll mich rächen! Der wird eines Tages auf dem Stuhle Petri sitzen!« Lobas Augen glühten haßerfüllt auf.

Sie redet im Fieber, sie ist wahnsinnig geworden, dachte Laurence. Beruhigend legte sie ihre kühle Hand auf die schweißnasse Stirn der Freundin, doch die schüttelte sie ab.

»Du bist keine von uns. Deine Mutter ist Äbtissin des gleichen Roms, das uns –«

»Und was für eine!« fuhr Laurence dazwischen. Livia als Musterbeispiel für eine gute *catholica*, das fand sie nun doch zum Lachen, wenngleich ihr nicht danach zumute war.

»Lach nur, wie dein Herr Papst!« knurrte die Wölfin. »Den fress' ich von innen auf! Diesen Titus schiebe ich ihm in den Arsch!« Jetzt mußten beide doch lachen, aber Loba meinte es bitterernst. »Ich warte nur darauf, daß sich der Bastard von meiner Brust trennen mag, dann schicke ich ihn seinem Vater nach Rom, damit der ihm eine Klostererziehung angedeihen läßt.«

»Du solltest selbst in ein Kloster gehen, Loba!« entgegnete Laurence trocken. »Dort würdest du Ruhe finden.« Sie hielt inne, denn Lobas Blick hatte nichts Wölfisches mehr, sondern verriet tiefe Hoffnungslosigkeit. Sie schaute Laurence lange an, bevor sie mit erstaunlicher Gelassenheit erklärte:

»Ich habe schon im Konvent der Benediktinerinnen von Notre-Dame-de-Prouille um Aufnahme nachgesucht. Sie ist einer Cab d'Aret nicht verweigert worden.«

Obgleich sich Laurence beeilt hatte, war sie von der Abenddämmerung eingeholt worden. Den Aufstieg nach Laroque hatte sie noch bewältigt, ohne auf unüberwindbare Hindernisse gestoßen zu sein, aber die Hängebrücke zu den Steinhäusern jenseits der Schlucht war bereits hochgezogen worden. Laurence glaubte kurz das Gesicht von Alazais hinter einem der Fenster gesehen zu haben. Sie rief die Freundin beim Namen, aber das Rauschen der Klamm mußte es wohl übertönt haben. Nichts rührte sich. Die späte Heimkehrerin mußte lange warten und fror entsprechend, bis drüben Bedienstete erschienen und sie aus ihrer unerfreulichen Lage befreiten.

Laurence fand die Tür offen und begab sich in das Schlafgemach, das sie mit der Freundin teilte. Alazais hatte ihr den Rücken zugewandt und stellte sich schlafend. Dabei hätte Laurence die Wärme ihres Körpers jetzt liebend gern gespürt, sie fühlte sich durchfroren wie ein Eiszapfen. So drehte sie ärgerlich auch ihrerseits der Geliebten den kalten Hintern hin und versuchte ihre Füße durch heftiges Reiben zu erwärmen.

Endlich hatte Alazais ein Einsehen. Sie schlang ihre Arme um Laurence und zog sie an sich. Sie klammerte sich an sie, so schien es Laurence, wie eine Ertrinkende und sprach dabei kein Wort. Laurence vergaß ihr Frieren, die seltsame Erregung sprang auf sie über.

Alazais zitterte. »Wenn du der Stimme deines Herzens –«, begann sie, heiser flüsternd, brachte aber den gepreßten Satz nicht zu Ende.

Laurence war unklar, worauf die Geliebte abzielte. »Zweifle bitte nicht an meiner Liebe«, versuchte sie die Situation zu entschärfen, »nur weil ich kalte Füße habe.« Sie tastete sich mit ihren Zehen an die Waden der anderen heran, während Alazais die Hand von Laurence, die ihr wie eine kleine Schlange in den Schoß geglitten war, energisch abfing und auf ihre Brust legte, als solle sie ihr pochendes Herz spüren.

»Du suchst die Liebe am falschen Ort.« Alazais bemühte sich, es weder nach Klage noch nach Anklage klingen zu lassen, doch Laurence bekam es in den falschen Hals.

»Kennst du einen Besseren?« entgegnete sie spitz, mit ihren Fingern geschickt die Brustwarze liebkosend.

Alazais stöhnte leise. »Die Liebe –«

»Die Liebe zu Gott? Sagtest du nicht selbst, Gott sei in uns?« Sie verstärkte den Druck ihrer Fingerkuppen, bereit, der Freundin Schmerz zuzufügen. Dieses warme, weiche Fleisch sollte sich erregen, sie begehren und nicht – »Ist Liebe nicht das wahre Göttliche an uns? Und wahrscheinlich auch das einzige?«

Alazais wand sich, aber sie ließ sich auf die Versucherin nicht ein. »Du verdrehst Ursache und Wirkung«, keuchte sie. »Nicht die

Liebe ist unser Gott, der heidnischen Venus gleich, sondern ER allein hat die Liebe, ER, der wahre und einzige Gott!«

»Ich weiß schon«, höhnte Laurence und griff ihr zwischen die Schenkel, was Alazais diesmal geschehen ließ. »Ich bin das bedauernswerte Geschöpf des Demiurgen, des falschen Gottes! Deiner sendet dir den Parakleten, den Tröster, aber ich« – sie lachte roh –, »ich kann dich glücklich machen!«

Das tat sie dann auch mit Inbrunst, mit einer Brutalität, die Laurence bei sich bisher nicht vermutet hatte. Es war wie ein Dämon, der über sie gekommen war, um zu verwüsten und zu zerstören. Ihr schauderte vor sich selbst. War sie doch die Tochter des Bösen? Es konnte nicht Gott sein, der sie trieb. Wütend brachte sie ihr Werk zu Ende, Alazais wälzte sich wimmernd unter ihr, bäumte sich auf, und auch Laurence spürte die wilde Erregung in sich abklingen. Sie schlang ihre Arme verzweifelt um den Nacken der Geliebten, wühlte sich in das blonde Haar.

Beide weinten, als das Beben verebbte. Eng umschlungen blieben sie liegen, als vermöchte Regungslosigkeit alles Vorangegangene ungeschehen machen. So könnte ich eines Tages auch zur Mörderin werden, schoß es Laurence durch den Kopf. Sie war erschrocken über das Unbekannte, das ihr innewohnte. Plötzliche Scham schloß ihr die Augen. Sie konnte Alazais nicht mehr in die Augen sehen, diese klaren Sterne. Zitternd tastete ihre Hand zum Busen der Geliebten. Das Herz schlug.

Erleichtert wischte Laurence den bösen Traum beiseite. »Was ist dann Gott?« hauchte sie. Die Frage bewegte sie mehr, als sie sich selbst, aber auch Alazais gegenüber zugeben wollte.

Wie aus weiter Ferne hörte sie die klare Stimme der Freundin: »Ich bin, der ich bin.«

Die Stimme drang zu ihr von Leib zu Leib, denn Laurence lag auf der Brust der Geliebten. Nach diesen Worten mußte sie sofort eingeschlafen sein.

Als sie erwachte, stand ›die Sonne‹ im Zimmer. Alazais schien ihr bleicher als sonst. Sie hielt Raoul an der Hand. »Peter von Castelnau ist ermordet worden!«

Ihr Sohn ergänzte aufgeregt die Schreckensnachricht: »Und man verdächtigt Aimery de Montréal«, empörte er sich, »nur weil dort auf der Straße nach Castel Lavanum die Tat geschah.«

»Hast du denn nicht –«, fuhr Laurence schlaftrunken den Knaben an, und der verteidigte sich vehement:

»Bis *Quatre Camins* bin ich geritten, auf dem ganzen Weg keine Spur von dem Legaten und seinem Esel. Ich hab' beim Dos y dos nachgefragt: Keiner hatte den Dominikaner gesehen, wahrscheinlich ist er dort gar nicht eingekehrt –«

»Oder sie lügen!« entfuhr es Laurence. »Wo hat man ihn gefunden?«

»Man fand die Leiche erst heute«, sagte Alazais. »Sie lag unter der Brücke, mit einem Speer im Rücken, wie man ihn zur Sauhatz verwendet.«

»Und warum verdächtigt man Aimery de Montréal?«

»Wegen der Wurfspieße, wegen des Ortes. Dort ist er gesehen worden und war dann verschwunden.«

»Aber ich könnte für seine Unschuld zeugen!« ereiferte sich Laurence.

»Sofern man einer wie dir Glauben schenken will«, erwiderte Raoul. »In der Tasche des Toten fand man einen Fetzen: ›Trefft Euch mit A.‹ stand darauf geschrieben, ›auf der Brücke.‹«

»Und wer soll das geschrieben haben?«

»Das Pergament zeigt das Siegel des Grafen Raimond –«

»Der kann gar nicht schreiben«, unterbrach Alazais die Erzählung ihres Filius. »Das ist doch wohlbekannt.«

»Dessen bedarf's auch nicht«, sinnierte Laurence. »Man reißt von irgendeinem Dokument die Ecke mit dem Siegel ab, und die Mönche, die auch sonst die Kanzleigeschäfte zu Toulouse besorgen, kritzeln ›in der Schrift des Grafen‹ den benötigten Text. Ich dachte nicht, daß das Komplott so perfekt vorbereitet war!« mußte sie seufzend zugeben.

»Und sein Gefolge, das der Legat üblicherweise um sich hat?« wandte Alazais ein.

»Wartete wie besprochen bei *Quatre Camins*«, wußte Raoul zu berichten. »Das hat ihn dann auch gefunden.«

»*Que gran dolor!*« sagte Alazais mit brüchiger Stimme. Laurence hatte sie noch nie derart erschüttert gesehen. »Ein Märtyrer hatte ihnen gerade noch gefehlt«, murmelte die Freundin.

»*Diaus salvatz la nuestra terra!*«

»Wenn ihr mich fragt, hat Rom selber den Legaten ermorden lassen«, kam Raoul die späte Erkenntnis.

Die beiden Frauen schwiegen, die eine ob der Ungeheuerlichkeit des Vorwurfs, die andere, weil nur dieser Verdacht einen Sinn ergab.

»Der Papst hat eine Fußbank geopfert«, erklärte Laurence trocken, »um so freies Feld zu haben für Rösser, Schützen und Turm.«

»Ritter, Söldner und Kriegsmaschinen!« rief Raoul, stolz, den Schachzug als erster erkannt zu haben.

Laurence dachte an das auch für den Legaten überraschende Auftauchen des Generaldiakons zu Pamiers. »Als Lebendem war Peter von Castelnau kein Erfolg beschieden, aber als Leichnam nützt er der Kirche ungemein.«

»Die Geschichte kenn' ich doch!« stellte der Knabe altklug seine Kenntnis des Neuen Testaments unter Beweis.

»Nichts überzeugt mehr als ein Toter im Dienst.« Alazais mußte ihrem Sprößling recht geben. »Er gibt der Ecclesia romana die Berechtigung, die Empörung, die heilige Pflicht, uns jetzt mit Krieg zu überziehen.«

»Der Kreuzzug gegen euch Ketzer!« rief Raoul, als freue es ihn. Laurence vernahm zum ersten Mal von diesem tiefen Zerwürfnis zwischen Mutter und Sohn. Dabei waren beide einander in einer Weise zugetan, daß sie oft neidvoll an ihr eigenes Verhältnis zur Mater superior Livia hatte denken müssen.

Es bedurfte auch keines harschen Wortes von Alazais – Raoul verließ gesittet das Zimmer. »*Che Diaus vos bensigna*«, sagte er noch in der Tür und schaute seine Mutter dabei vorwurfsvoll an.

Alazais wartete, bis er gegangen war.

»Der Kreuzzug gegen den Gral«, erklärte sie traurig der Freundin, »erscheint ihm als gerechte Strafe für unsere Sünden.«

»Vielleicht hat er sogar recht«, erwiderte Laurence. »Trotzdem ist es ein Jammer und ein Graus um dieses schöne Land und seine Menschen.«

»Ach«, sagte Alazais, nun wieder mit ihrer strahlenden Sicherheit, für die Laurence sie bewunderte, »das Consolamentum haben wir erhalten, nur daß die Endura diesmal weder kurz noch schmerzlos sein wird. Wir, die wir *Reine* sind, werden es überstehen, und danach öffnet sich uns das Paradies!«

Sie bemerkte, daß Laurence ein Auge auf den Ring an ihrer Hand geworfen hatte. Alazais trug jetzt diesen einzigen Schmuck der großen Esclarmunde, das Vermächtnis der Gralshüterin. Sie machte daraus kein Geheimnis, aber auch kein Aufhebens. Doch es war ihr unangenehm, wie begehrlich der Blick von Laurence auf dem Silberreif haften blieb. Zögerlich streifte sie ihn ab. Laurence fühlte plötzlich eine unerklärliche Scheu, nach dem Ring zu greifen, der ihre Neugier schon geweckt hatte, als ihre Patin ihn noch trug. Nie hatte sie sich getraut, nach seiner Bedeutung zu fragen.

»Ich bin nicht bereit –«, murmelte Laurence, warf aber noch einen sehnsüchtigen Blick auf die feinziselierte Silberarbeit, wie eine Schlange schien sich das Band zu ringeln, ihren eigenen Schwanz verschlingend. »Auch verschließt sich mir der Sinn –«, fügte sie kleinlaut hinzu.

Alazais lächelte. »Der *ouroboros* weist dir den Weg, den Mut, dich selbst zu finden und deine Leiblichkeit zu überwinden –«

»Indem ich mich selber fresse!« Laurence nahm Zuflucht im Spott, wie immer, wenn sie mit Dingen konfrontiert wurde, die ihr zuviel abverlangten.

Alazais steckte den Ring wieder an seinen Platz. »Du näherst dich dem Ziel«, sagte sie nachsichtig und umarmte Laurence. »Doch nun sollst du mich verlassen. Dein Vater sucht dich!«

Laurence sah die schöne blonde Freundin erstaunt an, verwirrt mehr ob der überraschenden Verabschiedung als durch die ebenso unerwartete Nachricht. Die Perfecta hätte genausogut sagen können: ›Du bist noch nicht weit genug gegangen!‹ Es gelang Laurence nicht, den leichten Vorwurf zu verbergen. »Warum teilst du mir beides erst jetzt mit?«

Alazais schenkte ihr das bestimmte Lächeln jenes Tages, an dem sie sich zum ersten Mal begegnet waren. »Ich wollte dich so lange behalten, wie es eben ging.«

Laurence war betroffen von dieser Liebeserklärung.

Leise, wie zu sich selbst, fügte Alazais hinzu: »Doch dich verliert jeder!« Sie ließ ihre Sterne noch einmal für Laurence aufblitzen, und sie glitzerten noch lange, nachdem sie sich umarmt hatten, ohne daß ihre Lippen sich berührten, noch lange, als Laurence den Weg hinabritt von Laroque d'Olmès ins Tal. Immer wieder schaute sie sich um, ob die Geliebte sich noch einmal am Fenster zeigen würde – bis endlich auch die Steinhäuser nicht mehr zu sehen waren.

Ar me puesc ieu lauzar d'Amor
que no-m tol manjar ni dormir;
ni-n sent freidura ni calor
ni no-n badail ni no-n sospir
ni-n vauc de nueg arratge.

Ihr waren die Verse von Peire Cardinal in den Sinn gekommen, den Troubadour, den sie wegen der Widerborstigkeit seiner *coblas* so schätzte.

Ni-n soi conquistz ni-n soi cochatz
ni-n soi dolenz ni-n soi iratz
ni no-n logui messatge;
ni n soi trazitz ni enganatz,
que partitz m'en soi ab mos datz.

KAPITEL VI
DER KREUZZUG GEGEN DEN GRAL

DIE RITTER UND DER SCHWAN

erouche, liebe alte Hütte, dachte Laurence, lange genug hat mich der gute Lionel entbehren müssen. Auch wird ihn die Sorge um sein Füchslein getrieben haben, mich aus dem ketzerischen Okzitanien herauszuholen, bevor der Sturm losbricht. Sie versuchte Verständnis für ihren Vater aufzubringen und vor allem sich selbst mit der Rückkehr nach Ferouche zu versöhnen.

Laurence mühte sich, die beiden Schwäne auf dem Teich zu füttern, der immer dann entstand, wenn der Burggraben bei anhaltendem Regen über die unbefestigten Ufer trat. Es regnete fast immer im Yvelines. Als kleines Mädchen hatte sie den stolzen Vögeln Haselnüsse hingeworfen, die sie nicht knacken mochten, doch jedes Mal waren sie zu Klein-Laures Freude aufgeregt mit den Flügeln schlagend und voller Begierde herbeigeschossen. Diesmal hatte sie sich eigens ausreichend mit Brotrinden versehen, doch das Schwanenpaar schenkte ihr nicht die geringste Beachtung. Oder waren es nicht mehr dieselben Schwäne?

Unweit von Laurence, dort, wo der aus klobigen Felsbrocken gefügte Sockel des Donjon anscheinend den Fischlein Schutz bot vor den meuchelnden Schwanenschnäbeln, stand Herr Lionel de Belgrave, breitbeinig ihr den Rücken zuwendend. Er hatte seine Angel ausgeworfen. Nun wartete er mit bewundernswerter Geduld, denn gefangen hatte er noch nicht einen Fisch, der die Ausdauer gelohnt hätte – die kleineren gingen sowieso an die Schwäne.

Mit einem Anflug von Zärtlichkeit betrachtete Laurence die Gestalt. Sie sehnte sich zwar nicht nach einer Schulter zum Anlehnen – eher nach einer starken Hand, die sie gelegentlich in die Schranken wies! Laurence konnte über sich lachen, doch es war nach all den Aufregungen vielleicht ganz angebracht, daß sie mal mit sich selbst ins reine kam. Vor allem mußte sie einen Riegel vorschieben, damit Lionel nicht etwa auf die Idee kam, sein umtriebiges Füchslein zum Schutz vor den unsicheren Zeitläufen zu der Mutter ins Kloster zu stecken. Und wenn sie sich mit Händen und Füßen wehren müßte – Klein-Laure hatte sich dann immer auf den Boden geworfen, gebrüllt und um sich getreten –, nach Rom zu Livia, der Mater superior, wollte sie auf keinen Fall. Zur Nonne eignete sie sich nicht, und zur Äbtissin schon gar nicht.

Da bin ich lieber ›brave Tochter‹, nahm sich Laurence vor, als sie bemerkte, daß ihr Vater sich nach ihr umdrehte. Sie packte die restlichen Brotkrumen ins Tuch und machte sich mit einem freundlichen Lächeln auf den Weg.

»Raimond, dieser mächtige Graf von Toulouse, krümmt sich wie ein Wurm«, sprach Lionel bedächtig und zog dabei vorsichtig an der Schnur, »um von dem Angelhaken des Verdachts loszukommen, er habe etwas mit dem Mord an Peter von Castelnau zu schaffen.«

Der gekrümmte, spitz angefeilte Draht war jetzt aus dem Wasser, nur der Wurm fehlte. Laurence reichte ihrem Vater einen mit Spucke zusammengepreßten Brotklumpen. »Es ist der Nachfolger Petri zu Rom, der ihn zappeln läßt und so tut, als bedürfe es nur der verlangten Reue – «

»Allerdings von handfesten Taten gegen diese Ketzer begleitet«, stellte Lionel richtig, gutmütig gegenüber der spürbaren Parteinahme seiner Tochter, so daß Laurence sich auch nicht veranlaßt sah, ihre Sicht der Dinge zu mildern.

»– um eine Entsühnung zu erreichen, sprich: Aufhebung des Kirchenbanns.«

»Vielleicht ist der Seelenfischer Innozenz sogar zu einer solchen Lösung bereit?« Lionel stand mit beiden Beinen fest im Glauben an die Güte des Heiligen Vaters, den er gern als seinen obersten Souverän anerkannte – *nach* dem Herrgott und noch *vor* dem Grafen de Montfort, dessen Vasall er war.

»Wahrscheinlich sogar«, pflichtete ihm Laurence bei.

»Sein neuer Legat, Arnaud de l'Amaury, seines Zeichens Erzabt von Cîteaux, ein tüchtiger Mann – « Lionel war erfreut, sich im Einklang mit seiner Tochter zu finden.

»Gerade der«, mußte er sich nun anhören, »durchkreuzt perfide jede Aussöhnung!«

Lionel resignierte ob des ständigen Widerspruchs. Alles wußte sie besser! »Es scheint beim Heiligen Stuhl dunkle Mächte zu geben, die jede Möglichkeit der Abbitte des reuigen Sünders und der Vergebung durch den Heiligen Vater gezielt hintertreiben«, seufzte er, und Laurence triumphierte:

»Ich glaube sogar zu wissen, wer die treibende Kraft hinter alledem ist.« Ihr kam nur der Capoccio in den Sinn, aber sie fand keine Gelegenheit, es auszusprechen:

»Was mein Füchslein alles weiß!« unterbrach sie der Vater mit ungewohntem Spott. »Aber *ich* will es nicht hören. Auch nicht, wenn die flehentlichen Gesuche des ob seiner Exkommunikation todunglücklichen Grafen unterschlagen werden und wenn die maßvollen Appelle unseres Herrn Papstes verfälscht werden zu unerfüllbaren Forderungen, die der Graf von Toulouse unmöglich akzeptieren kann, ohne sein Gesicht zu verlieren, die Achtung seiner Untertanen und die Gefolgschaft seiner Barone einzubüßen!« Lionel hatte der Neunmalklugen wenigstens bewiesen, daß er sich durchaus in die Intrigen hineindenken konnte, doch Laurence ließ sich nicht aufhalten und schlug weiter in die Kerbe:

»Aber genau das ist das Ziel dieser grauen Macht!« rief sie empört. »Schrittweise Enteignung, Entzug der Befehlsgewalt, Aberkennung aller Titel: die völlige Vernichtung Raimonds!«

Lionel sah seine Tochter nachdenklich an. Er hatte die staatsmännische Reife seines Füchsleins wohl doch überschätzt. Jedenfalls überraschte er Laurence mit der trockenen Bemerkung: »Toulouse zählt schließlich mehr als eine gewöhnliche Grafschaft. Es hat den Wert eines Königreichs.«

Laurence dachte nicht daran, diese eher sachliche Sichtweise gelten zu lassen. »Und das haben sich die Geier als Beute ausgeguckt«, erregte sie sich unnötig laut, so daß die Schwäne zusammenzuckten und sich von den Fischgründen entfernten. »Sie brauchen nur noch jemanden, ein williges Heer, eifernde Kreuzfahrer, die für sie das Wild erlegen.«

Lionel hatte schweigend seine Angelschnur aus dem Teich gewunden, schulterte nun die Rute, nahm den Topf mit den Würmern und stapfte wortlos davon.

Erst jetzt kam Laurence der Gedanke, daß Lionel in diesem Heer dienen mußte, ob willig oder nicht! Sie überlegte kurz, ob sie der gekrümmten Gestalt hinterherlaufen sollte, die gerade um die Ecke des Turmes verschwand. Sie tat es nicht.

Die Burg Ferouche im Yvelines entsprach wenig der kriegerischen Drohgebärde, die sich aus ihrem Namen herleiten ließ. Sie lag weder auf einem schroffen Felskegel, noch war sie mit sonderlich starken Wällen bewehrt, wenn man von dem dicken Eckturm absah, der in den Entenpfuhl hineinragte. Wasser umgab sie allerdings von allen Seiten, dank eines künstlich verlängerten Seitenarms des nahen Flüßchens. Darüber führte eine einziehbare Brücke, die jedoch seit geraumer Zeit nicht mehr bewegt worden war, wie die eingerosteten Scharniere und Zugketten zeigten. Die fensterlosen Mauern der friedlichen Insel waren nichts anderes als die Rückfronten der im Karree angelegten Wirtschaftsgebäude, und durch das meist weit geöffnete Tor sah der Besucher auf die Freitreppe des eigentlichen Schlosses. Der Hof war nicht gepflastert, so daß schnatternde Gänse und grunzende Schweine sich genüßlich in seinen Schlammpfützen suhlen konnten. Einzig jenes Schwanenpaar, das auf dem Teich seine Bahnen zog, verlieh dem Anwesen einen herrschaftlichen Anstrich – man hätte es auch als heruntergekommen bezeichnen können.

Lionel de Belgrave war weder der Typ des bodenständigen Landmannes, dem die Pflege seines Wohnsitzes am Herzen gelegen hätte, noch war er eitel genug, um mit seiner Wasserburg vor Gästen protzen zu wollen. Verirrte sich überhaupt einmal einer seiner Standesgenossen nach Ferouche, dann war es wegen seiner schönen Tochter. Und die schien ihm Zier genug, mehr als genug! Laurence, seiner Augen saftige Weide, seines Herzens einzig wärmende Ofenkachel! Lionel mochte die gräßliche Vorstellung gar nicht zu Ende denken, wie einsam es um ihn bestellt wäre, wenn sie das Haus und ihn dereinst an der Hand eines anderen Mannes verlassen würde. Mit ihrer Mutter, Livia di Septimsoliis, lebte er in morganatischer

Ehe, wie man so sagt, wobei von Ehe kaum die Rede sein konnte, denn die resolute Dame tauchte nur sporadisch hier auf, und dann immer in größter Hast und Eile. Für Herrn Lionel war dies jedesmal ein Anlaß zur Magenverstimmung, für Laurence, so hatte sie trotzig verkündet, ein triftiger Grund, sich im obersten Turmstübchen zu verbarrikadieren, denn nichts fürchtete sie so sehr, wie von der Mutter nach Rom ins Kloster verfrachtet zu werden. Sie dachte nicht im Traum daran, die Nachfolge der energischen Dame als Äbtissin anzutreten. Hier auf Ferouche hielt sie allerdings auch nichts, es sei denn ein unbestimmtes Gefühl der Zärtlichkeit für ihren Vater Lionel, der sonst ganz allein in dieser feuchten *cabane* zurückgeblieben wäre.

Außerdem stellte Ferouche kein erbliches Lehen dar, sondern einen Gunsterweis des Feudalherrn Simon de Montfort, Graf von Leicester, gegenüber seinem alten Kampfgefährten Lionel de Belgrave. Dieser besaß nicht einmal einen rechtskräftigen Vasallenstatus und hatte sich auch nie bemüht, solchen zu erringen, da dem alten Herrn jede Freude am rauhen Kriegshandwerk ebenso abging wie das standesübliche Streben nach Beute und Besitz. Lionel konnte nicht nur lesen, sondern war auch des Schreibens mächtig, was beides dem Haudegen Montfort völlig abging. Vor allem aber hatte er sich seinem Gönner gegenüber stets als zuverlässiger Freund bewiesen. Sein Schönstes war es, mit seinem Füchslein auf dem schattigen Altan des Belfrieds zu sitzen und Schach zu spielen.

»Wenn du deinen Springer hättest stehen lassen«, belehrte er seine mittlerweile achtzehnjährige Tochter, bei solchen Gelegenheiten gern wieder in das patriarchalische ›Du‹ verfallend, »dann liefe deine Dame jetzt nicht Gefahr – « Er brachte den Satz nicht zu Ende, denn Laurence zog ihren freigewordenen Läufer schräg über das Feld und schlug ihm den vorgeschobenen Turm:

»*Gardez!*« Sie freute sich über seine Verblüffung. Lionel wischte sich den Schweiß von der Stirn. Obgleich der Juni kaum begonnen hatte, herrschte bereits sommerlich brütende Hitze. Laurence goß ihm aus der Karaffe nach. Der reichlich mit Wasser verdünnte Cidre schmeckt wie warme Pisse, dachte sie – und nahm dennoch einen Schluck, um den ausgetrockneten Gaumen zu benetzen.

Der Sommer des Jahres 1208 war geprägt von kleinen Ereignissen mit großen Folgen – oder mit gar keinen. Es war auch nicht so, daß etwa das Abendland gebannt auf das Ränkespiel zwischen der Kirche, dem König von Frankreich und dem ketzerischen Okzitanien starrte. Das meiste von dem Gezerre und Geschacher, den unfrommen Drohungen und bockigen Provokationen kam den Menschen gar nicht zu Ohren oder erreichte sie – außerhalb der Machtzentren Rom und Paris – mit erheblicher Verspätung, bereits verzerrt oder absichtlich verfälscht. Die wenigsten hatten mit Politik überhaupt etwas im Sinn, der Bischof oder der Landesfürst ordneten an, und dem war tunlichst Folge zu leisten. Den hohen Herren selbst ging es kaum besser: Sie erfuhren, welche Haltung sie einzunehmen hatten, aus den Kreisen, die der Krone oder dem Heiligen Stuhl nahe genug standen, um Einfluß nehmen zu können.

In dieser abgehobenen Welt spielte die Geschichte, die langsam auch bis zur Burg Ferouche im Yvelines durchsickerte, und das auch nur, weil dort ein Herz schlug, das wach war und betroffen. Ein weniger empfindliches Gemüt als das von Laurence hätte sie auch dort verschlafen.

Im fernen Rom entschloß sich Papst Innozenz III, dem König von Frankreich, Philipp II ›Augustus‹, einen persönlichen Brief zu schreiben. Den Zusatz hatte sich der Capet erwählt, nicht nur um als ›Glücklicher‹ sein Schicksal als Herrscher zu beschwören, es war auch ein Griff nach imperialen Insignien, die Fortuna bislang den Capets verweigert hatte. Der Überbringer mußte also, selbst im Range eines päpstlichen Legaten, hochkarätig sein. Die Wahl fiel auf den Generaldiakon der Zisterzienser, Rainer di Capoccio, der nebenbei noch das obskure Amt des ›Grauen Kardinals‹ bekleidete, also Herr der Geheimen Dienste war.

Nun sind solche Dienste auch in der Ecclesia catholica unerläßlich, wichtiger als ein seinem Herrn Papst loyal und treu ergebener Marienchor. Der Erzabt des gleichen Ordens, Arnaud de l'Amaury, war kurz zuvor von Innozenz als neuer Legat ins Languedoc geschickt worden, um – so hieß es – den vakanten Platz des Peter von Castelnau einzunehmen, die Umstände von dessen Ermordung ›in

Maßen‹ aufzuklären und vor allem die ›Erinnerung an dies furchtbare Verbrechen wachzuhalten‹. Das hinderte den Erzabt nicht, jedem Schritt des Papstes mißtrauend – auch er hatte seine Leute im Dunstkreis der päpstlichen Kanzleien –, sofort einen Spitzel aus Fanjeaux, den Dominikaner Etienne de la Misericorde, in Marsch zu setzen, damit dieser dem Capoccio hilfreich zur Hand gehe, sprich: ihm eine Abschrift des Briefes abluchse.

Das einsetzende Intrigenspiel in Rom hatte zur Folge, daß zum Zeitpunkt der Abreise des Capoccio jener Brief bei weitem nicht ausgefertigt war. Es gab Unklarheiten über die Formulierung, und es fehlten noch Siegel und Unterschrift.

Der verärgerte Generaldiakon begab sich schon mal auf die geheime, aber nichtsdestotrotz aufwendige Reise, wie es seinem Stand schließlich entsprach. Es war vereinbart, daß der Brief ihm per Eilkurier nachgetragen würde. Dafür hatte man Roald of Wendower erwählt, der sich auf Kreta und im Languedoc die ersten Sporen verdient hatte und somit innerhalb der Geheimen Dienste für höhere Weihen prädestiniert war. Nur hatte er den Grauen Kardinal noch nie zu Gesicht bekommen.

Von dieser Umstellung erfuhr in dem Dominikanerkloster Fanjeaux, wo der Legat seinen Sitz genommen hatte, Erzabt Arnaud de l'Amaury zu spät. Etienne de la Misericorde war schon losgezogen. Aber auch Fanjeaux, Bollwerk der Ketzerbekämpfung, die sich gern als ›Inquisition‹ bezeichnete, war längst von Katharern unterwandert. Unter den Brüdern gab es untergetauchte, aber auch militant eingestellte Ketzer. So drang die Nachricht von der umständlichen Reise des Briefes auch schnell nach außen und geriet in die rechten – oder falschen Hände.

Der Generaldiakon Rainer di Capoccio war mit einem Segler des Johanniterordens, den ihm der Großmeister zur Verfügung gestellt hatte – das Äußerste an verschwiegenem Luxus unter Deck! –, bis nach Marseille gereist, von wo aus er mit einem nicht weniger komfortabel hergerichteten Frachtkahn der Stadt die Rhône aufwärts nach Lyon weiterfahren wollte. Selbst das von ihm geforderte schwarze Zelt an Deck war ihm zugesichert worden. Doch hier erreichte ihn die Eilnachricht, daß der König ihn nicht in Paris, sondern auf einem seiner Jagdschlösser in der Champagne zu empfangen wünsche. Entgegenkommenderweise oder aus naheliegenden Gründen der Diskretion hatte der Monarch ihm bereits ein Schiff der königlichen Flotte geschickt, das ihn über Lyon hinaus in die Nähe des Ortes geleiten sollte, wo er Philipp das Papstschreiben überreichen könne.

Der Generaldiakon mußte nun einen triftigen Grund erfinden, um vorher in Lyon Station zu machen – oder den Kurier umzuleiten. Spätestens hier schwor sich Rainer di Capoccio, sich nie wieder als päpstlicher Briefträger einsetzen zu lassen.

Um Zeit zu gewinnen, wurde er erst einmal krank. Magenverstimmung! Die brauchte er nicht einmal vorzuschützen – bei dem Ärger rebellierte sein Magen in der Tat.

Etienne de la Misericorde war nach mühseliger Durchquerung des berüchtigten Mittelgebirges bereits bis kurz vor Lyon gekommen, als er von einem irischen Mönch eingeholt wurde, der sich Stephan of Turnham nannte und sich als ihm nachgeschickter Emissär des Erzabtes auswies. Er machte Etienne darauf aufmerksam, daß der Brief von Wendower transportiert werde, sie sich also an diesen halten müßten, um eine vertrauliche Kopie zu beschaffen. Jedoch werde er, Stephan of Turnham, ihm bei dieser Operation behilflich sein, da er – im Gegensatz zu Etienne – Roald of Wendower vom Kloster Saint-Trinian her kenne. Die Kopistenarbeit müsse allerdings – wie vom Erzabt Arnaud de l'Amaury schon bestimmt und da Etienne ja als ›Meister der Fälschung‹ gelte – der Dominikaner selbst besorgen. Damit man sie vorher möglichst nicht zusammen sehe, werde er erst in Lyon wieder zu ihm stoßen. Sprach's und war verschwunden, der gute Engel. Etienne de la Misericorde sah keinen Grund, Stephan of Turnham zu mißtrauen, und machte sich hocherfreut zu seinem neuen Ziel auf.

Roald of Wendower war währenddessen bereits in Lyon im dortigen Haus der Zisterzienser abgestiegen, wo er seinen Vorgesetzten erwartete. Auf dunklen Wegen – das war er so sehr gewöhnt, daß ihm alles andere höchst verdächtig vorgekommen wäre – erhielt er

Nachricht, daß der Herr Generaldiakon sich verspäten und nur per Schiff Lyon berühren werde, ohne Aufenthalt zu nehmen und an Land zu gehen. Der Wendower möge sich also bitte für eine entsprechende Übergabe bereithalten. Außerdem treffe demnächst Bruder Etienne ein, der ihm zur Hand gehen werde. Er solle den Dominikaner gewähren lassen – wie befremdlich auch immer ihm dessen Treiben erscheinen werde.

Etienne de la Misericorde wurde bei Ankunft in der Stadt vor dem Betreten der Abtei der Zisterzienser von Stephan of Turnham angesprochen. Alles sei bereit, er werde mit Bruder Roald sogar dieselbe Zelle teilen, so daß es ihm bei seiner Geschicklichkeit ein leichtes sein sollte, die bestellte Arbeit auszuführen.

Als Etienne im Zisterzienserkloster eintraf, wurde er herzlichst von Roald begrüßt. Mühelos konnte Etienne eine perfekte Kopie des Briefes anfertigen, ja sie gelang ihm so gut, daß ihn der kleine Teufel der Fälscher ritt und er das Original mit der Kopie vertauschte. Und da er seine Arbeit in allem besser fand, löste er auch noch das päpstliche Siegel und applizierte es gekonnt auf seinem Elaborat. Bei Gelegenheit würde er auch noch anstelle des ›locus sigilli‹, den jetzt nur ein häßlicher rosa Fleck markierte, mit Lack und geschnittenem Prägestock das Signum des Pontifex Maximus nachbilden. Etienne liebte es, perfekte Arbeit abzuliefern.

Doch die Stunde der fliegenden, genauer gesagt, der schwimmenden Übergabe kam schneller als gedacht. Roald of Wendower hatte durch seine dunklen Kanäle den genauen Ort, eine Bootsanlegestelle an der Rhône, und die Uhrzeit erfahren. Auch das Schiff war ihm beschrieben worden: Es handelte sich um einen Frachtkahn mit einem schwarzen Zelt auf dem Deck. Sein Herr fordere ihn auf, hieß es in dem geheimen Dossier weiter, die Augen offenzuhalten, der ominöse Chevalier du Mont-Sion treibe in der Gegend sein Unwesen. Den zu fangen hätte Roald besondere Genugtuung bereitet, denn er hatte ihn bisher nicht *einmal* zu Gesicht bekommen, auch wenn er das in seinem Bericht vom Turnier von Fontenay behauptet hatte. Eine läßliche Sünde, eine jener Übertreibungen, die man sich als Novize schon mal zuschulden kommen läßt.

Unter Umarmungen verabschiedete sich Roald of Wendower von

Bruder Etienne, nachdem er sich vergewissert hatte, daß er tatsächlich das Original – oder das Schriftstück, das er dafür hielt – mit sich führte. Wendower waren die Bemühungen seines Mitbruders nicht verborgen geblieben, nur empfand er das Resultat als recht beschämend für einen empfohlenen Spezialisten der Geheimen Dienste. Die Arbeit war schlichtweg geschludert, und Roald war froh, daß er damit nichts zu tun hatte. Also begab sich der Mönch von Saint Trinians zur verabredeten Zeit allein zur Bootslände hinab. Unter Zuhilfenahme der Ruder kam der Marsiglianer Frachtkahn tatsächlich pünktlich angesegelt. Die Matrosen sprangen auf den Steg und schlangen die Taue um die Poller, ohne sie jedoch aus den Händen zu lassen. Roald of Wendower begab sich mit einem mächtigen Satz und stolzgeschwellter Brust an Bord, nestelte das kostbare Schreiben hervor und trat ehrfürchtig auf das Zelt zu. Er hatte erwartet, daß man ihn hineinwinken werde, doch der Vorhang teilte sich, und in der Soutane aus graphitgrauer Rohseide trat der geheimnisumwitterte Graue Kardinal leibhaftig ans Licht. Welch beeindruckende Erscheinung, der Herr der Geheimen Dienste *in personam*! Eine schmalgliedrige Hand, mit einem Ring aus funkelnden Rubinen in Kreuzform geschmückt, nahm ihm wortlos den Brief ab, die andere steckte ihm unauffällig eine Golddublone zu. Damit war der Wendower entlassen, der Vorhang schloß sich wieder. Roald mußte sich sogar sputen, denn die Matrosen ließen die Taue schon wieder locker. Unter dem sofort einsetzenden Schlag der Ruder glitt der Kahn mit dem schwarzen Zelt zur Strommitte zurück. Welch erhebende Begegnung!

Während Roald noch am Ufer stand und träumte, kam hinter ihm Bruder Etienne den Abhang herabgestürzt. »Wem hast du da eben den Brief gegeben?« keuchte er wenig beeindruckt.

Dem wollte der geadelte Roald of Wendower nun doch etwas entgegensetzen. »Das war der Graue Kardinal selbst«, gab er flüsternd preis.

»So wahr ich hier stehe, das war Bruder Turnham!« protestierte Etienne.

»Stephan of Turnham?« Plötzlich fiel es Roald wie ein Schleier von den Augen, während der Kahn auf der Rhône bereits wieder unter vollen Segeln stromabwärts glitt. Natürlich, Stephan of Turnham, das war eines der vielen Pseudonyme, unter denen dieser Chevalier auftrat – und er, Roald of Wendower, hatte ihm das Originalschreiben des Papstes in die Hand gedrückt! Wohlverdient die Golddublone! Sein Herr und Meister würde ihm als Preis für die Torheit den glühenden Prägestock noch dazu auf den Hintern einbrennen! Roald griff sich in den Nacken, als wolle er sich vor Verlegenheit dort kratzen.

»Nun denn«, murmelte er gedehnt zu Etienne de la Misericorde, »wir müssen endgültig Abschied voneinander nehmen.« Er streckte den Arm aus, als wolle er den anderen noch einmal umarmen, aber blitzschnell hatte er den Dolch aus seinem Kragen gezogen und an die zurückgebogene Kehle des Dominikaners gesetzt. »Ich lass' dir eine Hand frei und ein halbes Ave-Maria Zeit, um mir die Kopie zu geben.«

Etienne erkannte, daß jetzt nicht der Moment war, sich noch blöder zu stellen, als er sich ohnehin schon verhalten hatte. Vorsichtig, um den Wendower nicht zu irritieren, griff er in die Brusttasche seines Gewandes, zog die bereits wieder versiegelte Pergamentrolle heraus und reichte sie mit zitternden Fingern der Faust, die schon die Klinge an seinem Adamsapfel schaben ließ.

Wendower steckte die Kopie ein und ließ sein Opfer fahren. »Sagtest du nicht, Bruder des Erbarmens, daß dir der Erzabt diesen Stephan of Turnham nachgeschickt habe? Also ganz einfach: *Ihm* hast du die Kopie übergeben, wie man dich geheißen.« Er klopfte dem schmächtigen Dominikaner aufmunternd auf die Schulter. »Mission erfüllt! Der Rest ist Schweigen.«

Am Nachmittag traf, aus Marseille kommend, der Graue Kardinal ein. Er nahm den Wendower ohne Umstände an Bord des königlichen Schiffes und setzte mit ihm die Reise fort. Auf Empfehlung seines Erzabtes Arnaud de l'Amaury behielt er auch Etienne de la Misericorde bei sich, obgleich ihm unklar war, zu welchem Behufe der ihm ›zur Hand gehen‹ sollte. Doch Wendower war das nur recht, denn so behielt er den Dominikaner unter Kontrolle.

Der Generaldiakon erwies sich als recht angenehmer Herr, der während der gesamten restlichen Reise mit den beiden viel scherzte, vor allem über die Schreibkünste der päpstlichen Kanzleien. Der Brief an den König von Frankreich sei ein erbärmliches Geschmier voller orthographischer Fehler, das Siegel eine einzige Schlamperei, das Ganze eines großen Papstes wie Innozenz eigentlich nicht würdig – es sei denn, der Heilige Vater beabsichtige, den Herrn Philipp Augustus damit gegen den geschriebenen Inhalt aufzubringen oder gar zu kränken.

Seine beiden Reisebegleiter mußten Mitgefühl und Betroffenheit nicht einmal heucheln. Schließlich kam dem Wendower eine glänzende Idee: Etienne sei doch ein begnadeter Schreibkünstler, er könne also bis zur Ankunft bei Hofe eine Kopie herstellen, die mehr Ehre einlegen werde als das schäbige ›Original‹. Das gefiel dem Grauen Kardinal, und er stimmte zu. Für das Siegel Seiner Heiligkeit wolle *er* schon sorgen. Etienne übertraf sich selbst.

So geschah es, daß der König von Frankreich ein persönliches Schreiben vom Pontifex Maximus erhielt.

Es dauerte allerdings nicht lange, da war auch von den Höfen der Könige von Aragon und von England zu hören, daß sie Kopien des vertraulichen Schreibens in den Händen hielten. Selbst König Otto durfte sich über den Papst zu Rom wundern, der ihn nun endlich zum Kaiser krönen wollte, nachdem des Welfen ewiger Rivale Philipp von Schwaben, mit dem er sich seit zehn Jahren die Macht in Deutschland teilen mußte, soeben einem Mordanschlag zum Opfer gefallen war. Anscheinend der letzte, der mit dem wörtlichen Inhalt des Briefes konfrontiert wurde, war der Graf von Toulouse. Seine Empörung war allerdings so groß, daß er den Brief in mehreren Abschriften veröffentlichen ließ. Alle Welt sollte sehen, wie übel ihm mitgespielt wurde. Hier der Wortlaut des Schreibens:

An den König von Frankreich!
Das Schwert, das Ihr erhalten habt zur Mehrung des Guten und zur Züchtigung des Bösen, brenne in Eurer Hand vor Verlangen, diesen gottlosen Übeltäter, diesen verbrecherischen Komplizen der Ketzer abzustrafen! Unio regni et sacerdotii *ist nun gefordert, Unser aller Herr Jesus Christus verordnet und besiegelt diese heilige Allianz des aller-*

christlichsten Monarchen mit dem obersten Priester der Kirche. Bemächtigt Euch der Domäne Eures gottlosen Vasallen, verjagt den treulosen Verräter! Damit in Eurem Land, dessen Souverän Ihr seid, wieder Christen ihrem Glauben nachgehen können, ohne von abartigen Ketzern beleidigt, genötigt, gedemütigt zu werden! Eure Untertanen in Okzitanien und im Languedoc sehnen sich nach Eurer gerechten Herrschaft, um wieder mit den Priestern der einzig wahren Ecclesia catholica beten zu können und um Euch zu dienen. Um dies zu erreichen, muß die Häresie ausgemerzt werden mit Stumpf und Stiel!
LS Innocentius PM

»Remis?« schlug Laurence vor. Sie hatte eigentlich keine Lust mehr, Schachfiguren zu bewegen. Viel lieber hätte sie in ihrer Hängematte geschaukelt, die sie auf der anderen Seite des Sees, gleich am Wasser zwischen zwei knorrigen Weiden, aufgespannt hatte. Deren Blattwerk fächelte ihr Luft zu, und sie konnte die neugierigen Schwäne necken. Neulich hatte die empörte Schwänin sie allerdings in den Po gezwackt, weil sie den nicht rechtzeitig aus der Matte bekam. Das wäre nicht so schlimm gewesen, wenn es nicht gerade unter den vor Schreck weit aufgerissenen Augen des sanften Florent passiert wäre! Seine seidigen Wimpern spreizten sich wie die Flügel einer transparenten Libelle, und sein wachsbleiches Antlitz erstarrte, nur weil ihr üble Flüche wie Fürze entfahren waren. ›Fer d'ange!‹ und ›Fente de Marie!‹ hatte sie gekreischt, und die gotteslästerlichen Ausdrücke hatten den Zartbesaiteten gar arg entsetzt.

Florent de Ville minnte in entrückter Liebe um sie, und Laurence wollte diesen stillen, verträumten Verehrer nicht vergrätzen. Sein Gefährte, der wilde feuerrote Alain du Roucy, war genau das Gegenteil. Der war wie sie, dessen Gemächte stand stets prall im engen Beinkleid, der zog sie mit seinen glühenden Augen aus, und seine Pranken schienen danach zu fiebern, ihren Leib an sich zu reißen. Doch Laurence trachtete nach dem, was Florent unter flatternder Hose verbergen mochte. Hätte ihr Herr Vater geahnt, welcher unzüchtigen Gedanken sein Füchslein fähig war, er hätte die beiden Ritter eigenhändig aus Ferouche gejagt. Doch so beköstigte er die Nichtsnutze als willkommene Freier, die sich nur noch nicht einig schienen, wem von ihnen die Ehre gebühre, um die Hand seiner Tochter anzuhalten. Ehelichen wollte Laurence keinen von beiden, einen wüsten Kerl wie den Roucy schon gar nicht, aber die Zärtlichkeit des weißblonden Engels hätte sie schon gern erfahren. Doch der griff nicht zu – dachte einfach nicht daran, so sehr sie sich auch in der Hängematte vor ihm geräkelt hatte!

»Ein sehr ehrenhaftes Remis, mein Füchslein«, tönte die Stimme Lionels in ihren lustvollen Wachtraum hinein. »Ich bin stolz auf dich, auf deinen strategischen Impetus.«

Der Zusatz schloß den Burgherrn in das Lob mit ein. Wer sonst hatte Laurence all diese Künste beigebracht?

»Der König«, sagte Lionel de Belgrave, »hat auf das Ersuchen des Papstes äußerst zurückhaltend reagiert.«

Vater und Tochter hatten nach anfänglichen Schwierigkeiten zu einer Diskussionsform gefunden, die den anderen nicht angriff, sondern seine Meinung, vor allem seine Lage respektierte. Das machte das Schachspielen, dem beide leidenschaftlich frönten, weniger monoton. Außerdem hatte Ferouche durch die beiden Quartiergäste, wie Laurence die Freier wertfrei nannte, jetzt weitaus mehr Zugang zu Neuigkeiten. Doch das Durchhecheln der jüngsten Nachrichten machte Lionel lieber mit seinem Füchslein allein aus.

»Auch wenn der Name Raimonds geschickterweise nicht erwähnt wird«, sagte Laurence, der ›perfide‹ statt ›geschickt‹ schon auf der Zunge gelegen hatte, »muß Euer Herr Philipp ja auch die Reaktionen aus dem übrigen Abendland bedenken.«

»Seine Majestät ließ sich Zeit mit seiner Antwort«, erwiderte ihr Vater bedächtig, »dafür war diese dann klug und durchdacht: Er ließ dem Heiligen Vater höflich mitteilen, daß die Aussetzung der Grafschaft – *exposée en proie* – als wohlfeile Beute desjenigen, der sich ihrer bemächtigt, keinesfalls zulässig sei, denn ›von uns ist, was der Graf besitzt‹. Will sagen: die Könige von Frankreich sind die Oberlehnsherren besagter Gebiete.«

»Mir ist allerdings zu Ohren gekommen«, wandte Laurence behutsam ein, »daß eine solche Vasallenschaft lediglich auf einem lang gehegten Wunschtraum der Capets beruht, wie auch unterschlagen wird, daß ein solches Lehnsverhältnis ganz sicher nicht für die Vizegrafschaften Mirepoix, Carcassonne und Béziers besteht, und für Foix schon gar nicht. Die gehören nämlich *sine dubio,* wenn auch höchst ärgerlicherweise, zum Königreich Aragon jenseits der Pyrenäen. Aber wichtig ist ja nur«, schloß Laurence ihren staatsmännischen Exkurs ab, »daß damit die Eroberungspläne des Papstes einen Dämpfer erhalten haben.«

Damit stimmte Herr Lionel überein. »Zumal unser maßvoller Souverän noch hinzusetzte, ›daß sich an diesen Fakten auch nichts ändern würde, selbst wenn der Heilige Stuhl Herrn Raimond als Ketzer verdammen sollte‹.«

»›Ein derartiger Vorwurf‹«, wußte Laurence die Antwort des Königs im weiteren zu zitieren, »›müsse dann erst einmal von einem unabhängigen Gericht geprüft werden, und nur falls dieses zu dem gleichen Urteil komme, könne es ihn, den Souverän, ersuchen, die geeignete Strafe zu vollziehen.‹«

Lionel wiegte bedenklich sein Haupt und ließ den Turm rochieren, denn bei allem Disputieren ließen sie ihr Spiel nicht aus dem Auge. »Hier irrt mein König – vielleicht. Denn über Ketzerei zu befinden ist weder seine Sache noch die seiner Tribunale. Der weltliche Arm hat lediglich zu vollstrecken.«

»Hier irrt *Ihr,* werter Herr Vater«, erwiderte Laurence und schlug seinen Springer, »und ich muß Euren König in Schutz nehmen: Es geht eben nicht an, daß päpstliches oder gar nur bischöfliches Befinden über Glaubensfragen weltlicher Personen derart in das feudale Gefüge eingreift.«

»Deswegen behält sich Seine Majestät ja das letzte Wort vor.« Lionel freute sich über den Einsatz seiner Tochter für die Werte der Aristokratie – was ihn noch einen Bauern und in der Folge den Läufer kosten sollte. »Und ich kann dir versichern, Füchslein, Seine Majestät wird da sehr, sehr behutsam zu Werke gehen.« Er rettete seine Dame. »Denn in unserem Lehnssystem einfach so ›mir was, dir nichts‹ heute ein alteingesessenes Geschlecht aus dem angestammten Besitz zu vertreiben« – er zog kühn den Turm um drei Felder vor –, »*gardez!* Das rüttelt an den Grundrechten des Adels insgesamt. So etwas könnte als Beispiel schlechte Schule machen und morgen dir selbst am eigenen Leibe widerfahren!«

Laurence kassierte den vorwitzigen Turm mit der Dame, weil Lionel keinen Bauernschutz nachgezogen hatte. »Besonders, wenn dir, wie den Capets, der Makel von Usurpatoren anhaftet!«

Da lachte Herr Lionel. »Wir Normannen, Füchslein, sollten uns mit solchen Sprüchen zurückhalten.« Er lachte auch dann noch, als sie ihm nun endlich die Dame abnahm. »Natürlich mache ich mir keine Illusionen über die grundsätzlichen Machtgelüste der Krone, auch nicht über ihren verständlichen Wunsch, sich solcherart das – seit Menschengedenken – freie Okzitanien einzuverleiben.«

»Schach!« kündigte ihm seine aufmerksame Tochter an. »Wie ich es sehe, lieber Lionel, ist Philipps Appetit jetzt geweckt, nur will er sichergehen, daß der fette Braten auch tatsächlich und möglichst ohne Blutspritzer auf seinem Teller landet statt bei irgendwelchen anderen Tischgenossen. Rom soll das Tischgebet sprechen, aber gewiß nicht mit an der Tafel Platz nehmen.«

Lionel sah, daß sie mal wieder recht behielt, und fügte sich in sein Schicksal.

Laurence erhob sich vom Schachtisch, küßte ihren Vater brav auf die schweißfeuchte Stirn und begab sich hinunter ans faulig stinkende Wasser.

Ein morscher Kahn lag am schlammigen Ufer im wild wuchernden Schilf, bald eins mit Moder und Fäulnis, das Ruder war zerbrochen. Laurence stieg in das Boot und setzte sich nur deshalb auf die Ruderbank, weil sich so das Gewicht besser verteilte. Sie ergriff eine ausgediente Bohnenstange und stakte auf den See hinaus, um das andere Ufer zu gewinnen, wo sie ihre Hängematte wußte. Das stolze Schwanenpaar, dessen Bahn sie kreuzte, bedachte den Störenfried mit gereckten Hälsen voll Verachtung, doch ohne jedes Zetern.

In ihrer Lieblingsliege fläzte sich der Rotschopf Roucy, während Florent mit wallendem Haar, an den knorrigen Stamm der Trauerweide gelehnt, seiner Laute ein schwermütiges *canzo* entlockte, eine herzergreifende Melodie, doch sein ungebärdiger Gefährte schnarchte.

Laurence schlich sich auf Zehenspitzen zu dem heißgeliebten Spielmann, kauerte sich zu seinen Füßen am Boden nieder und schmiegte ihr Haupt bald gegen sein Bein. Wäre nicht das harte Linnen zwischen ihren Lippen und seiner zarten Haut gewesen, sie hätte seine Wade mit Küssen bedeckt. Doch die Anbetende wurde auch so belohnt. Der Minnesänger vereinfachte seine kräftigen Akkorde zum gefälligen einhändigen Klimpern, während seine freigewordene feingliedrige Hand sich zu ihr herabließ und durch das Haar des Weibes strich. Das brennende Kribbeln ihrer Kopfhaut setzte sich als wohliger Schauer über ihren Rücken fort. Sie wollte schon die wundertätige Hand ergreifen, ihr als wogendes Feld Hals und Busen zuweisen, als der Roucy ob der veränderten Töne sein Schnarchen einstellte. Sein für Gefahren geschärfter Sinn machte, selbst noch schlaftrunken blinzelnd, sofort den sich anschleichenden Feind aus. Unbeachtet von der Schlange und dem auf Abwege geratenen Florent, tastete er nach seinem Schwert, ohne das er nicht einmal pinkeln, geschweige denn schlafen ging. Mit einem tierischen Schrei und einem Ruck warf sich Alain aus der Wiege, kam vor den beiden wie eine Katze auf die Füße und brüllte seinen Gefährten an:

»Zieh blank, verderbter Hundsfott!« Er keuchte mit blutunterlaufenen Augen, so daß Laurence vor Schreck erst recht die Knie des blonden Engels umschlang. »Der du meinen vertrauensvollen Schlummer nutzt, dir Vorteile bei der Dame zu verschaffen!« Er fuchtelte wild mit seiner Klinge vor den Gesichtern der Ertappten herum. »Elender Verführer!«

Florent senkte wie schuldbewußt sein Haupt, ließ ihn jedoch nicht aus dem stahlblauen Blick unter den seidigen Wimpern. Er drückte Laurence die Laute in die Arme, was ihm Beinfreiheit verlieh, griff blitzschnell hinter sich und riß seine Waffe hervor, die er zwischen sich und dem Stamm verborgen gehalten hatte. Dann schüttelte er Laurence ab wie eine lästige Hündin und parierte den ersten Schlag, den der Roucy gegen ihn führte, sprang vor und stieß zu, daß der Kumpan zurückweichend fast gestolpert wäre. Doch der Roucy drosch ihm den Knauf gegen den gestreckten Arm, daß Florent mehr taumelnd als federnd sich hinter dem Stamm der Weide in Sicherheit bringen mußte.

Mit Wutgebrüll stürmte der Rote vorwärts, um ihm dem Fluchtweg abzuschneiden, nur ein Sprung ins brackige Wasser konnte Florent jetzt noch vor dem Zorn des Hintergangenen retten. Da fiel das Netz der Matte über den tobenden Roucy: Florent hatte das um die Weide geschlungene Tau gekappt. Je mehr der rothaarige Ares um sich schlug, desto tiefer verstrickte er sich in die Maschen der Liebesschaukel. Und Laurence, nun eher streitbare Athene als verwirrte Aphrodite, erkannte seine Schwäche und nutzte sie beherzt. Sie war es, die dem strampelnden Bündel den Tritt gab, der es in den Tümpel beförderte, mitten unter die neugierig herbeigeeilten, heftig flügelschlagenden Schwäne. Alain wäre vermutlich ertrunken, hätte Florent nicht sein Schwert fortgeschleudert, Laurence beiseite geschubst und sich hinterhergeworfen. Er bekam seinen Freund an den Haaren zu fassen, zerrte dessen Kopf aus dem Morast und schrie Laurence an: »Hilf gefälligst, du blöde Kuh!«

Laurence steckte den Verweis weg, er hatte ja recht, und zerrte an dem verknäulten Gewebe, das mal die Wiege ihrer Liebesträume gewesen war; dabei fiel sie selbst in voller Länge in den Uferschlamm. Doch sie ließ nicht los, und schließlich lagen alle drei verdreckt, mit Seerosen im Haar, nach Luft schnappend, wieder auf der Böschung – und mußten schallend lachen.

»Ich wollte wirklich nicht«, versuchte Laurence ihre Rolle zu rechtfertigen, »daß ihr Euch um mich schlagt – «

Da prusteten die beiden erst recht los. »Nicht ›um dich‹, um deinetwillen!« verbesserte sie der Roucy. Das aber schien Laurence eine unnötige Spitzfindigkeit, die sie nicht verstand, schon weil ihr Florent, der sie ›blöde Kuh‹ genannt hatte, nun hinzusetzte:

»Man prügelt sich nicht um eine Dame, die sich wie ein Mann schlägt.«

»Übler noch!« trat ihm der Roucy zur Seite, und Laurence begann zu kichern.

»Seid froh, Roucy, daß ich mit den Waffen einer Frau eingriff«, setzte sie selbstbewußt gegen die nicht enden wollende Heiterkeit der beiden Ritter. »Hätte ich eine scharfe Klinge zur Hand gehabt, ich wüßte sie wohl zu führen.«

»Vor Euch muß sich einer hüten – «

»Auch zwei sind mir nicht zuviel!« brüstete sich Laurence und wunderte sich über das schallende Gelächter.

»Wahrhaftig«, stöhnte der Roucy, nach Atem ringend, »Ihr seid zuviel für unser Duo!«

»Wie hält Euer Herr Vater das nur aus?« scherzte nun auch Florent. »Ich will die ›Kuh‹ gern zurücknehmen.« Er lächelte Laurence so gewinnend an, daß sie ihm verzeihen mußte. »Selbst einem zarten Kälbchen muß doch das Gatter von Ferouche zu eng erscheinen?«

Laurence sah die lustigen Gesellen prüfend an, der hielt sie wohl für geistig unbeleckt!

»Ihr beide dürft mich von hier entführen«, teilte sie, ihre Stimme verschwörerisch senkend, ihnen überraschend mit. »Aber nur gemeinsam, ohne jeden Streit!«

Da den Auserkorenen das Lachen plötzlich im Halse steckenblieb, die Helden fürchteten wohl den Zorn Lionels, setzte sie aufmunternd hinzu: »Keine Sorge! Wir machen einen Plan, und ihr müßt nur –«

Laurence nahm das Schweigen der Ritter für Zustimmung. Auf der gegenüberliegenden Seite des Gewässers war Herr Lionel erschienen. Er sah sich suchend um.

HATZ AUF DIE WILDSAU

Aus längst nicht mehr so heiterem Himmel, doch zur größten Freude von Laurence erschien überraschend Gavin Montbard de Béthune auf Ferouche. Ihr Ritter trug jetzt mit Recht und voller Stolz die weiße Clamys mit dem roten Tatzenkreuz, denn er war endlich in die Reihen der *milites templi Salomonis* aufgenommen worden. Gavin – Laurence traute sich nicht mehr, die einst zwischen ihnen übliche Anrede ›Mein Ritter‹ zu gebrauchen – war auf der Durchreise zu einer Komturei des Ordens im Süden.

»Auch du, Brutus?« sagte sie traurig und zog ihn zur Seite. »Ich weiß warum.« Sie wollte mit dem Freund sprechen, bevor er von Lionel und den Quartiergästen vereinnahmt wurde.

»Gilt der Vorwurf meinem burgundischen Blut oder dem Kriegermönch? Wir Templer werden alles unternehmen, um diesen unwürdigen Kreuzzug zu verhindern und, sollte uns das nicht vergönnt sein, uns jedenfalls herauszuhalten. Der König von Frankreich kann uns nicht zwingen –«

»Der ist auch Rom zu lau!« spottete Laurence. »Das muß auch die Partei der Kriegstreiber innerhalb der Kurie so gesehen haben.« Es war Gavin anzumerken, wie er unter der Situation litt. »Ohne die Antwort aus Paris abzuwarten, würde dieser gräßliche Erzabt Arnaud de l'Amaury zum Führer eines ›Kreuzzuges gegen die Ketzer‹ ernannt«, wußte er seiner zu Freundin berichten. »Dem haben sich sofort die mächtigen Bischöfe mit ihren Truppen angedient. Das setzte den König unter Zugzwang: Er ›gestattete‹ dem Herzog von Burgund und einigen anderen zuverlässigen Vasallen, ›unverzüglich das Kreuz zu nehmen‹, *item*: Kontrolle über das Unternehmen zu gewinnen.«

»Hoffentlich hat er da nicht ein sanftes Schaf zum Hirten gemacht!« Laurence hatte nur noch blanken Hohn für die Situation übrig. »Der wandte sich wahrscheinlich an seinen ›lieben Vetter‹ Raimond von Toulouse und bat ihn, doch seinen Frieden mit Innozenz zu machen?«

Gavin nickte. »Der aber bleibt störrisch und – schlimmer noch – zögerlich. Wie der Graf nun mal ist, verschleppt er die notwendigen Entscheidungen und hält immer noch nach Bundesgenossen Ausschau.«

»Das kann er sich sparen!« erregte sich Laurence. »Von England wird er nur aufmunternde Worte hören. Aragon ist schlecht auf ihn zu sprechen, weil er in törichter Fehde mit dem Trencavel von Carcassonne liegt. Und die Grafen von Foix werden ihn abschlägig bescheiden, weil Raimond für sie ein Schwächling ist, der sich nicht zum notwendigen entschiedenen Widerstand aufrafft.«

Gavin sah sie an und lächelte. »Ihr habt Euch wenig geändert, Laurence, wenn es dem Templer gestattet ist, das Mehr an Schönheit zu unterschlagen.«

»Ich bin klüger geworden«, sagte Laurence so ernsthaft, daß sie selber darüber lachen mußte. Doch es war ein bitteres Lachen.

»Ich will Euch aufheitern, meine werte Damna aus unbeschwerten Tagen«, grinste Gavin. »Ich führe einen Begleiter mit mir, dem ich als *garde-du-corps* diene oder als Camouflage, wie Ihr wollt –«

»Den Chevalier?« jubelte Laurence. »Wo habt ihr ihn versteckt?«
»Er liegt in Eurer Hängematte und wartet darauf, von Euch geweckt zu werden.«
Sofort war Laurence wieder ein junges Mädchen. Sie schlichen sich zu den Weiden, um den Schlafenden zu überraschen, einen Kuß wollte sie dem Meister auf die Stirn drücken, der sie mit seinen tollkühnen Streichen immer wieder beeindruckte. Ach was! Auf den Mund! Das hatte Jean du Chesne alias John alias ... nun wirklich verdient. Doch die Hängematte schaukelte leer im Sommerwind. Der Chevalier saß auf einem Ast im nächsten Eichenbaum.
»Das Geschäker eines Liebespaars hat mich vertrieben. Es hätten verkleidete Mönche der Geheimen Dienste sein können! Man weiß ja nie – deswegen bleib' ich auch hier oben.«
»Harmlose Quartiergäste«, sagte Laurence leichthin, um weiteren Fragen vorzubeugen.
»Apropos«, fragte Gavin, »könnt Ihr uns für eine Nacht ungesehen unterbringen? So gern ich den alten Lionel begrüßt hätte, ich will ihn doch nicht in Verlegenheit bringen.«
»Oder Euch! Wenn Ihr ihm erklären wollt, wen er beherbergt!«
»Kümmert Euch nicht um mich!« rief der Chevalier aus seinem Blätterversteck. »Denkt an den armen Raimond!«
»Hat man ihn gefangengesetzt?« Laurence rechnete damit.
»Schlimmer noch«, wußte der Schalk im Baum mit leiser Stimme zu erzählen. »Rom hat einen gewieften Advokaten, Maître Milo, zum päpstlichen Legaten ernannt und in die Provence geschickt. Dorthin wurde nun der Graf von Toulouse zitiert. Die Bedingungen, unter denen ihm eine Versöhnung mit der Kirche in Aussicht gestellt wird, waren hart – für mich: *unerfüllbar!* Und das halte ich für das eigentlich Teuflische an diesem bösen Spiel. Raimond sollte sein Heer dem Oberkommando des Kreuzzugs unterstellen, sieben seiner wichtigsten Burgen ›als Pfand‹ übergeben *und* sich verpflichten, die Ketzer aus seiner Grafschaft zu vertreiben. Aber in der für mich unverständlichen Hoffnung, die bevorstehende Invasion damit abzuwenden, hat sich der Graf unterworfen.«
»Nein!« rief Laurence und fuhr Gavin an, der betreten neben ihr stand: »Warum habt Ihr mir das verschwiegen?«

»Wahrscheinlich habt Ihr den Templer nicht zu Wort kommen lassen, wie ich Euch kenne, Laure-Rouge. Doch jetzt bettet Euer aufbrausendes Köpfchen in die Hängematte und hört mir zu, ohne mich zu unterbrechen.«

Laurence tat ihm den Gefallen. »Nur zum Schutz des Herrn Ritter«, sagte sie und ließ sich anmutig in die Matte gleiten. Gavin wußte nicht, wohin er seine Augen richten sollte.

»Der eigentliche Akt der ›Buße‹«, fuhr der Chevalier fort, »war *coram publico* zu vollziehen, eine Demütigung der besonderen Art. Denn in Saint-Gilles, das liegt irgendwo zwischen Nîmes und Arles, steht die ›Wiege des Geschlechts‹ der Grafen. Hätte diese Zurschaustellung des Unglücklichen in Toulouse stattgefunden, ich wäre hingeritten, nicht um Raimond zu bemitleiden, sondern aus Neugier zu erfahren, wie Rom es fertigbringt, gleichzeitig schamlos seine Macht zu demonstrieren, den Gegner ohne einen Schwertstreich um die Schlüsselfestungen zur Verteidigung seines Territoriums zu bringen und ihm auch noch eine Bedingung aufzuerlegen, die er nicht erfüllen *kann*, weil ihm – jetzt mehr denn je – die Macht dazu fehlt. Allein aus dieser Klausel der *conditiones* wird man dem Grafen zu beliebiger Zeit den Strick drehen, ihn als vertragsbrüchig hinstellen und ihn also ›mit Fug und Recht‹ vernichten.«

Das war zuviel für Laurence. Wie von einer Tarantel gestochen, fuhr sie hoch aus ihrer Matte. »Dieser Raimond geht zu seiner eigenen Hinrichtung, bezahlt auch noch die Henkersknechte und bringt Leiter und Strick gleich mit!«

»Schaukel sie!« rief der Chevalier seinem Knappen zu. »Das beruhigt!« Und dann weiter zu Laurence: »So sehen das auch der Trencavel und die Grafen von Foix, die ihn beschwören, *keine* der verlangten sieben Burgen auszuhändigen. Für sie ist der Graf von Toulouse ein Verräter.«

»Für mich auch«, knurrte Laurence, ganz und gar nicht das friedlich zusammengerollte, schnurrende Kätzchen, als das der Zaubermeister in der Eiche sie vielleicht gern gesehen hätte. Doch er fuhr ungerührt fort, während sich Laurence widerwillig von Gavin schaukeln ließ:

»Aber Raimonds Widerstand ist gebrochen. Man hat mir brühwarm berichtet, wie es vor der Kathedrale von Saint-Gilles zuging. Mit entblößtem Oberkörper betrat der Graf den Vorplatz, wo ein Altar aufgebaut war. Drei Erzbischöfe, neunzehn Bischöfe, alle aus dem Süden, umstanden ihn. Von denen ließ er sich auspeitschen. Dann leistete er angesichts der ihm gezeigten Hostie und vieler kostbarer Reliquien den verlangten Schwur, zu dessen Behufe ihm eine ellenlange Litanei von Missetaten vorgehalten wurde, bevor er sich feierlich zur lückenlosen Einhaltung der Kernpunkte, die ich Euch schon nannte, eidlich verpflichtete.«

»Erspart mir das!« stöhnte Laurence und richtete sich auf.

»Ich denke nicht daran«, sagte der Chevalier. »Wörtlich wie berichtet: *Wenn ich diese Artikel verletze oder wenn man mir andere, neue Vergehen nachweisen kann, stimme ich zu, daß die sieben Burgen, die ich als Pfand gegeben habe, zum Vorteil der Kirche eingezogen werden. Ich will in diesem Falle exkommuniziert werden, alle meine Domänen, Städte und festen Plätze sollen mit dem Interdikt belegt werden, meine Vasallen seien von ihrer Treue entbunden, von aller Pflicht und dem Dienst, den sie mir schulden. Es ist weiterhin mein Wille, daß sie, sollte ich solcherart gefehlt haben, der römischen Kirche den Eid der Treue leisten für die Lehen und die Rechte, die ich bis dahin innehatte.«*

»Jetzt reicht es mir!« Laurence sprang aus der Hängematte.

»Euch schon«, ließ sich die Stimme aus dem Baum vernehmen. »Und weil dem Herrn Raimond das noch nicht genug der Buße war, fügte er noch aus eigenem Antrieb hinzu, daß er die Kreuzfahrer im heimischen Toulouse willkommen heiße und für sich selbst das Kreuz begehre.«

Hier mischte sich der bis dahin schweigsame Gavin ein. »Das erscheint mir nun doch zuviel der Selbstverleugnung.«

»Das mag Euch so dünken, Ritter des Tempels, doch laßt Euch gesagt sein, das menschliche Rückgrat ist zu erstaunlichen Krümmungen fähig. Hingegen ist der Schwur, den er – gezwungenermaßen, zugegeben – ablegte, natürlich auch ein Schlag ins Gesicht Philipps. Ich bin gespannt, wie der diesen unglaublichen Affront hinnimmt.«

»Sollte uns so unerwartet Hoffnung auf Rettung erwachsen?«

sprach Laurence tieftraurig und ratlos. »Ich werde es nur aus der Ferne erleben dürfen.«

»Mich freut zu hören, Laure-Rouge, daß Euer Herz immer noch für ein freies Okzitanien schlägt!« Der Chevalier sprang elastisch wie ein Junger von dem Ast herab. »Wir können Eure Gastfreundschaft nicht in Anspruch nehmen, obgleich ich rechtschaffen müde und hungrig bin. Uns zieht es in den Süden.«

»Ach«, sagte Laurence und hielt sich dabei mehr an Gavin. »Wir hätten da eine einsame Scheune voll mit duftendem Heu, und zu essen bring' ich Euch nachher heimlich aus der Küche, Leckerbissen reichlich!« Sie ließ ihr Angebot wirken, der Chevalier griente.

»Wenn Ihr, Laure-Rouge, dort die Nacht mit –«

»Nichts da!« sagte Laurence. »Ich werde jetzt schnell ein paar Zeilen an Alazais d'Estrombèze schreiben. Den Brief an sie hatte ich noch in Pamiers begonnen, kam aber nicht dazu, ihn abzuschicken. Euch, Gavin, will ich ihn gern anvertrauen.« Ihr tiefer Seufzer galt ihr selbst, der vernachlässigten Freundin und der schlechten Welt. In dieser Reihenfolge.

Laurence ging über die Brücke langsam zum Schloß zurück. Ihr Vater fütterte die Schwäne.

Laurence de Belgrave
an Alazais d'Estrombèze

Pamiers, zu Beginn A.D. 1208

Alazais, ewig Geliebte – auch wenn Du mir die Fähigkeit zur Liebe, so wie Du sie verstehst, absprichst: Ich liebe Dich, und ich werde Dich immer lieben! Indes, die Lage spitzt sich zu, auch wenn sie immer verworrener wird. Während im ganzen Land die Bischöfe und Priester der Kirche, der anzugehören ich mich mehr und mehr schäme, den Bann gegen den Grafen von Toulouse verkünden und an jedem Sonntag feierlich unter Glockengeläut und mit dem Verlöschen der Kerzen vor den Altären erneuern, werde ich hier in Pamiers um dieses Schauerspiel gebracht. Nicht, daß es mir allein so ergeht: Die Grafen von Foix, seit eh und je exkommuniziert, haben es strikt untersagt und den Klerus, der da meinte, das Gebot aus Rom durchsetzen zu müssen, aus der Stadt gejagt. Und das gleiche überall in der gesamten Grafschaft!

Ebenso hält es der Trencavel von Carcassonne. Schließlich ist das Languedoc, mehr noch als Okzitanien, Land des Gral, hier ragt sein Hort, der Montségur, Symbol der Gewißheit auf das Paradies. Du siehst, Liebste, ich kenne mich mittlerweile aus in Eurem Trachten, und jedesmal denke ich voller Sorgen an Dich, weswegen Du mich nicht schelten sollst, aber Deine freudige Hoffnung auf das ›wahre‹ Leben nach dem irdischen Tod ist mir noch nicht zuteil geworden. Ich klammere mich an ›Dinge von dieser Welt‹.

Ich hocke hier im Turm der Zitadelle wie eine Schiffbrüchige auf einem Felsenriff, umgeben von dem tosenden Meer. Angesichts der ernsten Lage hatten die Grafen von Foix mich aufgefordert, mich hierher zu verfügen, denn ich sei das Patenkind ihrer lieben Schwester und Tante Esclarmunde und dies der ihr zugewiesene Witwensitz, auf dem ich ihr Gastrecht genießen könne, solange es mir beliebe – oder die Umstände es erlaubten. Die Verantwortung für meine Sicherheit und meines Leibes Unversehrtheit könnten sie allerdings nicht übernehmen. Genießen! Daß ich nicht lache, es ist ein Rauswurf in Etappen! Aber ich schreib' Dir nicht, um mich über mein Los zu beklagen, sondern aus Sorge – wenn schon nicht aus ›Liebe‹, um Dich und Deine katharischen Freunde dringend zu warnen vor dem, was auf Euch unweigerlich zukommt.

Ferouche, im Frühjahr A.D. 1209

Unvergessene, sehnsüchtig Vermißte! Wie Du mit Staunen feststellen wirst, hatte ich diesen Brief schon in Pamiers begonnen, doch dann erschien, aufgeschreckt durch den Mord an Peter von Castelnau, mein Vater und verschleppte mich auf seine Burg im sicheren (›nicht-ketzerischen‹) Norden. Ich leide um Dich, Geliebte, wenn ich mir vorstelle, was geschehen wird, wenn die Saat des Hasses aufgeht, der gegen Euch gesät wird. Der Haufen, der sich Kreuzzug nennt, wächst immer weiter an, von nah und fern laufen sie ihm zu wie Straßenhunde, die gerochen haben, daß es irgendwo einen saftigen Knochen geben soll. Geifernde Prälaten, die den Zehnten zum Ankauf todbringender Waffen verwenden, verarmte Ritter, die nichts zu verlieren haben – denn ein Gewissen haben sie nicht! Und dann dieses Söldnergeschmeiß, das ebenfalls Witterung aufgenommen hat und nach Beute giert.

König Philipp ist konsterniert, lehnt aber jedes Eingreifen ab wie Pontius Pilatus. Und der nun wirklich bedrohte Süden rafft sich nicht einmal jetzt zum gemeinsamen Handeln auf, was meine Patentante, Deine große Freundin Esclarmunde, immer vorausgesagt hatte, obgleich auch sie letztlich wenig zur Einigkeit der Betroffenen beigetragen hat. Alles wegen dieser gottverdammten Weltabgehobenheit, die Euch Katharern zu eigen ist! Am liebsten würde ich in eine Rüstung schlüpfen und mich auf mein Pferd schwingen, um mit dem Schwert in der Hand gegen diese Lethargie anzudreschen! Statt dessen werde ich Gavin diese Zeilen mitgeben und hier weiter ohnmächtig mit der Faust auf den Tisch schlagen.

Jetzt weißt Du, Alazais, wie die Dinge stehen. Ich fürchte um Dein Leben, nein, ich habe Angst, Dich zu verlieren! Wer weiß, ob wir uns wiedersehen, doch meine Liebe wird Dich auf Deinem Weg begleiten. Nie werde ich vergessen, was mir der Süden gegeben hat, diese köstliche Zeit in Okzitanien. Der Traum ist vorbei, die Jugend dahin! Ich küsse Deinen Mund, Deine Sternenaugen, Deinen weißen Leib, geliebte Sonne!

Laurence de Belgrave

Der Tag, den Laurence sich mehr aus einer Laune heraus gewünscht hatte denn aus ernstem Drang oder gar Notwendigkeit, kam schneller als leichthin erdacht. Allerdings veränderten die ins friedliche Yvelines drängenden Gerüchte bald den ruhigen Fluß der Sommertage. Die Aufstellung von Heeren wurde von immer heftigerem Getöse begleitet, die Verwicklung der verschiedenen Parteien in das unübersichtliche Geschehen geriet immer bedrohlicher, als sehnten alle nur den Krieg herbei, und niemand zeigte sich versöhnlich.

Laurence wurde von Unruhe erfaßt. Sie wußte, daß ihr geliebter Vater zu den Fahnen derer eilen mußte, die gegen ihre Freunde im Süden ziehen würden. Und an deren Seite wollte sie stehen, wenn es denn not tat, und nicht neben einem Montfort. Es erschien ihr wie ein Hohn auf die angespannte Lage, daß ihr Nachbar, ein fettleibiger Baron namens Adrien, auch diesmal zur alljährlichen Sauhatz lud, zu der in seinem weitläufigen Forst von Arpajon sur l'Orge geblasen wurde – wie immer zur Sommersonnenwende.

Der Baron war Laurence im höchsten Maße unsympathisch, auch wenn er nie ein Interesse an ihr bekundet hatte, sondern sie eher zu verachten schien. Er hatte ein längliches, fleischiges Gesicht, haarlos von den fehlenden Augenbrauen bis zur sich spiegelnden Glatze, und alles an ihm, vom Hängebauch bis zum feuchtkalten Händedruck, schien schlaff. Lionel, der sich nichts aus dem üblichen Gemetzel der Wildschweinjagden machte, mußte aus gutnachbarlichen Gründen zusagen, doch das Hauptaugenmerk des Herrn Adrien richtete sich auf die Teilnahme von Alain du Roucy und Florent de Ville – daß die Einladung auch ihnen galt, wurde durch mehrere Boten wiederholt betont.

Mit Laurence rechnete der Gastgeber wohl kaum, es war auch nicht üblich, daß Weiber an derartigem, nicht ungefährlichem Treiben teilnahmen. Das war nun gerade Grund genug für Laurence, sich im schnellen, kräftigen Werfen der kurzen Spieße zu üben, und sie ließ sich auch das Raffen und Tragen des Bündels nicht von ihren Rittern abnehmen, die sie im übrigen als strenge Lehrmeister bei ihren Jagdvorbereitungen heranzog. Das Auftreten der beiden als ständige Begleiter seiner ungestümen Tochter beschwichtigte auch die Bedenken Sir Lionels, der seinem Füchslein sowieso nichts abschlagen konnte.

Laurence benutzte die Ausritte, um die beiden Ritter auf ihren Fluchtplan einzuschwören und bis zur Orge in das Gebiet des Nachbarn vorzudringen, denn zu ihrem Plan gehörte auch die genaue Erkundung der Flußlandschaft. Das von ihr ins Auge gefaßte Bad in dem schnell fließenden Wasser samt vorgetäuschtem Ertrinken fand jedoch keineswegs die einhellige Begeisterung der Herren du Roucy und de Ville.

»Diesen Schmerz könnt Ihr Eurem Vater nicht antun«, faßte Florent schließlich seine Einwände zusammen, während Alain überhaupt wenig Lust zeigte, sich von Lionel Vorwürfe wegen mangelnder Aufsicht einzuhandeln.

»Wenn Ihr von diesem wahnwitzigen Plan nicht ablaßt«, drohte er ihr, »trete ich noch heute vor den werten Herrn Belgrave und entsteiße mich jeder Verantwortung für seine Tochter.«

Laurence, die Fährnisse für ihr Unternehmen allenfalls in der starken Strömung des Flusses oder im Abschütteln allzu klebriger Jagdteilnehmer erwartet hatte, war drauf und dran aufzugeben, zumal ihr der geplante Betrug am guten Lionel tief im Innersten doch argen Kummer bereitete. »Ich habe Euch um nichts anderes gebeten«, ließ sie sich kleinlaut vernehmen, »als daß Ihr ein Bündel meiner Kleider mit Euch nehmt und es an einem vorgegebenen Ort unauffällig deponiert.«

Es ärgerte sie, daß sie gleichwohl noch auf stummen Widerstand stieß. Sie spürte den Unwillen der beiden, und das gab den Ausschlag. »Ich verlange ja nicht, daß Ihr der wilden Sau mit bloßen Händen gegenübertretet – den Anblick des nackten Körpers einer Dame, die dem Wasser entsteigt, können die edlen Herren leicht vermeiden«, spottete sie, »indem sie dem verrufenen Ort nach vollbrachter Tat rechtzeitig den Rücken kehren.«

Da lachte der Roucy. »Ich weiß nicht, was gefährlicher einzuschätzen ist, die aufgebrachte Sau oder die flüchtende Maid.«

»Ich bin bereit«, warf sich Florent versöhnlich in die Bresche, »der Dame den ritterlichen Dienst zu erweisen.« Er schaute erwartungsvoll auf seinen Freund, der die Augen verdrehte, bevor er sich zu einem grimmigen Nicken verstand.

Laurence fiel ein Stein vom Herzen. Das war die Entscheidung. »Seht Ihr dort drüben die Weide, deren Äste weit in das Wasser des Flusses herabhängen? Der Stamm oder die Wurzeln an seinem Fuß sind sicher hohl und als Versteck geeignet.« Sie hatte ihren bescheidenen Wunsch mit äußerster Zurückhaltung vorgebracht.

Die beiden nickten. Der Roucy trat einige Schritte zurück, wog einen Spieß in der Hand, stürmte vor und schleuderte ihn zielgenau über das Wasser. Der Spieß fuhr durch die Rinde des Weidenbaumes: Der Stamm war tatsächlich hohl. Befriedigt schlug Alain seine kräftigen Pranken gegeneinander und grinste seinem Freund zu.

Auf getrennten Wegen ritten Laurence und ihre beiden Mitverschwörer zurück nach Ferouche.

Von allen Kanzeln wurde um diese Zeit folgender Aufruf des Papstes verlesen:

An alle Fürsten katholischen Glaubens!
Vorwärts, Streiter Christi! Seine stumm erduldeten Leiden sind es, die seine heilige Kirche vor Schmerzen aufschreien lassen! Auf daß sie Euch aufstacheln, endlich diese Ketzer, die schlimmer sind als die Sarazenen, zu vernichten! Diese Pest ist mitten unter uns, sie wütet im Herzen des einst christlich geeinten Abendlandes, eine furchtbare Beleidigung der Kirche, ja, Gottes selbst, ein nicht länger zu duldender Angriff auf Eure Ehre! Keine Ehre dagegen hat, wer weiterhin diese Gottlosen schützt und fördert. Er soll vogelfrei sein, sein Land dem strafenden Rächer zufallen. Dessen Arm sei gesegnet.

Am Tag der Jagd zog Herr Lionel de Belgrave aus dem Yvelines mit seiner schönen Tochter hinüber nach Arpajon sur l'Orge. In seinem kleinen Gefolge ritten die Herren Alain du Roucy und Florent de Ville. Jenseits der Brücke über dem Fluß erwartete sie der Gastgeber Adrien, Baron d'Arpajon, der sich gern *anglès* gab und seine Jagdfreunde auch nach dieser Vorliebe auswählte. Deswegen war *good old Lionel of Belgrave* dem *Baronet of Arpajon* auch stets willkommen. Daß Laurence ihren Vater nicht nur begleitete, sondern in lederner Jagdkleidung samt blitzendem Hirschfänger erschien, mit einem Bund scharfgespitzter Wurfspieße hinter sich im Sattel, vermerkte er mit Unmut, doch seine mißvergnügte Miene hellte sich auf, als er Florents und Alains ansichtig wurde.

Nach einem Begrüßungstrunk und allgemeinem Palaver formierte sich die Jagdgesellschaft in kleinen Gruppen. Die von allen jungen Herren umschwärmte Laurence ließ sich von denen vereinnahmen, die ihr die meiste Aufmerksamkeit und das geringste reiterische Können versprachen. Sie warf Florent und Alain nur einen knappen Blick zu, um sich zu vergewissern, daß die beiden zu ihrem Pakt standen und auch die Ersatzkleidung mit sich führten. Der Roucy klopfte zu ihrer Beruhigung auf die pralle Satteltasche.

Herr Lionel versuchte vergeblich, sich der Partie anzuschließen, die sich um seine Tochter versammelt hatte: Der Gastgeber teilte ihn einigen burgundischen Edlen zu, deren Interesse mehr dem in Lederbeuteln mitgeführten Roten galt als der wilden Hatz. Besorgt suchte sein Blick den seines Füchsleins, Laurence zur Zurückhaltung ermahnend. Dann bliesen auch schon die Hörner, und die wilde Jagd, angeführt von den hechelnden Hundemeuten, stob auf den nahen Wald zu und brach krachend durch das grüne Unterholz, bevor sie vom dunklen Tann verschluckt wurde.

Laurence war von jungen Herren aus dem Blois und der Champagne umgeben, die sich allesamt fein ausstaffiert hatten und zahlreiche Diener und reichlich Hetzhunde mit sich führten. Es zeigte sich schnell, daß ihre Reitkünste nicht einmal genügten, um mit der eigenen Meute Schritt zu halten. Schon bei der ersten Sau, die das Pack in einem Rübenfeld aufstöberte und die sofort Reißaus nahm, befand sich Laurence allein auf weiter Flur. Nach mehreren vergeblichen Haken stellte sich die Bache ihren Verfolgern und nahm die vordersten Hunde an. Laurence griff sich beherzt drei Spieße aus dem Köcher und wollte als geübte Reiterin eben den sich wälzenden, balgenden, ineinander verbissenen Pulk umreiten, um die Aufmerksamkeit des Tieres auf sich zu ziehen, als ein einzelner Reiter mitten in das Gemenge sprengte und von seinem scheuenden Roß abgeworfen wurde, gerade vor das Gewaff der wütenden Sau.

Da setzte Laurence kurz entschlossen über den Unglücklichen hinweg und schleuderte im Sprung der Bache den Spieß entgegen. Er drang ihr in die Schulter, doch nicht tief genug, wutschnaubend schüttelte die Sau das Eisen ab und wandte sich wieder dem auf dem Bauch Liegenden zu. Der machte den Fehler, sich erheben zu wollen. Laurence sah sein vor Angst verzerrtes Pferdegesicht, die vorstehenden Zähne und erkannte ihn sofort: Charles d'Hardouin, den sie seit dem Turnier von Fontenay nicht mehr gesehen hatte.

»Au secours!« schrie er jammernd, und Laurence sah sich genötigt, ihn nach blitzschneller Wende über den Haufen zu reiten, schon weil ihr ganzes Augenmerk dem Gewaff der sich aufbäumenden Bache galt, die auf den Unterleib ihres Pferdes zielten. Anstatt den kurzen Spieß zu werfen, stieß sie ihn diesmal der Sau mit letzter Kraft über die rot unterlaufenen Augen und den Stirnknochen hinweg von oben ins Genick. Das Gewicht des stürzenden Tieres riß Laurence den Schaft aus der Hand, doch das tödliche Eisen steckte fest im Fleisch, und alles Schnauben und Taumeln half nichts mehr. Mit traurigem Grunzen wühlte sich der borstige Kopf ins Erdreich, ein Zittern ging durch den mächtigen Körper, die gestreckten Glieder zuckten und sanken schließlich schlaff herab.

Da trippelten in langgezogener Reihe drei, vier, fünf weißgestreifte Frischlinge durch das aufgewühlte Feld, auf der Suche nach den Zitzen der Mutter. Verstört drängelten sie sich an den noch warmen Leib. Ihr Anblick rührte die Jägerin – auch wenn ihr Schicksal unvermeidlich war.

Herr Charles erhob sich mit klappernden Zähnen, zu einem Wort oder wenigstens einer Geste des Dankes verstand er sich keineswegs. Wahrscheinlich wußte der mehr belämmert als beleidigt dreinschauende Roßkopf nicht so recht, auf wen er mit Bewunderung blicken sollte, auf wen mit Schauer. Laurence machte es ihm leicht, sie gab ihrem braven Gaul die Sporen und verschwand, gerade noch rechtzeitig, bevor mit Hussah-Geschrei, begleitet von lautem Gebell der Meute, ihre Jagdkumpane auftauchten.

Sie wandte sich dem Fluß zu. Dessen Ufer waren hier jedoch voller Schilf, also ungeeignet für ihren herzlosen Plan. Laurence war schon drauf und dran, von ihrem Vorhaben abzulassen – Lionel würde sich zutiefst über sie grämen, denn diesmal wollte sie ihn ja glauben machen, sein Füchslein weile nicht mehr unter den Lebenden. Das hatte der Gute nicht verdient, wahrhaftig nicht! Doch ehe die Scham sie vollends überwältigte, rief sie sich in Erinnerung, daß ohne solch makabres Szenario ihr Vater die gesamte Jagdgesellschaft aufbieten würde, um nach der Flüchtigen – oder Verirrten, was viel eher auf der Hand lag – zu fahnden. Da konnte sie nicht weit kommen. So dagegen könnten alle dem Lauf der Orge folgen, in der Hoffnung, wenigstens den Leichnam der Ertrunkenen zu bergen – wenngleich Lionel bis zuletzt die Hoffnung nicht aufgeben würde, sie lebend zu finden. Das würde den ganzen Trupp in eine einzige Richtung führen, während sie selbst unbehelligt gen Süden reiten könnte.

Der Gedanke an die Freunde im bedrohten Okzitanien gab den Ausschlag. Die Rettung oder wenigstens der Beistand für Alazais, die ferne Geliebte, und für Loba, die tapfere kleine Wölfin mit ihrem Jungen, mußten Vorrang haben vor dem Kummer des Alten. Und da der Weg den Fluß entlang Laurence gerade an eine sandige Bucht geführt hatte, die, wie ihr schien, nicht zu weit von jener Weide entfernt war, sprang sie kurz entschlossen ab und begann sich ihrer Kleider zu entledigen.

Der blöde Gaul schien ihr Vorhaben partout nicht verstehen zu wollen und umkreiste schnuppernd den Kleiderhaufen, während Laurence sich in das kühle Naß begab. Endlich machte das Pferd Anstalten, ihr zu folgen. So warf sich Laurence in die Fluten und ließ sich stromabwärts treiben.

Sie war eine geübte Schwimmerin, und der Fluß war ohne Tücken, eigentlich ein angenehmes Bad, erfrischend nach dem Ritt in der mittäglichen Hitze. Nach der ersten Flußbiegung hatte sie den Gaul aus den Augen verloren – doch bald schon tauchte der hochgereckte Hals hinter ihr in den Wellen auf. Die Augen des Tieres schienen sie anzuflehen, auf kürzestem Wege das andere Ufer anzusteuern. Doch Laurence hielt Ausschau nach der Weide. Das Pferd erklomm die Böschung, schüttelte das Naß aus Fell und Mähne, wieherte ob des Unverstandes seiner Herrin und trabte in gleicher Höhe mit der Schwimmenden besorgt neben dem fließenden Wasser einher.

Endlich tauchten vor ihr die tiefhängenden Zweige der Weide auf. Der Spieß steckte noch im Stamm, was sie verunsicherte. Eines solchen Hinweises hätte es nicht bedurft! Laurence griff in das federnde Geäst und ließ sich von der Strömung gegen das Ufer drücken. Erwartungsvoll sprang sie auf den Stamm zu. Er war hohl, aber leer! Sie schaute nach unten in das Wurzelwerk, es hätte ein hervorragendes Versteck abgegeben, doch auch dort fand sich nicht die geringste Spur der erwarteten Kleidung. Ich bin zu früh gekommen, tröstete sich Laurence und bedeckte ihre Nacktheit mit dem

Leib des Pferdes, das fast gleichzeitig mit ihr am Stelldichein angelangt war und sich von seiner Herrin mit Wonne liebkosen ließ.

Da war es Laurence, als habe sie das Gelächter ihrer beiden Ritter gehört, ganz in der Nähe. Sie sah sich um, aber sie konnte nichts entdecken. Sie lauschte: Es waren deutlich die Stimmen von Alain und Florent gewesen – allerdings hatte sie noch eine dritte, meckernde, merkwürdig vor Erregung scheppernde vernommen, die sich von den ersteren abhob. Laurence wartete geduldig, schon ob ihres unbekleideten Zustandes, hinter dem Schutzwall des Pferdeleibes. Doch als das hektische Lachen, eigentlich ein recht unmännliches Gekicher, weder näher kommen wollte noch sich entfernte, beschloß sie, der Sache auf den Grund zu gehen.

Ihrem eigenwilligen Roß das Maul zuhaltend, schob sich Laurence im hügeligen Gelände behutsam in die Richtung, aus der die Stimmen gekommen waren. Sie erstieg den nächsten Höcker und blickte durch das Laubwerk herab in eine Sandmulde. Was sie sah, konnte sie zuerst kaum begreifen: Alain und Florent sprangen dort unten herum, der eine mit ihrem Hemd bekleidet, der andere mit ihrem Wams – und sonst nichts am Leib! Sie waren nackt auf eine erregende Art, die für Laurence neu und erschreckend war. Das lag sicher an ihren Schwänzen, von denen sie sich nie ein Bild gemacht hatte. Nicht, daß Laurence noch keinem erigierten Penis begegnet wäre! Da waren schon etliche ihr angetragen worden, und sie konnte sich auch ohne Schauer vorstellen, sich ihrer lustvoll zu bedienen. Doch hier war ihr Mitwirken gar nicht gefragt. Die lange, spitze Rute von Florent, die seinen Lenden entstieg wie eine Schlange zur Flötenmusik, war weder für sie noch für sonstwen bestimmt auf dem unsichtbaren Bazar, sondern einzig und allein für Freund Alain, dessen gedrungenes Glied feuerrot aus dem Schamwald seines Schoßes ragte. Zusammen mit dem sich aufreizend schlängelnden Stecken von Florent formte das höllische Gekröse des Roucy ein obszönes, ja fast abstoßendes Paar, gerade weil die beiden einander so zugetan waren. Daran änderte auch die Anwesenheit einer dritten Person nichts.

Sie hatten dem Baron, dem Gastgeber der Jagd, Laurence' lederne Hosen über den Kopf gestülpt, die Hosenbeine wie einen Turban gebunden und ihm den Gürtel so fest um den Hals geschlungen, daß der Herr d'Arpajon kaum noch Luft bekam. Ansonsten war auch er splitternackt, und daß Laurence der Anblick seiner Lendenzier erspart blieb, lag nur an dem Hängebauch, der wie eine Schürze darunter Baumelndes gnädig versteckte. So spielten sie Fangen mit Herrn Adrien, er stolperte durch den Sand, die Hände verzweifelt vorgestreckt, während sich die beiden damit vergnügten, ihn mit Schilfrispen zu kitzeln oder mit Gerten zu schlagen. Daneben fanden sie genug Zeit, sich gegenseitig zärtlich zu zwicken und zu zwacken, fordernd ans Geschlecht zu greifen, sich zu streicheln und verliebt zu küssen.

Laurence war wie erstarrt stehengeblieben. Vor ihren Augen verbrannte ihre heiße Liebe zu Florent wie ein Strohfeuer. Als nur noch Asche übrig war, tröstete sie sich damit, daß die ganze Welt nicht als Scherbenhaufen zusammengestürzt war. Laurence war eher wütend darüber, daß sie bisher so blind und ahnungslos gewesen war.

Es war der Gaul, der sich endlich unbekümmert bemerkbar machte und wenig begeisterte Blicke auf die ungeladene Zeugin des Spieles lenkte. Da es Laurence immer noch die Sprache verschlagen hatte, raffte sich der Roucy zu einer Bemerkung auf:

»Wollt Ihr uns die Blinde Kuh machen, Laurence?« Er zeigte auf den Gastgeber, der sich vergeblich mühte, seine Lederhaube abzustreifen. »So schnell hat noch niemand Adrien d'Arpajon rennen sehen« – Alain lachte roh – »wie vor dem beherzten Zugriff eines nackten Weibes!«

Laurence wandte sich an Florent, den sie bisher immer als den Empfindsameren, Empfänglicheren erlebt hatte. »Gebt mir meine Kleider wieder!« bettelte sie, gerade als es Herrn Adrien endlich gelungen war, sich von seiner ihm die Luft abschnürenden Kopfbedeckung zu befreien.

»Auch wenn Ihr Hosen tragt«, bellte der sie mit hochrotem Kopf an, »bleibt Ihr eine blöde Möse – und stört!« Er warf das lederne Beinkleid an Laurence vorbei ins Wasser des Flusses.

Sie stürzte sich in die Wellen, doch es trieb schon fort. Tränen des Zorns in den Augen, mußte sie erleben, wie der lachende Roucy ihr auch Hemd und Wams nachwarf, während ihr Florent dem Treiben tatenlos zusah. Diese Kerle hatte sie also für ihre Ritter gehalten! Das Wams war gleich untergegangen, aber das Hemd hatte sie erwischt. Laurence ließ sich wütend treiben, nur weg von diesen gemeinen Strolchen! Ihr Gaul blieb bei ihr, und das Pferdehaupt, auf- und abwiegend neben ihr in den schnell fließenden Wellen, gab ihr Mut.

Als der Fluß aus dem Wald trat und sich durch Wiesengelände schlängelte, ging sie an Land. Hier konnte man die Vermißte von weither erkennen. Der Gedanke an Flucht erübrigte sich angesichts des knappen Hemdchens, das ihre einzige Bekleidung darstellte. Sie ließ es in der Nachmittagssonne am Leibe trocknen, und der Gaul graste friedlich neben ihr, als aus der Ferne ihr Vater und ein weiterer Waidmann heranhetzten.

»Was ist dir geschehen, Füchslein?« sprudelte er hervor, aufgeregt, doch heilfroh, seine Tochter wohlauf zu finden. Er führte all die Kleidungsstücke mit sich, die Laurence als ›Unfallbeweise‹ am Ufer zurückgelassen hatte.

»Nachdem der tapfere Herr Charles d'Hardouin dich unter tollkühnem Einsatz seines Lebens davor bewahrt hat, von den Hauern der tobenden Sau zerrissen zu werden, und du ohne Dank an den edlen Held entschwandest – was trieb dich, eine geübte Schwimmerin, in dieses tückische, reißende Gewässer?«

Laurence hatte sich inzwischen wieder angekleidet, so daß sie sittsam vor den Begleiter ihres Herrn Vaters treten konnte.

»Rambaud de Robricourt«, stellte Lionel den Herrn mittleren Alters vor, »ist Witwer und Besitzer der Forêt d'Othe – ein Forst so groß wie ganz Yvelines«, fügte er stolz hinzu. »Und er selbst ist ein gewaltiger Jäger vor dem Herrn!«

Laurence betrachtete den belobigten Waidmann, der aussah wie ein Fischotter: kugelrunder Kopf und abstehender Schnurrbart, der seiner Freundlichkeit etwas Verschmitztes verlieh. Sie verweilte nur kurz und leicht verwundert bei dem Gedanken, wieso Lionel, der für das Waidhandwerk sonst nur Spott, wenn nicht Verachtung übrig hatte, sich zu solchen Elogen hinreißen ließ. Dann kam sie auf die Frage ihres Vaters zurück.

»Der Heldenmut des tollkühnen d'Hardouin verwirrte mich mehr als die wütende Attacke der Bache, so daß ich in wilder Panik entfloh, anstatt meinem Retter zu danken, der mir in allerhöchster Not als der heilige Georg, gar glorreich wie ein Engel, erschienen war.« Laurence mußte an sich halten, um nicht vor Lachen herauszuprusten, zumal sie den jämmerlichen Herrn Charles vor sich sah. Das verleitete sie, die Geschichte hemmungslos weiterzuspinnen. »Doch hatte ich die ausgewachsenen Frischlinge übersehen, die sich an meine Fersen hefteten, wohl weil sie in mir den geeigneten Mutterersatz sahen. Sie stürmten hinter der Flüchtenden her über Stock und Stein und kamen schnaubend immer näher, als ich mit letzter Kraft das Ufer der Orge erreichte –«

Laurence vergewisserte sich des Eindrucks, den ihre Schilderung machte: Ihr Vater starrte sie mit aufgerissenen Augen an, die Bartspitzen des Fischotters hingegen zitterten vor verhaltener Heiterkeit. Das gefiel Laurence.

»Ausgerechnet jetzt strauchelt mein Gaul«, fuhr sie fort, »und wirft mich ab, genau vor die scharf geschliffenen Stoßzähne der gestreiften Bestien. Ich reiße mir das Wams vom Leibe und schleudere es dem vordersten Tier vor die Hauer! Doch es läßt sich nicht ablenken. Eure Tochter, Lionel, rennt um ihr junges Leben!«

Sie kümmerte sich nicht länger um die Reaktion der beiden älteren Herren, sondern ließ ihrer blühenden Phantasie freien Lauf. »Haken schlagend wie ein Hase, entledige ich mich nun auch des Hemdes, werfe es hinter mich, dorthin, von wo mir der heiße Odem der wilden Schweine in den Nacken weht. Kein Halten! Längst haben sie blutrünstig Witterung aufgenommen, dringen auf die in Todesangst Bebende ein. Wißt Ihr, Herr Rambaud, wie schwierig es ist, aus den Hosen zu kommen, wenn die Blase übervoll ist? Der Fluß war meine Rettung!«

Laurence hielt erschöpft inne, weil sie nicht mehr konnte vor Lachen – auch spürte sie in der Tat den Druck, jetzt pissen zu müssen. Sie sah, wie sich der grinsende Kürbiskopf mit dem lustigen Schnurrbart flüsternd dem Ohr ihres Vaters zuwandte, der erfreut nickte.

»Der edle Herr Rambaud de Robricourt hat soeben um deine Hand angehalten, schlaues Füchslein!« Diesmal war der entgeisterte Ausdruck nicht im Gesicht des zufriedenen Vaters zu finden, sondern im Mienenspiel der Laurence de Belgrave. Aber sie verlor die Beherrschung nicht. Mit einem Satz sprang sie auf den Rücken ihres Pferdes und trieb es in den Fluß.

»Lieber will ich ertrinken«, rief sie empört, »als mich dem Joch der Ehe zu beugen!« Sie gab dem Gaul die Sporen, doch der machte das nicht mehr mit, sondern scheute sichtlich vor einem erneuten Bad zurück. Und zur Scham der erzürnten Reiterin lachten die beiden älteren Herren am Ufer auch noch über ihr Mißgeschick.

Ausgerechnet da trabte der edle Ritter Charles d'Hardouin heran. Er wedelte aufgeregt mit den Armen und traute sich, als er Laurence erblickte, nur bis auf Rufweite näher.

»Lionel de Belgrave!« schrie er herüber. »Der Graf Simon de Montfort wünscht, daß Ihr unverzüglich zu ihm stoßt. Der Kreuzzug sammelt sich!«

BRIEF AUS DEM FELDLAGER

Lionel de Belgrave
an seine Tochter Laurence

Vor Béziers, im Juli A.D. 1209

Geliebtes Füchslein,
ich hoffe, Du empfindest den Turm von Ferouche nicht allzusehr als Gefängnis, in das Dein herzloser Vater Dich gesperrt. Dein vorläufiges Verweilen in der Sicherheit seiner Mauern ist mitnichten als Strafe gedacht, weil Du die blendende Partie einer Verbindung mit Herrn Rambaud de Robricourt leichtfertig in den Wind schlugst, sondern eine durchaus angebrachte Vorsichtsmaßnahme in unruhigen Zeiten. Für mich hier im Feldlager hat der Gedanke etwas Beruhigendes, den Donjon als Hüter Deiner Unversehrtheit und wehrhaften Trutz gegen Übergriffe falscher Freunde zu wissen, doch nicht zuletzt als Schutz vor Dir selbst.
Alain du Roucy und seinem windigen Kumpan Florent erlaubte ich mir, in Deinem Namen den Laufpaß zu geben. Sie verpetzten

nicht nur Dich wie zwei alte Waschweiber, darüber hinaus haben sie auch noch dafür gesorgt, daß Charles d'Hardouin als Frischlingsschänder in die Annalen der Jagd an der Orge einging. Seltsamerweise gilt sein ganzer Groll Dir, mein Füchslein, und nicht den Denunzianten, er haßt Dich regelrecht für diesen sauberen Stich, der ihm das Leben rettete. Im übrigen sei nur froh, daß Du fernab im lieblichen Yvelines weilen darfst, so sehen Deine Augen die Greuel nicht, die dieser ›Kreuzzug des Papstes‹ hier im Languedoc anrichtet. Deiner Nase bleibt der Geruch verbrannten Fleisches erspart, Deinen Ohren die gellenden Schreie der Mütter, denen die Kinder an der Brust abgestochen werden.

Wir liegen vor der einst blühenden Stadt Béziers, denn betreten können wir christlichen Ritter sie nicht mehr, obgleich sie schon gestern eingenommen wurde. Sie schwimmt noch im Blut ihrer hingemetzelten Bürger, erstickt im schwarzen Rauch der brennenden Häuser und Kirchen. Die Ehre eines Ritterheeres hatten wir bereits verloren, bevor der erste von uns einen Schwertstreich tun konnte. Wir werden angeführt von einem geifernden Kuttenträger, dem Erzabt von Cîteaux, Arnaud de l'Amaury. Er ist der päpstliche Legat, und er ließ zu, daß Tausende von ribautz und trüands, der niedrigste Pöbel, aus ganz Frankreich zusammengeströmt, Galgenstricke und Beutelschneider, Ganfte und Dirnen, Durchstecher und Fledderer, daß dieses Gesindel sich an die Spitze des Kreuzzuges setzte, auf nichts anderes aus, als zu plündern und zu schänden, zu quälen und zu schächten.

Die biterois – so nennen sich die Bürger der Stadt seit altersher – weigerten sich stolz, ihre katharischen Mitbewohner dem Erzabt auszuliefern, und sie schlugen auch den ersten Angriff dieser Strolche glorreich zurück. Das machte sie übermütig, sie setzten den Fliehenden nach. Wir Ritter zu Pferde und unser Fußvolk hatten noch nicht eingegriffen, denn wir fügten uns der Disziplin und den Befehlen unseres militärischen Führers, Simon de Montfort, Graf von Leicester, der übrigens ein Neffe des Legaten ist. Als das zurückflutende Gesindel, verlauste Bauern, verwahrloste Mönche, blutige Schinder, diese Radkrähen und Wegelagerer, gegen unsere festgefügten Reihen prallte, gerieten sie vollends in

Panik, auch war ihre Gier nach Brandschatzung und Beute stärker als die Angst vor den Spießen der Städter. Sie wendeten und stürmten mit verzweifelter Wut nochmals gegen die Nachdrängenden an, stießen durch bis zum Stadttor, das die Wächter nicht mehr rechtzeitig schließen konnten, und ergossen sich in die Stadt.

Was sich dort in den Straßen abspielte, muß Dir meine Scham verschweigen. Die Hölle tat sich auf! Die Einwohner, ob nun Christen, Ketzer oder Juden, flohen entsetzt in die große Kathedrale der Stadt. Der Pöbel, bereits im Blutrausch, vermochte die bronzenen Portale nicht einzurennen, also schleppten sie alles, was sie an Holz und Stroh fanden, aus den Häusern und Ställen, schichteten es rings um das Gotteshaus und zündeten den riesigen Scheiterhaufen an. Der Erzabt sah zu. Graf Simon bestürmte ihn, dem sich anbahnenden Massaker Einhalt zu gebieten, mit dem Hinweis, unter den Eingeschlossenen befänden sich auch die katholischen Christen von Béziers. »Am Tag des Jüngsten Gerichts wird Gott, der Herr, die Seinen schon herauszufinden wissen!« soll die Antwort des päpstlichen Legaten Arnaud de l'Amaury gelautet haben. Das weiß ich von Deinem Retter Charles d'Hardouin, der an der Seite des Montfort beglückt erregter Zeuge des Massenmordes wurde, den dieser in die Tage gekommene Frischling – mit seinen vorstehenden Schneidezähnen – als ein ›göttliches Strafgericht‹ empfand!

Ich kann meinen Gott hier nicht finden. Vielleicht haben die Katharer doch recht, wenn sie glauben, daß diese Welt Schöpfung und Herrschaftsgebiet des Demiurgen ist. Schlimmer als der Legat vermag auch der Teufel nicht zu hausen!

Die Glocken begannen in der Glutesse der Kathedrale zu schmelzen, bevor sie aus dem verbrannten Gestühl herabstürzten, einen Funkensturm auslösend wie ein speiender Vulkan. In ihm müssen die Seelen der Gepeinigten aufgefahren sein – gewißlich in eine bessere Welt!

Heute wurden außer den Plünderern in der toten Stadt nur noch Ratten gesehen, Leichenfledderer und die ersten Rudel streunender Wölfe aus den Wäldern. Béziers soll als unbeerdigte Leiche liegen bleiben, damit das grauenvolle Ende der stolzen Biterois dem gesamten Languedoc, Toulouse und Carcassonne, Foix und Mire-

*poix als Warnung diene. Das ist der fromme Wunsch des Grafen
Simon de Montfort, dem wenig an einem völlig verwüsteten Okzitanien liegt, sieht er sich doch schon als Erbe des Trencavel und als
Graf von Toulouse.*

*Das Schreckensbild behagt auch dem Legaten, allerdings nicht
zur Abschreckung, sondern zur Verkündigung kommender Greuel,
die somit samt qualvoller Steigerung in die Länge gezogen werden
wie einem Verurteilten die Glieder auf dem Streckbett. Dazu hält er
uns täglich dreimal die Messe, und die noch vom Blut Unschuldiger
besudelten Mönche singen dazu. Doch gibt es im französischen Ritterheer auch schon Stimmen, die Widerwillen, wenn nicht Scham
spüren lassen. Ein Unbekannter steckte mir die Zeilen eines einheimischen Trovère zu:*

Que nols pot grandir crotz, autar ni cruzifis,
e los clercs aucizian li fols ribautz mendics
e femnas e efans, c'anc no cug us n'ichis.
Dieus recepja las armas, sil platz, en paradis!

*Mein Lehnsherr Simon de Montfort muß bei mir die rechte Begeisterung vermißt haben über diesen ›Kreuzzug gegen den Süden‹, wie
ich ihn jetzt auch schon – unter gleichgesinnten Freunden – nenne.
Großzügig stellte er mir ein stattliches Castrum aus der zu erwartenden Kriegsbeute in Aussicht. Als erbliches Lehen, wohlgemerkt,
mein Füchslein! Der Gedanke versüßt mir den Kadavergestank wie
Rosenduft. Ich werde die errungene Burg ›Mon Belgrave‹ nennen
und Dir zu Füßen legen, samt Schlüssel zum Turm.*

*Ich vermisse Dich sehr und trage mich mit dem Gedanken,
Dich – sobald es die Umstände erlauben – zu mir ins Heerlager zu
holen. Schon aus dem Grund, ich gestehe es Dir mit väterlichem
Respekt, um sicherzugehen, daß Du keine weiteren Ausbruchsversuche unternimmst, denn die würden – bei allem, was jetzt dem
Süden bevorsteht – Dich aufs höchste gefährden. Fühle Dich
beschützt, wenn ich jetzt mit den Worten schließe: Sei fest umarmt!*

Lionel, Dein Vater

DER ›PARSIFAL‹ VON CARCASSONNE

Das an Béziers statuierte Exempel verfehlte seine Wirkung in den Ländern Okzitaniens nicht. Reihenweise kam es noch Ende Juli zu vorsorglichen Übergaben, wenn nicht zur gänzlichen Aufgabe befestigter Plätze, die in der Stoßrichtung des Kreuzzugs lagen. Die Besitzer, die aufgrund ihrer bekannten Hinwendung zum Katharismus sowieso keine Schonung erwarten konnten, zogen sich in die schwer zugänglichen Berge zurück oder stellten sich dem Trencavel für die Verteidigung von Carcassonne zur Verfügung, denn es hatte sich herumgesprochen, daß die alte Hauptstadt das nächste Ziel sein würde. Die Kreuzfahrer hatten nun Blut geleckt.

Die feige Unterwerfung des Grafen von Toulouse, der sich auch die reiche Stadt Narbonne anschloß, hatte beim Trencavel Empörung ausgelöst. Ramon-Roger II, der mit dem aus gotischer Zeit überkommenen Titel eines Vizegrafen regierte, dachte nicht daran zu resignieren. Die Mauern von Carcassonne hatten schon Karl dem Großen getrotzt. Als der katholische Bischof es wagte, dem Verlangen des päpstlichen Legaten das Wort zu reden, nämlich sämtliche Juden aus ihren Ämtern zu entlassen und alle Ketzer auszuliefern, jagte ihn der Trencavel aus der Stadt und setzte statt dessen einen katharischen Perfectus ein. Sorgen machten ihm nur die vielen Flüchtlinge, Bauern und Hirten, die aus dem gesamten Languedoc bei ihm Zuflucht suchten. Sie brachten zwar ihr Vieh und Vorräte mit, aber ein Problem würde der Mangel an Trinkwasser bereiten. Die Aude floß nicht durch die Stadt, sondern im Bogen um sie herum, und sie war nur durch ein unbefestigtes Vorwerk geschützt. Natürlich gab es Brunnen, die tief in die Felsen gingen, auch begehbare Stollen zu unterirdischen Seen, doch deren Ausbeute konnte sich schnell als unzureichend erweisen.

Wenn Raimond, der Graf von Toulouse, sich nicht so schmählich hätte einschüchtern lassen, hätte man gemeinsam durchaus die offene Feldschlacht suchen können, denn man besaß den Vorteil, sich im eigenen Land besser auszukennen als die Eindringlinge aus dem Norden.

Als nun auch noch zu hören war, Raimond habe sich mit seinem gesamten Heer dem Legaten unterstellt, erstaunte das den Trencavel nicht mehr sonderlich. Die Beteiligung der Tolosaner am Kreuzzug würde höchst halbherzig ausfallen, wie alles, was ihr Herr Graf unternahm – oder eher unterließ. Doch auf die Verbündeten des Trencavel verfehlte diese traurige Nachricht ihren Eindruck keineswegs. Für sie war damit die Chance, doch noch eine Entscheidung im Schlachtenglück zu suchen, endgültig vertan. Die Grafen von Foix und Mirepoix, nächste Verwandte des Vizegrafen, zogen ihre Leute aus Carcassonne ab, um ihre eigenen Städte zu stärken. Nur Aimery de Montréal und Peire-Roger de Cab d'Aret, der Herr von Las Tours, hielten noch an der Seite Percevals aus.

In den ersten Augusttagen erreichte der Kreuzzug das der Stadt gegenüberliegende Ufer der Aude. Wieder waren es die Lumpenhaufen, herbeigeströmte Strolche und Pilger, die sofort zum Sturm auf das Vorwerk am Fluß ansetzten. Simon de Montfort drängte auf Einhaltung militärischer Disziplin, der Legat aber ließ sie gewähren. Sie sollten ruhig ihr Mütchen kühlen, glühend heiß hatte die Sonne auf sie niedergebrannt während des langen Anmarsches. Außerdem würden sie sich dann schon an dem festgefügten, mit zahllosen Türmen bewehrten Mauerring von Carcassonne blutige Köpfe holen. Das Vorwerk wurde dem Erdboden gleichgemacht.
 Am nächsten Tag versuchten sie, ihren Überraschungserfolg in Béziers zu wiederholen. Ihr Ansturm wurde, wie von dem Erzabt vorausgesagt, verlustreich zurückgewiesen.

Laurence hatte sich das sinnlose Anrennen gegen die Bastionen der stolzen Stadt an der Seite ihres Vaters Lionel vom erhöhten Zeltplatz der Ritter aus angesehen. Inzwischen fluteten die Haufen zügellos zurück ins Lager und brachten alles in heillose Unordnung.
 »Wenn ich der Trencavel wär'«, dachte sie laut genug, daß Lionel es hören konnte, »würde ich genau jetzt einen Ausfall wagen. Bei dem Durcheinander schießen hundert Bogenschützen euer feines Feldlager samt Zelten und Maschinen in Brand, bevor sich der erste Ritter hier auf sein Streitroß geschwungen hat.«

Ihr Vater lachte dröhnend. »Nur gut, mein Füchslein, daß nicht dein Perceval, sondern Lionel de Belgrave dich als Berater bei sich hat. Sonst wär' es schlimm um uns bestellt!«

Laurence fühlte, wie ihr das Blut in den Kopf schoß. So sollte auch mein Vater mich nicht behandeln, dachte sie, doch ihre Augen hatten schon eine andere Person erspäht, an der sie ihren Zorn wenigstens als Spott auslassen wollte. Unweit von ihnen schlurfte Charles d'Hardouin durch die Zeltgasse. Ihr Retter ging gebückt unter der Last von Sattel, Zaumzeug und Rüstung, während der wesentlich kleinere Guy de Montfort ihm leichtfüßig auf den Fersen folgte, ihn mit einer Gerte antrieb und allen, an denen sie vorbeikamen, zurief:

»Macht Platz für den ersten Ritter dieses Kreuzzuges, dessen Pferd durch das Tor von Carcassonne getrabt ist!« Schon mit dieser Ankündigung hatte Guy die Lacher auf seiner Seite. Dagegen krümmte der langaufgeschossene, schlaksige Herr Charles noch mehr den Buckel und starrte angestrengt auf den Weg, den seine großen Füße nahmen. »Allerdings ohne seinen Reiter«, fuhr der jüngste Montfort launig fort und ließ sich gerne dazu anfeuern.

»Am Fluß ein' Maid ihr Bürst' wollt' waschen, Herr Charles sein Pferd erfrischen, auch ein Gaul soll nicht dürsten!«

»Ganz recht!« riefen seine Zuhörer.

Für den d'Hardouin wurde der Gang zum Spießrutenlauf. Fast hätte Laurence Mitleid mit der Jammergestalt empfunden, ihr Zorn jedenfalls war verraucht.

»Die Maid ließ er nicht entwisch'n«, dichtete Montfort behende weiter, »half der Wäsch'rin beim Bürsten.«

»Der Specht«, grölten die Leute und beklatschten die dumme Zote, »den Gaul derweil nimmer konnt' er haschen!«

Die Pointe ging unter. Laurence wollte sich gerade angewidert abwenden, als der Blick des Charles d'Hardouin sie traf – erschrocken, doch sogleich in stechenden Haß umschlagend. Ausgerechnet diese rote Hexe war Zeugin seiner Demütigung geworden! Laurence verschwand wortlos im Zelt, während draußen der lärmende Trupp vorbeizog. Sie hörte noch, wie der Montfort ihrem Vater zurief: »Für Euch, Herr Lionel, wartet Besuch an der Lagerpforte – den Namen hab' ich vergessen!«

Das mußte der freche Kerl wohl noch hinzusetzen, um zu demonstrieren, daß er, ein Montfort, nicht den Boten für einen Lehnsmann seines Vaters machte. So quittierte Lionel de Belgrave die Nachricht auch nur mit einem abwesenden Nicken und wartete, bis die beiden außer Sichtweite waren, bevor er loszog.

Laurence spürte, wie sehr ihr Vater gerade in ihrer Gegenwart unter der geringen Achtung litt, die der Montfort ihm entgegenbrachte.

Laurence fühlte sich unwohl in dieser Männergesellschaft. So leid es ihr für ihren Vater tat: Sie mußte schnellstens wieder raus aus diesem Feldlager, in dem Fußlappen und Achselschweiß, ausgekotzter Rotwein und Pisse um die Wette stanken. Durch die offene Zelttür sah sie ihren Vater zurückkommen, in Begleitung eines kurzgewachsenen Mannes, der wie ein Ball so rund war. Er redete, mit den Händen heftig gestikulierend, auf Lionel ein, und wenn er dabei nicht auch noch hüpfte, so nur deshalb, weil er wohl ein Hüftleiden hatte und ein Bein nachzog, das allerdings mit tänzerischer Eleganz.

»Herr Sicard de Payra«, stellte Lionel den Gast vor, »ist gekommen, um seine Burg in unsere Hände zu geben.«

Herr Sicard verbeugte sich geradezu anmutig vor Laurence. »Unsere Freundin Alazais hat Euch sehr gerühmt, junge Damna«, sprudelte es aus ihm heraus, »doch die feuerrote Realität übertrifft bei weitem den rosig glühenden Widerschein der *fama*, die Euch vorauseilt, Laurence de Belgrave.«

Die so blumig Angesprochene war nur kurz verwirrt – endlich ein Lebenszeichen von der Geliebten! »Daß Alazais Euch schickt«, entgegnete sie lächelnd, »macht Euch in meinen Augen zu Hermes, dem Götterboten.«

»Spottet nicht über einen verkrüppelten Faun!« versuchte der kleine Dicke grinsend mitzuhalten, doch Laurence ließ sich auch diese Wendung nicht entgehen:

»Amor mit dem Liebespfeil will ich Euch heißen, der Ihr von der hellhäutigen Göttin Venus entsandt.«

Das war Herrn Lionel nun doch zuviel. »Es geht um eine ernste Sache«, mahnte er seine Tochter. »Herr Sicard will seinen Besitz in guten Händen wissen, bevor der Kreuzzug brennend und mordend über ihn herfällt.«

»Ein Kleinod«, fügte der Herr von Payra stolz hinzu, »ein schönes Stück dieser Erde, unweit von Castelnaudary.«

»Also liegt es nicht fern von Fanjeaux«, bewies Laurence ihre Kenntnis des Landes. »Wie heißt das Castrum?«

Ihr inquisitorischer Ton verunsicherte Herrn Sicard. »Es hat keinen Namen«, entschuldigte er sich fast bei der forschen Dame. »Die Leute nennen es ›L'Hersmort‹, weil es über einen längst toten Seitenarm des Hers wacht.«

»Das trifft sich doch ausgezeichnet«, erlaubte sich Vater Lionel wieder in das Gespräch einzugreifen. »*Mon Belgrave* schließt sinngemäß nahtlos an.«

Das freute gleichermaßen den Herrn Sicard. »Ich würde es Euch gern gleich zeigen«, versicherte er, beglückt über den unerwartet guten Ausgang.

»Ich denke, Vater«, meldete sich Laurence mit Bestimmtheit zu Wort, »Ihr solltet erst mal die Erlaubnis des Montfort einholen, denn nur aus seinen Händen könnt Ihr ein auch in Zukunft wirksames Lehen empfangen.«

Herr Lionel schaute zum Herrn Sicard und zog resignierend die Schultern hoch. »Wie schlau ist doch unser Füchslein!« Damit gab er seiner Tochter recht. »Wartet hier auf mich, ich will gleich mit Herrn Simon reden.« Und er ließ die beiden allein.

»Was sollt Ihr mir sonst noch von Alazais ausrichten?« Laurence war jetzt wieder ganz junges, liebendes Weibchen. Der Herr von Payra könnte ihr Vater sein, dachte sie kurz und schämte sich, daß sie ihn so harsch behandelt hatte. »Sie befindet sich hoffentlich in Sicherheit?«

»Eine Reine wie Alazais ist immer in Sicherheit, in der Gewißheit des Paradieses. Das wißt auch Ihr, Laurence«, erwiderte der Herr Sicard, sie fast rügend. »Wo Alazais sich gerade befindet, vermag ich Euch nicht zu sagen, denn sie schwebt wie ein Engel von Ort zu Ort, überall dorthin, wo man ihres Trostes bedarf.«

Laurence beschloß, sich keine weitere Blöße zu geben, indem sie noch mehr Fragen nach der Geliebten stellte. Der Herr Sicard winkte einem Diener zu, der gegenüber im Schatten mit einem Sack gewartet hatte. Als er sich erhob, sah Laurence, daß sein Gesicht von schwarzer Hautfarbe war. So einen Menschen hatte sie noch nie gesehen, nicht einmal in Konstantinopel. Seine weißen Augäpfel blickten voller Gutmütigkeit auf sie, sein krauses Haar war schon leicht ergraut.

»Das ist Belkassem«, stellte der Herr Sicard ihn vor, und es war Fürsorge herauszuhören. »Er hört alles, aber er kann nicht sprechen.« Und er wies den Diener mit freundlicher Geste an, Laurence den Sack auszuhändigen. Der Diener schüttelte das Haupt, verneigte sich tief vor Laurence und schulterte die Last.

»Er will ihn für Euch tragen«, erläuterte der Herr, während sie das Zelt betraten. »Ihr sollt ihn jetzt nicht öffnen«, bat er Laurence. »Es ist ein Geschenk für Euch. Unsere Freundin hat mir versichert, daß Ihr eine würdige Trägerin –«

Er stockte beim Sprechen. Als Laurence sah, daß Tränen in seinen Augen schimmerten, nahm sie den kleinen runden Mann behutsam in die Arme. »Mein einziger Sohn ist vor Béziers gefallen, Freunde haben mir seine Rüstung gebracht. Er war jung und schlank wir Ihr – sie wird Euch passen!« endete er und wandte sein Gesicht ab.

Laurence streichelte unbeholfen seine Schulter. »Ich werde sie in Ehren halten«, murmelte sie, während durch ihren Kopf Bilder geisterten, die sie als Ritter zeigten, unkenntlich bei heruntergeklapptem Visier. »Wenn ich darin reite, will ich an Euch denken.«

Der kleine Mann hatte seine Tränen getrocknet. »Alazais sagte mir«, flüsterte er verschwörerisch, »daß Ihr sie gut gebrauchen könnt.«

»Weiß Gott!« sagte Laurence und küßte ihn dankbar auf die Stirn.

In der eingeschlossenen Stadt begann sich der Mangel an Trinkwasser bemerkbar zu machen. Der Vizegraf ordnete Notschlachtungen der überreichlich vorhandenen Tiere an, aber da auch zum Kochen das Wasser fehlte und alles Fleisch gebraten werden mußte, wenn die Leute es nicht roh verschlingen sollten, vergrößerte sich der Durst. Die Ausfallversuche zur Aude hin gestalteten sich immer verlustreicher, denn unter dem Schutz von ›Katzen‹, fahrbaren Holztürmen, die von den Pionieren über den Fluß geschafft wurden, gelang es den Kreuzfahrern, den prekären Abstand zwischen Flußufer und Mauern an einigen Stellen zu überwinden und dort Brückenköpfe zu bilden, ungeachtet des ständigen Beschusses von Türmen und Zinnen herab.

Die mächtigste dieser Katzen konnte sogar direkt bis an den Sockel des mächtigen Steinwalls vorgeschoben werden. Sie widerstand, ächzend im Gebälk, der Wucht auch schwerster Brocken; sorgfältig war sie mit nassen Tierhäuten gegen brennendes Öl gesichert. Wie eine Zecke klebte sie an der glatten Mauer. Unter ihrem starken Dach brachen *sappeure* in fieberhafter Arbeit Stein um Stein aus der Stadtmauer heraus, stützten das entstehende Loch mit hölzernen Streben ab, füllten es dann, als es mannshoch war und tief in das Mauerwerk hineinragte, mit Reisig und setzten das Ganze in Brand. Während sich die Katze im beißenden Qualm zurückzog, stürzte an der ausgehöhlten Stelle die Mauer ein, eine Bresche war entstanden.

Da die Dunkelheit aber schon hereinbrach, begingen die erschöpften Kreuzfahrer den Fehler, den Sturmangriff auf den nächsten Morgen zu verschieben. In der Nacht ließ der Trencavel nicht nur die Lücke stopfen, sondern gestattete auch einigen Verwegenen, unter der Führung von Peire-Roger de Cab d'Aret bis zur Katze vorzudringen und sie für weitere Angriffe unbrauchbar zu machen: Sie stürzten das Ungetüm in den Fluß.

Am Morgen waren die Verteidiger früh auf der Mauer. Sie beobachteten beunruhigt die Ankunft eines neuen, recht stattlichen Trupps von Rittern im Zeltlager der Kreuzfahrer. Als sich aus deren Mitte ein einzelner herausschälte und auf das Zelt des Grafen von Toulouse zuging, erkannte ihn Ramon-Roger. Es war der König von Aragon! Pedro II war sein Schwager, vor allem aber der Feudalherr über Carcassonne, das er für ihn, seinen Souverän, als Vizegraf regierte.

Dieser Anblick gab den übernächtigten Kämpfern frischen Mut. »Jetzt, wo sie alle abgelenkt sind«, riet Aimery de Montréal, »sollten wir über sie herfallen.«

»Wenn es uns nur gelingt, den Erzabt in seinem Zelt zu greifen, dann haben wir dem Kreuzzug das Herz herausgerissen«, stimmte ihm der verwegene Cab d'Aret sofort zu, aber Ramon-Roger schüttelte energisch sein Haupt.

»Den Legaten gibt der Montfort mit Freuden her«, entgegnete er bitter. »Dieser Kreuzzug hat kein Herz, aber einen Kopf, und das ist Simon de Montfort. Und der würde schneller den König als Geisel nehmen, als Ihr das Lager überrannt habt! Schaut, schon tritt unser Souverän aus dem Zelt, er kommt gewiß zu uns! Er *kann* uns nur Gutes bringen!«

Der Trencavel sah voller Hoffnung auf das Kreuzfahrerlager hinab, wo sich jetzt die hohen Herren um den König drängten. Der Erzabt zeigte sich allerdings nicht, und auch Herr Simon stand abseits. Von ihrem Rang her hatten andere den Vortritt, an ihrer Spitze der Herzog von Burgund, leicht an seinem Banner zu erkennen, das ihm vorangetragen wurde. Doch auch etliche andere waren Pairs von Frankreich, und diese Ehre hatte Simon de Montfort, Count of Leicester, eben nicht.

»Was wird er uns schon zu sagen haben?« riß ihn Aimery aus seinem Sinnen. »Ihr, der Trencavel samt Familie, erhaltet freien Abzug, unsereins springt über die Klinge oder verdirbt im Kerker, die Juden werden vertrieben, die Katharer verbrannt.«

»Wir kennen doch die *conditiones*«, pflichtete ihm Peire-Roger bei, »und an denen wird sich nichts ändern. Gebt Euch keinen Träumereien hin, Perceval! Schließlich hegt König Pedro keinerlei Sympathien für Ketzer.«

»Ein Erzkatholik!« Der Trencavel war verärgert. »Doch mehr schmerzt es mich, meine Herren, wie Ihr mich einschätzt!« Die beiden schwiegen betroffen. »Meine Ehre werde ich nicht in dieser Stadt zurücklassen, nicht einmal, wenn mein König es befiehlt. Ich will Euch nicht mit meinen Entscheidungen belasten. Ich sehe seine Katalanen, die königliche Leibgarde, bereits das Lager verlassen und auf unsere Porta Narbonensis zu reiten, um den Weg zu sichern.«

Die Versuche seiner Mitstreiter, ihn zu unterbrechen, wies der Vizegraf mit herrischer Gebärde zurück. Er wußte, welchen Weg er zu gehen hatte, und ließ sich von niemandem mehr aufhalten. »Der

Besuch Seiner Majestät wird genügend Ablenkung hervorrufen, die Euch erlaubt, unangefochten hinwegzureiten und Euren Kampf woanders im Lande fortzuführen. Che Diaus vos bensigna!« Er umarmte beide, und sie küßten sich, bevor sie ihn auf den Wällen Carcassonnes allein ließen.

Laurence sah die einsame Gestalt zwischen den Zinnen und war sich gewiß, daß es nur der Trencavel sein konnte, den seine Freunde Perceval nennen durften. Wie verloren er wirkte, trotz der mächtigsten Mauern, die sie je zu Gesicht bekommen hatte, Rom und Konstantinopel eingeschlossen! Was hätte sie darum gegeben, gerade jetzt an seiner Seite zu stehen, einfach nur bei ihm zu sein, kein Wort müßte zwischen ihnen fallen. Laurence mochte ihren Blick nicht von der zerbrechlichen Figur wenden, die ihr immer als die Erfüllung ihres ritterlichen Ideals erschienen war – ›Parsifal, der Hüter des Grals‹!

Vorbild war sicher die schwärmerische Verehrung der großen Esclarmunde für ihren spirituellen Bruder, die Laurence unbewußt übernommen und so weit verinnerlicht hatte, daß sie sich in letzter Zeit immer öfter dabei ertappte, eine ätherische ›Laurentia‹, das rote Haar als Strahlenkranz, die mystische Braut des angebeteten Helden, zu erträumen, lächelnd bereit, mit IHM den Tod zu überwinden, das Paradies zu gewinnen.

Wach wurde ihr Verstand erst wieder, als ihr Blick zu den Niederungen des Kreuzfahrerlagers hinabglitt, just in dem Moment, als der König von Aragon aus dem Lagertor ritt. An seiner Seite trabte in der Eskorte ein junger Templer. Blutrot leuchtete das Tatzenkreuz auf dem weißen Umhang. Es war Gavin! Ihm, Gavin Montbard de Béthune, würde es also vergönnt sein, dem Trencavel von Angesicht zu Angesicht gegenüberzutreten.

Ihr Vater Lionel kam zurück, und Laurence mußte an sich halten, ihre Entdeckung nicht auszuplaudern. Lionel wandte sich jedoch nicht an sie, sondern an Herrn Sicard de Payra, der die ganze Zeit geduldig im Hintergrund des Zeltes gewartet hatte. »Herr Simon hatte jetzt verständlicherweise wenig Sinn für mein Anliegen«, berichtete er, »doch war er guter Dinge, was den weiteren Verlauf unserer Sache hier anbelangt.« Lionel räusperte sich verlegen, weil er den vorwurfsvollen Blick seiner Tochter aufgefangen hatte. Ihm fiel ein, daß Herr Sicard die Dinge anders sehen mußte. »So gab er mir seine Zustimmung zur unstreitigen Übernahme Eures Besitzes, unter der Bedingung natürlich, daß ich ihm nachträglich dafür den Lehnseid schwöre.«

»Das mögt Ihr, werter Herr samt Eurer lieben Tochter, dann tun oder lassen, ganz wie es Euch beliebt«, rief der rundliche Herr Sicard erleichtert. »So kann ich mich alsbald auf meine Reise begeben. Kommt, laßt uns meinen Abschied, Euren Einzug auf L'Hersmort begehen!«

»Sobald wir Carcassonne hinter uns haben«, mußte Lionel den Eifrigen bremsen, »doch das wird ja in Bälde der Fall sein.«

»Ich wäre mir da nicht so sicher, Herr Vater!« rief Laurence vom Zelteingang her und wies hinüber zur belagerten Stadt.

Alle drei konnten sie sehen, wie der König von Aragon eiligst Carcassonne verließ, seine Leute um sich sammelte und, ohne noch einmal das Lager der Kreuzfahrer zu berühren, ohne einen Blick zurück auf seine Stadt zu werfen, mit seinen Katalanen Richtung Pyrenäen davonritt. Hinter ihm wurde das Stadttor wieder geschlossen, daß sie meinten, den dumpfen Knall bis hierher zu hören. Hinter den Zinnen füllten sich die Mauern der Stadt mit Bewaffneten.

»Der Trencavel zeigt Flagge«, stellte Lionel de Belgrave sinnend fest. »Ich will mir anhören«, wandte er sich abrupt an seine Tochter, »was dein Freund Gavin zu berichten weiß.« Er hatte wohl erwartet, daß Laurence darauf etwas erwidern würde, doch die hatte ihm den Rücken zugewandt und starrte gegen das Linnen der Wand. Kopfschüttelnd verließ Herr Lionel das Zelt.

»Wollt Ihr nicht in Erfahrung bringen, was sich zwischen dem König und seinem Vizegrafen abgespielt hat?« brach Laurence das Schweigen und lud den Gast mit erkennbar gekünstelter Liebenswürdigkeit ein, sich gleichfalls zu entfernen. Doch die freundliche Kugel zeigte weder Neugier, noch ließ sie sich von Laurence in die gewünschte Richtung rollen. Laurence stemmte die Hände kämpferisch in die Seiten und sah Herrn Sicard offen an. Der grinste breit.

»Ich werd' mich gewiß umdrehen, wenn Ihr die Kleidung wechseln wollt. Für das Schließen der Ösen des Brustpanzers auf Eurem Rücken stehe ich dann gern zur Verfügung.«

Da mußte auch Laurence lachen. Sie griff sich den Sack und zerrte ihn hinter den Vorhang, der ihre Lagerstatt von dem Hauptraum des Zeltes abtrennte. Laurence empfand keine Scham wegen ihrer Nacktheit, sie wollte nur den liebenswerten Dicken nicht in zusätzliche Verwirrung stürzen, der schon den Körper eines fremden Wesens im Harnisch seines Sohnes würde ertragen müssen. Sie schnürte sich mit einem Band ihre Brüste eng an den Körper, streifte dann ihr Hemd wieder über und zwängte sich in das Eisenblech des Kürasses. Wortlos half ihr Herr Sicard auch in die Brünne aus feingearbeiteten Ringen mit ihren die Schultern kräftig verbreiternden Aillettes. Er legte ihr auch die Diechlinge an, zum Schutz der Oberschenkel. Auf Schienen und Kniebuckel verzichtete Laurence, nicht aber auf die Armkacheln – für den Fall, daß sie ihre Ellenbogen gebrauchen müßte. Zum guten Abschluß, nachdem sie endlich ihre auffällige Haarpracht unter einem zum Turban gebundenen Tuch gebändigt hatte, setzte er ihr vorsichtig den Helm auf, einen nicht zu schweren *bassinet*, dessen Visier spitz nach vorn ragte.

»Nicht einmal Euer eigener Vater wird Euch erkennen, junger Herr«, scherzte Sicard und umrundete sie prüfend.

»Mit der Hundeschnauze wohl kaum«, bedankte sich Laurence, wobei sie das ihr Gesicht verdeckende Gebilde mit einem verschmitzten Lächeln aufklappte.

»Jeder Zoll ein ritterlicher Sproß von edelstem Geblüt!« Er schnalzte mit der Zunge, höchst befriedigt über den Erfolg seiner Gabe.

Laurence probte ihre ersten Schritte im Zelt. In den engen Gassen da draußen mußte ihr Gang von lässiger Sicherheit zeugen. Dann nahm sie den Glatzkopf des Sicard zwischen beide Eisenhandschuhe, küßte ihn auf die Stirn und trat ins Freie.

Das pavillonartige Zelt des päpstlichen Legaten fand Laurence, ohne jemanden fragen zu müssen, denn am Eingang herrschte großes Gedränge, offensichtlich wurde auch nicht jeder zugelassen. Bisher hatte niemand sie erkannt, doch man machte ihr bereitwillig

Platz. Auch die Wachen zögerten nicht, ihr den Weg freizugeben – nach kurzem Blick auf ihr feines Gesicht und die ersichtlich kostbare Rüstung –, doch Laurence winkte leutselig ab. »Nur keine Umstände!« murmelte sie und ließ verstohlen eine Münze in die Hand des Wachhabenden gleiten. »Ich sehe und höre so gut genug.«

In der Mitte des geräumigen Rundzelts, wo der Erzabt Arnaud de l'Amaury den hohen Herren auch die Messe zu halten pflegte, stand Gavin vor dem Kirchenmann und berichtete ohne Scheu.

»›Wie oft habe ich Euch geraten‹, sagte König Pedro d'Aragon, ›die verrückten Katharer mit ihrem Irrglauben aus Carcassonne zu weisen. Jetzt steht diese gewaltige Heerschar vor der Stadt, bereit, Gottes Strafgericht an Euch zu vollziehen.‹ – ›Wie lauten die Bedingungen einer kampflosen Übergabe?‹ fragte der Trencavel gefaßt. ›In Anbetracht der Achtung, die man Eurem König zollt‹, antwortete König Pedro, ›ist es dem Trencavel Ramon-Roger als seinem Vicomte und leiblichen Schwager gestattet, mit zwölf Begleitern seiner Wahl abzuziehen. Die Stadt und alle Menschen darin gehören dem Kreuzzug!‹«

»Und was fiel Perceval da noch ein?« höhnte der Erzabt, dem hinter ihm stehenden Simon de Montfort einen triumphierenden Blick zuwerfend.

»›Sire, Ihr glaubt doch wohl nicht‹«, wiederholte Gavin unbewegt die Antwort, »›ich verriete auch nur den geringsten meiner Untertanen? Reitet zurück nach Aragon, ich bitte Euch darum. Ihr werdet dort verkünden können, daß der Trencavel von Carcassonne seine Stadt und die ihm anvertrauten Leute zu schützen wußte.‹« Als wäre etwas von dem Stolz des Trencavel auf ihn übergegangen, fügte der junge Templer mitten in das eingetretene Schweigen hinein noch hinzu: »Der König neigte sein Haupt und küßte seinen Schwager. Dann verließ er die Stadt, wie Ihr ja wißt.« Gavin verschwieg, daß im Gefolge des heimkehrenden Königs auch die Vicomtesse und das Söhnlein des Trencavel entschwunden waren.

»Dieser Narr!« entfuhr es dem Montfort.

Der Erzabt hielt sich mit Gefühlsausbrüchen nicht auf. »Habt Ihr sonst noch etwas auszurichten, Ritter?« fuhr er Gavin an, wie eine züngelnde Schlange das Haupt erhebend, denn er hatte wohl gemerkt, welche Haltung der Templer bei seinem Vortrag eingenommen hatte. Hochmütiges Ordenspack!

Gavin ließ sich keineswegs einschüchtern, ein päpstlicher Legat konnte ihm wenig anhaben. »Der edle Trencavel fordert freies Geleit, um mit den Führern des französischen Heeres zu verhandeln.«

»Gewährt es ihm!« grollte der Erzabt, bevor einer der Noblen Frankreichs seine Stimme erheben konnte. Der Herzog von Burgund erschien hier sowieso nicht, die anderen Pairs waren sich zu fein, ihre Stimmen in einem Kriegsrat abzugeben, in dem letztlich doch nur geredet wurde. Die Befehle gab dann Simon de Montfort, und den meisten war das recht so, es enthob sie des Nachdenkens, des Entscheidens und vor allem jeglicher Verantwortung. Also richteten sich aller Blicke auf den bewährten Kriegsmann.

»Warum sollen wir ihn nicht anhören?« schlug der Montfort mit gebotener Zurückhaltung vor, obgleich es ihn schon lange wurmte, daß er sich so klein machen mußte. Nur noch die heiße Kastanie Carcassonne sollten diese Herrschaften für ihn aus dem Feuer holen, denn sie verfügten kraft ihres Standes über die nötigen Truppen und das Belagerungsgerät. Er, der arme Graf von Leicester, dagegen nicht – noch nicht! Dann würde auch die *quarantaine*, die vierzig Tage des üblichen Gelübdes für einen Kreuzzug, vorüber sein. Den päpstlichen Ablaß in der Tasche, das christliche Gewissen beruhigt, würden sie wohl allesamt in den Norden auf ihre ererbten Stammsitze zurückkehren und ihm das Feld überlassen – zur verdienten Ernte! Doch erst mußte diese Stadt fallen. Darin wußte er sich mit dem Erzabt einig.

»Er soll sein freies Geleit bekommen!« Arnaud de l'Amaury nahm die Ausführung in die beringte Hand. »Gavin Montbard de Béthune«, sprach er salbungsvoll, »Ihr habt bereits so viel Geschick bewiesen, daß wir uns keinen Würdigeren als Überbringer der Botschaft vorstellen können, in der wir unsere Bereitschaft erklären, den Vicomte hier zu hören.«

Leichte Röte der Scham oder des Zorns stieg in das Gesicht des jungen Templers. Er verneigte sich knapp vor der Versammlung und wollte sich auf der Stelle entfernen.

»Wartet«, sagte der Erzabt sanft. »Wir wollen Euch noch mit dem Freibrief ausstatten.«

Laurence hatte genug gehört. Sie zog sich vom Zelteingang zurück, bevor die Ritter die Versammlung verließen. Sie hatte ihren Vater Lionel entdeckt, der noch von dem Montfort festgehalten wurde. Das traf sich gut. Laurence lief, so schnell sie konnte, zum Zelt, wo ihr der schwarze Diener Belkassem den gesattelten Gaul schon entgegenführte. Zum Aufsteigen in voller Montur wollte sie die Hilfe des gutmütigen Herrn Sicard in Anspruch nehmen, doch auch diesen Dienst ließ sich Belkassem nicht nehmen. Er bot seine gefalteten Hände als Trittleiter an und hob sie wie eine Feder in den Sattel.

»Grüßt mir den Trencavel!« trug sein Herr der stolzen Reiterin feixend auf, um dann ins Stocken zu geraten. »Gebt auf Euch acht, Laurence. Ich möchte nicht auch noch die neue Herrin auf L'Hersmort verlieren. Che Diaus vos bensigna!« rief er ihr nach, als sie das Visier schon heruntergeklappt hatte und schnell davonritt, denn sie hatte von weitem ihren Vater gesehen, der nachdenklich durch die Zeltgasse zurückgeschritten kam.

Laurence wußte, daß sie bis zum genauen Zeitpunkt der Durchführung ihres Planes niemandem auffallen durfte. So verbot es sich, einfach bei der Lagerpforte zu warten, bis Gavin vorbeigeritten kam und sie sich wortlos und unauffällig dem Templer und seiner Begleitung anschließen konnte. Also ritt sie kreuz und quer durchs Lager, bemüht, nirgendwo zweimal aufzutauchen. Sie verließ sich auf ihren Glücksstern. Schon als kleines Mädchen war es immer so gewesen – wenn sie sich etwas fest wünschte, dann ging es auch in Erfüllung.

Sie erreichte das bewachte Tor des Lagers genau in dem Moment, als der kleine Trupp, Gavin an der Spitze, dort auftauchte. Mit pochendem Herzen gab sie ihrem Pferd die Sporen und brachte es geschickt neben den Freund. Laurence lupfte kurz das Visier, um ihn augenzwinkernd anzustrahlen. Doch Gavins Miene blieb eiskalt, nur sein Daumen wies kurz hinter sich. Laurence' Blick folgte dem warnenden Hinweis, sofort ließ sie das Visier wieder fallen: Als letzter im Zug ritt gesenkten Hauptes ihr Vater Lionel. Bitter enttäuscht wendete sie ihr Pferd und ließ die Emissäre an sich vorbeiziehen, zum Tor hinaus. Eine Hand nahm ihr den Zügel aus der ihren und führte Laurence zurück zum Zelt.

»Es ist nicht immer gut, zu einer bestimmten Zeit an einem bestimmten Ort zu sein«, sprach der umsichtige Herr Sicard mit beruhigender Stimme auf sie ein, »nur weil man es vermag – dank des Geschicks und des Vermögens, sich durchzusetzen.«

Laurence ließ ihn gewähren, ihr letztes Aufbegehren fiel schwach aus. »Perceval braucht mich!« flüsterte sie.

»Mag sein«, entgegnete Sicard. »Doch nicht jeder, der der Hilfe bedarf, erhält sie dann, wenn er sie braucht.«

Mittlerweile hatten sie das Zelt wieder erreicht. Beide wußten, daß jetzt eine Zeit quälenden Wartens vor ihnen lag. Sicard wies auf den Schachtisch mit der abgebrochenen Partie zwischen Vater und Tochter, doch Laurence wollte sich nicht setzen.

Sicard ließ sich nicht beirren. »Die Weißen, wie rein sie auch immer sein mögen, haben ihr Spiel verloren. Da nützt auch kein Damenopfer.«

»Warum müssen die Montforts immer siegen?« lehnte sich Laurence auf.

»Nicht für immer – und sie sind auch keine Sieger, sondern Gewinner von Kriegen.«

»Das reicht für ihr zerstörerisches Werk. Im Zeichen des Kreuzes vernichten sie das Schöne!« brach es aus Laurence heraus. »Was hilft es den Reinen, daß sie die moralischen Sieger sind, wenn sie tot sind, erschlagen, verbrannt?«

»Das Paradies«, unterbrach sie der rundliche Herr Sicard mit ungewohntem Glühen in der Stimme. »Das Paradies, das sich der Ecclesia catholica von Anbeginn an verschlossen hat, seit ihrem Sündenfall, und für immer und ewig verschlossen bleiben wird. Paris mag Okzitanien verwüsten, erobern und beherrschen, es wird nie wieder dies köstliche Land sein, in dem die *leys d'amor*, die Gesetze der Minnekirche, der göttlichen Liebe, sich zur Blüte entfalten konnten.«

»Sie werden den Gral nicht finden?« fragte Laurence zaghaft nach, überwältigt von der Kraft, die der kleine Dicke ausstrahlte und die mit ihrer eigenen uneingestandenen Hoffnung einherging, jenem insgeheimen Sehnen.

»Niemals!« rief Sicard aus vollster Überzeugung. »Die Hüter des letzten Geheimnisses dieser Welt werden es mit sich nehmen. Der Gral hat die Macht, in das andere Sein zu wechseln, aus dem wir kommen und zu dem wir zurückfinden müssen. Ramon-Roger ist Perfectus und geht uns voran, er braucht unsere Hilfe nicht – Perceval weiß den Weg!«

Diese klaren Worte gaben Laurence endlich Ruhe, sie stellte keine weiteren Fragen nach dem Gral, sondern lächelte Sicard dankbar an. Welch ein Glück für sie und für Lionel, diesen herzensguten Menschen getroffen zu haben! Und doch fieberte sie angstvoll der Rückkehr Gavins entgegen. Sie wollte jenen Mann wenigstens einmal gesehen haben, ganz gleich, welchem Schicksal er entgegenging, ganz gleich, wenn sich ihre Wege nicht kreuzen sollten. Wenigstens einen Zipfel der Weltgeschichte erhaschen! Doch das behielt Laurence für sich.

»Was ist an diesem Montfort«, fragte sie statt dessen, auch um ihre Ungeduld zu überbrücken, »daß Gott ihn erwählt hat als sein furchtbares Werkzeug?«

Sicard lächelte. »Als vor einigen Jahren die Venezianer ein gewaltiges Kreuzfahrerheer erpreßten, für sie erst noch eine Stadt an der ungarischen Küste einzunehmen, anstatt ohne Umschweife das gelobte Ziel anzusteuern – «

»Die Geschichte kenne ich!« rief Laurence. »Sie endet mit der Plünderung von Konstantinopel.«

»Das konnte damals noch niemand wissen«, fuhr Sicard fort. »Doch der einzige Ritter des Abendlandes, der sich weigerte, weil er gekommen sei, für seinen Heiland zu streiten, und nicht, um christliche Städte zu erobern, damit sich die Serenissima noch mehr bereichere, war Herr Simon de Montfort, der ziemlich unbekannte und besitzlose Graf von Leicester. Aus England vertrieben, hatte er in Frankreich Zuflucht gefunden.«

»Seine Weigerung ehrt ihn«, räumte Laurence widerwillig ein, begierig, mehr über den gefürchteten Lehnsherrn ihres Vaters zu erfahren. Lionel war ihm damals nolens volens ins Exil gefolgt.

»Der damalige Verzicht würde den Hunger erklären, den der Wolf nun an den Tag legt. Und diesmal wird es ihm leicht gemacht, denn seit der schändlichen Einnahme Konstantinopels, also der Niederwerfung und Plünderung des christlichen Byzanz, hat das schlechte Beispiel Schule gemacht –«

»Das waren doch bloß griechische Orthodoxe!« warf Laurence ein, offenlassend, ob sie es ironisch meinte.

»Seitdem genügt ein päpstlicher Aufruf, und Kreuzzüge können nun, wie man sieht, durchaus auch gegen Christen eingesetzt werden. In willfähriger Zusammenarbeit mit der Krone Frankreichs, der die Unabhängigkeit der Südstaaten schon seit langem ein Dorn im Auge ist. Doch so skrupellos wie König Philipp und Papst Innozenz sind die noblen Pairs des Nordens keineswegs gewillt zu handeln. Die edlen Herren ahnen offenbar, daß leicht die Dämme brechen könnten, die ihnen die Herrschaft in ihren Ländern sichern, wenn erst einmal an dem überkommenen Feudalrecht gerüttelt wird, das sich ja einzig und allein auf das gottgegebene Vorrecht des blauen Blutes berufen kann. Das heißt, man ist bereit, gegen Ketzer vorzugehen, aber keineswegs, den alteingesessenen Uradel Okzitaniens widerrechtlich zu vertreiben und zu enterben. Es findet sich also niemand von Rang, der bereit wäre, sich die Führung eines solchen Unternehmens zuzumuten. Der vom Papst als Legat für den Kreuzzug bestellte Erzabt der Zisterzienser, Arnaud de l'Amaury, holt sich eine Abfuhr nach der anderen. Schließlich verfällt er auf seinen verarmten Neffen –«

»Oder besser *endlich*?« unterbrach hier die aufmerksame Zuhörerin. »*Endlich* kann die Sippe der Montforts sich unangefochten, gar aufopfernd in den Dienst der guten Sache stellen?«

»Wenn dem so wäre«, mußte Sicard zugeben, und sein überlegenes Lächeln war verflogen, »dann wäre es eine teuflisch gelungene Inszenierung. Denn als der erfolglose Legat den Kriegsmann überreden wollte, stellte der sich störrisch. Simon kann weder schreiben noch lesen. Also reichte ihm der Erzabt einen Psalter, und Simon öffnete ihn aufs Geratewohl – wie alle bezeugen! Es war der Psalm einundneunzig des Alten Testaments. Der Legat übersetzte die gefundene Textstelle für Simon, nicht ohne ihn vorher zu ermahnen: ›Wenn Gott dich ruft, erhöre ihn!‹ Dann begann er dort, wo ihm der ›Ruf‹ am besten geeignet erschien:

> Er wird dich mit seinen Fittichen decken,
> und Zuflucht wirst du haben unter seinen Flügeln.
> Seine Wahrheit ist Schirm und Schild,
> daß du nicht erschrecken mußt vor dem Grauen der Nacht,
> vor den Pfeilen, die des Tages fliegen,
> vor der Pest, die im Finstern schleicht,
> vor der Seuche, die am Mittag Verderben bringt.
> Wenn auch tausend fallen zu deiner Seite
> und zehntausend zu deiner Rechten,
> so wird es doch dich nicht treffen.
> Ja, du wirst es mit eigenen Augen sehen
> und schauen, wie den Gottlosen vergolten wird.

Simon schloß jedoch die Augen vor den Bildern, die auf ihn einstürmten. Mit Donnerstimme fuhr der Erzabt fort:

> Über Löwen und Ottern wirst du gehen
> und junge Löwen und Drachen niedertreten.
> Denn er hat seinen Engeln befohlen,
> daß sie dich behüten auf allen deinen Wegen.

Der Legat ließ die Worte des Herrn wirken, bevor er den Kriegsmann noch einmal drängte: ›So antwortest du –‹ Simon senkte ergeben sein Haupt.

> Er liebt mich, darum will ich ihn erretten;
> er kennt meinen Namen, darum will ich ihn schützen.
> Er ruft mich an, darum will ich ihn erhören;
> ich bin bei ihm in der Not,
> ich will ihn herausreißen und zu Ehren bringen.
> Ich will ihn sättigen mit langem Leben
> und will ihm zeigen mein Heil.«

»Und so geschah durch einfachen Fingerzeig das Wunder zum höheren Ruhme Gottes«, höhnte Laurence und fand sich darin mit Herrn Sicard einig.

»Daß die ewige Jungfrau nicht beteiligt werden konnte, lag nur an dem bedauerlichen Umstand, daß es die römische Kirche zu Zeiten Jahwes noch nicht gab.«

Laurence hörte nicht mehr hin. Sie hatte die Unruhe im Lager wahrgenommen, die nur die Ankunft des Trencavel bedeuten konnte. Wortlos stürzte sie in voller Rüstung aus dem Zelt. Diesmal war der Pavillon des Legaten weithin sichtbar mit seinen Insignien geschmückt und durch verstärkte Wachen gesichert, die fast allen Andrängenden den Zugang verweigerten. Laurence sah gegenüber, auf dem freigehaltenen Vorplatz, die fremden Ritter in geschlossener Gruppe anreiten und von ihren Pferden steigen. Es gelang ihr nicht, auch nur einen Blick auf den Trencavel zu werfen, so stark war das Gedränge. Doch sie hatte Glück. Der Wachhabende, den Laurence bereits für sich eingenommen hatte – er hielt sie wohl für den Sproß eines hochgestellten Herrn –, hatte sie erspäht und winkte sie durch zum Eingang.

Laurence schob sich in die hinterste Reihe, schon um nicht von ihrem Vater entdeckt zu werden. Auch jetzt konnte sie ›Ramon-Roger II Trencavel, Vicomte von Carcassonne‹, wie ein Herold ihn ankündigte, nicht ins Gesicht sehen. Er hatte, nur von einigen seiner Ritter begleitet, gemessenen Schritts den Raum betreten, aber er wandte Laurence den Rücken zu, als er nun vor den Erzabt trat. Allerdings hielt er inne, als er feststellen mußte, daß dieser offensichtlich sein Gesprächspartner sein sollte, denn der Legat eröffnete die Verhandlung mit einem schnippischen:

»Nun, Trencavel, was ist Euer Begehr?«

Der Vicomte sah sich indigniert um. Er suchte wohl nach seinen Standesgenossen, die außer dem Herzog von Burgund auch vollzählig vertreten waren. Doch sie senkten allesamt betreten die Köpfe oder wichen seinem Blick aus.

»Ich habe verlangt, mit – «

»Ihr habt nichts zu fordern!« polterte der Erzabt dazwischen. »Ketzer!« setzte er noch donnernd darauf und gab seinen Soldaten einen Wink. »Verhaftet ihn!«

Die Hände der Eskorte fuhren an die Schwertknäufe, die Wachen zögerten, da hob der Trencavel beschwichtigend die Hand. Das verlangte Schweigen trat augenblicklich ein, selbst der Legat wollte seinen bis hierher so leicht errungenen Erfolg nicht aufs Spiel setzen, da ertönte eine Mädchenstimme: »Feiger Wortbruch!«

Alle Köpfe fuhren herum zu Laurence, die selbst noch nicht fassen konnte, daß sie es war, die diese harten Worte in den Raum geschleudert hatte. Ihre Augen waren einzig auf den Trencavel gerichtet. Er hatte sie angesehen und ihr zugelächelt, nur kurz, schon drehte er sich wieder zu seinen Leuten um.

»Wir leisten keinen Widerstand«, forderte er sie auf.

»Wir könnten es noch jetzt mit jedem hier aufnehmen!« rief einer.

»Und den verräterischen Priester zur Hölle schicken!« ein anderer.

»Nein!« hörte Laurence noch die Stimme des Trencavel. »Ergebt Euch!«

Da wurde sie bereits von groben Fäusten zum Ausgang gezerrt, ihren raschen Tod vor Augen, denn die wütenden Blicke des Erzabts waren ihr nicht entgangen, der sogar jetzt noch seine Wachen drängte, außer sich vor Zorn:

»Schafft das Weib –!«

»Halt!« schrie da eine Stimme. Gavin stellte sich dem Erzabt in den Weg. In seiner aufgestauten Wut brüllte der junge Templer den Legaten regelrecht an: »Beleidigt wurde hier der Tempel! Dem Orden allein gebührt es, diese ungeheuerliche Anklage zu verfolgen! Das Weib untersteht unserer Gerichtsbarkeit!«

Der Erzabt sah sich eisernen Gesichtern gegenüber, keiner erhob die Hand zu seinen Gunsten. Selbst Simon de Montfort ließ sich nicht blicken, mit dem Orden der Templer konnte er es nicht aufnehmen, seine Wachen ließen ihre Spieße sinken. Arnaud de l'Amaury machte zähneknirschend kehrt und zog sich in sein Zelt zurück. Auf dem Vorplatz ließen sich die Ritter aus Carcassonne entwaffnen. Laurence de Belgrave wurde, an ihrem entsetzten Vater vorbei, von Sergeanten des Tempels abgeführt.

KAPITEL VII
DAS SCHLOSS VON
L'HERSMORT

DIE GEFANGENE DES MINARETTS

Laurence de Belgrave
an Alazais d'Estrombèze
durch Boten

Im Januar A.D. 1210

Teure Geliebte,
   mir gefällt es auf L'Hersmort, dem seltsamen Kastell Deines Freundes Sicard. Es deucht mich ein Stück Orient, verpflanzt zwischen der wilden Ariège und die Schwarzen Berge, mit seinen sanften rosa Kuppeln, wie sie Moscheen schmücken, und einem spitzen Turm, den die Mauren Minarett nennen; er ragt wie ein Speer zum Himmel auf und gemahnt die Gläubigen ans Beten.
   Ein Vorfahr der Payras war mit dem Grafen von Toulouse ins Heilige Land gezogen und hatte ihm lange in Tripoli gedient. Als seine Frau ihn verließ, um im Harem eines Emirs zu leben, hat er alles, was aus Holz gefertigt war, sorgfältig zerlegt und zusammen mit aller beweglichen Habe, kostbaren Stoffen und schweren Teppichen, Möbeln mit erlesenen Intarsien, Kupfergeschirr und Messingplatten, sorgsam verpackt und per Schiff ins Languedoc gebracht. Hier hat er sein Schloß auf einer Felsenklippe so wiederaufgebaut, daß man es von außen gar nicht als maurisch erkennen kann, denn das hätte nur böses Blut gemacht. Man sieht nur das schlanke Minarett, alles andere erschließt sich dem Besucher erst, wenn er den Innenhof betritt, einen künstlichen Garten mit Agaven und Palmenarten, wie sie auch hier im Süden wachsen. Ein in getriebenes Kupfer gefaßter Quell springt in der Mitte im feinen Strahl aus einer Brunnenschüssel, nach allen vier Himmelsrichtungen plät-

schert das Wasser in marmornen Rinnen davon und kehrt doch zur Fontäne zurück. Ich bewohne das Zimmer dieser entschwundenen Frau, in dem auch der jetzige Herr des Hauses alles so belassen hat, wie es auf ihn überkommen ist. Sie muß seine Ur-Ur-Urgroßmutter gewesen sein und hieß Melusine.

Eigentlich wollte Herr Sicard nach erfolgter Übergabe von L'Hersmort an meinen Vater dem Ort schnellstens den Rücken kehren, um nicht vom Kummer übermannt zu werden, und sich auf eine längere Pilgerfahrt nach Tripoli begeben, ans Grab der treulosen Melusine. Das ist Familientradition unter den männlichen Erben des Hauses Payra. Nun habe ich alles durcheinandergebracht, auch den guten Herrn Sicard, und er ist immer noch da. Als mich Gavin Montbard de Béthune aus den Klauen des erbosten päpstlichen Legaten riß, wurde ich tatsächlich von den Templern erst mal in strenge Haft genommen. Sie verbrachten mich noch am selben Tag auf die nächste ihrer Komtureien, nach Douzens östlich der belagerten Stadt, wo mir alsbald vor einem Ordensgericht der Prozeß gemacht werden sollte. Auch Gavin wurde aus dem Feldlager entfernt, da er – noch immer völlig außer sich über die niederträchtige Art, mit der ihn der Erzabt zum Wortbrüchigen gemacht hatte – verlangt hatte, auf der Stelle aus dem Orden ausgestoßen zu werden, dem er diese furchtbare Schande bereitet habe. Zu seinem eigenen Schutz, damit er sich nichts antat, wurde er ebenfalls unter Arrest gestellt mit dem Hinweis, daß in Anbetracht der Schwere seines Falls der Großmeister darüber zu befinden hätte.

So brach über uns – in getrennten Zellen – die letzte Nacht von Carcassonne herein. Die Kreuzfahrer waren sicher, daß nach der erfolgten Festnahme der besten Ritter des Gegners die Stadt keinen Widerstand mehr leisten würde, die meisten von ihnen hatten dem Trencavel das Geleit gegeben. Auch hatte deren Entwaffnung und Verteilung auf verschiedene feste Plätze mit geeigneten Kerkern den restlichen Nachmittag in Anspruch genommen. Man ließ sich also mit der Einnahme von Carcassonne Zeit bis zum nächsten Morgen.

Als das französische Heer sich dann bei Tagesanbruch den Mauern näherte, rührte sich dort nichts, kein Bewaffneter zeigte sich

*auf den Wällen. Der Montfort witterte eine Falle. Schließlich ließ
er das Südtor, die Porta Narbonensis, aufbrechen. Kein Widerstand
regte sich. Die Straßen waren leer, keine Menschenseele zu sehen.
Die gesamte Bevölkerung schien wie vom Erdboden verschluckt.*

*Und tatsächlich war die ganze Stadt verlassen. Der Erzabt hatte
mit Bedacht einige Ritter entkommen lassen, damit sie in der Stadt
vom Schicksal des Vicomte berichten und den Verteidigern klarmachen sollten, daß weiterer Widerstand zwecklos sei. Als die Bürger
von Carcassonne vom Opfer ihres Trencavel hörten, nutzten sie die
Nacht, um mit Mann und Maus durch die unterirdischen Stollen in
die Schwarzen Berge zu entweichen.*

*In einigen Kellern fanden die Schergen des Erzabtes noch ein
paar Alte, Gebrechliche und auch Schwerkranke, denn die Bevölkerung hatte entsetzlich unter dem Wassermangel gelitten. Wer der
Ketzerei abschwor, wurde splitternackt laufen gelassen, »nur in
seine Sünden gekleidet« davongejagt. Alle diejenigen, die sich
standhaft weigerten, das Ave-Maria aufzusagen, immerhin einige
Dutzend, wurden in der Zitadelle zusammengetrieben und im Verlauf der nächsten Tage bei lebendigem Leibe verbrannt. Den
Vicomte ließ der Montfort in einem Turm seiner eigenen Burg einmauern.*

*Nach einem Dankgottesdienst in der Kathedrale berief der
päpstliche Legat eine Versammlung aller weltlichen Führer des
Kreuzzuges und der herbeigeeilten Bischöfe ab. Es sei die Zeit
gekommen, den bereits eingenommenen Plätzen, dem noch zu
erobernden Land einen neuen Herrn zu geben. Raimond, der
unglückliche Graf von Toulouse, hatte sich, um allen Peinlichkeiten
zu entgehen, unmittelbar vor der Ankunft des Trencavel vom Kreuzzug beurlaubt. Der Herzog von Burgund und auch die übrigen Pairs
von Frankreich, denen Arnaud de l'Amaury die Vizegrafschaft
Béziers und Carcassonne als ersten antrug, lehnten unwirsch ab.
Sie hätten das Kreuz genommen, um der Ketzerei Einhalt zu gebieten, nicht aber, um sich Territorien anzueignen, auf die sie kein
Recht hätten. Als der Erzabt auf die päpstliche Formel* mise en
proie *verwies, ›zur Beute ausgesetzt‹, reagierten die noblen Herren
indigniert: Ihre Quarantaine sei abgedient, ganz sicher wünschten*

sie nicht, ein königliches Lehen aus den Händen eines Geistlichen zu empfangen! Sie kehrten auf der Stelle in ihre Länder zurück.

Damit hatten die Montforts gewonnenes Spiel. Arnaud de l'Amaury, die Ritter Alain du Roucy, Florent de Ville, Charles d'Hardouin und Guy de Levis sowie zwei Bischöfe wählten unter ›Einfluß des Heiligen Geistes‹ Simon de Montfort, Graf von Leicester, zum neuen Vizegrafen.

Nun konnte auch der von der frohen Botschaft ›überraschte‹ Papst seinen Kondolenzbrief zum bedauerlichen Ableben des Ramon-Roger II Trencavel absenden. Miserbiliter infectus, hieß es darin, »elendiglich vergiftet«. Das Schreiben kam zu früh an, Perceval lebte noch, wenn auch elendig, in seinem dunklen Verlies. Immerhin wurde ihm dort die beruhigende Nachricht zuteil, daß seine junge Frau Agnes und sein zweijähriger Sohn und Erbe Ramon-Roger III Trencavel von König Pedro d'Aragon in die Sicherheit von Foix gebracht worden seien. Am 10. November wurde ihm das Gift gereicht. Doch erst jetzt, nach Monaten, als alle Spuren des Mordes verwischt waren, wurde der Trencavel tot ans Licht gezogen und natürlich mit großem Pomp beigesetzt.

Sein Nachfolger bekommt langsam kalte Füße. Viele der okzitanischen Herren, die ihre Burgen und Städte in panischer Angst vor dem drohenden Kreuzzug aufgegeben oder sogar dem Gegner ausgehändigt hatten, sind zurückgekehrt, erobern ihre Burgen im Handstreich zurück, und ihre Städte öffnen ihnen willig die Tore. Von dem gewaltigen Kreuzfahrerheer sind nur noch armselige Häuflein übrig, sie operieren dafür mit um so mehr Härte und Brutalität. Von den wenigen Getreuen, die Simon verblieben, machen sich vor allem jene Ritter, die auch zu seiner Wahl entscheidend beitrugen, in diesem langen Winter einen furchtbaren Namen.

Vieles von dem, was ich Dir hier berichte, wirst Du längst auch vernommen haben – oder sogar besser wissen als Dein törichtes Liebchen mit dem roten Haar! Unser Freund Sicard hat mir jedoch anvertraut, daß Du – wie viele andere – in den Höhlen von Ornolac Zuflucht gefunden hast und nur durch Boten erreichbar bist. So mag es sein, daß die Nachricht vom Abschluß meiner kleinen, unbedeutenden Affäre an Deiner Grotte vorbeigeflattert ist wie eine Fledermaus.

Nach dem Fall von Carcassonne trat ein Templergericht zusammen. Ich wurde gar nicht erst angeklagt, sondern unter Auflagen freigelassen. Und zwar wurde Herrn Sicard nahegelegt, seinen Besitz nicht mir oder Lionel zu vermachen, sondern dem Templerorden. Der Familie derer von Belgrave wurde ein lebenslanges Nutzungsrecht zugesichert, denn es stehe zu befürchten, daß sich andernfalls die Montforts für den angetanen Tort rächen oder sich schlicht über die mit Sicard de Payra getroffene Abmachung hinwegsetzen könnten. Lehen kann man einziehen, an Ordenseigentum würde sich niemand vergreifen. Da mein Vater ›verhindert‹ sei, solle ich mein Einverständnis erklären.

Teure Alazais, was blieb mir übrig? Und was bedeutet schon Besitz in diesen Zeiten – oder überhaupt? So kam ich also frei, die Templer schafften mich und Sicard unter ›strengster Bewachung‹ durch die Postenketten des Montfort nach L'Hersmort, das wir nun nicht, wie Lionel sich das erträumt hatte, ›Mon Belgrave‹ nennen dürfen. Der Orden legte auch eine ›Garnison‹ in die Burg, obgleich die überaus schlagkräftige Mannschaft solche Bezeichnung kaum verdient. Sie besteht aus einem steinalten Sergeanten, einem Turkopolen, und dem taubstummen Mohren des Herrn Sicard. Die beiden hißten sofort die Fahne des Tempels auf dem Minarett.

Wenn ich ein Mann wäre, ich träte sogleich in den Orden ein. Damit würden sich mancherlei Probleme in Luft auflösen! Mein loses Maul müßte ich mir als erstes abgewöhnen, wenngleich es doch heißt: er flucht wie ein Templer. An die persönliche Armut könnt' ich mich gewöhnen, solange ich auf ein gutes Essen, ab und zu einen edlen Tropfen und ein feuriges Pferd nicht verzichten muß. Nur mit der Keuschheit möcht' es hapern, Liebste! Es wird daran scheitern, daß Deiner Laurence – so gut mir eine Rüstung steht – beileibe kein Bart wachsen will!

Gavins hingegen sproß stattlich, als er vor dem Tribunal erschien. Seine Bestrafung für die ›Eigenmächtigkeit‹, mich für den Tempel vereinnahmt zu haben, was mir zweifellos die Unversehrtheit meiner Knochen bescherte, des empfindlichen Halswirbels insbesondere, wurde mit der verbüßten Haft verrechnet. Danach schüttelten ihm gerade die graubärtigen Ritter des Ordens die Hand. Bei

Gelegenheit wird der Tempel es dem Arnaud de l'Amaury schon heimzahlen, sein falsches Spiel mit dem Trencavel auf Kosten der Reputation eines seiner Ritter betrieben zu haben. »Der Orden ist wie ein Elefant«, versicherte ihm einer dieser Kämpen. »Er vergißt nichts.« Ich wäre in die Knie gegangen, so wie der dem Montbard de Béthune dabei auf die Schulter schlug.

Meinen Vater habe ich seit meinem Auftritt im Zelt des Legaten nicht mehr gesehen noch von ihm gehört, was mich beunruhigt. Ich lebe von den Nachrichtenkrümeln, Brosamen, die unser Sicard für mich draußen aufpickt. Ich selbst darf L'Hersmort nicht verlassen, dafür sorgt die Templer-Garnison – wie schön wäre es doch, wenn's ihre einzige Aufgabe bliebe. Lionel zu schreiben halten wir für zu gefährlich, der Brief würde vom Montfort abgefangen werden. Ich bin froh, daß Sicard sich anscheinend entschieden hat, als sein eigener Majordomus auf L'Hersmort zu bleiben, ›in unseren Diensten‹, wie der Gute manchmal scherzt.

Einen solch besorgten rundlichen Schutzengel wie unseren Sicard wünsche ich mir für Dich. Ihn an Deiner Seite zu wissen, daß er Dich bei Deinen Reisen ins Land behütet und beschützt, wäre mir den Verzicht wert, ihn hier an Vaters Statt um mich zu haben. Sicard wird Dich also zu erreichen wissen, doch ich hoffe, Liebste, daß Du alle Vorsicht walten läßt bei Deinem selbstlosen Dienst an Deinen Glaubensbrüdern, denn Deine Laurence ist so egoistisch, daß sie Dich bald, lebend, weich und warm, wieder in ihren Armen spüren will. Ich küsse Deinen Mund, Deine Sternenaugen, Deinen weißen Leib, geliebte Sonne.

Laurence

BLUTIGE NASEN

Laurence lag noch im Bett und dachte an ihre ferne Geliebte, da stand plötzlich ihre Mutter in der Tür. Belkassem hatte sie mit ihrer Sänfte auf Rädern schon vor dem Torturm abgefangen und ihr gestikulierend beigebracht, daß sie ihr Gehäuse vorzeitig verlassen müsse: Auf einen Karren montiert, so wie Livia zu reisen pflegte, paßte es in der Höhe nicht durch den Bogen, was sie nicht einmal verdroß. Die Tochter erwartete Vorwürfe gegen sich und Lionel, daß niemand sie wegen des Umzugs in den Süden um ihre Meinung befragt hätte, doch sie schien bestens informiert und billigte die Entscheidung. L'Hersmort gefiel ihr sofort. Auch mit Belkassem verstand sich die Dame auf Anhieb, kein Wunder, wo er ihr jeden Wunsch von den Augen ablas.

Die Mater superior war noch hagerer geworden, als Laurence sie von Konstantinopel her in Erinnerung hatte. Livia sprühte vor Energie. Bewußt, so hatte es den Anschein, bewegte sie sich leichtfüßig wie ein junges Mädchen. Dabei war sie über sechzig! Sogleich erzählte sie ihrer Tochter begeistert von den Taten eines gewissen Xacbert de Barbeira, wie der die Burg Alaric im Handstreich erobert hatte, und daß der grimmige Montfort zu spät kam, um seine beiden dort eingesetzten Statthalter, zwei französische Ritter, zu ›entsetzen‹. Ihr Leichen lagen schon zerschmettert unterhalb des Burgturms, als ihr Herr Simon eintraf. Laurence hatte gehofft, es könnte sich um die Schufte Alain und Florent handeln, aber Frau Livia wußte andere Namen zu sagen, mit größter Bestimmtheit, als wär' sie dabeigewesen.

»Unverrichteterdinge mußte der Montfort wieder von Alaric ablassen. Aber das war schon im November«, fügte die lebhafte Erzählerin hinzu. »Simon weilte gerade in Montpellier, wo er sich von Agnes, der Witwe des Trencavel, die definitive Abtretung von Carcassonne bestätigen ließ, gegen eine Leibrente. Ich kam eben von Rom, dort beschwerte sich Graf Raimond über den Montfort, wohl weil ihm endlich dämmerte, daß nach abgesicherter Inbesitznahme des Vicomtats nun der Griff nach dem Grafentitel von Toulouse als nächstes ansteht. Doch bald schon sah ich den Grafen in Saint-Gilles wieder, wo er Kaiser Otto seine Besitztümer in der Provence eidlich als imperiale Lehen bekräftigte, um ihn für seine Sache einzunehmen.«

Während dieses Redeflusses, der wie ein fleißiges Bienlein von Blüte zu Blüte summte, schwante Laurence allmählich, daß die Dame Livia sich schon seit geraumer Zeit in nächster Nähe aufgehalten haben mußte, und zwar in steter Begleitung jenes Herrn von Barbeira! Befand sich dessen Stammsitz doch dicht bei Douzens, wo die Rote Laure in der Schutzhaft der Templer gesessen hatte, gleich über der Straße nach Carcassonne. Und Alaric, am Westhang des gleichnamigen Gebirgszugs, erhob sich grad gegenüber. Solch enger Paß mußte schon seinerzeit dem berüchtigten Fürsten der Goten ideal für schnelle Straßensperren und blitzartige Raubüberfälle erschienen sein – bevor sich nun Mutter Livia dafür begeisterte. Sie hatte sich in eine veritable Kriegerin verwandelt. Sie blühte richtig auf.

»Als nächstes planten wir den Coup gegen Montlaur, mitten im tiefsten Winter, alles war verschneit. Ich verschaffte mir als von den Ketzern verfolgte Nonne Eintritt in die gut bewachte Festung, und als die französische Garnison ahnungslos schlummerte, öffnete ich Xacbert und seinen Getreuen ein hochgelegenes Fenster, durch das sie mit Hilfe einer Leiter einstiegen. Den Kehlen der im Schlaf Überraschten blieb keine Zeit, einen Warnschrei auszustoßen, doch ihr Blut tropfte genau vor dem Wachgänger in den Schnee. Er rannte schneller zum Donjon als wir und warf uns die Tür vor der Nase zu. Da er dort erst mal gut eingeschlossen war, begaben wir uns zur wohlverdienten Ruhe.

Ich lagerte mit Xacbert, gerade setzten wir zum Lanzenstechen an, als jemand ›Feuer!‹ schrie. Der Donjon stand in Flammen, weithin sichtbar – zumindest bis zur nahen Burg Capendu, wo der Montfort sein Quartier aufgeschlagen hatte, um uns in Alaric zu greifen. Ich drang in Xacbert, die Burg noch bei Dunkelheit zu verlassen. Mein Löwe, er war wie ein wilder Löwe, wenn er kämpfte, *un lion de combat!*, bestand erst auf der Beendigung des Bohurt, was auch mich lustvoll juckte.

Der Morgen graute schon, als wir von weither die Fackeln sahen, die sich auf Montlaur zu bewegten. Wir weckten die Gefährten und entwichen über die Leiter aus dem Fenster. Der Kerl, der den Dachstuhl des Donjon in Brand gesteckt hatte, warf jetzt noch brennende Balken hinunter in den Torweg. Da die meisten unserer Leute darauf bestanden, diesen sicher ehrenvolleren Abgang zu nehmen, hielten sie sich damit auf, die Hölzer zu löschen und aus dem Weg zu räumen. Als sie das Tor endlich öffnen konnten, liefen sie dem

Montfort direkt in die Arme. Waren prachtvolle Burschen, schade um sie!« endete Mutter Livia ihren Bericht.

Die Tochter hatte die Alte immer für allem Geschlechtlichen abhold gehalten, zumindest in ihrer vertrauten Erscheinung als Äbtissin. Auch in ihrer Beziehung zu Lionel schien dies längst – Laurence dachte immer, seit ihrer Zeugung – keine Rolle mehr zu spielen. Und jetzt präsentierte, ja entblößte sich diese Frau zumindest verbal völlig unbekümmert vor ihrer Tochter mit einem knapp fünfundzwanzigjährigen Galan und ließ sie schamlos am Stechen ihrer Möse teilnehmen! Laurence mußte die Mutter auf einmal mit völlig anderen Augen sehen: der dürre Körper nackt, ihre Brüste – Laurence wollte sich das nicht vorstellen! Auf der anderen Seite, über ihr, hinter ihr dieser Xacbert mit seinem lachenden Raubtiergebiß, seiner behaarten Brust, seinen festen Zähnen und gewaltigen Pranken, die zupacken konnten – ein Bild, das Livia hemmungslos vor den Bewohnern des Schlosses entstehen ließ, denn zumindest Belkassem war immer zugegen und hörte alles, wenn er es auch nicht weitergeben konnte.

»Für Xacbert war dieses letztlich fehlgeschlagene und teuer bezahlte Unternehmen ein herber Rückschlag, eine erste Niederlage, die ihn maßlos wurmte, fand man doch die verkohlte Leiche des tapferen Wächters später oben im Donjon, während der eigentliche Schloßherr zitternd, vor Nässe triefend von dem Montfort aus der Zisterne gezogen wurde, wo er sich verborgen hatte. Ein gewisser Charles d'Hardouin, der sich dann allerdings sein Mütchen wärmte beim Abstechen unserer Leute. Es war eine unangenehme Zeit für uns«, ließ Frau Livia ihre Zuhörer wissen. »Wir saßen auf der eiskalten Burg Alaric und wußten, daß der Montfort uns die angetane Schmach nicht vergessen hatte. Ostern, das war im April, war es soweit. Xacbert, ich und einige wenige konnten gerade noch ihr nacktes Leben retten, weil wir aus der Schütte, einem Loch für die Küchenabfälle, sprangen, als der Feind schon durch einen unterirdischen Gang eingedrungen war zu nachtschlafender Zeit. Wir entkamen ins Gebirge, und ich erfuhr zum ersten Mal – und zum letzten, will ich stark hoffen – die Unbilden eines Lebens als Faidite. Verfolgt, gehetzt – ohne Schlaf, frierend und hungrig. Und jeder kann dich verraten – wenngleich ich gerade von den einfachen Leuten eine Hilfsbereitschaft erfuhr, Opfermut unter klaglos ertragenem Leid, die mich oft beschämte.

Wie das Wild im Schnee des Winters zur Futterkrippe drängt, zog es uns natürlich nach Barbeira. Doch dort lauerte der Jäger und auf uns ein sicherer Tod. Den fürchte ich nicht«, schloß die Mater superior und wirkte jetzt doch sehr alt, »nur wünsche ich mir und Xacbert nicht das gräßliche Ende, das den Besatzern von Alaric, Männern, Frauen und Kindern, beschieden war.«

»Ostern«, ersparte Laurence ihr die Beschreibung, »ging unser Herr Sicard nach Bram, um auch dort die *confrérie noire* zu etablieren.«

»Ah, diese Widerstandsbewegung von Toulouser Bürgern«, zeigte sich Livia auch hier bestens informiert, »denen das eifernde Treiben ihres Bischofs Foulques ›pro Montfort‹ mißfällt.«

»Ja, Sicard murmelte etwas davon, daß er dort Toulouser Abgesandte treffen wollte, die zur Sache ihres Grafen Raimond stünden.«

»Und er ist noch nicht zurück?« Die Mater superior zeigte sich alarmiert.

»Nein«, mußte Laurence zugeben, »und es ist so gar nicht seine Art. Ich hatte ihn auch gebeten, etwas über meinen Vater in Erfahrung zu bringen, von dem ich nicht – «

»Lionel ist stets an der Seite des Montfort zu finden«, unterbrach Livia sie schroff. »Das letzte Mal wurde er auf dem zurückeroberten Alaric gesehen. Wir sollten uns hingegen ernsthaft um den guten Sicard sorgen.« Sie sprach von ihm, als handelte es sich um einen alten Bekannten. »Schließlich liegt Bram nicht so weit entfernt – «

Sie ließ den Rest offen, und Laurence begann sich Sorgen zu machen. Frau Livia hingegen machte sich Gedanken über die Zukunft ihrer Tochter: In ihrem Alter könne man von Laurence erwarten, daß sie etwas Nützliches tue, anstatt faul und bequem in einer Eremitenklause zu hocken, die eingerichtet sei wie ein muslimischer Harem. Die Rote Laure ließ sie reden, wenigstens kam sie ihr nicht mit Heiratsplänen wie der Vater Lionel. Allerdings hegte Laurence die Befürchtung, Livia könnte statt dessen auf die Idee kommen, auf L'Hersmort so etwas wie einen Miniaturkonvent zu installieren, mit ihr als Mater superior und der Tochter als einzige Nonne.

All das zerstob in einer weißen Wolke wie ein Sack mit Mehl, der auf dem Estrich auf die Steine knallt und zerplatzt, als eines Tages Xacbert ans Tor klopfte. Laurence erkannte ihn sofort, Livia hatte ihn gut beschrieben, doch nicht sein jungenhaftes Lachen, den Schalk in seinen Augen und die Weichheit seiner Lippen, wenn auch fast verdeckt von dem wild wuchernden Bart. Er eröffnete den Damen gleich, er wolle nur für wenige Tage bei ihnen Unterschlupf suchen. Doch dann begannen Livia und er Pläne zu schmieden, wie man den herumirrenden Kindern von Faidits helfen könnte, die oftmals verstört wie junge Wölfe, denen man die Eltern vor den Augen erschlug, in den Wäldern hausten oder verängstigt in den Trümmern von zerstörten, verbrannten Burgen hockten, wo der Vater noch vom Torbalken hing oder die Mutter geschändet in ihrem Blut lag. Die müsse man fortschaffen von dort, in Sicherheit und Wärme. Er werde sie herbringen, und sie als ehrbare und mildtätige Äbtissin müsse die Waisen nach Rom in die Obhut ihres Klosters geleiten.

Für den Plan war auch Laurence sofort Feuer und Flamme. Ihre Mutter zögerte, sie traute der Tochter solchen Einsatz wohl nicht zu, aber Xacbert nahm sie bereitwillig als Mitstreiterin. Und Laurence konnte es gar nicht erwarten, daß sie endlich zusammen loszogen.

»Was braucht dieser nette Dicke am wenigsten?«

»Sein Schwänzlein«, scherzten seine Peiniger mit freundlicher Besorgnis. »Das wird unser Ferkel schluchzen machen – oder es wird endlich grunzen.«

»An so etwas vergreif' ich mich nicht!« wehrte Florent de Ville die Zumutung seines Kumpanen ab. Der hatte erst mit dem scharf geschliffenen Dolch vor Sicards Nase herumgefuchtelt und wollte ihn dann Florent in die Hand drücken. Fachmännisch hatte Alain du Roucy die Klinge vor seinen Augen mit einem Wetzstein geschärft.

»Lassen wir ihn noch etwas aus dem Fenster schauen, solange er im Besitz seines Augenlichtes ist«, schlug Florent vor. »Auch soll hören, wer da noch Ohren hat!«

Die beiden waren ein eingespieltes Paar. Sie verließen die ebenerdige Küche des Schlosses von Bram und traten in den Innenhof. Ein vielstimmiges Wehklagen empfing sie, immer wieder vermischt mit einem Schmerzensschrei und langgezogenem Geheule. Eingepfercht in die Schweinekoben neben den Wirtschaftsgebäuden, erwarteten die Verurteilten ihre Verstümmelung. Wer nicht freiwillig den Gang zu den Metzgern antrat, wurde mit einem Seil eingefangen wie ein bockiges Rind und durch das Gatter bis zu dem blutigen Bock geschleift, auf den er rücklings geworfen wurde. Die Gehilfen rissen dem Opfer die Arme nach hinten und sprangen ihm auch auf die Beine, falls es strampelte. Je nach Laune schnitten die zum Henkersamt genötigten Metzger – sie waren nicht aus Bram – Nase oder Oberlippen oder beides und die Ohren ab, stachen die Augen aus und verabschiedeten den Geschundenen mit einem Tritt. Soldaten trieben die Unglücklichen dann zum Tor hinaus, während andere aus den unterirdischen Kerkern die Koben auffüllten.

Frauen, besonders die jungen, wurden noch zurückgehalten, aus naheliegenden Gründen, aber auch, um das Kreischen in erträglichen Grenzen zu halten. Wer von den Metzgern Drang verspürte, ging kurz zu ihnen hinüber und verschaffte sich stehend a tergo schnelle Befriedigung, wohl gegen das Versprechen, es nachher bei einem Auge oder den Ohrläppchen zu belassen. Angebote bekamen sie reichlich, wie Sicard an den entblößten Hintern sehen konnte, die sich den Schindern verzweifelt feilboten. Es kam ihm vor wie das Inferno des Letzten Tages: So konnte er sich Armageddon vorstellen, das dem Jüngsten Gericht voranging, nur hatte er bislang solche Bilder von Blut und Kot, solche gräßlichen Mißtöne vom Wimmern bis zum Brüllen nie für möglich gehalten.

Hinter dieser Szenerie, hinter den dunklen Mauern, leuchtete noch der Widerschein der Brände, die über die kleine Stadt Bram mit den Frühlingswinden hinweggefegt waren. Überall stieg noch der schwarze Rauch auf und legte sich wie eine rußige Wolke über das Grauen, das einen Namen hatte: Simon de Montfort. Und es war Sicard, als sähe er ihn mit glühender Schrift an die Wand geschrieben.

Die Glocken der Kirchen hatten die Bürger des Nachts aus den Betten gerissen. Die katholischen Priester hatten sie geläutet – dafür warteten sie jetzt mit ihrer Herde in den Koben, versuchten noch Trost zu sprechen, denn auch sie hatten nie so recht an den Teufel geglaubt. Die Einwohner waren schnell wach gewesen, warfen die Tore zu und besetzten die Mauern. Es gelang ihnen auch, die schon angelegten Sturmleitern zurückzustoßen, und sie gossen das seit Tagen bereitgehaltene Öl, mit Pech vermischt, brennend auf die Angreifer. Wer sich dennoch den Weg bis nach oben bahnte, den erschlugen sie mit Dreschflegeln oder zerhackten ihn mit Sicheln und Sensen.

Auch die Tore ließen sich die Bürger von Bram nicht einrennen. Sofort stürzten sie Säcke mit Getreide in die Torwege, so daß die Rammen nichts ausrichteten. Und immer noch läuteten die Glocken, riefen laut um Hilfe, und Simon mußte befürchten, daß das ganze Land in Aufruhr geriet, bevor er sich dieser militärisch wichtigen Etappe auf der Straße nach Toulouse bemächtigt hatte. Er geriet in hellen Zorn und ließ in aller Hast die schweren Katapulte und Katzen heranbringen.

Am frühen Morgen hatten die Mauerbrecher die erste Bresche geschlagen. Die Bürger versuchten mit einem Wall ihrer Leiber die Lücke auszufüllen, aber die nächsten Steinbrocken, von den Trebuchets in sie hineingeschleudert, machten ihren Trotz zu Brei. Sie flohen in das Schloß, dessen Hoftor ihnen sofort geöffnet wurde. Der Schloßherr kämpfte sich hoch zu Roß durch die Fliehenden vor, um mit den Angreifern zu verhandeln. Florent de Ville fiel ihm in die Zügel, und Alain du Roucy spaltete ihm den Schädel. Dann wurde das Tor geschlossen und drinnen für Ordnung gesorgt. Unwillig, aber erschöpft fügten sich die Bürger von Bram den Anordnungen und ließen sich in Gruppen aufteilen und getrennt festsetzen.

Dann geschah erst einmal lange Zeit gar nichts, denn die Glocken schepperten noch immer und mußten zum Schweigen gebracht werden. Mit dem Eintreffen der sichtlich schwer mißhandelten Priester und dem Ausbrechen der Feuersbrunst erstarb eine der ehernen Anklägerinnen nach der andern, bis nur noch ein Sterbeglöcklein bimmelte, das dann auch bald verstummte. Simon de

Montfort hatte die Stadt gar nicht betreten, sondern setzte seinen Weg fort. Das dem Widerstand angemessene Strafgericht überließ er seinen Gefolgsleuten, Florent de Ville und Alain du Roucy.

Sie sammelten erst einmal alle ein, die noch in der Stadt herumirrten oder sich versteckt hatten. Sie waren für Ordnung und gleiches Recht für alle. Sicard de Payra hatte sich im Schloß aufgehalten und auch davon abgesehen, nach draußen zu laufen, um Widerstand zu leisten oder die Flucht zu versuchen. Er versprach sich von der Tatsache, im Schloß verhaftet zu werden, auf jeden Fall eine gesonderte Behandlung – ob zum Guten oder Bösen, würde sich erweisen. Bisher hatte er damit nicht Unrecht gehabt, wie das schrille Geschrei bis hinauf zum spitzen Diskant und das tierische Gebrüll ihm anzeigten, das ihn immer wieder aufschreckte, bis es langsam in ein Meer von Jammern überging. Nicht, daß die Schmerzen da draußen geringer wurden, aber seine Ohren begannen abzustumpfen gegen dieses Unmaß an Grausamkeit, das den Menschen angetan wurde.

Hätte Sicard noch einen Blick hinüber zur Schlachtbank geworfen, so hätte er auch feststellen können, daß die Metzger ihr Handwerk nur noch mit mechanischen Bewegungen verrichteten. Opfer wie Täter stumpften ab, anstatt zu rebellieren, sich gegen diese einmal erteilte Anordnung aufzulehnen – schon angesichts der so oder so drohenden Verstümmelung oder des Todes. Beide waren wie gelähmt, aber es wurde weiter getrottet, weiter geschlachtet – wobei die müden Schinderknechte wohl kaum mehr wegen der längst verblaßten Drohung gehorchten, ihnen würden bei Widersetzlichkeit die Hoden abgeschnitten; vielmehr wollten sie es einfach hinter sich bringen. So stellte sich ein Einvernehmen ein zwischen dem Verurteilten und seinem Henker, der Richtspruch *mußte* vollstreckt werden – und niemand fragte: Warum?

Währenddessen wartete Sicard geduldig auf die Rückkehr der Herren de Ville und du Roucy. Er hätte versuchen können, sich im weiträumigen Schloß zu verstecken, doch das tat er nicht. Schließlich kehrten sie zurück, die Arbeit draußen verlief in geordneten Bahnen.

»Jetzt quieken die Säue, als würden sie geschlachtet«, sagte der

Roucy verständnislos zu seinem Gefährten. »Dabei geht's den jungen Damen nur an die Ohren.«

»Wer braucht schon soviel Blinde im Land? Alles zukünftige Bettler!« stimmte ihm Florent zu, um sich gleich dem hoffentlich letzten Fall des heutigen Tages zuzuwenden. »Ihr wißt also immer noch nicht, wo sich der Faidit Xacbert de Barbeira verkrochen hat?«

»Ich hab' ihn noch nie gesehen«, entgegnete Sicard wahrheitsgemäß.

»Das habe ich nicht gefragt.«

»Also, ich weiß es nicht!« entfuhr es Sicard.

Florent liebte Verstocktheit. »Und von einer alten Hexe, die ihn jedesmal unsichtbar macht, wenn wir ihn schon in der Falle wähnten, habt Ihr auch noch nie gehört?«

»Ich würde mich glücklich schätzen, eine solche Frau zu kennen.« Sicard wurde mutiger. »Doch leider kann ich Euch auch hiermit nicht dienen.«

»Ah«, sagte Florent gedehnt.

Der Roucy hielt seinen scharfen Dolch schon so lange ins noch glimmende Herdfeuer, daß die Klinge rot zu glühen begann. »Wollt Ihr das?«

»Was in meiner Macht steht – «

Der Roucy schnitt ihm die Rede ab. »Ihr steht in *unserer* Macht. Und wir lassen Euch Augen und Ohren nur deshalb, damit Ihr für uns ausspähen könnt«, sprach er genüßlich und zog Sicard mit schnellem Griff an der Nase zu sich heran. »Damit Ihr das nicht vergeßt – «

Sicard spürte nur einen furchtbaren Schlag. Mit raschem Schnitt hatte Alain ihm sein Riechorgan abgesäbelt und, ehe das Blut herausschoß, ihm die noch glühende Klinge gegen die offene Wunde gepreßt, daß es zischte. Der Schmerz peitschte wie ein Kugelblitz in sein Gehirn, das donnernde Feuer erstickte den Aufschrei. In sein Stöhnen hinein sagte die Stimme von Florent, den Patienten nach dem Eingriff beruhigend wie ein Bader, dem das Messer ausgerutscht ist: »Zu riechen braucht Ihr ja nichts.«

»Aber er soll nicht verbluten«, fügte der Roucy fast gutmütig hinzu und riß das Eisen mit einem Ruck vom verbrannten Fleisch. Doch da war der Herr Sicard schon in gnädige Ohnmacht gefallen.

Die sich von Tag zu Tag verlängernde Präsenz des Ritters Xacbert de Barbeira auf dem *Caz' del Maurisk*, wie sie hinter vorgehaltener Hand die Burg L'Hersmort mit ihrem spitzen Fingerglied auch schon nannten, war bei den Einheimischen nicht unbemerkt geblieben. Den hämischen Kommentar nebst ausschweifender Erörterung von Länge und Größe verkniffen sie sich aber sofort, wenn die Damen aus der Burg zu ihnen in die Taverne hinabstiegen oder wenn ein Fremder zugegen war – hatte doch Montfort *le Brut* überall seine Spitzel. Da mußte einer kein solch' Pferdegesicht haben und ganz dumm fragen, ob denn da kein Mann auf dem Schloß sei, jetzt, wo doch dem Herrn Sicard de Payra ... Ihn hatten sie ausgelacht. Da sei immer noch Belkassem, der Mohr!

»Der ist Manns genug!« rief einer. »Und redet wie ein Wasserfall!« ein anderer, und sie lachten dem Kerl mit einer Visage wie ein klappriger Gaul frech ins Gesicht. Als der Fremde gegangen war, sahen sie, daß hinter der nächsten Ecke ein Trupp Reiter auf ihn gewartet hatte. Sie waren dann schnell davongeritten.

Auf L'Hersmort saßen sich Mutter und Tochter gegenüber. Laurence schon in ›Reisekleidung‹, Teilen der Rüstung, die sie vom früheren Burgherrn erhalten hatte. Den Brustharnisch hatte sie noch nicht angelegt, denn obgleich keiner sie als vollbusig bezeichnet hätte, war es für sie doch kein Vergnügen, ihre Brüste jedesmal abzuschnüren. So beschränkte sie sich erst einmal auf die martialische Brünne mit den so schmucken Aillettes, Beinschienen und Armkacheln. Es gefiel ihr auch so, als kriegerische Pallas Athene ihre kraftstrotzende Jugend vor der Alten ins Bild zu setzen und ihren Altersvorteil gleichzeitig beiseite zu schieben, indem sie Livia, wo es irgend ging, den Vortritt ließ.

Die Aufgabe, der sich beide verschrieben hatten, ließ Eifersüchteleien oder gar Streit nicht zu. Lange hatten sie erwogen, ob Laurence nicht besser als einfache Landfrau, als Bäuerin auf dem Weg zum Markt oder als Hirtin mit ein paar Ziegen durchs Land ziehen sollte, auf der Suche nach verwaisten Ketzerkindern. Deren gab es viele. Die Eltern waren im Kampf gefallen, wegen ihres Glaubens auf dem Scheiterhaufen verbrannt oder als Faidits in den Untergrund gegangen, in die Berge mit ihren Höhlen und Grotten. Doch Xacbert hatte diese Maskerade gleich verworfen. Ihre Erscheinung sei zu auffällig, auch mit Kopftuch, und so häßlich könne sich Laurence gar nicht herrichten, daß sie nicht ständigen Belästigungen ausgesetzt wäre. Außerdem würde es auch als recht seltsam empfunden werden, wenn eine junge Frau allein die Straße entlang wanderte. Die Greiftrupps von *El Bruto* kontrollierten selbst die Nebenwege.

Livia kam für die Aufgabe, elternlose Kinder aufzuspüren, nicht in Frage. Zumindest wehrte sich Xacbert vehement gegen diese Lösung, während Laurence im stillen dachte, daß die hagere Mater superior alle Voraussetzungen für diese Rolle bestens erfüllte und auch durchaus bereit war, diese Mühen auf sich zu nehmen. Doch Xacbert machte geltend, daß Na' Livia wegen der Streiche, die sie zusammen mit ihm ausgeführt hatte, ›verbrannt‹ sei. Zu viele hätten sie gesehen, wenn auch nur noch wenige dieser Augenzeugen noch am Leben seien, um die Komplizin des berüchtigten Lion de Combat dem Montfort ans Messer liefern zu können.

Er will sie schützen, dachte Laurence, wie rührend! Mit ihr hatte Xacbert weniger Skrupel, das lag allerdings auch an ihrem Verhalten diesem Löwenmann gegenüber. Natürlich hatte es sofort gefunkt zwischen ihnen, und hätte Livia auch nur eine Miene verzogen, so hätte Laurence zugeschlagen. Aber die Alte zeigte unvermutete Härte oder beachtliche Bereitschaft zum Risiko. Sie warf ihrem Löwen das Fleisch der Tochter als Beute hin. Ob dem das schmecken würde oder nicht, wollte Laurence da gar nicht mehr wissen. Sie machte sich ungenießbar, was solche Art des Gefressenwerdens anbetraf. Sie spielte nicht die Hochmütige, sie *war* es in ihrem stolzen Herzen. Ihr kluger, kühler Kopf stellte sich vor die heiße Möse und sagte ihr, daß auch dies nicht der Mann ihres Lebens, geschweige denn für ein Leben war.

Ihr letzter Beweggrund war gewiß kein Mitleid mit der Mutter, aber doch ein gern gezollter Respekt für deren Geschick, den jungen Geliebten für sich zu behalten. Sollte sie ihn haben! Laurence de Belgrave – ihr Vater Lionel kam ihr nur kurz in den Sinn – brauchte keine Männer, um sich als Frau zu fühlen! Also hatten sie sich schließlich geeinigt, daß Laurence als junger Ritter aus der Ferne auftreten sollte, mit dem herausstaffierten Mohren Belkassem als Diener. Sicher hatten fast alle Gefolgsleute des Montfort sie in dieser Rüstung im Feldlager vor Carcassonne erlebt, doch das lag jetzt bald ein Jahr zurück, und die Leute merken sich eher ein Gesicht als einen Harnisch.

So wurde der Ritter ›maurisch‹ hergerichtet: Laurence trug zum grünen Turban eine spitz zulaufende Kampfhaube, die sie in der Waffenkammer von L'Hersmort aufgestöbert hatten und die auch wesentlich bequemer saß, darüber eine lange weiße *djallabiah* und einen echten Scimitar. Der hatte im Schlafzimmer des Schloßherrn als Wandschmuck gedient.

»Wie ein Sohn des Kalifen aus Tausendundeiner Nacht!« Xacbert grinste unverschämt, gab aber dann die Allerweltsweisheit von sich, daß nichts unverdächtiger sei als eine Person, die aller Aufmerksamkeit auf sich ziehe. Außerdem werde sich bei einem Prinzen aus dem Morgenland niemand verwundern, wenn der sich so absonderlich benehme, wie es ihm gerade in den Sinn komme. Und wenn er Waisen aufsammele und sie scharenweise hinter ihm herliefen, dann könnten höchstens aufgebrachte Eltern dem Heiden unterstellen, er wolle sie wohl kastrieren oder in seinem Harem versklaven. Vor denen müsse sie sich hüten, nicht vor den Schergen von *El Bruto*!

Damit stand der ersten ›Mission‹ des morgenländischen Prinzen nur noch eines im Wege: sie brauchten noch einen Namen für den Ritter und eine Art Stammbaum bis zu den Großeltern nobler Abkunft. Inzwischen hatte sich auch im christlichen Abendland herumgesprochen, daß selbst die Sarazenen eine Genealogie kennen und sogar großen Wert auf die lange Liste der Vorfahren legen – viel mehr als die blonden Barbaren. Und gerade in der Grafschaft Toulouse, die dank des Kreuzfahrers Raimond IV eines der ältesten Fürstentümer als Ableger im Heiligen Land gegründet hatte – die Grafschaft Tripoli an der Küste des Libanon –, bestand durch Erzählungen und aus persönlicher Erfahrung eine gewisse Kenntnis der Familienverhältnisse bei den muslimischen Nachbarn oder Untertanen. Nach über hundert Jahren der Kämpfe, Eroberungen und Niederlagen hatten sich viele der ursprünglichen Kreuzfahrer dort niedergelassen und waren nicht selten mit dem einheimischen Adel verschwippt und verschwägert. Also konnte man nicht einfach einen Phantasienamen wählen. Jetzt war guter Rat nicht teuer, sondern fast unmöglich zu erhalten.

Sicard, der Hausherr auf L'Hersmort, war immer noch verschwunden, worüber sich alle Gedanken machten. Echte Sorge machte sich allerdings nur Laurence, die den freundlichen Dicken ins Herz geschlossen hatte. Der hätte ihnen wahrscheinlich auch raten können. So aber verfiel der namenlose Prinz in seiner Not auf Belkassem: Der Mohr war taub und stumm, aber zumindest konnte er schreiben. Sein Herr hatte es ihm beigebracht. Laurence übernahm es, dem gutmütigen Diener das Gewünschte zu erklären. Schnell stellte sich jedoch heraus, daß er von blauem Blut auf syrischer Seite nicht die geringste Ahnung hatte. Er stammte aus dem Maghreb.

»*Inch'allah!* Ein Berberprinz! Der Sohn eines *sheiks* aus dem Rif!« rief Xacbert. »Da sind wir Christen nie hingekommen. Also kennt sich auch keiner aus.«

Das leuchtete Laurence ein, verwirrte aber den armen Belkassem. »Schreib einfach die Namen deiner Eltern auf«, half sie ihm auf die Sprünge, »und vom Vater deines Vaters.«

Belkassem zog sich mit Feder, Tinte und etwas Pergament zurück auf den Turm. Von dort konnte er zugleich Ausschau halten nach seinem Herrn, auf dessen Rückkehr er wartete wie ein treuer Hund.

Laurence drehte sich stolz nach Xacbert um, der jedoch verschwunden war. Sie fragte ihre Mutter, die ihn aber auch nicht gesehen hatte. Auch die Einvernahme des geringen Personals in Küche und Garten ergab keinen Hinweis auf den Lion de Combat. Der Löwe war wie vom Erdboden verschluckt – oder war er entsprungen?

Vom Turm ertönte fiepend das kleine Horn, das der Mohr immer mit sich führte und auch zu blasen wußte, wenn man nach ihm rief oder er sich bemerkbar machen wollte. Schließlich erschien auch

Belkassem ganz aufgeregt und zeigte ein Stück Pergament vor, auf das er gekritzelt hatte: »Gefahr – Reiter kommen!«

Alle traten sie an das Fenster des Söllers. Unten ließ der alte Torwächter, der Templersergeant, rasselnd das Fallgitter herunter, zum Hochwinden der Zugbrücke blieb ihm keine Zeit. Durch die Ebene, das Flußtal des toten Hers-Arms, bewegte sich ein Reiterhaufen mit größter Geschwindigkeit auf die Burg zu, allen voran eine säbelschwingende Figur im wehenden *barnús*, die auffälligerweise außer einem übergroßen Turban auch noch eine seltsam geformte Ledermaske trug.

Belkassem geriet völlig außer sich, als er der Maske ansichtig wurde. Er blies wild in sein Horn, bevor er zum Tor hinuntersprang. Laurence' Augenmerk richtete sich auf eine ganz andere Gestalt, die gleich dahinter galoppierte, eine junge Frau, die vor sich im Sattel ein Kind hielt – es war Loba!

Kaum hatten der Mohr und der alte Wächter das eiserne Gitter wieder hochgewunden, da sprengte der Zug auch schon über die Brücke, an seiner Spitze Sicard de Payra, das gutmütige Gesicht von einer umgeschnallten Ledernase verunstaltet, die spitzer als der Schnabel eines Buntspechts in die Luft ragte. Er sprang ab, leichtfüßig wie ein Junger, wehrte lachend den begeisterten Ansturm Belkassems ab und half Loba samt ihrem Söhnlein vom Pferd. Titus kann nicht viel älter als drei sein, überschlug Laurence, während sie die Wölfin umarmte. Loba war braungebrannt, und ihre flinken Augen blitzten vor Tatendrang.

»Ich hab' diesen drolligen Igel«, sie wies auf Sicard, »vor etlicher Zeit in den Schwarzen Bergen aus dem Eichenlaub aufgesammelt, wo er nach Trüffeln suchte. Er hatte sich verlaufen, als sie ihn der Stadt Bram verwiesen.«

»Bram?« mischte sich die Mater superior ein. »War das nicht dort, wo – o mein Gott! Sie haben ihm die Nase –?«

»Zur Gänze«, bestätigte der Herr Sicard, der auf das Wort ›Nase‹ hellhörig reagierte. »Besser als die Eier!« Ihm lag nichts daran, bemitleidet zu werden, schon gar nicht von dieser vornehmen Dame, die er nicht kannte.

Loba nahm Laurence am Arm und führte sie beiseite. »Eigentlich wollte ich ja auch Raoul mitbringen, dann hättest du hier – der zusammen mit meinem kleinen Teufel Titus! – die Hölle auf L'Hersmort gehabt.«

»Raoul? Ist der vorlaute Knabe nicht mehr bei –?«

»Alazais befand sich auf einer ihrer Reisen als Vollkommene, und sie war –«

»*War*? Was soll das heißen?«

»Sie *ist* eine Perfecta«, erklärte Loba ungerührt. »Und sie hielt sich bei Trostbedürftigen in dem kleinen Weiler Bordas auf. Sie war dort zu Gast auf dem Schloß, als l'Amaury das benachbarte Puivert angriff – vergeblich. Er holte sich eine blutige – Stirn.«

»Endlich mal eine gute Nachricht«, seufzte Laurence, doch Loba wollte darauf nicht eingehen:

»Verärgert mußte der Erzabt den Rückzug antreten, dabei hatte er sich endlich auch mal als Kriegsmann hervortun wollen, wie sein mittlerweile berühmter Neffe, Simon *le Brut*. Auf dem Weg kam ihm der Priester von Bordas entgegengelaufen: In seiner Gemeinde, meldete der Geistliche, habe gerade eine Sterbende das Consolamentum erhalten. ›Ist sie schon tot?‹ fragte Arnaud de l'Amaury. Der Priester verneinte. Da ging der Erzabt selbst, eskortiert von zahlreichen Soldaten, mit ihm in das Haus der Moribunden, einer alten Frau. ›Wollt Ihr die Sakramente der heiligen Kirche empfangen?‹ forderte er sie sogar recht gütig auf. Die Alte konnte nicht mehr sprechen, sie schüttelte das Haupt. Da ließ Arnaud«, fuhr Loba fort, »das Bett mitsamt der Frau vor die Kirche tragen und Holz und Stroh herbeibringen. Das häuften sie auf, die Weiber des Dorfes standen im Kreis herum. ›Glaubt Ihr an Jesus Christus, geboren von der Jungfrau Maria?‹ Da hob die Alte mit letzter Anstrengung den Kopf von dem verschwitzten Kissen und spie dem zu ihr herabgebeugten Erzabt mitten ins Gesicht. Der ließ sie daraufhin mit kaltem Wasser begießen und dann mitsamt ihrem Bett auf den Holzstoß heben und diesen anzünden. Die Weiber ringsumher begannen zu klagen und zu heulen. Arnaud befahl, sie zusammenzutreiben und noch mehr Holz und Stroh herbeizuschaffen. Als der riesige Scheiterhaufen lichterloh brannte, prügelten und stachen die Soldaten mit ihren Spießen auf die Frauen ein und jagten eine nach der anderen in die

Flammen. Ihr Geschrei war bis ins Schloß zu hören. Alazais ging hinaus und stellte sich zu den Frauen. Sie sprach ihnen Trost zu, bis dann auch die Reihe an ihr war. Ihre aufrechte Erscheinung, auch war sie nicht wie eine Dorfbewohnerin gekleidet, hielt die Soldaten davon ab, Hand an sie zu legen. Sie schritt lächelnd voran und warf sich in die Glut.«

CHRONISTIN WIDER WILLEN

Aus dem geheimen Tagebuch
der Laurence de Belgrave

Im Sommer A.D. 1210

– mir wurde schwarz vor den Augen, der Schlag auf den Hinterkopf hätte jedes Kalb gefällt, selbst eine dumme Kuh wie mich. Loba hatte mir eingebleut, mich nie von meinem Schwert zu trennen, nie den Helm abzusetzen. Mein Scimitar lehnte am Stein, aus dem der Quell sprudelte, und die Spitzhaube hatte ich als Trinkgefäß benutzen wollen. Ich stellte mir schon vor, wie erfrischend es sein würde, das kühle Naß mit einem Guß über Haupt und verschwitztes Haar zu schütten, als ich die Sterne sah – Gott sei Dank hatte mir die umsichtige Loba die wallende kupferrote Pracht zu einem bäuerlichen Kranz geflochten, aus Sorge, mein Haar könnte mich verraten. Damit rettete sie meine Schädeldecke, obgleich es furchtbar krachte. Daß sie nicht geborsten war, konnte ich an der Beule von der Größe eines Gänseeis ertasten, aber da befand ich mich schon in einem Zelt, das ich als das meines Vaters wiedererkannte.

Nicht, daß Lionel mich hatte derart mißhandeln lassen: Soldaten des Montfort hatten mich aufgegriffen, allen voran jener Hauptmann der Wache, der mir damals Zugang zum Pavillon des päpstlichen Legaten gewährt hatte. Er war schlecht auf mich zu sprechen, das heißt, er richtete kein Wort an mich, bis sie ihren Fang – die Hände auf den Rücken gefesselt, das lose Maul geknebelt – meinem Vater vor die Zelttür geworfen hatten.

Lionel, neben dem der Montfort stand, der anscheinend eine Erklärung, wenn schon keine Entschuldigung erwartete, zuckte nur mit den Schultern. Selbst wenn er sich für mich verantwortlich fühlte, zeigte er es nicht. Recht so! Recht geschah auch mir: Erkannt hatten sie mich an meinen protzigen Armkacheln und den ziemlich geckenhaften Aillettes – beide dazu angetan, einen einfachen Hauptmann, der seine Knochen ungeschützt hinhalten muß, mit Neid zu erfüllen.

Ich war mit Loba ausgezogen, um nach Kindern aus dem zerstörten Bram zu fahnden, die nach Angaben von Sicard immer noch in den Schwarzen Bergen nördlich von Carcassonne in der Wildnis herumirren wie verängstigte Tiere. Gefunden hatten wir noch keines. Loba hatte sich kurz von mir getrennt, um ihren Bruder in Las Tours aufzusuchen, das Peire-Roger de Cab d'Aret immer noch hielt. Ich wollte mich auf die nahe Burg von Saissac begeben, weil ich dort, wenn schon nicht fündig zu werden, so zumindest Auskunft zu erhalten hoffte, wo ich nach versprengten Kindern suchen müßte. Die Herren von Saissac galten als Freunde der Katharer.
  Doch wie schon gesagt, so weit kam ich gar nicht. Mein Vater teilte mir mit, kaum daß ich meinen aufgeblähten Kürbiskopf – so kam er mir vor – mit nassen Tüchern zu einer höchst empfindlichen Runkelrübe hatte schrumpfen lassen, Herr Simon habe für mich eine nutzbringende Verwendung gefunden. Da ich doch schreiben könne, solle ich das Kriegstagebuch führen. Der Zisterziensermönch, dem diese ehrenvolle Aufgabe bisher oblag, sei kopfüber in das Scheißloch gefallen und dort erstickt. Vielleicht hat man ihn auch geduckt, tröstete mich Lionel, denn er habe seine Unterhosen nicht in den Kniekehlen, sondern um Arm und Hals gewunden gehabt. Auch keine einleuchtende Todesursache, zumal ohne fremde Hilfe schwer zu bewerkstelligen! Jedenfalls erschien mir die an und für sich demütigende Stellung als Schreibsklave danach in einem neuen Licht –

Aus der Chronik des
Kreuzzuges gegen die Ketzer

Vor Pamiers, Juni A.D. 1210

»Meine Feinde werden den Kelch leeren, den sie mir zugedacht –
bis zur bitteren Neige!« Worte des Herrn Simon, nachdem er die
Stadt Pamiers wieder verlassen hat. Er ist hierher gezogen, um sich
im Beisein des Königs Pedro d'Aragon mit den Grafen Raimond von
Toulouse und Roger-Ramon von Foix zu treffen. Es gibt Klage zu
führen über das aufsässige Verhalten ehemaliger Vasallen des Trencavel, Peire-Roger von Cab d'Aret, Raimond von Termes und Aimery
von Montréal, die jetzt dem Herrn Simon Lehnstreue schulden.
Statt dessen suchen sie den Schutz des Königs von Aragon für ihre
Unbotmäßigkeiten. Keiner von ihnen bekämpft die Ketzerei in seinem Lehnsgebiet, im Gegenteil, sie beschützen die von der Kirche
Abtrünnigen und verfolgen deren Priester.

So hat der Herr Simon schon vor Eröffnung der Konferenz als
Vorbedingung sine qua non die Herausgabe der Burgen des Peire-Roger von Cab d'Aret verlangt, die das Volk ›Las Tours‹ nennt, und
ihm großzügig dafür gleichwertigen Besitz an der Küste geboten, in
der Gegend von Béziers. Da dieser jedoch die Gunst des Herrn
Simon mißachtet und sich weigert, darüber zu verhandeln, sagt der
Graf von Foix, ohne eine Entschuldigung vorzubringen, das Treffen
in rüder Manier, wie sie den Bewohnern dieses Landes zu eigen
ist, kurzfristig ab. Der Zorn des Herrn Simon ist gewaltig, und um
dem Grafen von Foix zu zeigen, was er von ihm hält und was er
nun zu erwarten habe, sprengt der Herr Simon, kühn und nur von
einem Knappen gefolgt, quer durch dessen Stadt, denn die Tore
stehen schon offen für den Empfang der Fürsten. Der Knappe wird
von Steinwürfen der Bürger getötet, der Herr Simon steht unter
dem Schutz der Jungfrau. Zur Strafe werden die Gärten von
Pamiers verwüstet, die Ernte niedergetrampelt und die Weinstöcke
zerhackt.

Der getreue Foulques, Bischof von Toulouse, schickt dem Herrn
Simon Nachricht, daß er den Konsuln der Stadt zehn Geiseln abge-

trotzt, allesamt ehrbare Notabeln, die er bereits nach Pamiers überstellt habe, damit sie dort dem Herrn Simon ausgehändigt würden. Dafür habe er das Interdikt aufgehoben, das auf Toulouse lastete. Grund dafür war die wiederholte Säumigkeit des Grafen Raimond, der dem Papst mehrfach versprochen habe, nunmehr energisch gegen die Ketzer in der Stadt und die jüdischen Wucherer vorzugehen. Herr Simon kehrt nochmals um und verlangt von der Stadt Pamiers die sofortige Auslieferung der Geiseln, aber inzwischen sind die Mauern besetzt und die Tore geschlossen.

Seinen Bericht hat der Bischof mit folgenden Worten geendet: »Der Aufruhr zeigt einmal mehr, daß die Ketzer beileibe nicht ausgerottet sind und daß es – so es Gott gefällt – in Bälde einer starken Hand bedarf, die seinem Willen zum Siege verhilft.« Die unerfreulichen Ereignisse geben ihm recht.

Der Bischof Foulques hat in Toulouse eine Brüderschaft katholischer Bürger gegründet, die confrérie blanche, die inzwischen unerbittlich gegen das Ungeziefer in der Stadt vorgehen, sie machen Jagd auf die Ketzer und zünden den Juden die Häuser an. Die so Verfolgten haben sich daraufhin zu einem verbrecherischen Haufen zusammengeschlossen, der sich frech confrérie noire heißt, und nun liefern sich das Pack und die Anhänger der Kirche Christi blutige Straßenschlachten.

»Gott hat durch seinen Diener, den Bischof von Toulouse, keinen billigen Frieden gestiftet, sondern einen trefflichen Krieg.« Worte des Herrn Simon.

Vor Minerve, im Juli A.D. 1210

Es waren die Bürger von Narbonne, die eine Abordnung zum Herrn Simon schickten mit der Klage über die Leute des Herrn von Minerve, unter deren dreisten Überfällen ihr Handel leide. Nun ist dieser Ort in den Schwarzen Bergen dem Herrn Simon schon lange ein Dorn im Auge, denn er beherrscht die Straße von Carcassonne nach Béziers, der einzigen, für den neuen Vizegrafen beider Orte überaus wichtigen Verbindung zur Küste, wenn er den Umweg über das unzuverlässige Narbonne meiden will. Die eigentliche Stadt

Minerve ist von Natur aus so günstig auf einem über fünfzig Meter steil abfallenden Felskegel gelegen, daß sie auf Mauern stolz verzichten kann. Das Schloß des Guilhem de Minerve befindet sich am äußersten Ende des länglichen Plateaus, eine künstlich in den Fels geschnittene Schlucht macht es zusätzlich uneinnehmbar für jegliche Art von Sturmangriff.

Herr Simon geht planmäßig vor. Er legt um den Felskegel einen festen Ring von Belagerungstruppen, ausgerüstet mit Katapulten jeden Kalibers. Auch die Stadt Narbonne hat sich mit einem starken Kontingent daran zu beteiligen. Ihr besonderer Stolz ist eine Steinschleuder, ›magn'optima‹ geheißen, die ihr Erzbischof konstruiert hat, sie kostet pro Tag stolze 21 Pfund. Die Beschießung beginnt und zeigt bald zermürbende Wirkung, zumal die am Fuß des Felsens hinter einer Mauer verborgene Schöpfstelle aus dem Wasser des Brian entdeckt wird. Herr Simon zerstört sie durch gezielten Beschuß. Eines Nachts unternehmen die Eingeschlossenen den Versuch, die Magn'optima in Brand zu setzen, doch der Anschlag wird durch die Aufmerksamkeit der Bedienungsmannschaft vereitelt.

Nach sieben Wochen haben Hunger und Durst die mit Flüchtlingen vollgestopfte Stadt soweit in die Verzweiflung getrieben, daß der Schloßherr um ein Gespräch mit Herrn Simon nachsucht. Großmütig stellt ihm der seine Bedingungen: freier Abzug für die Besatzung, die katholische Bevölkerung und jene Katharer, die bereit sind, ihrem Irrglauben abzuschwören. Guilhem von Minerve, ein alter Haudegen, weist empört darauf hin, daß es kaum Katholiken in der Stadt gebe, er andererseits aber auch keinen Katharer kenne, der solche Schmach auf sich nehmen würde.

Ungläubig will sich Herr Simon in eigener Person von der Haltung dieser Menschen überzeugen, doch da trifft der Erzabt Arnaud ein und überschüttet Herrn Simon vor versammelter Mannschaft mit bitteren Vorwürfen, er wolle die Ketzer schonen. Auch die noch verbliebenen Kreuzfahrer sind soweit aufgestachelt, daß sie ihrer Sorge lautstark Ausdruck verleihen, es könne ihnen einer lebend entkommen, indem er seine Bekehrung vortäuscht. Sie verlangen daher, daß alle Einwohner dem Feuer überantwortet werden. Herr

Simon beruhigt die Aufgebrachten: »Ihr werdet sehen, keiner von denen, die es betrifft, wird von dem Angebot Gebrauch machen!«

Guilhem von Minerve gibt daraufhin sich und die Stadt in die Hände des Herrn Simon, zu dessen Bedingungen. Der läßt neben seinem Banner auf dem Donjon des Schlosses ein weithin sichtbares Kreuz aufpflanzen, ›zum Zeichen, daß Gott wieder von Minerve Besitz ergriffen hat‹. In Begleitung seines eigenen Kaplans, Monsignore Pierre des Vaux-de-Cernay, begibt er sich zu dem Haus, in dem sich die Katharer versammelt haben, um sie dennoch umzustimmen, ihren Frieden mit der Kirche zu machen.

Sie antworten ihm: »Ihr sollt uns nicht predigen. Wir haben uns von Rom losgesagt! Dem Leben, das Ihr uns versprechen könnt, ist der Tod vorzuziehen.«

Mittlerweile ist in einer Schlucht unterhalb der Stadt ein gewaltiger Scheiterhaufen errichtet worden. Als die Flammen hochschlagen bis zur Klippe darüber, ziehen die Katharer, ohne sich drängen zu lassen, die Straße entlang dorthin und springen hinab in die Flammen. Keiner muß gestoßen werden. Danach wirkt Minerve wie ausgestorben, denn fast alle anderen folgen Guilhem und seiner Frau Rixovenda von Termes in die Gegend zwischen Béziers und Narbonne, wo er über reichlich Grundbesitz verfügt.

Aus dem geheimen Tagebuch
der Laurence de Belgrave

Vor Carcassonne, im August A.D. 1210

Liebste, ich wollte Dir schon lange schreiben, doch mir fehlten die Worte. Ich war in ein schwarzes Loch gefallen, versteh' mich, immer tiefer, ich falle immer noch in diesen Höllenschlund, in dessen Tiefe die fürchterliche Lohe wabert, diese alles verzehrende Glut! Ich beschwöre Dein Bild, Geliebte! Mein Brief holt Dich zurück, rettet Dich vor den Flammen, Zeile für Zeile, Wort für Wort!

Die Einnahme von Minerve und die überaus glimpfliche Behandlung seines Herrn verfehlten ihren Eindruck nicht, und das war ja auch die Absicht des Montfort, verstehst Du mich? Natürlich, denn der Kirche treu und ehrfürchtig ergeben, blieb sein Sinnen auf die Bekämpfung, also Ausrottung der Ketzerei gerichtet. Er hatte schnell begriffen, daß sie auch Nährboden für den Widerstand gegen ihn war, während ihre Duldung ihm die einzige Legitimation entzogen hätte, sich hier zum Feudalherrn aufzuwerfen. Das mußt Du wissen, Alazais! Ihm lag wenig daran, den alteingesessenen Adel vollends gegen sich aufzubringen, solange der sich nicht offen vor die Ketzer stellte oder gegen ihn, Simon de Montfort. Die strategisch wichtigen Plätze mußte er allerdings in die Hand bekommen, zumindest in dieser Phase der Konsolidierung seiner Macht. Blutvergießen bedeutete dem Kriegsmann nichts, solange es nicht das seiner eigenen Leute war, denn jede gewaltsame Einnahme zehrte auch an den Kräften seiner zusammengeschmolzenen Truppe, die dringend auf Verstärkung angewiesen war. Langfristig konnte er aber wiederum nur fähige und ihm ergebene Gefolgsleute bei der Stange halten, wenn er sie mit Lehen aus erfolgten Eroberungen belohnte.

Da Simon de Montfort noch längst nicht am Ziel seiner Ambitionen angekommen war, die er zwangsläufig immer höher steckte, befand er sich in ständigem Zugzwang. Jeder Stillstand seiner Kriegsmaschinerie wäre ihm als Schwäche angekreidet worden, hätte sofortige Rückschläge, Aufstände und den Verlust von mühsam Erbeutetem bedeutet. Dem Kriegsrat gehörte jetzt auch seine Frau Alix de Montmorency an, eine sehr beherzte Person, falls Du sie nicht kennst, die mit dem rauhen Kriegsmann geschickt umzugehen weiß. Sie hatte ihm beachtliche Verstärkungen aus dem Norden gebracht, vor allem weitreichende Trebuchets und schwerkalibrige mangonels *samt fähigen Bedienungsmannschaften. Des weiteren setzte sich das Gremium natürlich aus Guy de Levis, dem Marschall, seinem treuen Freund Robert Mauvoisin sowie Monsignore des Vaux-de-Cernay, dem Hauskaplan der Montforts, zusammen.*

Letzterer hat sich auch vorgenommen, seinen weltlichen Herrn Simon durch eine Chronik, für die er schon den Titel Historia Albigensis *parat hält, zu ewigem Ruhm zu verhelfen – als würde El*

Bruto nicht schon genug dazu beitragen, daß sein Name, mit Blut auf rauchgeschwärzte Mauern geschrieben, für immer wie ein Fluch auf dem Languedoc lasten wird, zumindest solange Paris es in seinen Klauen hält! Das ist auch der Grund, aus dem der Kaplan mit dem Sinn für Historisches mir oft über die Schulter schaut und auch mit einer Korrektur eingreift, vor allem, wenn ich mich zu kurz fasse und Details ignoriere. Für eine junge Dame, meint er lobend, beweise ich einen erstaunlichen Sinn fürs Militärische, vor allem vermisse er an mir jeden Schauder vor den Grausamkeiten des Kriegshandwerks. Ihm würde sich bei vielen entsetzlichen Begebenheiten die Feder sträuben, während sie meiner so leichthin entflössen, als würde ich Blümchen auf einer Wiese pflücken.

Da Monsignore Pierre des Vaux-de-Cernay ein kluger Kopf ist und keineswegs ein verbohrter Priester, trotz seiner Vergangenheit als Abt – das Amt habe ich ja noch als drohende Alternative vor mir, was ich ihm aber nicht sage –, gehe ich freimütig mit ihm um. »Man dient ja«, gebe ich ihm zu bedenken, »nachkommenden Generationen nicht damit, daß man ihnen die Greuel eines Krieges verharmlost überliefert, denn Krieg – für oder gegen wen auch immer – kann vielleicht Gottes Wille sein, sicher aber nicht im Sinne seines Sohnes Jesus Christus, der uns explizit das Gegenteil lehrte.«

Da schaute er mich noch erschrockener an als beim Überfliegen meiner genüßlich ausgemalten Gräßlichkeiten. »Das, meine verehrte junge Dame, will ich überhört haben. Der Heiland und seine Mutter Maria, die Jungfrau, segnen diesen Kreuzzug mit jedem Sieg unserer Waffen und jedem verbrannten Ketzer! Laßt Euch nicht noch einmal zu solch einer Äußerung hinreißen, die ich als Beichte hinnehmen will, andere aber schlimmer noch als Ketzerei ahnden würden.«

Daraufhin verschwieg ich ihm, was ich seinen Ohren sonst noch anvertraut hätte, nämlich, daß ich mich mit der Niederschrift des Kriegstagebuchs von Herrn Simon furchtbar langweilen würde, wenn da nicht die grauslichen Sequenzen wären, die, würden sie nicht so oder ähnlich geschehen, ich mir auch schamlos aus den

Fingern gesaugt hätte. Außerdem bin ich der festen Meinung, daß nur Drastisches, sei es durch Horror oder durch ein Übermaß an Emotionen dargestellt, auf die Dauer immer wieder mal den Leser weckt und damit seine Anteilnahme wachhält.

Simon de Montfort betreibt sein Handwerk recht ähnlich: Nur durch überraschende, harte bis unbarmherzige Schläge kann er seine Herrschaft durchsetzen, behaupten, ausdehnen. So erschien zu meinem maßlosen Erstaunen Aimery de Montréal auf dem – aus Sicherheitsgründen nicht innerhalb der Mauern von Carcassonne gelegenen – Schloß, in dem Herr Simon sein Hauptquartier aufgeschlagen hat. Der einzige Ritter, der mir mehr als Achtung abgefordert hatte, bot dem Erzfeind seine Unterwerfung an! Ich weiß davon nur durch meinen Vater Lionel, dessen Mitwirken im Kriegsrat zwar nicht gefragt ist, der aber bei allen zeremoniellen Anlässen als Dekor herumstehen muß. Ich wollte auch nicht von Aimery gesehen werden, da war meine Scham nun doch zu groß – und wahrscheinlich wäre es auch dem stolzen Ritter peinlich gewesen, mich als Zeugin seiner Schmach zu wissen.

Die kampflose Abtretung von Montréal war offensichtlich von längerer Hand vorbereitet, denn sonst hätte er, dessen feindselige Einstellung und Taten bestens bekannt sind, sich gewiß nicht in das Nest des Geiers begeben. Dafür spricht auch, daß bereits vorbereitete Schriftstücke ausgetauscht wurden, die im Gegenzug und als Vergütung ebenfalls die Ansiedlung von Aimery in der Ebene von Béziers vorsahen. Ich kann mir einfach nicht vorstellen, daß der einst so schneidige und kampfstarke Herr von Montréal sich dort zur Ruhe setzt und für immer mit seinem Los zufrieden ist, gar Frieden geben wird – schließlich ist er noch jung!

Der Kriegsrat hat beschlossen, als nächstes Termes anzugreifen, läßt Monsignore des Vaux-de-Cernay seine ›Chronistin‹ im ›beruflichen Vertrauen‹ wissen .

Aus der Chronik des
Kreuzzuges gegen die Ketzer

Vor Termes, im September A.D. 1210

Nur ein südlich der Stadt gelegener Hügel erwies sich als geeignet, um dort ein *Camp* zu errichten. Hier lagern wir jetzt auch schon seit über einem Monat. Termes liegt inmitten der zerklüfteten Corbières, gut geschützt durch deren Felswände und seine bulligen Außenwerke. Um die Besatzung zu überraschen und auch von Ausfällen abzuhalten, war Herr Simon mit seinen Rittern und dem Fußvolk in Eilmärschen hergezogen und hatte das schwere Kriegsgerät noch in Carcassonne gelassen, um es nach Sicherung des Weges nachkommen zu lassen. Doch kaum hatte sich der Troß nächtens in Bewegung gesetzt, fiel Peire-Roger von Cab d'Aret, mit seinen Strolchen aus Las Tours herbeigeschlichen, über ihn her. Sie legten Feuer an die teuren Wurfmaschinen und begannen sie zu zerhacken. Der Widerschein der Flammen war bis in die Zitadelle von Carcassonne zu sehen, die Garnison eilte sofort den Bedrängten zur Hilfe und konnte die Wegelagerer auch vertreiben. Doch die empfindlichen Trebuchets und Ballisten hatten bereits so viel Schaden genommen, daß man sie allesamt zurückschaffen mußte, um sie wiederherzurichten.

Die von uns mittlerweile eingeschlossene Stadt wird von Ramon de Termes verteidigt. Von Zeit zu Zeit tritt der alte Herr auf seinen Altan heraus, läßt seinen Goldhelm in der Sonne blitzen und beäugt wohl voller Ingrimm unsere Anstrengungen. Er ist mit der Familie derer von Minerve eng versippt, seine Schwester Rixovenda gilt als Reine, und sein Bruder Benoît war sogar katharischer Bischof von Razès.

Inzwischen sind die Katapulte endlich wohlbehalten eingetroffen – Herr Simon hatte ihnen diesmal eigens seine Bretonen entgegengeschickt – und in Stellung gebracht, wenngleich dieser Faidit Peire-Roger uns immer wieder mit Überfällen auf unseren Nachschub belästigt. Alle Angriffe der Kreuzfahrer wurden bisher von den Verteidigern zurückgeschlagen, denn auch die

Gegenseite verfügt über wirksame Steinschleudern. In Termes soll sich Wassermangel breitmachen, doch auch wir leiden unter der Hitze, sogar unter Hunger. Die Gegend ist unwirtlich, und die Kreuzfahrer fühlten sich zunehmend als Gefangene in dieser Felseinöde, oft von der notwendigen Proviantierung tagelang abgeschnitten.

Am meisten macht uns das vorgelagerte Termenet zu schaffen, dessen gewaltiger Turm unser Lager überragt, uns mit seinen Bogenschützen ständig bedroht und andererseits daran hindert, der Stadt effektiv zu Leibe zu rücken. Den Turm läßt Herr Simon unter großen Verlusten von den Söldnern aus der Bretagne stürmen, um dann pius raptor, das beste Katapult des Erzbischofs von Paris, zerlegt dort hinaufzuschaffen. Dem ›frommen Räuber‹ gelingt es endlich, in die Mauern Stein um Stein eine Bresche zu hämmern, doch die Verteidiger verstopfen sie immer wieder mit Balken und Schutt ihrer zerstörten Häuser.

Das Wetter beginnt sich gegen uns zu wenden, die ersten Herbststürme setzen ein, allerdings fällt kein Tropfen Regen. An etlichen Tagen haben wir buchstäblich nichts mehr zu essen. Die Leute des Erzbischofs von Paris stellen die Beschießung ein, weil sie Eicheln und Nüsse sammeln gehen, auch Wurzeln und Baumrinde verschlingen, um ihre knurrenden Mägen zu füllen.

Oktober A.D. 1210

Viele haben uns bereits verlassen. Herr Simon läßt wütend dennoch die Angriffe fortsetzen, um den Gegner in die Knie zu zwingen. Termes muß so mürbe geklopft werden, daß es ihm zu guter Letzt wie ein vertrockneter Apfel in die Hände fällt! Nochmals läßt er seine Bretonen antreten. Ihr Sturmangriff gegen die verbarrikadierte Bresche wird von den Verteidigern mit einer Heftigkeit zurückgeschlagen, zu der nur Verzweifelte fähig sind. Doch gerade als nun auch unser Herr Simon, von tiefer Resignation befallen, schon an Aufgabe und Rückzug denkt, tritt die Wende ein. Gott hat Einsicht und belohnt seinen treuen Diener! Wohl weil die Zisternen seiner Stadt bis auf den letzten Tropfen entleert sind, zeigt sich der alte Dickkopf Ramon plötzlich zu Verhandlungen bereit.

Herr Simon schickt seinen Marschall Guy de Levis. Der alte Herr, immer noch ein rüstiger Krieger, bietet jedoch lediglich an, seine Burg für knapp ein halbes Jahr dem Montfort zu überlassen, bereits an Ostern wolle er seinen Besitz zurückerstattet sehen. Gegen den Protest des abgesetzten Arnaud de l'Amaury – es war ein neuer Legat vom Papst ernannt worden –, aber auch zu aller anderer Erstaunen, willigt Herr Simon ein.

Wie ein gereizter Stier ist daraufhin aus Narbonne der Erzabt herbeigestürmt, wohin er sich vergrätzt zurückgezogen hatte. »Gott hat mich gerufen!« Mit diesem impetus weiß sein eifernder Diener jedwede Kapitulation zu verhindern, die nicht ausdrücklich die Auslieferung der Ketzer vorsieht. Er nimmt sie auf die Hörner! »Termes ist ein berüchtigtes Ketzernest!« Solch wütende Forderungen, denen sich Herr Simon auch nicht gänzlich widersetzen mag, haben zur Folge, daß sich die Verhandlungen in die Länge ziehen.

Weitere Verbündete verlassen das Lager, darunter auch der Erzbischof von Paris. Die Gräfin Alix wirft sich ihm zu Füßen, umfaßt seine Knie, fleht ihn an zu bleiben, noch auszuharren. Sie erreicht lediglich, daß er uns den Pius raptor läßt. Täglich begibt sich der Marschall Guy de Levis zu seinem zähen Widerpart in die Stadt. Ramon von Termes zeigt sich dem Verlangen des Erzabts gegenüber als schwerhörig, zumal ihm die Nöte seines Gegners zu Ohren gekommen sein müssen. Er spielt auf Zeit. Auch er wartet auf ein Wunder.

Am Abend zieht über den Corbières ein unscheinbares Wölkchen auf. Der Kaplan, kundig der Fingerzeige Gottes, sagt uns ein schreckliches Unwetter voraus. »Nur das nicht!« ruft die kluge Gräfin. »Ein Regen zu diesem Zeitpunkt füllt dem Goldhelm die Zisternen und ersäuft unser Camp im Morast!« Doch gerade so geschieht es. Die Wolke vergrößert sich in Windeseile, wird dunkler, schwarz wie die Nacht, und ein furchtbares Gewitter stürzt auf uns nieder.

DER BURGVOGT VON SAISSAC

»Psst!« Im grellen Licht eines Blitzes zwischen zwei Donnerschlägen legten sich die Finger von Loba auf ihre Lippen, kaum daß Laurence völlig durchnäßt das Zelt ihres Vaters erreicht hatte.

»Wir haben keine Zeit zu verlieren!« flüsterte die Wölfin ihr zu, und Laurence war auch sofort zur Flucht bereit. Sie stülpte lediglich ihre Metallhaube über. Leid tat es ihr schon um die Rüstung, aber die Freiheit war wichtiger. In letzter Sekunde griff sie sich doch noch im Dunkeln ihre geliebten Armkacheln, und weil die Aillettes ihr dabei in die Quere kamen, preßte sie diese ebenfalls an sich.

Die beiden jungen Frauen hasteten mit übergeworfenen Mänteln durch das sturmgepeitschte Lager, ohne aufzufallen. Zwei gesattelte Pferde standen bei den anderen, die sich alle drängten, Wasser aus den sich schnell bildenden Pfützen zu schlürfen. Sie ritten die ganze Nacht hindurch und versteckten sich gegen Morgen, bevor es hell wurde, in einer verödeten Hütte, die auch Raum für die Tiere bot, dafür aber kein Dach mehr hatte. Abgebrannt. So hielten sie es Tag für Tag, bis sie Puivert erreichten. Laurence fiel fast vom Pferd. Fieber schüttelte sie. Die Frauen aus der Burg wickelten sie in Decken, verabreichten ihr einen Sud aus aufgebrühten Kräutern, Huflattich und Holunder, Attichwurz und Gundelrebe und ließen sie schwitzen.

Drei Tage und Nächte rang Laurence mit dem Tode, der sich bereits rasselnd auf ihre Brust gehockt hatte. Loba saß bei ihr und zwang sie, immer wieder zu trinken. In ihren schweißnassen Träumen hörte die Fiebernde Stimmen, die vom Ende der Stadt Termes redeten, und sah die Bilder des Grauens.

Am Morgen nach dem Gewitter war der Marschall Guy de Levis wie immer zur Burg hinaufgestiefelt, um auf den endgültigen Abschluß einer Vereinbarung zu drängen. Ramon de Termes wies ihn rüde ab, er denke nicht daran, sich zu ergeben. Die Einwohner der Stadt hatten die ganze Nacht getrunken: Wasser, Wasser, Wasser! Am zweiten Tag brach die Ruhr aus. Kadaver von Tieren hatten in der Zisterne gelegen und das Wasser vergiftet. In Panik flohen alle, die sich noch fortschleppen konnten, durch unterirdische Stollen ins Gebirge.

Als Guy de Levis am anderen Morgen den Wortbrüchigen nochmals zur Rede stellen wollte, ließ ihn niemand mehr ein. Er klopfte ans Tor und rief – Schweigen. Argwöhnisch winkte er einige Bretonen zu sich herauf. Sie brachen das Tor auf und fanden die ersten Toten in den Straßen und dann immer mehr Sterbende in den Häusern. Es war gespenstisch. Sie betraten die verlassene Burg. Da tauchte wie ein Geist aus der Tiefe des Kellers der greise Schloßherr auf, von der Krankheit gezeichnet, verwirrt. Er suchte seinen Goldhelm, den aufzusetzen er bei der überstürzten Flucht vergessen hatte. Guy de Levis nahm ihn in Gewahrsam, die Bretonen schleppten ihn auf einer Trage vor Simon de Montfort. Der Alte war zu keiner vernünftigen Antwort mehr fähig. Simon war dennoch derart erzürnt über dessen Halsstarrigkeit, daß er ihn nach Carcassonne schaffen und dort einmauern ließ – im gleichen Verlies wie zuvor den Trencavel.

Laurence' Fieber war gefallen, sie fühlte sich noch so erbärmlich schwach, daß sie sich kaum auf den Beinen halten konnte. Loba hatte die Frauen überredet, ein Huhn zu schlachten, und flößte der Freundin die Brühe ein, dann fütterte sie sie Happen für Happen mit dem zartgekochten Fleisch. Laurence lächelte dankbar und versank in heilsamen Schlaf. Einen ganzen Tag und eine halbe Nacht. Dann tönten Rufe, Warnschreie durch Puivert. »Sie kommen! El Bruto ist im Anzug! Rette sich, wer kann!«
Laurence war sofort hellwach. Sie tastete nach ihrer Rüstung, doch dann fiel ihr ein, daß sie sie im Zelt ihres Vaters gelassen hatte. Loba zwang sie, den Mantel umzuwerfen und sich mit der Haube zu begnügen. Eigensinnig bestand die Kranke auf ihren Schulterstücken und den Armkacheln. Loba legte sie ihr an. Die meisten Bewohner verließen Puivert. Das Schloß verfügte über einen großzügigen Innenhof, berühmt für seine Feste und Turniere, die einst, in glücklichen Zeiten, hier abgehalten worden waren. Doch eben deshalb waren die Mauern viel zu lang, als daß man sie gegen eine Belagerung ernsthaft hätte verteidigen können.
Loba nahm das Pferd von Laurence am Zügel, und gemeinsam ritten sie gen Norden, um dem heranrückenden Montfort nicht in die

Hände zu fallen. Als sie in Mirepoix ankamen, hatte sich der Zustand von Laurence so weit verschlechtert, daß Loba schon mit sich rang, ob sie Lionel eine Nachricht zukommen lassen sollte. Aber erst einmal schaffte sie die Freundin ins Hospital der Barmherzigen Brüder, die sich auf einen Bruder Frances im fernen Assisi beriefen und sich dessenthalben auch Minoriten nannten. Jedenfalls pflegten sie die Fremde mit größter Hingabe, so daß Loba wieder Hoffnung schöpfte.

Laurence bekam von dem meisten, was um sie herum vorging, nichts mit, oft schien auch der Lebenswille der Patientin erloschen. Sie dämmerte in den Tag hinein, so daß die Brüder und Loba sich darin abwechselten, sie mit dem Erzählen von Kriegsgeschichten wachzuhalten. Doch dann kam die Nacht, in der Laurence plötzlich von gräßlichen Visionen berichtete, erregenden und furchtbaren zugleich.

»Dein weißer Leib, Geliebte«, ihre Worte waren deutlich zu vernehmen, »welch rosiger Schein fällt über dein weiches Fleisch, deine zarten Brüste, die nie das Brennen der Glut erfahren?« Laurence schrie nicht etwa, sie stöhnte und keuchte, nicht wie in Todesnot, sie wälzte sich auf ihrem Lager einer Liebenden ähnlich, im taumelnden Rasen der Sinne. »Was macht dein Blondhaar so leuchten? Du selbst bist die Sonne! Gleißen deine Augen wie Smaragd und Diamant? Sterne sind sie, die funkelnd vergehen! Aufflammt dein Haar, es platzt und zerreißt deine Haut – Himmlisches Feuer!« jubelte die Fiebernde und sank in sich zusammen.

Die Brüder waren anfangs recht erschrocken und wußten nicht so recht, ob sie hinhören sollten. Dann überwog aber ihre Neugier, vielleicht auch die Lust, von verbotenen Früchten zu naschen.

»Ich glaube, sie träumt vom Autodafé«, flüsterte der jüngste der Brüder im braunen Habit.

»Mir wurde berichtet«, zog ein hagerer Bruder die Aufmerksamkeit auf sich, »daß bei raschem Sprung oder Sturz in den Kern der höllischen Glut der jähe Schmerz so gewaltig ist, daß das Herz stehenbleibt.«

»Auch nimmt dir die wabernde Lohe sofort den Atem, preßt den letzten Odem aus deiner Brust wie ein Blasebalg. Du wirst ohnmächtig durch Gottes Gnade«, wußte ein Dicker schnaufend beizutragen.

»Auf bricht dein Fleisch in Blasen und Schwären!« Zischend um sich schlagend, stieß Laurence die Worte hervor. »Es fällt in dampfenden Lappen von deinen Knochen, schwarz recken sich die Finger deiner Totenhand gegen den rauchschwarzen Himmel, die Sonne verfinstert sich –«

Die Barmherzigen Brüder aber sahen die Lebensgeister der Rothaarigen plötzlich zurückkehren und waren froh, wenngleich ein jeder von ihnen sich wohl heimlich fragte, ob nicht der Teufel in sie gefahren war und nun aus ihr sprach.

»Gewißlich eine große Ketzerin!«

»Sie muß da hindurch!« tuschelten die Brüder, und einer tupfte ihr die Stirn ab.

»Keiner weiß, wie es ist mit der Pein in der Hölle Flammen«, wisperte der Jüngste. »Niemand wird es uns je bezeugen.«

»Wohl wahr«, grummelte die Vogelscheuche und beugte sich zur Brust der reglos Hingestreckten, um zu horchen, ob ihr Herz noch schlug.

Laurence wurde umwogt von einer lichten weißen Wolke, durchdrungen von der Helle eines mächtigen Lichtes. Es blendete sie so heftig, daß sie nicht darauf schauen wollte – und doch sah sie die Geliebte hindurchschweben, in ihre weiße Alva gehüllt, wie sie in das Leuchten des göttlichen Wesens entschwand. Alazais war ins Paradies gegangen. Den Weg, den die Geliebte immer hatte gehen wollen, hatte sie kurz entschlossen durchschritten. An diesem tröstlichen Bild richtete sich Laurence auf und ließ die Krankheit hinter sich zurück wie eine Schlangenhaut, derer sie nicht mehr bedurfte.

Für Loba war das Ergebnis jedenfalls Grund genug, einen Boten nach L'Hersmort zu schicken, damit man Laurence nun aus dem Hospital abhole und zurückbringe.

Der umtriebige Chevalier du Mont-Sion ritt zu den vier Türmen, um seinen jungen Freund Peire-Roger du Cab d'Aret zu warnen, denn Simon le Brut bereitete seinen nächsten Schlag gegen Las

Tours vor. Der Herr von Cab d'Aret fing ihn unterhalb seiner genialen Festungsanlage ab.

»Simon le Brut will –«, begann der Chevalier.

»Ich weiß«, schnitt ihm Peire-Roger die Rede ab, »wie stolz Ihr auf Eure Erfindung dieses Beinamens seid! Der Grund, weswegen El Bruto sich so erpicht auf die Einnahme von Las Tours zeigt, liegt in der Person des Ritters Bouchard de Marly, den meine unermüdlichen Wegelagerer vor über einem Jahr eingefangen haben und den ich seitdem – bei guter Behandlung – in Gewahrsam halte.«

»Der ist aber ein enger Verwandter der Gräfin Alix de Montmorency, des einflußreichen Weibes von El Bruto. Die gehört dem Hochadel Burgunds an!«

Dem hielt der Herr von Las Tours entgegen, daß die Cab d'Arets bislang noch jeden Angriff dieses Emporkömmlings Montfort zurückgeschlagen hätten. Da jedoch machte ihn der Chevalier darauf aufmerksam, daß diesmal der reiche Herzog von Burgund die Kampagne bezahle – »wofür er sich Las Tours als Lohn ausbedungen«, führte der Chevalier aus. »Gegen ein so stattliches Aufgebot vermöchte auch der tapferste Cab d'Aret wenig auszurichten. Ihr könntet dem Gelüst des Burgunders nur zuvorkommen. Las Tours ist so oder so verloren.«

Als ›Gefangener‹ des Chevaliers mußte der Herr von Las Tours am Strick hinter dessen Pferd herlaufen bis in seinen eigenen Burghof. Desgleichen diejenigen seiner Leute, die Bouchard de Marly vom Gesicht her bekannt waren, in langer Reihe aneinander gefesselt. Die anderen hatte der Chevalier unter *seine* Fahne genommen; sie zogen als ›Sieger‹ ein und schafften die Verhafteten erst mal in die Keller oder sonstwie außer Sichtweite von Bouchard. Dann präsentierte sich der Chevalier dem Ritter als sein Befreier namens Graf Waldemar von Limburg. Als lothringischer Standesherr sei er ausgezogen, um dem Herrn Simon bei seinem löblichen Unterfangen beizustehen. »Im Namen Gottes wollt' ich die Ketzerei ausrotten«, ließ er den Überglücklichen wissen. Es eilten ja in der Tat viele Deutsche aus dem Reich herbei, um sich hier ein Stück Himmel zu verdienen: Sie nahmen das Kreuz und stopften sich den Judaslohn in die Taschen, die so weit wie ihr Gewissen waren.

Doch der Chevalier war keiner, der sich mit solchen Klagen aufhielt, solange noch das große Abenteuer namens Leben Anlaß zur Hoffnung gab, mochte diese berechtigt sein oder nicht. Als erstes ließ er seinem »lieben Freund und Ritter des großen Feldherrn Simon de Montfort« die Haare schneiden, derweil das Bad für ihn angerichtet wurde. Daß die Leute des Grafen vor der Tür des Zimmers Wache stünden, geschehe nur zu seiner Sicherheit. »Wir Deutschen vertrauen nur in Gott«, ließ Graf Waldemar ihn wissen, schließlich sei ihm genug Leid geschehen.

Dann eilte der Umtriebige, mit dem versteckten Peire-Roger die nächsten Schritte zu besprechen. Um jeder unliebsamen Überraschung vorzubeugen, hatte er den Schloßherrn bisher nicht von den Stricken befreit, die ihm die Hände banden. In diesem Moment erschien aus dem Nichts, wohl durch irgendeinen geheimen Zugang in dem Tunnelsystem, das die vier Türme von Las Tours untereinander verband, die jüngste Schwester des Herrn von Cab d'Aret. Wie eine Wildkatze fiel sie den vermeintlichen Grafen an, den blitzenden Dolch in der Faust, kaum daß sie ihren gefesselten Bruder erblickt hatte. Sein Leben rettete dem Chevalier nur der Umstand, daß Peire-Roger und er gleichzeitig schallend lachen mußten und der Bruder ihre Verwirrung nutzte, ihr die Waffe blitzschnell aus der Hand zu treten.

›Lovita‹, wie er sie zärtlich rief, war jedoch weder wütend noch gekränkt, sondern begriff den Plan schneller als ihr Bruder. Allerdings brachte sie eine üble Nachricht, die sofortiges Umdenken erforderte: »Livia di Septimsoliis, Laurence' Mutter und als ›Lady d'Abreyville‹ uns allen eine gute alte Freundin, ist eingekerkert auf Saissac! Die Besatzung hat die berühmte Komplizin des Xacbert de Barbeira bisher nur deshalb noch am Leben gelassen, weil sie als ebenso berüchtigte Faidite dem Simon le Brut zur Aburteilung übergeben werden soll!«

Loba saß schon einladend im Zuber, als Ritter Bouchard ins Bad geleitet wurde. Hinter einer dünnen Bretterwand im Nebenzimmer fand ein ›konspiratives Gespräch‹ zwischen Peire-Roger und dem *maître d'armes* statt. Der Waffenmeister des Chevaliers mußte den

Part des Faidit Xacbert übernehmen, weil er den Dialekt der Katalanen beherrschte – hinreißend als Stimme des Lion de Combat! Der Chevalier beobachtete das Geschehen im Badezuber durch ein Astloch und wollte eigentlich den beiden Sprechern die Einsätze geben. Jedoch nahm die kleine Wölfin seine Aufmerksamkeit so sehr in Anspruch, daß er seine Aufgabe darüber fast vergaß. Loba ohne Fell war ein gar anregender Anblick, nicht nur für das Auge hinter der Wand – auch für den Hammer in seiner Hose!

Bouchard de Marly, dem er seinen Platz im Zuber immer aufrechter neidete, durfte seine Beine strecken. Dieses nackte Tierchen bespritzte lachend sein Gesicht, doch nur um den Überraschten zu blenden. Denn schon saß sie ihm auf dem Schoß oder worauf auch immer, das Wasser schwappte, so machte der Beschenkte ihre Brüste wippen, sie hing ihm am Hals, er umklammerte keuchend ihre Hüfte ... Der arme Chevalier wendete sich ab, rettete sich in das vereinbarte Signal, und Peire-Roger legte laut flüsternd los:

»Seid Ihr nicht ganz bei Sinnen, Xacbert, hier einzudringen? Las Tours ist nicht mehr in meiner Hand, Ihr seht mich als Gefangenen auf meiner eigenen Burg!«

Er räusperte sich und wiederholte auf Handzeichen hin den gleichen Satz noch einmal, noch erregter: »Stellt Euch vor, Xacbert de Barbeira: *Ich* als Gefangener auf meiner eigenen Burg!«

Loba preßte dem stöhnenden Bouchard rasch die Hand auf die Lippen, ohne das Wiegen ihres Beckens deswegen einzustellen.

»Ich glaube, jemand belauscht uns!« Sie wies mit dem Kopf in Richtung der Bretterwand und streckte dem unsichtbaren Chevalier sogar die Zunge raus, doch diesmal war es der Ritter, der ihr jedes weitere Geräusch verwies. Deutlich konnten die beiden hören:

»Ich könnt' Euch befreien, Peire-Roger – oder wenn Ihr es wünscht, bring' ich diesen deutschen Grafen um!«

»Das werdet Ihr nicht, Xacbert!« rief der Schloßherr mit kaum unterdrücktem Zorn in der Stimme. »Der Graf hat sich als edlen Sinnes erwiesen, er hat mir das Leben nicht genommen –«

»Aber Eure Burg!« empörte sich Xacbert, laut genug flüsternd, wie man an der Reaktion im Gesicht des Bouchard ablesen konnte. Oder war es Loba, die ihn auf einmal locker ließ?

»Las Tours habe ich ohnehin verloren. Der Graf hat mir das Versprechen abgenommen, diesen Besitz der Cab d'Arets aufzugeben und zu verlassen – das ist der Preis.«

Schweigen. Dann sagte Xacbert spöttisch: »Ich kann Euch nicht hindern, den Edelmut des Feindes durch wahrhaft christliches Betragen zu vergelten. Ihr haltet die andere Wange auch noch hin! Ich, Xacbert de Barbeira, folge dem Wahlspruch ›Aug' um Aug', Zahn um Zahn‹. Ich werde Euch nicht weiter stören, Peire-Roger, ich werde mir Saissac greifen. Die Besatzung ist schwach, und ich werde sie überraschen, so wie ich Euch überrascht habe – *und daran werdet Ihr mich nicht hindern!*«

Diese letzten Worte hatte der Waffenmeister in vorgetäuschter Wut so deutlich gerufen, daß der Chevalier ihm winkend bedeutete, seine Stimme zu mäßigen. Eigentlich sollte er jetzt Türen klappend abtreten, doch nun setzte Peire-Roger noch eins drauf: »Ich werde Euch dabei zur Seite stehen, Xacbert, damit Ihr nicht denkt, Peire-Roger de Cab d'Aret seien die Zähne ausgefallen wie einem alten Weib!«

Endlich verschwand ›Xacbert‹, und es trat wieder Stille ein im ›Verlies‹ des Peire-Roger. Auch Bouchard de Marly schwieg. Er hatte anscheinend nicht vor, das Gehörte zu erörtern, geschweige denn, seine Gedanken mit der aufmerksamen Magd zu teilen – wie das Bad, dem er jetzt abrupt entstieg.

Bouchard befand sich bereits im Ankleidezimmer des Hausherrn. Der Chevalier hatte ihm die feinste Garderobe herauslegen lassen, die sich in Truhen und Schränken fand.

»Ihr wirkt wie neugeboren, Ritter«, begann der Herr Graf leutselig, kaum daß er die Kammer betreten, in der sich die Dienerinnen um den Ehrengast bemühten.

»Etwas schlichtere Kleidung käme mir gelegener – für die Reise«, gestand Bouchard freimütig. Da ließ sein Retter die Katze aus dem Sack:

»Peire-Roger de Cab d'Aret ist gewillt, Euch in einem Festakt Las Tours zu schenken, eine förmliche Übertragung allen Besitzes und der damit verbundenen Rechte. Er hat mich gebeten, es zu beurkunden.«

Das hatte der Ritter nicht erwartet, und es paßte ihm anscheinend nicht sonderlich in seine Pläne, doch er fing sich schnell. »Bouchard de Marly ist es nicht gewohnt, sich von – von jemandem etwas schenken zu lassen, den er nicht als seinen Freund betrachten kann.«

Es war deutlich herauszuhören, daß er sich nicht verstellte, also erwiderte der Chevalier behutsam: »Der Herr von Cab d'Aret fühlt sich in Eurer Schuld –«

»Richtet ihm bitte aus, lieber Graf von Limburg, daß er mir nichts schuldet. Meine Freiheit verdanke ich Eurem beherzten Eingreifen, das ich Euch nie vergessen will, doch den Herrn Peire-Roger will ich am liebsten nicht mehr sehen. Er ist Euer – und mich laßt nun meines Weges ziehen, darum bitte ich Euch von ganzem Herzen, lieber Freund.«

Der ›Graf‹ umarmte Bouchard, denn er fühlte tatsächlich große Sympathie für ihn. »Der bisherige Herr und immer noch Besitzer von Las Tours will sein Gewissen erleichtern, bevor er ins Kloster geht«, setzte er sanft von neuem an, bevor er sich etwas Pathos erlaubte. »Immerhin schuldet er Euch ein Jahr Eures Lebens!«

»Das schenke ich ihm!« entfuhr es Bouchard, der dann vertraulich, der ›Graf‹ war ja sein Freund, hinzufügte: »Und das mit dem Kloster, *mon cher* Waldemar, nehme ich ihm nie ab. Er wird weiter gegen uns kämpfen!«

Der ›Graf‹ stellte sich betroffen »Dann, *mon cher* Bouchard, tut es bitte für mich. Nehmt das Geschenk an – Herrn Simon wird der Besitz von Las Tours in Euren trefflichen Händen gewißlich freuen, und im übrigen könnt Ihr ihn ja der Kirche stiften. Mir zu Gefallen laßt jetzt die kurze Zeremonie über Euch ergehen, und dann –«

»Dann begebe ich mich sofort zu meinem obersten Kriegsherrn, dem Grafen Simon!«

»Diese Reise können wir zusammen tun«, rief der ›Graf‹ so erfreut, daß Bouchard es ihm nicht abschlagen konnte, »denn das ist ja auch mein Ziel, deswegen habe ich mit meinen Leuten den weiten Weg von Deutschland bis hierher auf mich genommen. Das heilige Kreuz, das unser Herr Jesus Christi für uns getragen hat, ist es mir wert!«

Da war es an Bouchard, den ›Grafen‹ zu umarmen. »Ihr habt mich beschämt! Wir sollen unseren Feinden vergeben. Schließlich hat Herr Peire-Roger mir nicht nur das Leben gelassen, sondern sich stets wie ein Mann von Ehre verhalten.«

Der feierliche Akt der Übergabe war vorbei, und Bouchard de Marly ließ seinen Tränen freien Lauf, als ihm Peire-Roger auch noch ein kostbares Streitroß edelster Rasse schenkte, voll aufgezäumt, feinste Lederarbeit mit einer Schabracke aus Samt und Damast. Die hatten die Frauen in nächtlicher Arbeit gefertigt, in den Farben und mit dem Wappen derer von Marly. Auch das Gesinde schluchzte, als ein Page die Fahne der Herren von Cab d'Aret vom höchsten der vier Türme – genaugenommen waren es vier Burgen! – einholte und seinem Herrn überreichte.

Peire-Roger war der einzige, der nicht die geringste Gemütsbewegung zeigte. Er faltete das Tuch zusammen und verstaute es in der Satteltasche. Dann gab er seinen Leuten ein Zeichen, und der gewaltige Troß setzte sich in Bewegung, angeblich in Richtung Küste, also gen Osten. Unter den Frauen befand sich auch seine Schwester Roxalba, genannt Loba die Wölfin. Schelmisch winkte das freche kleine Biest dem Bouchard im Wegreiten noch einmal zu. Die anderen, Bouchard und der Graf Waldemar von Limburg, verließen kurz darauf Las Tours in entgegengesetzter Richtung.

»Wohlauf«, sagte der ›Graf‹ befriedigt zu dem neben ihm reitenden Ritter, »nun hindert uns nichts mehr, auf direktem Weg nach Lavaur zu reisen. Dort versammelt, wie ich in Béziers gehört habe, Herr Simon sein Heer für die nächste Kampagne.«

Bouchard de Marly schaute ihn prüfend von der Seite an. »Gewiß, mein lieber Graf, ich mag nur schnell in Saissac vorbeischauen, das hier ganz in der Nähe auf unserem Weg liegt.«

»Warum nicht!« Der Fisch hatte also angebissen. »Auch mir wurde die Burg als sichere Etappe auf meinem Weg genannt«, sagte der ›Graf‹ leichthin.

Bouchard gab sich ebenso unbefangen. »Ich muß die Besatzung vor einer drohenden Gefahr warnen«, vertraute er ihm an. »Es steht zu befürchten, daß ihr ein heimtückischer Überfall bevorsteht. Ihr wißt nicht zufällig, wer jetzt dort das Kommando führt?«

Das klang nach keinerlei Verdacht, und der ›Graf‹ tat so, als ob er in seinem Gedächtnis kramte. Bouchard kam ihm zuvor.

»Bei meiner Gefangennahme war es noch der d'Hardouin –« ›Graf‹ Waldemar wand sich, ob er nun eine Reaktion zeigen sollte oder weiter den völlig Unwissenden herauskehren sollte. »›*Charles-sans-selle*‹!« Hilfreich bleckte Bouchard seinen Retter mit den Zähnen an. »Der hat nicht mehr Hirn als ein alter Klepper – womit man Pferden wohl Unrecht tut.«

Das schien ihn ungeheuer zu erheitern, den Chevalier dagegen weit weniger, aber er machte lachende Miene zum blöden Spiel: Dieser Charles d'Hardouin war ihm schon mal über den Weg gelaufen, nur erinnerte er sich nicht, wo. Jedenfalls war er selbst damals sicher nicht als Graf Waldemar von Limburg aufgetreten. Stand nur zu hoffen, daß das Gedächtnis des Vogtes auf Saissac tatsächlich nicht fest im Sattel saß.

An Laurence de Belgrave
(ohne Absender)
– durch Boten des Vertrauens –

Im Sommer A.D. 1211

Ma très chère Laure-Rouge!

Eure Findigkeit wird zweifellos bereits bei diesen ersten Zeilen erraten, welcher treulose Verehrer sich nach langer Zeit des Schweigens wieder an Euch wendet, als sei nichts von herausragender Bedeutung geschehen, außer daß Lady d'Abreyville von den Leuten des d'Hardouin geschnappt wurde und auf Schloß Saissac eingekerkert ist. Der Fang beeindruckt den guten Charles-sans-selle so sehr, daß er sie dem fürchterlichen Zorn seines Herrn Simon le Brut aufspart.

Loba entkam! Viel gäbe es sonst noch über Fortunas Launen, ihres Füllhorns wahlloses Streuen zu berichten. Mir widerfährt –

außer der Gunst, selbst als Bote vor Euch knien zu dürfen – somit das Glück, mich meiner verehrten Freundin Livia erkenntlich zeigen zu können, indem ich zusammen mit Lobas Bruder Peire-Roger und dem tüchtigen Xacbert nun ausziehe –

Daß Briefe abrupt und oft ohne Gruß und Unterschrift enden, war Laurence aus bestimmten Situationen ihres eigenen Lebens her geläufig. Es blieb keine Zeit, oder es war einfach zu gefährlich, das Schreiben so zu vollenden, wie es dem Gebot der Courtoisie entsprach. Es schien ihr oft sowieso ein Wunder, daß jemand unter den geschilderten Umständen überhaupt den Mut, ja die Frechheit aufbrachte, sie derart ungeniert zu schildern, schwarz auf weiß seine eigenen Missetaten zu gestehen, deren eine jede den Hals kosten konnte! Dieser Jean du Chesne, der Chevalier du Mont-Sion, war wirklich ein Teufelskerl, der die gefährlichsten *aventures* suchte und – irgendwie – bestand, wie sonst nur Herzensbrecher ihre Liebschaften: immer galant, immer flüchtig, nie zu fassen, nicht einmal von Freunden! Er half, wo er nur konnte, hätte es aber entrüstet von sich gewiesen, ein selbstloser Helfer genannt zu werden.

Laurence hatte ihn einmal gefragt, welchen Sinn er in seinem unsteten Leben sehe, wenn überhaupt einen. Und er hatte ihr geantwortet, daß er nach dem Motto *nec spe, nec metu* lebe. Da hatte Laurence begriffen, daß der Chevalier kein Blender war, sondern ein Trauriger, wenn nicht gar unter der glatten Oberfläche seines heiteren Wesens ein zutiefst Verzweifelter. *Weder Hoffnung noch Furcht* schien ihr ein schlimmes Wort, doch wenn sie sich selbst genau betrachtete, entsprach es durchaus ihrem Charakter. Auch Laurence war eine *pessimista feliz*, wie es die große Esclarmunde einmal ausgedrückt hatte – nicht ganz ohne Neid!

So wußte Laurence nun wenigstens, wo Loba und auch ihre Mutter Livia steckten. Als sie in L'Hersmort endgültig von ihrer schweren Krankheit genesen war, hatten die beiden längst wieder Pläne für weitere Unternehmen ausgeheckt und waren ausgezogen – ohne auf sie zu warten. Livia war eine Frau, die ihr immer neue Rätsel aufgab, je mehr sie mit ihr zu tun hatte – von der unnahbaren Mater superior, der gestrengen Klostervorsteherin zu Rom, bis hin zu der leidenschaftlichen Faidite, von der sie anscheinend mehr geerbt hatte, als sie es sich je hatte träumen lassen.

Der liebe Lionel, ihr Vater – die längste Zeit ihres Lebens die vertraute Person, an der sie sich orientiert hatte –, trat mehr und mehr in den Hintergrund. Manchmal vergaß sie ihn auch gänzlich, wobei ihr klar war, daß sie den Mann verdrängte, der als Vasall des Montfort daran Mitschuld trug, daß das Land, das sie, sein Füchslein, so sehr liebte, in Leid versank.

El Bruto und seine Knechte waren es, die den guten Sicard verstümmelt, den Trencavel heimtückisch gemeuchelt und Alazais in die Flammen getrieben hatten. Laurence hätte sich ohrfeigen können, daß sie einem dieser Schufte fast ihr Herz geschenkt hätte. Heute würde sie Florent de Ville eiskalt umbringen, erstechen, und seinen widerlichen Kumpanen Alain du Roucy dazu!

Das gleiche Schicksal wünschte Laurence auch dem Pferdegesicht Charles d'Hardouin an den Adamsapfel seines hageren Halses, doch hier war sie sich sicher, daß dies andere schon besorgen würden. Die Befreiung Livias aus dem Kerker von Saissac lag beim Bruder Lobas in den besten Händen. Weder dem verrückten Chevalier allein hätte sie die erfolgreiche Unternehmung zugetraut noch dem Hitzkopf Xacbert, diesem Löwen in der Schlacht. Doch alle drei zusammen, mit der Wölfin vier, waren unschlagbar. Laurence sah dem Ausgang mit gelassener Spannung entgegen.

Das Kastell Saissac wachte über die Ebene von Montréal und damit über die Hauptschlagader Okzitaniens, die Straße, die von seiner Kapitale Toulouse über Carcassonne führte und bei Narbonne das Meer erreichte. Es thronte weithin sichtbar auf einem vorgeschobenen gewaltigen Felskegel, noch vor der auslaufenden Flanke der Schwarzen Berge. Saissac sah sich als Wächter, wirkte abweisend, nicht einladend wie Puivert und auch strenger, verschlossener als die bizarre Vier-Burgen-Festung von Las Tours.

Entsprechend mißtrauisch fiel auch der Empfang aus, den die Besatzung den in der Abenddämmerung eintreffenden Fremden bereitete. Sie ließen das Fallgitter herunter wie ein Ritter sein Visier und bezogen Position hinter den Zinnen des mächtigen Torbaus. Der herbeigeholte Herr Charles d'Hardouin ließ erst einmal nur zwei der Ritter ein. Sein Pferdegesicht hellte sich auf, als er den lang vermißten Bouchard de Marly erkannte, und verdüsterte sich, nachdem er des Chevaliers ansichtig geworden war – aber nur kurz, da er schlau genug war, seinen Argwohn den Gast nicht spüren zu lassen.

»Dies ist mein Freund und Befreier!« rief Bouchard de Marly unbekümmert. »Graf Waldemar von Limburg hat mich nicht nur den Klauen des Peire-Roger de Cab d'Aret entrissen, sondern mir als Morgengabe noch Las Tours gewonnen.«

Ein mürrisches »Willkommen« rang sich der Burgvogt ab und fügte noch hinzu: »Betrachtet Euch als mein Gast«, während er den Marly bereits energisch unter den Arm griff und in eine Ecke zog.

»Dieser Graf –« Er wollte seinem unguten Gefühl Ausdruck verleihen, doch Bouchard ließ ihn nicht zu Wort kommen:

»Ich muß Euch warnen, Charles! Der Feind nähert sich hinterrücks! Xacbert de Barbeira wird wahrscheinlich noch heute nacht versuchen sich dieser Burg zu bemächtigen – und wenn mich nicht alles täuscht, wird ihm Peire-Roger dabei zur Hand gehen.«

Das Pferdegesicht war blaß geworden, doch dann schob der Herr Charles seine Schneidezähne bissig vor. »Der will sich seine alte Hexe wieder holen«, rief er wütend aus, »die ich in sicherem Gewahrsam halte, damit der Erzabt diese verfluchte Lady d'Abreyville brennen sieht!«

Sein Gast runzelte die Stirn. »Und Ihr wißt sie und Euch sicher in diesen Mauern? Keine geheimen Zugänge? Auf Eure Leute ist Verlaß?«

Es gelang d'Hardouin nicht ganz, seine aufsteigende Angst zu überspielen, denn in der Tat kannte er sich in den Tiefen des Kastells keineswegs aus. Und was wußte er schon, welcher Faidit sich in seine Mannschaft eingeschlichen hatte, die vorwiegend aus Einheimischen bestand. Aber er polterte trotzig los: »Wir werden den beiden Strolchen einen Empfang bereiten, daß ihnen – «

»*Wir?*« unterbrach ihn der Ritter. »Wenn Ihr Euch so uneinsichtig zeigt, werde ich – und mit mir der Graf – Saissac längst verlassen haben, wenn Euch die Schwertspitzen dieser Banditen unterm Kinn kitzeln, die mitten in der Nacht durch eine geheime Tür in Euer

Gemach gelangt sein werden.« Bouchard de Marly genoß es, dem blöden Charles-sans-selle Furcht einzujagen.

»Eher bring' ich die Alte um, ich erwürg' sie mit eigenen Händen!« fauchte der Bedrängte.

»Dann werden sie Euch kaum kitzeln, und Eure Hände werden Euch vor die Füße fallen – erst die Finger, Glied für Glied«, malte Bouchard ihm die Gefahr aus. »Jedoch wird Euer heldenhaftes Leiden und Sterben mich kaum als Zeugen sehen. Aber gern werde ich unserem Herrn Simon davon berichten – wie er Saissac durch Euren Trotz verloren hat.«

Charles d'Hardouin wurde kleinlaut. »Was sollen wir tun?« Und mit einem Blick hinüber zum Chevalier murmelte er für sich: »Dem Grafen trau' ich nicht! Irgendwo hab' ich den schon mal gesehen. Da nannte er sich gewiß nicht Graf von Limburg! Das wüßte ich! Der gute Charles hat ein Gedächtnis wie ein –«

»Ich kann nicht warten, bis dieser Löwe Xacbert über uns herfällt, weil Ihr sein Weib geraubt habt – und jetzt auch noch Gespenster seht, statt Euch in Sicherheit zu bringen!«

»Und ihm die Alte zu überlassen?« heulte Herr Charles auf.

»Dann nehmt sie eben mit!« Bouchard de Marly verlor die Geduld. Er riß sich von dem Lamentierenden los, der ihn am Arm zurückzuhalten versuchte.

»Wartet doch – ich komme mit! Ich lasse sie holen.«

»Setzt Euch gefälligst in Trab! Galopp, Monsieur d'Hardouin!« befahl Bouchard verärgert, stieg auf sein Pferd und winkte den Grafen Waldemar zu sich. »Ich geb' ihm ein Ave-Maria, dann reiten wir – mit ihm oder ohne ihn! Charles-sans-selle muß sein Hirn verschluckt haben – aus Versehen«, höhnte er in Richtung des Vogtes, der nach den Wachen schrie und eiligen Schrittes im Schloß verschwand.

»Was dem da heraushing«, der ›Graf‹ lachte, »war Stroh!«

Er hatte zwar einige der Gesprächsfetzen mitbekommen, wollte aber sichergehen. »Was hält uns hier noch?« drang er, scheinbar gereizt, auf den Ritter ein.

»Herr Charles möchte mit uns reisen. In Begleitung einer Dame.«

»Ah!« sagte der Chevalier gedehnt.

»Erwartet Euch nicht zuviel, mein Freund! Sie ist weder hübsch noch jung.«

Das schien dem ›Grafen‹ nichts auszumachen. Er lächelte zufrieden.

Der kleine Zug verließ Saissac wie Diebe in der Nacht. Der Vogt hatte nur wenige Leute mitgenommen, damit ihm keiner vorwerfen konnte, er habe die ihm anvertraute Burg von jeglicher Besatzung entblößt. Charles d'Hardouin plagte dennoch ein schlechtes Gewissen, denn er hatte die Zurückgebliebenen in dem Glauben gelassen, es handele sich nur um einen kurzen Ausritt.

»Ich übernehme die Spitze des Zuges.« Er wandte sich an Bouchard de Marly. »Und Ihr achtet bitte auf die Gefangene, die wir in die Mitte nehmen.« Charles gab sich alle Mühe, seine Angst nicht zu zeigen, aber dem Chevalier war es, als höre er im Dunkeln dessen Zähne klappern.

»Besser, mein Lieber«, schlug Bouchard vor, »wir lassen sie vorausreiten, dann habt Ihr sie im Blick.«

Das leuchtete dem Vogt ein. »Und ich kann der Hexe mein Eisen in die Rippen stoßen, sollte es ihr einfallen zu fliehen!« Bei dem erregenden Gedanken verebbte für ein Augenblick sein Zittern.

Bouchard hatte nicht etwa Gefallen an der älteren Dame gefunden, die sich sehr würdevoll abseits hielt, als beträfe sie der Vorgang nicht. Der Ritter war einfach kein Freund von unnötigem Blutvergießen. Außerdem war er selbst gerade einer Gefangenschaft entronnen. Und wie eine Hexe wirkte sie nun wirklich nicht. »Ich werde mich an ihre Seite gesellen«, schlug er vor.

»Ihr bleibt bei mir!« Charles' Stimme erstickte fast in einem Röcheln, so sehr eilte er sich, den Marly zu halten. »Der Graf von Limburg kann vielleicht die Vorhut übernehmen?« Er wandte sich nicht direkt an den ›Grafen‹, dem ins Auge zu schauen ihm peinlich war, sondern hielt sich an Bouchard.

»Wenn die Herren mir, dem Fremden, zutrauen, den Weg im Dunkeln zu finden?« gab sich der Nichtangesprochene verbindlich.

»Aber sicher, edler Freund«, bestärkte ihn der Ritter. »Wer es so weit gebracht hat wie Ihr, wird eher ganz Okzitanien erobern, als sich im Wald von Montgey zu verlaufen.«

»Das ist das schlimmste Räubernest auf unserer Straße nach Lavaur!« zeterte Charles-sans-selle. »Es wimmelt dort von Faidits und ähnlichem Gesindel.«

»Auch da kommen wir schon durch«, tröstete ihn Bouchard de Marly. »Und jetzt meine Herren – wohlan!«

Der Chevalier hatte die Zügel des Pferdes ergriffen, das Livia trug, und zog es mit sich nach vorn. Er vermied es, sie auch nur anzuschauen, und sie zeigte nicht, daß sie den Chevalier erkannt hatte. Ihre Hände waren gefesselt, und neben ihrem Pferd liefen Soldaten aus Saissac, die sie bewachen sollten.

Sie ritten durch den nächtlichen Bergwald, denn noch hatten sie die Schwarzen Berge zur Rechten, und in die Ebene wollte Herr Charles auch nicht hinabsteigen, wie er durch Boten an jeder Weggabelung seine Vorhut wissen ließ. Dem Chevalier war klar, warum. Dort lagen noch etliche Städte, auf die sich ein Knecht des Montfort weiß Gott nicht verlassen konnte.

Der Vogt behielt angestrengt die Spitze des Zuges im Auge, soweit das fahle Mondlicht es zuließ. »Wir sollten uns dieses falschen Grafen noch in dieser Nacht entledigen«, schlug er seinem Mitstreiter vor. »Auf der Flucht erschossen!«

Bouchard schüttelte den Kopf. Er bedachte den d'Hardouin nicht einmal mit erstauntem, sondern höchst mitleidigem Blick.

»Habt Ihr von diesen Gauklerpilzen geknabbert, daß Ihr so toll daherredet?«

Der Vogt ließ sich von der sanften Rüge keineswegs beirren. Er schlotterte vor Angst.

»Die Armbrustschützen sind bereit – und in die Flucht will ich den Kerl schon schlagen!« trumpfte der Herr Charles auf. »Ich presche vor und rufe laut: ›Entlarvt seid Ihr, elender Verräter!‹ Das wird ihn furchtbar erschrecken, er wird zu fliehen versuchen und« – Triumph schepperte in seiner Stimme, nur mühsam gedämpft –, »von Bolzen und Pfeilen durchbohrt, vom Pferde sinken!«

»Und wenn Ihr Euch täuscht, lieber Charles, dann habt Ihr unserem Herrn Simon einen Bundesgenossen weggeschossen, der eigens aus dem fernen Lotharingen herbeigeeilt. Außerdem sind die meisten Bogenschützen, die mit uns reiten, *seine* Leute.«

»Ich soll's also nicht?« Kleinlaut kam die Frage, auf die er keine Antwort mehr erhielt, und so fiel das wüste Komplott klaglos in sich zusammen. Herr Charles schickte noch einen sehnsüchtigen Blick nach vorn zum Ziel seiner Begierde, an dem er nicht zweifeln wollte, auch wenn Wankelmut seine einzige Stärke war.

Nur dank dieser erzwungenen Entsagung wurde der Vogt gewahr, wie ein dunkler Schatten aus dem Geäst der hohen Bäume heranschwang. Ein großer schwarzer Vogel riß die Gefangene vom Pferd und fegte mit ihr durch die Zweige der Tannen! Der Hengst des Grafen von Limburg machte einen gewaltigen Satz nach vorn.

»Verrat!« schrie von hinten der düpierte Charles-sans-selle. »Schlagt zu! Stecht sie nieder! Schießt!«

Der Rest seiner Befehle, die er mit sich überschlagender Stimme schrie, ging unter im Getümmel und Gefluche seiner nächsten Umgebung. Ein riesiges Netz war von den Bäumen herabgefallen, kaum daß die Gefangene entführt war, und hatte sich über alle gelegt, die neben und hinter ihr ritten. Und darin verstrickten sie sich.

Nur Bouchard de Marly behielt die Übersicht, hakelte sich bis zum Rand des grobmaschigen Gewebes und glitt unter ihm durch, während der Vogt noch wie wild auf das Netzwerk mit seinem Schwert einhackte, das ihm prompt aus der Hand gerissen wurde, weil alle anderen sich ebenso blind wie töricht verhielten. So sah Bouchard wenigstens, daß vorn der Graf seinen Gaul zurückgezwungen hatte und die Soldaten anbrüllte:

»Keine Bewegung!« Worauf sie erschrocken in ihrem Fuchteln und Strampeln innehielten. »Und jetzt«, kommandierte Graf Waldemar von der Limburg, »angefaßt! Hoch das Netz! Und einzeln raustreten!«

Während Bouchard de Marly noch überlegte, ob das Eingreifen seines Freundes die tollkühne Gefangennahme der gesamten Begleitmannschaft aus Saissac oder deren Befreiung und Wiederherstellung ihrer Kampfbereitschaft bedeutete, hatte sich der keuchende Herr Charles von den letzten hinderlichen Maschen befreit.

Mit einem Blick sah er, daß der Graf nicht entflohen war, und er setzte all sein Vertrauen in den tapferen Mann.

»Graf Waldemar!« schrie er ihm zu. »Laßt die Person nicht entkommen! Ich bitte Euch! Verfolgt die Hexe!«

Und der Graf gab seinem Tier nochmals die Sporen und setzte mit kühnem Sprung in den Tann, dessen Zweige hinter ihm zusammenschlugen. Dann erfüllte ein Krachen und Donnern den Wald. Vom Berghang stürzten Felsbrocken herab, Steine sprangen durch den Wald, und wer jetzt noch im Netz verstrickt war, wurde erbarmungslos erschlagen, zermalmt.

Bouchard riß den Vogt mit sich hinter den nächsten dicken Baumstamm und ließ die Geröllawine an sich vorbeitosen. Plötzlich begann Charles-sans-selle ganz fürchterlich zu stinken. Er rutschte langsam mit dem Rücken den Stamm herunter, bis er saß, und ein Blick in die gequälten Augen des Pferdegesichts bestätigte: Charles hatte sich in die Hosen geschissen.

»Für mich steckt der Graf hinter dieser geschickt eingefädelten Befreiung«, gab Bouchard vorsichtig seine Meinungsänderung preis. Jedoch behielt er für sich, daß er seinen Freund und Befreier auch im Verdacht hatte, rechtzeitig seine eigenen Leute aus dem tödlichen Netz herauskommandiert zu haben.

Der Steinschlag war verebbt, doch überall war das Stöhnen und Wimmern der Schwerverletzten und noch unter den Gesteinsmassen Eingeklemmten zu vernehmen. Einige Männer waren völlig verschüttet oder zerquetscht.

»Wir sollten ihn vielleicht doch töten«, nahm Bouchard den Faden wieder auf, »falls er überhaupt wiederkommt.«

»Wenn Ihr Euch so sicher seid, daß er ein Verräter ist«, stöhnte Charles, immer noch an den Baumstamm gelehnt, »dann laßt ihn doch mit nach Lavaur kommen. Dort soll Simon entscheiden –«

»Damit Ihr, Herr Charles, nicht mit leeren Händen vor ihn treten müßt!« höhnte Bouchard und wandte sich naserümpfend zum Gehen.

»Meine Menschenkenntnis täuscht mich nie: Dort kommt der Graf zurück!« Charles beeilte sich, ihm entgegenzutapsen. »Habt Ihr sie?«

Der Graf wies wortlos auf sein blutiges Schwert.

»Und wo ist sie?« fragte der hinzutretende Bouchard de Marly, allen Argwohn in seiner Stimme vermeidend.

Graf Waldemar von Limburg sah ihn mißbilligend an. Jemand stank hier entsetzlich, sollte sich sein Freund –? »Meine Klinge erwischte die Alte gerade noch an der Schulter.« Der Graf wiederholte den heftigen Schlag in der Luft, daß es pfiff. »Sie ist in den Tenten gestürzt!«

Charles hatte sich beschämt zurückgezogen, doch Bouchard sagte in das eingetretene Schweigen hinein: »Für einen Landesfremden kennt Ihr Euch aber gut aus in dieser Gegend.«

Der Tonfall war immer noch so gehalten, daß es auch nach Bewunderung und Lob klingen konnte, aber der Graf war auf der Hut. »Wir Deutschen pflegen unsere Pilgerfahrten gut vorzubereiten und uns vor Ort kundig zu machen.« Dieser Belehrung fügte er noch ein knappes »Hier stinkt's!« hinzu.

Bouchard fing den strafenden Blick auf wie ein Spieler den Ball. »Dann laßt uns diesem Ort umgehend unseren Hintern zuwenden, bevor wir noch weitere Streiche empfangen!«

Damit zog er die Führung an sich. Dem Grafen war es recht, nur Charles-sans-selle hatte Einwände: »Und die Toten, die so übel Verwundeten?«

»Ihr könnt ja hierbleiben!« beschied ihn Bouchard de Marly.

Charles zuckte zusammen bei diesem Gedanken, doch er drehte den Spieß um. »Mein Gewissen ist so rein wie anderer Leute Unterhosen. Wär's umgekehrt, würd' ich mich wahrscheinlich schon verdrückt haben. Ich reite mit Euch!«

»Auf nach Lavaur!« beendete der Chevalier die Hakelei. »Wir haben kostbare Zeit vertan!«

Weder Laurence' Mutter, die Lady d'Abreyville, noch Loba waren nach L'Hersmort zurückgekehrt, als dort ein weiteres Schreiben des Chevaliers eintraf. Keiner hatte den Boten gesehen. Es lag eines Morgens vor dem Bett von Belkassem, der mit dem alten Torwächter, der immer noch die gesamte Templergarnison bestritt, in einer Kammer gleich neben dem Tor schlief.

FLAMMENTOD
UND RITTERSCHLAG

An Laurence de Belgrave auf L'Hersmort
(ohne Absender)

           Im Wald von Montgey

Verehrte, begehrte, unerreichbare Laure-Rouge!
 Wenigstens vermute ich Euch wieder unter den Lebenden – es sei denn, Ihr habt den Sensenmann erneut herausgefordert durch unsachgemäße Bekleidung zur naßkalten Jahreszeit. Mehr als hastige Grüße kann ich von Na' Livia nicht ausrichten, wir hatten nicht die rechte Muße zum Plaudern, doch ist sie wohlauf und wieder mit unserer kleinen Wölfin vereint – oder vielleicht auch mit ihrem Löwen?
 Ich zog nach ihrem ›Verlust‹, den Charles-sans-selle bitter beklagte, mit diesem Helden und dem Ritter Bouchard de Marly weiter des langen Weges. Pikanterweise besteht unser Trupp inzwischen fast ausschließlich aus meinen Deutschen und den auf mich eingeschworenen Mannen des Peire-Roger von Las Tours, denn von der französischen Garnison des tüchtigen und berüchtigten Vogtes hat kaum einer überlebt. Ich könnte die Herren also jederzeit gefangennehmen. Doch ich brauch' sie leider noch: Mir ist aus zuverlässiger Quelle zu Ohren gekommen, daß Raoul, der Sohn Alazais' – und meiner, wie Ihr längst wißt –, sich ausgerechnet nach Lavaur begeben hat. Auf der Flucht vor mir, den er haßt – als wäre ich am Flammentod seiner Mutter schuld! In Lavaur weiß er eine gute Freundin von Alazais, Na' Giralda de Laurac, als Schloßherrin. Vielleicht ist ihm entgangen, daß auch sie eine Perfecta ist, denn die Katharer, nicht etwa Simon le Brut, sind für den ansonsten aufgeweckten Knaben Anlaß und Ursache allen Unglücks.
 Raoul muß bei Euch auf L'Hersmort vorbeigekommen sein, auf seinem Marsch quer durchs Land sogar dort übernachtet haben. Schade, daß Ihr ihn nicht aufhalten konntet! Das ist der Grund,

aus dem ich mich nach Lavaur begebe, geradewegs in die Hölle, bedenke ich, was Simon le Brut dem Ort zugedacht. Von Gott, unserem Herrn, aus gesehen, so Er geruht, einen Blick auf uns seltsame Wesen zu werfen, die wir mit dem Leben spielen, als gäbe es ein zweites, muß sich mein Betragen höchst befremdlich ausnehmen. Doch zu meinem flatterhaften Glück gehört, daß mich nun Charles-sans-selle in sein Pferdeherz geschlossen hat, während mein Freund Bouchard de Marly meine Erscheinung seit jenem nächtlichen Zwischenfall im Walde von Montgey voller Mißtrauen betrachtet. Ich muß Raoul in Lavaur finden und dort herausholen, ehe es –

Sogleich nach der Ankunft in Lavaur ließ sich Bouchard de Marly die Urkunde des rechtmäßigen Erwerbs von Las Tours durch Simon bestätigen. Der schien sogar froh, die ständige Bedrohung ›seines‹ Carcassonne auf diese Weise nicht nur los zu sein, sondern die Burg auch in den Händen des treuen Bouchard zu wissen anstelle des unbequemen Herzogs von Burgund. So kam er auch ohne Umschweife dem Wunsch des Ritters nach, schriftlich eine Amnestie für den ehemaligen Besitzer Peire-Roger de Cab d'Aret zu verfügen – immerhin bis dato einer seiner erbittertsten Feinde! – und diesem als kleinen Trost obendrein eine seiner Beutedomänen bei Béziers anzudienen.

Bei dieser Gelegenheit stellte Bouchard auch den Grafen Waldemar von Limburg, seinen Befreier, dem Montfort vor. Charles d'Hardouin war ebenfalls zugegen, und sicher fiel ihm ein Stein vom Herzen, daß weder der Graf noch Bouchard die Geschichte mit der erst gefangenen, dann wieder befreiten Na' Livia auch nur mit einer Silbe erwähnten.

Charles-sans-selle machte dennoch eine schlechte Figur, weil der Montfort ihn fragte, was er denn hier wolle, und ihm vorwarf, seinen Posten auf Saissac ohne Not verlassen zu haben. Er tat dem Chevalier fast leid, doch nur fast! Sein Interesse richtete sich auf Simon le Brut, dem er nun endlich *in personam* gegenüberstand.

Simon de Montfort, Count of Leicester und nun auch Vicomte von Béziers und Carcassonne, war eine recht schlichte Erscheinung.

Ein grobschlächtiger Landedelmann mit Gemüt – dem Gemüt eines Fleischerhundes! Brummig setzte er den armen Charles auf der Stelle wieder in Marsch zurück nach Saissac – von dem das unglückliche Pferdegesicht kaum annehmen konnte, es noch so vorzufinden, wie er es Hals über Kopf verlassen hatte.

Die Gräfin Alix hingegen, Gattin des Montfort, erwies sich als zierliche Dame, der das geübte Auge des Chevaliers die Energie ansah, die in ihr steckte. Sie umarmte den Grafen herzlich, stellte sogleich Überlegungen an, wie sie wohl verwandt sein könnten, »*mon cher cousin!*«, gebe es doch mannigfaltige Bande hinüber zu den lotharingischen Vettern. Der Graf Waldemar von Limburg zog sich elegant aus der Schlinge, indem er bescheiden darauf hinwies, nicht von der herzöglichen, sondern von einer unbedeutenden gräflichen Nebenlinie abzustammen, was ihr Interesse sogleich abflauen ließ.

Der Montfort nahm das Erscheinen des ›Grafen‹ sowieso als selbstverständlich hin, erwartete er doch seit langem Verstärkungen aus Lothringen und Friesland. Womit dieser samt allen seinen Mannen in das Heer der Kreuzfahrer eingereiht war und freundlich verabschiedet wurde.

Bouchard de Marly begleitete den ›Grafen‹ vor das Zelt. »Mein lieber Graf«, sprach er ihn leise an, »ich bin Euch zu Dank verpflichtet, und ich stehe zu meinem Wort. Doch hofft nicht auf eine Amnestie, wenn herauskommt, daß Ihr nicht der seid, als den Ihr Euch ausgebt. Las Tours war nur einmal zu vergeben.«

»Ich könnte mich mit der Wiederbeschaffung von Saissac revanchieren«, scherzte der ›Graf‹ und mußte lachen.

»Ihr seid ein unverbesserlicher Spieler, wie immer Ihr auch heißt!«

Der Chevalier nahm die Gelegenheit beim Schopf. »In dieser von uns eingeschlossenen Stadt«, vertraute er ihm an, »befindet sich mein einziger Sohn, ein junger Mann in dem schwierigen Alter von fünfzehn Lenzen –«

»Ihr könnt auf mich zählen!« unterbrach ihn Bouchard in seiner spontanen Art, und sein Angebot war aufrichtig gemeint.

»Gelingt es mir, den widerspenstigen Knaben unversehrt zu bergen, Bouchard de Marly, schuldet Ihr mir nichts mehr, dann bin vielmehr ich Euer Schuldner bis ans –«

Wieder hinderte der Ritter ihn am Weitersprechen, indem er den ›Grafen‹ rasch umarmte. »Verzeiht, vergeßt meine harschen Worte von eben, sind wir doch alle Sünder und haben uns rein gar nichts zu vergeben! Laßt uns bitte Freunde bleiben – bis ans Ende unserer Tage!« Bouchard preßte den ›Grafen‹ noch einmal fest an sich und ließ ihn stehen.

Im Lager hörte der Chevalier, daß der Graf Raimond von Toulouse dem Kreuzzug soeben den Rücken gekehrt habe mit all seinen Leuten. Dadurch entstand – für den seit Tagen im Walde lauernden Aimery auf unerwartete, aber seinen Plänen entgegenkommende Weise – eine Lücke im Belagerungsring, und durch sie schlüpfte der Herr von Montréal mit achtzig Rittern in die Stadt.

Aimery war der leibliche Bruder jener Na' Giralda, der Witwe Guiraude de Laurac, deren Mann bei der Verteidigung von Carcassonne gefallen war. Für Aimery war es eine Selbstverständlichkeit, seiner Schwester zur Hilfe zu eilen – obwohl er sich damit erneut gegen den Montfort stellte. Das ging alles so schnell, daß der Chevalier die Gelegenheit verpaßte, zusammen mit Aimery in das belagerte Lavaur zu gelangen und sich Raouls zu versichern, den er bei Na' Giralda vermutete. Es stand nur zu hoffen, daß der Junge bei der Einnahme der Stadt keine unsinnigen Taten beging, denn der Zorn des Montfort war gewaltig, als er von den neuesten Entwicklungen erfuhr, Aimerys Verhalten empfand er als besonders schurkischen Verrat. Von dieser zusätzlichen Bedrohung erfuhr der Chevalier durch Bouchard, der ihm angeboten hatte, in seiner Nähe zu kämpfen, damit der ihm den verlorenen Sohn zeigen könnte, falls sie seiner rechtzeitig ansichtig würden.

Aus der Stadt Toulouse kamen unter Führung ihres Bischofs Foulques fünftausend Bürger, die mit dem Betragen ihres Grafen Raimond nicht einverstanden waren – oder es schlichtweg nicht verstanden. Sie nannten sich die Confrérie blanche und bestanden darauf, die Lücke zu schließen, die ihr Graf – neben der Schande – durch seinen schnöden Abfall vom Kreuzzug hinterlassen hatte.

Dann begann der Beschuß von Lavaur mit sämtlichen Steinschleudern, die rundherum in Position gebracht worden waren.

Ein Ergebnis zeitigte das Bombardement nicht. Die Entfernung war zu groß für die schweren Katapulte. Der Montfort versuchte es mit dem Bau von zwei gewaltigen ›Katzen‹ – fahrbaren Türmen, so hoch wie die Mauerkrone. Vielleicht hatte ihm jemand gesteckt, daß der verblichene Burgherr seinerzeit angesichts eines christlichen Kreuzes ausgerufen haben sollte: »Nie und nimmer will ich in diesem Zeichen gerettet werden!« Jedenfalls ließ Herr Simon an die Spitze eines Turmes – zum Zeichen seines Gottvertrauens – ein Kruzifix nageln. Oder war es als Beschwörung gedacht, als erflehter Beistand von oben, auf daß er niederfahre wie ein Blitz? Auf den Schmerzensmann am Kreuz jedenfalls schossen sich die Armbrüste der Verteidiger sofort ein. Als das Kruzifix schließlich getroffen zersplitterte und der Heiland in den Graben fiel, jubelten die erfolgreichen Schützen, und der Montfort, dem das sofort hinterbracht wurde, schwor furchtbare Rache.

Zweimal wäre es den tollkühnen Rittern unter Führung von Aimery de Montréal beinahe gelungen, sich des Nachts an die ›Katzen‹ heranzupirschen und sie in Brand zu setzen. Doch die Männer wurden entdeckt. Währenddessen hatten die findigen Handwerker von Lavaur, erfahren im Betrieb von Erzminen, mehrere unterirdische Stollen gegraben und wie die Maulwürfe bis unter die schweren Türme vorgetrieben. Beide ›Katzen‹ brachen ein, die eine fiel um mitsamt ihrer Besatzung. Der Montfort schäumte, aber er befahl nicht den erwarteten Sturmangriff, um eine rasche Entscheidung herbeizuführen, was für die Anstürmenden fast immer horrende Verluste bedeutete. Er wollte die Verstärkung abwarten, die aus Deutschland unterwegs und schon seit Tagen überfällig war. Eine dreiköpfige Vorhut war im Lager eingetroffen, um ihr Kommen anzukündigen. Die Aufgabe der genaueren Befragung der Lothringer wäre beinahe dem Grafen von der Limburg zuteil geworden, aber Bouchard sprang ein. Er sprach zu des Chevaliers Erstaunen leidlich Deutsch.

Bei dieser Befragung jedenfalls brachten die Belagerer in Erfahrung, daß der Hauptstreitmacht von einem Ritter, den ihnen angeblich Herr Simon entgegengeschickt hatte, ausgerechnet jene Straße nach Lavaur gewiesen wurde, die mitten durch den Wald von Montgey führte – beileibe nicht der kürzeste Weg! Bouchards Argwohn war geweckt. Die Beschreibung des edlen Wegweisers, der mindestens ein Schock prächtiger Ritter bei sich geführt habe, paßte genau auf Aimery von Montréal! Der habe nur drei der besten Reiter ausgewählt und sie dann bis Lavaur mitgenommen, weil ihm der große Haufen, fast alle zu Fuß, zu langsam vorankam.

Jetzt schwante auch dem Herrn Simon Fürchterliches. Er unterbrach die Belagerung und schickte sofort Bouchard in den berüchtigten Wald. Der ›Graf‹ zog es vor, im Lager zu bleiben, es lag ihm wenig daran, mit Deutschen, meist Friesen, zusammenzutreffen – falls es überhaupt Überlebende gab.

Simon ließ derweil zähneknirschend die beiden ›Katzen‹ bergen, was weitere Verluste forderte. Einer der wenigen, die es wagten, den Grollenden überhaupt anzusprechen, war der Bischof von Toulouse. Foulques machte den Vorschlag, die von den Verteidigern gegrabenen Sappen für den eigenen Zweck zu nutzen, mit nassem Holz und Laub vollzustopfen und die Maulwürfe auszuräuchern. Vielleicht würde es sogar gelingen, die darüber liegende Stadtmauer zum Einsturz zu bringen. Simon ließ ihn gewähren.

Nach vier Tagen schon war Bouchard zurück. Seine schlimmsten Befürchtungen hatten sich bewahrheitet. Nach seinem knappen Rapport bei seinem Herrn Simon schilderte er dem Grafen von Limburg das Gesehene unter vier Augen:

»Fünftausend Deutsche – im Rheingau und an der Nordseeküste angeworben – waren im Anmarsch auf Lavaur. Sie zogen stracks in den finsteren Wald von Montgey, weil ein edler Ritter ihnen diesen Weg gewiesen hatte. Er verließ sie gar bald, da einige furchtbar trödelten und sich unstatthafterweise im Waidhandwerk versuchten – wahrscheinlich aber, weil sie so schrecklich laut und falsch sangen. In der Mitte des Dickichts hatte ihnen der Graf von Foix einen Hinterhalt gelegt. Ob Pfälzer oder Friesen, ob Pilger oder Priester, sie wurden zusammengeschossen wie die Hasen, zu Paaren getrieben wie junge Füchse, denn der alte Graf Roger-Ramon ließ seine Hundemeute auf sie los. Seine *picadores* stachen sie ab wie die Säue, und dann preschten auch noch seine Ritter mit Ramon-Drut, dem Infanten, vorneweg, unter sie und hieben jeden nieder, der das bisherige Gemetzel überstanden hatte und sein Heil in der Flucht suchte. Für diese Faidits muß es ein Schlachtfest gewesen sein. So viele gespaltene Schädel, abgehackte Gliedmaßen, aufgeschlitzte Leiber habe ich noch nie auf einen Haufen gesehen. Den Rest gaben ihnen die Dörfler der Umgebung. Sie kamen scharenweise herbeigelaufen und fledderten die Toten, beraubten die Verwundeten, wobei sie ohne viel Federlesens mit Knüppeln nachhalfen oder den Armen die Kehle durchschnitten. Angewidert hab' ich meinen Leuten befohlen, das Pack zu vertreiben«, beschloß Bouchard de Marly seinen Bericht, »alle, derer sie habhaft werden, am nächsten Ast aufzuknüpfen und die umliegenden Dörfer anzuzünden – und sich dann schnellstens aus dieser üblen Gegend zurückzuziehen.«

»Ich darf Euch mit einem friesischen Sprichwort überraschen«, entgegnete trocken der ›Graf‹: »*Wat dem 'en sin Uhl, is dem annern sin Nachtigall!*«

Weder Kummer noch Ärger, noch sonstige Enttäuschungen hielten den Montfort davon ab, nunmehr den Angriff auf die widerborstige Stadt allen Widersachern zum Trotz mit unerwarteter Heftigkeit vorzutragen. Der Bischof ließ seinen ›Weihrauch‹ in den Stollen entzünden, seine frommen Mitstreiter aus Toulouse stimmten die Kreuzfahrerhymne an. In Feuer und Rauch gehüllt, unter dem Krachen der einschlagenden Steinbrocken stürzte die Mauer ein.

»*Veni creator spiritus!*« Mit diesem Geheul stürmten die Angreifer in die entstandene Bresche, ergossen sich in die Stadt. Simon ließ als erstes die Verteidiger jagen und fangen. Als alle Männer zusammengetrieben waren, wurden die Ritter aussortiert und gefesselt. Einige brave Bürger mogelten sich unter die Noblen, von denen man ja wußte, daß sie – gegen hohes Lösegeld – ihre Freiheit erkaufen durften.

Zu ihrem Entsetzen mußten sie mit ansehen, wie Simon le Brut einen riesigen Galgen aus dem Holz ihrer Katapulte zimmern ließ. Aimery de Montréal wurde vor ihn gebracht. Die Anklage lautete auf Hochverrat – der Montréal war sein Vasall. Zweimal hatte er sich gegen seinen Lehnsherrn erhoben. »Tod durch den Strick!« lautete das Urteil, nicht nur für ihn, sondern für alle, die ihm gefolgt waren. Aimery wurde als erster unter das Blutgerüst geführt. Da riß sich aus der schweigenden Menge ein Knabe los, stürzte zu ihm und klammerte sich an ihn.

»Das dürfen sie nicht, Aimery!« schrie er gellend, während die Wachen auf ihn einschlugen. Der Chevalier war wie versteinert, unfähig, ein Wort herauszupressen, einen Schritt zu tun. »Ich verlass' dich nicht, ich will mit dir –«, schrie Raoul.

Da war Bouchard schon bei ihm, hatte ihm auf den schreienden Mund geschlagen, ihn den Wachen entrissen. Er traf ihn noch mal mit der Faust so aufs Kinn, daß Raoul blutend in seine Arme fiel. Dann trug er ihn weg vom Ort des grausigen Geschehens.

»Der Bengel gehört mir!« hatte er dem Montfort zugerufen, der ließ ihn gewähren. Aber der Chevalier hatte Bouchards Blick aufgefangen, der ihm signalisierte: »Bleib, wo du bist, ich kümmere mich!« So war Raoul also gerettet. Dem Vater zitterten die Knie. Wie im Traum, eingehüllt in Rauchschwaden, gegeißelt von dem Kreischen des Pöbels, dem Weinen der Frauen, dem Stöhnen der Sterbenden und ihrer Henker, dem beizenden und gleichzeitig dumpfen Geruch des Todes, des Blutopfers – so erlebte der Chevalier tränenden Auges, wie der Galgen zusammenbrach, kaum daß man Aimery und die ersten seiner Getreuen daran aufgehängt hatte. Die Bilder verschwammen, die Geräusche verkochten zu einem Sud von Murren, Wimmern und Keuchen, vermischt mit gebellten Befehlen und Flüchen.

Simon verlor die Geduld und ließ den Rest der Gefangenen erwürgen oder abstechen. Auch die übrige Besatzung mußte über die Klinge springen. Dann waren die Frauen an der Reihe. El Bruto überließ es dem Pöbel, seinen Soldaten die Ketzer unter den Bürgern zu weisen. Widerstandslos ließen die Katharer sich in eine Ecke des Platzes drängen. Die Trümmer des Galgens waren noch als Holz für den Scheiterhaufen zu gebrauchen. Als dessen Flammen hoch auflohderten, schritten die Reinen, die Frauen an der Spitze, erhobenen Hauptes hinüber und warfen sich in die Glut.

Na' Giralda sprach jeder einzelnen Mut und Trost zu. Die stolze

Haltung der Schloßherrin brachte den Bischof in Rage. Er sah sich um seinen Triumph gebracht. Schlottern sollten diese Weiber, vor Todesangst sich bepissen, doch sie lächelten ihn an. Den raschen Sprung ins süße Paradies würde er dieser *bonne femme* versalzen! Er gab sie dem Pöbel frei. So wurde Guiraude de Laurac gesteinigt, und als sie immer noch atmete, zerrte man sie zum Brunnen, stürzte sie kopfüber hinein und warf so lange Steine auf sie, bis ihr Wimmern erstarb.

Die Kunde von den Ereignissen in Lavaur verbreitete sich wie ein Lauffeuer im Lande – dafür wurde schon Sorge getragen. Für Laurence waren die Berichte mitnichten dazu angetan, daß sie die tiefe Depression überwand, in die sie seit ihrer langsamen Genesung gefallen war und immer mehr versackte wie in einem Mahlstrom der Hoffnungslosigkeit. Nun war auch Aimery tot. Laurence ging den Bildern nicht aus dem Weg, die Zeugen vor ihr heraufbeschworen hatten. Sie quälte sich mit der Vorstellung, wie sie sich wohl verhalten hätte als einer der achtzig Ritter, alle gut gerüstet, bewaffnet und kampferprobt. Warum hatte sich keiner von ihnen aufgerafft, sich zur Wehr gesetzt und seine Haut wenigstens teuer verkauft, so viele mit in den gewissen eigenen Tod gerissen wie nur irgend möglich, gekämpft bis zum letzten Atemzug? »Sie hingen so sehr am Leben, bis sie hingen!« hätte es der Chevalier in seiner sarkastischen Art ausgedrückt.

Mitten im beginnenden Hochsommer kehrte Lady d'Abreyville alias Livia di Septimsoliis zurück nach L'Hersmort. Seltsamerweise gab ihr Erscheinen der immer noch kränkelnden Tochter neue Kraft. Die Alte war braungebrannt und schien immer jünger werden zu wollen, wie ihre Liebhaber, die sie sich hielt, derweil Xacbert de Barbeira sich kurzfristig nach Aragon abgesetzt hatte. Livia bestand zwar nur noch aus Haut und Knochen, wirkte aber sehnig und vibrierte vor Tatendurst wie eine gespannte Armbrust.

Außerdem war sie zu Geld gekommen – ›Beuteanteile‹, wie sie Laurence ausweichend erklärte. Sie hatte sich eine eigene Truppe von *routiers* zugelegt, ausgerechnet deutschsprachige Burgunder.

Pikanterweise hatte sie die in Saissac angeworben, wohin sich die Landesfremden gewandt, als sie in Las Tours niemanden angetroffen hatten. Sie waren als Vorauskommando von ihrem Herzog geschickt worden, der sich ja schon als zukünftiger Besitzer der vier Türme gesehen hatte. Livia hatte sich für ihre Befreiung revanchiert, indem sie mit Peire-Roger nach Saissac zurückkehrte, die Torwachen durch ihr unvermutetes Erscheinen übertölpelte und ihm die Festung in die Hand spielte.

Die Kriegskasse des abwesenden Charles-sans-selle teilten sie sich, und die Mater superior nahm das runde Dutzend junger Burgunder in ihre Dienste. Die standes- und Rom-bewußte Dame ließ sie frisch einkleiden, sie trugen jetzt die päpstlichen Insignien, gekreuzte Schlüssel, auf der Brust. Diese zierten auch die Sänfte, in der die Söldner ihre neue Herrin samt Geldtruhe durch das von pausenlosen Scharmützeln, Repressalien und gewöhnlicher Wegelagerei aufgewühlte Land eskortierten. Sehr weiblich wirkte das von Falten zerfurchte Antlitz der weißhaarigen Livia sowieso nicht mehr, so daß die meisten, deren Weg sie kreuzten, den Trupp für die Begleitmannschaft eines inkognito reisenden Legaten hielten – und deren gab es ja mittlerweile einige im Languedoc und in Okzitanien. Es waren kräftige Burschen, und der alte Templersergeant, der bislang zusammen mit Belkassem die ›Garnison‹ von L'Hersmort gestellt hatte, war hocherfreut und teilte sie gleich zum Wachdienst an Tor und Mauer ein.

Belkassem entledigte sich seines Kürasses, mit dem er als Torwächter bisher seinen Dienst versehen mußte, und stieg wieder in seine Pluderhosen und zu seinem Turmgemach oben in der Spitze des Minaretts hinauf, wo ihn niemand mehr behelligen konnte.

Der einzige, der ihn dort oben besuchte, war der kleine Titus, um den sich sonst keiner so recht kümmerte. Der Knabe war noch nicht einmal sechs, aber im Gegensatz zu seiner kleinwüchsigen Mutter Loba hochaufgeschossen und grobknochig. Seine Augen hatten etwas eigentümlich Stechendes, und sein dichtes schwarzes Haar und die buschigen Augenbrauen gaben ihm durchaus etwas Wölfisches. Titus war ein häßliches Kind, verschlossen und böse. Sicard hatte ihn einmal dabei erwischt, wie er einer Fliege – ohne die geringste Rührung – nacheinander die Flügel und Bein für Bein ausriß, peinlichst darauf bedacht, sie am Leben zu erhalten. Als Sicard die gequälte Kreatur mit einem Schlag zerquetschte, wurde Titus zornig und schlug nach dem gutmütigen ›Nasenbär‹, wie er den Herrn de Payra mit offenem Spott gern nannte. Auf die Frage, was aus ihm mal werden solle, antwortete der Knabe stolz: »Inquisitor!« Doch mit dem stummen Mohren dort oben saß er friedlich beieinander, und sie schauten stundenlang auf das Land hinaus.

Loba war immer noch aushäusig. Livia wußte nur, daß die Wölfin bei ihrem Bruder Peire-Roger geblieben war und mit ihm durch das Land streifte, zu dessen Herren die Cab d'Arets einst gehört hatten. Allerdings besaß sie noch immer das schwer zugängliche Roquefixade, im wilden Plantaurel zwischen Foix und dem Montségur gelegen, eine Gegend, in die sich der Montfort bisher noch nicht getraut hatte.

Der neue Vicomte von Carcassonne und Béziers visierte ein anderes, höheres Ziel an. Alle seine bisherigen Taten oder Untaten waren nur die Vorbereitung des lange erträumten, jetzt mehr und mehr geplanten Griffs nach Toulouse. Dessen Grafenwürde stach immer noch den Titel so manchen Herzogs aus, wenn sie nicht gar mit der eines Königs gleichzusetzen war. Simon hatte ein gewaltiges Heer zusammengezogen und trat seinen Marsch auf die Hauptstadt an.

Die Tolosaner schickten sofort eine Delegation zu den Legaten und beschwerten sich heftig: Sie hätten sich mit der Amtskirche ausgesöhnt, das Interdikt sei daraufhin aufgehoben worden. Die Abgesandten des Papstes versicherten ihnen, daß sich die Maßnahme mitnichten gegen sie, die Bürger, richte, sondern allein gegen den Grafen. Ihnen sei einzig vorzuwerfen, daß sie dem Exkommunizierten Asyl gewährt hätten. Würden sie ihm den Rücken kehren und einen anderen als ihr Oberhaupt anerkennen, würde die Stadt nicht angegriffen werden. Doch die Drohung ließ nicht auf sich warten: »Andernfalls«, erklärten die Legaten, »also im Falle einer Weigerung, wird man euch allesamt wie Ketzer behandeln!« Das freundliche Angebot wiesen die Tolosaner Abgeordneten empört zurück, und mit dieser Nachricht kehrten sie heim in ihre Stadt.

Livia gab ihrer Tochter und Sicard Bericht von der Lage, und langsam stellte sich heraus, daß die umtriebige Mater superior die Geschichte nicht aus zweiter Hand erfahren hatte, sondern geradewegs aus dem bedrohten Toulouse nach L'Hersmort gekommen war.

»Der Rat und die Konsuln von Toulouse billigten die feste Haltung der Delegation. Daraufhin befahl Bischof Foulques, ein ehemaliger Bänkelsänger aus Marseille, seinem Klerus«, wie Livia spitz hinzufügte, »die Stadt auf der Stelle zu verlassen, und zwar barfuß, und den Leib Christi mit sich hinwegzuführen.« Es war deutlich zu spüren, daß diese willkürliche Art, das Interdictum einzusetzen, die Mater superior in ihr noch immer empörte.

»Nur bewirkte es genau das Gegenteil von dem, was sich dieser Widerling davon versprochen hatte«, fuhr sie fort. »Die Katholiken begruben ihren Hader mit den Katharern, und man beschloß, Schulter an Schulter zu kämpfen, um Toulouse gegen die Söldner unter dem Zeichen des Kreuzes zu verteidigen. Graf Raimond der Ältere rief zusätzlich seine Vasallen aus Foix und dem Comminges zur Hilfe herbei; aus dem entfernten Agen eilte auch sein Schwiegersohn, der dort Seneschall war, mit Verstärkung herbei.«

»Als solche wird man Euch mit Euren zwölf Gardisten ja wohl kaum benötigt haben, liebe Frau Mutter«, unterbrach Laurence sie ärgerlich. »Sagt endlich, was – oder wer – Euch dorthin getrieben hat!«

Die Alte genoß die Anspielung sichtlich. »Macht Euch nur keine Sorgen über meine Triebe, Fräulein Rühr-mich-nicht-an«, gab sie es ihrer Tochter heraus. »Die kommen schon nicht zu kurz bei zwölf Mannsbildern!« Livia lachte lauthals, wurde aber schnell wieder ernsthaft. »Bei Muret im Süden von Toulouse traf ich den Chevalier. Er wartete dort auf die Leute von Foix, um sie vor Simon in die Stadt zu bringen, der von Nordosten heranrückte. Als er meine ›Schlüsselsoldaten‹ erblickte, schlug der Schalk mir einen Streich vor, der so ganz in meinem Sinne war. Als päpstlicher Legat sollte ich in Toulouse Einlaß begehren, die nächste Kirche aufsuchen und dem Volk verkünden, das Interdikt sei aufgehoben. Denn dies, so fügte er hinzu, laste seit der Entführung des Allerheiligsten schwer auf der Stadt. Damit würde ich die Kampfbereitschaft der Bürger gewaltig anspornen! Unser lieber Chevalier bestand darauf, mich mit einem kostbaren *Sanctissimum Sacramentum* auszurüsten, das er – ich weiß nicht, wo – ›ausleihen‹ wollte. Solch Sakrileg lehnte ich ab, machte mich aber sofort auf den Weg. Mein Wort mußte genügen.

Doch inzwischen hatte Simon le Brut bereits seinen Angriff begonnen. Er wurde zurückgeschlagen, aber ich konnte mich den Mauern nicht mehr nähern, schon gar nicht in der gewählten Aufmachung. Ich wurde sofort beschossen, und dann unternahmen die Bürger sogar einen tolldreisten Ausfall, und ich mußte zusehen, daß ich mich mit meiner Sänfte aus dem Staub machte. Von einem Hügel aus erkannte ich noch, wie das entblößte Camp des Montfort von dem Infanten Ramon-Drut von Foix überfallen wurde. Ich bin sicher«, schloß die energische Dame, »der Montfort holt sich diesmal eine blutige Nase.«

»Das wünsche ich ihm!« entfuhr es Sicard, dessen umgeschnallter Lederfinger vom vielen Darandrehen inzwischen gekrümmt himmelwärts wies wie der Phallus eines bocksfüßigen Fauns. Die lustige Form der leeren Hülle versöhnte Träger und Umgebung mit dem tragischen Fehlen des Originals. Nur den Schlingel Titus nicht. »Wenn ich erst mal Erzabt geworden bin«, hatte er Sicard versprochen, »und dann Grauer Kardinal, schneid' ich den Ketzern alles ab, Stück für Stück, und verbrenn' sie dann!« Loba muß dem kleinen Teufel zuviel über seinen Erzeuger erzählt haben, dachte Laurence.

Der gutmütige Sicard blieb aber gelassen und nahm nicht einmal seine Maske ab, um den Quälgeist mit dem vernarbten Stummel zu erschrecken, so sehr der Junge ihn auch anbettelte. Niemand hatte den glatzköpfigen Herrn de Payra je ohne das schützende Futteral zu Gesicht bekommen seit seiner Rückkehr nach L'Hersmort. Es war wohl auch sein Stolz, die Verstümmelung nicht zu zeigen, nicht nur Rücksichtnahme auf seine Umwelt.

Sicard widmete sich die meiste Zeit der Pflege seiner ›Oase‹, des mosaikgeschmückten Gartens im Hof der Burg und des Atriums mit seiner Fontäne und den marmorgefaßten Rinnen inmitten des Kreuzgangs. Er beschnitt das Spalierobst und pflanzte Blumen und Kräuter, er fütterte die Vögel und spielte mit den Hunden, kurzum, er genoß als Gärtner, wie er immer wieder betonte, das Leben auf seinem Alkazar.

Als Laurence krank daniederlag, war er es gewesen, der nächtelang an ihrem Bett saß und sie versorgte mit heiß aufgebrühtem Sud aus Blättern, Blüten und Wurzeln und kühlen Umschlägen. Kaum war sie genesen, machte er ihr wieder den Hof, las ihr Sufi-Gedichte vor oder erzählte ihr Geschichten aus dem Heiligen Land, wo er nie gewesen war. Sicard schwärmte von Tripoli, der weißen Märchenstadt der Grafen von Toulouse, offen zum blauen Meer hin, über das hinweg die Kreuzfahrer sich nach den fernen Küsten Okzitaniens sehnend verzehrten, und von den trutzigen Mauern, die es zur Wüste hin abschirmten, auf denen die Ritter mit geröteten Augen in glühender Hitze Wachdienst leisteten, ins feindliche Land hinaus starrten, immer in der Erwartung, über dem Kamm der Dünen das Blitzen von tausend Helmen und Speerspitzen zu erspähen, den Ansturm der Feinde, der irgendwann einmal kommen mußte.

Das Horn vom Minarett quäkte die Warnung, der junge Fähnrich der Burgunder schlug seine Trommel, die Routiers besetzten die Mauern, das Fallgitter schrammte schrill in sein steinernes Lager in der Schwelle, während die Ketten knarzend die seit Jahren nicht mehr betätigte Zugbrücke anhoben, bis sie dumpf gegen den Torbogen schlug. Ein Zug fremder Reiter galoppierte in geschlossener Formation auf L'Hersmort zu. Über ihnen flatterte die blutrote Fahne mit dem gelben Kreuz, Zeichen der Horden des Montfort.

Laurence war sofort an das hohe Fenster des Söllers gesprungen. An die Wand gepreßt, versuchte sie sich ein Bild davon zu verschaffen, was unten vor sich ging, darauf bedacht, kein Ziel für Pfeile abzugeben. Ihre Mutter Livia tat es ihr gleich, von ihrer Seite aus hatte sie einen besseren Blick auf das Tor mit der hochgeklappten Brücke, das jeden schroff abwies: Die in den Fels geschlagene schluchtartige Scharte war zumal für Berittene nicht zu überwinden. Livias Auge streifte den stämmigen Anführer der Bewaffneten. Sie hatte ihn nur einmal gesehen, in jener Nacht von Saissac, aber es konnte eigentlich kein anderer sein. Die Silhouette hatte sich fest in ihre Erinnerung eingeprägt. Ein junger Mann, fast ein Knabe noch und ungerüstet, löste sich aus dem Haufen und trat an den Ritter heran, der ihm die Hand reichte und dabei sein Visier lüftete. Es war Bouchard de Marly!

Doch da rief Laurence ihr gegenüber: »Das ist Raoul!«, und bedeutete dem Sergeanten im Torraum gestikulierend, ihn sofort einzulassen. »Der Sohn von Alazais!« versuchte sie ihrer Mutter zu erklären, denn die Burgunder rührten sich nicht und warteten auf ein Zeichen der Frau, die allein sie als ihre Herrin anerkannten.

Livia lächelte. »Das Kind der großen Liebe des Chevaliers.« Sie lächelte fein. »Ein Bastard wie du!«

Laurence wollte empört aufbegehren, doch da hatte die Alte sie schon gepackt und in ihre sehnigen Arme gezwungen. »Meine Laure-Rouge! Heißgeliebte Tochter!« knurrte sie zärtlich. »Der einzige Fehltritt deiner sündigen Mutter« – zufrieden schnurrend entließ sie Laurence –, »den Gott belohnte!«

»Mater superior!« Laurence verneigte sich vor der Alten. »Laßt bitte das Tor öffnen!«

Wieder traten sie beide ans Fenster. Unten winkte Bouchard de Marly mit einem Tüchlein zu den Damen hinauf, als reite er geradewegs ins Turnier. Er gefiel Laurence, zumal er genau dem Bild entsprach, das man ihr von ihm gegeben hatte: kühn und ehrenhaft! Sie winkte zurück und traf sich in der Geste mit ihrer Mutter. Sie mußten beide lachen.

Raoul war mittlerweile fünfzehn und gewiß kein Kind mehr, nach allem, was er erlebt hatte. Er war ein feinsinniger, oft grüblerischer Junge, viel empfindlicher als Laurence, die über ein wesentlich dickeres Fell verfügte – und eben über das sonnige Gemüt einer *pessimista feliz*. Der hochgewachsene, schlaksige Junge hatte eine schlechte Körperhaltung – er saß meist gebeugt über einem Buch. Auch war er ein rechter Dickschädel, nachtragend und nahezu unbelehrbar in einmal vorgefaßter Meinung. Von der Trauer über den Tod seiner Mutter oder seines Freundes Aimery sprach er nicht, um so mehr von ihrer eigenen Schuld an ihrem gewaltsamen Ende. Er warf es ihnen geradezu vor, für ihren Glauben, für ihre Heimat den Tod erlitten zu haben, denn solche Werte erkannte Raoul nicht an. Da war er ganz der Sohn seines Vaters, von dem er – außer dem Äußeren – so wenig hatte, den er jedoch regelrecht haßte. In ihm sah er die Verkörperung des Demiurgen, Luzifers, der das Licht der freien Entscheidung, die gleißnerische Fackel der Verführung in die Welt trug und nur sich selbst verantwortlich lebte, ohne Bindung. So war Raoul natürlich auch gegen das Katharertum eingestellt, diese Ketzerei, der alle verfallen waren, die er geliebt hatte beziehungsweise – ohne es sich einzugestehen – gern lieben würde.

Laurence hatte eigentlich vorgehabt, den findigen Knaben, dessen Umsicht und Unerschrockenheit sie ja kennengelernt hatte, mit in die Tätigkeit einzuspannen, die sie zusammen mit der Mater superior jetzt wiederaufzunehmen gedachte – die Bergung von verwaisten Kindern. Es war Livia, die dringend davon abriet. Raouls negative Einstellung werde keineswegs von seiner Findigkeit wettgemacht, er bleibe unberechenbar und könne jederzeit, wenn schon nicht zum Verräter, so doch zur Gefahr bei einem solchen Unternehmen werden. Es war schon so gefährlich genug!

Heimlich verließen Mutter und Tochter, sie hatten nur Sicard eingeweiht, in aller Herrgottsfrühe die Burg L'Hersmort und ritten nordwärts, durch das Bett des toten Seitenarms der Hers.

Sicard war zu Ohren gekommen, daß Simon le Brut nach der Schlappe von Toulouse die Grafschaft verwüstete, die Ernten vernichtete und vor allem Sorge trug, die Straße nach Carcassonne zu ›säubern‹, damit er bei einem neuen Versuch, die Hauptstadt zu erobern, freies Aufmarschgelände vorfände und den Nachschub sichern könnte. So schlug er eine breite Schneise des Schreckens, rodete die Dörfer durch Brand, schlachtete das Vieh und vertrieb die Bevölkerung beidseitig des ›Königsweges‹, wie er im engsten Kreise die Heerstraße schon nannte.

Die kleine Stadt Cassés hatte das Pech gehabt, nördlich davon in Reichweite, wenn auch keineswegs in unmittelbarer Nähe, zu liegen. Selbst der katholische Klerus hatte um Schonung des Fleckens gefleht. Alles, worauf sich El Bruto einließ, war die Selektion von sechzig Katharern, die er auf der Stelle mitsamt der Stadt den Flammen überantwortete; alle übrigen Bürger waren verjagt worden.

Angeblich waren sie in die Schwarzen Berge geflüchtet. Auf dieser Wegstrecke bestand also berechtigte Hoffnung, Kinder zu finden, denen Mutter und Tochter ihre Hilfe angedeihen lassen konnten. Ihre Kostümierung als Päpstliche würde den Opfern allerdings nicht gerade Vertrauen einflößen.

Von den Burgundern hatten Laurence und Livia nur die Hälfte mitgenommen, schon um L'Hersmort nicht völlig zu entblößen, vor allem aber, um als kleiner Trupp weniger aufzufallen. Vier Mann trugen die leere Sänfte, die dazu bestimmt war, die armen Geschöpfe aufzunehmen. Zwei weitere steckten im Priesterrock, wie auch Laurence und die Mater superior es beide vorzogen, hier als männliche Mitglieder der Kurie aufzutreten. Ihre Rüstungen trugen sie unter den Gewändern, was ja längst üblich war bei der hohen Geistlichkeit.

Kaum hatten sie den Rand der letzten Hügelkette erreicht, zu deren Füßen sich die weite Ebene von Castelnaudary dehnt, blieben sie wie angewurzelt stehen: Das breite Tal blinkte und glitzerte von metallenen Kampfhauben und Speerspitzen, vermengt mit den Erdtönen der Pferdeleiber und aufgeputzt mit den bunten Farbflecken der Schabracken, Schilde und Helmzieren, und darüber flatterten die Fähnlein der Haufen und wehten die Banner der Fürsten. Nur durch sie ließen sich Freund und Feind auf diese Entfernung unterscheiden, denn die Reiterschlacht wogte, es bildeten sich Strudel und Wellenkämme. Ab und zu kamen auch Karrees von dichtgedrängtem Fußvolk ins Bild, die aber nicht minder in der Brandung hin und her geschleudert wurden, sich in die Länge zogen, zerschlagen schienen und sich doch wieder um die Fahnen zusammenballten.

»Ein unwirkliches Bild«, schwärmte die Mater superior mit verklärtem Blick, »von seltsam ergreifender Schönheit.«

Laurence sah sie strafend von der Seite an. Doch die Alte hatte nur Augen für die verspielten Farbtupfer, die sich verschiebenden, auflösenden Linien. Im Hintergrund zur einen Hand rahmte die Stadtsilhouette mit ihren Mauern und Türmen das Gemälde ein, begrenzte es gleichzeitig in aller Strenge, während zur anderen Seite ein Zeltlager mit seinen weißen Spitzen leicht und fast schwebend im Dunst der Ebene alles offen ließ.

Töne drangen kaum zu ihnen herauf. Das Klirren der Schwerter, das Splittern der Lanzen, das Krachen, mit dem die Leiber in ihren Rüstungen zu Boden stürzten, war genauso Einbildung wie das Zittern der Erde, verursacht durch das tausendfache Stampfen von Pferdehufen. Es war schlichtweg nicht zu hören! Dabei war es ein handfestes Getümmel, Mann gegen Mann, ein erbitterter, blutiger Kampf.

»Simon de Montfort sucht die Entscheidung in offener Feldschlacht«, Livia verfiel jetzt in eine weniger romantische Sichtweise, »die der wankelmütige Graf von Toulouse diesmal annehmen muß.«

»Er wäre gut beraten«, Laurence folgte dem Geschehen da unten nicht weniger gebannt, doch hatte sie kein Auge für die Schönheit der Farben. »Die Okzitaner sind in der Überzahl, das sehe ich schon an den vielen *roten Pfählen auf goldenem Grund.*«

»Aber die französische Lilie schlägt sich geschickter«, kritisierte die Alte mit Sachverstand. »Die Burgunder greifen sich den Foix heraus und den Comminges. Raimond macht den Fehler, nicht seine geballte Kraft auf das einzige Ziel zu werfen, das er jetzt im Sinn haben müßte –«

»– seinen Nebenbuhler zu erschlagen, und wenn's ihn tausend seiner besten Ritter kosten sollte! Tod dem Montfort!« Laurence hatte längst begriffen, worum es ging, und sie erkannte auch, daß dieser Wunsch nicht in Erfüllung gehen würde. »Die Unseren verzetteln sich, die Feinde kommen ungeschlagen davon, beide Seiten werden sich zum Sieger erklären. Kommt, Mutter, laßt uns gehen! An ein Durchkommen ist nicht mehr zu denken. Sie setzen sich bereits voneinander ab, das Feld ist in Auflösung.«

»Ihr habt recht, meine kluge Tochter.« Die Alte gab sich mild. »Auch ich verspüre keine Lust, einem der sich zerstreuenden Trupps in die Hände zu fallen. Die einen könnten uns für falsche Priester halten, die anderen fatalerweise für echte.«

In der Tat strebten jetzt auch vereinzelte Haufen auf die Hügelkette zu. Die Sänfte samt ihrer Eskorte verschwand schleunigst zwischen den Bäumen. Selbst Livia kannte sich inzwischen hier aus, sie benutzten nur Pfade, die sonst von den Hirten genommen wurden.

Aber schon an der nächsten Wegbiegung stießen sie auf einen Ritter, der ein junges Mädchen vor sich im Sattel hielt. Ein hübsches Bild von zärtlicher Minne, auch wenn die Kleine eigentlich noch arg jung schien. Doch was Laurence an dem Ritter befremdete: seine Schultern wirkten so breit durch *ihre* Aillettes, und *ihre* Armkacheln schmückten seine Ellenbogen! Auf dem Kopf trug er einen unförmigen Kübelhelm, doch darunter steckte Raoul!

»Ich bin Euch nachgeritten, Na' Livia«, erklärte er sich flugs der Älteren, »um Euch zu zeigen, daß ich zuverlässig meinen Mann stehe, wenn es gilt, eine jung Maid zu bergen und zu schützen.« Er ließ das verheulte Kind behutsam zur Erde gleiten. »Das ist Elinor de Mauriac, beide Eltern tot: Mutter unglücklich vom Pferd gestürzt, Vater ertrunken, Burg durch Blitzschlag ein Raub der Flammen«, sprudelte der eifrige Ritter los. »Ich fand sie im Weinberg. Auch den Magen hat sich das Dummerchen verdorben, stopfte unreife Trauben in sich hinein – «

»Es reicht, Raoul«, unterbrach ihn Laurence. »Die Sänfte wird ihr guttun. Und auf L'Hersmort bereitet ihr unser lieber Sicard seinen Kräutertrunk.«

Die Kleine hörte auf zu flennen und ließ sich von den Burgundern in die Tragkiste heben. So kehrten sie doch nicht mit leeren Händen heim.

Das Interesse Raouls an der jungen Dame war mit vollbrachter Bergung schnell erloschen. Elinor war ja auch erst neun, wenn nicht sogar noch jünger. Den Sohn Alazaïs' beschäftigte ein ganz anderes Manko. Nicht daß ihm Laurence unmittelbar nach der Ankunft auf L'Hersmort die Rüstungsteile wieder abgenommen hatte – er konnte nicht wissen, daß sie das einzige darstellten, was ihr von der schimmernden Wehr geblieben war –, sondern ihr Kommentar hatte Raoul verletzt: Sie zu tragen stehe ihm nicht zu, er sei kein Ritter. Als wenn Weiber überhaupt je zu solchen Würden aufsteigen könnten!

Aber mit Laure-Rouge hatte es immer etwas Besonderes auf sich, diese Worte seiner geliebten Mutter Alazaïs waren ihm im Gedächtnis haften geblieben. Also überwand er sich mannhaft und wandte sich an die Frau, die ihn gekränkt hatte, denn nur sie besaß die Zaubermacht, seinen Wunsch zu erfüllen. Laurence verstand seine Nöte, außerdem hatte er der Alten so schön frappant bewiesen, daß ihre Tochter mit ihrem Vertrauen in den Knaben recht hatte. Laurence weihte Sicard ein, fragte ihn bei dieser Gelegenheit nach dem Namen seines Sohnes, von dem sie ja die Rüstung geerbt hatte. Sicard verstand sofort. Er war gerührt. Wenige Tage später schritt Raoul durch ein Spalier gekreuzter Spieße der Burgunder, geleitet von dem alten Templersergeanten in voller Montur. Das Schwert trug Belkassem auf einem Kissen vorneweg.

Im Obstgarten erwartete der Herr Sicard de Payra, flankiert von den beiden Damen, den feierlichen Zug. Raoul kniete nieder, Sicard nahm das Schwert vom Kissen, um mit seiner flachen Schneide die Schulter des Würdigen zu berühren.

Da sagte Raoul: »Ich weiß, daß mir jetzt ein neuer Name zusteht, denn von meiner Vergangenheit will ich mich lösen. Nicht nur von allen Banden zum Chevalier du Mont-Sion, sondern auch von meiner Mutter Alazais d'Estrombèze, die mich verlassen hat, will ich Abschied nehmen. Ich bitte Euch, meine Dame –« Er klammerte sich an Laurence wie ein Ertrinkender, so sehr überwältigte ihn der Schmerz. Er kämpfte mit den Tränen. Und auch Laurence mußte sich bei der Erwähnung der toten Geliebten zusammenreißen, um nicht mit ihm zu weinen.

Da mischte sich Sicard ein. »Ich kannte den Ehrenmann, der dich – solange er noch lebte – wie seinen eigenen Sohn großzog und deiner Mutter eine Stütze war in schweren Zeiten: Alphonse de Bourivan.«

»Bestens!« rief Laurence. »Dann sei dies dein Name: Crean de Bourivan!«

Und so wurde Raoul zum Ritter geschlagen und hieß von nun an Crean.

Die erste, die auf ihn zustürmte, mit selbstgepflückten Blumen in der Faust, und ihn heftig umarmte, war die kleine Elinor. »Hauptsache, du bleibst mein Ritter!« rief sie und rannte gleich wieder weg.

Titus lief seiner neuen Freundin nach. Elinor weinte bitterlich. »Nun hab' ich niemanden mehr!«

»Wenn ich groß bin und Kardinal«, gab er ihr zum Trost, »werde ich ihn exkommunizieren.«

Da heulte die Kleine noch mehr. Die letzten Worte hatte Livia gehört, die sich um ihre Schutzbefohlenen sorgte. Sie gab Titus eine aufs Maul. »Diener wie dich hat die Kirche schon heute zur Genüge!« schalt sie. »Wie sprach doch der Herr? ›Lasset die Kindlein zu mir kommen.‹«

»Exkommunifiziert auch der!« schrie Titus zornig. »Ex – ihr alle!« Er stotterte vor Wut. »Exkominikution! Ex!«

Belkassem nahm den Tobenden an der Hand und führte ihn hinweg. Die Mater superior setzte sich neben Elinor und trocknete ihr die Tränen. »Männer werden grausam«, sagte sie, »je älter sie werden. Doch wenn einer schon als Kind damit beginnt –«

»Titus ist kein Kind«, antwortete ihr Elinor mit unerwarteter Bestimmtheit. »Er ist der Teufel!« Sie schien sich nicht zu fürchten. »So sahen die aus, die auf meinen Vater schossen, ihn in den Fluß trieben. Jeder von ihnen trug ein Kreuz auf der Brust. Sie warfen ihm ein Seil über den Kopf und zogen ihn so lange durch das Wasser, bis er sich nicht mehr wehrte.«

Livia schwieg lange, weil sie nicht wußte, ob sie weiter in die Kleine dringen sollte. »Und deine Mutter?« fragte sie endlich vorsichtig.

»Die hatten sie schon vorher vom Pferd geschossen, und als sie dalag, standen die schwarzen Teufel im Kreis um sie herum und zogen kleine rote Ruten unterm Rock hervor.«

»Und dann?« begehrte Livia erregt zu wissen.

»Danach war sie tot«, schloß Elinor nachdenklich.

»Und du, woher weißt du das alles so genau?«

»Ich saß im Apfelbaum. Mich haben sie nicht entdeckt. Sonst hätten sie mich auch erschossen.«

Die Mater superior überlegte, ob es sinnvoll wäre, der Kleinen schon jetzt zu sagen, daß Rom die Stadt sei, woher die schwarzen Teufel kamen, »ausgesandt in alle Welt«. »Ich werde dich mitnehmen, Elinor, auf meine Burg, weit weg von hier. Dort bist du sicher.«

»Das glaub' ich nicht«, erwiderte Elinor in ihrer bedächtigen Art. »Die sind überall! Aber wo soll ich sonst hin?«

Livia beschloß, daß es an der Zeit sei, den Mantel der Abenteuerin Lady d'Abreyville wieder abzustreifen und nach Rom zurückzukehren, wo die lästigen Pflichten einer Äbtissin des Klosters ›L'Immacolata del Bosco‹ ihrer harrten. Elinor und Crean würde sie mit sich führen. Sie hätte es auch auf sich genommen, Titus ebenfalls in der Sänfte zu transportieren, aber Laurence war sich keineswegs sicher, ob Loba damit einverstanden gewesen wäre. Der Mater superior fiel hörbar ein Stein vom Herzen, denn das Kind war ihr unheimlich.

Die Vorbereitungen waren rasch getroffen. Die Hälfte der Burgunder mußten Laurence den Treueid schwören. Sie sollten auf L'Hersmort bleiben, die anderen würden die ehrwürdige Mater superior auf den Monte Sacro in der Ewigen Stadt begleiten.

Doch als der Tag der Abreise gekommen war, blieb Crean unauffindbar. Sie warteten eine Zeitlang, dann brach der Trupp ohne ihn auf. Laurence schaute ihrer Mutter lange nach. Sie würde die Alte vermissen.

›VIVA LA MUERTE!‹

Auch das Leben auf L'Hersmort war nicht mehr das alte, seitdem die Mater superior abgereist war. Na' Livia hatte durch ihr bestimmtes, oft harsches Auftreten die Rolle der Herrin ausgefüllt, die Garnison las ihr die Befehle von den Augen ab. Auch Sicard, der frühere Besitzer, ordnete sich ihr willig unter, und Laurence, ihre Tochter, hatte in der Lady d'Abreyville schließlich die ältere Freundin gefunden. Ihr Abgang hinterließ eine Lücke, die so leicht nicht zu schließen war.

Laurence hatte fest damit gerechnet, daß Crean jetzt wieder auftauchen würde, doch nichts dergleichen geschah. Dann vermißte Belkassem seinen alten Küraß, den er seit seiner Befreiung vom Tordienst nicht mehr angelegt hatte, und Laurence schaute argwöhnisch sofort nach ihren Schulterstücken und den Armkacheln, die sie in einer Truhe aufbewahrte. Sie waren verschwunden. Jetzt begann sie sich doch Sorgen um den Jungen zu machen, der ihr vom

Chevalier zur Obhut anvertraut worden war – und letztlich auch von Alazais, der toten Freundin. Wenn Crean nun als Ritter auftrat, konnte ihm eigentlich nur Übles zustoßen, unerfahren, wie er war.

Sicard versuchte sie zu beruhigen. »Crean ist weiß Gott kein Tölpel«, versicherte er Laurence. »Die zwei Jahre nach dem Tod seiner Mutter hat er sich allein durchgeschlagen.«

»Da ging es für ihn um das nackte Überleben!« wandte Laurence heftig ein, sie hatte ein schlechtes Gewissen. »Jetzt könnte er sich zu Heldentaten berufen fühlen.«

»Na und?« entgegnete Sicard und rieb sich die Ledernase. »Was macht denn sonst einen Ritter aus?«

»Er hat nicht einmal ein Schwert!«

»Ich hab' ihm meines geschenkt und ihn gelehrt, es richtig zu gebrauchen.«

Vom Minarett tönte scheppernd das Horn des Mohren, das jedoch nicht sonderlich aufgeregt klang. Titus kam gelaufen und rief: »Vor dem Tor steht ein Mann und begehrt Einlaß! Die Wächter verwehren's ihm, der Templer ist ins Dorf geritten. Der Mann behauptet, dies sei *sein* ›Belgrave‹!«

»Lionel!« schrie Laurence. »Mein Vater!« Sie rannte los, und stolpernd folgte ihr Sicard.

Sie saßen sich im *qua'a* an der festlich gedeckten Abendtafel gegenüber, Vater und Tochter. Sicard hatte es sich nicht nehmen lassen, höchstselbst in der Schloßküche von L'Hersmort Hand anzulegen, und hatte auch die Speisefolgen bestimmt. Als erstes servierte Belkassem frisches Quellwasser und einen hellen Roten, den sie in der Languedoc ›Bernabei‹ hießen, sein Geschmack war erdig herb. Alsdann reichte er den geräucherten Schwertfisch, hauchdünn geschnitten, nur mit frisch gepreßtem Olivenöl und einigen Tropfen der Zitrusfrucht beträufelt. Dazu knuspriges Fladenbrot, über das eine Zehe vom Knoblauch hinweggeschrammt war. Laurence schenkte ihrem Vater nach, der weniger einen erschöpften als einen sehr müden Eindruck machte.

»So habt Ihr Euch also vom Montfort losgesagt?« Sie mochte Lionel nicht die zärtlich besorgte Tochter vorspielen, die nur um sein Wohlbefinden besorgt war. Zuviel Bitternis und Unverständnis standen zwischen ihnen, brennende Fragen, die der Klärung bedurften.

Lionel schaute in den Becher, seine Hand zitterte leicht. »Nach der Schlacht von Castelnaudary, bei der wir einen Sieg davontrugen, der keiner war, habe ich den Herrn um Dispens ersucht. Zwei Jahre stand ich für ihn, neben ihm, hinter ihm im Felde – länger als jeder andere seiner Günstlinge, die alle inzwischen, mit Titeln behangen und fetten Pfründen, auf ihren Schlössern hocken.«

»Das habt Ihr ihm so gesagt?« drang Laurence in ihren Vater.

»Nicht mit diesen Worten. Es stand mir fern, ihn anzuklagen. Ich habe nur höflich darauf hingewiesen, daß ich vor nunmehr zwei Herbsten ein bescheiden' Gut erworben hätte. ›Von mir als Lehen zugewiesen!‹ unterbrach er mich schroff. ›Vom Orden der Templer zum lebenslangen Nießbrauch erhielt ich's!‹ widersprach ich, um der Wahrheit die Ehre zu geben. ›Bis heute habe ich keinen Fuß über die Schwelle setzen können, weil ich Euch treu diente ohne Unterlaß. Laßt mich es wenigstens einmal in Augenschein nehmen‹, bat ich ihn.«

»Und wie hat er es aufgenommen? Sagt es mir, Vater!«

Lionel griff zum Becher und stürzte seinen Inhalt in sich hinein mit einem Zug, wobei er viel von dem köstlichen Naß verschüttete. Wie alt er geworden ist, dachte Laurence.

Der stolze Koch selbst trug die Platte mit der Rehpastete herein.

»Setzt Euch doch bitte zu uns, Herr Sicard«, forderte ihn Lionel auf und schob ihm den Stuhl hin.

»Gehackte Leber, etwas Speck, geröstet im eigenen Saft, mit gestampftem Thymian vermengt«, erläuterte Sicard sein Machwerk, und seine Ledernase wippte vor Gaumenlust.

»Ich will wissen, was Simon le Brut antwortete?« Laurence' Stimme war jetzt scharf geworden.

Ihr Vater zuckte zusammen. »›Schätzt Euch glücklich, Lionel de Belgrave‹, hat er gesagt, sehr ruhig, was für den Angesprochenen stets bedeutet, daß Gefahr im Verzuge ist, ›daß ich Euch die ganze Zeit über neben mir wußte. Denn sonst müßte ich annehmen, daß alle Umtriebe, die von L'Hersmort ausgehen, Eure Billigung finden.

Ein Wespennest von Landesverrätern, Aufwieglern und Wegelagerern ist es, Schlupfloch für Ketzerinnen – und für Eure Tochter Laurence, die Königin der Faidits!‹ Er war nun doch heftig geworden, und ich entgegnete ihm fest: ›Um so mehr ist es an der Zeit, daß ich dort nach dem Rechten schaue!‹ Da drohte er ganz leise: ›Ihr wollt mich also verlassen, Lionel? Mir die Gefolgschaft aufkündigen?‹ – ›Das habe ich nicht im Sinn‹, versuchte ich mich zu wehren, doch er verwies mich seines Zeltes: ›Ihr könnt gehen, Herr, ich kenne Euch nicht mehr!‹ Da bin ich gegangen – und jetzt bin ich hier«, schloß Lionel matt.

Er war ein gebrochener Mann, dieser schändliche Krieg fraß auch seine Herren, zerstörte ihre Seelen, zertrümmerte ihren Mut und Stolz. Lionel tat Laurence leid. »Und Ihr werdet nicht zum Kreuzfahrerheer zurückkehren?« forschte sie dennoch unerbittlich.

»Nicht einmal, wenn sie mich holen kommen! Eher will ich zur Hölle fahren!«

Da sprang Laurence auf und umarmte ihren Vater. Schulter an Schulter weinten sie beide bitterlich.

»Die Forelle! Von Belkassem mit bloßen Händen gefangen!« tönte Sicard aufmunternd, auch wenn seine sonst so kecke Ledernase feucht und traurig herabhing. Er versuchte es mit einem Scherz. »Morgens noch durch unsern Bach geflitzt, abends schon vom Mohren aufgeschlitzt!« Er wies auf das aus Nußbaum geschnitzte Brett, auf dem Belkassem jetzt das Fischgericht hereintrug. »Gedünstet mit Minze und Melisse, ebenfalls aus eigenem Garten. Nun ruht der eifrige Flitzer, in panierte Kürbisblüten gebettet, die wiederum gefüllt sind mit des Fisches Milch und so gesotten, abschließend mit Tarjalsaft übergossen!«

Die unbeirrte Aufzählung der Köstlichkeiten, dazu die kummervolle Nase Sicards und das breite Grinsen des Mohren brachten Laurence zum Lachen. Lionel schneuzte sich und schenkte sich selber nach. Belkassem entfernte die Gräten und legte vor.

»Und was geschieht nun?« wollte der Herr de Payra wissen, bevor er sich wieder in die Küche begab. »Nehmt Ihr an, der rachsüchtige Montfort wird Euch vergessen? Nach dem Tort, den Ihr ihm angetan?«

Lionel kaute, fand eine Gräte, spuckte sie aus und spülte die Forelle mit reichlich Bernabei nach. »Eines Tages wird er sich unser erinnern«, schnalzte er versonnen. »Entweder sind wir dann vorher über die Pyrenäen, oder –«

»– oder wir springen über die Klinge«, führte Laurence den Satz zu Ende.

»Ich für meinen Teil«, erklärte Sicard, »liebe die Berge nicht sonderlich, besonders im Winter. Wozu soll ich mich noch von L'Hersmort trennen, wenn ich weiß, daß es doch nicht in Euren lieben Händen bleibt?« Er hatte sich an Laurence gewandt.

»El Bruto hat jetzt anderes zu tun, als uns zu bedenken.« Sie machte sich selber damit Mut. »Erst wenn er die Stadt Toulouse in seinen Besitz gebracht hat, wird er ans Aufräumen in der Grafschaft gehen – dann allerdings ...«

Belkassem tauschte den herberen Bernabei gegen einen Krug öligschweren Piras und wechselte auch die Becher gegen kristallene Pokale aus. Dunkles Feuer glomm aus dem tiefen Rot, wenn man es gegen das Licht der Kerzen hielt. In das Schweigen hinein wurde der Braten aufgetischt – Wildschweinkeule im Brotmantel, in den ganze Zweiglein von Rosmarin eingebacken waren.

Sicard ließ sich von Belkassem die zweizinkige Gabel reichen und das lange, spitze Messer. Andächtig säbelte er Tranchen und legte sie vor auf den am Kamin vorgewärmten irdenen flachen Schüsseln. Darin häuften sich schon Berge glasierter Maronen und gebratener Zwiebelringe, die sich um mit Honig gefüllte, große Bratäpfel legten wie Reifen um das Faß, und ein Mus aus Zarzafrüchten, Moosbeeren, Calabaza und *pepiños*, winzigen Würzgurken. Diesmal setzte sich der Küchenmeister mit zu Tisch. Sie hoben ihre gefüllten Pokale.

»Auf das Leben«, sagte der Herr de Payra, »solang' es noch wert und schön!« Laurence dachte schon, damit sei der Trinkspruch beendet, doch Sicard fuhr fort: »*Viva la muerte!* Auf daß der Herr's würdig krön'!«

Sie tranken. Lionel verschluckte sich, und Sicard klopfte ihm auf den Rücken. »Wie habt Ihr eigentlich hierher gefunden zu Eurem ›Belgrave‹?«

Lionel atmete noch keuchend. »Die Richtung wußte ich, dann stieß ich auf einen jungen Ritter, der die Rüstung meines Füchsleins am Leibe trug. Ich stellte ihn etwas hitzig zur Rede, weil ich ihn des Raubes, wenn nicht schlimmerer Tat verdächtigte. Da begann er Ausflüchte zu gebrauchen und verweigerte mir nicht nur die Auskunft, sondern auch den Respekt. Ich zog blank, und er bot mir Widerpart. Der Junge schlug sich verdammt gut, ich geriet ins Stolpern, da rief er: ›Ein Jammer, daß mein Lehrmeister Sicard das nicht mit ansehen kann!‹ Da gab ich mich als dein Vater zu erkennen, Füchslein – und Crean, der Sohn Alazais', entschuldigte sich. Er geleitete mich bis in Sichtweite Eurer Burg – «

»*Mein* ist sie nicht mehr«, unterbrach ihn heiter die Ledernase, »doch laßt den köstlichen Fraß nicht erkalten!«

Die Aufforderung zuzulangen war auch an Laurence gerichtet, aber bevor sie wieder ihre Zähne in den saftigen Braten schlug, rief sie: »Es ist unsere Burg!« Und als sie nachgespült hatte, Belkassem hatte dem Herrn de Belgrave längst wieder nachgeschenkt, setzte sie noch hinzu: »Dieser Bastard Crean hat sich mit Recht nicht getraut, mir nochmals unter die Augen zu treten. Meine schönen Armkacheln, der Schuft!«

Die Platte mit der Keule stand auf einem schmiedeeisernen Gitter über der langsam verglimmenden Glut des Kamins. Da das Fett aus dem Schinken abtropfte, mundeten die nächsten Portionen, die der Herr de Payra herunterschnitt, noch delikater.

»Sagt mir, Lionel – « Die Geschichte mit Crean ließ dem stolzen Lehrmeister keine Ruhe. »Wußte der Sohn des Chevaliers sein Schwert wirklich so gut zu gebrauchen, daß er im Kampf seinen Mann stehen kann? Mit allen Finten und Finessen?«

»Das will ich Euch schwören, mein werter Sicard!« rief Lionel mit hochrotem Kopf. Er hatte dem Weine ohne Unterlaß zugesprochen.

»Dann gönn' ich ihm auch meine Schulterflügel!« Schwer entrang sich Laurence die großzügige Geste. »Möge er sie in Ehren tragen«, fügte sie schmatzend hinzu. »Aber *nicht* die Armkacheln!«

So fraßen und soffen sie, bis das Faß zwar nicht leer war, das Fleisch jedoch bis auf den Knochen abgenagt.

Den ganzen Winter hindurch starrten sie auf die weiße Hügellandschaft, jeden Tag von Sonnenaufgang bis tief in die Dämmerung hinein: Belkassem von seinem Minarett, Titus schweigend an seiner Seite, Laurence von ihrem Söller und der Templersergeant von den Torzinnen. Selbst der gute Sicard zeigte sich öfters auf den Mauern. Bloß Lionel weigerte sich, auch nur einen Blick hinauszuwerfen. Wenn er niemanden zum Schachspielen fand, trank er weiter von dem großen Faß mit dem schweren Piras.

Des Nachts stapften die Burgunder ihre Wachrunden über den verschneiten Wehrgang, und die Zugbrücke blieb hochgezogen. Doch nichts zeigte sich. Ihre Augen waren gerötet von der Blendung durch den Schnee, wenn die Sonne schien, oder vor Ermüdung, wenn die grauen Nebel durch die Täler wallten und allerlei Hirngespinste schufen – hier das Blitzen von Speerspitzen, dort dunkle Gestalten, Schemen nur zwischen den Bäumen oder Geräusche, die kein zweiter wahrzunehmen vermochte.

Der Frühling kam ins Land, das Eis schmolz, die Weidenkätzchen machten den Anfang, bald blühten gelb die Wiesenhänge. Es war wie ein Aufatmen. Die ersten Sonnenwendfeuer konnte man von L'Hersmort aus zwar nicht sehen, wohl aber den Rauch, der, fein sich kräuselnd, in der Ferne aufstieg. Doch dann wurde er dicker und schwärzer, es roch nach Brand, immer näher, immer stärker.

Die ersten Hirten klopften ans Tor, sie brachten ihre Tiere mit. »El Bruto räuchert seinen Weidegrund aus. Treibt die Herden!« Die Bauern aus den umliegenden Dörfern flüchteten mit ihren Familien, Hab und Gut hatten sie verloren: »Alles verbrannt!« Laurence und Sicard packten zu, versorgten die Verletzten, trösteten die Verzweifelten.

Im Gewimmel der Fliehenden hatte Bouchard de Marly unbeachtet bis in den Torraum vordringen können. Nur Titus hatte den Ritter wohl bemerkt und im Auge behalten, aber keinen Mucks gesagt. Bouchard kam nicht in böser Absicht – jedenfalls ohne Heimtücke. Er ließ sich von Belkassem zu Lionel de Belgrave führen.

Die Botschaft des Montfort war knapp und deutlich: »Wenn er nach L'Hersmort kommt, wünscht er die Burg mit offenem Tor und besenrein vorzufinden. Alles, was zu diesem Zeitpunkt darin noch kreucht und fleucht, wird dem Feuer überantwortet!«

»So verfährt El Bruto mit einem Mann, der ihm treu gedient hat – und daran zerbrochen ist.« Die Tochter Lionels war flammend hinzugetreten. »Wie mit Ungeziefer!«

Bouchard bekam einen roten Kopf – vor Scham, wie Laurence zu erkennen glaubte. »Wenn Ihr, Ritter, nicht meiner Mutter Lady d'Abreyville soviel Gutes getan und den einzigen Sohn des Chevaliers du Mont-Sion gerettet hättet, dann wüßte ich, in welchem Zustand der Bote seinem Herrn zurückerstattet würde.«

»Augen ausstechen!« kreischte Titus, der sich unbemerkt in den Raum geschlichen hatte. »Nase ab!«

Belkassem war ihm nachgeeilt, sein Griff würgte weitere Haßtiraden des Bengels ab. Der Mohr schleppte den um sich Tretenden fort.

»Bouchard«, sagte Lionel müde, »Ihr seht, was dieser Krieg in den Herzen aller, selbst der Kinder, anrichtet. Wir kennen uns lang genug, und ich achte Euch sehr, wie Ihr es auch mir gegenüber nie an Freundlichkeit und Respekt habt mangeln lassen.« Lionel nötigte den früheren Kampfgefährten zum Sitzen. Wein wurde gebracht.

»Mein lieber alter Freund«, sagte dann Bouchard, »was ich als Worte des Montfort habe verlauten lassen, war kein Auftrag. Herr Simon weiß nicht, daß ich hier bin. Wenn er's wüßte, würde er mich in Stücke reißen lassen, an vier Schweifen! Ich hab' mich heimlich hergeschlichen, weil ich Euch warnen muß.« Er wandte sich an Laurence. »Der, den Ihr, die berüchtigte Laure-Rouge, El Bruto zu nennen beliebt, würde nichts lieber, als Euch allesamt, wie Ihr hier versammelt seid, mitsamt der Burg genüßlich zur Hölle fahren sehen! Einen friedlichen Tod in den Flammen eines Scheiterhaufens solltet Ihr Euch darunter nicht vorstellen. Also rettet Eure Haut!« Er trank aus. »Ein exzellenter Tropfen, Herr Sicard de Payra!«

Damit sprang er auf und wandte sich zum Gehen. »Ich wünsche mir, davon ein andermal mit Euch noch mehr trinken zu dürfen.« Bouchard de Marly verneigte sich vor Laurence, umarmte Lionel und verließ raschen Schrittes den Raum.

»Gibt es denn Schlimmeres, als lebendigen Leibes verbrannt zu werden?« fragte Laurence spöttisch in die unerträgliche Stille hinein.
»O ja!« erwiderte ihr Sicard de Payra. »Häuten, Rädern, Pfählen – «
»Hört auf!« polterte Lionel. Es klang allerdings eher wie der Schrei eines Gefolterten am Ende seiner Kräfte. »Ist dieses Kastell nicht ein Lehen der Templer? Wie kann Simon es wagen, den Orden – «
»Mit dem Recht des Gesetzlosen! Hat er an uns erst mal seinen heißen Haß gekühlt, entschuldigt er sich und erstattet dem Tempel sein Eigentum zurück.« Sicard sah das ganz klar. »Wir schauen von oben zu.«
»Ich dachte immer, die Hölle sei unter uns!« höhnte Laurence. »Wir sollten aufbrechen, solange es noch Zeit ist.«
»Ich denke nicht daran!« grollte Lionel. »Holt bitte den Sergeanten.«
Der alte Templer wurde herbeigerufen. Die nächste Komturei des Ordens war Montgeard, eine Burg mit starker Besatzung, nicht einmal eines halben Tagesritt gen Nordost. Lionel kritzelte hastig einige Zeilen auf ein Pergament, Sicard unterschrieb als Zeuge und bestätigte nochmals das Eigentum des Ordens an L'Hersmort. Sie versiegelten das Schreiben, und Laurence nähte es dem Alten ins Ärmelfutter. Dann ritt er los.
»Wir müssen also die Burg so lange halten, bis Entsatz durch die Templer eintrifft«, stellte Laurence fest. »Dazu müssen wir die Mauern bemannen, unsere sechs Burgunder reichen wohl kaum aus.«
»Ihr wolltet doch das Weite suchen, Laurence?« fragte Sicard sie leise. »Was ich auch für richtig halte – Ihr seid noch jung.«
»Dank, guter Sicard, für alles. Aber mein Vater ist alt. Ich kann ihn nicht im Stich lassen.«
»Füchslein! Mein Füchslein!« Lionel hatte, trunken vom Weine, dem er jetzt häufiger zusprach, das Wesentliche mitgekriegt. »El Bruto, der Teufel, will mich holen, nur *mich*! Und ich habe keine Lust, vor ihm davonzulaufen! Aber Ihr sollt Euch meinetwegen nicht unglücklich machen. Also verlaßt diesen Ort, bevor sich die Hölle aufgetan hat!«

›VIVA LA MUERTE!‹

»Ich wollte schon immer eine letzte große Reise antreten. Ich dachte eigentlich an das Heilige Land«, sagte Sicard, »doch nachdem sich die Kreuzzüge im Herzen des Abendlandes vollziehen, ergreif' ich die günstige Gelegenheit beim Schopf, hier und jetzt! Das spart die ekelhafte Überfahrt, ich hasse Schiffe, weil ich sofort seekrank werde.«

»Ha!« Lionel lachte dröhnend. »Ha, ha! Doch statt Jerusalem erreicht Ihr die Hölle!«

»Nein«, entgegnete Sicard, »das Paradies.«

Laurence hatte es auf sich genommen, den Bauern und Hirten die Lage so zu schildern, wie sie sich darstellte, und auf die Gefahr eines Sturmangriffs hingewiesen, bevor die Templer eingetroffen sein würden. Es stehe allen frei, noch schnell Schutz in den Wäldern zu suchen, denn vom Montfort sei keine Gnade zu erwarten, für niemanden. Ihre Tiere werde sie ihnen für gutes Geld gern abkaufen. Wer bleiben wolle, könne sich jetzt eine Waffe aus der Rüstkammer holen, auch die eigenen Sensen, Mistgabeln und Hacken seien willkommen beim Abwehrkampf auf den Mauern, wenn der Feind seine Sturmleitern zum Einsatz bringe. Die Frauen sollten dort oben heißes Öl in Kesseln bereithalten und schwere Steine. Wer mit Pfeil und Bogen umgehen könne, möge sich melden. Geschosse, auch Wurfspieße, könnten mangels stählerner Spitzen auch im Feuer gehärtet und dann geschliffen werden.

Mit den fluchtartig Abziehenden ließ Laurence sofort auch Kommandos ausschwärmen, die gerade gewachsene Haselnußzweige, Birkenstämme und Schilfrohr schneiden sollten. »Wenn ich richtig gezählt habe«, berichtete sie dem Herrn de Payra, »bleiben uns etwa fünfunddreißig kampffähige Männer und rund doppelt so viele Frauen und Kinder. Von den Frauen sind wohl noch einmal zwanzig bis fünfundzwanzig als Kämpferinnen zu gewinnen. Schließlich sind sie es gewöhnt, Axt, Schlachtmesser und Sichel zu handhaben.«

Laurence ließ für alle kochen, was Küche und Kammer an verderblichen Speisen hergaben. Sie ließ alle säugenden Zicklein schlachten, denn die Milch würden die Kinder benötigen. Es wurde ein hektisches Festmahl an den offenen Feuern, zwischen siedendem Öl und sich härtenden Spießen. Nur die Ausgabe von Wein untersagte sie streng. Der sollte erst in letzter Minute, jedem einen Becher voll – aber dann vom besten! –, verteilt werden.

Die Stimmung unter den Verteidigern war auch so schon bis zum Zerreißen gespannt, was sich aber keineswegs in Animositäten äußerte. Immerhin waren hier Bauern und Hirten zusammengepfercht, die sich ansonsten in Feld und Flur meist spinnefeind waren. Jetzt überboten sich alle in Gesten herzlicher Freundschaft, beschenkten sich großzügig und taten sich jede erdenkliche Ehre an, wie auch ihre Frauen sich nicht länger als eifersüchtig gehütetes, zur ehelichen Treue verdammtes Eigentum einzelner Männer betrachteten, sondern dafür sorgten, daß die Liebe alle umfaßte, keinen zurückstieß oder verletzte. Unter den Todgeweihten entstand ein trotziges Wir-Gefühl: Es wurde gelacht und gesungen, sie drängten der größten Liebschaft des Lebens entgegen, der Umarmung mit dem Tod. *Viva la muerte!*

Die Holzsucher kamen aus dem Wald zurück, beladen mit Stecken und Stämmen. Laurence hatte sich zum Tor begeben. Ein letztes Mal wurde die Zugbrücke herabgelassen. Mit ihnen war Crean gekommen, aber nur, um Laurence die Aillettes und ihre Armkacheln zurückzuerstatten.

»Ihr werdet sie brauchen, Laure-Rouge«, sagte er ruhig inmitten des Gedränges. »Wie ich Euch kenne, treibt es Euch, wider den Stachel zu löcken.«

»Behaltet sie, Crean, zur Erinnerung an mich.« Heiter lächelnd verwehrte sie es ihm, sich von den Teilen seiner Rüstung zu trennen. Es fiel ihr ganz leicht.

»Der Angriff ist für den späten Nachmittag angesetzt, die Kreuzfahrer sammeln sich ringsherum in den Wäldern«, informierte sie der junge Ritter. »Sie werden angeführt von Charles d'Hardouin, der darauf brennt, sich an der Sippschaft der Lady d'Abreyville zu rächen.«

»Das kann ich Charles-sans-selle nachfühlen!« scherzte Laurence. »Die Alte hat das Pferd hoppeln lassen wie einen Hasen, und das unter dem gestrengen Blick von El Bruto, dem er das sichere Saissac verspielt hat wie ein furchtsames Karnickel.«

»Unterschätzt den Gegner nicht! Hinter dem d'Hardouin reiten Alain du Roucy und Florent de Ville. Charles hat sich nur die Ehre des ersten Ansturms ausbedingen können.«

»Dem werden wir standhalten!« frohlockte Laurence. »Wir haben den Sergeanten nach Montgeard geschickt, damit er von dort die Templer herbeiholt.«

Crean schaute sie an. Laure-Rouge war ein tapferes Weib, sie würde den Schlag ertragen. »Der Alte ist tot! Ich fand ihn am Wege, mit durchschnittener Kehle.«

»Diaus!« Laurence war nun doch erschrocken, sie griff nach der Hand Creans. »Ihr müßt noch einmal dorthin reiten, wo er liegt. Zieht ihm das Wams aus, im Ärmel ist die Botschaft. Bringt sie nach Montgeard!«

»Ave Caesar!« grüßte Crean sie mit erhobener Faust. »Die Brücke könnt Ihr jetzt einziehen. Aus dem Wald kommt keiner der Euren mehr. Wer jetzt nicht dabeiwar, hat sich aus dem Staub gemacht oder ist –« Creans Geste zum Hals hin ließ keinen Zweifel zu. Er preschte los.

Laurence ließ sich die üble Nachricht nicht anmerken und erteilte die notwendigen Anordnungen. Krachend schrammte das Fallgitter hinter ihr in die dafür vorgesehene Rinne. Drinnen traf sie auf Sicard und ihren Vater, beide Herren waren gerüstet. Der treue Belkassem stand hinter seinem Herrn, ein riesiges Krummschwert im Gürtel, beladen mit einem Bündel blitzender Wurfspeere.

»Ich lasse jetzt das Steinpflaster des Hofes aufreißen. Das gibt handliche Helmverbeuler«, erklärte der Herr de Payra wohlgemut.

»Sicard und ich, wir teilen uns das Kommando auf der Mauer«, sagte Lionel. »Du, mein Füchslein, solltest nun auf den Turm steigen und von dort oben den Waldrand im Auge behalten. Die Kinder habe ich in die Gewölbe geschickt. Sie müssen ja nicht mitbekommen, wie ihre Eltern –«

»Mir mutet Ihr das zu, Lionel!« Laurence gab sich Mühe, auch jetzt noch zu scherzen. Doch als sie ihren Vater umarmte, wurde ihr weh ums Herz, zumal er sie ermahnte:

»Auf daß dir kein Leid geschehe, mein Füchslein! Das würde mir das Herz brechen. Eher als die alten Knochen im Leibe!« Und grimmig fügte er hinzu: »Die kann er gern haben, der Herr Graf de Montfort, aber teuer! Sehr teuer!«

Laurence küßte ihn nochmals auf die Stirn und schlang auch ihre Arme um Sicard. »Habt Dank, edler Mann, für all das Gute, die schönen Tage auf L'Hersmort!«

»Wir wollten unsere Burg doch ›Belgrave‹ nennen«, rügte der Herr de Payra launig. »Das sei unser Schlachtruf: Belgrave!«

Laurence stieg die schmalen Stufen zum Minarett empor. Mit jedem Schritt öffnete sich die liebliche Hügellandschaft weiter dem schweifenden Blick. Die Nachmittagssonne stand noch hoch am Himmel, doch ihren Zenit hatte sie bereits überschritten.

Laurence hatte drei Bogen geschultert, die Pfeile hatte schon vorher Belkassem hinaufgeschafft. Zu ihrem Erstaunen erwartete Titus sie hinter der überdachten Brüstung des Rundturms. Er hockte neben einem Kessel voll ölig-schwarzer Brühe, unter dem er ein Feuerchen entzündet hatte.

»Willst du mit mir hier oben dein Süpplein löffeln?« ging sie den Burschen scherzend an.

Der tunkte als Antwort die Spitze eines ihrer Pfeile in den brodelnden Sud und ließ ihn dann Feuer fangen. »Versuch mal die Flamme auszupusten«, forderte das Bürschlein sie grinsend auf. »Es wird dir nicht gelingen.«

»Nicht übel, Titus«, lobte ihn Laurence. »Deine Mutter würde stolz auf dich sein!«

»Mein Vater weniger«, murrte das Wolfskind. »Es sind *seine* Kreuzfahrer, die ich vernichte.«

»Dann tu den Kopf runter, und setz uns hier nicht in Brand!« knurrte Laurence mit einem mißtrauischen Blick auf den Haufen präparierter Pfeile, aus denen die leicht entflammbare Flüssigkeit tropfte.

Titus gab sich folgsam. »Lange werden wir nicht warten müssen.« Gekonnt erstickte er die Flamme an dem brennenden Pfeil in einem Haufen Sand, aus dem er schon einen Wall um das Feuer gezogen hatte. »Sie werden den ersten Ansturm noch bei Tageslicht versuchen, weil sie sonst blind gegen die Mauern anrennen müssen.«

»Schweig jetzt!« Laurence schaute hinüber auf die grünen Matten der Hügel, über denen sich der Wald erhob.

Nichts regte sich. Unten im Hof standen alle bereit, auch die alten Weiber bei den Kesseln, in denen weiteres Öl kochte. An die Innenseite der Mauern waren Leitern gelehnt, um es bei Bedarf hinaufzuschaffen. Das geschah nun mit den Weinkrügen: Sie gingen von Hand zu Hand. Den tiefen Zug, den knappen Schluck, den jeder nahm, empfand Laurence wie ein gemeinsam gefeiertes Abendmahl. Sie dachte nicht an das Blut des Herrn, wie es die Kirche sie gelehrt hatte, sondern an das Consolamentum der Gleyza d'amor, von der Alazais ihr so oft gesprochen hatte.

»Che Diaus vos bensigna!« flüsterte Laurence.

Hinter den Zinnen und den Bergen aufgehäufter Pflastersteine hockten die Männer und die ausgewählten jüngeren Frauen, ihre Waffen umklammernd. Einen Augenblick lang neidete Laurence ihnen die Nähe des bevorstehenden Kampfes Mann gegen Mann, doch die Aufgabe, die sie sich hier oben gestellt hatte, war wichtiger für die Verteidigung der Burg, als auf der Mauer mit Hand anzulegen. Jeder Abschnitt wurde von einem der Burgunder angeführt. Direkt zu ihren Füßen stand der Herr Sicard de Payra mit seinem Mohren, drüben, jenseits des Torturms, konnte sie ihren Vater sehen, wie er von Gruppe zu Gruppe schritt.

Die Sonne senkte sich, die Bäume begannen schon lange Schatten zu werfen, da trat aus dem Dunkel des Waldes ein einzelner Reiter. Laurence wollte zum Horn greifen, das Belkassem dagelassen hatte, da sah sie, daß Titus es schon an die Lippen setzte. Sie bedeutete ihm, noch zu warten.

Der Ritter oben am Hang ließ sein Pferd noch einige Schritte vorwärts schreiten, bis die goldenen Strahlen der Sonne ihn erfaßten und aufleuchten ließen. Charles-sans-selle hob die Hand, ohne seinen Blick von l'Hersmort zu wenden, das still und friedlich im Licht des späten Nachmittags vor ihm lag, in die gegenüberliegende Felswand gedrückt. Das Ketzernest, das er jetzt herausreißen würde, die Eier unter seinen Hufen zertreten! Er ließ seine Hand fallen wie der Henker das Richtschwert. Nur einmal stieß Titus verhalten ins Horn.

Aus dem Wald quollen ohne das übliche wilde Feldgeschrei die Meuten des Montfort. Berittene sprengten ihnen voran, immer zwei von ihnen schleiften an langen Seilen die Sturmleitern den Hügel hinab. Sie ritten hochmütig bis dicht unter die Mauern, denn dort zeigte sich nicht einmal ein Wächter. Sie sprangen ab, um den im Sturmlauf eintreffenden Fußsoldaten beim Aufrichten zu helfen. Die Überraschung schien perfekt geglückt!

Tänzelnd ließ nun auch Herr Charles seinen Gaul den Hang hinabsteigen. Senkrecht erhoben sich die Leitern, bereit, ihre eisernen Krallen in die Mauerkrone zu schlagen. Da erschallte das Horn dreimal, und auf einen Schlag erhoben sich über den Köpfen der Angreifer die Bogenschützen, Speerwerfer und Steinschleuderer. Ein Hagel von Geschossen prasselte auf sie herab, die schutzlos die Leitern hochstemmten, ohne die Schilde zur Deckung über sich zu halten. Die schweren hölzernen Trittmasten, mit denen sich Herr Charles einen ungehinderten Einstieg in die Burg vorgestellt hatte, begannen zu wanken und stürzten krachend mitten unter die Meute. Dazwischen wälzten sich die getroffenen Pferde, denn die Burgunder waren allesamt geübte Armbrustschützen, und die Bolzen ihrer Waffen durchschlugen jeden Panzer.

Charles d'Hardouin brüllte seine Leute zurück und befahl die eigenen Schützen vor, die er in der Hinterhand belassen, da er keinen Widerstand erwartet hatte, doch auf den Mauern hatten längst alle wieder Deckung gesucht. Ohnmächtig mußte er mit ansehen, wie die einzige Leiter, die ihr Ziel erreicht hatte, langsam nach oben gezogen wurde und, über die Mauerkrone kippend, dahinter verschwand. Die anderen lagen am Fuße der Mauern und konnten nur unter weiteren Verlusten geborgen werden. Also ließ Charles die Stricke von Freiwilligen verlängern und das so wichtige Gerät zurückzerren.

»Ein guter Feldherr«, flüsterte Titus, »bricht keinen Sturmangriff ab. Warum hast du nicht geschossen?«

»Nur ein schlechter Feldherr läßt zu früh die Hosen runter –«

»– und zeigt seinen Schwanz!« Es war das erste Mal, daß Laurence den verkniffenen Burschen lachen sah.

Der d'Hardouin ordnete seine Truppen neu. Diesmal würden sie mitsamt den Leitern anstürmen, flankiert vom Geschoßhagel der eigenen Schützen auf die Verteidiger der Mauer, und nicht lockerlassen, bis sie die Krone von den Ketzerhunden gesäubert hätten.

Unter lautem Gebrüll, schon um ihre Angst zu betäuben, rannten die Angreifer vorwärts, die schwankenden Leitern wie Riesenlanzen aufgerichtet. Wer stürzte, blieb liegen, ein anderer griff an seiner Stelle in die Sprossen, bis die Haken sich in den Stein gekrallt hatten. Sofort begannen die ersten den Aufstieg, die Schilde über dem Kopf. Nun erst donnerten die schweren Brocken auf sie herab, spritzte das siedende Öl. Zwei Leitern wurden von beherzten Verteidigern mit langen Stangen zur Seite gestoßen, die Kletterer fielen herab wie Läuse vom geschüttelten Blatt. Doch diesmal hielt der Tod auch auf der Mauerkrone seine Ernte, denn die Bogenschützen auf beiden Seiten hatten sich jetzt eingeschossen.

»Worauf wartest du noch?« drängte Titus und hielt Laurence einen Pfeil hin.

»Sei ein guter Feldherr, Titus!« wies sie ihn zurück. »Brandpfeile taugen nicht für Menschen. Sie fliegen zu langsam, und man sieht sie kommen.«

»Dann nimm diese.« Er zeigte auf den bereitstehenden Korb. »Schieß hoch in die Luft, dann fallen sie mit großer Wucht vom Himmel und treffen an Stellen, wo keiner sich schützt.«

Inzwischen hatte sich das Blatt abermals zugunsten der Verteidiger gewendet. Nur von einer Leiter aus gelang es den vordersten Angreifern, einen Fuß auf die Mauerkrone zu setzen. Sie wurden allesamt niedergemacht, zerhackt, in die Tiefe gestoßen. Bei zwei Leitern waren die Sprossen von den Gesteinsbrocken zertrümmert worden, auf den restlichen kam niemand über die Mitte hinaus, dann stürzte er schon ab, verbrüht vom Öl, einen Pfeil im Hals oder erschlagen von Steinen. Wütend rief Herr Charles die zurück, die noch am Leben waren. Die Verteidiger jubelten: »Belgrave! Belgrave!«

Laurence sah das Ungetüm eher als alle anderen, Charles-sansselle eingeschlossen. Aus dem Tal kommend, bewegte sich der hölzerne Turm auf Rädern rasch vorwärts, denn er konnte ungehindert über die Straße rollen. Eine ›Katze‹, dachte Laurence, das kann nur bedeuten, daß die besorgten Hintermänner eingreifen! Florent de Ville und der Roucy hatten erkannt, daß Charles-sans-selle unfähig war, selbst ein so kleines Kastell wie L'Hersmort einzunehmen. Doch einen weiteren Mißerfolg konnte El Bruto auf seinem Weg nach Toulouse nicht gebrauchen, und die Sonne stand schon tief: Goldrot, blutrot verfärbte sie die hellen Mauern und das spitze Minarett. Aus der gleichen Richtung müßten auch die Templer kommen – aber darauf sollte sie nun nicht mehr hoffen, frühestens jetzt konnte Crean in Montgeard eingetroffen sein.

Die ›Katze‹ vertat keine Zeit. Sie rollte von der Straße weg gleich bis vor die Mauern, und zwar auf der Flanke, die Lionel befehligte. Laurence sah, wie er sich noch einmal umdrehte und zu ihr hinaufwinkte. Titus kam ihr zuvor. Er benutzte einen brennenden Pfeil und schwenkte ihn. Das mochte ihr Vater wohl als angemessene Erwiderung seines Grußes empfunden haben.

Laurence erkannte mit Ingrimm, wer da unten die ›Katze‹ gesteuert hatte: Adrien d'Arpajon! Der feiste Kahlkopf, einst Nachbar im fernen Yvelines, war ja verwandt mit Charles, sein Onkel. Jetzt stand der Widerling neben dem bislang glücklosen Feldherrn und rieb sich erwartungsvoll die Hände.

Als das Tier zum Sprung ansetzte, die Landeplanken zum Ausklappen bereit und die Bewaffneten dahinter zum Satz auf die Zinnen, da begann Laurence zu feuern. Pfeil auf Pfeil jagte sie dem Biest entgegen, Titus reichte sie ihr brennend zu, sie mußte nur auflegen, spannen, zielen – und wieder schwirrte ein Feuerball im weiten Bogen auf sein Ziel zu, hakte sich in sein Fell. An mehreren Stellen fing die ›Katze‹ Feuer, die Flammen leckten an ihr hoch, im Innern entwickelte sich Rauch. Die Brände ließen sich weder mit Lappen noch mit Wassergüssen löschen, die Sturmplanken fielen vor dem Erreichen der Mauer, Männer sprangen wie lebende Fackeln heraus. Und wieder hackte der vielfache Tod, denn abgelenkt durch das Schicksal der ›Katze‹, hatten die Verteidiger die Leitern außer acht gelassen, und an zwei Stellen stießen die Angreifer bis zu den Zinnen vor.

Sicard mit seinen Leuten drängte die einen zurück, da kam ein Spieß von der anderen Seite geflogen. Belkassem warf sich ihm entgegen und fing ihn mit seiner Brust. Sicard bückte sich bestürzt zu seinem treuen Diener, und ein weiterer Speer bohrte sich in die Verlängerung seines Oberschenkels. Er fiel vornüber auf seinen Mohren und versuchte die Speerspitze aus seiner Arschbacke zu zerren.

»Wir werden jetzt auch von hinten beschossen«, sagte Titus.

»Spar dir deine blöden Scherze!« fauchte Laurence, ohne sich nach ihm umzuwenden. Doch der Knabe blieb hartnäckig:

»Der Speer kam von der Rückseite der Burg, von den Klippen über uns vielleicht.«

Die ›Katze‹ brannte lichterloh.

Laurence hatte sich auf die einzelnen Leitern eingeschossen, deren Enden unten am Boden sie allerdings nur abschätzen konnte, doch das war mit der Flugbahn ihrer Pfeile nicht viel anders. Plötzlich saßen zwei Pfeile dicht nebeneinander vor ihrer Nase schräg im Holz. Die konnten nur von hinten, von oben gekommen sein.

»Du hast recht, Titus«, rief sie und schubste ihn zur Seite – eben noch rechtzeitig: Ein dritter Pfeil steckte im Boden, wo der Junge gerade noch gehockt hatte.

»Wir sind ihnen ein Dorn im Auge«, entgegnete der Knabe stolz. Sie mußten jetzt Deckung nach beiden Seiten suchen. »Die von oben runter sind gefährlicher«, wies sie der verständige Junge an, und so krochen sie zur rückwärtigen Brüstung.

Der plötzliche Beschuß von den Klippen herab setzte den im Rücken ungeschützten Verteidigern mächtig zu. Laurence bemerkte, wie Lionel sich plötzlich in den Rücken griff, vorwärts taumelte, stolperte und eine verlassene Sturmleiter kopfüber hinabstürzte. Doch die gebrochenen Sprossen reichten immer noch aus, seinen Fall zu mildern. Er lebte noch, als er unten aufschlug.

Laurence hörte zuerst das Triumphgeheul der Feinde, dann sah sie, wie ihr Vater an den Füßen zu Charles geschleift wurde. Der ließ ihn soweit aufrichten, bis Lionel, den Pfeil noch zwischen den Schultern, vor ihm kniete. Auf seinen Wink hob der neben ihm stehende Adrien d'Arpajon sein Schwert und ließ es in den letzten Strahlen der Abendsonne aufglühen. Es wurde still auf den Mauern und unten zu ihren Füßen.

»Lionel de Belgrave! Sagt ihnen, sie sollen sich ergeben!« befahl Charles-sans-selle.

Lionel schaute hinauf zu seinem ›Belgrave‹, seine Augen suchten Sicard. Der hatte sich bis zum Rand der nächsten Zinne geschleppt. Langsam hob Lionel die Hand, und das tat auch Sicard, beide mit gerecktem Daumen, so wie unterlegene Gladiatoren vom Sieger Gnade einfordern. Doch da schüttelte der Kniende unmerklich den Kopf und kippte seinen Daumen nach unten. Der feiste Henker ließ sein breites Schwert herabsausen, Lionels Kopf rollte in die Wiese, den Rumpf mit dem Pfeil zwischen den Schulterblättern ließen sie achtlos zu Boden fallen. Die Verteidiger hatten sich mit einem Wutschrei auf die Angreifer gestürzt. Jetzt tobte der Kampf überall Mann gegen Mann, Frau gegen Mann, unerbittlich bis zum letzten Blutstropfen. Sie hatten nun mit eigenen Augen gesehen, was sie erwartete.

Wie in einem bösen Traum war Laurence aufgesprungen und hatte schon ein Bein über die Brüstung geschwungen, um die Stufen hinabzusteigen, die sich außen um den schlanken Turm wendelten.

»Wo willst du hin?« schrie Titus sie an.

»Das Kommando übernehmen!«

»Welches?« schrie der Knabe die Schlafwandlerin nochmals an. Da krachte es, und ein Katapultgeschoß streifte den Turm und riß die beiden obersten Steinstufen ab. »Komm zurück!«

Der nächste Schlag gegen die Säule des Minaretts hätte sie fast aus der Balance geworfen.

»Ich muß kämpfen!«

»Gegen wen? Gegen die?« Titus riß sie zurück und zeigte auf die Felswand hinter L'Hersmort. Hunderte von Bewaffneten ließen sich an langen Seilen die Klippen hinunter. Sie würden sich ihren Weg über die Dächer der hinteren Wirtschaftsgebäude bahnen. Damit war das Schicksal der Verteidiger besiegelt. Nur wenige leisteten – den sicheren Tod vor Augen oder im Rücken – noch auf den Mauern Widerstand.

Laurence fühlte sich immer noch wie betäubt.

Titus riß eine eiserne Luke in der steinernen Turmspitze auf.

»Komm jetzt, Laurence!« bettelte der Knabe. »Ehe es auch für diese Höllenfahrt zu spät ist.«

»Ich muß –«, stammelte sie, da schlug Titus ihr mit der flachen Hand ins Gesicht:

»Loba leidet es schlecht, wenn ihr Sohn Schaden nimmt!«

Der Schlag rüttelte sie gerade noch rechtzeitig auf, um dem heranfliegenden Feind ins Auge zu sehen. Den blanken Dolch zwischen den Zähnen, schwangen sich zwei Angreifer an ihren Seilen von den Klippen herab und schwebten der Plattform des Minaretts entgegen. Dem ersten gelang es, die Brüstung zu fassen, und er war schon im Begriff hinüberzusetzen, da sprang Laurence hoch und trat ihm ins Gesicht, daß ihm der Dolch quer im Maul haften blieb, während er rücklings in die Tiefe stürzte. Der Schwung des zweiten hatte nicht ausgereicht, seine Hände griffen ins Leere. Zum Abschied schwappte Titus ihm den brennenden Inhalt seines Kesselchens hinterher, so daß er als Fackel zurückpendelte.

»Hau ab!« schrie Laurence das Bürschlein an, denn schon flog der nächste Angreifer heran. »Ich halt' dir den Rücken frei!«

Der Neuankömmling wollte es besser machen: Er hatte sein Bein noch nicht in die Balustrade eingehakt, da ließ er schon seinen Morgenstern kreisen. Doch Titus war zur Luke gesprungen und knallte ihm den Eisendeckel gegen die Stacheln, und Laurence stieß ihm den Ellbogen unters Kinn und brachte mit der Handkante seine Oberlippe zum Platzen. Trotz seines verquollenen Wutschreis hatte Laurence bemerkt, daß Titus in der Tiefe verschwunden war. Sie nahm das Bündel der Brandpfeile, stieß sie dem Mann kurz ins Gesicht und warf den Rest den beiden nächsten entgegen, die so noch im Anflug Flammen fingen.

Laurence faßte das herabhängende Seil, schlang es um Bein und Arm, schwang sich in die Luke, riß sie hinter sich zu und ließ sich ins Dunkle hinabgleiten. Es fetzte ihr fast das Fleisch von den Händen, doch sie spürte die Bedrohung, die über ihrem Kopf zusammenschlug.

Die Fahrt in die Tiefe mußte bis weit unter die Grundmauern der Burg geführt haben. Am Ende des Schachts wurde sie von Titus nicht etwa aufgefangen, sondern grob zur Seite gerissen. Um Haaresbreite, denn schon prasselte das Geröll des einstürzenden Minaretts herab, faustgroße Steinbrocken polterten hinter ihr durch die Röhre, die Laurence kaum verlassen hatte. Sie tasteten sich vorwärts in ein Grottensystem, in das von außen kein Licht fiel. Inzwischen war ja auch wohl die Sonne über L'Hersmort untergegangen.

Niemand forschte nach dem Verbleib der Laure-Rouge, denn gleich nachdem die Ketzerin ihren Posten geräumt hatte, traf ein Geschoß des Trebuchets von den Klippen herunter voll die Spitze des Minaretts und riß sie weg. Die Trümmer stürzten teils in den Kamin, teils in den Hof. Zu diesem Zeitpunkt lebte von den Verteidigern keiner mehr.

Die Templer trafen tief in der Nacht ein. Sie verjagten die geringe Garnison, die Herr Charles zum Schutz seines Nachtschlafs um sich geschart hatte. Die Ordensritter verfuhren rüde mit ihnen, sie verprügelten sie nach Strich und Faden, bis sie allesamt so aus der Burg rannten, wie sie im Schlummer überrascht worden waren – unter ihnen auch Charles-sans-selle.

KAPITEL VIII
› FAIDITE ‹

DAS UNKIND DES GRAUEN KARDINALS

aurence hatte mit Titus die Nacht tief im Innern der Erde verbracht, allerdings ohne zu schlafen oder auch nur stehenzubleiben, denn es war bitterkalt dort unten. Wären sie eingeschlafen, hätte das unweigerlich ihren Tod bedeutet. Laurence war in so düsterer, verzweifelter Stimmung, daß ihr ein solches Ende gerade wünschenswert erschien, doch Titus gab nicht nach. Die Gelegenheit, seine Begleiterin zu quälen, schien ihn mehr noch wachzuhalten als die Furcht vor dem Erfrieren. Während sie durch die dunklen Grotten stolperten, schilderte ihr der verhinderte Inquisitor mit düsterer Inbrunst den Vorgang des langsamen Absterbens der Glieder. Die Orientierung hatten sie längst verloren in dem Labyrinth, auch jegliches Zeitgefühl.

Immer wieder ertappte sich Laurence dabei, auf den Silberstrahl eines gütigen Mondes oder das Leuchten eines fernen Sterns zu hoffen, nachdem ihr der gräßliche Inkubus immer wieder dumpf versichert hatte, daß sie nie wieder das Tageslicht sehen würden. Ekelhaft waren auch die Hindernisse, an die sie fluchend stieß: spitzes Geröll, das sie zu Fall brachte. Laurence spürte klebriges Blut an den aufgeschlagenen Knien und in den vom Seil verbrannten Händen. Dann waren es wieder eisige Pfützen, in denen sie ausglitt. Ihre Füße schmerzten in den nassen Stiefeln, und schon mehrfach war sie gegen herabhängende Stalaktiten gerannt. Sie begann zu heulen vor Wut, und Titus lachte irgendwo vor oder hinter ihr.

Das Unkind glitt lautlos über jeden Stein, der im Weg lag, ihm boten sich die Wasser als frischer Quell, der aus der Wand sprang. Großmütig ließ er auch Laurence kosten, ihr verschmiertes, verkrustetes Gesicht kühlen, denn sein Wille war es, sie zu retten, nicht, sie umkommen zu lassen. Er brauchte sie noch.

Irgendwann war ihr, als könne sie die Umrisse ihrer Umgebung besser, wenn auch unscharf und verschwommen wahrnehmen. Das kam nicht etwa daher, daß sich ihre Sinne geschärft hätten; weiterhin triefte ihre Nase, und ihre Augen brannten. Doch offenbar schlich sich die Morgendämmerung in die Höhlen ein, und kurz darauf gelangten sie in eine Grotte, die sich zum Freien hin öffnete.

Aus dem nebelhaften Dämmerlicht tauchte Titus auf. »Die Luft ist rein«, berichtete er stolz, als sei auch das sein Verdienst.

»Wir sollten auf die Templer warten.« Laurence stöhnte, am Ende ihrer Kräfte, und starrte in den Frühdunst hinaus.

»Das macht nur Sinn, wenn du weißt, wo wir überhaupt sind.« Titus ging voraus, doch auf einmal blieb er wie angewurzelt stehen: Sie befanden sich am Abbruch einer steil abfallenden Klippe. Tief unten dehnte sich das Tal des toten Hers-Seitenarmes, und gar nicht weit von ihnen ragten die Umrisse von L'Hersmort in den grauen Morgen, leicht zu erkennen am abgerissenen Finger des Minaretts. Nichts rührte sich dort mehr, die Burg lag im Zauberschlaf, aus dem sie nicht hätte erwachen sollen seit der Zeit vor über hundert Jahren, als jener Ritter de Payra sie im Gedenken an die schöne Melusine erbaute.

»Ich schlage vor«, Titus riß Laurence aus ihren Träumen, »wir machen uns auf nach Roquefixade, bevor Schnee fällt.«

»Vielleicht treffen wir Loba dort«, murmelte Laurence.

»Und wenn schon!« entgegnete der Bastard.

Laurence war zu müde, um ihn zurechtzuweisen. Sie gedachte ihres Vaters – ob sein Leib, sein Kopf –

»Wir müssen die Toten begraben«, sagte sie mit einer Festigkeit, die für sie selbst unerwartet kam.

Titus fügte sich. Über die Felsen oberhalb des Kastells näherten sie sich vorsichtig L'Hersmort. Doch als sie so nahe heran waren, daß sie von oben in Hof und Kreuzgang schauen konnten, erkannten sie im Küchengarten die frisch aufgeschütteten Gräber, jedes mit einem einfachen Holzkreuz. Laurence kniete nieder und betete für Lionel, für Sicard, für den Mohren und all die anderen, und Titus tat es ihr nach anfänglichem Zögern gleich. Laurence betete lange und schloß endlich flüsternd: » – dein Füchslein in Ewigkeit – Amen!«

Laurence de Belgrave
an Livia di Septimsoliis, Mater superior
des Konvents ›L'Immacolata del Bosco‹
auf dem Monte Sacro zu Roma

      Roquefixade, im Dezember A.D. 1211

Verehrte Frau Mutter,
 dem Allmächtigen hat es gefallen, unseren lieben Lionel zu sich zu rufen. Mit ihm gingen ein zu den Heerscharen des Paradieses der gute Herr Sicard und alle, die Ihr ließet auf Kastell L'Hersmort. Er fiel im heldenhaften Kampf gegen El Bruto und ruht nun dortselbst, in ›seinem Belgrave‹, ein himmlisches Lehen, das ihm keiner mehr nehmen kann. Das möge auch Euch ein Trost sein, der Ihr ihn einst liebtet – eine Liebe immerhin, der ich mein Dasein verdanke.
 Was das Leben wert ist, das einzig mir, zusammen mit Titus und Crean, erhalten blieb, wird sich zeigen. Noch bin ich gewillt, aus dem steinernen Herzen des Montfort ein Stück herauszubrechen, das sich eignet als Grabstein für alle die, die wir verloren in einem Kampf, der noch längst nicht ausgestanden ist. Macht Euch keine Sorgen um mich. Eines Tages stehe ich vor der Pforte Eures Hauses und werde die Tochter sein, die Ihr Euch immer gewünscht – und auch wohl verdient habt.
 Die schöne Zeit mit Lady d'Abreyville hat viel dazu beigetragen, mir die Augen dafür zu öffnen, wie eine Frau ihr Leben meistern kann in Erfüllung der Vorgaben ihres Gewissens, der Pflichten ihres Amtes, ohne jedoch die Bedürfnisse eines freien Geistes, vor allem die Lust am Leben und der Liebe selbstkasteiend hintanzustellen. Fern vom Kloster zu Rom wurdet Ihr mir zur großen Lehrmeisterin, zur wahren Mater superior! Ich werde mich bemühen, Euch dies zu danken.

In Liebe, Eure Tochter
Laurence de Belgrave

Das Leben in dem düsteren, kalten Gemäuer von Roquefixade verlief anders, als sich Laurence das vorgestellt hatte. Loba war ausgeflogen. Sie waren völlig eingeschneit, so erübrigte sich auch jeder Gedanke, den Ort während des Winters zu verlassen. Auf der anderen Seite gab ihnen diese Abgeschlossenheit in der Felseinöde des Plantaurel die Sicherheit, vor Überfällen geschützt zu sein. Es mußte wohl eine unterirdische Passage hinab ins Tal geben, denn das Gesinde war stets mit allem Nötigen zum Überleben versehen, und als sich Laurence über die Kälte beklagte, wurde auch der Kamin in der Kammer, in der sie schlief, und im geräumigen Erkerzimmer, in dem sie sich tagsüber aufhielt, mit Holzscheiten beheizt.

Jede Nacht um drei wurde sie von Titus geweckt, zur Abhaltung der Vigilien. Erst hatte sich Laurence geweigert, dem groben Knaben auf nüchternen Magen aus der Bibel vorzulesen, und verlangt, daß er sie weiterschlafen ließe. Daraufhin war er wortlos gegangen, das Feuer allerdings war kurz darauf erloschen. Er hatte ihr alles Holz entwendet, und abschließen ließ sich ihre Kemenate nicht.

»Du wirst, um Gott zu ehren, jetzt die sechs Psalmen der *Nocturni* nachholen.« Mit diesen Worten wurde sie von Titus im eiskalten Tagesraum empfangen. Ein Blick auf den nicht beheizten Kamin zeigte ihr, mit welchem Mittel er sie sich gefügig zu machen gedachte. »Danach folgen jetzt und hier jeden Morgen die *Laudes*, wieder sechs Psalmen, und gemeinsam singen wir dann ›Te Deum laudamus‹ – vor dem Frühstück!«

Laurence überlegte kurz, ob sie ihn verprügeln sollte, aber sie verspürte keine Lust, sich ihren Zwangsaufenthalt auf der Burg durch einen Kleinkrieg mit dem bösartigen Kind noch zusätzlich zu vermiesen, zumal die für seine Erziehung verantwortliche Wölfin noch immer aushäusig war. Der eifernde Quälgeist saß am längeren Hebel, denn vom Gesinde sprach keiner mit ihr. Also nahm sie den schweren Psalter, den Titus ihr auffordernd hinhielt, und dachte grimmig: Dir werd' ich die frommen Sprüche eintrichtern, bis sie zu deinen Ohren wieder rauskommen!

»Welche soll ich dir lesen?« fragte sie freundlich.

Titus' hölzernes Gesicht leuchtete auf. »Zur Matutin den sechsundsechzigsten und den fünfzigsten, sodann den hundertachtundvierzigsten bis zum – das weißt du doch alles viel besser als ich, Tochter einer treulosen Äbtissin!« Er schien höchst zufrieden, sein Begehr so schnell durchgesetzt zu haben. Und weil inzwischen mit dem Tageslicht auch die Zeit der Prim gekommen war, schloß sie das Morgengebet, drei weitere Psalmen, jedesmal von einem inbrünstigen ›Gloria patri‹ begleitet, und den abschließenden Hymnus gleich an.

Titus rannte los, für Atzung zu sorgen. Die griesgrämige Haushälterin brachte frische, knusprig-heiße, von Olivenöl triefende Eierfische, Milchwecken und Honig.

»Das gibt's fortan auch nicht mehr«, bestimmte Laurence. »Wir fasten bis zum Anbruch der Dunkelheit.«

Ihrem eifrigen Scholaren schien es nur recht zu sein. »Ich nehme das Gebot freudig auf mich«, verkündete er. »Aber du mußt bei Kräften bleiben.«

Knisternd und knasternd brannten die harzigen Holzscheite im Kamin. Laurence wunderte sich über seine Fürsorge. Titus konnte heimlich Nahrung zu sich nehmen, aber wie sie ihn einschätzte, würde er das nicht tun. Sie bestückte im gleichen Umfang, wie es die strenge Benediktiner-Regel vorsah, auch die Terz und die Sext mit den entsprechenden *cantica*, ließ das Mittagsmahl ausfallen und die liebgewonnene Siesta desgleichen, um bei der Non anzuschließen. Laurence knurrte der Magen, doch tapfer hielt sie noch vor Sonnenuntergang die Vesper, nunmehr mit vier Psalmen, krönte sie durch ein gesungenes ›Magnificat‹, was Titus so sehr begeisterte, daß Laurence schon befürchtete, er werde sich nun jede der Horen derart vorgetragen wünschen. Dann verzehrte sie das karge Nachtmahl, bestehend aus Graupensuppe und etwas Brot, verzichtete demonstrativ auf den angebotenen Becher Wein und schloß den Tag mit dem Komplet. Doch wenn Laurence des Glaubens war, sie würde Titus mit diesen Exerzitien in die Knie zwingen, sah sie sich getäuscht.

»Ein Inquisitor kann nur dann Macht über andere ausüben«, erklärte ihr der frühreife Knabe später beiläufig, »wenn er sich selbst in der Gewalt hat.«

Laurence war anfangs erschrocken über diesen kalten Ehrgeiz

des Kindes und versuchte herauszufinden, wie ernst es ihm mit seinem außergewöhnlichen Verlangen war. »Als Priester könntest du anderen deinen Segen spenden, ihre Sorgen teilen und ihnen Hilfe angedeihen lassen, damit sie aus dem irdischen Jammertal ihren Weg zu Gott finden«, regte sie an.

»Sieh nur«, rief der Knabe, »da spricht die Ketzerin aus dir, Schwester Laurence! Es sind ihre Sünden, die sie jammern machen, und der Weg zu Gott führt nur über die Buße, von der heiligen Kirche auferlegt – oder geradewegs durch die reinigenden Flammen des Autodafés!«

»Möchtest du mich brennen sehen, Titus?«

»Ja, lodernd für den rechten Glauben, wie die Ecclesia romana ihn lehrt.« Und als er sie betroffen sah, setzte er nach: »Ich will, daß du die hassest, die du liebst – so Loba, die Sünderin.«

»Aber sie ist doch deine Mutter!« Laurence war entsetzt.

»Deswegen kann *ich* ihr nicht so recht übelwollen«, gab das Unkind zu. »Aber *du* solltest alle Ketzer verdammen, denn sie haben dir nur Leid gebracht – und der Kirche großen Kummer bereitet.«

»Um der Liebe willen«, ließ sich Laurence zu einer Stellungnahme auf dieses Ansinnen hinreißen, »die ich für jene empfinde, die von der Kirche des Papstes verfolgt werden, will ich gern solches Leid auf mich nehmen. Und die Ecclesia romana sollte sich ein Beispiel nehmen an dem, dessen Namen sie treulos im Schilde führt.«

»Der –?« Der kleine Inquisitor schluckte und sparte sich die Einlassung.

Titus blühte auf, wenn Laurence für ihn betete und sang. Oft fiel er mit brüchiger Stimme ein, denn längst wiederholten sich die Psalmen. Doch er wurde nicht müde, sie zu hören. Im Kampf mit dem verbiesterten Knaben – seltsamerweise gemahnte es Laurence an das Ringen mit einem gefallenen Engel – begann sich Laurence an den Rhythmus eines geregelten Tagesablaufs zu gewöhnen. Sie erwachte von allein des Nachts, wenn es Zeit zum ersten Uffizium war, und hastete, einer Süchtigen gleich, ins Oratorium, wie Titus den Tagesraum getauft hatte. Selbst an der Kasteiung ihres Körpers fand Laurence zunehmend Lust – beim unerbittlichen Fasten, bei der Morgenwäsche mit eiskaltem Wasser und in der pausenlosen

Herausforderung durch das Gebet. Dreiundzwanzig wurde Laurence in diesem Jahr.

Die klösterliche Ekstase erfuhr auch keine Unterbrechung, als irgendwann im Frühjahr – Laurence hatte bereits das Gefühl für die verstrichene Zeit verloren – Loba wieder auf ihrer Burg erschien. Sie zog die Herrschaft über das Gesinde sofort an sich und sperrte ihr Kind in den Turm – »Soll denn der Teufel freie Hand haben auf Roquefixade?« –, so daß eigentlich jeder Zwang von Laurence genommen war. Doch sie fuhr fort in ihren rigiden Exerzitien.

Anfangs belächelte die Wölfin das Treiben der Freundin, doch bald reichten ihr die mit verzückter Entrücktheit zu jeder dritten Stunde vorgetragenen Gebete. »Draußen wütet El Bruto, hetzen die Priester der römischen Kirche, und du heulst mit der mörderischen Meute? Sie haben dir den Vater umgebracht, die Freunde hingeschlachtet, und du stöhnst die gleichen frommen Sprüche, zu denen sie die Reinen ins Feuer werfen?«

Laurence war wie vor den Kopf geschlagen.

»Du bist zur Fahndung ausgeschrieben«, setzte Loba hinzu, »eine Faidite, vogelfrei!« Dann erkannte sie, daß sie eine Besessene vor sich hatte: Sie mußte Laurence behutsamer in die rauhe Wirklichkeit zurückholen. »Jeder kann dich erschlagen wie eine tolle Füchsin«, sagte sie.

Dieses Bild tat seine Wirkung: ein feuerrotes Signal aus verdrängter Vergangenheit, aus leidvoll erfahrenem, aber wild gelebtem Leben.

»Was soll ich tun?« wandte sich Laurence an die Mahnerin, noch unsicher, wie eine Genesende nach langer Krankheit die ersten Schritte unternimmt.

»Erst mal aufwachen«, befahl die Wölfin, nun doch besorgt über den Geisteszustand der Freundin. »Der Winterschlaf ist zu Ende.«

»Seit wann treibt ein Wolf den Fuchs aus seiner Röhre?« Lobas Zürnen machte sie lachen, und das wirkte befreiend. »Wo versteckt sich Simon le Brut?« scherzte sie und räkelte sich, ein unsichtbares Schwert in der Faust schwingend. »Der Angsthase soll sich uns stellen!«

»Übertreib nicht gleich«, Loba war der plötzliche Stimmungsumschwung unheimlich. »Unter seiner Knute ächzt das Languedoc, und seine Schergen –«

»Charles-sans-selle!« schrie Laurence auf. »Tausend Tode!« Das war wenigstens wieder die alte Laure-Rouge.

»Dem Vogt ist höchstens durch eine List beizukommen«, dämpfte Loba den aus der Starre erweckten Rachegedanken, griff ihn aber dennoch begierig auf. »Du müßtest Reue vortäuschen, wild entbrannte, unstillbare Leidenschaft für das Pferd heucheln, damit es dich in seinem Bett bespringt!«

»Brrrh!«

»Dann schneidest du ihm die –«

»Brrrh! Brrrh!« stieß Laurence hervor. »Und seine Leute hacken mich in Stücke! Abgesehen davon, daß sie schon vorher den Dolch an mir entdecken werden.«

»Ein kleines Messer reicht.« Loba ließ nicht locker. »Eine Nadel im Haar, langsam ins Gedärm gestochen –«

Laurence schien wenig überzeugt. »In soviel Scheiß mag ich nicht fassen!« polterte sie, schon fast wieder die alte. »Aber erst einmal sollten wir den d'Hardouin finden!«

»Er muß *uns* finden!« erwiderte Loba, ließ sich aber nicht weiter über diesen Gedanken aus.

»Dann laß uns aufbrechen«, sagte Laurence.

Die Schneeschmelze hatte noch nicht eingesetzt, als Laurence und Loba ihren Adlerhorst auf dem Plantaurel verließen und ins Tal hinabstiegen. Hier unten auf der Südseite hatte die Frühlingssonne schon teilweise das matte Grün der Wiesen freigelegt. Die Bäche waren angeschwollen, und ein leichter Wind trug den Duft der wiedererwachenden Erde, quellenden Holzes und der ersten Weidenkätzchen mit sich.

Die beiden jungen Frauen hatten nur einen alten Pferdeknecht auf die Reise mitgenommen, als Reittiere unscheinbare *mulos*, die mit Körben und Säcken beladen waren. Denn sie wollten als einfache Frauen aus dem Volk angesehen werden, die ihr Gesicht hinter Tüchern, ihre Gestalt unter unförmigen Decken vermummten. Ihre Waffen hatten sie zuunterst versteckt: Loba einen handlichen Scimitar, ein Beutestück ihres Bruders, und ihre Freundin einen Hirschfänger, den ihr die Wölfin überlassen hatte.

Sie wandten ihre Schritte nach Norden, und als sie dann auf der Straße unter Laroque d'Olmès vorbeiritten, warf Laurence nur einen scheuen Blick nach oben, in Richtung der im Fels versteckten Steinhäuser, wo einst die schöne Alazais sie aufgenommen hatte. Die Erinnerungen an die wunderbare Geliebte stürmten auf sie ein, so mächtig, daß sie ihnen entfliehen mußte.

»An der nächsten Wegkreuzung liegt eine übel beleumdete Taverne«, kam ihr in den Sinn, »namens *Quatre Camins*.«

»In der Räuberhöhle werden wir einkehren«, griff Loba bereitwillig die Anregung auf. »Der Patron ist berüchtigt für –«

»Dos y dos«, Laurence entsann sich jetzt ihres nächtlichen Ausflugs mit Crean, der damals Raoul hieß, seinen Zusammenstoß mit Ramon-Drut, dem Infanten von Foix, und der Flucht des Agenten der Kurie, des falschen Priesters Roald of Wendower.

Das heruntergekommene Anwesen wirkte bei hellichtem Tage und ohne die seine Schäbigkeit verbergende Schneedecke noch trister. Die Bohlentür voller Kerben war immer noch ohne Außenklinke und der Besitzer noch viel, viel dürrer, als Laurence seine mickrige Statur in Erinnerung hatte. Er öffnete ihnen selbst und wollte beim Anblick von zwei Weibern die Tür gleich wieder zuziehen, als Laurence schon ihren Fuß im Spalt hatte.

»Dos y dos?« fragte er griesgrämig das Losungswort ab, und Loba antwortete: »Cinco!«, Laurence übertönte sie und rief: »Seis!«

Da ging ein Strahlen über das faltige Gesicht des Kahlkopfs. »Laure-Rouge!« krächzte er. »Diese Antwort hab' ich sechs Jahre nicht mehr gehört.«

»*Cinco*«, stellte Laurence richtig. »Laß uns nicht verdursten.« Und sie schritt an ihm vorbei die Steintreppe hinunter in den Schankraum.

»Habt Ihr in letzter Zeit Crean gesehen?« hörte sie hinter sich die Wölfin den Dos y dos fragen.

»Er hat hier zwei seiner Pferde untergestellt«, antwortete der Patron ohne Umschweife. »Wann der Ritter sie wechselt, weiß ich nicht – und wenn, dann geschieht es in aller Heimlichkeit.«

Laurence nahm unten am Tisch direkt beim Ausschank Platz auf der Bank, die besonderen Gästen des Dos y dos vorbehalten war. An den Tischen saßen etliche Zecher, aber sie hatte gleichwohl keine Lust, ihren Kopf länger unter dem dicken Wolltuch zu verstecken, also riß sie es herunter und schüttelte ihre feuerrot leuchtende Mähne.

Augenblicklich verstummte das Geklapper und Geplapper an den anderen Tischen. Laurence schaute sich um. Es waren um diese Tageszeit noch nicht allzu viele Gäste anzutreffen, aber die Visagen, die sie registrierte, schienen ihr genügend Auswahl zu versprechen. Der Dos y dos geleitete Loba an den Tisch und versprach, einen besonders edlen Tropfen aus der *cantina* zu holen. Laurence führte ausreichend Goldmünzen bei sich, von dem Beuteanteil ihrer Mutter, den diese ihr gelassen hatte. Da sie ihn seitdem auf dem Körper trug, hatte sie ihn aus L'Hersmort retten können.

»Du hattest mir nicht gesagt, daß wir Crean hier treffen würden«, warf sie ihrer Freundin vor.

»Du hattest mich auch nicht gefragt«, gab Loba schnippisch zurück. »Seit wann interessierst du dich für so junge Männer?« Die Augen der kleinen Wölfin funkelten Laurence kampflustig an. »Gefällt er dir?«

»Crean ist der Sohn von Alazais.« Laurence ärgerte sich über den Tonfall, die Unterstellung und auch über die ungezügelte Art Lobas, die jetzt noch einen draufsattelte: »Aber er ist kein Kind mehr!«

Laurence tat ihr nicht den Gefallen, solche Erkenntnis eifersüchtig zu hinterfragen, sondern wechselte das Thema. »Und was treibt der junge Herr, den ich zum Ritter machte?« Den Hieb hatte sie sich nicht verkneifen können, er saß.

Loba hatte wahrscheinlich mal mit ihm im Heu gelegen, doch sie enthielt sich wohlweislich der sich anbietenden Parade – ›und ich zum Mann!‹ –, sondern gab zur Antwort: »Crean führt zielstrebig die Arbeit fort, die Lady d'Abreyville begonnen hat.« Die wissende Wölfin senkte ihre Stimme. »Er kümmert sich um die Waisen, und mir scheint, der Dos y dos steckt mit ihm unter einer Decke.«

Sie brach ab, denn der schmächtige Patron kam mit dem versprochenen Krug und schenkte den Damen ein.

»Ich hab's so im Piß«, grummelte er, »als wenn Raoul – der Herr

Crean –«, verbesserte er sich schnell, »uns heute nacht einen Besuch abstatten wird. Wenn die Damen mit einem frisch aufgeschütteten Strohlager im Stall vorliebnehmen wollen, könnte es sein –«

»Danke«, sagte Laurence. »Was bin ich Euch schuldig?«

»Euer Wohlwollen, Laure-Rouge, und die Ehr' entschädigen den armen Dos y dos mehr als reichlich. Und laßt nicht wieder fünf Jahre vergehen! Wir werden alle nicht jünger, und die Zeiten sind voller Gefahren.«

»Apropos«, sagte Laurence, »ich brauche gegen gute Bezahlung –« sie senkte ihre Stimme zu einem Flüstern, als sie spürte, wie es sofort stiller wurde im Schankraum »– zwei, drei Männer, die nicht lange fackeln und ihr Handwerk verstehen.«

»Ihr werdet sie morgen früh vor dem Stall bereit finden«, schnitt ihr der Dos y dos weitere Ausführungen ab. »Das kostet –«

Laurence zählte ihm die bereitgehaltenen Münzen in die Hand, so lange, bis er diese schloß.

Am Abend geleitete der Patron die Damen in den Stall, wies ihnen das bereite Lager und die beiden Pferde Creans und ließ sie dann allein. Sie legten sich so nieder, daß sie die halboffene Stalltür gegen den hellen Nachthimmel im Auge behielten. Jede hatte sich in die eigene Decke gewickelt. Von der früheren Vertrautheit, dem Suchen der Nähe der anderen war nicht mehr viel geblieben.

»Hast du mich hierher geschleppt, damit du Crean treffen kannst?« maulte Laurence.

Die Wölfin schluckte eine patzige Entgegnung herunter. »Hast du dir mal überlegt, Laure-Rouge«, erwiderte sie dann beherrscht, »wie du an Charles d'Hardouin herankommen willst? Weißt du überhaupt, wo er sich aufhält?«

»Und du meinst, Crean weiß das?«

»Das vielleicht nicht, aber auch wenn er seinem Erzeuger aus dem Weg geht, oder gerade deswegen, hält er sich doch ständig auf dem laufenden über dessen wechselnde Verstecke und Maskeraden. Und der Chevalier verfügt über ein Netz, durch das er jede Bewegung des Feindes registriert, sie oft sogar voraussieht. Ihm wird der jeweilige Aufenthaltsort des Pferdegesichts geläufig sein. Ich wüßte nicht, an wen sonst sich wenden.«

»Du hast recht«, murmelte Laurence und rollte sich nah genug an die Freundin, um den Leib der Wölfin unter der Decke mit einer unbeholfenen Geste wieder aufkommender Zärtlichkeit zu streicheln.

Sie waren längst beide ineinander verschlungen eingeschlummert, als sich Crean, einen leisen Pfiff ausstoßend, über sie beugte. Er trägt noch immer meine Armkacheln, stellte Laurence zufrieden fest.

»Wie zwei Murmeltiere«, spöttelte der junge Ritter, als sie beide kerzengerade hochfuhren, »die vergessen haben zu pfeifen.«

Laurence nahm es hin. »Wo finden wir den Chevalier?« fragte sie ohne Umschweife.

»Seine Hochwürden, den Prior von Saint-Felix? Genauer: von Saint-Nom-Nois-Felix.«

»Nie gehört«, Loba schüttelte den Kopf.

»Niemand hat je zuvor von diesem Kloster gehört, bis der fromme Herr Valdemarius sich des Steinhaufens erbarmte und aus den herrenlosen Trümmern erst eine Eremitenklause, dann einen bescheidenen Konvent errichtete. Der frühere Graf von Limburg hat sich der Bekehrung fehlgeleiteter Seelen verschrieben, anstatt sie mit Feuer und Schwert von ihrem Irrglauben zu erlösen.« Creans Stimme verriet hinter dem offenen Hohn doch so etwas wie Respekt vor der Tollkühnheit und Phantasie des Chevaliers.

»Konnte er sich nicht einen unverfänglicheren Namen für seine Klostergründung einfallen lassen?« bemängelte die Wölfin.

»Sollte er sie etwa Prieuré du Mont-Sion nennen?« hielt Crean kichernd dagegen. »Geheiligt sei dein Name auf Erden, damit wir bekehrt und glücklich werden!«

»Geniale Umkehrung! Aus Mont-Sion wird Saint-Nom-Nois – und macht sogar noch Sinn«, stellte Laurence fest, doch Crean widersprach:

»Eine recht einfältige Befriedigung seines Triebes, mit dem Feuer zu spielen.«

»Hört, wer da spricht«, unterbrach Loba ihn lachend. »Ich möchte nicht wissen, was sich hinter ›Crean‹ an tiefsinniger Bedeutung verbirgt.«

»Den Namen hat mir Laure-Rouge verpaßt – und er gefällt mir.«
»Also, wo liegt der Sitz des geheimen Priorats?«
»Irgendwo zwischen Pamiers und Mirepoix. Mehr weiß ich auch nicht. Fragt einfach nach Saint-Felix.«
»Morgen!« entschied Laurence. »So schwer kann es ja nicht sein.«

Crean legte sich zwischen die beiden jungen Frauen, was anfänglich für Unruhe sorgte, weil er sich nicht schlüssig wurde, welcher er sich zuwenden sollte. Um doch noch etwas Schlaf zu finden, umarmten ihn beide, und zwar so fest, daß er sich nicht mehr rühren konnte.

Als Laurence morgens aufwachte, war der junge Ritter schon über alle Berge, und Loba wusch sich in der Pferdetränke. Draußen vor dem Stall lümmelten sich drei Burschen, denen Laurence bei Dunkelheit nicht hätte begegnen wollen.

»Hieb, Schlitz und Stich«, flüsterte sie ihrer Freundin zu. »Echte Galgenvögel!« Und sie vergewisserte sich unauffällig, ob ihr Leibgurt mit dem Gold noch vorhanden war.

Loba wußte ihre Bedenken zu zerstreuen. »Der Dos y dos bürgt für seine Leute.«

Laurence ging hinaus und begrüßte sie. »Wie sollen wir Euch rufen?« Sie tat so, als seien Gurgelhacker, Pansenstecher und Knochenbrecher ihr täglicher Umgang.

»Wie es Euch beliebt, Laure-Rouge, wir stecken's weg wie echte Gascoun.«

»So hört von nun ab auf Patac, Chasclat und Hissado!« bestimmte Loba bündig, bei jedem Namen auf eine der drei lichtscheuen Gestalten weisend. Die wollten sich ein Grinsen nicht verkneifen.

Sie bestiegen ihre Pferde, die Maulesel hatten sie mit dem alten Pferdeknecht nach Roquefixade zurückgeschickt. Die drei ritten voraus.

»Wie hast du unsere Würgeengel denn nun getauft?« wollte Laurence sogleich neugierig von Loba wissen.

»Hieb, Schlitz und Stich!«

DIE DREI GASCOUN

Saint-Felix, das Kloster des gottesfürchtigen, glaubenseifrigen und überaus beliebten Priors Valdemarius, war jenseits des Plantaurel-Gebirges den meisten bekannt. Kaum hatten sie den reichlich Schmelzwasser führenden *l'Hers vif* überquert, da wies jeder ihnen bereitwillig den Weg – nur jedesmal in eine andere Richtung.

Es war schon Abend, das Angelus-Läuten klang friedlich durchs Tal, als sie endlich den Konvent erreichten. Da die drei Gascoun auf der anderen Seite des Hügels, auf dem das Klosterkirchlein und die es umringenden Hütten standen, ein Gasthaus entdeckten, schickte Laurence sie dorthin. Sie wollte nicht unnötig in Begleitung dieser Totschläger gesehen werden, schon gar nicht vom Chevalier. Der ließ sie erst mal warten, denn er hielt mit seinen Brüdern die Vesper. Nach dem Magnificat verließen die Mönche die Kapelle, und die beiden Frauen durften eintreten. Dem Prior stand das schwarze Gewand der Kamaldulenser ausgezeichnet. Milde und Würde strahlte er aus, als er der beiden ansichtig wurde. »Gelobt sei Gott, der Herr!« rief er freudig aus und bedeutete ihnen niederzuknien, während er weiter in seinem Brevier las.

Schließlich wollte sich Laurence nicht länger zurückhalten. »Wer hat Euch in drei Teufels Namen gelehrt, sich wie ein Priester, gar wie ein Abt zu gebärden? Hätt' nicht ein ordentlicher Beruf wie der eines Tuchhändlers oder Kürschners seinen Zweck ebenso erfüllt?«

»*Ad primum et non ultimum*«, sagte der Prior salbungsvoll, »vergeßt nicht, welch hochgestellter Persönlichkeit ich die Ehre hatte zu dienen.«

Laurence entsann sich, daß der Chevalier bis zum Kriegsausbruch für ihren Halbbruder Guido, seines Zeichens streitbarer Bischof von Assisi, die Kanzleigeschäfte besorgt hatte. John Turnbull hatte er sich da genannt.

»*Ad secundum* – und da will ich gerne den Teufel mit einbeziehen – ist der Rock eines Priesters der Ecclesia catholica besser noch als jedes schwarzgefärbte Lammfell geeignet, den Wolf zu verkleiden.«

Loba fühlte sich angesprochen. »Und wenn der hiesige Bischof oder gar einer aus dem Dunstkreis des Montfort Euch nach Mutterkloster oder Priesterweihe fragt? Oder gar Erkundigungen einzieht?«

Der Prior lächelte schmallippig. »Der Graf Waldemar hat sich nach abgeleisteter Quarantaine von Herrn Simon unter Tränen verabschiedet, weil ein Gelübde, sein Leben von nun an unserm höchsten Herrn Jesus Christus zu weihen, ihn dazu zwinge. Meinen Freund Bouchard de Marly habe ich wissen lassen, auch wenn er es nicht glauben wollte, daß ich jedoch zurückkehren würde, um der neuen Berufung hier nachzukommen, auf diesem von den Ketzern entweihten Boden, den es im wahren Glauben zu beackern gelte. Er solle mir nur ein karges Stück felsiger Erde geben, dann wolle ich es mit der Hilfe Mariae zum Erblühen bringen.«

»Natürlich habt Ihr Okzitanien nie verlassen?« warf Laurence aufgeregt ein. »Meine Mutter traf Euch bei Muret, südlich von Toulouse.«

»Das war letzten Sommer, da war ich schon auf dem Weg nach Assisi. Ich spielte mit dem Gedanken, mich von Franziskus in seine Bruderschaft aufnehmen und dann als Missionar ins Languedoc schicken zu lassen. Doch als ich die bittere Armut sah, das gotterbärmliche Leben der Minoriten, habe ich schleunigst von solch schlichter Vorgehensweise wieder Abstand genommen.«

Laurence betrachtete ihn, immer noch kniend, von unten. Im Vergleich zu dem stets gehetzten, unter steter Anspannung agierenden, sehnigen Chevalier hatte der Prior ein rundliches Bäuchlein angesetzt.

»Bei Guido II, meinem Bischof, hatte ich mich gar nicht erst angemeldet, denn ich mußte befürchten, daß er mich gleich dabehalten würde – und es ist schwer, Seiner Eminenz etwas abzuschlagen, wie Ihr wohl wißt! Aber ich kannte mich ja aus in Assisi, der geheime Gang von der *Assunta* hinüber ins bischöfliche Palais war mir schließlich wohlvertraut. In seinem Arbeitszimmer fand ich mich auch ohne ihn zurecht, und meine Gerätschaften lagen noch an ihrem alten Platz. Mit Brief und Siegel gab ich mir die Priesterweihe und zwei Empfehlungen der umliegenden Klöster *Sancti Benedicti*. Die Unterschriften der Äbte hatte ich früher schon des öfteren fälschen müssen, wenn es um Latifundien oder den Zehnten ging. Dann schickte ich mich, Valdemarius von Limburg aus den deutschen Gauen des Rheins, mit den besten Glück- und Segenswünschen auf löbliche Ketzermission ins angestammte Land des guten Grafen Simon von Montfort, gen Albi, von dem der Kreuzzug seinen Namen hat, *la croisade contre les Albigeois!*«

Wie behäbig, wie selbstgefällig mein einst so atemberaubender Held des Widerstands geworden ist, dachte Laurence arg enttäuscht.

»Unterwegs sammelte ich einige Mönche auf, Habenichtse und Hungerleider, die mir gern folgten, und meldete mich wieder bei meinem heimlichen Verehrer Bouchard de Marly. Der hatte schon dieses schöne Fleckchen Erde samt Weinbergen und Fischrechten aufgetan, nur die Bauten waren verfallen. Durch Vermittlung des hochehrwürdigen Hauskaplans und Hofchronisten –«

»Pierre des Vaux-de-Cernay!« rief Laurence. »Für den hab' ich mir die Finger wund geschrieben.«

»Mich hat es nur eine Unterschrift gekostet«, fuhr der Chevalier genüßlich fort. »Und er stellte mich meinem zuständigen Bischof vor, dem von Pamiers, der hocherfreut war und mir Saint-Felix mit allen Rechten und Pflichten verlieh. Gern bestätigte er meine Ernennung zum Prior, denn ich versprach, alle Kosten aus eigener Tasche zu bestreiten. Außerdem brachte ich ihm ein vom Papst geweihtes Kruzifix aus Rom mit.«

»Und woher nehmt Ihr all das Geld?« wagte Laurence ungläubig einzuwerfen. »Heimliche Raubzüge könnt Ihr mit Euren frommen Mitbrüdern doch wohl kaum unternehmen?«

»Auf der anderen Seite dieses Hügels, der übrigens einen hervorragenden Tropfen abwirft, liegt ein Gasthof. Das ist mein anderes Standbein, das geschiente und gespornte –«

»Und von diesem Kirchlein führt demnach ein unterirdischer Stollen –?«

»So etwas ist nicht selten in Gegenden mit alter Weinbautradition«, ließ der Rebell im Ruhestand sein Mündel wissen. »Um meine Rüstigkeit macht Euch also keine Sorgen, Laurence. Doch was könnten wir zusammen unternehmen?« Er schlug das Zeichen des Kreuzes über den Häuptern der beiden Knienden und bedeutete ihnen winkend, sich zu erheben. »Ihr habt ja die gefährliche Reise sicher nicht unternommen, um einem alten Verehrer – und Freund Eurer Mutter – die Aufwartung zu machen?«

Laurence war sich unsicher, ob sie den Chevalier provozieren oder ihm eher als Ratsuchende begegnen sollte. Loba hielt sich zurück, so obsiegte Laurence' aufgestaute Laune, ihm verbal in den Hintern zu treten. »In Euren Briefen, Jean du Chesne, gabt Ihr Euch leidenschaftlicher. Auch wart *Ihr* es, der vor mir kniete, und nicht umgekehrt!« Laurence sah, daß dieser Vorhalt keine Wirkung zeigte. Ihn irritierte vielmehr, daß sich Loba am Altargerät zu schaffen machte. Ein silbernes Döschen hatte es ihr angetan. Sie öffnete es ungeniert und schnüffelte an dem Inhalt.

Laurence ärgerte sich über die Ablenkung. »Die Welt wolltet Ihr mir zu Füßen legen, doch ich verlange nur den Kopf des Charles d'Hardouin!«

Betroffen machte dieser fromme Wunsch den Prior nicht, er wiegte nur nachdenklich sein Haupt. »Das Pferd stattet mir gern – und so oft es kann – seinen Besuch ab. Beim Montfort ist Charles-sans-selle in Ungnade gefallen, nachdem er in L'Hersmort – *de même sans cervelle!* – nur Schäden angerichtet hat, die der Templerorden sich aus der Kriegskasse ersetzen ließ. So hängt der Unglücksrabe in Pamiers herum –«

»Unglücksrabe?« empörte sich Laurence. »Er hat meinem wehrlosen Vater mir nichts, dir nichts den Schädel abgehackt!«

»Sag' ich's doch!« entgegnete teilnahmsvoll der Chevalier. »Völlig kopflos! Keine Folter, keine Denunzierung, weder Nutzen noch erfrischende Pein!«

»Mir reicht's!« fauchte Laurence. »Ihr vermögt Euch dank angemaßter priesterlicher Würde ja gern in den Seelenzustand der Täter versetzen, die Euch ihre ›herzerfrischenden‹ geheimen Lüste beichten.« In ihrer Rage war sie laut geworden. »Ich dagegen bin Opfer und fordere Rache!«

Der Prior sah sie betrübt an. »Das dachte ich mir.« Er schaute auffordernd zur Tür. »Ich werde Euch über Nacht – dies ist ein reines Männerkloster – im Gasthof unterbringen. Morgen, noch vor

Mittag, werde ich in Erfahrung gebracht haben, was ich für Euch tun kann. Doch das sage ich Euch gleich: hier, auf dem Grund und Boden von Saint-Felix, möchte ich Bluttaten vermieden wissen.«

Laurence verließ wortlos das Kirchlein, nur Loba gab sich Mühe, verbindlich zu erscheinen. »Es ist nicht nötig«, sagte sie, als der Prior einen Knecht heranwinkte. »Wir finden unseren Weg schon allein.«

Laurence begab sich sofort zu Bett in der Kammer, die sie mit Loba teilte. Die Wölfin wollte sich noch in der Schankstube umhören – wahrscheinlich nach einigen Bechern sich auch noch schnell das Krüglein abfüllen lassen, bevor sie in die jungfräuliche Kemenate zurückeilen muß, dachte Laurence bitter. Sie strich über ihren weißen Leib, prüfte kritisch den Sitz ihrer Brüste und fuhr über den weichen Bauch mit der einen Hand bis hinab in das Gärtchen ihres Schoßes. Doch was sollte das alles? Sie ließ von sich ab, ehe sie überhaupt begonnen hatte, sich trotzig Lust zu verschaffen.

Laurence streifte das Nachtgewand über, öffnete ihr geflochtenes Haar, schüttelte es wütend aus und stieg unter das feuchtkalte Linnen. Das Talglicht ließ sie noch brennen. Irgendwann würde Loba ja wohl kommen! Offenen Auges lag sie auf dem Rücken und starrte hinauf zu den unruhigen Schatten, die das schwache Licht an die Decke warf. Der Streit ums Languedoc war ausgestanden – wenn auch noch nicht zu Ende. Ihr Kampf war es sowieso nie gewesen. Laure-Rouge hatte sich hineinziehen lassen, weil ihre Freunde betroffen waren, doch inzwischen waren die meisten tot. Sie hatte ihren Vater eingebüßt, und alle Träume, die sie mit Lionel so innig verbunden hatten, waren zu Schutt und Asche geworden.

Was machte es da noch groß Sinn, sich an dem blöden Kerl zu rächen, der stellvertretend für alle Kriegsleute sein Schwert mißbraucht hatte, auch wenn die Hand des Henkers eine andere war! Sein Tod würde ihr keine Genugtuung verschaffen, nicht einmal das Gefühl ausgleichender Gerechtigkeit bescheren. Zu tief senkte sich die Waage der Göttin mit den verbundenen Augen auf der einen Seite, wo die Schandtaten des Kreuzzugs angehäuft wurden, zu lächerlich nahmen sich die meist kläglich endenden Erfolge der Verteidiger, die überfallartigen Scharmützel, die Racheakte der Faidits dagegen aus.

Laurence sehnte sich nach dem Kloster ihrer Mutter, nach dem kargen Gleichklang der Stundengebete. Zeit zur Andacht, Zeit zur Nahrung, Zeit zum Schlaf. Die Wohltat der vorgeschriebenen Orte und Worte. Und dann würde da noch ihre Mutter Livia sein. Laurence war sich nicht sicher, ob sie sich zu der Mater superior hingezogen fühlte, die sie dort in Rom auf dem Monte Sacro zweifellos erwartete, oder ob sie dem Trugbild nachhing, das ihr von der Lady d'Abreyville hier in Okzitanien vorgespiegelt worden war – eine Erscheinung, die es nur hier gegeben hatte und vielleicht nie wieder geben würde? Das Flackern des Lichts, das Knarren der Kammertür zeigten ihr an, daß die Wölfin ihren Bau aufsuchte, das vorgewärmte gemeinsame Lager.

Doch Loba blieb vor dem Bett stehen. »Du wirst im ganzen Land gesucht, Laure-Rouge«, berichtete sie, nicht stolz, sondern eher besorgt. »Als Faidite bist du gebrandmarkt!«

»Was soll ich dafür anziehen?« spottete Laurence. Dabei war ihr ganz anders zumute: Eine ohnmächtige Wut stieg in ihr auf, wie ein Würgegefühl. Sie wurde patzig. »Muß ich gleich aufstehen und mich kalt waschen – oder darf ich erst mal ausschlafen?«

»Schlaf du nur, ich wache«, suchte Loba die Freundin zu beschwichtigen. »Ich habe Hissado und Chasclat rausgeschickt, die Umgebung und die Straße zu beobachten. Patac schläft am Fuß der Treppe, die hier hinaufführt.«

»Großartige Voraussetzung für einen friedlichen Schlummer«, schimpfte Laurence. »Du bist dir sicher, nicht furchtbar zu übertreiben?« Sie bekam keine Antwort und sah, daß die kleine Wölfin in ihrem Stuhl am Fenster eingenickt war.

Laurence aber konnte keinen Schlaf finden. Nach einiger Zeit zog sie ihre Reisekleidung wieder an und legte sich bekleidet aufs Bett, den Dolch neben sich.

Das Hell des kommenden Tages dämmerte schon herauf, als es an die Tür zur Kammer klopfte. Loba war wie der Blitz aufgesprungen, um den Riegel zu prüfen.

»Patac ist's!« flüsterte eine Stimme. »Wir sollten aufbrechen! Von zwei Seiten nähern sich Berittene.«

Laurence schnellte hoch. »Haltet die Pferde bereit!« rief sie und warf einen Blick aus dem Fenster. Chasclat und Hissado waren schon aufgesessen.

Da sich unten Strohballen stapelten, sprangen die beiden jungen Frauen gleich aus dem erhöhten Geschoß.

»Wohin?« fragte Loba, kaum daß sie im Sattel saßen.

»Den einzigen Weg, den sie uns offengelassen haben«, rief Chasclat leise. »Folgt mir!«

So war der kleine Trupp schnell im nächsten Wald verschwunden. Der Pfad war so schmal, daß sie nur hintereinander reiten konnten. Patac bildete die Nachhut, während Chasclat weit vorausritt, um Entgegenkommende frühzeitig ausmachen zu können.

Laurence bog sich zurück zu der hinter ihr trabenden Wölfin. »Wenn die uns schon auf den Fersen waren«, sagte sie leise, »dann kann's der Chevalier nicht gewesen sein, oder was denkst du?«

»Niemals!« rief Loba und gab sich Mühe, wenn schon nicht ihre Empörung, so wenigstens ihre Stimme im Zaum zu halten. »So etwas täte der nie und nimmer.«

»Dann bleibt nur *Quatre Camins* –«

»Der *Dos y dos*?« Der Wölfin schienen sich die Haare zu sträuben, doch Laurence hatte sich schon festgebissen.

»Wie der Name schon sagt: Hält nach beiden Seiten die Hand auf.«

»Behalt solche Verdächtigungen gefälligst für dich!« fauchte die Wölfin leise und ließ sich so weit zurückfallen, daß eine Fortsetzung des Gespräches sich verbot. Der Pfad, den ihre Beschützer eingeschlagen hatten, wies gen Süden, geradewegs wieder auf den Gebirgskamm des Plantaurel zu, woher sie gekommen waren.

Sie mieden die Täler. Der bewaldete Höhenweg führte bergauf, bergab. Bei der ersten geschützten Mulde ließ Chasclat die Gefährten samt den beiden Frauen halten. »Ihr macht einen Lärm mit Euren Hufen wie eine Büffelherde auf dem Kriegspfad! Jeder kann uns meilenweit im voraus kommen hören.«

»Also Pantoffeln?« vergewisserte sich der gemütlichste der drei, der etwas rundliche Patac.

»Wer dumm fragt, ist dran, Patac!« wies ihm Hissado die Arbeit an. Die beiden Kumpane des Dicken sicherten den Zugang, während Laurence und Loba mit zupacken mußten. Patac hielt von jedem Pferd die Läufe hoch, und die Freundinnen umwickelten sie mit allem, was sie an Sackleinen und Decken passend schneiden konnten. Die Pferde ließen es willig mit sich geschehen.

Dann ritten sie in der gleichen Marschordnung weiter. Die Tiere ähnelten jetzt zwar Zottelrindern, aber außer einem leisen Knirschen der Steine auf dem felsigen Pfad war nichts mehr zu hören. Das zahlte sich schnell aus.

Auf einmal hob Chasclat die Hand, sie hielten und ließen sich von den Pferden gleiten. Vorsichtig schoben sie sich durch die Büsche an den Rand der Klippen. Unten im Tal schlängelte sich die Straße durch den Wiesengrund, dem Lauf eines Bächleins folgend. Auf der grünen Aue stand ein weißes Zelt, und neben dem Eingang wehte der Stander des Charles d'Hardouin.

»Er ist also gekommen!« Loba mußte an sich halten, um nicht laut ihren Triumph hinauszujubeln. Laurence dagegen schaute finster.

Auf der Straße hatte ein halbes Dutzend Bewaffneter eine Sperre errichtet. Ebenso viele Berittene kamen offensichtlich von einem Erkundungsritt zurück, wie die Fußsoldaten im goldgezwirnten Tappert mit dem roten Ankerkreuz, den Farben derer von Hardouin. Aus dem Zelt trat ein Ritter, dessen Gesicht sie von hier oben nicht genau erkennen konnten, da sein Helm mit der hochgeklappten Hundeschnauze es im Schatten ließ.

»Das ist er!« Die Wölfin war sich ihrer Sache ganz sicher.

Laurence war weniger überzeugt. »Dann hat das Pferd sich einen ganz schönen Wanst angefressen.«

»Kummerspeck!« Loba ließ sich nicht beirren, und Patac murmelte verächtlich:

»Hängebauch!« Sein Blick glitt hinüber zu Hissado, eine magere Vogelscheuche im Vergleich. Der hatte sich wie eine Schlange zu Boden gleiten lassen und preßte sein Ohr gegen die Steine.

»Reiter kommen auf uns zu!« zischte er und sprang auf. »Ab in die Büsche!«

»Zurück!« befahl Chasclat, der das Kommando hatte. »Ich hab' bei der letzten Wegbiegung über uns eine Grotte gesehen!«

Sie nahmen ihre Tiere beim Halfter und stiegen an der angegebenen Stelle in die Felsen ein, nach oben. Dort tat sich hinter einem dichten Vorhang aus Efeu eine Höhle auf. Sie hatten das Versteck kaum erreicht, da hörten sie unter sich auf dem Kammweg den Hufschlag der Berittenen. Jemand rief laut, wohl ins Tal hinab, zu denen an der Straßensperre: »Hier ist niemand!«

Sie lauschten atemlos. »*Das* war Charles-sans-selle!« flüsterte Laurence aufgeregt. »Ich kenn' seine Stimme.«

Deutlich waren die Geräusche sich entfernender Reiter zu vernehmen. »Wir müssen warten«, entschied Chasclat, »bis sie sich beruhigt haben und wirklich weitergezogen sind.«

»Das kann eine Ewigkeit dauern«, schimpfte die kleine Wölfin nicht eben leise, »und der Fang entgeht uns!«

Die drei schauten sich an, sie hörten solche Widerworte nicht gern.

»Die Ewigkeit kann Euch schnell einholen, Loba«, hielt ihr Patac vor, »wenn Ihr das nächste Mal nicht aufsammelt, was Euer Gaul äpfelt – einladend mitten auf den Weg!« Er faltete sein Halstuch auseinander und reichte es der Dame mit einer Verbeugung.

Der frische Pferdedung dampfte sogar jetzt noch. Sie warteten, bis die Dämmerung hereinbrach, dann entschlossen sich Hissado und Chasclat, eine Erkundung zu wagen. Die Pferde ließen sie bei Patac und den Frauen zurück. Der Dicke setzte sich vor die Höhle.

Die Wölfin wickelte aus den Tiefen ihrer Gewänder plötzlich das Silberdöschen, das Laurence auf dem Altar des Chevaliers bemerkt hatte. Sie öffnete den Verschluß und ließ ihre Freundin an der dunklen Masse schnuppern. Laurence konnte den Geruch nicht einordnen, er gemahnte sie entfernt an den Bazar von Konstantinopel.

»Das Kraut der Assassinen!« erklärte ihr Loba geheimnisvoll und tat so, als ob sie ihre kostbare Beute gleich wieder verschwinden lassen wollte.

»Wozu ist das gut?« Laurence' Neugierde war geweckt.

»Es macht dich unbesiegbar.« Das gefiel natürlich einer wie Laure-Rouge. »Aber du willst ja nur deine Haut retten und nach Hause zur Mama!« Die Wölfin war enttäuscht von ihrer Kampfgefährtin.

Laurence setzte zögernd den ersten Fuß auf den trügerischen Grund. »Du meinst, wir sollten das Pferd umbringen?«

»Wenn sich die Gelegenheit bietet.«

Auf das ungewisse Angebot konnte sich Laurence einlassen. »Muß man diese Paste einfach runterschlucken«, fragte sie, »oder zerkauen?«

»Das geht beides. Aber die schönste Wirkung entfaltet sich, wenn man sie auf kleiner Glut verbrennt und den Rauch tief einatmet.«

»Hast du Stein und Zunder dabei?« Laurence war jetzt Feuer und Flamme.

Loba nickte bedächtig. »Wir müssen nur allein sein«, gab sie zu bedenken. »Unsere Leibwächter würden es kaum dulden, wenn wir hier ein Feuerchen entzünden.«

Hissado kam zurück, um die beiden Damen abzuholen. Chasclat erwartete sie schon. Er führte sie wieder an die gleiche Stelle in den Klippen, von der aus sie das Zelt auf der Wiese gesehen hatten. Es stand noch am selben Fleck, doch seine Türplane war verschlossen. In der Nähe standen angebunden acht Pferde. Die dazugehörigen Reiter schienen rund um das Zelt in Decken gehüllt am Boden zu schlafen, um die Nachtruhe ihres Herrn zu schützen.

»Es könnte eine Falle sein«, murmelte Laurence.

»Ich sehe zwei Möglichkeiten«, flüsterte Chasclat. »Entweder Ihr wollt für immer verschwinden – dann lassen wir sie besser schlafen.«

Laurence schüttelte energisch den Kopf.

»Oder wir machen sie für immer schlafen, allerdings sollten wir danach besser erst mal verschwinden! Ihr habt die Wahl.«

Die Wölfin ließ Laurence den Vortritt.

»Charles d'Hardouin soll sterben!« entschied Laurence.

Chasclat nickte. »Prägt Euch den Abstieg ein, den Hissado Euch zeigen wird, denn bei Dunkelheit könntet Ihr Steinschlag auslösen. Wenn der Mond hinter den Bäumen versinkt, wird das Käuzchen dreimal rufen. Erst dann begebt Euch zum Zelt hinab. Den Schläfer darin werden wir für Euch aufsparen, so Ihr das wünscht.«

»Gewiß doch!« antwortete Loba, und sie ließen sich von dem Hellhörigen den Ort zeigen, an dem sie auf das Zeichen warten sollten. Er lag mitten zwischen den Felsen der Klippe und schien windwie auch lichtgeschützt, kein Schein konnte nach draußen dringen. Loba kniete nieder und nestelte ihre Utensilien hervor.

Einmal, zweimal, dreimal schrie der unsichtbare Nachtvogel. Laurence hörte es wie durch eine Nebelwand, sie fühlte sich nicht betroffen. Wäre nicht Loba neben ihr gewesen, sie hätte sich nicht gerührt, doch die Wölfin stieß sie an:

»Los, Laure-Rouge, es ist soweit!«

Laurence versuchte sich zu erheben. Ihre Beine waren nicht etwa bleischwer, wie wenn man reichlich Piras genossen hatte, sie schien gar keine Beine mehr zu besitzen. Als sie sich endlich aufgerichtet hatte, stand sie neben sich. Loba nahm die Berauschte bei der Hand, die jetzt leichtfüßig, wie sie meinte, gleich einem Steinbock über die Felsenklippen hinabglitt und -sprang. Die kleine Wölfin hatte ihre liebe Not mit der Übermütigen, die sich mal auf sie stützte wie ein hilfsbedürftiger Greis, mal an ihr zerrte, ärger als ein ungeduldiges Kind.

Endlich fielen sie beide am Fuß der Klippen dem wartenden Patac in die Arme. Der Widerwillen gegen diese Berührung im Dunkeln ernüchterte Laurence soweit, daß sie sich schließlich der selbstgestellten Aufgabe besann. Das Lagerfeuer der Wächter flackerte nur noch schwach. Sie sah das Zelt zum Greifen nah vor sich. Es war ihr, als ob sie durch die im Mondlicht silbrig schimmernde Plane hindurchschauen könnte und dahinter, im schwachen Schein eines Öllämpchens, das Pferd sähe, wie es sich unruhig auf seinem Lager wälzte. Seine hervorquellenden Augen starrten sie angstvoll an.

Laurence riß sich los von dem Bild. »Wer gibt das Zeichen zur Attacke?« fuhr sie unvermittelt Patac an.

Der Dicke wiegelte mit der Hand ab. »Wenn das Käuzchen zweimal schreit«, erklärte er leise, mehr zu Loba gewandt, »greifen allein die Gascoun an. Und Ihr rührt Euch nicht«, mahnte er sie eindringlich, »sondern haltet Euch in Bereitschaft.« Er bemerkte das Glitzern in den Augen von Laurence. »Erst beim letzten Schrei, nur einem, huscht Ihr bis vor den Zelteingang, reißt ihn auf und stürzt Euch auf den Insassen. Fackelt nicht lange!« setzte er noch gutmütig hinzu und entschwand.

Laurence sah, daß Loba ihren Scimitar im Dunkeln blitzen ließ. »Charles gehört mir!« schärfte sie der Freundin nochmals ein und zog ihren Dolch. Vorsichtig prüfte sie die Schärfe der Klinge mit der Daumenkuppe und schnitt sich doch, ohne Schmerz zu empfinden. Mit selten verspürter Erregung leckte sie die Blutstropfen ab.

Loba wurde unruhig. »Laß mich den Eingang freilegen«, schlug sie Laurence vor, »derweil du die Augen schließt, damit du nicht, von der Helle der Zeltplane noch geblendet, blind in das Dunkel stürmst. Stich sofort auf das Bett ein, egal ob er nackt ist oder unter einer Decke liegt, wach oder noch im Schlummer ist.« Sie bemerkte mit Schrecken den glasigen Ausdruck in den Augen ihrer Freundin. »Jedes Zögern – «

»Ich weiß, was ich zu tun habe, Wölfchen!« schnitt Laurence ihr weitere Maßregeln ab.

Das Käuzchen rief zweimal, lang und düster. Im Mondlicht sahen sie die schwarzen Gestalten der Gascoun wie Fledermäuse um das Zelt schwirren, sich zu den Schlafenden herabbeugen; es ging alles so schnell wie der kaum wahrnehmbare Flügelschlag der Blutsauger. Schon zirpte der Schrei des Greifvogels, einmal kurz und schrill. Laurence schnellte vorwärts, aber Loba war noch behender: Sie hatte die Zeltwand schon mit einem raschen Schnitt von oben bis unten aufgetrennt, als Laurence herabstolperte. Loba hielt ihr die zerfetzte Plane auf, so daß die Freundin mit dem Hirschfänger in der Faust gleich bis ins Innere vordringen konnte.

Das Licht des durch den Schlitz plötzlich einfallenden Mondlichtes machte den trauten Schein des Öllämpchens überflüssig, das über dem Lager herabhing. Die dort liegende Gestalt unter verrutschter Decke hatte das weiße Laken über den Kopf gezogen und warf diesen unruhig hin und her. Als seine Arme versuchten, sich von dem Tuch zu befreien, stach Laurence zu – nicht etwa blindwütig, sondern ganz gezielt dorthin, wo das Herz saß. Sie wartete das Ergebnis nicht ab, weder den rasch sich ausbreitenden nassen, dunklen Fleck noch den stöhnenden Laut, den sie sich eher als Aufschrei vorgestellt hatte, noch das erhoffte Erschlaffen der Glieder. Sie riß das scharfe Eisen aus dem weichen Fleisch und versenkte es sofort wieder, diesmal höher – sie suchte den Hals, schon damit das Rucken des Kopfes aufhörte. Der Widerstand, auf den die Klinge traf, schien ihr zu schwach, zu weich. Sie korrigierte ihren Stoß und spürte, wie die Spitze sich in Knöchernes bohrte, und verstärkte den Druck – ein letztes Zucken, das Zappeln der Beine endete.

Jetzt erst, als sie ihre Waffe wieder an sich ziehen wollte, verspürte sie Ekel, fast hätte sie den Knauf fahren lassen – da sprang Loba mit brennender Fackel hinzu und riß auch das Laken von dem Gesicht des Getöteten. Es war nicht Charles d'Hardouin, sondern das mehlig schlaffe Gesicht des Adrien d'Arpajon, das bleich unter dem Tuch zum Vorschein kam. Der Henker ihres Vaters! Seine weit aufgerissenen Augen waren voller Haß auf Laurence gerichtet. Und neben ihm, fast unter seinem wabbeligen Leib, bewegte es sich – Laurence schrie auf in panischem Schrecken: Blutverschmiert wühlte sich das lockige Haupt eines weißblonden Jünglings aus der Umklammerung. Der Knabe wagte aber nicht sich aufzurichten, sondern glotzte verwirrt auf den zerstochenen feisten Hals neben sich. Sein eigenes Blut quoll stoßweise aus der verletzten Schlagader, vermischte sich mit dem seines gemeuchelten Liebhabers.

»Was machst du da?« schrie Laurence ihn an. In sinnloser Wut griff sie in sein Lockenhaar und zerrte seinen Kopf hoch, als könne sie mit einem strengen Blick auf sein töricht erschrockenes Antlitz das Geschehen aufhalten.

Es war Loba, die die Gelegenheit wahrnahm und ihm mit raschem Schnitt ihres Scimitars die Kehle endgültig durchtrennte.

Die Wölfin führte die Blutbesudelte aus dem Zelt. Die Starre war von Laurence gewichen, doch ihr Blick ging ins Leere. Sie fühlte sich zerbrochen, geschrotet und vermanscht: Sie war zur Mörderin geworden. Ihrer Freundin Loba schien dies nichts auszumachen, auch nicht, daß sie nicht einmal den erwischt hatten, auf den sie es

abgesehen hatten. Chasclat drängte zum Aufbruch, Hissado und
Patac holten schon die Pferde. Rechts und links und hinter dem Zelt
lagen paarweise, säuberlich und friedlich, die getöteten Wächter.
Die Gascoun hatten keine sichtbare Blutspur hinterlassen.

DER BETRUG DER FREUNDIN

Laurence de Belgrave
an Roxalba de Cab d'Aret

Roquefixade, im Juli A.D. 1212

*Meiner kleinen Wölfin zum Bedenken, wenn der Druck rastlosen
Handelns ihr dazu Muße und Laune läßt.*

*Es ist nicht die Kette der Ereignisse, die uns jagt, noch die ihrer
Verwicklungen, Verirrungen und jähen Wechsel, sondern wir selbst
sind es, die sich Eisenringe um den Hals legen, sich darin wund-
scheuern und wie wild an ihnen zerren, bis das einsetzende Würgen
uns erkennen läßt, zu spät, daß wir in Ketten geschlagen sind und
es kein Entrinnen mehr gibt. Damit beklage ich keineswegs meine
von Dir trefflich geförderte Initiierung als Gewalttäterin. Töten ist
nichts mehr als der manifestierte Verlust der Unschuld, und die
haben wir alle schon seit Menschengedenken verloren.*

*Die menschlichen Begriffe von Recht und Unrecht sind der Gott-
heit gleichgültig – und wohl auch fremd. Was wir uns hier auf
Erden antun, ist allein unsere Sache, und um die ist es übel bestellt.
Daß ich den Henker meines Vaters tötete, erfüllt mich weder mit
Genugtuung noch mit Reue. Den Hergang der Tat empfinde ich
allerdings nachträglich als beschämend – und unserer Freundschaft
nicht angemessen.*

*Als ich unsere drei Gascoun für ihre Dienste entlohnte, mußte
ich erfahren, daß Ihr mich betrogen habt. Zu dem Zeitpunkt, an
dem das Käuzchen dreimal schrie, waren die sechs Wächter längst
von ihnen erwürgt und der zitternde d'Arpajon, mit seinem Knaben
zusammengeschnürt, ans Bett gefesselt worden. Ich schlachtete*

Gefangene ab. Das mag zwar unter El Bruto so üblich geworden sein, aber einer Belgrave ist es unwürdig, das schulde ich schon dem Andenken meines Vaters.

Wenn der Dos y dos kein doppeltes Spiel gespielt hat und auch der Chevalier kein Verräter ist, bleibt eigentlich nur eine Person, die unseren Weg im voraus kannte. Du hast das alles bewußt in Kauf genommen, die verheerende Wirkung des Assassinenkrauts eingeschlossen, weil Du mich partout als Faidite gebrandmarkt sehen wolltest, verfemt und gehetzt wie Du! Verzweifelte wie Dich richten nur noch Schicksale auf, die noch tragischer, noch bepißter, noch trauriger, noch lächerlicher erscheinen als ihr eigenes.

Oder wolltet ihr Laure-Rouge als Eure Bannerträgerin? Eine rote Blutfahne, die dem Aufstand voranflattert, unter der sich das ganze Land gegen die Unterdrücker erhebt? Ich war zwar dank meiner Naivität – jenem Rest, den ich mir noch erhalten habe – für kurze Zeit von Sinnen, aber ich hab' meinen Verstand nicht verloren. Dem Krieg der resistenza, den Du und Deine Freunde führen, kann zwar kurzfristig noch ›Erfolg‹ beschieden sein – hier eine zurückeroberte Burg, dort ein paar Tote aus dem Norden –, doch Eure Seelen, die so ›rein‹ auch nie waren, werden dabei so schmutzig wie die von El Bruto. Und was macht es dann noch für einen Unterschied, wer über dieses Land herrscht? Die wirklich Reinen, die Katharer, haben Euch den Weg immer wieder gezeigt. Der Sprung ins Feuer rettete ihre unsterbliche Seele, öffnete ihr das Tor zum Paradies!

Ich bin in der Zeit, die ich in Okzitanien verbringen durfte – die wichtigste Zeit meiner Jugend –, nicht zu diesem Grad der Vollkommenheit gelangt, sei es, weil ich mich nie ernsthaft bemühte, sei es, weil ich letztlich ein schwacher Mensch bin und wohl ein oberflächlicher dazu. Mich reizten die Genüsse des Abenteuers stets mehr als Askese und tiefschürfende oder gar transzendente Betrachtungsweisen unseres Erdenwandels.

Meine Zeit hier ist also abgelaufen. Wenn ich Dir mit dieser hochfahrenden Haltung den Abschied von mir leichter mache, tammiel, um so besser, wie man so sagt. Solltest Du mir darob gram sein, tampis pel bous – Dein Pech!

Eine Erfahrung nehme ich mit aus dem Languedoc: »Je mehr Paradies dem Traum innewohnt, desto weniger das Erwachen lohnt!« Wenn Du diese Zeilen liest, mein Wölfchen, werde ich über alle Berge sein. Versuche nicht, mich aufzuhalten. Ich habe die drei Gascoun auch dafür bezahlt, daß sie mich sicher nach Marseille begleiten. Ich werde nach Rom pilgern und dereinst – so steht zu hoffen – würdig sein, die Nachfolge meiner Mutter als Mater superior anzutreten. Meine guten Wünsche bleiben bei Euch. Es lebe die Freiheit Okzitaniens! Für sein Glück ich beten will – »die Blüte war viel zu schön, sie mußt' grad' Neider anzieh'n!« Sei umarmt, Loba, gib auf Dich acht.

Laure-Rouge

IM MAHLSTROM
DES KINDERKREUZZUGES

Chasclat, Patac und Hissado zogen des Weges nach Montpellier. Den vierten im Bunde, ein blasser Bursche, riefen sie *Rou Ross'*, was im Rotwelsch einen recht gemeinen, hinterhältigen und durchtriebenen Kerl anzeigte. Laurence nahm das einfach als Kitzel, wenn sie auch die Anspielung auf ihr rotes Haar normalerweise vermieden hätte. Aber was war an ihrer Lage schon normal? Schließlich trat sie mit diesen Kumpanen nicht nur als Strolch unter Strolchen auf – sie *war* jetzt einer aus dem namenlosen Heer von Vagabunden, Dieben und Galgenvögeln, die durch das verwüstete Land zogen, jeden Augenblick dem Balken mit dem Strick näher als einem Dach überm Kopf. Sie hätte natürlich auch als fahrende Dirne durchgehen können, doch deren Leben war erst recht kein Honiglecken, denen wurden noch weniger Rechte zugebilligt als dem ärgsten schwanzbewehrten Halunken. Da zog sie es vor, beim Pissen im Stehen sich jedesmal die Hosenbeine zu nässen.

Laurence hatte die drei Gascoun erneut im *Quatre Camins* aufgesammelt. Sie waren an Béziers und Narbonne im weiten Bogen vorbeigeritten und hatten damit den engeren Bannkreis von El Bruto ungeschoren hinter sich gebracht, denn Montpellier gehörte von Rechts wegen immer noch dem König von Aragon. Sie hatten gerade den langgezogenen Bergrücken der Gardiole passiert und standen vor der Entscheidung, sich linker Hand der Stadt zuzuwenden oder daran vorbei weiter geradeaus zu ziehen, als hinter ihnen ein Reiter angehetzt kam. Er bemühte sich jedenfalls, das letzte aus seinem Gaul herauszuholen, was gar nicht so einfach war: Vor sich im Sattel hielt er gleich zwei junge Mädchen, die ihn, obgleich mit einem einzigen Gürtel zusammengehalten, anscheinend doch sehr behinderten. Und neben ihm, an der Leine, hechelte noch ein gesatteltes Ersatzpferd.

Auch wenn Crean als vorzüglicher Reiter galt, hatte ihn dieser Ritt doch völlig erschöpft. Er ließ die beiden Mädchen ziemlich unsanft zur Erde gleiten, geradezu purzeln, als er mit letzter Kraft den Gurt öffnete. Es waren eigentlich noch Kinder, die da vor Laurence und ihren Spießgesellen auf den Boden plumpsten und sitzen blieben, ohne zu plärren, nur voller Staunen.

Laurence war sofort abgesprungen, nahm Creans Pferd am Halfter und zog ihn abseits. »Ihr wollt mir doch nicht etwa diese Gören aufhalsen?«

»Laure-Rouge, Ihr glaubt doch wohl nicht, ich jage die ganze Strecke wie der Teufel hinter Euch her, nur um Euch Lebewohl zu sagen?« Noch außer Atem, lachte ihr der junge Ritter ins Gesicht. »Ihr werdet sie mit Euch nach Rom nehmen, denn sie werden Euch auf Eurer Reise behüten –«

Davon wollte Laurence nichts wissen, doch zur Abwehr des Ansinnens fiel ihr nichts ein. Schließlich war sie es ja gewesen, die sich als erste die Bergung von Waisenkindern auf die Fahne geschrieben hatte.

»Woher wißt Ihr überhaupt unseren Weg – vom *Dos y dos*?«

Creans Stimme senkte sich zum Flüstern. »Der Patron der *Quatre Camins* ist tot. Gekreuzigt! Sie haben ihn an die Tür ohne Klinke genagelt – wegen verräterischer Umtriebe – und dann die Taverne in Brand gesteckt.«

Laurence schwieg betroffen, doch einen letzten Versuch unternahm sie noch, mit einem bedauernden Blick auf die beiden Geschöpfe, die immer noch am Boden hockten. Die Ältere kniete, ins Gebet vertieft, die Jüngere lag auf dem Rücken und schaute unbeteiligt die drei Reiter von unten an oder an ihnen vorbei in den blauen Himmel.

»Die können ja nicht einmal reiten!« wandte sie schlau ein, doch auch das focht Crean wenig an:

»Ihr mietet Euch in Montpellier eine Sänfte und begebt Euch als ihre junge Mutter mit ihnen –«

»Vielen Dank, Crean!« fauchte sie ihn an. »Auch die unbefleckte Empfängnis ist mir fremd.«

»Die Mutterschaft kann ich Euch, wenngleich sie Euch zieren tät', ersparen.« Er wechselte den Ton und wurde unvermutet ernst. »Nicht aber die Rolle der Begleitperson.« Er nestelte ein Dokument aus seinem Harnisch. »Walburga, Gräfin von Limburg, Nichte des Priors von Saint-Felix, reist –«

»Sehr verlockend!« unterbrach ihn Laurence und wies die versiegelte Schriftrolle barsch zurück. »Schön, daß der Chevalier den Generationsunterschied zwischen uns anerkennt, aber nicht um den Preis eines so furchtbar teutonischen Namens.«

»Eine Heilige«, gab Crean noch zu bedenken, doch seine Geduld ging zu Ende. »Ihr habt keine Wahl, Frau Gräfin, wenn Ihr lebend dieses Land verlassen wollt.« Er hielt ihr die Rolle hin, und als Laurence zögerte, winkte er das ältere Mädchen zu sich und drückte sie ihm in die Hand. Das Kind küßte andächtig das Siegel und reichte das Dokument an die kleine Schwester weiter, die es in ihr Wams steckte.

Crean wechselte auf das andere Pferd, schenkte den drei Gascoun auch jetzt keinen Blick und preschte die Straße zurück, die er gekommen war.

Sie verließen die Stadt Montpellier. Laurence hatte eine geräumige Sänfte und zwei Tragtiere angemietet, zwischen denen das Gehäuse, mehr aufgehängt als aufgelegt, transportiert werden konnte. Die beiden Maultiere gingen stur mit ihrer Bürde im gemächlichen Trott, auch dann noch, als Laurence zur Entlastung der Kreaturen auf den Rücken ihres Pferdes zurückgekehrt war.

Das neue Reisetempo und die ganzen Umstände schienen den drei Gascoun nicht recht zu behagen. Sie steckten die Köpfe zusammen, dann ließ sich Chasclat an die Seite seiner Herrin zurückfallen. »Unsere Vereinbarung war«, begann er fest, »daß wir Euch sicher nach Marseille begleiten und dort bei Euch bleiben, bis Ihr ein Schiff nach Ostia bestiegen habt. Aber jetzt, mit den beiden Mädchen –«

»Was verlangt Ihr?« brauste Laurence auf. »Mehr Geld? Wie hoch soll der Aufpreis für die Engelchen sein?«

»Engelchen?« unterbrach sie Hissado, der sich nun ebenfalls hinzugesellte. »Es geht uns nicht ums Geld! Sie stinken!«

»Sie stinken schlimmer als Scheiße nach gräßlichem Ärger«, versuchte Chasclat der verdutzten Laurence klarzumachen. Er wurde von weiteren Erläuterungen abgehalten, weil sich plötzlich eine am Wegesrand lagernde Gruppe von Bettelmönchen erhob und ihnen den Weg verstellte.

Die Gascoun waren drauf und dran, mit flachen Schwertern auf die braunen Feldmäuse einzuschlagen, doch Laurence verwies es ihnen. Sie griff zu ihrem Beutel mit kleiner Münze, um den wieselnden Haufen zu zerstreuen. Aber keiner der Kuttenträger achtete ihrer angebotenen Gabe. Sie drängten zur Sänfte, rissen den Vorhang auf und schauten auf die beiden Kinder, die sich in dem schwankenden Gehäuse gegenübersaßen.

Ihr Anblick ließ die Mönche beglückt verstummen. Sie gaben den Maultieren sogleich den Weg wieder frei, klaubten dann doch die von Laurence verstreuten Münzen aus dem Staub und verneigten sich ehrfürchtig vor der vorüberziehenden Sänfte und ihren Hütern. Dann sprangen sie von der Straße und verschwanden in den Büschen. Sprachlos schaute Laurence ihnen nach.

»›Engel‹ ist gar nicht so falsch!« nahm Chasclat den Disput wieder auf. »Nur waren das keine Armen Brüder, denn die nehmen niemals bare Münze als Almosen. Bei strengster Ordensstrafe!«

»Wer waren sie dann?« fragte Laurence, immer noch ungläubig.

»Besser, Laure-Rouge«, zischte Hissado, »wir wüßten, wer die beiden Euch so harmlos erscheinenden Weibsbilder sind!«

»Und was in dem versiegelten Schriftstück steht.« Chasclat versuchte seinen hitzigen Kumpan zu dämpfen. »An wen ist es überhaupt gerichtet?«

Laurence ließ also anhalten, übergab ihr Pferd dem Nachzügler Patac und stieg in die Sänfte. Das ältere Mädchen war schon wieder ins Gebet versunken, was sie nicht hinderte, die Besucherin mit unverhohlener Neugier zu betrachten; das jüngere dagegen nahm von Laurence' Erscheinen nicht die geringste Notiz. Irgendwelche Anzeichen von Aufregung oder gar Furcht waren bei beiden nicht auszumachen.

»Ihr bringt uns also zum Heiligen Vater«, sagte die wohl zwölf-, höchstens vierzehnjährige Dunkelhaarige in einem Ton, als sei sie die ›Schmerzensreiche‹ in Person und Leiden ihr höchstes Glück. Das störte Laurence ungemein, außerdem schwang da noch eine ungehörige Portion Mißtrauen mit, als sei eine Laure-Rouge vielleicht nicht die geeignete Person, ihr diesen Herzenswunsch zu erfüllen.

»Wie heißt ihr eigentlich?« Laurence beschloß, der Sache auf den Grund zu gehen. »Gib mir mal das Schreiben!« forderte sie die jüngere Schwester auf, doch die sah sie mit ihren graublauen Augen an, als würde sie durch die Fragerin hindurchschauen.

»Du wolltest doch den Brief nicht haben«, erwiderte sie dann seelenruhig, ohne die geringsten Anstalten zu machen, die versiegelte Schriftrolle herauszurücken. »Und uns auch nicht«, setzte sie trocken hinzu. Die Kleine war weißblond und eher von normannischem Typus. Nur in der Weichheit ihrer Gesichter glichen sich die Schwestern – so sie denn welche waren.

»Ihr könnt mich Asmodis nennen«, antwortete die Ältere endlich, »und meine Schwester ist auf den Namen Gezirah getauft.«

Die Angesprochene hatte die verknitterte Rolle inzwischen doch aus ihrem dunkelblauen Samtmieder genestelt. »Willst du wissen, was darin geschrieben steht?« Es war nicht einmal ein Frage, geschweige denn ein Angebot.

»Gezirah kann durch verschlossene Türen lesen«, tat Asmodis kund. »Sie weiß immer im voraus, was – «

»Mich interessiert vor allem«, unterbrach Laurence sie barsch, »woher ihr kommt und warum ich euch – « Sie verschluckte den

Vorwurf der Lästigkeit. Wahrscheinlich konnten die Engelchen ja nichts dafür.

»Wir kommen von der Großmutter«, erläuterte Asmodis bereitwillig, »dann kam der Ritter Raoul – «

»Der heißt jetzt Crean«, korrigierte Gezirah.

»– und fragte uns, ob wir den Heiligen Vater von Angesicht zu Angesicht – «

»Werden wir aber nicht!« konstatierte die Jüngere, nicht etwa aufsässig, eher nachsichtig mit dem religiösen Eifer ihrer älteren Schwester, als handele es sich um dummen Wunderglauben, über den eine Wissende wie sie erhaben war.

»Und was sagte eure Großmutter?« stocherte Laurence weiter in Asmodis, der weitaus ergiebigeren Quelle.

»Nichts«, antwortete statt ihrer Gezirah. »Wir haben sie nicht gefragt.«

»Was?« entfuhr es Laurence. »Ihr seid von zu Hause fortgelaufen, weil –?«

»Wir wollen den Heiligen Vater dringlich ermahnen«, Asmodis verfiel sogleich in einen schwärmerischen Ton, »endlich etwas für die Befreiung des himmlischen Jerusalem von den Heiden zu unternehmen, sonst – «

»Nicht wir«, stellte Gezirah mit Nachdruck fest, »*dich* dürstet nach der löblichen Tat, weil du dich bei Maria einschmeicheln willst.«

Die harschen Worte der Kleinen – Gezirah war höchstens sieben, acht Jahre alt – brachten Asmodis den Tränen nahe. Ihr spitzer Finger deutete auf die Schwester. »*Sie* hat unsere heimliche Reise mit dem Ritter verabredet und auch alles vorbereitet. Sie ganz allein, hinter dem Rücken der – «

»Weil du vor Angst gepinkelt hast, Asmodis«, bestrafte Gezirah ungerührt die Petze. »Du sehnst dich nach dem Herrn Jesus als Bräutigam, aber er kommt nicht zu dir, also muß ich dafür sorgen, daß – « Gezirah unterbrach ihre Anklage abrupt, wurde ganz blaß und schloß die Augen.

»Was hat sie?« fragte Laurence besorgt.

»Ihre Visionen!« beeilte sich Asmodis zu erklären, die durch

Gezirah erlittene Unbill sofort zurückstellend. »Bitte stört sie nicht! Sie sieht etwas, das wir nicht sehen – und es ist doch immer wahr.« Sie schien richtig stolz auf die seherischen Fähigkeiten ihrer Schwester, ein Vorgang, der Laurence eher als Ohnmacht mangels Blut im Hirn erschien.

Sie rief Patac herbei und ließ sich ein Tüchlein mit frischem Wasser bringen. »Wo sind wir inzwischen?« fragte sie ihn.

»Wir nähern uns der Camargue und sollten nach einer Herberge Ausschau halten.«

Laurence gab nickend ihr Einverständnis, denn Gezirah schlug jetzt wieder die graublauen Augen auf. Laurence nahm die Gelegenheit beim Schopf, sie kühlte dem Mädchen die noch blasse Stirn, was Gezirah auch mit sich geschehen ließ. »Was besagt also das Schreiben an den Papst?« wollte sie nun endlich wissen.

Das blonde Mädchen ging nicht darauf ein. »Ich habe das Meer gesehen«, gab Gezirah fast tonlos von sich. »Ein breiter Fluß von Kindern, alles Kinder! Sie strömten durch die Straßen, sie sangen voller Inbrunst ›Freue dich, Jerusalem, jubiliere Tochter Zions‹, ein zappelnder Heuschreckenschwarm, ein lebender Teppich von hastig kriechenden, bunten Raupen – alle wälzten sich in Richtung Meer.«

»Ja!« feuerte Laurence sie an. »Weiter!« Hatte sie zuvor die visionären Gaben des Mädchens als Humbug abgetan, war sie jetzt doch neugierig geworden.

»Wir, unsere Sänfte, schwammen in diesem Brei aus Tausenden von Kindern. Wir waren mitten drin, wurden mit fortgerissen – Gezirah, Asmodis –«

»Und ich«, fragte Laurence beklommen. »War ich auch dabei?«

»Anfangs ja«, kam der unerbittliche Bescheid aus Kindermund. »Euer Kopf tauchte immer wieder mal hinter Asmodis auf, Ihr wolltet sie halten –«

»Und dann?«

»Irgendwann wart Ihr verschwunden. Jetzt weiß ich's: Ihr habt Schiffbruch erlitten!«

»Bin ich ertrunken?« Laurence war bestürzt.

»Nein«, sagte Gezirah. »Ihr werdet gerettet. Aber sonst niemand.«

»Du hast schlecht geträumt, Gezirah«, tröstete Laurence mehr sich als das kleine Mädchen, das solchen Zuspruchs nicht bedurfte.

Die Kleine schickte Laurence einen Blick aus ihren graublauen Augen, vor Ärger wechselten sie ins Dunkle. Die Sänfte hielt an. Ein Glöcklein schlug an zum Angelus-Läuten. Es war eine Klosterherberge.

Am nächsten Morgen drängten sich wieder viele Mönche um die Sänfte mit den Mädchen, jedenfalls glaubte Laurence eine ungewöhnliche Anteilnahme deutlich zu verspüren. Dabei handelte es sich diesmal um wohlhabende Benediktiner mit roten Bäckchen und kleinen Bäuchen. Der Wein des Klosters hatte auch den Gästen vorzüglich gemundet. Laurence hatte noch mit den drei Gascoun zusammengesessen und fleißig mit gebechert, denn sie wollte die Bilder, die ihr Gezirah ins Hirn geblasen hatte, unbedingt wieder loswerden.

»Habt Ihr in Erfahrung bringen können, Laure-Rouge«, fragte Chasclat behutsam nach, als er die Herrin mit sorgenumwölkter Stirn sah, »was es nun mit dem Schreiben und den Kindern auf sich hat?«

»Die beiden Ausreißerinnen heißen Asmodis und Gezirah, kennen weder Vater noch Mutter, lebten friedlich und anscheinend von jeglicher Unbill des Krieges verschont bei ihrer Großmutter –«

»Und warum liefen sie dann fort?« fragte Patac folgerichtig.

»Ein Ritter kam –«

»Crean de Bourivan«, ergänzte Chasclat, »den kennen wir von *Quatre Camins*.«

Laurence biß sich auf die Zunge und verschwieg, was dort inzwischen geschehen war. Die Nachricht vom gewaltsamen Ende des *Dos y dos* hätte sie vielleicht zur Aufkündigung des Dienstes und zur sofortigen Umkehr bewegt.

»Ja«, sagte sie nachdenklich, »er köderte die Mädchen mit einer Einladung zum Papst in Rom.«

»Steht das in dem Brief?« faßte Hissado argwöhnisch nach.

»Es handelt sich um ein Empfehlungsschreiben« gab Laurence vor, obwohl sie das Schreiben bisher nicht gelesen hatte.

»Klingt eher nach Entführung«, stellte Chasclat fest.

»Ich sagte doch, die Sache stinkt«, fuhr Hissado aufgebracht dazwischen. »Wahrscheinlich läßt die Großmutter längst nach ihnen fahnden!«

»Unsinn«, beschwichtigte ihn Laurence. »Ich dachte bis jetzt, drei Gascoun fürchten sich nicht einmal vor der Großmutter des Teufels!« versuchte sie zu scherzen, dabei war ihr selbst höchst unbehaglich zumute. »Doch wenn Ihr mir den Dienst aufkündigen wollt, werde ich die Reise eben allein fortsetzen.«

»Chasclat, Hissado und Patac fürchten weder Tod noch Teufel, höchstens Euren Unmut, Laure-Rouge!« rief Chasclat, und sie hoben ihre Becher und tranken ihr zu.

So hatten sie also die Klosterherberge in der Camargue bald wieder hinter sich gelassen. Patac, der hinter der Sänfte an der Seite von Laurence ritt, versuchte ihr das seltsame Interesse der Mönche an der Reise der beiden Mädchen zu erklären. Die als gewinnsüchtig bekannten Benediktiner hatten nicht nur für Nachtlager, Speis' und Trank samt reichlich Futter für die Tiere rein gar nichts berechnet, sondern ihnen auch noch Proviant für mindestens zwei Tage in die Sänfte gepackt, ein Fäßlein des guten Weines dazu. »Die gehören zur Abtei von Saint-Gilles«, erläuterte der rundliche Gascoun. »Das aber ist die Wiege der Grafen von Toulouse. Hier stehen alle auf der Seite der Kirche. Wenn jemand dennoch die Partei des vom Montfort bedrängten Herrn Raimond ergreift –«

»Heißt das also«, sagte Laurence und erschrak bei dem Gedanken, »daß die beiden Mädchen aus der gräflichen Familie –?«

»Unsinn«, beruhigte sie Patac. »Warum sollte ausgerechnet Herr Raimond sein eigen' Fleisch und Blut seinem ärgsten Widersacher, dem Antichristen Innozenz, ins blutige Maul schieben?«

Sie näherten sich der Stadt Arles. Asmodis lehnte sich aus der Sänfte und winkte aufgeregt Laurence zu sich. »Sie ist so seltsam!« flüsterte sie und wies auf ihre Schwester, die sich am Boden der Sänfte wälzte und mit geschlossenen Augen furchtbar stöhnte. »Kommt herein!« bat die verstörte Asmodis, und Laurence tat ihr den Gefallen.

In diese Sänfte stieg man von hinten ein, zwischen den Flanken der Maultiere. Wer den Eingang benutzen wollte, mußte nur achtgeben, daß die Tiere nicht gerade störrisch ausschlugen. Vorne befand sich ebenfalls eine Öffnung, eher ein mit Vorhang verschließbares Fenster, durch das man die Tiere lenken konnte. Eine kurze Deichsel erleichterte die Führung des Gespanns, verhinderte aber auch, daß die Mulos sich verbissen. Mit schnellem Blick stellte Laurence befriedigt fest, daß sie in diesem Moment die große Brücke erreichten, von der die Rhône hier überspannt wurde. Sie entrichtete den Wegezoll und zog den Vorhang hinter sich zu.

Kaum hatte Laurence in der Sänfte Platz genommen, beruhigte sich das kleine blonde Mädchen, schlug die Augen auf und lächelte wie ein Engelchen.

»Bleib ganz ruhig, Gezirah!« Ihre ältere Schwester versuchte ihr Trost zu spenden. »Du siehst, die Dame bringt uns nach Rom zum Thron des Heiligen Vaters, der dort regiert, umgeben von seinen himmlischen Heerscharen –«

»Asmodis, bist du taub?« fuhr die immer noch am Boden liegende Gezirah sie an, und aus ihren graublauen Augen sprühten Blitze der Empörung über soviel Einfalt. »Hörst du sie denn nicht?« Sie preßte ihr Ohr an den Bretterboden der Sänfte. »Sie kommen!« flüsterte sie erregt. »Sie kommen zu Tausenden!«

»Das macht nichts, Gezirah. Ich werde für dich beten«, rief Asmodis und rutschte auf den Knien neben ihre Schwester. »Tausend Teufel können uns nichts anhaben«, betete sie laut, die gefalteten Hände zum mit Tuch ausgeschlagenen Himmel der Sänfte erhoben. »Denn wir reisen im Schutz des Herrn und aller seiner Heiligen!«

»Du bist blöd!« fauchte Gezirah und riß den hinteren Vorhang so heftig zur Seite, daß die Plane herabhing. »Siehst du jetzt?«

Laurence starrte aus der Öffnung auf die Straße. Sie mußten inzwischen wohl mitten in der Stadt angekommen sein, denn rechts und links erhoben sich mehrstöckige, prächtige Häuser aus Stein, mit Balkonen, auf denen sich Menschen drängten. Auch an den Marktständen standen Händler und Kunden und glotzten aufgeregt alle in eine Richtung.

Patac schloß zur Sänfte auf. »Wir werden da nicht durchkommen«, rief er besorgt seiner Herrin zu und wies nach vorn.

Laurence wandte sich um und lüpfte den vorderen Vorhang. Auf der Straßenkreuzung vor ihnen strömten Hunderte von Kindern. Sie sangen, sie kreischten, sie beteten laut und schrien »Hierosolyma! Hierosolyma!« und andere unverständliche Worte in ständiger Wiederholung. Sie rannten und wankten, torkelten und sprangen vorwärts – alle gen Süden, dem Meer entgegen. Tausende von Kindern schoben, schubsten und drängelten, wenn eines hinfiel, mußte es auf der Hut sein, von den nachfolgenden nicht zertrampelt zu werden. Viele standen nicht mehr auf, blieben liegen, erschöpft, verhungert, am Rand der Straße.

Laurence befahl Patac, die Sänfte zu wenden, denn die beiden Gascoun der Vorhut waren schon in der brodelnden Masse eingekeilt. Doch als es dem Dicken gelungen war, die Mulos am Halfter herumzuzerren, sah Laurence, daß auch der Rückweg inzwischen versperrt war: Von überall hasteten Kinder an ihnen vorbei, die keinen Blick für die Sänfte hatten, besessen nur von einem gemeinsamen Ziel, das es unbedingt zu erreichen galt.

Stella maris, succurre cadenti,
surger qui curat, populo –

Ein Meer von Köpfen, Jungen und Mädchen wild durcheinander, es brodelte, die Sänfte schwankte, mitgerissen im Sog der strömenden Kinder – Laurence fiel das Bild ein, das Gezirah wie im Fiebertraum ausgemalt hatte, diese unglaubliche Schreckensvision war also wahr geworden. Sie schaute zu den beiden so ungleichen Schwestern.

Tu quae genuisti, Natura mirante,
tuum sanctum Genitorem.

Asmodis starrte entsetzt auf das Geschehen und betete laut jammernd um Errettung. Doch die kleine Gezirah räkelte sich am Boden wie eine rollige Katze, und ihre Augen strahlten vor Triumph.

Alma redemptoris mater,
quae pervica caeli porta manes.

Begeistert trommelte sie mit ihren Fäusten auf den Boden, sie schlug den Takt zu der Marienhymne, die draußen von tausend jugendlich hellen Stimmen angestimmt wurde, schrill und dissonant. Engelchen? dachte Laurence an die Worte der Gascoun. Die Hölle hatte sich aufgetan! *Peccatorum miserere.*

Wie eine Insel in der kochenden See bot sich vor ihnen die römische Arena zur Rettung an. Patac begriff die Intuition seiner Herrin, auch ohne daß ihre Stimme bis zu ihm drang. Hissado und Chasclat hatten sich wieder zur Sänfte durchgekämpft und prügelten ihr den Weg in die Arena frei. Doch auch hier, inmitten des durch Bogengänge umfriedeten Ovals, gab es kein Entkommen: Längst waren die Kinder in die geschützte Oase eingedrungen und zogen ruhelos im Kreis, betend und singend, während sich im Schatten der Bögen und eingestürzten Treppenaufgänge diejenigen niederlegten, die wußten, daß sie es weiter nicht mehr schaffen würden.

Die Sänfte wurde von den Exaltierten und ins Zwiegespräch mit dem Heiland Vertieften, den glühenden Eiferern und den aufgeregten Frommen nur insoweit wahrgenommen, als sie den Fremdkörper ins Zentrum abdrängten, ihn vereinnahmend umkreisten, wie des Meeres Wellen das Sandkorn in der Muschel umspülen – ohne jede Gewißheit, schoß es Laurence durch den Kopf, daß es je zur schimmernden Perle gedeiht. Doch durch den sich immer hektischer drehenden Mahlstrom entstand ein Strudel, der immer mehr von draußen anzog. Das Gedränge drohte die Mauern, die über tausend Jahre Wind und Wetter, Christen wie Löwen standgehalten hatten, zum Bersten zu bringen. Auch die Maultiere wurden von der Bewegung erfaßt und begannen sich samt der Sänfte mit der Menge zu drehen und zu kreisen.

Laurence fühlte sich wie im Magen eines tanzenden Derwischs, ihr wurde schwindelig. Asmodis klammerte sich angstvoll an Laurence, nur Gezirah schien der Wirbel nicht das Geringste auszumachen. Sie labte sich an der steigenden Ekstase wie eine Bacchantin am schweren Wein.

»Du wolltest doch wissen, was in dem Brief geschrieben steht?« Lachend hielt sie Laurence die versiegelte Pergamentrolle hin. Doch als diese danach griff, verweigerte sie neckend die Übergabe und rutschte, wie von der schlingernden Drehbewegung der Sänfte angesteckt, über den Boden bis zur offenen Tür. Unter dem Aufprall glitt ihr das Schriftstück aus der Hand und fiel aus der Sänfte zu Boden, zwischen die stampfenden Hufe der Mulos.

Laurence war klar, daß der liebe blonde Engel gerade dies Malheur bezweckt hatte, nur um sie zu ärgern. Wie der Blitz war sie an der Hintertür und sprang todesmutig zwischen die Kruppen der aufgeregten Tiere. Es war nicht einfach, an die Pergamentrolle zu gelangen, denn das Gespann hielt keineswegs still, und immer wieder, wenn Laurence gerade ungeachtet der schlagenden Hufe ihre Hand danach ausstreckte, erhielt die Rolle einen Tritt und schlitterte über den Sand außer Reichweite.

Die drei Gascoun taten so, als hätten sie den Vorfall und das verzweifelte Bemühen ihrer Herrin nicht bemerkt. Schließlich fiel Patac den Mulos in die Zügel und brachte das Karussell kurz zum Stehen. Laurence klaubte die zerknitterte Rolle aus dem Staub. Sie versuchte noch das Siegel zu entziffern, während sie die kurze Trittleiter zur Sänfte erklomm –

Die beiden Mädchen waren entschwunden! Sie hatten den Weg durch das vordere Fenster gewählt, über die Deichsel. Laurence richtete sich zornig auf und blickte über die sie wogend umkreisenden Köpfe. Sie brauchte nicht lange, um den Blondschopf von Gezirah zu entdecken, der sich quer durch die schiebende Menge einen Weg bahnte. Ohne den sie abwartend musternden drei Gascoun einen Blick zu schenken, stürzte sie sich wutentbrannt in das Gewühl und ruderte in die Richtung, wo sie die Gesuchte geortet hatte.

Immer wieder tauchte blondes Haar irgendwo auf, doch wenn sie sich endlich herangearbeitet hatte, verbargen sich darunter ganz andere, fremde, abweisende Gesichter.

Dann glaubte Laurence wenigstens Asmodis erspäht zu haben, die anscheinend ebenfalls hinter der Ausreißerin her war. Doch auch ihr Kopf ging sofort wieder unter in dem lebenden Mahlstrom, der Laurence längst aus der Arena gezerrt, in sich aufgesogen und mit sich gerissen hatte in das sich über alle Widerstände und Hindernisse hinwegwälzende Heer der Kinder. Viele trugen Kreuze auf die Brust geheftet, und nur ein Wort waberte über dem gewaltigen Strom: »Jerusalem! Jerusalem!« brandete immer wieder in spitzen Schreien als Anfeuerung auf, toste unter Beifall über die Köpfe hinweg, schwoll längst schon wieder irgendwo aufs neue an, bevor die vorangegangene Begeisterungswelle verebbt war: »Jerusalem! Jerusalem! Tochter Zions! Freue dich, oh, freue dich!«

Gepanzerte Pferdeleiber bahnten sich ihren Weg durch die Menge und drängten Laurence von der weiteren Verfolgung ab. Templer! Sie mußte nicht einmal aufschauen zu den bärtigen Gesichtern, um zu wissen, daß es Gavin war, der sie von seinen Leuten in die Zange nehmen ließ, wie man ein Kalb aus der Herde abtrennt, um es zu brandmarken.

»Helft mir lieber, zwei Mädchen einzufangen!« rief Laurence ihm statt eines Grußes erbost zu. »Oder laßt mich – «

Der junge Tempelritter besaß wenigstens die Höflichkeit abzusteigen, während seine Sergeanten ihre Beute von oben herab betrachteten, als sei sie tatsächlich ein seltenes Tier, das ihnen da ins Netz gegangen war. »Seid froh, Laure-Rouge«, sagte Gavin leise, »daß Ihr sie los seid.«

»Über meinen Frohsinn sollt Ihr nicht auch noch entscheiden, Gavin. Die Kinder wurden mir anvertraut, also bringe ich sie ans Ziel!«

»Oder Euch an den Galgen!« Der Templer senkte nochmals seine Stimme. »Ihr seid nicht recht bei Trost, Laurence. Die Franzosen fahnden nach Euch als berüchtigte Faidite, der Kirche seid Ihr reif für den Scheiterhaufen, und da laßt Ihr Euch noch einen Kindsraub anhängen!«

»Wie das?« empörte sich Laurence. »Nie würde Crean – «

»Doch!« unterbrach sie der Templer kurz und bündig. »Er gehört der schwarzen Bruderschaft an, die sich gegen die Confrérie blanche des Bischofs Foulques stellt. Sie nennen sich ›Diener der Rose‹ oder meinetwegen auch ›Prieuré de Sion‹. Jedenfalls ist es die Partei, die den Grafen Raimond von Toulouse bedingungslos unterstützt.«

»Was haben Asmodis und Gezirah damit zu tun, die bei ihrer Großmutter –?«

»Bastarde!« schnitt ihr Gavin den Einwand schroff ab.

Laurence fuchtelte mit der ramponierten Schriftrolle herum, der Templer streckte auffordernd seine Hand aus, und sie überließ sie ihm. »Beides natürliche Töchter des Grafen aus morganatischer Ehe. Das ist auch der Grund, aus dem man sie dem Papst in Rom als Geiseln überstellen will – damit er Raimond vom Kirchenbann löst und seine blutrünstigen Legaten zurückpfeift.«

»Genau diese wildgewordenen Vampire wollen Toulouse dem Montfort in die Hände spielen!« bestätigte ihn Laurence aufgebracht.

Der Templer betrachtete die Schriftrolle, besonders ihr immer noch intaktes Siegel nur kurz, dann steckte er sie ein. Laurence wollte protestieren. »Der Papst täte gut daran –«

Gavin schenkte ihr nur einen mitleidigen Blick. »Um zu verhindern, daß Seine Heiligkeit Innozenz derart Gutes tut, wird seitens der Krone, seitens der Bischöfe sowie gewisser Kreise innerhalb der Kurie und gewiß nicht zuletzt seitens des Montfort *alles* getan, damit der Papst gar nicht erst in Versuchung gerät, indem er überhaupt nichts von den unfreiwilligen Geiseln erfährt, kein Sterbenswörtchen!« Der Templer schlug sich, seine Worte unterstreichend, an seine Brust, an der er das Dokument in sicherer Verwahrung wußte. »Raimond weiß übrigens auch nichts von diesem völlig ungeeigneten, verzweifelten Versuch seiner Anhänger.«

»Dann muß ich erst recht die Kinder schleunigst finden und sie warnen!«

»Laurence de Belgrave«, entgegnete der Templer scharf, »manchmal redet Ihr selbst wie ein Kind! Nur die Tatsache, daß die beiden Eurer Fürsorge entkommen sind, rettet ihnen – vielleicht – das junge Leben! Vergeßt sie und denkt jetzt nur noch an den dringlichen Erhalt Eures eigenen!« Er schwang sich mit umwölkter Stirn wieder auf sein Pferd und wandte sich nochmals an Laurence. »Oder bildet Ihr Euch ein, Eure Reise sei unbemerkt geblieben? Die Häscher sind Euch dicht auf den Fersen!« Er hielt ihr auffordernd die Hand hin. »Steigt auf, damit wir Euch erst mal hier rausbringen.

Nur wenn Ihr die Grenze zum deutschen Königreich Arelat erreicht, könnt Ihr Euch wieder sicher fühlen.«

Laurence ergriff die dargebotene Hand nicht. »Schon Arles gehört genausowenig noch zu Frankreich wie Marseille. Hier hat die Macht von El Bruto ein Ende!«

»Laurence«, beschwor Gavin sie erbost, »zwingt mich nicht, Gewalt anzuwenden gegen soviel Blödheit!« Er griff nach ihr, doch sie wich aus, duckte sich weg und entwischte zwischen den Pferdeleibern. Sie warf sich in die Menge der abziehenden Kinder. Es waren immer noch Hunderte, auch wenn sich die Reihen der Nachzügler gelichtet hatten.

Gavin schüttelte sein Haupt und hielt seine Leute davon ab, sie nochmals einzufangen. »Laure-Rouge!« Er ärgerte sich maßlos. »Solange die ihr rotes Haar auf dem Schädel hat, glaubt sie, ihn durchsetzen zu müssen! Che Diaus la bensigna!« setzte er laut hinzu und befahl den Abzug.

Laurence hielt sich erst mal bedeckt, doch als sie feststellte, daß sie nicht verfolgt wurde, begann sie erneut, Ausschau nach Asmodis und Gezirah zu halten. Die Befürchtungen des Templers schienen ihr reichlich übertrieben. Von den beiden Mädchen war natürlich keine Spur mehr zu entdecken, dafür hatte sie sich viel zu lange von Gavin aufhalten lassen. Von den Kindern, die neben ihr schritten, hörte Laurence, daß ihr Zug Marseille als Ziel auserkoren habe, weil sich dort das Meer teilen werde und sie alle trockenen Fußes bis nach Jerusalem wandern könnten. Laurence bedachte sich, daß in der Sänfte zu reisen sicher bequemer sei – und auch schneller! So könnte sie die beiden Ausreißerinnen vielleicht doch noch einholen oder zumindest in Marseille wieder einsammeln.

Laurence drehte also vor dem Verlassen der Mauern kurz entschlossen um, denn es stand zu befürchten, daß die Tore von Arles nach der überfallartigen Heimsuchung durch diesen ›Kinderkreuzzug‹, für einige Zeit fest verschlossen bleiben würden. Sie bahnte sich ihren Weg zurück zur Arena, wo sie ihre Gascoun samt der Sänfte noch vorzufinden hoffte. Das Rund lag jetzt wieder völlig still in der stechend heißen Mittagssonne – auch ihre Sänfte stand noch immer in seiner Mitte am gleichen Platz. Laurence dauerten die beiden Maultiere. Es hätte den Gascoun, die sich offensichtlich in den Schatten oder in die nächste kühle Taverne verzogen hatten, nicht schlecht angestanden, wenn sie ebenfalls an die armen Tiere gedacht hätten.

Erschöpft schleppte sie sich zu ihrem Gespann, wobei sie sich nochmals nach Chasclat, Hissado und Patac umschaute, doch die zeigten sich auch jetzt nicht. Laurence bestieg den Tritt zur Sänfte und schlug den Vorhang zur Seite.

»Willkommen, Laurence de Belgrave«, sagte Roald of Wendower. Daß es wenig freundlich klang, mochte auch daran liegen, daß der Inquisitor lange in der Mittagsglut ausgeharrt haben mußte. Er war schweißgebadet.

Laurence fröstelte. Sie schaute langsam hinter sich. Von den drei Gascoun keine Spur. Aus dem Schatten der Torbögen traten ringsherum französische Soldaten, zu erkennen an der Oriflamme, der güldenen Lilie auf blauem Wams. Jeder zweite von ihnen war mit einer gespannten Armbrust bewaffnet.

Roald of Wendower wischte sich mit einem Tuch den Schweiß aus dem Gesicht. Seine Augen glänzten fiebrig vor Verlangen, seine fleischigen Lippen zuckten in mühsam gezügelter Begierde. »Ihr ließet mich lange auf Euch warten, Laure-Rouge.« Auch das klang weniger nach Vorwurf als nach endlichem Erreichen eines verbissen verfolgten Ziels.

Laurence ließ sich auf die Bank fallen und schloß die Augen.

NOUN TOUCA! DIABLOU LANGEIROUSO

Laurence stand in dem sonnendurchglühten, schattenlosen Rund der Arena von Arles. Im grellen Licht, der flirrenden Hitze des Sommers in der Provence ausgesetzt, mußte sie stundenlang stehen, an Händen und Füßen gebunden, so daß sie höchstens kleine Bewegungen ausführen konnte. Sie durfte zusehen, wie der schwitzende Inquisitor ihre Sänfte zerlegen ließ, um aus den Brettern nach seinen peniblen Angaben eine Transportkiste herzustellen, die gleichzeitig als Folterinstrument und als Schaukäfig dienen sollte. Der Boden wurde schmäler und kürzer bemessen, gerade so lang, daß die Ketzerin ihre Beine ausstrecken konnte, wenn sie dafür ihren Oberkörper aufrichtete. Dort, wo sich zwangsläufig ihr Gesäß befinden würde, wurden zwei grob behauene Fichtenstämme mit spitzen Aststummeln knapp ein Fuß hoch über dem Boden eingezogen, auf oder zwischen denen sitzend sie ihre Position leicht verändern mochte, wenn sie der Hintern allzusehr schmerzte.

Der schlimmste Schlag für Laurence kam jedoch erst jetzt, als genau darunter ein handtellergroßes Loch gesägt wurde. Sie sollte also nicht einmal für die Verrichtung ihrer Notdurft das Gehäuse verlassen dürfen, sondern ihre Exkremente zur Belustigung für jedermann unter sich lassen. Die Scham über diese Erkenntnis fuhr Laure-Rouge peinsam ins Gedärm, aber sie bezwang wütend die Schwäche, um den Schweinepriester nicht *coram publico* mit ihrem Dünnpfiff zu erfreuen.

Alsdann durfte sie probehalber in der Kiste Platz nehmen. Die Peiniger stülpten ihr den Deckel über, der ebenfalls eine Öffnung aufwies, allerdings größer, denn der Schädel mußte locker hindurchgehen. Ihr rotes Haar sollte wohl möglichst reichlich und oft oben herausschauen, denn Laurence stellte fest, daß sie den Kopf zwar einziehen konnte, sich dann aber drinnen arg zusammenkrümmen mußte, eine Stellung, die nicht lange auszuhalten war. Außerdem wurde ihr klar, daß sie gut daran täte, die Nase an die frische Luft zu stecken, denn dort drinnen würde aller nicht zielgenau durch das Scheißloch hinausbeförderte Kot ihr bald die Hölle bereiten.

Zu diesem Zeitpunkt wußte Laurence noch nicht, wohin ihr Peiniger sie verschleppen wollte. Es sollte wohl auf eine längere Reise gehen, sonst hätten die umständlichen Vorbereitungen wenig Sinn gemacht.

Es war einmal wieder Gavin Montbard de Béthune, der zwar nichts zu ihrer Rettung beitragen konnte – oder wollte –, aber immerhin für Klarheit betreffend des Reiseziels sorgte. Er kam mit seinen Rittern zurück in die Arena, wohl weil er in den Straßen von Arles gehört hatte, daß dort ein rothaariges Weibsstück für die letzte Fahrt vorbereitet wurde. Der Mistkerl schenkte seiner Freundin, vielmehr ihrem aus der Kiste ragenden Kopf, keinen Blick, sondern beglückwünschte Roald of Wendower zu seinem »gottgefälligen Werk«, dem Fang der berüchtigten Laure-Rouge.

»Das Autodafé der Ketzerin«, verkündete der Inquisitor stolz, »wird unterhalb der Mauern von Toulouse stattfinden, damit der Geruch des versengten Rothaars und verbrannten Fleisches dem Grafen so richtig in die Nase steigt.«

Auch das schien der junge Ritter des Tempels sehr löblich zu finden. »Ein angenehmer Gedanke«, ließ er den eifrigen Häscher der Kirche wissen. »Nur solltet Ihr zu Eurem eigenen Wohl bedenken, Roald of Wendower, daß Ihr Euch hier nicht auf Boden befindet, den der Euch gewogene Simon de Montfort als sein eigen betrachten kann, sondern in einem Stück Land, das zwischen dem König von Frankreich und dem der Deutschen strittig ist.« Er ließ das so wohlwollend, fast freundschaftlich Gesagte erst einmal seine Wirkung entfalten, bevor er fortfuhr: »König Philipp II Augustus würde es gerade dieser Tage ungern sehen, wenn ein noch so hochstehender päpstlicher Legatus, wie Ihr es seid, Roald of Wendower«, schmeichelte er ihm erst, um ihm dann die Ohrfeige zu versetzen, »in seinem Territorium räubert – als sei Seine Majestät selbst zu schwach, für Gottes gerechte Ordnung zu sorgen, ja, als sei der König von Frankreich in der Provence nicht Herr der Lage!«

Die behauptete Tragweite seines Tuns leuchtete dem Herrn Inquisitor nicht ein. »Ich will ja die Verhaftete weder dem weltlichen Arm entziehen noch außerhalb des französischen Hoheitsgebietes verbringen! Die Kirche hat das Recht –«

»Die Tat habt Ihr bereits begangen, sichtbar für alle, Roald. Euren Kragen könnt Ihr nur noch retten, indem Ihr den häßlichen Gegenstand Eurer Amtsanmaßung schleunigst und bußfertig dem König persönlich zu Füßen legt und Euch für Euren Übereifer entschuldigt.«

»Vertritt denn der Montfort als treuer Diener Seiner Majestät nicht die hohe Gerichtsbarkeit?« Roald wurde schon etwas kleinlauter.

»Nicht hier! Dafür waltet der königliche Profos seines Amtes, und der mag es auch nicht leiden. Außerdem ist diese Person«,

Gavin wies mit dem Daumen auf Laurence, »für Frankreich erst einmal eine Hochverräterin, eine Faidite, und was hat die Ecclesia romana mit deren Verfolgung und gar Aburteilung zu tun? Ich denke, der recht energische Profos sieht das auch so.«

»Ihr meint also, ich sollte –« Der Inquisitor war arg geschrumpft. »Wo finde ich denn nun so schnell den König Philipp? Und wer hält mir den Profos vom Leibe?«

Gavin schmunzelte. Er genoß es, daß sich Roald wand wie ein Wurm. »Der von Arles soll mit dem Richtschwert und dem Strick rasch bei der Hand sein. Dem könnt Ihr nur entgehen, wenn Ihr schleunigst hier verschwindet und Euch nach Vaucouleurs begebt. Dort trifft sich unser König mit dem frisch gekrönten jungen Friedrich von Hohenstaufen.«

Das war eine Nachricht, die Laurence' Herz gleich wieder höher schlagen ließ. Es hüpfte vor Freude, wenngleich hochgesteckte Erwartungen sicher fehl am Platze waren.

Hastig verschlossen die Helfer des Inquisitors die Kiste über der Delinquentin. Laurence schaute recht wohlgemut aus ihrem Deckelloch und tat Gavin Abbitte, als der Zug im raschen Trab Arles gen Norden, Rhône aufwärts, verließ.

Sie passierten die Richtstätte dieser ungastlichen Stadt. Laurence sah widerwillig auf zum Galgen über ihr. Da baumelten mit schiefen Köpfen Chasclat, Hissado und der rundliche Patac. Im leichten Sommerwind schwangen ihre Beine, als könnten sie noch rasch davonlaufen. Die Ketzerin ließ sich nichts anmerken, faltete aber im Dunkel der Kiste ihre locker gefesselten Hände und dankte dem Herrn, der sie vor diesem Profos bewahrt hatte. Dann betete Laurence für die Seelen der drei Gascoun.

Die Einschüchterung des Inquisitors hielt nicht viel länger an, als bis er die Bannmeile von Arles hinter sich gelassen hatte. Doch hatte sich Roald of Wendower inzwischen mit dem Gedanken angefreundet, seine Beute tatsächlich dem König Philipp vorzuführen. Das mochte auch an dem Zuspruch liegen, den das Erscheinen der Laure-Rouge auf den Straßen und Plätzen der Orte, durch die sie zogen, auslöste: Fast immer gab es Beifallskundgebungen, wenn ihr roter Schopf auftauchte. Laure-Rouge war den Leuten des Südens ein Begriff, sie sahen in ihr die Rebellin gegen die Obrigkeit des ungeliebten Pariser Zentralstaats und der verrotteten Kirche. Das fuchste natürlich den Besitzer der Trophäe, der es lieber gesehen hätte, wenn sie den ruhmreichen Bezwinger der roten Bestie bejubelt und die Ketzerin dagegen mit Abfällen beworfen hätten.

Doch je weiter sie nach Norden kamen, desto stärker ließ das Interesse – an beiden – nach, und das war Herrn von Wendower auch wieder nicht recht. Der nach faulen Eiern stinkende, mit Abfällen besudelte Herr Inquisitor befahl einen Halt, kaum daß sie Avignon passiert hatten. Laurence hoffte, er würde jetzt so vernünftig sein, den Rest der Strecke per Schiff auf dem Fluß zurückzulegen. Sie spielte schon mit dem Gedanken, ihm die Übernahme der Kosten für Miete und Ruderer anzubieten, denn das Geruckel der Kiste zwischen den beiden Mulos mußte ihren Hintern bereits blutig gezwackt, grün und blau geprügelt haben, doch das kümmerte ihn nicht.

Laurence trug ja immer noch ihren Leibgurt – mit dem Gold ihrer Mutter – umgeschnallt und hätte gern ihr Eigengewicht, das auf den beiden harten Stangen lastete, in klingender Münze aufgewogen. Aber wie sie den Wendower einschätzte, hätte er das Geld nur eingesteckt, ohne etwas für ihren Komfort zu leisten. Statt dessen ließ er ihr von einem Dorfbader die Haare scheren! Nicht etwa gänzlich, in der Mitte blieb ein Schweif stehen, wie er den Helm römischer Legionäre zierte, damit man noch erkennen sollte, wer die beidseitig kahlgeschabte Kreatur einst war. Laurence heulte vor Wut und auch vor Schmerzen, denn die für den tatterigen Bader ungewohnte Prozedur ging nicht ohne Schnitte und Schürfungen der Kopfhaut ab. Und das in der sengenden Hitze! Sofort umschwirrten Schmeißfliegen den grindigen Schädel, und sie konnte nicht einmal nach ihnen schlagen.

Bei dieser Gelegenheit hatte Laurence darauf bestanden, sich ihrer Unterwäsche zu entledigen, denn besser mit bloßer Möse und blankem Arsch unter dem Rock, als ständig naßgepinkelt und die Windeln vollgeschissen wie ein vernachlässigter Säugling. Jeder dieser Vorgänge wurde von den die Kiste begleitenden Soldaten mit unflätigen Kommentaren und wüstem Gejohle begleitet. Sie gaben Laurence pausenlos zu trinken, weil sie ihren Heidenspaß daran hatten, wenn es kurz darauf aus dem Loch plätscherte. Wasser wurde der Ketzerin stets über den Kopf geschwappt – was ihre von der Sonne aufgeplatzten Lippen erhaschen konnten, schlürfte und schluckte sie runter, was verschüttet wurde, empfand sie dennoch als heimliche Wohltat, Kühlung für ihren malträtierten Kopf und ein wenig Reinigung dessen, was ekelig unter dem Deckel schmachtete.

Das Schwein hätte sie bei lebendigem Leibe verfaulen lassen, erregte sich stumm die Leidende, doch nicht einmal ›in Ruhe‹ verrecken sollte sie! Wendower, den die nachlassende Aufmerksamkeit der Bevölkerung störte, schickte jetzt immer einen Herold voraus, der auf den Marktplätzen auszuschreien hatte, welch üble Sünderin wider den christlichen Glauben und die allein seligmachende Kirche, welch gefährliche Landesverräterin gegen Gott, Frankreich und seinen König vom großmächtigen Herrn Inquisitor ihrer gerechten Strafe zugeführt würde. »Empfangt sie gebührend! Zeigt der Niederträchtigen, was rechtschaffene, gottesfürchtige und königstreue Bürger von einer solchen Ausgeburt der Hölle halten! Geniert euch nicht!« Auf die Kiste hatten sie mit krakeligen Lettern zur Warnung geschrieben: NOUN TOUCA! DIABLOU LANGEIROUSO!

Das verfehlte natürlich seine Wirkung nicht. Jetzt wurde die ›gefährliche Teufelin‹ in jedem Flecken, an jeder Wegkreuzung und erst recht an jedem Kirchlein von einem aufgeputschten Mob erwartet. Flogen erst noch vereinzelt stinkende Eingeweide, von frommen Metzgern gespendet, so waren es bald schon ganze Ballen vor Jauche triefenden Stallmists, eine beliebte Bauerngabe. Schließlich wurden auch härtere Geschosse, Knochen, Steine, in Richtung Kistenloch geschleudert. Laurence versuchte sich zu schützen, indem sie eilends den Kopf einzog, sich in ihrem eigenen Scheißhaus verkroch, doch das wollten die Soldaten nicht gelten lassen. Sie hatten einen Reisigbesen, damit stocherten sie von unten, stachen der Ketzerin in die Weichteile, bis ihr kahler Schädel mit dem roten Schweif schreiend oben aus dem Loch schoß. Und wieder flogen ihr die Eingeweide, noch warmes Gedärm, glibberige Fischinnereien und die Gerberabfälle samt toten Ratten um die Ohren, klatschten in ihr Gesicht. Bis sie endlich ein Stein am Kopf traf – da war endlich Ruhe.

DAS ZERREN AM STRICK

Laurence weiß nicht, wie viele Tage sie dann noch, angeblich auf einem Frachtkahn und unter ärztlicher Betreuung, verbracht hatte, sie konnte sich an nichts mehr erinnern. Auch erwachte sie nur mühevoll und langsam – der Dämmerzustand mußte lange angehalten haben – in demselben Raum, in dem sie sich jetzt noch immer befindet. Zweifellos eine Zelle, die schwere Tür ist von außen verriegelt, und das Fenster, aus dem Laurence auf ein grünes, leicht hügelig gewelltes fremdes Land sieht, ist vergittert. Aber der Raum ist sauber, ihr Leib desgleichen, obgleich sie immer noch nachts hochfährt und sich zwischen den Beinen kratzt oder am Bauch. Ihr Schädel ist bandagiert, und auch wenn er noch dösig brummt, schmerzt er nur noch selten, dann aber stechend, daß sie gellend schreien möchte. Doch das geht wieder vorbei.

Zweimal täglich erhält die Gefangene warmes Essen und kann in einer Nische ihre Notdurft verrichten, in einer anderen sich mit frischem Wasser waschen. Die Liege ist hart, und weil die Nächte langsam kühler werden, erhielt sie sogar eine Decke. Sie muß sich wohl in einem Konvent befinden, denn es sind Mönche, die Laurence – wortlos – durch eine Klappe in der Bohlentür versorgen. Es gelingt ihr nicht, sie in ein Gespräch zu verwickeln. Manchmal hört sie ein Glöcklein bimmeln und versucht sich klar zu werden, zu welcher Hore es gerade ruft. Mein Zeitgefühl ist noch nicht in Ordnung, stellt Laurence fest.

Alles, was sie über ihre jetzige Lage und die Ereignisse kurz davor weiß, verdankt sie einem alten Freund ihres Vaters, dem Herrn Rambaud de Robricourt, dem Herrn der riesigen Forêt d'Othe bei Vaucouleurs. Er hat sein Jagdschloß ganz in der Nähe des Klosters den Königen für ihr Treffen zur Verfügung gestellt. Der gute Rambaud hatte einmal um ihre Hand angehalten, und Laurence hatte ihn ob seines kugelrunden Kopfes und seines Schnauzbarts ›Fischotter‹ genannt.

Die wirren Gerüchte über die Gefangennahme der Ketzerin und ihre Verbringung zum König hatten ihn erreicht. Dafür hatte Gavin noch gesorgt. Rambaud hatte sich sofort auf den Weg gemacht, um dem Inquisitor seine Beute abzujagen. Als er auf dessen Zug stieß, war das Unglück schon geschehen. Laurence lag in den letzten Zügen, und Roald of Wendower hatte es mit der Angst zu tun bekommen. Rambaud glaubt, er wollte das stinkende Bündel gerade in den Fluß werfen lassen, das war wohl schon die Saône, kurz vor Dijon – und sich verdrücken. Jedenfalls griff der zuständige burgundische Konnetabel ein und ließ den Inquisitor wie auch die Angeklagte festsetzen. Die Kopfverletzungen der Ketzerin wurden von den berühmten jüdischen Chirurgen des Herzogs notbehandelt und versorgt, bis sie wieder transportfähig und damit *processable* war. Das macht man so. Der Verurteilte wird erst mal wieder gesund gepflegt, damit er in den ungetrübten Genuß der Exekution kommen kann.

Die Geschichte der Laure-Rouge ist mittlerweile zum hochgradigen Politikum gediehen, einmal wegen der ihr zur Last gelegten Missetaten im Languedoc, dann aber auch wegen der Amtsanmaßung des Legaten. Trotz vehementen Protestes steht Roald of Wendower noch immer unter Hausarrest, im gleichen Kloster wie seine Ketzerin. Zu befürchten hat er wohl nichts, da unterscheidet sich das Los der beiden gewaltig. Er ist eher eine Karte in der Hand des Königs, die dieser beim steten Reizen, Stechen und Trumpfen mit Rom irgendwann mal ausspielen wird. Ein Legat stellt dabei einen gewissen Wert dar, eine natürliche Tochter des landlos verstorbenen Barons Lionel de Belgrave hingegen nicht. Selbst von seiner – sicherlich geräumigeren und komfortableren – Haftzelle aus reicht der Arm des Kirchenmannes noch so weit, daß er den Prozeß vor dem König gegen die ›üble Ketzerin‹ in aller Gemütsruhe vorbereiten kann. Als Agent der Kurie stehen ihm viele Mittel zur Verfügung, beeindruckend sichtbare, vor allem aber bedrohlich okkulte. Einschüchtern kann er sie nicht, so wird er keine Intrige scheuen, um die ›räudige Faidite‹ zur Strecke zu bringen.

Der gute Rambaud hat für die von allem abgeschottete Unterbringung seiner Schutzbefohlenen gesorgt, denn Laurence ängstigt sich, noch vor dem Eintreffen König Philipps umgebracht zu werden – durch Gift im Essen, einen bedauerlichen Ausrutscher auf dem Weg zum Waschbecken oder der anderen Schüssel, ein tragisches Ersticken unter dem Kissen ihres Bettes oder das falsche Medikament auf dem Verband, den sie noch um den Kopf trägt. Ihrer Phantasie sind da keine Grenzen gesetzt. Jedesmal, wenn sie in der Nacht Schritte hört, es im Gebälk knackt, erfaßt Laurence panische Angst: Jetzt kommen sie! Dabei sind es nur die Mäuse, die über ihr wispern und rennen, oder die Wache, die ihre Runden dreht. Tritt aber völlige Stille ein, ist es noch schlimmer. Jetzt haben sie den Wächter erwürgt, denkt sie dann, und selbst die kleinen Nager schweigen verschüchtert, weil der unsichtbare Todesengel bereits eingedrungen ist, sich nähert auf lautlosen Schwingen –

Wenn dann der Morgen graut oder gar Herbstnebel durch die Gitterstäbe wabern und alle Geräusche sich lösen von der Wirklichkeit, hält die Unglückliche oft den Atem an und verflucht ihr so laut pochendes Herz, weil es sie verraten könnte. Sie will sich an ihre Mutter wenden, da kommt ihr aber Titus in den Sinn, der ihr boshaft rät, in solchen Stunden sich des Trostes der Apostel in den Psalmen zu versichern, Zuflucht im Gebet Mariae zu suchen. Laurence spricht laut mit ihrer Mutter:

»Ich muß dir gestehen, werte Mater superior, es kommt mir keine Anrufung der Heiligen, kein Flehen zur göttlichen Jungfrau, kein einziges Wort der Fürbitte über die Lippen. Nur der kalte Angstschweiß, das Zittern am ganzen Körper begleiten mich in den Morgen eines neuen Tages. Bricht dann die Sonne durch oder prasselt ein Regen nieder und sprüht durch mein Fenster, dann taumele ich zu dem Gitter und presse mein Gesicht gegen die kühlen Eisenbarren, dann danke ich Gott für sein Licht, seinen wärmenden Finger, seine feuchten Küsse und lecke die Tropfen einzeln auf. Dann kann ich beten, singen und IHN lobpreisen! ER hat mich aufs neue seine Liebe erfahren lassen.«

Der Klang von Hörnern war deutlich vernehmbar. Als dann noch helle Trommeln und Fanfaren einsetzten, gab es für Laurence keinen Zweifel: Der König war eingetroffen. Bedauerlicherweise ging ihr Fenster nicht zum Wald hinaus, wo der Donjon des Jagdschlosses wie der Hochsitz eines Jägers aus den Baumwipfeln herausragte. Dieses Bild hat die Gefangene nie zu Gesicht bekommen. Der

Hausherr hatte es ihr geschildert. Laurence mußte auch noch lange warten, bis die einzige Vertrauensperson, die sie in Vaucouleurs auf ihrer Seite wußte, sie wieder in ihrer vergitterten Zelle aufsuchte. Seine Pflichten als Gastgeber hätten ihn so lange festgehalten, entschuldigte sich der gute Rambaud, denn der hohe Besuch solle ihn bald zur königlichen Tafel erwarten. Dann berichtete er ihr in Eile:

»Seine Majestät Philipp II Augustus hat seinen Sohn geschickt, den Kronprinzen Louis, achter dieses Namens in der Herrscherfolge des Hauses Capet.«

Laurence wußte diese Nachricht weder als gut noch als von Übel einzuordnen, sie hatte sich auf den König selbst eingestellt. »Und wie schätzt Ihr, lieber Rambaud, dessen Charakter? Ist er jung, blond und blöde?«

Da lachte der Herr de Robricourt, daß seine Bartspitzen wippten. »Wie soll schon einer ausschauen, der sein Leben lang auf den Thron warten muß, weil sein Vater den nicht räumt! Herr Philipp scheint seinen Nachfolger überleben zu wollen. Schönheit ist nie die Stärke der Capets gewesen, Louis ist mit zunehmendem Alter verbittert, noch galliger und nun auch kränklich geworden. Aber blöde ist er nicht.«

»Schlecht für mich«, seufzte Laurence.

»Gewiß«, pflichtete ihr Rambaud bei, »zumal er seine Frau, die erzfromme Blanca von Kastilien, mitgebracht hat, und die hat Haare auf den Zähnen!«

»Und wann trifft Friedrich ein?« In seiner Person allein bündelten sich die Hoffnungen von Laurence.

»Das weiß noch keiner, aber er wird kommen«, versuchte Rambaud seine Schutzbefohlene aufzumuntern. »Bis dahin müssen wir aushalten – durchkommen!« verbesserte er sich.

Laurence war klar, was er meinte: Sie solle aufpassen, daß sie den Kopf nicht verliere, und zwar im wortwörtlichen Sinn. »Prinz Louis dürfte nicht die geringste Veranlassung sehen«, konstatierte sie scheinbar ungerührt, »eine Faidite zu begnadigen.«

»Sagt so etwas nicht, Laurence!« beschwor sie der gutherzige Rambaud, und seine Bartspitzen zitterten. »Schon ist ein Schreiben des Papstes angekündigt worden, ein Gnadengesuch Seiner Heiligkeit, das mir zu treuen Händen übergeben werden soll, weil sonst Gefahr besteht, daß Seine königliche Hoheit es nie zu Gesicht bekommt.«

»Dafür würden schon Hintermänner meines glühenden Verehrers Roald of Wendower mit Vergnügen sorgen, die mich brennen sehen wollen.«

»In der Entourage von Frau Blanca gibt es eine junge Hofdame, Claire de Saint-Clair«, hielt Rambaud eifrig dagegen und senkte seine Stimme zum verschwörerischen Flüstern, »die wird es über ihre Herrin dem Prinzen in die Hände spielen.« Er spürte sehr wohl, daß Laurence' Zynismus nur aufgesetzt war.

Sie blieb mißtrauisch. »Wie kommt der Papst dazu, sich für mich zu verwenden, und warum wählt man Euch als Überbringer?« Kein furchtbarer, eher ein ziemlich grotesker Verdacht stieg in ihr auf. »Wer hat Euch überhaupt über den Inhalt dieser päpstlichen Einlassung informiert? Ist Euch der Engel aus der ›Verkündigung Mariae‹ erschienen oder gar Seine Heiligkeit höchstselbst im Traum?«

Die Beschreibung, die der teils verwirrte, teils indignierte Robricourt dann von dem Boten gab, klang wenig nach Engel, dafür sehr nach Crean, denn er hob dessen seltsame Kürassierung hervor: Stummelflügel und Ellbogenschützer, in denen Laurence leicht ihre geliebten Aillettes und die Armkacheln wiedererkannte. Vom Sohn auf den Vater zu schließen bot sich in diesem Fall zwingend an. Hatte sich der Chevalier nicht seiner Fälscherkünste gerühmt, mit deren Hilfe er sich zum ›Prior von Saint-Felix‹ aufgeschwungen hatte? Der Schritt zur Signatur des amtierenden Papstes Innozenz III war für einen Umtriebigen wie den Chevalier nicht mehr als ein kleiner Hüpfer in dem Spiel ›Himmel und Hölle‹, das die Kinder der Provence *camapno* nannten.

Laurence behielt ihre Vermutung für sich. Das Wissen um eine Fälschung hätte den guten Rambaud nur noch mehr verunsichert. So bedankte sie sich bei ihm für seine unermüdliche Fürsorge, und er versprach ihr, alles zu versuchen, um noch am gleichen Nachmittag eine Anhörung der Angeklagten beim Prinzen zu erreichen.

Es war spät am Abend, als Rambaud wieder in der Zelle erschien. Prinz Louis hatte sich geweigert, Laurence auch nur zu sehen. Hingegen war Roald of Wendower vorgelassen worden und hatte bereits die Zustimmung zu einem Todesurteil erwirkt.

Der freudestrahlende Legat wollte schon enteilen, um es sofort auszufertigen, da intervenierte Frau Blanca: Sie habe ein Schreiben des Papstes erhalten, in dem Seine Heiligkeit sich beredt für diese Laurence de Belgrave einsetze. Und sie fügte so geschickt hinzu, daß nicht klar war, ob es nun der Papst verlangte oder ein Gnadenerweis ihrem eigenen Wunsch entsprach:. »Vielmehr sind die falschen Anschuldigungen der Verfolger auf das strengste zu untersuchen und deren Verfehlungen zu ahnden!«

»Es verlangt mich sehnsüchtig, dieses Schreiben meines Herrn Papstes mit eigenen Augen zu sehen!« trumpfte da Roald of Wendower auf und setzte noch selbstsicher hinzu: »Und wenn es das letzte ist, was sie erblicken dürfen!« Er plusterte sich auf wie ein Ochsenfrosch – und fiel kläglich in sich zusammen, als im selben Moment Maître Thédise, aus Rom eingetroffen, gemeldet wurde und sogleich Zutritt erhielt.

In aller Form wies der Maître sich als neu ernannter Legat des Papstes aus. Es gebe vieles von höchster Wichtigkeit mit der Krone von Frankreich zu besprechen, doch da er gerade Zeuge des Auftritts von Monsignore Roald of Wendower geworden sei, könne er auch Unwesentlichem den Vortritt lassen. »Unbehelflich! Von welchem Brief Monsignore Wendower auch reden mag, er ist überholt, ebenso wie das Legat meines Bruders in Christo seit Wochen erloschen ist. Auch mir wurde von der päpstlichen Kanzlei ein Schreiben in dieser Angelegenheit mitgegeben, und das ist gewißlich neueren Datums! Bitte prüft selbst Siegel und Signatur.« Der Maître wühlte aus seiner Reisetasche das gerollte Pergament und überreichte es dem Kronprinzen.

Da hielt Frau Blanca nicht länger an sich und rief laut: »Dieses unwürdige Zanken zwischen Priestern ist es, was dem Ansehen der Kirche schadet!« Und sie befahl ihrer Dame Claire de Saint-Clair, sofort das besagte Papstschreiben aus dem Schlafgemach zu holen. Die lief los, während Roald of Wendower sich noch längst nicht geschlagen gab:

»Ich sage nur soviel und will gern mein Augenlicht darauf verwetten, daß es sich bei einem dieser beiden Schreiben um eine Fälschung handeln muß.«

Da ergriff der Prinz zum ersten Mal das Wort. »Den Wahrheitsbeweis müßt Ihr jetzt auch antreten. Denn Ihr habt mit Eurer Behauptung sowohl meine Frau Gemahlin beleidigt als auch den rechtmäßigen Vertreter des Heiligen Stuhls.«

»Rechtmäßig?« höhnte der Wendower. »Wenn mein Einsatz schon so hoch ist und der meines Verleumders gleich einer arabischen Null, dann will ich auch noch dessen Legitimation anzweifeln. Ich fordere den *impostor* zum Gottesurteil heraus!«

»Ihr werdet Euch die ungewaschenen Füße verbrennen!« ließ sich nun auch der Maître aus seiner Reserve locken, doch jetzt reichte es dem Prinzen:

»Da es sich in beiden Fällen um Priester der Kirche handelt, das wurde ja bisher nicht bestritten, und Wir folglich davon ausgehen können, daß beide die Anwendung des Autodafés befürworten, schlage ich vor, daß derjenige, dessen Schuld sich erweist, sich in seiner gesamten Körperfülle, also vom Kopf bis zu den Füßen, den Flammen überantwortet. Das ist eine Lösung, die auch Gott, unserem höchsten Herrn, gefallen wird.«

Daraufhin trat endlich Schweigen ein. Wortlos reichte Louis dem Maître Thédise die versiegelte Pergamentrolle ungelesen zurück. In die eingetretene Stille hinein platzte die zurückkehrende Hofdame Claire de Saint-Clair und meldete aufgeregt, der Brief sei verschwunden.

»Habe ich es nicht gesagt!« triumphierte sogleich Roald of Wendower. »Der hat das echte Schreiben beiseite geschafft!« Sein spitzer Finger zeigte auf den Maître.

»Ungeheuerlich!« schnaubte der Beschuldigte. »Jetzt unterstellt mir dieser Blutegel auch noch heimlichen Zutritt zum Schlafgemach der königlichen Dame!«

»Dieb und Fälscher!« giftete Wendower dagegen.

Der Prinz begann erst verlegen, dann schallend zu lachen, als er mit einem Seitenblick feststellte, wie peinlich die Situation seiner Gemahlin wurde. Das amüsierte ihn sehr. »Man sollte sie beide verbrennen«, schlug er an sein Gefolge gewandt vor, »zur Strafe nackt und Rücken an Rücken gebunden.«

Das öffnete in seinem Gefolge die Schleusen zur hemmungslosen Heiterkeit, die sich bislang nur in unterdrücktem Glucksen geäußert hatte.

Da trat Reinhald de Senlis, der Bischof von Tull, vor, der sich eigens zur Begrüßung des künftigen Herrschers von Frankreich ins nahe Vaucouleurs begeben hatte. »Wenn Ihr gestattet, Königliche Hoheit, möchte ich die Würde dieser Versammlung wiederherstellen. Ich kenne den Maître Thédise aus Rom, und an seiner Legitimation besteht kein Zweifel. Mir ist auch Monsignore Roald bekannt, der sich im guten Glauben befunden haben mag, immer noch mit dem Legat für die Ketzerverfolgung im Languedoc betraut zu sein. Sicherlich ließ ihn sein Eifer, der guten Sache Frankreichs und der Kirche zu dienen, über das Ziel hinausschießen.«

Der Bischof streckte seine Hand nach der Pergamentrolle aus, und Maître Thédise überließ sie ihm mit dankbarem Lächeln. »Wenn Ihr nun auch gestattet, Königliche Hoheit, daß ich dies Siegel in Eurem Namen breche« – er warf einen prüfenden Blick darauf, fuhr mit dem Finger über den roten Lack und nickte zufrieden –, »will ich es tun, denn auch dessen Echtheit sollte niemand in Zweifel zu ziehen wagen. Womit die Heiligkeit des Absenders dieses Schreibens allen offenbart ist!«

Prinz Louis gewährte es ihm hoheitsvoll, vielleicht war er auch beschämt. »Ihr möget es auch gleich laut vorlesen«, maulte er. »Hier weiß ja sowieso jeder mehr als Wir!«

Der Bischof überflog das Schreiben und sagte: »Das will ich nicht tun, denn sein Inhalt würde dann für Euch zum bindenden Gebot.«

»Ihr seid ein kluger Mann, Herr Reinhald«, lobte ihn der Prinz, nahm die Rolle an sich, ohne einen Blick hineinzuwerfen, und entließ die Versammlung.

»Ich glaube«, schloß Rambaud seinen Bericht, »der Prinz von Frankreich kann nicht lesen.«

»Hat er denn das Urteil auch wirklich nicht unterschrieben?« Das interessierte Laurence viel mehr.

»Als ich ging, war es noch nicht einmal ausgefertigt«, beruhigte sie Rambaud. »Bevor ich den Wendower wieder in seine Gemächer schaffen ließ, wurde dort alles Schreibzeug entfernt. Ihr könnt also diese Nacht ruhig schlafen, Laurence.«
Sie wollte den väterlichen Freund umarmen, aber der war schon an der Tür.

Natürlich schlief Laurence nicht gut in dieser Nacht. Wilde Träume suchten sie heim, wenn es ihr überhaupt gelang, in Schlummer zu sinken. Der Bericht von Rambaud war keineswegs dazu angetan, ihr Hoffnung, geschweige denn Zuversicht einzuflößen. Jeder Löffel, den sie von dieser Brühe zu den Lippen führte, verwandelte sich vor ihren Augen in züngelndes Gewürm, troff von dem maßlosen Haß des eigenmächtigen Legaten. Auch Maître Thédise geisterte mit hohläugigem Totenschädel unter dem Barett um ihr Bett und entrollte Pergamentrollen, die zu Staub zerfielen, bevor Laurence lesen konnte, was darauf geschrieben stand.

Und der Prinz von Frankreich? Nicht einmal nachdem sie schweißgebadet erwacht war, mochte sie dem alten Lurch über den Weg trauen. Louis ließ sich – außer von seinem Übervater Philipp – nur von seinen Launen leiten. Daß er an dem ersten Abend keine Lust mehr verspürte, das Urteil zu unterzeichnen nach den tolldreisten Attacken des Roald of Wendower, konnte Laurence ihm dennoch nachempfinden. Das hieß aber noch lange nicht, daß er nicht gerade jetzt, mitten in der Nacht, sein einsames Lager verließ – denn die bigotte Blanca schlief sicher nicht mit ihm im selben Bett –, um nach Feder und Tinte zu verlangen. Schwungvoll krakelte er seine Signatur durch die Messingschablone und blies den trockenen Sand fort, dann betrachtete der Prinz wohlgefällig sein Werk, denn schreiben konnte er auch nicht.

Laurence lag noch wach bis in die frühen Morgenstunden, dann erhob sie sich unlustig. Sie wartete den ganzen Tag, aber Rambaud ließ sich nicht sehen. Mit fortschreitender Stundenzahl geriet sie immer mehr in Panik. Als es dunkelte, war Laurence der Verzweiflung nahe, nicht aus Todesangst, sondern weil sie sich von allen verlassen fühlte. Sie wollte endlich wissen, was los war. Die lähmende

Ungewißheit schien der Gefangenen schlimmer als ein noch so hartes Verdikt. Sie trommelte mit den Fäusten gegen die steinerne Wand ihrer klösterlichen Zelle und rüttelte an den Gitterstäben des Fensters.

Als die Mönche ihr das Abendessen durch die Klappe reichen wollten, wies sie es barsch zurück. Kurz darauf ließ sich der Schloßherr die Tür aufschließen. Der gute Rambaud war erstaunt, seine Schutzbefohlene derart erregt vorzufinden.

»Der heutige Tag war anderen Fragen gewidmet, meine Liebe«, beschied er sie dann, vielleicht nicht nachsichtig genug.

»Bin ich es denn nicht mehr wert«, schrie sie ihn an, »davon zu erfahren, bevor der Tag vorbei ist? ›Meine Liebe‹ könnt Ihr Euch sparen, wenn solche Mißachtung Euren wahren Gefühlen mir gegenüber entspricht!«

Rambaud de Robricourt zuckte zusammen wie unter Peitschenhieben. »Mir schien es für Euer Schicksal wichtiger«, begann er, gekonnt den Zerknirschten spielend, »daß ich in der Nähe des Geschehens blieb, schon damit nichts außer Kontrolle geriete und ich eingreifen könnte, sollte das Schlimmste –«

»Das Schlimmste ist das Warten«, unterbrach ihn Laurence, immerhin schon versöhnlicher. »Sie treibt mich zum Wahnsinn – und zur Ungerechtigkeit! Verzeiht, lieber Rambaud.«

Der lächelte beglückt. »Der Tag begann nicht schlecht«, berichtete er. »Roald of Wendower hatte anscheinend doch eine Möglichkeit gefunden, an Pergament und Tinte zu gelangen. Er muß die ganze Nacht geschrieben haben, denn heute morgen erschien er mit einer ellenlangen Anklageschrift. Doch er wurde beim Kronprinzen nicht vorgelassen, und zwar mit der Begründung, zur Urteilsfindung bedürfe Frankreich seines Elaborats mitnichten. Ihre Königliche Hoheit, Prinz Louis Capet, wolle heute nur den Maître Thédise sehen, mit dem er Fragen von größerer Wichtigkeit zu besprechen habe – angesichts des bevorstehenden Treffens mit König Friedrich von Deutschland.«

»Ich weiß ja«, räumte Laurence ein, »daß ich nur ein Sandkorn im Getriebe der großen Gestirne bin.«

Da lachte Rambaud verhalten. »Laßt uns dafür sorgen, daß daraus nicht ein Gerstenkorn wird, das zwischen zwei Mühlsteine gerät!«

Laurence lachte nicht. »Das erste sorgt wenigstens für Reibung und damit für – wenn auch geringe – Beachtung. Das zweite wird zu Mehl gemahlen. Was geschieht nun mit mir?«

»Ob Euer Fall nun doch Gegenstand der Unterredung des Prinzen mit dem Abgesandten des Papstes war, entzieht sich meiner Kenntnis. Aber zur Zeit bespricht sich Maître Thédise mit Roald of Wendower in dessen Räumen unter vier Augen.«

Laurence funkelte den Freund an. »Und das nennt Ihr Kontrolle ausüben? Haben Eure Wände denn keine Ohren? Die beiden Päpstlichen beraten mein Verderben – und Ihr sitzt hier bei mir herum und –«

»Ich sitze nicht, sondern ich stehe«, entgegnete ihr Rambaud mit unerwarteter Festigkeit. »Ich stehe in Euren Diensten, werte Laurence, und das schon den ganzen Tag! Erlaubt, daß ich mich zurückziehe. Und tut mir den Gefallen, Eure Mahlzeit zu Euch zu nehmen. Der morgige Tag bedarf Euch vielleicht schon bei Kräften.« Er klopfte an die Tür und entließ sich aus der Zelle.

Henkersmahlzeit, kam es Laurence in den Sinn. Das garstige Wort verdarb ihr den Appetit, und so nahm sie ihre Wanderungen durch die Zelle wieder auf. Sie beschloß zu laufen, bis sie müde genug sein würde, um sofort einzuschlafen. Das gelang ihr dann auch. Sie schlief traumlos. Das Gespräch zwischen den beiden Legaten hätte sie sich sowieso nicht träumen lassen.

»Euer Gönner, der Generaldiakon Rainer di Capoccio, läßt Euch grüßen, Roald, und erwartet von Euch, daß Ihr folgenden heiklen Auftrag ohne Verzug und Aufsehen erledigt –«

»Bevor Ihr weitersprecht, *cher maître*«, unterbrach ihn der Wendower unlustig – er war gereizt, aber diesmal auf der Hut –, »seid bitte so freundlich und legitimiert Euch als weisungsbefugt oder als Vertrauter. Das ist in den Geheimen Diensten so üblich, wie Ihr wissen solltet, wenn Ihr denn –«

Roald of Wendower verstummte, auf einmal froh, dem Zweifel noch keinen faßbaren Ausdruck verliehen zu haben. Denn Maître

Thédise hatte aus dem Faltenwurf seiner Toga an feiner Kette eine ziselierte Silberscheibe zum Vorschein gebracht. Sie war münzgroß, sah eher wie ein Amulett aus, war aber am Rand umlaufend und unregelmäßig gezackt: der ›Schlüssel zum Paradies‹!

Wendower war kreideweiß geworden, er dachte an die Worte, die er sich gestern dem Träger gegenüber herausgenommen hatte. Er erhob sich, ja er sprang von seinem Stuhl auf, was er bisher nicht für nötig gehalten hatte. Zitternd nestelte er seine eigene Scheibe hervor. Ein Fremder hätte sie für gleich oder für ein Gegenstück halten können, aber Roalds geübtes Auge hatte sofort erkannt, daß seine Milchzähne in dem Schlüssel des Maître keinerlei passende Furche finden würden, während der kreuzweise über seine Marke rädeln konnte. Einer der Ranghöchsten des Grauen Kardinals stand vor ihm: Absoluter Gehorsam einschließlich der Aufopferung des eigenen Lebens war angesagt!

Roald fiel nicht auf die Knie, er winselte auch nicht um Gnade. »Befehlt Eurem Diener«, stammelte er und bot seinem Gegenüber den Sitzplatz an.

Der Maître schüttelte unmerklich den Kopf. »Hört mir gut zu, Roald. Morgen früh werdet Ihr nicht einfach Eure Anklage zurückziehen, sondern, wenn nötig, Euch auch um Kopf und Kragen reden. Es sollte tunlichst nicht zu einer Verurteilung der Laurence de Belgrave kommen, und wenn Ihr die nicht verhindern könnt, ist es Eure Sache, jegliche Vollstreckung des Urteils zu vermeiden: Die Dame gehört Rom!«

»Heilige Jungfrau!« zeterte der Gemaßregelte. »Und ich habe dem Prinzen schriftlich alle Argumente, gute wie falsche, an die Hand gegeben!«

»Dann müßt Ihr morgen als *advocatus satanis* in eigener Sache noch schurkischer, noch abgefeimter argumentieren als der Verfasser!« Maître Thédise lächelte diabolisch. »Welch grandiose Herausforderung für einen im Geheimen Dienst geschulten Geist! Ich beneide Euch.«

»Spottet meiner nur!« Roald krümmte sich. »Ich habe es nicht anders verdient. Man knallt nicht alle Tore zu und verrammelt sie, ohne sich wenigstens ein kleines Hintertürchen offenzuhalten.«

»Ausfallpforte nennt man das«, belehrte ihn der Maître. »Durch sie müßt Ihr nun die zukünftige Äbtissin herausschaffen. Wird ihr auch nur ein Haar noch gekrümmt, möchte ich nicht unter Eurer Kopfhaut stecken. Bei lebendigem Leib wird man sie Euch abziehen, ganz langsam –«

»Mir ist alles recht«, murmelte Roald ergeben, »nur nicht, in Schimpf und Schande aus dem Dienst gejagt zu werden.«

»Dann zeigt, wessen Ihr fähig seid. Eure Unfähigkeit habt Ihr hinreichend bewiesen!«

Jetzt klappte der Wendower doch zusammen, er ließ sich auf die Knie fallen. Den Maître rührte das nicht im geringsten.

»Ich reise morgen früh ab. Nehmt Euch den Bischof von Tull zur Hilfe.« Er war schon in der Tür. »*Videant consules!*« lautete sein trockener Abschiedsgruß.

Roald of Wendower schlief nicht schlecht in dieser Nacht von Vaucouleurs – er schlief überhaupt nicht.

Am nächsten Morgen war Wendower früh auf den Beinen und eilte ins Schloß, um als erster Audienz beim Kronprinzen zu heischen, wild entschlossen, sich nicht abweisen zu lassen. Er mußte im Vorzimmer warten und mit ansehen, daß einem gewöhnlichen Priester bevorzugte Behandlung zuteil wurde. Pierre des Vaux-de-Cernay war der Hauskaplan und ein Vertrauter des Grafen Simon de Montfort. Bislang hatte der den mächtigen Agenten der Kurie im Rang eines päpstlichen Legaten stets devot begrüßt. Jetzt tat der Pfaffe so, als hätte er ihn, Roald of Wendower, gar nicht bemerkt.

Prinz Louis erläuterte dem Bischof von Tull die unvorhergesehene Änderung der Tagesordnung, denn er hatte Herrn Reinhald de Senlis als weisen Ratgeber schätzen gelernt. »Mag der Montfort eigennützig und grausam sein, wie er will, seine nützlichen Eroberungen tätigt er als Unser Vasall – und damit im Dienste und Interesse Frankreichs.«

Der Kronprinz erwartete offene Zustimmung, doch Herr Reinhald wagte es, eines seiner Worte zu wägen. »Interesse?« wiederholte der Bischof, und Prinz Louis schaute ihn erst fragend, dann auffordernd an.

»Die Grausamkeit des Montfort entspringt einer tiefen Menschenverachtung. Beides erzeugt Haß und Widerstand. Wie soll Frankreich in den eroberten Landen mit segensreicher Hand regieren, getreu der *gesta Dei per Francos*, wenn es vom Volk nicht geliebt wird? Der Montfort erweist Euch einen Bärendienst!«

Der Kronprinz schien erst verschnupft ob der Widerrede, doch alsbald hörte er dem Verstand des anderen aufmerksam zu. Dann lächelte er maliziös. »Ihr begeht einen Denkfehler, Herr Reinhald, weil Ihr leichtfertig die wesentliche Prämisse nicht analysiert habt: Eroberung ist *per se* grausam und erfolgt gegen Widerstand. Sonst wäre es ja eine friedliche, freiwillige Übernahme. Geschenkt wird einem jedoch nichts. Und was die Liebe des Volkes anbetrifft: die kommt mit der Ehe, wie man so sagt.«

Darauf ersparte sich der Bischof eine Antwort. Der Kronprinz befahl, den Abgesandten des Grafen von Montfort vorzulassen. »Sagt Euch der Name Laurence de Belgrave etwas?« empfing er überfallartig den Vaux-de-Cernay.

Der Priester zuckte zusammen und tat so, als müsse er in seinem Gelehrtenhirn kramen. »Die junge Dame verfaßte unter meinen Fittichen das Kriegstagebuch des Herrn Simon – das Euch ja in Abschrift vorliegt«, schob er nach. »Sie lief später wohl zum Feind über –«

»Wer kann es ihr verdenken«, säuselte der Prinz. »Sie wurde gefaßt bei dem Versuch, zwei Bastardtöchter des Grafen von Toulouse nach Rom zu schmuggeln. Als Unterpfand für das Wohlverhalten Raimonds sollten sie dem Papst als Geiseln gestellt werden.«

»Das ist in der Tat ein feindseliger Akt gegen die französischen Interessen!« lief der Kaplan ins offene Messer. »Wir konnten diesen heimtückischen Plan gerade noch verhindern!« brüstete er sich. »Dem uns treu ergebenen Legaten Roald of Wendower gelang es, die Flüchtigen zu stellen und geschickt sich dieser Faidite zu bemächtigen –«

»Ich sehe, Ihr seid gut informiert. Wir, Könige von Frankreich, hingegen wurden von diesen Vorgängen nicht einmal in Kenntnis gesetzt.«

»Deswegen schickt mich –«

»Wir hatten nicht vor, Euch *nachträglich* darüber zu befragen!« schnitt ihm der Prinz scharf den beginnenden Sermon ab. »Nun steht es nach Unserem Wissen im Belieben des rechtmäßigen Grafen von Toulouse, natürliche Töchter nach Rom zu schicken, so viele er hat und will, zumal wenn der Papst selbst dies so wünscht und seinen Legaten Roald of Wendower aufgefordert hat, sich jeder feindseligen Handlung gegenüber unserem lieben Vetter Raimond zu enthalten. Seht Ihr das auch so, Herr Pierre?«

Dem Kaplan verschlug es erst einmal die Sprache, in seinem Gehirn rumorte es. »Der Legat hat uns hintergangen«, faßte er dann das Ergebnis seiner gedanklichen Bemühungen zusammen. »Wir, der Herr Simon, wußten nichts von diesem Gebot des Heiligen Vaters. Nie und nimmer hätte der Graf sonst zugelassen –«

»Also ist Laurence de Belgrave vom Vorwurf der Kindesentführung und des Hochverrats freizusprechen?«

Vaux-de-Cernay hüstelte. »In diesem speziellen Fall gewiß, aber –«

»Kein Aber! Wir wünschen, daß Ihr diese Auffassung dem ›Euch treu ergebenen‹ Legaten Roald of Wendower ins Gesicht sagt, vor unseren Augen.«

Pierre des Vaux-de-Cernay erschrak. Jetzt sollte er also den Wendower ans Messer liefern! Er dachte noch angestrengt nach, als der Kronprinz bereits befahl, den Herrn Legaten vorzuführen. Dieser stapfte auch gleich in den Raum, todesmutig bereit, sich in jede erkennbare Bresche zu werfen. Doch Prinz Louis wandte sich erst einmal dem kleinen Kaplan Pierre zu:

»Uns sind Klagen zu Ohren gekommen, die der ruhmreiche Orden der Templer wider Euren Herrn Simon zu führen hat, wegen grober Beschädigung ihres Besitzes Kastell L'Hersmort.«

Vaux-de-Cernay dachte nicht lange nach, sondern zog vom Leder. »Schon die Besitzfrage war von Anfang an strittig, denn der Vorbesitzer Sicard de Payra mußte mit Recht befürchten, von uns als erklärter Sympathisant der Ketzer enteignet zu werden. Er trat das Kastell also schnell an den Herrn Lionel de Belgrave ab, aber der war unbestritten ein Vasall des Grafen von Montfort, seine Schenkung an den Orden also nichtig. Wenn ein Sachschaden entstand, dann an *unserem* Eigentum, als die unrechtmäßigen Nutzer sich der Herausgabe widersetzten.«

»Die Besatzung wurde ermordet!« Mit dieser Feststellung zog der Prinz an der Leine, als er den Fisch schon am Haken zappeln sah.

»Meuchlings hingeschlachtet wurde der ehrenhafte Baron Adrien d'Arpajon –«, schnappte der Kaplan nach dem Köder.

Ein herrischer Wink des Prinzen brachte ihn zum Schweigen. Louis wandte sich nun an Roald of Wendower. »Wir gehen davon aus, Herr Legat, daß Ihr das Geschehen um und auf l'Hersmort ähnlich seht, finden Wir doch in dessen Mitte die von Euch gejagte und angeklagte Laurence, Tochter des widersetzlichen Lehnsmannes Lionel de Belgrave?«

Roald of Wendower verbeugte sich. »Gesehen habe ich es nicht, aber genaue Kenntnis aller damit zusammenhängenden Fakten. Gestattet mir, das Geschehen von hinten aufzurollen. Graf Simon hat sehr wohl das Recht der Templer auf den Besitz von l'Hersmort anerkannt, denn er hat sich für den Übergriff seiner Herren entschuldigt und dem Orden Schadensersatz angeboten –«

»Um des lieben Friedens willen«, fuhr der Kaplan ärgerlich dazwischen. »Die Forderungen waren maßlos übertrieben, unverschämt –!« Er ließ den Satz unvollendet im Raum stehen, denn die plötzlich eingetretene Stille und der Blick des Prinzen verhießen nichts Gutes.

Roald wartete ab, bis das eisige Schweigen wieder dem üblichen Wispern und Raunen gewichen war. »Der Ort wurde überfallen, kriegsmäßig angegriffen, weswegen sich die Bewohner als rechtmäßige Verteidiger wehrten. Herr Lionel de Belgrave fiel in die Hände der Belagerer und wurde als Gefangener vor den Augen seiner Tochter von Herrn Adrien geköpft. Alle anderen Insassen der Burg, darunter auch Sicard de Payra, wurden ebenfalls umgebracht, nur Laurence konnte sich retten. Sie nahm die Spur des Mörders auf, verfolgte und tötete ihn.«

»Ah, interessant!« bemerkte der Kronprinz. »Ein tatkräftiges Weib mit vielen Gesichtern.« Sein Blick ruhte länger auf Roald, als diesem lieb war, doch er hielt ihm stand. »In Eurem Bericht stellt Ihr die Dame als Ketzerin dar?«

»Dafür fehlen Euch die Beweise!« unterbrach vehement und ungefragt Vaux-de-Cernay. »Ihre Taten überführen sie *sine dubio* als Faidite!«

»Laurence ist eine große Sünderin«, stellte der Legat seine Sicht klar. »Sie übertrifft die ›Große Hure Babylon‹ in der Schwere ihrer Verfehlungen vor dem Herrn und wider die heilige Kirche! Ich werde diese Schwester des Teufels nach Rom verbringen. Dort soll sie sich vor dem höchsten Tribunal der Ecclesia catholica verantworten und für ihre Missetaten büßen!« Roald hatte sich bei dieser Vorstellung in Emphase geredet. Seine Stimme war angeschwollen, seine Augen leuchteten. Wahrscheinlich sah er sich in der Rolle des Anklägers, in Vertretung des Höchsten.

Der Kronprinz holte ihn auf den Boden von Vaucouleurs zurück. »Laurence de Belgrave ist Uns untertan. Die Krone von Frankreich ist durchaus in der Lage, ein ordentliches Gerichtsverfahren zu gewährleisten.« Er streifte die beiden Kontrahenten mit einem geringschätzigen Lächeln und entließ sie.

»Daraufhin wandte sich Seine Königliche Hoheit an mich«, beschloß Rambaud seinen Bericht. »›Nun wollen Wir Uns von dieser Person doch ein eigenes Bild machen, lieber Robricourt! Bringt sie Uns morgen!‹ befahl er.«

Laurence sah den väterlichen Freund nachdenklich an. »Ist Euch aufgefallen, daß plötzlich keiner mehr auf meine Verurteilung drängt? Jedenfalls auf keine sofortige oder gar deren Vollstreckung?«

»Sie sind sich nur nicht einig in der Verfahrensweise, wessen Ihr nun ad primum anzuklagen seid«, dämpfte der Schloßherr jedes aufkommende Gefühl der Erleichterung. »Was ist nur in den Wendower gefahren?«

»Der liebt mich«, antwortete Laurence gequält, »also will er mich noch am Leben erhalten, bis ich – «

»Das hätte er sich weiß Gott früher überlegen können!« raunzte der alte Fischotter. Doch Laurence schüttelte angewidert ihre Streifenmähne.

»Damals wie heute werde ich ihm nicht zu Willen sein! Gute Nacht, mein Guter!«

ZWISCHEN SCHAFOTT UND AUTODAFÉ

Laurence wurde aus dem Schlaf gerissen, als es draußen noch morgendlich dunkelte. Die Mönche brachten ihr ein Paket mit Kleidern und ein Billett des Schloßherrn. Darin entschuldigte sich Rambaud, nicht selbst der Überbringer zu sein, aber der Prinz habe sich kurzerhand entschieden, auf Jagd auszureiten, und da müsse er ihn natürlich begleiten. Die Kleider seien aus dem Besitz seiner verstorbenen Frau, sie würden – bei Laurence' schlanker Figur – sicher nicht wie angegossen sitzen, aber ihm komme es vor allem darauf an, daß eine sowohl zur ärgsten Ketzerin als auch zur mörderischen *Faidite* hochgeredete Person einen möglichst bescheidenen, unbedarften und wenn möglich auch gottesfürchtigen Eindruck mache. Nicht zuletzt würden die Einflüsterungen von Frau Blanca ausschlaggebend sein. Laurence möge also, den Kopf züchtig bedeckt, in einer Aufmachung erscheinen, die es der hohen Frau erlaube, sich für sie zu verwenden. Als ihr ergebener alter Freund hoffe er auf ihre Einsicht.

Laurence besah sich die nach Lavendel und Myrrhe müffelnden Stücke, samt und sonders in gedeckten Farben, vorherrschend waren Brauntöne. Doch war alles in sehr gepflegtem Zustand und aus solidem Tuch. Sie legte einen bodenlangen Faltenrock aus schwerem Samt an, in der Taille mußte sie mit einem Wickelband für Enge sorgen, den Eingriff verdeckte sie über dem schilfgrünen Hemd aus Linnen mit einem tiefgezogenen Wams. Ein jeglichen Busenansatz verbergendes Halstuch und eine sittsame Kopfhaube vervollständigten die Garderobe. Sie brauchte keinen Spiegel, um sich zu sehen. Laurence rang sich ein mildes Lächeln ab und versuchte ein paar kleine Trippelschritte. Heftige Bewegungen verboten sich, sonst würde ihr der schwere Rock von den Hüften gleiten. Nicht einmal Frau Livia, als Mater superior zur schlichten Lebensführung angehalten, würde so herumlaufen!

Die solchermaßen als braves Hausmütterchen verkleidete Laure-Rouge mußte noch viele Stunden in ihrer Zelle hocken. Als der Kronprinz am frühen Nachmittag endlich unter Hörnerstößen von erfolgreicher Strecke aus der Forêt d'Othe in das Jagdschloß des

Herrn de Robricourt heimkehrte, legte er sich erst einmal nieder, um auszuruhen. Es war dann schon spät, als wiederum nicht Laurence, sondern auf sein dringendes Begehren der Vertraute des Montfort vorgelassen wurde. Pierre des Vaux-de-Cernay hatte um eine Unterredung unter vier Augen nachgesucht. Prinz Louis war fest gewillt, sie ihm zu verweigern:

»Wir wollen weder, daß jemand denkt, Ihr hättet mit Eurem Zauber, werter Kaplan, auf Uns entscheidenden Einfluß genommen, noch daß Ihr hinterher behaupten könnt, Wir hätten auf Euch auch nur den geringsten Druck ausgeübt.«

Der Kaplan verneigte sich geschmeidig. »Ihr, Königliche Hoheit, seid Herr über die Ohren, solange Ihr die Münder zu stopfen wißt.«

Dem Prinzen von Frankreich gefielen solche Anzüglichkeiten nicht. »Wir werden den Bischof von Tull bitten, Uns erstere zu leihen und sich im zweiten durch nichts beengt zu fühlen, Uns seinen klugen Rat zu erteilen.«

Herr Reinhald de Senlis nickte einverständig, und der Prinz fuhr fort: »Angesichts der Tatsache, daß Uns heute nacht noch die Ankunft des jungen Königs der Deutschen ins Haus steht, wünschen Wir, von der leidigen Angelegenheit dieser Laurence de Belgrave befreit zu werden. Wir geben also dem Wunsch Seiner Heiligkeit statt – nichts anderes stand ja wohl in dem päpstlichen Schreiben?« wandte er sich, Bestätigung heischend, an den Bischof. Der nickte wieder, mit dieser Wendung anscheinend zufrieden. »Und so liefern Wir also die fragliche Person *stante pede* unter sicherem Geleit nach Rom aus.«

Gar nicht einverstanden war der Kaplan. »Ich darf Euch bitten, Hoheit!« preßte er mit zusammengebissenen Zähnen heraus. Dabei warf er dem Bischof als unerwünschtem Zeugen einen ärgerlichen Blick zu, der den wohl bewegen sollte, aus freien Stücken den Raum zu verlassen, was natürlich nicht geschah. Gereizt fuhr der Kaplan fort: »Ich muß Euch – mit Verlaub – auffordern, diesem Verlangen des Heiligen Stuhls keine Folge zu leisten.«

Der Kronprinz schaute erstaunt ob solcher Kühnheit. Da er sich aber klar genug ausgedrückt zu haben glaubte, ließ er den Unbotmäßigen erst einmal weiterreden. Er war doch neugierig, worauf dieser jetzt hinauswollte. Vaux-de-Cernay nahm die Gelegenheit wahr:

»Es geht weiß Gott nicht, das müßt Ihr mir glauben, um Laurence de Belgrave, sondern darum, dem Papst die Zähne zu zeigen.«

»Wie bitte?« entfuhr es dem Herrn Reinhald de Senlis, doch der Kronprinz beschwichtigte ihn mit einem Grinsen, das besagen sollte: Hören wir uns das doch mal an!

Der kleine Kaplan wuchs über sich hinaus. »Frankreichs Ungehorsam ist gefordert! Statt Willfährigkeit gegenüber dem Heiligen Stuhl verlangt die Situation eine klare Parteinahme der Krone contra Raimond von Toulouse und pro Graf Simon de Montfort, Eurem Vasallen.«

»Wie das?« unterbrach ihn der Kronprinz. »Abgesehen von einer Brüskierung Seiner Heiligkeit, verlangt Ihr von Uns den Schutz des Usurpators gegen die angestammten Rechte der Grafen von Toulouse?« Er wandte sich an den Bischof von Tull. »Wie würde das Haus Capet dastehen im gesamten christlichen Abendland, wenn Wir –« Der Prinz schnappte nach Luft vor Empörung, und seine Zornesader schwoll. »Schon daß Wir Euch anhören! Jetzt ist Uns klar, warum Ihr Uns allein sprechen wolltet! Man sollte Euch – mit Euren eigenen Worten – an die Ohren nehmen und damit das Schandmaul stopfen!«

Der Kaplan wußte, daß er nichts mehr zu verlieren hatte. Er straffte sich und hielt dagegen: »Nicht Schande sollt Ihr fürchten, sondern Euch Respekt verschaffen, und das heißt Furcht verbreiten! *Oderint dum metuant!*«

Der Prinz verfiel plötzlich in ein gefährliches Schweigen. Er betrachtete den Erregten wie eine Schlange, die sich ihrer Beute sicher ist. »Wozu, glaubt Ihr, Herr Pierre, bedarf die Krone Eurer Ratschläge? Ihr sprecht für den Montfort, der Uns nicht gefragt hat, als er sich auf dieses unwürdige Unternehmen einließ, und jetzt in größten Schwierigkeiten steckt! Der Herr Papst dagegen handelt völlig korrekt, wenn er unseren Cousin Raimond unterstützt.«

»Und wenn der Graf ihm sein eigen' Blut als Geiseln stellt«, sprang der sonst so zurückhaltende Herr Reinhald dem Kronprinzen bei, »dann ist es sicher nicht im Interesse Frankreichs, die Begleiterin der Kinder noch länger festzuhalten.«

Prinz Louis beeilte sich zu zeigen, daß er dieses Beistands nicht bedurfte. »Und wenn der Pontifex maximus sie als Ketzerin belangen will, dann ist das allein eine Angelegenheit der Kirche – und höchstens noch der Laurence de Belgrave!«

Damit ließ sich der Herr des Vaux-de-Cernay aber nicht zum Verstummen bringen. Er wußte, daß er sich um Kopf oder zumindest Kragen geredet hatte, wenn er seine Sache jetzt nicht durchfechten würde. »Wenn Ihr hier, in dieser *per se* unbedeutenden Sache, nachgebt, wird Euch das als Schwäche ausgelegt werden. Der Papst läßt sich einspannen vor einen Streitwagen, dessen Achsen Toulouse und Aragon bilden. Gewinnt dieses Gefährt im Süden an Fahrt, dann könnt Ihr, zukünftiger König von Frankreich, bald jeden Einfluß oder gar alle Macht in Okzitanien und im Languedoc vergessen! Alles, was Simon von Montfort, Euer treuer Vasall, dort für Euch erobert hat, mit welchen Mitteln auch immer, ist dann auf einen Schlag wieder verloren – als nächstes der Zugang zum Mittelmeer!«

Der Kronprinz versuchte durch heftige Handbewegungen den beredten Agitator zum Schweigen zu bringen, doch der kleine Kaplan wagte es, seine Hand gegen ihn zu erheben. Zumindest fuchtelte er furchterregend vor dem Gesicht des fassungslosen Prinzen herum, um ihm die geographische Lage in Erinnerung zu rufen. »Das Königreich Aragon grenzt dann nahtlos an das zukünftige Reich des Staufers! Mit wem ist Euer Freund Friedrich verheiratet? Mit Constanza von Aragon! Es geht um die Größe Frankreichs, seine Zukunft! Und Ihr zögert, den Kopf eines miserablen Weibes, dieser Laure-Rouge, dem Papst auf dem Tablett zu servieren? Nur so spürt Herr Innozenz, Vormund des deutschen Königs und ihm sehr zugetan, daß er zu weit gegangen ist und im Begriff steht, sich Paris zum Feind zu machen!« Erschöpft beugte Pierre des Vaux-de-Cernay das Knie vor dem Prinzen, senkte sein Haupt demütig zum Gebet. »Ob Ihr, Königliche Hoheit, mir verzeiht oder nicht, liegt in Gottes Hand. Frankreichs Schicksal jedoch in der Euren!«

Der Kronprinz war sichtlich blaß geworden – erst ob der Anspannung, sich derartige Vorhaltungen von einem kleinen Kaplan machen zu lassen, ohne die Wachen herbeizurufen und ihn abführen zu lassen. Aber mehr und mehr erbleichte er dann beim Nachvollzug der so brutal vorgetragenen Gedankenkette, die in der Tat etwas Zwingendes hatte, und zwar zwingend zu Lasten der Krone, die er sich eines nicht allzu fernen Tages aufs Haupt setzen wollte. Die Gesta Dei per Francos kam nicht von ungefähr, sie fiel den Herrschern nicht in den Schoß, sondern mußte immer wieder neu errungen werden. Ein König des Reiches der Franken muß sich als dieser göttlichen Bevorzugung würdig erweisen. Und wenn dafür Köpfe rollen müssen!

»Geht als freier Mann, Pierre des Vaux-de-Cernay«, murmelte der zukünftige König von Frankreich, »aber geht mir aus den Augen.«

Als der Kaplan sich zurückgezogen hatte, befahl der Kronprinz den Wachen, Laurence de Belgrave vor ihn zu bringen. »Was ratet Ihr, Herr Reinhald?« wandte er sich fast zaghaft an den Bischof von Tull.

Der hatte sich bislang nur mühsam beherrscht, jetzt brach sein Zorn aus ihm heraus. »Wenn Ihr Euch zum Schutzpatron des Simon von Montfort machen laßt, wird Euch der Papst nicht heiligsprechen, sondern exkommunizieren!« Er ließ das böse Wort nicht unnötig lange im Raum stehen. »Die Nöte dieses mörderischen Raubgesellen, den Ihr längst hättet aufhängen sollen, haben seinen tüchtigen und ihm treuergebenen Beichtvater zu diesem üblen Schritt getrieben, Euch den Popanz einer Weltverschwörung gegen Frankreich an die Wand zu malen. Zu keinem Zeitpunkt hat Euch der deutsche Kaiser, Lehnsherr der Provence, den Zugang nach Marseille verweigert. Nie streckte der König von Aragon, schon immer Souverän des Languedoc, seine Hand nach Toulouse aus. Es sind einzig die gierigen Bestrebungen, die verzweifelten Anstrengungen des Montfort, die dort im Süden das bestehende Machtgefüge in Unordnung und Aufruhr bringen.«

»Dadurch ergibt sich aber auch eine einmalige Chance für Paris.« Der Prinz hatte den verlockenden Gedanken kaum in Worte gefaßt, da bereute er es schon. Herr Reinhald starrte ihn an und schlug empört das Kreuzzeichen. Er zog sich hinter den Stuhl zurück, auf dem der Kronprinz den Kopf in die Hände vergrub und, ohne aufzuschauen, vor sich hin grübelte. Der Raum füllte sich mit den Damen und Herren des Hofstaats.

Die Wachen brachten Laurence. Rambaud begleitete sie und ließ sich auch an der Tür nicht abweisen. Dort stand Roald of Wendower, dem sie den Zutritt verweigert hatten. Als Laurence an ihm vorbeigeführt wurde, lächelte er sie an und rief leise: »Kopf hoch, Laurence!« – was immer das besagen sollte.

Das erwartungsvolle Schweigen, das sich mittlerweile über die im Raum Versammelten gelegt hatte, empfand Laurence hingegen gleich als bedrückend. Der Kronprinz war der einzige, der auf einem hochlehnigen Stuhl saß. Er wich ihrem Blick aus, auch das nahm sie als schlechtes Zeichen. Gern hätte sie sich auch gesetzt, sie fühlte, wie sie schwach wurde, doch sie mußte dem Tribunal stehend gegenübertreten. Das war wichtig für ihre Würde.

»Laurence de Belgrave!« Prinz Louis gab sich einen Ruck und sprach sie mit lauter Stimme an. »Ihr habt einen Baron Frankreichs mit eigener Hand vom Leben zum Tode gebracht. Wißt Ihr nicht, daß die Ausübung der Blutrache in Unserem Königreich bei höchster Strafe untersagt ist, weil die Verfolgung von Straftaten allein dem Profos der Krone obliegt?«

Da sie darüber vorher nie nachgedacht hatte, nahm Laurence sich jetzt Zeit, bevor sie mit fester Stimme, ohne jeden aufsässigen Unterton, erwiderte: »Ich habe meinen Vater gerächt.« Beifälliges Gemurmel zeigte ihr an, daß sie bei vielen Zustimmung fand. Und so fügte sie doch noch hinzu: »Lionel de Belgrave war Gefangener, als er feige von Adrien d'Arpajon hingeschlachtet wurde.«

Dem Prinzen gefiel die Art nicht, mit der Laurence seinen Hofstaat auf ihre Seite zog. »Und Ihr, Laurence, habt den Ritter im ehrlichen Zweikampf besiegt und getötet?«

Unter Laurence brach der Boden weg. Sie konnte nur die Wahrheit sagen, auch wenn ihr niemand Glauben schenken würde. »Der Täter war bereits gerichtet – leider«, sprach sie in die atemlose Stille hinein, »bevor ich seiner habhaft wurde. Mir blieb nur noch, ihm den Gnadenstoß zu versetzen.«

Der Bischof von Tull mischte sich ein. »Verspürtet Ihr denn kein Mitleid?« forschte er nach.

»Nein«, antwortete Laurence. »Ihm war nicht mehr zu helfen – und ich hätte es auch nicht getan!«

»Also hat Eure Hand dem Wehrlosen den Tod gegeben«, stellte der Kronprinz fest und legte eine bedeutungsvolle Pause ein. »Laurence de Belgrave!« verkündete er dann mit kalter Stimme. »Ihr habt Euer Leben verwirkt. Einzig in Anbetracht der Person Eures Vaters, eines untadeligen Ritters, gewähren Wir, Louis VIII von Frankreich, Euch die Gunst des Schafotts. Nehmt Ihr das Urteil an?«

Laurence fühlte neben sich eine Lichtgestalt, die ihr ähnelte. Die übernahm die Antwort. »Wenn Ihr, Louis, Prinz von Frankreich, meinen Kopf haben wollt, sehe ich, Laurence de Belgrave, keinen Grund mehr, mir diesen darüber zu zerbrechen, ob mir sein Verlust gefällt oder nicht.« Damit hatte sie zwar keine sichtbaren Lacher auf ihrer Seite, aber unüberhörbares Glucksen. Einige Frauen schluchzten.

Dem Prinzen lag daran, die lästige Person so schnell wie möglich loszuwerden. »Morgen früh werdet Ihr dem Scharfrichter zugeführt«, bestimmte er abschließend und gab den Wachen ein Zeichen.

Laurence wich nicht von ihrem Platz. »Jeder zum Tode Verurteilte hat das Recht auf einen letzten Wunsch«, sprach sie leichthin. »Wollt Ihr mir den gewähren?«

Der Prinz konnte sich diesem Verlangen vor allen Leuten schlecht verweigern. »So es in meiner Macht steht«, sagte er gequält, »soll er Euch erfüllt werden.«

Der Hofstaat blickte gespannt auf die junge Frau, die mit soviel Fassung die Umstände ihres leiblichen Endes aushandelte.

»Heute nacht trifft der deutsche König hier ein. Ich wünsche den jungen Staufer zu sehen, von Angesicht zu Angesicht, bevor ich denn sterben muß. Morgen früh, wenn ich zur Richtstätte gebracht werde, will ich an Friedrich vorbeigeführt werden.«

Dies herzliche Verlangen rührte nun auch die Gemüter der hartgesottensten Höflinge, die Damen und die jungen Zofen der Königin weinten. Nur der Prinz war sehr verärgert ob des störenden Begehrs. »Es steht nicht in meiner Macht –«, begann er, doch die Königin widersprach:

»Ich werde mein Wort bei unserem Gast geltend machen«, sprach sie in ihrer leisen Art, und Louis beugte sich.

»Wenn Ihr auf Eurem Wunsch besteht«, wandte er sich scharf an die Verurteilte, »dann ziehe ich die Euch erwiesene Gunst zurück. Der von Euch arg belästigte Staufer gilt als unerbittlicher Verfolger der Ketzer. So ist es nur billig, daß *er* entscheidet, ob er Euch brennen sehen will – oder um den Kopf verkürzt! Unterwerft Ihr Euch seinem Urteilsspruch?«

»Das ist mir recht«, rief Laurence laut genug, daß es jeder hören konnte. Dann ließ sie sich aus dem Raum führen.

Kurz darauf zog sich auch der Kronprinz zurück, um sich für die Ankunft seines Gastes vorzubereiten. Er ließ sich von dem Bischof von Tull bis zu seinen Gemächern begleiten.

»Ich halte es nicht für angebracht, Königliche Hoheit«, nahm dieser die Gelegenheit zur Aussprache wahr, »daß der Staufer vorzeitig erfährt, warum er morgen früh an Eurer Seite vor das Portal hier treten soll. Es könnte ihn verstimmen – «

»– wie Euch, Eminenz? Ihr könnt Euch doch nicht beklagen, Herr Reinhald«, sagte Louis spitz. »Was auch immer geschehen wird, es geschieht im Einverständnis mit der Dame, die Euch so sehr am Herzen liegt.«

»Ich hab' Euch gewarnt, Königliche Hoheit!« schnappte der Bischof zurück. »Es steht Euch nicht frei, den Wunsch des Heiligen Vaters durch Willensentscheid – so es sich denn *de iure* um einen solchen handelt – eines Weibes zu ersetzen. Der war zu keinem Zeitpunkt gefragt!«

»Also dräuet mir der Kirchenbann?« spöttelte der Kronprinz.

»Das Fegefeuer!« grinste der Bischof.

Zu ernst sollte man solche Auseinandersetzungen auch nicht nehmen, beschloß der Bischof, das schadet nur dem Blutfluß, und außerdem liegt, von Tull aus gesehen, Paris weiß Gott näher als Rom.

Erst als Laurence, gestützt vom guten Rambaud, ihre Klosterzelle wieder erreicht hatte, brach sie zusammen ob der Wucht des gefährlichen Spiels, das sie im Alleingang gewagt hatte. Die Knie zitterten ihr, sie mußte sich setzen. Der Herr de Robricourt hatte das Manöver als solches gar nicht begriffen.

»Jetzt reibt sich der ewige Kronprinz die faltigen Hände«, lästerte

Rambaud, wütend ob seiner Ohnmacht, »und er rechnet sich aus, den lieben Gast mit einem Autodafé zu erfreuen!«

»Holz genug habt Ihr ja hier in Vaucouleurs.« Laurence hatte jetzt nur das Bedürfnis, endlich allein zu sein. »Ich sehe Euch morgen früh«, sagte sie leichthin, »wenn Ihr mir die Ehre erweist, mich zum Rendezvous mit dem Henker zu geleiten.« Sie umarmte Rambaud nur flüchtig und schob ihn zur Tür.

Draußen tönten Fanfaren in der Abendluft. »Ich muß eilen«, entschuldigte sich der Schloßherr verstört, »den jungen König zu empfangen.«

»Laßt kein Wort darüber verlauten«, gab ihm Laurence mit auf den Weg, »was ihn morgen früh erwartet. Ich will seine Reaktion nicht schon vorher kennen, und anderen soll dies gleichfalls verwehrt sein. Schon damit sie sich keine neuen Dummheiten einfallen lassen.«

Rambaud begab sich eilends zum Schloß, als er auch schon Pferdegetrappel vernahm. Seine Gedanken weilten noch bei Laurence, dieser seltsamen jungen Frau, die sich scheinbar ungerührt mit den unwichtigsten Details ihres eigenen Todes befaßte.

Laurence war an das Gitter getreten und träumte in die Nacht hinaus. Wie der Blitz war ihr im Verhör durch den häßlichen Kronprinzen die Idee gekommen, wie sie den gordischen Knoten durchhauen könnte, den Strick um ihren Hals, an dessen einem Ende die Religiösen zerrten – vom Prior Valdemarius bis zum Legaten Roald of Wendower –, am anderen Ende jene unsichtbaren Mächte der weltlichen Politik. Die Interessen der Krone Frankreichs waren wenigstens faßbar – und so hatte sie zugepackt: Deren zukünftiger Bundesgenosse Friedrich mußte sie retten, und nur über den oft belächelten ›letzten Wunsch‹ konnte sie, ohne Verdacht zu erregen, an ihn herankommen. Der Rest war eines jener Risiken, die sie schon oft in ihrem Leben eingegangen war.

Die wohl einzigen von allen Beteiligten, die gut schliefen in dieser Nacht von Vaucouleurs, waren der von der Reise erschöpfte deutsche König und Laurence.

Am Morgen war sie früh auf, lange bevor ihr das reichliche Frühstück gebracht wurde. Sie hatte sich fetten, heißen Eierfisch bestellt und reichlich von dem ausgezeichneten Rotwein der Domäne d'Othe, auf den der Schloßherr mit Recht stolz war. Was ihre Garderobe anbetraf, bedauerte Laurence, mußte sie sich wohl das Kleidsamste aus den vorhandenen Beständen der verblichenen Frau de Robricourt heraussuchen.

Doch zu ihrer Überraschung erhielt die Verurteilte jetzt Besuch in der Zelle. Claire de Saint-Clair, die Zofe der Königin, überbrachte Laurence ein graphitgraues Gewand aus reiner Naturseide, das ihr wie maßgeschneidert paßte. Der weich fallende Stoff brachte auch die Farbe ihres Haares bestens zur Geltung, und das erschien Laurence das wichtigste: das sofortige Wiedererkennen ihres roten Schopfes! Viel war davon allerdings nicht übrig, und so band Laurence sich mit Hilfe der Zofe aus dem Schal einen stattlichen Turban, der den trotzig verbliebenen Rest umrahmte und ins rechte Licht rückte. Als einzigen Schmuck legte sie eine Perlenkette an.

Claire de Saint-Clair, eine herbe Schönheit aus dem Norden mit Augen in den hellen Farben des rauhen Meeres an der Küste und weißblonden Wimpern wie der Sand des Strandes, war kaum älter als sie und bei aller Herzlichkeit von großer Würde. Sie umarmten sich und lächelten einander an. Wären die Umstände andere gewesen, hätte sich aus ihren Blicken zum Abschied auch ein Versprechen für die Zukunft herauslesen lassen.

Rambaud de Robricourt erschien. Er hatte vor Übermüdung und Kummer rotgeränderte Augen und schaute drein, als müsse nicht Laurence, sondern er den schweren Gang antreten.

»Man hat mich gezwungen, neben dem Blutgerüst auch noch einen Scheiterhaufen mit einem Pfahl in der Mitte herzurichten«, beklagte er sich, »denn der Prinz ist gewillt, das Urteil des Staufers auf der Stelle in die Tat umzusetzen. Ich glaube sogar, er hofft insgeheim auf die Wahl des Autodafés.«

»Wenn er sich täuscht, lieber Rambaud, könnt Ihr das Holz immer noch im Kamin verheizen«, tröstete ihn Laurence. »Weiß Friedrich von meiner Gegenwart?«

»Ich befürchte, nein, denn er begab sich gestern nacht sofort zur Ruhe. Die Herren wollen diesen Morgen gemeinsam zur Jagd ausreiten.«

»Aber ich werde den Staufer vorher sehen?« fragte Laurence stockend, zu Tode erschrocken. Die jäh aufsteigende Angst schnürte ihr fast die Kehle ab.

»Gewiß doch!« beruhigte sie der besorgte Schloßherr. »Der Hofstaat hat sich schon beidseitig der Freitreppe postiert, um beste Sicht zu genießen, wenn Ihr vorbeigefahren werdet.«

»Doch nicht etwa in einem geschlossenen Gefährt?«

»Gewiß nicht. In Begleitung des Henkers ist auch der Schinderkarren von Tull schon eingetroffen. Jeder soll Euch sehen können.«

»Dann laßt uns gehen«, sagte Laurence und reichte ihm den Arm.

Der offene zweirädrige Karren ragte unnatürlich empor, damit einerseits die Verurteilte von allen Seiten gut zu betrachten war, andererseits das Volk ihr nicht zu nahe kommen konnte. Laurence bestieg das roh gezimmerte Gefährt mit Hilfe einer Leiter, die Henkersknechte halfen ihr hinauf. Sie verteilte an jeden eine Goldmünze, wie es sich ziemte für eine Dame von Stand. Die Mönche, in deren treuer Obhut und Pflege sie so lange verweilt hatte, nahmen gleich dahinter Aufstellung – schweigend, mit gebeugten Häuptern ins Gebet vertieft.

Langsam rollte der kleine Zug durch den Wald, der Schloßherr schritt neben den Pferden. Das beruhigte Laurence. Sie hätte ihn jetzt nicht neben sich wissen wollen. Nach einer letzten Wegbiegung kam das Jagdschloß in ihr Blickfeld. Laurence hatte weder Augen für den im Hintergrund errichteten Holzstoß noch für das mit schwarzem Tuch verhangene Podest, auch nicht für den Henker in roten Hosen, mit nackter Brust und roter Kapuze. In der einen Hand das Beil, in der anderen eine brennende Fackel, so versperrte er der Verurteilten symbolisch den Weg, bis die Entscheidung gefallen war, welche Todesart ihr beschieden.

Laurence' Blick war auf die Menge vor dem Schloß gerichtet. Sie forschte nach den Gestalten der beiden Könige, nach der Erscheinung des einen, der allein für sie zählte. Noch waren die Stufen leer, und ihr Herz begann wild zu klopfen, immer wilder, je mehr ihr Gefährt sich dem Fuß der Freitreppe näherte. Sie zwang sich, geradeaus zu schauen, sie wollte nicht zeigen, wie sie dieser Begegnung entgegenfieberte. Sie beugte leicht das Haupt. Das erlaubte ihr, verstohlen die sich näher schiebende Treppe im Augenwinkel zu behalten. Ihr Herz pochte, als wolle es zerspringen, sie vergaß jetzt auch zu atmen und mußte sich an der dafür angebrachten Stange festhalten – da ertönten die Fanfaren. Die Trommel setzten wirbelnd ein, und aus dem Portal schritt – Federico!

Zum stattlichen Mann war der Knabe aus Castellammare herangereift. Wild wucherndes rotblondes Haar umrahmte jetzt auch als Bart sein leicht gerötetes Gesicht. Sie hätte ihn sofort wiedererkannt! Der König schritt die Treppe noch ein paar Stufen hinab, gerade in dem Augenblick, als das Gefährt mit Laurence dort zum Stehen kam. Rambaud mit seinem ausgeprägten Sinn für Zeremonien hatte vorsorglich in die Zügel gegriffen.

Laurence hob langsam, auf Wirkung bedacht, ihr gesenktes Haupt und strahlte Friedrich an. Der lächelte verlegen zurück, er wußte nicht, wohin in seiner Erinnerung mit der Frau, ja, er mußte sie wohl mal irgendwo ... Aufmunternd nickte er ihr zu und wollte sich an den hinter ihm stehenden Louis wenden, wahrscheinlich mit der ungeduldigen Aufforderung, nun endlich zur Jagd auszureiten. Da bemerkte der Prinz von Frankreich voller Häme: »Laurence de Belgrave erwartet aus Eurem Mund –« Weiter kam er nicht.

»Laurence?« fragte Federico die auf dem Karren einer Ohnmacht Nahen. »Laurence de Belgrave, der ich eine Insel schulde?« Er machte einen Schritt auf sie zu, verwirrt folgte ihm der Kronprinz, das Volk begann beifällig zu rumoren. Friedrich wandte sich um zu seinem Gastgeber: »Sie hat mir vor Jahren das Leben gerettet!«

»Dann erweist ihr die Gunst des Schwertes, denn auf sie als ausgemachte Ketzerin warten die reinigenden Flammen.«

Der etwas kurzsichtige Staufer bemerkte jetzt erst das Arrangement und den Henker im Hintergrund. »So groß kann ihre Schuld nicht sein«, sagte er laut, »daß ein König darüber seinen Dank vergißt.« Das war an den Kronprinzen gerichtet. »Sollte Laurence de Belgrave der Ketzerei überführt sein, steckt sie in ein Kloster, wo sie zum rechten Glauben erzogen wird.« Er drehte sich noch einmal kurz zu ihr um. »Jeder kann fehlen, jeder soll büßen. Ich hoffe, Euch erst als geläuterter Sünderin und rechtschaffener Christin wieder zu begegnen! Lebt wohl!«

Er wandte sich ab von der rothaarigen Frau auf dem Henkerskarren, und ein Vorwurf schwang in seiner herrischen Stimme mit. »*Mon cher cousin*, Ihr hattet mir eine vergnügliche Hatz auf den Fuchs versprochen!«

Hinter ihm ruckte der Karren an. Friedrich hatte kein Auge mehr für die von ihm Begnadigte, so sah er auch nicht, daß Laurence sich eine Träne aus dem Auge wischte und ihm ein verstohlenes Lebewohl zuwinkte.

Rambaud sorgte dafür, daß der Karren auf der Stelle wendete, zahlte den Henker fürstlich für sein vergebliches Erscheinen und brachte Laurence zu ihrer Klosterzelle zurück. Auf dem Weg hörten sie die Hörner der beginnenden Jagd und das Bellen der Hunde.

»Ihr seid wahrlich eine garstige Sünderin, Laurence«, verkündete der Schloßherr, als er ihr von der Leiter half. »Ihr spielt nicht nur mit Eurem Leben, sondern auch mit den Herzen der Menschen, die Euch zugetan sind. Die Stille und Strenge eines Klosters werden Euch hoffentlich auch von dieser Sucht heilen.«

Laurence lächelte ihn an. »Ihr habt recht, mein lieber Rambaud. Etwas Ruhe könnte mir guttun.«

KAPITEL IX
DAS LETZTE AUFGEBOT

IM WALD DER WERKMEISTERIN

iebe Frau Mutter –
Über die Anrede war Laurence nicht hinaus gelangt mit ihrem Schreiben, das von ihrem Leben, ihrem völlig unerwarteten Überleben künden sollte. Dann beschlichen sie bereits Zweifel, ob es überhaupt Sinn machte, der sie seit Monden in Rom Erwartenden mitzuteilen, was ihrer Tochter widerfahren war. Es war überstanden, alles andere zählte nicht, hätte die rüstige alte Dame nur zu gefahrvollen Schritten veranlaßt. Grämen würde sich Na' Livia schon nicht zu sehr, sie sollte nur wissen, daß Laurence dem Gevatter fürs erste entronnen war. Sicher hatten Roald of Wendower oder sonstwer aus den Geheimen Diensten die Mater superior des Klosters ›L'Immacolata del Bosco‹ längst von der wundersamen ›Rettung‹ wissen lassen – wie das so die Art der Kurie war: mit erhobenem Zeigefinger oder unverhüllter Drohung, voll Häme oder in insgeheimer Bewunderung.

Das alles schien der Betroffenen ziemlich bedeutungslos, gemessen an dem Haar Gottes, an dem ihr Leben gehangen – und das gehalten hatte. So empfand es Laurence auch als gerecht, für ihr bisheriges Leben zu büßen – daß sie bei völliger Unversehrtheit des eigenen Leibes nun tätig Buße tun durfte, als eine Gnade! Wenn nur nicht dieser entsetzliche Gestank sie ständig umwabern würde wie eine feuchtwarme, dicke Giftwolke, durch nichts zu verscheuchen, genauso wenig wie die lästigen, bunt schillernden Schmeißfliegen, die überall herumspringenden Ratten, die nichts anderes im Sinn hatten, als sich an den wehrlosen Opfern gütlich zu tun …

Laurence schritt durch den Mittelgang der Holzhütte im Wald. Es war ein grob zusammengezimmerter Holzbau auf steinernem Fundament. Die Menschen lagen rechts und links in ihren Verschlägen, Hände streckten sich ihr entgegen, als ob sie nach ihr greifen wollten ... Menschen? Hände? Es waren eiternde Krallen und oft nicht einmal mehr das. Nur noch Stummel, die kaum bluteten, aber auch nicht verkrusteten oder gar vernarbt waren. Faulende Glieder, nur dürftig von Lappen umwickelt, aus denen die so übel riechende Flüssigkeit sickerte. Laurence schaute aus nach Neuankömmlingen, weniger in der Hoffnung, noch helfen zu können, als um den ihr schon bekannten Wundmalen auszuweichen, deren fortschreitender Verfall sie nun schon mehr als ein halbes Jahr begleitete.

Helfen konnte sie nicht, nur lindern. Niemand konnte jemandem helfen, der von der Lepra befallen war. Hinzugekommen ist keiner, stellte sie am Ende ihrer morgendlichen Inspektion fest, dafür waren zwei der strohbedeckten Pritschen über Nacht leer geworden. Laurence versuchte sich an die Gesichter zu erinnern. Gesichter? Doch, es waren Gesichter, vor allem, wenn die Augen noch nicht verloren waren, auch wenn die Nasen und Lippen längst weggefressen – nicht von den Ratten, die sprangen nur nach den Beinstümpfen, denn solange die Verstümmelten noch einen Knüppel fassen konnten, wehrten sich die Krüppel, und wenn sie sich den Stock an den Armstumpf schnallen ließen.

Jeden Morgen, jeden Abend wurde Jagd auf das bösartige Getier gemacht, es wurde von allen zusammen aus der Hütte getrieben, zurück in den Graben, der sie umgab. Doch des Nachts, selbst bei hochgezogener Holzbrücke, kamen sie zurück, drangen selbst durch den festgefügten Untergrund aus Steinplatten, wühlten sich Gänge durch das Erdreich und schlüpften durch jede Ritze. Es war, als ob sie fliegen könnten, denn meist fielen sie vom strohgedeckten Dach aus über diejenigen her, die sich am wenigsten wehren konnten. Laurence war längst dazu übergegangen, sich unter ihrer Kutte Füße und Beine mit Leder dick zu umwickeln, denn durch gewöhnliche Stiefel ging der Biß oft hindurch. Doch nach anfänglichen Attacken ließen die Tiere sie meist unbehelligt, als wüßten sie von dem Ärger, den sie sich einhandeln konnten. Denn Laurence trug einen eisernen Schürhaken im Gürtel, eine gefährlichere Waffe als jeder Dolch.

Am Ende des Ganges trat sie an den dort hängenden Kessel, in dem ein dicker Sud aus Retterspitz die Nacht über geköchelt hatte und erst gegen Morgen, wenn das Feuer erlosch, abgekühlt war. Sie faßte mit der Hand in den Brei. Er durfte nicht zu heiß sein, und nur sie konnte darüber entscheiden, denn ein Lepröser fühlte keine Schmerzen mehr, jedenfalls nicht an den befallenen Stellen. Das führte oft auch zu unnötigen Verletzungen, die sich die Kranken aus Achtlosigkeit selbst beibrachten, weil sie es einfach nicht spürten, wenn sie sich an spitzen Steinen stießen oder sich verbrannten.

Laurence nahm einen der Krüge, die an der Feuerstelle standen, schlug mehrere Batzen von der Kräuterpaste in eine Schüssel und begann ihre morgendliche Arbeit: Auswechseln der Binden, Waschen der Wunden, dann das Belegen mit dem Kraut, das alle liebten, weil sich aus unerfindlichen Gründen die Mär hielt, es könne heilen. Alle wollten soviel wie möglich davon. Laurence verteilte es lächelnd. Für jeden hatte sie ein freundliches Wort, meist die aufmunternde Flunkerei, heute sehe die Wunde schon viel besser aus, auch wenn der Augenschein Lügen strafte.

Das Qualvolle an der Geißel Lepra war, daß das Hirn nicht gnädig durch einen Dämmerschlaf ausgeschaltet wurde, sondern der Betroffene wach den Zerfall – das stückweise Absterben seines Körpers – erlebte, das Abfallen verfaulter Gliedmaßen, Knöchlein für Knöchlein. Gemessen an ihrem furchtbaren Unglück erschienen die Betroffenen Laurence nicht verbittert, sondern um so heiterer, je mehr sich ihre Lage verschlechterte. Das wollte ihr als durchaus beglückende Lehre erscheinen, die ihr aus dem Umgang mit den Leprösen widerfuhr, und es hatte ihr mehr als jede Selbstüberwindung geholfen, den Ekel abzuschütteln, der sie anfangs stets wie ein klebriger, juckender Ausschlag befallen hatte, schon bevor sie ihre Arbeitsstätte auch nur betrat.

Nachdem sie den letzten ihrer Schützlinge versorgt hatte, trat sie hinaus und schritt über den hölzernen Steg ins Freie. Früher hatte sie den Geruch des Waldes begrüßt wie eine Schiffbrüchige das rettende Ufer. Jetzt verwandte sie auf die hohen Tannen kaum noch einen Blick, sondern überdachte die weiteren Aufgaben des Tages, den Vorrat an benötigten Binden, das Sammeln und Trocknen der

Kräuter, das Waschen der Laken und Lüften der Kissen. Das waren alles Dinge, die sie nicht selber besorgen mußte, doch es lag in ihrer Verantwortung, daß es geschah. Elastischen Schrittes betrat sie das steinerne Haupthaus, beugte das Knie angesichts der stets offenstehenden Tür der Kapelle und begab sich in die Küche, um sicherzugehen, daß die fällige Morgenmahlzeit für ›ihr‹ Haus pünktlich bereitet wurde.

Oignies war kein Kloster, auch wenn es von den Leuten als solches angesehen wurde. Die Siedlung tief in der Forêt de Nîmes war um eine Kapelle herum entstanden. Weniger wegen der Heiligkeit des Ortes hatte Marie, die Begründerin dieses Heimes für Aussätzige, sich für diese Stätte entschieden, und schon gar nicht, weil sie sich Wunder erwartete, sondern weil hier ein Quell entsprang, der sauberes Wasser in reichlicher Menge versprach.

Marie ließ sich weder Mutter noch Schwester nennen, hatte Laurence gleich bei ihrer Ankunft im tiefsten Winter erfahren. Sie lernte die ›Werkmeisterin‹ auch erst nach Wochen kennen – wie um ihr zu zeigen, daß man hier keine Person hervorhob, weder die Frau, von der die Bewegung getragen wurde, noch die junge Büßerin. Laurence mußte sich selber in den harten Dienst einfädeln. Keiner befahl ihr, aber es half ihr auch keine der Frauen mit Rat oder Tat. Im Gegenteil, Laurence hatte den Eindruck, nicht sonderlich willkommen zu sein. Um so mehr stürzte sie sich in die Arbeit, denn das allein, nicht fromme Gebete, zählte in Oignies. Das war auch das einzige, was ihr eine der meist älteren Frauen bald zugezischt hatte, als Laurence in ihrer Verwirrung Zuflucht in der Kapelle gesucht hatte.

So übernahm sie die niedrigsten Arbeiten, die Beseitigung der Exkremente, das Schlagen und Heranschaffen von Brennholz und der Strohschütte, und das bei bitterer Kälte und im tiefen Schnee. Ihr bluteten Finger und Füße, doch sie klagte nicht, sondern schuftete bis in die hereinbrechende Dunkelheit und war morgens die erste, lange bevor der Tag anbrach. Doch hatte sie bei allem stets das Gefühl, aufmerksam beobachtet zu werden, nicht von den argwöhnischen alten Weibern, sondern von zwei Augen, denen zu begegnen sie immer sehnlicher begehrte.

Erst nach einem Monat trat Marie im Wald morgens zu ihr, als Laurence wütend mit der Axt auf einen widerspenstigen Baumstrunk einhieb. »Das ist der Weg, der nirgendwohin führt, Laurence«, sagte die zierliche Frau, die viel jünger war, als sich Laurence die energische Werkmeisterin vorgestellt hatte, »außer daß dir die Axt in den Händen zerbrechen wird.«

Laurence ließ sich nicht beirren und schlug weiter auf das Wurzelholz ein, bis dann der Schaft in ihrer Hand zersplitterte und das Eisen festsaß.

Marie lächelte. »Du wirst lernen, deine Kraft richtig einzusetzen, nicht um zu zerstören, sondern um zu heilen.«

»Den Aussätzigen kann keiner helfen, sie sind vom Tode gezeichnet«, wehrte sich Laurence und fühlte sich selbst dabei hilflos.

»Das sind wir alle«, entgegnete ihr Marie. »Unsere Hilfe besteht darin, ihnen das Sterben leichter zu machen, ihnen zu verstehen zu geben, daß sie keine Ausgestoßenen sind.«

»Aber heilen?« fragte Laurence, neugierig auf die Antwort.

»Du vergißt ihre Seelen, Laurence.« Marie griff mit ihrer feingliedrigen Hand nach dem festsitzenden Eisen und zog es mit einem Ruck aus dem Holz. »Das ist für sie wichtiger als der Verlust des Gesichtes, der Gliedmaßen. Von denen wissen sie genau, daß sie ihrer verlustig gehen. Deswegen ist es auch sinnlos, Wurzelholz zu hacken, wenn der Wald noch voll glatter Stämme ist, die sich gern als Brennholz anbieten. Denn mit der Pflege der Siechen und Moribunden reinigen und salben wir auch unsere Seelen.«

Laurence dachte nach, während sie ihre Ausbeute an Brennholz schulterte. »Wollt Ihr mir damit sagen, Marie«, sie nahm für diese Anrede allen Mut zusammen, »daß ich mich weniger um die scheren soll, deren Zustand schon an den unnützen Wurzelstrunk gemahnt, sondern mehr um solche, denen man noch Hoffnung vorspiegeln kann?« Die alte Angriffslust überkam sie. »Verbrannt werden sie doch alle?«

Maries graue Augen blitzten sie an, nicht erzürnt, sondern belustigt, als freue sie sich über diese Widerborstigkeit der Jüngeren. »In Oignies hat niemand ein Gelübde abgelegt. Wenn dir danach ist, den Palast der ›Engel‹ zu übernehmen, also jene Hütte, die keiner der Bewohner auf eigenen Beinen mehr verläßt, dann will ich sie dir anvertrauen.«

Laurence hatte nur grimmig genickt, und so war es geschehen, daß sie zu den Engeln kam.

Das Stift von Oignies lag in einem Ausläufer der Ardennen, von denen das Waldgebiet durch die Meuse abgetrennt wird. Die Siechenpflege durch opferbereite Frauen hatte Tradition in dieser Gegend, ob nun aus dem Adel oder aus reichem Bürgerhaus, von Witwen oder gleich sich der tätigen Nächstenliebe hingebenden Jungfern. Die Kirche hatte natürlich ein strenges Auge auf solche Einrichtungen, die leicht zu Brutstätten der Ketzerei werden konnten, wenn sie der geistlichen Zucht ermangelten.

Deshalb war hierhin auch ein junger Vikar entsandt worden, Jacques de Vitry, der den Damen die Messe las und die Beichte abnahm. Ein wenig hatte man damit einen Bock zum Gärtner gemacht, denn Monsignore Jacques verliebte sich über beide Ohren in Marie, was er allerdings sehr gemessen zu unterdrücken wußte, indem er jeden Schritt, jedes Wort der Angebeteten aufzeichnete. Nur sein nicht erlahmender Eifer, seine Begeisterung für ihr löbliches Tun verrieten ihn einer aufmerksamen Beobachterin wie Laurence. Zum anderen war Jacques de Vitry ein feuriger Verfechter der Lehren des Franz von Assisi im fernen Italien, der die Armut wie eine Königin zu verehren schien oder zumindest wie die Heilige Jungfrau, und das kam der Ketzerei schon recht nahe.

In dieser Liebe für die Ärmsten der Armen – und das waren die Leprakranken gewiß – traf und vollzog sich jedenfalls die heimliche Vereinigung zwischen dem Kirchenmann und der trefflichen Marie. Mehr konnte Laurence bei keiner Gelegenheit feststellen, zumal Marie eigentlich schon in früher Jugend einem Manne verheiratet worden war, der jedoch für ihre wahre Berufung so viel Verständnis aufbrachte, daß er sie gewähren ließ. Dafür war sie ihm dankbar, wahrscheinlich liebte sie ihn sogar für diesen Verzicht.

Marie war also, wie es schien, gegen derlei Anfechtungen, wie sie ein feuriger Priester darstellen mochte, gefeit. Laurence erschien er sowieso nicht sonderlich attraktiv. Jacques war ein spindeldürres

Gestell mit Segelohren, allerdings mit wunderschönen, verträumten Augen und weichen Lippen bei einem viel zu großen Kopf. Ein längeres Gespräch hatte sie mit dem Priester nicht geführt, sie bedurfte solchen Zuspruchs nicht, ging sie doch völlig in ihrer Arbeit auf. Auch war sie meist zum Umfallen müde nach eines vollen Tages Plackerei und Not.

Der Frühling war ins Land gezogen, die Sonne schien wärmer, die Fliegen wurden immer lästiger. Laurence hatte die Betten mit Stoffbahnen aus Musselin verhängt, doch ihre Engel schnappten bald nach Luft wie Fische auf dem Trockenen. Sie mußte die feinen Gewebe wieder entfernen – wie im bittersten Winter, als sie die Fenster mit Decken und Teppichen gegen die eindringende Kälte verschließen wollte und die ›Erzengel‹ gemeutert hatten. Es half auch nicht, daß sie ihnen entgegenhielt, schon mancher sei erfroren, aber noch keiner am eigenen Gestank erstickt.

Die Erzengel, das waren die Ältesten, die Vernarbten, die seit ihrer Kindheit mit der Krankheit vertraulich lebten und grobe Scherze über sie rissen – wenn sie glaubten, Laurence könne es nicht hören. Ansonsten halfen sie ihr, sorgten dafür, daß das Feuer nicht ausging, schleppten Wasser im Joch herbei und rührten den Kräuterbrei. Sie wußten alles über Lepra: Aloe war hilfreich für Narben, und Schachtelhalm, Vogelknöterich und etwas Hohlzahn taten der Lunge gut. Gegen Blutschleim wirkten Ehrenpreis, Hauhechel und Zinnkraut, bei Entzündungen Angelikawurz mit Kalmus zu gleichen Teilen – sie kannten die Kräuter allesamt, gingen auch gern in den Wald, sie zu schneiden, bei Vollmond oder in der Johannisnacht. Dabei wußten sie genau, daß keines der Mittelchen – als Brei aufgetragen, als Sud getrunken, damit stündlich bestrichen, in der Brühe lau gebadet – half. Darüber konnten sie sogar lachen. Sie schlossen Wetten darauf ab, wer zuerst mit den Füßen voraus in die Grube fahren würde.

Laurence betreute jetzt auch noch eine zweite Hütte, die mit den Neuankömmlingen, die oft auf Verdacht von den eigenen Familien hergebracht wurden oder aus ihren Dorfgemeinschaften ausgewiesen worden waren. Meist bewahrheitete sich die böse Vermutung. Die Prüfung war denkbar einfach: Auf der Haut bildeten sich weiße

Flecken, deren Ränder rotgefranst waren. Stach man mit einem Hölzchen hinein und der Schmerzensschrei unterblieb, war das Urteil schon gesprochen. Die Verurteilten auf ihr neues Leben einzustimmen war schwieriger. Es dauerte oft lang, bis Trotz und wilde Verzweiflung so gedämpft waren, daß man die ›Jungfrauen‹ mit den altgedienten himmlischen Heerscharen zusammenlegen konnte, denn gerade die Engel haßten es, sich das Gejammer anhören zu müssen.

Es kamen natürlich auch gräßlich Verunstaltete von weit her nach Oignies im Walde, deren Anblick so entsetzlich war, daß sie nirgendwo mehr geduldet wurden, nicht einmal mehr bei den herumziehenden Bettlerhaufen. Sie hatten knotige Schwellungen im Gesicht, ihre Arme und Beine waren aufgetrieben, verwachsen zu unförmigen Gebilden. Der früh einsetzende Verlust der Augenbrauen und das Einfallen der Nase, des Kiefers verstärkte den verheerenden Eindruck der Entstellung, weil ein Gesunder sich ja mehr als an alles andere an den Erhalt des menschlichen Antlitzes klammert, das Ebenbild des Göttlichen.

Laurence hatte sich abgewöhnt, darüber nachzugrübeln, wie Gott wohl in Wahrheit aussehen könnte, besser war es, sich das nicht vorzustellen angesichts solchen Grauens. Sie wusch, bestrich und wechselte Binden, rieb, streichelte und flößte ein, hatte für jeden ein freundliches Wort. Dazu mußte sie sich nicht einmal zwingen. Das Glücksgefühl, des Morgens zu erwachen, den eigenen, unversehrten Leib mit eigenen Fingern streicheln und ertasten zu dürfen, sich mit der Handschale das Wasser ins Gesicht werfen zu können, nachdem sie es lange im Spiegel besehen hatte, um dann auf eigenen Füßen den Waldboden zu betreten – das war so stark, sie war ihrem Schöpfer so dankbar, daß es sie drängte, etwas Schönes zu sagen. Und die Kranken ließen sie spüren, wie wichtig neben der guten Tat das an sie gerichtete Wort war. Das war Laurence' Morgengebet, und sie hatte es Marie gesagt, und die hatte sie umarmt vor Freude.

Laurence war längst zu ihrer bevorzugten Mitarbeiterin geworden. Die anderen Frauen sahen es mit Neid, wenn sie auch in sanfter Frömmigkeit vorspielten, daß es ganz in ihrem Sinn sei. »Die Rote spielt sich schon als die neue Werkmeisterin auf«, tuschelte es hinter ihrem Rücken. »Die will es hier zur Äbtissin bringen!«

Laurence tat so, als würde sie es nicht hören, und hoffte nur, daß solches Geschwätz nicht an Maries Ohren drang. Sie verrichtete ihre Arbeit und dachte nur noch selten daran, wie und warum sie hergekommen war. Sie mußte schmunzeln – wie lächerlich ihr das heute erschien! Das Gezerre um ihren Verbleib nach der Begnadigung hatte dem um ihre Verurteilung in nichts nachgestanden. Roald of Wendower hatte für das Kloster Notre-Dame-de-Prouilles plädiert, wohl mit dem Hintergedanken, daß er dort mit Hilfe der benachbarten Dominikaner von Fanjeaux mehr Macht über sie haben würde und sie endlich nach Rom schaffen könnte, um sich des leidigen Auftrags zu entledigen. Aber der wachsame Rambaud hatte den Plan sofort vereitelt, denn das fehlte gerade noch, die mit soviel Müh' Gerettete nun doch den Schergen des Montfort in den Rachen zu werfen. Allen voran Pierre des Vaux-de-Cernay, sein Rivale um den Kopf der Sünderin, denn der war mit kaum verhaltener Wut abgereist und hätte sich gewiß gefreut, wenn man sie ihm nachgeschickt hätte. So wurde der arme Roald sogar von jeglicher Reisebegleitung ausgeschlossen, zu der er sich aufopfernd erboten hatte.

Die Königin hatte dann zögerlich den ehrwürdigen Konvent von Fontrevault angeboten, wohl weil dort die Gebeine ihrer berühmten Großmutter Eleonore ruhten und auch die ihres Lieblingsonkels Richard Löwenherz. So sehr sie in ihrer Jugend für den Helden geschwärmt hatte, zog es Laurence nun keineswegs zu dessen Gruft. So war sie froh, als Claire de Saint-Clair bei ihrer Herrin durchsetzte, Laurence nicht an einen Ort der Muße, sondern der Buße zu bringen, wofür Oignies genau das Rechte sei – weitab auch von ihrem bisherigen Umfeld, ob nun irregeleitete Ketzer oder eifernde, rachsüchtige Priester. Dagegen erhob sich kein Widerspruch. Rambauds Leute übernahmen den Transport, und der Gute hatte dem Kronprinzen mit seinem Kopf dafür gehaftet, daß sie dort, im Wald von Nîmes, nicht nur ankam, sondern auch sicher verwahrt würde.

Erst viel später hatte Laurence in Erfahrung gebracht, daß Claire de Saint-Clair und Marie, die Werkmeisterin von Oignies, vertraute Jugendfreundinnen waren. Wenn sie es genau überlegte, mochten sie Schwestern sein, so ähnlich sahen sie sich, so stark waren beide im Charakter, kühn in ihren Gedanken und energisch in ihrem Auftreten. Doch Claire de Saint-Clair, zwar von robuster Erscheinung, war in ihren Methoden subtiler, vielleicht auch die Stillere und Verschlossenere. Die Werkmeisterin, wenn auch von zarter Statur, zeichnete sich durch erstaunliche Unverblümtheit aus, durch rauhe Herzlichkeit und offen zur Schau getragenen Frohsinn. Sie sang gern zur Laute, und wenn sie ihre Mitstreiterinnen zu etwas anhielt, dann zum Singen und Musizieren. Sie behauptete sogar, daß sanfte und heitere Melodien den Kranken helfen würden, ihr Leid zu vergessen. Jedenfalls brummte und dröhnte der Chor der Erzengel jedesmal mit ihren brüchigen Stimmen aus verwüsteten Kehlen eifrig mit, wenn Marie alle, die noch krauchen konnten oder, gestützt auf Krücken, sich herbeischleppten, um sich versammelte. Längst war die Sommersonnenwende vorüber, aber immer noch waren die Abende hell und mild. Es waren Lieder der Liebe, ob nun zu Ehren der Heiligen Jungfrau oder weltlicher Liebchen, und Laurence ließ den Ohrenschmaus über sich ergehen, weil sie sah, wie sich alle freuten.

Sie wurde aus dem Kreise weggerufen, weil im ›Fegefeuer‹ ein Neuer eingeliefert worden sei, der sie, Laurence de Belgrave, zu sehen begehre.

»Ein Kreuzritter aus dem Heiligen Land«, vertraute ihr die Magd an, die sie geholt hatte, »gar schlimm steht's um den jungen Herrn!«

Der erste Name, der Laurence durch den Kopf fuhr wie ein schmerzhafter Blitz, war Gavin, doch das konnte nicht sein – das durfte nicht sein! Sie zermarterte sich das Hirn: Wen kannte sie schon, der nach Syrien ausgezogen war? Laurence betrat das ›Fegefeuer‹, worauf der Lärm sofort zunahm, der dort herrschte: Diejenigen, die sich mit ihrem Schicksal noch nicht abgefunden hatten, stritten sich ständig und riefen sie jetzt als Schiedsrichter herbei. Andere Hände reckten sich ihr entgegen, um ihre Aufmerksamkeit zu heischen, ihre Wunden zu zeigen. Doch Laurence stürmte durch die Reihen wie durch ein Kornfeld, hinter der Magd her, die sie zielstrebig zum Lager des Neuen führte.

Laurence erschrak, nicht weil die Gestalt ihr fremd war, sondern weil sie das erste Mal mit der teuflischen Fratze der Krankheit konfrontiert wurde, die sie nur vom Hörensagen kannte. Das Gesicht, der Hals, die Arme waren von Schuppen überzogen – ein *lézard* blickte sie an, ein Echsenmann! Das Seltsame daran war, daß sie das Wesen, das sie unter der Schlangenhaut ansah, nicht einmal als häßlich oder gar gräßlich empfand – nur als fremd.

»Laurence«, entwich es dem lippenlosen Schlitzmaul, »ich bin es, Olivier.« Als die zuckenden Augen erkannten, daß sie damit nur Verwirrung auslösten, setzte der Mund mühsam zischelnd hinzu: »Olivier de Fontenay.«

»Fontenay –« Das Wort löste in Laurence eine Erinnerung aus. Da war doch jenes Turnier gewesen, das sie als junges Mädchen mit ihrem Vater besucht hatte. Jetzt sah sie den Sohn des Gastgebers wieder vor sich, unnahbar in seiner Schönheit und dem sie mönchisch ankommenden Ernst, Dienst in einem Ritterorden der Terra Sancta zu tun und nicht sich auf die Verlockungen von Konstantinopel einzulassen. Der junge Olivier trat deutlich vor ihr Auge, ein stiller Mensch, der sich auch geweigert hatte, an den Vergnügungen eines Bohurts teilzunehmen, obgleich er als vorzüglicher Kämpfer galt. Laurence hatte sich damals nicht weiter um den Spröden bemüht, sondern sich von den grünen Augen des René de Chatillon verführen lassen – und doch hatte Olivier sie nicht vergessen! Das rührte sie, und sie mußte sich zwingen, die Rolle der helfenden Schwester wiederzufinden.

Ihre Augen glitten prüfend über ihren Patienten. Die Hände Oliviers waren seltsamerweise noch ziemlich intakt, wenn auch ohne Fingernägel und an einzelnen Gliedern verkürzt, doch um den Hals herum sah es entsetzlich aus. Dicke Geschwulste erweckten den Eindruck, daß der eingefallene Kopf fast aus den Schultern wuchs. Sie wölbten sich überall, auch an den Seiten, wo einst die Ohren saßen. An die Nase erinnerte nichts mehr: zwei Löcher, aus denen schleimige Flüssigkeit ungehindert floß. Mund und Augen waren hinter schuppigen Lappen verborgen, schienen aber noch dem Willen des Mannes zu gehorchen.

»Fühlt Ihr Schmerzen?« fragte Laurence tastend. Sie hatte die hingestreckte Hand ergriffen, doch Olivier reagierte nicht. Da beugte sie sich in Richtung des deformierten Schädels und rief lauter in die Geschwulst: »Hört Ihr mich? Olivier!«

Ihre Lippen berührten fast die Schuppenhaut, da hörte sie neben sich die gespuckte Antwort: »Macht Euch ein Rohr, wenn Ihr zu mir sprechen wollt.«

Laurence legte die Hände zum Trichter zusammen. »Wo habt Ihr Schmerzen?«

Schuppenlider legten langsam die Augäpfel frei. Es war Laurence, als ob Olivier sie verspotten wollte. »Nirgendwo – und das zunehmend!« keuchte der Mund, zu einem Lächeln gequält. Olivier bemühte sich offensichtlich, ihr den Blick in seine Rachenhöhle zu ersparen, denn er hielt fürsorglich die Krallenhand davor. »Nur höre ich schlecht mit meinen ungewaschenen Ohren. Auch putzt mir niemand die Nase!«

Laurence ging auf den Ton nicht ein. Sie erhob sich. »Ich werde mich kundig machen, Olivier, wie Euch zu helfen ist«, sagte sie und wandte sich zum Gehen.

Er ließ ihre Hand nicht los. Sie spürte die eiserne Kraft, die der Klaue noch innewohnte. »Tötet mich, Laurence«, keuchte er und gab den Blick in das Innere seines Schlundes frei, eine eitrige, zahnlose Höhle, aus der ein bestialischer Gestank entwich. »Gebt mir den Tod, Laurence! Deswegen bin ich gekommen.«

Sie entwand ihm ihre Hand und nickte ihm beruhigend zu, sie konnte nicht anders. Es hatte so flehentlich geklungen. Laurence riß sich los und lief aus der Hütte. Sie mußte mit Marie sprechen, nur sie konnte ihr raten, wie sie mit einem Menschen verfahren sollte, der sich bis hierher geschleppt hatte, um den Tod von ihrer Hand zu erbitten.

Vor der Kapelle saß Jacques de Vitry auf den Stufen, die Tür war verschlossen. Er lauschte verzückt der weiblichen Stimme, die im Inneren in höchsten Tönen Gott den Vater, seinen Sohn und die Heilige Dreifaltigkeit pries, laut jubelnd Dank und innige Verehrung verkündend.

»Ich muß die Werkmeisterin sprechen«, brachte Laurence nach

einiger Zeit des Wartens ihr Anliegen vor. »Es geht um Leben oder Tod.«

Jacques de Vitry belächelte den Eifer der jungen Frau, die sein Interesse geweckt hatte, weil Marie sie mehr liebte als alle anderen. »Worum geht es denn wohl sonst auf Erden – wenn Ihr Euer Seelenheil nicht bedenken wollt?«

»Es geht nicht um mich«, entgegnete Laurence heftig, »und ich will es auch nur mit Marie erörtern.«

Der zierliche Priester lächelte sie dennoch an. »Marie spricht gerade mit Gott! Wollt Ihr sie stören?«

Laurence vernahm sehr wohl die ausgestoßenen spitzen Schreie, keine Klagelaute, sondern Rufen von Vögeln gleich, die sich suchen, sich Gehör verschaffen – dann wieder gutturale Töne der Versöhnlichkeit, des Duldens, des sich Fügens.

»Lauscht nur«, forderte Jacques sie auf. »Sie gibt Euch auch alle Antworten auf Eure Fragen – denn es geht um Leben und Tod«, setzte er vieldeutig hinzu, gerade als die Stimme im Inneren zerbrach wie ein zartes, gläsernes Gefäß. Ohne Schmerzenslaut, Wimmern oder Stöhnen trat völlige Stille ein.

»Ist sie krank?« fragte Laurence erschrocken. Der Gedanke, daß Marie sie verlassen könnte, traf sie wie eine Axt. Sie taumelte und hockte sich auf eine Bank ihm gegenüber.

»Sie wird in Bälde heimgehen zum Vater«, bestätigte ihr der Priester den furchtbaren Gedanken. Wie um ihn Lügen zu strafen, erhob sich in der Kapelle die Stimme wie eine Lerche. Marie würde sich nicht unterkriegen lassen!

Laurence' Augen füllten sich mit Tränen. »Was kann ich für sie tun?« fragte sie verzweifelt, bereit zu jedem Opfer, das von ihr verlangt würde.

»Verrichtet Eure Arbeit, Laurence, wie Marie es Euch gelehrt hat.«

Laurence mußte ihm recht geben. Aber wie sollte sie sich im Falle Oliviers verhalten, der nicht mehr leben, sondern sterben wollte? »Wenn einer sich den Tod herbeiwünscht –?« fragte sie zaghaft und schaute auf den kleinen Wächter vor der Tür, hinter der die Antwort war – oder nicht?

»Dann liegt es bei Gott, unserem Herrn, ob er ihm das Leben gibt – das ewige!«

»Und wenn er leidet, furchtbar leidet?«

»Denkt an das Beispiel Jesu Christi, Laurence«, beschied sie der Priester. »Es ist gewiß nicht Eure Aufgabe, dem Ratschluß des Allmächtigen vorzugreifen. Ihr vermögt es auch nicht.«

In der Kapelle sang Marie mit mächtiger Stimme. Woher nahm sie wohl die Kraft?

»Und wenn Euch das Kreuz zu fern ist, Laurence«, fügte Jacques gutmütig hinzu, er wußte um die katharische Vergangenheit der Fragenden, »so nehmt Euch Marie zum Vorbild. Sie wird bis zum letzten Atemzug kämpfen und dennoch freudig in die Arme des Heilands sinken, dem sie sich anverlobt hat.«

Laurence sah, daß es auch in seinen gütigen Augen verräterisch schimmerte. Sie stand auf und hätte den traurigen Priester fast umarmt. »Ja, *sie* wird glücklich sein«, versuchte sie Jacques zu trösten, »aber wir müssen stark sein in unserem Leiden!« Laurence rannte davon. Sie schämte sich. Wie hatte sie nur übersehen können, daß Marie selbst so krank war! Sie ging in die Küche und lieh sich einen Trichter aus, mit dem das Öl umgefüllt wurde. So bewaffnet, betrat sie wieder das ›Fegefeuer‹.

Olivier schien zu schlafen, doch gerade als Laurence sich wieder wegschleichen wollte, schlug er langsam die Augen auf. Sie setzte sich zu ihm und hielt ihm die Trichtermündung an die Geschwulst.

»Gott wird Euch helfen«, stammelte sie hinein.

»Lauter!« sagte er, und sie schrie:

»Gott wird Euch seinen Frieden geben!«

»Das tut er schon seit langem!« kam die gekeuchte Antwort, erst stockend, doch dann brach sich die Sprache wider jede Vernunft, reißend, fetzend, wie blutige, eiternde Lava, ihre Bahn. »Fünf Jahre hab ich als Ritter im Orden des Lazarus den Tod im Kampf gesucht – stets siegreich Schrecken verbreitend. Nie bin ich einem begegnet, der mich zu bezwingen vermochte – und meine Glieder überzogen sich mit Hornhaut. Das Blut des Drachens machte sie unverwundbar, doch sein Feuerodem, der fraß mich von innen auf!«

Längst hatte Laurence ihre Hand unter die Beulen des Hinterkopfs geschoben. Sie spürte, daß Olivier das Reden in liegender Stellung immer schwerer fiel und er doch zu ihr sprechen wollte. Es sprudelte hustend, stinkend, röchelnd aus ihm heraus, als wolle er sich das Leben vom Leibe reden.

»Unsere Burg lag vor den Toren von Akkon. Die Stadt durften wir nicht betreten, aber uns gehörte ein Stück der Mauer, die wir Ritter des heiligen Lazarus zu verteidigen hatten, wenn der Feind angriff.« Sein Husten nahm zu.

»Schont Euch!« brüllte Laurence in den Trichter. Sie sah, daß alle Kranken, die noch kriechen konnten, sich herbeigeschleppt hatten, das Lager des Ritters umringten und seiner brockenweise herausgewürgten Erzählung lauschten. Es war still geworden im ›Fegefeuer‹.

»Ruht Euch aus!« riet Laurence, die Stimme gegen ihr Gefühl zur Lautstärke zwingend.

»Wozu?« Olivier grinste verächtlich. »Es kam keiner, die Ungläubigen fürchteten uns wie die Pest. Wie die Lepra!« Sein Mund verzog sich zu einem höhnischen Lachen, das in Husten und Würgen überging.

Laurence strich ihm mit der freien Hand über die Stirn, die trocken und kalt war. Er schüttelte sie unwillig ab. Er spie die Sätze hinaus mit dem Schleim aus Blut und Eiter.

»Jeden Tag ritt ich hinaus in die Wüste, in der Hoffnung, endlich dem Reiter zu begegnen, dessen blitzender Scimitar schärfer schnitt als mein Schwert. Ich ritt Stunden – im Sand ... hinter jeder Düne –« Oliviers Stimme wurde schwächer, er sprach jetzt langsamer, seine Augen hielt er geschlossen. » – suchte ich ihn ... Das Licht der Sonne blendete mich, der Sand trieb mir in die Augen ... Er suchte mich –« Es war nur noch ein Hauchen. »Ich suche – ihn –«

Die Stille im Raum war so angespannt, daß kaum ein Atmen zu hören war.

»Ich sehe die Sonne«, flüsterte der Ritter, um Luft ringend. »Ihr Licht weht auf mich zu ... Sandsturm, eine Wolke von Staub, Blitze dringen heraus ... Er kommt! Er kommt!« Der Ritter schien sich aufbäumen zu wollen. Laurence spürte die Anstrengung der Nackenmuskeln. Die Stimme war plötzlich ganz klar: »Er trägt keinen Turban!« krächzte er, um dann, alle Kraft zusammennehmend, sich von

Wort zu Wort steigernd, den Triumph hinauszuschreien: »Aber er ist es! Er ist es! Er ist –«

Oliviers Kopf sank wie vom Blitz getroffen in der Hand von Laurence zur Seite, ein Blutgerinnsel trat aus seinem Nasenloch. Er seufzte tief, ein Zucken ging durch seinen Körper. Olivier de Fontenay, Ritter vom Orden des heiligen Lazarus, hatte seinen Bezwinger gefunden.

»*Pax animae suae*«, ertönte die Stimme des Priesters. Keiner hatte ihn und in seiner Begleitung Marie eintreten hören. Wie zerbrechlich sie wirkt, dachte Laurence, zu ihr aufschauend. Doch war es Marie, die ihr tröstend über das Haar strich, bevor sie das Laken über das starre Antlitz des Echsenmannes zog.

Das Licht der Sonne wurde stärker. Laurence suchte jetzt die Nähe von Marie, so oft es ihr die Arbeit erlaubte – oder der sich fortlaufend verschlechternde Zustand der zierlichen Werkmeisterin. Die Krankheit verzehrte sie von innen, doch Marie zeigte nicht den geringsten Schrecken über ihr Siechtum. Marie d'Oignies sehnte ihr Ende herbei, sie hatte es auf den Tag genau vorausgesagt, und alle, die sie kannten, wußten, daß sie sich daran halten würde.

Die meiste Zeit verbrachte sie in der kleinen Kapelle, wo sie ›heimliche Treffen mit der Mutter Gottes‹ hatte, wie Jacques de Vitry der fragenden Laurence voller Stolz versicherte. Es bedurfte langen Wartens, bis er Laurence den Besuch bei der Kranken gestattete, die ihr Bett in der Kirche hatte aufschlagen lassen. Marie kniete auf dem Steinfußboden und starrte unverwandt, ohne mit der Wimper zu zucken, in das gleißende Licht der Sonne, die durch das Bleiglas der Rosette feurig funkelnd in den Raum strahlte. Laurence versuchte es ihr gleichzutun, aber sie war sofort geblendet, und es brauchte Zeit, bis ihre schmerzenden Augen überhaupt wieder etwas anderes sahen als schwarze, kreisende Flecken.

»In dir ist noch viel Leben, Laurence«, sagte Marie leise. Sie lächelte. »Du solltest Oignies verlassen, bevor sich meine glückliche Seele von dieser armen sterblichen Hülle trennt.«

»Ihr eßt zu wenig!« entfuhr es Laurence. Alle hatten davon gehört, daß Marie ihre eigenen Fastengebote immer härter befolgte und die Verweigerung von Nahrung steigerte wie eine Süchtige. Laurence mußte unwillkürlich an die Endura der großen Esclarmunde denken. So konnte man sich seinen Weg zu Gott auch erzwingen!

Marie erhob sich schwankend, wies aber jede Hilfestellung entschieden zurück. Sie nestelte an ihrer Kutte und löste die Kordel, die das Gewand in der Hüfte schnürte.»Ich habe mein Testament schon gemacht, und es ist mir nichts mehr geblieben, meine liebe Laurence«, sagte sie und schlang den Strick um deren kräftigen Leib.»Solange du ihn zu knoten vermagst, kannst du ruhig essen, was dir mundet. Ich will ihn dir vermachen, auf daß du wenigstens an mich denkst, wenn du zu dick wirst.«

»Ich denke nicht daran, Euch zu verlassen, gerade in Eurer Not!« wehrte sich Laurence.»Ebensowenig werde ich die Kranken im Stich –«

»Schschttt!« Marie legte ihr einen Zeigefinger auf den Mund, und Laurence verstummte.»Du wirst mir einen großen Dienst erweisen, eine schwierige und nicht ungefährliche Aufgabe, die von allen hier einzig du bewältigen kannst.«

»Ihr wollt mich nur –« Laurence vermochte sich gegen Marie nicht durchzusetzen. Die Werkmeisterin war auch hierin unbeirrbar.

»In der Nähe von Alet im Razès liegt auf einem Hügel eine Kirche, Johannes dem Täufer geweiht. Darin steht in einem Seitenaltar eine Schwarze Madonna, der ich sehr verpflichtet bin.« Sie streifte sich mit energischem Ruck den einzigen Silberreif vom Finger.»Da ich diese Wallfahrt nicht mehr auszuführen vermag – bringt ihr bitte den Ring, den ich ihr versprochen habe und auf den sie wartet.« Marie, die sich erschöpft auf der Bettkante niedergelassen hatte, zog Laurence zu sich herab und flüsterte:»Achtet darauf, daß sich niemand gleichzeitig mit Euch in der Kirche befindet, hebt dann –«

Den Rest verstand Laurence beim besten Willen nicht. Sie wagte auch nicht nachzufragen, denn Jacques de Vitry betrat den Raum. Laurence bettete den federleichten Körper, den sie im Arm hielt, behutsam zurück in die Kissen.

»Ihr solltet Euch jetzt besser zurückziehen, Laurence«, verkündete der kleine Priester verschmitzt. »Bischöflicher Besuch steht ins Haus.« Er weidete sich an dem sichtbaren Unbehagen, das er bei Laurence auslöste. »Ein Monsignore mit inquisitorischen Ambitionen, ein gräßlicher Eiferer, wie man das so oft bei Renegaten findet. Dieser war vorher Troubadour in Marseille –«

»Foulques von Toulouse!« entfuhr es Laurence, die jetzt doch erschrocken war. Ihr alter Widersacher würde Himmel und Hölle in Bewegung setzen, um ihrer habhaft zu werden – ganz gleich, wie das königliche Gnadenurteil lautete. »Ist er schon da?« fragte sie verängstigt.

Jacques de Vitry nickte. »Er wird hier gleich die Messe lesen.« Dann sah er, daß er es zu weit getrieben hatte. »Verabschiedet Euch von Marie«, forderte er sie auf. »Solange sie lebt, wird Euch hier kein Haar gekrümmt werden.«

Laurence beugte sich zu der Liegenden herab. Marie hielt die Augen geschlossen. »Erfülle mir meinen letzten Wunsch, Laurence«, hauchte sie, und Laurence küßte sie auf die Stirn.

»Ich werde Euch würdig vertreten, den Gruß ausrichten«, flüsterte sie stockend. Dann lief sie mit verhülltem Haupt aus der Kapelle zurück ins ›Fegefeuer‹.

Sie verrichtete ihre Arbeit wie im Traum. Durch die Ankündigung der Reise zurück ins Herz des Languedoc brachen in ihr alte Erinnerungen auf wie schlecht verheilte Wunden. Was hatte die katholische Marie d'Oignies, zu der Bischöfe pilgerten und bei der päpstliche Legaten Rat suchten, mit der schwarzen Ketzermadonna von Alet zu schaffen, von der jeder wußte, daß sie die Maria von Magdala war, also Magdalena, die sündige Geliebte des Herrn? Und aus welchem Grund schickte die sterbende Werkmeisterin sie, die Büßerin Laurence de Belgrave, wieder genau an die Orte ihrer Versuchung? Wollte Gott sie prüfen durch sein Werkzeug Marie? Oder war Marie gar eine heimliche Anhängerin der großen Häresie?

Verstohlen betrachtete Laurence den Ring. Sie hatte ihn nicht angesteckt, schon um keinen Neid zu erregen, sondern hielt ihn in der Tasche verborgen. Außen war er glatt, wenn auch gewellt und von unterschiedlicher Stärke, als hätte der Silberschmied sein Handwerk nicht verstanden. Doch im Innern zeichnete sich ganz klar eine Schlange ab – vom zierlichen Haupt bis zum Schwanz, in den sie selber sich biß. Bei wem hatte Laurence diese Schlange schon einmal gesehen? Es fiel ihr nicht ein, aber das Bild ging ihr auch nicht aus dem Kopf. Sie spürte, daß nur der Besuch in Alet ihr weiterhelfen würde.

Laurence schlief im ›Paradies‹, behütet von den ›Erzengeln‹. Dort fühlte sie sich sicher. Aus dem Haupthaus war zu hören, daß Marie neben ihrem Sterbelager in aller Eile und Hast einen Altar hatte mauern lassen, den der Bischof einweihen mußte. Während der Messe zog sich ein Gewitter zusammen, und der Werkmeisterin erschien eine weiße Taube, die sich darauf niederließ und das Allerheiligste im Schnabel trug. Der Bischof sei wie vom Blitz getroffen in die Knie gefallen, hieß es, während Marie von einem hellen Lichtschein umgeben war. Sie nahm jetzt überhaupt keine Nahrung mehr zu sich, verlangte aber immer häufiger nach den heiligen Sakramenten. Foulques von Toulouse wurde die Beanspruchung im ungewohnten Amt als Priester zuviel, die Pflicht rufe ihn zurück in sein Bistum, ließ er bald verlauten.

Jacques de Vitry kam ins ›Paradies‹ zu Laurence, die ihn wie zum Schutz inmitten der ›Erzengel‹ empfing, denn sie wollte Oignies nicht verlassen. Der kleine Priester änderte also seine Taktik, indem er ihre Schutzbefohlenen ins Vertrauen zog, ja sie sogar in die Verantwortung nahm, damit der Letzte Wille der Werkmeisterin zur Ausführung gelangen konnte. Als Unberührbare, also Lepröse der schlimmsten, ansteckenden Art, solle Laurence in einer verschlossenen Sänfte im Gefolge des Bischofs in den Süden reisen, zumindest bis Albi. Von da aus könne sie sich dann leichter an ihr Ziel durchschlagen, als wenn sie die ganze mühselige Reise allein auf sich gestellt ausführen müßte. Bischof Foulques würde ihr als Eskorte auch noch einen Teil seiner Leute lassen.

»Wie?« empörte sich Laurence. »Ihr habt das schon über meinen Kopf hinweg entschieden?«

»Der Bischof von Toulouse fügte sich dem Wunsch von Marie«, entgegnete Jacques de Vitry, »und fürchtet nichts so sehr wie den Aussatz.« Er legte nur eine Pause ein, um die ›Erzengel‹ auf seiner Seite zu wissen. »Wollt Ihr, Laurence, Euch etwa dem sehnlichen

Verlangen einer Heiligen widersetzen? Habt Ihr nicht von der weißen Taube vernommen? Ihr seid die Auserwählte!«

Benommen geleitete Laurence Jacques de Vitry wieder aus dem Paradies. »Diese Wallfahrt zur Schwarzen Madonna von Alet –«, begann sie stockend. »Wieso ist ein Heiligtum gerade der Sünderin Magdalena geweiht?«

Jacques de Vitry sah sich um. »Kein Inquisitor in der Nähe?« In seinen Augen blitzte der Schalk. »Maria von Magdala«, vertraute er ihr dennoch nur flüsternd an, »aus dem noblen Stamme Benjamin war das zu Kanaan angetraute Weib des Messias. Nach seinem ›Abgang‹ floh sie mit den Kindern –«

»Wie denn, Jesus hatte –?«

»Pscht!« Der kleine Priester preßte beschwichtigend ihren Arm. »Rabbis hatten doch immer Kinder!«

Eine sachliche Feststellung.

»Joseph von Arimathia brachte die Nachkommen des Jesus aus dem königlichen Hause David in Sicherheit, nach Marseille und von dort aus nach Okzitanien.«

»Und deswegen ist hier der Kult der Magdalena so stark verbreitet?« hakte Laurence immer noch ungläubig nach.

»Sprecht es nur aus: ›der Schwarzen Madonna!‹«

Laurence schaute ihn an. Sie war so betroffen, daß sich ihr üblicher Spott nicht einstellen wollte. »Dafür könntet Ihr den Flammen überantwortet werden!«

Es sollte nicht als Drohung klingen, doch Jacques de Vitry erwiderte ernst: »Das hat im Zweifelsfall die Ketzerin verbreitet!« Er spürte, daß er in seiner Strenge zu weit gegangen war. So lachte er sie spitzbübisch an. »Spielt nicht mit dem Feuer, Laurence! Schon gar nicht mit dem eines Scheiterhaufens!«

So geschah es, daß die ›Erzengel‹ ihr eine Sänfte zimmerten mit einem eng vergitterten Fenster, das nur Luft, aber keine Blicke durchließ, mit einer Klappe fürs Essen, einer Hängematte zum Schlafen und einem Stuhl über einem Loch in der Ecke. Es war ein liebevoll ausgeführtes Heim auf kleinstem Raum, gar kein Vergleich mit der Kiste, in der Roald of Wendower sie in den Norden transportiert hatte. Merkwürdig, daß sie dennoch gerade jetzt an den Kerl denken mußte.

Die ›Erzengel‹ hoben das Gehäuse auf einen Karren und ließen es sich nicht nehmen, Laurence sorgfältig bis zur Nasenspitze einzuwickeln; selbst von der grünen Retterspitzpaste gaben sie ihr reichlich mit auf den Weg. Sie alle hofften, daß Laurence zu ihnen zurückfinden möge, doch die meisten ahnten wohl, daß es kein Wiedersehen geben würde – und Laurence wußte es.

Dann schulterten die vernarbten ›Erzengel‹, diese harten Burschen, deren Augen selten noch Tränen kannten, die Trage, brachten sie vor den Augen des Bischofs bis zum Leprakarren und verschlossen die vermummte Gestalt in dem Gehäuse. Der Zug ruckte an. Foulques hatte darauf bestanden, daß die Aussätzige in sicherem Abstand ganz am Ende nachfolgte. So sah und hörte er auch nicht, wie sich die Kranken drängten, um Laurence ein letztes Lebewohl zuzurufen.

Jacques de Vitry trat an das vergitterte Fenster. »Marie dankt Euch und erteilt Euch ihren Segen, Laurence«, sagte er mit gepreßter Stimme und schlug das Kreuzzeichen. Dann verschwand auch das rumpelnde Gefährt im Wald von Nîmes.

DER LEPRAKARREN DES BISCHOFS

Der Bischof Foulques ließ das Gerücht ausstreuen, er werde ›die Bürde‹ bis nach Albi in seinem Troß mit reisen lassen, und zwar auf dem direkten Weg über Paris. Der Geistliche wußte sich so verhaßt, daß es ihm schon zur zweiten Natur geworden war, falsche Fährten zu legen. Natürlich mied er das gefährliche Pflaster der Hauptstadt und begab sich schnurstracks gen Süden, um bei Chalon auf die Wasserstraße zu treffen, auf der ein gemieteter Lastkahn ihn und sein engstes Gefolge die Saône und dann die Rhône abwärts bringen sollte. Der Karren mit der Aussätzigen gehörte gewiß nicht dazu. Für den und die zu Wasser überflüssigen Soldaten wurde eigens ein weiterer flachkieliger Schleppkahn gelöhnt.

Daraus schloß Laurence, daß man Seine Eminenz in Oignies

nicht mit leerem Beutel hatte abreisen lassen. Ihr war die räumliche Trennung während der Schiffsreise durchaus recht, denn so konnte sie sich endlich Wasser zum Waschen bringen lassen, dessen sie dringend bedurfte. Sie stank mal wieder, daß es Gott erbarm'! In Dijon hatte der Bischof bei ihr anfragen lassen, ob er sie für die Dauer seines kurzen Besuchs bei seinem burgundischen Amtskollegen im örtlichen Siechenspital unterbringen sollte. Laurence hatte erschrocken abgewehrt: Sie sehne sich einzig danach, das Ziel ihrer Pilgerfahrt, die Erfüllung ihres Gelübdes, möglichst schnell zu erreichen. Das hätte ihr gerade noch gefehlt, bei der Einlieferung in solcher Stätte herzloser Barmherzigkeit als Kerngesunde entlarvt zu werden! Also lag sie lieber außerhalb der Stadtmauern, denn dort hatte man den Leprakarren abstellen müssen, in glühender Hitze, und huschte des Nachts wie ein weißgewandetes Wickelgespenst zum nahen Fluß.

Die Reise auf dem Wasser, die jetzt begonnen hatte, war entschieden angenehmer, weil immer ein leichtes Lüftchen die schwüle Hitze erträglicher machte. Laurence nahm nur das Notwendigste an Nahrung zu sich. Das hänfene Zingulum, das ihr Marie geschenkt hatte und das jetzt ihre Kutte zusammenhielt, hing bereits locker um ihre Hüften, und nach dem Knoten blieb noch viel Strick übrig. Kaum vorstellbar, daß sie diese Strecke schon einmal durchmessen: An den letzten Teil in der Kiste hatte sie keinerlei Erinnerung. Diesmal glitten sie rasch stromabwärts, und Laurence genoß die Fahrt, in ihrer Hängematte schaukelnd, wenn sie nicht die Nase an das Gitter preßte und die vorbeiziehenden Landschaften, Städte und Burgen bewunderte. So passierten sie das reiche Lyon und das trutzige Avignon, bis sie schließlich – gegenüber dem feindlichen Tarascon – in Beaucaire an Land gingen, um über Nîmes und Montpellier die restliche Wegstrecke ins Languedoc zurückzulegen. Ein Wiedersehen mit der Arena von Arles blieb ihr somit erspart.

Laurence dachte an die vielen Kinder, besonders an die angeblichen Töchter des Grafen von Toulouse, Asmodis und Gezirah, die kleinen Bastarde! Was mochte wohl aus ihnen geworden sein? Bis in den Wald von Oignies hatte man von dem seltsamen Kreuzzug der Kinder gehört, wenn auch in den Ardennen die meisten nach

Köln gelaufen waren, zu den Deutschen. Ein Knabe namens Nikolaus hatte dort, vor dem Altar der Heiligen Drei Könige, das gleiche gepredigt wie dieser Stephan in Saint-Denis. Der hatte mit seiner Anhängerschaft in Marseille doch tatsächlich darauf gewartet, daß das Meer sich teile wie weiland für Moses und das Volk Israel, damit sie trockenen Fußes ins verheißene Galiläa gelangen sollten. Zwei gutmütige Kaufherren, hieß es, hätten sich schließlich der gläubigen Kinder erbarmt und sie auf ihren Schiffen für Gotteslohn ins Heilige Land gebracht. Danach hatte niemand mehr von ihnen gehört.

Laurence brannte inzwischen darauf, sich von Foulques zu trennen, denn je tiefer sie jetzt in den Herrschaftsbereich des Montfort vorstießen, um so prekärer wurde ihre Lage. Entdeckte man hier im Süden ihre Identität, war sie verloren! Hier konnte sie auf keinen Friedrich als Fürsprecher hoffen. Foulques würde sie in der Luft zerreißen, sollte er den argen Betrug bemerken – und das ausgerechnet kurz vor dem Erreichen des Ziels! Laurence ertappte sich dabei, daß sie sich ihren ergebenen jungen Freund Gavin, den Templer, herbeiwünschte, der sie schon so oft aus brenzliger Lage befreit hatte. Doch der diente sicher längst bei seinem Orden in der Terra Sancta. Selbst Roald of Wendover wäre Laurence jetzt willkommen gewesen, der würde sie wenigstens beglückt nach Rom verschleppen! Sie hatte sich schon in Oignies gewundert, daß der verliebte Legat nicht versucht hatte, sie heimlich von dort zu stehlen. Das Sabbermaul mußte wohl verhindert gewesen sein – oder, was wahrscheinlicher war, sein Herr hatte ihn zurückgepfiffen.

Laurence überlegte: Wenn sie zu früh den Antrag auf Trennung der Reisegruppe stellte, mußte der Bischof Argwohn schöpfen, so sehr sie auch davon ausgehen konnte, daß der Gottesmann die unfreiwillig übernommene Bürde so schnell wie irgend möglich loswerden wollte. Sie beschloß also, bis Carcassonne auszuharren.

Der weitere Weg über Béziers kam ihr vor, als ob Schnecken den Karren zögen. Laurence begann in ihren Tüchern furchtbar zu schwitzen, die Sonne glühte auf ihre Sänfte herab, die ihr mehr und mehr wie ein Raubtierkäfig vorkam. Alle naselang stürzte sie zum Gitter, um hinauszublinzeln, wann die Türme der Stadt des Trencavel endlich auftauchen würden. Die Straße war schlecht, denn aus Gründen, die der Bischof für sich behielt, zog er an Narbonne auf Nebenwegen vorbei. Laurence litt. Wenn ihr Gefährt nicht so geschwankt hätte, wäre sie liebend gern zum Gebet niedergekniet, doch schon der fromme Vorsatz fand seine überraschende Belohnung:

Ein Reitertrupp zog ihnen entgegen. An den Fahnen und Tapperts der ihn begleitenden Soldaten war zu erkennen, daß sie einen hohen geistlichen Herrn mit sich führten, bedeutend genug, daß der Bischof ehrerbietig zur Seite rückte und verharrte. Mehr konnte Laurence nicht wahrnehmen. Doch es genügte, um ihr Herz in die Magengrube rutschen zu lassen, vor allem, als sie sah, daß die Kirchenmänner mit den Fingern zu ihr zeigten und – eifrig im Disput begriffen – sich auf ihren Käfig zu bewegten. Sie war also verraten worden und wurde jetzt dem Inquisitor übergeben.

Ihr Schicksal wurde im Schatten ihres Gehäuses verhandelt, gerade dort, wo es kein Fenster für ihre Ängste oder ihre Neugierde gab. Die Stimme des anderen kam Laurence bekannt vor, aber sie wagte nicht, dem Gedanken Raum zu geben – es wäre auch zu unwahrscheinlich gewesen! Doch als sie ihn sich großmäulig aufplustern hörte, daß er geradewegs aus Rom komme und der Heilige Vater ihn explizit und privatim mit seiner Einschätzung der Dinge vertraut gemacht habe, wußte Laurence, daß sie wieder einmal Roald of Wendower, dem windigen Legaten des Papstes, in die Hände gefallen war. Ob nun zu ihrem Guten oder Schlechten, würde sich ja bald erweisen. Laurence preßte ihr Ohr an die Bretterwand.

»Wir, die Bischöfe des Languedoc und der Provence«, erklärte Foulques nicht ohne Spitze gegen den ›Römer‹, »haben Seine Heiligkeit Innozenz III hingegen explizit gewarnt und es auch schriftlich niedergelegt, daß er sich nur ja nicht vorgaukeln lasse, die Häresie sei hier etwa ausgerottet, noch möge er ›privaten‹ Einflüsterungen erliegen, daß weitere Anstrengungen überflüssig seien!«

»Mir ist zu Ohren gekommen, was Ihr, Eure Brüder im Amte, zu Orange im Konzil ausgebrütet habt: ›Unter dem Grafen Raimond wird Toulouse immer ein Herd ketzerischer Infektion bleiben, vergleichbar nur mit Sodom und Gomorrha. Also muß der Graf verstoßen werden, geächtet und gebannt, bevor er –‹«

»Richtig!« eiferte sich Bischof Foulques. »Ausgebrannt muß er werden wie eine schwärende Wunde mit glühendem Eisen, bevor er sich unter dem Mantel des allerkatholischsten Königs von Aragon verkriecht, von wo er dann doch wieder hervorbricht, Pestilenz und Aufruhr verbreitend, wie ein Skorpion sein Gift verspritzt. Das muß der Papst doch einsehen!«

»Und deswegen soll sich der räuberische Montfort auch noch mit der Grafenkrone von Toulouse schmücken dürfen?« höhnte der Legat.

Laurence kam es vor, als wäre nicht ein Jahr, sondern nur ein Tag vergangen, seit sie sich in den Wald von Oignies zurückgezogen hatte und von solcherart Querelen verschont geblieben war.

»Nur das garantiert uns, und damit auch der Ecclesia romana«, giftete Foulques zurück, »die endgültige Zerschlagung der Ketzerei! Der Kopf der Schlange muß zerschmettert werden – und sei es um den Preis der erblichen Grafenwürde!«

»Ohne die Bischöfe des Languedoc und der Provence um ihren Rat gefragt zu haben«, streute der Legat genüßlich Salz in die Wunde, »hat aber der Heilige Vater den Beschluß gefaßt, einen Kreuzzug zur Wiedergewinnung von Jerusalem auszurufen. So wird Raimond das Kreuz nehmen und Buße tun für das, was er bisher sträflich versäumt hat. Selbst ein Pedro d'Aragon wird sich diesem Ruf nicht entziehen können!«

»Heilige Einfaltigkeit!« Foulques versuchte zu lachen, verschluckte sich aber vor Zorn. »Damit die Häresie hier wie die Made im Speck wieder zu Kräften kommt, aufs neue keck ihr Medusenhaupt erhebt, während –«

»Während«, nahm ihm der Legat das Wort aus dem Mund, »eines Kreuzzuges herrscht absolutes Fehdeverbot, das gilt auch und ganz besonders für die Gelüste Eures geliebten Simon, während« – nach der Rute jetzt das Naschwerk – »es für die Bekämpfung der Ketzerei nicht anzuwenden ist. Niemand hindert Euch Bischöfe, in *absentia* des Grafen Euer gottgefälliges Bekehrungswerk zu verrichten und glorreich zu vollenden.«

Bischof Foulques kämpfte wie ein Löwe gegen die Uneinsichtigkeit des Römers. »Wir Hirten hier werden an den Bettelstab gebracht, verjagt, so nicht gar erschlagen, und unsere Schäflein mit uns, wenn sie nicht in Scharen zur Ketzerei überlaufen! *Sainte Marie*, steh uns bei!«

Laurence war jetzt doch erschrocken, als das Gesicht des Roald of Wendower unvermutet auf der anderen Seite des Gitters erschien. Angestrengt spähte der Legat in das Innere des Kastens, als müsse er sich vergewissern, daß ihm nicht die falsche Beute ins Netz gegangen war. Ob er sie erkannt hatte, zeigte er nicht. Der Legat zog nur angewidert eine Grimasse tiefsten Abscheus.

»Entsetzlich!« Er wandte sich naserümpfend an den Bischof, ohne Laurence ein Zeichen – auch nur ein Augenzwinkern – gegeben zu haben. »Wer wie Ihr, Foulques von Toulouse, Werke christlicher Nächstenliebe vollbringt, sich auch der Ärmsten der Armen erbarmt, der darf auch bei der Bevölkerung auf Gefolgschaft hoffen. Andernfalls ist ihm die Gnade eines köstlichen Todes als Märtyrer tröstliche Zuversicht. Auch Ketzer haben ein Herz!«

»Das hält der Teufel in seinen Krallen!«

»Höchst bedauerlich«, erwiderte der Wendower leichthin, »doch unbehelflich für die klare und eindeutige Linie des Stuhles Petri: Der okzitanische Schwamm, der nun seit vier Jahren die Besten aus Frankreichs Ritterschaft aufgesogen hat, bleibt diesmal trocken! *Nihil obstet!* Keine Verschwendung, keine Verzettelung mehr von dringend benötigten Kräften, die dem großen Kreuzzugsvorhaben des Heiligen Vaters gegen die Muslime dann fehlen würden. Es soll das glorreiche Lebenswerk des Innozenz III krönen! *Nihil obsta!*«

»Wir werden sehen, Monsignore«, entgegnete der Bischof gefaßt. »Laßt mich nun meines Weges ziehen, so wie ich Euch nicht länger aufhalten will.«

Der Legat gab dem Zug des Bischofs die Straße nach Toulouse frei. Ein letztes Wort wollte er sich allerdings nicht verkneifen. »Ich habe Euch gewarnt, Foulques!« warf er dem Davonziehenden nach und setzte sich mit seinem Trupp in entgegengesetzter Richtung in Trab.

Laurence sah ihm aus ihrem Fensterchen nach, bis er um die

nächste Wegbiegung verschwunden war. Sie war bitter enttäuscht, hatte sie doch insgeheim gehofft, daß der Wendower sie unter irgendeinem Vorwand übernehmen würde. Jetzt lastete die Gefahr, entdeckt zu werden, aufs neue wie ein Alp auf ihrer stickigen Kiste. Foulques hatte nur gewartet, bis er den lästigen Römer wieder los war.

Ein Reiter der bischöflichen Garde sprengte heran und teilte den Begleitsoldaten des Karrens mit, daß hier, schon vor Carcassonne, ein Weg abzweige, der auf die Straße nach Limoux und dann nach Alet führe. Er, Bischof Foulques von Toulouse, wolle dem Sehnen der Kranken, ihr Gelübde zu erfüllen, nicht im Wege stehen. Seine Eminenz erteile ihr Gottes Segen und wünsche eine gute Reise und Heilung in den Bädern mit Hilfe der Heiligen Jungfrau –

»– eben der schwarzen alldorten«, fügte der Bote wohl noch aus eigenem Antrieb hinzu. Laurence hätte dem Reiter die Stiefel küssen mögen. Doch der nahm weiter keine Notiz von ihr hinter dem vergitterten Fenster und preschte zurück.

Der Karren bog ab auf einen noch steinigeren Feldweg. Laurence sah den Bischof das Kreuzzeichen hinter ihr her schlagen und warf dem Davonreitenden eine Kußhand nach.

Zwischen den ihr zum Schutz beigegebenen Soldaten rollte das Gefährt mit der ›Kranken‹ durch Orte wie Cazilhac oder Cavanac – allein der Klang solcher Namen ließ das Herz von Laurence höher schlagen. Sie war wieder in dem Land, das sie mehr liebte als alles, was sie sonst in dieser Welt kennengelernt hatte. Ganz anders war es um ihre Begleitmannschaft bestellt. Je weiter sie in den Süden vordrangen, desto nervöser wurden die Leute des Bischofs. Sie rückten eng zusammen, und ihr Lachen, ihre derben Scherze, die sonst zwischen ihnen hin und her flogen, verstummten. Sie hatten Angst.

Laurence befahl den jungen Leutnant zu sich und schlug ihm mit krächzender Stimme vor, sich über Nebenstraßen dem Ziel zu nähern. Das war dem Milchbart noch weniger recht, zumal er sich in der Gegend überhaupt nicht auskannte – im Gegensatz zu Laurence, der das Gelände immer vertrauter wurde. Sie setzte sich durch.

Sie erreichten Sanctus Hilarius, einige Hütten geschart um die Klosterkirche; die Mönche hatten den Ort längst verlassen. Die trostlose Einöde des Gebirges schlug einigen Soldaten derart aufs Gemüt, daß sie sich spätestens hier davonstahlen, wie der mehr und mehr verzagende Leutnant Laurence beichten mußte. Ihr kam das gelegen, solange nur die Pferdeknechte sie mit dem Karren nicht einfach stehen ließen mitten in der felsigen Wildnis. Der junge Leutnant besaß wenigstens so viel Sachverstand, daß er das Verhalten der Deserteure als Torheit rügte, denn nur eine einigermaßen kopfstarke Truppe hatte die Chance, heil aus dieser feindlichen Gegend wieder herauszukommen.

Sie näherten sich der nächsten Etappe: der Einsiedelei des heiligen Polykarp. Das Nest wirkte wie ausgestorben, nur aus der Kirche drang frommer Gesang. Der Leutnant ließ absitzen und pochte erst noch forsch ans Tor des Gotteshauses, doch dann trommelte er aufgebracht mit seinen Fäusten gegen die verriegelte Pforte. Von rechts und links tauchten hinter der Kirche bewaffnete Reiter auf, die Lanzen eingelegt, die Schwerter blank gezogen. Sie näherten sich nicht, sondern bildeten eine schweigende Mauer, einen Halbkreis, der sich zu schließen drohte. Die Soldaten des Bischofs wagten angesichts der Bedrohung nicht mehr aufzusitzen, sondern rannten zu Fuß in die einzige ihnen noch offen gelassene Richtung, die Straße zurück, die sie gekommen waren. Auch die Knechte ließen den Karren im Stich und gaben Fersengeld. Einzig der junge Leutnant sprang wütend auf seinen Gaul, um den Flüchtenden zu folgen. Ein Pfeil traf ihn in den Rücken, grad vor der Nase hinter dem Gitterfenster. Er fiel vom Pferd, das sofort eingefangen wurde, während einer der Reiter dem am Boden Liegenden mit der Lanze ins Genick stach.

Laurence empfand darüber keine Genugtuung, aber auch keinerlei Furcht. Sie war nicht einmal erstaunt, als jetzt der auffallend kurzgewachsene Anführer sein Visier lüftete. Es war Loba. Die Wölfin war an das vergitterte Fenster des Karrens getreten und rief lachend: »So hatte der Wendower doch recht! Falsche Leprakranke! Du kannst dich jetzt zeigen, Laure-Rouge!«

Sie rüttelte vergebens an der Tür, denn der Verschlag ließ sich nur von innen öffnen. Laurence wußte nicht, ob sie sich freuen sollte.

Sie hätte eine andere Art des Wiedersehens mit der Freundin vorgezogen anstelle dieser unnötig blutigen ›Befreiung‹.

Loba mußte ihrem Gesicht die Mißbilligung angesehen haben, als sie sich in die Arme fielen. »Wir brauchen jedes Pferd!« sagte sie mit einem mitleidlosen Blick auf den Toten. »Ich führe meinem Bruderherz diese Männer zu, das letzte Aufgebot der Cab d'Arets für die große Entscheidungsschlacht zwischen uns, dem freien Süden, und der geballten Macht der Invasoren aus Paris.«

Laurence sah, wie einer ihrer Männer stolz die rot-golden gestreifte Fahne des Languedoc entfaltete. Sie war also wieder mitten in die Metzelsuppe gefallen – ganz gleich, ob die ihr schmeckte oder nicht!

»Ich habe ein Gelübde zu erfüllen«, erklärte sie dennoch, fest entschlossen, sich von ihrem Ziel, dem sie so nahe war, nicht abbringen zu lassen. »Begleitet mich erst noch nach Alet!«

Da lachte Loba nur schallend. »Ein Bad hast du zwar dringend nötig, so wie du riechst. Doch so wie du aussiehst, werden sie dich selbst in den Thermen davonjagen – und ein Pferd können wir dir auch nicht lassen.«

Laurence sah an sich herunter. Ihre Verbände waren während der Reise zu abstoßend schmutzigen Lumpen verrutscht, das eingefärbte Blut und der falsche Eiter wirkten jetzt echt.

»Komm mit uns, Laure-Rouge!« lockte die Wölfin. »Die Schwarze Madonna kann warten, bis wir den Sieg über den Montfort davongetragen haben!«

Das leuchtete Laurence ein. Sie tat insgeheim Marie d'Oignies Abbitte, aber nur kurz, wickelte sich aus ihren Leintüchern und verschwand zum nächsten Brunnen. Derweil hatten Lobas wilde Gesellen dem jungen Leutnant Wams und Beinkleid ausgezogen, samt Stiefeln und Lederkoller – alles paßte Laurence wie angegossen, obgleich sie sich vor den Kleidungsstücken des Toten weitaus mehr ekelte als vorher vor ihren verdreckten Fetzen. Sie fühlte Scham, und es war auch sicher kein gutes Omen. Sie hätte doch lieber an ihrem Gelübde festhalten sollen – aber jetzt war es zu spät.

»Wo triffst du dich mit deinem Bruder?« wandte Laurence sich an die Wölfin in ihrer Eisenrüstung, die beglückt neben ihr trabte. Das anstehende Wiedersehen mit dem kühnen Peire-Roger gab ihr seltsamerweise Zuversicht.

»In Saint-Felix, dem Kloster unseres Freundes, des Priors Valdemarius.« Loba versuchte es ihrer wiedergefundenen Freundin schmackhaft zu machen. »Dort kannst du auch bleiben und den Ausgang der Schlacht abwarten.«

»Du meinst wohl, ich sei zu verweichlicht«, Laurence funkelte die Freundin an, »um bei euch mitzuhalten? Soll ich bei dem Chevalier Däumchen drehen, während meine Freunde sich mit den Mördern meines Vaters schlagen?«

»Wie du meinst«, sagte Loba, ihre Freundin im unklaren lassend, ob sie deren Engagement als störend empfand oder für zu gefährlich hielt. Wahrscheinlicher war es, daß sie Laurence' bedingungslosen Einsatz für die Sache des Südens provozieren wollte. Doch die quälte sich mit schlechtem Gewissen – ganz gleich, was sie nun zu tun oder zu unterlassen beschloß. Mißmutig drehte sie an dem Ring ihrer Marie, den sie sich angesteckt hatte, und schwieg.

Die Reiter aus den Tabor-Bergen, angeführt von zwei Frauen, wie sie verschiedener nicht wirken konnten, zogen auf Nebenpfaden ihrem Ziel entgegen. Die schlanke, hochaufgeschossene Normannin und die zwar kleinwüchsige, aber üppig proportionierte Südländerin mieden alle bekannten Verbindungen. Selbst Feldwege hatten sich längst in belebte Heerstraßen verwandelt, und ehe man umständlich die Frage, ob Freund oder Feind, geklärt hatte, konnte das Unglück schon geschehen sein. Die Mühlen des Kriegsgottes mahlten unermüdlich, das gesamte Languedoc, das Razès, das Roussillon – ganz Okzitanien – standen im Aufruhr. Überall sahen sie den schwarzen Rauch brennender Dörfer, hingen die Bäume voll wie Weinreben mit Trauben Gehängter – wenn man die Einwohner, flüchtende Frauen und Kinder nicht einfach erschlagen und am Straßenrand hatte liegen lassen.

Laurence ritt durch das Land wie eine Schlafwandlerin, dabei war ihr Geist hellwach. Sie hatte wieder ein Schwert in der Hand, und sie erinnerte sich der Worte ihres Vaters über den, ›der das Schwert nimmt‹. Die Bibel hatte recht. Es war wie verhext! Der Wechsel von Revolte und Strafgericht vollzog sich rascher als jedes Abwägen von günstiger Parteinahme, sich anbietender Allianz. Nicht einmal die Bischöfe der Kirche wußten die richtige Entscheidung beizeiten einzuschätzen, geschweige denn die weltlichen Lehnsherren.

Das Eingreifen des zweifellos katholischen Königs von Aragon zugunsten des der katharischen Häresie beschuldigten Grafen von Toulouse und gegen den verhaßten Montfort, der auf die Hilfe der französischen Geistlichkeit baute, gar auf die des Königs von Frankreich hoffte, brachte sie alle in Gewissensnot zwischen Heimattreue und Glaubenspflicht. Alte feudale Streitigkeiten brachen auf wie schlecht verheilte Narben, Rechnungen wurden beglichen, neue Schulden gemacht, allein schon um des lockenden Gewinns willen.

»Denkt denn keiner an Versöhnung?« brach es aus Laurence heraus, leise, damit nur Loba es hören konnte. »Wird es hier nie Frieden geben?«

Die Wölfin schüttelte ihre dunklen Locken. Für Loba waren die Schuldigen immer die anderen, besonders die immer zahlreicheren Söldnerhaufen, die auf beiden Seiten angeworben wurden, oft aus weit entfernten fremden Ländern – Deutsche wie Basken, Friesen wie Burgunder, von den benachbarten Katalanen und Gascognern ganz abgesehen. Sie sorgten für die zunehmende Brutalität aller Aktionen. Siegten sie, folgten Massaker und Plünderung auf dem Fuße, unterlagen sie, wurden sie niedergemacht, mußten Mann für Mann über die Klinge springen – doch der Ort, dessen Mauern sie verteidigt hatten, wurde dennoch gnadenlos verwüstet, zerstört. »Aug' um Aug'! Darin unterscheiden sich weder Freund noch Feind.«

»Schon weil diese Begriffe menschlicher Zuneigung und Ablehnung sich in Luft auflösen«, pflichtete ihr Laurence sinnierend bei. »Ein Racheschwur gilt mehr als ein Gelübde oder Ehrenwort. Keiner will mehr Geiseln, Abfindung oder Lösegeld.«

»Vernichtung ist angesagt, auf Gnade darf niemand mehr hoffen.« Zu diesem Schluß war Loba gekommen, damit konnte sie leben – und wenn es denn sein mußte, auch sterben. Das war eine klare Entscheidung.

Laurence de Belgrave, die anfangs noch versucht hatte, ihr rotes Haar unter der Kampfhaube des Leutnants zu verbergen, ließ es jetzt flattern und grinste der Freundin zu.

Sie erinnerte sich des Namens, den ihr die drei Gascoun gegeben: ›Rou-Ross‹, die Ketzerin und Roxalba de Cab d'Aret, die hungrige Wölfin von Las Tours, ritten ihrem wilden Haufen voran, Schrecken verbreitend, wohin sie kamen. Dabei hielten sie sich nicht einmal mit Brandschatzung und Totschlag auf. Mit ihrem an Köpfen geringen Aufgebot waren beide froh, wenn sich die Tore vor ihnen schlossen und keiner über sie herfiel. Sie wollten sich nur so rasch wie möglich mit dem Heer des Südens vereinen, ohne schon unterwegs von Truppen des Nordens aufgerieben zu werden, die ebenfalls von allen Seiten heranzogen. So versteckten sie sich nachts in den Wäldern und schlichen über einsame Gebirgspfade des Plantaurel, bis sie schließlich Saint-Felix unter sich sahen, stille Oase in einer Wüste von Unruhe und aufgewirbeltem Kriegsstaub. Friedlich lag im Tal das Kloster des Priors im Licht der Abendsonne.

DER SELTSAME PRIOR

In Laurence' Erinnerung waren die Mauern bei ihrem ersten Besuch nicht so hoch gewesen – sie zogen sich den Hügel hinauf und umfaßten auch die kleine Kapelle, die damals ganz sicher frei gestanden hatte. Jetzt erhob sich neben ihr ein Wehrturm, der sie fast erdrückte, und auch das Tor samt tief ausgehobenem Graben davor war inzwischen von zwei trutzigen Steinklötzen umrahmt. Bewaffnete erschienen auf den Zinnen und riefen den Ankömmlingen zu, sie sollten um den Hügel herumreiten und in der Herberge Quartier nehmen. Einzig Laurence de Belgrave sei es gestattet, sich dem Tor zu nähern, der Herr Prior wünsche sie zu sehen.

»Der Chevalier soll sich nicht einbilden, er könne uns trennen!« empörte sich die Geladene, doch Loba hielt sie zurück:

»Nimm das Angebot an, es ist immer gut, sich anzuhören, was der Umtriebige zu sagen hat. Dem Chevalier gehen mehr Nachrichten zu als allen anderen zusammen – so weiß der Prior gewiß schon, was auf beiden Seiten geplant wird.«

Laurence fügte sich. Im Tor öffnete sich die Botenpforte, die sie abgesessen passieren durfte. Sie wußte, daß der Chevalier über einen unterirdischen Stollen durch den Weinberg des Herrn hinüber zum Gästehaus des Klosters gebot. So konnte sie also immer noch mit Loba in Verbindung treten, wenn tatsächlich Not am Mann sein sollte.

Ein hochgewachsener Mönch empfing Laurence. Sie konnte deutlich erkennen, daß er unter seiner Kutte einen eisernen Brustharnisch trug. Er hieß sie, ihm zu folgen, die Stufen hinauf zur Kapelle, neben der sich der mächtige Donjon erhob. Auf dessen überdachter Plattform erwartete der Prior Valdemarius alias Chevalier du Mont-Sion seinen Gast. In des Turmes tief in den Felsen getriebenen Sockel verbirgt sich neben dem Zugang zu dem geheimen Stollen sicher auch ein Quell, überlegte Laurence, während sie die Wendeltreppe in der dicken Mauer hochstieg.

Der Chevalier stand an der Brüstung und schaute nachdenklich ins weite Land, in die Richtung, in der Toulouse liegen mußte. Da er sich nicht umwandte noch sie ansprach, stellte sich die junge rothaarige Frau neben ihn und ließ ihren Blick gleichfalls in die Ferne schweifen.

»Die Faidite hat der junge Staufer aus den Klauen des greisenhaften Kronprinzen gerettet«, brach der Chevalier mißmutig das Schweigen. »Selbst der Graue Kardinal hält schützend seine Hand über Euch, Laurence.« Dann brach es aus ihm hervor: »Auch dieses herrliche Land lechzt nach einem Leben in Freiheit. Frieden war ihm versprochen worden!« Klang hier noch der Prior durch, so riß jetzt der Chevalier die Klage an sich. »Die neuesten Bullen des Pontifex maximus nehmen genau die entgegengesetzte Position ein, widersprechen allen bisherigen Zusagen eklatant, widerrufen sie so schamlos, wie sich das nur der autoritäre Innozenz leisten kann!«

»Wo liegt der Grund für soviel Haß?« empörte sich auch Laurence, »für all das Leid, das jetzt über uns kommen wird?«

Der Chevalier empfand die Frage zwar als töricht, nahm sie aber dankbar auf. »Er hat sich getäuscht, ist vielleicht hinters Licht geführt worden – und nun reagiert er als Enttäuschter.«

»Spürt ein so kluger Mann denn nicht, daß die falschen Leute sein Ohr haben!« Ihr Trotz war kindlich, aber Laurence wollte sich mit dem Umschwung nicht abfinden. »*Sie* haben dem Heiligen Vater die Wahrheit verfälscht, ihn dazu getrieben. Ich wette, der Capoccio steckt dahinter!«

»Auch wenn Ihr den Grauen Kardinal beim Namen nennt –«, rügte sie der Chevalier. »Die römische Kurie übt ihre wahre Macht im geheimen aus. An ihren Fäden zappelt selbst der Pontifex maximus –«

»– der sich für den größten Herrscher *urbi et orbi* hält!«

»Tat Innozenz bisher alles, um den Grafen von Toulouse zu schützen, auf dem Brett zu halten wie eine werte Damna, wie einen König gar, so läßt er ihn jetzt fallen wie –«

»– einen Bauern beim Bauernopfer«, kam ihm Laurence zu Hilfe. »Er setzt nun alles auf den Sieg des Kreuzzuges, den er mit Recht zuvor verdammt hatte?«

»Seht es aus der Sicht derer, die die Fäden ziehen: Es war höchste Zeit! Die Haltung des eigensinnigen Pontifex hatte viele Herren, die bisher ihre jährliche Quarantaine im sonnigen Süden abzuleisten pflegten, davon abgebracht – sie haben sich anderswo verpflichtet. Simon de Montfort, auch nur eine Marionette, war in eine schier ausweglose Situation geraten!«

»Gott gedankt!« entfuhr es Laurence, und sie handelte sich einen strafenden Blick ein.

»Muß ich den *Advocatus Diaboli* spielen, weil Ihr nicht begreifen wollt, Laurence? Weil Ihr und Eure Freunde nicht sehen wollt, daß es für Rom nur einen Gott gibt, den katholischen?«

Laurence schwieg mehr aus Trotz denn aus Einsicht.

»Simon de Montfort, zweifelsfrei Diener dieses Gottes, hatte dann auf Unterstützung durch Louis VIII gehofft, Eures Kronprinzen –«

»Frankreichs!«

Der Chevalier überging den Einwurf. »Der hatte – hinter dem

Rücken seines Vaters – auch schon zugesagt, wurde aber zurückgepfiffen wie ein Hirtenhund. Denn König Philipp II Augustus lag nichts daran, in den elenden Streit verwickelt zu werden, liebäugelte er doch mit einer Invasion Englands.«

»Das wäre mir lieber«, seufzte Laurence.

»Laßt uns hinabsteigen«, unterbrach der Chevalier. »Es wird kühl. Ihr werdet die heutige Nacht hier im Turm verbringen, zu Eurer und meiner Sicherheit. Danach werden wir nach einem geeigneten Quartier Ausschau halten.«

Der Chevalier schritt ihr voran. Es war eine andere Treppe, aus Holz, die sich im Inneren des mächtigen Baues an der Wand hinabschwang bis zum obersten Zwischengeschoß. Viele Emporen und Balustraden gingen von ihr ab, wohl alle zur Bedienung der zahllosen Schießscharten und Pechnasen. Die Kammern hier oben wirkten klein, sie waren ja auch nur für Notzeiten gedacht. Laurence war von Oignies her engste Klosterzellen gewohnt. Den Eingriff in ihre Entscheidungsfreiheit wollte sie hingegen sofort abschlagen.

»Danach«, griff sie das unerbetene Angebot auf, »werde ich mit meinen Freunden weiterreiten in die große, alles entscheidende Schlacht um die Zukunft Okzitaniens.«

»Sehr löblich«, spottete der Chevalier. »Nur wird die nicht hier entschieden, wie ich Euch schon klarzumachen versuchte, sondern zwischen den Kanzleien zu Paris und Rom.«

»Genau dagegen kämpfen wir!« trumpfte Laurence noch einmal auf, doch der Chevalier ließ sich davon nicht beirren und schwieg. Er hatte es sich abgewöhnt, seine Haltung wie ein Fähnlein über sich flattern zu lassen – nicht, weil er sie so häufig zu wechseln pflegte, sondern weil Bekennermut zwar ziert, aber wenig einbringt. Die Vorbilder des Priors Valdemarius von Saint-Felix waren die Geheimen Dienste der Kurie, an ihrer Spitze der Graue Kardinal, nicht wegen ihres Glaubenseifers, sondern einzig ob ihrer Effizienz. In der Sache stand er Laurence und ihren Freunden viel näher, als er diese wissen lassen wollte.

Zwei Mönche hatten ein karges Mahl angerichtet, bestehend aus Käse, einem Krug süffigem Piras und getrockneten Nüssen. Während sie ihr das Lager in der Kammer bereiteten, setzten sich Laurence und der Chevalier zu Tisch.

»Ich bin der Meinung, meine Liebe, auch Ihr solltet wissen, was gespielt wird, wer die Würfel rollt, denen Ihr auf dem Schlachtfeld zu begegnen wünscht.« Laurence nickte nur, sie hatte sich den Mund zu voll gestopft. »Der König von Frankreich wurde plötzlich hellhörig, als er die neuen Töne aus Rom vernahm. Er erkannte messerscharf« – der Chevalier demonstrierte es an einem Apfel – »die einmalige Chance, die ihm ein unbedeutender Vasall wie dieser Montfort dort im Süden bot, nämlich die Grafschaft Toulouse, das Roussillon, das Languedoc, dazu einen guten Teil der Provence, ein für allemal dem Einfluß von Aragon zu entreißen. Der blutige Lorbeer würde Simon de Montfort zuerkannt werden, der fleckenlos strahlenden Krone der Capets käme der unstrittige Verdienst zu, Frankreich diese Provinzen irgendwann einzuverleiben, nach Abfindung oder sonstwie gearteter Ausschaltung des tumben Montfort.« Der Chevalier trank seinem Gast zu. »Versteht mich bitte nicht falsch, Laurence«, er schenkte sich nach, »nur bin ich in der Lage, mich auch in Gegenspieler hineinzuversetzen.«

»Solange der Wechsel der Masken nicht die Seele korrumpiert?«

Der Chevalier wischte den Einwand lächelnd beiseite. »Wenn ich mir die Krone Philipps aufsetze, droht diese Gefahr kaum: ›Soll der Wahnsinnige, dieser hergelaufene Graf Simon von Leicester, doch die glühenden Eisen mit bloßen Händen aus der Feueresse der Geschichte zerren! Dereinst erkaltet, läßt sich auch solch sprödes Metall dann schon zurechtschmieden zu den schönsten Kronlanden Frankreichs!‹«

Und bleibt doch eine Dornenkrone, dachte Laurence, fragte aber: »Und Dom Pedro d'Aragon?« Das war die Hoffnung, an die sie sich klammerte.

»Der kann nicht mehr zurück«, gab ihr der Chevalier zur Auskunft und spülte mit einem kräftigen Schluck nach. »Und Pedro will auch nicht! Für ihn ist desgleichen – angesichts der Schwäche des Montfort – die Gelegenheit zu günstig, die Ausdehnung seines Königreichs jenseits der Pyrenäen zu verfestigen und abzurunden, denn die freie Grafschaft Toulouse gehörte bislang keineswegs dazu.«

»Aber die Katalanen stehen den Menschen hier in jeder Hinsicht näher als die Nordfranzosen, und der König von Aragon ist den Okzitaniern weitaus willkommener.«

»Die fragt aber keiner – und außerdem sind sie Ketzer!«

»Wäre ich auch – an ihrer Stelle!« muckte Laurence auf. »Jeder sollte frei sein –«

»Haha! Die Idealistin!« lachte der Chevalier, der Piras tat schon seine Wirkung. Er erhob sich schwankend. »Mit diesem schönen Traum solltet Ihr jetzt einschlafen, Laure-Rouge. Morgen früh sehen wir weiter.« Er begab sich zur Treppe, die nach unten führte. »Noch einen Trost will ich Euch zur Nacht geben: Simons Kräfte reichen für einen Angriff auf Toulouse bei weitem nicht aus.« Er stampfte die hölzerne Stiege hinab. Laurence war allein im Turm.

Die plötzlich eingetretene Stille bedrückte sie selbst dann noch, als sie sich in voller Montur auf ihr Lager geworfen hatte. Sie drehte den Ring an ihrem Finger, den ihr Marie d'Oignies anvertraut hatte, und es überkam sie Scham und dann Ärger, daß sie sich von Loba hatte davon abbringen lassen, das gegebene Versprechen zu erfüllen. Vielleicht sollte die Begegnung mit der Schwarzen Madonna, von deren Wunderkraft alle schwärmten, ihrem Leben einen neuen Sinn geben? Jetzt steckte sie genau wieder dort, von wo aus sie aufgebrochen war – um nach Rom zurückzukehren, endlich ihre Pflicht als Tochter zu tun und ihre alte Mutter in ihrem schweren Amt als Äbtissin zu entlasten. Doch dafür hätte sie diesem Land den Rücken wenden, ihre alten Freunde im Stich lassen müssen. Sollte Marie dies gewollt haben? Dann hätte sie Laurence nicht ausgerechnet nach Alet geschickt! Der Sinn würde ihr nur dort offenbart werden. Sie sollte dem Mysterium der anderen Maria, der aus Magdala, am vorbestimmten Ort gegenübertreten, dann würde sie auch den Ratschluß ihrer Schutzherrin erfahren. Noch war es nicht zu spät!

Laurence löschte nicht das Licht. Sie starrte in die Flamme, bis sie endlich doch vom Schlummer übermannt wurde.

Der frühe Morgen sah die Ankunft des Peire-Roger de Cab d'Aret, zur Überraschung aller in Begleitung seines alten Kampfgefährten Xacbert de Barbeira, der mit König Pedro aus Aragon zurückgekehrt war. Dem Chevalier lag wenig daran, die bewaffneten Haufen lange zu beherbergen, außerdem bot die Absteige des Klosters bei weitem nicht genug Platz und ausreichend Strohschütte. Er hieß also Lobas Leute, sich aus den Decken zu trollen und die noch warmen Schlafstätten den Neuankömmlingen zu überlassen, damit die sich wenigstens etwas ausruhen konnten. Dafür ließ Prior Valdemarius ihnen von den Mönchen ein kräftiges *Prandium* reichen, bestehend aus ofenwarmem, in Schweineschmalz gebackenen Rosinenbrot, reichlich Honig und frischem, sämigen Schafskäse, dazu für jeden ein Ei und *trip*, die kleine Hartwurst.

Die beiden Anführer nebst Loba hatte der Prior zu sich ins Refektorium gebeten und auch Laurence wecken lassen. Schließlich wußte er, wie neugierig sie alle auf ein Wiedersehen mit der Tochter Lionels beziehungsweise Livias waren – und er wollte vor Laurence auch nicht als derjenige dastehen, der sie hinderte, mit ihren Freunden zu ziehen. Die Herren hatten allerdings andere Sorgen, wie sie dem Chevalier gleich mitteilten, der sie dafür mit den neuesten Entwicklungen vertraut machte.

»Der Kronprinz von Frankreich hat nun doch von seinem Vater freie Hand bekommen. Das Unternehmen gegen die Plantagenets von England wurde zwar nicht abgesagt, doch erst mal verschoben, so daß das bereits ausgehobene Heer jetzt für einen neuerlichen ›Kreuzzug gegen den ketzerischen Gral‹ zur Verfügung steht.«

»Simons altbewährte Mitstreiter Alain du Roucy und Florent de Ville verwüsten bereits die Umgebung von Toulouse, während er selbst in dem gut befestigten Ort Muret im Süden der Stadt sein Hauptquartier aufschlägt.«

»Sie haben nur die Burg von Pujol verschont, sie dafür mit einer starken Garnison belegt, in der Hoffnung, so den freien Zugang von Carcassonne her offen zu halten.«

»Der Montfort hat sich nochmals in seine ›Stammlande‹ im Languedoc begeben und in allen erreichbaren Kirchen gebetet, besonders inbrünstig, wenn die Bischöfe ihm Waffenhilfe versprachen.«

»Wunschgemäß wird sein Ältester in Castelnaudary noch schnell zum Ritter geschlagen.«

»Simon hat seinen Bruder Guy zu sich gerufen, der im Comminges operierte, denn er will nicht Gefahr laufen, von ihm abgeschnitten zu werden.«

»Währenddessen reist König Pedro durch die Provence und läßt sich – anstelle des von ihm als Lehnsherrn abgelösten Graf Raimond – von allen die Treue und Gefolgschaft schwören!«

»In weitem Bogen kehrt unser König über das Comminges zurück und zieht auf Muret los.«

Hatten bisher der Chevalier und seine Gäste in der Aufzählung aller Maßnahmen – so bedrohlich sie klangen – sich einer kühlen, achtsamen Gelassenheit befleißigt, unterbrach jetzt Peire-Roger den Erzählfluß seines Freundes Xacbert mit unverhohlener Erregung:

»Der Graf von Toulouse hat die kurzfristige Abwesenheit des Montfort genutzt und die Burg Pujol im Handstreich erobert. Obgleich die Garnison sich ihm ergab, ließ er sie allesamt über die Klinge springen, darunter drei normannische Edle, engste Freunde des Montfort!«

»Der schäumt nun, kann aber nur ohnmächtig aus der Ferne Rache schwören.«

»An solcher Art von Ritterlichkeit will ich nicht teilhaben!« Laurence war von allen unbemerkt ins Refektorium getreten und hatte zumindest die letzten Sätze mitbekommen. Sie setzte sich nicht. »Ihr könnt ohne mich in die Schlacht ziehen, deren Verlierer jetzt schon feststeht: die edle Gesinnung des freien Südens!«

»Für die geben wir, deine Freunde, Laurence, unser Blut!« hielt ihr Loba aufgebracht entgegen.

»Sinnlos vergossen!« beschied die Angegriffene sie trotzig. »Ein freies Okzitanien wird es nie wieder geben. Recht haben nur die Reinen, die sich weigern, das Schwert zu ergreifen. Ihnen allein ist das Paradies gewiß, alle anderen – ob Freund oder Feind – beflecken sich und ihre ›gute Sache‹ in einer Weise –«

»Wir wollen uns von einer Nonne, die Ihr geworden seid, Laurence de Belgrave, nicht unser Handwerk lehren lassen!« beschied sie ihr alter Freund Xacbert erzürnt, und Peire-Roger hieb in die gleiche Kerbe:

»Ihr seid hier nicht geboren. Ich will Euch nicht den normannischen Vater vorwerfen, doch Ihr habt recht, wenn Ihr Euch heraushaltet aus einem Kampf, der nicht der Eure ist. Nur solltet Ihr auch schweigen!«

Laurence verneigte sich kreideweiß vor den Anwesenden und wandte sich an den Chevalier. »Es ist an Euch, für mein Herz zu zeugen, von dem alle hier im Raum wissen, für wen es schlägt.« Sie drehte sich abrupt um, denn sie wollte niemandem die Tränen der Wut und Trauer zeigen, die ihr jetzt in die Augen schossen, so sehr sie sich ihrer zu erwehren suchte. Laurence verließ den Raum.

Um kein peinliches Schweigen oder gar Haß aufkommen zu lassen, fuhr der Chevalier fort: »Hütet Euch vor Baudouin, dem Bruder des Grafen von Toulouse, der von ihm abgefallen und ins Lager der Feinde übergetreten ist!«

»Der Montfort hat sich sogar mit seinem Onkel versöhnt, dem früheren Erzabt Arnaud de l'Amaury, der sich gegen seinen Willen zum Erzbischof von Narbonne aufgeschwungen hat und dessen Herzogswürde anstrebt.«

»Dem wiederernannten päpstlichen Legaten kann er eine führende Rolle im Kreuzzug nicht verweigern.«

Peire-Roger war voller Bitterkeit. »Simon entblößt sogar sein treues Eheweib, die respektable Alix de Montmorency, ihrer persönlichen Leibgarde und zitiert sie mit allen ihren Rittern von Fanjeaux nach Carcassonne, wo er sein Heer um sich sammelt.«

Ein staubbedeckter Bote begehrte Einlaß im Refektorium und fragte nach Xacbert de Barbeira. Soviel des katalanischen Dialekts verstanden alle: »Eine Botschaft des Königs von Aragon! Er sei bereits vor Muret eingetroffen und lagere vor der Stadt. Man möge sich eilends zu ihm gesellen. Simon de Montfort habe an diesem Morgen, Dienstag, den 10. September des Jahres 1213, sein Heer von Carcassonne aus in Marsch gesetzt.«

»Weckt die Schlafenden!« befahl Peire-Roger den umherstehenden Mönchen. Sie waren hinter dem Boten ins Refektorium gedrängt und warteten auf ein Wort ihres Priors. Doch der Chevalier schwieg. Deutlich war zu sehen, daß viele von ihnen unter den Kutten Kettenhemden und Waffen trugen. Kampfeseifer stand ihnen ins Gesicht geschrieben.

Xacbert de Barbeira hatte den stummen Widerstreit in den unnahbaren Zügen des seltsamen Mannes mit den unzähligen Gesichtern beobachtet, doch mochte er den Chevalier nicht drängen, geschweige denn den Prior vor seinen Untergebenen bloßstellen. »Wir brechen auf!« erklärte er freundlich. »Habt Dank für die Gastfreundschaft.« Er wandte sich zum Gehen, Loba und ihr Bruder hatten den Raum schon verlassen.

Der Prior hielt ihn zurück. »Ich kann Saint-Felix nicht völlig entblößen«, richtete er vor den wartenden Mönchen das Wort an Xacbert. »Doch sollt *Ihr* wählen aus denen, die bereit sind, mit Euch zu ziehen. Ich überlasse Euch die Hälfte der Brüder.«

Diesmal war es der Chevalier, der schnellen Schritts das Refektorium verließ. Er begab sich durch den Stollen unter seinem Weinberg vom Donjon hinüber zur Herberge auf der anderen Seite des Hügels und ließ die in den Felskammern versteckt gelagerten Waffen verteilen, reichlich Proviant und auch, mit Einverständnis der Anführer, mehrere Beutel vom besten Wein. Die Pferde wurden noch einmal getränkt, dann saßen alle auf und ritten in langer Reihe davon. Als letztes seine ›Mönche‹: Sie hatten die Kutten abgestreift und trugen jetzt alle das tolosanische Schlüsselkreuz blutrot auf schwarzem Wams über der Rüstung. Sie wirkten weitaus disziplinierter als die abziehenden Faidits, würdige Ritter eines elitären Ordens. Schweigend senkten sie ihre Lanzen, als sie in Zweierreihen an ihrem Prior vorbeiritten.

Peire-Roger hatte die Spitze des Zuges übernommen, seine Schwester Roxalba ließ sich nochmals an dessen Ende zurückfallen, wo Xacbert de Barbeira die Nachhut befehligte. Sie hielt ihr tänzelndes Pferd noch auf, als schon der letzte Mann sie passiert hatte. Sie hob beide Hände zum Gruß. Neben den Prior war Laurence getreten. Sie winkte der Wölfin lange nach, bis die Freundin im gestreckten Galopp hinter den Hügeln entschwunden war.

ARMAGEDDON

Begleitet von seinem Sohn, seinem Bruder, seinem Onkel und den treuesten seiner Degen wie Alain du Roucy, Florent de Ville, Bouchard de Marly, die alle wissen, daß sie entweder mit ihm siegen oder untergehen werden, erreicht Simon de Montfort gegen Abend Saverdun, auf der halben Wegstrecke nach Muret. Simon will noch in der Nacht weitermarschieren, denn er fürchtet, daß sich die Besatzung in dem von Charles d'Hardouin gehaltenen Ort, wo sich sein Quartier und vor allem seine Kriegskasse befinden, als zu schwach erweisen könnte, wenn es zum Angriff durch die geballte Macht des Feindes käme.

Arnaud de l'Amaury, der Legat, hat sämtliche Bischöfe und Äbte der Umgebung gezwungen, sich dem Kreuzzug anzuschließen, bis auf Foulques: Den Bischof von Toulouse haben die sich überstürzenden Ereignisse in Muret festgehalten, denn die Tolosaner verweigern ihm die Rückkehr in seine Stadt Toulouse. Die geistlichen Herren, die das Rückgrat des Kreuzzugs bilden, raten von einem Nachtmarsch ab, die Truppen sollen frisch vor Muret erscheinen und es lieber erst gegen Mittag entsetzen. Simon beugt sich ihrem Begehr und betet lange, noch einmal den Segen und bewährten Beistand der Jungfrau für seine Sache heischend.

Pedro II von Aragon macht von der Möglichkeit, die sich ihm den ganzen Tag über anbietet, ja förmlich aufdrängt, keinen Gebrauch. Dabei wäre ihm Muret wie eine reife Frucht in den Schoß gefallen, zumal die tolosanische Miliz, die als erste auf dem Kampfplatz erschienen ist, die Vororte schon erstürmt hat, ohne auf nennenswerten Widerstand zu stoßen. Der Monarch erklärt seinen Verbündeten, den Grafen von Foix und Comminges, auch den Grund. Wenn man Simon dieses Ortes beraube, dann werde er sich kaum zur Schlacht stellen. Die Ebene vor Muret sei hingegen bestens geeignet, die eigene Überlegenheit in einer offenen Reiterschlacht auszuspielen. So folgen die Grafen von Foix und die von Comminges dem Beispiel des Königs und schlagen ihre Lager in Sichtweite der kleinen Stadt auf. Die beiden verstärken mit gewaltigen Heerhaufen und zahlreichen Berittenen das Aufgebot der Tolosaner und Katalanen. Graf Raimond befestigt seines mit Palisaden und einer Wagenburg. Das trägt ihm den unverhohlenen Spott des Königs ein, der sich auf einen schnellen Sieg durch eine den Gegner schlagartig zerstäubende Attacke der Kavallerie einrichtet.

Deus nostra spes et fortitudo
auxilium in tribulationibus inventus eo validum.

Im Morgengrauen des 11. September, ein Mittwoch, macht Simon de Montfort, Graf von Leicester, Vizegraf von Carcassonne und von Béziers, sein Testament und beichtet seine Sünden, was sich hätte hinziehen können, doch der Großteil seiner Untaten belastet mitnichten sein Gewissen.

Ideo non timebimus cum fuerit translata terra
et concussi montes in corde maris.

Dann nimmt er an der Messe teil, in deren Verlauf die Bischöfe noch einmal die Grafen von Toulouse, Foix und Comminges samt ihren Nachkommen und natürlich alle Faidits in Bausch und Bogen exkommunizieren sowie jeden, der diese Ketzer verteidigt – den König von Aragon erwähnen sie eigens nicht mit Namen. Dann zieht das Kreuzfahrerheer los.

Sonantibus et intumescentibus gurgitibus eius
et agitatis montibus in potentia eius.

So groß die Ungeduld Simons auch ist, möglichst schnell in Muret einzutreffen, es dauert dennoch bis zum Abend, weil die Bischöfe immer wieder Abgesandte an den König schicken, um mit ihm zu verhandeln, und dann geduldig auf eine Antwort warten, ohne sich von der Stelle zu rühren. Doch Pedro d'Aragon weigert sich, sie auch nur zu empfangen.

Vor den Augen seines angetretenen Heeres läßt er den Kreuzzug ungehindert in den Ort Muret einziehen. Bei dieser Gelegenheit zeigt sich mit schonungsloser Deutlichkeit, was die Bischöfe schon lange befürchteten, daß die okzitanische Allianz dem Aufgebot Simons zahlenmäßig erdrückend überlegen ist. Das hindert einige normannische Ritter nicht, lauthals den sofortigen Kampf zu verlangen mit Rufen wie »Rache für Pujol!« und »Tod dem Verräter von Aragon!« Nur mit Mühe kann Simon seine aufgebrachten Freunde, Alain und Florent an der Spitze, beruhigen, indem er ihnen Wein auffahren läßt.

Währenddessen unternimmt Bischof Foulques nach Einbruch der Dunkelheit noch einen letzten Versuch, den König davon abzubringen, sich gegen seine Ecclesia catholica zu stellen. Pedro d'Aragon läßt antworten, »daß er keinen Grund sieht, wegen des halben Dutzends Strolche, die von ungetreuen Bischöfen gegen ihn aufgeboten worden sind, jetzt auch noch gewichtige Verhandlungen zu gewähren«.

Eine Nacht der Anspannung und Unruhe senkte sich über Muret. Einigkeit herrschte in beiden Lagern nicht. Simon mußte zwischen seinen gereizten Rittern und den bis zur Selbstverleugnung einen Ausweg suchenden Bischöfen vermitteln. Bei den auf ihre Eigenständigkeit bedachten Verbündeten, die sich unter der Fahne des Königs von Aragon zusammengefunden hatten, war das Bemühen, sich voneinander abzugrenzen, weitaus stärker als das Streben nach Gemeinsamkeit. Auch begannen die pausenlosen Anstrengungen der hohen Geistlichkeit um den Monarchen insofern Wirkung zu zeigen, als die okzitanischen Adeligen, vor allem die Tolosaner, befürchteten, die Vertreter Roms könnten Dom Pedro doch noch dazu bewegen, sie in letzter Minute im Stich zu lassen.

Inzwischen waren Xacbert de Barbeira und Peire-Roger de Cab d'Aret mit ihren Freischärlern ebenfalls im Lager eingetroffen. Es war Loba, die im Zelt ihrer Verwandten, der Grafen von Foix, den gewagten Vorschlag machte, Dom Pedro mit allen Mitteln über Nacht an die gemeinsame Sache zu binden. Die fast hemmungslose Zuneigung des Katalanen zum schönen Geschlecht sei bekannt.

»Habt Ihr nicht genügend scharfe Töchter, bereitwillige Schwestern und erfahrene Eheweiber hier um Euch?« provozierte sie die versammelten Männer. »Gebt dem Bock zu rupfen aus Eurem Garten. Das hält ihn besser bei der Stange als jeder Schwur!«

Die Herren fanden das Ansinnen unerhört. Doch es waren die Frauen, die bekundeten, auf ihre männliche Ehre komme es jetzt im Dunkel der Nacht nun wirklich nicht an – die könnten sie morgen bei Tageslicht einlegen mit Lanze und Schwert in der Schlacht!

Loba hatte sich erboten, als erste den Liebesdienst zu bestreiten, doch als sie vor dem Zelt des Königs anlangte, stritten sich dort schon ihre Cousinen Pilar von Pamiers und Jacy von Mirepoix um den Vortritt und wären sich darüber fast in die Haare geraten. Der davon höchst angetane junge Monarch ließ beide in sein Zelt huschen und fand auch nichts dabei, daß sein Gefolge mit losen Liedlein und rhythmischem Klatschen seine gut vernehmbaren Leistungen anfeuernd begleitete.

Die Wölfin war mit dem Ergebnis zufrieden, sie hatte sich von einem hastigen Beilager mit Herrn Pedro sowieso nicht allzuviel versprochen. Liebhaber, deren Lendenzier in aller Munde ist, haben meist entsprechend wenig in der Hose! Für Nachschub war auch gesorgt, wie ihr ein Blick in die Runde bewies. Vor dem Eingang des Zeltes hatten sich weitaus mehr Töchter des Landes versammelt, die sich in die Pflicht genommen fühlten, darunter auch reifere Damen, als selbst ein König in einer Nacht verkraften mochte.

»Warum so bescheiden, Loba?« flüsterte eine Stimme neben ihr. »Juckt's der Wölfin nicht im Fellchen?« Die Gestalt warf ihre tief ins Gesicht gezogene Kukulle zurück, und im Licht der Fackeln flutete das rote Haar über ihre Schultern.

»Laurence!« jubelte Loba und umarmte und herzte die so arg vermißte Freundin. »Ich wußte, daß du kommen würdest!«

»Aber nicht, um meine Haut auf deinen Liebesmarkt zu tragen«, wehrte Laurence den Ansturm ab. »An meine Wolle lass' ich nicht einmal einen gesalbten König ran!«

Loba verstand sich zu einem schelmischen Lachen. »Doch wohl nicht immer noch *virgo intacta*?« spöttelte sie ungläubig.

Laurence schüttelte herausfordernd ihre Mähne. »O doch – und das mit größtem Pläsier! Besonders, wenn ich mit ansehen und hören muß« – ihr Ton wurde schärfer, und sie wandte ihren Blick angewidert vom Zelt des Königs ab, in das jetzt sein engeres Gefolge unter zotigen Aufforderungen die noch ausharrenden Weiber drängte –, »was Frauen zugemutet wird!«

»Stell mir die brünstigen Ziegen nicht als Märtyrerinnen hin«, mahnte Loba, »und komm jetzt! Für die Fleischeslust der Krone von Aragon ist ausreichend gesorgt.« Sie zog ihre Freundin mit sich in das Lager der Tolosaner. Dort kannte sie keiner, und Herr Raimond hielt auf Disziplin.

Unterwegs erkannten sie im flackernden Licht der Lagerfeuer und Kienspäne die hagere Gestalt des Chevalier du Mont-Sion, der von Zelt zu Zelt schritt und die Herren, die er kannte, begrüßte.

»Aufgrund seiner reichen Erfahrung«, vertraute Laurence der Wölfin an, »ist er höchst besorgt, daß wir die Gefahr, die vom Montfort ausgeht, grob unterschätzen. Ein in die Enge getriebener Keiler nimmt es mit einer vielfachen Meute auf und gerät in gefährliches Rasen, wenn er den Hauch des Todes spürt.«

»Dein Chevalier hätte in seinem Konvent hocken bleiben sollen!« erregte sich Loba. »Warum ist er – seid ihr überhaupt gekommen? Um uns hier Trübsal einzublasen?«

Laurence dämpfte die aufkommende Aggressivität der Ungebärdigen, indem sie Loba an sich zog. »Kaum wart ihr von Saint-Felix aufgebrochen, sah der Chevalier ein, daß hier auch über *seine* weitere Existenz entschieden wird. Er versammelte also die verbliebenen Brüder um sich und stellte ihnen frei, zu gehen oder ihm in Waffen zu folgen. Vor unserem Abmarsch legte er eigenhändig Feuer an das Kloster. Das Werk vieler Monate mühseliger Arbeit ging in unserem Rücken in Flammen auf.«

»Und warum konspiriert er jetzt, untergräbt unseren Kampfesmut?«

»Der Chevalier ist gekommen, um zu kämpfen«, entgegnete Laurence. »Was ihn umtreibt, ist das Fehlen jeglicher Strategie unter den Verbündeten, von einem gemeinsamen Oberkommando ganz zu schweigen. Der König gedenkt die Schlacht zu schlagen, wie er Liebe macht – von ihm ist keine Strategie zu erwarten. Gegen diesen Feind ist das sträflicher Leichtsinn! Ich kenne den Montfort. Bei allem, was man gegen ihn sagen kann: er hat seine Leute im Griff!«

»Ich dachte, du hättest das letzte Jahr hinter Klostermauern verbracht!« Loba entzog sich ruppig der Umarmung. »Wir sind genügend mutige Kämpfer, um dem Schinder des Languedoc diesmal das Fell über die Ohren zu ziehen.« Sie riß sich los und rannte wütend davon.

Laurence suchte sich einen Ort, an dem sie sich zum Schlafen niederlegen konnte. Das Zelt des Chevaliers stand leer, seine Mönchssoldaten ruhten ringsherum auf dem Boden, in Decken gehüllt. Neben seinem Feldlager stand ein Krug mit Wein. Laurence bediente sich, der rote Piras tat ihr gut, rann wie Feuer durch ihre Glieder, um sie nach etlichen Bechern wohlig immer schwerer werden zu lassen. Es war eine dieser milden Septembernächte. Sie wollte noch die Rückkehr des Chevaliers abwarten, um zu hören, wie der letzte Stand der geheimen Verhandlungen sich darstellte. Laurence war nicht nur müde, sondern auch mit sich uneins, ob es richtig gewesen war, dem Ruf ihres Herzens zu folgen – anstatt der Stimme der Vernunft. Und die ging mit Sicherheit eher von der Werkmeisterin aus, zumal Marie jetzt gewiß schon zu den Engeln heimgegangen war.
Der Schlaf erlöste sie für den Rest der Nacht von allen Zweifeln.

Laurence verschlief den entscheidenden Morgen. Die nächtlichen Anstrengungen des Chevaliers trugen ihre Früchte. Als sich die Verbündeten zur Lagebesprechung im Zelt des Königs von Aragon eingefunden hatten, machte sich Herr Raimond zum Sprecher eines großen Teils des okzitanischen Adels. König Pedro wirkte übernächtigt und wurde zusehends mißgelaunter. Der Graf von Toulouse schlug vernünftigerweise vor, den Angriff des Feindes hinter Staketen, einem todbringenden Wall aufgepflanzter Lanzen, abzuwarten, die gegnerische Kavallerie durch intensiven Beschuß aus Armbrüsten und Katapulten zu dezimieren und dann durch eine Konterattacke hinter die Mauern von Muret zurückzutreiben, wo Hunger und Durst die Eingeschlossenen schnell zur Aufgabe zwingen würden. Seine Spione hätten ihm übereinstimmend berichtet, daß im feindlichen Lager überhaupt kein Proviant vorhanden sei.

Der König hatte sich den Vortrag gähnend angehört, ohne ihn zu unterbrechen, dann sagte er: »Der einzige, der seinen Lagerabschnitt mit Wall und Graben befestigt hat, ist der kühne Graf Raimond von Toulouse. Wir anderen müssen wohl unsere Brust dem anreitenden Feind hinhalten. Und das wollen wir doch lieber auf dem Rücken unserer Pferde tun, in der Hand das Schwert – anstatt Pfeil und Bogen!« Er hatte sofort die Lacher aus Katalanien, Aragon und der Gascogne auf seiner Seite.

»Heute schreiben wir Donnerstag, den 12. September. Am morgigen Tag wollen wir mit keiner kriegerischen Handlung mehr zu schaffen haben, nicht einmal mit einer soviel Ehre und ritterliches Ansehen verschaffenden Belagerung.«

Und wieder jubelten ihm seine Leute zu, ließen ihn hochleben, während die von Foix und des Comminges die Köpfe senkten und sich ärgerten, daß sie sich von dem eloquenten Chevalier zu diesem Vorschlag hatten überreden lassen.

»Wer den Montfort und seine Weihrauch schwenkenden Purpurträger nicht fürchtet, der reitet wohlgemut mit Uns erhobenen Hauptes in die Schlacht!«

So viel Schimpf wollte der Graf von Toulouse nicht auf sich sitzen lassen. »Wohlan!« knurrte der Herr Raimond. »Wir werden ja sehen, wenn die Nacht fällt, wer als letzter die Walstatt räumt!«

Domine Deus, Agnus Dei, Filius Patris
Qui tollis peccata mundi, miserere nobis.

Bei den Franzosen herrschte eine ganz andere Stimmung. Bereits früh am Morgen besuchten alle die Messe, noch unbewaffnet, denn der Legat verbat sich jedes Waffengeklirr in der Kirche, zumal die Bischöfe, Foulques an der Spitze, noch immer die Hoffnung auf eine friedliche Lösung aufrechterhielten.

Qui tollis peccata mundi, suscipe deprecationem nostram.
Qui sedes ad dexteram Patris, miserere nobis.

Simon nutzte dann die – in seinen Augen sonst vergeudete – Wartezeit, um seine Heerführer mit der Strategie vertraut zu machen, die er anzuwenden gedachte. Es war ein ziemlich verzweifelter Plan angesichts der erdrückenden Übermacht: »Wir müssen die Entscheidung in der Reiterschlacht auf freiem Felde suchen. Bei einem Angriff auf ihr Lager verbluten wir, also preschen wir auf ihre Zelte los, doch nur zu dem Zweck, sie herauszulocken. Gelingt uns das nicht, schwenken wir sofort ab!«

»Dann können wir auch gleich die Flucht ergreifen«, empörte sich Charles d'Hardouin.

»Richtig! Aber laßt diesmal Euren Sattel nicht im Stich«, spottete Bouchard de Marly, »wenn Ihr als erster Fersengeld gebt!«

»Meine Herren«, ermahnte sie bekümmert der Montfort, »spart Euch das Streiten für den Hochmut des Gegners auf, der Euch zu Paaren treiben will.« Er litt genauso wie seine Ritter unter dem ständigen Hinauszögern der letztlich unumgänglichen Entscheidung.

Nur zwei von ihnen hielten sich aus dem Disput völlig heraus: Alain du Roucy und Florent de Ville. Die beiden unzertrennlichen Freunde hatten in der Nacht auf ihre Liebe den Schwur geleistet, den König von Aragon zu stellen, zu töten – oder selbst erschlagen zu werden. Deswegen lächelten sie nur über den drängenden Eifer der anderen, ihre großen Worte, die eigentlich nur eines verbergen sollten: die erbärmliche Angst, die so viele vor der Schlacht beschlich, ganz besonders vor dieser, die ein irrsinniges Gemetzel versprach. Gering war die Wahrscheinlichkeit, daß man zu denen gehören könnte, die bei lebendigem Leib abends sehen würden, wie die Sonne, die sich gerade mit der Morgenröte unheilvoll drohend erhob, wieder in den Flammen des Abendrots niederfuhr. Simon sah beide lächeln, er wußte nicht weshalb, aber es gab ihm Zuversicht, und zum ersten Mal in diesen Tagen konnten seine Freunde einen Anflug von heiterer Zuversicht bemerken, der über die verwitterten Züge des Kriegsmannes huschte.

Die Bischöfe hatten als letzten verzweifelten, fast schon kindischen Versuch, dem Rad der Geschichte in die Speichen zu greifen, beschlossen, allesamt barfuß – sie hatten sich ihres Schuhwerks schon entledigt – in das Lager des Königs von Aragon hinüberzupilgern und ihn anzuflehen, sein Schwert nicht gegen den Glauben, die Kirche, die heiligen Sakramente zu erheben. Doch kaum wurde für sie eines der Stadttore geöffnet, drängten schon umherstreifende tolosanische Milizen herbei, um die Gelegenheit zu nutzen und sich Eintritt zu verschaffen. Nun reichte es Herrn Simon. Er brüllte die barfüßigen Purpurträger an: »*Basta de palabras!* Seht Ihr denn nicht, daß wir so nichts erreichen! Meine Herren und ich, wir haben genug erduldet, mehr als genug! Gebt uns nun endlich den Kampf frei!«

Wie um seine Worte zu unterstreichen, ließen die Tolosaner von draußen mit ihren Wurfmaschinen Steine, Knochen und stinkende Abfälle auf die Prälaten niederprasseln. Da gab Simon den erlösenden Befehl zum Satteln.

Die Ritter rannten in ihre Quartiere, um ihre Rüstungen anzulegen. Drei Blöcke wurden gebildet. Den ersten, nicht den besten, überließ er Charles d'Hardouin, als Alain und Florent, seine bewährten Heerführer, darum baten, diesmal von solchen Bürden befreit zu sein. Ihr Lächeln ging ihm nicht aus dem Sinn. Auf sie konnte er sich verlassen. Den zweiten übernahm Bouchard de Marly, den dritten, die Reserve, er selbst.

In diesem Moment, völlig deplaziert, feierte Foulques, der Bischof von Toulouse, seinen großen Auftritt. Er erschien in vollem Ornat, mit Mitra und Stab samt der kostbarsten Reliquie in seinem gehüteten Besitz, eines Splitters des ›wahren Kreuzes‹.

Die Ritter begannen wieder abzusteigen, um die Reliquie kniend küssen zu dürfen. Da riß der Bischof von Comminges sie ihm aus den Händen, hielt das teure Stück Holz hoch, daß jeder es schauen konnte, und segnete die Kämpfer. Arnaud de l'Amaury, der Legat, gewährte mit lauter Stimme allen das Seelenheil, die in dieser Schlacht siegen oder sterben sollten. Im Chor bekräftigten die anwesenden Prälaten dies Versprechen, und Herr Simon rief: »Gott ist mit uns! Laßt uns nun den Feind zerschmettern!«

Um den Steinschleudern der Tolosaner zu entgehen, die schon vor dem Haupttor lauerten, verließen die drei Abteilungen Muret durch das Osttor und zogen über die Brücke von Saint-Sernin. Dann formierten sich die beiden vorderen Blöcke in Schlachtordnung und setzten sich in Trab, geradewegs auf das gegnerische Lager zu.

Dort waren die Bewegungen des Feindes genau beobachtet worden. Kaum hatte der erste Reiter die Brücke überquert, stürmten die Okzitanier und Katalanen aus ihren Zeltgassen hervor und ordneten sich zum Gefecht. Von ›Ordnung‹ konnte eigentlich nicht die Rede sein, ebensowenig von Taktik. Nicht einmal jetzt kam irgendeine brauchbare Anweisung von König Pedro. Man hatte ihm aufs Pferd helfen müssen, lendenlahm, wie er noch war. Er ließ seinen Baronen völlig freie Hand, zumal die stolze Ritterschaft aus dem Poitou und von Azincourt sowieso keine Befehle hingenommen hätte. Der König tauschte sogar die ›Farben‹, Schild, Helm und Mantel, auch das Pferd mitsamt Schabracke mit einem seiner Herren, um sich unerkannt und mit weitaus mehr Genuß als einfacher Ritter schlagen zu können – ohne die Bürde der Krone.

Als erstes reitet der Haufen der Grafen von Foix los, Roger-Ramon und Roger-Bernard, Vater und Sohn. Beide brennen darauf, die Schlappe von Castelnaudary, vor genau zwei Jahren erlitten, auszuwetzen. Zu ihnen hatten sich auch Xacbert de Barbeira und Peire-Roger de Cab d'Aret gesellt. Seine Schwester Loba hatte darauf bestanden, als Knappe mitzureiten:

»Nach unserem geliebten Las Tours, Bruderherz, haben wir nichts mehr an den Montfort zu verlieren, aber alles zu gewinnen!«

»Zumindest das Himmelreich!« hatte der grimmige Xacbert zugestimmt, schließlich hatte die Wölfin mit ihm das Nachtlager geteilt.

Sie reiten in vorderster Linie. Das rettet ihnen das Leben, denn kaum haben die beiden die Lanzen eingelegt und der Knappe das alte Fähnlein mit den Farben des Trencavel emporgereckt und sind vom Trab in den gestreckten Galopp gefallen, da prallen sie bereits auf den von Charles geführten Block.

Loba, die sich zurückhalten sollte, ist vorweg gesprescht. Sie kann seiner Lanze geschmeidig ausweichen und streckt ihm die Zunge raus, was ihn so verwirrt, daß Xacbert ihn mühelos vom Pferd wischen kann. Die beiden Okzitanier stechen sich mitten durch den blind vorwärtsstürmenden Haufen und haben kaum die Schwerter gezogen, als sie schon durch die erste Welle hindurch sind.

Die zweite, angeführt von Bouchard de Marly, in der jetzt Alain du Roucy und Florent de Ville mit reiten, überrennt die bereits erhebliche Lücken aufweisende Streitmacht der Grafen von Foix vollends. Es halten sich nur noch wild um sich keilende Gruppen, aus denen die Banner der einzelnen Herren herausragen. Immer wieder, immer zerfetzter tauchen im wüstesten Getümmel auch die hermelingefehten Silberbalken auf goldenem Grund des letzten Trencavel auf. »Trencavel!« lautet der Schlachtruf, der von vielen wutverzerrten Lippen erschallt – doch er geht unter in dem Stampfen, Schnauben und Wiehern der Rosse, dem schrillen Klirren der sich hastig kreuzenden Klingen, dem Krachen der aufeinandertreffenden Schilde, im Splittern der Lanzen und im Scheppern der Rüstungen stürzender Ritter.

Inmitten des reißenden Blutstrudels geht es zu wie im Inferno der Apokalypse, nur sind es nicht vier fürchterliche Reiter, sondern deren Tausende, die sich da zerschneiden und zerhacken, in die Hälse stechen und die Schädel einschlagen, sich am Boden noch würgen, von Hufen zertrampelt, von wälzenden Pferdeleibern zerquetscht werden. Mit dem Fußvolk sind es an die vierzigtausend Mann. Doch noch grausamer erklingt es vom ausgefransten Rand der erzenen Charybdis her. Es tönt wie aus einem brechenden Wald von Knochen und Stein, von knorrigen Stämmen und jungen im Saft, die unter den Schlägen von unzähligen Äxten fallen und durcheinander stürzen.

Als König Pedro die Bedrängnis seiner Verbündeten erkennt, eilt er mit seinem Ritterheer zu ihrer Hilfe herbei. Dadurch wird das Schlachtgetümmel noch unübersichtlicher. Wer Freund oder Feind ist, läßt sich höchstens noch daran feststellen, ob der andere, blutüberströmt wie man selbst, auf einen einhaut oder den Rücken freihält. Armageddon wogt wie Algen in der Brandung, längst sind alle Lanzen gebrochen, alle Speere verschleudert, jetzt zählen nur noch Schwert, Eisenkeule und Morgenstern im Kampf auf kurze Distanz, Mann gegen Mann.

Das ist die Stunde jener beiden französischen Ritter, Alain du Roucy und Florent de Ville, ihr ehrgeiziges Vorhaben anzugehen. Wo das güldenrot gestreifte Banner von Aragon weht, dort muß der König sein. Sie halten sich nicht damit auf, Schläge, die sie von rechts wie links einstecken müssen, zu erwidern, zielstrebig bahnen sie sich ihren Weg genau in den Pulk, wo Herr Pedro wacker ficht. Alain du Roucy sprengt geradezu auf den Ritter los, den das königliche Wappen ziert, und schlägt auf ihn ein, so ungestüm, daß der Katalane zurückweicht. Da schreit Florent: »Das ist niemals der König! Der König ist ein besserer Streiter!«

Dom Pedro ruft ihm zu: »Der König? Hier ist er!« – und schlägt ihm übers Haupt, daß Florent das Blut aus der Nase schießt. Das versetzt Alain in so rasende Wut, daß er, alle Vorsicht fahren lassend, sich mit gestrecktem Schwert auf den König wirft. Sein Eisen gleitet über die Brünne unter das Visier Pedros und sticht ihm in den Hals. Tot fällt König Pedro II von Aragon vom Pferd.

Wenn nicht der umsichtige Bouchard de Marly noch etliche Reiter hinter den beiden hergehetzt hätte, wären sie von der Leibgarde des Königs in Stücke gerissen worden, doch so vermögen die an Anzahl weit unterlegenen Franzosen auf die Verwirrten einzuschlagen und sie niederzumachen. Die Katalanen können das Unglück noch gar nicht fassen, da fallen sie schon unter den Streichen und bedecken den Körper ihres Königs mit ihren Leibern – zu spät.

Währenddessen ist die Schlacht noch in vollem Gange. Bouchard de Marly, umgeben von zahlreichem Gefolge, sieht sich plötzlich – wie auf einer Insel im stürmischen Meer – Peire-Roger und seinem Knappen gegenüber, die den verletzten Xacbert wieder aufs Pferd zu hieven versuchen. Man kennt sich, man schätzt sich, doch jetzt ist nicht die Zeit für alte Freundschaften, das begreift auch der Herr von Las Tours.

»Wohlan, Bouchard!« ruft Peire-Roger, läßt den Xacbert fahren und hebt den Schild.

Da ertönt, wie vom Wind über wogendes Kornfeld getragen, der kaum vernehmbare Ruf »*Rey es mart!*« – Klage und Jubel – »*Le roi est mort!*« Da hält Bouchard die Seinen zurück, die schon ihre Schwerter gezückt haben, und ruft Xacbert zu, der sich mühsam aufrichtet: »Seht zu, daß Ihr Euer Leben erhaltet! Die Schlacht ist geschlagen!« Und die französischen Ritter folgen ihrem Anführer und machen eine Gasse frei für die Abziehenden.

Gerade als das alles geschieht, entschließt sich Herr Simon, besorgt, daß sich seine beiden vorausgeschickten Heerhaufen so tief in die Hauptmasse des Feindes gebohrt und dort verbissen haben, ihnen Entlastung zu geben. Er führt die ihm verbliebenen Reiter im Bogen um den Gegner herum und fällt diesem mit voller Wucht in die Flanke. Die unerwartete Attacke bringt die Verbündeten, schon schockiert und verunsichert von dem Tod des Königs, nun völlig aus dem Gleichgewicht. Die hitzköpfigen Katalanen sind die ersten, die Fersengeld geben. Ihnen folgt, was noch von der stolzen Streitmacht der Grafen von Foix übrig ist. Die aus dem Comminges leisten anfangs noch dem Montfort Widerstand, wobei der ihnen fast zum Opfer fällt: Gestürzt ist der gefürchtete Kriegsherr bereits, aber sie setzen nicht nach, denn jetzt dringt auch bis zu ihnen der Ruf: »*Rey es mart! Rey es mart!*«

Das bringt den Blessierten wieder auf die Beine, er mag es kaum glauben. Das bedeutet Sieg, die Grafenkrone von Toulouse! Die Schlacht bricht zusammen, die bis dahin gleichwertigen Gegner teilen sich auf in Fliehende und Verfolger, um ihr nacktes Leben Hechelnde und blutrünstig Rache schnaubende Hetzhunde. Herr Raimond von Toulouse, der erst jetzt mit seiner Kavallerie angetreten ist, wird sogleich fortgerissen von der Welle der Flüchtenden.

Dies war auch der Augenblick, in dem Laurence auf dem Schlachtfeld erschien. Der Chevalier hatte sie mit Bedacht nicht geweckt, der Wein hatte seine Wirkung getan. Als sie mit schwerem Kopf erwachte, zitterte der Boden bereits von der beginnenden Schlacht, von mehr als vierzehntausend stampfenden, galoppierenden Rossen. Der infernalische Krach, vermischt mit Schreien der Anfeuerung oder Angst, von Drohung, Schmerz und Todespein, hatte sie aus dem Schlaf gerissen. Sie nahm sich nicht einmal die Zeit, ihre Rüstung anzulegen, stülpte ihre Kampfhaube über, ergriff eine der Fahnen mit dem roten Tolosanerkreuz auf schwarzem Grund und suchte nach einem Pferd. Sie ritt wie benommen dem Ritterheer hinterher, das der Graf von Toulouse gerade in die Schlacht führte – und schon war sie mitten in dem wildesten Getümmel, wo alle wüst durcheinander preschten und aufeinander einhieben, daß die Helme tönten, die Klingen kreischten, wenn Stahl und Eisenblech aneinandergerieten, wo Blut spritzte und Verletzte wimmerten und stöhnten.

Laurence war von Oignies den Tod in grausamster Form gewohnt, doch da war das schreckliche Leiden von Gott auferlegt, nicht mutwillig dem anderen zugefügt. Sie trabte durch die Gassen der Schlächter und vorbei an den Gemetzelten. Keiner kümmerte sich um die Gestalt einer jungen Frau, verlorene Mohnblume zwischen geknickten Ähren des Feldes, niedergemäht, zertreten und verdorben. Der Schnitter Tod war Laurence vorangegangen, keiner griff nach ihr, belästigte sie. Doch sie sah vor sich das gestreifte Banner Aragons aufrecht flattern, dicht umstanden von einer erregten Meute. Dort hoffte sie, wenn schon nicht den Chevalier, so doch ihre Freunde zu finden. Sie ritt unbekümmert mitten hinein in den Haufen. Jetzt griff ihr einer in die Zügel. Es war Charles d'Hardouin, was Laurence sehr erstaunte. Er zerrte sie vorwärts bis zu einer Lichtung, wo, noch halb eingeklemmt unter einem toten Roß, ein Ritter lag, dem das Blut aus dem geschlossenen Helmvisier über den Brustharnisch lief.

»Schaut nur, welch okzitanische Nachtigall mir zugeflogen ist«, wandte Charles sich mit wieherndem Lachen an die Umstehenden.

»Sie kommt wohl als Emissär des Herrn Raimond«, rief Florent de Ville, »auf daß wir uns ergeben sollen!« Und er wies zur Fahne, die Laurence noch immer umklammert hielt.

Alain du Roucy riß sie ihr aus der Hand, während andere die Reiterin grob aus dem Sattel stießen, so daß sie Charles-sans-selle direkt in die Arme flog.

»Der erste Stoß gebührt immer dem siegreichen Feldherrn«, forderte du Roucy den verlegen Wiehernden unmißverständlich auf. »Gekniffen wird nicht!«

Rohe Hände packten Laurence, ihr Hemd, und als sie den Gürtel der Hose nicht schnell genug auf bekamen, zerschnitt ein Dolch ihr das Beinkleid. Sie stand nackt da, nur den Helm hatte man ihr noch gelassen. Laurence nahm ihn jetzt ab, so daß ihr die rote Haarpracht über die weißen Schultern fiel.

»Ha!« rief Florent de Ville, der schöne Jüngling, den sie einst so bewundert hatte. »Mademoiselle Laurence trägt ihre Farben auch im Gärtlein! Auf, auf, Herr Charles, die Rose will gebrochen sein!«

Damit es seiner Hose nicht ebenso erging, ließ Herr Charles sie fallen, verhedderte sich darin zum größten Gelächter aller, während vier Mann Laurence rücklings über das tote Pferd bogen, zwei sich auf ihre Arme setzten, zwei ihr die Beine auseinanderzogen. Sie wehrte sich nicht. Gnade hatte sie nicht zu erwarten, höchstens einen Schnitt durch die Kehle, wenn alles vorüber war.

Bemüht, ihr Gefühl von Lächerlichkeit in ein freundliches Grinsen umzumünzen, um den Widerling nicht weiter zu reizen, starrte sie auf die gekrümmte Gurke, die der Herr Charles unter Anfeuerungsrufen aus seiner verschwitzten Unterwäsche zum Vorschein brachte. Je näher seine Lenden rückten, um so fauliger roch es, bis zur Übelkeit, wahrscheinlich hatte er sich in die Hosen geschissen. Das runzelige Gemüse begann häßlich zu glänzen, die Adern traten blau hervor, geführt von seiner fahrigen Hand, verschwand es aus dem Blickfeld der Liegenden.

Da spürte Laurence, wie ihre Überlegenheit, die sie sich hastig zum Schutz eingeredet hatte, zerstob wie Spelt im Wind. Dennoch schaffte sie es zu lachen, was den d'Hardouin noch mehr verunsicherte. Dann spürte sie, wie sich der Knubbel suchend zwischen ihren Schamlippen zu schaffen machte, schließlich in die Scheide drängte. Dieses Eindringen in ihren Leib hatte sie sich nun doch nicht derart entwürdigend vorgestellt – eine Frau, erniedrigt zu einem Stück Fleisch! Und diese Frau war sie, Laurence de Belgrave!

Herr Charles begann heftig zu rammeln, die Leute bogen sich vor Lachen, ahmten Pferdegewieher nach. Laurence atmete schwer, die Ohnmacht, solches ertragen zu müssen, nahm ihr fast den Atem, was die Kerle dem Pferd mißgünstig als Erfolg auslegten. Sie ahmten Furzlaute nach und brüllten »Hü!« und »Hott!«, mit dem Erfolg, daß die Gurke ihre warme Milch zu speien begann. Herr Charles keuchte und stöhnte, schwankte und fiel ermattet vornüber auf Laurence. Sein schlechter Atem fuhr ihr stoßweise ins Gesicht, bis sie ihn forttrugen wie einen nassen Sack.

Doch dann sollte der nächste zu seinem Recht kommen, weshalb die Arme des Weibes weiter besetzt blieben. Während sie Charles hochleben ließen und mit Wein abfüllten, rann Laurence das reichlich vergossene Sperma an den Schenkeln entlang, was sie als besonders widerlich empfand.

»Nun, werter Florent«, wandte sich da Alain du Roucy erbarmungslos laut an den Gefährten, »jetzt dürft Ihr mal kosten, warum jeder Rosette kaum erblühte Knospe lieblicher duftet als das stinkende, schleimige Fischmaul einer Weiberfotze!« Die Kumpane johlten, nur das Engelsgesicht des Geliebten blieb unbewegt. Alain mußte also draufsatteln: »Damit du endlich weißt, was du an meinem Arsch hast!«

Da hatte der schöne Florent de Ville begriffen, daß er dieser unerquicklichen Liebesprobe kaum noch ausweichen konnte. »Gewiß nicht im Schlamm von Charles-sans-selle!« versuchte er sich Aufschub zu verschaffen.

Alain lachte, zeigte sich aber unerbittlich. »Spülen!« rief er, doch da Laurence sich nicht angesprochen fühlte, riß er sie an den Haaren hoch und fauchte sie an: »*Tu dois pisser, ma biche!*«

Sie versuchte es mit verzweifelter Anstrengung, so daß ihr die Tränen kamen. Schließlich brachte sie einen lauen Strahl zustande, worauf der Roucy sie losließ.

Doch Florent war es nicht zufrieden. »Ich steck' doch meinen gepflegten Schweif nicht in die von Euch so anmutig beschriebene Nymphengrotte, in der sich jetzt –« Er schüttelte sich vor Ekel. »Da ist mir jedes Scheißloch lieber!«

Einer sah den prall gefüllten Weinbeutel aus Ziegenleder neben einem der erschlagenen Kriegermönche. Er entkorkte ihn und nahm einen kräftigen Schluck, bevor er zum größten Gaudium der anderen der breitbeinig Hingestreckten die Öffnung in die Scheide preßte und den Beutel kräftig drückte. Feuer!

Laurence hatte nie gedacht, daß der dunkle Piras des Priors so brennen könnte. Sie schrie auf und warf ihren gemarterten Unterleib herum, ohne jedoch den Fäusten zu entkommen, die ihre Unterschenkel im Schraubstock hielten, geschweige denn, daß sie die Ärsche auf ihren gestreckten Armen abschütteln konnte – eher wären diese gebrochen, und das hätte ihr auch kein Mitleid eingebracht.

Als sie ausgelaufen war wie ein Faß ohne Spund, ließ sich Herr Florent zum Stechen herbei. Was er aus seiner Hose zog und zog, ließ Laurence erschauern. Bei der Saujagd hatte sie nicht richtig hingeguckt: Das war kein normaler Männerschwanz mehr, das war ein sich windender Aal, den der Herr de Ville da lustlos schlenkerte wie Magier auf den Märkten ein Stück Tau, das dann steif in die Höhe stand. Mit Schrecken erkannte Laurence den lässig überspielten Stolz des Besitzers, der eine Kobra zu seinen Flötentönen aus dem Korb steigen ließ. Wie sollte diese elende Schlange in ihrer kleinen Höhle Platz finden, selbst wenn sie sich biegen und verknoten würde zu einem ekligen Knäuel? Sie bekam Angst, weil sie auch keine Erfahrung mit den Tiefen des eigenen Leibes hatte, sie nahm sich eisern vor, keinesfalls zu verkrampfen, weil das sicher den Schaden noch größer machen würde. Gewiß würde sie sterben, ihr Atem ging stoßweise.

Es war still geworden in der Runde. Niemand – außer dem stolzen Alain – hatte je ein solches Glied wachsen sehen, es stand wie die Rute eines römischen Satyrs. Florent verzichtete auf Zuhilfenahme der führenden Hand, er ließ die blinde Echse genüßlich und langsam durch das krause Gärtlein pirschen, die noch weinfeuchten Lippen beiseite schieben, um dann Spann für Spann im Dunkeln der Vagina zu verschwinden. Laurence fühlte, daß sie unwillkürlich die Luft anhielt, sie zwang sich zu atmen, während das unheimliche Reptil zum glühenden Stachel wurde, sie aufspießte – ihm schwoll ein Drachenkamm –, etwas in ihr zerriß: *a diaus*, Jungfräulichkeit!

Gerade als sie dachte ›Jetzt bohrt sich das Untier durch Gedärm und Bauch, ich werde verbluten‹ und steif wurde wie ein Brett in ihrer Furcht, da hielt es inne, begann sich aufzubäumen, zog sich zurück und stieß vor. Erst jetzt fühlte Laurence die harten Hüften zwischen ihren gespreizten Beinen, sie hätte sie gern umschlungen, den Mann gestreichelt, nur damit er sie nicht zu Tode stieß in der Tiefe ihres Schoßes, aber sie war unfähig zu jeder Regung. Die Angst lähmte sie, nicht die vor dem Tod, den sehnte Laurence geradezu herbei, denn die entsetzliche Folter wollte kein Ende nehmen. Florent de Ville begehrte sie nicht, er leistete seinem Freund einen Liebesbeweis. Laurence spielte dabei ebensowenig eine Rolle wie der Pferdeleib, auf dem sie sich wand, oder der tote Ritter zuunterst.

Doch die Gnade, ihre Sinne zu verlieren, sollte ihr nicht gewährt sein. Im Gegenteil, sie spürte jede Faser ihres gemarterten Körpers bis in die Fingerspitzen. Was er ihr antat, ließ sie für einen Augenblick alles ringsum vergessen, die glotzenden Fressen, von denen vor Geilheit der Speichel tropfte, die prallen Lätze, hinter denen sich die Neider drängten. Florent wußte mit seiner Gottesgabe bösartig umzugehen: Er ließ sein Opfer erbeben und entlockte ihm kleine Schreie. Der Schöne spielte auf ihr, traktierte sie wie eine miese Flöte. Laurence wagte wieder zu hoffen, doch dann fiel ihr Blick auf sein Gesicht, die kalten Augen und den verächtlich verkniffenen Mund, und sie wußte, daß er sie töten würde, ohne mit der Wimper zu zucken.

Ihre spitz herausgepfiffenen Töne wurden schriller, verkamen zu Husten, Würgen und Keuchen. Laurence mußte sich zusammenreißen, Florents Renommee verlangte ein Opfer, das nach dem Orgasmus um Zugabe winselte. Wenn sie ihn vor seinen Kumpanen um diesen Triumph brächte, wäre ihr ein Todesröcheln aus durchtrennter Gurgel gewiß. War ihr eben noch der Angstschweiß auf die Stirn getreten, so erkaltete sie jetzt im Innersten, daß es sie fröstelte, aber sie bekundete schrill vermeintliche Lust, wand ihr Becken, soweit ihr diese Freiheit gelassen wurde, bäumte sich auf, daß ihr die Arme fast rissen, wimmerte und schluchzte: »Weiter, weiter – macht weiter!« Da stand die Mühle plötzlich still, daß Laurence meinte, statt des Rauschens in ihren Ohren die letzten Tropfen des Piras zu Boden fallen zu hören, auf das Blech der Rüstung des toten Ritters zu ihren Füßen.

»Schluß!« verkündete Florent der ehrfürchtig bewundernden Runde. »Die elende Faidite will auch noch belohnt werden!« Sein Blick suchte das Einverständnis des Freundes, doch Alain schaute finster weg. »Ich spritz' doch meinen Samen nicht in eine gottverdammte Möse – in die einer Ketzerin noch dazu!«

Der Würgeengel zog schnell sein Flammenschwert zurück, der keuchenden Laurence kam es wie eine Ewigkeit vor. Er ließ sich mit herrischer Geste einen Weinbeutel reichen, wusch sein Glied liebevoll, bevor er es wieder in seinem Beinkleid verstaute, nahm noch einen kräftigen Schluck, rollte den warmen Piras genießerisch im Munde und spie ihn dann Laurence mitten ins Gesicht.

Diese Geste löste endlich wieder Gejohle aus, und Alain rief: »Warum hast du die Sau nicht abgestochen?«

Florent de Ville lächelte perfide. »Damit Ihr, werter Herr Alain du Roucy, auch noch zu Eurem wohlverdienten Bad in der dünn gepfiffenen Scheiße kommt.«

Jetzt kannte der Jubel keine Grenzen mehr. Ihn zu enttäuschen, hätte den Roucy wenig gekratzt, doch er sah ein, daß er seinem Geliebten die Revanche nicht abschlagen konnte. Alain erhob sich mißmutig. »Wenden!« befahl er den Burschen, die an dem *corpus delicii* den Dienst versahen, und sie drehten Laurence auf den Bauch. Ihr schwante, daß jetzt noch Furchtbareres kommen würde. Das Herumwenden hatte sie dazu benutzt, ihre Hände einander zu nähern, fast gelang es ihr, sie zu falten. Sie wollte den Ring von Marie berühren und versuchen zu beten. Laurence spürte die Zärtlichkeit des Metalls um ihren Finger und suchte ihren sonstigen Körper zu vergessen.

Einer wollte seinem Herrn besonders entgegenkommen: Er nahm eine zerbrochene Lanze, stieß sie Laurence in die Kniekehlen, daß sie einknickte. Die Männer zogen ihr das Holz unter den Schenkeln durch, bis ihr Hintern einladend in die Luft ragte. Der Anblick des dicken Stummels, der jetzt purpurn glänzend aus dem Gemächte des stämmigen du Roucy kroch, blieb ihr erspart, nicht aber die derben Pranken, die ihre Arschbacken auseinanderklaffen ließen, ehe er mit wüstem Ruck einen glühenden Knüppel in ihren Steiß trieb. Laurence brüllte auf vor Schmerz, Tränen schossen ihr in die Augen – es war die Hölle, sie wurde zerfetzt, sie spürte, wie das Blut an ihr herunterlief, und dachte, sie müsse zerspringen. Sie heulte um Gnade, aber ihr Leib war ohne Wert, es ging nicht um Lust, nicht einmal mehr um Demütigung oder Rache. Alain wollte sie zerstören, ihr Schreien feuerte ihn keineswegs an. Hätte sie es allerdings unterdrückt, seine Wut hätte sich noch gräßlicher entladen.

Aber Laurence war längst nicht mehr Herr ihrer Stimmbänder, ihrer Schließmuskeln, ihrer Haut und Sehnen. Der Schmerz war überall und so ungeheuerlich, daß sie sich zum ersten Mal den Tod wünschte, auf der Stelle! So brüllte sie wie am Spieß, der Herr tobte sich aus, und seine Kumpane grölten vor Wonne, bis er dann endlich von ihr abließ, eine tote Maus aus dem Loch zog und Laurence einen Tritt in den Hintern versetzte. Sie hörte nicht mehr, wie er noch raunzte: »Meine Herren, sie gehört Euch!« Die beiden Freunde schritten, liebevoll den Arm um den Hals des anderen gelegt, hinweg zu ihren Pferden.

Was sich dann abspielte, nahm sie nur noch in einem Dämmerzustand zwischen Bewußtlosigkeit und alles übertönendem Glockengedröhn in ihrem Hirn wahr. Für den einzelnen stechenden, schneidenden Schmerz wußte Laurence in ihrem zerschundenen Leib keine Zuordnung mehr. Der erste nahm sie noch so, wie sie dalag, nur preßte ihr jetzt keiner mehr den Speerschaft in die Kniekehlen. Selbst ihre Beine hielten sie nicht länger fest. Laurence war viel zu schwach, um noch um sich zu treten. Als er sich in sie ergoß, schnitten seine Fingernägel in ihre Hüften.

Dann wurde sie wieder auf den Rücken geworfen, immer noch über den Pferdekadaver gebogen, den toten Ritter zwischen den Füßen, auf dem sie alle herumtrampelten. Der nächste gierte nach ihren Brüsten, zerkratzte sie, biß hinein. Der danach kotzte nur auf ihren Bauch, denn die Männer waren inzwischen alle betrunken. Viele hatten auch angesichts der Glanzleistungen ihrer beiden Anführer längst Hand an sich gelegt und konnten jetzt nur noch das Maul aufreißen. Einer bekam vor Erregung und in übergroßer Vorfreude eine heftige Ejakulation, kaum daß er zwischen die verschmierten Schenkel gestampft war.

Der aus dem Suff wiedererwachte Charles d'Hardouin stieß ihn beiseite und warf sich über Laurence. »Keinen Mann hast du gekannt vor mir?« Mit beiden Händen umklammerte er ihren Hals. »Gib zu, daß ich der erste Mann deines Lebens war – du Hure!« Er versuchte sie zu erwürgen, Laurence war es nur recht.

»Tötet mich!« preßte sie hervor, und ihr wurde bereits schwarz vor den Augen, da fiel Herr Charles schon wieder auf ihr Gesicht, Folge eines Schlags mit der flachen Klinge auf seinen Hinterkopf.

Eine barsche Stimme fragte: »Was geht hier vor?« Es war Bouchard de Marly mit einigen Sergeanten, die eine Bahre mitgebracht hatten. »Etwas mehr Respekt, meine Herren, vor dem toten König!«

Sie schlossen alle eiligst ihre Beinkleider, und einer warf schnell einen Mantel über die nackte Frau, nachdem der zwischen ihre Schenkel gerutschte Charles-sans-selle zum zweiten Mal wie ein nasser Sack beiseite gesetzt war.

»Wasser!« befahl Bouchard, als er Laurence an ihren roten Haaren erkannt hatte. »Ich hätte nicht übel Lust, Euch allesamt dem Profos zu überantworten!« schimpfte er. »Wegen Leichenschändung und Majestätsbeleidigung!«

Sie beeilten sich, von den Pferden einen Beutel zu holen, den sie Laurence über dem Kopf entleerten. Sie schlug verwirrt die Augen auf und starrte genau in die glasigen Augen des Pedro d'Aragon. Bouchard hatte ihm den Helm abgenommen, nachdem sie sein eingeklemmtes Bein unter dem Pferd hervorgezerrt hatten. Der tote König hatte also alles mit ansehen müssen, was ihr angetan worden war. Laurence wünschte sich, gleichfalls tot zu sein. Er hatte nur eine Wunde im Hals, unter dem Kinn, aus der etwas Blut sickerte, als sie ihn hochhoben, säuberten und auf die Tragbahre betteten.

»Ich will mir Eure Gesichter nicht merken!« fuhr Bouchard die noch Herumstehenden an. »Geht mir aus den Augen!«

Die Angesprochenen schluckten jedes Widerwort hinunter und trollten sich zu ihren Pferden. Bouchard befahl, aus zwei Lanzen eine behelfsmäßige Trage herzustellen und darauf die Frau zu legen. Ihre Blöße immer noch bedeckt mit dem Mantel des Königs. So wurde Laurence de Belgrave über das Schlachtfeld von Muret geschleift, vorbei an geborstenen Helmen, gespaltenen Schädeln, abgetrennten Gliedmaßen – hier eine Hand, die noch das Schwert umklammert hielt, dort ein ganzer Arm. Die Spieße steckten noch in den Leibern, hielten sie oft in bizarren Stellungen vom Sturz auf die blutgetränkte Erde ab, doch das Entsetzlichste schienen Laurence die vielen gebrochenen Augen, die sie anstarrten, bösartig, anklagend oder einfach nur erstaunt.

Das war das Werk von Männern der Macht. Selbst als Tote wurden sie noch geehrt. Ein Weib hingegen war nichts als ein Stück Fleisch, *pez' de fica!* Männer konnten es schlagen wie einen schmutzigen Lappen, es mißhandeln, schlimmer noch als das Vieh, es aufspießen auf ihren Lanzen, braten im eigenen Saft, mit den Zähnen zerreißen und die Knochen dann den Hunden vorwerfen. Dagegen konnte sich eine Frau nicht wehren, nicht einmal weglaufen, denn sie hatten die Pferde, besaßen das Schwert, hielten die Burgen, das Dach über dem Kopf und die Geldtruhen unter dem Hintern!

In der Mitte des Schlachtfelds lenkte Bouchard sein Pferd an die Seite von Laurence. »Ich muß den toten König zu meinem Herrn Simon geleiten, damit der ihn in würdiger Form den Aragonesen übergeben kann. Ich denke nicht, daß Ihr willkommen seid. Mein Vorschlag: Ich lasse Euch hier samt einem braven Gaul zwischen den Toten, versehen mit Proviant und Wasser, so daß Ihr nach Einbruch der Nacht Euer Heil in der Flucht gen Foix suchen könnt.«

»Danke, Bouchard«, hauchte sie matt, und ihre Trage wurde unter einem Baum abgesetzt. Daneben stand eine niedrige Schäferhütte, dort wurden der Gaul angebunden und Speise und Getränk abgelegt. Den Mantel nahmen sie ihr weg, ließen ihr aber eine Pferdedecke für ihre Blöße. Dann zogen sie, lange Schatten werfend, mit dem toten König in die Sonne des späten Nachmittags.

Laurence blieb liegen, bis die Dämmerung sich senkte. Sie lauschte dem unruhigen Atmen des Schlachtfeldes, das noch immer zuckte im Todeskampf, röchelte und wimmerte. Dazwischen das erstickte Flehen nach Wasser – *Aqua!* –, das ihr ans Herz ging, dem einzigen Stück ihres Leibes, das noch empfinden konnte, Mitleid mit den langsam Sterbenden fühlte. Sie lebte! Und sie würde überleben in dieser Welt von Männern. Die Besten holte der Tod, das hatte sie nun auch reichlich erfahren. Gegen die Schweine wird nur ein Mittel helfen, kam es Laurence in den gemarterten Sinn, selbst Macht zu erlangen, über all das zu verfügen, was ihnen die Herrschaft ermöglicht. *Pecunia olet, sed mundum reget!* Der einzige Schatz, den sie besaß, war sicher weder ihre arme Möse noch ihr geschundener Arsch, sondern ihr Kopf, das Hirn unter den roten Haaren. Sie mußte sich auf andere Weise feste Mauern und wehrhafte Arme beschaffen, über die sie gebieten konnte. Dies war der Moment, in dem Laurence beschloß, sich nicht aufzugeben. Der Kampf hatte gerade erst begonnen! Laurence wußte, daß jetzt bald die Leichenfledderer kommen würden, aber auch die Armen aus den umliegenden Ortschaften. Das Plündern von Schlachtfeldern war gang und gäbe. Wer dabei erwischt wurde, war des nächstbesten Astes gewärtig. Wen die Marodeure lebend antrafen, dem gaben sie den Fangstoß, schon um keine Zeugen zu haben. Sie mußte sich also der einen erwehren, ohne den anderen zugerechnet zu werden, so lange, bis jemand sie holen kam.

Laurence war sich sicher, daß entweder Loba und ihre Freunde oder der Prior mit seinen Mönchen nach ihr suchen würden – so sie selbst die Schlacht überlebt hatten. Doch dessen war sie eigentlich ziemlich gewiß. Weder die Wölfin noch der Chevalier waren des Schlages, sich auf dem Feld der Ehre ums Leben bringen zu lassen. So blöde, mutwillig sich solcher Gefahr auszusetzen, war nur sie! Sie sah sich um. Wie gern hätte sie sich jetzt eines der Schwerter oder wenigstens einen Dolch verschafft, die blutbeschmiert in ihrer Reichweite herumlagen oder noch in den warmen Körpern steckten. An Laufen war nicht zu denken. Laurence biß die Zähne zusammen und versuchte zu kriechen, doch schon nach den ersten Bewegungen, die sie ihrem Körper zumutete, brach sie wimmernd zusammen. Sie zog mit Mühe die Pferdedecke über sich und harrte gekrümmt der Dinge, die da kommen sollten.

KAPITEL X
DIE SCHWARZE MADONNA

ET IN ARCADIA ... EGO

Wann das Fieber sie ergriffen hatte, wußte Laurence hinterher nicht mehr zu sagen. Es wehte sie an wie ein riesiger, aus güldenen Fäden gewirkter Vorhang, an den sie sich zu klammern versuchte, aber ihre geschundenen Hände glitten ab. Sie sank, fiel immer tiefer, immer schneller, Flammen züngelten um sie, die verzehrende Hitze stach mit tausend Gabeln nach ihrem Leib, warf ihn auf einen glühenden Rost, feurige Messer schnitten sie auf, schabten ihr gepeinigtes Fleisch von den Knochen, zerfetzten die Sehnen, zerrten an ihren Eingeweiden. Ihr nackter Leib lag wieder schutzlos ausgebreitet, Laurence erblickte zwischen ihren zerkratzten Brüsten die Wölbung ihres Bauches, aufgebläht von den ungeheuren Mengen dunkler, bitterer Flüssigkeit, die ihr jemand becherweise erbarmungslos eingeflößt, eingetrichtert hatte – dieselbe Hand, die wohl auch ihren Kopf stützte, doch nur, damit sie noch mehr trank. Und ihre Schenkel waren schon wieder aufgestellt, klafften auseinander, gaben ihr den Blick frei auf huschende, gesichtslos verhüllte Gestalten, die in ihrem willenlosen Schoß hantierten. Laurence hörte nur Wortfetzen, sie bildete sich ein, Lobas Stimme zu vernehmen, aber im Hintergrund auch die eines alten Mannes – oder war es doch eine Frau –, die mit wissenschaftlicher Akkuratesse lateinische Bezeichnungen verifizierte. Es mußte der Teufel selber sein, denn nichts brachte ihn aus seiner stoischen Ruhe, er war wohl ihrer Seele gewiß.

»Schmerzwurz«, befahl die Blutbesudelte, die nach Loba klang, »Nadel der Madonna!«

»*Tamus communis*«, krächzte darauf bestätigend der Böse als Medicus.

»Karbel! Dazu etwas Beifuß.«

»Vorsicht, *asarum* kann, mit *artemisia vulgaris* vermengt, zu Entzündungen am Uterus führen.«

»Nichtige Sorge! *Osterluzci* reinigt!«

Die Hölle hatte sie wieder.

»*Aristolochia clematitis* wirkt hemmend! Gebt es als Pfropfen!«

Oder war sie schon im Himmel? Laurence glaubte den blonden Lockenkopf eines Engels gesehen zu haben, der lächelnd, ohne Neugier, ohne Abscheu zwischen ihren gespreizten Schenkeln auftauchte. Auch das waren wohl nur Spiegelungen des verlorenen Paradieses.

»Nun flößt ihr noch den Sud vom Tausendgüldenkraut ein.«

»*Centaurium erythraea* stärkt den Magen, senkt die Hitze.« Ein neuer Schwall lauwarmer, fauliger Brühe wurde Laurence in den würgenden Schlund gegossen – und dann kam der Schmerz. Wie eine pechschwarze Gewitterwolke senkte er sich auf ihren Leib herab, ließ alles Gehörte, alle Schatten in prallem Wabern vergehen. Blitze zuckten daraus wie Sterne – er waren Myriaden von Nadeln, die nun in ihrem Schoß verklumpten zu einer einzigen gewaltigen Woge. Laurence verlor gnädig ihre Sinne, die Wolke nahm sie auf, so mußte der Tod sein –

Weißes Licht begann sie zu durchfluten, sie wurde eins mit IHM. Laurence schwebte in seiner Helle Alazais entgegen, das war ihr ganzes Sehnen, doch die Geliebte zeigte sich ihr nicht. Statt dessen trat Marie d'Oignies ihr entgegen, milde lächelnd, ohne jeden Vorwurf, doch als sie der Lichtgestalt zu Füßen stürzen wollte, um sie zu umklammern, sich zu entschuldigen – wie übel sie deren Großmut gedankt hatte! –, griff sie ins Leere. Laurence glaubte Esclarmunde in der Ferne wahrzunehmen, doch das gleißende Leuchten blendete sie. Sie hatte sich des Gral nicht würdig erwiesen! Plötzlich stand sie vor ihrer Mutter, was sie nicht im geringsten verwunderte: Gottes Strafe ist immer gerecht. »Du hast überlebt, Laurence!« hörte sie eine Stimme sagen –

Zwei der wenigen dem Chevalier verbliebenen Kriegermönche hatten sie noch am Abend gefunden. Sie brachten Laurence in Sicherheit, benachrichtigten Loba. Die kleine Wölfin behandelte nicht nur die üblen Wunden der Geschundenen – mit ihrem geheimen, unheimlichen Wissen um die Heilkraft von Kräutern, Wurzeln und Pilzen trotzte sie auch den der Natur des Weibes aufgezwungenen Folgen männlicher Tat und bewahrte Laurence davor, unerwünschtes Leben zu schenken. Wenn es ihr nicht gelungen wäre, sie mit den üblichen Mitteln für ›geschlagene Jungfern‹, wie ›Schwarzem Wein‹ und ›Roter Biboz‹, zum Abortus zu bewegen, vertraute Loba ihr später an, dann hätte ein berühmter studierter Medicus, der sich für solche Operationen als ›Weiße Frau‹ zu verkleiden beliebte, sie mit *persil* und *ruta graveolens* ›eingeölt‹: Da wäre ihr Töpfchen dann gehüpft wie das Herzpummern einer verliebten Maid!

Welch angemessener Trost, dachte Laurence. Die Wölfin hat eben ein Gemüt, das ihrem Namen alle Ehre macht. Auf der anderen Seite pflegte Loba aufopfernd die Tobende, fast Verblutende, die Fiebernde, apathisch Dämmernde, die Verzweifelte, die sich immer wieder dem Tod in die Arme werfen wollte. Sie rettete Laurence das Leben, ein Leben, das ihr nur langsam wieder wert erschien, gelebt zu werden. Allerdings mit der klaren Ansage, daß Laurence de Belgrave nie wieder schutzlos in die Hände von Männern geraten würde!

Loba wurde auf Roquefixade die ganze Zeit über begleitet von einem blonden Geschöpf namens Loisys. Das sanfte Wesen half ihr beim Zubereiten der kühlenden Umschläge, der Aufgüsse und des Breis, den Laurence herunterwürgen mußte. Sie hielt der Fiebernden die Hand und bekam alles mit, was diese in ihrer Umnachtung wirr stammelte oder in ihrer Wut herausschrie. Sie lächelte die Tobende immer nur still an, niemals verängstigt oder gar entsetzt, als würde sie alle Schrecken der Welt längst kennen und sei darüber eine kleine Weise geworden. Auf älter als zwölf, höchstens dreizehn schätzte Laurence sie nicht.

Als sie dann soweit genesen war, daß an eine Reise gedacht werden konnte, und Loba den päpstlichen Ex-Legaten Roald of Wendower benachrichtigt hatte, bat die Wölfin sie, Loisys de Castelbac mit nach Rom zu nehmen. Nichts, was Laurence lieber getan hätte, aber auch jetzt zeigte das hübsche Kind keinerlei Gemütsregung, weder Freude noch Widerstreben. Es lächelte die immer noch Geschwächte an, als sei die Aussicht auf solch eine weite Reise in die Fremde das Selbstverständlichste auf Erden.

Roald of Wendower traf ein. Er hatte damals in Alet auf Laurence gewartet – genauestens über ihre Reise informiert, wohl von Oignies, wo Rom sicher auch seine Spitzel hatte. Vielleicht war die Pilgerfahrt zur Schwarzen Madonna sogar mit Jacques de Vitry abgesprochen, denn immerhin war Laurence, ›die Ketzerin‹, eine vom weltlichen Arm auf Drängen der Kirche Verurteilte, wenn auch auf unbestimmte Zeit zum Klosterdienst begnadigt. Ganz sicher stand es solcher Person nicht frei, sich dorthin zu begeben, wo es ihr beliebte.

Angesichts des Preises, den Laurence für ihre Eigenmächtigkeit gezahlt hatte, ersparte Roald ihr jedes rügende Wort. Seine wäßrigen Hundeaugen sprachen zwar von tiefer Bekümmernis, gierten aber danach, aus dem Munde der Betroffenen den Hergang in jedem Detail zu erfahren, wie um einen Knochen zur Gänze abzunagen. Die Geschändete wollte ihm nicht unterstellen, daß er sich zur reißenden Meute gesellt hätte, wahrscheinlich hätte er das Pez' de fica zwischen ihren Schenkeln lieber für sich allein gehabt.

Als Legat hatte Roald of Wendower erstmal ausgedient, aber er war immer noch ein hochrangiger Agent der Kurie. Die Geheimen Dienste hatten für die lange Fahrt einen äußerst komfortablen Reisewagen besorgt, geräumig, gepolstert und sogar mit Liegen, Kissen und Decken versehen, als wollten sie die so besessen Verfolgte vergessen machen, wieviel Ungemach sie ihr in der Vergangenheit angetan. Auch wenn alles ›im Namen der allein seligmachenden Ecclesia‹ geschah, hegte Laurence keinen Zweifel, daß die meisten Nachstellungen dem dumpfen Trieb des Roald of Wendower entsprungen waren, der sie endlich in seinen persönlichen Besitz bringen wollte. Sie sprach darüber besorgt mit dem Chevalier, der zu ihrer Verabschiedung ebenfalls erschienen war.

Er beruhigte die schon wieder Zitternde. »Die Weisungen aus Rom, vom Grauen Kardinal, sprechen eine klare Sprache. Niemals traut sich einer wie Roald, Euch unterwegs auch nur durch Gesten oder unziemliche Blicke zu behelligen.« Allerdings fügte der Chevalier – ob nun aus echter Besorgnis oder aus ihm eigenem Sarkasmus – hinzu: »Daß damit dieser Lurch der Geheimen Dienste seine Ambitionen auch für die Zukunft begraben hat, dafür wage ich allerdings nicht die Hand ins Feuer zu legen.«

Laurence ließ den fast kriecherisch bemühten ›Herrn Legaten‹ wissen, daß sie nur dann bereit sei, seiner Einladung zu folgen, wenn er sie zuvor ihr Gelübde erfüllen lasse, der Schwarzen Madonna von Alet den versprochenen Besuch abzustatten. Roald of Wendower ging darauf ein, was Loba gewußt haben mußte, denn sie war schon mit Loisys vorausgeeilt, um dort die Fuhre wiederzutreffen.

Von Roquefixade aus war der Abstecher nach Alet nicht einmal ein größerer Umweg. Die Straße, die Laurence gern genommen hätte, führte am Fuß des Montségur vorbei. Den erhebenden, sie zu jeder Jahreszeit mit seinem Zauber anrührenden Blick hinauf zur Gralsburg hätte sie dann in ihrem Herzen bewahren können, unauslöschliche Erinnerung an dieses Land, von dem sie nicht wußte, ob sie es je wiedersehen würde. Doch der Gedanke, damit auch den schleimigen Vertreter der Ecclesia catholica in diesen Genuß zu versetzen, ließ die wiedererwachte Laure-Rouge von diesem Wunsch Abstand nehmen. Das schuldete sie schon dem Gedächtnis der großen Esclarmunde, Hüterin des Munsalvaetsch. Das Languedoc, das köstliche Gehäuse des Gral, ist hinreichend von der feindlichen Kirche Roms besudelt worden, sagte sich Laurence, die sich in ihren Gefühlen durchaus als Erbin sah, als die letzte Ketzerin. Ein billiges Erbe, mußte sie sich voller Scham eingestehen, weder von Pflichten belästigt noch zum Opfer gefordert! Es stand nur zu hoffen, daß die finsteren Mächte letztlich der absoluten Reinheit nichts anzuhaben vermögen!

Laurence spürte den Trost des Parakleten: Für die Heerscharen des Demiurgen unerreichbar, erstrahlt der Gral in seinem ewigen Glanz. Das war das Bild, das sie vor ihr inneres Auge beschwor. Das wollte sie mit sich nehmen! Laurence fühlte sich bestätigt, als der Zug sich endlich in Bewegung setzte.

Sie zogen also auf dem kürzesten Weg nach Alet, von dessen Heilbädern Laurence nur die ungefähre Lage in den Bergen des Razès wußte, den Ort selbst aber kannte sie nicht. Roald of Wendower hingegen unternahm die Reise ihretwegen bereits zum zweiten Mal. Sein Ächzen und Stöhnen drang von der Spitze des Zuges bis zu Laurence, deren vierrädriger Wagen den Abschluß bildete. Die Wege waren meist unbefestigt, und ihr Zustand verschlechterte sich bald derart, daß Laurence es vorzog, ihr komfortables Gefährt zu verlassen, in dem sie härter durchgeschüttelt wurde, als es ihr der nackte Rücken des störrischsten Esels antun konnte.

Allerdings setzte dies Umsteigen sie nun dem Gespräch mit dem Mann der Ecclesia catholica aus, der gleichfalls auf einem Esel ritt. Der Wendower hatte sich schon beim letzten Besuch über Herkunft und Vergangenheit der in die Felsen geschlagenen Sitzbäder kundig gemacht, die sich bereits bei den Römern größter Beliebtheit erfreuten. Laurence zeigte weder an den Thermen noch an den dazugehörigen heißen Quellen das erhoffte Interesse, so daß ihr bemühter Begleiter auf die Lage des Landes nach der Schlacht bei Muret zu sprechen kam.

»Im Languedoc wird ja nun endlich wieder Frieden einziehen«, sprach der Priester, wohl darauf bedacht, seine Begleiterin nicht zu vergrätzen.

Laurence warf ihm nur einen knappen Blick zu. »Selbst wenn die Kirche sich darunter die Ruhe eines Friedhofs vorstellt, können ihre eifrigen Diener, wie Ihr es seid, Roald of Wendower, ihr Haupt noch längst nicht überall unbesorgt zur Ruhe betten. Noch lebt der Widerstand gegen die unheilige Allianz von Rom und Paris.«

Das lockte den Agenten der Kurie aus der Reserve. »Ihr wollt mir doch nicht die letzten in den Bergen versprengten Faidits als dräuende Häupter der Schlange andienen und behaupten, daß von ihnen wirkliche Gefahr für den siegreichen Montfort ausgehe?«

»Den Ihr jetzt in den Stand eines Heiligen erhebt: Saint Simon der Drachentöter!« spottete Laurence. »Außerdem ist da noch Toulouse selbst, die Stadt, an der sich der Bluthund die Zähne ausbeißen wird.«

»Unterschätzt nicht den Biß des Alten! Hat er erst mal den Grafen verbellt, wird sich auch seine Ketzerhütte nicht mehr lange halten. Auch die Tolosaner sehnen sich nach Frieden – egal, unter welchem Herrn!«

»Mit Gottes und der Kirche Segen, meint Ihr, wird auch aus einem zähnefletschenden Montfort ein braver Hirtenhund. Ha!« rief Laurence und versetzte dem gemächlich dahintrabenden Esel des Priesters unversehens einen Hieb mit der Gerte, daß er einen Satz machte, der den Wendower fast zu Fall gebracht hätte.

In der Folge ritt der Mann der Kirche, der den Pilgerzug nach Alet führte, wieder an der Spitze. Roald of Wendower, den Studium und klösterliche Erziehung nie recht über die apokryphen Seiten der Kirchengeschichte aufgeklärt hatten, besonders was die frühen Jahre des Christentums anbetraf, und den die gelehrten *professores* und *doctores* von Saint-Trinian immer vor Orten wie diesem gewarnt hatten – ausgerechnet er mußte diese rothaarige Ketzerin dorthin geleiten, damit sie ihr Gelübde erfülle. Ein Gelübde, das er nicht einmal kannte, wie ihm erst jetzt, zur Steigerung seiner Mißlaunigkeit, einfiel. Da es sich mit Sicherheit um Dinge drehte, denen ein treuer Diener der Ecclesia romana aus dem Wege gehen sollte, beschäftigte der anstehende Besuch bei der Schwarzen Madonna Roald of Wendower gar sehr.

Natürlich war ihm das Bestehen einer sehr alten jüdischen Diaspora im Süden des Frankenreichs nicht entgangen, deren Ursprung weit in alttestamentarischen Legenden zu finden war, auf jeden Fall vor dem Erscheinen des Messias schon ausreichend dokumentiert war. Deswegen war auch die Geheimniskrämerei gewisser Kreise wie dieser Prieuré de Sion so lächerlich, die so taten, als sei erst mit der Flucht der Nachkommen des Jesus Christus hier das blaue, das königliche Blut ›aus dem Hause David‹ entstanden! Oder war doch etwas Wahres an der Geschichte? Warum konnten die Juden hier nicht ohne solche Weihen gelebt haben? War es nicht eher so, daß erst mit der Landung der Kinder Jesu in Marseille, begleitet von ihrer Mutter, jener zweifelhaften Person aus dem Orte Magdala, sich die Vorstellung des gottverheißenen Königsblutes herausbildete, die Geburt des europäischen ›Adels‹?

Wer war diese Maria von Magdala, die er als ›Magdalena, die Sünderin‹ zu bezeichnen gelernt hatte? Wenn es dieselbe war, die der Herr zu Kana'a ehelichte, wo Maria, die Mutter des Bräutigams, viel Geschrei um den ausgegangenen Wein machte, dann entstammte sie dem Hause Benjamin und konnte durchaus eine, wenn schon nicht Schwarze, so doch Dunkelhäutige sein. Daß die Mutter bei den Kindern war, bezeugte ja schon Joseph von Arimathia, der die Christusfamilie – in Absprache mit Pontius Pilatus – außer Landes schaffte. Also sprach viel mehr dafür, daß die landauf, landab verehrte Schwarze Madonna keine dunkle Version der Gottesmutter, sondern jenes Weib war, das dem Herrn die Füße waschen und ölen durfte – ›die Frau, die seinem Herzen am nächsten stand‹?

Solche Erkenntnis gebührte natürlich nur gefestigten Personen, zumal die Kirche der Patriarchen mit diesem zusätzlichen Weibe, das womöglich nicht einmal der weißen Rasse angehörte, nichts anzufangen wußte und sie als Huri aus dem Neuen Testament verstieß. Der Deckel dieses Buches mußte zubleiben!

Mit diesem Entschluß ließ sich der Wendower auf gleiche Höhe mit Laurence zurückfallen. »Bildet Euch nur nicht ein, daß hier ein heimlicher Kult der sündigen Liebesdienerin betrieben wird«, schnaufte er erregt, »nur weil die dem Herrn einmal die Füße waschen durfte!«

»In Fragen der Hurerei kennt Ihr Euch sicher besser aus«, erwiderte Laurence spitz und wandte sich ab.

Sie näherten sich Alet, und Laurence wies Roald of Wendower, den ›Herrn Legaten‹, an, als ortskundiger Führer vorauszureiten. Dabei wollte sie ihn nur loswerden, schon um den ersten Eindruck steingewordener Vergangenheit ungestört auf sich wirken zu lassen. Laurence vergewisserte sich des silbernen Ringes an ihrer Hand. Ganz Alet war eine Anhäufung von mit Efeu überwucherten Ruinen, umgestürzten Marmorsäulen, eingefallenen Gewölben und Torbögen. Höchstens Schäfer kamen an diesen mystischen Ort. Die heißen Quellen waren längst versiegt, Eidechsen huschten in den geborstenen Wannen aus rotem Porphyr umher, Thymianbüsche und Rosmariensträucher verbreiteten ihren starken Duft zwischen knorrigen Olivenbäumen und wilden Kastanien. Die Zikaden kreischten in der Mittagshitze.

Die Kirche der Schwarzen Madonna lag außerhalb in einem natürlichen Talkessel inmitten einer bewaldeten Hügellandschaft. Nach Durchqueren eines Lorbeerhains betrat der Besucher die tief in den Fels eingeschnittene Anlage, einen früheren Tempel, von dem nur noch Säulenstümpfe und einige Konsolen in der bemoosten Felswand zeugten. Ein wesentlicher Teil des Heiligtums mußte sich gerade im Innern des Felsens befunden haben: Zu beiden Seiten waren Portale in den Stein eingelassen. Das rechte schmückte ein reliefartig herausgearbeitetes rudimentäres ›Nagelkreuz‹, wie es speziell für das Heilige Jerusalem steht.

Laurence ließ sich von ihrem Esel gleiten. Ein völlig mit Dornbüschen zugewachsener Sarkophag auf der gegenüberliegenden Seite interessierte sie, denn darüber war in fast verwitterter Schrift eingemeißelt: ET IN ARCADIA ... EGO. Mehr vermochte sie nicht zu entziffern.

DAS GEHEIMNIS DES RINGES

An der Stirnseite des Tempelvorplatzes von Alet erhob sich ein gewaltiger Eichbaum, dessen Blattwerk Schatten spendete. Laurence hieß Roald of Wendower, seine Eselstreiber und Fuhrknechte sowie das halbe Dutzend Bewaffneter dort zu warten, und betrat allein das Heiligtum durch die Tür, die kein Kreuz schmückte.

Dumpfe Feuchtigkeit einer Gruft umfing Laurence. Licht drang nur spärlich von oben durch die in den Gewölbebögen ausgesparten ovalen Einlässe. Schlingpflanzen hingen herab, doch kein einziger Sonnenstrahl verirrte sich in die Felskammer. Mit Vorsicht bewegte sich Laurence weiter den Gang entlang – der glitschige Boden machten einen wenig vertrauenerweckenden Eindruck –, als sie hinter sich Schritte hörte. Ein alter Priester trat auf sie zu, der auf die Begegnung mit ihr vorbereitet schien: Nach einem schnellen Blick auf den Ring an ihrer Hand schlurfte er wortlos an ihr vorbei auf eine Bohlentür zu. Er schloß sie ebenso schweigend, fast unwillig auf und geleitete die Besucherin über eine steile Treppe in die Krypta der Felsenkirche.

Auch hier unten herrschte keine völlige Dunkelheit. Diffus drang die Helle des Tages durch unsichtbare Schächte und tauchte den Raum in ein merkwürdiges Dämmerlicht. Er hatte dereinst als Baptisterium gedient. Laurence stand am wulstigen Rand eines mannshohen leeren Beckens aus rotem Porphyr, wie es früher für Erwachsenentaufen benutzt wurde. Wenn man will, dachte sie, erinnert es in seiner kreisrunden Form an einen übergroßen, in den Boden versenkten Kelch. Die Statue der Madonna stand verhüllt in einer Nische darüber, ein mit Silberfäden durchzogener, mit kostbaren Steinen geschmückter Umhang ließ nicht einmal einen Blick auf ihr gesenktes Haupt zu und wallte Falten werfend zu ihren Füßen.

Erst jetzt bequemte sich der alte Priester, die Besucherin anzusprechen – oder eher sie zur Zuhörerin seiner Klage zu machen. »Ihr wißt gar nicht, wie beschwerlich es ist«, seufzte er, »jedesmal, wenn jemand kommt wie Ihr, hohe Frau, als Dienerin der Magdalena den Mantel zu lüften und zu hoffen, daß das Wunder geschieht und ich mich endlich zur Ruhe setzen kann.« Dabei zerrte er an über die Gewölbedecke verlaufenden Seilen, die den Umhang langsam und ruckartig anhoben. »Doch jedesmal«, war aus dem Stöhnen herauszuhören, »bleibt es vergebliche Liebesmüh. Die Herrin von Magdala ist wählerisch, und ich werde nicht entlassen, weil bislang sich noch keine würdige Nachfolgerin fand.«

Während seiner Worte ruckten und zuckten die wegen ihrer Schwärzung kaum sichtbaren Seile und lüfteten mehr und mehr den schweren Mantel – wie den Vorhang einer Theaterbühne. Zum Vorschein kam die Madonna. Sie war tatsächlich schwarz, ihr Haupt war das einer Mohrin mit dunklem, krausem Haar, einem vollen, sehr fleischlichen Mund, und ihre Augäpfel schimmerten weiß und so recht heidnisch. Die lebensgroße Statue war aus Holz gefertigt, die Vergoldung teilweise abgeblättert, das Rot der Lippen verblaßt. Sie schien Laurence dennoch vor Lebensfreude zu strotzen, die Haltung ihrer Arme gemahnte in nichts an die Demut weißer Madonnen. Eine Hand wies auf das Geheimnis ihres Schoßes, als daß sie ihn schamhaft verdeckte, die andere führte schmal wie eine Kerze an ihren Busen, dessen Blöße nicht einmal die Bemalung zu verstecken suchte.

Doch mehr als die Erforschung der sinnlichen Körperlichkeit dieser paganen Gottheit beschäftigte Laurence die Person des greisen Priesters – nicht nur, weil er von sich selbst in der weiblichen Form gesprochen hatte, auch seine Stimme ähnelte der einer alten Frau. Dann fiel es Laurence wie Schuppen von den Augen: Sie erkannte die Stimme wieder. Es war die jener Priesterin in der Nacht von Fontenay, zu der die große Esclarmunde die junge Laurence gebracht hatte, um aus berufenem Munde zu hören, was von der eigensinnigen Rothaarigen zu halten sei, die unbedingt Gralsritter werden wollte. Es handelte sich um dieselbe Person, daran war kein Zweifel möglich. Laurence erinnerte sich jetzt genau der Stimme, als die Priesterin ungeduldig zur erhobenen Hand der Magdalena wies, mit einem mahnenden Blick auf den Ring an Laurence' Hand.

»Gib ihn!« krächzte sie. »So wird er dir gegeben!«

Laurence trat näher an die Nische heran. Die Alte klappte beflissen eine hölzerne Trittleiter aus dem Stein, die der Besucherin verborgen geblieben war. Die Priesterin ließ sie allein, und Laurence setzte ihren Fuß auf die erste Stufe. Nachdenklich streifte sie dabei den Ring von ihrem Finger.

War das schon das Ende der Gralssuche? Oder stand sie erst jetzt am Anfang des Weges, der das Ziel sein sollte? Laurence glaubte sich des Sinngehalts der Prophezeiung plötzlich sehr genau zu erinnern: »Wenn du, Laurence, zur Ritterschaft gehören willst und die Gralswürde nicht erlangst, dann wirst du kläglich scheitern.«

Das hatte sich – weiß männlicher Gott – furchtbar bewahrheitet! Einer Frau waren keine Fehler gestattet, geschweige denn ein Fehltritt! Die vielbesungene edle Ritterlichkeit der Recken bestand aus Schlachten und dickem Blut, vor falschem Stolz und verlogener Ehre geschwollenen Pimmeln, Pansen und anderen Würsten – und aus Zoten! Eine Bande von Saumetzgern, Schweine eben! Das zu erkennen war sicher bereits ein heilsamer Schritt für Laurence, aber noch wehrte sich ihr Stolz dagegen, die vermeintliche Niederlage hinzunehmen. Sie war auch keineswegs bereit, Konsequenzen zu ziehen. Dabei hätte es genügt, sich insgeheim Rechenschaft über die Strecke abzulegen, die einherging mit dem durchmessenen Weg.

Fast alle, von denen sich Laurence geliebt wußte – oder denen sie ein Gefühl entgegenbrachte, das sie für Liebe hielt –, waren tot: Alazais, Esclarmunde, Marie; ihr Vater Lionel, der gute Sicard, Micha, der ›Minotauros von Kreta‹, und Aimery de Montréal. Wer war ihr geblieben? An einer Hand konnte sie die aufzählen und mußte sogar schon Roald of Wendower einbeziehen, um für jeden Finger einen Namen zu finden: ihre Mutter Livia, Loba, der Chevalier und – ach ja: Gavin.

Laurence trat einen weiteren zögerlichen Schritt die Treppe hinauf. Der Wahrsagerin aus der Nacht von Fontenay zufolge sollte sich für sie auch noch die Möglichkeit eröffnen, ›Hüterin des Gral‹ zu werden – oder hatte sie das damals falsch verstanden? Und dann war da noch eine ziemlich dunkle Andeutung gewesen, wohl fürs hohe Alter: eine mögliche Berufung zur ›Hüterin der Kinder des Gral‹.

Allein das ungeliebte Amt einer Äbtissin, das mich in Rom erwartet, müßte das wirre Ansinnen der hochbetagten Priesterin ausschließen, beruhigte sich Laurence. Und doch blieb ihr Argwohn wach, hier könnte ihr schon wieder vom Schicksal eine Falle gestellt werden, in die sie diesmal nicht aus Neugier, sondern aus übertriebenen Gefühlen der Pflichterfüllung stolpern sollte. Nach allen Erfahrungen schien es ihr offensichtlich, daß die Übergabe des Ringes an die Schwarze Madonna auch etwas mit dem Priesteramt zu tun hatte, das hier im verborgenen und sicher ohne Billigung der patriarchalischen Ecclesia catholica von einem Weib ausgeübt wurde.

Galt nicht die von Magdala, die ›andere‹ Maria, Eingeweihten als Schlüssel zur geheimen und unmittelbaren Erfahrung des Jesus Christus Paracletus? Der Ring konnte diese innige Verbindung bedeuten, und Laurence lief Gefahr, sich dem Christos anzuverloben – oder sogar, sich unwiderruflich in seinen strengen Dienst zu begeben, der sie dann an dieses dunkle Gemäuer in der Einsamkeit der Berge ketten würde? Das alles bedachte sie, als sie argwöhnisch Schritt für Schritt die Stufen zur Nische emporstieg.

Was die Betrachterin von unten kaum hatte sehen können, schon weil ein Teil des schweren Mantelstoffes nicht mit der kostbar gewebten Kukulle verbunden war, die jetzt oben im Gewölbe schwebte, sondern um den Sockel der Statue drapiert liegen blieb, war ein übergroßer bronzener Fuß, der aus dem Hintergrund der Nische ragte. Daneben befand sich aus gleichem Metall eine Schale, ebenfalls in den Steinboden zu ihren Füßen gemauert, in der eine eiserne Kugel ruhte wie eine schwarze Perle in der geöffneten Muschel. Laurence erkannte sofort in beiden Skulpturen die symbolische Quintessenz des von Königen wie von Bettlern so begehrten Aktes der Fußwaschung. Sie vermochte aber auch den ihr widerwärtigen Gedanken an gewaltsame Penetration und Erguß in das willenlose Gefäß – die schwarze Kugel als dessen Frucht – nicht zu vertreiben.

Laurence schenkte der Schale wenig Aufmerksamkeit, betrachtete hingegen lange und aufmerksam den so fremd aus der Wand ragenden, sich ihr entgegenstreckenden Fuß. Erst wagte sie nicht, ihm zu nahe zu kommen, dann berührte sie ihn mit einigem Schaudern – nichts geschah! Sie versuchte ihn zu drehen, an ihm zu ziehen, rüttelte ihn sogar – er rührte sich nicht. Enttäuscht schaute sie auf zum Antlitz der Schwarzen, deren Kulleraugen nicht auf die verärgerte Laurence gerichtet waren, sondern fast schielend den erhobenen Finger vor dem eigenen Busen fixierten. Erst jetzt bemerkte Laurence die erigierten Brustwarzen und dann, daß es der Stinkefinger war, der, leicht gekrümmt, die Aufnahme des Ringleins einforderte. Laurence hielt es schon lange abgestreift in der Faust.

Eigentlich wollte sie sich nicht von der Opfergabe der Werkmeisterin trennen, doch dann erschien ihr Marie d'Oignies, die von Statur und Wesen so ganz anders war als diese freche Göttin der Fleischlichkeit, wie ein durchsichtiger Schleier, der sich über die derb-lüsternen Züge der Magdalena legte, mit ihnen verschmolz, sie edel und zart erscheinen ließ. Sie reckte sich auf die Zehenspitzen und war schon bereit, das Opfer zu bringen, sich selbst als Opfer darzubringen. Doch sie zögerte abermals und schloß die Hand fest um den Silberreif.

Dann besann sie sich ihres Auftrags, der letzten Bitte einer Sterbenden. Sie konnte Marie diesen Wunsch nicht abschlagen. Schon für ihr Säumen, ihr Abweichen von dem Pfad des gegebenen Versprechens war sie bitter bestraft worden. Oder war diese harte Erfahrung notwendig gewesen, um die Törin von der aberwitzigen Vorstellung zu heilen, sie könne in der Welt der Männer mithalten, ohne dazuzugehören, sich gegen sie stemmen, ohne zuvor deren Regeln zu beherrschen? Sie wurden nicht zunichte und wirkungslos dadurch, daß sie, die Frau, damit brach, sondern nur, indem sie den Kodex überlistete. Kurz entschlossen ließ sie den silbernen Reif von oben über die hölzerne Fingerkuppe gleiten. Sie sah ihm noch nach, wie er mühelos den seltsam knochigen Finger hinabglitt, Glied für Glied. Gerade als er seinen endgültigen Platz erreicht hatte, senkte sich der Unterarm, erst langsam, dann immer geschwinder, wies kurz auf die zurückweichende Laurence und klappte dann in einem Ruck nach unten. Mit einem silbrigen Klingen hüpfte der Ring in die Schale, sprang um die Kugel herum, bis er, halb unter ihr versteckt, zur Ruhe kam.

Laurence war zu verwirrt, um gleich danach zu haschen. Jetzt bedurfte es viel Fingerspitzengefühls, um den Reif aus dem sich verengenden Spalt zwischen Eisenkugel und Schalenboden wieder herauszufischen. Sie griff danach, er verschwand gänzlich unter der erzenen Rundung, was Laurence erkennen ließ, daß die Kugel den Boden des Gefäßes nicht berührte, sondern in diesem zu schweben schien. Beherzt griff sie nach der Kugel, der Ring fiel mit einem merkwürdig trockenen Klickern in die darunter befindliche Öffnung. Die Kugel, wie gepfählt auf einem Eisen thronend, ließ sich anheben und gab den Blick frei in ein dunkles Loch. Die Seitenwände der engen Röhre waren mit Stacheln gespickt, einem nach innen gewendeten Seeigel gleich. An einem dieser Dornen hing locker das silberne Ringlein und verspottete die Ungeschickte.

Laurence beugte sich über die Öffnung und versuchte des Flüchtigen mit zwei Fingern habhaft zu werden, ohne den spitzen Dornen zu nahe zu kommen. Schwer atmend konzentrierte sie sich auf die Operation, doch der Ring entwischte ihr, als lache er ihr hohn, fiel ein, zwei Stacheln tiefer in den Schacht – und sie stach sich in den Finger. Mit dem austretenden Blutstropfen nahm sie, zu spät, die süßlich-herben Dämpfe wahr, die ihr schon die ganze Zeit in die Nase, zu Kopf gestiegen waren. Laurence wurde es schwindelig. Sie versuchte sich aufzurichten, stützte sich auf den bronzenen Fuß, der jetzt weich nachgab. Ihr entging, daß gleichzeitig der gesenkte Arm der Statue wieder nach oben schnellte – Laurence kauerte an dem Riesenfuß und starrte in die Schale. Die Kugel war wieder in ihre leicht schwebende Position zurückgekehrt – der Ring war weg! Die Tiefe, das Erdinnere, hatte ihn verschluckt.

So geartet mußte der dornige Weg sein, mit dem die Madonna ihre Dienerinnen auf die Probe stellte. Sie, Laurence, hatte die Prüfung nicht bestanden, zu lange gezaudert, nicht herzhaft, bedingungslos zugegriffen. Sie war ja von vornherein nicht willens gewesen, Priesterin dieses heidnischen Kultes der Magdalena als Symbol des Ewigweiblichen zu werden. Laurence waren alle seine Erscheinungsformen fremd, von der Jungfrau im Zeichen des Merkur bis zur erdhaften Großen Mutter, von der Göttin, die in der Mondsichel schwamm, bis zur Magierin Lilith. Sie versuchte ihnen die Frauen zuzuordnen, die ihr Leben beeinflußt hatten, von der leiblichen Mutter bis zur Geistespatin, von der verklärten Geliebten bis zu der stillen Werkmeisterin, doch es wollte ihr nicht gelingen.

Ihr Kopf wurde immer wirrer und zugleich schwer wie Blei. Versonnen blickte Laurence dem Blutstropfen nach, der von ihrem Finger auf den kleinen Zeh des Bronzefußes fiel, herabrann und im drapierten Stoff versickerte. Seine rote Spur erschien ihr plötzlich als Offenbarung der Bedeutung allen in dieser Welt vergossenen Blutes. Sie dachte an ihren Vater, dem es aus dem Hals gesprungen war, an die eigene Empfängnis und Geburt, den sich öffnenden Leib der Mutter – nie hatte sie, Laurence, sich Livia in den Wehen vorgestellt, sich selbst als blutiges Bündel. Laurence versuchte das Bild zu verscheuchen, doch es kehrte immer wieder zurück wie eine lästige Taube, kreisend, flatternd und zustoßend. Sie sah den Tod der Mutter, der das zudringliche Tier die noch nicht geschlossenen Augen aushacken wollte, nein, es gierte nach dem Ring, den die Mater superior an der Hand trug, getreue Braut Christi – niemals! Ein Pfeil durchbohrte das weiße Gefieder, das elende Gurren und Trippeln fand mit einem harten Schlag ein Ende. Laurence' Kopf war unsanft auf den harten Spann des Bronzefußes gerutscht, ihr Schädel dröhnte – sie blickte auf zu dem erhobenen Finger der Madonna: Der silberne Ring steckte wieder darauf! Doch schien sich der Finger nun langsam wieder zu krümmen wie ein sich schließender Haken.

Benommen fuhr Laurence hoch und sah sich verstohlen nach allen Seiten um. Wie eine dreiste Diebin zerrte sie den Ring vom Finger der Madonna, bevor die ihn endgültig einbehalten konnte. Ihre Beute fest umschlossen in der Faust, trat sie schwer atmend zurück. Der schwarze Umhang senkte sich langsam herab. Laurence wußte, daß es nur die Hand der Priesterin sein konnte, die dies bewirkte. Es war das Signal an die Besucherin, sich zu entfernen. Falten werfend hüllte der schwere Stoff wieder Fuß und Schale ein.

Laurence stieg die Trittleiter hinab und war im Begriff, einen letzten Blick auf die Schwarze Madonna zu werfen, von der sie sich doch eine Wende in ihrem Leben erhofft hatte – da hörte sie ein Knacken und Knirschen und sah, wie sich hinter dem juwelengeschmückten, von Silberfäden durchzogenen Vorhang die Statue der Magdalena von ihr abwandte, sich wegdrehte zur Wand.

Das konnte Laurence als Zurückweisung betrachten – gewogen und zu leicht befunden –, doch sie mochte es lieber als letzten Wegweiser sehen: Sie bedurfte der guten Ratschläge nicht länger, sie wollte und mußte nun selbst entscheiden. Nur der Entschiedenen würde sich die Schwarze Madonna offenbaren. Lange genug hatte sie, Laurence, Zeit und Gelegenheiten gehabt, zu wägen und zu wählen. Jetzt sah sie ihren Weg endlich vor sich, den der Selbstfindung und der Freiheit. Freiheit auch der Wahl! Frei von allen Einflüsterungen, Einflüssen und Zwängen.

Sie steckte sich mit energischem Schwung den Ring wieder an die Hand, schritt auf die Bohlentür zu, durch die sie die Krypta betreten hatte, und drückte energisch den Riegel, um sie zu öffnen. Nichts rührte sich. Bevor sie noch daran rütteln konnte, spürte sie hinter sich einen kalten Windhauch. In der gegenüberliegenden Wand hatte sich eine Pforte geöffnet, in der die Priesterin stand und sich auffordernd leicht verneigte. Oder bildete sich Laurence diese Geste nur ein? Denn zu erwarten war ja eine Enttäuschung auf dem Gesicht der Alten. Laurence glaubte aber Zustimmung, ja Respekt darauf ablesen zu können, sogar festliche, freudige Erwartung. Jedenfalls konstatierte die Alte mit raschem Blick den Sitz des Ringes am Finger von Laurence. So folgte die Geprüfte der stummen Einladung.

Der Raum hinter der Pforte war fast in völliges Dunkel gehüllt, nur hinter einem engmaschigen Gitter vermochte Laurence das Licht von unzähligen flackernden Wachskerzen wahrzunehmen. Die Priesterin hieß sie auf der einzigen Sitzgelegenheit inmitten des Raumes Platz zu nehmen. Es war ein steinerner Thron. Dann war die Alte verschwunden, statt dessen hörte Laurence über sich, neben sich, wohl durch das Gitter dringend, eine Stimme. Es war die des Chevaliers. Laurence erkannte sie sofort am Tonfall, obgleich sie ihr ungeheuer traurig erschien.

»Wüst ist das Land«, klagte er. Es klang wie aus einer Gruft, dachte Laurence, obgleich sich der Chevalier sicher putzmunter in der Nähe aufhielt. »Verdorben sind Ast, Blatt und Blüte, doch nicht gefällt ist der Stamm, aus dem sie entsprossen – tief unter der Erde schlummern die geschützten Wurzeln.« An Jean du Chesne ist wirklich ein Trovère verlorengegangen, neben all den anderen Erscheinungsformen, derer er sich in seinem Leben bereits befleißigt hat, amüsierte sich Laurence, angetan von der bildhaften Sprache.

»Das ruhmreiche Haus Montferrat, Markgrafen des Deutschen Reiches«, sprach da der Chevalier, »in würdigender Anerkennung der Blutsbande, aber vor allem der kühnen Gesinnung und des treuen Beistandes, hat sich entschlossen – um so mehr, als ihr älterer Bruder Guido den geistlichen Stand gewählt –, der einzigen Tochter der Livia di Septimsoliis-Frangipane, Laurence de Belgrave, unter bestimmten Umständen und einzuhaltenden Bedingungen den Titel einer Marquise de Montferrat zu verleihen, nebst der Apanage einer Gräfin von Kastéllion auf Kreta.«

Der Sprecher schöpfte Atem, gönnte sich aber keine Pause. »Gavin Montbard de Béthune«, fuhr er zu Laurence' Erstaunen fort, »Ihr bedürft keiner Erhöhung Eures Blutes, sondern der Aufklärung über Eure wahre Herkunft – und damit auch Eurer Bedeutung und Bestimmung.« Also war Gavin auch hier – hier unten irgendwo zugegen?! Und das sicher nicht aus Zufall, bedachte sich Laurence, während sie aufmerksam den Worten lauschte, die zwar nicht an sie gerichtet, aber auch für ihr Ohr bestimmt waren.

»Die blutjunge Contade de Béthune war ihrem ebenfalls noch recht jungen Verlobten Regis de Montbard auf den berühmten Kreuzzug Kaiser Barbarossas und des Löwenherz gegen den Sultan Saladin gefolgt.« Der Chevalier suchte, für seinen jungen Freund hörbar, nach dem rechten Ton zwischen Zärtlichkeit und Vertraulichkeit einerseits, andererseits angemessener Würde und fast militärischer Pflichterfüllung, wie es einem Komtur des Ordens der Templer entsprach. »Als Contade ihn endlich erreichte, hatte Regis gerade bei den Kämpfen um Akkon eine gräßliche Verwundung erlitten, die ihn der Manneskraft beraubte. Um seiner jungen Braut die Pein zu ersparen, schickte er sie sofort mit dem nächsten Schiff zurück nach Frankreich. Contade landete damals in Béziers und fiel in die Hände des alten Trencavel Roger-Taillefer. Der bekannte Wüstling verhöhnte ihr Schicksal und vergewaltigte die Schutzsuchende. In ihrer Verzweiflung wandte Contade sich an Esclarmunde, Gräfin von Foix, mütterlicherseits mit dem Hause Trencavel eng verschwägert. Aus mannigfaltigen Gründen, bei denen Mitgefühl für das Opfer wohl die geringste Rolle spielte – eher war es Rücksichtnahme auf Herzeloïde, unglückliche Ehefrau des Gewalttäters –, wurde erst mit großem Aufwand versucht, den Krüppel noch im Heiligen Land umzubringen. Denn von dem nun auch seiner Ehre beraubten Grafensohn aus dem Burgund hatten die Trencavel einen handfesten Skandal zu gegenwärtigen. Die Montbards hatten den Orden der Templer mitbegründet, André de Montbard war ihr vierter Großmeister gewesen und Onkel des Bernhard von Clairvaux. Doch selbst die mit der Ermordung beauftragten Assassinen weigerten sich, dem bedauernswerten Jüngling auch noch den Todesstoß zu geben. Mittlerweile hatte sich die Gräfin Esclarmunde von Foix besonnen. Sie sorgte schlußendlich dafür, daß dem ›Perceval‹ Ramon-Roger das jüngere Brüderchen erhalten blieb – wenn auch in völliger Verborgenheit, weit entfernt von Béziers oder Carcassonne und zeit seines kurzen Lebens dem jungen Trencavel unbekannt.«

Mit Erschrecken entsann sich Laurence der Szene vor der Kapitulation von Carcassonne, als ein junger, unbekannter Templer ausgeschickt wurde, um dem Trencavel freies Geleit zuzusichern und ihn damit in die tödliche Falle zu locken: Gavin hatte – ohne es zu wissen oder gar zu wollen – also seinen älteren Halbbruder Ramon-Roger ans Messer geliefert. Welche Tücke des Schicksals! Wie würde Gavin den Schlag wegstecken?

»Inzwischen wurde Regis de Montbard durch jüdische und arabische Ärzte soweit wiederhergestellt, daß die Schiffsreise zu wagen war, und mit Engelszungen überredet, das Geschehene als Fingerzeig Gottes und Gnadenerweis Mariae zu nehmen: Ihm, dem Hodenlosen, sei auf diese Weise doch noch ein Kind geboren worden. Ihr werdet ahnen, wer der junge Studiosus war, der damals, kaum zwanzigjährig, ins Heilige Land geschickt wurde, um Regis dort abzuholen und ihm während der Überfahrt die wundersame Vaterschaft schmackhaft zu machen. Regis kam nach Okzitanien. Esclarmunde sorgte für die Hochzeit des Paares, für Geburt und Taufe des Kindes, das den Namen Gavin Montbard de Béthune erhielt. Den gesamten Kostenaufwand stellte sie dem Trencavel in Rechnung, der eingeschüchtert auch alles zahlte und noch das Kloster von Serignan dazugab, während Esclarmunde die Patenschaft für das Kind übernahm.«

Der Chevalier ließ sich jetzt noch über den weiteren Weg des Knaben Gavin aus, der beide Eltern früh verlor. Laurence hörte nur mit einem Ohr hin, sie bedachte gerade, daß es letztlich ein engmaschig geknüpftes, gewaltiges Fischernetz von Frauen war, das sie, Gavin und in gewisser Weise auch den Chevalier aufgefangen hatte, aber auch gefangenhielt: Esclarmunde, nicht nur Gavins Patin, sondern auch die ihre – sonst hätten sie sich wahrscheinlich nie kennen- und schätzen gelernt. Livia, ihre Mutter, mit ihren nie zur Gänze abgerissenen Fäden zum Hause Montferrat und zu den Katharern. Alazais, die dem Chevalier ein Kind der Liebe schenkte, ihr, Laurence, ein schlechtes Gewissen – und der Gralshüterin Esclarmunde eine Nachfolge, die ihre Vorgängerin nur um weniges überdauerte. Und schließlich noch die ferne Schwester Marie d'Oignies: Sie alle hatten ihr, Laurence', Leben mehr bestimmt als irgendwelche Männer, Vater Lionel eingeschlossen.

»Die große Esclarmunde«, sprach der unsichtbare Ritter des wahrscheinlich von dieser gestifteten geheimnisvollen Ordens der Prieuré de Sion – so es die überhaupt gab, was Laurence bislang angezweifelt hatte –, »hat Eure Wege bisher und bis hierher geleitet. Okzitanien ist in Not, der Herrschaftsthron der Trencavel über das Languedoc verwaist, schlimmer noch: von frechen, blutbesudelten Händen usurpiert! Die Frage ist: Wollt Ihr, Gavin Montbard de Béthune, und Ihr, Laurence de Belgrave, Euch weiter der Führung der weisen Esclarmunde anvertrauen? Seid Ihr bereit, das Erbe der Trencavel anzutreten, wozu auch die eingangs genannten Donationen der Grafen von Montferrat als Mitgift der Braut und Euch zustehende Lehen der Gräfin von Foix und Mirepoix kämen?«

Die Stimme des Chevaliers wurde brüchig vor soviel Pathos, das er bislang immer zu vermeiden gewußt hatte. Ihn übermannte die Rührung vor aufgestauter Spannung, denn für ihn ging es auch um *sein* Selbstverständnis – nicht das des ewigen Abenteurers und Intriganten, sondern das des Verfassers des ›Großen Planes‹. »Ich bitte Euch, nunmehr den Raum zu betreten, der Eurer harret.«

Neben dem Gitter schob sich eine Holzwand zur Seite, und Laurence sah in das Innere einer ganz anderen Kirche. Es war ein gewaltiger Rundraum, dessen einzige flache Kuppel auf einem Kranz unzähliger Säulen ruhte. War dies die geheimnisvolle, tief in der Erde verborgene Gralskirche? Der ›Takt‹?

Wie mit unsichtbaren Kräften zog der magische Kreis Laurence an, sie erhob sich und schritt durch die Öffnung, die sich hinter ihr sofort wieder verschloß. Hunderte von Kerzen brannten rechts und links des nackten, höchstens zwei Fuß hohen Steinblocks, der wohl als Altar diente. Dahinter in einer Nische erhob sich unverhüllt die Schwarze Madonna, und vor dem Altarstein kniete auf einem samtenen Kissen – Gavin. Der Platz neben ihm war frei gelassen, und Laurence konnte gar nicht anders, als sich zu ihm zu gesellen. Der Blick, den ihr der Templer zuwarf, beruhigte sie. Es war das vertraute jungenhafte Grinsen, das seit ihrer Kindheit ihnen Gemeinsamkeit signalisierte.

Gavin war nicht anzumerken, wie er die Eröffnungen des Chevaliers aufgenommen hatte. Sie mußten ihn mehr noch als Laurence in größte Verwirrung gestürzt haben. Doch Gavin lächelte nur, und das gab Laurence Zuversicht. Sie hatte geglaubt, daß jetzt der Chevalier vor sie treten würde, doch er ließ sie wohl warten, damit sie ihre Gedanken ordnen konnten. Laurence betrachtete aufmerksam die Statue, die sie ja kannte. Der einzige Unterschied schien ihr der, daß zuvor in der Taufgrotte die Finger der Schwarzen sich vor dem Busen gekrümmt hatten, als wollten sie schamlos spielerisch die Brustwarze in ihre pagane Lust einbeziehen. Das war dem Mittelfinger gen Ende ja auch gelungen. Laurence mußte sich loben. Sie hätte ihren Ring, selbst wenn sie es gewollt, da der Frau keineswegs mehr entwinden können. Nun hingegen hielt die Magdalena keusch und graziös die Hand flach emporgereckt, auf Abstand vom eigenen Körper bedacht, mit anmutiger Würde den immer noch entblößten Busen vor unziemlichen Blicken schützend.

Was sollte also mit ihr, Laurence, und Gavin geschehen? Die Ansprache des Chevaliers hatte wie die eines Brautbitters geendet. Dachten die etwa –?

Die alte Priesterin war lautlos aus dem Schein der Kerzen hinter den niedrigen Altar getreten. Sie trug jetzt das weiße Festgewand einer Perfecta. Laurence schaute genau hin, ob sich dahinter nicht doch der Chevalier verbarg, aber es war dieselbe Frau, die ihr einst im Auftrag von Esclarmunde – mehr noch als die Zukunft – die Leviten gelesen hatte.

»Che Diaus vos bensigna!« sagte die Alte mit krächzender Stimme, den Blick fast flehentlich auf die ihr zu Füßen Knienden gerichtet.

Die schauten beide erwartungsvoll auf. Laurence drehte verlegen den Silberreif an ihrem Finger, das Vermächtnis der Marie d'Oignies. Sie schielte zu Gavin herüber. Doch der senkte gerade wieder sein Haupt und schloß die Augen.

»Bist du, Gavin Trencavel, Vicomte de Carcassonne und de Béziers, gewillt, mit Laurence de Belgrave die Ehe einzugehen zur Wiedergewinnung der dem ruhmreichen Geschlecht zustehenden Herrschaft?«

Gavin rührte sich nicht, und so wandte sich die Priesterin an Laurence. »Bist du, Laurence, Marquise de Montferrat und Comtesse de Kastéllion, gewillt, mit Gavin Montbard de Béthune die Ehe einzugehen zum dynastischen Erhalt des ruhmreichen Geschlechts der Trencavel von Carcassonne?«

Laurence wandte ihre Augen nicht von der Priesterin. Sie fixierte sie ohne Erbarmen und zwang sie, die Trauformel zum Abschluß zu bringen.

»So antwortet mir beide mit ›Ja‹!«

Gavin schien sein stummes Gebet beendet zu haben. Sehr gemessen erhob er sich und reichte Laurence seine starke Rechte, an der sie sich hochgezogen fühlte, doch er gab sie frei. Sie standen sich gegenüber und sahen sich in die Augen. Lange rang jeder der beiden mit sich selbst. Dann öffnete Gavin die andere Hand, und Laurence sah darin das Ringlein blitzen, das sie ihm einst anvertraut, damit er sie aus Ferouche entführte. Er hatte es also aufbewahrt.

Die Versuchung war immens, der Demiurg höchstselbst hätte sie nicht perfider gestalten können. Gold und Silber, alle Juwelen der Welt hätten sie nicht in diesen Widerstreit der Gefühle stürzen können wie die Verlockung, das Erbe des Trencavel anzutreten – Nachfolgerin des edlen ›Perceval‹! Höchste Krone des Rittertums!

Langsam streifte Laurence von ihrem Fingergelenk den Silberreif mit der Schlange, die sich in den Schwanz biß. Jetzt erinnerte sie sich, daß es Alazais war, die den gleichen getragen hatte, das Erbe der großen Esclarmunde. Fast wäre sie ins Wanken geraten, aber sie fing sich.

»Du bleibst mein Ritter für immer und ewig«, sagte Laurence fest, »und ich deine Damna.« Sie trat auf die Altarplatte und zog den Templer mit sich, ohne ihm die Hand zu geben. Die Priesterin wich entgeistert zurück. Laurence reckte sich hinauf zur Madonna und schob ihr den Reif über den erhobenen Finger, und Gavin tat es seiner Damna gleich. Nur daß sein Ringlein mit silberhellem Klingen der Schwarzen Madonna den Finger hinabglitt, bis er sich über den Reif von Laurence legte.

»Che Diaus vos bensigna«, sagte Gavin in seiner ruhigen Art. »Wir gehören verschiedenen Orden an und doch dem gleichen Geist der höchsten Liebe. Das wird uns immer vereinen.«

Er bot ihr galant den Arm. Durch ein sich öffnendes Portal fiel Licht auf die Treppe. Gemeinsam schritten sie die Stufen empor. Blüten flogen ihnen entgegen, und harte Reiskörner prasselten gegen den Stein.

»Die sind sich aber ihrer Sache verdammt sicher!« scherzte Laurence und kniff ihn in den Arm.

»Du könntest mich, wenn wir oben angekommen sind, noch küssen zum Abschied«, schlug Gavin heiter vor. »Das brächte sie völlig durcheinander.«

»Gut«, entschied Laurence, »wir umarmen uns wie ein Liebespaar, lassen alle jubeln – und dann lösen wir uns und gehen jeder seines Weges.«

»Und wer klappt ihnen die heruntergefallenen Kinnladen wieder hoch?«

Gavin lachte sein jungenhaftes Lachen. Sie traten über die letzte Schwelle hinauf ins Freie und blieben wie angewurzelt stehen. Daß Loba eingetroffen war und mit ihr die Kinder, Loisys und ihr eigener Sohn Titus, die begeistert mit Blumen und Reis warfen, wunderte Laurence nicht, sie hatte die Wölfin erwartet. Nicht allerdings in Begleitung des Infanten von Foix, des Ramon-Drut, umgeben von einigen wenigen Rittern, die allesamt nicht kriegerisch, sondern festlich gewandet waren. Sie waren abgesessen und schauten gebannt auf das aus der Tiefe des Heiligtums aufgetauchte Paar. Wollten die ihnen etwa huldigen?

Roald of Wendower machte erstaunlich gute Miene zum heidnischen Treiben. Dem ›Herrn Legaten‹ in seinem komfortablen Reisewagen, der jetzt durch Blütengirlanden zur Hochzeitskutsche verzaubert war, hatte sich der Chevalier beigesellt. Gavin zog eine Augenbraue hoch, als er seinen Mentor in solcher Gesellschaft erblickte. Laurence bedachte, daß es sich bei Roald, dem früheren Legaten, wohl weniger um einen Vertreter der Ecclesia romana handelte als um einen Agenten der Geheimen Dienste, die bekanntlich ihre eigenen Wege gingen und immer für Überraschungen gut waren.

Die Überraschung erfolgte indessen von völlig anderer Seite. Gerade wollten Laurence und Gavin die vereinbarte grausame ›Trennung des Brautpaars‹ vollziehen, als über ihren Köpfen, auf dem Weg, der den Hang hinabführte, hoch zu Roß Charles d'Hardouin sich zeigte, in voller Rüstung und hohnlachend.

»Welch glückliche Fügung!« triumphierte er lauthals. »Welch schöner Fang von berühmten Ketzerleibern, auf frischer Tat ertappt!

Auf jeden wartet ein eigener Ast in der heiligen Eiche!« Er wies mit ausgestrecktem Arm hinüber zu dem knorrigen Baum, dessen Äste sich einladend über den Eingang zum Tempel breiteten. »Beginnen wir mit dem ›Chevalier‹, der sich baumelnd überlegen mag, unter welchem Namen er am Stricke hängt. Folgen sollte die Faidite Roxalba de Cab d'Aret, im Tode, den sich die Wölfin hundertfach verdient hat, mit dem Trottel Ramon-Drut vereint, dem nur seine illustre Geburt das Vergnügen verschafft, *einmal* die Schwere seines Arsches zu verspüren!«

Über und neben Charles erhoben sich an die zwei Dutzend Armbrustschützen, die ihre Bolzen auf die eingekesselte Gesellschaft richteten.

»Folgen soll der falsche Priester, der seine Kirche verrät, am besten zusammen mit der jungen Brut.« Der spitze Finger zeigte erbarmungslos auf Titus und Loisys. »›Lasset die Kindlein zu mir kommen!‹ Dann das Bürschlein mit dem roten Tatzenkreuz auf der Brust, ein echter Templer gar? Das Pferd soll ihm unterm Hintern recht behutsam hinweggeführt werden, damit sein Hals sich noch lang genug dehnt, daß er das Hängen der Braut noch mit mir zusammen genießen kann.«

Laurence sah im Lorbeerhain, dem einzigen Zugang zum Tempelgrund, jetzt auch eine schweigende Mauer aus französischen Reitern sich erheben. Es mochten an die fünfzig sein, und vor ihnen schritten drei Scharfrichter mit geschlitzten Kapuzen, die Stricke schon in den Händen bereit. Eine perfekte Falle! Doch sie würden ihre Haut so teuer wie möglich verkaufen! Laurence lächelte Gavin zu, der nicht einmal sein Schwert umgegürtet hatte. Es hing an seinem Pferd. Er würde ein toter Mann sein, bevor er es erreicht hätte.

In das lähmende Schweigen hinein schrie Loba plötzlich: »Viva la muerte, Trencavel!«

Da donnerte das Echo von den Hügeln zurück: »Trencavel!« brüllte es aus Hunderten von Kehlen, und überall im Rund, auf den Hügeln, aus den Wäldern quollen die Bauern, die Hirten hervor. »Trencavel! Trencavel!« gröhlten sie und schwenkten Sensen und Dreschflegel, hoben dreifach gezinkte Gabeln, Wolfshaken und die stählernen Spitzen von Sauspießen; breite, geschliffene Sicheln blitzten auf in der Abendsonne. »Viva el Trencavel!«

Oberhalb des Charles-sans-selle prasselten Steine herab, ausgelöst von den Hirten, die mit ihren bellenden Hunden wutschnaubend den Hang herabstolperten, auf ihren Hintern zu Tal rutschten.

»Viva la muerte!« Der Gaul des d'Hardouin scheute, oder ein Brocken hatte ihn getroffen – das Pferd stieg erschrocken hoch und warf seinen Reiter ab. Charles stürzte scheppernd in seiner Rüstung über die Felswand der Festgesellschaft vor die Füße. Dort blieb er liegen und rührte sich nicht mehr.

Roald of Wendower trat heran und schaute in die glasigen Augen. »Sans-selle hat sich wohl's Genick gebrochen?« fragte er den Chevalier, der kundig nickte. Der Priester schlug sein Kreuzzeichen und wandte sich gleich wieder ab. Der hinzugesprungene Infant von Foix schloß dem d'Hardouin, ohne sich zu bücken, mit der Stiefelspitze das Visier.

Der Zugang zum Tempel war wieder frei, die stolze französische Ritterschaft hatte geschlossen kehrtgemacht und ihr Heil in der Flucht gesucht. Wer aus dem gepanzerten Keil herausgefallen war, von den Hakenstangen oder durch einen Steinwurf vom Roß geholt, der hing längst entlang der Straße nach Alet in den Lorbeerbäumen. Die Stricke der drei Henker hatten nicht gereicht – aber auch sie konnten die wenig fachgerechte Improvisation nicht mehr bedauern. Die Armbrustschützen hatten mit der ersten Salve noch Opfer unter den Bauern und Hirten gefunden, dafür büßten sie, indem ihnen der Strick verweigert wurde: Sie wurden mit Hilfe der verbliebenen Bolzen an die Stämme genagelt.

Das alles spielte sich aber außerhalb der Tempelanlage ab, hier zeugte nur der friedlich in der Sonne ruhende Ritter Charles d'Hardouin von der unnötigen Störung. Er lag genau unter der Inschrift ET IN ARCADIA ... EGO, was Laurence sehr unpassend fand. Sie hätte dem Mörder ihres Vaters ein übleres Ende an den Hals gewünscht, aber schließlich war er zu Tode gekommen, wie er gelebt hatte. Gottes Gerechtigkeit ist eine andere.

Ein Ring von aufgebrachten Menschen stand rund um die Kirche der Schwarzen Madonna, erwartungsvoll. Der Chevalier sah sich genötigt, ein Wort an die herbeigeströmte Menge zu richten, zu der jetzt auch Frauen und Kinder stießen.

»Friede sei so lange nicht mit euch«, sprach er laut und vernehmlich, denn nun trat Schweigen ein, »wie Okzitanien seine Freiheit nicht wieder errungen hat! Noch ist das prächtige Tolosa unser, noch erhebt sich der Montségur in seinem Glanz! Tod seinen Feinden, es lebe –« Seine letzten Worte wurden von den wilden Rufen übertönt, die erst noch vereinzelt züngelten, dann aber wie ein Waldbrand aufflammten, losprasselten:

»*Viva Occitania libre!*« Die Leute hatten begriffen, daß es weiter nichts zu feiern gab. Sie bargen ihre Toten und zogen wieder ab. Mit diesem Ruf auf den Lippen werden sie leben und sterben, kam es dem Chevalier beruhigend in den Sinn. Etwas anderes würde ihnen nie beschieden sein! Hätten sie diese Hoffnung nicht, müßten sie dennoch leben und sterben.

Laurence faßte sich als erste. Sie ließ Gavin stehen und schritt auf Loba und den Infanten zu. »Ich muß meinen Weg allein gehen«, sagte sie der Freundin, um jedem Vorwurf oder sonstigen Einwand die Spitze zu nehmen. Und Loba umarmte stumm die Freundin. Sie wußte, daß sie Laurence wiedersehen würde. Ihr ›A Diaus, Laure-Rouge!‹ bedurfte nicht der Fassung in gesprochene Worte.

Die beiden Kinder standen betroffen bei diesem Abschied, den sie sich wohl anders vorgestellt hatten – wahrscheinlich hatte die Wölfin ihnen in Aussicht gestellt, sie dürften mit der Dame ins ferne Rom reisen. Aber davon wollte Laurence jetzt auch nichts mehr wissen. Sie mußte ganz entschieden und ohne jede Einschränkung frei sein, ohne jeglichen Ballast aus der Vergangenheit.

Das wollte sie auch den Roald of Wendower wissen lassen. »In drei Teufels Namen: Diesmal sollt Ihr mir nicht folgen!«

Er zuckte zusammen wie unter einem Peitschenhieb, bevor sich sein Gesicht wehleidig verzog. Mit feuchten Hundeaugen verfolgte er die letzten Augenblicke, die ihm in der Gegenwart der Angebeteten vergönnt sein sollten.

Laurence beschloß, nicht die Straße zurück nach Alet zu nehmen, denn die Leichen der Gehängten in den Bäumen mochte sie nun auch nicht mehr sehen.

Der Chevalier trat auf sie zu, wie immer spielte ein ironischer Zug um seine Mundwinkel. »Werte Laurence, es ist dem Fuchs immer wieder gelungen, selbst mich alten Hasen zu überraschen. Deswegen bin ich auch so sicher, daß wir uns nicht das letzte Mal über den Weg gelaufen sind. Denn jeder Weg, welchen Ihr auch immer nehmen werdet, ist voll des Ungewöhnlichen – wozu ich mich gerne rechne!«

Laurence umarmte auch ihn. Ihr Blick fiel auf Gavin, der bei seinem Pferd stand und sich reisefertig machte. Wollte er sie etwa ohne Abschied verlassen? Sie lief zu ihm hin. »Gavin«, rief sie, »du wolltest mich doch küssen!«

Der Templer maß nachdenklich ihre schlanke Gestalt. »Das hat sich erübrigt. Die einen hat der Tod geküßt, und dich hat das Leben zurück.«

Laurence ließ die schon erhobenen Arme wieder sinken. »Schade«, sagte sie, »wie schnell dich dein Orden wieder vereinnahmt hat, daß du – «

Er legte ihr den Finger auf die Lippen – das mag auch als Kuß gelten, dachte sie trotzig. »Freiheit, Laurence«, sagte er bedächtig, »ist immer Freiheit für andere, nie für einen selbst.« Er legte die Hand beschwichtigend auf ihren Arm, wie er es immer getan hatte, wenn sie aufbrausen wollte. »Diese schöne und beglückende Erfahrung hast du noch vor dir.«

Sie beugte sich blitzschnell und küßte seine Hand, bevor er sie an sich ziehen konnte. »Che Diaus vos bensigna, Gavin!« flüsterte sie heiser und rannte davon.

Loba und ihr Troß waren schon abgezogen. Sie hatten ihr ein kostbar gezäumtes Streitroß dagelassen, eine glänzende Rüstung hing am Sattelknopf. Doch Laurence setzte nicht einmal den Helm auf. Sie sprang in den Sattel und gab dem Pferd die Sporen. So entschwand Laure-Rouge, die Ketzerin, aus dem Land, das sie mehr geliebt hatte als alles, was sie auf der Welt gesehen hatte. Ihr rotes Haar leuchtete noch einmal auf.

Che Diaus vos bensigna!

MAPPA MUNDI

DIE RELIGIÖSEN UND POLITISCHEN VERHÄLTNISSE IM ABENDLAND ZU BEGINN DES 13. JAHRHUNDERTS

Europa befindet sich im Zeitalter der Kreuzzüge (1096–1291), die in der Hauptsache von Frankreich ausgehen und getragen werden. Deutschland, das ›Heilige Römische Reich‹, ist gelähmt durch die ständigen Auseinandersetzungen zwischen Kaiser und Papst. Doch auch das Königreich der Franken weist unter den Kapetingern zu Beginn dieser Epoche bei weitem nicht den heutigen Umfang auf. Eigentlich besteht es nur aus der Ile de France, der Champagne und einigen Grafschaften wie Flandern, Blois und der Picardie. Lothringen und Niederburgund, das ›Arelat‹, sowie nahezu die gesamte Provence gehören zum deutschen Imperium. Die Normandie, die Bretagne und der gesamte Westen (Aquitanien) sind an England gefallen. Im Südwesten herrschen über Okzitanien die freien Grafen von Toulouse, trotz des bescheidenen Titels mächtig wie Könige. Das Languedoc, also die Herrschaften von Carcassonne und Foix, sowie das Roussillon, unterstehen dem König von Aragon als Souverän. Sie nennen sich ebenfalls nur ›Grafschaften‹, gar ›Vizegrafschaften‹, doch das rührt aus der Tradition ihrer gotischen Vorfahren, auf die sie stolz sind. Ihr Oberlehnsherr jenseits der Pyrenäen läßt sie in allem wie unabhängige Fürsten gewähren. Außerdem sind den Okzitaniern in der Wesensart die Katalanen lieber und in der Sprache näher als die Nordfranzosen mit ihrer ›langue d'œil‹.

Paris ist also vom Zugang zum Mittelmeer abgeschnitten. Mit den Deutschen kann es sich deswegen – zumindest vorerst – nicht anlegen, so bleibt nur der Zugriff auf Toulouse. Doch dafür bedarf es mehr als eines nichtigen Anlasses zu einer der üblichen Fehden. Ein solcher Eingriff in das bestehende Feudalgefüge ist nur denkbar mit der vollen Rückendeckung päpstlicher Autorität und der uneingeschränkten Unterstützung durch die Kirche. Es trifft sich, daß der Papst seinerseits auf die Hilfe Frankreichs angewiesen sein wird.

Mit Beginn des 13. Jahrhunderts macht sich zunehmend Unmut breit gegen die verweltlichten Erscheinungsformen der römisch-katholischen Kirche. Die Gnostik und andere spirituelle Einflüsse aus dem Osten und die Besinnung auf ein Ur-Christentum bringen häretische Bewegungen hervor, die über den Balkan (Bogomilen), die Lombardei (Pataren) in den Okzident einsickern und ihre größte Blüte in Südfrankreich mit den Katharern erfahren. Das zeitgleiche Auftreten der Waldenser, der Armen von Lyon, verstärkt den Effekt.

Die ›Ketzerei‹ breitet sich immer weiter aus. Sie war in Okzitanien und dem Languedoc auf besonders fruchtbaren Boden gefallen – blühende Landschaften, in denen keltisches Druidentum noch lebendig war, die mit den durchziehenden Goten und den über die Pyrenäen eindringenden Arabern, der starken jüdischen Diaspora und deren frühchristlichen Legenden einer Vielfalt von Einflüssen ausgesetzt waren.

Im Gegensatz zum übrigen Abendland, das die von Rom importierte ›Neue Lehre‹ des Jesus von Nazareth rigoros gegenüber den ›Heiden‹ durchsetzte, war man in Okzitanien stolz auf seine Vergangenheit, die eigene Kultur und tolerant gegenüber allem Neuen. Das Christentum der ›Ecclesia catholica‹ war hier nicht die ›allein seligmachende‹, verbindliche Glaubensrichtung, sondern *eine* Möglichkeit für die Menschen, mit Gott zu kommunizieren. Als volksnahe Gegenbewegung wider Rom hatte sich hier eine Art Kirche der Katharer, die ›Gleyiza‹, mit eigenen Bischöfen etabliert. Ihre Priester, die ›Perfecti‹ oder auch ›Gutmänner‹ genannt, unterwarfen sich keiner Hierarchie, bedurften keiner Pfründe. Die Gläubigen sorgten gern für sie. Als die Kirche der römischen Päpste zusehends degenerierte, moralisch versumpfte und dabei weltlich auftrumpfte, wandte man sich mehr und mehr von ihr ab, ganze Bistümer traten geschlossen, ihren Klerus inklusive, zur Lehre der Katharer über. Die ›Reinen‹ wirkten durch ihre Schlichtheit (»Jesus ging barfuß«) und durch ihre Abwendung, ja Ablehnung von dieser profanen Welt.

Dazu kam der bald nach der Gründung des ›Königreiches von Jerusalem‹ einsetzende Einfluß aus dem Orient – mit Kunst, Wissenschaft und Lebensart, was hier zu einer ersten Blüte der ›Trovère‹, der Poesie der Minnesänger, führte und eine völlig andere, freie Art der Liebe eröffnete, während rundherum der düstere, bigotte und starre Katholizismus des Mittelalters lustfeindlich gerade solche Ideen unterdrückte. Die Herren des Landes, Adel, reiches, selbstbewußtes Bürgertum und die Ritterschaft, und insbesondere die Damen nahmen daran regen Anteil (Gralsmythos, Parsifal) oder tolerierten zumindest den Lebensstil des ›Gai savoir‹, der sich nur und freudig den ›Leys d'amors‹, den Minnegesetzen, unterwarf.

Nach vergeblichen Missionierungsversuchen greift die römische Amtskirche zum Gewaltmittel eines Kreuzzuges (1209–1213), von der betroffenen Bevölkerung Okzitaniens und des Languedoc als ›Kreuzzug gegen den Gral‹ erduldet, von den Ausführenden als ›Albigenserkriege‹ versachlicht. Die Bezeichnung ›Ketzer‹ entstand übrigens durch die Verballhornung des Wortes ›Katharer‹, das wiederum aus dem Griechischen stammt (*katharos*) und ›der Reine‹ bedeutet.

Der Umbruch zur freien Ausübung zutiefst religiöser Tätigkeit ohne Gängelung durch die im Formalen und Materiellen erstarrte Amtskirche lag in der Luft. 1207 sammelt in Assisi ein bald als Franziskus bekannter Bürgersohn – ohne Priesterweihe oder Klosterzugehörigkeit – eine Bruderschaft um sich. Sie nennen sich ›Minoriten‹ und verschreiben sich der völligen Besitzlosigkeit und dem Dienst an den Armen: die später – gegen den Willen des Begründers – in einem Orden zusammengefaßten Franziskaner. Nur wenige Eigenschaften trennen diese Bettelmönche von den als Ketzer Verfolgten.

In den gleichen Jahren erkennt auch ein spanischer Kleriker adeliger Herkunft, Domingo Guzman de Calaruega, die Notwendigkeit, den Katharern in Südfrankreich auf gleicher Ebene der Bedürfnislosigkeit zu begegnen, wenn die ›Bekehrung‹ der Ketzer Erfolg bringen soll. Auch die Dominikaner treten jetzt als Bettelmönche auf, sind allerdings straff organisiert und stellen sich der Papstkirche als eifrige Verfolger jedwelchen häretischen Gedankenguts zur Verfügung.

Nach dem Tode ihres bald heilig gesprochenen Begründers Dominikus (1221) werden sie offiziell 1231 mit der Inquisition beauftragt. Zu ihren ersten Opfern gehörten – außer den irrgläubigen Ketzern – die Franziskanerbrüder, die nach dem Tode von Franziskus (1226, kanonisiert 1228) noch seiner reinen Lehre nacheifern wollten. Diese beiden neuen Orden bringen zu Zeiten des großen Papstes Innozenz III Bewegung in das saturierte Mönchs- und Klosterleben, doch immer noch sind die Benediktiner der größte und reichste Orden und die umtriebigen Zisterzienser (vor allem unter dem berühmten Bernhard von Clairvaux) diejenigen, die der Kirchenpolitik unerbittlich ihr Siegel aufdrücken.

Die Kreuzzüge haben ihren Höhepunkt überschritten, Jerusalem ist seit der Rückeroberung durch die Muslime (1187) für die Christenheit verloren. Ein neuer Kreuzzug, der vierte, angeregt durch Papst Innozenz III, wird von den Venezianern gegen das griechisch-orthodoxe Byzanz umgeleitet: 1204 erfolgen die Eroberung und Plünderung von Konstantinopel, Ausrufung eines ›Lateinischen‹, also römisch-katholischen Kaiserreiches. Seit dem Schisma (1054, Bruch zwischen Ost- und Westkirche) war die Unabhängigkeit des Patriarchen von Konstantinopel den Päpsten zu Rom ein Dorn im Auge, war die Haltung der Kaiser von Byzanz den Kreuzfahrern suspekt. Das gewaltige oströmische Imperium wird in Kleinstaaten aufgesplittert, deren (meist fränkische) Fürsten sich gegenseitig befehden, statt die angestrebte ›Ecclesia catholica‹ und deren Priester durchzusetzen. Byzanz als Bollwerk gegen den über Kleinasien vordringenden Islam ist damit gefallen, aber auch zerstört als Katalysator für alle anderen geistigen Prozesse, die der Orient immer wieder in Gang setzt. Dennoch gelingt es der römisch-katholischen Kirche nicht, ihren Universalanspruch durchzusetzen. Die Othodoxie behauptet sich vor allem im vorderen Orient, das Tor ist offen für religiöse Einflüsse, die Rom längst verdrängt zu haben glaubte.

Die feudale Situation im Abendland ist nicht minder kompliziert. Das Deutsche Reich, das ›Imperium Romanum‹, ist durch den Zwist zwischen den Welfen (Herzöge von Sachsen) und Staufern (Herzöge von Schwaben) geschwächt. 1209 hat Innozenz III den welfischen Gegenkönig Otto IV von Braunschweig zum Kaiser gekrönt, nachdem König Philipp von Schwaben 1208 ermordet wurde und obwohl dessen rechtmäßiger Nachfolger, der 14-jährige Friedrich II, bereits die Mündigkeit erlangte. Die Rechnung des Papstes geht nicht auf, auch der Welfe greift nach Süditalien, dessen Besitz für das ›Patrimonium Petri‹ eine tödliche Umklammerung bedeutet hätte – wenn man davon ausgeht, daß Innozenz III, wie kein anderer Papst vor ihm, nach der absoluten Vorherrschaft des Papsttums über alle weltlichen Fürsten trachtet.

In Anbetracht dieser unstabilen Lage kommt Frankreich, wo zur Zeit der umsichtige König Philipp II Augustus regiert, mehr und mehr die Rolle des Schiedsrichters, des Züngleins an der Waage zu. Auf sein Drängen hin läßt der Papst den Welfen fallen und sorgt für die Wahl Friedrichs (bereits seit seinem vierten Lebensjahr König von Sizilien) zum deutschen König (1212). Im gleichen Jahr noch wird ein Bündnis der Häuser Capet (Frankreich) mit dem der Staufer zu Vaucouleurs vereinbart. 1214 besiegen sie das vereinte Heer der Welfen und der Plantagenet (England) in der Schlacht von Bouvines. Damit sind die Tage Ottos gezählt, der Stern Friedrichs beginnt zu strahlen.

In England schlägt sich König Johann Ohneland mit den einheimischen Baronen herum (1215 ›Magna Charta‹), während er in Frankreich ein Territorium nach dem anderen einbüßt. In Spanien feiert die Allianz von Alfons VIII von Kastilien und Peter II von Aragon bei Las Navas de Tolosa einen glänzenden Sieg über die Mauren. Die ›Reconquista‹, die Rückgewinnung der iberischen Halbinsel für das Christentum, bekommt neuen Auftrieb.

Im Heiligen Land stagniert die Situation nach dem erfolglosen III. Kreuzzug (1189–1192), den König Philipp II Augustus von Frankreich und König Richard Löwenherz von England noch gemeinsam unternommen hatten, nachdem der deutsche Kaiser Friedrich I Barbarossa bereits auf dem Hinweg in Kleinasien ertrunken war. Einziger Gewinn blieb die Eroberung von Akkon, das fortan als Hauptstadt des ›Königreiches von Jerusalem‹ diente, nachdem die Heilige Stadt selbst bereits 1187 von Sultan Saladin zurückgewonnen worden war. Die Verteidigung der zusammenschmelzenden Kreuzfahrerstaaten lastet mehr und mehr auf den Ritterorden der Templer und der Johanniter (›Hospitaliter‹), denn der Deutsche Ritterorden beginnt sich aus der ›Terra Sancta‹ zurückzuziehen und wendet sich der Ostkolonisation zu (Baltikum).

Das ehemals so mächtige Byzanz ist zerschlagen. Das ›Lateinische Kaiserreich von Konstantinopel‹, sein Nachfolger, ist – wie die einschränkende Bezeichnung schon verrät – nur ein schwaches Staatsgebilde unter vielen auf griechischem Boden, kaum in der Lage, die aus dem Osten herandrängenden Steppenvölker und die im vorderen Orient erstarkenden Türken aufzuhalten.

DIE SPRACHFÜLLE OKZITANIENS

Die ›langue d'oc‹, das Altprovenzalische, umfaßte als Sprachgebiet (mit Varianten) einen breiten Streifen – von Katalonien jenseits der Pyrenäen über Aquitanien (›Gascoun‹), Okzitanien und die Provença bis zur Lombardei und hin zur Adria (das ›Rätoromanisch‹ gewisser Hinterrheintäler in den Graubündner Alpen eingeschlossen). Es war die ›lingua franca‹ des Mittelalters, die auch von den Kastiliern und den Franken des Nordens, den ›Engländern‹ (die als Herren in Guyenne und der Gascogne saßen) und den Deutschen verstanden wurde, soweit sie den Süden ihres ausgedehnten Reiches bewohnten (Arelat, Montferrat bis Spoleto). Die restlichen Bewohner der Apennin-Halbinsel, die reichsfreien Handelsstädte und die Seerepubliken, beherrschten diese eigenständige Entwicklung des Lateinischen ohnehin, wie das ›Napoletano‹ oder ›Siciliano‹ auch.

Das Altprovenzalische war also keine Fremdsprache, sondern gemeinsame Kultur des mediterranen Abendlandes. Da gleichzeitig im Einzugsbereich dieses umfassenden Gürtels und an seinen Rändern heftige politische und dynastische Entwicklungen stattfanden, führte dies – auch zur gegenseitigen Abgrenzung oder Dominierung – dazu, Namen gleicher Bedeutung verschieden zu schreiben und zu verwenden. In Landschafts- und Ortsbenennungen ist uns das geläufig.

In dem vorliegenden Roman ergab sich dieses Phänomen – nicht zwingend, aber präferabel – aus der Zuweisung zu bestimmter Herkunft oder Kulturkreisen, aber auch zur Unterscheidung. Bei fast allen hier angesprochenen historischen Eigennamen herrscht in diesem Raum und in dieser Zeit beispielsweise ein fast manischer Hang zur Mehrfachtaufe: Bei Namen wie beispielsweise Ramon / Raymond / Raimund oder Sancho / Sanç / Sanche sowie bei Pierre / Pedro / Peire / Peter, aber auch bei Barbeira / Barbera finden wir alle möglichen Schreibweisen. Bei den Frauen geht es zwar einfallsreicher zu, aber Sanxa / Sança / Sancie oder Alienor / Eleonore(a) oder Beatrix / Beatrice überwiegen deutlich. Noch schwieriger wird es bei Juana / Joan / Jeanne / Johanna oder Jaime / Jacques / Jakob, einfach es ist bei Roger, Bernard, Bertrand, Agnes und Marie. Dafür treten diese dann unabhängig von den herangezogenen Genealogie-Bäumen in auffallender Häufigkeit auf.

Um dieses Gestrüpp von sprachlichen Alternativen zu durchdringen und die Identifizierung von Person und ihrer Herkunft zu erleichtern, vor allem aber um die variantenreichen Klänge der damals herrschenden Sprachvielfalt unseren Ohren bewußt zu machen, habe ich mich nach eingehender Überlegung bewußt auf solche Diversifikationen eingelassen.

DANK FÜR MITARBEIT
UND QUELLEN

Für sein generöses wie gewissenhaftes Lektorat, das den Autor forderte, nicht einengte oder gar resignieren ließ, geht mein Dank an **Roman Hocke**. Ein aufschlußreicher, kreativer Prozeß!

Für das Management des Autors im Dickicht editorialer Entscheidungen – Wirtschaftlichkeit spielt in der Betreuung des Autors eine durchaus stimulierende Rolle – gebührt er **Michael Görden**, meinem umtriebigen Agenten.

Besondere Anerkennung zolle ich meinen engsten Mitarbeitern, die nun schon seit Jahren aufmerksam und unermüdlich meine handgeschriebenen Texte in den Computer eingeben, jeden Roman durch alle seine Versionen begleiten, bis hin zum umfangreichen Beiwerk der Endfassung. Sie sind inzwischen zu wahren Mediävisten gediehen: **Sylvia Schnetzer** (zentrale Erfassung), **Dr. Simone Huber** (für ihre einfühlsamen Recherchen), **Anke Dowideit-Ceccatelli** (generelle Aufarbeitung) sowie **Shirin Fatemi** und **Ines Geweyer**.

Dazu stoßen für lateinische Liturgie **Prof. Dario della Porta**, Universität Aquila; für arabisch-islamische Belange **Daniel Speck**, München; für Genealogie der Präsident des ›Cercle Généalogique de Languedoc‹, **Jean-Pierre Uguen**, Toulouse. Hilfreich waren mir auch die Hinweise zu griechisch-orthodoxen Kirchenfragen von **Jean-François Colosimo**, Paris, und geradezu inspirierend die Anregungen von **Philippe Kreuzer**, Eze s/M, in Sachen kretischer Mythologie.

Meine Danksagung schließt alle Mitarbeiter des Gustav Lübbe Verlages mit ein, die zum Entstehen des vorliegenden Romans beigetragen haben. Ich will hier **Walter Fritzsche** schon deswegen voranstellen, weil er mich – vor nunmehr zehn Jahren – in dieses Haus holte und ich ihn sehr vermisse. Inzwischen – und besonders wieder bei diesem Buch – bin ich vielen zu Dank verpflichtet. Vorzugsweise der Herstellung unter **Arno Häring** für die Gestaltung des Covers durch **Guido Klütsch** und für den Kartographen **Reinhard Borner**. Aber ich will auch jene einbeziehen wissen, deren Arbeit für das Buch jetzt erst beginnt, wie **Barbara Fischer** und ihre freundlichen Damen von der PR.

Immer mehr Neuerscheinungen erleichtern mir meine Arbeit durch zusätzliche oder seltener durch umwerfende Erkenntnisse, erschweren sie mir durch ihre schiere Menge, den unvermeidlichen Vorgang des Siebens. Ich führe deswegen nur diejenigen an, die mir im Zusammenhang mit der Thematik etwas bedeuteten, den Doyen schon traditionsgemäß vorangestellt:

Runciman, S.: *A History of the Crusade*, Cambridge University Press, 1954

Runciman, S.: *The Medieval Manichee*, ebd., 1947

Belperron, P.: *La Croisade contre les Albigeois (1209–1249)*, Librairie Académique Perrin, 1942

Berling, P.: *Franziskus oder das zweite Memorandum*, Goldmann, 1989

Bradbury, J.: *The Medieval Siege*, The Boydell Press, 1992

Brenon, A.: *Le vrai visage du Catharisme*, Ed. Loubatières, 1991

Canonici, L.: (O. F. M.) *Guido II d'Assisi*, Soc. Internaz. di Studi Francescani, 1980

Costa i Roca, J.: *Xacbert de Barbera*, Llibres del Trabucaire, 1989

Demurger, A.: *Vie e mort de l'ordre du Temple*, Ed. du Seuil, 1989

Duby, G.: *27 juillet 1214. Le dimanche de Bouvines*, Gallimard, 1973

Eltz-Hoffmann, L. v.: *Kirchenfrauen im Mittelalter*, Quell, 1993

Eschenbach, W. von (Hofstaetter, W., Hrsg.): *Parzifal*, Reclam, 1956

Garnier, P.: *Montségur – Le trébuchet de Villard de Honnecourt*, Midi-Pyrenées, 1995

Gimpel, J.: *The Medieval Machine*, Victor Gollancz Ltd., 1976

Girard-Augry, P. (Hrsg.): *Aux origines de l'Ordre du Temple*, Ed. Opera, 1995

Godwin, M.: *The Holy Grail*, Labyrinth Publishing, 1994

Goldstream, N.: *Medieval Craftsmen*, British Museum Press, 1991

Hallam, E. M.: *Capetian France 987–1328*, Longman House, 1980

Hutchinson, G.: *Medieval Ships and Shipping*, Leicester University Press, 1994

Kantorowicz, E.: *Kaiser Friedrich II*, Georg Bondi Berlin, 1928

Labande, E. R.: *Quelques traits de caractère du roi Saint-Louis et son temps*, Paris 1876

Lanczkowski, J.: *Lexikon des Mönchstums und der Orden*, VMA, 1997

Lincoln-Baigent-Leigh: *Der Heilige Gral und seine Erben*, Bastei-Lübbe, 1987

Magné, J.-R. – Dizel J.-R.: *Les Comtes de Toulouse et leurs descendants*, Ed. Christian, 1992

Montreuil, G. de: *La Continuation de Perceval*, Jaca Book, 1984

Nelli, R.: *Ecrivains anticonformistes du moyen-âge occitan*, 2 Bd, Phébus, 1977

Niel, F.: *Albigeois et Cathares*, Presses Universitaires de France, 1955

Rahn, O.: *Kreuzzug gegen den Gral*, Urban, 1933

Reznikov, R.: *Cathares et Templiers*, Ed. Loubatières, 1993

Roll, E.: *Die Katharer*, J. Ch. Mellinger, 1979

Roquebert, M. – Soula, C.: *Citadelles du Vertige*, Ed. Privat, 1972

Roquebert, M.: *Le Cathares et le Graal*, Ed. Privat, 1994

Tudèla, G. de: *La Canso*, Ed. Loubatières, 1994

Villehardouin, G. de: *The Conquest of Constantinopel*, The Estate of M. R. B. Shaw, 1963

Vitry, J. de – Miniac, J. (Hrsg.): *Vie de Marie d'Oignies*, Babel, 1997

Weidelener, H.: *Der Mythos von Parsifal und dem Gral*, Augsburg, 1952

Zerner-Cardavoine, M. (Hrsg.): *La Croisade Albigeoise*, Gallimard/Julliard, 1979

Einem Mann verdanke ich mein Interesse für Geschichte, er hat es mir vererbt und all die Jahre über wachgehalten, bis ich mit dem Schreiben von historischen Romanen begann. Er ließ mich den ›Kreuzzug gegen den Gral‹ von Otto Rahn auslesen, den ich nach Kriegsende in seiner Bibliothek aufgestöbert hatte, beantwortete meine ersten neugierigen Fragen. Er hat meine Arbeit stets aufmerksam und kritisch verfolgt und auch dieses Buch noch als Manuskript gelesen. Mein Vater Max Henry Berling starb im Alter von 95 Jahren.

Osnabrück,
den 16. Oktober 1999
Peter Berling

BIOGRAPHISCHE ANGABEN
ZU DEN PERSONEN

(alphabetisch geordnet)

Äbtissin s. Livia
Aimery (Almeric) **de Montréal**, okzit. Adliger, Burgherr der gleichnamigen Stadt, hatte sich Simon de **Montfort** bereits unterworfen, als seine Schwester Guiraude de Laurac, Kastellanin von Lavaur, ihn um Hilfe bei der Verteidigung ihrer Stadt bittet. ›Donna Geralda‹ war Witwe des 1209 bei dem ›Wortbruch von Carcassonne‹ mit dem **Trencavel** umgekommenen Peire-Guillem de Lavaur. Nach der Einnahme der erbittert verteidigten Stadt läßt der Eroberer Aimery erhängen und Geralda steinigen.
Alain du Roucy, * ca. 1186, frz. Ritter, dient als Heerführer unter **Montfort**, erhält nach der Einnahme von **Termes** dieses als Lehen, muß es aber an den Sohn des ehemaligen Stadtherrn, Oliver de Termes, wieder abgeben, als dieser sich mit dem frz. König versöhnt. Simon de Montfort entschädigt Alain anderweitig auf das großzügigste, denn er gilt (mehr als sein Freund **Florent de Ville**) als derjenige, der König **Pedro II d'Aragon** eigenhändig in der Schlacht von Muret (1213) erschlagen hat.
Alazais d'Estrombèze, * ca. 1185, die Jugendliebe des **Chevalier** du Mont-Sion. Obgleich sie von diesem ein Kind erwartete, zwangen ihre Eltern sie, den wesentlich älteren Alphonse de Bourivan zu heiraten. Das Kind, ein Sohn, kam als ›Raoul‹ zur Welt, der spätere ›Crean de Bourivan‹. Vieles weist darauf hin, daß sich die gebürtige Katalanin (mütterlicherseits eine Montcade) unter dem Pseudonym ›Azalais de Porcairagues‹ auch einen Namen als ›Trobairitz‹, als Troubadourin, gemacht hatte. Alazais war ursprünglich von **Esclarmunde de Foix** für ihre Nachfolge als ›Gralshüterin‹ vorgesehen. Doch zog die Katharin in der Bedrängnis der Ketzerverfolgung den Flammentod vor (3.5.1211).
Alix s. Montfort
Aragon s. Pedro (Peter)
Arnaud de l'Amaury s. Montfort
Azevedo de s. Diego
Barbeira s. Xacbert
Belgrave s. Lionel
Bernhard von Clairvaux, * 1091, aus dem burgundischen Adelsgeschlecht **Chatillon** (seine Mutter war eine **Montbard**), trat 1112 in den Zisterzienserorden ein (1098 von Robert de Molesme gegründet), den er 1115 durch den Auszug aus Cîteaux in das neu errichtete Kloster ›Clara Vallis‹ reformiert. Bernhard wird der erste Abt von Clairvaux. Die Gründung von gleichberechtigten Tochterklöstern wurde 1119 in der ›Charta Caritatis‹ festgeschrieben. Das Kapitel aller Äbte wird die höchste Ordensinstanz. 1130 entscheidet er die Papstwahl (Innozenz II), 1140 verurteilt er den berühmten Scholastiker Abèlard, 1145 begleitet er den päpstlichen Legaten Alberic auf einer der ersten Missionen gegen die albigensischen Ketzer (›Katharer‹). Durch die Überzeugungskunst seiner Predigten (›Doctor Honigsüß‹) veranlaßt er den II. Kreuzzug (1147–1149), den sog. ›Kreuzzug der Könige‹. Nach seinem Tode (20.08.1153) wurde

er als ›heiliger Bernhard‹ (Sanctus Bernardus) kanonisiert.

Bischof von Tull (Toul) s. Reinhald

Blanche (Blanca) von Kastilien, * 1188, Enkelin der berühmten Eleonore von Aquitanien, heiratete den frz. Thronfolger **Louis VIII** Capet und gebar ihm vier bemerkenswerte Söhne: Louis IX (Saint Louis), den zukünftigen König; Robert d'Artois (der auf dessen mißglücktem Kreuzzug in Ägypten umkommt); Alphonse de Poitiers (dem es zufällt, Johanna, die letzte Erbin von **Toulouse**, zu ehelichen) und Charles d'Anjou (er wird der Herrschaft der Staufer in Süditalien mit der Enthauptung des jungen ›Konradin‹ ein bitteres Ende bereiten). Blanche (zeitweilige Regentin 1226–1234 und dann noch mal ab 1249 während des Kreuzzuges ihres Sohnes) stirbt hochbetagt im November 1252.

Cab d'Aret (Cabaret) s. Peire-Roger, s. Loba

Capet s. Louis VIII

Capoccio, di s. Rainer

Castelnau s. Peter

Castres s. Guilhabert

Chevalier du Mont-Sion (alias Jean du Chesne, John Turnbull, Stephan of Turnham, Graf Waldemar von Limburg, Valdemarius, Prior von Saint-Felix). Bei diesem Abenteurer handelt es sich wahrscheinlich um einen natürlichen Sohn des Roderich von Mont, Onkel des Bischofs Landrich von Sitten (Sion). Dieser Roderich, zeitweilig auch ›praeceptus et comes Vallesiae‹, ging 1169 eine morganatische Ehe mit Heloïse de Gisors (* 1141) ein, der Halbschwester des Jean de Gisors. Der dieser Liaison 1170 entsprungene Jean-Odo du Mont-Sion ist also schon durch Geburt dem Geheimorden der ›Prieuré de Sion‹ eng verbunden. In die Dienste des **Guido II** della Porta, Bischof von Assisi, trat der Verfasser des ›Großen Plans‹ 1207 als dessen erster Secretarius. Bereits 1209 taucht er in den Albigenserkriegen auf, und zwar auf beiden Seiten, einmal als Graf Waldemar von (der) Limburg, dann wieder als Valdemarius, Prior von ›Saint-Nom-Nois-Felix‹ (ein Name, der einen unübersehbaren Hinweis auf die ›Prieuré‹ in sich birgt). Nachdem er schon während des Kreuzzuges des Richard Löwenherz als ›Stephan of Turnham‹ mit Saladin verhandelt hatte, tritt er später in die Dienste des Kaisers **Friedrich II**, für den er als offizieller Botschafter die Interessen des Reiches am Hof des Sultans El-Kamil von Kairo wahrnimmt. Er soll im hohen Alter auf der syrischen Assassinen-Festung Masyaf verstorben sein.

Claire de Saint-Clair alias Marie de Saint-Clair, * ca. 1192, stammt aus jenem schottischen Adel, der dem Templerorden schon zu Gründungszeiten sehr nahestand. Ihr Vater Robert of Saint-Clair, Baron of Rosslyn (1160–1232), war mit Isabel **de Levis** verheiratet. Die junge Marie ehelichte den wesentlich älteren (* 1133) Jean de Gisors (der im geheimen Register der ›Prieuré de Sion‹ ab 1188 als Großmeister geführt wird) als zweite Ehefrau. Bei seinem Tode 1220 wird die kinderlose Marie selbst Großmeisterin und hält dieses Amt bis zu ihrem Tode 1266, wo es auf Guillem de Gisors, den Enkel von Jean, übergeht.

Clairvaux s. Bernhard

Crean s. Raoul

Despotikos s. Michael

Diego de Azevedo, Didacus de Acebes, am 11.12.1201 von **Innozenz III** zum Bischof ›ad instar‹ von Osma (Auxuma, ein von den Mauren besetztes spanisches Bistum) ernannt. 1205/06 begab er sich mit seinem Subprior **Dominikus** auf eine Reise nach Rom, den Papst um eine neue Aufgabe nachzusuchen. Auf dem Rückweg ließ sich der Bischof von seinem Weggefährten überreden, dem päpstlichen Gebot zum Trotz nicht nach Spanien zurückzukehren. Sie schlossen sich beide dem päpstlichen Legaten **Peter von Castelnau** an, um im Languedoc gemeinsam ›wider die Ketzerei‹ zu missionieren. Der tatendurstige Dominikus schlug vor, es den ›perfecti‹ der Katharer gleichzutun und arm und bescheiden, statt mit Troß und Protz wie die sonstigen Kurienvertreter aufzutreten. Diego de Azevedo nahm an der Konferenz von Pamiers teil und starb noch im gleichen Jahr am 30.12.1207 bei seiner Rückkehr nach Osma.

Doctor Honigsüß (›mellifluus‹) s. Bernhard

Dominikus, * 1170 als Domingo Guzman de Calaruega (seine Mutter war die spanische Gräfin Juana de Aza). Dominikus hatte bereits in jungen Jahren die Priesterlaufbahn eingeschlagen und war Subprior von Osma (das alte Bistum ›Auxuma‹, das inzwischen die Mauren erobert hatten). Da er somit sein Amt nur auf dem Papier ausüben konnte, begleitete er seinen Vorgesetzten, den Bischof **Diego de Azevedo**, ins benachbarte **Languedoc**, um dort gegen die sich ausbreitende Häresie der **Katharer** ins Feld zu ziehen. 1207 richtet er dort das Frauenkloster ›Notre-Dame-de-Prouille‹ ein, denn er hatte erkannt, daß der Katharismus vor allem von den Frauen **Okzitaniens** getragen wurde. 1216 besucht Dominikus seinen ›Kollegen‹ **Franziskus** in Assisi, es entsteht keine Freundschaft zwischen den beiden so verschiedenen Männern. Doch im gleichen Jahr noch gründet Dominikus den Kleriker-Orden ›Ordo Fratrum Praedicatorum‹ (O.P.) für Wanderprediger mit der Aufgabe, die Häresie zu bekämpfen. Die Methoden der **Dominikaner** sind von der Art, daß sie bald ›Canes Domini‹ (Hunde des Herrn) gerufen werden. 1220 als Bettelmönche päpstlich anerkannt, wird den eifrigen Ordensbrüdern 1230/32 die Inquisition offiziell übertragen. Diese Freude konnte Dominikus nicht mehr erleben, er starb 1221 und wurde 1234 als ›heiliger Dominik‹ kanonisiert.

Durand de Huesca, Waldenserführer, nimmt 1207 an der Konferenz zu Pamiers auf der Seite der ›Ketzer‹ teil, spaltet sich danach reumütig von den ›Armen von Lyon‹ ab (ins Leben gerufen vom Kaufmann Petrus Waldus ca. 1157 durch eine eigenmächtige Übersetzung der Bibel ins Provenzalische) und gründet eine eigene Reformbewegung, ›Pauperes Spiritu Catholici‹. Die Kirche der Waldenser hat sich bis heute gehalten.

Erzabt s. Montfort

Esclarmunde, Gräfin von Foix (N'Esclarmunda), berühmte ›Esclarmunde‹ des Parsifal-Epos. Genealogisch gesehen war sie nicht die Schwester, sondern eine Tante des Ramon-Roger II von Carcassonne, dem ›Trencavel‹, aus dessen Geschlechtsnamen sich ›Perceval = Parsifal‹ ableitete. 1204 nahm sie ihren Witwensitz zu Pamiers und ließ den Grundstein für den Bau der Gralsburg Montségur (der **Munsalvaetsch** des Parsifal-Epos) legen. Ihr Sohn Bernard-Jourdain heiratete India von **Toulouse**-Lautrec, die Schwester Adelaïdes (im Epos **Herzeloïde**, die Mutter des **Parsifal**), was zu einiger Verwirrung in der Generationenfolge führte. Esclarmunde übernahm die Patenschaft von **Gavin** Montbard de Béthune und auf Wunsch ihrer Freundin **Livia**, Lady d'Abreyville, auch die von **Laurence** de Belgrave. 1207, nach der Konferenz von Pamiers, gab Esclarmunde den Auftrag, den Pog des Montségur zur Befestigung auszubauen. Kurz darauf muß sie gestorben sein. Die Legende läßt sie als die ›Große Hüterin‹ des Gral weiterleben,

weit über den Fall des Montségur
(1244) hinaus.

Federico s. Friedrich II

Florent de Ville, * 1188, frz. Ritter, dient zusammen mit seinem Freund **Alain du Roucy** während des Kreuzzuges unter Simon de **Montfort**. Zusammen mit Roucy erschlägt er in der Schlacht von Muret den König **Pedro II von Aragon**. Doch steht er ständig im Schatten seines Freundes. Während Alain du Roucy reich belohnt wird, geht Florent de Ville leer aus. Als dann auch noch der **Maître Thédise** (inzwischen Bischof von Agde) ihm in einem Rechtsstreit sein ihm dort zugewiesenes kleines Lehen wieder abspricht, sinnt er darauf, sich in den Osten abzusetzen, um dort ein Erbe anzutreten.

Foix, Grafschaft, Stadt und Burg gleichen Namens. Ihre Grafen (gotischer Herkunft) waren seit jeher den Okzitaniern von **Toulouse** und den **Trencavel** von Carcassonne gleichgestellt. Sie hatten sich wohlweislich früh unter die Oberlehnsherrschaft von **Aragon** begeben, denn die Katalanen jenseits der Pyrenäen gewährten ihren Vasallen weitgehend Freiheiten, während sie mit ihren okzitanischen Vettern, besonders mit den **Trencavel**, ständig Schwierigkeiten hatten. Strittig war zwischen beiden Häusern vor allem der Besitz der Vizegrafschaften von Razès und Fenouillèdes. Mit ihren Nachbarn im Westen, den Grafen von Comminges, standen sie hingegen in bestem Einvernehmen. Zu Beginn des 13. Jahrhunderts herrschen **Roger-Ramon II** und sein Sohn **Roger-Bernard II** als Grafen von Foix. Die Schwester des Vaters war die berühmte **Esclarmunde** von Foix. Ein Bastardsohn des alten Grafen, der aber von der Familie geschnitten wurde, war **Ramon-Drut** (* 1189), verspottet ob seiner Ambition als der ›Infant von Foix‹. Beide Grafen nahmen zusammen auf der Seite von Okzitanien an den Albigenserkriegen (1209–1213) teil, einschließlich der Schlacht von Muret. Obgleich von Simon de **Montfort** besiegt, gelang es Vater und Sohn dennoch, ihre Grafschaft nahezu unbeschadet von den territorialen Ansprüchen, die Frankreich stellte, frei zu halten und sich ihren Besitz auf dem IV. Laterankonzil durch Papst **Innozenz III** bestätigen zu lassen. Die Grafen von Foix mußten allerdings nunmehr den König von Frankreich – an Stelle des Königs von **Aragon** – als Oberlehnsherrn anerkennen.

Fontenay de s. Olivier

Franziskus, Franz von Assisi, * ca. 1181/82 als Giovanni Bernadone zu Assisi. Eltern: Tuchhändler. Nach Kriegsteilnahme gegen Perugia und einjähriger Kerkerhaft (1202–1203) findet Francesco nicht mehr in das bürgerliche Leben zurück. Er verschenkt Geld an die Armen, wird 1207 enterbt bzw. sagt sich – mit Unterstützung des neuen Bischofs von Assisi **Guido II** – in dem legendären Prozeß von seiner Familie los. Francesco widmet sich den Leprakranken, zieht nach San Damiano und sammelt die ersten Gefährten um sich. 1209 in Rom Audienz bei Papst **Innozenz III**, der ihm nur eine provisorische Anerkennung zuteil werden läßt, da Francesco sich weigert, eine Ordensregel anzunehmen. 1211 Umzug der ständig anwachsenden Bruderschaft nach Portiuncula. Im Jahr des Kinderkreuzzuges 1212 entflieht die adelige, 17-jährige Clara d'Offreduccio dem väterlichen Palazzo zu Assisi, um ebenfalls ein ›Leben wie Francesco‹ zu führen. Er überläßt den Klarissen das Kloster San Damiano. 1214 tritt Francesco eine Pilgerfahrt an – quer durch das vom ›Kreuzzug gegen die Ketzer‹ verwüstete **Okzitanien** – nach Santiago de Compostela. Doch bereits in Jaca, der alten Hauptstadt von **Aragon**, erkrankt er so schwer, daß die Pilgerschar umkehren muß. 1215, auf dem IV. Laterankonzil, wird ihm vorgeschlagen, seine – immer noch – ›unordentliche‹ Bruderschaft mit den **Dominikanern** zu verschmelzen. Das sind zwar ebenfalls Bettelmönche, doch damit hören die Gemeinsamkeiten schon auf. Francesco lehnt ab. Den ›Minderen Brüdern‹ (Minoriten), wie sie sich selbst gern nennen, wird die regelmäßige Abhaltung von Kapiteln zur Auflage gemacht. Von einer strapaziösen Missionsreise ins Nildelta (Kreuzzug des Kardinals Pelagius 1219/20), wo er den Sultan El-Kamil bekehren wollte, kehrt Franz von Assisi todkrank zurück und stirbt nach langem, schwerem Leiden 1226. Er hinterläßt als Testament seinem Orden die ›regula sine glossa‹, die von der Kurie nicht akzeptiert wird. Sein Nachfolger, ein eingesetzter ›General-Minister‹ (Elia von Cortona), gibt dem Verlangen der Kirche sofort nach. Die **Franziskaner** heißen von da an ›Ordo Fratrum Minorum‹ (O.F.M.).

Friedrich II, König von Sizilien, * 1194 zu Jesi in den Marken und dort von seinen Eltern in der Obhut der Herzöge von Spoleto zurückgelassen. Er war Sohn des deutschen Kaisers Heinrich VI und der Normannenprinzessin und Erbin des Throns von Sizilien, Constance de Hauteville. Als sein Vater bereits 1197 überraschend (zu Messina, mitten in der Vorbereitung eines Kreuzzuges) starb, läßt die Mutter Friedrich im Handstreich nach Palermo entführen (ihn somit dem Zugriff des Deutschen Reiches entziehend), krönt den Vierjährigen Pfingsten 1198 zum König von Sizilien und stirbt im August des gleichen Jahres. ›Federico‹, Vollwaise, wird so in früher Jugend zum Spielball der Machtinteressen der deutschen Vikare des Römischen Imperiums, des normannischen Hochadels von Sizilien und des sich als weltliche Macht begreifenden Papsttums. 1209 heiratet er die zehn Jahre ältere Constanza d'**Aragon**, die ihm bereits 1211 seinen Sohn Heinrich VII schenkt. Papst Honorius III war Friedrichs Pate, **Innozenz III** sein Vormund. 1212 reitet er auf dem sog. ›Königsritt‹ mit nur wenigen Getreuen quer durch ganz Italien und entreißt seinem Gegenspieler Kaiser Otto IV erst zu Konstanz die deutsche Königskrone und zwingt ihn in der Folge auch zur Abdankung als Kaiser.

Gavin Montbard de Béthune, * 1191, aus altem burgund. Grafengeschlecht, das bereits zu Beginn der Kreuzzüge mit André de Montbard den vierten Großmeister des Templerordens stellte, weswegen es für Gavin keinen Zweifel gab, den Templern beizutreten. Ein anderer berühmter Vorfahre war **Bernhard von Clairvaux**, der wahrscheinlich die Gründung dieses Ordens veranlaßte und ihm seine erste Regel gab. Als Vater von Gavin gilt Regis de Montbard. Seine Mutter war jedenfalls Contade de Béthune aus normannischem Adelsgeschlecht, das mit Conon einen bekannten Troubadour († 1219) hervorbrachte und mit Cuno 1216–1221 den Regenten des ›Lateinischen Kaiserreiches von Konstantinopel‹ stellte. Die Umstände von Gavins Geburt wurden stets im dunklen gehalten, so daß zu Spekulationen reichlich Raum blieb. Immerhin übernahm die berühmte **Esclarmunde** von Foix die Patenschaft, und schon 1212 wurde Gavin von **Innozenz III** persönlich (wg. eines verhinderten Attentats auf den Papst) zum Ehrenkomtur im Templerorden ernannt.

Generaldiakon s. Rainer
Gentile di Manupello, Kastellan von Castellammare (Sizilien)
Graf s. Toulouse
Graf von Leicester s. Montfort

Gräfin von Foix s. Esclarmunde

Graue Kardinal, der s. Rainer

Guido II della Porta, * 1176 als ›natürlicher‹ Sohn des Wilhelm Markgraf von **Montferrat** und der **Livia** di Septimsoliis-Frangipane (römisches Patriziergeschlecht). Die eheliche Verbindung der Eltern kam nicht zustande, weil der Markgraf in Jerusalem als Prinzgemahl benötigt wurde. Die Mutter wurde von Papst Hadrian V ›exempt‹ mit einem Kloster entschädigt, sie nahm den Titel einer **Äbtissin** an, während Guido – auch ›Il Romano‹ genannt – eine Karriere in der Kurie geebnet wurde. Nach seiner Bewährung im IV Kreuzzug als Vertreter der ›Geheimen Dienste‹ Roms in Konstantinopel (1203/04) ließ **Innozenz III** den jungen Prälaten unmittelbar danach den Bischofsstuhl von Assisi besteigen. Guido wurde in der Folge der Beschützer und die wichtigste Bezugsperson des jungen Giovanni Bernadone, der als der ›heilige Franz von Assisi‹ in die Geschichte eingehen sollte. Guido ist also über die gemeinsame Mutter Livia der 14 Jahre ältere Halbbruder von **Laurence de Belgrave**. Zwei Jahre nach dem Tod von **Franziskus** (1226) wird Guido 1228 zu Assisi ermordet.

Guilhabert von Castres war lange Zeit der sog. ›Katharer-Bischof‹ Okzitaniens, wurde jedoch nie gefangen. Er muß vor dem Fall des Montségur (1244) gestorben sein, denn dort amtierte bereits sein Nachfolger, der ›perfectus‹ Bertram En-Marti.

Guy s. Montfort

Guy de Levis, Nachbar des Simon de **Montfort** im Yvelines. Simon diente dem Grafen als Marschall, sie waren befreundet, so daß Guy de Levis ihn auf seinem ›Kreuzzug gegen den Gral‹ (1209–1213) begleitete. Nach dessen erfolgreichem Abschluß erhielt er die Vizegrafschaft von Mirepoix (Vescomtat de Miralpeix). Teile der Familie de Levis' waren bereits vorher in Okzitanien ansässig (s. die starke jüdische Diaspora in dieser Gegend und die Legende von der Ankunft des ›sang réal‹, des königlichen Blutes, in Okzitanien). Obwohl mit den Grafen von **Foix** verwandt, blieben die de Levis auch nach der Entmachtung der Montforts (und Übernahme durch Frankreich) im Besitz von Mirepoix. Als 1244 in ihrem Herrschaftsbereich der Montségur kapitulierte, legte der damalige Festungskommandant Peire-Roger de Mirepoix größten Wert darauf, die Burg niemand anderem als Guy de Levis zu übergeben. Eine Isabel de Levis ist die Mutter von **Claire de Saint-Clair**, der legendären Großmeisterin der ›Prieuré de Sion‹.

Huesca s. Durant

Infant s. Foix

Innozenz III s. Papst

Jacques de Vitry (1170–1240). Bereits mit jungen Jahren beliebter Prediger in Paris, wird als Kreuzzugsprediger gegen die Katharer ins **Languedoc** entsandt, kehrt 1210 zurück und begibt sich, inzwischen Curé, ins Einsiedlerkloster von Oignies (bei Namur), das von der berühmten Begine **Marie d'Oignies** geleitet wird. Er bleibt dort als Beichtvater bis zu ihrem Tod 1213 und verewigt sie in seinem berühmten Buch ›Vie de Marie d'Oignies‹. 1216 wird er zum Bischof von Akkon ernannt, kann das Amt aber nicht sofort antreten wegen der noch ausstehenden Bischofsweihe durch den Papst. Jacques de Vitry wartet noch in Assisi bei Bischof **Guido II** und **Franziskus**, als am 16.7.1216 im nahen Perugia **Innozenz III** von einem Iktus gefällt wird. 1229 wird Jaques de Vitry die Würde eines Kardinalbischofs von Tusculum verliehen. 1239 wird er zum Patriarchen von Jerusalem bestellt, stirbt aber vor Antritt des neuen Amtes in Rom. Seine ›Gesta Dei per Francos‹

und ›Historia orientalis seu Hiersolymitana‹ sind heute wichtiges Bezugsmaterial für Historiker.
Jean du Chesne / John Turnbull s. Chevalier
Katharer s. Guilhabert
Königin s. Blanche
Kronprinz s. Louis VIII
Lady d'Abreyville s. Livia
L'Amaury, de s. Montfort
Las Tours s. Peire-Roger
Laure-Rouge s. Laurence
Legat s. Arnaud / s. Roald / s. Maître Thédise
Levis de s. Guy
Lion de Combat s. Xacbert
Lionel de Belgrave, aus altem Normannengeschlecht, wurde aus England zusammen mit seinem Lehnsherrn Simon de **Montfort**, Graf von Leicester, von den Plantagenets ins Exil nach Frankreich vertrieben. Er erhält dort die Burg Ferouche im Yvelines als Lehen. Erste Frau unbekannt, lebt danach in morganatischer Ehe mit **Livia** de Septimsoliis-Frangipane (alias **Lady d'Abreyville**). Aus dieser Verbindung entsprießt ca. 1190 die Tochter **Laurence**. Er fällt bei Verteidigung seiner Burg L'Hersmort zusammen mit seinem Freund, dem Vorbesitzer **Sicard** de Payra, nachdem er sich mit Simon de Montfort entzweit hatte.
Livia di Septimsoliis-Frangipane (1147–1215), aus altem römischem Patriziergeschlecht, war verlobt mit Wilhelm Marquis de **Montferrat** und bereits von ihm schwanger, als dieser vom Papst ausersehen wurde, die junge Erbin des Königreiches von Jerusalem zu heiraten, um dort als Herrscher zu fungieren. Livia wurde mit einem Kloster ohne alle Auflagen entschädigt (›L'Immacolata del Bosco‹ auf dem Monte Sacro zu Rom) und brachte 1176 ihren Sohn Guido zur Welt, der in der Folge als **Guido II** (›Il Romano‹) Bischof von Assisi und Protektor des jungen **Franziskus** wird. Die **Äbtissin** nimmt sich die Freiheit, unter dem Pseudonym **Lady d'Abreyville** häufig weite Reisen zu unternehmen. In Frankreich geht sie mit dem normannischen Baron **Lionel de Belgrave** eine morganatische Ehe ein, aus der ca. 1190 die Tochter **Laurence** hervorgeht.
Loba die Wölfin alias Roxalba de Cab'Aret (Cabaret), * 1193, Schwester des **Peire-Roger** de Cab d'Aret (Cabaret) * 1187, des Herrn von Las Tours. Loba besaß die Burg Roquefixade. Während der Konferenz zu Pamiers (1207) ließ sie sich mit dem Generaldiakon **Rainer di Capoccio** ein und brachte in der Folge einen Sohn namens **Titus** zur Welt (der spätere ›Vitus von Viterbo‹). Bei Ausbruch der Albigenserkriege schlägt sie sich mutig und mit Leidenschaft auf die Seite der verfolgten Katharer. Als Angehörige des verfemten okzitanischen Landadels wird sie schnell zur berüchtigten ›faidite‹ und kämpft im Untergrund für ihr Land, bis nichts mehr zu retten ist.
Louis VIII Capet, Kronprinz von Frankreich, * 1187. Auf Grund der ungewöhnlich langen Regierungszeit seines Vaters kam er erst 1223 an die Macht, die auch nur von kurzer Dauer war. Louis VIII war verheiratet mit **Blanche** (Blanca) von Kastilien. Unter seinen Söhnen gewinnt das Königreich ›Frankreich‹ seine größte Ausdehnung im Mittelalter. Während **Louis IX**, ›Saint-Louis‹, der ihm auf dem Thron folgt, den Engländern die meisten Festlandsbesitzungen wieder abnahm (die Eleonore von Aquitanien der englischen Krone der Plantagenet zugeführt hatte), sorgten seine Brüder für weiteren Territorialgewinn im Süden. **Alphonse de Poitiers** (durch Heirat mit Johanna, der letzten Erbin) überführte die ehemals freie Grafschaft **Toulouse** in den Besitz

der frz. Krone, und **Charles d'Anjou** entzog die Provence (durch seine Ehe mit Beatrice, der Erbin) der bis dahin deutschen Oberhoheit. Louis VIII, ›der ewige Kronprinz‹, hatte kaum Gelegenheit, sich als großer Herrscher zu beweisen, aber er legte den Grundstein zu Frankreichs Umfang, der sich nahezu unverändert bis heute erhalten hat. Die Annexion der **Montfort**schen Eroberungen in Okzitanien und dem Languedoc waren in der Anlage sein Werk, auch wenn die Albingenserkriege erst 1229 mit dem Vertrag von Paris offiziell beendet wurden. Unter Louis VIII wird Frankreich Erbland der Capets. Er starb während einer seiner zahlreichen Kriegszüge am 8.11.1226 in dem immer noch heiß umkämpften Süden.

Maître Thédise, päpstlicher Advokat. Nach der Schlacht von Muret wurde der Erzabt **Arnaud de l'Amaury** als päpstlicher Legat durch ihn abgelöst. Der Maître arrangiert die allmähliche Übernahme der eroberten Gebiete in die Hände der frz. Könige, begleitet den Kronprinzen **Louis VIII** bei seiner symbolischen Inbesitznahme von **Toulouse**. Ihn, inzwischen Bischof von Agde, wählt auch Papst **Innozenz III** zum Eröffnungsredner des Laterankonzils 1215, auf dem die endgültige Besitzverteilung in Okzitanien und im Languedoc beraten und entschieden wird.

Marie d'Oignies, * 1177 in Brabant; aus großbürgerlicher Familie (im Stoffhandel reich geworden). Marie fühlt sich früh berufen – wohl auch beeinflußt durch das Wirken des **Franziskus** zu Assisi –, ihr Leben den Armen und Siechen zu widmen, besonders den Leprakranken. Unterstützt von ihrem einsichtigen Ehemann, gründet sie mit mehreren gleichgesinnten Frauen ein Hospital in Nivelles, von wo aus sie dann in den Wald von Oignies umzieht und ihr Leprösenheim errichtet. Marie d'Oignies gilt nicht nur als eine der ersten ›Beginen‹ (Laienschwestern, die nach strikten Nonnenregeln lebten, ohne Mitglieder eines Ordens zu sein), sondern auch als eine der großen Mystikerinnen. Nach anfänglichem Mißtrauen pilgern selbst berühmte Kirchenfürsten zu ihr in die Einöde, um sich von ihr in Glaubensfragen beraten und stärken zu lassen. So nicht nur der spätere Bischof von Akkon, **Jaques de Vitry**, der ebenfalls ihre Biographie ›Vie de Marie d'Oignies‹ verfaßte, sondern auch der berüchtigte Ketzerverfolger Foulques, Bischof von Toulouse. Er feierte mit ihr die letzte Messe, bevor ihr schleichendes Leiden sie am 23. Juni 1213 hinwegraffte.

Mater Superior s. Livia

Mauvoisin s. Robert

Michael Marquis de Montferrat, Despotikos von Kreta, * ca. 1182. Er war, wenn auch Bastard, ein Neffe der berühmten Brüder von Montferrat: **Wilhelm IV de Montferrat** ›Spadalunga‹, den die Kurie mit der Königin Sybille von Jerusalem vermählte, kommt für die Vaterschaft nicht in Frage. Sehr wohl aber die anderen: **Bonifaz I de Montferrat** (1192–1207), einer der Anführer des IV. Kreuzzuges, der 1204 die Kaiserwitwe von Byzanz heiratete und es zum König von Thessalonien brachte; **Konrad de Montferrat** (1183–1192, ermordet zu Tyros), der in erster Ehe mit Theodora von Byzanz und in zweiter Ehe mit Isabella von Jerusalem verheiratet war, und schließlich **Reimar de Montferrat** (bereits 1179–1182 Titularkönig von Thessaloniki und Michaels Vorgänger als Despotikos von Kreta), als dessen letzte Frau die Kaiser-Schwester Maria von Byzanz angegeben wird. Wenigstens zwei der drei Genannten sind als Vater des Bastards bzw. deren Frauen als Anstifter des ›petit malheur‹ in Betracht zu ziehen. Sein Nachfolger als

Despotikos von Kreta wurde der Venezianer Jago Falieri, der ›Graf von Knossos‹.

Minotauros s. Michael

Montbard s. Gavin

Montferrat s. Michael

Montfort, Graf Simon de Montfort (1150–1218), aus altem Normannengeschlecht, das mit ›Wilhelm dem Eroberer‹ (1066 Hastings) England erobert hatte, davon Titel und Besitz als ›Grafen von Leicester‹ erhielt. Simon hatte sich zur Teilnahme am IV. Kreuzzug (1203/4) verpflichtet. Als er jedoch erkannte, daß dieser von Venedig statt gegen Ägypten gegen das christliche Konstantinopel umgeleitet wurde, kehrte er ihm den Rücken. Diese noble Geste hinderte Simon nicht, fünf Jahre später die Führung des ›Kreuzzuges gegen den Gral‹ zu übernehmen, der, in der Geschichtsschreibung als ›Albigenserkriege‹ verharmlost, ganz Südwestfrankreich verwüstet, die okzitanische Kultur nachhaltig zerstört und Tausenden von katharischen Christen auf grausamste Weise das Leben kostet. Nachdem er sich bereits in Besitz und Titel des Vizegrafen **Trencavel** von Carcassonne gesetzt hat (1209 ließ er **Parsifal** ermorden), greift er in der Folge nach dem Besitz der Grafen von **Toulouse**, der unabhängigen und reichsten Herrschaft Okzitaniens. Es gelingt ihm auch, die vereinigten Heere von **Toulouse**, **Foix** und dem zu ihrer Hilfe herbeigeeilten König von **Aragon** in der Schlacht von Muret (1213) zu schlagen. Doch bringt ihm dieser Sieg nicht etwa den Gewinn von Toulouse ein, sondern das Erwachen der Pariser Begehrlichkeit. Simon war verheiratet mit **Alix de Montmorency** aus burgund. Hochadel. Ihr ältester Sohn, **Amaury VI de Montfort**, wird später Konnetabel von Frankreich. Simon wurde seines okzitanischen Besitzes nicht froh: 1218 tötete ihn ein Katapultgeschoß beim Versuch, die immer wieder aufrührerische Stadt Toulouse einzunehmen, während Alix die Zitadelle erfolgreich verteidigte. Simons Onkel war der Erzabt der Zisterzienser von Frontfroide, **Arnaud de l'Amaury** (Arnold von Cîteaux), päpstlicher Legat des Kreuzzuges (1209–1213), später Erzbischof, dann ›Herzog‹ von Narbonne. In seiner Rivalität zu seinem Neffen ging er so weit, Simon zu exkommunizieren, woraufhin dieser dafür sorgte, daß erst mit dem **Maître Thédise**, dann mit Pierre de Benevent neue Legaten für Okzitanien ernannt wurden. **Guy de Montfort** kämpfte an der Seite seines Bruders Simon. Ihm fiel die Aufgabe zu, 1215 den frz. Kronprinzen **Louis VIII** bei einem offiziellen Besuch der Stadt Toulouse zu begleiten, die vorher weder er noch sein Bruder Simon je hatten betreten dürfen. Als zunehmend klar wird, daß die frz. Krone die Früchte der Anstrengungen der Montfort ernten würde, zieht sich die Familie aus Südfrankreich wieder zurück. Die Montfort widmen sich danach der Wiedererlangung ihrer alten Rechte in England, wo die normannischen Barone unter ihrer Führung den englischen König zur Gewährung der ›Magna Charta Libertatum‹ (15.06.1215) zwingen. Ein anderer Zweig der Familie übernimmt die Verteidigung von Tyros, der – außer Akkon – letzten Kreuzfahrerstadt im Heiligen Land.

Montmorency, de s. Montfort

Montréal s. Aimery

Mutter s. Livia

N'Eslarmunda s. Esclarmunde

Oignies s. Marie

Oliver III de Termes, * 1198. Sein Vater Ramon III war ein streitlustiger Herr, der die Unabhängigkeit von Burg und Stadt sowohl gegen die Grafen von **Toulouse** als auch gegen den König von

Aragon stets erfolgreich verteidigt hat. Er leistete Simon de **Montfort** monatelang derart erbitterten Widerstand und hielt den Kreuzzug durch immer neue Verhandlungen hin, daß Simon ihn nach der Einnahme im November 1210 in Carcassonne einkerkern ließ, wo er im gleichen Turm wie der **Trencavel** nach einem Jahr elendiglich verstarb. Termes wurde **Alain du Roucy** als Lehen übergeben. **Oliver III**, Neffe der Katharin Rixovenda de Minerve und des Ketzerbischofs Benoît von Razès (Rhedae), unterstützte den letzten Trencavel bei dessen Versuch, Carcassonne wiederzugewinnen (1241). Als dieses Unternehmen fehlschlug, versöhnte er sich mit Frankreich und erhielt in der Folge Termes für sich und seine Familie zurück. Der Preis, den er zahlte, war ›der Verrat von Quéribus‹ (1255). Damit geriet er in erbitterte Gegnerschaft zu **Xacbert de Barbeira**, der bis dahin den Franzosen weiterhin entschlossen Widerstand geleistet hatte.

Olivier de Fontenay, Sohn des Burgherrn von Fontenay, frz. Adelsgeschlecht mit Stammsitz in der Ile de France, diente von 1206 bis 1210 dem Grafen von Tripoli in Syrien und erkrankte während einer längeren Gefangenschaft in den Gefängnissen von Armenien an der Lepra. Nach seiner Befreiung begab er sich nach Akkon, trat dort dem ›Ritterorden vom heiligen Lazarus‹ bei, in dessen Reihen vorwiegend Lepröse kämpften. Als sich sein Zustand verschlimmerte, schickten ihn seine Ordensoberen auf einem Schiff des Grafen von Flandern zurück ins Abendland; Olivier erreichte Fontenay nicht mehr, sondern starb 1213 in dem Lepra-Hospital von Oignies.

Papst Innozenz III, Lotharius Conti, Graf von Segni, * 1160 zu Anagni, studierte in Paris Theologie und in Bologna kanonisches Recht (›doctor utriusque‹) und galt bald als der größte Jurist seiner Zeit. Mit 25 Jahren war er bereits Domherr von San Pietro in Rom. Sein Onkel mütterlicherseits, Papst Clemens III, ernennt ihn zum Kardinal. Als der Orsini-Papst Coelestin III am 8.1.1198 stirbt, wird noch am gleichen Tag Lotharius Conti zum Papst gewählt; er nimmt den Namen ›Innozenz‹ an. Zum Hauptanliegen seiner Regierungszeit machte er die Anerkennung des Papsttums als vorherrschende weltliche Macht und deren Erweiterung, in der die Figur des Pontifex maximus zu davor und danach nicht mehr erreichter Größe aufstieg. Innozenz war bereits seit 1197 Vormund des Kindes **Friedrich II**, das er zunehmend protegierte, in der Hoffnung, daß der junge Staufer die von seinem Vater (Kaiser Heinrich VI) begonnene ›unio regni ad imperium‹ (die Vereinigung des Königreiches Sizilien mit dem Deutschen Reich) rückgängig machen würde. 1209 arrangierte er bereits die Ehe seines Mündels mit Constanza von **Aragon**, 1212 setzte er dessen Wahl zum deutschen König durch. Dennoch sollte Friedrich eine der großen Enttäuschungen seines Lebens werden. Das andere große Problem, das sich in seiner Regierungszeit stellte, war die Ausbreitung der katharischen Irrlehre in Südfrankreich, deren Metastasen bereits bis in die Lombardei reichten. Er ernannte in der Folge mehrere Legaten, die in Okzitanien missionieren sollten, duldete sogar den Ungehorsam eines **Dominikus**, der sich (anstatt in sein Bistum nach Spanien zurückzukehren) der konsequenten Bekämpfung der Ketzerei verschrieb. Seltsamerweise war der einzige Lichtblick in seinem Leben die freie Brüdergemeinschaft der **Franziskaner**, der er seinen vollen Schutz angedeihen ließ, obgleich sich **Franziskus von Assisi** Zeit seines Lebens weigerte, sich der ›Regula‹ eines klassischen

Mönchsordens zu unterwerfen. Die Ketzerei in Südfrankreich griff weiter um sich, der einheimische Adel, insbesondere die Grafen von **Toulouse**, von **Foix** und der **Trencavel** von Carcassonne weigerten sich, gegen die Katharer energisch vorzugehen. 1208 wurde der päpstliche Legat **Peter von Castelnau** auf seiner Mission ermordet. Innozenz verbündete sich mit dem katholischen König von Frankreich und rief zu einem Kreuzzug auf. Als Legaten ernannte er den Erzabt der Zisterzienser **Arnaud de l'Amaury**, dessen Neffe Simon de **Montfort** die militärische Führung übernahm. Innerhalb der folgenden vier Jahre verwüstete dieser Kreuzzug **Okzitanien** und das Languedoc, unterdrückte die provenzalische Kultur und Sprache, kostete Tausenden von Christen das Leben und lieferte die eroberten Gebiete der Krone von Frankreich aus. Im November 1215 werden die durch seinen Kreuzzug geschaffenen neuen Tatsachen von Innozenz III auf dem IV. Laterankonzil festgeschrieben. Im Juli 1216 erliegt der große Papst zu Perugia einem Gehirnschlag. Seine Nachfolge tritt der alte Kardinal Savelli als Honorius III an.

Papst s. Innozenz
Parsifal s. Ramon-Roger II von Carcassonne
Payra, de s. Sicard
Pedro II d'Aragon (Peter II, König von Aragon). Sein Vater hatte sich den Beinamen ›der Keusche‹ angeblich damit verdient, daß er als glühender Verehrer um die Gunst der Witwe (des alten Trencavel Roger II Taillefer) Adelaïde von Toulouse-Burlats warb (›Herzeloïde‹). Sein Sohn und Nachfolger Pedro II hatte sich 1212 in der spanischen ›Reconquista‹ besonders hervorgetan und in der berühmten Schlacht von Las Navas de Tolosa die eingedrungenen Mauren vernichtend geschlagen. Der hocherfreute Papst Innozenz III ernannte ihn daraufhin zum ›Ersten Alferez‹ oder Bannerträger der Kirche und verlieh ihm den Beinamen ›El Católico‹. Das hinderte Pedro nicht, ein Jahr später Partei für die bedrängten Okzitanier zu ergreifen, einmal auf Grund der engen Familienbande (der Trencavel war sein Schwager), zum anderen weil er sich als der rechtmäßige Souverän von Carcassonne betrachtete. Er fiel 1213 in der Schlacht von Muret gegen Simon de Montfort.

Peire-Roger de Cab d'Aret (Cabaret), * 1187, okzitanische Adelsfamilie, Herr von Las Tours. Maßgeblicher Führer des okzit. Widerstandes gegen Frankreich und den **Montfort** und zumindest Sympathisant der Katharer. Seine jüngere Schwester Roxalba (genannt **Loba die Wölfin**), Herrin von Roquefixade, stand ihm in entschlossener ›Résistance‹ in nichts nach.

Perceval s. Ramon-Roger II von Carcassonne
Perfectus s. Guilhabert
Peter von Castelnau, * ca. 1166, weitverbreitete okzitanische Adelsfamilie, stammt wahrscheinlich aus der Gegend von Montpellier; entfernter Verwandter der **Cab d'Aret** (Cabarone), trat 1182 in das Kloster Maguelone ein, wurde 1197 Erzdiakon und 1206 als Päpstlicher Legat zur Vorbereitung des sog. ›Albigenser Kreuzzuges‹ ernannt. Im gleichen Jahr, als ihn eine päpstliche Bulle (vom 28.03.1208) darin bestätigte, wurde er angeblich von **Aimery** de Montréal im Auftrage der Grafen von **Toulouse** ermordet. Sein Tod wird zum Auslöser für den ›Kreuzzug gegen den Gral‹.

Pierre des Vaux-de-Cernay. Der Zisterzienser, Abt des gleichnamigen Klosters, begleitet Simon de **Montfort** während der sog. ›Albigenserkriege‹ und verfaßt 1213 seine ›Historia Albigensis‹. Der Chronist verschwindet

1218 spurlos aus der Geschichte – im gleichen Jahr, in dem auch seine Bezugsperson Simon de Montfort vor Toulouse ein gewaltsames Ende findet. Seine Chronik stellt bis zum heutigen Tage, zumindest für die französische Sichtweise des Kreuzzuges, die verläßlichste Quelle dar.

Porta, della s. Guido II
Prinz s. Michael
Prior s. Chevalier
Raimond VI s. Toulouse
Raimond VII s. Toulouse
Rainer di Capoccio, * 1181, römische Adelsfamilie (Vater: Giovanni Capoccio, Senator 1193–1195). Generaldiakon von S. Maria in Cosmedin, wird bereits in jungen Jahren von Papst **Innozenz III** mit der Leitung der Geheimen Dienste der Kurie beauftragt. Als sogenannter ›**Grauer Kardinal**‹ nimmt er 1207 inkognito an der Ketzerkonferenz von Pamiers teil, schwängert bei dieser Gelegenheit die katharische Adlige Roxalba de **Cap d'Aret** (Cabaret), genannt **Loba die Wölfin**, die dann den Sohn **Titus** zur Welt bringt (den späteren ›Vitus von Viterbo‹). Seit dem IV. Laterankonzil mit der Franziskanerfrage befaßt, nahm er 1221 am ›Mattenkapitel‹ der **Franziskaner** in Assisi teil. Als Vicarius von Viterbo wird er später (1243) zum erbitterten Gegner von **Friedrich II**.
Ramon-Drut s. Foix
Ramon-Roger II Trencavel von Carcassonne, * 1185. Seine Mutter war Adelaïdes von Toulouse-Burlats, die als **Herzeloïde** in die Legende eingeht. Der Geschlechtsname **Trencavel** mutiert in der Überlieferung über **Tranchebel** zu Perceval = Parsifal, was in beiden Wortstämmen ›Schneid gut‹ bedeutet. Ein ähnliches Bild liefert der Name ›Taillefer‹. Seine Mutter wurde früh zur Witwe und führt für den noch Minderjährigen die Regentschaft, bis auch sie ca. 1199 stirbt. So blieb ihr das tragische Ende des jungen Vizegrafen von Carcassonne gleich zu Beginn des Kreuzzuges (1209) erspart (Simon de **Montfort** läßt ihn lebendig einmauern). Die heldenhaften Umstände seines Todes ließen um seine Figur sofort die Legende des **Parsifal** ranken. Seine junge Frau Agnes flüchtete nach dem Fall von Carcassonne unter der Mitnahme ihres einzigen Kindes Ramon III nach Montpellier. Dieser Nachkomme fällt angeblich 1241 beim Versuch Carcassonne zurückzuerobern. Nach dieser Version stirbt die Linie damit endgültig aus. Es hält sich aber ein Gerücht, nach dem dieser letzte Trencavel vor seinem Tode mit Bianca, einer natürlichen Tochter des Kaisers **Friedrich II**, noch einen Sohn namens Ramon-Roger (III), genannt ›Roç‹, gezeugt hat. Ein anderes Gerücht besagt, daß der rüstige *alte* Trencavel Roger II Taillerfer dafür gesorgt haben soll, daß es noch einen ›natürlichen‹ Halbbruder Parsifals gab. Dieses Geheimnis wurde – weit über dessen Tod hinaus – von **Esclarmunde** gewahrt. Nach einer anderen These starb Ramon III allerdings erst 1263 und hatte mit einer Comtesse de Saura noch zwei Söhne: Roger de Béziers (†1270) und Ramon Roger III (bzw. IV).
Raoul (* 1201), der Sohn der **Alazais** d'Estrombèze, löste sich bereits als Knabe von seinem Erzeuger (**Chevalier du Mont-Sion**). Seit seinem Ritterschlag nannte er sich ›Crean de Bourivan‹, indem er sich den Namen seines Ziehvaters (Alphonse de Bourivan) zulegte und **Crean**, den Vornamen des Sohns von **Sicard de Payra**, voransetzte. Die Bourivans waren mit dem der Ketzerei verdächtigten Bischof Raymond de Rabastens verwandt und verschwägert mit einer Seitenlinie der Grafen von Comminges. Es ist anzunehmen, daß **Esclarmunde** v. Foix bereits bei seiner Geburt die Patenschaft für den Sohn

ihrer Freundin Alazais übernommen hatte.

Reinhald von Senlis, 1210–1217, Bischof von Tull (Toul, als Kirchenprovinz zum Erzbistum Trier gehörig), tritt in Vaucouleurs (1212) beim Treffen von **Friedrich II** und **Louis VIII** als Berater des jungen deutschen Königs, vor allem aber als Vermittler auf. Auf Einladung von **Innozenz III** nimmt er 1215 am Laterankonzil teil.

René de Chatillon (* 1175), Ritter aus berühmtem frz. Adelsgeschlecht, verwandt mit dem Königshaus, aber auch mit **Bernhard von Clairvaux**. Mitglieder dieser Familie spielen während der Kreuzzüge sowohl im Königreich von Jerusalem als auch im Kaiserreich von Konstantinopel eine meist Unruhe stiftende Rolle (s. Reynald de Chatillon 1187). René findet 1222 in Griechenland ein gewaltsames Ende.

Roald of Wendower, Mönch der Abtei von St. Trinians (Devonshire), wird bereits in jungen Jahren als Agent von den **Geheimen Diensten** der Kurie angeworben. 1205–1213 in päpstlicher Mission zur Bekehrung der Katharer im Languedoc, danach im Dienst des Bischofs **Guido II** von Assisi (Zweiter Secretarius), 1221 in Konstantinopel tätig, 1225 in Assisi im Duell von Hartwolf II vom Berghe getötet.

Robert Mauvoisin, frz. Ritter und Grundbesitzer an der Seine, südlich von Paris. Er begleitet seinen Freund Simon de **Montfort** auf den Kreuzzug ins Languedoc, wo er am 16.11.1214 stirbt.

Roger-Bernard II s. Foix

Roger-Ramon s. Foix

Roucy, du s. Alain

Roxalba de Cab d'Aret (Cabaret) s. Loba die Wölfin

Saint-Clair, de s. Claire

Sancie de la Roche, * 1188, aus burgundischem Adelsgeschlecht. Als ›Großherren von Athen‹ gehören die Roche zu den Vasallen der **Montferrat** im ›Lateinischen Kaiserreich von Konstantinopel‹. Sancie war eine entfernte Verwandte des Prinzen Michael de Montferrat. Ihr Verlöbnis mit René de **Chatillon** platzt, als dieser sie in flagranti mit Kleriker **Guido** della Porta erwischt. Bei dieser flüchtigen Begegnung wird Nicola della Porta (* 1207) gezeugt, der spätere Lateinische Bischof von Konstantinopel. In der Folge ihres leichtsinnigen Erdendaseins bringt Sancie auch noch einen weiteren Sohn, Yazinth, zur Welt, dessen Vaterschaft sie Olim, dem Henker, anlastete.

Sicard de Payra, okzitanischer Adeliger, Besitzer der Burg von L'Hersmort, die er – katharischer Umtriebe verdächtigt – dem damals noch in der Gnade des **Montfort** stehenden **Lionel de Belgrave** überließ. Als die ›Schenkung‹ Gefahr lief, von Simon nicht anerkannt zu werden, wurde der Besitz dem Templerorden überschrieben. Das half allerdings den beiden einvernehmlichen Burgherren Sicard de Payra und Lionel de Belgrave nichts mehr. Sie kamen bei der Verteidigung gegen die Leute des Montfort um.

Staufer, der s. Friedrich II

Stephan of Turnham s. Chevalier

Templer s. Gavin

Termes s. Oliver

Thédise s. Maître

Titus s. Loba, s. Rainer di Capoccio

Toulouse, Grafschaft und Hauptstadt von Okzitanien (gotische Gründung Tolosa). Seine Grafen waren so reich und mächtig, daß sie keinen Souverän anerkannten, weder Frankreich noch Aragon, noch den deutschen Kaiser, mit dem sie sich den Besitz der Provence teilten. Ihre Grafen waren de facto Königen gleichgestellt. Zu Beginn des 13. Jahrhunderts herrscht **Raimond VI**, Graf von Toulouse, * 27.10.1156 (sein Vater hatte seine Mutter Constance, die

Schwester des franz. König 1165 verstoßen). Seine Schwester ist die berühmte **Adelaïdes**, Mutter des **Parsifal**. Raimond VI heiratete in zweiter Ehe 1175 Beatrix von Béziers, Schwester des alten **Trencavel**, die er bald ins Kloster schickte zugunsten seiner dritten Ehe mit Bourguigne de Lusignan, Tochter des Königs von Zypern. Seine vierte Frau, Joan Plantagenet, die Schwester des Löwenherz, stirbt 1199 bei einer Frühgeburt, nachdem sie ihm zuvor seinen Stammhalter Raimond VII geschenkt hatte. In letzter Ehe heiratet er 1204 Eleonore von **Aragon**. Sein gesamtes Leben wird bestimmt durch die ›Albigenserkriege‹, die sein Land verwüsteten und in denen ihm sein Bruder Balduin auch noch den Tort antat, auf frz. Seite gegen ihn zu kämpfen. Nachdem Raimond VI mehrfach exkommuniziert worden war, hetzte ihm die katholische Kirche 1209 einen Kreuzzug auf den Hals, an dessen Spitze der frz. Graf Simon de **Montfort** stand. Nach der verlorenen Schlacht von Muret (1213) wird Raimond VI auf dem römischen Laterankonzil 1215 von Papst **Innozenz III** seiner Ländereien für verlustig erklärt. Die Schwächung nahm Frankreich zum Anlaß, sich die Grafschaft von Toulouse allmählich einzuverleiben. **Raimond VI** starb 1222. Sein Sohn **Raimond VII**, * 1197, setzt den hoffnungslosen Kampf fort. Erst nach dem Tode des Simon de **Montfort** (1218) beteiligt ihn sein Vater an der ›Herrschaft‹. Raimond VII vermochte den Machtverfall der Grafen von Toulouse nicht aufzuhalten und mußte schließlich im ›Frieden von Paris‹ 1229 Toulouse (Stadt und Grafschaft) an sein einziges Kind, eine Tochter, abtreten. Jeanne wird bei gleicher Gelegenheit noch als Kind mit dem gleichaltrigen Alphonse de Poitiers, Bruder Ludwig des Heiligen, verlobt. Ihr Vater wird so lange im Louvre als Gast gefangengehalten, bis die Ehe bei Volljährigkeit rechtsgültig geschlossen werden kann. Nachdem die Eheleute beide 1271 kinderlos das Zeitliche segnen, fällt Toulouse endgültig an die frz. Krone. **Raimond VII** starb erst 1249; er mußte auch noch den Fall des Montségur (1244) miterleben.

Trencavel s. Ramon-Roger II
Valdemarius s. Chevalier
Vaux-de-Cernay, des s. Pierre
Ville, de s. Florent
Vitry, de s. Jacques
Waldemar Graf von Limburg s. Chevalier
Waldenser s. Durand
Wendower s. Roald
Werkmeisterin, die s. Marie
Xacbert de Barbeira, * 1185, Eltern der Baron Guillem Xacbert de Barbeira und die Comtesse Comdors de Cavanac. Die Barbeira waren Vasallen der **Trencavel** von Carcassonne, mit ihnen wie auch mit den Herren von **Termes** mehrfach weitläufig versippt. Der junge Xacbert wuchs also mit der Verteidigung seiner Heimat gegen den Kreuzzug auf, kämpfte eine Zeit lang im Untergrund und trat dann in die Dienste von **Aragon**, wo er sich als Heerführer unter Jakob dem Eroberer in der ›Reconquista‹, bei der Einnahme von Mallorca, so viel Ruhm erwarb, daß ihm der Beiname ›Lion de Combat‹ (Schlachtenlöwe) haften blieb. Im Languedoc war er lange Zeit einer der gesuchtesten ›faidits‹. Er versöhnte sich aber mit Frankreich und erhielt einen Teil seiner Besitztümer im Roussillon und den Fenouillèdes zurück. Seine berühmte Burg Quéribus konnte er bis 1255 halten. Sie fiel nur durch Verrat des **Oliver III de Termes** in die Hände des frz. Seneschalls von Carcassonne, Pierre de Voisins. Xacbert war zweimal verheiratet, hinterließ eine zahlreiche Nachkommenschaft und starb hochbetagt 1275.

ALLGEMEINER INDEX

Legende:

			ital.	=	italienisch	prov.	= provenzalisch
			katal.	=	katalanisch		
altfranz.	=	altfranzösisch	kath.	=	katholisch	röm.	= römisch
altport.	=	altportugiesisch	lat.	=	lateinisch	spätlat.	= spätlateinisch
			ling.franc.	=	lingua franca	span.	= spanisch
arab.	=	arabisch	mhd.	=	mittelhochdeutsch	übertrag.	= in übertragener Bedeutung
doc.	=	langue d'oc					
frz.	=	französisch	mlat.	=	mittellateinisch		
gasc.	=	gascoun				urspr.	= ursprünglich
grec.	=	griechisch	orth.	=	orthodox	vulg.	= volkstümlich
hebr.	=	hebräisch	persi.	=	persisch	wörtl.	= wörtliche Bedeutung
iron.	=	scherzhaft	platt.	=	plattdeutsch		

A tergo: *lat.* von hinten

Ab l'alen tir vas ... (Peire Vidal): Tief atme ich die Brise ein, / ich fühle, sie kommt aus der Provence. / Alles, was von dort kommt, tut mir gut. / Wenn ich vernehme, wie man sie lobt, / hör' ich zu und lächle. / Für ein Wort nur verlange ich hundert: / So groß ist das Vergnügen, das ich empfinde.

Abenturé: *altprov.* Abenteurer

Ad instar: *lat.* noch zu besetzen, noch in Besitz zu nehmen

Ad secundum: *lat.* zweitens

Advocatus satanis: *lat.* der Anwalt des Teufels (Ausdruck für den Pflichtankläger bei Prozessen der Sacra Rota)

Aequinox: *lat.* Tagundnachtgleiche

Aillettes: *frz.* Schulterschutz (Rüstungsteil), Flügelchen

Aitals etz plan com al ric nom tanhia: So zeigtet Ihr Euch wert des so kostbaren Namens.

Alma redemptoris mater: 1. Erhabene Mutter des Erlösers, / du allzeit offene Pforte des Himmels / 2. und Stern des Meeres, / komm zu Hilfe dem sinkenden Volke, das sich zu erheben sucht! / 3. Zum Staunen der Natur hast du deinen / heiligen Schöpfer geboren. / 4. Erbarme dich der Sünder. (Aus: *Marianisches Antiphon von Advent bis Lichtmeß*)

Alors, la mission, mon cher chevalier?: *frz.* So, (was ist nun) mit der Mission, mein werter Ritter?

Altas Undas ... (Raimbaut de Vaqueiras): Hohe Wogen, die ihr übers Meer kommt, / die der Wind peitscht und dort (in der Fremde) verweilen läßt, / wißt Ihr mir nichts Neues von meinem Freund zu erzählen, / der einst dorthin auszog? Nie kehrte er wieder! / Ach, wie hat er mir mit dieser Liebe / oft Freude, oft Schmerz zugefügt! / Ach, sanfte Brise, die du von dorther kommst, / wo mein Freund schläft und weilt, / von seinem süßen Odem bring mir einen Hauch, / daß ich ihn (offenen Mundes) einatmen kann! / So groß ist mein Sehnen! / Refrain

Alva: *altprov.* das weiße (Toten-)Kleid der Katharer

Anglès: *altfrz.* englisch

Apage Satanas: *grec.* Weiche Satan!

Ar em al freg temps ... (Azalais de Porcairagues): 1. Die kalten Zeiten sind angebrochen. / Mit Eis, Schnee und Matsch, / verstummt sind die Vögel, / keiner mag mehr singen. / 2. Kahl sind die Äste. / Keine Blume, kein Blatt. / Die Nachtigall ist verstummt, / die mich Maiens geweckt.

Ar me puesc ieu lauzar d'amor (Peire Cardenal): 1. Fortan kann ich die Liebe loben, / raubt sie mir doch nicht mehr Hunger und Schlaf, / verspür' ich weder Kälte noch Hitze. / Ich klage nicht, ich seufze nicht / noch streife ich ruhelos durch die Nacht. / 2. Bin weder besiegt noch unter Folter / fühl' ich nicht Schmerz oder Trauer, / ich schicke keine Botschaft mehr, / bin nicht verraten, bin nicht getäuscht, / denn ich hab' sie verlassen und meine Würfel eingesackt.

Archimandrit: *grec.* im grec.orth. Klerus hohes geistliches Amt, entspricht in etwa ›Erzabt‹

Archontes: *grec.* Honoratioren

Armageddon: *hebr.* Schlacht vor dem Weltenende (Offbg. Joh. 16,16)

Armkacheln: Ellenbogenschützer (Rüstungsteil)

Assassinen: ›Assassinen v. Hashashyn‹, Haschischraucher, urspr. persische Geheimsekte der Ismaeliten (ab ca. 1150 bis 1254), deren Mitglieder zum absoluten Gehorsam verpflichtet waren, also auch (bei Auftrag) zum Meuchelmord

Assunta: *spätlat.* / *ital.* die Aufgenommene, d.h. (zum Himmel) Aufgefahrene

Au secours!: *frz.* Zu Hilfe!

Aulika Pro-epistata: *grec.* Oberhofmeisterin

Autodafé: *lat.* ›actus fidei‹ zu *altportug.* ›auto-de-fé‹: Akt des Glaubens, Verbrennung (von Ketzern) auf Scheiterhaufen

Aventures: *frz.* Abenteuer

Bakschisch: *persi.* Almosen, Trinkgeld, Bestechungsgeld

Ballisten: schwere Wurfmaschinen

Barbicane: *franz.* Vorwerk

Barnús: *arab.* Gewand, Burnus

Bassinet: *frz.* ›Hundeschnauze‹, vorstehender Helmteil zum Schutz von Mund und Nase

Basta de palabras: *katal.* Schluß mit dem Gequatsche!

Begine(n): *mhd.* ›begîne‹: Laienschwester, Jungfrau und Witwe, die ohne Gelübde ein klosterähnliches, frommes Leben, meist in kleineren oder größeren Gemeinschaften, den Beginenhöfen, führten und sich von eigener Arbeit ernährten. Manche B. waren von Häretikern beeinflußt.

Benediktiner: ›Ordo Sancti Benedicti‹, OSB; der nach seinem Gründer Benedikt von Nursia benannte Orden ist der älteste bis heute fortlebende Mönchsorden des Abendlandes.

Bohurt: Turnier in Gruppen, Kampfgemenge

Bonne femme: *frz.* ›Gutfrau‹ (s. Katharer)

Bouffon: *prov.* Narr

Cabane: *ling. franc.* Hütte

Canis Domini: *lat.* Hund des Herrn; Schimpfwort für einen Dominikaner

Cantica: *lat.* Gesang während der Messe

Canzò: *prov.* Lied

Car il val tan ... (Anonymer Troubadour): *prov.* Denn keiner kommt ihm im Wert (als Ritter) gleich, / an Gold kann er sich mit einem Kaiser messen.

Castel Lavanum: das heutige Lavelanet

Caz' del Maurisk: *lingua franca vulg.*: Schwanz des Mauren

Chantarai, sitot d'amor ... (Sordel): *altfrz.* Ich singe, und sollt ich vor Liebe sterben, / denn ich liebe sie ohne Fehl, / auch, wenn ich sie nicht seh', / für die ich mich verzehr. / 2. *Refrain*: Ach, was sollen mir die Augen nützen, / wenn das, was ich begehr', / kann nicht besitzen! / 3. Auch wenn die Liebe mich quält / und mich tötet, ich will nicht klagen, / wenigstens sterb' ich für das Edelste (auf Erden). / 4. *Refrain* (Aus: *Er, quan renovella e gensa*)

Charis: *grec.* Glück

Charles-sans-selle: *frz.* (Eigenname) Charles Ohne-Sattel

Charles-sans-selle – de même sans cervelle: *frz.* Wortspiel: Charles ohne Sattel und (auch noch) ohne Hirn

Che Diaus vos bensigna: *prov.* Gott segne Euch!

Clamys: weißes Gewand der Templer mit rotem Tatzenkreuz

Clap: Eigenname einer der Stadt Narbonne vorgelagerten Berg-Halbinsel

Coblas: *altprov.* Verse

Conditiones: *lat.* Bedingungen

Confrérie Blanche: *frz.* Weiße Bruderschaft

Confrérie Noire: *frz.* Schwarze Bruderschaft

Consolamentum: *lat.* die Tröstung, Letzte Ölung der Katharer

Conspiratio: *lat.* Verschwörung

Coordinator maximus: *lat.* Oberster Verwalter

Coordinator mundi: *lat.* (*iron.*) Verwalter der Welt

Coram publico: *lat.* in aller Öffentlichkeit

Corpus delicti: *lat.* Gegenstand des Verbrechens, Tatwerkzeug

Corpus delicii: *lat.* Gegenstand des Vergnügens

Corriger la fortune: *frz.* dem Glück nachhelfen

Cui malo? *lat.* Wem schadet es?

Danso: *prov.* der Tanz

Deinde: *lat.* danach, zweitens

Del gran golfe de mar (Gaucelm Faidit): Den tiefsten Meeresschlünden, / den Tücken aller Häfen, / des Leuchtturms schrecklicher Gefahr / bin ich – Gott sei's gedankt – entronnen ...

Demiurg: *grec.* Weltenschöpfer (Platon); im gnostischen Dualismus der Schöpfergott, der Lichtbringer (Luzifer)

Despotikos: *grec.* Gewaltherrscher, Tyrann

Deus nostra spes ... 1. Gott ist uns Zuflucht und Kraft, / herrlich erwiesen als Helfer in der Bedrängnis. / 2. So bangen wir nicht, ob auch die Erde erbebt, / ob die Berge fallen mitten ins Meer, / 3. ob seine Wasser brausen und schäumen, / vor seinem Ungestüm erzittern die Berge. (Aus: *Psalm 45, Mittwochsgebet ›Horenbuch‹*)

Devèr: *prov.* Pflicht

Diaus salvatz la nuestra terra: *prov.* Gott schütze, rette unser Land!

Diechlinge: Beinschienen (Rüstungsteil)

Dies irae, dies illa: Tag des Zorns, o jener Tag, / der die Welt in Asche kehrt ...

Djallabiah: *arab.* hemdartiges Gewand

Doctor utriusque: *eigentlich*: doctor iuris utriusque; *lat.* Doktor beider Rechte (des weltlichen u. kanonischen Rechts)

Doktor Honigsüß: *lat.* Doctor mellifluus, *iron.* Beiname für den heiligen Bernhard ob seiner Redegewandtheit

Domini Deus, agnus Dei ...: 1. Herr und Gott, Lamm Gottes, / Sohn des Vaters! Du nimmst hinweg die Sünden der Welt: erbarme dich unser. / 2. Du nimmst hinweg die Sünden der Welt: nimm unser Flehen gnädig auf. / Du sitzest zur Rechten des Vaters: erbarme Dich unser. (Aus: *Lat. Meßgesang, Choralmesse IV*)

Domna pos vos ai chausida ... (Anonym): 1. Meine Dame, da ich Euch erwählte, / empfangt mich (bitte) wohlgesonnen, / denn mit meinem ganzen Leben / gehör' ich Euch! / 2. Euch zu Diensten, die Ihr befehlt, / will ich alle Tage sein, die mir vergönnt / Nie werd' ich Euch verlassen / um einer anderen willen, wer sie auch sei!

Dos y dos: *katal.* zwei und zwei

Dos y dos vale seis: *katal.* zwei und zwei macht sechs

Ecclesia catholica romana: *lat.* die römisch-katholische Kirche (*grec.* Katholikos = allgemein)

El bruto: *katal.* der Häßliche, der gausame

Endura: *prov.* Ausdauern, *übertrag.*: den (harten) Weg wählen: der (freiwillige) Hungertod der Katharer

Eo ipso: *lat.* selbstredend

Escapadas: *prov.* Ausfälle, Ausrutscher

Escudé: *prov.* Knappe

Et etz monda: Ihr seid eine Reine.

Et in arcadia ... ego *lat.* (Auch?) ich ... (ruhe?) in Arkadien: Mysteriöse, unvollständige (Grab?)-Inschrift, die sich durch die Esoterik des Mittelalters zieht und auf die Grabstätte Christi verweisen soll.

Exem(p)tis: *lat.* exempt, d.h. von Steuern (an Bischof) freigestellt. (Exemtion: *mlat.* ›exemtio‹, Befreiung von bischöflicher Aufsicht, die Herausnahme/Ausnahme von natürlichen und juristischen Personen und Gebieten aus der allg. kirchl. Organisation, d.h. der bischöflichen Aufsicht. Diese Personen/Körperschaften/Gebiete können der nächsthöheren Instanz

(passive E.) oder einem eigens dafür Verantwortlichen (aktive E.) unterstellt sein.

Explizit: *lat.* genauestens

Exposée en proie: *frz.* zur Beute ausgesetzt

Expressis verbis: *lat.* ausdrücklich

Faidit(e), faidit(e)s: *prov.* (*arab. Ursprungs*) von ›faïda‹ (Blutrache), hier: der/die Verfemte(n), Ausgestoßene(n), Vogelfreie(n)

Farandoul: *prov.* Tanzweise

Faux pas: *frz.* Fehltritt

Favete nunc linguis: *lat.* Nun haltet den Schnabel!

Fente de Marie: *frz.* Schimpfwort; bezieht sich auf das Geschlechtsorgan der Jungfrau Maria

Fer d'ange: *frz.* Schimpfwort, bezieht sich auf das (eiserne) Flammenschwert des Erzengels

Flammis ne urar ...: Daß ich nicht entflammt, entzündet, / nimm, wenn sich der Richter kündet, / Jungfrau, mich in deine Hut.

Frances: *prov.* Bewohner des Frankenreichs

Garde du corps: *frz.* Leibwache

Gardez: *frz.* Hütet euch; beim Schachspiel: Warnruf bei ›Damengefahr‹

Gerontes: *grec.* die Ältesten

Gesta Dei per Francos: *spätlat.* Der Gunsterweis Gottes für die Franzosen

Gesta virginis per catholicos: *lat.* Der Gunst-

erweis der Jungfrau für die Katholiken

Gleyiza d'amor: *prov.* Kirche der Liebe, die Minnekirche der Katharer

Gloria Patri: *lat.* Ehre (sei) dem Vater!

Grauer Kardinal: Chef der Geheimen Dienste der Kurie; Bezeichnung unbewiesen, wie die Einrichtung selbst

Häretisch: abweichlerisch, ketzerisch

Hagias Triados: *altgrec.* Heilige Dreifaltigkeit

Historia Albigensis: *lat.* Geschichte der Albigenser

Historia orientalis seu Hierosolymitana: *lat.* orientalische Geschichte über Jerusalem

Huri: *arab/persi.* Gespielin im islamischen Paradies

In servitu Christi: *lat.* im Dienste Christi

Inch'allah: *arab.* Wie (es) Gott beliebt!

Infant: *prov.* der Kronprinz

Interdictum: *lat.* Untersagung; hier: einer Stadt die (röm.-kath.) Religionsausübung verbieten (Priesterentzug, Verbot der hl. Messe)

Item: *lat.* ebenso

Joseph von Arimathia: Onkel des Jesus von Nazareth

Kalamarákia gemistá, ochtapódi krasáti, garídes und tzatzíki: *grec.* gefüllte Tintenfische, Octopi in Rotwein, Garnelen und Tzatziki

ANHANG

Katharer: *grec.* ›katharoi‹ (die Reinen) verballhornt zu Katzerer, Ketzer. Sie unterscheiden sich selbst in: Gläubige, *lat.* ›credentes‹; Vollkommene, *lat.* ›perfecti‹ (perfectus, perfecta), *frz.* ›parfait(e/s)‹, auch genannt: ›Gutmänner‹, ›Gutfrauen‹, *frz.* ›bonhommes‹, ›bonnefemmes‹

Komplet: *lat.* ›completorium‹, Schlußandacht der ›horae canonicae‹, die letzte kanonische Gebetsstunde am Abend

Konnetabel: hohes Staatsamt, entspricht in etwa dem obersten Polizeichef

Kontoskalion: ein Hafenquartier von Konstantinopel

L'Immacolata del Bosco: *lat.* Unschuld (*wörtl.* Unbefleckte) im Walde

L'aventurière: *frz:* die Abenteurerin

La croisade contre les Albigeois *frz.* der Kreuzzug gegen die Albigenser

La nostr'amor vai ... (Guilhem de Peitieus): Uns'rer Liebe geht's dabei / wie dem Zweig des Weißdorns, / der des Nachts am Strauch erzittert / unter Regen und Frost. / Bis dann am nächsten Morgen die Sonne, / Blatt und Ast mit ihrem Licht erwärmt. (Aus: *Ab la dolchor del vins novel*)

Lancan vei la folha ... (Bernart de Ventadorn): Wenn ich dann die Blätter seh' / wie sie von den Bäumen sinken, / was and're traurig schmerzlich stimmt, / doch (ich) muß finden darin mein Freud.

Langue d'oc: *frz.* die Mundart Okzitaniens; daraus wurde die Landschaftsbezeichnung Languedoc

Langue d'œil: Bezeichnung für die nordfrz. Sprachweise

Lapis ex coelis: *lat.* Stein vom Himmel

Laudes: *lat.* Lobsprüche; das Morgengebet im Tagesablauf der Gebetszeiten

Legendo mecum ridete: *lat.* Lacht mit mir, wenn ihr (dies) lest.

Leitourgia: *grec.* Liturgie

Lézard: *frz.* Eidechse

Lion de Combat: *frz.* Löwe des Kampfes

LS = loco sigilli: *lat.* anstelle des Siegels (auf Abschriften) bzw. die Stelle, an der es anzubringen war

Magn'optima: *lat.* (Eigenname) die große Beste

Magnificat: *lat.* Lobgesang Marias

Maître d'armes: *frz.* Waffenmeister

Malvasier: kretischer Rotwein

Mangonel: *altfrz.* kleine Steinschleuder mit kurzem, steifem Wurfarm

Mare nostrum: *lat.* Bezeichnung der Römer für das Mittelmeer

Mater superior: *lat.* die höhere Mutter; Umschreibung für: Äbtissin

Matutin: *lat.* morgendlich, früh. Die morgendliche Gebetsstunde des Mönchtums, die sich aus der Vigil entwickelte. Die M. wurde später Laudes genannt.

Mellifluus: *lat.* honigfließend, honigsüß

Memento mori: *lat.* Denk daran, daß du sterben mußt!

Memorandum menstrualis: *lat.* monatlicher Bericht

Milites templi Salomonis: *lat.* Soldaten vom Tempel Salomons; offizielle Bezeichnung der Tempelritter

Minoriten: *lat.* minores: die Geringeren, d.h. Minderbrüder

Miral peix: *prov.* Eigenname der Stadt Mirepoix (*wörtl.* Sieh den Fisch)

Mon cher cousin: *frz.* mein lieber Vetter

Morganatisch: nicht ebenbürtige Ehe mit eingeschränkten Rechten der Nachkommen

Na Das ›Na‹ vor einem weiblichen Namen ist die in der Langue d'oc übliche Verkürzung von ›Damna‹. Bei ›Esclarmunda‹ fällt wegen des nachfolgenden Vokals auch noch das ›a‹ weg: N'Esclarmunda. Esclar s. auch ›Clardat‹ = leuchtend hell, klar (i. frz. clair); Munda s. auch

1.) ›mon‹ / 2. ›monda‹ = 1.) Welt (im frz. monde) / 2.) rein = das männl. Adjektiv ›mon‹ (s. auch der Wortstamm für Mönch (monaco), weibl. = ›monda‹ oder ›munda‹ = die Reine. Es wird hier also im Sinne des Katharismus (*grec.* katharos = rein) mit der Doppelbedeutung der zweiten Namenshälfte gespielt.

Nauarchos: *grec.* Admiral

Nec spe, nec metu: *lat.* ohne Hoffnung, ohne Furcht

Nihil obsta! / Nihil obstet!: *lat.* Nichts soll hindern! / Nichts möge hindern!

Non: *lat.* die Neunte, ›nona (ora)‹: das Gebet zur neunten Stunde des Tages (gegen 15 Uhr)

Noun touca! Diablou langeirousou: *prov.* Nicht berühren! Gefährlicher Teufel.

Octopus: *lat.* Tintenfisch

Oderint dum metuant: *lat.* Mögen sie (mich) hassen, wenn sie (mich) nur fürchten! (Caligula zugeschrieben)

Opus magnum: *lat.* das große Werk (ein Begriff aus der Alchimie)

Oremus ...: Laßet uns beten: / Allmächtiger und barmherziger Gott, halte gnädig fern, / was immer uns feindlich bedroht; / mach uns an Leib und Seele bereit, daß wir, / was Dein ist, freien Mutes vollbringen. (Aus: *Oratio* – Dom. XIX post pentecosten)

Orthos: *grec.* orthodoxes Gebet zum Aufgang der Sonne

Pantzária, pastá manitária, revitopourés, melintzanos, saganáki, táramosaláta: *grec.* rote Rüben, marinierte Pilze, Kichererbsenpüree, Auberginen, gebackener Käse, Fischrogenpaste

Papae dictu: *lat.* Papstwort (kategorisch)

Papa-la-pappa: *ital. iron.* Ausdruck für ›Papperlapapp‹, Herkunft vermutlich von *span.* palabras, palabras = Geschwätz

Paraklet: *grec.* im gnostischen Dualismus der Erlöser

Parfaite: *frz.* die Vollkommene, *lat.* ›perfecta‹ (s. Katharismus)

Patrimonium Petri: *lat.* Kirchenstaat, *wörtl.* Besitz des Papstes

Pauperes Spiritu Catholici: *lat.* Arme im Geist der katholischen (Kirche)

Pax animae suae: *lat.* Frieden seiner Seele

Pecunia olet, sed mundum reget: *lat.* Geld stinkt (zwar), aber es regiert die Welt.

Per joia recomençar ... (Anonym): 1. Wieder kehrt die Freude ein, / heija, / zeigen will die Königin, / daß sie in Liebe entbrannt. / 2. *Refrain*: Laßt uns, laßt uns / tanzen miteinand', miteinand'. / 3. Kein Jungfer fein, kein schmuck' Bursch, / heija, / der heut' sich nicht im Reigen, / im fröhlichen Reigen dreht. / 4. *Refrain* (prov. Tanzlied nach der Melodie ›A l'entrada del temps clar‹)

Perfecta, perfectus: *lat.* die/der Vollkommene; Bezeichnung für initiierte Katharer, praktisch im Rang von Priestern

Pessimista feliz: *katal.* glücklicher Pessimist

Pez da pot: *prov. vulg.* (Stück) Möse

Pez de fica: *ling. franc. vulg.* (Stück) Möse

Pius raptor: *lat.* (Eigenname) frommer Zornesausbruch

Plus de cervelle: *frz.* (*hier*) mehr Hirn (als) sonst: kein Hirn mehr

Pog *prov.* Bergkegel

Pontifece Gallarum: *lat.-altital.* Papst von (kastrierten) Kybele-Priestern

Pontifex maximus: *lat.* der oberste Brückenbauer, d.i. der Papst

Pontifex praecox: *lat.* (*iron.*) vorzeitig ejakulierender Papst

Post meridiem: *lat.* nachmittags

Praeceptus et comes Vallesiae: *lat.* Lehrer und Graf des Wallis (West-Schweiz)

Prandium: *lat.* großes Frühstück, aus kalten Speisen zubereitet

Prieuré de Sion: *frz.* das Priorat v. Sion, mysteriöse Geheimgesellschaft, die während der Kreuzzüge des Mittelalters zum ersten Mal von sich reden macht

Prim: *lat.* die Erste, ›prima (ora)‹: die Gebetsstunde gegen 6 Uhr früh

Primae horae: *lat.* zur ersten Stunde

Primum: *lat.* erstens

Probatio primae noctis: *lat.* Musterung der ersten Nacht: Recht auf Erstbesichtigung

Pro-epistata: *grec.* erste Hofdame und Beschließerin

Psalmen der nocturni: Psalmen der nächtlichen (Gebete)

Qua'a: *arab.* festlicher Saal

Quarantaine: *frz.* wörtl.: der Zeitraum von 40 Tagen war während der Kreuzzüge die übliche Dienstzeit eines Ritters; später für die Isolierung von ansteckend Kranken verwandt.

Quatre Camins: *prov.* Eigenname einer Taverne (*wörtl.* Vier Wege)

Que Diaus la bensigna, nuestra N'Esclarmunde: Gott segne Euch, unsere Esclarmunde!

PM *lat.* Abkürzung für Pontifex maximus

Qué gran dolor: *katal.* Welch großer Schmerz!

Que nols pot grandir ... (Guillem de Tudela): Nichts konnte sie retten, nicht Kreuz, nicht Altar, nicht Kruzifix. / Und diese tollen, räuberischen Strauchdiebe schlachteten Priester, / Frauen und Kinder hin. / Nicht einer – will ich glauben – ist mit dem Leben davongekommen. / Möge es Gott gefallen, sie alle ins Paradies aufzunehmen! (Aus: *Canzò Guillem de Tudela*, Vers 495)

Que vos donatz clardat al mon per ver: ... denn Ihr trugt fürwahr ein Licht in diese Welt! (s.o.)

Quel nèy!: *prov.* Was für eine Nacht!

Reconquista: *span.* die Wiedereroberung (der Iberischen Halbinsel von den Mauren)

Regula sine glossa: *lat.* Regel ohne Kommentar

Rif: Gebirge im westl. Maghreb

Rote Pfähle auf goldenem Grund: rotgold senkrecht gestreiftes Wappen; Farben von Aragon und Foix

Sanctissimum Sacramentum: *lat.* das allerheiligste Sakrament

Sanctum: *lat.* Heiligtum

Santa Gleyiza: *prov.* heilige Minnekirche (der Katharer)

Sappeure: tunnelgrabende Pioniere, Stollenbauer

Schismatisch: abtrünnig (Schisma: *grec.* Spaltung)

Schwertleite: altertümlicher Ausdruck für Ritterschlag

Scimitar: *arab.* Krummsäbel

Serenissima: *ital.* die Heiterste, Hoheitsvolle, Erlauchteste; Eigenbezeichnung der Seerepublik

Sext: *lat.* die Sechste, ›sexta (ora)‹: das Gebet zur sechsten Stunde des Tages (gegen 12 Uhr)

Sheik: *arab.* Stammesführer

Sine dubio: *lat.* ohne Zweifel

Sine qua non: *lat.* (›conditio‹) Bedingung, ohne die etwas nicht zustande kommt

Stante pede: *lat.* stehenden Fußes

Statua aena: *lat.* Bronzestatue

Status spiriti et educationis: *lat.* Stand der geistigen Entwicklung und Erziehung

Strategos: *grec.* Feldherr

Superba: *ital.* die Hochmütige, die Stolze; Ausdruck für die Seerepublik Genua

Tammiel: *altprov.* Um so besser!

Tampis pel bous: *altprov.* Um so (schlechter) für Euch!

Te Deum laudamus: *lat.* Dich, Gott, loben wir.

Te, mater alma numinis ...: Erhabene Gottesmutter, hör' / Deiner Kinder Flehn, / vor der Dämonen Trug / verleih uns Deines Mantels Schutz.

Templeisen: in der Minnedichtung aufgekommene

Verballhornung für Tempelritter
Temptator spiritus: *lat.* Versucher des Geistes
Terra sancta: *lat.* das Heilige Land
Tertium: *lat.* drittens
Terz: *lat.* die Dritte, ›tertia (ora)‹: das Gebet zur dritten Stunde des Tages (gegen 9 Uhr früh)
Testa: *ital.* Kopf
Tjost: Einzelstechen beim Turnier
Trebuchets: leichte, transportable Steinschleudern
Trobairitz: *prov.* weibl. Trovère, Minnesängerin
Trovère: *prov.* Troubadour, Minnesänger
Tu dois pisser, ma biche: *frz.* Du sollst pissen, meine Hindin (Hirschkuh)!
Tuba, mirum spargens sonum …: Laut wird die Posaune klingen, / mächtig in die Gräber dringen, / bis zum Throne alle zwingen.
Ultima ratio: *lat.* das letzte Mittel
Unio regni ad imperium: *lat.* feststehende Formel für ›Die Vereinigung des Königreiches (von Sizilien) mit dem (Deutschen) Reich‹
Urbi et orbi: *lat.* der Stadt (= Rom) und dem Erdkreis; Formel für päpstliche Erlasse und Segensspendungen
Vesper: *lat.* Abendzeit, auch ›Abendstern‹; die Gebetszeit zur Zeit des Lichtanzündens
Videant consoles: *lat.* Mögen die Konsuln schauen, d.h. die Justiz soll die Sache in die Hand nehmen.
Vie de Marie d'Oignies: *frz.* Leben der Marie d'Oignies
Veni creator spiritus: *lat.* (Kreuzfahrer-, heute Pfingsthymne) Komm, Schöpfer Geist
Vigilien: *lat.* das Wachen; nächtliche Gebetsstunde im Stundengebet
Virgo intacta: *lat.* unbefleckte Jungfrau
Viva la muerte: *span.* Es lebe der Tod!
Wat dem 'en sin Uhl, is dem annern sin Nachtigall: *platt.* Was dem einen seine Eule, ist dem anderen seine Nachtigall.